新釈漢文大系 97

白氏文集 一

岡村 繁 著

明治書院

白楽天図〔無学祖元賛・伝趙子昂筆〕〈重要文化財・鹿苑寺蔵〉

まえがき

一、この第一冊には、『白氏文集』全七十一巻のうち、巻一（諷諭一　古調詩　五言）・巻二（諷諭二　古調詩　五言）・巻三（新楽府　諷諭三　雑言）・巻四（新楽府　諷諭四　雑言）の四巻を収めた。

一、この訳注の巻一・二の底本には、他の各冊と同様、わが国近世初頭の元和四年（一六一八）、播磨の那波道円が朝鮮刊本に拠って重刻した『白氏文集』古活字本（上海商務印書館景印『四部叢刊』初編・集部所収）を用いた。この那波本は、従来わが国や中国で一般に長らく読まれてきた明の馬元調本や清の汪立名本に比べて、はるかに『白氏文集』本来の編成形態を忠実に保存する貴重な伝本であり、また現在では人々が比較的容易に披閲できるようになったテキストでもあるからである。但し、この那波本は、惜しいことに白居易の自注をすべて削去している。因って、この訳注では、読解の必要上、北京図書館蔵南宋紹興刊本（一九五五年、北京文学古籍刊行社景印）に拠ってこれを補った。

また、巻三・四「新楽府」については、神田本（京都国立博物館蔵）を底本とした。この神田本は、神田喜一郎博士の旧蔵本であり、昭和五十九年に京都国立博物館に寄贈された。元来、平安時代後期の嘉承二年（一一〇七）に文章博士・藤原茂明によって書写されたものである。巻三・四「新楽府」のみの抄本ではあるが、唐抄本『白氏文集』本来の形態や原文を、那波本にもまして忠実に保存する貴重な伝本にほかならない。因って、巻三・四については、特に神田本を底本とするものである。

一、この訳注を成すに当たっては、日本学士院会員・京都大学名誉教授であった故平岡武夫先生の特別な御好意により、かつて同教授の主宰の下、京都大学人文科学研究所において編纂油印された『白氏文集校勘表』の貸与を受け、これを全部覆印、利用することを許された。ここに謹んで深甚の謝意を表する。

岡村　繁

＊平成二十六年十二月、校閲途中に急逝した著者の遺志を継ぎ、九州大学の竹村則行名誉教授が本冊の校正を続補した。なお、執筆の担当は、以下のとおりである。

岡村　繁（九州大学名誉教授）　解題・序・巻一（〇〇四〇まで）
静永　健（九州大学教授）　巻一（〇〇四一以降）・巻二（〇一〇一まで）
柳川順子（県立広島大学教授）　巻二（〇一〇一―〇一一〇）・巻四（〇一六〇―〇一七四）
諸田龍美（愛媛大学教授）　巻三（〇一二四―〇一三九）
竹村則行（九州大学名誉教授）　巻二（〇一一一―〇一二三）・巻三（〇一四〇―〇一四四）・巻四（〇一四五―〇一五九）

＊本大系『白氏文集一～十二下』の作品は、花房英樹『白氏文集の批判的研究』（朋友書店、昭和四十九年再版）巻末の「綜合作品表」の番号順に配列した。但し、『白氏文集十二下』（平成二十八年十一月刊）中の補遺作品においては、新たに取り上げた作品を挿入したために番号にずれが生じている。そこで、読者の便を考慮して、番号の対照表を作成し、本巻に別紙として収録した。

白氏文集第一册目次

卷第二　諷諭二　古調詩　五言

卷第三　新樂府　諷諭三　雜言

卷第四　新樂府　諷諭四　雜言

『白氏文集』解題

岡村　繁

これから読者諸賢と共に、できるだけ丹念に読み込んでみようとしている現存『白氏文集』七十一巻は、周知のごとく中唐の白居易（七七二―八四六）、字《あざな》は楽天の詩文集。その編成は前集・後集・続後集の三集から成り、収録する詩歌・文翰は長短篇を合わせて三千六百七十首にのぼる。いみじくも白氏本来の編成形態を今に伝え、これに若干の補遺作品を追加すれば、ほとんど彼の詩文作品を網羅できる、まことに貴重な伝本である。

ちなみに、白居易自身がその最晩年に作った「白氏集の後記」によれば、

白氏は、前《さき》に『長慶集』五十巻を著し、元微之（元稹）序を為《つく》る。『後集』二十巻、自《みづか》ら序を為る。今又『続後集』五巻、自ら記を為る。前後七十五巻、詩筆（詩歌・散文）大小、凡そ三千八百四十首。

と言う。また『文集』各巻の作品目録を通覧すれば直ちに明らかなように、白居易がその創作に用いた文学様式は、ただに詩歌・辞賦だけに止まらず、策・論・箴・判・賛・頌・碑・銘など、実に二十数類もの多岐にわたる。このように白居易は、その詩文作品の数量、創作領域の多様さ、いずれの方面においても盛唐の李白や杜甫、中唐の韓愈や柳宗元らを遥かに凌駕する、正に唐代随一の多作で多面的な詩宗文豪であった。

のみならず、白居易の作風は、その豊潤な古典的教養に支えられながらも、すこぶる流麗平易、情致はこまごまと説きつくされて、しかも真率明快であった。思うに、彼のかかる作風の妙は、たしかにその天成の文才によるものではあろうが、また一方、余人の想像を絶した彼の不断の塗改推敲の賜であったに違いない。清の袁枚《えんばい》（一七一六―一七九七）の『随園詩話』巻六に、北宋の周敦頤《しゅうとんい》（一〇一七―一〇七三）、諡《おくりな》は元公《げんこう》の言を引いて、

周元公は云ふ、白香山の詩は平易に似たるも、間〻存する所の遺稿を観るに、塗改甚だ多く、竟《つひ》に終篇（全篇）一字を留めざる者有り、と。余、公（白居易）の詩を読むに、「旧句時時《つねづね》改むれども、性情を悦ばしむるに妨げ無し」（「詩解」、三四五）と。然らば則ち元公の言、信なり矣。

と言う所以である。

かくて白居易は、字句を駆使し声韻を推究して、おのずから万人の心脾を揺り動かし、禁省・観寺・逆旅・行舟の中、王公・妾婦・牛童・馬走の口、いずれも争って彼の詩を詠じ、彼の文に喝采を送った、と言う。そして、国内ばかりか、すでにその生前から、彼の詩文は、日本や新羅の知識人たちの間でも盛んに伝写され、とりわけわが国の平安朝文学に絶大な影響をもたらしたのであった。

一、白居易をめぐる時代環境

唐王朝（六一八―九〇七）の二十世二百九十年間は、これを東のかたわが国の歴史の上に当てはめてみると、今更ながら両者間の意外に大きな文化の懸隔に驚かされるが、わが国の遥かな古代に出現してくる飛鳥・白鳳時代から、奈良時代の八十年間を経て、平安時代初期の延喜年間に至るまでの期間、つまりわが国が大陸文化を受け入れはじめて、ようやく本格的な文化国家への道途に足を踏み出した、言わば初々しい文化的青春時代に相当する。

ところで、この約三百年にわたる唐王朝の時代は、かつての両漢時代（前二〇六―後二二〇）と相並んで、中国史上稀に見る強大な帝国であり、文化・芸術の上でも比類なく輝かしい大輪の華を咲かせた時代であったと言われる。なぜならば、この唐代に至って、その版図は、広く西域・嶺南・渤海・靺鞨《まっかつ》の果てにまでも拡大し、その文化や芸術も、儒教・道教・仏教の充実はもちろん、詩歌・絵画・書法・工芸に至るまで、傑出した巨匠を無数に輩出し、多彩な名作を陸続と世に発表して、正に前古未曾有の驚異的な盛況を呈していた時代であったからである。

しかしながら、唐王朝の政権基盤は、意外にも終始さほど安定したものではなく、他の短命王朝の場合と五十歩百歩の状態で、かなり脆弱であったように思われる。かの名君太宗の二十余年に及ぶ「貞観の治」（六二七—六四九）、その治世三十年に及んだ玄宗の「開元の治」（七一三—七四一）はともかく、初唐における則天武后の簒奪とその周朝の設立（六八四—七〇四）、盛唐における安禄山・史思明の叛乱とその大燕皇帝の僭《せん》称（七五五—七六三）、中唐における華北・華中の有力藩鎮の叛乱とその独立・僭称（七八一—七八六）、晩唐における王仙芝・黄巣の大乱とその大斉建国（八七五—八八四）等、初唐以来ほぼ唐王朝の全期間を通じて、断続的に発生した簒奪・叛乱は、正にその実情を端的に象徴する国家的な大事件であった。

なかんずく、当の白居易の生涯に極めて大きな影響を与えることになる大事件は、玄宗の天宝末年から粛宗を経て代宗の初期に至るまで、前後九年間もの長きにわたった安史の乱（七五五—七六三）である。周知のごとく、この未曽有の大乱は、かつて「開元の治」をもって盛強豪富の全盛期を築きあげた玄宗（在位、七一二—七五五）を遠く南のかた蜀漢に蒙塵せしめて、事実上唐王朝を一地方政権に追い落とした。まぎれもなく唐王朝の権威は、巨大で激越な朔風のために瞬時にして吹き飛ばされ、名実共にあえなく崩れ去ったわけである。従って、この大乱の平定収拾も、決して唐王朝みずからの権勢威力によるものではなく、おおむね内外藩鎮の軍事力、回紇（ウイグル）など異民族の応援、さらには賊軍内部の瓦解に依存するものであった。それだけに、大乱平定後における唐王朝の復興は、内政・外交の両面にわたり、まことに容易ならざるものがあった。中国政治史上、この中唐時代が、その前後の時代から際立って、抜本的な苦心の変革を迫られた所以であろう。

ところで、この中唐時代は、安史の乱が一応なんとか鎮定した代宗の大暦元年（七六六）ころから、徳宗の建中・貞元年間（七八〇—八〇四）、憲宗の元和年間（八〇六—八二〇）、穆宗の長慶年間（八二一—八二四）を経て、文宗の大和・開成年間（八二七—八三九）まで、前後約七十年間に相当すると考えてよいであろう。だとすれば、この期間は、奇しくも白居易（七七二—八四六）の全生涯とおおむね重なり合うことになる。

そして、さらに立ち入って言えば、これら中唐時代の七代七十余年のうち、大乱直後の至難な時代環境にもめげず、特に意欲的に唐王朝の復興に力を尽くした皇帝は、まず中唐前半期に君臨した徳宗（在位、七八〇—八〇四）と憲宗（在位、八〇六—八二〇）である。思えば、徳宗は猜忌刻薄、憲宗は剛明果断、それぞれかなり相異なる強烈な個性を持った君主ではあったが、いずれも壮年に至って帝位を継承した賢君であったためか、日夜万機を総攬し、治道に精励して、当時の唐王朝が直面する内外の難問題の打解に取り組んだ。

今、考察の都合上、当時の内政面だけに限ってこれを見ても、この徳宗・憲宗が取り組んだ当面の内政問題は、かの大乱収拾が当時の唐王朝の威権による主体的成果ではなかっただけに、かえって両帝の手に余るほどの厄介な難題を付き纏わせることとなり、しかもかかる困難な問題は目白押しに山積して、その解決には一刻の猶予も許されないほど喫緊の重要問題ばかりであった。そして、これら当面する多くの重要問題の中でも、とりわけ両帝が心を砕いた内政問題は、私の見るところ以下に列挙する四項に絞り得るのではなかろうか。

その第一は、かつて安禄山・史思明の本拠地であった河北三鎮をはじめ、それに隣接する山東・河南・湖北の有力藩鎮に瀰漫する独立化の趨勢を抑止することであった。河北三鎮とは、幽州（河北省北京市）を治所とする盧竜（幽州）節度使、魏州（河北省大名県）を治所とする魏博（天雄）節度使、恒州（河北省正宗県）を治所とする成徳（恒冀）節度使を指す。これら河北三鎮は、たがいに婚姻関係を結んだり、同盟関係を結んだり、安禄山・史思明の祠堂を建てたりして結束を固め、終始唐王朝に対する反乱の主導的役割を果たしていたのであって、事あるごとに敢えて唐王朝の存在を無視して、勝手気儘にみずからの藩鎮官僚を任命したり、領内の租税を独占して中央に送らなかったり、独断で号令を発して周辺の将帥を侵撃したり、その将帥を捕虜にしその土地を併呑するなど、彼等の横叛ぶりは目に余るものがあった。かの『新唐書』兵志に、
始時、朝廷の患ひと為る者は、「河朔の三鎮」と号す。

と言い、晩唐の杜牧（八〇三―八五二）がその「守論」に、
河（黄河）より以北、蟠城（堅城）数百、金（金属）のごとく堅く蔓のごとく織《はびこ》り、角奔（競争）して寇《あだ》を為し、吾人の顱頷、天時の不利を伺へば、則ち将《はた》其の朋伍（同盟藩鎮）と与《とも》に、郡国を羅絡（包囲領有）し、将《はた》吾が民を掌股（手足のとどく範囲）の上に駭乱するのみ。

と述べた所以である。

のみならず、徳宗初期の建中二年（七八一）、以後六年間もつづいた華北・華中の有力藩鎮の反乱が勃発するや、河北三鎮に隣接する華中の節度使たちもこれに参画した。すなわち、山東の青州（山東省益都県）・鄆《うん》州（山東省東平県）を順次治所と

した淄青《しせい》（平盧）節度使、湖北の襄陽（湖北省襄樊市）を治所とした襄鄧《じょうとう》（山南東道）節度使、河南の蔡州（河南省汝南県）を治所とした淮西《わいせい》（蔡州）節度使たちがこれである。ちなみに、これら華北・華中の有力藩鎮が当時保有していた兵力は、北宋の司馬光（一〇一九―一〇八六）の『資治通鑑』唐紀四十一―四十五に記すところに拠れば、河北の盧竜が領域十二州で六万余（建中四年）、魏博が七州で七万（建中元年）、成徳が七州で五万（大暦十二年）、華中の淄青（平盧）が十五州で十万（大暦十二年）、襄鄧（山南東道）が六州で二万（大暦十二年）であり、以上五藩鎮を合しただけでもその総兵力は三十余万、実に当時の唐王朝の総兵力の半ばに近い。まことに容易ならぬ大兵力であって、これら強大な藩鎮の反乱独立化を阻止しようとした徳宗・憲宗の努力が、やがて結局は中途半端に終わらざるを得なかったのも、思えば弱体化した当時の唐王朝にとって無理からぬことであり、むしろ必然的な結末であったと言えよう。

中唐の前半期における喫緊の内政問題の第二は、安史の大乱直後における窮迫した国家財政を立て直すことであった。そして、その国家財政再建の最終的な有効手段として登場してきた税制が、ほかならぬ徳宗の建中元年（七八〇）春正月、宰相楊炎（七二七―七八一）の建議によって制定された両税法である。この両税法は、すでに地方の州県では便法的に実施されていた徴収法であったが、あらためて楊炎が大局的見地から拡充整備した税法であって、当時の唐王朝が敢えてかかる税法の大改革を断行した理由は、それまで戸籍本位の均田制を基盤として一応「量入制出」（収入を計算して支出を決定する）方針に従ってきた租・庸・調の賦税体系が、安史の乱中乱後、土地制度の崩壊や人口の流出・戸籍の混乱等によって完全に行きづまり、その機能の弾力性を喪失するに至ったからである。

両税とは、麦の収穫期に課する夏税と、粟・稲の収穫期に課する秋税との意。この両税法の骨子については、『旧唐書』楊炎伝に載せる彼自身の「両税法を作《おこな》はんことを請ふ」奏書によれば、

凡そ百役の費（出費）、一銭の斂《れん》（収入）も、先づ其の数を度《はか》りて人に賦し、出《い》づるを量りて入るを制す。戸（家々）には主・客（土着・寄留の区別）無く、見居（現住所）を以て籍（戸籍）と為し、人（人々）にも丁・中（壮年・成年の区別）無く、貧富を以て差（等級）と為す。居処（定住）せずして行商する者は、在所の郡県（現在地の州・県）、三十の一（売上高の三十分の一）を税（徴税）し、度《はか》るに所取（所得）を居者（定住者）と均《ひと》しくして、僥利（ぼろ儲《もう》け）無からしむ。居

人（定住者）の税は、秋・夏に両（二回）之を徴し、俗（民衆）に不便（不利）なる者有らば之を正す。其の租（田租）・庸（労役）・雑徭（地方政府が命ずる軽い労役）は悉《ことごと》く省くも、丁額（壮丁に対する人頭税）は廃せず、出入（支出・収入）を申報（報告）すること旧式の如し。其の田畝の税は、率《おほむ》ね大暦十四年（七七九）の墾田（登録した耕地面積）の数を以て準（基準）と為して均しく之を収む。夏税は六月を過ぐること無く、秋税は十一月を過ぐること無し。歳を逾《こ》えたるの後、戸（家数）は増すも税は減軽（減少）し、及び人（住民）散じて均（平等）を失する者《こと》有らば、長吏（所轄の高官）を進退（任免）し、而して尚書の度支《たくし》（尚書省の経理官）を以て総統せしむ。（『新唐書』楊炎伝の文も、おおむね同じ。）

と言う。これを要するに、両税法のあらましの特色は、従来の租庸調制とは全く異なり、まず政府の年間必要経費を計算してその年度の税収額を決定する「量出制入」の原則に基づき、戸籍本位ではなく現住所本位に立脚して、夏と秋との二期だけに課税し、原則としてその他の税役は一切これを禁止すると共に、その徴税方法としては、主戸（土着）・客戸（寄留）や壮年・成年の区別なく、すべて各戸の貧富の差によって合理的に賦課の等級づけをする一方、定住していない行商人に対しても、その在地の州・県が売上高に応じて一定の商税を賦課し、田畑の税額も、最近で最も税収の多かった大暦十四年度を基準にする、という抜け目のなさにあった。

そして、このような両税法の主旨に則って、できるだけ賦課に公平を期し、その徴税方法も単純化しようとすれば、従来の租庸調制のような物納・労役本位ではなく、原則として銭納本位に切り換えざるを得なかったであろう。貨幣という単一の価値基準に立てば、課税計算も徴税手順も比較的合理的・効率的に実施することができ、しかも徴税の透明度までが格段に高くなって藩鎮や俗吏の不正が介入しにくくなるはずだったからである。

ところが、この銭納方式は、やがて日ならずして意外な破局を迎えることとなる。なぜならば、当時の商品流通の活発化に対応すべき政府の貨幣供給が極めて緩慢であったために、当然のことながら貨幣価値の暴騰を招き、物価を低落させる結果となってしまったからである。例えば、『新唐書』食貨志（二）には、貞元四年（七八八）ごろの苦しいデフレ現象を論述して、

初めて両税を定めて自《よ》りのち、貨は重くして銭は軽ければ、乃ち銭を計りて綾絹を輸（納税）す。既にして物価は愈〻《いよいよ》

下がりて、納むる所は愈〻多し。絹（一）匹は銭三千二百（文《もん》）たりしも、其の後、一匹は銭一千六百と為りて、一を輸すれば二を過ぎ、賦（課税）は旧より増さずと雖も、民は愈〻困《くる》しめり。

と言う。この文に拠れば、建中元年（七八〇）の両税法制定後わずか八年前後の間に、物価は半分に下落してしまって、同一額面の税金を納入するにも二倍以上の費用が掛かったらしい。

かてて加えて藩鎮や官府は、かかる「銭貴貨賤」のデフレ状態に良民たちを追い込んでおきながら、事あるごとに様々な口実を設けて民衆に大幅な増税を強要して、彼等を塗炭の苦しみに陥れた。かくて、その貪暴が主要な底流となって小農たちの幅広い反発を呼び起こし、やがてそれが唐末の黄巣の大乱を誘発し、延いては唐王朝の滅亡にもつながってゆくのであるが、いまだ徳宗・憲宗の時点では、誰一人としてこの国家的悲運を予測できるはずもなかった。

当時の重要な内政問題の第三は、内廷における宦官勢力の専横・跳梁を抑圧することであった。当時の宦官は、玄宗以来、急速に内廷でその勢力を伸張して三千人にも達し、特に安史の大乱後になると、時運に乗じて神策軍（禁軍の最精鋭部隊）の統率権を掌握して政治や軍事の内政面にも容喙し、ついに天子の廃立にまで積極的に介入してきたからである。

しかし、この宦官勢力を抑圧排除する企図も、当時の弱体化した唐王朝の実力では如何ともしがたくて、その計略はことごとく失敗に帰し、かえって憲宗・敬宗などは相次いで宦官に暗殺される始末であった。その後、敬宗を継いだ文帝（在位八二七―八四〇）が、宦官の殲滅《せんめつ》を期した所謂「甘露の変」に挫折して宦官に軟禁され、

「赧《たん》（東周末の赧王）・献（後漢末の献帝）は制（制御）を強臣より受け、今朕は制を家奴（宦官）より受く。自ら以《おも》へらく、（赧王・献帝に）及ばざること遠し矣。」

と嘆いて涙を流した所以であり（『新唐書』宦者伝上、仇士良）、また晩唐の宦官楊復恭が、不遜にも自分を誇耀して「定策国老」（天子を擁立した元勲）と称し、時の天子昭宗を軽蔑して「門生天子」（宦官による試験に及第して天子となった若者）と称した所以でもある（『旧唐書』宦者伝、楊復恭）。

当時の唐王朝が直面していた喫緊の重要な内政問題の第四は、旧態依然たる官僚体制の抜本的な刷新であった。そして、ようやく再出発した唐王朝によるこの官界刷新の動きこそ、中流官僚出身の白居易にとっては、終始その人生の浮沈に直結

する重要な問題であったし、その文学の性格を左右する切実な問題ともなったのである。

ところで、そもそも安史の大乱後、当時の唐王朝をかくも深刻な苦境に追い込んだ要因は、前述のごとく内外藩鎮の半独立化した驕傲であり、それに伴う厳峻苛刻な国家財政の破綻であり、これに乗じた宦官勢力の跳梁専横であったが、さらに基本的には天子の治化を扶翼すべき官僚社会の腐敗堕落であったと言える。そうした意味で、ともかくも大乱直後の応急処理が一応一段落した徳宗期に至って、本格的に官僚体質の抜本的刷新に乗り出したことは、遅蒔きながら時宜を得た賢明な方策であった。

かくて、徳宗の貞元年間、官界刷新の決め手として、あらためて再評価されはじめたのが科挙の制度である。言うまでもなく科挙の制度そのものは、遠く隋の文帝以来実施されてきた高級官僚資格試験制度であって、門閥貴紳にかかわりなく広く人材を登用することを建て前とするものではあったが、実は初唐・盛唐を通じて、おおむね貴族の出身者がその権益を掌握していたために、さほど人材発掘の成果を挙げてはいなかったのである。

しかしながら、この徳宗・憲宗期に至るや、今までほとんど有名無実であった科挙の制度は、幸いに知貢挙（省試の最高責任者）に陸贄《りくし》（七五四－八〇五）・顧少連《こしょうれん》（七四一－八〇三）・呂渭《りょい》（七三五－八〇〇）・高郢《こうえい》（七四〇－八一一）・権徳輿《けんとくよ》（七五九－八一八）・崔邠《さいひん》ら、おおむね公正謹直な適任者を得て、かの有名な韓愈（七六八－八二四）・柳宗元（七七三－八一九）・劉禹《りゅうう》錫《しゃく》（七七二－八四二）・張籍（七六六－八三〇）・白居易（七七二－八四六）・元稹《げんしん》（七七九－八三一）・牛僧孺《ぎゅうそうじゅ》（七七九－八四七）をはじめ多くの優秀な新興階層の子弟をエリート官僚として抜擢することができ、大いにこの試験制度の真価を発揮して、官界は未曽有の若々しい活気を呈するに至った。

そして、さらにこれを局限して言えば、この徳宗・憲宗期四十余年の中でも、とりわけ人材登用に意欲的であって科挙の制度が精彩を放った時期は、私の見るところ、徳宗初期の建中元年（七八〇）から憲宗初期の元和三年（八〇八）ごろまで前後三十年間ほどであったように見受けられる。今、試みに、北宋の王溥《ふ》『唐会要』巻七十六（制科挙）、元の馬端臨『文献通《つ》考《こう》』巻三十三（選挙六）や清の徐松『登科記考』巻十一－十七等に記録するところに拠って、当時勅命招集による官吏登用の最終最高の特別試験であった「制科」（制挙）の実態を通覧した場合、この三十年間における「制科」実施頻度の際立った増加、「制科」の試験結果を実質的に審査した知貢挙の堂々たる顔ぶれ、及第者数の急増とその具体的姓名の偉観、考試における詔勅・策問や及第者の対策・詩賦に見られる意欲的な趣意、いずれの面を取り上げてみても、当時における人材登用の意欲とその盛況を如実に物語る事象である。

かくて、徳宗期を経て憲宗期に入るや、新興の科挙官僚は急激に官界各層に進出し、その政治勢力を伸張してきたわけだが、かかる官界の急激な変貌は、御多分に洩れず、必然的に旧来の貴族官僚層に不安と危機意識を醸成し、とかくその反発を誘発することとなった。『新唐書』牛僧孺伝に、

元和の初め、賢良方正（賢良方正、能直言極諫科）を以て対策し、李宗閔《びん》・皇甫湜《しょく》と倶に第一たり。失政を条指（列挙）して、其の言は鯁訐《かうけつ》（率直・剛鋭）、宰相（李吉甫）をも避けず。宰相は怒り、故に楊於陵（試験官）・鄭敬・韋貫之・李益等、考（考試）の其の宜しきに非ざるに坐して、皆謫去（貶斥）せらる。

と言い、また同じく李徳裕伝にも、

始め、（李）吉甫の憲宗に相（宰相）たりしとき、牛僧孺・李宗閔は、直言の策（賢良方正、能直言極諫科の試験問題）に対《こた》へて、痛《はげ》しく当路を訿《そし》り、失政を条（列挙）す。吉甫は帝に訴へて、且つ泣き、有司も皆罪を得たれば、遂に与《とも》に怨みを為す。

吉甫、又帝の為《ため》に両河（江南・河北）の叛将を討たんことを謀れば、李逢吉（科挙官僚）其の言を沮解（破壊）し、功未だ既《をは》らずして吉甫は卒し、裴度《はいど》（七六五―八三九）実《はた》して之を継ぐ。逢吉、議（意見）合はざるを以て罷去（免職）せらる。故に吉甫を追銜《かん》して（裴）度を怨み、（李）徳裕を擯《しりぞ》けて進むを得ざらしむ。是《ここ》に至りて、帝の暗庸（愚昧・凡庸）を閒《そし》り、（裴）度を訹《いざな》ひて元稹と相怨ましめ、其の宰相を奪ひて己《おのれ》之に代はる。僧孺を引きて益〻党を樹てんと欲し、乃ち徳裕を出《い》だして浙西観察使と為す。俄かにして僧孺入りて相たり。是に由つて牛・李の憾《うら》み結べり矣。

と言う所以である。ここに至って、所謂「牛李の党争」は、その怨讎の応酬を本格化させはじめたと言える。

以後、李徳裕（七八七―八四九）を領袖とする貴族官僚と、牛僧孺（七七九―八四七）・李宗閔（？―八四六）を領袖とする科挙官僚との間で執拗に繰り返された「牛李の党争」は、官界の主導権をめぐって、宮廷の宦官勢力をも巻き込みつつ、宣宗

の初年に牛僧孺・李宗閔が相次いで死亡し、李徳裕もつづいて失脚卒去するまで、前後ほぼ四十余年間の長きにわたって、陰険で血みどろな死闘を延々とつづけた。かの『資治通鑑』巻二四五（唐紀六十一、文宗大和八年）に、

時に、徳裕・宗閔、各〻朋党を有して、互ひに相擠援《せいあん》（排斥・救援）す。上《しやう》（文宗）、之を患《わづら》ひ、毎《つね》に歎じて曰く、「河北の賊（河北三鎮）を去るは易きも、朝廷の朋党を去るは難し」と。

とあるのは、この「牛李の党争」が正に酷烈の極に達したころの有名な挿話である。

これを要するに、以上に列挙説述してきた中唐王朝喫緊の内政問題は、藩鎮問題にせよ財政問題にせよ宦官問題にせよ官界刷新問題にせよ、それぞれ単独に存在した問題ではなく、相互に密接な因果関係を含みつつ顕在化した問題のようであるが、今かりに当の白居易から見た場合、とりわけ彼にとって切実な問題であり、彼の生涯と終始深い関わりを持ったものは、すでに上文でも言及したように、最後に挙げた問題――徳宗・憲宗期における官界刷新の動きと、それに伴う「牛李の党争」であった。思うに、このように陰険な権力闘争の時代、白居易ならずとも当時の官僚たちの多くは、かかる複雑怪奇な政局に絶えず翻弄されながらも、なんとかその苦境に耐えて官界を巧妙に生き延び、あわよくばこれを栄達昇進につなげてゆくためには、心ならずも随時それぞれの立場や環境に応じて、牛李両党との間隔を適当に加減しつつ、おずおずと各自の人生に対処してゆかざるを得なかったのではないか。受験勉強、就職試験、そして任官後の謂われなき中傷・迫害・謀略――当時の官僚社会は、個人の高邁な理想や信念だけでは如何ともしがたい、まことに暗鬱で容易ならざる魔境であったと言えよう。

では、もともと科挙出身の新進官僚であった白居易は、かかる複雑怪奇な時代環境の只中に在って、いったい如何なる生涯を辿ったのであろうか。

二、白居易の生涯

白居易の伝記は、五代後晋の劉昫《りゆうく》（八八七―九四六）等の『旧唐書』巻一六六、北宋の欧陽修（一〇〇七―一〇七二）等の

『新唐書』巻一一九、南宋の計有功の『唐詩紀事』巻三十八・三十九・四十九、元の辛文房の『唐才子伝』巻六等に見えるが、これら諸伝記のうち最も古くて最も詳しい基本的文献は『旧唐書』白居易伝である。ところで管見の知るかぎり、この『旧唐書』本伝の邦訳はまだ出ていないようなので、今、参考までに必要最小限の注解を加えつつ、私なりにこれを全訳すれば以下のごとくである――

　白居易、字は楽天《らくてん》、太原《たいげん》（山西省太原市）の人。北斉の五兵尚書（軍務長官、三品）であった白建（?―五七六）の八代目の孫である。白建は士通を生み、士通はわが唐王朝の利州都督（四川省広元県の事務総長、従三品）であった。士通は志善を生み、志善は尚衣奉御（天子の服飾・机案の担当官、従五品上）であった。志善は温を生み、温は検校都官郎中（刑部都官司長官、従五品上）であった。温は鍠《こう》を生み、鍠は酸棗《さんそう》（河南省延津県）・鞏《きょう》（河南省鞏県）二県の知事を歴任した。鍠は季庚《きこう》を生み、季庚は建中年間の初め（七八〇）、彭城《ほうじょう》県（江蘇省徐州市）の知事となった。折しも、この河南道を支配下に置いていた李正《りせい》己《き》（?―七八二）が河南十余州に拠って反乱を起こしたが、たまたま正己の一族である李洧《りい》が徐州の刺史（郡守）となったので、白季庚は李洧を説得し、州治彭城の城門を開いて唐王朝に帰順させた。その功績に因って季庚は朝散大夫（従五品下）・大理少卿（従四品上）・徐州別駕（従四品下）・賜緋魚袋・兼徐泗《じょし》観察判官を授けられ、さらに衢《く》州（浙江省衢州市）・襄《じょう》州の別駕（次官）を歴任した（白居易「太原の白氏の家状二道」一四九六・一四九七参照）。鍠より季庚まで、代々儒学を尊び、いずれも官吏登用試験の明経科に合格して官界に入った。季庚は居易を生んだ。その初め、遠祖の白建が高氏の建てた北斉朝において勲功を立て、韓城（陝西省韓城県）に領地を賜ってから、子孫はこの地に家を構え、結局この韓城県が属する同《どう》州に太原から戸籍を移した。ところが曽祖の白温の時になって下邽《かけい》（陝西省渭南県の北）に転籍したので、現今は下邽の人ということになっている。

　居易は、幼少のころから聡明俊慧なること世に卓絶し、その胸懐も奔放自在であった。年十五、六の時、自作の文章一冊を袖に入れて出掛け、これを著作郎（朝廷の歴史編纂局長官）で蘇州出身の顧況《こきょう》に差し出した。顧況は文章に巧みではあったけれども、その性格が軽薄であって、若い後輩の文章など見向きもしなかった。しかし居易の文章を閲読するや、思わず門前まで出迎えて丁重にもてなし、「私は、堂々たる文章の伝統は今や絶え果てたと思っていたが、思いがけなく再びあなたのような素晴らしい文人に出会えるとは」と感嘆した。

徳宗の貞元十六年（八〇〇）、初めて科挙の進士科を目指して官吏登用試験に応じたところ、礼部侍郎（礼部の副長官、知貢挙）の高郢《こうえい》（七四〇―八一一）は、居易を甲科（進士の上位及第クラス）に抜擢し、さらに居易は吏部の試判（官吏の人事を担当する吏部の任用試験）にも合格して、秘書省校書郎（宮廷図書館の典籍校讎官、正九品上）を授けられた。

ついで憲宗の元和元年（八〇六）四月、憲宗が臨時に召集して親しく試問する制挙（制科）を施行することとなったので、居易は才識兼茂明於体用科（才識兼ねて茂《ふか》く、体用に明らかなる科目）に応じて、彼の対策（一四九八）が第四等（事実上は次席）に入選し、盩厔《ちゅうちつ》県（畿《き》県。陝西省周至県）の尉（属官。正九品下）・集賢院（図書の刊緝・捜集を掌る文学館）の校理（校讎官）を授けられた。

居易は、文辞が豊麗であって、とりわけ詩歌と駢文に優れていた。かつて宮廷秘籍の校勘を職務とした秘書省校書郎のころより、近畿地区に奉職していた盩厔県の尉の時に至るまで、この数年間に作った詩歌は数十篇から百篇の多きにのぼり、いずれもその創作意図は諷諭と直言に在って、時世の弊害を戒め、政治の不備を補おうとしたので、当時の有識者たちはこれを賞賛し、果てはしばしば宮廷内にまでも伝わり広まるほどになった。ところで憲宗、諡《おくりな》は聖神章武孝皇帝は、その思想や性情に対する諫言を受け入れる天子であって、臣下からの直言を聞くことをひどく望んでいたので、元和二年（八〇七）十一月、居易を翰林院（天子の詔勅の作成を掌る官庁）に召し入れてその学士とした。ついで三年（八〇八）五月、居易は左拾遺（天子への諷諫を掌る官。従八品上）を拝命した。居易は、つらつらおもんみるに、学問を好む君主に巡り合ったお蔭で、このような破格の抜擢を受けたのであるから、今まで平常貯えてきたことを言上して、うやうやしく陛下の恩顧に酬い奉ろうと思った。それで、拝命の日、上奏文「初めて拾遺を授けられて献ずる書」（一四七）を献上して政事を論じて以下のごとく言う――

恩を蒙りて臣に左拾遺を授けられ、前に依つて翰林学士に充《あ》てられたれば、已《すで》に崔群（七七二―八三二）と状（奏状）を同《とも》にして謝（謝礼）を陳《の》ぶ。但だ忝冒（通り一遍の挨拶）を言ふのみにして、未だ衷誠（真情）を吐かず。今再び宸厳（陛下の威厳）を瀆《けが》すも、伏して惟《おも》んみるに重ねて詳覧を賜らん。

臣、謹みて『六典《りくてん》』（唐の玄宗の御撰『大唐六典』巻八）を按ずるに、「左右の拾遺は、諷諫を供奉（献上）することを掌る。凡そ令を発し事を挙げて、時に便（便利）ならず、道に合（適合）せざる者《こと》有るときは、小ならば則ち上封（漏洩を防ぐために封緘して上呈）し、大ならば則ち廷諍《ていさう》（朝廷で天子に直接諫言）す」と。其の選（人選）は甚だ重く、其の秩（官職）は甚だ卑し。然る所以の者は、抑〻《そもそも》由（理由）有るなり。大凡（おおむね）人の情は、位高ければ則ち其の位を惜しみ、身貴ければ則ち其の身を愛す。位を惜しめば則ち偸合《とうがふ》（仰合）して言はず、身を愛すれば則ち苟容《こうよう》（附和）して諫めず。此れ必然の理なり。故に拾遺の置かるるや、其の秩を卑くする所以の者は、位をして未だ惜しむに足らざらしめ、身をして未だ愛するに足らざらしむるなり。其の選を重くする所以の者は、下（下民に対して）は心（仁愛）に負《そむ》くに忍びざらしめ、上（主君に対しては）は恩（恩顧）に負くに忍びざらしむるなり。夫れ位は惜しむに足らず、恩は負くに忍びず、然る後に能く闕《か》くること有らば必ず規《ただ》し、違ふこと有らば必ず諫《いさ》む。朝廷の得失は察せざること無く、天下の利病は言はざること無し。此れ国朝の拾遺を置きたるの本意なり。是に由りて言へば、豈に小臣の愚劣・暗懦《だ》の宜しく之に居るべき所ならんや。

況《いは》んや臣は本〻《もともと》郷校の竪儒《じゆ》（地方学校出身の野暮学生）、府県の走吏（地方官庁出身の下級官吏）にして、心を泥滓《でいし》（低い地位）に委《ゆだ》ね、望みを煙霄《えんせう》（顕貴の地位）に絶てり。豈に意《おも》はんや聖慈もて擢《ぬ》かれて近職に居り、宴飲ある毎に先づ預からざること無く、慶賜（賞賜）ある毎に先づ霑《うるほ》はざること無く、中廏《きう》（禁中の馬屋）の馬は其の労に代はり、内厨《ちゆう》（宮廷の厨房）の膳は其の食を給す。朝《あした》に慚《ざん》（感謝）し夕《ゆふ》べに惕《てき》（恐懼）して、已《すで》に半年を逾《こ》え、塵曠（職務を汚し疎かにすること）漸く深く、憂愧（憂い恥じること）弥〻《いよいよ》劇《はげ》し。未だ微効をも申《の》べざるに、又清班（高貴な官職）に擢かる。臣、所以《ゆゑ》に官を授けられてより已来、僅かに十日を経て、食すれども味を知らず、寝《い》ぬれども安んずるに遑《いとま》あらず、唯だ身を粉にして以て殊寵（特別な恩寵）に答へんことを思ふも、但し未だ身を粉にするの所を獲ざるのみ。

今、陛下は肇《はじ》めて皇極（皇位）に臨みて、初めて鴻名（大きな名誉）を受け、夙夜憂勤して、以て理（治世）を致さんことを求む。一政を施し、一事を挙ぐる毎に、道に合し時に便ならざる者《こと》無し。万一、事（政事）に時に便ならざる者《こと》有らば、陛下は豈に之を聞かんと欲せざらんや。万一、政（政策）に道に合せざる者《こと》有らば、陛下は豈に之を知らんと欲せざらんや。倘《も》し陛下、言動の際、詔令の間、小《すこ》しく闕遺有り、稍《すこ》しく損益に関《かかは》らば、臣は必ず密《ひそ》かに見る所を陳《の》べ、潜《ひそ》かに聞く所を献じて、但《た》だ聖心の裁断に在《ま》つのみ。臣は又職《つと》め禁中に在りて、外司に同じからざれば、愚誠を竭《つ》くさんと欲して、合《まさ》に先づ陳露（表明）すべし。伏して希《こひねが》はくは天鑒もて、深く赤誠を察せよ。

居易は、河南の元稹《げんしん》（七七九―八三一）と仲がよく、同じ元和元年（八〇六）に制挙に及第して、友情が極めて厚かった。元稹が当時の有力者を厳しく弾劾したために怨まれて監察御史（地方行政の監察官。正八品上）から江陵府（湖北省荊州）の士曹参軍（工役等を掌る長官。従七品下）に貶謫《へんたく》された時、翰林学士の李絳《りこう》（七六四―八三〇）・崔群《さいぐん》（七七二―八三二）は憲宗の前で面と向かって元稹の無罪を主張し、居易もたびたび上疏して強くこれを諫めた。その上奏文「元稹を論ずる第三状」（一九六五）には以下のごとく言う――

臣、昨《さき》に元稹の左降（左遷）に縁《よ》りて、頻《しき》りに已《すで》に奏聞せり。臣、内に事情を察し、外に衆議を聴くに、元稹の左降には、不可なる者《こと》三有り。

何となれば、元稹は官を守りて正直《せいちょく》（公正無私）なること、人の共に知る所なり。御史（監察御史）を授けられてより已《い》来、挙奏（罪悪を検挙して上奏）するに権勢を避けず。祇《まさ》に李佐公《りさこう》等の事を奏せしが如く、多くは是れ朝廷の親情（親戚）なり。人は誰か私（私情）無からん、因りて以て恨みを挟《さしはさ》む。或いは公議（世論）に仮《ことよ》せて、将《まさ》に私嫌（私怨）を報《すす》がんとす。遂《かく》て誣謗の声をして、天聴に上聞せしむ。臣恐るらくは、元稹の左降せられて已《い》後、凡そ位に在る者は、職を挙《おこな》はんと欲する毎に、必ず先づ稹《しん》を以て誡めと為して、人の肯《あ》へて陛下の為《ため》に官に当たり法を守るもの無く、人の肯へて陛下の為に悪を嫉《にく》み愆《あやま》ちを縄《ただ》すもの無からん。内外の権貴・親党は、縦《たと》ひ大過・大罪の者有りとも、必ず相容隠（隠蔽）するのみ。陛下は此より知ることを得るに由《よし》無し。此れ其の不可なる者《こと》の一なり。

昨《さき》に元稹の追勘（追究査問）する所の房式《ぼうしょく》の事、心は公（朝廷）に徇《したが》ふと雖も、事は稍〻《やや》当に過ぎたり。既に重罰に従へば、以て違（錯誤）を懲《こ》らすに足る。況《いは》んや謝恩（任官への謝礼）を経たるに、旋《たちま》ち又左降せらる。前事を引きて以て責辞（責めなじることば）と為すと雖も、然れども外議（世間一般の意見）は喧喧《けんけん》として、皆以為《おも》へらく「稹《しん》は中使（宦官）

の劉士元《りうしげん》と庁（官庁舎）を争ひ、此に因りて罪を獲たり」と。庁を争ふことの事理（事情）に至りては、已《すで》に前状に具して奏陳す。況んや士元の駅門を蹋破《たふ》（踏破、登攀）して、鞍馬（騎馬）を奪ひ将《と》り、仍《さら》に弓・箭を索《もと》めて、朝官を嚇《おど》し辱《はづかし》めたるを聞くをや。承前（従前）より已《い》来、未だ此の事有らず。今、中官（宦官）には罪《とが》有るに、未だ処置（処罰）を聞かず。御史（元稹）には過《あやま》ち無きに、却つて先づ官を貶《おと》さる。遠近聞知すれば、実に聖徳を損なはん。臣恐るらくは、今より已《い》後、中官は出使（拝命出張）すれば、縦暴（横暴）益〻甚だしく、朝官は辱《はづかし》めを受くるも、必ず敢へて言はじ。縦《たと》ひ凌辱・殴打さるる者有りとも、亦た元稹を以て戒めと為し、但だ声を呑むのみ。陛下は此より聞くを得るに由《よし》無し。此れ其の不可なる者《こと》の二なり。

臣、又訪聞（探査・聞知）するに、元稹は去年より已《い》来、厳礪《げんれい》（七四三―八〇九）の東川（東川節度使。四川省遂寧県）に在りし日に法を枉《ま》げて、平人（平民）の資産を没入（没収）すること八十余家なるを挙奏（罪悪を検挙して上奏）せり。又王《わう》紹《せう》（七四三―八一四）の法に違《そむ》きて券（公用旅券）を給し、監軍の神柩（遺骸を納めた柩）及び家口（家族）をして駅（駅館）に入らしめたることを奏せり。又裴玢《はいふん》の勅に違《そむ》きて百姓の草（干し草）を徴《とりた》つるを奏せり。又韓皐《かんかう》の軍将（将校）をして封杖（大きな杖）もて県令を打ち殺さしめしことを奏せり。此《か》くの如き事、前後に甚だ多きも、属〻《たまたま》朝廷に法の行はれて、悉《ことごと》く懲罰有り。計（推察）するに、天下の方鎮（節度使）は、皆元稹の官（職責）を守ることを怒る。今貶《おと》して江陵の判司（江陵府の属僚）と為すは、即ち是れ方鎮に送り与ふるなり。此より（方鎮は）方便（便宜的）に怨みを報じ、朝廷は何に由りてか知ることを得ん。臣、伏して聞くに、徳宗の時、崔善貞《さいぜんてい》なる者有りて、李錡《りき》（七四一―八〇七）の必ず反せんことを告するも、徳宗は信ぜずして、李錡に送り与え、錡は坑《あな》を掘り火を熾《さか》んにして、善貞を焼き殺せり。曽《すなは》ち（ところが意外にも）未だ数年ならざるに、李錡は果たして反し、今に至るまで天下は之が為《ため》に心を痛む。臣恐るらくは、元稹の官を貶《おと》されて、方鎮に過《あやま》ち有るも、人の敢へて言ふもの無く、陛下は不法の事を知るを得るに由《よし》無し。此れ其の不可なる者《こと》の三なり。

若《も》し此の三つの不可の無ければ、仮如《たと》ひ朝廷の誤つて一御史を左降するとも、蓋《けだ》し是れ小事なれば、臣安《いづ》くんぞ敢へて聖聴を煩瀆《はんとく》すること、再三に至らんや。誠に以《おも》んみるに、損する所の者《こと》深く、闕《か》くる所の者《こと》大なり。此を以て思慮するに、敢へて極言せざらんや。

ところが、この上奏文は天聴には達したが結局その返答はなかった。

また淄青《しせい》（山東省）節度使の李師道《りしどう》（？—八一九）は絹織物を憲宗に奉献して、山東出身の偉人魏徴《ぎちょう》（五八〇—六四三）の子孫のためにその邸宅を買い戻してやったところ、そのことを知った居易は、憲宗を諫めて、「魏徴は、陛下の先朝太宗時代の名宰相であって、太宗は当時宮殿用の材木を下賜してその正寝を完成せしめ、とりわけ諸家の邸宅と同じからず立派でありました。しかし、その子孫は負債の抵当として奴僕にさせられ、その銭財も多くはありません。かくなる上は、当然禁中がその子孫のために買い戻されるのが適当であります。しかるに筋違いの李師道に美挙を掠《かす》め取らせるなんて、実情から見て適当なことではありません」と言上した。憲宗は深くこの意見に賛同した。

憲宗は、また河東（山西省）節度使の王鍔《おうがく》（七四〇—八一五）に同中書門下平章事《へいしょうじ》（宰相）を授けようとしたところ、居易は諫めて、「宰相は、陛下の輔弼の臣であって、才徳兼備の人物でなければこの地位に就くことはできません。ところが王鍔は、領民の財貨を強奪して、その財貨で天子の恩恵（地位）を買っております。従って、四方の民衆に『陛下は王鍔が献上した金品を得て、彼に宰相の地位を与えた』などと悪評を立てさせてはなりません。このようなことになれば、甚だ聖朝にとって由由しいことです」と言上した。かくて、この昇任人事は沙汰止みとなった。

その後、成徳《せいとく》（河北省）節度使の王承宗《おうしょうそう》（？—八二〇）が勅命に反抗して叛乱を起こすや、憲宗は神策軍の護軍中尉（禁軍の統帥。宦官）の吐《と》突承璀《とつしょうさい》に命じて招討使（招撫討伐の総帥）とならせたところ、諫官で上奏文を奉るものが七、八割にのぼり、特に居易は天子の面前でこれを批判し、その言辞・心情は懇切周到であった。しばらくして後、また河北への出兵を中止するよう懇請して、前後すべて数千数百言の多きにのぼり、いずれの上奏も他の人では発言しにくい内容だったので、憲宗はほとんどこれを聞き入れていた。しかし、ただ宦官の吐突承璀を招討使に任命した事実がもたらす切迫した悪影響を諫めた場合だけは、憲宗は相当に不機嫌であって、翰林学士の李絳《りこう》（七六四—八二一）に向かって、「白居易という小《こ》わっぱは、朕が抜擢して今の名声と地位を作ってやったのに、朕に対して礼儀もわきまえず、朕はほとほと手の施しようもない」と愚痴をこぼしたところ、李絳は答えて、「居易がその命《いのち》を失うほどの誅罰をも避けず、所信は大小となく必ず言上している理由は、思うに陛下が特に人材の抜擢に努められることに酬いているだけでありまして、決して軽口をたたいているのではございません。もし陛下が諫諍《かんそう》の道を開きたいと思われるのであれば、居易の進言を阻止するのは適当ではございません」と諫めた。これを聞いた憲宗は「そなたの諫言はもっともだ」と賞賛した。これに因って憲宗は多く諫言を聞き入れるようになった。

元和五年（八一〇）、人事異動に当たって、憲宗は中書舎人（詔勅作成を掌る。正五品上）の崔群《さいぐん》（七七二―八三二）に向かって、「居易は官位が卑《ひく》く俸禄も薄《すく》なく、門地に拘束されて、一定の階級制限を飛び越すことができないので、その次期の官職は彼の自由意志による希望の奏上のままに聴許してやるがよかろう」と言った。それで居易は奏上して、「臣の聞くところによれば、姜公輔《きょうこうほ》が翰林学士という宮廷職員であった時、みずから求めて京兆《けいちょう》府の属僚となったのは、親に孝養を尽くすためであったとのことです。臣には老母がおり、家は貧しく介護も行き届かないので、どうか姜公輔の前例に従ってください」と願い出た。そこで、京兆府の戸曹参軍（戸籍を掌る属官。正七品下）に除せられた。

同六年（八一一）四月、母の陳《ちん》夫人の喪に遭って、郷里の下邽《かけい》県（陝西省）に退居。

同九年（八一四）冬、朝廷に参内して、太子左賛善大夫《たいふ》（皇太子の侍従・教育職。正五品上）を授けらる。

同十年（八一五）七月、刺客が宰相の武元衡《ぶげんこう》（七五八―八一五）を暗殺した。居易は、いち早く上疏して元衡の冤《えん》罪を主張し、兇漢を捕らえて国辱を除き去るよう激しく要請した。ところが時の宰相は、居易が東宮の属官であって諫諍を本務とする官職ではないのだから、道理として諫諍担当官より前にこの事件を云云《うんぬん》するべきではない、と考えて、いい顔をしなかった。たまたまその時、以前から居易を憎らしく思っていた人物が現れて来て、居易を槍玉《やりだま》にあげ、「居易は、うわべを飾るばかりで品行が悪く、その母が花見をしていて井戸に落ちたのが祟《たた》って死んだのに、居易は『賞花』詩と『新井』詩を作って、甚だ聖人の教えを失墜させているのだから、『詩経』周南の巻耳《けんじ》の詩に『彼を周行に寘《お》く』（彼を朝廷の臣に配置する）とあるように居易を朝臣の列位に置くのは、適当でない」と中傷した。それで政治の実権を掌握している高官たちは、はじめて居易の越権的な政事発言を憎々しく思って、江南地方の刺史（州郡の長官）に左遷するよう奏上した。かくて、その任命詔書が出されたところ、中書舎人の王涯《おうがい》（？―八三五）が上疏してこれを弾劾し、「居易が犯した行状は、州郡を治めさせるのに似つかわしくありません」と言上したので、更に追い打ちをかけて左降の詔書が下り江州（江西省九江市）の司馬（次官。従五品下）を授けられた。

居易は、儒学の外、とりわけ仏教の経典に精通し、常に執着を忘れ運命に従うことを生活態度として、全く左遷流謫を意に介しなかった。尋陽（九江市）在任中、自分が隠居する草堂を廬山《ろざん》の遺愛寺山内に建てた。そして、ある時、友人に手紙を送ってその自然環境を知らせたことがあった。曰く――

予、去年の秋、初めて廬山に遊び、東西二林の間（東林寺・西林寺のあたり）・香鑪《かうろ》峯《ほう》の下に到りて、雲木泉石を見るに、勝絶（景勝）第一なれば、愛《め》でて捨つること能はず、因りて草堂を立つ。前に喬松十数株・修竹千余竿有り、青蘿を牆援（牆垣）と為し、白石を橋道と為し、流水は舎下を周《めぐ》り、飛泉は簷間に落ち、紅榴・白蓮は、池砌に羅生す。（「微之に与ふる書」一四八九）

かくて居易は、東西二林の長老神湊《しんそう》（七四四―八一七）・智満《ちまん》・朗《ろう》・晦《かい》の四禅師と共に、晋《しん》代の白蓮《びやくれん》社の慧永《ええい》（三三二―四一四）・慧遠《えおん》（三三四―四一六）・宗炳《そうへい》（三七五―四四三）・雷次宗《らいじそう》（三八六―四四八）の事跡を追慕して、超俗的な交遊を結び、相携えて遊行吟詠するごとに、高い山や険しい峰をよじ登って、林や泉の幽遠さを満喫した。そして、その結果、超然として満悦の境地に達して、ほとんど自分の肉体の存在をも忘れてしまうほどになり、時には三か月を過ぎても帰らなかったり、時には一か月を越えてようやく戻ってきたりする有り様であったが、江州の長官は彼を朝廷派遣の権貴として待遇していたので、その放縦な生活をとがめなかった。

当時、親友の元稹（字は微之）は通州（四川省達県市）で司馬（次官）として在職中であったが、二人の詩歌作品の贈答往来は、数千里を遠しとせずして行われていた。ある時、居易は元稹に手紙を送り、そのついでに詩文創作の大要を論述して以下のごとく言っている――

夫《そ》れ文（あや模様）は尚《ひさ》し。三才（天・地・人）各〻文有り。天の文は三光（日・月・星）之を首《はじめ》とし、地の文は五材（木・火・土・金・水）之を首とし、人の文は六経《りくけい》（『易』『書』『詩』『春秋』『礼』『楽』）之を首とす。六経に就きて言へば、『詩』又之を首とす。何となれば、聖人は（詩によりて）人心を感ぜしめて天下和平なり。人心を感ぜしむる者は、情より先なるは莫《な》く、言より始めなるは莫く、声より切なるは莫く、義（内容）より深きは莫し。詩なる者は、情を根とし、言を苗とし、声を華とし、義を実とす。上は賢聖より、下は愚騃《ぐがい》（暗愚）に至るまで、微なるは豚・魚に及び、幽なるは鬼・神に及ぶまで、群は分かるるも気は同じく、形は異なるも情は一にして、未だ声の入りて応ぜず、情の交はりて感ぜざる者有らず。

聖人は其の然るを知れば、其の言に因りて、之を経《けい》（縦糸）とするに六義（風・雅・頌・賦・比・興）を以てし、其の声に縁《よ》りて、之を緯《ゐ》とするに五音（宮・商・角・徴・羽）を以てす。音に韻（韻律）有り、義に類（類別）有り。韻協《かな》へば則ち言順ひ、言順へば則ち声入り易し。類挙ぐれば則ち情見《あらは》れ、情見るれば則ち感交はり易し。是《ここ》に於てか大なるを孕《はら》み深きを含み、微なるを貫き密なるを洞《とほ》し、上下通じて二気（陰陽）泰《やす》く、憂楽合して百志熙《やは》らぐ。二帝三王（堯帝・舜帝、夏の禹王・殷の湯王・周の文王）の直道（正道）もて行ひ、垂拱《すいきよう》して理《をさ》まる所以の者は、此（詩）を掲げて以て大柄（政治の大権）と為し、此を決して以て大竇《とう》（政治の大道）と為せばなり。故に、「元首（君主）明なるかな、股肱（輔相）良なるかな」の歌（『書経』益稷）を聞けば、則ち虞《ぐ》（舜）の道の昌んなるを知れり。五子の「洛汭《らくぜい》（洛水が黄河に入る所）」の歌（『書経』五子之歌）を聞けば、則ち夏《か》（太康）の政の荒《すさ》ぶを知れり。言ふ者は罪無く、聞く者は誡《いまし》めと作《な》し、言ふ者・聞く者、両《ふた》つながら其の心を尽くさざるは莫し。

周《しう》衰へ秦《しん》興るに洎《およ》びて、採詩の官（民間歌謡の採集官）廃れ、上は詩を以て時政を補察せず、下は歌を以て人情を洩《せつ》導せず。用《もつ》て諂《てん》成の風動き、救失の道欠くるに至る。時に六義（風・雅・頌・賦・比・興）始めて刓《そこ》なへり。国風は変じて騒辞（楚辞）と為り、五言は蘇（武）・李（陵）より始まる。詩・騒は、皆遇《あ》はざる者、各〻其の志を繋《か》け、発して文（詩文）を為《つく》る。故に「河梁（河の橋）」の句は、別れを傷むに止《とど》まり、「沢畔（沢のほとり）」の吟は、怨む思ひに帰するのみにして、彷徨抑鬱して、他に及ぶに暇《いとま》あらざるのみ。然れども『詩』を去ること未だ遠からず、梗概《かうがい》（大略）は尚ほ存す。故に離別を興（隠喩）しては則ち「雙鳧《さうふ》」「一鴈《がん》」を引きて喩《たと》へと為し、君子・小人を諷（諷諭）しては則ち香草・悪鳥を引きて比と為す。義類（六義の類別）は具《そな》はらずと雖も、猶ほ風人（『詩経』の詩人）の什に二三（二、三割）を得たり。時に六義は始めて欠けたり。

晋《しん》・宋《そう》より已還、得る者は蓋し寡《すくな》し。康楽《かうらく》（謝霊運）の奥博を以てするも、多く山水に溺れ、淵明（陶淵明）の高古を以てするも、偏へに田園に放《はしいまま》にするのみ。江（江淹）・鮑（鮑照）の流は、又此より狭し。梁鴻の「五噫《い》（の歌）」の例の如き者は、百に一二も無し。時に六義は寖《やうや》く微《かす》かなり。

陵夷して梁《りやう》・陳《ちん》の間に至れば、率《おほむ》ね風雪に嘲《たはむ》れ、花草を弄《もてあそ》ぶに過ぎざるのみ。噫《ああ》、風雪・花草の物は、三百篇（『詩』）の中に、豈に之を捨てんや。顧《た》だ用ふる所の何如《いかん》なるのみ。設如《たと》へば「北風其れ涼《つめた》し」（『詩経』邶風「北風」）は、風を仮《か》りて以て威虐を刺《そし》るなり。「雪を雨《ふ》らして霏霏《ひひ》たり」（『詩経』小雅「采薇」）は、雪に因りて以て征役を愍《いた》むなり。「棠《たう》棣《てい》の華」（『詩経』小雅「棠棣」）は、華に感じて以て兄弟を諷するなり。「采《と》り采《と》る芣苡《ふい》」（『詩経』周南「芣苢」）は、草を美《ほ》めて以て子有るを楽しむなり。皆、興（隠喩）此《ここ》に発して、義（真意）彼に帰す。是《これ》に反する者は可ならんや。然らば則ち「余霞は散じて綺《あやぎぬ》と成り、澄江は浄《きよ》くして練《ねりぎぬ》の如し」（斉の謝朓「晩に三山に登りて京邑を還望す」詩）、「帰花は先づ露に委《お》ち、別葉は乍《たちま》ち風に辞す」（劉宋の鮑照「月を城の西門の解中に翫《もてあそ》ぶ」詩）の什は、麗は則ち麗なるも、吾《われ》は其の諷する所を知らず。故に僕の所謂「風雪に嘲《たはむ》れ、花草を弄《もてあそ》ぶのみ」なり。時に六義は尽《ことごと》く去れり。

唐の興りて二百年、其の間、詩人は数ふるに勝《た》ふべからず。挙ぐべき所の者は、陳子昂《ちんすがう》（六五六—六九五）に「感遇詩」二十首有り、鮑防（七二二—七九〇）に「感興詩」十五篇有り。又詩の豪なる者は、世に李《り》（白）・杜《と》（甫）を称す。李《り》の作は、才あり奇あり。人迨《およ》ばざるなり。其の風・雅・比・興を索《もと》むれば、十に一も無し。杜《と》の詩は最も多く、伝ふべき者は千余首あり。古今を貫穿し、格律を覼縷《らる》（詳悉）し、工を尽くし善を尽くすに至りては、又李《り》に過ぎたり。然れども其の「新安（吏）」「石壕（吏）」「潼関《どうくわん》吏」「蘆子《ろし》関」「（留）花門」の章、「朱門に酒肉は臭《くさ》り、路には凍死の骨有り」の句（杜甫「京より奉先県に赴き、懐ひを詠む、五百字」詩）を撮《と》れば、亦た十に三四に過ぎず。杜《と》すら尚ほ此《か》くの如し、況んや杜《と》に迨ばざる者をや。

僕は常に詩道の崩壊するを痛み、忽忽として憤発し、或いは食を廃し寝を輟《や》め、才力を量らずして、之を扶け起こさんと欲す。嗟乎《ああ》、事に大いに謬《あやま》れる者有りて、又一二にして言ふべからず。然れども亦た左右（足下）に粗陳せざること能はず。

僕、始めて生まれて六七月の時、乳母は抱きて書屏（書斎の屏風）の下に弄《たはむ》れ、「之」字・「無（无）」字を指さして僕に示す者《こと》有り。僕は口には未だ言ふこと能はざるも、心には已《すで》に黙識せり。後、此の二字を問ふ者有りて、其の試みを百《しば》十《しば》すと雖も、之を指さして差《たが》はず。さすれば則ち僕の宿習（天性）の縁、已《すで》に文字の中に在るを知るなり。五六歳に及びて、便《すなは》ち詩を為《つく》るを学び、九歳にして声韻を諳識（暗記）す。十五六のとき、始めて進士有るを知り、苦節して読書す。二十已《い》来、昼には賦を課し、夜には書を課し、間〻又詩を課して、寝息するに遑《いとま》あらず。以て口舌に瘡《かさ》を成し、手肘に胝《たこ》を成すに至る。既に壮（三十歳前後）なるも膚革は豊盈ならず、未だ老いざるに歯髪は早《つと》に衰白し、瞀《ぼう》然として飛蠅・垂珠の眸子《ぼうし》中に在る者の如く、動《やや》もすれば万を以て数ふ。蓋し苦学力文の致《まね》く所なるを以てなり。又、自《みづか》ら悲しむ、家貧にして故《こと》多く、年二十七にして方《はじ》めて郷賦（郷試）に従ふを。既に第（及第）するの後、科試（吏部の官吏任用試験）に専（専念）すと雖も、亦た詩を廃せず。校書郎を授けらるる時（徳宗の貞元十九年。居易三十二歳）に及びて、已《すで》に三四百首に盈てり。或るとき出だして交友に示せば、足下の輩の如きは、見て皆之を工《たくみ》なりと謂ふも、其の実は未だ作者（専門詩人）の域を窺《うかが》はざるのみ。

登朝より来《このかた》、年歯漸く長じ、閲事（公務処理）漸く多く、人と言《かた》る毎に、多く時務を詢《はか》り、書史を読む毎に、多く理道を求め、始めて知る、文章は合《まさ》に時の為《ため》にして著すべく、歌詩は合《まさ》に事の為《ため》にして作るべきを。是の時、皇帝（憲宗）初めて即位し、宰府に正人（中正の人）有りて、屢〻璽書を降して、人の急病（緊急な重大事）を訪ぬ。僕、此の日に当たりて、擢《ぬき》んでられて翰林に在り（元和二年）、身は是れ諫官なれば、月〻諫紙を請ふ。啓奏の間、以て人の病（困苦）を救済し、時の闕《けつ》（不備）を裨補すべきも指言（明言）するに難しき者《こと》有らば、輒《すなは》ち之を詠歌して、稍稍（少しずつ）上《しやう》に進聞せんと欲す。上《かみ》は以て宸聴を広め、憂勤に副《そ》ひ、次は以て恩奨に酬い、言責を塞《ふさ》ぎ、下《しも》は以て吾が平生の志を復（実践）せんとすればなり。豈に図《はか》らんや、志の未だ就《な》らざるに悔いの已《すで》に生じ、言の未だ聞《ぶん》せざるに謗《そし》りの已《すで》に成るとは。

又請ふ、左右（足下）の為《ため》に終《つひ》に（最後まで）之を言はんことを。凡そ僕の「雨を賀す」詩を聞けば、衆口は籍籍（喧喧）として、以て宜しきに非ずと為せり。僕の「孔戡《こうかん》を哭す」詩を聞けば、衆面は脈脈（黙黙）として、尽《ことごと》く悦ばず。「秦中吟」を聞けば、則ち権豪貴近なる者は、相目《もく》して色を変ぜり。「楽遊園に登りて足下に寄す」詩を聞けば、則ち政柄を執る者は扼腕せり。「紫閣村に宿る」詩を聞けば、則ち軍要を握る者は切歯せり。大率《おほむね》此《か》くの如くして、偏《あまね》く挙ぐべからず。相与《くみ》せざる者は、号して沽《う》ると為し、号して詆訐《ていけつ》（詆毀・非難）すと為し、号して訕謗《せんばう》（誹謗）すと為す。苟《いやしく》も相与《くみ》する者は、則ち牛僧孺《ぎうそうじゆ》の誡《いまし》めの如しとし、乃ち骨肉・妻孥《さいど》も皆我を以て非と為すに至るなり。其の我を非とせざる者は、世を挙げて三両人に過ぎざるのみ。鄧魴《とうはう》なる者有りて、僕の詩を見て喜ぶも、何《いくばく》も無くして魴は死せり。唐衢《たうく》なる者有りて、僕の詩を見て泣くも、未だ幾《いくばく》ならずして衢は死せり。其の余は即ち足下のみ。足下は又十年来、困《くる》しみ躓《つまづ》くこと此《か》くの若《ごと》し。嗚呼《ああ》、豈に六《りく》義・四始（国風・小雅・大雅・頌）の風、天将《まさ》に破壊して、支持すべからずとせんや。抑《そもそも》〻又知らず、天意は下人《かみん》の病苦（痛苦）をして上《しやう》に聞かしむるを欲せざるか。然らずんば、何ぞ詩に志す者の不利此《か》くの如きの甚だしきこと有らんや。

然れども、僕は又自《みづか》ら思へらく、「関東（函谷関以東）の一男子のみ」と。書を読み文を属《つづ》るを除くの外、其の他は懵《ぼう》然（模糊）として知ること無く、乃ち書・画・棋・博の以て群居の歓に接すべき者《こと》に至りては、一も通暁するもの無し。即ち其の愚拙なること知るべきなり。初め進士に応ぜし時、中朝（朝廷）に緦麻《しま》の親（遠縁の親戚）すら無く、達官（高官）に半面の旧（半面識の知人）すら無ければ、褰歩《けんぽ》（歩きにくい足どり）を利足の途《みち》（足早に出世するべき官途）に策《むち》うち、空拳（素手）を戦文の場（詩文の能力を競う試験場）に張《ひろ》げたり。十年の間に、三たび科第に登りて（科挙に合格して）、名は衆耳に落《い》り、迹は清貫（高貴な官職）に升り、出でては賢俊に交はり、入りては冕旒《べんりう》（天子）に侍す。始めに名を文章に得、終はりに罪を文章に得るは、亦た其れ宜《むべ》なるかな。

日者《さきごろ》、親友（親戚・朋友）の間〻説《い》ふを聞くに、「礼・吏部の挙選の人（試験官）は、多く僕の私《ひそ》かに試みたる賦（辞賦）・判（判決文）を以て準的（標準）と為し、其の余の詩句も、亦た往往《しばしば》人口の中に在り」と。僕、恧《じく》然として自《みづか》ら愧《は》ぢて、之を信ぜざるなり。再び長安に来たるに及びて、又聞くに、「軍使の高霞《かうか》寓《ぐう》なる者有りて、倡妓を聘《め》さんと欲すれば、妓は大いに誇りて曰く、『我は白《はく》学士の〈長恨歌〉を誦し得れば、豈に他に同じからんや』と。是に由りて価を増せり」と。又、足下の書（書翰）に云へらく、「通州（任地の四川省達県市）に到りし日、江館（江畔の宿）の柱間に僕

（居易）の詩を題《しる》せし者有るを見る」（『元氏長慶集』巻二十所収「楽天の詩を見る」詩）と。何人ぞや。又、昨《さき》ごろ漢南（湖北省襄樊市付近）を過《よぎ》りし日、適〻《たまたま》主人の衆を集めて他賓を娯楽せしむるに遇ふ。諸妓は僕の来たるを見、指さして相顧みて曰く、「此は是れ『秦中吟』『長恨歌』の主なるのみ」と。長安より江西（江南西道。今の江西省・湖南省）に抵《いた》るまで三四千里、凡そ郷校・仏寺・逆旅《げきりよ》・行舟の中、往往《しばしば》僕の詩を題《しる》す者有り。士庶・僧徒・孀《さう》婦・処女の口、毎毎僕の詩を詠ずる者有り。此れ誠に雕篆《てうてん》の戯（彫虫・篆刻のような小技）にして、多と為すに足らず。然れども今、時俗の重んずる所は、正に此《ここ》に在るのみ。前賢の淵《ゑん》（王褒）・雲《うん》（揚雄）の如き者、前輩の李《り》（白）・杜《と》（甫）の如き者、亦た未だ情を其間《そこ》に忘るること能はず。

古人云ふ、「名（名声）なる者は公器なれば、多くは取るべからず」（『荘子』天運篇）と。僕は是れ何者ぞ、時の名を窃《ぬす》むこと已《すで》に多し。既に時の名を窃み、又《さら》に時の富貴を窃まんと欲すれば、己《おのれ》をして造物者（万物を創造する神）と為《な》らしめて、肯《あ》へて之を兼ね与へんとするか。今の屯窮《ちゆんきゆう》（苦境）は、理（道理）固《もと》より然るなり。況んや詩人は蹇《けん》（困難）多くして、陳子昂《ちんすがう》・杜甫《とほ》の如きは、各〻一拾遺を授けらるるのみにして、屯剝《ちゆんはく》（艱難・零落）して死に至り、孟浩然《まうかうねん》の輩は、一命（初任）にも及ばずして、窮悴《きゆうすい》（困窮・憔悴）して身を終へ、近日には、孟郊《まうかう》は六十にして、終《つひ》に協律（協律郎）に試（仮採用）せられ、張籍《ちやうせき》は五十にして、未だ一太祝《たいしゆく》（神祇官。正九品上）を離れず。彼は何人ぞや。況んや僕の才は、又彼に迨《およ》ばず。今、謫《たく》せられて遠郡に佐（補佐）たりと雖も、官品は第五（従五品下）に至り、月棒は四五万、寒きに衣有り、饑ゑに食有り、身に給《たま》ふの外、施しは家人に及ぶ。亦た白《はく》氏の子に負《そむ》かずと謂ふべし。微之《びし》よ、微之よ、我を念とすること勿《な》かれ。

僕、数月より来《このかた》、嚢帙《なうちつ》の中を検討して、新旧の詩を得、各〻類を以て分かち、分けて巻目（巻子・細目）を為せり。拾遺（左拾遺に就任）より来《このかた》、凡そ遇ふ所・感ずる所にして、美（賞賛）・刺（諷刺）・興（隠喩）・比（直喩）に関する者、又武徳（高祖）より元和（憲宗）に至るまで、事に因りて題を立て、題して「新楽府《がふ》」と為す者、共に一百五十首、之を「諷諭詩」と謂ふ。又、或いは公（公務）より退き、或いは病に臥して閑居し、足るを知りて和を保ち、性情（思想・感情）を吟玩する者一百首、之を「閑適詩」と謂ふ。又、事物の外に牽《ひ》き、情理（情緒）の内に動き、感遇（感慨）に随ひて歎詠に形《あらは》るる者一百首有り、之を「感傷詩」と謂ふ。又、五言・七言・長句（律詩）・絶句、百韻より両韻に至る者四百余首有り、之を「雑律詩」と謂ふ。凡そ十五巻、約八百首と為す。異時（後日）相見《まみ》ゆれば、当《まさ》に尽《ことごと》く執事（貴下）に致《おく》るべし。

微之《びし》よ、古人は云ふ、「窮すれば則ち独り其の身を善くし、達すれば則ち兼ねて天下を済《すく》ふ」（『孟子』尽心上）と。僕は不肖なりと雖も、常に此の語を師とす。大丈夫、守る所の者は道にして、待つ所の者は時なり。時の来たるや、雲龍と為り、風鵬と為り、勃《ぼつ》然・突然として、力を陳《の》べて以て出づ。時の来たらざるや、霧豹《へう》となり、冥鴻《こう》と為り、寂兮《けい》・寥《れう》兮として、身を奉じて退く。進退出処、何《いづ》くに往くも自得（満足）せざらんや。故に僕は、志は兼済（広く平等に天下を救済する）に在り、行ひは独善（自分一人で徳義を守る）に在り。奉じて之を始終（一貫）すれば則ち道と為り、言ひて之を発明（表現）すれば則ち詩と為る。之を「諷諭詩」と謂ふは、兼済の志なり。之を「閑適詩」と謂ふは、独善の義なり。故に僕の詩を覧《み》る者は、僕の道を焉《ここ》に知る。其の余の「雑律詩」は、或いは一時一物に誘はれ、或いは一笑一吟に発し、率然として章を成せば、平生の尚ぶ所の者に非ず。但《た》だ親朋合散の際、其の恨みを釈《と》き歓びを佐《たす》くるを取る（任務とする）を以て、今銓次（編集）の間、未だ刪去すること能はず。他時、我の為《ため》に斯の文（詩文）を編集する者有らば、之を略して可なり。

微之《びし》よ、夫れ耳を貴びて目を賤《いや》しみ、古を栄として今を陋《ろう》とするは、人の大情（普通の人情）なり。僕、遠く古旧に徴すること能はざるも、近歳の韋《ゐ》蘇州（韋応物。七三七―?）の歌行の如きは、才麗（才能・文彩）の外、頗る興諷（比興・諷諭）に近く、其の五言詩は、又《さら》に高雅閑澹にして、自《おのづか》ら一家の体を成し、今の筆を秉《と》る者、誰か能く之に及《よ》ばん。然れども蘇州の在時（在世の時）に当たりては、人亦た未だ甚だしくは愛重《あいちよう》せず、必ず身後（死後）を待ちて、人始めて之を貴ぶ。今、僕の詩、人の愛する所の者《うた》は、悉く「雑律詩」と「長恨歌」已《い》下とに過ぎざるのみ。時の重んずる所は、僕の軽んずる所なり。「諷諭」なる者《うた》に至りては、意は激（尖鋭）にして言は質（質朴）なり。「閑適」なる者《うた》（に至りて）は、思ひは澹（淡白）にして辞は迂《う》（迂遠）なり。質を以て迂に合すれば、宜《むべ》なり人の愛せざること。今、愛する所の者、世を並《なら》べて（時を同じくして）生くるは、独り足下のみ。然れども百千年の後、安《いづ》くんぞ知らん、復《ま》た足下の如き者出でて、我が詩を知り愛すること無からんことを。故に八九年より来《このかた》、足下と小《すこ》しく通（順調）なれば則ち詩を以て相戒め、小《すこ》しく窮（困窮）なれば則ち詩を以て相勉《はげ》まし、索《はな》れて居れば則ち詩を以て相慰め、同《とも》に処《を》れば則ち詩を以て相娯《たの》しむ。吾《われ》を知り吾を罪せしは、率《おほむ》ね詩を以てなり。

今年の春、城南（長安城の南郊）に遊びし時の如きは、足下と馬上に相戯れ、因りて各〻新艶の小律（新鮮艶麗な絶句）を誦して、他篇を雑《まじ》へず。皇子陂《わうじは》より昭国里《せうこくり》に帰るまで、迭《たが》ひに吟じ遞《たが》ひに唱《うた》ひ、声を絶たざる者《こと》二十里余。樊《はん》・李《り》は傍《かたは》らに在るも、口を措《さしはさ》む所無し。我を知る者は以て「詩仙」と為し、我を知らざる者は以て「詩魔」と為す。何となれば則ち、心霊を労し、声気を役し、朝を連ねて夕べに接《つ》ぐも、自《みづか》ら其の苦しみを知らざれば、「魔」に非ずして何ぞや。同人に偶《なら》びて美景に当たり、或いは花時に宴罷《や》み、或いは月夜に酒酣《たけなは》にして、一詠一吟、老いの将《まさ》に至らんとするを覚えず、鸞《らん》・鶴《かく》を驂《さん》（そえうま）として蓬《ほう》（蓬萊山）・瀛《えい》（瀛州山）に遊ぶ者の適《たの》しみと雖も、以て此に加ふること無ければ、又「仙」に非ずして何ぞや。微之《びし》よ、微之よ、此《か》く吾《われ》の足下と形骸（肉体）を外《よそ》にし、蹤迹《しようせき》（俗人との往来）を脱し、軒鼎《けんてい》（高位高官）を傲《あなど》り、人寰《じんくわん》（俗世間）を軽んずる所以の者は、又此を以てなり。

此の時に当たりて、足下は興（興趣）に余力有りて、且《まさ》に僕と悉《ことごと》く還往（往来）中の詩を索《もと》め、其の尤《もつと》も長ずる者、（たとえば）張《ちやう》十八（張籍）の古楽府《こがふ》、李《り》二十（李紳）の新歌行、盧《ろ》（盧拱）・楊《やう》（楊巨源）二秘書の律詩、竇《とう》七（竇鞏）・元《げん》八（元宗簡）の絶句の如きを取りて、博捜精掇《てつ》、編して之を次《つい》で、号して『元白《げんはく》往還集』と為さんと欲す。衆君子の擬議（選考）を此《ここ》に得し者は、踊躍欣喜、以て盛事（りっぱな事業）と為さざるは莫《な》けん。嗟乎《ああ》、言の未だ終はらざるに足下は左転（左遷）せられ、数月ならずして僕又継いで行《うつ》る。心期（心に期するもの）索然として、何《いつ》れの日にか成就せん。

又之が為《ため》に太息すべし。

僕、常《かつ》て足下に語るらく、「凡そ人の文（詩文）を為《つく》るや、自是（自己肯定）するに私《わたくし》（偏執）して、割截《かつせつ》（削除）するに忍びざれば、或いは繁多なるに失し、其の間の妍媸《けんし》（巧拙）は、益〻又自《みづか》ら惑ふ。必ず交友の公鑒《こうかん》（公平な鑑別眼）有りて姑息《こそく》（安易な妥協態度）無き者を待ちて、討論して之（削奪すべき詩歌）を削奪す。然る後に繁簡当否は、其の中（中正）を得ん」と。況んや僕は足下と、文を為《つく》りて尤も其の多きを患《うれ》ふ。己《おのれ》すら尚ほ病《なや》む、況んや他人をや。今且《しば》らく各

〻詩筆（詩文）を纂《あつ》めて、粗《ほぼ》〻巻第（書物の順序）を為し、足下と相見《まみ》ゆる日を待ちて、各〻有する所を出だして、前志を終はらん。又知らず、相遇ふは是れ何《いつ》れの年なるか、相見《まみ》ゆるは是れ何れの地なるかを。溘《かふ》然として（にわかに死別する悲劇）至らば、則ち之を如何せん。微之《びし》よ、我が心を知るや。潯陽《じんやう》（江州）の臘《らふ》月（陰暦十二月）は、江風苦《はなは》だ寒く、歳暮も歓《よろこ》び鮮《すくな》く、夜長くして睡《ねむ》り少なし。筆を引きよせ紙を鋪《し》きのべ、悄《せう》然たる灯前に、念《おも》ひ有《おこ》れば則ち書し、言に銓次《せんじ》（順序）無し。繁雑なるを以て倦《けん》（退屈）と為す勿《な》かれ。且《しばら》く以て一夕の話言（談話）に代ふるなり。（白居易「元九に与ふる書」一四八六）

居易が自身で述べたところは以上のごとくであるが、文人たちはまことにその通りだと思った。

元和十三年（八一八）冬、居易は、恩赦によって忠州（四川省忠県）刺史（正四品下）に移され、潯陽から舟で長江を旅して三峡を溯《さかのぼ》った。

同十四年（八一九）三月、通州（四川省）司馬から虢《かく》州（河南省）長史に転任する元稹《げんしん》は、居易に西陵峡の入り口で出会ったので、舟を夷陵《いりよう》（湖北省宜昌市）に三日間も停泊させた。その当時、居易の末弟の白行簡《はくこうかん》（?—八二六）も居易に随行していたので、三人は峡《きよう》州（湖北省宜昌市）の西二十里（約一キロ）にある黄牛《こうぎゆう》峡の入り口の石洞の中で、酒宴を開いて詩歌を作り合い、互いに名残惜しくて別れるに忍びなかった。

南賓《なんびん》郡（忠州の旧名）は、三峡沿岸での奥深く険阻な地域に相当している。従って花草樹木に珍しいものが多いので、居易はこの郡に在職中、「木蓮・荔枝《れいし》の図」を作成して、朝廷内の親しい友人に送り、それぞれの図にその形状を記した。そのうち「荔枝の図」の序（一四九〇）には以下のごとく言う——

荔枝は巴・峡の間に生じ、形は円くして帷蓋《ゐがい》の如し。葉は桂《かつら》の如く冬も青く、華は橘《たちばな》の如く春に栄《はなさ》き、実は丹《たん》（丹砂）の如く夏に熟す。朶《えだ》は蒲萄《ぶだう》の如く、核《たね》は枇杷《びは》の如く、殻《から》は紅繒《こうそう》（紅絹）の如く、膜《まく》は紫綃《しせう》（紫の薄絹）の如し。瓤肉《ちやうにく》（果肉）は瑩《えい》白（光沢があって潔白）なること雪の如く、漿液《しやうえき》（果汁）は甘酸なること醴酪《れいらく》（甘酒・ヨーグルト）の如し。大略此《か》くの如きも、其の実は之に過ぐ。若《も》し本枝を離るれば、一日にして色変じ、二日にして香《かを》り変じ、三日にして味変じ、四五日より外は、色・香り・味尽《ことごと》く去る。

また、「木蓮の図」については、「木蓮花の詩」の序（二一六）に以下のごとく言う――

木蓮、大なる者は高さ四五丈。巴《は》（今の重慶地方）の民は呼んで黄心樹《くわうしんじゆ》と為す。冬を経るも凋《しぼ》まず。身は青楊の如くにして白き文（斑文）有り、葉は桂の如くにして厚く大きく脊《せき》（主脈）無く、花は蓮の如くにして香・色・艶《えん》・膩《じ》（なめらかさ）は皆同じく、独り房（花房）・蘂《ずい》（花蕊）に異なる有り。四月の初めに始めて開き、開きてより謝《ち》るに迨《いた》るまで僅かに二十日なり。

元和十四年夏、道士の毋丘元志《くわんきうげんし》に命じて之を写さしむ。其の遐僻《かへき》（僻遠の地）なるを惜しみ、因つて三絶（三首の絶句）を以て之を賦す。

そして、その絶句の第三首に、「天　抛擲《はうてき》して深山に在ら教《し》む」という一句がある。これら居易の絵画や詩文は、ことごとく長安の都下に喧伝され、好事者たちは大騒ぎしながらこれを模写している。

その年（八一九）の冬、京師に召還されて、尚書省の司門員外郎（従六品上）に拝せられた。

明年（八二〇）、礼部の主客郎中（従五品上）・知制誥に転任、文散官の朝散大夫（従五品下）を加えられて、始めて緋《ひ》（浅い緋色の官服）が着られるようになった。このころ、元稹もまた召還されて尚書郎（従五品上）・知制誥となり、共に中書省（詔勅等を掌る中央官庁）で勤務していた。

穆《ぼく》宗の長慶元年（八二一）三月、居易は詔勅を受けて、中書舎人の王起《おうき》（七六〇―八四七）と共に、礼部侍郎の銭徽《せんき》（七五五―八二九）が主宰した科挙の初試をやりなおして、初試の進士及第生の鄭朗《ていらう》ら十四人を落第させた。

十月、中書舎人（正五品上）に転任。

十一月、穆宗は、親しく制挙（天子親試の最高任用試験）の受験生を試験し、居易は又賈餗《かそく》（？―八三五）・陳岵《ちんこ》と共に考策官（制挙における対策の試験官）となった。

ところで、おしなべて朝廷の詩文を掌る官職というものは、いつでも官吏選出の最も重要な位置を占めてはいるが、しかし多くの場合周囲から仲間はずれにされて、自分の才能を生かすことができないものである。その当時、穆宗は乱暴放縦で手に負えず、為政者も適当な人材がなくて、その統治は当を失し、河北地方は再び乱れはじめた。それで居易は、しきりに上疏して事態の危急を述べ立てたけれども、天子はその意見を取り上げる能力もなかったので、やむなく地方勤務を願い出た。

長慶二年（八二二）七月、杭州（浙江省杭州市）刺史（従三品）に除せらる。その後、まもなく元稹も宰相（同中書門下平章事）を罷免されて、馮翊《ひょうよく》（畿内）より浙東《せっとう》観察使（治所は越州。浙江省東部の紹興市）に転任してきた。居易と元稹は、平素から友情が極めて深く、杭州と越州とは隣り合わせであったので、詩歌作品の贈答は、十日を措かず絶え間なく行われ、常々州境で出会っては、数日も過ごしてから別れるといった親密ぶりであった。

やがて居易は、二年間の任期が終わって、太子左庶子（正四品上）に除せられて、東都洛陽《らくよう》に分司として赴任。敬宗の宝暦《ほうれき》（八二五—八二六）年間、再び地方に出されて蘇《そ》州刺史となる。

文宗が即位し（八二七）、天子から召されて秘書監（秘書省長官。従三品）を拝命、金印・紫綬を下賜された。九月、天子の誕生日に、居易と僧惟澄《いちょう》・道士趙常盈《ちょうじょうえい》を召し出し、麟徳《りんとく》殿において宴を賜うて彼らと同席し講説討論した時、居易はその論述・詰責が蜂のように沸き起こり、その言辞・分析も泉のごとく噴き出したので、天子はこれを前もって準備しておいたものではないかと疑うほどであり、これを感嘆した。

大和二年（八二八）正月、刑部侍郎（法務庁次官。正四品下）に転任、晋陽県（山西省太原市）男に封ぜられ、食邑三百戸。

同三年（八二九）、病気と偽って東のかた洛陽に帰り、分司（東都勤務）の官になることを願い出ていたところ、まもなく太子賓客（正三品）分司に除せられた。

居易は、そのはじめ制挙においてその対策答案が優秀な成績であったので、抜擢されて翰林学士の列に入り、憲宗という英明な天子の特別な知遇・身に余る愛顧を受けて、相当にその報恩に奮励しようと心掛け、かりそめにも天子の遠大な国家計略に関与する立場にあって自分の身命をこれに捧げるかぎり、ことごとく天下の生民にその恩恵が行き渡るようにしていた。しかし、その積もる念願がまだ十分に果たせないうちに、かかる評判が伝わるや要路にいる権力者たちに排斥されて、人里はなれた江上や湖畔のあたりに流れさまよい、とりわけ四、五年の間は、ほとんど南方の毒気の中に沈淪する有り様であった。それで、そのころから官僚として勤める意欲が衰退して、出処進退について関心がなくなり、ただのびのびとみずから楽しみ、心情を詩歌に表現することだけを生活信条にしていた。

また、文宗の大和年間（八二七—八三五）以後、進士系官僚の領袖李宗閔《りそうびん》と貴族系官僚の領袖李徳裕《りとくゆう》（七八七—八四九）とによる朋党の争いが起こって、両派は互いに褒貶し排斥しあい、朝に昇進すれば夕べに追放されるという死闘ぶりで、天子もこれを如何ともしがたい状態であった。楊穎士《ようえいし》・楊虞卿《ようぐけい》は李宗閔と親交があり、居易の妻は楊穎士の従父妹（父かたの女いとこ）である。それで居易は、ますます自分の立場が不安になり、李宗閔派の党人という理由で追放されはしないかとびくびくして、その挙げ句、自分を閑暇な官職に就けてくれるよう請願して、禍害を免れることを望んだ。おしなべて彼の就任した官職は、かつて任期一杯まで勤めた前例がなく、おおむね病気を理由にして辞職が許可され、また強硬に東都分司を要請したわけだが、識見のある人は彼のこの態度を称賛している。

大和五年（八三一）、河南尹（河南府長官。従三品）に除せられた。

同七年（八三三）、再び太子賓客（正三品）分司を授けられた。

そのむかし、長慶四年（八二四）、居易は杭州刺史を罷免され、洛陽に帰った。そして洛陽東南部の履道里《りどうり》において故散騎常侍（正三品）楊憑《ようひょう》の旧宅を入手したが、その竹・水・池・館宅には、隠棲の地にふさわしい風趣を具えていた。また家中に蓄えている歌妓の樊素《はんそ》・蛮子《ばんし》（小蛮）という女性は、それぞれ歌の才能があり舞が見事であった。居易は、かつて地方長官でありながらそれを中途でやめて東都洛陽に帰隠した後、ことあるごとに宅中の池に小舟を浮かべて独酌しながら詩歌を作っていたが、ある時その機会に「池上篇」という作品をものして以下のごとく言う——

東都（洛陽）の風土水木の勝（景勝地）は東南偏に在り、東南の勝は履道里《りだうり》に在り、里《り》の勝は西北隅に在り。西閈《かん》（里門）北垣《ゑん》（外囲い）第一の第《てい》（邸宅）は、即ち白《はく》氏の叟《そう》（翁）楽天《らくてん》の退老の地なり。地は方十七畝《ほ》、屋室は三の一（三分の一）、水は五の一、竹は九の一にして、島・樹・橋・道は之に間《まじは》る。初め楽天は既に主（家主）と為り、喜びて且つ曰く、「池の台（高台）有りと雖も、粟（五穀）無ければ守（保持）する能はざるなり」と、乃ち池東の粟廩《りん》（穀物倉庫）を作る。又曰く、「子弟有りと雖も、書無ければ訓《をし》ふる能はざるなり」と、乃ち池北の書庫（図書収蔵庫）を作る。又曰く、「賓朋有りと雖も、琴酒無ければ娯《たの》しむ能はざるなり」と、乃ち池西の琴亭を作り、石樽（石づくりの保存用酒樽）を焉《ここ》に加ふ。

楽天、杭州刺史を罷《や》めしとき、天竺《てんぢく》石一・華亭《くわてい》の鶴二を得て以て帰り、始めて西平橋を作り、池を環《めぐ》る路を開けり。蘇州刺史を罷めし時、太湖石五・白蓮・折腰菱《りよう》・青板舫《はう》を得て以て帰り、又中高橋を作りて、三島逕《けい》を通ぜり。刑部侍郎を罷めし時、粟千斛《ごく》・書一車、洎《およ》び臧獲《ざうくわく》（奴婢）の管・磬《けい》・絃・歌を習ふ者指《し》百（数百人）有りて以て帰る。是より先、潁川《えいせん》（河南省許昌市）の陳孝仙《ちんかうせん》は醸酒の法を与《あた》へて、味甚だ佳なり。博陵《はくりよう》（河北省定県）の崔晦叔《さいくわいしゆく》は琴を与へて、韻甚だ清し。蜀《しよく》客の姜発《きやうはつ》は「秋思」（楽府の怨思曲）を授けて、声甚だ澹《あは》し。弘農《こうのう》（河南省霊宝県）の楊貞一《やうていいつ》は青石《せいせき》三を与へて、方長平滑、以て坐臥すべし。

大和三年（八二九）夏、楽天は始めて請うて太子賓客と為り、秩《ちつ》を洛下に分かち、躬《み》を池上に息《やす》んずるを得たり。凡そ三任の得たる所、四人の与へし所、洎《およ》び吾が不才の身は、今率《おほむ》ね池中の物と為れり。池風の春、池月の秋、水香《かんば》しく蓮開くの旦《あした》、露清く鶴唳《な》くの夕《ゆふ》べに至る毎に、楊《やう》石を払ひ、陳《ちん》酒を挙げ、崔《さい》琴を援《ひ》き、「秋思」を弾じ、頽然《たいぜん》自適して、其の他を知らず。酒酣《たけなは》にして琴罷《や》むれば、又楽童に命じて中島亭《ちゆうたうてい》に登り、霓裳《げいしやう》散序を合奏せしむれば、声は風に随つて飄《ひるがへ》り、或《ある》いは凝《こ》り或いは散じ、竹煙波月の際に悠揚すること之を久しうす。曲は未だ竟《をは》らざるに、楽天は石上に陶然たり。睡《ねむ》り起こりて偶〻《たまたま》詠ずれば、詩に非ず賦に非ず。阿亀《き》（楽天の姪の亀郎）筆を握り、因つて石間に題す。其の粗《ほ》〻《ぼ》韻章を成すを視、命《なづ》けて「池上篇」と為すと云ふ。

十畝之宅　五畝之園　　十畝《ぽ》の宅、五畝の園。
有レ水一池　有レ竹千竿　　水有り一池、竹有り千竿《かん》。
勿レ謂二土狭一　勿レ謂二地偏一　　土狭しと謂ふ勿《な》かれ、地偏なりと謂ふ勿かれ。
足二以容一レ膝　足二以息一レ肩　　以て膝《ひざ》を容《い》るるに足《た》り、以て肩を息《やす》むるに足る。
有レ堂有レ亭　有レ橋有レ船　　堂有り亭有り、橋有り船有り。
有レ書有レ酒　有レ歌有レ絃　　書《ふみ》有り酒有り、歌有り絃有り。
有二叟在一レ中　白鬚颯然　　叟《そう》の中に在る有り、白鬚颯然《はくしゆさつぜん》たり。

識レ分　知レ足　外　無レ求　焉
如三鳥　択レ木　姑　務二巣　安一
如二蛙　作レ坎　不レ知二海　寛一
霊　鵲　怪　石　紫　菱　白　蓮
皆　吾　所レ好　尽　在二我　前一
時　引二一　杯一　或　吟二一　篇一
妻　孥　熙　熙　鶏　犬　閑　閑
優　哉　游　哉
吾　将レ老二乎　其　間一

分を識《し》り足《た》るを知り、外に求むる無し。
鳥の木を択び、姑《しばら》く巣の安きを務むるが如く、
蛙《かはづ》の坎《あな》を作り、海の寛《ひろ》きを知らざるが如し。
霊鵲《じやく》・怪石、紫菱《りよう》・白蓮、
皆吾が好む所、尽《ことごと》く吾が前に在り。
時に一杯を引き、或《あ》いは一篇を吟ず。
妻孥《ど》は熙熙《きき》として、鶏犬は閑閑たり。
優なるかな游なるかな、
吾《われ》は将《まさ》に其の間に老《お》いんとす。
（「池上篇」并びに序　二九二八）

また東晋の陶潜《とうせん》（三六五?―四二七）の「五柳先生伝」に倣って、「酔吟先生伝」（二九五三）を作り、もって自分の生活をたとえた。彼の文章の自由闊達なこと、いずれもこの自叙伝と同類である。

文宗の大和《たいわ》年間（八二七―八三五）の末、時の宰相李訓《りくん》（?―八三五）は、横暴を極める宦官勢力の殲滅を図った所謂「甘露の変」に失敗し、却って宦官のために斬殺される禍難に遇って、その衣冠は無惨にも一敗地《ち》にまみれる絶望的惨劇に終わり、かくて当時の心ある知識人階層は悲傷の底に打ちのめされ、居易もますます宮仕えの意欲を喪失してしまった。

開成元年（八三六）、同《どう》州（陝西省大茘県）刺史（従三品）に除せられたが、病気を口実にして拝命しなかった。その後まもなく太子少傅《しょうふ》（従二品）を授けられ、封を馮翊《ひょうよく》県開国《かいこく》侯に進められた。

同四年（八三九）冬、中風にかかって、枕に伏すること幾月にもわたったので、やむなく樊素《はんそ》・蛮子《ばんし》ら諸妓女にひまを出したが、居易自身は相変わらず自分で自分の墓誌を作ったり、病中でも作詩は中止しなかった。そして、みずからつぶやいて言った――

予、年六十有八にして、始めて風痺《ふうひ》（中風）の疾《やまひ》を患ひ、体は癏《いた》み目は眩《くら》み、左足は支《ささ》へず。蓋し老病相乗じ、時有り

て至るのみ。予、心を釈梵《しやくぼん》（釈迦）に栖《す》ましめ、迹《あと》を老・荘に浪《さすら》はせ、疾《やまひ》に因りて身を観《かんが》ふるに、果たして得る所有り。何となれば則ち、形骸（肉体）を外にして内は憂患を忘れ、禅観（禅理による修行）を先にして後に医治に順へばなり。旬月以還、厥《そ》の疾《やまひ》は少しく間《やす》らかなれば、門を杜《と》ぢ枕を高くし、澹然として安閑なり。吟詠して興来たり、亦た遏《や》むこと能はず。遂《かく》て「病中の詩」十五篇を為《つく》りて以て自《みづか》ら諭《たと》ふ。（白居易「病中の詩」序　三四〇八）

武宗の会昌《かいしよう》年間（八四一―八四六）、太子少傅を罷免されるよう請願したので、刑部尚書（正三品）の資格で退官した。そのころ、洛陽南郊の香山《こうざん》（仏光寺）の住持如満《によまん》禅師と香火《こうか》社を結び、肩輿《けんよ》（肩でかつぐかご）で往来するたびに、白衣をつけ鳩杖《きゆうじよう》（頭部に鳩形の飾りをつけた杖）をつき、「香山居士《こじ》」と自称していた。

宣宗の大中元年（八四七）死去。時に年七十六。尚書右僕射《うぼくや》（従二品）を追贈された。『文集』七十五巻、『経史事類』三十巻があり、いずれも世に行われている。

穆宗の長慶《ちようけい》年間（八二一―八二四）の末、当時浙東《せつとう》観察使（治所は越州。今の浙江省紹興市）であった元稹《げんしん》は、居易の詩文集『白氏長慶集』の序を作って以下のごとく言う——

楽天《らくてん》、始め未だ言《ものい》はざるとき、試みに「之」「無（无）」の字を指さすも能《よ》く誤らず。始めて既に言《ものい》ふや、書を読むこと勤敏（勤勉・敏速）にして、他児と異なる。五六歳にして声韻を識《おぼ》え、十五にして辞賦に志し、二十七にして進士に挙げらる。貞元《ていげん》の末、進士は馳競（名利の追求）を尚《たつと》びて、文（学問）を尚ばず、就中《なかんづく》六籍（六経）尤《もつと》も擯落《ひんらく》（排斥）す。礼部侍郎の高郢《かうえい》は始めて経芸《けいげい》（経学）を用ひて進退（合格・不合格）を為《さだ》め、楽天は一挙（一回の応試）にして上第（上位）に擢《ぬきん》でらる。明年、抜萃《ばつすい》甲科（吏部試の書判抜萃科）に中《あた》（合格）る。是に由つて「性習相近遠す」（一四一三）・「玄珠」（一四一五）・「白蛇を斬る」（一四一六）等の賦、洎《およ》び「百節の判」（二〇九三―二一九三）は、新進士競ひて京師に相伝ふ。会〻《たまたま》憲宗皇帝は「策」もて天下の士を召したるとき（制挙）、詔に対《こた》へて旨に称《かな》ひ、又甲科に登る。未だ幾ばくならずして、選ばれて翰林に入り、制誥を掌る。比比（頻頻）として上書して得失を言ひ、因りて「雨を賀す」詩（〇〇〇一）・「秦《しん》中の吟」（〇〇七五―〇〇八四）等の数十章を為《つく》りて、天下の事を指言すれば、時人は之を「風」（『詩経』）・「騒」（『楚辞』）に比す。予、始め楽天と秘書（秘書省校書郎）を同《とも》にし、前後多く詩章（詩篇）を以て相贈答せり。予は譴《とが》められて江陵（湖北省荊州）に掾《えん》（属官）たり、楽天は猶《な》ほ翰林（学士）に在りて、予に百韻の律体（長律詩）及び雑体を寄すること、前後数十詩あり。是《こ》の後、各〻江（江州）・通（通州）に佐（次官）たりて、復た相酬寄（贈答）す。巴・蜀・江・楚の間、洎《およ》び長安の中の少年《わかもの》は、遞《たが》ひに相仿效《はうかう》（模倣）し、競ひて新辞を作り、自《みづか》ら謂《い》ひて「元和《げんな》の詩」と為す。而《しか》るに楽天の「秦中の吟」「雨を賀す」の諷諭・閑適等の篇は、時人に能《よ》く知る者罕《まれ》なり。

然れども二十年の間、禁省（皇宮）・観寺（道観・仏寺）・郵候（宿屋）・牆壁（土塀）の上に、書かざること無く、王公（高官・貴人）・妾婦（婦女）・牛童（牧童）・馬走（馬子）の口も道《い》はざること無し。其の繕写（書写）・模勒《ろく》（模刻）して、市井に衒《げん》売（ほめて販売）し、或いは之に因つて以て酒茗《めい》（酒・茶）に交《か》ふる者は、処処（至る所）皆是なり。其の甚だしきは名姓を盗窃して、自《みづか》らを售《う》らんこと（自己宣伝）を苟《こう》求（いたずらに追求）するに至るもの有りて、雑乱間廁《かんし》（乱雑無法）、奈何《いかん》ともすべき無し。予、嘗《かつ》て平水《へいすい》（浙江省紹興市南郊）市中に於て、村校の諸童、競いて歌詠を習ふを見、召して之を問へば、皆対《こた》へて曰く、「先生、我に楽天・微之の詩を教へよ」と。固《もと》より亦た予の微之たるを知らざるなり。又鶏林《けいりん》の賈《こ》人（新羅の商人）市に求むること頗る切にして、自《みづか》ら云ふ、「本国の宰相は、毎《つね》に百金を以て一篇に換ふも、甚だ偽《にせ》なる者は、宰相輒《すなは》ち能《よ》く之を弁別す」と。篇章（詩篇）ありてより已来、未だ是《か》くの如く流伝の広き者有《ため》しらざるなり。

長慶四年（八二四）、楽天は杭州刺史より右庶子を以て召還され、予は時に会稽《くわいけい》（浙江省紹興市）に刺《し》（越州刺史）たり。因つて尽《ことごと》く其の文（詩文）を徴《もと》め、手自《てづか》ら排纘《さん》（編集・配列）するを得て、五十巻と成す。凡そ二千二百五十一首前輩は多く前集・中集を以て名と為すも、予は以為《おも》へらく「陛下（敬宗）は明年当《まさ》に改元すべく、長慶は是《ここ》に訖《をは》る」と。因つて『白氏長慶集』と号す。

大凡《おほよそ》人の文（詩文）には、各〻長ずる所有るも、楽天は長ずるところ以て多しと為すべし。夫《そ》れ「諷諭」の詩は激。（激烈）に長じ、「閑適」の詩は遣。（消遣）に長じ、「感傷」の詩は切。（痛切）に長じ、五字の「律詩」百言而上《じ》（以上）は贍。（豊潤）に長じ、五字・七字の百言而下は情。（情感）に長じ、賦・賛・箴誡《しんかい》の類は当。（妥当）に長じ、碑・記・叙事・制《せい》誥《かう》は実。（真実）に長じ、啓・奏・表・状は直。（率直）に長じ、書・檄・辞・冊・剖判《ほうはん》は尽。（言いつくす）に長ず。総じて之を言へば、亦た多からずや。

人びとは、「この元稹の序文は、彼の能力のすべてを傾けた力作だ」と評価している。

居易は、かつてその文章を書き写して、江州の東林寺と西林寺、洛陽の香山の聖善寺《しょうぜんじ》等の寺院に送り、仏典やその各種解説書の類のようにこれを世に広く行きわたらせた。

実子はなく、その兄弟の孫を後継ぎとした。遺言によれば「郷里の下邽《かけい》（西安市東北郊）には帰らず、敬愛する香山の如《にょ》満《まん》禅師の墓塔の側に葬るべし」とのことだったので、遺族はこの遺命に従ってそこに埋葬した。

※　※　※

史臣（『旧唐書』の撰者、劉昫《りゅうく》等）の総評――

逸材英士を官僚に選び挙げる方法には、まことに久しい歴史がある。しかし、遠くは両漢王朝が対策によって賢良を選び、近くは隋王朝がこれに詩賦の試験を追加してから以後は、公正中立・不偏不党の立場から人材を選ぶ法式が途絶えて、もっぱら人材選考を掌る担当官僚の手に委ねられることとなった。これに由って、応試生たちは、争って詩文表現を美しく飾ることばかりに労力を注いで、本格的な質疑応答の席に目通りする機会がほとんどなくなり、意気盛んに皆が屈原・宋玉の美文をあこがれ、誰も彼もが一様に『詩経』の国風や『楚辞』の「離騒」の麗辞を模倣している。また天子の欠点を戒める文章の制作に努めたり、『詩経』の亡佚詩を補足する語句の案出に務めたりする場合も、例外なく『詩経』王風の「采葛《さいかつ》」のような単純な作品には目もくれず、『楚辞』九章の「懐沙《かいさ》」のような素朴な表現を馬鹿にして、かの神話に見える「碧鶏」と肩を並べるような華麗な詩文を作り、かの伝説に見える「白鳳」と競い合うような新奇な表現にしたいと願っている。しかし、かかる華麗新奇な作品を一篇の書籍に編集したり、これを管絃で演奏したりすることになると、到底かの劉季緒《りゅうきしょ》（三国魏の人）のようなくだらない文人の悪評からさえ逃れることができないだろうし、誰一人として漢の司馬相如《しばしょうじょ》（前一七九―前一一七）の「子虚《しきょ》の賦」に対するような称賛を望むこともできないであろう。それから現今に至るまで約一千年、詩文の巧みな人に乏しくはないが、詩の六義（風・雅・頌・賦・比・興）の源流までも総体的に論述し、古詩三変（周漢・六朝・唐）の実態を比較すれば、漢の班彪《はんぴゅう》（三―五四）・班固《はんこ》（三二―九二）のような文豪は恐らく多くはないし、建安の七子のごとき詩宗も果たして幾人いるだろうか。かくて西晋の潘岳《はんがく》（二四八―三〇〇）・陸機《りくき》（二六一―三〇三）の情趣豊かな詩文、劉宋の鮑照《ほうしょう》（四二〇?―四五六?）・謝霊運《しゃれいうん》（三八五―四三三）のすがしく軽やかな作品に到達するわけだが、やがて南北朝末期の徐《じょ》陵《りょう》（五〇七―五八三）・庾信《ゆしん》（五一三―五八一）になると、その華麗さを継いで更に華麗さを増し、あたかも精巧な錦織りが出来上がって更に珠玉で輝きを加え、華麗な楼台が造り上がって更に金玉で装飾を施すようであった。

わが唐王朝創業の初め、高祖はいち早く修文館（弘文館）・崇賢館（崇文館）等の国学を開設し、高宗は茂才（秀才）を礼遇して、その結果、前には虞世南《ぐせいなん》（五五八―六三八）・許敬宗《きょけいそう》（五九二―六七二）がその学問の声価をほしいままにし、後には蘇《そ》味道《みどう》（六四八―七〇五）・李嶠《りきょう》（六四四―七一三）がその詩文の名声を天下に広め、中には官位が三公・宰相にまで昇進し、学問が超人的なレベルに達し、その美麗な詩文は、すべて編著となって世に流布した人もいる。しかしながら、往古を理想とする人間は非常な偏見にこだわることに欠点があり、華麗を追求する人間はとかく常法に合わない言動に陥りがちであり、細かな事にあくせくしている小人物は音律に不案内であり、勝手気儘な人間は淫乱な鄭風・衛風の音に流されるものである。ところが、各種曲調の規則が、おおむね古今にわたって集約され、賢不肖となく皆がその詩文を称賛することとなると、元稹・白居易の盛観さに及ぶものはない。昔、三国魏《ぎ》朝の建安文壇の七才子たちにあっては、始めて曹植《そうち》（一九二―二三二）・劉楨《りゅうてい》（?―二一七）に白羽の矢を立て、南朝斉《せい》の永明文壇の八文豪たちにあっても、第一に沈約《しんやく》（四四一―五一三）・謝朓《しゃちょう》（四六四―四九九）に最高権威の座をゆずったが、この中唐元和《げんな》文壇の領袖としては、ただ元稹・白居易だけである。今、私どもが元稹の制策と白居易の奏議を熟読してみると、文章の奥義を極め、治乱の根源を説き尽くしていて、ただ単に俗謡や頌歌の片言隻句、日用の皿や鉢と同然な取るにも足らない小咄ばかりを作っていたのではない。彼の詩文を通してその行為を観察してみると、居易の生きかたを素晴らしいと思う。彼は、自分の心胸を自分の会得した自由の境地に遊ばせ、自分の身体を絶対に安全な土地に置き、かくて悠悠自適の生活をしながら歳月を送ったのは、なんと賢明な生活態度ではないか。

賛（総括的賛辞）――

文章新体　建安永明　　文章の新体は、建安・永明。

沈謝既往　元白挺生　　沈・謝より既往、元・白挺生す。

但 留二金 石一 長 有二茎 英一　　但だ金・石を留め、長《とこしへ》に茎・英有るも、
不レ習二孫 呉一 焉 知二用 兵一　　孫・呉を習はざれば、焉《いづ》くんぞ用兵を知らん。

韻字―明・生・兵（下平声、庚韻）、英（下平声、耕韻）……庚・耕韻は同用。

「詩文の新しい表現様式は、建安文壇と永明文壇が特に顕著であり、その永明文壇の第一人者の沈約・謝朓より以後では、元稹と白居易が傑出している。しかし、いたずらに鐘《しょう》や磬《けい》などの楽器を大切に保存し、いつまでも「五茎《ごけい》」や「六英《りくえい》」という太古の楽歌を手許に抱え込んでいるだけでは一文の価値もないのであって、例えば『孫子』や『呉子』という優れた兵法の古典を学習しなければ、とうてい用兵の術を理解できないのと同様に、元稹・白居易の詩文を見習わなければ、いかんせん詩文制作の方法はこれを体得できるはずもない」。

以上（十一頁―三十六頁）が『旧唐書』白居易伝の全訳である。この伝記について、いささか私の不満を述べれば、例えば白居易の晩年、洛陽において常に唱和往来し、みずから『劉白唱和集』四巻までも編纂したほどの詩友劉禹錫《りゅううしゃく》（七七二―八四二）との交遊状況や、元稹の編した『白氏長慶集』五十巻（既述）と相前後して、居易自身の手で幾次にもわたって続行された自家詩文集の増補編纂過程等、当然記録されて然るべき伝記事項がこの伝記には片言隻語も言及されていない。とはいえ読者諸賢は、この相当長文の伝記によって、概略ながら、居易の七十五年にわたる生涯の経歴、激動しつづける官界における彼の対処態度、詩文創作に対する彼の文学観、親友元稹との変わらない交遊関係など、詩文や政治をめぐる居易の多様で複雑な足跡を窺い知ることはできるであろう。

なお、白居易の伝記については、訳注に西村富美子の『新唐書』白居易伝（昭和五十年、大修館書店刊『唐代の詩人―その伝記』所収）、布目潮渢の『唐才子伝』白居易（昭和四十七年、大坂大学文学部アジア史研究会刊『唐才子伝の研究』所収）があり、主要な伝記研究書にはアーサー・ウェーリー著　花房英樹訳『白楽天』（昭和三十四年、みすず書房刊）、花房英樹『白居易研究』（昭和四十六年、世界思想社刊）、平岡武夫『白居易』（昭和五十二年、筑摩書房刊）等がある。併せて参照してほしい。

三、『白氏文集』の成立とその内容

玄宗の末年から約十年間も続き、唐王朝の命運を累卵の危機に追い込んだ安史の乱（七五五―七六三）は、政治的にも経済的にも当時の中国社会に計り知れないほどの大きな変革をもたらした。この騒乱を史上稀な一大転換期として、それ以後の中唐時代は、おおむね新興の諸階層が大いにその潜在力を発揚しはじめた時期であったと言えよう。すなわち、この大乱を契機として全国各地に広く拡散した藩鎮政権の実力充実、宮廷における宦官勢力の横暴・専権、両税法をはじめとする新政策の実施による貨幣経済の発展と、それに伴う新興の地主階層・商工業者の活動、旧来の貴族系官僚の衰退と新興の科挙系官僚の進出などが、その主要な現象である。かくて、この新しい時代の気運は、当然の成り行きとして、当時の文芸にも大きな影響を及ぼした。例えば、一般の大衆を対象とした寺院の俗講や変相・変文（仏教説話の絵巻とその絵解き）の流行も、その顕著な文芸現象の一つである。白居易・元稹の詩文の新しい表現様式は、紛れもなく、こうした中唐時代の新しい文芸動向の中から必然的に醸成されてきたものであった。

白居易・元稹の詩文、とりわけその詩歌の創作傾向は、当時の人々にとってすこぶる用語が平明であり、またその発想も斬新であった。『旧唐書』元稹伝に、

（元）稹は、聡警《そうけい》（聡明敏慧）人に絶し、年少にして才名有り。太原の白居易と友善（親密友好）なり。工《たく》みに詩を為《つく》り、善《よ》く風態（人物の風容）・物色（物体の形貌）を状詠し、当時の詩を言ふ者、元・白と称す。衣冠（貴顕）の士子より、閭《りょ》閻《えん》（村里）の下俚に至るまで、悉《ことごと》く之を伝諷（伝誦）し、号して「元和《げんな》の体」と為す。

と言われる所以である。

しかしながら、このように時代に先駆けて新機軸を打ち出してきた白居易・元稹の「元和の体」は、もともとの創作意図とは関係なく、聞く人・読む人の観点の相違によって、ともすれば極端な毀誉褒貶を惹起しがちであった。思えば、かかる褒貶現象は、なにか新しい動向が発生した場合、いつの世にあっても常に同様に起こり得る普遍的現象であると言えよう。

まず当時、白居易・元稹の「元和の体」が出現するや、双手を挙げてこれを歓迎した人びとは、前述のごとく「王公・妾婦、牛童・馬走」にわたる幅広い階層の老若男女であった。たしかに白居易・元稹の本来の創作意図は、例えば白居易の諷諭詩「唐生に寄す」(〇〇三)に、

非㆑求㆓宮律高㆒　宮律(音律)の高きを求むるに非ず、
不㆑務㆓文字奇㆒　文字の奇なるに務めず。
惟歌㆓生民病㆒　惟《た》だ生民の病(憂苦)を歌ひて、
願㆑得㆓天子知㆒　天子の知を得んことを願ふ。

と詠じ、また同じく白居易の諷諭詩「新楽府《がふ》」の序(〇一二四)にも、

其の辞、質(素朴)にして径(単刀直入)なるは、之を見る者の諭《さと》り易からんことを欲すればなり。其の言、直(率直)にして切(切実)なるは、之を聞く者の深く誡《いまし》めんことを欲すればなり。其の事、覈《かく》(明確)にして実(真実)なるは、之を采《と》る者をして信を伝へしめんとなり。其の体、順(流暢)にして律(律動的)なるは、以て楽章・歌曲に播《ほどこ》すべければなり。総じて之を言へば、君の為《ため》、臣の為《ため》、民の為《ため》、物の為《ため》、事の為《ため》にして作り、文(詩文)の為《ため》にして作らざるなり。

と述べているように、政治を助け社会を救うためであった。しかし実質的な創作効果は、こうした作者の創作意図とは関わりなく、却って当時一般の軽俗な時代風潮の喝采を博するに至ったこと、正に前述のごとくであったのであり、前述の『旧唐書』元稹・白居易伝の賛に、

文章の新体は、魏の建安文壇・南斉の永明文壇から特に顕著に勃興し、その永明文壇の領袖であった沈約・謝朓より以後では、中唐の元稹と白居易の両詩人が傑出した存在である(原文「文章新体、建安・永明。沈・謝既往、元・白挺生。」)。

と絶賛したのは、かかる白居易・元稹の「元和の体」に対する正史公認の賛辞である。

一方、白居易・元稹の「元和の体」に対する風当たりも、すでに当時から相当に手厳しいものがあった。例えば、唐の宗室の李戡《りかん》は、『新唐書』宗室伝に拠れば「常に、元和に元・白の詩有りて、多く纖艶(纖細艶麗)にして不逞(反抗的)なる

に、世競ひて之を重んずるを悪《にく》み」、その失誤を譏正して憚らなかった、と言い、晩唐の杜牧の「唐の故平盧《へいろ》軍節度巡官・隴西《ろうせい》の李《り》府君の墓誌銘」にも、同じく李戡の激昂ぶりを記して、

嘗《つね》に痛む、「元和《げんな》より已来、元《げん》・白《ばく》の詩なる者有り。纖艶にして不逞なり。荘士（端正な士）・雅人（方正な人）に非ざれば、多く其の破壊する所と為る。民間に流れ、屏壁に疏（刻）せられ、子父・女母は、口（談）を交《か》はして教授す。淫《いん》言・媟《せつ》語は、冬寒夏熱（当然のこと）のごとく、人の肌骨に入りて、除去すべからず。吾《われ》に位（地位）無ければ、法を用ひて以て之を治するを得ず」と。（『樊川文集』巻九）

と言っているのは、正にこれを証するものであり、また五代の王定保『唐摭言《とうせきげん》』巻十一「無官受黜《ちゅつ》」に、

賈島（七七九―八四三）、字は閬仙《ろうせん》。元和《げんな》中、元（稹）・白（居易）は軽浅を尚《たっと》ぶ。島は独り変格にして僻（孤僻）に入り、以て浮艶を矯め、行坐寝食と雖も、吟味して輟《や》めず。

とある賈島の批判的態度や、北宋の蘇軾《そしょく》（一〇三六―一一〇一）の「柳子玉を祭る文」に、

（孟）郊は寒く（賈）島は痩《や》せ、元（稹）は軽く白（居易）は俗なり。（『東坡全集』巻六十三）

と酷評するのは、その誹謗の代表的な事例である。

にも拘わらず、白居易は、かかる毀誉褒貶を乗り越えて、その長い生涯にわたり、たゆむことなく詩歌を詠じ文章を作りつづけて、みずからの新しい文学的境地を切り開いていった。のみならず、前述のごとく彼は、その死のほぼ直前まで、みずからの詩文作品に対する不断の塗改推敲を怠らなかった。では、このように終始一貫、白居易を詩文の創作とその推敲に駆り立てた所以のものは、果たして如何なる心魂に支えられたものであったのであろうか。思うに、その原動力は、彼の所謂「世間の富貴には応《まさ》に分（福分）無かるべきも、身後の文章には合《まさ》に名（名声）有るべし」（「拙詩を編集して……」詩。一〇〇六）という詩句に凝集されるような「死後の名声」を第一義とする不屈の創作精神に在ったのであり、さらには彼の所謂「詩魔」（「閑吟」詩、一〇〇四。「酔吟」詩その二、一〇六五。「元九に与ふる書」、一四八六）という有名な創出概念に象徴されるような、詩作に魅了された悪魔的狂酔的執念に在ったのではないか。

『白氏文集』は、このような不屈の創作精神、狂酔的執念によって作りつがれた白居易の詩文集である。しかしながら、

この七十余巻にものぼる厖大な自撰詩文集は、周知のごとく彼の晩年、全巻が一挙に編纂されたわけではなく、実はその長い生涯をかけて、こつこつと積み上げてきた結果なのである。今、花房英樹の『白氏文集の批判的研究』（一九六〇年、朋友書店刊）序章「白氏文集の成立」（一―四四頁）、および『白居易研究』（一九七一年、世界思想社刊）所収「白居易年譜」（八六―一六一頁）に拠って、そのあらましの成立過程、および所拠の文献資料を年代順に列挙すれば、おおむね以下のごとくである。

1 行巻「雑文二十首・詩一百首」　貞元十六年（八〇〇）正月　二十九歳　在長安。

居易「陳《ちん》給事（京）に与ふる書」（一四八四）に言う、「居易は、鄙人なり。上には朝廷に附離《ふり》の援（頼るべき援助者）無く、次いでは郷曲に吹煦《すいく》の誉（推挙に価する名声）も無し。然らば則ち孰《たれ》か（私の）為《ため》に来たらんや。蓋し仗《たの》む所の者は文章のみ、望む所の者は主司（試験官）の至公のみ。……謹みて雑文二十首・詩一百首を献ず。伏して願はくは悃誠《こんせい》（私の誠意）を俯察し、賤小を遺《す》てずして、公（公務）より退くの暇《ひま》に、精鑒《かん》の一たび加ふるを賜らんことを」と。

なお、「行巻」とは、科挙の受験者が考試の前に自分の作った詩文を巻軸にして、前もって政府の貴顕に送って自己宣伝に資したもの。

2 「百道判」　貞元十八年（八〇二）　三十一歳　在長安。

元稹「『白氏長慶集』の序」に言う、「礼部侍郎の高郢《かうえい》、始めて経芸（経学）を用ひて進退（採用・不採用）と為す。楽天は一挙に上第に擢《ぬきん》でられ、明年、抜萃の甲科たり。是に由つて『性習相近遠す』『玄珠を求む』『白蛇を斬る』等の賦、及び『百道の判』、新進士は競ひて京師に相伝ふ」と。

3 『策林』四巻　元和元年（八〇六）　三十五歳　在長安。

居易「『策林』の序」（二〇二三）に言う、「元和《げんな》の初め、予は校書郎を罷《や》めて、元微之《げんびし》と将《まさ》に制挙に応ぜんとし、退きて上都（長安）の華陽観に居り、戸を閉ぢ月を累《かさ》ね、当代の事を揣摩《すいま》（推察）して策目七十五門を構成す。微之は首として登科し、予は焉《これ》に次ぐに及び、凡そ応対する所の者は、百に其の一・二を用ひず。其の余は、自《みづか》ら精力の致す所なるを以て、棄捐すること能はず、次して之を集め、分ちて四巻と為し、命《なつ》けて『策林』と曰ふと云耳《しかいふ》」と。

4『詩集』十五巻　元和十年（八一五）　四十四歳　在江州。

居易「拙詩を編集して一十五巻と成し、因りて巻末に題し、戯れに元《げん》九（稹）・李《り》二十（紳）に贈る」詩（一〇〇六）に言う、「怪しむ莫《な》かれ　気麤《そ》にして言語大なるを、新たに十五巻の詩を排《つら》ねて成れり」と。

また「元九に与ふる書」（一四八六）にも言う、「僕、数月より来《このかた》、嚢袠《なうちつ》の中を検討し、新旧の詩を得、各〻類を以て分かち、分けて巻目と為す。拾遺《しふゐ》たりてより来《このかた》、凡そ遇ふ所・感ずる所の美刺・興比に関はる者（詩歌）、又武徳《ぶとく》（六一八―六二六）より元和《げんな》（八〇六―当時）に訖《いた》るまで、事に因りて題を立てて、題して『新楽府《がふ》』と為す者（詩歌）、共に一百五十首、之を諷諭詩と謂ふ。又、或いは公（朝廷）より退きて独り処《を》り、或いは病を移《とど》けて（病欠届けを出して）閑《しづ》かに居り、足《た》るを知り和を保ち、情性（心情）を吟玩（吟詠玩味）する者（詩歌）一百首、之を閑適詩と謂ふ。又、事物の外より牽《ひ》かれ、情理（情意）の内に動き、感遇（感慨）に随ひて歎詠に形《あらは》るる者（詩歌）一百首有り。之を感傷詩と謂ふ。又、五言・七言・長句・絶句、一百韻より両韻に至る者（詩歌）四百余首有り。之を雑律詩（近体詩）と謂ふ。凡そ十五巻と為す。約八百首なり。異時（後日）相見《まみ》ゆれば、当《まさ》に尽《ことごと》く執事（元稹）に致すべし」と。

5元稹《げんしん》編『白氏長慶集』五十巻　長慶四年（八二四）　五十三歳　元稹、在会稽越《えつ》州（浙江省紹興市）。居易、在杭州。

元稹「『白氏長慶集』の序」に言う、「『白氏長慶集』なる者は、太原《たいげん》の人白居易の作る所なり。居易、字は楽天《らくてん》。……長慶四年、楽天は杭州刺史より左庶子を以て詔還さる。予は時に会稽に刺たり。因りて尽《ことごと》く其の文（詩文）を徴《もと》め、手《て》自《づか》ら排纉《はいさん》（編集）するを得て、五十巻と成す。凡そ二千一百九十一首（『旧唐書』は、「二千二百五十一首」に作る）。前輩は多く前集・中集を以て名と為すも、予は以為《おも》へらく、陛下（敬宗）は明年当《まさ》に改元すべく、長慶は是《ここ》（今年）に訖《を》はると。因りて号して『白氏長慶集』と曰ふ。……長慶四年冬十二月十日、微之《びし》序す」と。（『元氏長慶集』巻五十一）

ちなみに、この元稹編『白氏長慶集』五十巻は、そのまま那波《なば》本（私の訳注の底本）『白氏文集』七十一巻の前集五十巻に相当する。

6『白氏後集』五巻　大和二年（八二八）　五十七歳　在長安。

居易「後序」（三六七三）に言う、「前三年、元微之は予の為に文集を編次して之に叙す。凡そ五帙、毎帙十巻。長慶四年冬に訖《を》はる。故に『白氏長慶集』と号す。邇来、復《ま》た格詩（五言・七言の古体詩）五十首、律詩（近体詩）三百首、碑誌・序記・表賛三十首有り。類を以て相附し、合して五軸と為す。又（巻）五十一より以降、巻にして之を第《つい》づ。是の時、大和二年秋、予は春秋五十有七」と。

7

『元白因継集』二巻　大和二年（八二八）　五十七歳　在長安。

居易「『因継集』重序」（二九二九）に言う。「去年、微之《びし》は予の『長慶集』中の詩に未だ対答せざる者五十七首を取りて、追って之に和し、合はせて一百一十四首を寄せ来たり、題して『因継集』巻之一と為す。今年、予も復《ま》た近詩五十首を以て寄せ去る。微之、月を踰《こ》えずして、韻に依りて尽《ことごと》く和し、合はせて一百首を又寄せ来たり、題して『因継集』巻之二と為す。……微之よ、微之よ、走（僕）の足下と和答することの多きこと、古より未だ有らず。足下は我より少《わか》きこと六七年なりと雖も、然れども倶に已《すで》に白頭なり。竟《つひ》に章句を捨て筆硯を抛《なげう》つこと能はず。何ぞ癖習の此《か》くの如く甚だしきや。……二年十月十五日、楽天重ねて序す」と。

8

『劉白唱和集』二巻　大和三年（八二九）　五十八歳　在長安。

居易「『劉白唱和集』の解（解説）」（二九三〇）に言う、「彭城《はうじやう》の劉夢得《りうぼうとく》は、詩豪たる者なり。其の鋒は森然（厳然）として、敢へて当たる者少なし。予、力を量らずして、往往《しばしば》之を犯す。……一二年より来《このかた》、日ゝ筆硯（作詩）を尋《もと》めて、同和（唱和）・贈答すること、覚えずして滋ゝ《ますます》多く、大和三年の春より以前、紙墨に存せる所の者（詩歌）凡そ一百三十八首に至る。其の余、興に乗じ酔を扶《たす》けて、率然として口号する者（詩歌）は、此の数に在らず。因りて小姪《てつ》の亀児《きじ》に命じて編録せしめ、勒《ろく》（編纂）して両巻と成す。仍《かく》て二本を写し、一は亀児に付《あた》へ、一は夢得の小児崙郎《ろんらう》に授け、各ゝ収蔵せしめて、両家の集に附《くは》ふ。……己酉の歳（大和三年）三月五日、楽天解す」と。

ちなみに、劉禹錫《うしやく》（七七二―八四二）、字は夢得。中山（河北省定県）の人。彭城（江蘇省徐州市）の名族という。貞元九年（七九三）、柳宗元と共に進士に及第。官は検校《けんかう》礼部尚書・太子賓客分司に至る。詩文集に『劉夢得文集』三十巻・『外集』十巻がある。

9

『劉白呉洛寄和巻』（即ち『劉白唱和集』第三巻）　大和六年（八三二）　六十一歳　在洛陽。

居易「劉蘇州（劉禹錫）に与ふる書」（二九二五）に言う、「（僕）、閣下と長安に在りし時、著す所の詩数百首を合はせて、題して『劉白唱和集』巻上・下と為す。去年の冬、夢得《ぼうとく》は礼部郎中・集賢学士より蘇州刺史に遷り、氷雪の路を塞ぐに、秦（長安）より呉（江南）に徂《ゆ》く。僕は方《まさ》に三川（洛陽）に守たりて、東道（華東）の主と為るを得たり。……然れども得雋（意味深長）の句、警策（人を感動させる）の篇は、多く彼《きみ》唱へ此《われ》和するの中に因って之を得たり。他人の未だ嘗て発すること能はざるなり。所以《このゆゑ》に輒《すなは》ち自ら愛重し、今復《ま》た編して焉《ここ》に次《つい》で、以て前集に附《くは》へ、前に合はせて三巻とし、此の巻に題して「下」と為し、前（集）の「下」を遷して「中」と為し、命《なづ》けて『劉白呉洛寄和の巻』と曰ふ。大和六年の冬『夢得《ぼうとく》の任に之《ゆ》くを送る』（二七八七）の作より始む」と。

10『洛詩』　大和八年（八三四）　六十三歳　在洛陽。

居易「『洛詩』に序す」（二九四三）に言う、「（大和）三年の春より八年の夏に至るまで、洛に在ること凡そ五周歳、詩を作ること、四百三十二首。朋《とも》を喪《さう》し子を哭《こく》する十数篇を除く外、其の他は皆懐《おも》ひを酒に寄せ、或いは意を琴に取《もと》め、閑適余り有りて、酣楽暇《いとま》あらず、苦詞は一字も無く、憂歎も一声すら無し。……故に洛の詩を集めて、別に序引を為《つく》る。独り東都の履道里《りだうり》に閑居泰適の叟《おきな》有ることを記すのみならず、亦た皇唐の大和《たいわ》の歳に理世安楽の音有ることを知らしめんと欲す。集めて之に序して、以て夫《か》の採詩の者を俟《ま》つ。甲寅の歳（大和八年）七月十日云爾《しかいふ》」と。

11『白氏文集』六十巻　大和九年（八三五）　六十四歳　在洛陽。

居易「東林寺『白氏文集』の記」（二九四八）に言う、「昔、余《われ》、江州の司馬たりし時、常に廬山《ろざん》の長老と、東林寺の経蔵の中に於て、遠《をん》大師（慧遠）と諸文士との唱和集巻を披閲せり。時に諸長老、余の文集も亦た経蔵に置かんことを請へり。唯然として心に他日之を致さんことを許せしも、茲《ここ》に迨《いた》るまで二十年を余《こ》えたり。今、余《われ》の前後に著す所の文（詩文）、大小合はせて二千九百六十四首、勒《ろく》（編纂）して六十巻と成す。編次は既に畢《をは》りて、蔵中に納む。且《まさ》に二林（東林寺・西林寺）と他生《たしやう》の縁《えん》を結び、曩歳《だうさい》（往年）の志に復《こた》へんと欲すればなり。故に自ら其の鄙拙を忘れたり。仍《よ》つて本寺の長老及び主蔵の僧に請ふ、遠公の文集の例に依《したが》ひて、外客に借《か》さず、寺門より出ださざれば、幸甚なりと。大和九年の夏、太子賓客・晋陽県開国男、太原の白居易・楽天記す」と。

12『白氏文集』六十五巻　開成元年（八三六）　六十五歳　在洛陽。

居易「聖善寺『白氏文集』の記」（二九四九）に言う、「中大夫・守太子少傅・馮翊県開国侯・上柱国・賜紫金魚袋・太原の白居易、字は楽天、東都（洛陽）の聖善寺の鉢塔院の故《もと》の長老如満《にょまん》大師と斎戒《さいかい》の因有り、今の長老振《しん》大士と香火の社を為す。楽天曰く、『吾《われ》老いたり。将《まさ》に前好を尋ねんとして、且《まさ》に後縁を結ばんとす。故に斯の文（詩文）を以て是の院に寘《お》く。其の集は七帙六十五巻、凡そ三千二百五十五首。題して『白氏文集』と為し、律疏の庫楼に納む。仍《よ》つて請ふ、院門より出ださず、官客（男性の賓客）に借《か》さざれ。好事者（ものずき）有らば、任《おもむ》き就きて之を観さしめよ。開成元年閏五月十二日、楽天記す」と。


13『汝洛集』一巻　開成元年（八三六）　六十五歳　在洛陽。

劉禹錫「『汝洛集』の引（短文の序）」に言う、「大和八年（八三四）、予は姑蘇《こそ》（蘇州刺史）より臨汝《りんじょ》（河南府南部の汝州刺史）に転じ、楽天は（大和七年）三川の守（河南尹）を罷《や》めて復《ま》た（太子）賓客を以て東都（洛陽）に分司す。未だ幾ばくならずして詔有りて馮翊《ひょうよく》（京畿道の同州刺史。従三品）を領するも、辞して拝（拝命）せず、（開成元年）職は太子少傅（従二品）分務（分司。洛陽勤務）に換へられて、以て其の高きを遂ぐ。時に予は（大和九年十月）代はりて左馮《ひょう》（同州刺史）に居る。明年（開成元年の秋）、予も郡（同州刺史）を罷《や》め、（太子）賓客を以て洛（洛陽）に入り、日ゞ章句（詩文）を以て交歓す。因つて之を編し、命《なづ》けて『汝洛集』と為す」と。（『劉夢得文集』外集巻九）

14『白氏文集』六十七巻　開成四年（八三九）　六十八歳　在洛陽。

居易「蘇州の南禅院『白氏文集』の記」（二九五三）に言う、「唐の馮翊《ひょうよく》県の開国侯・太原の白居易、字は楽天に、文集七帙有り。合はせて六十七巻、凡そ三千四百八十七首。其の間、五常（仁・義・礼・智・信）を根源とし、六義（風・雅・頌・賦・比・興）を枝派とし、王教を恢《ひろ》めて仏道を弘むる者は、多しとすれば則ち多し。然れども興を寓《よ》せ、言を放《ほしいまま》にし、情に縁《したが》ひ、語を綺《かざ》る者も、亦た往往《しばしば》之れ有り。楽天は、仏弟子なり。備《つぶさ》に聖教を聞き、深く因果を信じ、来業《ごふ》を結ばんことを懼《おそ》れ、前非を知ることを悟る。故に其の集は、家蔵の外、別に三本を録《うつ》して、一本は東都の聖善寺の鉢塔院の律庫中に寘《お》き、一本は廬山の東林寺の経蔵中に寘き、一本は蘇州の南禅院の千仏堂内に寘く。開成四年二月二日、楽天記す」と。

ちなみに、この開成四年から幾許も経ない会昌四年（八四四）、たまたま蘇州の南禅院に立ち寄ったわが国の留学僧恵萼《えがく》は、この寺院に寄進されたばかりの『白氏文集』六十七巻本を書写している。現存するその校訂から推察するに、当時は武帝の仏教弾圧が熾烈を窮めていた時期にもかかわらず、南禅院は一山を挙げて彼の校訂を支援してくれたらしい。

15　『白氏洛中集』十巻　開成五年（八四〇）　六十九歳　在洛陽。
居易「香山寺『白氏洛中集』の記」（三六〇八）に言う、「『白氏洛中集』なる者は、楽天の洛（洛陽）に在りて著す所の書なり。大和三年（八二九）春、楽天の始めて太子賓客を以て東都（洛陽）に分司してより、茲《ここ》に及ぶまで十有二年なり。其の間、格・律の詩（五七言の古体詩と近体詩）を賦《つく》ること凡そ八百首、合して十巻と為す。今、龍門の香山寺の経蔵堂に納む。……大唐の開成五年十一月二日、中大夫・守太子少傅・馮翊県開国侯・上柱国・賜紫金魚袋の白居易、楽天記す」と。

16　『白氏文集』七十巻　会昌二年（八四二）　七十一歳　在洛陽。
居易「『後集』を盧山の東林寺に送り、兼ねて雲皐《うんかう》上人に寄す」詩（三五九八）の結聯に言う、「来生《らいしやう》の縁会《えんね》は応《まさ》に遠きに非ざるべし、彼《そなた》も此《われ》も年は過ぐ七十余」と。

ちなみに、この『白氏文集』七十巻は、日本古鈔の金沢文庫本、北宋系の那波本によれば、もともと前集（『白氏長慶集』）五十巻と後集二十巻とから成っていた。また、この後集二十巻の編纂完了時期は、那波本巻六十九の終末部分、つまり上述の詩（三五九八）前後の詩篇配列順序より推せば、会昌二年の「夏日」より同秋七月の劉禹錫（夢得）死去までの間であったらしい。

藤原佐世《すけよ》（八四七―八九七？）『日本国見在書目録』別集家には、『白氏文集』七十（巻）と著録される。

17　『白氏文集』七十五巻　会昌五年（八四五）　七十四歳　在洛陽
居易「『白氏集』の後記」（三六七三）に言う、「白《はく》氏、前に『長慶集』五十巻を著し、元微之《げんびし》「序」を為《つく》る。『後集』二十巻、自《みづか》ら「序」を為る。今、又『続後集』五巻、自ら「記」を為る。前後七十五巻、詩筆（韻文・散文）大小凡そ三千八百四十首。集に五本有り。一本は廬山の東林寺の経蔵院に在り、一本は蘇州の南禅寺の経蔵内に在り、一本は東都の聖善寺の鉢塔院の律庫楼に在り、一本は姪《をひ》の亀郎《きらう》（亀子）に付《あた》へ、一本は外孫の談閣童《だんかくどう》（玉童）に付へ、各ゝ家に蔵して後に伝へしむ。其の日本・新羅の諸国、及び両京（長安・洛陽）の人家に伝写する者（写本）は、此の「記」に在らず（関係なし）。又、『元白唱和因継集』共に十七巻・『劉白唱和集』五巻・『洛下遊賞宴集』十巻有り。其の文（詩文）は尽《ことごと》く大集（最後の『白氏文集』七十五巻）の内に在るも、録出（抄出）して時（現今）に別行す。若《も》し集内に無くして、名を仮《かた》りて流伝する者（作品）は、皆謬為《びうゐ》（偽作）なるのみ。会昌五年夏五月一日、楽天重ねて記す」と。

ちなみに、右の「『白氏集』の後記」に所謂『白氏文集』五本のうち、第一本の廬山東林寺蔵本は、私のこの解題16『白氏文集』七十巻（会昌二年献納）を指し、第二本の蘇州南禅寺蔵本は、14『白氏文集』六十七巻（開成四年献納）を指し、第三本の洛陽聖善寺蔵本は、12『白氏文集』六十五巻（開成元年献納）を指す。第四本の姪亀郎家蔵本と第五本の外孫談閣童家蔵本は、いずれも恐らくこの大集『白氏文集』七十五巻を指し、いよいよ最晩年を迎えた居易は、この最終最善の大集を実弟白行簡《はくこうかん》（?—八二六）の遺児亀子と息女阿羅《あら》の長男談閣童（玉童）とに寄託し、「各ゝ家に蔵して後に伝へしむ」ることを期待したのであろう。

ともかくも以上に列挙した十数部の編著が、居易の三十歳ごろから他界前年まで四十余年間にわたる『白氏文集』成立過程の主要な足跡である。

では、白居易が姪の亀郎と外孫の談閣童に寄託した『白氏文集』の最終的な編成形態は、いったい具体的にどのようなものであったのか。以下、その古鈔本や北宋系の那波本に拠りつつこれを推定表示してみよう。

㈠　前集（『白氏長慶集』五十巻

『白氏長慶集』序（浙東観察使　元稹、字微之）

(1)詩	（表現形式）	（作品数）	（巻次）
1、諷諭（当時の政治・社会を批判した詩）	古調詩（五古）	一二三首	巻一・二
〃　新楽府《がふ》（『詩経』の体裁に倣った新しい歌謡曲）	雑言	五〇首	巻三・四

2、閑適（公務退出後の私生活における清閑な心情を詠じた詩）	古調詩（五古）	二一六首	巻五－八
3、感傷（外界の事物に触発された感傷を嘆詠した詩）	古調詩（五古）	一八六首	巻九－一一
〃　歌行（歌謡）・曲引（楽曲）	雑言	二九首	巻一二
4、律詩（近体詩－絶句・律詩・排律）	五言・七言	七九九首	巻一三－二〇
(2)詩賦（科挙応試の際の習作と答案）	詩（五言十二句）	二首	巻二一
	賦	一三首	
(3)銘（記念のために金石に刻み付ける文）		一首	巻二二
(3)賛（伝記・人物・書画・文辞を称賛する文）		三首	
(4)箴《しん》（他人や自分の過失・欠点を戒める文）		一首	
(5)謡（楽器の伴奏を用いないで歌う歌謡）		五首	
(6)偈《げ》（仏の徳を賛嘆する唱頌詞）		一二首	
(7)哀（夭逝した人を哀悼する文）		一首	巻二三
(8)祭文（神霊を祭る時にその神前で誦する文）		一三首	
(9)碑碣《けつ》（碑刻文）		六首	巻二四
(10)墓誌銘（死者の事跡を金石に刻して墓側に埋める文とその銘）		七首	巻二五
(11)記（記録風な随筆）		八首	巻二六
(12)序（序文――送別・贈言の文）		四首	
(13)書（書翰）		七首	巻二七・二八
(14)序（図・詩・文集の序文）		一一首	巻二八
(15)書（『書経』の文体を模した文）		二首	巻二九
(16)頌（盛徳・功績をたたえる文）		一首	

(17)議（評論）　一首
(18)論（議論）　一首
(19)状（行状――個人の履歴・業績等を記述した文）　二首
(20)試策問・制誥（官吏登用試験の出題文とその答案）
　策問（策問・対策）　一一首　巻三〇
　制誥（詔令）　五首
(21)中書制誥（知制誥・中書舎人として中書省在勤中に起草した制誥）
　旧体（散文体）　八五首　巻三一―三三
　新体（駢文体）　一四八首　巻三四―三六
(22)翰林制詔（翰林学士在任期に作った制詔）
　擬制（習作）　七七首　巻三七・三八
　勅書（起草）　一二三首　巻三九・四〇
(23)奏状（臣下が天子に進言して事情を陳述する文書）　四六首　巻四一―四四
(24)表（臣下が天子に陳請・感謝・慶賀する正式の上表文）　一一首　巻四四
(25)策林（制挙応試準備のために作った対策文集）　七九首　巻四五―四八
(26)判（判決文）　一〇〇首　巻四九・五〇

(二)　後集二十巻
後序
A、前編
(1)詩
1、格詩（五言七言の古体詩）　一〇九首　巻五一・五二
2、歌行（歌謡）　五首　巻五一

3、雑体（雑言）　四首

4、律詩（五言七言の近体詩）　五九〇首　巻五三―五八

⑵序（文章の序文）　三首　巻五九・六〇

⑶墓誌銘（死者の事跡を金石に刻して墓側に埋める文とその銘）　六首

⑷記（記録風な随筆）　一一首　巻五九―六一

⑸賛（霊鳥への賛辞）　一首　巻五九

⑹表（感謝の上表文）　一首

⑺論衡（儒・仏・道三教の討論）　一首

⑻状（推薦文）　二首

⑼書（書翰）　一首

⑽碑銘（碑文とその銘文）　四首　巻六〇

⑾解（解説）　一首

⑿祭文（死者を祭る時にその神前で誦する文）　六首　巻六〇・六一

⒀賛序（賛辞とその序文）　三首　巻六一

⒁辞（楚辞体の韻文）　一首

⒂伝（伝記）　一首

B、後編

⑴詩

1、格詩（五言七言の古体詩）　一二七首　巻六二・六三・六九

2、歌行（歌謡）　五首　巻六二・六三

3、雑体（雑言）　四首
4、律詩（五言七言の近体詩）　五一一首　巻六四―六九
5、半格詩・律詩……巻六九前半の格詩四〇首は1に、後半の律詩五四首は4に加算。
(2)碑銘（碑文とその銘文）　一首　巻七〇
(3)記（記録風な随筆）　五首
(4)塔銘（塔廟の銘文）　一首
(5)吟（詩歌体裁の韻文）　一首
(6)偈（仏の徳を賛嘆する唱頌詞）　六首

(三)続後集五巻（散佚）

あらましながら以上に推定表示した一覧が、白居易自身の所謂「前後七十五巻、詩筆（詩文）大小凡《すべ》て三千八百四十首」（「白氏集後記」。三六七三）の編目である。

ところで、この『白氏文集』七十五巻という白居易全集の最終的な決定版の編目を通覧した場合、まず誰の目にも顕著な創作現象は、彼の詩歌創作の重点が、前集における古体詩中心から後集における近体詩中心へと明白に移り変わっていることである。これを更に具体的に言えば、すでに多くの論著が指摘しているように、諷諭を主眼とする『詩経』三百篇の儒教精神に支えられた創作態度、つまり「君のため、臣のため、民のため、物のため、事のためにして作り、文（文芸・文飾）のためにして作らざるなり」（「新楽府」の序。〇一二四）という公的な士大夫としての創作態度から、居易が江州左遷後の詩文にしばしば用いる「詩魔」という表現に象徴されるような私的な生活文芸に魅了された創作態度へと、ほぼ江州左遷を契機として彼の創作態度の比重が明確に移行しているのである。

では、かかる彼の創作態度の移行変質は、いったい那辺にその根本的原由が在ったのであろうか。思うに、その原由は、

煎じ詰めたところ、前述したような当時の複雑怪奇な政界朋党の暗闘に辛くも見事に順応した彼の絶妙な処世態度に在ったのではないか。この言わば狡猾にして絶妙な処世態度を儒教的な美辞麗句で言いかえれば、居易は『孟子』尽心上篇の文を引いて、「窮すれば則ち独り其の身を善《よ》くし、達すれば則ち兼ねて天下を済《すく》ふ」（「元九に与ふる書」一四八六）という。

次に目につく顕著な特色は、実に多種多様な文体にわたって多くの散文の名作を残していることである。思うに、これほどに多様な文体を網羅し、これほどに夥しい名作を作りつづけることは、いかに天賦の文才に恵まれていたとしても、並大抵のことで達成できるはずはない。それを可能にするためには、当然のことながら、血のにじむような不断の研鑽努力こそ必要である。いわんや貴族門閥の子弟が相変わらず政界を支配壟断していた中唐初期、寒門出身の居易にとっては尚更不可欠な心掛けであったはずである。果たせるかな、居易は後日この往時を回想して、「元九に与ふる書」（一四八六）には次のごとく言う――

十五六にして始めて進士有るを知り、苦節して読書す。二十已来、昼には賦を課し、夜には書を課し、間に又詩を課し、寝息するに遑《いとま》あらず。以て口舌に瘡《かさ》を成し、手肘に胝《たこ》を成すに至る。既に壮（三十歳）なるも膚革豊盈ならず、未だ老いざるに歯髪は早《つと》に衰白し、瞀瞀《ぼうぼう》然として飛蠅垂珠の眸子中に在る者の如く、動《やや》もすれば万を以て数ふ。蓋し苦学力文（学習に刻苦し詩文の創作に努力する）の致す所を以てなり。

また「陳給事（陳京）に与ふる書」（一四八四）にも以下のごとく言う――

居易は鄙人（田舎者）なり。上には朝廷附離（近侍）の援無く、次にも郷曲吹煦《すいく》（推薦）の誉無し。然らば則ち孰《なん》の為（なにを頼り）にして来たるや。蓋し仗《よ》る所の者は文章（文辞）のみ。

居易がみずからの詩文にかけた執念は、正に絶対的といえるほどに並々ならぬものがあった。

そして、居易のこの「苦学力文」の執念と関連して、われわれが忘れてはならない彼の遺業は、前述の『白氏文集』七十五巻と並んで『白氏六帖事類集』三十巻という類書を編纂していることである。

ちなみに、この『白氏六帖事類集』三十巻については、つとに居易の「自撰墓誌」とも称せられ「酔吟先生墓誌銘」とも称せられる文中に、前後『文集』七十巻を著し、合はせて三千七百二十首、家に伝ふ。又、『事類集要』三十部を著し、合はせて一千一百三十門、時人は目《なづ》けて『白氏六帖』と為し、世に行はる。（『文苑英華』巻九四五）

と見え、また前述の『旧唐書』白居易伝にも、

『文集』七十五巻・『経史事類』三十巻有りて、並びに世に行はる。

と言い、さらに『新唐書』芸文志三（丙部子録、類書類）にも、

『白氏経史事類』三十巻。白居易。一名『六帖』。

と載せており、さらに降って元の辛文房『唐才子伝』巻六（白居易）にも、

『白氏長慶集』七十五巻、及び古今の事実を撰ずる所を『六帖』と為し、及び作詩の格法を述べ、自ら其の病を除かんと欲して、『白氏金針集』（『白氏金針詩格』）と名づくる三巻有りて、並びに世に行はる。

とある。のみならず、かくのごとき五代以降の有力な諸文献に先んじて、唐末の考証学者、李匡乂《りきょうがい》の『資暇集』巻上（柏台の烏）には、白居易の『六帖』に言及して、

御史台に柏（このてがしわ）及び烏有るは、固《もと》より朱博（?―前五）の前に在るなり。……今、多く以為《おも》へらく「柏は博（朱博）より栽《う》ゑられ、烏は博より集まる。（御史大夫の）職は、『蒙求《もうぎゅう》』（巻上の一項）の「朱博烏集」（朱博に烏集まる）に由つて復す」と。白家の『六帖』の注に引く（文）は、尽《ことごと》くは然らざるなり。

と言う。李匡乂の所謂「白家の『六帖』の注に引く」文とは、正に『白氏六帖事類集』巻二十一（御史大夫第三十八）の「烏集」注に見える『漢書』朱博伝の簡略粗雑な引用文――

朱博、字は元子（正しくは「子元」）。御史大夫と為りて、府中に柏樹を列《つら》ね、常に野烏数十有りて其の上に棲み、朝に与《くみ》し暮に集まる。因つて（御史台を）烏台と名づけ、之を朝夕烏と謂ふ。

を指す。思うに、すでに以上のごとく唐末以来の有力な諸証言があるかぎり、「酔吟先生墓誌銘」の真偽問題はともかく、当の『白氏六帖事類集』三十巻が居易自身の編纂にかかる類書であったこと、ほとんど疑う余地はないのではないか。

だとすれば、なぜ居易は、かかる類書を編纂する必要があったのであろうか。と言うのは、すでにこの『白氏六帖』に先

立って、初唐・盛唐のころ、より大規模で、より内容の充実した類書が、少なからぬ碩学たちの手によって編纂されているからである。すなわち、初唐の欧陽詢《おうようじゅん》（五五七―六四一）の『芸文類聚』一百巻、虞世南《ぐせいなん》（五五八―六三八）の『北堂書鈔』一百六十巻、盛唐の徐堅《じょけん》等の『初学記』三十巻が、その主要なものである。思うに、これほど優れた類書が完備している以上、単に学識を得るためだけならば、これら既成の類書を駆使するだけで充分に目的は達し得るはずであり、わざわざ屋上屋を架するように今更苦労して新しい類書を編纂する必要はないはずである。だのに、居易は敢えてその一見無用無駄な難事業を避けようとはしなかった。なぜか。

私の見るところ、この疑問を解きほぐす関鍵は、当の『白氏六帖』そのものの編纂形態の中に秘められているように思われる。今、試みに、その編纂形態を当時先行の類書『芸文類聚』一百巻・『北堂書鈔』一百六十巻・『初学記』三十巻と比較した場合、『芸文類聚』『初学記』の両書は、さすがに時の天子の勅命を奉じて幾人かの碩学と共に編纂した官修の類書だけあって、その体系的な部立てといい、その周到正確な出典の指摘といい、われわれ後世の人間の目から見てもほぼ完璧に近い出来映えであると共に、この両書の編纂目的は、古典に使用された些細な語句の指摘よりも、むしろ当該項目に関連する典故や詩文作品の紹介にその主眼が置かれていたように見受けられる。

これに対して、『北堂書鈔』『白氏六帖』の両書は、もともと個人の編纂であったためか、当該項目に関連する故事や詩文作品の詳細な紹介にはほとんど関心を示さず、専ら古典の使用語句の摘出とその典拠の指摘にこの編纂の目的があったようである。

しかしながら、さらに立ち入って『北堂書鈔』と『白氏六帖』との編纂形態を詳細に比較してみると、すでにいみじくも清の紀昀《きいん》（一七二四―一八〇五）等の『四庫全書総目提要』がその巻一三五（類書類）所載『白孔六帖』一百巻の解説に指摘しているように、『白氏六帖』の体例は、『北堂書鈔』に比べて「割裂餖飣《とうてい》」、すこぶる支離滅裂で、しかも簡略粗雑であった。例えば、『北堂書鈔』巻一四九（天部）には、「天尊地卑、乾坤《けんこん》定矣」（天は尊く地は卑くして、乾坤定まる）という成語を挙げて、その注記には正確に出典の『周易』繫辞（上）伝の文を示し、さらに周到を期して漢の韓嬰《かんえい》の伝注までも追記して、

『周易』に云ふ、「天は尊く地は卑くして、乾坤（天と地）定まる」と。『注』に、「先づ天は尊く地は卑きを明らかにし

て、以て乾坤の体（形体）を定む」と。

と言っているのに対して、『白氏六帖』では、その巻一の「天」部と、同じく巻一の「地」部に、それぞれ極めて簡単に、

天尊地卑（「天」部）　　地卑天尊地卑（「地」部）

と記しているに過ぎない。

以上のような『白氏六帖』の編纂形態から推せば、この居易自撰の類書は、すでに『四庫提要』がこれを評したように、成語・故実を雑採して、詩藻（詩文）の用に備えた個人用の種目別語彙検索辞典であったと言うほかはない。この類書が三十巻もの大部な撰著でありながら、ついに世上の読者を対象とする「序」が附加されなかった所以である。

恐らく居易は、みずからの詩文創作に活用する必要上、成語や故実についての自分の学識の程度に合わせつつ、あるいは詳密に、あるいは簡略に、みずからが利用しやすい備忘録的検索辞典としてこの類書を編纂したのであろう。思えば当然のことながら、単に見栄っ張りな知識としてではなく、真に古典的学識を自分の身につけ、これを手足のごとく自由自在に詩文の創作に活用するためには、たとえ迂遠で骨の折れる作業ではあっても、みずからの手によって一応かかる語彙辞典を編纂しておくのが最善の方法であり、これに反して、安易に出来合いの『芸文類聚』や『初学記』等の類書に依存した場合、たとえそれら既成の類書が完璧であったとしても、とっさの詩文創作の用には殆ど役立たない危惧が充分にあるからであり、また長い目で見ても、そのように安易な学識のつまみ食い方法では却って自分の詩文創作の行き詰まりにつながりかねない危険性が大きいからである。もって居易の並々ならぬ「苦学力文」ぶりを窺うに足るであろう。

ところで、居易の生涯は、終始一貫このような「苦学力文」ぶりであったにもかかわらず、その詩文、特に詩歌の作風に対しては、とかく古来「平俗」と評せられることが多い。思えば、たしかに居易のこの「平俗」な詩風こそが、前述のごとく「禁省・観寺・郵候の牆壁の上、書せざるは無く、王公・妾婦・牛童・馬走の口、道《い》はざるは無し」（元稹『白氏長慶集』の序）というような広範な人びとの共感を得た所以であり、また居易の詩巻が、その生前から国内のみならず日本・新羅にまでも歓迎された所以でもあるわけなのだが、われわれは、このように居易の詩文が、上は王公から下は牛童・馬丁まで、さらには遠く万里の波濤を越えて海外にまで、実に多くの幅広い享受者から喝采を博した根底には、彼の「苦学力文」が齎《もたら》

した重厚厳峻な学識が存在していたことを忘れてはなるまい。この事に関して、太田次男「白居易文学が生れるまで」（一九九三年、勉誠社刊『白居易研究講座』第一巻）には、

白詩を平俗と酷評することは容易であるが、白居易が確立したその平易さとは、一日にして成立したものではない。そこには他人には真似のできない様々な能力が働き、しかも古典語から俗語に至るまでの博捜と厳しい選択とにより、磨きぬかれた言葉による新しい平易な表現が生れ、それは全生涯をかけて続けられた。この生涯に亘る言葉のたたかいの跡は、詩作のほかに『白氏六帖』となり、当然の必要から生れた一種の個人用の語彙索引でもあった。そして、その結果からすれば元白二氏のうち、その目指す成果がより明確に示され、詩のスタイルとして確立し得たのは白氏の方であった。（二八―二九頁）

と言う。正に傾聴すべき卓見である。

事実、『白氏文集』所載の詩文には、さりげない表現ながら、彼の「苦学力文」による深い学識が恰も燻《いぶ》し銀のごとくにじみ出た事例を随所に見ることができる。例えば、有名な「長恨歌」（〇五九六）冒頭の一句――

漢 皇 重 色 思 傾 国。　漢皇　色を重んじて　傾国を思ふ。

の「傾国」は、『漢書』外戚伝（孝武李夫人）に見える李延年の歌「北方に佳人（美女）有り、絶世にして独立（抜群）。一たび顧みれば人の城を傾け、再び顧みれば人の国を傾く。寧《なん》ぞ知らざらん傾城と傾国とを、佳人は再びは得難し」に基づき、ついで楊貴妃の妖艶さを詠じた一句――

温 泉 水 滑 洗 凝 脂。　温泉　水滑らかにして　凝脂を洗ふ。

の「凝脂」（白く凝結した脂肪のような、白く滑らかな女性の肌）は、『詩経』衛風「碩人」に見える若い王妃荘姜《そうきよう》をたたえた歌詞「手は柔らき荑《つばな》の如く、膚は凝れる脂の如し」に基づき、また後宮の数多い美女を強調した一句――

後 宮 佳 麗 三 千 人。　後宮の佳麗　三千人。

は、范曄《はんよう》（三九八―四四五）『後漢書』皇后紀の序に所謂「武・元より後、世〻淫費を増し、乃ち掖庭《えきてい》（後宮の美女）三千に至る」に基づき、つづく楊貴妃の満ち足りた愛情生活を詠じた句――

金屋粧成嬌侍夜　　金屋に粧《よそほ》ひ成つて嬌《なまめか》しく夜に侍《はべ》り、

の「金屋」（黄金造りの妾邸）は、『漢武故事』に見える漢の武帝の幼い頃の言葉「若《も》し阿嬌を得て婦と作《な》さば、当《まさ》に金屋を作りて之を貯《かこ》ふべし」（『太平御覧』巻一八一に引く）に基づき、さらに数句後の前段を結ぶ一句——

不重生男重生女　　男を生むを重んぜずして　女を生むを重んぜしむ。

は、『史記』外戚世家の末尾に附けられた漢の褚少孫《ちよしようそん》の追記に見える民謡歌詞「生男無喜、生女無怒」（男を生むも喜ぶ無かれ、女を生むも怒る無かれ）に基づくがごとくである。

また散文においても、例えば「師皐《しかう》に与ふる書」（四八三）の場合、その終末部分だけを取り出してみても、

情恕於外、理遣於中　　情もて外に恕《ゆる》し、理もて中に遣《や》る。

の二句は、晋の衛玠《えいかい》（二八六―三一二）の言葉「人（他人）に及ばざること有らば、情を以て恕《ゆる》すべく、意に非ずして相干《をか》さば、理を以て遣《や》るべし」（『晋書』衛玠伝）に基づき、つづいて見える疑問の重複句——

欲何為哉、欲何為哉。　　何をか為さんと欲するや、何をか為さんと欲するや。

は、『詩経』魏風「園有桃」の「子曰何其」（子《そなた》は曰《い》ふ。何ぞやと）に対する『毛伝』の解釈「夫人は謂ふ、我れ何をか為さんと欲するや（欲何為乎）と」に基づき、また自分の言動を述べた二句——

上不怨天、下不尤人。　　上は天を怨《うら》まず、下は人を尤《とが》めず。

は、『論語』憲問篇の「子曰く、天を怨まず、人を尤めず（不怨天、不尤人）、下学して上達す。我を知る者は其れ天か」に基づき、さらには自分の生活態度を述べた二句——

寵辱之来、不至驚怪。　　寵辱の来たるも、驚怪に至らず。

は、『老子』第十三章の「寵辱に驚くが若《ごと》くし、大患を貴ぶこと身の若《ごと》くす」に基づいて、これを逆用した表現であり、つづいて自分の所信を述べた二句——

死則葬魚鼈之腹、生則同鳥獣之群。　　死しては則ち魚鼈《べつ》の腹に葬られ、生きては則ち鳥獣の群と同《とも》にす。

は、前句が『楚辞』漁父《ぎよほ》篇の「寧《むし》ろ湘流に赴きて、江魚の腹中に葬らるるも、安《いづ》くんぞ能く皓皓の白きを以て、世俗の塵埃

を蒙らんや」に基づき、後句が『論語』微子篇の「夫子憮《ぶ》然として曰く、鳥獣は与《とも》に群を同じくすべからざるなり」に基づいて、これを逆用した表現。そして結びの一句――

多謝故人。　　故人（旧友）に多謝す。

は、漢の李陵「蘇武に答ふる書」の末尾に所謂「幸《ねが》はくは故人に謝す」に基づく。

以上に多少列挙した事例は、説述の必要上、居易の膨大な韻文・散文の作品群から、取りあえず任意に抽出した一節について、その典故利用の実態を観察したものに過ぎない。とは言え、これら若干の事例を一瞥しただけでも、いかに居易の典故利用が広範多岐にわたり、それぞれの典故が行文中に無理なく融合しているか、推察に難くはないであろう。その該博な学識とこれを駆使できた表現手腕は、思うに並大抵のものではない。

四、『白氏文集』の旧鈔本と旧刊本

現在わが国には、平安末期に書写された神田《かんだ》家旧蔵本『文集』巻三・巻四（現在、国立京都博物館蔵）、平安末期から鎌倉初期にかけての間に書写された金沢文庫旧蔵本『文集』巻八・巻三十五・巻四十九（現在、京都田中穣蔵）、鎌倉中期の寛喜三年（一二三一）から貞永二年（一二三三）までの三年間に豊原奉重・唯《ゆい》寂房（寂有）等六人によって書写され、寛喜三年から建長四年（一二五二）まで豊原奉重が二十余年の歳月をかけて校訂した金沢文庫旧蔵本『文集』・『白氏後集』の残巻二十二軸（現在、大東急記念文庫・天理図書館・田中穣蔵）をはじめとして、唐代鈔本以来の流れを汲む『白氏文集』の貴重な旧鈔本が少なからず残存している。のみならず、金沢文庫旧蔵本の中には、白居易存命中の会昌四年（八四四）、わが入唐僧恵蕚《えがく》が蘇州南禅院で書写した『白氏文集』六十七巻本（前述）の重鈔本であることの明らかな巻十二・巻四十九・巻五十二・巻五十九等の各巻さえ含まれている。（太田次男『旧鈔本を中心とする白氏文集本文の研究』上巻による）。これら唐代以来の旧鈔本は、つとに中国では亡佚してしまって、僅かにわが国だけに残存する稀覯本である。

更に、わが国には、かつて朝鮮半島から伝来した明の成化二十一年（一四八五）朝鮮銅活字（甲辰字）印本『白氏文集』七十一巻（宮内庁書陵部蔵）が現存し、またわが国や韓国には、この銅活字本の系統を引く朝鮮整版本が原刻本・補刻本を合わせて十数部あり、同じくこの銅活字本を江戸初期の元和四年（一六一八）に那波道円《なばどうえん》が翻刻した木活字印本（『四部叢刊』初編の集部所収）もある。これら朝鮮系の旧刊本は、たしかに白居易の自注をすべて削去するという大きな欠点を持つとはいえ、いずれも中国所伝の南宋紹興《しょうこう》（一一三一—一一六二）刊本（現在、北京図書館蔵。一九五五年、北京文学古籍刊行社景印）や、明の万暦三十四年（一六〇六）馬元調《ばげんちょう》校刊本等のような先詩後筆（前に詩を置き後に文を置く）型の改編本とは全く異なり、おおむね白居易手定の原形を留める前集・後集型の刊本であって、これまた中国では絶えて久しい旧編本の全貌を伝えるものといってよい。

では、なぜこのように『白氏文集』の旧鈔本や旧刊本が中国本土ではつとに亡佚したのに、却ってわが国や朝鮮半島で長くその命脈を保つことができたのか。その理由は極めて単純であって、当時の文化の先進国と後進国との相違に因る。というのは、古来中国では、独り『白氏文集』のみならず、あらゆる古典の伝承について言える現象だが、古典の旧鈔本や旧刊本の消散は、もちろん不慮の動乱・災禍によることも少なくはなかったけれども、より本質的、より普遍的には、次々と新しく便利な鈔本や刊本が世に出現するに従って人々の関心や興味も急速にこれに傾き、旧来の鈔本や刊本は見捨てられて慌ただしくその姿を消していったからであり、これに反してわが国や朝鮮半島など、常に中国から文化を摂取し、こよなく中国の文化を敬慕していた周辺諸国では、中国から伝来した旧鈔本や旧刊本を殊のほか後生大事に保存し伝承してきたからである。従って、わが国や朝鮮で伝えられた『白氏文集』の旧鈔本や旧刊本は、他の古典の場合と同様、中国自身にとっても極めて貴重な文化遺産であること今更贅言を要しない。

ところで、わが国に現存する『白氏文集』の旧鈔本や旧刊本に関する本格的な文献学的研究は、最近数十年間に、京都大学人文科学研究所と太田次男等を中心として目覚ましい発展と充実を見た。その研究成果の主なるものは、花房英樹『白氏文集の批判的研究』（一九六〇年、彙文堂刊。一九七四年、朋友書店再版）、平岡武夫・今井清校定『白氏文集』全三冊（一九七一・七二・七三年、京都大学人文科学研究所刊）、太田次男・小林芳規『神田本白氏文集の研究』（一九八二年、勉誠社刊）、川瀬一馬監修『金沢文庫本白氏文集』の景印全四冊（一九八三・八四年、大東急記念文庫刊）、太田次男『旧鈔本を中心とする白氏文集本文の研究』全三巻（一九九七年、勉誠社刊）、および平岡・花房・太田等の精密周到な校勘論文三十数篇である。では、これらの先達たちは、その校勘の結果、旧鈔本と旧刊本の伝承過程について、いったい巨視的にどのような見通しを立てたのか。今、その現在における一応の定説を紹介すれば、私の見るところ、以下の三項に要約することができるのではないか。

㈠『白氏文集』の現存諸本の間に見られる正文の字句異同を比較した場合、おおむね旧鈔本系と旧刊本系とに大別することができ、その字句異同は、両者それぞれ別々の系統の枠内における異同であって、この大枠から外れる事例は殆ど認められない。のみならず、両者間の異同を比較した場合、おおむね旧鈔本系の方が旧刊本系より格段に優れている。

㈡旧鈔本系の各本の間における正文の字句異同は、白居易自身がその詩「詩解」（三四五）で「旧句時時《しばしば》改む」と詠じていることからも推察されるように、後人による字句の誤写を除けば、おおむねその時その時における白居易自身の補訂刪改によって生じたものである。そして、この事実を最も総合的に呈示する現存旧鈔本は金沢文庫本であって、特にその豊原奉重校訂本の正文と校記は、恵蕚《えがく》本をはじめ上述のような白居易自身の重層的な改訂段階を伝える各種旧鈔本はもちろん、さらには若干ながら北宋刊本までも含み込んだ一大複合鈔本と見做される。

㈢主要な旧刊本の系譜をたどれば、まず唐代末期、数多い唐鈔本のうち、前集・後集を合わせた七十巻本を主体として、これに続後集中の作品を多少追補した一本があり、ついで五代に至って後唐の李従栄がこれを書写。かくてこの李従栄本が中心となって北宋刊本の初期本が成立。その後、この北宋初期本を継承して北宋中期に刊行された諸本の中の一本が改編されて新たに先詩後筆型の『白氏文集』が出現。従って次の南宋時代には、改編を経ない旧来の前集後集型の蜀刊本と、改編された新式の先詩後筆型の蘇刊本とが相並んで通行していたが、ついに明代になると、旧式の蜀本系諸本は次第に伝を失い、独り新式の蘇本系諸本だけが世に行われるようになったらしい。一方、そのころ、北宋刊本の崩れかけた南宋蜀本の一本がたまたま朝鮮半島に伝わり、外集をも失ったものが銅活字（甲辰字）本として重刊され、やがてその整版各本も出現。この銅活字の一本がわが国に伝来して、それを木活字（乙亥字）で翻刻したのが那波本である。

以上の三項が、旧鈔本と旧刊本の伝承過程に関する一応の現在までの定説と見做されるが、このほか、論者によって現在なお見解が対立している重要な問題に、朝鮮銅活字本・同整版本・那波本の『続後集』に当たる巻七十一の成立に関する推論がある。すなわちその一つは、これを原来の『続後集』巻七十一より巻七十五まで、さらにはそれ以後に作られた詩篇をも含めて、それら諸巻より一部分ずつ拾い集めた蒐補部分とする見解であり、他の一つは、これを『続後集』の最後尾に当たる巻七十五とする見解である。

そこで今、あらためてこれらの学説を再検討してみると、優れた先達たちの多年にわたる博渉精究の結果であるにもかかわらず、なお私には幾許かの根本的な疑問が生ずる。

その疑問の第一は、旧鈔本と旧刊本との字句異同を比較した場合、前述のごとく殆ど全て旧鈔本系の方が格段に優れ、旧刊本系の方が劣っているということだが、かかる両者間の優劣現象は、そもそも如何なる原由によって招来されたのか、という疑問である。

従来の学説によれば、旧鈔本系各本の間に見られる正文の字句異同は、白居易自身の絶えざる補訂刪改によって生じたものであり、旧刊本系各本の字句異同は、その多くが後人の恣意的な改竄や不見識な弄壊によって漸次崩乱した過程を示すものだ、と言う。しかし思うに、かかる従来の鈔本観・刊本観は、あまりにも褒古毀今的な俗説に過ぎはしないか。なぜならば、本質的に刊本の方が却って鈔本よりも遥かに固定性の強いものであるからであり、また北宋刊本にせよ南宋刊本にせよ、苟も版刻興隆期の両宋時代、とりわけ南宋紹興刊本や朝鮮系旧刊本の場合、白居易のごとき著名な作家の全集を出版する以上、その膨大な出版には当然ながら刻板や印刷等に巨額の投資を必要とし、さらにはその刊行者自身の学問的文学的見識をも問われるだけに、その時期その環境において可能なかぎり最高最善の底本が採択されたはずだからである。

のみならず、当然のことながら旧刊本も原来は旧鈔本から出たものである。だとすれば、内容の劣る旧刊本系は、さほど白居易の補訂刪改を経ていなかった比較的早期の鈔本に淵源し、一方、内容の優れた旧鈔本系は、白居易の比較的晩年の改修本に属する可能性があることも一応考慮に入れておく必要があるのではないか。

疑問の第二は、上述したように全般的に旧鈔本系と旧刊本系との間には、かなり顕著な字句異同の懸隔が認められるが、それにもかかわらず一方では、金沢文庫本の巻三十一と巻三十三とに見られるように、この旧鈔本両巻の原正文が却って旧刊本系の諸本と殆ど完全に合致している現象に対する疑問である。

ちなみに、金沢文庫本巻五十四の正文も、右の両巻と同様、旧鈔本ではなく却って旧刊本系各本の正文と概ね合致しているが、その合致理由については、この巻五十四の尾題の後に書かれた豊原奉重の識語に、たまたま本巻の古鈔本が欠けていたために已むなく当時の「摺本《すりほん》」（恐らく北宋刊本）を流用してその正文を転写した旨を明記している。だが、特に書写者のかかる識語もなく、且つ奉重が後日に同じく北宋刊本を用いて比校している巻三十一・巻三十三の原正文までも、巻五十四の正文と同列に見て、これを北宋刊本系の一本に依拠したものと推定する最近の学説は、果たして妥当なものか否か。

疑問の第三は、『白氏文集』諸本の伝承過程を考察する上で、前二項の疑問より更に重要な問題だが、旧鈔本・旧刊本の系譜についての従来の見解に対する疑問である。

周知のごとく『白氏文集』は、そのはじめ唐末・五代から北宋初期にかけての頃、中国においてもわが国においても、白居易にとって言わば未完結の七十巻本（前集五十巻・後集二十巻）が独り流行をほしいままにし、一方、これに『続後集』五巻を加えた最終最善の大集七十五巻本は、ついにその全貌を公にすることなく散亡した。これは儼然たる歴史的事実であって、決して曖昧に看過しておいてよい事象ではない。だとすれば、『白氏文集』の流伝過程を考える場合、あまり最終的な大集の七十五巻本には拘泥しないで、まずは明確にその考察の基本的な出発点を七十巻本に据えるべきではないか。（一九四七年刊『歴史語言研究所集刊』第九本に載せる岑仲勉「論『白氏長慶集』源流、並評東洋本『白集』」、一九六〇年、朋友書店刊の花房英樹『白氏文集の批判的研究』八七頁の所説も同じ）。

ところが例えば、朝鮮系刊本・那波本の出自について、最新で最有力な学説である花房英樹『白氏文集の批判的研究』の所説では、唐末・五代以来の『白氏文集』伝本の系譜と併せて次のごとく言う——

唐末、数多い伝本の間に、七十巻本を中心とし、続後集中の作品を多少加えた一本があり、屢々なる伝写を続けながら、五代に残存していた。これを李従栄が書写し、それが中心となり、北宋へ伝えられたのである。ここに北宋刊本の初期本が成立した。中期に至り諸本が刊行されたが、その一本がやがて改編された。「先詩後筆」本が発生したのである。南宋においては、改編を経ない蜀本と改編された蘇本とが通行したのである。明代に至ると、蜀本系諸本は次第に伝を失い、遂に蘇本系諸本に拠って各種の版本が行われた。そのころ、南宋蜀本の一本が朝鮮に伝来し、銅活字本として刊行され、やがて整版各本も成った。この整版の一本が我が国に伝来され、那波道円によって翻刻されたのである。

と。この花房説に所謂「蘇本」「蜀本」とは、南宋の陳振孫『直斎書録解題』巻十六（『白氏長慶集』七十巻）に「今本七十一巻。蘇本・蜀本、編次も亦た同じからず。蜀本に又『外集』一巻有り、往往《しばしば》皆楽天自記の旧に非ず矣」とある文に拠る。しかし思うに、この朝鮮系刊本・那波本が原来改編を経ない旧編本系であるならば、なにもその直接の祖本を南宋時代の蜀本に限定する必要はなく、それ以前の北宋時代の旧鈔本でも旧刊本でもよいのではないか。その点、花房説は余りにも南宋の記録だけに便乗しすぎたのではないか。恐らくこの伝本系譜の問題は、朝鮮系刊本・那波本の巻十八の巻末に連なる「徳宗皇帝挽歌詞四首」以下の歌詞二十四首（二二八五―二三〇八）の不規則な追補部分、巻二十の巻末に見える後人の偽作「李徳裕相公、崖州に貶せらる」詩三首（一四〇五―〇七）の竄入、巻三十一における数十行に及ぶ大幅な空白部分など、一見いかにも不可解な伝本上の事象と密接に関わる問題のように思われる。

㈠『白氏文集』七十巻本について

前章「『白氏文集』の成立とその内容」で紹介したように、元稹の「『白氏長慶集』の序」をはじめ、白居易の「長慶集（前集）後序」（二九二三）・「聖善寺の『白氏文集』の記」（二九四九）・「蘇州南禅院の『白氏文集』の記」（二九五五）・「『白氏集』後記」（三六七三）といった言わば正式な『白氏文集』記叙を見るかぎり、白居易が最晩年、実弟白行簡の遺児亀子《きし》と、息女阿羅《あら》の長男談閣童《だんかくどう》（玉童）とにそれぞれ寄託して後世に伝えんことを期待した『白氏文集』七十五巻本（前集・後集・続集）は、たしかに彼の最終最善の手定本であったこと全く疑う余地のないところである。従って、宋代以後、文献学者たちの『白氏文集』に対する視点は、ほとんど全て最終の七十五巻本ばかりに焦点が合わされ、これを基準としてその変遷が論じられてきた。例えば、南宋初期の晁公武『郡斎読書志』（衢本）巻十八に、『白居易長慶集』七十一巻を解説して、

前集五十巻、元稹の序有り。後集二十巻、自ら序紀を為《つく》る。又、続後集五巻有り。今、三巻を亡へり矣。

と言うのは、その最も早い事例である。そして、かかる七十五巻本中心の視点は、現在に至るも基本的には変わっていない。

しかしながら、白居易の没後幾許もない唐末・五代から北宋初期にかけての頃、すでに若干言及したように、中国はもちろんわが国においても、専ら広く世に通行したのは、前・後・続集の七十五巻本ではなく、その三年前の会昌二年（八四二）、居易七十一歳の時にすでに編纂され廬山東林寺に寄進されていた前・後集だけの正編七十巻本であった。なぜならば、まず中国においては、白居易の自撰とも後人の偽作とも言われる「酔吟先生墓誌銘」序（『文苑英華』巻九四五・宋本『白氏文集』巻七十一所収）、十国呉の僧匡白《きょうはく》「江州徳化東林寺の『白氏文集』の記」（『全唐文』巻九一九所収）、五代後周の陶穀《とうこく》「龍門重修白楽天影堂の記」（那波本・馬元調本附録所収）、北宋の宋敏求『春明退朝録』巻下の「唐の白文公の自勒《ろく》（自編）文集」条の諸文等がこれを証するからであり、またわが国においては、平安前期の藤原佐世《すけよ》『日本国見在書《げんざいしょ》目録』別集家、都良香《みやこのよしか》『都氏文集』巻三所収の「白楽天の讃」、菅原道真『菅家《かんけ》後草』巻頭所載の醍醐天皇御製「右丞相（道真）の家集を献ずるを見る」詩の原注、平安後期の大江匡衡《おおえのまさひら》『江吏《ごうり》部《ほう》集』巻中（人倫部）所収の詩題「近日綸《りん》命を蒙り、『文集』七十巻に点す。云々」、および中国北宋初期の『太宗実録』巻二十九（太平興国九年三月の条）に見える日本国の僧奝然《ちょうねん》の語等がこれを裏付けているからである。

それでは、前・後集だけの正編七十巻本は、前述の「『白氏集』後記」（三六七三）に列挙する廬山東林寺・洛陽聖善寺・蘇州南禅院等のうち、果たして何処に存在していたのか。この問題を解明する絶好の手掛かりは、すでに指摘されていることながら会昌二年（八四二）、白居易七十一歳の時の作「『後集』を廬山の東林寺に送り、兼ねて雲皐《うんかう》上人に寄す」詩（三五九八）に在る。居易がこの詩を作って再び廬山の東林寺に『後集』を奉納した時期は、かつて大和九年（八三五）、六十四歳の夏、同じく東林寺に『白居文集』六十巻（前集五十巻・後集十巻）を奉納してから七年後、またやがて会昌五年（八四五）五月、最後の大集七十五巻（前集五十巻・後集二十巻・続後集五巻）を完成する僅か三年前のことであった。だとすれば、この詩題にはその『後集』の巻数こそ明記されてはいないけれども、恐らくこの時期には、すでに『後集』二十巻は一応完結していたと推定してよい。

そして、白居易が再び廬山の東林寺に奉納したこの『後集』は、この時あらためて全面的に編纂しなおした新訂の二十巻ではなく、単に前次の十巻に追補しただけの後半十巻に過ぎなかったようである。そのことは那波本の『後集』部分、すなわち巻五十一より巻七十までの編次が首尾一貫した構成ではなく、おおむね前後二部立ての編集形態をとり、前後それぞれに前詩後筆の編成となっている実態によってもほぼ推定が可能であるが、さらに北宋中期の陳舜兪『廬山記』巻二に、

(白公)大和九年に至つて太子賓客と為り、始めて『文集』六十巻を以て之(東林寺)に帰す。会昌中、致仕し、復た『後集』十巻及び香山居士像を送る。

と言うのは、正にこの事実を確定する明証である。

但し『後集』の後半部分十巻の冒頭に置かれた巻六十一(銘・誌・賛・序・祭文・記・辞・伝)だけは、上述したような白居易の整然たる編集原則から食み出ている。なぜならば、以後の巻六十二以下九巻は、『前集』五十巻・『後集』前半十巻と同様に前詩後筆の編集形態を保っているのに、この巻六十一だけがその原則から逸脱しているからである。しかしながら、この巻六十一に採録された散文作品の制作時期がいずれも大和二年(八二八)より開成四年(八三九)までに限られていること、またその収録作品の文体が『後集』前半部分の末尾の巻五十九・巻六十所載の文体と多く重複していること等の現象から推察すれば、会昌二年(八四二)白居易が最後に東林寺へ『後集』の後半部分十巻を送った当時、すでに同寺に収蔵されていた『後集』の前半部分十巻を補塡するために、まず後半部分の最初にこの巻六十一を追加したものと思われる。

これを要するに、上述のような前後二段階ないし三段階の経緯をたどって『白氏文集』七十巻本は成り、江州廬山の東林寺に秘蔵されることとなった。だとすれば、その後の会昌五年(八四五)に作られた「『白氏集』後記」(三六七三)に所謂「一本は廬山の東林寺の経蔵院に在り」とは、第一次の大和九年(八三五)に奉納された六十巻本だけを指すのではなく、実は会昌二年(八四二)に始めて合成された前・後集の正編七十巻本を指していること、正に疑う余地はない。そして、さらに視点を広げてこれを言えば、白居易は、前述の「『白氏集』後記」(三六七三)において既成の『文集』各本を列挙した際、その完成度の高低に従って、廬山東林寺本七十巻・蘇州南禅院本六十七巻・洛陽聖善寺本六十五巻の順序に列挙したわけである。

してみれば、前・後・続集七十五巻という内々に姪の亀郎と外孫の談閣童に家蔵させた二本はともかく、この廬山東林寺本七十巻こそは、当時の一般知識人たちにとって天下で最も完備した白居易の詩文集であった。恐らく当時、彼の詩文を敬慕する人々の関心は、専らこの天下最高の東林寺本七十巻に集まっていたことであろう。

㈡ 盧山東林寺本七十巻の遍歴

では、この盧山東林寺本七十巻は、その後どのような運命をたどったのであろうか。幸いにもこの疑問に答える最古最適の記録が、北宋中期の宋敏求（一〇一九―一〇七九）『春明退朝録』巻下に見える。敏求は、蔵書三万巻、特に唐代の歴史に精通した当時屈指の碩学であった（『宋史』宋綬附伝）。曰く――

唐の白文公（白居易）、自ら『文集』を勒《ろく》（編纂）して、（『前集』）五十巻・『後集』二十巻を成す。皆写本なり。盧山の東林寺に寄蔵す。又、（洛陽）龍門の香山寺に蔵す。高駢《かうべん》（?―八八七）、淮南《わいなん》に鎮せしとき、江西の廉使（観察使）に寄語（伝言）し、東林（寺）の『集』を取りて之を有す。香山（寺）の『集』も、乱を経て亦た復《ふたた》びは存せず。其の後、（洛陽）履道《りだう》（里）の（白居易の）宅は普明《ふみやう》僧院と為る。後唐の明宗（在位、九二六―九三三）の子の秦王《しん》（李）従栄、又写本を院の経蔵に置く。今本（現行刊本）是れなり。後人、亦た東林の所蔵（北宋真宗の崇文院写校本）を補ふ。皆、篇目の次第は真に非ずして、今の呉・蜀の摹版（翻刻本）と異なること無し。

と。宋敏求のこの文、唐末から五代を経て北宋中期に至るまで、東林寺本七十巻を中心として『白氏文集』の沿歴を述べること頗る簡潔明快である。

唐末、盧山東林寺から『白氏文集』七十巻の真本を奪い取った高駢という人物は、後に唐朝への叛逆を企てたとはいえ（『旧唐書』本伝・『新唐書』叛臣伝下）、『太平広記』巻二百（文章三、武臣有文）に引く『謝蟠《しやはん》雑説』に、

唐の高駢、幼にして詩を為《つく》るを好み、雅《もと》より奇藻（すぐれた表現力）有り。情に属《まか》せて賦詠し、常流（凡庸な人々）に横絶（超絶）す。時に筆を秉《と》る者、多く之に及ばず。故に李氏（唐朝）の季《すゑ》、勲臣に文（詩文）有る者を言へば、駢、其の首たり焉。集、乱に遇ひて多く亡ぶも、今其の存する者、盛んに時（世）に伝ふ。

と言うように、当時勲臣中随一の誉れ高い詩人であった。

一方、その高駢が、僖宗の乾符六年（八七九）冬十月、淮南節度使として着任後の数年間は、特に黄巣の乱が燎原の火の

ごとく天下に拡大して、長安・洛陽の両都をはじめ全国各地の軍鎮は恐れおののき、貴重な文物も殆ど兵火のために灰燼に帰しつつあった。

このような動乱の世情である以上、当時勲臣中随一の詩人であった高駢が、かかる天下の危急事態に直面して、なんとか廬山東林寺から『白氏文集』七十巻の真本をわが手中に確保しておくべく、前述のような非常措置に出た可能性は極めて大きい。事実、南宋の陸游《りくゆう》（一一二五—一二一〇）『入蜀記』巻四（八月八日）に、

白公（白居易）、嘗て『文集』を以て草堂に留めしも、後屢々《しばしば》亡逸す。真宗皇帝（北宋第三代の天子）、嘗て崇文院（宮廷秘書を管理する役所）をして写校（筆写校合）せしめ、包むに斑竹の帙《ちつ》を以てして、寺に送る。建炎（一一二七—一一三〇）中、又兵（兵火）に壊《やぶ》られ、今は独り姑蘇《こそ》（蘇州）の版本一帙のみ有りて、故事を備《おぎな》ふのみ。

とあるように、その後しばしば東林寺が罹災を重ね、その都度、当時秘蔵の『白氏文集』鈔本も次々と亡佚の憂き目を見た歴史に思いを致せば、この高駢の非常措置は、あるいは的確な判断であったかも知れない。それはともかく、この高駢の廬山本奪取は、あらためてわれわれにこの七十巻本が当時極めて貴重な真本であったことを再確認させると共に、この七十巻本が始めて東林寺の秘庫から高駢という一流詩人の掌中に移ったことに因って、むしろこの七十巻本が中原や江淮に伝播する絶好の契機となったことを推知せしめる。

ついで、唐末の高駢を去ること約四十年後、五代後唐の明宗（在位、九二六—九三三）の第二子、秦王の李従栄（？—九三三）が、首都洛陽の履道里にあった白居易旧宅趾の普明院経蔵に、あらためて『白氏文集』の写本を納入した。この普明院本が宋敏求当時の「今本」、すなわち北宋刊本の祖本である、と彼は言う。

宋敏求の文中、この普明院本より以下の叙述は、五代から北宋初中期までの『白氏文集』の推移について、われわれにさまざまな事実を示唆している。

その第一は、宋敏求の文から推察するかぎり、李従栄が洛陽の普明院に納入した『白氏文集』の「写本」は、この宋敏求の文の冒頭に明示する『文集』五十巻・『後集』二十巻の七十巻本を底本とするものであり、それ以外の『白氏文集』の諸伝本は殆んど敏中の眼中になかったらしいことである。

その第二は、かつて白居易が姪亀郎と外孫談閣童にそれぞれ直接付託した最後の大集七十五巻二本は、李従栄の当時、首都洛陽城内はもちろん中原・華北・淮陽を含む広大な後唐の版図内においてさえも、すでに完本としては重鈔本すら一本も残存していなかったらしいことである。なぜならば、当時李従栄は、長兄従璟《じゅうえい》の早世後、諸皇子の筆頭として権勢並びなく、且つ非常な詩文の愛好者であって（『新五代史』本伝）、もし大集七十五巻の完本が領内に残存していたならば、当然百方手をつくしてこれを捜し出すことができたはずであり、また彼が大集七十五巻本を無視して無謀にも七十巻本を鈔写するはずもないからである。恐らくこの大集七十五巻の二本は、前述の龍門香山寺蔵七十巻本と同様、唐末以来のうちつづく兵乱によって烏有に帰してしまったのであろう。

その第三は、李従栄の普明院本は、前・後集の正編七十巻のほかに、その補遺として『続後集』五巻の残編断簡を若干これに附け加えていた可能性が頗る濃厚なことである。なぜならば、この普明院本は、宋敏求が明言するように北宋中期の刊本の祖本そのものであったわけだが、清代中期の復元にかかる北宋秘閣の蔵書目録『崇文総目』巻五所載本以外、両宋時代の書誌等に見える当時の刊本は、いずれも正編七十巻に補遺や外集を加えた七十一巻本か七十二巻本ばかりであって、前・後集七十巻だけの単行刊本が当時に通行した痕跡は全く見当たらないからであり、また敏求の下文「後人、亦補東林所蔵」に見える「亦補」の「亦」字（「又」字ではない）は、そうした普明院本の構成形態を何よりも明確に物語っているからである。思うに、当時かかる『白氏文集』の残編断簡を拾い集めるのには、かつて白居易が晩年を過ごし、大集七十五巻をも手定した洛陽の都こそ正に絶好の条件を具備した地域であって、他のいかなる土地も遠くこれに及ばない。恐らく李従栄は、この普明院本七十巻を繕写する際、あらためて洛陽を中心に『白氏文集』の残編断簡を捜集したところ、意外にも少なからず最晩年の未収作品が発見されたので、とりあえずこれを拾遺として正編七十巻の後に附け加えたのであろう。この追加部分が後に巻七十一となる。

その第四は、北宋中期の宋敏求が『春明退朝録』を撰した神宗熙寧《きねい》三年（一〇七〇）の頃、『白氏文集』の刊本としては、前述のごとく普明院本系のそれが殆ど唯一のものであり、しかもその出版地もかなり限定されていたらしいことである。なぜならば、宋敏求は当時天下屈指の蔵書家でありながら、ただ単に「今本」とだけ称して、その「呉本」（蘇本）・「蜀本」

以外に具体的な出版地を明示していないからである。さらに今、わが内閣文庫蔵旧鈔本『管見抄』第十冊の識語中の評定所牒文に見える北宋の景祐四年（一〇三七）杭州刊本七十二巻（恐らくは呉本系）をこれに加えたとしても、蘇州・蜀（忠州）・杭州いずれも白居易の深い縁故の地に限られている。思うに当時は、経籍・仏典・日用書はともかく、『白氏文集』のような往昔の詩人の文集などは、まださほどに社会の需要が多くなかったのであろう。

その第五は、宋敏求の所謂「今の呉・蜀の摹本」、すなわち北宋中期以前の翻刊本であった呉本（蘇本）と蜀本は、いずれも「今本」七十一巻（前・後集七十巻、補遺一巻）に、更に「後人」の追補（外集）一巻を加えた計七十二巻の刊本であったらしいことである。上述の北宋景祐四年杭州刊本七十二巻、および南宋初期の晁公武『郡斎読書志』所載本（前述）、南宋後期の陳振孫『直斎書録解題』巻十六所載の「蜀本」（後述）等は、その事実を有力に支持する例証である。

なお、この北宋の「呉本」（蘇本）と「蜀本」は、やがて北宋末期から南宋初期にかけての間、それぞれの体裁が旧来型と改編型とに大きく分かれることになる。すなわち南宋後期の陳振孫『直斎書録解題』巻十六（『白氏長慶集』七十一巻）に、

今本七十一巻。蘇本・蜀本は、編次亦た同じからず。蜀本には又『外集』一巻有り。往往（至るところ）皆楽天自記の旧に非ざるなり矣。

と言うのがその明証である。これによれば、都会の蘇州刊本はいち早く便利な「先詩後筆」の改編本に姿を変え、地方の蜀刊本は旧来のまま前・後集七十巻、補遺一巻・外集一巻という七十二巻本の伝統を保持していたわけである。かくて、それ以後、前者は南宋の紹興刊本・明の馬元調校刊本等へとその流行をほしいままにし、後者は、中国においては、往時の七十巻本や七十一巻本が逐次たどった悲運と同様、より多く需要者の便宜に応えた新興の蘇本に圧倒され、急速に世上から敗退してゆくことになった。

それでは一方、閲読に不便ながらも『白氏文集』本来の編成形態を忠実に踏襲した朝鮮銅活字本・朝鮮整版本やわが那波本等、朝鮮系刊本の祖本は果たして那辺から出てきたものであろうか。もし私のこれまでの論述がさほど誤りを犯していなかったとすれば、その祖本の出自を推定することは必ずしも不可能なことではない。

第一に、これら朝鮮系刊本・那波本の巻首にある総目は、正文の編成が前・後集七十巻と補遺の巻七十一とから成ってい

るにもかかわらず、その実態とは無関係に、ただ巻一から巻七十までの巻次を列記するに止まり、しかも総目末尾には、

已上十冊、共七十巻、摠《すべ》て三千五百九十四首。

という総括の識語まで附いている。かかる変則的な総目の形態は、明らかに前・後集七十巻だけを念頭に置いた書きぶりであり、巻七十一（補遺）などは単なる補足的附録に過ぎないと考えていた結果であって、遠く五代後唐の普明院本やそれを直接継承した北宋初期の所謂「今本」七十巻を髣髴とせしめるものがある。

第二に、朝鮮系刊本・那波本の巻七十一の後には、集外附録として五代後周の陶穀「龍門重修白楽天影堂記」一篇が附加されている。陶穀のこの記一篇は、後唐の李従栄（?―九三三）の没後わずか二十年を経たばかり、後周の広順三年癸丑（九五三）七月十二日の作である。思うに、このように朝鮮系刊本・那波本の集外附録には、独り五代末期の陶穀の一篇だけが収載され、その反面、北宋刊本の巻七十二に当たる『外集』一巻、すなわちわが内閣文庫蔵『管見抄』第十冊末尾に転写された北宋の景祐四年（一〇三七）杭州刊本所収の「小庭にて寒夜（劉）夢得に寄す」詩（三七〇〇）以下五篇はもちろん、北宋刊本を改編した南宋の紹興刊本・明の馬元調校刊本の末尾に収載する「仏光和尚の真（画像）の賛」「酔吟先生墓誌銘并序」二篇さえも朝鮮系刊本・那波本には全く採録されていない。かかる朝鮮系刊本・那波本の収録・不収録の実態から推察すれば、朝鮮系刊本・那波本の祖本は、五代後周より以後、北宋の中期以前に、夙に成立していたのではないか。

第三に、朝鮮系刊本の巻三十一（中書制誥一）には、銅活字本・整版本で六十二行（一行十九字）、那波本で七十三行（一行十六字）にわたる非常に大幅な空白部分がある。この大幅な空白部分は、その巻首篇目によれば、「辛丘度《しんきうど》には工部員外郎たるを可とし、李石《りせき》には左補闕たるを可とし、李仍叔《りじようしゆく》には右補闕たるを可とす。三人同制」（一五一五）から「楊潜《やうせん》には洋州刺史たるを可とし、李繁《りはん》には遂州刺史たるを可とし、史備《しび》には濠州刺史たるを可とす。三人同制」（一五二三）の前半まで計九篇の制文に相当する。思うに、他の古典の場合と同様に、もしこの空白を補塡しようとすれば、当時の中国通行の旧刊本によって頗る容易に何時でもこれをなし得たはずであり、またそのように補塡した方が読者も読みやすくなり、購読者の数も増大したはずである。それにもかかわらず朝鮮系刊本が敢えて旧態を保存しつづけ、早くも明の成化年間、現存のいかなる明版にも先んじて朝鮮で翻刻印行されている事実は、この朝鮮系刊本の祖本が中国本土の伝本を凌ぐほどに古い来歴を持つ貴

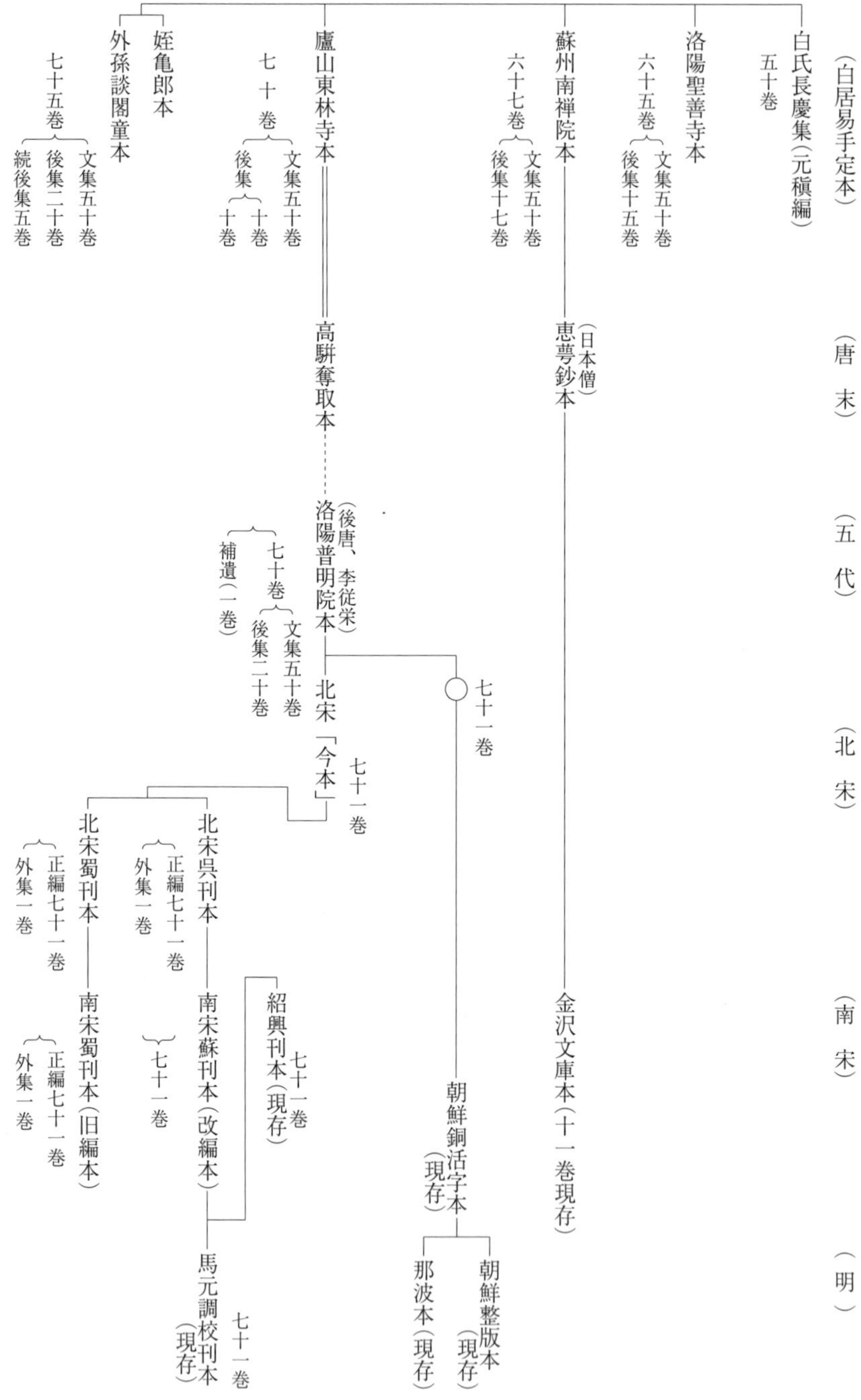
（白居易手定本）
（唐末）
（五代）
（北宋）
（南宋）
（明）
白氏長慶集（元稹編）
五十巻
洛陽聖善寺本
六十五巻
文集五十巻
後集十五巻
蘇州南禅院本
六十七巻
文集五十巻
後集十七巻
恵蕚鈔本
（日本僧）
金沢文庫本（十一巻現存）
廬山東林寺本
七十巻
文集五十巻
後集
十巻
十巻
高駢奪取本
洛陽普明院本
（後唐、李従栄）
七十巻
文集五十巻
後集二十巻
補遺（一巻）
北宋「今本」
七十一巻
七十一巻
朝鮮銅活字本
（現存）
朝鮮整版本
（現存）
那波本（現存）
北宋呉刊本
正編七十一巻
外集一巻
南宋蘇刊本（改編本）
七十一巻
紹興刊本（現存）
七十一巻
馬元調校刊本
（現存）
七十一巻
北宋蜀刊本
正編七十一巻
外集一巻
南宋蜀刊本（旧編本）
正編七十一巻
外集一巻
姪亀郎本
外孫談閣童本
七十五巻
文集五十巻
後集二十巻
続後集五巻

重な稀覯本であったらしいことを推察せしめると共に、往時の朝鮮の知識人たちの頑固なまでに強靱な学問的良心、その容易ならざる矜恃と心意気を感取せしめるものではないだろうか。

以上のような諸点から総合的に考えると、朝鮮系刊本は、たしかに印刷技術の都合上、原来の白居易自注を全て削除するなど後人の改竄を含むとはいえ、なお五代後唐の普明院本系の北宋初頭の旧鈔本の面影を濃厚に伝える、由緒正しい旧刊本であったと推定される。清末の黎庶昌が那波本を評して、「確然として唐時の巻子本より出づ。廬山の面目と謂ふべきなり」（『拙尊園叢稿』巻六所収「跋日本活字板白氏文集」）と絶賛したのも故なしとしない。

なお、従来この朝鮮系刊本・那波本の祖本については、南宋の陳振孫『直斎書録解題』の文（前出）を根拠として、その所謂「蘇本」（改編本七十一巻）と対立する「蜀本」（前・後・続集七十一巻、外集一巻）をこれに措定する学説が一般化していること前述のごとくである。しかしながら、こうした従来の通説に固執するかぎり、朝鮮系刊本・那波本の巻首総目が前・後集七十巻だけに止まっている理由、北宋刊本以来連綿と存続していた『外集』一巻が朝鮮系刊本には欠落している理由、朝鮮系刊本・那波本にだけ残存する大幅な空白部分が終始補塡されなかった理由など、これを総合的・合理的に解明することは恐らく頗る困難であろう。

これまで私は、この第四章の第一節・第二節にわたって、古来の『白氏文集』の旧鈔本と旧刊本の系譜を追跡してきたが、今これを要約して表示すれば前頁の系統図のごとくである。

右図でも明らかなように、唐末以来中国で一般的に伝承された『白氏文集』は、歴代を通じて廬山東林寺本系七十巻を主軸とするものであった。すなわち、そのはじめ『文集（前集）』五十巻・『後集』二十巻の正編七十巻をもって発足した『白氏文集』東林寺本は、やがて唐末・五代の兵乱によって一旦亡佚し、あらためて五代後唐の李従栄がその東林寺本系七十巻を再編重鈔すると共に、彼の自編に成る『補遺』一巻をこれに加えた。かくて北宋の刊本時代に入るや、この李従栄本を踏襲した所謂「今本」七十一巻（前・後集七十巻、補遺一巻）が出現。朝鮮系刊本・那波本の祖本は、この李従栄本と北宋中期の「今本」との橋渡しを演じた極めて貴重な伝本であったと推定される。ついで程なく、この北宋「今本」七十一巻に更に「後人」の『外集』一巻を加えた再増補版の「呉本」（蘇本）と「蜀本」との両七十二巻本が出現。さらに南宋になると、従来の「呉本」を便利な「先詩後筆」型に改編した南宋「蘇本」七十一巻、旧来の前・後・続集型を踏襲した南宋「蜀本」七十二巻が両立。以後、急速に新しく便利な都会型の「蘇本」が、一方の保守的で地方型の雑然とした「蜀本」を圧倒、そのまま明・清に及んだものと推定される。

(三)『白氏文集』の旧鈔本と旧刊本との関係

そこで、あらためて後世の『白氏文集』諸刊本の源流と目される廬山東林寺本七十巻の成立過程を振り返ってみると、この東林寺本は、他の洛陽聖善寺本・蘇州南禅院本や各種唱和集等とは全く異なり、同じく白居易の手定本でありながら全巻が同時に編訂されたものではない。というのは、すでに前述でも考証したように、白居易は、まず大和九年（八三五）に『前集』五十巻・『後集』十巻の計六十巻を東林寺に奉納、ついで七年後の会昌二年（八四二）に残余の『後集』十巻を追加奉納しているからである。

一方、東林寺本七十巻の大部分を占める第一次奉納の六十巻以後、引きつづき白居易が手定した各『文集』の編纂時期を見てみると、洛陽聖善寺本六十五巻はそれより一年後、蘇州南禅院本六十七巻は四年後、『白氏洛中集』十巻は五年後、最後の大集七十五巻に至っては実に十年後の編纂となる。そしてこの間、かかる各『文集』は、かの恵蕚本のように、それぞれさまざまな人々によって全巻がまるまる鈔写されたり篇章が思い思いに抄録されたりして世に流伝したこと、想像に難くない。わが平安初期、『白氏文集』が最も盛んに渡来した時期は、太田晶二郎「白氏詩文の渡来について」（『国文学解釈と鑑賞』二四〇、一九五六）によれば、おおむね白居易の没年（八四六）前後の十余年間であったと推定されるが、わが国に現存する旧鈔本の多くは、このような白居易晩年の各『文集』から重層的に流れ出た伝本と考えてよいであろう。

のみならず、白居易自身、その五十余歳ごろの作「詩解」（三三五）に「旧句は時時《つねづね》改む」と詠じ、また清の袁枚《えんばい》がその『随園詩話』巻六に、北宋の周敦頤《しゅうとんい》（謚は元公。一〇一七―一〇七三）の言を引いて、

周元公は云ふ、「白香山の詩は平易に似たるも、間ゝ存する所の遺稿を観るに、塗改甚だ多く、竟に終篇一字をも留め

ざる者有り」と。余、公（白居易）の詩を読むに、「旧詩は時時改《つねづね》むるも、性情を悦ばしむるに妨げ無し」と云ふ。然らば則ち元公の言は信なり矣。

と言うように、白居易は終生たゆむことなく自作の詩歌に推敲添削を加えつづけた詩人であった。

だとすれば、東林寺本の大部分を占める第一次奉納分の六十巻、すなわち朝鮮系刊本・那波本の前集五十巻・後集の前半十巻をはじめ、この部分に相当する中国現存刊本所収の詩文作品が、些細な字句の異同出入はともかく、大局的に見て明らかに現存旧鈔本に一籌を輸するのは、正に理の当然と言うほかはない。

のみならず、こうした旧鈔本と旧刊本との優劣現象は、つづく後集の後半十巻においても、やはり同様に認められる。恐らく往時のわが国には、たとえ断片的な篇章の抄録にせよ、前述の前集五十巻・後集の前半十巻を含めて、白居易の最終的な大集にかなり近い優れた旧鈔本が残存していたのであろう。例えば、金沢文庫本巻六十五の場合、所謂「摺本《すりほん》」（北宋刊本）をはじめ紹興本・馬本（以上二本では、巻三十二）・朝鮮系刊本・那波本に至るまで、あらゆる古今の刊本が全て巻頭の小題を「律詩　凡そ八十二首」と作っているのに対して、金沢本だけが「一百首」に作り、金沢本の拠った原本の篇数が旧刊本のそれより十八首も増加している現象などは、この事実を端的に物語るものである。果たせるかな、その正文の方も、各刊本に認められる後人の不用意な誤写・妄改等を除いても、やはり旧鈔本が旧刊本より圧倒的に優れている。

これを要するに、『白氏文集』の旧鈔本と旧刊本との間に歴然と認められる優劣の差は、畢竟、旧鈔本・旧刊本を通した白居易以来の伝本の系譜と極めて密接に関連する事象であった。そして、両者間にこのような優劣現象を生んだ決定的要因は、必ずしも一方的に後世の旧刊本の長年にわたる誤伝妄改にあるのではなく、むしろそれは夙に『白氏文集』流伝の初期段階における旧鈔本の動向にこそ内在していたものであったと言える。

すなわち、そのはじめ旧鈔本と旧刊本との間に截然たる優劣現象を惹起する契機となり、その隔差発生の関鍵を握ったものは、ほかならぬ廬山東林寺本七十巻であった。元来この東林寺本七十巻は、第一次奉納本六十巻と第二次奉納本十巻とが七年もの歳月を隔てて物理的に接合しただけの複合鈔本であった。ところで白居易は、以後その没年まで、つまり第一次奉納本から十一年間、第二次奉納本から四年間、終始営々とその詩文に添削補訂の筆を加え、逐次手定の改修本を編述しつづけたはずである。だとすれば、おおむね白居易晩年の諸詩文を伝写したと推定される現存旧鈔本は、当然のことながらもともと東林寺本より数等優位に立つものであったのである。

のみならず、この東林寺本七十巻は、前述のごとく唐末五代の兵乱で一旦散亡。あらためて五代後唐の李従栄がこれを再編して洛陽の普明院に奉納した。北宋の所謂「今本」や朝鮮系刊本・那波本をはじめとして宋明の諸刊本に至るまで、両宋以後の『白氏文集』の旧刊本は、遠く溯れば全てこの李従栄の普明院本から再出発したものである。しかしながら、この普明院本は、かつての東林寺本七十巻の復元を目差したものとはいえ、実はかなり杜撰な再編本であったらしい。例えば、すでに本稿の上文で指摘した朝鮮系刊本・那波本巻十八の末尾に列なる無原則な追補部分、巻二十の末尾における後人の偽作の竄入等は、その杜撰な実態を露呈した適例と言えよう。してみれば、かかる普明院本の杜撰な再編は、その篇次においても正文においても、一挙に旧鈔各本との優劣の差を広げる結果となったこと推察に難くない。

五、『白氏文集』の現存本

すでに上述したように、白居易の詩歌は、その生前から、王公・妾婦、牛童・馬丁を問わず、実に幅広い階層の人々に愛誦され、果ては東のかた海を越えて、わが国や新羅にまでも熱狂的な愛好者を少なからず持ったと言う。してみれば、居易の詩文作品は、いったい古来どれだけ多くの愛好者によって伝写され愛誦されてきたことであろう。例えば、わが国に残存する居易の詩文の旧鈔本を見てみても、彼の作品ほど数多く伝来し、数多く現存している例は、恐らく他に見ることはできないであろう。とにかく居易のそれはずば抜けている。

しかしながら、『白氏文集』の旧鈔本・旧刊本が本格的に捜訪され研究されはじめたのは、意外にもかなり遅く、ようやく第二次世界大戦後の最近数十年間のことである。顧みれば、この数十年間、まず旧鈔本・旧刊本の景印としては、一九五五年六月、北京の文学古籍刊行社から学界待望の南宋紹興《しょうこう》（一一三一―一一六二）初年刊『白氏文集』七十一巻が敦煌本（ペリオ目録五五四二）の白氏詩集残巻（後述）を附載して景印刊行されたのにつづいて、わが国でも一九八〇年以来、平安時代後期の嘉承二年（一一〇七）に鈔写された神田家旧蔵『白氏文集』巻三・巻四、鎌倉時代前期に鈔写された金沢文庫旧蔵『白氏文集』の二十巻、鎌倉時代後期の永仁元年（一二九三）・正応二年（一二八九）にそれぞれ鈔写された『白氏文集』巻三・巻四等、現存旧鈔本が相次いで景印公刊されている。また、これら旧鈔本・旧刊本の景印公開と相前後して『白氏文集』の文献学的研究も、花房英樹『白氏文集の批判的研究』（一九六〇年、彙文堂刊）、平岡武夫・今井清校定『白氏文集』全三冊（一九七三年、京大人文研刊）、太田次男『旧鈔本を中心とする白氏文集本文の研究』全三巻（一九九七年、勉誠社刊）、藤本幸夫「朝鮮版『白氏文集』攷」（一九九五年、勉誠社刊『白居易研究講座』第六巻所収）等の貴重な労作を先駆として、幸いに画期的な進展と充実を見るに至った。

今、これら先達の諸研究に専ら依拠して、『白氏文集』の大小現存本を列挙すれば、おおむね以下のごとくである。もって私の各巻訳注に見える校勘事項の参考に供したい。（書名下の括弧は、簡称）

旧刊本

(一) 前集後集本

1. 朝鮮李朝銅活字本（甲辰字）『白氏文集』七十一巻。十六冊。（活字本）

宮内庁書陵部蔵（五一〇―一二三）。天下の孤本。李朝成宗（在位、一四七〇―一四九四）末葉の印本。恐らくは豊臣秀吉朝鮮侵略（壬辰の乱）の際の将来本。但し本書のうち、第二冊（巻五―巻八）・第三冊（巻九―巻一二）・第七冊（巻二六―三〇）・第十冊（巻四四）の計十四巻、および巻首の元稹「白氏長慶集の序」と全七十巻の総目、巻末の陶穀「龍門重修白楽天影堂の記」と成化二十一年（一四八五）三月日の金宗直「新鋳字跋」は、いずれも日本補鈔。

2. 朝鮮李朝整版本（木版本）

(1) 原刻本

a. 延世大学校中央図書館本（貴八四一）『白氏文集』七十一巻。存十七冊。

全七十一巻中、二十二巻（巻三―八、巻一二―一六、巻四五―四八、巻五二―五四、巻六二―六五）を欠く。明の万暦（一五七三―一六一九）末葉、慶尚道安東府の刊本。以下同じ。

b．ソウル大学校奎章閣本『白氏文集』七十一巻。存一冊（巻六一―九）。

c．ソウル大学校奎章閣本『白氏文集』七十一巻。存一冊（巻六一―八）。

(2)　補刻本

a．慶応義塾大学斯道文庫本『白氏文集』（香山集）七十一巻。十五冊。十七世紀初葉、慶尚道安東府刊。十八世紀前半印。浅見倫太郎旧蔵本。

b．天理図書館本『白氏文集』（香山集）七十一巻。十四冊。慶尚道安東府の刊。一七三〇年前後の印。

c．大阪府立図書館本『白氏文集』（白香山集）七十一巻。十五冊。

d．東洋文庫本『白氏文集』七十一巻。十五冊。全七十一巻中、第十二冊所収の巻五十四より巻五十七までの四巻は、複数筆の日本補鈔。巻五十八は白紙のまま。十七世紀初葉、万暦末葉ごろの刊。十八世紀中葉、清の乾隆初年の印。有名な朝鮮古書の解説書『古鮮冊譜』の編著者前間恭作（一八六八―一九四二）旧蔵本。

e．久留米大学本『白氏文集』七十一巻。十五冊。李氏朝鮮の重臣、蓬原（釜山市）の鄭東晩（字は友古。一七五三―一八二二）旧蔵本。

f．成簣《せいき》堂文庫本『白氏文集』七十一巻。十五冊。一七七五年前後の刷印か。浅見倫太郎・徳富蘇峯旧蔵本。お茶の水図書館蔵。

g．韓国精神文化研究院・蔵書閣本『白氏文集』七十一巻。十五冊。農城の趙民和旧蔵本。（以上七本、完帙本）

h．京都、神田家本『白氏文集』七十一巻。存十三冊。全十五冊中、末尾の第十四・十五冊（巻六二―七一）を欠く。李氏朝鮮の儒者、安東の金義淳（字は太初。山水と号す。

一七五七―一八二一）、および元首相・伯爵の清浦奎吾（一八五〇―一九四二）旧蔵本。

i．韓国高麗大学校中央図書館本『白氏文集』七十一巻。存十四冊。

全七十一巻中、巻五十四より巻六十までの七巻を欠く。臨《?》清閣旧蔵本。

j．韓国ソウル大学校奎章閣本『白氏文集』七十一巻。存七冊（巻四四―七一）。弘文館旧蔵本。

k．韓国ソウル大学校奎章閣本『白氏文集』七十一巻。存一冊（巻六〇―六三）。

l．韓国ソウル大学校奎章閣本『白氏文集』七十一巻。存一冊（巻一五の末丁より巻一八の第一七丁まで）。

3．那波《なば》道円《どうえん》木活字印本『白氏文集』七十一巻（那波本）

江戸時代初頭の元和四年（一六一八）秋七月、那波道円（一五九五―一六四八）の弱冠二十四歳の時、京都の藤原惺《せい》窩《か》の門下にあった頃、朝鮮銅活字本に拠って覆刻印行。道円、名は信吉・方・觚《こ》。字は道円。活所《かつしょ》と号した。播磨（兵庫県）姫路の豪商の家に生まれ、慶長十五年（一六一〇）上洛して惺窩に師事、林羅山・松永尺五・堀杏庵と共に門下の四天王と称せられた。後、肥後熊本藩主加藤広忠に仕え、紀州和歌山藩主徳川頼宣の儒臣となる。

那波本は、もともと稀覯書であって僅かに内閣文庫・陽明文庫等の蔵書を見るばかりであったが、現在では以下の各本によって容易にこれを披閲することができるようになった。

a．『四部叢刊』初編本『白氏文集』七十一巻。

民国十八年（一九二九）、上海商務印書館涵芬楼、江南図書館蔵日本活字本を用いて景印。さらに大戦後、台湾商務印書館より縮刷版も刊行されている。

b．『万有文庫』本『白香山集』七十一巻。

商務印書館活字印刷。さらに一九五四年、文学古籍刊行社がこの『万有文庫』本の紙型を用いて校訂重印。全三冊。

㈡　前詩後筆本

1．南宋紹興《しょうこう》（一一三一―一一六二）初年刊本『白氏長慶集』七十一巻。（宋本）

現存最古の『白氏文集』刊本。北京図書館蔵。一九五五年、北京の文学古籍刊行社、この北京図書館本を用いて景印。

2．明万暦《まんれき》三十四年（一六〇六）馬元調《ばげんちょう》校刊本『白氏長慶集』七十一巻。（馬本）
前記の南宋紹興刊本の景印が出版されるまで、中国でも日本でも一般に共通して読まれていた普及本であって、日本では明暦《めいれき》三年（一六五七）、立野春節《たてのしゅんせつ》が博士家の菅《かん》家の旧訓等に拠って返り点・送り仮名を施した覆刻「明暦刊本」があり（京都今出川の林氏松柏堂刊）、さらに一九七四年、この立野本を汲古書院が景印して、『和刻本漢詩集成』第九・第十輯に収めている。

㈢　その他

1．明郭勛《かくくん》編『白楽天文集』三十六巻（郭本）
正徳十四年（一五一九）王瓚序。白居易の散文のみを集めた珍しい刊本。

2．清康熙《こうき》四十二年（一七〇三）古歙《こきゅう》汪氏一隅草堂刊本『白香山詩集』四十巻（『長慶集』二十巻・『後集』十七巻・『別集』一巻・『補遺』二巻）。（汪本）
清初の汪立名の編訂。詩篇のみを対象にして、散文には及んでいない。収める詩篇は二、七九〇首。馬本をもって底本となし、これを白居易の文集の本来の形態にもどそうとして編訂しなおしたもの。本伝・年譜を備え、馬本に佚する作品を補輯して、随所に見識を示し、康熙の学術を代表する一業績。上海中華書局刊『四部備要』集部にも収める。

3．新雕校証大字『白氏諷諫』一巻。（諷諫本）
白居易「新楽府」五十首の単行本。清光緒《こうしょ》十九年（一八九三）武進の費氏、宋刊本を覆印。一九五八年、中華書局上海編輯所、この費氏覆宋刊本を用いて景印。
なお、明の正徳年間（一五〇六―一五二一）に海寧（浙江省）の厳震が宋本『白氏諷諫』二巻を重刊した由、清の盧文弨（一七一七―一七九五）『群書拾補』に見える。

4．慶長（一五九六―一六一五）勅版本「長恨歌伝」「長恨歌」「琵琶引」（慶長本）

一九三〇年、貴重図書影本刊行会景印本。

5．『歌行詩諺解』全三冊（歌行本）

第一上冊に「長恨歌」「琵琶行」、第一下冊に「長恨歌伝」を収める。貞享元年（一六八四）刊。国会図書館等蔵。一九八八年、神鷹徳治編『歌行詩諺解』（勉誠社文庫一三八）に景印。

旧鈔本

1．敦煌出土『白居易詩』残。（敦煌本）

唐鈔本。パリ国立図書館蔵。ペリオ番号五五四二。今八葉半を存し、第一首は白楽天「元九微之に寄す」（〇四二一）、第二首は元微之「楽天に和す、韻同前」（『全唐詩』巻四〇一、「酬楽天書壊見寄」に作る）、以後は『新楽府』の「上陽人」（〇一三一）・「百錬鏡」（〇一四六）・「両珠閣」（〇一四八）・「華原磬」（〇一三〇）・「道州民」（〇一三九）・「草茫茫」（〇一六八）・「天可度」（〇一七一）・「時世粧」（〇一五九）・「司天台」（〇一三五）・「胡旋女」（〇一三三）・「昆明春」（〇一三七）・「撩綾歌」（〇一五五）・「売炭翁」（〇一五六）・「折臂翁」（〇一三三）・「塩商婦」（〇一六二）の十六首を存する。但し最後の「塩商婦」は僅かに題名と本文の一行十九字だけを残し、以下を欠く。前述の一九五五年、文学古籍刊行社景印の南宋紹興本『白氏長慶集』の末尾に、この敦煌本の景印が附載されて、容易にこれを見ることができるようになった。

2．京都神田家蔵『文集』巻三・巻四。（神田本）

嘉承二年（一一〇七）文章博士の藤原知明写本。天永四年（一一一三）同人加点。『新楽府』五十首のすべてを収め、唐鈔本の面目を伝える最善の伝本。この二巻の景印は、太田次男・小林芳規『神田本白氏文集の研究』（一九八二年、勉誠社刊）の巻頭に収められている。

3．金沢文庫旧蔵『文集』『白氏後集』（金沢本）

A．豊原奉重校訂本（鎌倉時代の寛喜三年（一二三一）から建長四年（一二五二）まで二十年をかけて校訂した鎌倉鈔本）

a．大東急記念文庫蔵　巻六・九・十二・十七・二十一・二十二・二十四・二十八・三十一・三十八・三十九・四十

一・四十七・五十二・五十四・六十二・六十三・六十五・六十八（以上、一九巻）
b．天理図書館蔵　巻三十三（狩谷棭斎求古楼旧蔵）
c．田中穣《ゆたか》旧蔵（文化庁蔵）　巻十四・五十九
d．保阪潤治旧蔵　巻四十
e．存否不明　巻四十四・六十一

B．別本（平安末より鎌倉初期頃までの鈔本）
a．田中穣旧蔵（文化庁蔵）　巻八・三十五・四十九
b．三井高堅旧蔵　巻二十三・三十八
c．白鶴美術館蔵　巻六（断簡）

C．江戸鈔本『白氏文集』巻三・四
新見正路（一七九一―一八四八）校本。大東急記念文庫蔵。

なお、右記の金沢文庫旧蔵本のうち、大東急記念文庫蔵のA（a）・C合計二十一巻は、川瀬一馬監修『金沢文庫本白氏文集』㈠㈡㈢㈣（一九八三―八四年、勉誠社制作）に景印収録。またA（b）天理図書館蔵の巻三十三は、『天理図書館善本叢書（漢籍之部）』第二巻（一九八〇年、天理大学出版部刊）に、永仁元年（一二九三）鈔本『文集』巻三・正応二年（一二八九）鈔本『文集』巻四と共に景印収録。

4．『白氏文集要文抄』（要文抄本）
建長元年（一二四九）より文永十一年（一二七四）まで、東大寺の宗性の写本。正倉院聖語蔵・東大寺図書館に分蔵。

5．重鈔『管見抄』（管見抄本）
藍本は康元元年（一二五六）より正元元年（一二五九）までの書写。この本は永仁三年（一二九五）の重鈔。内閣文庫蔵。

6．『文集抄』上（文集抄本）
建長二年（一二五〇）、僧阿《あ》忍《にん》が醍醐寺観心院において「円蓮房（念寂）本」に拠って鈔写。巻一より二十五首、巻二

より三十首、巻五より八首を抄出。国立国会図書館蔵。慶應義塾大学斯道文庫蔵『文集抄』上（浜野知三郎旧蔵本）は、その重鈔本。

7. 藤原時賢鈔『文集』巻三（時賢本）長久二年（一〇四一）点。元亨四年（一三二四）鈔。宮内庁書陵部蔵。

8. 高野山三宝院蔵『文集』巻三（高野本）鎌倉時代の鈔本。

9. 愛知県猿投《さなげ》神社蔵『文集』巻三・四（猿投本）巻三は観応三年（一三五二）千若丸鈔。巻四は文和二年（一三五三）同鈔。

10. 猿投神社蔵『文集』巻三（猿投本一本）貞治二年（一三六三）澄豪鈔。

11. 上野精一蔵『文集』巻四（上野本）建保四年（一二一六）鈔。神田本に次いで古い佳本。

12. 正応二年（一二八九）厳祐鈔『文集』巻四（正応本）天理図書館蔵。

13. 東洋文庫蔵（『文集』巻四）（東洋文庫本）平安末期か鎌倉初期の書写。室町前期の嘉吉三年（一四四三）法隆寺において句読点を移写。

14. 小汀《おばま》利得蔵（『文集』巻四）残（小汀本）鎌倉時代の鈔本。上記の高野本と一筆か。

15. 小汀利得蔵（『文集』巻四）残（小汀本一本）鎌倉中期の鈔本。

16. 飛鳥井雅章（一六一二―一六六九）鈔『文集』巻三・四（雅章本）正文は那波本に拠る。雅章の校。大東急記念文庫蔵。

17. 真福寺蔵『文集』巻三（真福寺本）南北朝室町初期の鈔本。

18. 『後二条旧蔵文集』第三（後二条本）某氏蔵。

19. 伝宗尊《むねたか》親王（一二四二―一二七四）筆『文集』巻六残（宗尊本）平安中期またはそれ以前の書写か。

20. 正安二年（一三〇〇）鈔「長恨歌伝」「長恨歌」（正安本）正宗文庫蔵。

21. 伝小野道風《おののとうふう》（八九四―九六六）筆（『文集』）巻五十四残（道風本）五島美術館蔵。

22. 藤原行成《ふじわらゆきなり》（九七二―一〇二七）筆『白楽天詩』一巻（行成本）一九三一年、東京竹柏会、高松宮蔵本を用いて景印。

23. 尊円親王筆（白氏詩巻）（尊円本）不二文庫蔵。

24. 斯道文庫蔵「長恨歌伝」「長恨歌」室町時代の鈔本。

旧校本

1. 清、震沢（江蘇省）王徳修校本『白氏長慶集』七十一巻（王校本）宋刻本に依って馬元調刊本『白氏長慶集』を手校。京都大学人文科学研究所村本文庫蔵。
2. 清、盧文弨（一七一七—一七九五）『白氏文集校正』一巻（盧校本）『抱経堂叢書』所収『群書拾補』初編本。
3. 林道春（一五八三—一六五七）校那波本『白氏文集』（道春本）国立東京博物館蔵。
4. 林読耕斎（一六二四—一六六一）校那波本『白氏文集』読耕斎は、林羅山（道春）の第四子。名は靖・守勝、字は彦復・子文。読耕斎と号した。京都神田家蔵。（読耕斎本・神田本）
5. 蓬左文庫蔵、洛陽黙室主人校那波本『白氏文集』（蓬左本）
6. 宮内庁書陵部蔵、西山期遠子校那波本『白氏文集』
7. 天海（一五三六—一六四三）校那波本『白氏文集』（天海本）尊経閣文庫蔵。

総集・類書・その他

1. 『又玄集』三巻　唐韋《い》荘《そう》（八三六?—九一〇）輯。一九五八年、上海古典文学出版社、江戸昌平坂学問所の官版を用いて景印。
2. 『才調集』十巻　前蜀韋《い》縠《こく》輯。景宋鈔本を景印。四部叢刊本。
3. 『千載佳句』二巻　大江維時《おおえのこれとき》（八八八—九六三）輯。一九一九年序、帝国図書館蔵写本を用いて油印。金子彦二郎『平安朝文学と白氏文集』（一九四三年、培風館刊）に「校訂本千載佳句」を収載。
4. 『太平広記』五百巻　宋太平興国三年（九七八）李《り》昉《ほう》等奉勅撰。明嘉靖四十五年（一五六六）談愷校刊本。一九五九年、人民文学出版社刊（全五冊）。一九六一年、中華書局刊（全十冊）。
5. 『文苑英華』一千巻　宋太平興国七年（九八二）李《り》昉《ほう》等奉勅輯。明隆慶元年（一五六七）胡《こ》維《い》新《しん》刊本。一九六六年、中華書局、北京図書館蔵宋刊残本（一四〇巻）・明刊本（八六〇巻）を用いて景印。その巻末に宋の彭叔夏《ほうしゅくか》『文苑英華弁証』

十巻と清の労格《ろうかく》『文苑英華弁証拾遺』一巻を附す。台北の華文書局の景印（附『弁証』十巻）もある。

6. 『唐文粋』一百巻　宋姚鉉《ようけん》（九六八―一〇二〇）輯。上海商務印書館涵芬楼、明嘉靖刊本を用いて景印。四部叢刊本。

7. 『会稽掇英総集』二十巻　宋孔延之《こうえんし》（一〇一四―一〇七四）輯。道光元年（一八二一）杜氏浣花草塾刊本。

8. 『唐大詔令集』一百三十巻（原欠二十三巻）宋宋敏求《そうびんきゅう》（一〇一九―一〇七九）輯。『適園叢書』第四集所収。一九五九年、北京商務印書館、北京図書館蔵顧広圻《ここうき》（一七六六―一八三五）校旧鈔本に拠って排印。

9. 『万首唐人絶句』一百一巻　宋洪邁《こうまい》（一一二三―一二〇二）輯。一九五五年、北京文学古籍刊行社、明嘉靖《かせい》刊本を用いて景印。

10. 『楽府詩集』一百巻　宋郭茂倩《かくもせん》輯。上海涵芬楼、汲古閣刊本を景印。四部叢刊本。一九五五年、文学古籍刊行社、宋本を用いて景印。一九七九年、北京中華書局排印。一九六一年、台北世界書局、宋本を用いて景印。

11. 『咸淳臨安志』一百巻　宋潜説友《せんせつゆう》撰。道光十年（一八三〇）、汪氏振綺堂、宋本に拠って重刊。

12. 『景徳伝灯録』三十巻　宋釈道原《どうげん》撰。宋刊本の景印。四部叢刊三編本。大正新脩大蔵経（第二十九巻）本。一九六七年、台北真善美出版社排印本。

13. 『宋高僧伝』三十巻　宋釈賛寧《さんねい》等撰。慶安四年（一六五一）京都西村又左衛門、万暦刊本に拠って重刊。大正新脩大蔵経（第五十巻）本。

14. 『全唐詩』九百巻　清康熙四十六年（一七〇七）御定。光緒十三年（一八八七）上海同文書局石印。一九六〇年、北京中華書局、揚州書局刊本に拠って校点重印。巻末に日本上毛河世寧（市河世寧《いちかわせいねい》）纂輯『全唐詩逸』三巻を附す。一九七七年、台北宏業書局重景印。

15. 『欽定全唐文』一千巻　清嘉慶十九年（一八一四）御定。内府刊本。一九六一年、台北匯文書局景印本。また台湾大通書局刊『欽定全唐文索引』一巻、一九五〇年、布目潮渢等編『全唐文作者索引』（京都大学人文科学研究所刊）もある。

16. 『旧唐書』白居易伝　後晋劉昫《りゅうく》等奉勅撰。

17. 『唐書』（新唐書）白居易伝　宋欧陽脩《おうようしゅう》・宋祁《そうき》等奉勅撰。

六、最近の『白氏文集』研究

われわれが『白氏文集』を読解するに当たって、常々その参考とした先達の論著は実に多数にのぼり、正に汗牛充棟もただならぬ感があるが、今、便宜上、主として平岡武夫『白居易』(筑摩書房刊)の「参考文献」、高木正一『白居易』(岩波書店刊)の「解題」および西村富美子「補」、朱金城・朱易安『白居易詩集導読』(巴蜀書社刊)附録三「白居易詩閲読参考書目」、太田次男等『白居易研究講座』第七巻(勉誠社刊)所収の下定雅弘「戦後日本における白居易の研究」・新間一美「日本文学に与えた白居易の影響に関する研究」等に拠って、近時に内外で出版された主要な単行本だけを列挙すれば、おおむね以下のごとくである。

㈠ 校　訂

1. 平岡武夫・今井清『校定本・白氏文集』全三冊　一九七一・七二・七三年、京都大学人文科学研究所刊。
2. 顧学頡(校点)『白居易集』(全四冊)　一九七九年、北京中華書局刊(『中国古典文学基本叢書』)。
3. 太田次男・小林芳規『神田本白氏文集の研究』　一九八二年、勉誠社刊。
4. 羅聯添『白居易散文校記』　一九八六年、台北学海出版社刊。
5. 太田次男『旧鈔本を中心とする白氏文集本文の研究』全三巻　一九九七年、勉誠社刊。

㈡ 訳　注

1. 鈴木虎雄『白楽天詩解』　一九二七年、東京弘文堂刊。

2. 佐久　節『白楽天詩集』全四巻（『続国訳漢文大成』）一九二八年、国民文庫刊行会刊。一九七八年、日本図書センター、復刻愛蔵版を刊行。
3. 傅東華『白居易詩』一九三〇年、上海商務印書館刊（『万有文庫』）。一九六四年、台湾商務印書館刊（『学生国学叢書』第一集）。
4. 箇野道明『白詩新釈』一九三三年、明治書院刊。一九五三年、訂正二十版。
5. 大槻徹心『白楽天詩集』一九四二年、京文社刊。
6. 武部利男『白楽天詩集』一九五六年、東京弘文堂刊。一九八二年、六興出版社刊。
7. 蘇仲翔『元白詩選』一九五六年、春明出版社刊（『中国文学名著叢選』）。一九五七年、古典文学出版社刊。
8. 片山　哲『白楽天――大衆詩人――』一九五六年、岩波書店刊（『岩波新書』）。
9. 高木正一『白居易』上・下　一九五八年、岩波書店刊（『中国詩人選集』）。
10. 霍松林『白居易詩選訳』一九五九年、百花文芸出版社刊。
11. 片山　哲『白楽天――東洋の詩とこころ――』一九六〇年、社会思想研究会出版部刊（『現代教養文庫』）。
12. 顧肇倉・周汝昌『白居易詩選』一九六二年、作家出版社刊。巻末に「白居易年譜」を附す。
13. 田中克己『白楽天』一九六四年、集英社刊（『漢詩大系』）。
14. 森　亮『白居易詩鈔』一九六五年、平凡社刊（『東洋文庫』五二）。
15. 田中克己『白楽天』一九六六年、集英社刊（『中国詩人選』）。
16. 内田泉之助『白氏文集』一九六八年、明徳出版社刊（『中国古典新書』）。
17. 許凱如『白居易詩選訳』一九七〇年、華聯出版社刊。
18. 山本太郎『白楽天詩集』一九七三年、角川書店刊（カラー版『中国の詩集』）。
19. 王如弼『白居易選集』一九八〇年、上海古籍出版社刊（『古典文学名家選集』）。
20. 霍松林『白居易詩訳析』一九八一年、黒竜江人民出版社刊。

21. 蘇仲翔『元白詩選注』一九八二年、中州書画社刊。
22. 李希南・郭炳興『白居易詩訳釈』一九八三年、黒竜江人民出版社刊。
23. 朱金城・朱易安『白居易詩集導読』一九八八年、巴蜀書社刊（『中華文化要籍導読叢書』）。
24. 西村富美子『白楽天』一九八八年、角川書店刊（『鑑賞　中国の古典』）。
25. 石川忠久『白楽天一〇〇選』二〇〇一年、日本放送出版協会刊。

※　※　※

朱金城『白居易集箋校』（全六冊）一九八八年、上海古籍出版社刊（『中国古典文学叢書』）。

謝思煒『白居易詩集校注』（全六冊）二〇〇六年、北京中華書局刊（『中国古典文学基本叢書』）。

㈢　研　究

1. 陳寅恪『元白詩箋証稿』一九五〇年、嶺南大学中国文化研究室刊。一九五五年、文学古籍刊行社刊。一九五八年、古典文学出版社刊。
2. 王拾遺『白居易研究』一九五四年、上海文芸聯合出版社刊。
3. 花房英樹『白氏文集の批判的研究』一九六〇年、朋友書店刊。
4. 堤　留吉『白楽天研究』一九六九年、春秋社刊。
5. 花房英樹『白居易研究』一九七一年、世界思想社刊。
6. 劉　蘭『白居易与音楽』一九八三年、上海文芸出版社刊（『音楽愛好者叢書』）。
7. 周　天『「長恨歌」箋説稿』一九八三年、陝西人民出版社刊（『中国古代作家研究叢書』）。
8. 近藤春雄『白楽天とその詩』一九九四年、武蔵野書院刊。
9. 下定雅弘『白氏文集を読む』一九九六年、勉誠社刊。

10．劉維治『元白研究』一九九九年、人民教育出版社刊。
11．静永　健『白居易「諷諭詩」の研究』二〇〇〇年、勉誠出版刊。
12．静永　健『白居易写諷諭詩的前前後後』（劉維治訳）二〇〇七年、北京中華書局刊（『日本中国学文粋』）。

※　※　※

平岡武夫・今井　清『白氏文集歌詩索引』（全三冊）一九八九年、同朋社刊。
太田次男等『白居易研究講座』（全七巻）一九九三―一九九八年、勉誠社刊。
　第一巻　白居易の文学と人生　Ⅰ
　第二巻　白居易の文学と人生　Ⅱ
　第三巻　日本における受容（韻文篇）
　第四巻　日本における受容（散文篇）
　第五巻　白詩受容を繞る諸問題
　第六巻　白氏文集の本文
　第七巻　日本における白居易の研究
神鷹徳治等『白氏文集諸本作品検索表（稿）』一九九六年、帝塚山学院大学中国文化論叢特刊。

㈣　伝記・評伝

1．郭虚中『白居易評伝』一九三六年、南京正中書局刊。
2．Arthur Waley："The Life and Times of Po Chü-i"（George Allen & Unwin Ltd., London, 1949）
　翻訳：アーサー・ウエーリー著、花房英樹訳『白楽天』（一九五九年、みすず書房刊）。一九八八年。新装第二刷。
3．王世珊『人民詩人白居易』一九五四年、上海四聯出版社刊（『祖国文化小叢書』）。

4．蘇仲翔『白居易伝論』一九五五年、上海文芸聯合出版社刊（中国古典文学研究叢刊）。一九五七年、古典文学出版社刊。
5．范寧『白居易』一九五五年、上海新知識出版社刊。
6．万曼『白居易伝』一九五六年、湖北人民出版社刊。
7．王拾遺『白居易』一九五七年、上海人民出版社刊。
8．張炯『白居易詩伝』一九五七年、中央文物供応社刊。
9．褚斌傑『白居易評伝』一九五七年、北京作家出版社刊。
10．陳友琴『白居易』一九六一年、上海中華書局刊（『古典文学基本知識叢書』）。一九七八年、上海古籍出版社刊（改訂）。翻訳：山田侑平訳『白居易』（一九八五年、日中出版刊）。
11．横山裕男『白楽天』一九六七年、人物往来社刊（『中国人物叢書』）。
12．劉維崇『白居易評伝』一九七〇年、台湾商務印書館刊。
13．野口一雄『白居易の生涯』一九七七年、尚学図書刊（『漢文研究シリーズ』）。
14．平岡武夫『白居易』一九七七年、筑摩書房刊（『中国詩文選』）。
15．王拾遺『白居易生活繫年』一九八一年、寧夏人民出版社刊。
16．朱金城『白居易年譜』一九八二年、上海古籍出版社刊。
17．太田次男『諷諭詩人　白楽天』一九八三年、集英社刊（『中国の詩人』）。
18．王拾遺『白居易伝』一九八三年、陝西人民出版社刊（『中国古代作家研究叢書』）。
19．花房英樹『白楽天』一九九〇年、清水書院刊（『センチュリー・ブックス　人と思想』）。
20．平岡武夫『白居易——生涯と歳時記』一九九八年、朋友書店刊（朋友叢書）。
21．劉維治『元白研究』一九九九年、北京人民教育出版社刊。

※　※　※

陳友琴『白居易詩評述彙編』一九五八年、北京科学出版社刊。

陳友琴『白居易巻』一九六二年、北京中華書局刊（『古典文学研究資料彙編』）。一九八六年、『白居易資料彙編』と改名、重印。

㈤　日本文学への影響

1. 水野平次『白楽天と日本文学』一九三〇年、目黒書店刊。一九八二年、大学堂書店重刊。
2. 遠藤実夫『長恨歌研究』一九三四年、建設社刊。
3. 金子彦二郎『平安朝文学と白氏文集――句題和歌・千載佳句研究篇――』一九四三年、培風館刊。一九五五年、増補版。一九七七年、芸林舎覆刻。
4. 金子彦二郎『平安朝文学と白氏文集――道真の文学研究篇第一冊――』一九四八年、講談社刊。一九七七年、芸林社覆刻。
5. 丸山キヨ子『源氏物語と白氏文集』一九六四年、東京女子大学学会刊（『東京女子大学学会研究叢書』）
6. 小松茂美『平安朝伝来の白氏文集と三蹟の研究』一九六五年、墨水書房刊。
7. 国田百合子『長恨歌・琵琶行抄』一九七六年、武蔵野書院刊。
8. 金子彦二郎『増補　平安時代文学と白氏文集――道真の文学研究篇第二冊――』一九七八年、芸林舎刊。
9. 李家正文『名筆の詩』一九八一年、木耳社刊。
10. 川口久雄『長恨歌絵巻』一九八二年、大修館書店刊。
11. 国田百合子『長恨歌・琵琶行抄諸本の国語学的研究　資料篇』一九八二年、ひたく書房刊。
12. 国田百合子『長恨歌・琵琶行抄諸本の国語学的研究　翻字・校異篇』一九八三年、桜楓社刊。
13. 国田百合子『長恨歌・琵琶行抄諸本の国語学的研究　研究索引篇』一九八四年、桜楓社刊。
14. 宇都宮睦男『白氏文集訓点の研究』一九八四年、渓水社刊。
15. 倉島節尚『やうきひ物語』一九八六年、『古典文庫』四七八。

16. 高木　博『長恨歌襍記』一九八八年、双文社出版刊。
17. 近藤春雄『白氏文集と国文学　新楽府・秦中吟の研究』一九九〇年、明治書院刊。
18. 浅野春江『定家と白氏文集』一九九三年、教育出版センター刊。
19. 中西　進『源氏物語と白楽天』一九九七年、岩波書店刊。

私どものこの『白氏文集』七十一巻の全訳注は、その「補遺」の訳注をも含めて、上記に列挙した内外の貴重な諸研究から終始幾多の計り知れない恩恵を蒙りつつ、長年にわたって同志相携え、刻苦研鑽、精究博捜、ようやくにして稿を成した一つの協同努力の所産である。

周知のごとく白居易の詩文は、元稹のそれと共に、古来「軽俗」と評せられたり「坦易」と目せられたりすることが多い。そのためか、現今でも一般に、白居易の作品は読みやすく分かりやすいという先入観があるのではないだろうか。しかしながら、もしそのような一般認識があるとすれば、それは大いに間違っている。彼の詩文の一語一語にひそむ洗練された表現感覚を知らないものの戯言である。白居易の詩文表現の本質について、いみじくも平岡武夫『白居易』(筑摩書房刊)には、以下のごとく言う――

白居易の言葉は平易であるけれども、その実、一語一語みな典拠があるということも、識者によって指摘されている。事実、少しく委細に見てゆくと、彼の用語はその殆んど大部分が先人の用語の中に典拠をもつのである。それ故にこそ、言葉が安定しており、分かりやすいのである。彼に『白氏六帖事類集《はくしりくじようじるいしゆう》』三十巻の編集がある。彼の自撰墓誌銘《ぼしめい》「酔吟《すいぎん》先生墓誌銘」(三七九八)にも、そして『旧唐書《くとうじよ》』の白居易伝、いわゆる正史の本伝にも、この書物が『文集』と並び記されている。自他ともにこれを彼の重要な作品と見なしていることが分かる。この書物は、経史《けいし》のみならず、諸子《しよし》・『文選《もんぜん》』などの中から言葉を選び出して、それを天地自然および人間社会の各項目に分類し、注をつけている。項目は一千数百に達する。語彙の量は多く、分類が丁寧である。この書物の存在は、白居易が古典の語を綿密に整理し、その一つ一つを確かめていたことを示す。この用意があったればこそ、彼の古典からの用語が十分に選択され消化されて、読者に難しい感じを与えないのである。彼の文学を性格づけている創作性はここに培《つちか》われている。

白居易が口語を有効に用いていることもまた彼の文学がもつ創作性の一つである。彼に口語詩を作る意図はまったくない。ただ彼が平常の生活を平易に表現しようとすることが、この口語の言葉を必要とする所に、その言葉を用いているのである。しかも古典の語を選ぶ時と同じように、推敲を重ね、選択を慎重にしているせいであろう、口語の言葉が気障《きざ》に目立って、古典語から成る詩の調子を乱すことはない。

白居易の文学の魅力は、このように言葉が洗練されていることにある。（四―五頁）

この平岡の解説、まことに居易文学の核心をついた至言というべきであろう。

思えば、白居易や元稹が生きた中唐という時代は、これを中国の文学史の上から眺めてみた場合、この中唐時代を明確な移行時期として、それ以前の文学とそれ以後の文学とをほとんど両分するほどに、極めて重要な文学の一大変革期にさしかかり、その変革気運が朝野に力強く胎動しはじめていた時期であった。なぜならば、この中唐時代を契機として、それ以前の漢魏六朝から盛唐にかけての文芸界では、原則として伝統的な文語の詩文だけにしか文学的価値を認めなかったのに対して、この時期前後になると、はじめて新しく口語を主体にした庶民文芸が華々しく世上に台頭してきたからである。

かかる新しい大衆文芸の勃興は、恐らく安史の乱後における政治的社会的変動と密接に関連しつつ生まれてきた文化の動向であったと考えてよいであろうが、それだけに、当時、従来の貴族官僚を排して新しく進出してきた寒門出身の科挙官僚、とりわけ白居易や元稹のような詩文に長じた才子たちにとっては、この新しい文芸の動向は、みずからの才幹を発揮するためにも正に千載一遇の好機であったはずである。たしかに白居易や元稹は、もともと寒門の出自とはいえ伝統文化をしっかりと身につけた当時最高の知識人であり、また彼らの詩文も、なお伝統的な文言を基調とする文芸ではあった。しかしながら、彼ら出色の科挙官僚が作り出す詩文は、その内容にせよ表現にせよ、今や大衆を基盤として滔々たる勢いで勃興してきた文芸の新しい時代的動向に強く左右されざるを得なかったばかりか、むしろ彼らは彼らなりに、目一杯、この新しい文芸動向を利用し活用したのは極めて当然な成り行きであった。例えば『旧唐書』元稹伝に、

（元）稹、聡警（聡敏）人に絶し、年少より才名有り。太原の白居易と友善（親密）たり。工《たく》みに詩を為《つく》りて、善《よ》く風態

閭閻《りょえん》（里巷）・下俚（村里）に至るまで、悉《ことごと》く伝へて之を諷（諷詠）す。

と見える所以である。

とにかく白居易の詩文は、当時最高の知識人の著作であったにもかかわらず、おおむね平明暢達な文辞で綴られている。身に付いた古典の雅語や故実、こなれた口語や俗諺を思いのままに自由自在に運用しているからである。このような表現手法は、ちょっとやそっとの学識や文才では容易にできることではない。従って、われわれが真の意味で白居易の詩文を読解しようとすれば、少なくとも異本との校合についで、その平明暢達な表現の奥底にそれとなく秘められている彼の古典知識、洗練された言語感覚を明確に突き止めなければなるまい。

そのためには、まず彼が古典から選び出した雅語・故実の場合、経伝・史書のみならず諸子百家や『文選』など、古来の各種各様の数多い典籍の中からこれを探り当て、その意味を正確に把握する必要がある。

また、彼が詩歌や散文に愛用した口語や俗諺にしても、それは現在の流行語と全く同様に、その言語生命が概して短く、当時の人々にはいとも分かりやすい言語ではあっても、後世のわれわれにはその意味を把握しにくい場合が頗る多い。従って、その意味を把握するためには、広く当時の用例を捜羅したり、清代碩学の訓詁研究や最近とみに進展した語彙研究の成果を充分に参看しなくてはならない。

これを要するに、『白氏文集』七十余巻は、現存する詩文三千八百数十篇、疑いもなく前古未曽有の巨大な個人全集である。しかも、その詩文の表現と内容は、前述のごとく古典からの雅語・故実にしても当時通用の俗語・俚諺にしても、当時最高の文人・知識人であった居易の作品であっただけに、その文辞の中に巧みにこれを消化し融合している。それ故に、もしわれわれがこの『白氏文集』全篇に誠実な訳注を加えようとすると、当然のことながら、一字一句、その詮索検討にいささかの油断も許されず、かなり過酷な労苦と長い歳月を必要とすることが予測される。とはいえ、居易文学の真髄に迫るためには、その成否はともかく、これを避けて通るわけにはゆかない。

ところで、今から思えば、まことに暴虎馮河もよいところだが、かつて私がこの『白氏文集』全篇の訳注を思い立った時、幸いにもその意義に賛同して、かかる労多くして功少なく極めて地道な考証学的難事業を覚悟の上で、敢えてこれを分担してくださった篤学の士女は、長年私の身近にあって中国古典文学を専攻してきた若い友人たちであった。まことに有りがたくも頼もしいかぎりであった。あの時から今まで早くも三十五年の歳月が経ち、その当時の若い友人たちは現在すでに一家を成している研究者たちばかりであり、また長い歳月の間には若干ながら分担者の変動もあったが、今、この訳注に協力し分担してくださった人びとを列挙すれば、おおむね次のごとくである。

合山　究（企画）　安東俊六　阿部泰記　竹村則行　松浦　崇　藤井良雄　二宮俊博　愛甲弘志　西村秀人
甲斐勝二　竹下悦子　中村昌彦　宮野直也　柳川順子　東　英寿　根ヶ山徹　明木茂夫　中筋健吉
西山　猛　静永　健　岡村真寿美　若杉邦子　桐島薫子　諸田龍美　野田雄史

記して以て深甚の謝意を表する。もちろんのことながら訳注全般の最終的な責任は、著者の私がこれを負う。

なお、最後になって恐縮だが、昭和五十年の晩秋、初めて私がこの『白氏文集』訳注に着手して以来、実に三十五年もの長い歳月、採算を度外視して辛抱強くわれわれの仕事の進捗を見守っていただき、終始好意ある激励と協力を賜わったのは、明治書院の元社長三樹譲氏、前社長清水敬氏、現社長三樹敏氏をはじめ、編集局の元企画編集部員藪上信吾氏、前書籍編集部長松井孝夫氏、現書籍編集部長佐伯正美氏であった。さすがは斯界の老舗、ここに改めて厚く御礼を申し上げる。

（二〇一〇年一二月二五日記す）

＊編集部注　著者岡村繁先生は、平成二十六年（二〇一四）十二月二十六日に逝去されました。本解題は、岡村先生ご生前の執筆・校正のままにさせていただきました。

『白氏長慶集』（『白氏文集』前集）五十卷

白氏長慶集序

浙東観察使　元稹　字微之　述

『白氏長慶集《はくしちやうけいしふ》』の序《じよ》

浙東観察使《せつとうくわんさつし》　元稹《げんしん》　字《あざな》は微之《びし》　述《じゆつ》

解題 この序文は、白居易の親友元稹（字は微之）の作。現存する『白氏文集』の各本のそれぞれ巻頭を飾る。題名に「長慶集」とあるのは、本来この序文が長慶四年（八二四）に編集された『白氏長慶集』五十巻のためのものであったことによる。『白氏文集』巻五十一冒頭の「後序」（三九三）に「前三年、元微之は予の為に文集を編次して之に叙す。凡そ五帙、毎帙十巻、長慶二年冬に訖（たい）る、『白氏長慶集』と号す」というのがそれである。底本の那波本七十一巻においては、その第一巻から第五十巻（作品番号では〇〇〇一―三九三）に相当する。この年、白居易は約一年半の杭州刺史（州府は今の浙江省杭州市）の任を終え、秋には太子左庶子として洛陽に戻った。一方、元稹は浙東観察使・兼御史大夫・兼越州刺史として前年十月に会稽（今の浙江省紹興市）に着任、当時の白居易とは隣州の同輩として旧交を温めていた。白居易が五十巻の詩文集の編纂を元稹に依頼した経緯については、彼が元稹をその文学における理解者として最も信頼していたことがまず第一に挙げられるが、この前年（長慶三年）、元稹が自己の詩文集一百巻を編纂したことも大きな引き金になっていたであろう。五十巻・百巻の詩文集編纂ともなれば、紙の調達や副本の作成等において多くの職工を揃えなければならず、白居易の委託は、元稹にかかる便宜を図ってもらう必要があったためだとも推測されるのである。なお、白居易の詩文集は最終的には七十五巻（現存七十一巻）となるが、後世これを『白氏長慶集』と題して著録（例えば『新唐書』巻六十・芸文志や南宋の晁公武『郡斎読書志』巻十八など）したり、また出版（例えば明の馬元調刊本等）したりするのは、いずれもこの元稹の序文を巻頭に持つためである。白居易の詩文集の題名が『白氏文集』であるか『白氏長慶集』であるかについては、清代になって銭曽『読書敏求記』巻四や汪立名『白香山詩集』凡例、および『四庫全書提要』等に議論があるが、花房英樹『白氏文集の批判的研究』（朋友書店、一九七四年再版）の序章「白氏文集の成立」に詳しい。

この序文は、元稹による白居易の紹介文として、その生い立ちと文学上のこれまでの評判、編集の経緯、そして彼の作風についての概説が、主に元稹みずからの見聞に基づいて書き綴られているが、白居易の幼少期からの経歴については、白居易が元稹に宛てた書簡（「元九に与ふる書」、『白氏文集』巻二十八、一四八六、本書第五冊三四三頁）に多く拠っている。なお、この序文は元稹の詩文集『元氏長慶集』では巻五十一、また『文苑英華』巻七〇五、『唐文粋』巻九十二（表題は「唐刑部尚書・致仕『白居易文集』序」）、『全唐文』巻六五三等にも収められている。

白氏長慶集者、太原人白居易之所レ作。居易、字樂天。樂天始言、試指二之・無二字一、能不レ誤。具二樂天與レ予書一。始既言、讀書勤敏、與二他兒一異。五六歳識二聲韻一、十五志二詩賦一、二十七擧二進士一。貞元末、進士尚二馳競一、不レ尚レ文、就中六籍尤擯落。禮部侍郎高郢、始用二經藝一爲二進退一、樂天一擧擢二上第一。明年、拔萃甲科。由レ是、性習相近遠・求二玄珠一・斬二白蛇一等賦、及百道判、新進士競相二傳於京師一矣。會憲宗皇帝、册召二天下士一。樂天對レ詔稱レ旨、又登二甲科一。未レ幾、入二翰林一、掌二制誥一、比比上書言二得失一。因爲二賀雨・秦中

『白氏長慶集《はくしちやうけいしふ》』なる者《もの》は、太原《たいげん》の人白居易《ひとはくきよい》の作《つく》る所《ところ》なり。居易《きよい》、字《あざな》は樂天《らくてん》。樂天《らくてん》、始《はじ》めて言《ものい》ふころ、試《こころ》みに「之《し》」「無《む》」の二字《にじ》を指《ゆび》さして、能《よ》く誤《あやま》たず。（樂天《らくてん》の予《よ》に與《あた》ふる書《しよ》に具《つぶさ》なり。）始《はじ》めて既《すで》に言《ものい》ひて、讀書《どくしよ》の勤敏《きんびん》なること、他兒《たじ》と異《こと》なれり。五六歳《ごろくさい》にして聲韻《せいゐん》を識《し》り、十五《じふご》にして詩賦《しふ》に志《こころざ》し、二十七《にじふしち》にして進士《しんし》に擧《あ》げらる。貞元《ていげん》の末《すゑ》、進士《しんし》は馳競《ちきやう》を尚《たつと》びて、文《ぶん》を尚《たつと》ばず、就中《なかんづく》、六籍《りくせき》は尤《もつと》も擯落《ひんらく》せらる。禮部侍郎《れいぶじらう》高郢《かうえい》、始《はじ》めて經藝《けいげい》を用《もつ》て進退《しんたい》を爲《な》し、樂天《らくてん》、一擧《いつきよ》にして上第《じやうだい》に擢《ぬき》でらる。明年《みやうねん》、拔萃《ばつすい》に甲科《かふくわ》たり。是《これ》に由《よ》りて、「性習相近遠《せいしふあひきんゑん》す」「玄珠《げんじゆ》を求《もと》む」「白蛇《はくだ》を斬《き》る」等《など》の賦《ふ》、及《およ》び「百道判《ひやくだうはん》」、新進士《しんしんし》は競《きそ》ひて京師《けいし》に相《あひ》傳《つた》へり。會〻《たまたま》憲宗皇帝《けんそうくわうてい》、册《さく》して天下《てんか》の士《し》を召《め》す。樂天《らくてん》は詔《みことのり》に對《こた》へ旨《むね》に稱《かな》ひ、又甲科《またかふくわ》に登《のぼ》る。未《いま》だ幾《いくばく》ならずして、翰林《かんりん》に入《い》りて、制誥《せいかう》を掌《つかさど》り、比比上書《しばしばじやうしよ》して得失《とくしつ》を言《い》ふ。因《よ》りて「賀雨《がう》」「秦中吟《しんちゆうぎん》」等《など》の數《すう》十章《じふしやう》を爲《つく》りて、天下《てんか》の事《こと》を指言《しげん》し、時人《じじん》は之《これ》を風《ふう》・騷《さう》に比《ひ》せり。

吟等數十章一、指一レ言天下事一、時人比二之風・騷一焉。

予始與二樂天一同二校祕書之名一、多以二詩章一相贈答。會予譴掾二江陵一、樂天猶在二翰林一、寄二予百韻律詩及雜體一前後數十章。是後、各佐二江・通一、復相酬寄。巴蜀江楚閒泊二長安中少年一、遞相倣傚、競作二新詞一、自謂爲二元和詩一。而樂天秦中吟・賀雨、諷諭・閑適等篇、時人罕二能知者一。然而二十年閒、禁省・觀寺・郵候牆壁之上無レ不レ書、王公・妾婦・牛童・馬走之口無レ不レ道。至下於繕寫模勒、衒一レ賣於市井一、或持レ之以交二酒茗一者上、處處皆是。揚・越閒、多作レ書模一レ勒樂天及予雜詩一、賣二於市肆之中一也。其甚者、有レ至下於盜一レ竊名姓一、苟中求自售上。雜亂閒廁、無レ可二奈何一。予嘗於二平水市中一、

予《よ》、始《はじ》めて樂天《らくてん》と校祕書《かうひしよ》の名《な》を同《おな》じくしてより、多《おほ》く詩章《ししやう》を以《もつ》て相贈《あひぞう》答《たふ》せり。會〻《たまたま》予《よ》は譴《けん》せられて江陵《かうりよう》に掾《えん》たり、樂天《らくてん》は猶《な》ほ翰林《かんりん》に在《あ》りて、予《よ》に百韻《ひやくゐん》の律詩《りつし》及《およ》び雜體《ざつたい》を寄《よ》すること、前後數十章《ぜんごすうじふしやう》なり。是《こ》の後《のち》、各〻《おのおの》江《かう》・通《つう》に佐《さ》たるも、復《ま》た相酬寄《あひしうき》す。巴蜀江楚《はしよくかうそ》の閒《かん》より長安中《ちやうあんちゆう》の少年《せうねん》に泊《およ》ぶまで、遞相《たがひ》に倣傚《はうかう》して、競《きそ》ひて新詞《しんし》を作《つく》り、自《みづか》ら謂《い》ひて「元和《げんわ》の詩《し》」と爲《な》す。而《しか》れども樂天《らくてん》の「秦中吟《しんちゆうぎん》」「賀雨《がう》」、諷諭《ふうゆ》・閑適等《かんてきとう》の篇《へん》は、時人《じじん》に能《よ》く知《し》る者罕《ものまれ》なり。然《しか》り而《しか》うして二十年《にじふねん》の閒《かん》に、禁省《きんしやう》・觀寺《くわんじ》・郵候《いうこう》の牆壁《しやうへき》の上《うへ》に書《か》かざるは無《な》く、王公《わうこう》・妾婦《せふふ》・牛童《ぎうどう》・馬走《ばそう》の口《くち》に道《い》はざるは無《な》し。繕寫模勒《ぜんしやもろく》して、市井《しせい》に衒賣《げんばい》し、或《ある》いは之《これ》を持《ち》して以《もつ》て酒茗《しゆめい》に交《か》ふる者《もの》に至《いた》りては、處處皆是《しよしよみなこれ》なり。(揚《やう》・越《ゑつ》の閒《かん》、多《おほ》く書《しよ》を作《つく》り樂天《らくてん》及《およ》び予《よ》の雜詩《ざつし》を模勒《もろく》して、市肆《しし》の中《うち》に賣《う》るなり。)其《そ》の甚《はなは》だしき者《もの》は、名姓《めいせい》を盜竊《たうせつ》して、自《みづか》ら售《う》るを苟求《こうきう》するに至《いた》るもの有《あ》り。雜亂《ざつらん》閒廁《かんし》、奈何《いかん》ともすべき無《な》し。予《よ》、嘗《かつ》て平水《へいすい》の市中《しちゆう》に於《おい》て、(鏡湖《きやうこ》の傍《ばう》の草市《さうし》の名《な》なり。)村校《そんかう》の諸童《しよどう》の競《きそ》ひて歌詩《かし》を習《なら》ふを見《み》、召《め》して之《これ》に問《と》ふに、皆對《みなこた》へて曰《いは》く、「先生《せんせい》、我《われ》に樂天《らくてん》・微之《びし》の詩《し》を教《をし》ふ」と。固《もと》より亦《ま》た予《よ》の微之《びし》たるを知《し》らざるなり。又《また》、雞林《けいりん》の賈人《こじん》、市《いち》に求《もと》むること

鏡湖傍草市名。見三村校諸童競習二歌詩一、召而問レ之、皆對曰、先生敎二我樂天・微之詩一。固亦不レ知下予之爲中微之上也。又雞林賈人、求レ市頗切、自云、本國宰相、毎以二百金一換二一篇一。其甚僞者、宰相輒能辨二別之一。自二篇章一已來、未レ有二如レ是流傳之廣者一。

長慶四年、樂天自二杭州刺史一以二右庶子一詔還。予時刺二會稽一、因得三盡徵二其文一、手自排纘、成二五十卷一。凡二千一百九十一首。前輩多以二前集・中集一爲レ名、予以爲、陛下明年當二改元一、長慶訖二於是一。因號曰二白氏長慶集一。大凡人之文各有レ所レ長。樂天之長、可三以爲二レ多矣。夫以、諷諭之詩長二於激一、閑適之詩長二於遺一、感傷之詩長二於切一、五字律詩百言而上長二於

頗《すこぶ》る切《せつ》にして、自《みづか》ら云《い》ふ、「本國《ほんごく》の宰相《さいしやう》、毎《つね》に百金《ひやくきん》を以《もつ》て一篇《いつぺん》に換《か》ふ。其《そ》の甚《はなは》だ僞《ぎ》なる者《もの》は、宰相《さいしやう》、輒《すなは》ち能《よ》く之《これ》を辨別《べんべつ》す」と。篇章《へんしやう》ありてより已來《いらい》、未《いま》だ是《か》くの如《ごと》く流傳《るでん》の廣《ひろ》き者有《ものあ》らざるなり。

長慶四年《ちやうけいよねん》、樂天《らくてん》は杭州刺史《かうしうしし》より右庶子《いうしよし》を以《もつ》て詔還《せうくわん》せらる。予《よ》は時《とき》に會稽《くわいけい》に刺《し》たり、因《よ》りて盡《ことごと》く其《そ》の文《ぶん》を徵《ちよう》するを得《え》、手自《てづか》ら排纘《はいさん》して、五《ご》十卷《じふくわん》と成《な》す。凡《およ》そ二《に》千一百九十一首《せんいつぴやくきうじふいちしゆ》。前輩《ぜんはい》は多《おほ》く前集《ぜんしふ》・中集《ちゆうしふ》を以《もつ》て名《な》と爲《な》すも、予《よ》は以爲《おも》へらく、「陛下《へいか》は明年當《みやうねんまさ》に改元《かいげん》すべく、長慶《ちやうけい》は是《ここ》に訖《をは》らん」と。因《よ》りて號《がう》して『白氏長慶集《はくしちやうけいしふ》』と曰《い》ふ。大凡人《おほよそひと》の文《ぶん》には、各〻長《おのおのちやう》ずる所有《ところあ》り。樂天《らくてん》の長《ちやう》は、以《もつ》て多《おほ》しと爲《な》すべし。夫《そ》れ以《おも》へらく、諷諭《ふうゆ》の詩《し》は激《げき》に長《ちやう》じ、閑適《かんてき》の詩《し》は遣《けん》に長《ちやう》じ、感傷《かんしやう》の詩《し》は切《せつ》に長《ちやう》じ、五字《ごじ》の律詩《りつし》の百言而上《ひやくげんじじやう》は贍《せん》に長《ちやう》じ、五字七字《ごじしちじ》の百言而下《ひやくげんじか》は情《じやう》に長《ちやう》ず。賦贊《ふさん》・箴戒《しんかい》の類《るい》は當《たう》に長《ちやう》じ、碑記《ひき》・敍事《じよじ》・制誥《せいかう》は實《じつ》に長《ちやう》じ、啓《けい》表《へう》・奏狀《そうじやう》は直《ちよく》に長《ちやう》じ、書檄《しよげき》・詞策《しさく》・剖判《ほうはん》は盡《じん》に長《ちやう》ず。摠《そう》じて之《これ》を言《い》はば、亦《ま》た多《おほ》からずや。樂天《らくてん》の官族《くわんぞく》・景行《けいかう》、予《よ》との交分《かうぶん》の淺深《せんしん》に至《いた》りては、敍文《じよぶん》の要《えう》に非《あら》ざるなり。故《ゆゑ》に書《か》かず。長慶四年冬十二月十日《ちやうけいよねんふゆじふにぐわつとをか》、微《び》之序《しじよ》す。

瞻㆒、五字七字百言而下長㆓於情㆒。賦贊・箴戒之類長㆓於當㆒、碑記・敍事・制誥長㆓於實㆒、啓表・奏狀長㆓於直㆒、書檄・詞策・剖判長㆓於盡㆒。揔而言㆑之、不㆓亦多㆒乎哉。至㆓於樂天之官族・景行、與㆑予之交分淺深㆒、非㆓敍文之要㆒也。故不㆑書。長慶四年冬十二月十日、微之序。

通釈　この『白氏長慶集』という詩文集は、太原の人、白居易の著作にかかるものである。居易、字は楽天という。楽天君は、まだ生まれたばかりで、ウーウーアーアーとものを言いだしたばかりのとき、試しに「之」（㞢）と「無」（无）の二字を指さして尋ねたところ、感心にも全く間違えることがなかった。（元稹自注　このことは楽天君が私に与えた書簡の中に詳しい。）やがて言葉が十分に話せるようになると、書物を読むことの懸命さ、その理解力の早さは、他の子供とは飛び抜けて優れていた。五、六歳で、文字の声・韻をそらんじ、十五歳で科挙にこころざして詩賦の習作に励み、二十七歳で郷試に及第して進士に挙げられた。ところで、貞元の末年、進士たちは、ただ名利欲に駆られて競争ばかりに精力を注いで、本来の学問詩文を重んじることはなく、なかでも六経の典籍はことのほか見捨てられていた。だが、科挙をつかさどる礼部侍郎の高郢は、やっと本来の六芸六経によって受験者の合否を決めるようになり、楽天君は一度の科挙で見事上席で及第し、その明くる年には、吏部試の書判抜萃科にも上位及第を果たした。こうしたことから、彼の「性習相近遠」「求玄珠」「斬白蛇」等の賦、および「百道判」の各作品は、科挙及第を目指す新進士たちによって競って都長安に喧伝されることになったのである。時に憲宗皇帝が即位され、詔を発して天下の賢士を求められたところ、これに応じた楽天君は天子の親試に対してその趣旨にピタリと叶い、またしてもその制試に上位及第したのである。そしてほどなく翰林院に召され、天子の側近として制詔の草稿執筆を受け持ち、しばしば上書を奉って時政の得失を論じた。それを契機として「賀雨」「秦中吟」等数十篇の詩を作って、天下の時事問題を指摘したところ、当時の人々は彼の作品を『詩経』『楚辞』に比肩したものである。

さて、私元稹は、始めて楽天君と秘書省校書郎という栄誉を共にして以来、幾度となく詩篇の贈答を重ねてきた。たまたま私が罪を得て江陵郡の属官（江陵士曹参軍）に流されていた時、楽天君はまだ中央の翰林院に在籍していたにもかかわらず、私の許に百韻の律詩やその他さまざまな詩体の作品を送ってくれ、その数は前後合わせて何十首にものぼった。その後、われわれがそれぞれ江州と通州との補佐官にあった時も、引きつづいてまた互いに詩篇を応酬しあったものである。その評判はそれぞれの地元、巴蜀と江楚の地はもちろん、長安市中の若者たちにまでもおよび、次から次へとわれわれの詩形を模倣しつつ、競って新しい詩を作って、自分たちで「元和の詩」と言い囃《はや》していた。しかし楽天君が最も心を込めて作った「秦中吟」「賀雨」の詩をはじめ、諷諭・閑適などの詩篇は、当時の人々の間では殆ど理解を示す者がいなかった。ところが、二十年が経過した今日、禁裏や省庁、道観や寺院、宿場の旅館等の土塀という土塀には、もはや書きつけられてない所はないといった盛況であり、王侯貴族、婦人たち、果ては牛飼いの幼童や馬の口取りまでもが皆口ずさむという有り様。綺麗に書き写したり、版木に模刻したりして、市井で売りさばかれ、ある者は、それを持って酒や茶に交換する者まで出る始末。もはやいたる処このような状態であった。（元稹自注　いま揚州・越州の間では、しきりに書籍を作って楽天君と私の雑詩を模刻印刷し、市場の書肆で売っている。）中でも甚だしいのは、楽天君や私の名前を盗用して、官職にありつこうと自分を売りこむことをたくらむ者が出てくるまでになった。そのめちゃくちゃな混乱ぶりは、どうしようもない。私は以前、平水の村市場で（元稹自注　鏡湖の湖畔にある百姓たちの市場の名。）、村の学校の児童たちが競って詩篇の詠唱を学習しているのを見、手招きして尋ねると、子供たちは皆口を揃えて答えて言うには、「先生が僕たちに楽天と微之の詩を教えてくれたんだ」と。もとより彼等は、このように答えながらも私が微之その人であることを知らないのである。また、新羅の商人がやって来て、市場でしきりに楽天君と私の詩文を買い求めていたが、彼の言うには「私の国の宰相様は、いつも黄金百両で詩文一篇と交換される。でもその甚だ偽作と思われるものは、宰相様はたちどころにお見通しになられるのだ」と。とにかく詩篇が出現して以来、いまだかつてこのように広く国内国外にまで流伝した例は無いであろう。

長慶四年（八二四）、楽天君は杭州刺史より右庶子として都に召し還された。私はこの時会稽に刺史となって赴任していたので、ことごとく彼の詩文を手に入れることができ、我が手によって編纂して、五十巻の詩文集に仕上げた。総数二一九一首。前人の例では、「前集」「中集」と名付けるのが一般的ではあるが、私は、「新しい今上陛下が明年には必ず年号を改められ、長慶が今年かぎりで終わるであろう」と思い、よって『白氏長慶集』と名付けることにした。ところで、おおよそ、人の詩文には、おのおの長所があるものである。だが、楽天君の長所は、多種万能と評すべきであろう。従って、その諷諭の詩は風刺の激しさで長じ、閑適の詩は消遣の爽快さで長じ、感傷の詩は情懐の切実さで長じ、五言の近体詩で百字以上の作品は内容の豊富さで長じ、五言七言で百字以下の詩は心情の吐露で長じている。また、賦賛・箴戒の類の文章は論説の妥当性で長じ、碑記・叙事・制詔は真実の記録性で長じ、啓表・奏状は具申の実直さで長じ、書檄・詞策・剖判は遺漏の無い判断力で長じている。これらを総合して言うなれば、まことに多能というべきではないか。なお、楽天君の官吏の家柄と立派な行い、私との交誼の深さについては、この文章に述べるべき必要なことではない。だからここには書かない。長慶四年冬十二月十日　微之序す。

語釈　〇太原　白居易の祖先の発祥地。今の山西省太原市。白氏一族の祖先は、元来、西域の出身であり、『北夢瑣言』巻五の「中書蕃人事」および『唐摭言』巻十三の「敏捷」の条には、白居易の従弟で、宰相となった白敏中が「蕃人」あるいは「胡姓」と蔑視された逸話が載っている。しかし、白居易一族は、表面上は、秦の将軍白起を祖先と仰ぎ、その子の白仲が父の功績によって秦始皇より太原に封邑を賜ったことから、太原を一族の本籍としたのである。『白氏文集』巻二十九、「太原白氏家状二道」（一四九六・一四九七、本書第五冊四七七頁）を参照。なお、白居易自身は、大暦七年（七七二）正月二十日、鄭州（今の河南省鄭州市）新鄭県に生まれた。〇所作　この二字の下、『文苑英華』には「也」字がある。今、宋本・那波本および『元氏長慶集』『唐文粋』に従う。〇始言　赤ん坊が始めてものを言いだすこと。この部分は、元稹の自注にあるとおり、白居易「元九に与ふる書」（一四八六）にもとづく。そこには「僕、始めて生まれて六七月の時、乳母抱きて書屏の下に弄び、無(无)の字・之(㞢)の字を指して僕に示す者(とこ)有り。僕、口に未だ言ふ能はずと雖も、心に已に黙識す。後に此の二字を問ふ者有るも、其の試を百十すと雖も、之を指して差(がた)はず。則ち僕の宿習の縁、已に文字の中に在らんか」とある。『文苑英華』では「始言」の上の「楽天」の二字は無く、代わって「始年二歳末」の五字がある。この場合「始め年二歳にして、未だ始言せざるに……」と訓める。また、清の盧文弨『群書拾補』元微之文集巻五十一の校記によれば「楽天始未言」とする。この場合「楽天始め未だ言はざるに」となる。なお、元稹の自注は底本ではすべて削られている。いま『元氏長慶集』および他の諸本によって補う。ただし、この自注部分六字は、『文苑英華』では「事具楽天与余書内(事は楽天の余に与ふる書内に具(つぶさ)なり)」の八字に作る。○既言　ちゃんと言葉が話せるようになること。「既」は、皆、全く。「元九に与ふる書」には、「五六歳に及びて、便ち学びて詩を為(つく)る」とある。○勤敏　勤勉かつその理解力が機敏であること。例えば『北斉書』巻四十五・顔之推伝に、「処事に勤敏にして、号して職に称(なか)ふと為す」と。また『漢書』巻八十八・儒林伝の丁寛の伝に、「易を読むこと精敏なり」と。○五六歳識声韻　「声韻を識る」とは、詩賦の創作に欠かせない各文字の韻を熟知すること。唐代は、隋の音韻学者陸法言らの撰定した『切韻』およびこれに基づいて後世編纂された韻書を習得することが課せられた。なお、この部分は「元九に与ふる書」の「九歳にして、声韻を諳識す」にもとづくが、年齢を下げて「五六歳」としたのは、書簡中のこの一文が「及五六歳、便学為詩、九歳、暗識声韻」に作っているのに、元稹が誤って「九歳」の二文字を見落としたことによる。○十五志詩賦　『論語』為政篇に、「吾十有五にして学に志す」と。「元九に与ふる書」では「十五六にして、始めて進士有るを知り、苦節して読書す」とある。詩と賦の創作は、科挙の試験科目である。「元九に与ふる書」には更に「二十より已来(このかた)は、昼には賦を課し、夜には書(習字)を課し、間に又詩を課し、寝息に遑(いとま)あらず」とその苦学の様子を伝えている。○二十七挙進士　「元九に与ふる書」に、「家貧にして故多く、二十七にして方(さま)に郷賦に従ふ」とあるのにもとづく。しかし、これは白居易の記憶違いで、実際に彼が宣州(今の安徽省宣城県)の郷試を受験したのは、貞元十五年(七九九)の秋、白居易は二十八歳であった。なお『白氏文集』巻二十一の「宣州試　射中正鵠賦」(一四二一)「窓中列遠岫詩」(一四二二)は、その時の白居易の答案である(本書第四冊四七〇頁)。○馳競　競争する。名利を求めて奔走する。例えば、晋の葛洪『抱朴子』外篇「交際」に、「又之を勉めんと欲するに学問を以てし、之を諫むるに馳競を以てす」とあり、南朝梁の昭明太子蕭統「陶靖節集の序」に、「嘗て謂(おも)へらく、能く淵明の文を読む者有らば、馳競の情遣(や)り、鄙吝の意祛(さ)る」とある。当時、科挙の受験生の間には、試験に先立って政界の有力者に自己の詩文集(「行巻」という、また数日後再度提出するものを「温巻」という)を届け、その推薦を得るという事前運動がさかんであり、なかには試験前にその者の及第が内定することもあった。『白氏文集』巻二十七、「陳給事に与ふる書」(一四八四、本書第五冊二八四頁)は、貞元十六年(八〇〇)、白居易が試験官高郢の補佐官であった陳京という人物にあてた書簡で、白居易の行巻に添えられたものである。〇不尚文　「文」は、ここでは本来の学問教養。五経を根本とする儒家の思想。〇六籍　六経。すなわち『周易』『詩経』『書経』『春秋』『礼記』『楽経』。このうち『楽経』は、古代の音楽についての典籍で、本来文字として残るものでなく、『詩経』と『礼記』に包含されているものであるとする今文家の説と、秦始皇の焚書によって滅んだとする古文家の説の両説がある。いずれにせよ、ここで「六籍」というのは実は「五経」のことである。〇擯落　しりぞける。捨て去る。例えば『三国志』巻二十八、魏書の鍾会伝の「(王)弼、儒・道を論ずるを好み、辞才逸弁、易及び老子に注す」についての裴松之の注に、「孫盛曰く、……六爻の変化し、群象の効ふ所、日時歳月、五気相推すに至りては、弼は皆擯落し、多く関せざる所なり」と。〇高郢　(七四〇—八一一) 字は公楚。彼は礼部侍郎（科挙をつかさどる最高責任者）として貞元十五年から三年間その任にあった。『旧唐書』巻一四七に収められる彼の伝には、「時に進士挙に応ずる者、多く朋游に務め、声名を馳逐す。毎歳冬、州府より薦送の後、唯だ讌集に追奉するのみにして、其の業を肆（なら）ふは罕（まれ）なり。郢は性剛正、尤も其の風を嫉（にく）み、既に職を領して、請託を拒絶し、同列・通熟と雖も、敢へて言ふ者無し。志は経芸に在りて、専ら程試に考ふ。凡そ貢部を掌（つかさど）ること三歳、幽独を進め、浮華を抑へ、朋濫の風、翕然として一変せり」と（『新唐書』巻一六五・高郢伝にも同様の記事が見える）。なお、白居易の高郢に対する敬愛の念は『白氏文集』巻一「高僕射詩」（〇〇三〇）・巻十五「高相宅」詩（〇八一七）・巻十六「重題」其四（〇九七九）・巻三十七「贈高郢官制」（一七七〇）等に窺われる。〇経芸　五経を中心とする経書の学問。『史記』巻一二一・儒林列伝の序に、「夫れ斉魯の間は、文学に於て、古より以来、其れ天性なり。故に漢興り、然る後に諸儒始めて其の経芸を修むるを得」と。〇一挙擢上第　白居易は、知貢挙の高郢の下、貞元十六年の進士科に第四等で及第した。『白氏文集』巻二十一の「省試　性習相近遠賦」（一四一三）・「玉水記方流詩」（一四一四）および巻三十の「礼部試策五道」（一四九九—一五〇三）は、この時の白居易の答案である（本書第四・五冊）。〇明年、抜萃甲科　白居易は、進士及第の三年後、貞元十九年に書判抜萃科の試験を受けた。本文中「明年」とするのは、元稹の記憶違いである。なお、『文苑英華』は「抜萃」の上に「中」字があり、この場合「抜萃甲科に中（あた）る」と訓める。当時、中央の試験（科挙）は、二段階になっていた。まず礼部において進士科（省試）が行われるが、これは品官（上級官僚）になるための言わば資格試験であって、直接採用に繋がるものではない。更に吏部において博学宏詞科あるいは書判抜萃科のいずれかの試験に及第して、始めて朝臣としての任官が決定する。この二つの吏部試は、前者は詩と賦を課してその文学の才能を、後者は判（判決文）を課して実務の処理判断能力を試す。当然、宏詞科が難関で、そちらを及第した者の方が優秀とされる。しかし、白居易は確実な後者の科試に臨み、見事首席及第を果たした。また、彼が宏詞科を受験しなかったのは、祖父の諱名（鍠）が科試の名の「宏」字と同音であるためだという説もある（李商隠「白公墓誌銘」）。なお、この時の彼の試験答案は『白氏文集』巻五十の判（三〇八〇）とされるが、宏詞科の試題「漢高皇帝親斬白蛇賦」に対する作品（一四一六）も同巻二十一に収められている。後者は、白居易がその試験終了後、自らの実力を誇示するために、私家版の模範答案として擬作したものであろう。ところで、この科試において特筆すべきことは、元稹が同じく抜萃科で第五席及第を果たしたことである。二人の出会いはこの時に始まる。○性習相近遠　『白氏文集』巻二十一、「省試　性習相近遠賦」（一四一三）を指す。『文苑英華』は、この五文字の上に「試」字が冠せられている。○求玄珠　『白氏文集』巻二十一、「求玄珠賦」（一四一五）を指す。白居易が進士科を受験するために書いた習作である。○斬白蛇　『白氏文集』巻二十一、「漢高皇帝親斬白蛇賦」（一四一六）を指す。なお『唐文粋』『全唐文』がこの三字の下に「剣」字を挿入するのは衍字。○及　『文苑英華』『全唐文』は「泊」字に作るが、意味は同じ。○百道判　『白氏文集』巻四十九・五十所収（二〇九三―二一九三）。白居易が書判抜萃科を受験するために書いた判決文の習作。○新進士　進士科及第を目指す人々の呼称。中央の国立大学（国子監）出身者および各地方の郷試の及第者（郷貢進士）をいう。『唐摭言』巻一の「進士を述ぶ上篇」に（太宗が）「嘗て私（そひ）かに端門に幸し、新進士の綴行して出づるを見、喜びて曰く、天下の英雄、吾が彀中に入れり、と」と。また、これに対し、進士科に晴れて及第した者を「前進士」という。○京師　国都の通称。「師」は都市の意。ここでは、唐朝の都、長安を指す。『公羊伝』桓公九年に、「京師とは何ぞや、天子の居なり。京とは何ぞや、大なり。師とは何ぞや、衆なり。天子の居は必ず衆大の辞を以て之を言ふ」と。○会　ときに。たまたま。ちょうどその時。○憲宗皇帝　李純（七七八―八二〇）。唐の第十一代の天子。永貞元年（八〇五）八月、病弱の父順宗の後を継いで即位。○冊召天下士　「冊」は天子の勅命。ここでは元和元年（八〇六）四月に行われた、天子みずからが主催する制科の試験をいう。このとき、白居易は元稹とともに「才識兼茂明於体用科〔才識兼ねて茂（かぶ）く体用に明らかなる科〕」を受験した。なお、この制試に先立って憲宗の発した詔「試制科挙人制〔制科に挙人を試みる制〕」は、『冊府元亀』巻六四四、『唐大詔令集』巻一〇六、『全唐文』巻五十六にそれぞれ収められている。○称旨　天子の御心にかなう。ここでは白居易の制科及第を指す。○甲科　科挙での上位及第をいう。漢代、試験の難易度に応じて及第者を甲乙丙の三等級に分けたことに基づく。○入翰林、掌制誥　「入」字の上、『文苑英華』には「選」（選ばれて）字がある。「翰林」は宮中における天子直属の秘書官を待機させた役所。翰林院。またその人員を翰林学士と称した。白居易は元和二年（八〇七）十一月に任命された。また「制誥」は天子のみことのり、詔勅。白居易がこの期間に草した文章は、現在『白氏文集』巻三十七―四十所収（一七四七―一九四六）。また同巻三十「勅を奉じて制・書・詔・批答・詩等五首を試みらる」（一五〇九―一五一三）は、白居易が翰林学士任用に際して提出した試作である。○比比　しばしば。頻繁に。○賀雨・秦中吟等数十章　『白氏文集』巻一冒頭の「賀雨詩」（〇〇〇一）より巻二「秦中吟十首」（〇〇七五―〇〇八四）に至る諷諭の詩篇を指す。○時人　その当時の人々。○風・騒　『詩経』（国風）や『楚辞』（離騒）。

○校秘書之名　秘書省校書郎（正九品上）として宮廷秘籍を校訂するという栄誉。元稹は、徳宗の貞元十九年（八〇三）春、白居易と共に書判抜萃科に及第。秘書省校書郎を授けられた。時に白居易は三十二歳、元稹は二十五歳であった。「之名」二字、宋本・那波本等の各本は同じ。『文苑英華』『全唐文』『唐文粋』はいずれも「前後」に作る。「名」は、名誉。栄誉。「之名」ならば上句に属し、「前後」（終始）ならば下句に属する。「前後」二字、疑うらくは先ず下文「前後数十章」に渉って衍し、後「之名」二字を排してこれと入れ替わったか。『文苑英華』の校語が「諸本、之名に作るは非なり」と言うのは、蓋し言い過ぎであろう。〇詩章　詩篇。〇譴　譴謫。責めとがめる。〇掾江陵　「掾」は、地方官の属僚。『旧唐書』巻一六六・元稹伝に拠れば、憲宗の元和五年（八一〇）三月、元稹は、洛陽から長安へ帰還の途次、敷水駅（陝西省華陰県の西）に宿泊したところ、宦官の劉士元と宿泊場所の奪い合いとなり、この事件を重視した執政は、元稹の不遜を叱責して、彼を江陵府の士曹参軍に左遷した。白居易「論元稹第三状」（一九六五）は、この時に元稹を弁護した上書である。白居易の第一状・第二状は、亡佚。なお、この時、翰林学士の李絳・崔群らも同様に元稹の無実を奏聞したが、聞き入れられなかった。〇翰林　翰林学士。天子の詔勅の作成を掌る翰林院の属官。当時、白居易は、元和二年（八〇七）十一月以来、この栄職をつづけていた。〇百韻律詩・雑体　「律詩」は、五言七言の近体詩。「雑体」は、雑言詩。当時、白居易が江陵の元稹に寄せた詩篇としては、「代書詩一百韻、寄微之」（〇六〇八）・「和夢遊春詩一百韻」（〇八〇三）、「和答詩十首」（〇一〇〇―〇一一〇）等が現存している。いずれも元和五年の作。律詩。〇前後数十章　「章」字、『文苑英華』は「軸」に作り、『唐文粋』は「首」に作る。今、宋本・那波本等の各本に従う。「章・首」は、篇。「軸」は、巻軸。〇各佐江・通、復相酬寄　「佐」は、佐州、つまり州司馬（州の刺史の次官）となるを言う。憲宗の元和十年（八一五）三月に元稹は通州（四川省達県市）司馬となり、同年六月に白居易は江州（江西省九江市）司馬に左遷された。『旧唐書』巻一六六・元稹伝に、「俄かにして白居易も亦た江州司馬に貶せられ、（元）稹は通州司馬に量移せらる。通・江は懸邈なりと雖も、二人は来往贈答し、凡そ為（つく）る所の詩には、三十・五十韻より乃ち百韻に至る者有り。江南の人士、伝道諷誦して、闕下（朝廷）に流聞し、里巷相伝へて、之が為に紙貴し」と。〇巴蜀江楚　「巴」は、四川省東半部。「蜀」は、四川省西半部。「江」は、長江下流地域。「楚」は、長江中流地域。但し、「巴蜀」という地域呼称は、秦漢以来の長い伝統を持つが、「江楚」という呼称は、当時としては比較的新しい表現であって、北朝以後の呼称らしい。例えば、北魏の高允（三九一―四八七）「徴士頌」序に、「南摧江楚、西盪涼域」（『魏書』巻四十八・高允伝）と。また中唐の孟郊（七五一―八一四）「宿空姪院、寄澹公」詩（『全唐詩』巻三七八）に、「磬音多風颸、声韻聞江楚」と。〇泊　至るまで。及ぶまで。〇逓相　つぎからつぎへと。動作・行為の順次に伝送することを示す複合副詞。〇自謂為元和詩　『旧唐書』巻一六六・元稹伝に、「稹、聡警は人に絶し、年少より才名有りて、太原の白居易と友として善し。詩を為るに工にして、善く風態物色を状詠し、当時の詩を言ふ者は、元・白と称す。衣冠の士子より閭閻の下俚に至るまで、悉く伝へて之を諷し、号して『元和体』と為す」と。〇諷諭・閑適等篇　那波本は「閑適」の二字なし。『文苑英華』『全唐文』『唐文粋』いずれも「閑適」二字がある。思うに、この二字のある方が文章形態が整うのではないか。今、これに従って補う。〇禁省　皇宮。禁中。『文選』巻十の潘岳「西征賦」に所謂

「禁省鞠（きはま）りて茂草と為る」の李善注に引く如淳の『漢書注』に拠れば、「禁省」を解説して、「本名は禁中なり。『漢儀注』に、『孝元皇后の父、名は禁、之を避く。故に省と曰ふ』」と。○観寺　道観と仏寺。○郵候　宿場の旅館。○牆壁　土塀。土で造った塀。○王公　貴族や高官。○妾婦　婦女。『孟子』滕文公下篇に、「順を以て正と為すは、妾婦の道なり」と。○牛童　牛飼いのわらべ。○馬走　馬丁。馬ひき。○繕写　書き写す。○模勒　模刻。原本に似せて版木や石材に彫刻する。○衒売　売る。「衒」も、売る意。○処処　至る所。○是　上文に挙げた事実を認定する指示代替詞。○揚・越間　「揚」は、揚州（江蘇省揚州市）。「越」は、越州（浙江省紹興市）。○多作書　「書」字、『文苑英華』は「碑」に作って、下文の「揚」字、『文苑英華』は「杭」に作る。「杭」は、杭州（浙江省杭州市）。○多作書　「書」字、『文苑英華』は「碑」に作って、下文の「模勒」とは相応ずる。○苟求　みだりに求める。○自售　自分を売りこむ。官職にありつこうとして働きかける。○雑乱間厠　紛乱錯綜。○無可奈何　どうこうする可能性もない。前漢の司馬遷「任少卿に報ずる書」（『文選』巻四十一）に、「事已無可奈何」（事は已に奈何ともすべき無し）と。○平水　浙江省紹興市の南南東にある地名。○鏡湖　紹興の南郊にある湖。「鑑湖」ともいう。李白「賀賓客の越に帰るを送る」詩（『全唐詩』巻一七六）に、「鏡湖の流水　清波を漾（ただよ）はす」と。また「越女の詞」（其の五）（同巻一八四）に、「鏡湖　水は月の如く、耶渓　女は雪の如し」と。○草市　郷村の市場。○競習歌詩　「歌詩」二字、那波本および各本は「詩」一字に作る。『文苑英華』『全唐文』は「歌詠」に作り、『唐文粋』は「歌詩」に作る。思うに、この一句、「競習詩」三字より「競習歌詠」「競習歌詩」四字の方が文章表現として落ち着く。また「歌詠」「歌詩」いずれも文意は通じるが、『文集』各本が「詩」字に作っていることから推せば、もともと『文集』所載の元稹の序は「競習歌詩」に作り、後「歌」字が脱落したのではないか。歌詩とは、詩篇を詠唱すること。または詩歌の総称。今、とりあえず『唐文粋』に従う。○又　『白氏文集』『元氏長慶集』の各本、「又云」二字に作る。「云」字は衍文。今、『文苑英華』『唐文粋』『全唐文』に拠って刪る。○雞林　新羅国の異称。東漢の永平八年（六五）、新羅王が夜に金城の西の始林の間に雞声有るを聞き、遂に名を「雞林」と改めたという（『東国通鑑』）。『旧唐書』巻一九九上・東夷伝（新羅国）に、「龍朔三年（六六三）、詔して其の国を以て雞林州都督府と為し、（新羅王）法敏に授けて雞林州都督と為す」と。○篇章　詩篇。

○右庶子　『旧唐書』巻一六六・白居易伝に、「秩満ちて、太子左庶子に除せられ、東都に分司す」と。今、『白氏長慶集』『元氏長慶集』の各本、および『旧唐書』白居易伝に引く元稹の居易集序に従う。太子左庶子は、左春坊の長官。正四品上。太子右庶子は、右春坊の長官。正四品下。○刺会稽　『旧唐書』巻一六六・元稹伝に、「郡（同州）に在ること二年、改めて越州刺史・兼御史大夫・浙東観察使を授けらる。会稽は山水奇秀、稹の辟す所の幕職は、皆当時の文士にして、鏡湖・秦望（浙江省紹興市南郊の山）の遊び、月に三、四たびなり。而して詩什を諷詠し、動（つね）に巻帙に盈つ。副使の竇鞏は、海内に詩名ありて、稹と酬唱すること最も多く、今に至るまで蘭亭の絶唱と称せらる。稹、既に放意娯遊、稍（やう）く辺幅を修めず、瀆貨を以て時に聞こゆ。凡そ越に在ること八年なり」と。「刺」字の下、

『文苑英華』『全唐文』には「郡」があり、『唐文粋』には「部」がある。恐らく「郡」「部」両字共に衍文であろう。今、『白氏文集』『元氏長慶集』の各本に従う。○徴其文　「徴」は、求める。「文」は、詩文。○手自　手ずから。自分自身で。六朝以来の俗語。例えば『晋書』巻六十八・紀瞻伝に、「(瞻)読書を好み、或いは手自ら抄写す」と。○排纘　編纂する。中唐以後の用語。○陛下明年当改元、長慶訖於是　この二句十二字、おおむねは『白氏文集』『元氏長慶集』に従ったが、伝本によって字句の異同が著しい。すなわち、「陛下」二字、『文苑英華』は「皇帝」に作り、『唐文粋』『全唐文』は「国家」に作る。意味は同じ。「明年」の下、『白氏文集』『元氏長慶集』には「秋」字がある。恐らくは衍字。説は、宋の彭叔夏『文苑英華弁証』巻四（年月一）に詳しい。この二句十二字、『唐文粋』は「国家改元長慶於是」八字に作り、『全唐文』は「国家改元長慶訖於是」九字に作る。思うに『唐文粋』の場合は、誤って「訖」を脱し、「国家（皇帝）は元（年号）を長慶に改め」と訓じて、「於是」を下句に属せしめたのであろう。○諷論・閑適・感傷・律詩　白居易「元九（元稹）に与ふる書」(一四八六)に、居易自身が編集した詩集十五巻の内容を列記して、「僕、数月より以来、囊袠の中を検討し、新旧の詩を得、各々類を以て分かち、分けて巻目と為す。拾遺たりてより以来、凡そ遇ふ所・感ずる所の美刺・興比に関はる者（詩歌）、又武徳（六一八―六二六）より元和（八〇六―当時）に訖るまで、事に因りて題を立てて、題して『新楽府』と為す者（詩歌）、共に一百五十首、之を諷諭詩と謂ふ。又、或いは公（朝廷）より退きて独り処り、或いは病を移(どと)けて（病欠届けを出して）閑かに居り、足るを知り和を保ち、情性（心情）を吟玩（吟詠玩味）する者（詩歌）一百首、之を閑適詩と謂ふ。又、事物の外より牽かれ、情理（情意）の内に動き、感遇（感慨）に随ひて歎詠に形るる者（詩歌）一百首有り。之を感傷詩と謂ふ。又、五言・七言・長句・絶句、一百韻より両韻に至る者（詩歌）四百余首有り。之を雑律詩（近体詩）と謂ふ。凡そ十五巻と為す。約八百首なり」と。○賦賛・箴戒　「賦」は、辞賦。「賛」は、伝記・人物・書画・文辞を称賛する文。「箴戒」は、他人や自分の過失・欠点を戒める文。○碑記・叙事・制誥　「碑」は、碑文。「記」は、記録風の随筆。「叙事」は、事実をありのままに記述した文。「制誥」は、制詔。天子の詔勅の原稿。○啓表・奏状　皇帝にたてまつる文書。上奏文。啓表・奏状に本質的な区別はない。『白氏文集』では巻四十一から巻四十四に収められる「奏状」一―四に相当する。那波本「啓奏表状」に作るが、おそらくは誤倒。『元氏長慶集』巻五十一所収の本文に拠って改める。○書檄・詞策・剖判　「書檄」は、書翰と檄文。手紙類の総称。例えば、『三国志』巻二十一、魏書二十一の王粲伝に、「軍国の書檄、多く（陳）琳・（阮）瑀の作る所なり」と。「詞策」は、対策文。文例は、『白氏文集』巻四十五―四十八「策林」に見える。中唐の孟郊「春日、韋郎中使君と鄒儒立少府扶持を送りて、雲陽に赴く」詩（『全唐詩』巻三七九）に、「側聞す幾句の秀、三たび振るふ詞策の雄」と。「剖判」は、判決文。文例は、『白氏文集』巻四十九・五十「判」に見える。○不亦多乎哉　「不亦……乎」は、相手の同意を導き出す反詰表現。まことに……ではないか。「亦」は、語調を緩やかにするための軽い助字。例えば、『論語』学而篇冒頭に、「学而時習之、不亦説乎。有朋自遠方来、不亦楽乎。人不知而不慍、不亦君子乎」と。「乎哉」は、語気詞「乎」と「哉」を連用して、反問・感嘆の語気を表す複合虚詞。〇官族　官吏としての家柄。〇景行　りっぱな行い。『詩経』小雅「車舝」に、「高山仰止、景行行止」と。その毛伝に、「景は、大なり」と。〇交分　交情。〇微之序　「序」字の下、『文苑英華』には「『白氏長慶集』五帙、都五十巻」十一字があり、更に双行の注「通『後集』七十巻、三千七百余首」十二字がある。

白氏文集　巻第一

諷諭一　古調詩　五言　凡六十四首

諷諭《ふうゆ》一《いち》　古調詩《こてうし》　五言《ごごん》　凡《およ》そ六十四首《ろくじふよんしゆ》

解題 白居易は、元和十年（八一五）、自ら十五巻の詩集を編纂し、その詩を諷諭・閑適・感傷・雑律の四分類に分けた（『白氏文集』巻二十八、「与元九書」一四八六 参照）。ここに言う「諷諭」は、那波本をはじめ現行の『白氏文集』のいずれも巻一から巻四に収める計一五四首に当てはめられている。これらの詩は、主として時の皇帝憲宗を読者に想定し、白居易自身の社会時評を含んだ荘重古雅なおもむきを持つ。「古調詩」とは、五言の古詩を指し、この巻一と巻二および巻五より巻十一の計九巻の詩形の称として、巻三・巻四の新楽府、巻十二の謌行曲引、巻十三以降巻十九までの律詩と区別されるものである。なお、那波本は本巻の詩数を六十五首と数えるが、いま実数に拠って改める。

0001　賀レ雨詩

雨《あめ》を賀《が》する詩《し》

解題 唐の憲宗の元和三年（八〇八）冬から翌四年閏三月まで数か月間、中国最大の穀倉地帯である長江・淮水（わいすい）流域は大旱魃に襲われ、天下は上も下も深刻な恐慌状態に陥っていた。『旧唐書』巻十四・憲宗本紀上の元和三年の条の最後に、「是の歳、淮南・江南・江西・湖南・山南東道、旱す」と記録するのがそれである（『新唐書』巻三十五「五行志」の常暘の条にも見える）。当時、白居易は、天子の詔勅の作成をつかさどる翰林学士に任ぜられ、あわせて天子への直諫を任務とする左拾遺の官を授けられて、憲宗の側近に侍していた。そこで彼は、被災地の住民を救済し、宮廷の浪費を節約するために、天子に対して「徳音（天子の恩詔）中の節目に加へんことを奏請す」二件、すなわち「今時の旱に縁りて、更に江淮の旱損せし州県の百姓の今年の租税を減じ放（ゆる）さんことを請ふ」「後宮の内人を揀（えら）び放たんことを請ふ」という二条の奏請文（いずれも本集巻四十一所収。一九五四・一九五五）を奉呈した。この奏請文を奉呈した時期は、金沢文庫本・天海校本『白氏文集』によれば、元和四年閏三月一日丁未であったという。かくて、この白居易の奏請を嘉納した憲宗は、わずかその二日後の閏三月三日己酉、百姓救済のための徳音を天下に降した。これが「旱に亢し百姓を撫恤する徳音」（『文苑英華』巻四三五・『全唐文』巻六十二所収）である。ところが不思議なことに、この徳音が降ってわずか七日後、沛然として三日三晩豪雨が降り続いて、やっと天下の人びとは愁眉を開き、歓呼雀躍した。『新唐書』巻七・憲宗本紀の元和四年の条に、「閏（三）月己酉、旱を以て、京師の死罪の殺人に非ざる者を降し、刺史の境内の権率、諸道の旨条外の進献、嶺南・黔中（けんちゆう）・福建の良民を掠めて奴婢と為す者を禁じ、飛龍の廏馬（きうば）を省く。己未、雨ふる」とあるのは、その徳音の内容と降雨の事実を伝える史家の記録である（同様の記事は『資治通鑑』唐紀五十三、憲宗元和四年の条にも見える）。ただし、この『新唐書』および『資治通鑑』の記述によると、この降雨の日付は、徳音公布の「己酉」（三日）より十日後の「己未」（十三日）となっている。白居易の詩の「詔下りて纔かに七日」という一句は、あるいは「十日」の誤写の可能性が高い。

　この詩は、その待望の雨を慶賀した力作。時に白居易は三十八歳。左拾遺の官に就いてから満一年たった時のことであった。なお、本詩については神田喜一郎「読白楽天詩記」（『東方学報』一五—三、一九四六年。『神田喜一郎全集』第二巻、一九八三年）に詳細な考証があり、また謝思煒「白氏文集巻第一「賀雨」校注」（『白居易研究年報』第三号、二〇〇二年、勉誠出版）がある。

皇帝嗣㆓寶暦㆒　元和三年冬
自㆑冬及㆓春暮㆒　不㆑雨旱爞爞
上心念㆓下民㆒　懼㆔歳成㆓災凶㆒
遂下㆓罪㆑己詔㆒　殷勤告㆓萬邦㆒
帝曰予一人　繼㆑天承㆓祖宗㆒

皇帝《くわうてい》　寶暦《ほうれき》を嗣《つ》ぎて、元和《げんな》三年《さんねん》の冬《ふゆ》。
冬《ふゆ》より春暮《しゆんぼ》に及《およ》ぶまで、雨《あめ》ふらずして旱爞爞《かんちゆうちゆう》たり。
上《かみ》の心《こころ》は下民《かみん》を念《おも》ひ、歳《とし》の災凶《さいきよう》を成《な》さんことを懼《おそ》れ、
遂《つひ》に己《おのれ》を罪《つみ》するの詔《みことのり》を下《くだ》して、殷勤《いんぎん》に萬邦《ばんはう》に告《つ》ぐ。
帝曰《ていいは》く　予一人《われいちにん》、天《てん》を繼《つ》ぎ祖宗《そそう》を承《う》け、

憂勤不二遑寧一　夙夜心忡忡
元年誅二劉闢一　一擧靖二巴邛一
二年戮二李錡一　不レ戰安二江東一
顧惟眇眇德　遽有二巍巍功一
或者天降レ沴　無三乃儆二予躬一
上思レ答二天戒一　下思レ致二時邕一
莫レ如レ率三其身　慈和與二儉恭一
乃命罷二進獻一　乃命賑二饑窮一
宥レ死降二五刑一　已レ責寛二三農一
宮女出二宣徽一　廏馬減二飛龍一
庶政靡レ不レ擧　皆出レ自二宸衷一
奔騰道路人　傴僂田野翁
歡呼相告報　感泣涕霑レ胷
順レ人人心悅　先レ天天意從
詔下纔七日　和氣生二沖融一
凝爲二油油雲一　散作二習習風一

憂勤《いうきん》して遑寧《くわうねい》せず、夙夜《しゆくや》　心《こころ》忡忡《ちゆうちゆう》たり。
元年《ぐわんねん》　劉闢《りうへき》を誅《ちゆう》し、一擧《いつきよ》して巴邛《はきよう》を靖《やす》んず。
二年《にねん》　李錡《りき》を戮《りく》し、戰《たたか》はずして江東《かうとう》を安《やす》んず。
顧《かへり》み惟《おもん》みるに眇眇《べうべう》の德《とく》にして、遽《には》かに巍巍《ぎぎ》の功《こう》有《あ》れば、
或《ある》いは天《てん》沴《わざは》ひを降《くだ》して、乃《すなは》ち予《よ》が躬《み》を儆《いまし》むる無《な》からんか。
上《かみ》は天戒《てんかい》に答《こた》へんことを思《おも》ひ、下《しも》は時邕《じよう》を致《いた》さんことを思《おも》はば、
其《そ》の身《み》を慈和《じわ》と儉恭《けんきよう》とに率《さき》んぜしむるに如《し》くは莫《な》しと。
乃《すなは》ち命《めい》じて進獻《しんけん》を罷《や》め、乃《すなは》ち命《めい》じて饑窮《ききゆう》を賑《すく》ひ、
死《し》を宥《ゆる》して五刑《ごけい》を降《くだ》し、責《さい》を已《や》めて三農《さんのう》を寛《ゆる》くし、
宮女《きゆうぢよ》は宣徽《せんき》より出《い》だし、廏馬《きうば》は飛龍《ひりよう》より減《げん》ず。
庶政《しよせい》　擧《あ》がらざるは靡《な》く、皆《みな》　宸衷《しんちゆう》より出《い》づ。
奔騰《ほんとう》す　道路《だうろ》の人《ひと》、傴僂《うる》す　田野《でんや》の翁《をう》、
歡呼《くわんこ》して　相告報《あひこくほう》し、感泣《かんきふ》して　涕《なみだ》　胷《むね》を沾《うるほ》す。
人《ひと》に順《したが》つて人心《じんしん》悅《よろこ》び、天《てん》に先《さき》だつて天意《てんい》從《したが》ふ。
詔《みことのり》　下《くだ》りて纔《わづ》かに七日《しちじつ》、和氣《わき》　沖融《ちゆうゆう》を生《しやう》じ、
凝《こ》りて油油《いういう》たる雲《くも》と爲《な》り、散《さん》じて習習《しふしふ》たる風《かぜ》と作《な》り、

晝夜三日雨　凄凄復濛濛
萬心春熙熙　百穀青芃芃
人變レ愁爲レ喜　歳易レ儉爲レ豐
乃知王者心　憂樂與レ衆同
皇天與二后土一　所レ感無レ不レ通
冠珮何鏘鏘、將相及王公
蹈舞呼二萬歳一　列賀明庭中
小臣誠愚陋　職忝二金鑾宮一
稽首再三拜　一言獻二天聰一
君以レ明爲レ聖　臣以レ直爲レ忠
敢賀レ有二其始一　亦願レ有二其終一

晝夜《ちうや》三日《みつか》雨《あめ》ふり、凄凄《せいせい》　復《ま》た濛濛《もうもう》たり。
萬心《ばんしん》　春《はる》にして熙熙《きき》たり、百穀《ひやくこく》　青《あを》くして芃芃《ほうほう》たり。
人《ひと》は愁《うれ》ひを變《へん》じて喜《よろこ》びと爲《な》し、歳《とし》は儉《けん》を易《か》へて豐《ほう》と爲《な》る。
乃《すなは》ち知《し》る　王者《わうじや》の心《こころ》、憂樂《いうらく》　衆《しゆう》と同《おな》じくすれば、
皇天《くわうてん》と后土《こうど》とに、感《かん》ずる所《ところ》　通《つう》ぜざるは無《な》きを。
冠珮《くわんはい》　何《なん》ぞ鏘鏘《さうさう》たる、將相《しやうしやう》及《およ》び王公《わうこう》、
蹈舞《たうぶ》して萬歳《ばんざい》を呼《さけ》び、列賀《れつが》す　明庭《めいてい》の中《うち》。
小臣《せうしん》　誠《まこと》に愚陋《ぐろう》なるも、職《しよく》　金鑾宮《きんらんきゆう》を忝《かたじけな》くすれば、
稽首《けいしゆ》して再三拜《さいさんはい》し、一言《いちげん》　天聰《てんそう》に獻《けん》ず。
君《きみ》は明《めい》を以《もつ》て聖《せい》と爲《な》し、臣《しん》は直《ちよく》を以《もつ》て忠《ちゆう》と爲《な》す。
敢《あ》へて其《そ》の始《はじ》め有《あ》るを賀《が》し、亦《ま》た其《そ》の終《を》はり有《あ》らんことを願《ねが》ふ。

冬・爞・宗・農（上平聲、冬韻）、凶・邛・邕・恭・龍・胷・從（上平聲、鍾韻）、邦（上平聲、江韻）、忡・東・功・躬・窮・衷・翁・融・風・濛・芃・豐・同・通・公・中・宮・聰・忠・終（上平聲、東韻）……冬・鍾韻は同用。冬・鍾・江・東韻はすべて通押。

通釈　今上陛下が皇位をお継ぎになって、さほどもたたない元和三年の冬のこと。その冬から翌年の暮春三月に至るまで、いっこうに雨が降らないで毎日からからの日照りが続いた。今上の大御心は下民の生活を深く懸念され、とりわけ今年の収穫が全くの凶作になってしまうことに恐れおののかれ、かくて今上みずからの不徳を反省する詔を下して、繰り返し繰

り返し天下の諸国に布告された。その陛下の詔にいう、「君王の身である私は、天帝の意志を体し皇祖皇宗の遺業を受け継いで以来、臣民のために心をくだき勤め励んでのんびりくつろぐこともなく、朝早くから夜おそくまで胸中は突き上げる憂慮の連続であった。ところで私は、去る元和元年には四川の反徒劉闢を誅伐し、その時は一たび兵を挙げただけで直ちに巴蜀の地方を平定し、また翌二年には江蘇の逆臣李錡を捕殺し、その際も戦わずして容易に江東の地方を鎮定した。が、顧みて思うに、もともと私はほんのちっぽけな仁徳しかないのに、突然このような輝かしい大功をあげたので、もしかすると天帝がこの災難を降して、意外にも私の身を戒めて下さったのではなかろうか。だとすれば、上は天帝の戒めに答えるよう心がけ、下は民衆に和楽をもたらすよう心がけたいが、そのためには、慈愛と恭倹の心をもって、率先躬行するのが最善のことである」と。そこで陛下は、朝廷への進貢を中止するよう命令し、また飢えて苦しむ人びとに食糧をほどこすよう命令され、一方では死刑をゆるめて五刑を一等ずつ軽減したり、負債の取り立てを根絶して農民にゆとりを持たせたりし、さらには宮中の女官をば宣徽殿より放出し、飼育費のかさむ内廐の駿馬の数をば飛龍廐より削減したりされた。これら庶政は例外なく治績が挙がったが、皆いずれも陛下の大御心より出されたものであった。

かくして、道行く人びとは歓喜して飛び上がり、田畑を耕す老翁たちも感謝してせくぐまり、いずれも喜びの声をあげて互いにこの聖恩を知らせあい、感泣して喜びの涙が胸をうるおす有り様であった。人びとの希望に従って政治をすれば人びとの心はそれに満悦し、天帝の意向に先んじて政治をすれば天帝の意思もそれに追随するものである。そのためか、この詔が下るや早くも七日目に、陰陽の気が和合の動きを呈し、それが凝り集まってはもくもくとわき上がる雲となり、散らばってはそよそよと吹く風となって、昼夜ぶっ通しに三日の間、どしゃ降りざんざん、濛濛たる水しぶき。やっと万民の心は今の春さながらに嬉々として和らぎ楽しみ、百穀の苗も青みどりにずんずん伸びはじめ、かくて人びとは憂愁から歓喜にと一変し、収穫の予想も凶作から豊作にと切り替った。

ここで始めて、王者の心が、その憂楽を民衆と共にすれば、天神と地祇とに対して、念願することが通じないはずはないということがはっきりわかった。将軍・大臣そして王公の貴顕たちは、その冠玉や帯び玉の、なんと明るくチャランチャランと鳴ることか。彼らは足を踏みならし手を舞い躍らせて声高らかに天子の万歳を叫び、朝廷の御苑に立ち並んで慶祝の意を表明した。ところで、小臣白居易は誠に愚鈍浅見の身ではあるけれども、その官職は翰林院の学士の末席を汚しているので、職務上、頭を地にすりつけて再拝三拝し、一言陛下のお耳に卑見を奉呈しよう――。「君主は聡明であることによって聖と評価され、臣下は率直であることによって忠と評価されます。それで私は、今ためらうことなく陛下の治世当初にあがったこの治績を慶賀申し上げ、それと共に、どうか陛下の治世に有終の美を飾られんことをお祈りいたします。」

語釈 ○宝暦　宝祚、皇位のこと。「宝」は天子に関することに冠される接頭語。「暦」は暦数、天子が天命を受けて帝位につくめぐり合わせ。『論語』堯曰篇に、「咨（ああ）爾舜。天の暦数は爾が躬に在り。允（まこと）に其の中を執れ」と。○自冬及春暮　「解題」で紹介した憲宗の「旱に亢し百姓を撫恤する徳音」にいう表現「去冬より以来、時雪降ること微（な）く、此の春暮に及ぶまで、積みて愆陽と為る」をふまえる。○旱爞爞　『詩経』大雅「雲漢」に、「旱既に大甚（はなは）だし、蘊隆虫虫たり」と。「虫虫」は、昔時「爞爞」に作るテキストもあった。「炎炎」と同様、日照りの熱気が焼けつくように熱いさま。○上心　天子の御心。『白氏文集』巻三、新楽府「蛮子朝」（〇一四三）にも、「上心の貴ぶは遠蛮を懐（つな）くるに在り」という使用例がある。○罪己詔　前述した憲宗の「旱に亢し百姓を撫恤する徳音」のこと。その中に、「譴（わざはひ）ひを謝（さ）り災を弭（や）むるには、必ず己を咎（とが）むるを先とす」と。『左氏伝』荘公十一年に、「禹・湯は己を罪し、其の興れるや悖焉たり」と。○殷勤　繰り返し繰り返し。一本に「慇懃」に作るも同じ。○帝曰　『書経』中、堯典篇以下各所に習見する表現を重々しく利用したもの。○予一人　天子の自称。同じく『書経』の用語を用いて厳粛さを出そうとしたもので、『礼記』曲礼下篇には、「天下に君たるときは天子と曰ひ、諸侯を朝し、職を分け政を授け功に任ずるときは、予一人と曰ふ」と解説している。○憂勤不遑寧　前述「旱に亢し百姓を撫恤する徳音」に、「朕、万国に臨御して、今に逮ぶまで五年。亦た常に励精して、敢へて暇逸する罔（な）し」とある。この「徳音」が公布された元和四年は、憲宗が即位して以後、足掛け五年目になる。「憂勤」は、天子が民のために胸を痛め政務に精励することで、『詩経』周南「巻耳」の序、小雅「魚麗」の序に見える用語。「遑寧」は「暇逸」と同じく、ゆっくりとくつろぐこと。○心忡忡　『詩経』召南「草虫」に、「未だ君子を見ず、憂心忡忡たり」と。「忡忡」は、憂いが胸を突いて込み上げてくるさま。○劉闢　（？―八〇六）憲宗即位後、剣南西川節度使（使府は四川省成都）を拝命したが、巴蜀統合を謀って中央帰還の命令に応じなかったので、唐の征討軍によって誅伐された。本伝は『旧唐書』巻一四〇・『新唐書』巻一五八に見える。なお劉闢が誅伐された時、韓愈は四言古詩の長篇「元和聖徳詩」（『韓昌黎集』巻一）を詠み、天子に奉っている。○巴邛　「巴」は四川省の東部、「邛」はその西部。○李錡　（七四一―八〇七）唐朝王族の出。徳宗の時、鎮海節度使（使府は江蘇省鎮江）となったが、憲宗の時に至り、入朝の約束を履行せず、横暴な行動ばかりしていたので憲宗軍のために捕らえられ、京師に送られて腰斬された。本伝は『旧唐書』巻一一二・『新唐書』巻二二四上に見える。○顧惟　思う。我が身を振り返って思う。例えば玄宗「鶺鴒の頌」に、「徳の涼（くひ）きを顧み惟ひて、夙夜兢惶す」と（『全唐詩』巻三）。また杜甫「江外の草堂に寄題す」詩に、「顧みて惟ふ魯鈍の姿、豈に悔吝の先んずるを識らんや」（『全唐詩』巻二二〇）と。○眇眇徳　ちいさな徳。自分自身の人格を謙遜していう。『書経』顧命篇に、「眇眇たる予が末の小子」と。○遽　にわかに。即位をしたとたんに早くも。○巍巍功　偉大な功績。『論語』泰伯篇に、「大なるかな、堯の君たるや。巍巍乎として、唯だ天を大なりと為す」と。○或者天降沴　無乃儆予躬　『書経』大禹謨篇の「帝曰く、来れ禹よ。降水予を儆む」をふまえる。また憲宗の「旱に亢し百姓を撫恤する徳音」には、「固より宜しく示すに災眚を以てして、予の増脩を警むべし」とある。「沴」は、陰陽の気が調和しないことから起こる災害。「無乃」は、かえって……ではなかろうか、という意味の反語の助字で、旧訓は「むしろ」と読んでいた。上句の「或者」（もしかすると）と似通った意味を持つ。「儆」は「警」と同音同義。○天戒　天のいましめ。『書経』胤征篇に、「先王克（よ）く天戒を謹む」と。○時邕　『書経』堯典篇に、「百姓昭明、万邦を協和し、黎民於（ああ）変はり、時（これ）雍（やはら）ぐ」と。その孔伝には、「時とは是れ、雍とは和らぐなり」と注する。この二字で、平和で安楽な生活をいう。「邕」は「雍」と同音の借字。○率其身　わが身を率先させる意。前述の「旱に亢し百姓を撫恤する徳音」には、「政理の本は、簡約に在り。内より外に及ぼし、以て率先することを示さん」という。○慈和　いつくしみうちとけあう。『左氏伝』襄公二十七年に、「上下慈和し、慈和して而る後に能く其の国家を安靖す」と。○倹恭　うやうやしくつつしみ深いさま。『書経』周官篇に、「恭倹は惟（こ）れ徳、爾の偽を載（とこ）とする無かれ」と、また『論語』学而篇に、「夫子は温良恭倹譲、以て之を得たり」と。ここでは押韻の都合で字を倒置させたのである。○乃命　『書経』の常套語。○罷進献　諸道からの進献を停止させる勅命は、憲宗の「旱に亢し百姓を撫恤する徳音」に詳しく見える。○賑饑窮　食糧が底をつき窮迫した民衆に穀物等を支給すること。「賑」は、金品をもって救済する意。これに関する勅命は、憲宗がこの年の正月に公布した「使臣に分命して水旱の百姓を賑恤する勅」（『文苑英華』巻四三五。『全唐文』巻五十六では「緒道の水旱の災を賑（すく）ふ制」に作る）に見え、また当時から二年後に公布された憲宗の「百姓を賑恤する徳音」（『文苑英華』巻四三五・『全唐文』巻六十二）にも、元和四年、長江下流域の淮南・浙西・宣歙の三道に米を賑貸した事が言及されている。○宥死降五刑　唐代の「五刑」は笞・杖・徒（懲役）・流・死の五等刑。死罪を流刑にゆるめ、流刑以下の四刑も順次一等ずつ罪を減じたことは、やはり「旱に亢し百姓を撫恤する徳音」に見える。なお、この一句の表現は、『書経』舜典篇の「流して五刑を宥らす」をふまえる。○已責　「責」は「債」と同義。滞納された租税を免除すること。この語は、『左氏伝』成公二年に、「乃ち大いに戸して責を已む」と見え、成公十八年にも「始めて百官に命じて、施舎し責を已む」、また昭公二十年にも「斂を薄くし、責を已めしむ」とあって、それぞれの杜預の注は、「逋責（滞っている負債）を棄つ」「逋責を止む」「逋責を除く」と解している。この恩典を施した事実は、やはり「旱に亢し百姓を撫恤する徳音」に詳しく見える。なお、この「已責」の二字、テキストによっては「責已」に作るものがあるが、これは伝写の際に誤って転倒したもの。○三農　平地農・山農・沢農の三種。『周礼』天官の太宰に見える。○宮女出宣徽　廏馬減飛龍　「旱に亢し百姓を撫恤する徳音」には、「昨者、六宮の内人、量りて已に放出し、猶ほ内廏の馬、其の数稍《やや》く多きを慮り、飛龍使等に委ねて条流減省せしむ」という。「宣徽」は、宣徽殿。長安の大明宮中にある。『白氏文集』巻三、新楽府「陵園妾」（〇一六一）にも、「宣徽の雪の夜、浴堂の春」と詠み込まれた宮女の侍る御殿。「飛龍」は、天子の御馬を飼っている内廏の名。『大唐六典』巻十一、尚乗局の条に、「今仗内に飛龍・祥麟・鳳苑・鵷鑾・吉良・六群等六廏有り」とあり、時に天子の御馬の美称として「飛龍馬」という。例えば、『白氏文集』巻四十四に、「段相の為に飛龍馬を借りたるを謝する状」（二〇一〇）がある。『資治通鑑』唐紀三十四、至徳元載六月丁酉の条の胡三省注に、「仗内の六廏、飛龍廏を最上の乗馬と為す」とある。また、天子の御馬の良いものには、それぞれ「飛」および「龍」の烙印が押されていたらしく、『白氏文集』巻四、新楽府「陰山道」（〇一五八）には、「飛龍　但だ印す骨と皮とに」とある。なお、宮女放出、廏馬削減等これらの施策は、白居易等、当時の翰林学士たちの献策によって実現したものである。『資治通鑑』唐紀五十三、元和四年三月の条には、「上（憲宗）久旱を以て徳音を降さんと欲す。翰林学士李絳・白居易上言するに、以為《おも》へらく実恵を人に及ばしめんと欲すれば、其の租税を減ずるに如くは無しと。又言ふ、宮人駆使の余、其の数猶ほ広し、事宜に費を省き、物貴をば情に徇はしめよと。又請ふ、諸道の横斂して以て進奉に充つるを禁じよと。又言ふ、嶺南・黔中・福建の風俗、多く良人を掠め、売りて奴婢と為すは、厳しく禁止せんことを乞ふと。閏（三）月己酉（三日）、制して天下の繋囚を降し、租税を蠲《のぞ》き、宮人を出だし、進奉を絶ち、掠売を禁ずること、皆二人の請の如し」とあり、また「解題」に述べたとおり、白居易に「徳音中の節目に加へんことを奏請す」二件（一九五四・一九五五）がある。また、李絳の奏状は、『李相国論事集』巻四に、「旱損せる百姓の租税を量放するを論ず」「後宮の人を揀放するを請ふ」「徳音を論ずる事」「徳音を賀する状」として残っている。○庶政　もろもろのまつりごと。『書経』周書「周官」に、「庶政惟《こ》れ和し、万国咸《みな》寧し」と。○宸衷　天子の真心。「宸」は天子に関する語の上にそえる接頭語。

○奔騰　「奔」も「騰」も勢いよく飛び出ること。○傴僂　老翁の腰のかがんだ様子と、感謝してうやうやしくお辞儀をする様子とを兼ね合わせた表現。『左氏伝』昭公七年に、「一命にて僂し、再命にて傴し、三命にて俯す」と。「僂」は、背を曲げる。「傴」は、背を曲げ、腰をかがめる。「伏」は、ひれ伏す。○順人人心悦　『易経』兌卦の彖伝に、「兌は説《よろこ》ぶなり。剛は中にして柔は外なり。説びて以て貞しきに利《よろ》し。是を以て天に順ひて、人に応ず」と。○先天天意従　『易経』乾卦の文言伝に、「天に先だちて天違はず、天に後れて天時を奉ず」と。思うに、この詩句を含む対句の創作過程は、まずこの文言伝の文をふまえて「天に先だちて天意従ふ」の句が出来上がり、然る後、この句と対偶する上句の「人に順ひて人心悦び」が作り出されたのではないだろうか。○纔……するや早くも。○和気生沖融　杜甫の「往在」詩に、「端拱して諫諍を納れ、和風日に沖融」（『全唐詩』巻二二二）と。のみならずこの「賀雨詩」の方の「和気」も、静嘉堂文庫蔵『文苑英華』明鈔本巻一五三所収の本詩は「和風」に作って、杜甫のこの詩と合致する。しかし、下句の「凝りて油油たる雲と為り、散じて習習たる風と作る」を導き出すためには、「和風」よりも「和気」の方が遥かに適切である。恐らく『文苑英華』明鈔本は、杜詩に影響されて、「気」と字形の似た「風」に誤写したのであろう。ちなみに、中華書局景印『文苑英華』明刊本は「和気」に作って、各本と同じ。白居易はこの杜詩をふまえつつも、それを若干改修して自作に吸収したものと考えられる。「沖融」は、陰陽の気が和らぎ睦み合うこと。「沖」も「融」も和らぐの意。○油油雲　もくもくと湧き上がる黒雲。『孟子』梁恵王上篇に、「七八月の間、旱なれば則ち苗は槁（か）れん。天油然として雲を作（こお）し、沛然として雨を下（ふ）らせば、則ち苗は浡然として之に興る」と。そして、かかる雨雲の様子を「油油」といった前例を挙げれば、前漢の司馬相如「封禅文」に、「我が天の覆ひしより、雲は之れ油油たり。甘露時雨、厥の壌は遊ぶべし」とある（『史記』巻一一七・『漢書』巻五十七下・『文選』巻四十八）。「油油」の二字、那波本は「悠悠」に作る。「油」と「悠」は同音jiəu だが、この場合のような黒雲の形容としては妥当でない。今、他の各本によって改める。○習習風　やわらかに吹く風。『詩経』邶風「谷風」に、「習習たる谷風（はるかぜ）、以て陰（もく）り以て雨ふる」と。その毛伝には、「習習とは和舒の貌」と注する。○凄凄　どしゃ降りの雨の形容。『詩経』鄭風「風雨」に、「風雨（あらし）は凄凄、鶏鳴は喈喈」と。○復　口調をととのえるための軽い置き字で、特に意味はない。○濛濛　はげしい雨しぶきで煙っている形容。『詩経』豳風「東山」に、「我東より来れば、零雨其れ濛たり」とあり、その鄭玄箋に、「帰るに又雨に遇ひ濛濛然たり」と。○万心春熙熙　『老子』第二十章に、「衆人熙熙として、太牢（最高級の料理）を享くるが如く、春に台に登るが如し」と。「万心」は、「衆心」と同義。きわめて用例の少ない唐代の用語で、張説（六六七―七三〇）の「聖製、宇文融の戸口を安輯するを送るに和し奉る、応制」詩に、「使出でて四海安んじ、詔下りて万心帰す」（『全唐詩』巻八十六）という例が見える。「春熙熙」は、今まで日照りの苦しみのため春の実感がなかったが、慈雨に恵まれて始めて今の季節にかなう春らしい和楽を得たことをいう。「熙熙」は、嬉々として喜ぶさま。○青芃芃　「青」は、生き生きとした濃緑色。「芃芃」は、みごとに成長するさま。『詩経』曹風「下泉」、および小雅「黍苗」に、「芃芃たる黍苗、陰雨　之を膏（ほうる）す」とある。

○皇天・后土　天神・地祇。天の神と地の神。『書経』武成篇に、「皇天后土、過ぐる所の名山大川に告ぐ」と。○所感　「王者」が深く心に念ずること。「感」は、思う、傷む、憂える。○冠珮何鏘鏘　「冠珮」は、あまり見かけない表現だが、ここでは冠玉（冠の飾り玉）と珮玉（腰の帯び玉）の意。『詩経』鄭風「有女同車」に、「佩玉将将」と。「佩」と「珮」は同音同義。「将将」は、『楚辞』九歌「東皇太一」王逸注に引く『詩経』、唐の孔穎達『毛詩正義』本など、往時の『詩経』に「鏘鏘」に作るテキストがあり、白居易はそれを用いたのである。玉の触れ合うさわやかな音の擬声語。○蹈舞　朝廷において臣下が皇帝皇族に対して行う拝謝の儀礼。例えば『芸文類聚』巻十六、梁の陸倕「予章王の為に太子の出宮を慶する表」に、「華裔は式（つも）て瞻し、人は祇（た）だ蹈舞す」と。また韓愈「元和聖徳詩」に、「威に怛（そお）れ徳に赧（は）ぢて、踧踖として蹈舞す」と（『韓昌黎集』巻一）。この語、元来は『詩経』大序に「手の之を舞ひ、足の之を蹈むを知らざるなり」とあるに基づく。○明庭　朝廷の美称。○小臣　臣下の謙称。○忝　官職を受けることの謙遜語。静嘉堂文庫の明鈔本『文苑英華』は「添」に作る。恐らくは伝写の誤り。○金鑾宮　翰林院をいう。当時、白居易は翰林学士で、天子に直接諫言を奏上できる立場にあった。宋の蘇易簡の『続翰林志』に、「唐氏の制より、駕の大内に在れば、則ち明福門に於て院を置き、駕の興慶宮に在れば、則ち金明門内に於て院を置く。徳宗の時、院を金鑾坡上に移す」とある。○稽首　頓首と共に最も鄭重な敬礼。稽首は頭を地面にしばらくの間すりつけている礼。頓首は頭を地面に幾度も打ちつける礼。『周礼』春官の大祝に見える。また、『礼記』曲礼下篇に、「稽首再拝」とある。○拝　ひざまずいて胸前に組み合せた両手まで頭を下げる礼。○天聡　「天聴」と同義。洞察力にすぐれた天子の声。○君以明為聖　臣以直為忠　『後漢書』巻二十九・郅惲伝に、「君明ならば臣は直。功曹の言の切なるは明府の徳なり」と。また『白氏文集』巻四十一、「制科の人を論ずる状」（一九四八）に、「臣又聞く、君聖ならば則ち臣は忠、上明ならば則ち下は直」とある。○敢遠慮せずに。○有其始・有其終　『詩経』大雅「蕩」に、「初め有らざる靡（な）く、克く終はり有る鮮（な）し」と。しかしここで「有初・有終」を対句として並立して用いるには、「初」（平声）と「終」（平声）とでは音律上諧和しない。そこであえて原典の「初」を同義の「始」（仄声）に取り替えたのである。ちなみに、この「有始・有終」の語、例えば『論語』子張篇に、「始め有り卒（はを）り有る者は、其れ惟だ聖人か」とあり、孔安国はこれを「始終一の如きは、唯だ聖人のみ」と解説する。なお、上句と下句の「其」字は、いずれも憲宗を指す。

余説　清の陳継輅の『合肥学舎札記』に云う、「香山の『賀雨』諸篇の、命意（寓意）は『三百篇』（『詩経』）を源とし、体格（風格）は古楽府に本づくは、人の共に知る所なり。尤も当に其の文は従に字は順にして、一句一韻の天の施し地の生ずるが如からざる無きを師とすべし。杜（甫）を学びて既に成れば、往々にして牽湊（こじつけ）、生硬の病を免かれず。参ずるに楽天の妥適、義山（李商隠）の艶逸を以てするに非ざれば、終に犅才（鈍才）に属す。杜公は其の咎に任ぜざるなり」と。「七徳舞」（〇一二五）の「余説」の『載酒園詩話』の項も参照。

この詩の「乃知王者心　憂楽与衆同」の句に依拠した文辞としては、次のものがある。

『太平記』巻三十五・北野通夜物語付青砥左衛門事に云、「太宗は呑レ蝗、命を園囿の間に任す。己を責めて天意に叶ひ、撫レ民地声を顧給へと也。則ち知ぬ王者の憂楽は衆と同じかりけりと云ふ事を、白楽天も書き置侍りき」と。

0002　讀二張籍古樂府一詩

張籍《ちやうせき》の古樂府《こがふ》を讀《よ》む詩《し》

解題　張籍は、中唐の詩人（七六六？—八三〇？）。字は文昌。和州烏江（安徽省和県）の人。徳宗の貞元年間（七八五—八〇五）の進士。その性格は狷直詭激、楽府に長じて王建と名を斉しくし、人を感動させる秀句が多く、当時、公卿の裴度・令狐楚をはじめ白居易・元稹等の名士も皆彼と交遊したが、特に韓愈は彼を重視して国子博士（国立大学教授）に推薦した。のち、彼は水部員外郎・主客郎中を歴任して、国子司業（国立大学副学長）に終わる（『旧唐書』巻一六〇・『新唐書』巻一七六の各本伝）。「古楽府」は、古詩の一体で、漢魏六朝の楽府（楽曲に合わせた歌詞）の題名を借りて作られた詩歌のこと。中唐から起こった新楽府（新しい題名による歌謡曲）と相対するもの。白居易のこの詩は、張籍の作った古楽府の数々を読み、その『詩経』の精神を得た卓見妙想に感嘆し、これらの名作が永久に亡びないことを祈ると共に、作者張籍の貧賤不遇な境涯を口惜しく思った作。元和十年（八一五）、長安でのもので、白居易の諷諭詩としては比較的後年の作であるが、ここに冒頭第二首に列せられたのは、この張籍の古楽府の理念が、取りも直さず白居易の「与元九書」（一四八六）や元稹の「楽府古題序」等、元白両者の諷諭詩の理念にも共通するためであろう。なお、白居易との交友関係については、丸山茂「張籍と白居易の交遊（上）（中）」（日本大学中国文学会『漢学研究』二〇・二一号、一九八三・八四年）、「張籍と白居易の文遊（下）」（日本大学大学院『中国語中国文化』一号、および同氏『唐代の文化と詩人の心—白楽天を中心に—』汲古書院、二〇一〇年）に詳細な考証がなされている。

張君何爲者　業レ文三十春
尤工二樂府詩一　擧レ代少二其倫一
爲レ詩意如何　六義互鋪陳
風雅比興外　未三嘗著二空文一
讀二君學仙詩一　可レ諷二放佚君一

張君《ちやうくん》は何爲《なんす》る者《もの》ぞ、文《ぶん》を業《げふ》とすること三十春《さんじふしゆん》。
尤《もつと》も樂府《がふ》の詩《し》に工《たくみ》なること、代《よ》を擧《あ》げて其《そ》の倫《ともがら》少《すく》なし。
詩《し》を爲《つく》ること　意《い》　如何《いかん》、六義《りくぎ》　互《たが》ひに鋪陳《ほちん》し、
風雅《ふうが》比興《ひきよう》の外《ほか》、未《いま》だ嘗《かつ》て空文《くうぶん》を著《しる》さず。
君《きみ》が學仙《がくせん》の詩《し》を讀《よ》めば、放佚《はういつ》の君《くん》を諷《ふう》すべく、

讀㆓君董公詩㆒　可㆑誨㆓貪暴臣㆒
讀㆓君商女詩㆒　可㆑感㆓悍婦仁㆒
讀㆓君勤齊詩㆒　可㆑勸㆓薄夫敦㆒
上可㆘裨㆓教化㆒　舒㆑之濟㆗萬民㆖
下可㆘理㆓情性㆒　卷㆑之善㆗一身㆖
始㆑從㆓靑衿歲㆒　迨㆓此白髮新㆒
日夜秉㆑筆吟　心苦力亦勤
時無㆓采詩官㆒　委棄如㆓泥塵㆒
恐君百歲後　滅沒人不㆑聞
願藏㆓中祕書㆒　百代不㆓湮淪㆒
願播㆓內樂府㆒　時得㆑聞㆓至尊㆒
言者志之苗　行者文之根
所以讀㆓君詩㆒　亦知㆓君爲㆒㆑人
如何欲㆓五十㆒　官小身賤貧
病㆑眼街西住　無㆓人行到㆒㆑門

君《きみ》が董公《とうこう》の詩《し》を讀《よ》めば、貪暴《たんぼう》の臣《しん》を誨《をし》ふべし。
君《きみ》が商女《しやうぢよ》の詩《し》を讀《よ》めば、悍婦《かんぷ》に仁《じん》を感《かん》ぜしむべく、
君《きみ》が勤齊《きんせい》の詩《し》を讀《よ》めば、薄夫《はくふ》に敦《とん》を勸《すす》むべし。
上《かみ》は教化《けうくわ》を裨《おぎな》ひ、之《これ》を舒《の》べて萬民《ばんみん》を濟《すく》ふべし。
下《しも》は情性《じやうせい》を理《をさ》め、之《これ》を卷《ま》きて一身《いつしん》を善《よ》くすべし。
靑衿《せいきん》の歲《とし》より始《はじ》めて、此《こ》の白髮《はくはつ》の新《あら》たなるに迨《およ》ぶまで、
日夜《にちや》　筆《ふで》を秉《と》りて吟《ぎん》じ、心《こころ》は苦《くる》しみ　力《ちから》も亦《ま》た勤《つと》む。
時《とき》に采詩《さいし》の官《くわん》無《な》く、委棄《ゐき》せらるること泥塵《でいぢん》の如《ごと》し。
恐《おそ》らくは君《きみ》が百歲《ひやくさい》の後《のち》、滅沒《めつぼつ》して人《ひと》の聞《き》かざらん。
願《ねが》はくは中祕書《ちゆうひしよ》に藏《ざう》して、百代《ひやくだい》に湮淪《いんりん》せざらんことを。
願《ねが》はくは內樂府《ないがふ》に播《ほどこ》して、時《とき》に至尊《しそん》に聞《ぶん》するを得《え》んことを。
言《げん》は志《こころざし》の苗《なへ》なり、行《かう》は文《ぶん》の根《ね》なり。
所以《ゆゑ》に君《きみ》が詩《し》を讀《よ》めば、亦《ま》た君《きみ》の人《ひと》と爲《な》りを知《し》る。
如何《いかん》ぞ五十《ごじふ》ならんと欲《ほつ》するに、官《くわん》は小《せう》にして身《み》は賤貧《せんひん》、
眼《め》を病《や》みて街西《がいせい》に住《ぢゆう》し、人《ひと》の行《ゆ》きて門《もん》に到《いた》る無《な》し。

春・倫・淪（上平聲、諄韻）、陳・臣・仁・民・身・新・塵・人・貧（上平聲、眞韻）、文・君・聞（上平聲、文韻）、勤（上

平聲、欣韻）、敦・尊・門（上平聲、魂韻）、根（上平聲、痕韻）……諄・眞韻、文・欣韻、魂・痕韻は同用。諄・眞・文・欣・魂・痕韻はすべて通押。

通釈 張君とは、どんな仕事をした人か。彼は詩文の創作に専念して三十年、とりわけ楽府体の詩に巧みであって、今の世に君と肩を並べる詩人はほとんどいない。また、彼が詩を作る際その主眼はいかなる点にあったか。彼は『詩経』の六義を入れ交えて詩に展開し、風・雅や比・興の詩以外、いまだかつて無用な詩を作ったことはなかった。従って、君の「学仙」の詩を読めば、勝手きままな君主を諷刺することができ、君の「董公」の詩を読めば、貪欲で凶暴な官僚を教えさとすことができるし、また君の「商女」の詩を読めば、気の荒い女にも心のやさしさを感得させることができ、君の「勤斉」の詩を読めば、薄情な男にも人情の厚さを勧め教えることができる。このように君の楽府は、上にとってはこれを広く公共に活用して、教化を補い助け、万民の生活を救済することができるし、下にとってはこれを個人の内面に活用して、性情を正し整え、自分自身の言行を立派にすることができる。君は、学生の時代から始めて、今日の白髪が目立ちはじめた年齢に至るまで、日夜筆を手にしてこれらの楽府詩を作りつづけ、精魂を傾けるはもちろん肉体的な努力もまた大変なものであった。

　ところが今の世には周代のような采詩の官がないから、これほど君が苦心して作った有益な楽府詩も泥か塵のようにうち捨てられており、このままでは恐らく君が死没した後は、すっかり消滅してしまって人びとが耳にすることもないであろう。願わくは君の楽府詩が宮中の図書として珍蔵されて、永遠に亡逸しないように。また願わくは宮中の歌曲として演奏されて、適時天子のお耳に入れる機会を得るように。言語というものは、その人の意志が外面に発露したものであり、行動というものは、その人の詩文の根源をなすものである。だから、われわれは君の詩を読めば、同時に君のすぐれた人柄をも察知することができる。だのに、どうしたわけか君は五十歳になりなんとして、官職は低くて生活も貧賤、しかも眼病にかかって市街の西はずれに住み、わざわざ歩いて君の家まで訪れる人とてないとは。

語釈 ○業文　詩文の創作に従事する。唐代の用語。○挙代　「挙世」に同じ。今の世代の人すべての中でも。○少其倫　『白氏文集』巻六、「張十八（籍）に宿を訪《おとな》はれ贈ら見るるに酬ゆ」（〇二六五）にも、「其の与《もと》に遊ぶ所を問ふに、独り韓舎人（愈）と言ひ、其の次は即ち我に及ぶも、我は其の倫に非ざるを愧づ」とある。〇六義　『詩経』の詩における六つの分類。『詩経』大序にいう、「詩に六義有り。一に曰く風、二に曰く賦、三に曰く比、四に曰く興、五に曰く雅、六に曰く頌」にもとづく。「風」とは、上を諷刺し下を教化する詩で十五国風をいう。「雅」とは、王政の興廃する理由を詠じた詩で大雅・小雅をいう。「頌」とは、祭神の盛徳の形容（実態）を頌美し、その成功を神明に告げる詩で、周頌・魯頌・商頌をいう。「賦」とは事象を直叙した詩。「比」とは単純に比喩した直喩の詩。「興」とは植物や動物などに託して作者の心情を詠ずる隠喩の詩。「風」「雅」「頌」は内容上の分類であり、「賦」「比」「興」は表現上の分類に属する。〇互　交互に入れ交えて。〇鋪陳　『周礼』春官「大師」に、「六詩を教ふるに、曰く風、曰く賦、曰く比、曰く興、曰く雅、曰く頌」とあり、その鄭注に、「賦の言たる鋪、直ちに今の政教善悪を鋪陳するなり」とある。「鋪」も「陳」も述べつらねる意。〇空文　内容の空虚な詩文。世の中に無用な文章。『史記』巻一二七・日者列伝に、「初めて官に試みらるる時、力を倍して巧詐を為し、虚功を飾り空文を執りて、以て主上を誷（し）ふ」と。〇学仙詩　張籍の古風詩の一。仙人を学んで煉丹求仙の迷信に没頭し、かえって身を滅ぼし命を縮めることを非難した作品（『全唐詩』巻三八三）。その結句には「先王　其の非を知り、之を戒めて国章に在り」と。〇放佚君　放恣淫佚な皇帝。気ままでだらしのない天子。唐代の皇帝は、おおむね求仙・服丹、長生を求めて自分の奢欲を満足させた。〇董公詩　同じく張籍の古風詩の一（『全唐詩』巻三八三）。唐の徳宗の時の宰相・宣武節度使の董晋（字は混成。七二四―七九九）の人徳と内政・軍政面における功績を称揚した作品。唐の権徳輿・韓愈にも、それぞれ「董晋神道碑銘」（『権載之文集』巻十五・『全唐文』巻四九九）「董公行状」（『韓昌黎集』巻三十七）「董相公を祭る文」（『韓昌黎集』外集巻五）の作がある。〇商女詩　この詩は亡逸。「商女」は娼妓のこと。国会図書館蔵旧鈔本『文集抄』では「高母」に作り、母字右脇に「女」の校注を付す。（太田次男『旧鈔本を中心とする白氏文集本文の研究』中二二一頁参照）〇悍婦　気のあらい、意地悪な婦人。〇勤斉詩　この詩も亡逸。朱金城『白居易集箋校』によれば、「勤斉」は「勤思斉」の略称。李白に「歴陽の壮士勤将軍名思斉の歌」があり、その序には、「歴陽の壮士勤将軍、神力は百夫より出づ。則天太后召見して之を奇とし、遊撃将軍を授け、錦袍玉帯を賜ふ。朝野之を栄とす。後に横南将軍を拝す。大臣義を慕ひ、十友を結ぶ。即ち燕公張説・館陶公郭元振を首と為す。余之を壮とし、遂に詩を作る」（『全唐詩』巻一六七）とある。勤思斉の出身地歴陽は、張籍と同じく和州（安徽省和県）に属しており、張籍はかかる同郷の名士を顕彰する意図を持ってこの詩を作ったものと想像される。〇薄夫敦　「薄夫」は、薄情な人間。「敦」は、人情が篤くなる。『孟子』万章下篇に、「柳下恵の風を聞く者は、鄙夫も寛に、薄夫も敦し」と。「敦」字、底本および宋本では、「淳」字（上平声・諄韻）に作る。しかし、顧学頡『白居易集』の注は、「淳」字は、皇帝憲宗の諱である「純」と同音になるため、避けるべきであると指摘している。〇上可裨教化　舒之済万民　「裨」は、補い助ける。「教化」は、「万民」を教導・感化する。「舒」は、敷衍する。押し広げる。この二句は、五言の詩にするためにこのような無理な表現になったのであって、作者の真意は「上は之を舒べて教化を裨ひ、万民を済ふべし」ということ。〇下可理情性　巻之善一身　「情性」は「一身」の感情・意志。「巻」は、縮小する。この二句も、もともと「下は之を巻きて情性を理め、一身を善くすべし」の意。〇青衿　青色のえり。古代の学生の服装は青色のえりを着けたので、転じて学生の意になった。『詩経』鄭風の「子衿」にいう「青青たる子の衿、悠悠たる我が心」にもとづく。その毛伝には、「青衿は青き領（りえ）なり。学子の服する所なり」と注する。

〇采詩官　周の時代、天子の命を受けて全国各地に派遣され、民間の詩歌を採集した官。天子は、それによって風俗の良否を察知し、政治の得失を判断して、以後の施政の参考にしたという。このことについては、『白氏文集』巻四十八、策林六十九の「採詩」（三〇八六）、および同巻四、新楽府の「采詩官」（〇一七四）を参照。〇委棄　「委」も「棄」も捨てること。『漢書』巻八十五・谷永伝に、「書して前に陳ぶるも、陛下委棄して納（い）れず」と。また『白氏文集』巻一、「折剣頭」詩（〇〇三五）に、「泥土の中に欠落し、委棄せられて人の収むる無し」と。〇百歳後　人の死後をいう忌みことば。『詩経』唐風「葛生」に、「百歳の後、其の居（墳墓）に帰らん」と。〇中秘書　宮中の図書館にある蔵書。ちなみに、張籍はこの後（元和十五年）秘書郎を拝命し、その辞令を元稹が書いている（『元稹集』外集巻四「張籍に秘書郎を授くる制」）。〇湮淪　「湮」も「淪」もしずむ。時世に埋もれ沈んで無くなってしまうこと。前の句の「滅没」と同義。〇播　歌詞を楽曲にのせて演奏すること。『白氏文集』巻三、「新楽府」序（〇一二四）に、「其の体は順にして律、以て楽章・歌曲に播すべし」といい、また同巻五十七、「夢得の新詩を得たり」の詩（三七三九）にも、「集仙殿裏新詞到り、便ち笙歌に播して楽章と作す」とある。〇内楽府　宮廷内で演奏される歌曲。唐代、宮廷歌曲は教坊（歌舞の養成所）を中心に行われていた。〇時　機会あるごとに。〇言者志之苗　『詩経』大序にいう、「詩は志の之く所なり。心に在るを志と為し、言に発するを詩と為す」にもとづく。また『白氏文集』巻二十八、「元九に与ふる書」（一四八六）にも、「詩なるものは、情を根とし、言を苗とし、声を華とし、義を実とす」とある。「苗」は、外面に出現するもの。〇行者文之根　「行」は、行動。「文」は、詩文。「根」は、根源。〇如何欲五十　官小身賤貧　『白氏文集』巻十五、「重ねて城に到る七絶句」の第三首「張十八」（〇八一八）に、「独り詩を詠ずる張太祝、十年改めず旧官銜」と。時に張籍は十年間も太常寺太祝（儀典庁の下僚）であった。また、白居易が元和十年（八一五）江州司馬に左遷された冬に作った「元九に与ふる書」（巻二十八、一四八六）にも、「近日、孟郊は六十にして、終に協律に試みられ、張籍は五十にして、未だ一太祝を離れず。彼何人なるか。彼何人なるか」と言及されている。〇病眼街西住　孟郊の「張籍に寄す」詩（『全唐詩』巻三七八）に、「西明寺の後に窮瞎す張太祝」といい、韓愈の「張籍に代はりて李浙東に与ふる書」（『韓昌黎集』巻十六）には、張籍みずからの窮境を述べて、「退きて自ら悲しむ、不幸にして両目は物を見ずして、天下に用無く、胸中知識有りと雖も、家に銭財無く、寸歩も自ら致す能はざるを」という。また、張籍自身には「患眼」と題する詩（『全唐詩』巻三八六）もある。西明寺は、長安城内西部の延康里の西南にあった。

余説 清の潘徳輿の『養一斎詩話』巻十に云う、「香山の『読張籍古楽府』に云はく、『為詩意如何、六義互鋪陳。雅頌比興外、未嘗著空文。上可裨教化、舒之済万民。下可理情性、巻之善一身。言者志之苗、行者文之根。所以読君詩、亦知君為人』と。数語は詩学の圭臬(標準)と作（な）すべし。予は之を取りて以て歴代詩人の総序と為さんと欲す。此に合すれば則ち詩と為す。此に合せざれば、則ち思致精刻、詞語雋妙、采色陸離、声調和美なりと雖も、均しく以て詩と為すに足らざるなり。学ぶ者は以て従事する所を知るべし」と。

0003　孔戡詩

孔戡《こうかん》の詩《し》

解題 孔戡は、字は君勝（一説に字は勝）。孔子の三十八代目の子孫で、遵義剛直。はじめ潞州（州府は今の山西省長治市）の昭義軍節度使盧従史の幕閣に招かれ、補佐官としてその賢明義直ぶりを発揮したが、やがて盧に疎んじられ、また、盧の節度使としての横暴な行動を見るにおよび、病と称して洛陽の城東に退いた。時に前宰相李吉甫が淮南節度使として揚州にあり、孔戡の起用を朝廷に願い出ていたが、それを知った盧従史は、孔を讒言しこれを極力阻止しようとした。憲宗は一計を案じ、元和四年（八〇九）三月、孔をひとまず衛尉丞として洛陽に分司させ、ゆくゆくは彼を中央に登用するつもりでいた。しかし、翌元和五年正月、孔戡は洛陽の南の臨汝に湯治に出かけ、あえなく急死する。年五十七。この詩は、長安で孔の訃報に接した白居易が、彼の死を悼んで詠んだ作。朝廷において嘱望されていた有能な人材の、不遇のままの早世を惜しむものである。那波本では詩題を「孔戡詩」に、また宋本では「孔戡」に作るが、後世の馬本・汪本では「哭孔戡」としている。おそらくは『白氏文集』巻二十八、「元九に与ふる書」（一四八六）に、「僕が孔戡を哭する詩を聞くに、衆面は脈脈として、尽く悦ばず」とあるのに拠って補ったものであろう。なお、孔戡については、『旧唐書』巻一五四・『新唐書』巻一六三に伝が見えるほか、韓愈が書いた墓誌銘（『韓昌黎集』巻二十六、「唐朝散大夫贈司勲員外郎孔君墓誌銘」）がある。また、本詩には花房英樹氏「読白氏文集記（二）」（西京大学学術報告『人文』第六号、一九五五年）に詳細な注釈がある。

洛陽誰不レ死　戡死聞ニ長安一
我是知レ戡者　聞レ之涕泫然
戡佐ニ山東軍一　非義不レ可レ干

洛陽《らくやう》　誰《たれ》か死《し》せざらん、戡《かん》が死《し》は長安《ちやうあん》に聞《き》こゆ。
我《われ》は是《こ》れ戡《かん》を知《し》る者《もの》、之《これ》を聞《き》きて　涕《なみだ》　泫然《げんぜん》たり。
戡《かん》は山東《さんとう》の軍《ぐん》に佐《さ》たるとき、非義《ひぎ》をば干《をか》すべからず。

拂レ衣向レ西來　其道直如レ弦
從事得レ如レ此　人人以爲レ難
人言明明代　合三置在二朝端一
或望居二諫司一　有レ事戡必言
或望居二憲府一　有レ邪戡必彈
惜哉兩不レ諧　沒レ齒爲二閑官一
竟不レ得三一日　謇謇立二君前一
形骸隨二衆人一　斂二葬北邙山一
平生剛腸內　直氣歸二其閒一
賢者爲二生民一　生死懸在レ天
謂天不レ愛レ人　胡爲生二其賢一
謂天果愛レ民　胡爲奪二其年一
茫茫元化中　誰執二如レ此權一

衣《ころも》を拂《はら》ひて西《にし》に向《む》かつて來《きた》り、其《そ》の道《みち》　直《なほ》きこと弦《ゆづる》の如《ごと》し。
從事《じゆうじ》にして此《か》くの如《ごと》きを得《う》るは、人人《ひとびと》　以《もつ》て難《かた》しと爲《な》す。
人《ひと》は言《い》ふ　明明《めいめい》の代《よ》、合《まさ》に置《お》きて朝端《てうたん》に在《あ》らしむべしと。
或《ある》いは望《のぞ》む　諫司《かんし》に居《を》れば、事《こと》有《あ》らば　戡《かん》　必《かなら》ず言《い》はんと。
或《ある》いは望《のぞ》む　憲府《けんぷ》に居《を》れば、邪《じやあ》有らば　戡《かん》　必《かなら》ず彈《だん》ぜんと。
惜《を》しきかな　兩《ふた》つながら諧《かな》はず、齒《よはひ》を沒《ぼつ》するまで閑官《かんくわん》たり。
竟《つひ》に一日《いちじつ》として、謇謇《けんけん》として君前《くんぜん》に立《た》つるを得《え》ず。
形骸《けいがい》は衆人《しゆうじん》に隨《したが》ひ、北邙山《ほくばうざん》に斂葬《れんさう》せられ、
平生《へいぜい》の剛腸《がうちやう》なる內《うち》の、直氣《ちよくき》は其《そ》の閒《かん》に歸《き》す。
賢者《けんじや》は生民《せいみん》を爲《をさ》むるも、生死《せいし》は懸《か》かつて天《てん》に在《あ》り。
謂《は》た天《てん》は人《ひと》を愛《あい》せざれば、胡爲《なんす》れぞ其《そ》の賢《けん》を生《しやう》ずる。
謂《は》た天《てん》は果《は》たして民《たみ》を愛《あい》すれば、胡爲《なんす》れぞ其《そ》の年《とし》を奪《うば》ふ。
茫茫《ばうばう》たる元化《げんくわ》の中《うち》、誰《たれ》か此《か》くの如《ごと》き權《けん》を執《と》る。

安・干・難・彈（上平聲・寒韻）、然・權（下平聲・仙韻）、弦・前・天・賢・年（下平聲・先韻）、端・官（上平聲・桓韻）、言（上平聲・元韻）、山・閒（上平聲・山韻）……寒・桓韻、仙韻・先韻は同用。寒・仙・先・桓・元・山韻はすべて通押。

通釈　洛陽の人で死なない者はいないのだが、孔戡の死の知らせはこの長安にまで伝わってきた。私は戡君の人柄をよく知っているので、その訃報を耳にして、そぞろに涙が流れるのであった。戡君はかつて山東軍の昭義節度使の補佐官であったが、不義を犯すことを屑しとせず、決然と衣を払って西のかた洛陽に帰っていった。その道の直きことは弓の弦《つる》のようである。地方官の幕僚でありながら敢えてこのような行動ができたことは、人々の容易になし得ることではない。

世人はいう、「清明の御世においては、当然かような人物こそ朝廷の首座に置くべきだ」と。ある者は「諫職に居らしめたいものだ。事あれば、戡君は必ず天子を諫めるであろう」と望み、またある者は「御史台に居らしめたい。不正があれば、戡君は必ずその罪を糾弾するであろう」とその将来を嘱望していた。だが惜しいかな、これら二つとも実現することなく、生涯閑職のままで終始し、結局は一日も天子の御前に厳然と立って謇々諤々の弁を振るって直言することも叶わなかった。いま、その亡骸は洛陽一般の風習に従って北邙山に埋葬され、生前彼の剛正な個性の中にやどっていた実直の気も、空しくその墓穴深く消え去っていってしまった。

賢者は人民の生活を治めるというが、その生死はすべて天のなすがままである。もし天が人民を愛さないとするならば、なにゆえに彼のごとき賢者を生んだのであろうか。それともまた、天はやはり人民を愛するとするならば、なにゆえに彼の寿命を奪ったのであろうか。つかみどころのない茫漠たる宇宙のはたらきの中で、いったい何者がかかる運命の権能を握っているのだろうか。

語釈 ○誰不死　『左氏伝』昭公二年に、「子産曰く、人誰か死せざらん。凶人は命（天命）を終へざるなり」と。また『文選』巻二十七、曹植「箜篌引」に、「先民誰か死せざらん、命を知れば亦た何をか憂へん」と。○我是知戡者　『史記』第六十二・管晏列伝に「我を生みし者は父母、我を知る者は鮑子なり」と。孔戡の死について白居易は、この詩のほかに「樊著作に贈る詩」（〇〇三三）および「楽遊園に登りて望める詩」（〇〇三六）においても言及しており、彼の生前に何らかの交際があったもののようである。ただし、この「戡を知る者」との表現には、言外に深い意味があるように思われる。それは、「解題」にも触れた韓愈による彼の「墓誌銘」によれば、盧従史の讒言によって孔戡が洛陽の閑職に配置されることになった際、処分の不当を覚った給事中呂元膺が、その任命の詔勅を門下省から憲宗のもとに返上するという事件が起きた。しかし、憲宗は使者を遣って「吾、豈に戡を知らざらんや、行くゆくは之を用ひん」と言わしめたのであった。「戡を知る」とは、取りも直さずかつて憲宗自らが発した言葉だったのである。なお、呂元膺の上奏の事については、『唐会要』巻五十四、「給事中」の条にも見える。○聞之涕泫然　『左氏伝』昭公二十年に、「子産卒し、孔子之を聞き涕を出だして曰く、古の遺愛なり、と」と。また、『礼記』檀弓上篇に、「孔子、泫然として涕を流して曰く、吾之を聞けり、古は墓を脩めず、と」と。また、杜甫の「李尚書を哭す」に「風雨嗟（ああ）何ぞ及ばん、江湖涕泫然たり」（『杜詩詳註』巻二十二）と。「泫然」とは、涙がはらはらと流れ落ちるさま。○山東軍　盧従史を長官とする昭義節度使を指す。昭義節度使の使府は太行山の西の潞州（今の山西省長治市）であるが、当時、その主力軍は太行山を越え、磁州（州府は今の河南省安陽市）、邢州（州府は今の河北省邢台市）、洛州（州府は今の河北省邯鄲市郊外）に展開していた。ゆえに太行山の東の意味でこのように呼ばれていたのである。『資治通鑑』唐紀五十一、徳宗の貞元十年七月の条に、「昭義の精兵、多く山東に在り」とあり、その胡三省注に、「昭義の軍鎮は潞州。磁・邢・洛の三州を謂ひて山東と為す」と。○非義不可干　『左氏伝』定公四年に、「非徳を謀る無く、非義を犯す無かれ」と。「干」は、おかす。押韻の都合上、出典の「犯」字を同義のこの字に差し替えたのである。○払衣向西来　「衣を払ふ」とは、愛想を尽かして決然と立ち去る動作。『後漢書』巻五十四・楊彪伝に引く孔融（孔子の二十代目の子孫）の有名な言葉に、「孔融は魯国の男子、明日便ち当に衣を払ひて去り、復た朝せざるべし」とある。「西」とは、山東に対して洛陽をいう。なお、孔戡が盧従史の許を去った事情は、韓愈の「孔君墓誌銘」に詳述されているが、また『白氏文集』巻一、「樊著作に贈る詩」（〇〇三）にも、「従史　逆節を萌（きざ）し、心を隠（くら）まして潜かに恩に負（そむ）く。其の佐を孔戡と曰ふ。（従史は）捨て去つて賓（幕僚）と為らず」とある。○其道直如弦　この人物評価の理念と表現は、元来は『論語』微子篇に、「柳下恵は士師と為りて三たび黜（しりぞ）けらる。……（柳下恵）曰く、道を直くして人に事（つか）ふれば、焉（いづ）くに往くとして三たび黜けられざらん」とあるに基づく。また、「直如弦」という成語は、後漢の順帝の末に京師で流行した俗謡から始まる。すなわち、『後漢書』志第十三・五行志一に、「順帝の末、京都の童謡に曰く、直きこと弦の如くんば、道辺に死し、曲がること鉤の如くんば、反つて侯に封ぜらる、と」と。一方、『文選』巻三十一、袁淑「曹子建の楽府『白馬篇』に効ふ」詩の「義分は霜よりも明らかに、信行は直なること弦の如し」の李善注、および『太平御覧』巻七六七・雑物部二「鉤」の条等は、いずれも後漢末期の応劭『風俗通』に見える上記の京師謡を引いてこれを出典とする。現『風俗通』の逸文である。ちなみに、この京師謡の歌詞、東晋の袁宏『後漢紀』巻二十二・桓帝紀（延喜九年）の袁宏評に引く竇武の「上表して宦官を侯に封ずるを諫む」文中にも、「天下咸く言ふ、直きこと絃の如くんば、道辺に死し、曲がること鉤の如くんば、公侯に封ぜらる、と。謡言の作は、正に此（ここ）に為（つく）らる」と引用されている。なお「弦」字、底本では「絃」（琴糸）に作るが、いま天海校本に拠って改める。○従事　地方官の属僚の通称。杜佑『通典』巻三十三、「総論郡佐」の条に、「（隋）開皇三年、詔して佐官の曹を以て名と為す者、並びに改めて司と為し、十二年、諸州の従事を司どりて名と為す者、並びに改めて参軍と為す」とある。ここでは、詩語として、漢以来の古称を用いたのである。

○人言　世上の評価。人々のうわさ。『左氏伝』昭公四年に、「詩に曰く、礼儀に愆（あやま）らざれば、何ぞ人言を恤（うれ）へん、と」と。

○明明代　明徳をそなえた天子の御世の美称。『詩経』大雅「江漢」に、「明明たる天子、令聞已（や）まず」、また『書経』堯典篇に、「明明として側陋を揚ぐ」と。○合　「当」に同じ。まさに……べし。当然かくあるべきだ。○置在朝端　朝廷の拝賀の前列に置く。すなわち、天子の側近として登用することを意味する。「在」は、文法上「於」に等しく、場所を指示する前置詞。意味としては「朝端に置く」。「朝端」とは、朝廷での拝賀の最前列。首席。例えば『文選』巻五十八、王倹「褚淵の碑文」に、「暫く沖旨を遂げ、改めて朝端を授けらる」と。なお、韓愈の「孔君（孔戡）墓誌銘」には、「是の時に当たり、天下以て賢なりと為し、士の宜しく天子の左右に在るべき者を論じて、皆曰く、孔君、孔君と云（いしか）ふ」と。○諫司　天子を諫める官職。唐代では、諫議大夫（正五品上）、左右補闕（従七品上）、左右拾遺（従八品上）等がそれに当たる。『白氏文集』巻二、「陽城駅に和す」詩（〇一〇三）にも、「謇謇として諫司に居る」と。○憲府　御史台をいう。その長官である御史大夫は従三品。主に諸官の不正怠慢の糾弾をつかさどる。『旧唐書』巻四十四、「職官志」の御史台の条にその沿革を述べて、「御史台、秦・漢に御史府と曰ひ、後漢に改めて憲台と為し、魏・晋・宋に改めて蘭台と為し、梁・陳・北朝咸（なみ）御史台と曰ふ。武徳之に因る。龍朔二年、憲台に改名し、咸亨に復す」と。杜甫「長孫侍御を哭す」詩に、「憲府に屢〻驄に乗る」（『杜詩詳註』巻五）と。○諧　かなう。成功する。実現する。○没歯　寿命の終わるまで。終生。「歯」は、年齢、寿命。『論語』憲問篇に、「歯を没するまで怨言無し」と。○閑官　重要でない、ひまな官職。ここでは、孔戡の拝命していた衛尉丞東都分司（従六品上）を指す。○謇謇　敢然と直言するさま。『易経』蹇卦の爻辞に「六二は、王臣蹇蹇たり、躬（み）の故（とこ）に匪（らあ）ず」と。その象伝に、「王臣蹇蹇、終に尤（がと）无（な）きなり」と。「蹇蹇」は、往時「謇謇」に作るテキストがあった。また『楚辞』離騒に、「余固より謇謇の患（れう）ひたるを知るも、忍びて舎（お）く能はざるなり」とあり、その王逸注には「謇謇は、忠貞の貌なり」と説く。○形骸　からだ。精神に対して肉体をいう。『荘子』徳充符篇に、「今、子と我と形骸の外に遊び、而も子は我を形骸の内に索む」と。○衆人　一般の大衆。「君子」の対義語として用いられる。例えば、『孟子』告子下篇に、「君子の為す所は、衆人固より識らざるなり」と。また『白氏文集』巻一、「王処士を送る詩」（〇〇四五）にも、「衆人に随ふ能はず、手を斂（さを）めて眉目を低る」と。○斂葬　なきがらを埋葬する。「斂」は、死者の亡骸に着替えをさせ、棺にをおさめる儀礼用語。例えば『後漢書』巻七十・孔融伝に、「郡人の後無き、及び四方の游士の死亡する有る者には、皆棺具を為りて之を斂葬す」と。○北邙山　洛陽北郊の山。漢代以来、洛陽の都人のための墓地。王建「北邙行」に、「北邙山頭に間土少（な）し、尽く是れ洛陽人の旧墓」（『全唐詩』巻二九八）と。なお、「山」字、天海校本では「原」（上平声、元韻）に作る。ちなみに、韓愈「孔君墓誌銘」に拠れば、孔戡はその年の八月十六日甲申に河南府河陰県の広武原（今の河南省鄭州市の西北郊）に「従葬」（祖先の墳墓のそばに埋葬すること）されたという。さすれば、白居易のこの詩は、この従葬以前に作られたのであろう。○平生　生前。○剛腸　しっかりとした意志を持つ頑強な気質。畳韻語。「腸」は、こころ。『文選』巻四十三、嵇康「山巨源に与へて絶交する書」に、「剛腸にして悪を疾（にく）み、軽肆にして直言し、事に遇へば便ち発す」と。○直気　物に屈しない、実直な精神。特に諫職にある者の気概をいう語として唐代の文献から出現しはじめる。例えば、杜甫「李義に別る」詩に、「先朝　諫諍を納（い）れ、直気　乾坤に横たはる」（『杜詩詳註』巻二十一）、また『旧唐書』巻一五四・呂元膺伝に、「上（憲宗）時政の得失を問ひ、元膺論奏す。辞気激切たり。上之を嘉（よみ）し、翌日宰相に謂ひて曰く、元膺に讜言直気有り。宜しく留めて左右に在らしめ、得失を言はしむべし、と」と。また、『白氏文集』巻二、「和答詩の序」（〇一〇〇）にも、「又以て直気を張りて壮心を扶くる有るなり」と。○帰其間　地中に帰る。「其間（そこ）」は、墓穴を忌み避けていう語。『白氏文集』巻四、新楽府「草茫茫」（〇一六八）に、「別に天地を其の間に為（つく）り、富貴を将（もつ）て身に随へ去（ゆ）かんと擬す」と。

○為生民「為」は、おさめる。「ために」と訓ずるのは誤り。『左氏伝』文公六年に、「生民の道は是に於て在り。閏朔を告げず、時政を棄て、何を以てか民を為（をさ）めん」とあり、その釈文に「治なり」と注する。「生民」は、人民、民衆の意。民の生活。『詩経』大雅の「生民」をそもそもの来源とする。○生死懸在天「在」は、ここでも場所を指示する前置詞。「於」と同義。王充『論衡』弁崇篇に、「夫れ命は天に懸かり、吉凶は時に存す」と。また『文選』巻五十七、潘岳「馬汧督の誄」に、「昔は命は天に懸かる、今や惟（た）だ馬のみ」と。○謂天不愛人・謂天果愛民「謂（為）……、謂（為）……」は、選択を示す接続詞。中唐以後の用語。現代中国語の「是……、還是……」に当たる。下記「謂天果愛民」の語釈も参照。○胡為　なぜ。どうして。抗議の意を含んだ特に強い語気を持つ疑問詞。『詩経』邶風「式微」に、「君の故に微（あら）ずんば、胡為れぞ露に中（あた）らん」と。○謂天果愛民「謂」字、底本は「為」字に作る。「謂」と「為」とは、発音が近似しているので古来通用されるが、『白氏文集』の場合、下例のごとく「謂」が一般的なようなので、宋本・朝鮮銅活字本および馬本等に従って改める。『白氏文集』巻五、「陶潜の体に効ふ詩十六首」其十六（〇三三八）にも、「謂天不愛民、胡為生稲粱。謂天果愛民、胡為生豺狼」とあり、また同巻二十三、「二良を哀しむ文」（一四四四）にも、「謂天之悪下民兮、胡為生此忠良。謂天之愛下民兮、胡為生此豺狼」とある。「果」は、はたして。やはり。予期どおりに。『左氏伝』襄公十四年に、「天は之れ民を愛すること甚だし。豈に其れ一人をして民の上に肆（ほしいまま）にし、以て其の淫を従（ほしいまま）にして、天地の性を棄てしめんや」と。○年　人間の寿命。人が一生涯に生きる時間。「人生百年」。○茫茫　果てしなくひろがるさま。つかみどころのない天地宇宙の形容。例えば『文選』巻三十四、曹植「七啓」其一に、「茫茫たる元気、誰か其の終はりを知らん」と。また『白氏文集』巻一、「漢書を読む詩」（〇〇三三）にも、「茫茫たる天地の意、乃ち太（はなは）だ無私なること無からんか」、および同巻十二、「酔後走筆……」詩（〇五八四）にも、「誰か会す茫茫たる天地の意、短才は用ひるを獲て長才は棄てらる」と。○元化　造化。天地。造化の偉大なはたらき。陳子昂「感遇詩三十八首」其六に、「古の得仙の道、信（まこと）に元化と幷（なら）ぶ」（『全唐詩』巻八十三）と。また李白「君子有所思行」に、「伊皐は元化を運（めぐ）らす」（『全唐詩』

巻一六四）と。〇執如此権　「権」は、おもり。はかりの分銅。転じて、政治上の権力を握ること。『漢書』巻七十四・魏相伝に、「北方の神は顓頊、坎に乗じ権を執り冬を司どる」とある。ここでは暗に孔戡を中央に登用できなかった憲宗はじめ大臣たちを指して言っているのである。

余説　この詩の「平生剛腸内　直気帰其間」の句に依拠した文辞としては、次のものがある。
菅原道真の「哭奥州藤使君」に云う、「官長には剛腸有り、切歯せざる能はず」（『菅家後集』）と。
「七徳舞」（〇一三五）の「余説」の『載酒園詩話』の項も参照。

0004　凶宅詩

凶宅《きようたく》の詩《し》

解題　「凶宅」とは、居住する者に祟りをなす不吉な邸宅。中国の伝統的な相地相宅の術である風水説に基づく一種の俗信であるが、唐代では特に「伝奇小説」の好個の題材として取り扱われるようになった。例えば、唐の張鷟『朝野僉載』巻六に、「……後に坊曲を巡検して、遂に京城の南の羅城に至る。一坊有り。中の一宅、門は南に向かひて開く、宛然として追はれ来りて杖（杖刑）を吃（う）くるに及びし処に記（おぼ）え得たり。其の宅中に人の居る無し。人に問ふに、『此は是れ公主の凶宅にして、人敢へて居らず』と云ふ。乃ち知る、大凶宅は皆鬼神の処（を）る所にして、之を信ずるを」と（『太平広記』巻三八〇・韓朝宗の条にも見える）。また『太平広記』巻四〇〇・蘇遏の条に見える『博異志』の逸文にも、「天宝中、長安の永楽里に一凶宅有り。居る者皆破れ、後に復た人の住む無し。暫く至るも、亦た宿（一夜）を過ぎずして卒し、遂に廃破するに至る。其の舎宇は唯だ堂庁のみ存し、因りて草樹を生ずること甚だ多し」と。
　この詩は、そうした当時取り沙汰されていた俗信を否定し、人間の吉凶は住宅にはよらず、住む人間次第であることを述べ、かつ個人であれ、国家であれ、権勢利禄に驕れば、必ず敗亡するのだという理を説く。元和元年（八〇六）から六年にいたる頃、白居易の長安時代の作であろう。なお、同時期において長安の廃宅を詠じた作品として、元稹の「奉誠園」（『元氏長慶集』巻十六）、張籍の「廃居行」および「傷歌行」（ともに『全唐詩』巻三八二）等があげられるが、特に張籍の作品は、前者は安史の乱による廃宅を詠み、後者は元和四年の京兆尹楊憑の左遷事件に取材して「長安里中の荒れたる大宅、朱門已に十二戟を除かれ、高堂舞榭は管絃を鎖し、美人遥かに西南の天を望む」と詠じている。

長安多二大宅一　列在二街西東一

長安《ちやうあん》に大宅《だいたく》多《おほ》く、列《れつ》して街《がい》の西東《せいとう》に在《あ》り。

往往朱門內　房廊相對空
梟鳴松桂枝　狐藏蘭菊叢
蒼苔黃葉地　日暮多二旋風一
前主爲二將相一　得レ罪竄二巴庸一
後主爲二公卿一　寢レ疾歿二其中一
連延四五主　殃禍繼相鍾
自二從十年一來　不レ利二主人翁一
風雨壞二簷隙一　蛇鼠穿二牆墉一
人疑不二敢買一　日毀二土木功一
嗟嗟俗人心　甚矣其愚蒙
但恐二災將一レ至　不レ思二禍所一レ從
我今題二此詩一　欲レ悟二迷者胷一
凡爲二大官人一　年祿多高崇
權重持難レ久　位高勢易レ窮
驕者物之盈　老者數之終
四者如二寇盜一　日夜來相攻

往往《わうわう》　朱門《しゆもん》の內《うち》、房廊《ばうらう》　相對《あひたい》して空《むな》し。
梟《ふくろふ》は鳴《な》く　松桂《しようけい》の枝《えだ》、狐《きつね》は藏《かく》る　蘭菊《らんきく》の叢《くさむら》。
蒼苔黃葉《さうたいくわうえふ》の地《ち》、日暮《にちぼ》　旋風《せんぷう》多《おほ》し。
前主《ぜんしゆ》は將相《しやうしやう》と爲《な》るも、罪《つみ》を得《え》て巴庸《はよう》に竄《はな》たれ、
後主《こうしゆ》は公卿《こうけい》と爲《な》るも、疾《やまひ》に寢《ふ》して其《そ》の中《うち》に歿《ぼつ》す。
連延《れんえん》たる四五主《しごしゆ》、殃禍《やうくわ》　繼《つ》ぎ相鍾《あひあつ》まる。
十年《じふねん》より來《このかた》、主人翁《しゆじんをう》に利《り》あらず。
風雨《ふうう》　簷隙《えんげき》を壞《やぶ》り、蛇鼠《だそ》　牆墉《しやうよう》を穿《うが》つ。
人疑《ひとうたが》ひて敢《あ》へて買《か》はず、日《ひ》に土木《どぼく》の功《こう》毀《そこな》はる。
嗟嗟《ああ》　俗人《ぞくじん》の心《こころ》、甚《はなは》だしきかな　其《そ》の愚蒙《ぐもう》なる。
但《た》だ災《わざは》ひの將《まさ》に至《いた》らんとするを恐《おそ》るるのみにして、禍《わざは》ひの從《よ》りする所《ところ》を思《おも》はず。
我《われ》　今《いま》　此《こ》の詩《し》を題《だい》し、迷者《めいしや》の胷《むね》を悟《さと》らしめんと欲《ほつ》す。
凡《およ》そ大官《たいくわん》の人《ひと》と爲《な》れば、年祿《ねんろく》　多《おほ》く高崇《かうすう》。
權《けん》の重《おも》きは持《ぢ》すること久《ひさ》しうし難《がた》く、位《くらゐ》の高《たか》きは勢《いきほ》ひ窮《きは》まり易《やす》し。
驕《おご》れる者《もの》は　物《もの》の盈《えい》、老《おい》なる者《もの》は　數《すう》の終《を》はりなり。

假使居二吉土一　孰能保二其躬一
因レ小以明レ大　借レ家可レ諭レ邦
周秦宅二崤函一　其宅非レ不レ同
一興八百年　一死二望夷宮一
寄レ語家與レ國　人凶非二宅凶一

四者《ししや》　寇盗《こうたう》の如《ごと》く、日夜《にちや》　來《きた》りて相攻《あひせ》む。
假使《たとひ》吉土《きちど》に居《を》るとも、孰《たれ》か能《よ》く其《そ》の躬《み》を保《たも》たん。
小《せう》に因《よ》りて以《もつ》て大《だい》を明《あき》らかにし、家《いへ》を借《か》りて邦《くに》に諭《たと》ふべし。
周秦《しうしん》は崤函《かうかん》に宅《たく》し、其《そ》の宅《たくおな》同じからざるに非《あら》ず。
一《いつ》は興《おこ》りて八百年《はつぴやくねん》、一《いつ》は望夷宮《ばういきゆう》に死《し》す。
語《ご》を寄《よ》す　家《いへ》と國《くに》と、人凶《ひときよう》にして　宅《たく》の凶《きよう》なるに非《あら》ず。

東・空・叢・風・中・翁・功・蒙・崇・窮・終・攻・躬・同・宮（上平聲・東韻）、庸・鍾・墉・従・胷・凶（上平聲・鍾韻）、邦（上平聲・江韻）……東・鍾・江韻は通押。

通釈　長安の都には大邸宅が多くあって、大通りの東西にたちならんでおり、どこもかしこもそれらの朱塗りの門の中は、堂屋と回廊とが互いに向きあったままがら空きの状態である。見れば、ふくろうが松や桂の枝に鳴き、狐が蘭や菊の草むらにかくれ、青苔がはびこり黄色く落葉が散り敷く地面には、日暮れ時になると旋風が吹き荒れている。聞けば、さきの当主は大臣大将の身であったが、罪を得て巴庸の僻地に流され、その次の当主は公卿であったが、病気になってこの家で死んだとか。このように連続して四代も五代もの当主に、相次いで不幸な事がたびかさなり、この十年来、この宅の主人公によいことは一つもなかった。かくして風や雨は軒端をこわし、蛇や鼠が土塀に穴をあけたので、人々は気味悪がって決して買おうともせず、贅を尽くした普請の成果も日に日にそこなわれるばかりであった。ああ、世間の俗人どもの心は、どうしてこんなにも無知で愚かしいのであろうか。いたずらに災いが来るか来るかとこわがるばかりで、禍いがどこから来るのかという原因を考えようともしない。

　私はいま、この詩を書いて、迷信にとりつかれた人々の心を悟らせたいと思う。およそ高位高官にある人は、年齢も俸禄も例外なく高く貴い。しかしながら、権力が強大であれば、それを永く持ち続けることは難しく、地位が高ければ、その威勢は頂点を窮め易い。また、驕りは物事の満ちた状態であり、老いは命数の終わりなのだから、満つれば欠け、老いては死するのが世のさだめというものである。そしてこの権・位・驕・老の四者は、まるで押し込み強盗のごとく、日夜に来って攻め立てるのであるから、よしんばめでたい地所に住んだとて、その身を保てる者は誰ひとりいないであろう。さて、小事を手がかりにして大事の理を明らかにし、個人の家のことを借用して国家の大事を喩えてみると、周も秦もこの崤山と函谷関とに守られた漢中の地に都を置いて、その根居地は全く同じといえる。だのに、かたや周は興ってから八百年も続き、かたや秦はわずか二代で望夷宮に滅びたのである。そこで私は世の人々に言いたい——家の場合も、国家の場合も、それが亡びるのは、そこに住む人間が凶であるためであって、住宅が凶であるためではないのだ、と。

語釈　○列在街西東　「在」は場所を指示する前置詞。「於」に同じ。「街」は大通り、表通り。○往往　どこもここも。いたるところ。○朱門　朱塗りの門。貴族富豪の家の表門であり、その栄華の象徴。例えば『文選』巻二十一、郭璞「遊仙詩七首」其一に、「朱門何ぞ栄とするに足らん、未だ蓬萊に託するに若（し）かず」と。また杜甫「京より奉先県に赴く詠懐五百字」詩にも「朱門に酒肉臭り、路に凍死の骨有り」（『杜詩詳註』巻四）と。○房廊　「房」は部屋、堂宇。「廊」は、わたどの。堂宇と堂宇とをむすぶ屋根つきの回廊。孟郊「皇甫判官の瑯琊渓に遊ぶに和す」詩に、「房廊は巌壑を逐ひ、道路は高低に随ふ」（『全唐詩』巻三七五）と。○松桂枝　「桂」は、モクセイ科の常緑の香木の総称。『文選』巻四十三、孔稚桂「北山移文」に、「我を誘うは松桂」と。なお「枝」字、『全唐詩』本は「樹」に作る。○蘭菊　『楚辞』九歌「礼魂」に、「春蘭と秋鞠（きく）、長（とこし）へに絶ゆる無く終古ならん」と。また『文選』巻四十五、漢の武帝「秋風の辞」に、「蘭に秀有り菊に芳有り、佳人を携へて忘る能はず」と。蘭と菊は、前句の松と桂とともに、大宅のかつての豪奢な生活を彷彿とさせる庭園植物として、ここには詠じられている。○蒼苔　青々と生えた苔。『文選』巻二十九、西晋の張協「雑詩十首」其一に、「青苔は空牆に依り、蜘蛛は四屋に網す」とあり、その李善注に引く『淮南子』（泰族訓）に、「窮谷の汚、生ずるに蒼苔を以てす」とある。○黄葉　黄色く散り敷いた落葉。南朝梁の丘遅「何郎に贈る詩」に、「檐際に黄葉落ち、堦前に緑苔網す」（『梁丘司空集』）と。○旋風　つむじかぜ。例えば張籍の「廃居行」に、「鵄梟は子を養ふ　庭樹の上、曲牆空屋に旋風多し」（『全唐詩』巻三八二）と。○将相　「将」は将軍、「相」は宰相。文武それぞれの長官。さきの「賀雨詩」（〇〇〇二）にも「将相及び王公」と。○竄　はなつ。すてる。流罪となり野蛮な地方に放逐されることをいう。『書経』舜典篇に、「三苗を三危に竄つ」とあり、その孔疏に「竄とは、投棄の名」と説く。また韓愈「滝吏」詩に、「潮州は底（なん）の処所ぞ、罪有りて乃ち竄流せらる」（『全唐詩』巻三四一）と。○巴庸　「巴」は、今の四川省の東部一帯の古地名。「庸」は、その東北部に隣接する山岳地帯の古地名。今の湖北省西北部にあたる。当時、いずれも漢民族とは異なる民族の居住区として蔑視されていた。『後漢書』巻三十一・王堂伝に、「堂は兵を馳せて賊に赴き、虜を斬ること千余級、巴庸清静たり」と。また元稹「楽天の稹が寄する所の紵糸布白軽庸もて衣服を製成し詩を以て之に報ずるに酬ゆ」詩にも、「湓城は万里巴庸より隔つ」(『全唐詩』巻四一六)と。○寝疾　病床に臥す。『礼記』檀弓上篇に、「(孔子が)蓋し疾に寝ねて七日にして没す」と。○其中そこ。当時の俗語。○連延　連続して。畳韻語。『文選』巻三十四、枚乗「七発」に、「蒲伏し連延す」とあり、その李善注に「連延は、相続く貌」と説く。○殃禍　わざわい。災難。『易経』坤卦に、「不善を積むの家には、必ず余殃有り」とあり、その「釈文」に「殃は、鄭云く、禍悪なり」と説く。また葛洪『抱朴子』臣節篇に、「殃禍の集まるは、天より降れるに非ざるなり」と。○継相　相次いで。本来「相継」とすべきであるが、ここでは前句「連延四五主」(平平仄仄仄)と平仄を合わせるために「殃禍継相鍾」(平仄仄平平)と語倒が生じたのである。五言詩の場合、各区の二字目と四字目の平仄が特に重視される。○鍾　集まりかたまる。特に霊気鬼神など抽象的なものの集まることをいう。○自従　時間の起点を示す前置詞。……より。六朝以来の用語。○不利　ためにならない。利益がない。「利」「不利」は『易経』に習見される常套語。○主人翁　主人に対する尊称。ご主人さま。『史記』巻七十九・范睢列伝に、「主人翁は之を習知す」と。○簷隙　のきば。のきした。「簷」字、宋本以下各本同じ。国会図書館蔵旧鈔本『文集抄』は「檐」に作る。「簷」は「檐」の別体。『文選』巻三十一、江淹「雑体詩・陶徴君田居」に、「帰人は煙火を望み、稚子は檐隙に候つ」と。○牆墉　かき。土塀。『詩経』召南「行露」に、「誰か鼠に牙無しと謂はん、何を以て我が墉を穿てる」とあり、その毛伝に「墉は、牆なり」と注する。○疑　うたがう。あやしむ。悪く推量して恐れる。○不敢　……する勇気がない。○土木功　普請の成果。○嗟嗟　ああ。感嘆の詞。言葉に言い尽くすことのできない悲しみを表す。『白氏文集』巻二、秦中吟の「五絃」(〇〇八二)にも、「嗟嗟　俗人の耳、今を好み古を好まず」と。○甚矣　はなはだしい。度を越えている。○愚蒙　おろかで道理にくらい。『漢書』巻六十六・楊敞伝、および『文選』巻四十一、前漢の楊惲「孫会宗に報ずる書」に、「足下は其の愚蒙を哀しむ」と。○但　ただ。いたずらに。むなしく。○恐　この字、宋本・那波本等の各本は同じ。国会図書館蔵旧鈔本『文集抄』の本文は「懼」に作る。「懼」は、びくびくする。「恐」は、まだ起こらないことについてこわがる。○将至　間もなくやってくるであろう。「将」は、まさに……せんとす。近い将来を予測する副詞。○所従　起こってくる原因。

○胸　胸中。心。○年禄　年齢と俸禄。○多　例外なく。○高崇　たっとく気高い。本来「崇高」と熟する語であるが、ここでは押韻の都合上語倒が生じたのである。『易経』繫辞上伝に、「崇高は冨貴より大なるは莫し」と。○驕者物之盈　『易経』序卦伝に、「屯とは、盈なり。屯とは、物の始めて生ずるなり(屯者、盈也。屯者、物之始生也)」と。この「……者物之……」という言い方は、経書に習見する格言的用法。○寇盗　盗賊。強盗。群れをなして乱暴をはたらく者。『左氏伝』襄公三十一年に、「寇盗を畏れず」と。○仮使　もし。かりに。たとえ……するとしても。○吉士　王者が選び定めたよい土地。『礼記』礼器篇に、「吉士に因りて、以て帝を郊に饗す」とあり、その鄭注に「吉士は、王者の卜して居る所の土なり」と説く。○躬　自己の身体。○周　殷の次の王朝の名。文王（西伯）の子の武王が殷の紂王を滅ぼして王となり、鎬京（今の陝西省西安市の西南）に都した（前十一世紀頃）。のち、前七七〇年、平王が洛邑（今の河南省洛陽市）に遷都し、それ以前を西周、以後を東周と区別する。前二五六年、秦によって滅ぼされるまで約八百年続いた。○秦　秦王政（始皇帝）が前二二一年に天下を統一して建てた王朝の名。都は咸陽（今の陝西省咸陽市）。三代十五年で、漢の高祖に滅ぼされた。○崤函　崤山と函谷関。ともに河南省にある険要の地。『文選』巻五十一、前漢の賈誼「過秦論」に、「秦の孝公、崤函の固めに拠り、雍州の地を擁す」とある。ここでは、その崤山と函谷関によってまもられた関中盆地を指す。この地は、周・秦・漢、そして隋・唐の各王朝が都を定めた場所である。『文選』巻四、西晋の左思「蜀都の賦」に、「崤函には帝皇の宅有り。河洛は王者の里たり」と。○死　王朝の滅亡と一人の皇帝の死とを、ここでは掛け言葉のように用いている。○望夷宮　秦の宮殿の名。故址は今の陝西省涇陽県の東南に位置する。秦の二世皇帝胡亥が丞相の趙高に弑殺された場所。これによって秦は事実上滅亡したのである。事は『史記』巻六・秦始皇本紀（二世皇帝三年の条）に見える。○寄語　言葉を送る。詩の終結部において、作者の思想およびある種の感情を広く詩の読者に提示するときに習用される常套語。天海校本では「寄言」に作る。

余説　清の査慎行『白香山詩評』に云う、「『四者如寇盗』の四句は、口頭の語でうまく表現している」と。

この詩の「梟鳴松桂枝　狐蔵蘭菊叢」の句に依拠した文辞としては、以下の如きものがある。

『源氏物語』夕顔に云う、「荒れたる所は狐などやうのものの、人おびやかさむとて、け恐ろしう思はするならむ。……風やや荒々しう吹きたるは、まして松のひびき木ぶかく聞えて、気色ある鳥のからごゑに鳴きたるも、梟はこれにやとおぼゆ」と。

同じく蓬生に云う、「もとより荒れたりし宮の内、いとど狐の住処になりて疎ましう、けどほき木立に、梟の声を朝夕に耳ならしつつ、……」と。

『徒然草』第二百三十五段に云う、「あるじなき所には、道行き人みだりに立ち入り、狐梟やうのものも人げにせかれねば、所得がほに入り住み、……」と。

『曽我物語』巻五・呉越戦の事に云う、「されば越王は故郷に帰りて見給ふに、いつしか三年に荒れはてて、梟松桂の枝に巣くひ、狐蘭菊の叢に啼き、……」と。

謡曲「錦木」に云う、「嵐木枯村時雨、露分けかねて足引の、山の常蔭も物さび、松桂に鳴く梟、蘭菊の花に隠るなる、狐住むなる塚の草、紅葉ば染めて錦塚、是ぞと言ひ捨てて塚の内にぞ入りにける」と。

同じく「殺生石」に云う、「又立ちかへる草の原、物すさまじき秋風の、梟松桂の枝に鳴きつれ、狐蘭菊の花に隠れ住む、此の原の時しもすごき秋の夕かな」と。

同じく「忠度」に云う、「年は寿永の秋の頃、都を出でし時なれば、さも忙はしかりし身の、心の花か蘭菊の、狐川より引きかへし、俊成の家にゆき、……」と。

同じく「月見」に云う、「鳥の臥所とあれはてて、虫の声々乱れつつ、黄菊芝蘭さまざまに、梟松桂の枝に鳴き、狐らんていの草に臥す、……」と。

『太平記』巻四、備後三郎高徳の事附呉越軍の事に云う、「斯て越の国へ帰つて、往来し故宮を見給へば、いつしか三年に荒れはて、梟松桂の枝に鳴き、狐蘭菊の叢に蔵る」と。

与謝蕪村の句に云う、「子狐のかくれ貌なる野菊かな」（『新五子稿』）。

同じく、「曼珠沙花蘭にたぐひて狐啼く」（『蕪村遺稿』）。

この詩の「驕者物之盈　老者数之終」の句に依拠した文辞として、次のものがある。

『十訓抄』第二、可離憍慢事に云う、「『文集』一巻の『凶宅』の詩には、『驕は物の盈てるなり、老は数の終なり』ともいふ。同じ四巻の『杏為梁』には『倹なるは存し奢れるは失すること、今目にあり』とも書かれたり」と。

0005　夢㆑仙詩

仙《せん》を夢《ゆめ》みる詩《し》

解題　仙界に遊ぶ夢を見た男の虚妄の生涯を詠じた詩。勤苦して不老長生を求め、仙道を修めても、何の効果もないことを述べ、狂信的な仙道修行者を揶揄し、先の「凶宅詩」に続き、巷間の俗信を否定する。こうした言わば求仙徒労説は、つとに漢代の「古詩十九首」其の十三（『文選』巻二十九）の「服食して神仙を求むるも、多くは薬の誤る所と為る」等にも見えるが、唐代中葉以後、徐々に詩の題材として多く詠じられるようになり、例えば、韋応物の「学仙二首」「王母歌」「馬明生の神女に遇ふ歌」（以上『全唐詩』巻一九四）、「漢武帝雑歌三首」（同巻一九五）、また武元衡の「学仙難」（同巻三一七）、孟郊の「求仙曲」（同巻三七二）、張籍の「求仙行」（同巻三八二）「学仙」（同巻三八三）「不食姑」（同巻三八四）等は、あるいは白居易のこの詩に先行する作品として挙げられるものであろう。また、

『白氏文集』巻三、新楽府の「海漫漫」(〇一三六)も、この詩と同じく「求仙を戒める」ことをテーマとする作品である。なお、この詩の制作年代は、元和元年(八〇六)から十年までの間、長安での作と推定されている。なお、この題名の三字、わが東大寺図書館蔵『要文抄』巻一・那波本は、同じ。宋本・文苑英華本・全唐詩本、汪本・馬本は、いずれも「詩」字がない。

人有㆓夢㆑仙者㆒　夢身升㆓上清㆒
坐乘一白鶴　前引雙虹旌
羽衣忽飄飄　玉鸞俄錚錚
半空直下視　人世塵冥冥
漸失㆓鄉國處㆒　纔分㆓山水形㆒
東海一片白　列岳五點靑
須臾羣仙來　相引朝㆓玉京㆒
安期羨門輩　列侍如㆓公卿㆒
仰謁㆓玉皇帝㆒　稽首前致㆑誠
帝言汝仙才　努力勿㆓自輕㆒
却後十五年　期㆓汝不死庭㆒
再拜受㆓斯言㆒　既寤喜且驚
祕㆑之不㆓敢泄㆒　誓志居㆓巖扃㆒

人《ひと》に仙《せん》を夢《ゆめ》みし者《もの》有《あ》り、夢《ゆめ》に身《み》は上清《じやうせい》に升《のぼ》る。
坐乗《ざじよう》す 一白鶴《いちはくかく》、前《まへ》には引《みちび》く 雙虹旌《さうこうせい》。
羽衣《うい》 忽《たちま》ち飄飄《へうへう》たり、玉鸞《ぎよくらん》 俄《にはか》に錚錚《さうさう》たり。
半空《はんくう》より直下《ちよくか》に視《み》れば、人世《じんせい》は塵冥冥《ぢんめいめい》たり。
漸《やうや》く郷國《きやうこく》の處《ところ》を失《うしな》ひ、纔《わづ》かに山水《さんすい》の形《かたち》を分《わ》かつのみ。
東海《とうかい》 一片白《いつぺんしろ》く、列岳《れつがく》 五《ご》點青《てんあを》し。
須臾《しゆゆ》にして羣仙來《ぐんせんきた》り、相引《あひみちび》かれて玉京《ぎよくけい》に朝《てう》す。
安期《あんき》 羨門《せんもん》の輩《はい》、列侍《れつじ》すること公卿《こうけい》の如《ごと》し。
仰《あふ》ぎて玉皇帝《ぎよくくわうてい》に謁《えつ》し、稽首《けいしゆ》して前《すす》みて誠《まこと》を致《いた》す。
帝言《ていい》はく「汝《なんぢ》は仙才《せんさい》あり、努力《どりよく》して自《みづか》ら輕《かろ》んずる勿《な》かれ、
却後《きやくご》 十五年《じふごねん》、汝《なんぢ》を不死《ふし》の庭《てい》に期《き》せん」と。
再拝《さいはい》して斯《こ》の言《げん》を受《う》け、既《すで》にして寤《さ》めて 喜《よろこ》び且《か》つ驚《おどろ》く。
之《これ》を祕《ひ》して敢《あ》へて泄《も》らさず、誓志《せいし》して巖扃《がんけい》に居《を》り、

恩愛捨二骨肉一　飲食斷二羶腥一
朝飡二雲母散一　夜吸二沆瀣精一
空山三十載　日望二輜軿迎一
前期過已久　鸞鶴無二來聲一
齒髮日衰白　耳目減二聰明一
一朝同レ物化　身與二糞壤一幷
神仙信有レ之　俗力非レ可レ營
苟無二金骨相一　不レ列二丹臺名一
徒傳二辟穀法一　虛受二燒丹經一
只自取二勤苦一　百年終不レ成
悲哉夢レ仙人　一夢誤二一生一

恩愛《おんあい》　骨肉《こつにく》を捨《す》て、飲食《いんしよく》　羶腥《せんせい》を斷《た》つ。
朝《あした》には雲母散《うんぼさん》を飡《く》らひ、夜《よる》には沆瀣精《かうかいせい》を吸《す》ふ。
空山《くうざん》に三十載《さんじふさい》、日《ひ》に輜軿《しへい》の迎《むか》へを望《のぞ》む。
前期《ぜんき》　過《す》ぎて已《すで》に久《ひさ》しきも、鸞鶴《らんかく》　來《きた》る聲《こゑ》無《な》し。
齒髮《しはつ》は日《ひ》に衰白《すいはく》し、耳目《じもく》は聰明《そうめい》を減《げん》ず。
一朝《いつてう》　物《もの》と同《とも》に化《くわ》し、身《み》は糞壤《ふんじやう》と幷《あは》せらる。
神仙《しんせん》は信《まこと》に之《こ》れ有《あ》らんも、俗力《ぞくりよく》の營《いとな》むべきに非《あら》ず。
苟《いやしく》も金骨《きんこつ》の相《さう》無《な》くんば、丹臺《たんだい》の名《な》に列《れつ》せられず、
徒《いたづら》に辟穀《へきこく》の法《はふ》を傳《つた》へ、虛《むな》しく燒丹《せうたん》の經《けい》を受《う》け、
只自《たとひ》　勤苦《きんく》を取《と》るも、百年《ひやくねん》　終《つひ》に成《な》らず。
悲《かな》しきかな　仙《せん》を夢《ゆめ》みし人《ひと》、一夢《いちむ》に一生《いつしやう》を誤《あやま》つ。

清・旌・誠・輕・精・聲・幷・營・名・成（下平聲、清韻）、錚（下平聲、耕韻）、冥・形・青・庭・扃・腥・經（下平聲、青韻）、京・卿・驚・迎・明・生（下平聲、庚韻）……清・耕・庚韻は同用。青韻は通押。

通釈　あるとき仙界を夢に見たという人がいた。夢の中で、一羽の白鶴に跨《またが》り、前方を一対の虹色の旌《はた》に導かれて、彼の身体は天上に昇っていく。すると、たちまち羽衣がひらひらと風にひるがえり、まもなく玉で作った鈴の音がチロリンチロリンと高らかに空に鳴り響いた。やがて中天から真下を見下ろすと、人間世界は塵埃の底にくろぐろとよどんでいる。だんだんと郷里のあたりも見えなくなり、やっと山や河の形が見分けられるだけになり、東の海の方は一面の白色、そこ

に列なる五つの神山はあたかも五つの青い点として目に映るだけ。

やがてしばらくすると一群の仙人たちがやって来て、私を天帝の皇都に伺候するよう案内してくれたところ、古代の有名な安期生や羨門等の仙人たちが、公卿のごとく列侍している。そこでその人は、玉皇帝に拝謁し、うやうやしく頭を地につけて敬礼し、前に進み出て誠意をこめて挨拶を言上すると、玉皇帝の仰せられるには、「その方には仙人の才能があるから、自重して修行に励むがよい。今から十五年の後に、その方を不死の宮殿で待ち受けることにしようぞ」と。そこで再拝して、このお言葉を拝受した。そうこうしているうちに目が覚めたが、覚めてからも喜びかつ驚き、深くこのことを心に秘めたまま、決して人に泄《も》らさず、誓いを立て堅く決心して山深い巌窟に住み、骨肉の恩愛を捨て、なまぐさい飲食物を断ち、朝には雲母の仙薬をくらい、夜には夜半の露気を吸って、修行に励み、かくして、人気のない淋しい山中で三十年の歳月を積み、毎日迎えの車の来るのを待っていた。しかしながら、約束の十五年はとっくに過ぎても、一向に鸞や鶴が来た気配はなく、そのうち日増しに歯は抜け髪も白くなり、さらには耳が遠くなり目もぼんやりとして見えなくなってきた。そして、とうとうある日、普通の俗人と同じように息をひきとり、その亡骸《なきがら》は糞土に帰してしまった。

思えば、神仙なるものは確かにあるにはあるのだろうが、われわれ凡俗の力ではどうすることもできないものである。かりにも仙人となるべき超俗的資質を具えていないかぎり、神仙の楼台に名を列ねることは不可能なのだ。いたずらに辟穀の法を伝授したり、むなしく焼丹の経を受け継いだりするだけであって、たとえ懸命に骨折り苦しんだところで、一生かかっても結局仙人になどなれるはずはないのである。ああ、悲しいかな、仙界を夢見た人よ。一度の夢のために一生を誤ってしまうとは。

語釈　○上清　天空。天上。道家思想における用語。例えば、張説「道家四首、勅を奉じて撰す」其の四（『全唐詩』巻八十七）に、「道記は中籙を開き、真官は上清に表す」と。○白鶴　周の霊王の太子晋（王子喬）が嵩山で修行し、三十余年後の七月七日、白鶴に乗って緱氏山の頂上に降り立ち、人々に別れを告げて飛び去った故事をふまえる。漢の劉向『列仙伝』に見える。○引　みちびく。引導する。○虹旌　美しい彩りのはた。「旌」は、もともと五彩の羽毛を竿首に垂らした旗。多く使者のしるしとして用いられる。各本「紅旌」に作るが、ここでは国会図書館蔵旧鈔本『文集抄』・要文抄・天海校本に従う。『楚辞』の王褒「九懐」陶壅に、「八龍の連蜷たるを駕し、虹旌の威夷たるを建つ」と。〇忽　不意に。にわかに。〇玉鸞　玉で作られた鈴の美称。霊鳥である鸞（鳳凰の一種）の鳴き声に似るためにいう。特に馬車の横木等につけられるもの。『楚辞』離騒に、「雲霓の晻藹たるを揚げ、玉鸞の啾啾たるを鳴らす」と。『文苑英華』本（巻二二五）では「玉佩（珮）」に作る。これならば、玉で作られた帯の意。〇俄　やがて。まもなく。〇錚錚　玉や金属のふれあう音の形容。〇半空　なかぞら。張説「聖製驪山に登りて矚望すに和し奉る、応制」に、「寒山　半空に上り、臨眺すれば寰中を尽くす」（『全唐詩』巻八十七）と。静嘉堂文庫蔵『文苑英華』明抄本は「平空」に作る。おそらくは伝写の誤り。〇直下　真下。李白「廬山の瀑布水を望む二首」其の二に、「飛流直下三千尺、疑ふらくは是れ銀河の九天より落つるかと」（『全唐詩』巻一八〇）と。〇人世　地上の人間世界。〇塵冥冥　塵や砂ぼこりで黒くよどみかすんでいるさま。〇纔　やっと。わずかに。前句の「漸」に呼応する。〇東海　東方の大海。晋の葛洪『神仙伝』に、「麻姑自ら説きて云く、接侍して以来、已に東海の三たび桑田と為るを見る、と」と。〇一片　一面。見渡すかぎり。六朝末以来の用語。〇列岳　東海の彼方にあるという五つの神山。岱輿・員嶠・方壺・瀛洲・蓬萊の五山。『列子』湯問篇に見える。『文苑英華』本は「列嶽」に、『要文抄』本は「比岳」に作る。いずれも同義。

〇須臾　しばらくして。〇朝　参内する。伺候する。〇玉京　道家のいう天帝の居所。晋の葛洪『枕中書』に引く『真記』に、「元都玉京は、七宝山なり。週廻九万里、大羅（三十六天の最高の天）の上に在り」と。〇安期　安期生。蓬萊山に住む仙人。安期先生ともいう。瑯邪（今の山東省諸城県）の阜郷の人。秦始皇が山東に巡遊した際に引見し、祠を建てた記事が『列仙伝』に見える。また『史記』巻二十八・封禅書に拠れば、漢の武帝の時、方士の李少君が安期生に出会ったと言上している。また欒大という方士も「臣常に海中を往来し、安期・羨門の属に見（あ）ふ」と言上している。なお静嘉堂文庫蔵『文苑英華』明抄本が「女則」に作るのは伝写の誤り。〇羨門　古の仙人。『史記』巻六・秦始皇帝本紀（三十二年）および巻二十八・封禅書に、秦始皇が燕人の盧生という人物に探させた記事が見える。〇玉皇帝　天帝。道教における最高神。玉皇大帝。〇稽首　頭を地面にしばらくの間すりつける最も鄭重な敬礼。『周礼』春官「大祝」、および『礼記』曲礼下篇等に見える。また、さきの「賀雨詩」（〇〇〇一）にも、「稽首して再三拝す」と。〇致誠　精誠（まごころ）をこめて挨拶する。『文選』巻十八、馬融「長笛の賦」に、「神を写（の）べ意を論（さと）し、誠を致し志を効（いた）す」と。また韓愈「十二郎を祭る文」に、「乃ち能く哀を銜み誠を致し、建中をして遠く時羞の奠を具（そな）へしめ、汝十二郎の霊に告ぐ」（『全唐文』巻五六八）と。要文抄本は「致詞」（挨拶する）に誤るが、意味としては近い。ここでは、玉皇帝に対しての挨拶であるため、単なる儀礼的な（言葉だけの）挨拶ではないことを表現しているのである。〇汝仙才　おまえには仙人になる才能がある。漢の武帝が西王母から「殆ど恐らくは僊才に非ざらん」と愛想をつかされた故事（後漢の班固『漢武帝内伝』）をふまえる。『文選』巻二十一、郭璞「遊仙詩七首」其六にも、「燕昭も霊気無く、漢武も仙才に非ず」と。なお、『文苑英華』本は「汝」字を「与」（あたえる）に作る。〇却後　その後。六朝以来の古い俗語。「却」も後の意。〇期　会う。待ち受ける。〇不死庭　不老不死の朝廷。『後漢書』巻八十五・東夷列伝の序に、「故に天性柔順にして、道を以て御し易し、至るに君子・不死の国有り」とあり、その李賢注に引く『山海経』（海外南経）に、「不死の民は其（交脛）の東に在り。其の人たる黒色、寿（いのちなが）くして死せず」と。〇再拝　二度おじぎをする鄭重な敬礼。『礼記』曲礼下篇に、「大夫士国君に見ゆるとき、君若（も）し之を労（ねぎら）へば、則ち還辟（くわんへき）し、再拝し稽首す」と。〇斯言　このお言葉。「斯」は「此」の強調。特に尊重すべきものを指示する語。『詩経』大雅「抑」に、「斯言の玷（か）けたるは、為（をさ）むべからざるなり」と。〇既　そうこうした後に。〇寤　めざめる。夢からさめる。那波本は「寤」に作る。同じ。いま宋本・馬本等に拠って改める。〇不敢泄　（他人に）洩らす勇気がない。この三字、各本同じ。ただ静嘉堂文庫蔵『文苑英華』明抄本は誤って「不致泄」に作る。〇誓志　誓いを立て堅く決意する。六朝梁の慧皎『高僧伝』巻一、摂摩騰伝に、「騰は宏通を誓志し、疲苦を憚らず」と。また、『白氏文集』巻十四、「夢游春詩に和す一百韻」（〇八〇四）に、「誓志して貞　黷（けが）るる無し」と。静嘉堂文庫蔵『文苑英華』明抄本は誤って「哲志」に作る。〇巌扃　岩山の洞窟。「扃」はとびら、入り口の意。宋之問「雲門寺に遊ぶ」に、「月を待ちて巌扃に詠ず」（『全唐詩』巻五十三）と。〇恩愛捨骨肉　家族への愛情を捨てる。前漢末の元始年間、梅福が王莽の専政を嘆き、妻子を棄てて九江に去り、仙人になった故事（『漢書』巻六十七・梅福伝）をふまえる。〇羶腥　なまぐさい食べ物。『漢武帝内伝』に、「斎戒に勤め、飲食を節し、五穀を断ち、羶腥を去れ」と。〇雲母散　仙薬の一種。雲母は硅酸塩の結晶で、六角板状で薄くはげ、白黒二種類の色がある。「散」は粉薬。『列仙伝』に尭の時代の隠者方回が「雲母粉」を錬食していたことが見え、『旧唐書』巻六十八・尉遅敬徳伝にも、敬徳が晩年に仙方を篤信し、この「雲母粉」を服食した記事が見える。〇沆瀣精　仙薬の一種。「沆瀣」は、北方の夜半の露気。「精」は飲み薬。『楚辞』遠遊篇に、「六気を飡らひて沆瀣を飲み、正陽に漱（くちすす）ぎて朝霞を含む」とあり、その王逸注に「沆瀣とは、北方夜半の気なり」と説く。また同じく『楚辞』の東方朔「七諫」自悲にも、「八維を引きて以て自ら道（みちび）き、沆瀣を含みて以て長生す」と。〇空山　奥深く人気のない山。〇輜軿　ほろ屋根があり、四面にとばりのある車。「輜」は、ほろ車。「軿」は、四面におおいのある車の意。『漢書』巻七十六・張敞伝に、「礼に、君母出づれば則ち輜軿に乗る」とあり、その顔師古注に「輜軿とは、衣車なり」と解する。〇迎　各本同じ。ただ、要文抄本は「達」に作る。韻が合わない。誤り。〇前期　過去の約束。ここではさきの「却後十五年、汝を不死の庭に期せん」という玉皇帝の言葉を指す。〇日衰白　日に日に（歯は）衰え（髪は）白くなっていく。杜甫「収京三首」其の二に、「生意は衰白するに甘んず」（『杜詩詳註』巻五）と。なお白詩のこの部分、『文苑英華』本は「日夜衰」（日夜衰ふ）に作る。〇一朝　ある日突然。〇同物化　生滅変化する万物の運命に身を委ねる。人の死をいう忌み言葉。『荘子』天道篇に、「其の生くるや天行し、其の死するや物化す」と。また刻意篇に、「聖人の生くるや天行し、其の死するや物化す」と。また『文選』巻二十九、「古詩十九首」其の十一に、「人生は金石に非ず、豈に能く長く寿考ならんや、奄忽として物に随ひて化す、栄名以て宝と為さん」と。その李善注には「化とは、変化して死するを謂ふなり。其の死を斥言するに忍びず、故に物に隋ひて化すと言ふなり」と説く。○糞壌　けがれた土。糞土。穢土。濁世の泥土。『楚辞』離騒に、「糞壌を蘇（と）りて以て幃に充たす」と。また『文選』巻四十二、曹丕「呉質に与ふる書」に、「昔遊を追思すれば、猶ほ心目に在るも、此の諸子は化して糞壌と為る。復た道（い）ふべけんや」と。

○神仙信有之　『旧唐書』巻十四・憲宗本紀、および『資治通鑑』唐紀五十四のそれぞれ元和五年八月七日乙亥の条に、時の皇帝憲宗が宰相たちとの談話の中で「神仙の事は信（まこと）なるか」（『通鑑』では「果たして之れ有るか」）と言い、宰相の一人李藩にその妄信を諭された記事が見える。憲宗が神仙に深い関心を抱いていたことは、この他にも『太平広記』巻四十七等に挿話がある。してみると、白詩のこの一句は、暗に憲宗皇帝その人に対して向けられている可能性が高い。これについては、新楽府「海漫漫」（〇一二八）の項を参照。○俗力　俗人の能力。○苟無　かりにも……が無ければ。○金骨相　仙人となるべき超俗的資質。道教用語。「金骨」も同じ意味。東晋の葛洪『抱朴子』内篇「金丹」に、「夫れ丹の物たる、之を焼くこと愈〻久しければ、変化愈〻妙なり。黄金は火に入れて、百錬するも消えず、之を埋むるも天を畢るまで朽ちず。此の二物（丹砂・黄金）を服すれば、人の身体を錬る。故に能く人をして老いず死せざらしむ」と。また同じく「金丹」に、「其の経に云ふ、金液口に入らば、則ち其の身は皆金色となる」と。因って、李白「天台暁望」詩に、「薬を服して金骨を練る」（『全唐詩』巻一八〇）と。また同「感興八首」其の五にも、「西山の玉童子、我をして金骨を錬らしむ」（同巻一八三）と。「骨相」は、資質。『芸文類聚』巻七十八（霊異部上、仙道）に引く『神仙伝』に、漢の期門郎程偉の妻が能く通神変化し、これを夫に伝授しようとしたが果たせず、「偉の骨相にては応に之を得るべからず」と言ったという故事が見える。○丹台　仙人の居る楼台。『芸文類聚』巻七十八（霊異部、仙道）に引く『真人周君伝』に、紫陽真人周義山が蒙山で白鹿に乗った羨門に遇った故事が見え、その羨門の言葉に「子の名は丹台玉室の中に在り、何ぞ仙ならざるを憂ふるや」と。○辟穀法　求仙の修行法の一つ。五穀を食べず仙薬を服用し導引によって心身を調整する。『史記』巻五十五・留侯世家に、「乃ち辟穀を学び、道引して身を軽くす」と。また『南史』巻七十六・隠逸伝下の陶弘景伝に、「弘景は辟穀導引の法を善くし、自ら隠処すること四十許年、年八十を逾えて壮容有り」と。○虚受　むなしく受け継ぐ。国会図書館蔵旧鈔本『文集抄』および要文抄本・天海校本はいずれも「徒授」に作る。○焼丹経　「焼丹」は、錬薬術の一種。水銀と硫黄の化合した赤色の鉱石（朱砂・丹砂）を焼き、水銀を取り出す。一説にはこの方法によって金を生み出す。『文苑英華』巻六七七、徐陵の「周処士に答ふる書」に、「焼丹に辛苦し、老いに至りて方（まさ）に成る」と。○只自　たとえ……したとしても。「縦然」「雖然」の意。「自」は接尾辞で、特別な意味はない。なお「只」字、国会図書館蔵旧鈔本『文集抄』および要文抄本は「祇」字に、『文苑英華』本と天海校本では「祇」字に作るが、音義ともにほぼ同じ。○勤苦　つとめ苦しむ。ほねおりつとめる。『礼記』学記篇に、「時過ぎて然る後に学べば、則ち勤苦するも成り難し」と。◯百年　人間の寿命。一生涯。「人生百年」。

余説　この詩の「苟無金骨相　不列丹台名」の句に依拠した文辞としては、次のものがある。

『十訓抄』第七・可専思慮事に云う、「仙道に至る人、たやすからぬことなり。『文集』には、苟も金骨の相なくば丹台の名を期し難しとこそかかれ侍れ」と。

0006　観㆑刈㆑麥詩　時爲㆓盩厔縣尉㆒。

麥《むぎ》を刈《か》るを觀《み》る詩《し》　時に盩厔縣の尉たり。

解題　農民の苦労を写し、耕さずして食らう自分を厳しく反省して作った詩。白居易は、元和元年（八〇六）四月より翌年秋まで、長安の西南郊外七〇キロの盩厔県（陝西省周至県）の役人であった。この詩はおそらく、その在任満一年を迎えた元和二年（八〇七）夏五月頃の作であろう。本第一巻中の作品としては、のちの「京兆府新栽蓮詩」（〇〇一三）とともに制作年代が明確な作品中でも最も早期の作。自注によって自らの現職を明らかにしているのも、白居易にとって諷諭詩制作の第一歩となった記念すべき作品であることを示さんがためであろう。なお、盩厔県は畿県であるが、『新唐書』巻四十九下・百官志によれば、その尉は二人、令・丞の下にある属官。正九品下。当時の官僚社会における最上のエリートコース。なお、この詩題の「詩」字、宋本等各本にはない。また詩題下の注、那波本には「尉」字がない。恐らくたまたま脱したのであろう。今、宋本・馬本・汪本等に拠って補う。

田家少㆓閑月㆒　五月人倍忙
夜來南風起　小麥覆㆑隴黃
婦姑荷㆓簞食㆒　童稚攜㆓壺漿㆒
相隨餉㆑田去　丁壯在㆓南岡㆒
足蒸㆓暑土氣㆒　背灼㆓炎天光㆒
力盡不㆑知㆑熱　但惜㆓夏日長㆒

田家《でんか》　閑月《かんげつ》少《すく》なく、五月《ごぐわつ》　人倍《ひとます》ます忙《いそが》し。
夜來《やらい》　南風起《なんぷうお》こり、小麥《せうばく》　隴《ろう》を覆《おほ》うて黃《き》なり。
婦姑《ふこ》は簞食《たんし》を荷《にな》ひ、童稚《どうち》は壺漿《こしやう》を攜《たづさ》ふ。
相隨《あひしたが》つて田《た》に餉《しやう》して去《さ》り、丁壯《ていさう》は南岡《なんかう》に在《あ》り。
足《あし》は暑土《しよど》の氣《き》に蒸《む》され、背《せ》は炎天《えんてん》の光《ひかり》に灼《や》かる。
力盡《ちからつ》きて熱《あつ》きを知《し》らず、但《た》だ夏日《かじつ》の長《なが》きを惜《を》しむ。

復有㆓貧婦人㆒　抱㆑子在㆓其傍㆒
右手秉㆓遺穗㆒　左臂懸㆓弊筐㆒
聽㆓其相顧言㆒　聞者爲悲傷
家田輸㆑税盡　拾㆑此充㆓飢腸㆒
今我何功德　曾不㆑事㆓農桑㆒
吏祿三百石　歳晏有㆓餘糧㆒
念㆑此私自愧　盡日不㆑能㆑忘

復《ま》た貧婦人《ひんぷじん》有り、子《こ》を抱《いだ》きて其《そ》の傍《かたは》らに在《あ》り。
右手《いうしゆ》に遺穗《ゐすい》を秉《ひろ》ひ、左臂《さひ》に弊筐《へいきやう》を懸《か》く。
其《そ》の相顧《あひかへり》みて言《い》ふを聽《き》けば、聞《き》く者爲《ものため》に悲傷《ひしやう》す。
家田《かでん》は税《ぜい》を輸《いた》して盡《つ》きたれば、此《これ》を拾《ひろ》うて飢腸《きちやう》に充《あ》つと。
今我何《いまわれなん》の功德《くどく》ありてか、曾《かつ》て農桑《のうさう》を事《こと》とせず、
吏祿三百石《りろくさんびやくせき》、歳晏《としく》れて餘糧《よりやうあ》有り。
此《これ》を念《おも》うて私《ひそ》かに自《みづか》ら愧《は》ぢ、盡日《じんじつ》　忘《わす》るる能《あた》はず。

忙・黄・岡・光・傍・桑（下平聲、唐韻）、漿・長・筐・傷・腸・糧・忘（下平聲、陽韻）……唐・陽韻は同用。

通釈　農家にひまな月はめったにないが、わけても五月は農民たちにとってひとしお忙しい月である。昨夜から南風が吹き出して、すでに小麦が畑一面に黄色く稔っている。婦《よめ》や姑《しゅうとめ》たちは飯かごを肩にかつぎ、少年少女も幼児たちも水壺を両手にひっさげ、うちつれて田圃に弁当を運んでゆくと、元気な男たちは南の岡で懸命に麦を刈っている。足は暑い土の熱気に蒸され、背は炎天の陽光に真っ赤に焼かれているが、力を出しきって働いているためにその熱さも感じないまま、ひたすら長い夏の日脚を惜しんで働きつづけるばかりである。

　さらに加えて、貧乏にやつれた婦人がいて、その傍らで赤ん坊を抱き、右の手で落ち穂を拾い、左の臂《うで》にはぼろぼろの筐《かご》をかけている。彼女が私どもを振り返って哀訴する言葉に耳をかたむけると、それを耳にしただけの者もその惨状に心は痛み悲しんだのであった。「我が家の田圃の収穫はみな納税でなくなってしまったので、この落ち穂を拾ってなんとか飢えをしのいでいるのです」と。

　ところで、今の私にはいったいどんな功績・徳行があったというのか、それだのに却って農耕や養蚕に従事することも

なく、官僚として三百石もの俸禄をもらい、年末でさえなお余裕のある身分である。このことを心中深く思うとひそかに自分ながらうら恥ずかしい気持ちが込み上げ、終日この悲惨な農民の生活を忘れることが出来ない。

語釈 ○田家　農家。例えば『文選』巻四十一、楊惲「孫会宗に報ずる書」に、「田家に作苦す」と。○隴　畝。畑。○婦姑　「婦」は、既婚の女性。「姑」は、未婚の女性。よめ・しゅうとめ。○簞食　竹で作ったわりご（弁当箱）に入れた食べ物。かれいい。『孟子』梁恵王篇下に「簞食壺漿して以て王師を迎ふ」と。○童稚　「童」は、児童。「稚」は、幼児。○壺漿　壺に入れた飲み物。水筒。先の「簞食」条に引く『孟子』を参照。○餉田　かれいいをおくる。田畑に働く人に弁当をはこぶ。「餉」は、食料をおくる。この二字、国会図書館蔵旧鈔本『文集抄』および天海校本傍注では「カレイヒヲクリテ」と訓む。『書経』仲虺之誥篇に「葛伯　餉に仇す」とあり、その孔伝に「葛伯遊行し、農民の田に餉する者を見、其の人を殺し、其の餉を奪ふ」と。また『孟子』滕文公篇下に、「童子の黍・肉を以て餉する有り、殺して之を奪ふ」と。○但　もっぱら。

○復　さらに。さらに加えて。○輸税　租税を納める。○飢腸　空腹。ひもじい腹。「飢」字、馬本は「饑」に作る。「飢」は、食物がなくてひもじい。「饑」は、五穀が実らない。今、各本に拠って正字に従う。

○曽不　乃不。却不。それだのに却って……しない。○吏禄三百石　唐制では、従九品の場合、その俸禄は毎月三十石。「三百石」は、年俸の概数。ちなみに、唐代の一石は約七一・六キログラム。だとすれば白居易の県尉時代の年俸は約二一五〇〇キログラムとなる。なお「三百石」、尊経閣文庫蔵天海校本は、「二千石」に作るが、これは後年の刺史時代の俸禄を誤って記入したのである。○念此　このことを思い起こすと。国会図書館蔵旧鈔本『文集抄』は「念茲」に作る。「此」「茲」は、同義。○媿　うら恥ずかしい。○尽日　終日。

余説 清の乾隆帝『唐宋詩醇』巻十九の御批に云う、「『力尽不知熱』の二句は、農家の苦心を曲尽すること、恰も是れ傍らより看出せるがごとし。貧婦の一段は、悲憫更に深し。聶夷中の詩は、摹写するも到らず」と。

この詩の「但惜夏日長」の句に依拠した文辞としては、次のものがある。

菅原道真の「入レ夏満レ旬、過二藤郎中亭一、聊命二詩筆一」詩に云う、「畏（おそ）れず　今朝　夏日の長きを、偸（ひそ）かに言ふ　旧き芬芳を出で得たりと」（『菅家文草』巻一）と。

0007 題㆓海圖屏風㆒詩 元和己丑年作。

海圖《かいづ》の屏風《びやうぶ》に題《だい》する詩《し》 元和己丑の年の作。

解題 宮中の屏風に描かれた海の絵にことよせて、軽々しく藩鎮討伐の軍をおこすべきでないことを諷諭した詩。題下の自注にいう元和己丑年は、元和四年（八〇九）。この年三月、成徳軍節度使（治府は恒州、今の河北省石家庄市）王士真が卒した。当時河北一帯の藩鎮では、唐王朝からの独立化傾向が瀰漫して、節度使とその副使とを父子が独占し、父が没すると子の副使がその職を世襲するようになっていた。王士真の死後も、嫡子王承宗が当然のごとくその後継者として同地に留まっていたが、地方軍閥の強大化を恐れる朝廷では、これを危ぶむ声があった。

ところで、宦官であり当時近衛軍の指揮官でもあった吐突承璀（しょうさい）は、さらに憲宗の恩顧を得ようとの魂胆から、みずから兵を率いて王承宗討伐を願い出た。一方、宰相の裴垍（はいき）をはじめ、翰林学士の李絳・白居易らは、いたずらに軍閥に圧力をかけることは隣接する他の軍閥をも刺激し、大混乱をきたす恐れがあるとして反対の立場をとった。この詩は、かかる吐突らの軽挙妄動を非難した作品である。この間の事情は『資治通鑑』唐紀五十三の憲宗元和四年の条に詳しい。また、白居易らの恒州派兵反対意見は『白氏文集』巻四十二の「論承璀職名状」（一九六四）、「請罷兵第二状」（一九六六）、「請罷兵第三状」（一九六七）、李絳『李相国論事集』巻二の「論中尉不当統兵出征疏」、同巻三の「論鎮州事宜」などに述べられている。

なお、「海図屏風」については、唐の封演『封氏聞見記』（貞元年間の撰述）巻八、「大魚腮」に以下のごとく言う——

海州の土俗は画に工（たくみ）なり。節度、「海図屏風」二十合を造らしむ。予、時に海上に客たり。偶〻州門に人の一束の黒き物を持てるを見る。形は竹篾（ちくべつ）（竹の皮）の如し。予、之に問ふ。其の人云く、「海魚の腮（えら）の中の毛なり。擬して用て屏風に作して貼る」と。因りて得し所を問ふ。云く、「数十年前、東海に大魚の岸上に死せる有りて、此を収得せり。惟だ用て屏風に為して貼るに堪ふるのみならず、前後用ふる所無数なりしが、今、官にて屏風を造るに、捜し求めて此を得たり」と。奇文異色、沢（つや）は水牛の角（つの）に似、小頭は猪の鬃（たてがみ）に似たり。大頭（大都の誤りか？）正方にして、長さ四五尺、広（あつみ）一寸ばかり、亦た奇物なり。今、人間の大魚の腮中の翠毛は、長さ寸に盈たざるに、此の物は乃ち長さ四五尺、魚も亦た大なり。『交広記』に云く、「呉の時、滕脩、広州を為（をさ）む。人或いは言ふ、『蝦鬚に一丈の長さ有り』と。脩は之を信ぜず。其の人後に故（ことさら）に東海に至り、蝦鬚の長さ四丈四尺なるを取りて封して以て脩に寄す」と。魚腮の長さ五尺、怪しむに足る無き者なり。

と。この記述に従えば、「海図屏風」とは、鯨鯢など大魚の腮の部分を貼り合わせて造られたもののようである。

さらに右の記述において注目すべき点は、この屏風の製作地が海州（州治は今の江蘇省連雲港市）であることである。当時この州は平盧軍節度使に属していた。平盧軍節度使は、このころ青・淄・登・萊・兗・鄆・濮・曹・徐・沂・密・海州など山東半島一帯を統括し、各地の節度使の中でも最大の勢力を誇っていた。もし、この白居易の詠ずる所の屏風が、この海州より献上せられたものであるとすれば、本詩の諷諭の矛先は、成徳軍節度使の王承宗だけでなく、この平盧軍節度使の李師道にも向けられていることになる。当時王承宗や李師道らは、他の節度使たち（例えば魏博軍節度使の田季安、淮南西道節度使の呉少誠ら）と様々に結託し、租税の上納を怠ったり、中央の法令に遵拠しないなど、数々の専横が目立ちはじめていた。かくて、このたびの吐突承璀の出兵の一件のみならず、憲宗の元和年間には前後数回の軍事的緊張が見られることになるのである。だとすれば、本詩中段にいう「諸鼇」「飛廉」「陽侯」そして「鯨鯢」は、これら各地で専横を振るう節度使たちと、それに与する一派を指していうのである。

海水無レ風時　波濤安悠悠　　海水《かいすい》　風無《かぜな》き時《とき》、波濤《はたう》　安《やす》らかにして悠悠《いういう》たり。

鱗介無二小大一　遂レ性各沈浮　　鱗介《りんかい》　小大《せうだい》と無《な》く、性《せい》を遂《と》げて各《おのおの》ゝ沈浮《ちんぶ》す。

突兀海底鼇　首冠二三神丘一　　突兀《とつこつ》たり海底《かいてい》の鼇《がう》、首《かうべ》に三神丘《さんしんきう》を冠《いただ》く。

釣網不レ能レ制　其來非二一秋一　　釣網《てうまう》も制《せい》する能《あた》はず、其《そ》の來《きた》ること一秋《いつしう》のみに非《あら》ず。

或者不レ量レ力　謂二茲鼇可レ求　　或者《あるもの》は力《ちから》を量《はか》らずして、茲《こ》の鼇《がう》　求《もと》むべしと謂《い》ふ。

贔屓牽不レ動　綸絶沈二其鉤一　　贔屓《ひき》として　牽《ひ》けども動《うご》かず、綸絶《いとた》え　其《そ》の鉤《はり》を沈《しづ》む。

一鼇既頓レ頷　諸鼇齊掉レ頭　　一鼇《いちがう》　既《すで》に頷《おとがひ》を頓《とん》すれば、諸鼇《しよがう》　齊《ひと》しく頭《かうべ》を掉《ふる》ふ。

白濤與二黑浪一　呼吸繞二咽喉一　　白濤《はくたう》と黑浪《こくらう》と、呼吸《こきふ》して咽喉《いんこう》を繞《めぐ》る。

噴レ風激二飛廉一　鼓レ波怒二陽侯一　　風《かぜ》を噴《ふ》きて飛廉《ひれん》を激《げき》し、波《なみ》を鼓《こ》して陽侯《やうこう》を怒《いか》らしむ。

鯨鯢得二其便一　張レ口欲レ呑レ舟　　鯨鯢《げいげい》　其《そ》の便《べん》を得《え》、口《くち》を張《は》りて舟《ふね》を呑《の》まんと欲《ほつ》す。

萬里無㆓恬鱗㆒百川多倒流
遂使㆓江漢水朝宗意亦休㆒
蒼然屏風上此畫良有㆑由

萬里《ばんり》　恬鱗《てんりん》無《な》く、百川《ひやくせん》　多《おほ》く倒流《たうりう》す。
遂《つひ》に江漢《かうかん》の水《みづ》をして、朝宗《てうそう》　意《い》　亦《ま》た休《きう》せしむ。
蒼然《さうぜん》たり屏風《びやうぶ》の上《うへ》、此《こ》の畫《ぐわ》　良《まこと》に由《ゆゑ》有《あ》り。

悠・浮・丘・秋・求・舟・流・休・由（下平聲、尤韻）、鉤・頭・喉・侯（下平聲、侯韻）……尤・侯韻は同用。

通釈　海上に風が無い時は、大波も小波もすっかり静まってゆったりと穏やかになり、魚類や貝類など海に住む動物たちは大小の区別無く、それぞれ思いのままに生命を全うして自由に泳ぎ回っている。中でもひときわ巨大なのが海底の大亀で、頭に蓬萊・方丈・瀛洲の三神山を戴きながら泳いでおり、この大亀は、釣り針でも魚網でも捉えることができず、しかもそれが現れるのは一年きりではない。ところが、ある無謀な人々は自分の力量をもわきまえず、「こんな大亀、簡単に捕まえられるさ」などと言い張り、力を振り絞って懸命に釣り上げようとしたが動かばこそ、釣り糸は切れ、とうとうその釣り針までも海底に沈めてしまった。かくて、その一匹の大亀は頷《あご》を海底に叩きつけて合図をしたので、他の大亀たちも一斉に首を振り上げはじめたところ、白い大波と黒い巨浪とは、彼らが呼吸をするたびにその咽喉の周辺をぐるぐると渦巻き、やがて風神を刺激して風は荒れ狂い、水神を怒らせて波は激しく荒れに荒れ、巨大な鯨どもはこのチャンスをとらえて、大きな口をあけて小舟を呑み込もうとする。もはや万里のかなたまで心安らかに泳ぐ魚の姿は見えず、すべての河川は海を避けてことごとく逆流し、かくして長江も漢水も、海に向かって集まり流れようにもその意欲すら大いに失ってしまったのであった。古色蒼然としたこの海の屏風絵だが、その寓している意味はまことに深長であるのだ。

語釈　○波濤安悠悠　この一句五字、宋本・那波本・汪本・全唐詩本・馬本等の各本、いずれも同じ。ただ我が国鎌倉時代の旧鈔本である国会図書館蔵『文集抄』だけは、いかなる伝本に拠ったのか、ひとり「安波澹悠悠」に作る。思うに、この「安波澹悠悠」五字のうち、下の「澹悠悠」三字は、たしかに『白氏文集』巻九、「将に饒州に之（ゆ）かんとし、江浦に夜泊す」詩（〇四二六）に「雲樹は靄として蒼蒼、煙波は澹（淡）として悠悠」という用例が見えるが、その上の「安波」（おだやかな波）という表現は、「澹」（おだやか）と重複した意味となって、必ずしも妥当で優れた用語とは言えない。疑うらくは伝写の際、底本の「波濤」と「安」とを誤倒し、「濤」字を「澹」字に誤写する等、複雑な錯誤を重ねたのではないか。今、各本に従う。「波濤」の「波」は、小波。「濤」は、大浪。大小の藩鎮に譬える。「安悠悠」は、「澹（淡）悠悠」と同様、平穏を表す三字の形状語。○鱗介　魚類や亀・スッポンなどの水棲動物。『文選』巻六、左思「魏都の賦」に、「羽翮は頡頏し、鱗介は浮沈す」と。○遂性　性情を全うする。盛唐の銭起「巨魚縦大壑」詩に、「巨魚　大壑に縦（ほしいまま）にし、性を遂ぐること時に乗ずるに似たり」（『全唐詩』巻二三八）と。○沈浮　魚が海中を自由に泳ぎまわる。『荘子』知北遊篇に、「天下は沈浮せざるは莫くして、終身故（こ）ならず」と。○突兀海底鼇　首冠三神丘　『文選』巻五、左思「呉都の賦」に、「巨鼇贔屓として、首に霊山を冠す」と。「突兀」は、高くそびえるさま。『文選』巻十二、木華「海の賦」に、「魚は則ち横海の鯨あり、突杌として孤（ひと）り遊ぶ」と。「突杌」は、「突兀」に同じ。「鼇」は、伝説に見える海中のおおうみがめ。ここでは藩鎮（節度使）の首領を指す。なお『文選』巻十二、木華「海の賦」に、「爾（しか）して其の水府の内、極深の庭には、則ち崇島の巨鼇有り」と。その李善注に引く『列仙伝』（佚文）には、「巨鼇は蓬萊山を負ひて、滄海の中を抃（およ）ぐ」と説く。「三神丘」は、伝説上、東海に浮かぶ蓬萊・方丈・瀛洲の三神山。『史記』巻六・秦始皇本紀に基づく。ちなみに、この詩の対象となった成徳軍節度使は、このころ恒州を拠点に、趙州・深州・冀州など河北の東部一帯を統括していた。○鈎網　釣り針と魚網。一本に「鉤網」に作るも同じ。「鈎」も「鉤」も、釣り針。○一秋　一年。○或者　暗に憲宗・吐突承璀らを指す。○贔屓　力をふりしぼるさま。ぐいぐいと。畳韻語。宋本・那波本等「屓贔」に作る。恐らくは誤倒（盧文弨『白氏文集校正』）。『文選』巻五、左思「呉都の賦」に、「巨鼇は贔屓として、首に霊山を冠す」と。その李善注に「贔屓とは、力を用ひること壮なる貌なり」と解する。○綸　釣り糸。一般のものよりも太くて強いものをいう。○頓頷　下あごを海底にドンドンと叩きつける。「頓」は、頓首・頓足というごとく、地面に叩きつけるしぐさをいう。ちなみに、吐突承璀の恒州遠征は、白居易たちが予測したとおり、近隣の節度使たちを刺激触発し、失敗に終わった。○飛廉　風の神。『楚辞』の「離騒」の王逸注に、「飛廉は、風伯なり」と。○陽侯　波の神。『楚辞』九章「哀郢」・『淮南子』覧冥訓等に見える。荒波を起こして船舶を転覆させる。『淮南子』覧冥訓の高誘注に拠れば、もともと陽侯は陵陽国侯であったと言う。宋本は「楊侯」に作る。恐らくは誤り。○鯨鯢　くじら。不義の悪人に喩えられる。ちなみに「鯨」はオス、「鯢」はメス。『左氏伝』宣公十二年に、「古者、明王　不敬を伐ち、其の鯨鯢を取りて之を封じ、以て大戮を為す」と。その杜預注に「鯨鯢は大魚の名。以て不義の人の、小国を呑食せるに喩ゆ」と。また『文選』巻五、左思「呉都の賦」の「長鯨」「修鯢」の李善注に引く『異物志』（佚文）に、「鯨魚、長き者は数十里、小さき者は数十丈、雄をば鯨と曰ひ、雌をば鯢と曰ふ」と。○得其便　その好機をとらえる。○呑舟　『荘子』庚桑楚篇に、「呑舟の魚も、碭（をど）りて水を失へば、則ち蟻すら能く之を苦しむ」と。また『文選』巻五、左思「呉都の賦」に、「長鯨は航（ふね）を呑み、修鯢は浪を吐く」、また同巻十二、木華「海の賦」に、「鱗甲を茹（くら）ひ、龍舟を呑む」と。○恬鱗　心安らかに泳ぐ魚。『文選』巻三十八、殷仲文「尚書を解かんとする表」に、「洪波蟿（にた）に振るへば、川に恬鱗無し」と。この二字、各本「活鱗」に作るのは誤り。国会図書館蔵『文集抄』に従って改める。〇百川多倒流　『文選』巻十二、木華「海の賦」の「滂（みな）を吹けば則ち百川倒流す」を踏まえる。「百川」は、地上を流れるすべての河川。「倒流」は、逆流。〇遂使江漢水　朝宗意亦休　「江漢」は長江と漢水。中国南方の河川を総称して言う。「朝宗」は、川の水が海に集まり注ぐこと。この二句、『書経』禹貢篇の「江漢は海に朝宗す」を踏まえる。那波本「潮宗」に作るのは単なる誤植。〇良有由　実に意義深いことだ。『文選』巻四十二、魏の文帝曹丕「呉質に与ふる書」に、「古人も燭を秉（と）りて夜遊ぶ、良に以（ゆゑ）有るなり」と。「以」は上声止韻、「由」は下平声尤韻。

余説　清の何焯（何焯の評は、朱金城『白居易集箋校』一九八八年、上海古籍出版社刊所引に拠る。以下同じ）云う、「帝の成徳を討たんとするや、裴垍・李絳皆以為へらく、『未だ可ならず』と。白公は裴の用ふる所にして、絳の後を継ぎて争ふらく、『承璀は中人（宦官）なれば、当に畀（たあ）ふるに制将・都統の権を以てすべからざる者なり』と。其の帝の軽挙するを欲せざるは、能く兵勢を見ればなり。復た詩を為りて以て諷諭するに、諸鎮将の環顧するを斥言せずして、廋詞（隠語）を起こして物に比するは、又以て国体を尊ぶなり。風雅（『詩経』の精神）未だ墜ちざる者と謂ふべし」と。

この詩の「鯨鯢得其便　張口欲呑舟」の句に依拠した文辞としては、次のものがある。

菅原道真の「読開元詔書」に云う、「茫茫たり　恩徳の海、独り鯨鯢の横（よこたは）れる有り。此の魚（をい）し何ぞ此（ここ）に在らむ、人は道ふ　汝が新しき名なりと。舟を呑むは我が口ならじ、浪を吐くは我が声ならじ」（『菅家後集』）と。

0008　羸駿詩

羸駿《るゐしゆん》の詩《し》

解題　賢能の士が志を得ず不遇な境涯に沈淪しているさまを、痩せ衰えた駿馬に喩えて詠じた作。「羸駿」は、痩せ衰えた駿馬。「詩」字、宋本・汪本・馬本・全唐詩本にはない。

驊騮失㆓其主㆒　羸餓無㆓人牧㆒
向㆑風嘶一聲　莽蒼黄河曲
踏㆑氷水畔立　臥㆑雪塚間宿

驊騮《くわりう》　其《そ》の主《しゆ》を失《うしな》ひ、羸餓《るゐが》して人《ひと》の牧《ぼく》する無《な》し。
風《かぜ》に向《む》かひて嘶《いなな》くこと一聲《いつせい》、莽蒼《まうさう》たり　黄河《くわうが》の曲《くま》。
氷《こほり》を踏《ふ》みて水畔《すいはん》に立《た》ち、雪《ゆき》に臥《ふ》して塚間《ちようかん》に宿《やど》る。

歳暮田野空　寒草不レ満レ腹
豈無三市レ駿者一　盡是凡人目
相レ馬失二於痩一　遂遺二千里足一
村中何擾擾　有レ吏徴二蒭粟一
輸二彼軍廐中一　化作二駑駘肉一

歳暮《としく》れて田野《でんや》空《むな》しく、寒草《かんさう》は腹《はら》に満《み》たず。
豈《あ》に駿《しゆん》を市《か》ふ者《もの》無《な》からんや、盡《ことごと》く是《こ》れ凡人《ぼんじん》の目《め》。
馬《うま》を相《み》るに痩《そう》に失《しつ》し、遂《つひ》に千里《せんり》の足《あし》を遺《うしな》ふ。
村中《そんちゆう》　何《なん》ぞ擾擾《ぜうぜう》たる、吏《り》有《あ》りて蒭粟《すうぞく》を徴《ちよう》す。
彼《かれ》を軍廐《ぐんきう》の中《なか》に輸《おく》り、化《くわ》して駑駘《どたい》の肉《にく》と作《な》せり。

牧・宿・腹・目・肉（入聲、屋韻）、曲・足・粟（入聲、燭韻）……屋・燭韻は通押。

通釈　主人をなくした駿馬が一頭、飢え痩せ衰えて飼う人も無く、荒涼たる黄河の曲がりかどで、風に向かって一声悲しげにむせび泣いている。昼は、氷を踏んで黄河の河岸に立ち尽くし、夜は、北邙山の塚の狭間で雪上に臥して夜を明かす日々。とりわけ今は歳の暮れ、田野はどこまでも空漠として広がり、わずかな枯れ草では腹を満たすすべもない。なるほど世間には駿馬を買う者がおらぬわけではないが、どいつもこいつも眼識の無い凡庸ぞろいで、痩せているために馬の優劣を見誤り、かくて一日千里の駿才を見捨てることになったのである。

ある日、村の中がなんとガヤガヤ騒がしいことかと思ったら、役人たちがきて蒭《まぐさ》や穀物を徴発しているではないか。とうとう彼らはその痩せた駿馬を捉まえて軍隊の廐舎に運び込み、哀れにも駑馬という肥満で貪欲な肉の塊に変えてしまったのである。

語釈　○驊騮　伝説中の駿馬の名。『荀子』性悪篇に、「驊騮・騹驥（きき）・纖離・緑耳は、此れ皆古の良馬なり」と。その楊倞注に「皆、周の穆王の八駿の名なり」と説く。また『荘子』秋水篇にも、「騏騎・驊騮は、一日にして千里を馳す」と。後、賢士・異才に喩える。○主　馬の良否を見分けられる達見の人を指す。○羸餓　餓え痩せる。○牧　飼育する。○莽蒼　荒涼として果てしなく広がるさま。畳韻語。例えば『白氏文集』巻九、「冀城北原の作」（〇四二八）に、「野色何ぞ莽蒼たる、秋声亦た蕭疎たり」と。○踏氷　「踏」字、宋本は同じ。汪本・馬本・全唐詩本は「蹋」に作る。「蹋」は「踏」の本字。○市駿　駿馬を買い求める。賢士を求めるに喩える。南朝梁の昭明太子蕭統「湘東王（蕭繹）の文集及び『詩苑英華』を求むるに答ふる書」に、「賢を愛するの情、時と与にして篤く、冀ふこと駿を市ふに同じく、庶ふこと龍を畏るるに匪ず」(『梁昭明太子文集』巻三)と。ちなみに、千里の馬を買い求める故事は、『戦国策』燕策一に、郭隗が引く涓人の言葉として「死馬すら且つ之を買ふこと五百金、況んや生馬をや。天下は必ず王を以て能く馬を市ふと為し、馬は今に至らん」と見える。○相馬失於瘦　馬の優劣を見分ける際、痩せていると実態を見そこなう。『史記』巻一二六・滑稽列伝に、「諺に曰く、馬を相するに之を痩に失し、士を相するに之を貧に失す、と」と。○千里足　一日に千里も走る駿足。○擾擾　ごたごたと煩わしいさま。○蒭粟　馬や牛などの飼料にするまぐさや穀物。「蒭」字、那波本は同じ。宋本・汪本・馬本・全唐詩本は「芻」に作る。「蒭」は「芻」の俗字。○輪　この字、宋本・那波本は同じ。汪本・馬本は共に「淪」に作る。恐らくは誤り。○駑駘　のろい馬。駑馬。『楚辞』宋玉「九弁」に、「騏驥を却けて乗らず、駑駘に策うつて路を取る」と。○肉　「肉馬」の「肉」。肉馬とは、肥えて凡庸な馬。例えば唐の李賀「馬の詩」二十三首(其の二十三)に、「武帝は神仙を愛し、金を焼きて紫煙を得るのみ。廏中は皆肉馬にして、青天に上るを解せず」と。「駑駘」と「肉」とは同格。

余説　中唐の韓愈「雑説」四に、「世に伯楽有つて、然る後に千里の馬有り。千里の馬は常に有れども、伯楽は常には有らず。故に名馬有りと雖も、秖(た)だ奴隷人の手に辱(はづかし)められて、槽櫪の間に駢(なら)び死し、千里を以て称せられず」(『全唐文』巻五五八)と。

0009　廢琴詩

廢琴《はいきん》の詩《し》

解題　太古の正統な音楽の楽器である琴の衰退にことよせて、俗論が用いられ、君子の正論が世に容れられないことを悲しんだ詩。「詩」字、各本いずれもなし。今、那波本に従う。

絲桐合レ爲レ琴　中有二太古聲一
古聲淡無レ味　不レ稱二今人情一
玉徽光彩滅　朱絃塵土生
廢棄來已久　遺音尚泠泠
不レ辭二爲レ君彈一　縱彈人不レ聽

絲桐《しどう》合《がつ》して琴《きん》と爲《な》れば、中《なか》に太古《たいこ》の聲《こゑ》有り。
古聲《こせい》淡《たん》として味《あぢ》無く、今人《きんじん》の情《じやう》に稱《かな》はず。
玉徽《ぎよくき》に光彩滅《くわうさいめつ》し、朱絃《しゆげん》に塵土《ぢんど》生《しやう》ず。
廢棄《はいき》せられて來《このかた》已《すで》に久《ひさ》しきも、遺音《ゐいん》尚《な》ほ泠泠《れいれい》たり。
君《きみ》の爲《ため》に彈《たん》ずるを辭《じ》せず、縱《たと》ひ彈《たん》ずるも人聽《ひとき》かじ。

何物使㆓之然㆒　羌笛與㆓秦箏㆒　　何物《なにもの》か之《これ》をして然《しか》らしめたる、羌笛《きやうてき》と秦箏《しんさう》となり。

聲・情（下平聲、清韻）、生（下平聲、庚韻）、泠・聽（下平聲、青韻）、箏（下平聲、耕韻）……清・庚・耕韻は同用。青韻は通押。

通釈　糸と桐とを合わせて琴が作られているが、この琴には太古の音色がこもっている。しかし、古代の音色は本来あっさりとして世俗的な面白さがないものだから、当今の人々の俗情に適合すべくもない。よって今では玉で作られた見事な琴柱《ことじ》は輝きを失い、朱糸を練って作った見事な絃も塵やほこりにまみれてしまっているのだが、このように打ち捨てられて以来すでに久しいのに、すがすがしい音色は今でもその素晴らしさをとどめている。私は君（この古琴）のためにこれを弾ずることを辞さないが、たとい弾じたところで、恐らく誰も耳を傾けてはくれないだろう。いったい何がこのような状態にしてしまったのだろう。それは、羌笛や秦箏といった夷狄の楽器が珍重されるようになったからである。

語釈　〇中　琴中。『晋書』巻九十四・隠逸伝（陶潜）に、「性、音を解せざるも、素琴（装飾を加えていない琴）一張を畜へ、絃徽（絃と琴柱）具へず、朋酒の会毎に、則ち撫して之に和し、曰く、『但だ琴中の趣を識るのみ、何ぞ絃上の声を労せんや』と」と。〇淡無味　恬淡として世俗の味がない。『老子』第三十五章に、「道の口より出づるは、淡乎として其れ味無し」と。また杜甫「白水の崔少府十九翁の高斎、三十韻」詩に、「玉觴　淡として味無し」（『杜詩詳註』巻四）と。〇今人　汪本・馬本は共に「今日」に作る。今、宋本・那波本・文苑英華（巻二一二）本・唐文粋（巻十八）等の各本に従う。〇玉徽　玉でつくられたりっぱな琴柱（ことじ）。『文選』巻十八、嵆康「琴賦」に、「徽は鍾山の玉を以てす」と。〇朱絃　灰汁で煮て柔軟にした朱糸で作った琴の絃。『礼記』楽記篇に、「『清廟』の瑟は、朱絃にして疏越す。壱倡して三嘆し、遺音有る者なり」と。その鄭玄注に、「朱絃は、練朱絃なり。練れば則ち声濁（重厚）なり」と説く。白居易「五絃弾」詩（〇一四二）に、「正始の音は其れ若何（いかん）、朱絃疏越して『清廟』を歌ふ。一弾一唱して再三歎じ、曲淡く節稀にして声多からず」と。〇泠泠　音色がすがすがしいさま。『文選』巻十七、西晋の陸機「文賦」に、「文は徽徽として以て目に溢れ、音は泠泠として耳に盈つ」と。〇縦　たとい。かりに……としても。仮定・譲歩を表す接続詞。〇何物　どんなもの。例えば『世説新語』言語篇「張天錫、涼州刺史と為る」条に、「頗る之を嫉む者有りて、坐に於て張に問ふ『北方、何物をか貴ぶべき』と。張曰く『桑椹は甘香にして、鴟鴞も響を革め、淳酪は性を養ひて、人に嫉む心無し』と」と。〇羌笛　西域渡来の管楽器。例えば唐の王之渙「涼州詞」に、「羌笛　何ぞ須（もち）ひん楊柳を怨むを。春光は度（わた）らず　玉門関」（『全唐詩』巻二五二）と。羌族は、チベット系の遊牧民。〇秦箏　古代の秦地（今の陝西省一帯）で作られた十三弦の弦楽器。例えば唐の岑参「秦箏の歌もて外甥蕭正の京に帰るを送る」詩に、「汝聞かずや　秦箏　声最も苦しきを」（『全唐詩』巻一九九）と。

余説　この詩の「糸桐合為琴」の句に依拠した文辞として、次のものがある。菅原道真の「読楽天北窗三友詩」に云う、「琴は何を以てか成す　桐に糸を播す」（『菅家後草』）と。

0010　李都尉古劍詩

解題　前漢の悲劇の武将李陵（?—前七四）の古剣を詠じた詩。有為の才を持つ人物の軽挙妄動を戒めたもの。李陵は、前漢の武帝の時、騎都尉（近衛騎兵の軍団長）となったが、後に匈奴と戦って武運つたなく敗北、匈奴に留まること二十余年、かの地で病死した（『史記』巻一〇九・李将軍列伝）。

古劍寒黯黯　鑄來幾千秋
白光納二日月一　紫氣排二斗牛一
有レ客借一觀　愛レ之不二敢求一
湛然玉匣中　秋水澄不レ流
至寶有二本性一　精剛無二與儔一
可レ使二寸寸折一　不レ能二繞レ指柔一
願快二直士心一　將斷二佞臣頭一
不レ願報二小怨一　夜半刺二私讎一
勸レ君愼レ所レ用　無レ作二神兵羞一

李都尉《りとゐ》の古劍《こけん》の詩《し》

古劍《こけん》　寒黯黯《かんあんあん》たり、鑄《い》られてより來《このかた》　幾千秋《いくせんしう》ぞ。
白光《はくくわう》は日月《じつげつ》を納《い》れ、紫氣《しき》は斗牛《とぎう》に排《はい》す。
客《きやく》有《あ》り　借《か》りて一《ひと》たび觀《み》、之《これ》を愛《め》づるも敢《あ》へて求《もと》めず。
湛然《たんぜん》たり玉匣《ぎよくかふ》の中《うち》、秋水《しうすい》　澄《す》みて流《なが》れず。
至寶《しほう》　本性《ほんせい》有《あ》り、精剛《せいがう》　與《とも》に儔《たぐひ》する無《な》し。
寸寸《すんすん》に折《を》れしむべきも、指《ゆび》を繞《めぐ》つて柔《じう》なる能《あた》はず。
願《ねが》はくは直士《ちよくし》の心《こころ》を快《こころよ》くし、將《もつ》て佞臣《ねいしん》の頭《かうべ》を斷《た》たんと。
願《ねが》はず　小怨《せうゑん》に報《むく》いんとして、夜半《やはん》に私讎《ししう》を刺《さ》すを。
君《きみ》に勸《すす》む　用《もち》ふる所《ところ》を愼《つつし》み、神兵《しんぺい》の羞《はぢ》を作《な》す無《な》かれ。

秋・牛・求・流・儔・柔・讎・羞（下平聲、尤韻）、頭（下平聲、侯韻）……尤・侯韻は同用。

通釈　冷たく凄みを帯びて光るこの古剣は、鋳造されて以来すでに幾千年も経ているのに、白い剣光は満月と太陽との両方の光芒を吸収し、その紫の霊気は夜空に光る北斗星と牽牛星とに向かって立ちのぼるかのようである。ある客人（私）がこれを借りてちょっと拝観したところ、さすがにいたく気に入ったが積極的に自分から進んで我がものにしようとは思わなかった。その古剣は、りっぱな玉の箱の中にどっしりと静かに納まっており、そのさまは、さながら秋の澄みきった水が流れることなく冷厳にたたえられているようである。この至宝には、至宝としての本性が今も残存しており、その精密剛強さは世に並ぶものがなく、たとえずたずたに折れ砕かれることはあっても、指に巻きつくような柔弱な資質はない。願わくは正直の士の心にかない、その精剛さをもって奸佞の臣の首を刎ね飛ばしてもらいたい。つまらぬ怨恨の仕返しをするために、夜陰に乗じて個人的な仇敵を刺すような卑怯なことはゆめゆめしないでもらいたい。この古剣を秘蔵している君よ、どうか慎重にその用途を考え、霊剣の名を汚すことの無いようにしてほしい。

語釈　○寒黯黯　ひんやりと凄みを帯びて冴えかえるさま。三言の形状語。○幾千秋　幾千年。○白光納日月　白く輝く剣光は日光と月光とを取り込んだようであること。東晋の王嘉『拾遺記』巻十（昆吾山）に、「越王勾践に至り、工人をして白馬・白牛を以て昆吾の神を祠り、金を採りて之を鋳て、以て八剣の精を成さしむ。一の名は『掩日』、之を以て日を指せば、則ち光は昼も暗し。……三の名は『転魄』、之を以て月を指せば、蟾兎も之が為に倒転す」と。○紫気排斗牛　「紫気」は、宝剣の精気。前述の『拾遺記』巻十（昆吾山）の文の後に、「晋の中興に及び、夜に紫気の斗牛を衝く（紫気衝斗牛）有り」と。あるいは白居易の基づくところか。また『晋書』巻三十六・張華伝に、「初め呉の未だ滅びざるや、斗・牛の間に、常に紫気有り。……（雷）煥曰く、『宝剣の精、上つかた天に徹（どと）くのみ』と」と。「排」は、「排迮」の「排」。迫る。「斗牛」は、北斗星と牽牛星。○有客　ある客人。暗に白居易自身を指す。○湛然　落ち着いて静かなさま。○玉匣　玉で装飾したりっぱな箱。『荘子』刻意篇に、「夫れ干越（呉越）の剣を有する者は、柙（匣）にして之を蔵し、敢へて用ひず。宝とするの至りなり」と。○秋水　剣光が冷厳で澄み切っているさまを形容する。例えば五代前蜀の韋荘（八三六―九一〇）「秦婦吟」にも、「匣中の秋水　青蛇（剣名）を抜き、旗上の高風　白虎を吹く」（清の羅振玉『敦煌零拾』所収）と。○本性　固有の資質。○精剛　精密で剛強。『文選』巻七、漢の揚雄「甘泉の賦」に、「方（さま）に道徳の精剛を攬（と）り、神明に侔（とひ）しうして之と資（教化基盤）を為す」と。その李善注に、「精剛とは、精微・剛強なり」と釈する。○儔　比肩する。並ぶ。○寸寸　ずたずたに。『世説新語』捷悟篇に、「(郗超)視竟りて、寸寸に毀裂す」と。また黜免篇に、「其(母猿)の腹中を破り視れば、腸は皆寸寸に断つ」と。〇繞指柔　指に巻きつくほどの柔らかさ。もともと剛強であった人が挫折を経験して柔弱な態度に変化してしまうことを喩える。『文選』巻二十五、晋の劉琨「重ねて盧諶に贈る」詩に、「何ぞ意（おも）はん　百錬の剛、化して指を繞るの柔（繞指柔）と為（な）らんとは」と。その五臣注（呂延済）に「百錬の鉄は堅剛なるも、今は指を繞るべし。自ら破敗を経て弱に至るを喩ふ」と釈する。〇将　天海校本に見える一本は「持」に作る。疑うらくは形似による誤写。意味は「将」でも「持」でも、以ての意を表す前置詞。今、宋本・那波本等の各本に従う。〇断佞臣頭　『漢書』巻六十七・朱雲伝に、朱雲の奏劾を引いて、「臣願はくは尚方（少府の属官）の斬馬の剣を賜ひて、佞臣一人を断ち、以て其の余を厲（はげ）まさん」と。朱雲伝の「断佞臣一人」の一句、『白氏六帖』巻十三（剣）は、この句を引いて「断佞臣一人頭」に作り、同じく巻九十二（諂佞）は、「断佞臣頭」に作って、いずれも句末に「頭」字がある。『後漢書』巻五十四・楊賜伝の注・『初学記』巻十八（人部中・諷諫）・『御覧』巻四二七（人事部・正直上）・同巻四五二（人事部・諫諍二）等に引く『漢書』朱雲伝の文も亦た同じ。さすれば、白居易の拠った『漢書』朱雲伝の文には、この詩と同じく「頭」字があったのであろう。〇神兵　宝剣。『文選』巻三十五、西晋の張協「七命」に、楚の陽剣を称して、「此れ蓋し希世の神兵なり」と。「神」は、神妙不可思議な。「兵」は、兵器。

余説　この詩の「湛然玉匣中　秋水澄不流」の句に依拠した文辞として、次のものがある。菅原道真の「右大臣剣銘」に云う、「暁霜三尺、秋水一条」（『菅家文草』巻七）と。

0011　雲居寺孤桐詩

雲居寺《うんごじ》の孤桐《ことう》の詩《し》

解題　雲居寺の庭に俗塵を超越して独り亭々と聳え立つ桐の老樹を仰ぎ見て、人間の理想的な生き方を詠ずる。雲居寺は、長安南郊の霊峰終南山に在った寺の名。ちなみに、白居易「雲居寺に遊び、穆三十六地主に贈る」詩（〇六四四）に、「乱峯深き処　雲居の路、……勝地は本来定主無し、大都（およそ）山は山を愛する人に属す」と。題名の「詩」字、宋本等の各本にはない。今、那波本に従う。

一株青玉立　千葉綠雲委
亭亭五丈餘　高意猶未レ已

一株《いちしゆ》　青玉《せいぎよく》　立《た》ち、千葉《せんえふ》　綠雲委《りよくうんあつま》る。
亭亭《ていてい》たり五丈餘《ごちやうよ》、高意《かうい》　猶《な》ほ未《いま》だ已《や》まず。

山僧年九十　清浄老不レ死
自云手種時　一顆青桐子
直従二萌芽一抜　高自二毫末一始
四面無二附枝一　中心有二通理一
寄レ言立レ身者　孤直當レ如レ此

山僧《さんそう》　年九十《としきうじふ》、清浄《しやうじやう》　老《お》いて死《し》せず。
自《みづか》ら云《い》ふ　手《て》づから種《う》うる時《とき》、一顆《いちくわ》の青桐子《せいとうし》。
直《ちよく》は萌芽《はうが》より抜《ぬ》け、高《かう》は毫末《がうまつ》より始《はじ》まる。
四面《しめん》　附枝《ふし》無《な》く、中心《ちゆうしん》　通理《つうり》有《あ》り。
言《こと》を寄《よ》す　身《み》を立《た》つる者《もの》、孤直《こちよく》　當《まさ》に此《か》くの如《ごと》くなるべしと。

委・此（上聲、紙韻）、已・子・始・理（上聲、止韻）、死（上聲、旨韻）……紙・止・旨韻は同用。

通釈　一株の青緑色の桐が青玉のようにすっくとそそり立ち、豊かな濃緑の葉が緑の雲のようにこんもりと茂っている。この桐の古木は、五丈余りも亭々と高くそびえていても、その超俗的な心ばせは今もなお止めようとはしていないようである。ところで、この寺の住持は九十歳にもなっているが、身も心も清浄な生活をつづけてきたので、老いても一向に生気がなくならず、みずから語るには、「拙僧が手ずからこの種子を蒔いた時は、たった一粒の小さな青桐の種子であったが、この桐の真っ直ぐな資質は新芽の時から抜け出ており、その超俗的な気高さも小さな毛の先ほどの新芽の時から始まっていたものであり、かくて今や幹の四周には俗っぽい横枝など一切つけず、幹の中心には真っ直ぐな柾目が根元から頂点まで貫通している」と。そこで私は、自分の人格形成に努めている人々に一言所見を送りたい――「人間は、道理としてこの桐の古木のように孤高を保って真っ直ぐな道を貫くべきである」と。

語釈　○青玉　竹・柏（ひのき）・桐など真っすぐに伸びた青緑色の植物を喩える。下句の「緑雲」と対偶する例として、唐の駱浚「度支雑事典の庭中の柏樹に題す」詩に、「幹は聳ゆること一条　青玉直く、葉は鋪くこと千畳　緑雲低（た）る」（『全唐詩』巻三一三）と。「玉」字、東大寺本『要文抄』巻一は「茎」に作る。平凡。恐らくは不妥。今、宋本・那波本等各本に従う。○緑雲　緑葉を喩える。例は上文に見える。「雲」字、東大寺本『要文抄』巻一は「葉」に作る。上の「千葉」に渉る誤写。今、各本に従う。○委　累積する。東大寺本『要文抄』は、アツマレリと訓ずる。意味は同じ。例えば南朝梁の沈約『宋書』巻六十七・謝霊運伝論に、「綴響聯辞、波のごとく属（つ）き雲のごとく委（つ）む」と。○亭亭　高くそびえ立つさま。○五丈余　一丈は、唐代では三・一一メートル。従って、一六メートルほどの高さ。○高意　超俗的な意趣。唐の孟郊「韋少保静恭の宅の蔵書洞に題す」詩に、「高意は天製に合し、自然は状無窮」（『全唐詩』巻三七六）と。また「宣州の銭判官の『使院庁前の石楠樹』に和す」詩にも、「高意は造化に因り、常情は栄枯を逐ふ」（同巻三八〇）と。○一顆　一粒。○青桐子　青桐の種子。○直　まっすぐな資質。○抜　抜け出る。○高　気高い資質。○毫末　きわめて小さく細い毛すじの先端。『老子』第六十四章に、「合抱（ひとかかえ）の木も、毫末より生ず」と。○附枝　樹木の横から分かれた枝。『漢書』巻七十八・蕭望之伝に、「附枝大なる者は本心（本株）を賊（そこな）ひ、私家盛んなる者は公室危ふし」と。この詩に所謂「附枝」は、俗欲に駆られて諸方向に手を出すことに喩える。○通理　樹木の幹の中を根元から頂点まで貫通しているマサメ（柾目）。道理に通じていることに喩える。『易経』坤卦「文言」に、「君子は黄中にして通理、正位にして体に居る」と。○立身　自分の人格を完成する。『孝経』開宗明義章に、「身を立て道を行ひ、名を後世に揚げ、以て父母を顕すは、孝の終はりなり」と。○孤直　孤高正直。ひとり超然として正道を守ること。

余説　この詩に所謂「四面無附枝　中心有通理」に拠ったと思われる後世の作品に、北宋の周敦頤「愛蓮の説」中の「中通外直、蔓あらず枝あらず」がある。

清の査慎行『白香山詩評』に云う、「言は簡にして意は尽くさる。排比に在りて長を見（あら）すにあらず」と。

清の乾隆帝『唐宋詩醇』巻十九の御批に云う、「『香山集』中、古体は多くは鋪叙の暢達なるを以て長を見（あら）すも、短篇は間〻含蓄の蘊藉なるを以て姿（おもむき）を生ず。此の首は短峭なる中に殊に遠勢有り。『高意猶未已』の五字は尤も妙なり」と。

0012　京兆府新栽レ蓮詩　時爲二盩厔尉一、趨レ府作。

京兆府《けいてうふ》に新《あら》たに蓮《はちす》を栽《う》うるの詩《し》　時に盩厔の尉と爲り、府に趨きて作る。

解題　京兆府は、長安首都圏を管轄する行政府。長官は京兆尹。領県二十余。盩厔県もその一県。畿県。京兆府から西方約八〇キロ。県尉は、県令・次官の下の属官。正九品下。県政の諸部局の事務を批判決裁し、租税の徴収にも当たる（『新唐書』巻四十九下・百官志四下）。ちなみに、白居易の当時の上奏文「和糴（わてき）を論ずる状」（一九五〇）に、府・県の苛斂誅求を述べて、「比来（このごろ）和糴（民間と合意のうえで、政府が穀物を買いあげる）は、事則ち然らず。但だ府県をして戸人に散配せしめて、促して程限（期限）を立て、厳しく徴催（徴収催促）を加ふるのみ。苟も稽遅（遅延）有れば、則ち追捉せられ、迫蹙鞭撻、税賦より甚だし。……臣、近ごろ畿（県）の尉と為りて、曽て和糴の司を領し、親自（みづか）ら鞭撻して、靚（み）るに忍びざる所あり」と。白居易は、やがて元和二年（八〇七）の秋、京兆府の試官となるが、この詩を作った時は、盩厔県の尉としてたまたま京兆府に赴いた際、その門前の汚溝に咲く美しい蓮の花を見て、これを場違いに咲く花として府政の苛酷さを諷刺したのではないか。元和元年四月から翌二年秋までの作、時に居易三十五、六歳。詩題末の「詩」字、宋本以下各本にはない。今、那波本に従う。また詩題下の自注「盩厔尉」三字、『全唐詩』（巻四二四）・馬本等は「盩厔県尉」四字に作る。今、宋本・那波本に従う。

汚溝貯㆓濁水㆒　水上葉田田
我來一長歎　知是東溪蓮
下有㆓青泥汚㆒　馨香無㆓復全㆒
上有㆓紅塵撲㆒　顏色不㆑得㆑鮮
物性猶如㆑此　人事亦宜㆑然
託㆑根非㆓其所㆒　不㆑如㆑遭㆓棄捐㆒
昔在溪中日　花葉媚㆓清漣㆒
今來不㆑得㆑地　顦㆓顇府門前㆒

汚溝《をこう》　濁水《だくすい》を貯《たくは》へ、水上《すいじやう》　葉《は》田田《でんでん》たり。
我來《われきた》つて一《ひと》たび長歎《ちやうたん》す、知《し》る是《こ》れ東溪《とうけい》の蓮《はちす》。
下《した》に青泥《せいでい》の汚《けが》るる有《あ》れば、馨香《けいかう》復《ま》た全《まつた》きこと無《な》く、
上《うへ》に紅塵《こうちん》の撲《う》つ有《あ》れば、顏色《がんしよく》鮮《あざ》やかなるを得《え》ず。
物性《ぶつせい》猶《な》ほ此《か》くの如《ごと》し。人事《じんじ》亦《ま》た宜《よろ》しく然《しか》るべし。
根《ね》を託《たく》すること其《そ》の所《ところ》に非《あら》ざるは、棄捐《きえん》せらるるに如《し》かず。
昔在《むかし》　溪中《けいちゆう》の日《ひ》、花葉《くわえふ》　清漣《せいれん》に媚《こ》ぶ。
今來《いま》　地《ち》を得《え》ずして、府門《ふもん》の前《まへ》に顦顇《せうすい》たり。

田・蓮・前（下平聲、先韻）、全・鮮・然・捐・漣（下平聲、仙韻）……先・仙韻は同用。

通釈　汚れた掘り割りには濁った水がたまり、その水面に蓮の葉がびっしりと広がっている。これを見た私はほっと長いため息をついた。なぜならば、この蓮は、もともと長安東郊の清渓にあった蓮であることを知っていたから。ところが今や、この蓮の下には汚れた青黒い泥土がたまって、かつてのあの芳香は完全に復活するすべもなく、またその蓮の上には絶えず俗界の車馬のほこりがぶち当たって、かつてのあの美しい容色はその清純さを保つことができないでいる。

思えば、意識を持たない事物の本性ですらこのようなのだから、まして意識を持った人間のいとなみもやはり同様なは

ずであって、自分の生活基盤をゆだねる場所が自分にふさわしい所でなかったならば、むしろほったらかしにされたほうがましである。この蓮も、むかし渓谷の中にあった時には、花も葉も清らかなさざなみに洗われて麗しく咲いていたのに、只今ではかかる不本意な場所に移されて、こんな惨めな姿を京兆府の門前にさらしている。

語釈　○汚溝　きたない掘り割り。○葉田田　円い蓮の葉が青々と広がり繁っている。漢代の楽府「江南」に、「江の南に蓮を採るべし、蓮の葉は何ぞ田田たる」と（南朝梁の沈約『宋書』巻二十一・楽志三、宋の郭茂倩『楽府詩集』巻二十六、相和歌辞一）。「田田」は、蓮の葉の盛密なるさま。○東渓　長安東方の谷川。ちなみに、唐の王維「早秋山中の作」詩に、「才無ければ敢へて明時を累（わづら）はさず、東渓に向（おい）て故籬を守らんと思ふ」（『全唐詩』巻一二八）と。この王維詩では、「東渓」は、長安の東南東約二五キロの藍田山の麓、輞川（もうせん）を指す。あるいは唐代、長安の人は、この景勝の渓谷を「東渓」と称したか。○青泥　青黒い泥土。例えば白居易「開元寺東池の早春」詩（〇五五三）に、「簇簇たり青泥の中、新蒲は葉剣の如し」と。また「舟行風に阻まれ、李十一舎人に寄す」詩（〇八八四）に、「虎は青泥を蹋（ふ）みて印よりも稠（しげ）く、風は白浪を吹いて山よりも大なり」と。「青」字、宋本・那波本・汪本・馬本は共に「清」に作る。「青」と「清」とは相通じるが、下句に「清漣」があるので、ここの「清」は、疑らくは下の「泥汚」に渉って誤写したか。今、『全唐詩』（巻四二四）に拠って正字に改める。○馨香　よいかおり。○無復全　再び完全さを取りもどすことがない。○紅塵　車馬が巻き起こす塵埃。俗界に喩える。○撲　なぐりつける。○顔色　容色。美しい容貌。○物性　事物の本性。○人事　人間のいとなみ。○託根　生活基盤をゆだねる。『文選』巻四十三、西晋の趙至「嵆茂斉に与ふる書」に、「北土の性は、以て根を託し難し」と。○遭　受身を表す前置詞。釈顕常（大典）『詩語解』巻下・『詩家推敲』巻下を参照。○棄捐　すてる。○昔在　むかし。「在」は、単なる接尾辞。○媚清漣　清らかな小波の中で麗しく咲く。『文選』巻二十六、南朝宋の謝霊運「始寧の墅に過（よぎ）る」詩に、「白雲は幽石を抱き、緑篠は清漣に媚（うるは）し」と。「媚」は、艶麗。「清漣」は、清らかなさざなみ。「清」字、那波本は「青」に作る。今、宋本・汪本・『全唐詩』（巻四二四）・馬本に拠って改める。○今来　現今。只今。「来」は、単なる接尾辞。○顦顇　やせ衰えるさま。双声語。

余説　白居易詩の「花葉媚清漣」に拠ったと思われる後世の作に、北宋の周敦頤「愛蓮の説」の「清漣に濯はれて妖ならず」がある。

0013　月燈閣避レ暑詩

月燈閣《げっとうかく》に暑《しよ》を避《さ》くる詩《し》

解題　那波本および諸版本では表題を「月夜登閣避暑（詩）」に作る。しかし我が国国会図書館蔵『文集抄』は「月燈閣避暑詩」に作り、また尊経閣文庫蔵『白氏文集』に見える書き入れ（江戸初期の天海僧正に拠るとされる）にも「月燈閣」との校合がある。一読して明らかなように本詩には「月夜」の光景はなく、むしろ炎天下の仏閣での「避暑」を詠ずるものであり、我が国旧鈔本に従うべきである。この校異に関しては、朱金城「双白簃唐詩巵談」（『文学遺産』一九九五年四月。双白簃は朱氏の書斎の名）に述べられ、さらにその邦訳が太田次男『旧鈔本を中心とする白氏文集本文の研究』中巻「（附載）文集巻一『月夜登閣避暑』の校異について」（一九九七年、勉誠出版）として収録されている。「月燈閣」は、当時、長安城東南の延興門外にあった楼閣。官僚たちの宴遊場所であった。詩題末の「詩」字、宋本・汪本等の各本にはない。今、那波本に従う。

旱久炎氣甚　中レ人若二燔燒一
清風隱二何處一　草樹不二動搖一
何以避二暑氣一　無レ如レ出二塵囂一
行行都門外　佛閣正岧嶢
清涼近レ高生　煩熱委レ靜銷
開レ襟當レ軒坐　神泰意飄飄
迴二看歸路傍一　禾黍盡枯焦
獨善誠有レ計　將何救二旱苗一

旱久《かんひさ》しうして炎氣《えんき》甚《はなは》だしく、人《ひと》に中《あた》りて燔燒《はんせう》するが若《ごと》し。
清風《せいふう》　何處《いづこ》にか隱《かく》る。草樹《さうじゅ》　動搖《どうえう》せず。
何《なに》を以《もつ》てか暑氣《しよき》を避《さ》けん。塵囂《ぢんがう》を出《い》づるに如《し》くは無《な》し。
行《ゆ》き行《ゆ》く都門《ともん》の外《そと》、佛閣《ぶつかく》正《まさ》に岧嶢《てうげう》たり。
清涼《せいりやう》　高《たか》きに近《ちか》づいて生《しやう》じ、煩熱《はんねつ》　靜《せい》なるに委《したが》ひて銷《せう》す。
襟《えり》を開《ひら》きて軒《けん》に當《あ》たつて坐《ざ》すれば、神泰《しんゆた》かにして意《い》飄飄《へうへう》たり。
歸路《きろ》の傍《かたは》らを迴看《くわいかん》すれば、禾黍《くわしよ》　盡《ことごと》く枯焦《こせう》す。
獨善《どくぜん》　誠《まこと》に計《けい》有《あ》るも、將《は》た何《なに》もて旱苗《かんべう》を救《すく》はん。

燒・搖・囂・銷・飄・焦・苗（下平聲、宵韻）、嶢（下平聲、蕭韻）……宵・蕭韻は同用。

通釈　日照りが長期間つづいて焼けつくような暑さが程度を越し、人々はその熱気に中って焼き殺されんばかりである。あのすがすがしい涼風は、いったいどこへ行ってしまったのやら、草も木も微動だにしない。ところで、どのようにしてこの暑さを避けたらよいのか。それには塵埃や雑音の多い俗界から脱出するよりほかはない。かくて、都城の門外へとどんどん歩いてゆくと、ありがたいことにこの仏寺の高閣がちょうど都合よくすっくと聳え立っていた。

そこで、この仏閣をだんだん高く登ってゆくと、すがすがしい涼しさは高くなるに従って湧き起こってくるし、苦しかった熱さは静けさが加わるにつれて消え去っていった。かくて私は、襟を開いて欄干のかたわらで坐っていると、心はゆったりとし気分も天にのぼるばかりに爽快になった。しかしながら、その帰途、かたわらを振り返ってみたところ、稲やきびなど五穀はことごとくからからに枯れ果てている。思えば、『孟子』の「独善」という教訓どおりに「自分だけの身を適当に守る」には、このたびの避暑のごとく確かにそれなりの方策があるけれども、いったいどのような方法でこの日照りで枯れかかった苗を救うことができるだろうか。

語釈 ○旱　日照り。この字、馬本は「暑」に作る。今、各本に従う。○炎気　焼けつくような暑さ。「炎」は、焰。○甚　『全唐詩』巻四二四は「盛」に作る。「甚」は、去声沁韻。「盛」は、去声勁韻。意味も相近い。今、各本に従う。○中人　「中」は去声。悪気にきずつけられる。「中毒」の「中」。『楚辞』九弁に、「憯悽（さんせい）として欷（き）を増し、薄寒の人に中る」と。その王逸注に、「我が肌膚を傷つけ、顔色を変ふるなり」と釈する。○燔焼　焼き殺す。○塵囂　塵埃がたちこめ雑音の騒がしい俗世間。晋の陶淵明「桃花源」詩に、「借問す　游方の士、焉（いづ）くんぞ測らん　塵囂の外を」（『陶淵明集』巻六）と。○行行　どんどんと前進する。『文選』巻二十九の「古詩十九首」（其の一）に、「行き行きて重ねて行き行く」と。○岧嶤　たかだかとそびえ立つさま。双声語。『文選』巻十一、三国魏の何晏「景福殿の賦」に、「岧嶤として岑（みね）のごとく立つ」と。

○委　随従する。……に従って。……につれて。○銷　消える。「消」に通ずる。○開襟　『文選』巻十三、戦国楚の宋玉「風の賦」に、「風の颯然として至る有り。王は迺（すなは）ち襟を披（ひら）きて之に当たる」と。また『文選』巻十一、後漢の王粲「登楼の賦」に、「軒檻に憑りて以て遥かに望み、北風に向かひて襟を開く」と。○神　心情。こころ。○泰　ゆったりとする。○意　心の動き。気分。○飄飄　風に吹かれて軽く上がるように俗塵を超越するさま。『史記』巻一一七・司馬相如列伝に、「相如既に『大人の頌』を奏すれば、天子は大いに説（よろこ）び、飄飄として淩雲の気有りて、天地の間に遊ぶ意に似る」と。○迴看　ふり返って見る。○禾黍　稲ときび。広く穀物を指す。○枯焦　からからに枯れる。例えば『後漢書』巻二十五・魯恭伝に、「三輔・幷・涼は雨少なく、麦根枯焦す」と。○独善　他人のことをかまわず自分だけの身をりっぱに守る。『孟子』尽心上篇に、「窮すれば則ち独り其の身を善くし、達すれば則ち兼ねて天下を善くす」と。この詩では、その孟子の生活理念をもじって使っている。○誠　確かに……だが。なるほど……だが。○計　計策。実行する方策。○将何　「将」は、いったい。疑問の気持ちを強く表す副詞。「何」は、何以。どんなにして。どのような方法で。例えば白居易「李山人に題す」詩（〇八八九）に、「毎日将何療飢渇（毎日将た何もて飢渇を療する）、井華・雲粉　一刀圭」と。○旱苗　日照りで枯れかかった苗。『文選』巻五十三、三国魏の嵆康「養生論」に、「是れ猶ほ一漑の益を識らずして、嘉穀を旱苗に望む者のごときなり」と。

余説　この詩の「清風隠何処」の一句をそのまま詩題にした慶滋保胤の作品中の詩句「班姫（班婕妤）扇を裁して誇尚すべし、列子車を懸けて往還せず」が、『和漢朗詠集』下・風部、『江談抄』巻四に収録されている。

0014　初授㆓拾遺㆒詩

初《はじ》めて拾遺《しふゐ》を授《さづ》けらるる詩《し》

解題　初めて左拾遺に任ぜられた一月後、名君の下、みずからの駑鈍を愧じて、その所感を述べた作品。

元和三年（八〇八）五月八日、白居易が憲宗に献呈した上奏文「初めて拾遺を授けられて献ずる書」（一九四七）には次のごとく言う――「臣、伏して前月二十八日の恩制を奉ず。臣に左拾遺を徐授せられ、前に依りて翰林学士に充てらるる者なり」と。これに拠れば、白居易は、元和三年四月二十八日、左拾遺を授けられ、従前のまま翰林学士に充てられたのである。時に年三十七。「拾遺」は、官名。唐制では、門下省に左拾遺六人、中書省に右拾遺六人が置かれ、その主要な任務は、天子の施政の得失を諷諫することであった。従八品上。

詩題末の「詩」字、宋本・汪本・『全唐詩』（巻四二四）・馬本にはない。今、例によって那波本に従う。

奉㆑詔登㆓左掖㆒　束帶參㆓朝議㆒
何言初命卑　且脱㆓風塵吏㆒
杜甫陳子昂　才名聒㆓天地㆒
當時非㆑不㆑遇　尚無㆑過㆓斯位㆒
況予蹇薄者　寵至不㆓自意㆒
驚㆑近㆓白日光㆒　慙㆑非㆓青雲器㆒

詔《みことのり》を奉《ほう》じて左掖《さえき》に登《のぼ》り、束帯《そくたい》して朝議《てうぎ》に參《さん》す。
何《なん》ぞ言《い》はん初命《しよめい》の卑《ひく》きを、且《か》つ風塵《ふうぢん》の吏《り》を脱《だつ》す。
杜甫《とほ》・陳子昂《ちんすがう》、才名《さいめい》　天地《てんち》に聒《かまびす》し。
當時《たうじ》遇《あ》はざるに非《あら》ず、尚《な》ほ斯《こ》の位《くらゐ》に過《す》ぐる無《な》し。
況《いは》んや予《よ》は蹇薄《けんはく》なる者《もの》、寵至《ちよういた》ること自《みづか》ら意《おも》はず。
白日《はくじつ》の光《ひかり》に近《ちか》きを驚《おどろ》き、青雲《せいうん》の器《き》に非《あら》ざるを慙《は》づ。

天子方従レ諫　朝廷無二忌諱一
豈不レ思二匪躬一　適遇二時無一レ事
受レ命已旬月　飽食随二班次一
諫紙忽盈レ箱　對レ之終自媿

天子《てんし》方《まさ》に諫《いさ》めに従《したが》ひ、朝廷《てうてい》忌諱《きき》すること無《な》し。
豈《あ》に匪躬《ひきゆう》を思《おも》はざらんや、適《たまた》ま時《とき》の事《こと》無きに遇《あ》へり。
命《めい》を受《う》けて已《すで》に旬月《じゆんげつ》、飽食班次《はうしよくはんじ》に随《したが》ふ。
諫紙《かんし》忽《たちま》ち箱《はこ》に盈《み》つ。之《これ》に對《たい》して終《つひ》に自《みづか》ら媿《は》づ。

議（去聲、寘韻）、吏・意・事（去聲、志韻）、地・位・器・次・媿（去聲、至韻）、諱（去聲、未韻）…寘・志・至韻は同用。未韻は通押。

通釈　このたび詔令を拝して門下省の左拾遺に登用され、衣冠を整えて朝廷の評議に参列することとなった。朝臣として最初のこの詔令が、従八品上という低い身分だなどと、どうして不平を言うことができよう。ともかくも盩厔県尉という地方官僚から足を洗うことができたのだ。顧みれば、かの畏敬する大詩人、杜甫にしても陳子昂にしても、その才知の誉れは天地に鳴り響いており、しかも当時は名君に恵まれなかったわけではないが、それでも私のこの拾遺という官位より以上のものではなかったのだ。ましてや私は才能駑鈍、学識浅薄な人間であるのに、このような恩寵にあずかろうとは思いもよらないことであった。されば、かくも天子の尊顔に程近く仕えられる光栄に胸がさわぎ、高位顕官となるべき器量ではないことを内心面目なく思っている次第である。

とはいえ、天子は今や臣下の諫言のとおりに従って下さり、朝廷にはこの諫言を忌み嫌う気配もない。されば、どうして粉骨砕身、天子のために力を尽くしたいと思わないことがあろうか。しかし、幸いにも遇然天子に諫言すべき欠点もない好運な時代に際会している。従って、詔令を拝受してから早くも一か月になるが、ただ身に余る俸禄を賜って朝臣の席に列なっているばかりであって、毎月支給される諫言用の奏稿紙は、あっという間に文箱一杯に溜まり、これを見ると結局は面目次第もない心境である。

語釈　〇左掖　門下省の別名。「掖」は、掖省。皇宮の正門の両腋にある官庁。門下省は太極門の左（東）側にあったので「左掖」と称し、中書省はその右（西）側にあったので「西掖」と称した。〇束帯　官服の腰帯を引きしめて威儀を整える。古くは『論語』公冶長篇に、「子曰く、赤（子華）や、束帯して朝に立ち、賓客と言はしむべきなり」と。〇参朝議　朝廷での政治評議に参列する。〇初命卑「初命」は、最初の朝廷官僚としての任命。拾遺の官は、従八品上。品級としてはあまり高くないので「卑」と言ったのである。〇且まあ、ともかくも。〇風塵吏　地方の官僚。唐代の言い方。「風塵」とは、天上（朝廷）に対して俗界（地方）を言う。盛唐の高適（七〇一?―七六五）「封丘作」詩に、「乍可（たと）ひ狂（むやみ）に草沢の中に歌ふよりは、寧ろ風塵の下に吏と作（な）るに堪へん」（『全唐詩』巻二一三）と。また劉長卿（?―七八九?）「薛擲の渉県に宰たるを送る」詩に、「頃（このころ）歳月の満つるに因りて、方（まさ）に風塵の吏を謝す」（『全唐詩』巻一五〇）と。〇杜甫（七一二―七七〇）。盛唐の大詩人。粛宗の至徳二年（七五七）、鳳翔（陝西省）に逃亡して天子に拝謁、左拾遺を授けられた。〇陳子昂（六六一―七〇二）。初唐の大詩人。盛唐詩の先駆者。則天武后の時、右拾遺に抜擢された。〇才名　才知のほまれ。〇聒天地　天地を揺るがす。「聒」字、宋本・那波本・汪本・馬本等の各本は皆「括」に作る。「聒」は、「聒天」「聒地」の「聒」。声音が天を震わせ、地を動かす。「括」は、「包括」の「括」。つつみ込む。「聒」と「括」とは、同音 kuat で、入声・末韻。現行各本の「括」は、「聒」と通じたか。今、わが尊経閣文庫蔵天海校本に従う。詩意がより適切だからである。〇尚　それでも。〇斯位　拾遺の官位を指す。〇蹇薄　才能が駑鈍で学識も浅薄。〇驚　意外なことに心がさわぐ。〇白日光　天子の尊顔を喩える。〇慙　うら恥ずかく思う。面目なく思う。〇青雲器　高位高官となるべき器量。「青雲」は、高位顕官。『史記』巻七十九・范雎伝に、須賈の言葉を引いて「賈は、君の能く自（みづか）ら青雲の上に致すを意はず」と。また『文選』巻四十五、前漢初期の東方朔「客難に答ふ」に、「之を抗（あ）ぐれば則ち青雲の上に在り、之を抑ふれば則ち深淵の下に在り」と。同巻四十五、前漢末期の揚雄「解嘲」にも、「塗に当たる者は青雲に升り、路を失ふ者は溝渠に委（す）てらる」と。「器」は、器量。才能。〇方　ちょうどこの時に。今や。折しも。〇忌諱　いやがって避ける。〇匪躬　自分の利害を考えないで、君主のために力を尽くす。『易経』蹇卦の六二爻辞に、「王臣蹇蹇、躬の故（こと）に匪（あら）ず」と。〇時無事　「無事」とは、天子の欠点とすべき事件がない。盛唐の岑参「左省（門下省）の杜拾遺（杜甫）に寄す」詩に、「聖朝に闕くる事無く、自（おのづか）ら覚る　諫書は稀なるを」（『全唐詩』巻二〇〇）と。時に岑参は中書省右補闕（従七品上）として供奉・諷諫を掌っていた。この句、あるいは白居易の拠るところか。〇班次　位階の順序。席次。〇諫紙　毎月諫官に支給される諫言専用の奏稿紙。例えば白居易「制科の人を論ずる状」（一九四八）に、「臣、今職は学士たり、官は是れ拾遺なり。日々詔書を草し、月々諫紙を請ふ」と。また「酔ひて後、筆を走らせて劉五主簿の長句の贈に酬い、……」詩（〇五八四）に、「月々に諫紙二百張を慙ぢ、歳々に俸銭三十万を愧づ」と。「元九に与ふる書」（一四八六）にも、「僕、此の日に当たりて、擢んでられて翰林に在り、身は是れ諫官たりて、手づから諫紙を請ふ」と。〇終　結局は。〇媿　「愧」の俗字。

0015 贈㆓元稹㆒詩

元稹《げんじん》に贈《おく》る詩《し》

解題 貞元十九年（八〇三）春、元稹と共に吏部試の書判抜萃科に及第して以来、幸いにも無二の親友となった盟友元稹に贈って、両者の変わらぬ友情の厚さを述懐した作品。元和元年（八〇六）、長安での作。時に白居易は三十五歳。この詩題四字、『文苑英華』巻二五八は「寄贈元九」四字に作り、宋本・汪本・『全唐詩』（巻四二四）・馬本は共に「贈元稹」三字に作る。今、那波本に従う。

自㆔我従㆓宦遊㆒　七年在㆓長安㆒
我《われ》宦遊《くわんいう》に従《したが》つてより、七年《しちねん》　長安《ちやうあん》に在《あ》り。

所㆑得唯元君　乃知定㆑交難
得《う》る所《ところ》は唯《た》だ元君《げんくん》のみ、乃《すなは》ち知《し》る　交《かう》を定《さだ》むるの難《かた》きを。

豈無㆓山上苗㆒　徑寸無㆓歳寒㆒
豈《あ》に山上《さんじやう》の苗《べう》無《な》からんや、徑寸《けいすん》にして歳寒《さいかん》無《な》し。

豈無㆓要津水㆒　咫尺有㆓波瀾㆒
豈《あ》に要津《えうしん》の水《みづ》無《な》からんや、咫尺《しせき》にして波瀾《はらん》有《あ》り。

之子異㆓於是㆒　久要誓不㆑諼
之《こ》の子《こ》　是《これ》に異《こと》なり、久要《きうえう》　誓《ちか》つて諼《わす》れず。

無㆑波古井水　有㆑節秋竹竿
波《なみ》無《な》し古井《こせい》の水《みづ》、節《ふし》有《あ》り秋竹《しうちく》の竿《かん》。

一爲㆓同心友㆒　三及㆓芳歳闌㆒
一《ひと》たび同心《どうしん》の友《とも》と爲《な》り、三《み》たび芳歳《はうさい》の闌《たけなは》なるに及《およ》ぶ。

花下鞍馬遊　雪中杯酒歡
花下《くわか》鞍馬《あんば》の遊《いう》、雪中杯酒《せつちゆうはいしゆ》の歡《くわん》。

衡門相逢迎　不㆑具㆓帶與㆒㆑冠
衡門《かうもん》に相逢迎《あひほうげい》し、帶《たい》と冠《くわん》とを具《ぐ》せず。

春風日高睡　秋月夜深看
春風《しゆんぷう》　日《ひ》高《た》けて睡《ねむ》り、秋月《しうげつ》　夜《よる》深《ふ》けて看《み》る。

不㆑爲㆑同㆓登科㆒　不㆑爲㆑同㆓署官㆒
登科《とうくわ》を同《おな》じうするが爲《ため》ならず、署官《しよくわん》を同《おな》じうするが爲《ため》ならず。

所レ合在ニ方寸一　心源無ニ異端一　　合《あ》ふ所《ところ》は方寸《はうすん》に在《あ》り、心源《しんげん》　異端《いたん》無《な》し。

安・難・寒・瀾・竿・闌・看（上平聲、寒韻）、諼（上平聲、元韻）、歡・冠・官・端（上平聲、桓韻）……寒・桓韻は同用。元韻は通押。

通釈　私が官途に就いてから以後、都の長安に住むこと既に七か年になるが、その間に私が得たところの親友は、ただ元稹君だけであり、始めて朋友の交わりを結ぶことの至難さを思い知った次第である。たしかに同僚たちの中には、もともと高い山の峯に生えた若木のような高位顕官の子弟がいなかったわけではないが、その細く弱々しい身では厳冬の寒さにも耐え得るような堅い友情など持ち合わせているはずもないし、また重要な渡し場の水のような富貴権勢の縁故者もいなかったわけではないが、とかく彼等は些細な事でごたごたを引き起こした。

ところが貴君だけは彼等と異なり、年来の交友関係をば堅く守っておろそかにせず、その揺るがぬ堅い友情は、あたかも古い井戸の水が小波ひとつ立たないように少しも揺るがず、また秋竹の幹が真っ直ぐに伸びているように友人として勁直な節操を守りつづけた。かくて我等両人は、一旦心の通い合った親友となるや、三たび元気に溢れた年齢を終えるに至った。その間、春には花の下で鞍馬に跨って共に遊び、冬には雪の中で酒杯を交わして共に楽しんだものだし、またわが陋屋に相迎えては、窮屈な衣冠を脱ぎ捨て、春の微風に吹かれつつ日が高くなるまで眠りつづけたり、秋の名月を夜が更けるまで眺め入ったものだった。これというのも、二人が同じ年に官吏登用試験に及第したからではなく、また同じ官庁の同僚であったからでもなく、ただ気心がよく合って、心の奥底まで全く離反する気持ちがなかったからである。

語釈　〇自我従宦遊　七年在長安　白居易は、徳宗の貞元十五年（七九九）秋、宣州にて郷試に及第して、その年末に長安に到ってから以後、進士科・書判抜萃科・秘書省校書郎・制科を経て、憲宗の元和元年（八〇六）四月、盩厔県尉となるまで、前後足掛け七年。その間、おおむね長安に在った。「宦遊」とは、官職を求めたり官僚となったりして郷里から離れること。「宦」字、『文苑英華』（巻二五八）は「官」に作る。「官」と「宦」とは時に通用することもあるが、もともと「官」は、官職に任用する。「宦」は、官職を求める。今、各本に従う。〇所得　得たところの友人。〇元君　「君」字、『文苑英華』・汪本は共に「九」に作り、『文苑英華』は「九」字の下に「集は君に作る」と注する。恐らく古くから両系のテキストがあったのであろう。今、宋本・那波本・馬本等の各本に従う。〇定交　朋友の交わりを結ぶ。『易経』繫辞下伝に、「其の交はりを定めて而る後に求む」と。降って後漢の班固等の『東観漢紀』王丹伝に、「司徒の侯覇、丹と交はりを定めんと欲す」と。また白居易にも若干の用例が見られ、例えば「感旧」詩（三五四五）に、「平生交はりを定めて人を取ること窄（せま）く、指を屈するに相知るは唯だ五人のみ」と。〇豈無山上苗　径寸無歳寒　上句の「山上苗」、下句の「径寸」は、西晋の左思「詠史」八首（其の二）「鬱鬱たり澗底の松、離離たり山上の苗。彼の径寸の茎を以て、此の百尺の条（えだ）を蔭（おほ）ふ」（『文選』巻二十一）とあるに基づく。「山上の苗」は、山の峰に生えている若木。高位顕官の子弟に喩える。「径寸」は、直径一寸。細小の喩え。「歳寒」は、『論語』子罕篇の「子曰く、歳寒くして、然る後に松柏の彫（しぼ）むに後（おく）るることを知るなり」とあるに基づき、友情が堅くて容易には屈しない節操に喩える。〇要津水　要路につながる水。富貴権勢へのつてとなる人に喩える。「要津」は、要路への渡し場。『文選』巻二十九、「古詩十九首」（其の四）に、「何ぞ高足（駿馬）に策（むち）うつて、先づ要路の津に拠らざる」と。また盛唐の杜甫「麗人の行（うた）」に、「賓従雑遝して要津に実つ」（『杜詩詳註』巻二）と。〇咫尺　取るに足りない些細なこと。例えば『史記』巻一二四・游侠列伝の序に、「今、学に拘（かかは）り或いは咫尺の義を抱き、久しく世に孤（そむ）くは、豈に論を卑くして俗に儕（ひと）しうし、世と沈浮して栄名を取るに若（し）かんや」と。〇波瀾　ごたごた。もめごと。

〇之子　この人。元稹を指す。古くは『詩経』に習見する用語。〇久要誓不諼　「久要」は、年来の古い約束。『論語』憲問篇に、「久要、平生の言を忘れず」と。「諼」は、忘れる。『詩経』の衛風「考槃」に、「永く矢（ちか）ひて諼（わす）れず」と。その鄭玄箋に「永は、長し。矢は、誓ふ。諼は忘るなり」と釈する。韻をふむ必要上、『論語』の「忘」（去声、漾韻）を用いないで、『詩経』の「諼」（上平声、元韻）を用いたのである。〇無波古井水　中唐の孟郊（七五一―八一四）の楽府「列女操」に、「波瀾は誓ひて起こさず、妾の心は古井の水」と（『唐詩三百首』巻一に拠る。「古井水」、『楽府詩集』巻五十八・『孟東野詩集』巻一・『全唐詩』巻三七二は、共に「井中水」に作る）。恐らくは白詩の基づくところであろう。上句の「咫尺有波瀾」と相対応する。〇有節秋竹竿　上句の「径寸無歳寒」と相対応する。「秋竹の竿」は、勁直な節操の象徴。ちなみに、元稹「竹を種（う）う」詩に、「昔　公は我が直なるを憐（愛喜）して、之を秋竹の竿に比す」（『全唐詩』巻三九七）と。また白居易「元九が『新たに栽うる竹に対して懐有り』を寄せらるるに酬ゆ」詩（〇〇三七）に、「昔我十年前、君と始めて相識り、曽て秋竹の竿を将（もつ）て、君が孤且つ直なるに比す」と。〇同心友　心が通い合った親しい友人。『易経』繫辞上伝に、「二人心を同じうすれば、其の利きこと金を断つ。同心の言は、其の臭（にほ）ひ蘭の如し」と。〇三　三か年。貞元十九年（八〇三）春、両人が書判抜萃科に及第してから、永貞元年（八〇五）の末まで、前後およそ満三か年。〇芳歳闌　「芳歳」は、盛年。元気盛んな年ごろ。「闌」は、たけなわ。天海校本は「タクル」と訓ずる。盛りの時期を過ぎる。延いてはその時期が晩（暮れる）の意。例えば『文選』巻五十七、南朝宋の謝荘「宋の孝武の宣貴妃の誄」に、「白露は凝りて歳は将に闌ならんとす」と。その李善注に「闌は、猶ほ晩（く）るるのごときなり」と訓ずる。ちなみに、白居易「東園に菊を翫す」詩（〇二五二）に、「少年　昨已に去り、芳歳　今又闌なり」と。「闌」字、宋本・那波本・『文苑英華』（巻二五八）は、いずれも「蘭」に作る。この両字は古来通用されるが、ここの「蘭」に作る各本は、恐らく前述『易経』繋辞上伝の「其の臭ひ蘭の如し」に渉って誤写したのであろう。今、汪本・『全唐詩』（巻四二四）・馬本・天海校本等に拠って改める。○衡門　二本の柱の上に横木を渡しただけの粗末な門。冠木（かぶき）門。白居易の長安常楽里・永崇里華陽観の自宅を指す。『詩経』陳風「衡門」に、「衡門の下、以て棲遅すべし」と。その毛伝に「衡門は、木を横たへて門と為す。浅陋なるを言ふなり」と釈する。○登科　科挙時代、官吏登用試験（吏部試・制科）に及第すること。○署官　官庁。ふつうは「官署」。押韻のために転倒した。○方寸　心。○心源　心の本質。心の奥底。仏教語。心は一切万有の根源なので名づけたもの。白居易「拙を養ふ」詩（〇三〇〇）に、「憂ひ無くして性場（心性の境地）を楽しみ、欲寡くして心源を清くす」と。また「止水を翫す」詩（三八七）に、「静なる者の心を識らんと欲せば、心源只だ此くの如し」と。元稹「度門寺」詩にも、「心源は了了たりと雖も、塵世は苦（はなは）だ憧憧たり」（『全唐詩』巻四〇八）と。○異端　異志。離れようとする心。例えば、『南斉書』巻三十五・謝超宗伝に、王浚之の奏劾を引いて「（超宗は）姦邪に協附し、勲烈を疑間し、異端を構扇し、時政を譏議す」と。

余説　この詩に唱和した元稹の詩「種竹、并序」が、『元氏長慶集』巻二・『全唐詩』巻三九七にある。

南宋の袁文（一一一九―一一九〇）の典籍考訂書『甕牖（おうゆう）間評』巻五に云う、「『説文』に、『筠字は、竹に従ふ、竹皮なり』と。孔穎達も亦た以て竹の外の青皮と為す。蘇東坡は『臨江仙』詞を作りて云はく、『波無きは真に古井、節有るは是れ秋筠』と。乃ち白楽天の詩『無波古井水、有節秋竹竿』を用ふ。詩は楽天の語を承くと雖も、而れども『竹』を改めて『筠』と為せしは、遂に差（やや）遜（おと）ると覚ゆ」と。

0016　哭㆓劉敦質㆒詩

劉敦質《りうとんしつ》を哭《こく》する詩《し》

解題　友人の劉敦質が君子人でありながら栄達の期を待たず、空しく窮悴のうちに他界したことを悲しみ、天道の理不尽に憤慨した作品。劉敦質、字は太白（岑仲勉『元和姓纂四校記』四六七頁）。その人柄については、白居易「代書詩一百韻」（〇六〇八）に「儒風　敦質を愛す」とあり、その自注にも「劉三十二敦質、雅（もと）より儒風有り」と言う。また白居易との交友については、白詩の「亡友劉太白と同（とも）に章敬寺に遊ぶを夢む」詩（一〇三七）があり、「劉三十二の故宅に過（よぎ）る」詩（〇六二九）がある。また、この「哭劉敦質詩」の制作時期については、朱金城『白居易集箋校』の考証に拠れば、元和九年（八一四）に作られた白居易「感化寺にて元九・劉三十二の名を題せし処を見る」詩（〇七八三）に「微之は謫去さるること千余里、太白は来る無きこと十一年」とあり、一方貞元十九年（八〇三）に作られた白居易「常楽里の閑居にて偶〻十六韻を題し、兼ねて劉十五公輿・王十一起・呂二炅・呂四潁・崔十八玄亮・元九稹・劉三十二敦質・張十五仲元に寄す」詩（〇一七五）があるので、「劉敦質は貞元十九年には猶健在しており、時間（十一年）を以て逆算すれば、当に貞元二十年（八〇四）に卒したはずである。故に此の詩も亦た当に是の年に作られたはずである」と推定している（二一三頁）。今、朱説に従う。なお、詩題末の「詩」字、宋本・要文抄（巻一）・汪本・全唐詩（巻四二四）・馬本には、いずれも無い。今、那波本に従う。

小樹兩株柏　新土三尺墳
蒼蒼白露草　此地哭二劉君一
哭レ君豈無レ辭　辭云君子人
如何天不レ弔　窮悴至レ終レ身
愚者多貴壽　賢者獨賤迍
龍亢彼無レ悔　蠖屈此不レ伸
哭罷持二此辭一　吾將詰二義文一

小樹兩株《せうじゆりやうしゆ》の柏《はく》、新土《しんど》三尺《さんじやく》の墳《ふん》。
蒼蒼《さうさう》たり白露《はくろ》の草《くさ》、此《こ》の地《ち》に劉君《りうくん》を哭《こく》す。
君《きみ》を哭《こく》するに豈《あ》に辭《じ》無《な》からんや。辭《じ》に云《い》ふ君子《くんし》の人《ひと》。
如何《いかん》ぞ天弔《てんよ》しとせず、窮悴《きゆうすい》して身《み》を終《を》はるに至《いた》る。
愚者《ぐしや》は多《まさ》に貴壽《きじゆ》、賢者《けんしや》は獨《ひと》り賤迍《せんちゆん》。
龍亢《りようかう》　彼《かれ》　悔《く》ゆる無《な》く、蠖屈《くわくくつ》　此《これ》　伸《の》びず。
哭《こく》し罷《や》めて此《こ》の辭《じ》を持《も》ち、吾將《われまさ》に義文《きぶん》を詰《なじ》らんとす。

墳・君・文（上平聲、文韻）、人・身・伸（上平聲、眞韻）、迍（上平聲、諄韻）……眞・諄韻は同用。文韻は通押。

通釈　二株の小さなひのきが植えられ、三尺ほどの新しい盛り土の墳墓が造られて、さらにそこには白露の置いた野草が青々と生い茂っているが、私は今この劉敦質君の墓前で不遇だった彼の死を哭している。

ところで私は、今は亡き劉君を哭するに当たり、どうして哀悼の辞を捧げないですませようか。その哀悼の辞は、次のごとくである――「君は実に君子の名に価する人材であった。しかるに、どういうわけで天は君を善しとしないで、かえって困窮憔悴の生活に落ちこませたまま空しく生涯を終えさせるに至ったのか。思えば、愚昧な人間は、例外なく高位顕官に昇り長寿を全うするばかりであり、その反対に賢明な人材は、もっぱら低い地位に甘んじ不遇な生活を強いられるだけであり、しかも愚昧な人間は昇龍のごとく貴顕に昇りつめても、『易経』の「亢龍に悔有り」という教訓に従って反省するどころか、決して後悔などすることはなく、その反対に劉君のような賢明な人材は、尺取り虫が身を屈するように一生身を屈するばかりで、『易経』の「尺蠖の屈するは、以て伸びんことを求むるなり」という教訓があるにもかかわらず、ついに伸びる機会もなく不遇に終わってしまった」と。

　かくて私は、貴君を哭することを中止し、早速この哀悼の辞を持っていって、『易経』を作った伏羲や文王に詰問しようと思う。

語釈　○柏　ひのきなど常緑樹の総称。例えば杜甫「古柏の行（うた）」に、「孔明の廟前に老柏有り、柯（えだ）は青銅の如く根は石の如し」（『杜詩詳註』巻十五）と。○蒼蒼白露草　『詩経』秦風「蒹葭」に、「蒹葭蒼蒼、白露は霜と為る」と。その毛伝に「蒼蒼は、盛んなるなり」と釈する。擬態語。○此地　ここ。当時の常套語。○哭　死をいたんで大声をあげて悲しみ泣く。○君子人　君子（才徳のある人）と称するに足る人。『論語』泰伯篇に、「曾子曰く、以て六尺の孤を託すべく、以て百里の命を寄すべく、大節に臨んで奪ふべからず。君子人か、君子人なり」と。これを踏まえる他の白居易詩に、「薛中丞詩」（〇〇四八）の「然らずんば　君子人、何ぞ反って朝露の如くならんや」もある。○如何　どうして。どんなわけで。原因を尋ねる疑問詞。例えば、白居易「張籍の古楽府を読む詩」（〇〇〇二）に、「如何ぞ五十ならんと欲するに、官は小にして身は賤貧」と。○天不弔　天が善しとしない。『詩経』小雅「節南山」に、「昊天に弔（よ）しとされず（不弔昊天）」と。その毛伝に「弔は至なり」と釈し、鄭箋に「至は、猶ほ善のごときなり」と釈する。また『孔子家語』巻九、終記解に、「哀公の誄に曰く、昊天弔しとせず（昊天不弔）」云々と。その王粛注に「弔は、善なり」と釈する。白居易が直接踏まえたのは『孔子家語』の哀公誄であろう。○窮悴　困窮憔悴。立身出世せずに不遇で、苦しみやつれる。○終身　生涯を終える。○多　「祇」と同じ。ほかでもなく……だけだ。範囲を限定する副詞。○賤迍　地位が低く運命も落ち込んでいること。きわめて珍しい用語。白居易の意図的な造語か。「迍」は、「屯」に通ず。屯難。人生がうまくゆかず困難なこと。『易経』に「屯」卦がある。艱難で苦しみ悩む象。○龍亢彼無悔　「彼」は、上句の「愚者」を指す。『易経』乾卦の上九爻辞に、「亢龍に悔有り」と。天に昇った龍があまり高く昇りつめると今後がこわくなって後悔が生ずる、という教訓。白居易の一句は、この『易経』乾卦の教訓を逆用して、「愚者」の無反省ぶりを痛烈に皮肉った表現。○蠖屈此不伸　「此」は、上句の「賢者」つまり劉敦質を指す。『易経』繫辞下伝に、「尺蠖の屈するは、以て信《の》びんことを求むるなり」と。「尺蠖」は、尺取り虫。尺取り虫が身を屈するのは、その次に大きく伸びようとしているからである、という意味。白居易の一句は、この『易経』繋辞伝の原理を逆用して、「賢者」つまり劉敦質の不遇を深刻に悲傷した表現。「信」と「伸」とは古今の字。同音。『易経』繋辞下伝に「往くとは屈するなり。来るとは信ぶるなり」と。その陸徳明の釈文に「信、本（あるテキスト）又伸に作る。同じ。音は申。下、同じ。韋昭の『漢書音義』に云ふ、（信は）古の伸字なり」と。疑うらくは、白居易の拠った『易経』繋辞伝は、現行本と異なり、「信」字ではなく「伸」字に作っていたか。ちなみに、白居易「代書詩一百韻」（〇六〇八）には「伸屈　須らく蠖を看るべし」とあって、やはり「伸」字に作る。

○義文　太古の伏羲と周の文王。伏羲は、『易経』の八卦の象を創出し、これを重ねて六十四卦にしたという。文王は、卦辞・爻辞の作者といわれる。『史記』巻一三〇・太史公自序に、「西伯（文王）羑里に拘せられて『周易』を演ぶ」と。

0017　答二友問一詩　友《とも》の問《と》ひに答《こた》ふる詩《し》

解題　友人の質問に答えて、「利剣」を「才」に比し、「良玉」を「徳」に比し、もって「徳」が「才」より優ることを説いた作品。近人王汝弼『白居易選集』（一九八〇年、上海古籍出版社刊）に拠れば、「友」は、恐らく元稹を指す。『元氏長慶集』巻二に「宝を論《たと》ふ」詩が収められ、その詩中に、「莫邪（宝剣の名）も人の淬《さい》すること無ければ、両刃は壌・鉄に幽《かく》る。……圭璧も卞和（玉を鑑識する名人）無ければ、甘んじて頑石と列ぶ」云々と詠じて、白詩の一問一答と極めてぴったりと符合する、と言う。傾聴すべき卓説であろう。詩題末の「詩」字、例によって宋本等各本にはない。今、那波本に従う。

大圭廉不レ割　利劍用不レ缺
當二其斬レ馬時一　良玉不レ如レ鐵
置二鐵在二洪鑪一　鐵消易レ如レ雪
良玉同二其中一　三日燒不レ熱
君疑二才與レ德　詠レ此知二優劣一

大圭《たいけい》は廉《れん》なれども割《さ》かず、利劍《りけん》は用《もち》ふれども缺《か》けず。
其《そ》の馬《うま》を斬《き》るの時《とき》に當《あ》たつて、良玉《りやうぎよく》も鐵《てつ》に如《し》かず。
鐵《てつ》を洪鑪《こうろ》に置《お》けば、鐵《てつ》の消《と》けること雪《ゆき》よりも易《やす》し。
良玉《りやうぎよく》　其《そ》の中《なか》に同《おな》じうすれば、三日《さんじつ》燒《や》けども熱《ねつ》せず。
君《きみ》は才《さい》と德《とく》とを疑《うたが》ふも、此《これ》を詠《よ》めば優劣《いうれつ》を知《し》らん。

割（入聲、曷韻）、缺・雪・熱・劣（入聲、薛韻）、鐵（入聲、屑韻）……薛・屑韻は同用。曷韻は通押。

通釈 天子の佩玉である大圭は、見たところゴツゴツと角立ってはいるけれども決して他人を切り裂くことはなく、鋭利な刀剣は、どれほど切りまくっても刃がこぼれることはない。従って、悍馬を斬り殺す場合には、大圭のような良玉は、強固な鉄材で作った利剣には到底かなわない。しかしながら、その鉄材を大きな溶鉱炉に放り込んだ場合、その鉄材が溶けるさまは、雪が解けるよりも容易に溶けてしまうものだが、一方、良玉は同じくそこに投げ込んだ場合でも、三日三晩焼きつづけても全く溶けないものだ。思えば、貴君は才能と仁徳との優劣に疑問を抱いておられるようだが、とにかく私のこの答詩を吟詠してくださったら両者の優劣は明確に識別していただけるであろう。

語釈 ○大圭　天子が腰帯の間に挿しはさんで笏とする佩玉。『周礼』春官「典瑞」に、「王は大圭を晋（さしはさ）み、鎮圭を執（と）り、繅藉五采五就し、以て日に朝す」と。長さ三尺。首は方形で縦四寸、幅六寸。本体は縦二尺六寸、幅三寸。○廉不割　「廉」は、角立つ。稜角があること。人徳の方正に喩える。「割」は、切り裂く。他人を傷つける。『老子』第五十八章に、「聖人は、方なれども割（さ）かず、廉なれども劌（けづ）らず」と。『礼記』聘義篇にも、「夫れ昔者（むかし）、君子は徳を玉に比せり。……廉なれども劌（けづ）らざるは、義なり」と。『荀子』不苟篇にも、「君子は、寛なれども優ならず。廉なれども劌らず」と。また三国魏の嵆康「卜疑集」には、「方なれども制せず、廉なれども割かず」（『嵆中散集』）と。白居易の直接に踏まえるところか。なお、「廉」字、那波本は誤って「廣」に作る。今、各本に拠って改める。○斬馬　『漢書』巻六十七・朱雲伝に、「臣願はくば尚方（宮廷御用係）の馬を斬る剣を賜ひ、佞臣一人を断ちて、以て其の余を厲（はげ）まさん」と。その顔師古注に「剣利（するど）ければ以て馬を斬るべきなり」と釈する。○良玉不如鉄　「良玉」は上句の「大圭」を指し、「鉄」は上句の「利剣」を指す。○在　場所を示す前置詞。「於」（……に）と同じ。○洪鑪　大きな溶鉱炉。「洪炉」も同じ。天子が天下を教化する喩えにも用いられる。例えば杜甫「行次昭陵」詩に、「指麾して率土を安んじ、盪滌して洪鑪を撫す」（『杜詩詳註』巻五）と。○消　「銷」に通じる。溶ける。各本、同じ。『唐文粋』（巻十六上）は「銷」に作る。○易如雪　「如」は、比較を示す副詞。……よりも。形容詞の後につく。○良玉同其中　三日焼不熱　この二句、恐らくは古来の伝説に基づく。『淮南子』俶真訓に、「譬へば鍾山（崑崙）の玉、灼（や）くに鑪炭を以てし、三日三夜にして、色沢変ぜざるが若（ごと）し。則ち至徳は天地の精なり」と。また『呂氏春秋』士容論の高誘注にも、「鍾山の玉、燔（や）くに炉炭を以てし、三日三夜にして、色沢変ぜず」と。「其中」は、そこ。当時の俗語。「不熱」とは、焼けない。『荘子』秋水篇に、「至徳の者は、火も熱（や）く能はず、水も溺らす能はず」と。○詠此　この私の答詩を吟詠する。

余説　清の査慎行の『白香山詩評』に云う、「『当其斬馬時』以下の六句は、自由自在に議論を曲折させている（曲折如願）」（掃葉山房本『査初白詩評十二種』所収）と。

0018　雑興三首

雑興三首《ざつきようさんしゆ》

解題　「雑興」とは、雑感の意。さまざまな感想が起こってきた時、その事柄に従って吟詠した詩篇。唐宋時代にしばしば愛用された詩題。例えば、盛唐の李頎「雑興」・儲光羲「田家雑興」・王昌齢「雑興」、南宋の范成大「四時田園雑興」等。白居易のこの三首の詩は、おおむね憲宗の元和元年（八〇六）から元和十年までの間、春秋時代の楚・越・呉三国の故事に託して、憲宗の失政を諷した作品であろう。

楚王多二内寵一　傾國選二嬪妃一
又愛三從レ禽樂一　馳騁每相隨
錦韝臂二花隼一　羅袂控二金羈一
遂習二宮中女一　皆如二馬上兒一
色禽合爲レ荒　刑政兩已衰
雲夢春仍獵　章華夜不レ歸
東風二月天　春雁正離離
美人挾二銀鏑一　一發疊二雙飛一
飛鴻驚斷レ行　斂レ翅避二蛾眉一

楚王《そわう》　内寵《ないちようおほ》多く、傾國《けいこく》　嬪妃《ひんひ》を選《えら》ぶ。
又禽《またきん》に從《したが》ふ樂《たの》しみを愛《あい》し、馳騁《ちてい》　每《つね》に相隨《あひしたが》ふ。
錦韝《きんこう》　花隼《くわじゆん》を臂《ひぢ》にし、羅袂《らべい》　金羈《きんき》を控《ひ》く。
遂《つひ》に宮中《きゆうちゆう》の女《ぢよ》に習《なら》はすこと、皆馬上《みなばじやう》の兒《じ》の如《ごと》し。
色《いろ》と禽《きん》　合《あ》はせて荒《すさ》みを爲《な》し、刑《けい》と政《せい》　兩《ふた》つながら已《すで》に衰《おとろ》ふ。
雲夢《うんぼう》　春仍《はるしき》りに獵《れふ》し、章華《しやうくわ》　夜《よる》も歸《かへ》らず。
東風二月《とうふうにげつ》の天《てん》、春雁正《しゆんがんまさ》に離離《りり》たり。
美人《びじん》　銀鏑《ぎんてき》を挾《さしはさ》んで、一發《いつぱつ》　雙飛《さうひ》を疊《てふ》す。
飛鴻《ひこう》は驚《おどろ》いて行《かう》を斷《た》ち、翅《つばさ》を斂《をさ》めて蛾眉《がび》を避《さ》く。

君王顧レ之笑　弓箭生二光輝一
迴レ眸語二君王一　昔聞荘王時
有二一愚夫人一　其名曰二樊姫一
不レ知レ有二此樂一　三載斷二鮮肥一

君王《くんわう》之《これ》を顧《かへり》みて笑《わら》ひ、弓箭《きゆうせん》も光輝《くわうき》を生《しやう》ず。
眸《ひとみ》を迴《めぐ》らして君王《くんわう》に語《かた》らく、昔《むかし》聞《き》く荘王《さうわう》の時《とき》、
一愚《いちぐ》夫《ふ》人《じん》有《あ》り、其《そ》の名《な》を樊姫《はんき》と曰《い》ふ。
此《こ》の樂《たの》しみ有《あ》るを知《し》らずして、三載《さんさい》鮮肥《せんび》を斷《た》つと。

妃・歸・飛・輝・肥（上平聲、微韻）、隨・羈・兒・離（上平聲、支韻）、衰・眉（上平聲、脂韻）、時・姫（上平聲、之韻）
……支・脂・之韻は同用。微韻は通押。

通釈　むかし春秋時代、楚の霊王は多くの妃妾を寵愛し、絶世の美女ばかりを選んで後宮にかかえており、さらには狩猟の楽しみにふけって、山野を馬で駆け回る時には、いつでも彼女たちを引き連れていた。その際、彼女たちは、華麗な皮製の肘当てをつけて、その肘の上に美しい羽並みのはやぶさを止まらせ、また薄衣《うすぎぬ》の袖を通した皓腕で黄金の豪華な手綱を自由自在にあやつっていた。かくて後宮の中の女性たちにも狩猟を習熟させる結果となり、すべての宮女たちは馬上の男子そのもののようであった。このように霊王は、女色にもおぼれ狩猟にもうつつを抜かす有り様だったので、刑法も政令もとっくにたるみっ放しとなってしまい、雲夢の沢では農耕・繁殖の始まる春になっても従来どおりに狩猟をつづけ、章華の台では夜を日に継いで歓楽にふけって夜も宮廷に帰って来ない始末であった。

　ところで、春風そよぐ二月の空に、折しも帰雁が列をつくって飛んでくると、ある妃妾は先端が銀色に輝く美しい矢を持ち出し、それを一本射かけて雌雄並び翔ける雁を震え上がらせ、かくて今まで大空を飛んでいた大雁は胆をつぶして離散し、果ては翼を収めて美女たちを警戒するようになってしまった。すると君王は、この妃妾を顧みて満悦の笑みをたたえ、その弓矢までも光彩を放つほどの栄誉に浴したわけだが、あらぬことかこの妃妾は、色っぽい流し目で君王に語りかけた――、「かつて耳にしたことでございますが、ご先祖の荘王さまの時代に、一人の愚かな妃妾が現れて、その名を樊姫と申しますが、このような狩猟の楽しみがあることもご存じなくて、ひたすら荘王さまの狩猟好きを止めさせたいばっ

かりに、なんと三年間も禽獣の肉を食べなかったとか」と。

語釈　○楚王　春秋時代の楚の霊王（在位、前五四〇—前五二九）を指す。霊王、姓は芊（ウヤ）、名は囲。章華の台を建てて奢侈靡麗をきわめ、雲夢の沢に猟して遊楽にふけった暗君。後漢の辺譲「章華の賦」の序に、「楚の霊王、既に雲夢の沢に遊び、荆台の上に息ふ。前には方淮の水あり、左には洞庭の波あり、右には彭蠡の隩を顧み、南には巫山の阿を眺む。目を延べて広く望み、観を騁（は）せて日を終ふ。顧みて左史の倚相に謂ひて曰く、『盛んなるかな斯の楽しみ、以て老いを遺（わす）れて死を忘るべきなり』と。是（ここ）に於て遂に章華の台を作り、乾谿の室を築き、木土の技を窮め、珍府の実を単（つ）くし、国を挙げて之を営み、数年にして乃ち成る。長夜の淫宴を設け、北里の新声を作（な）す」（『後漢書』巻八十下・文苑伝）と。ちなみに、章華台建立の事は『左氏伝』昭公七年・『国語』楚語上に初めて見える。○多内寵　「内寵」は、帝王が寵愛する姫妾。『左氏伝』桓公十一年に、「君に内寵多く、子に大援無し」と。ちなみに、『旧唐書』巻五十二・后妃伝下（憲宗懿安皇后郭氏）に、「帝（憲宗）の後庭に私愛多し」と。また宋の王讜『唐語林』巻一にも、憲宗自身の語を引いて「嬪女は已に多く、一旬の中、資費は万に盈つ」と。もって白居易の発言の真実性を有力に裏づけるであろう。○傾国　きわめて美麗な女性。『漢書』巻九十七上・外戚伝上（孝武李夫人）に、李延年の歌を引いて「北方に佳人有り、絶世にして独立す。一たび顧みれば人の城を傾け、再び顧みれば人の国を傾く。云々」と。ちなみに、白居易「長恨歌」（〇五九六）の冒頭に「漢王色を重んじて傾国を思ふ」と。○選嬪妃　「嬪妃」は、帝王の妃妾。例えば『新唐書』巻七十七・后妃伝下（憲宗孝明皇后鄭氏）に、憲宗の嬪妃選出の典型的な一例を記して、「憲宗の孝明皇后鄭氏は、丹陽の人。或いは本と爾朱氏と言ふ。元和の初め、李錡反す。……錡は聞きて、納れて侍人と為す。錡誅せられ、没（没収）して掖廷（後宮）に入れ、懿安后（郭后）に侍せしむ。憲宗は之を幸（寵愛）して、宣宗を生む」と。『唐語林』巻六の文も、ほぼ同じ。○従禽楽　「従禽」は、禽獣を追う。狩猟を言う。『易経』屯卦の六三象伝に、「鹿に即（つ）くに虞（監理人）無し。禽に従ふを以てなり。君子は之を舍（す）つ」と。また『三国志』巻二十五・魏書・高堂隆伝には、桟潜の諫言を引いて「若し遊田（遊猟）に逸（放逸）し、晨に出でて昏に帰り、一日の禽に従ふの娯しみを以て、垠（ぎか）り無きの釁（がと）を忘るれば、愚窃かに之を惑ふ」と。「楽」は、入声。「娯」は、上平声。下句の韻字「随」（上平声）との同声を避けたのである。○馳騁　駆けまわる。馬を走らせて獣を追いかける。○相随　寵妃愛妾を寄り添わせる。「相」は、ただ両者に関係があることだけを示す軽い副詞。○錦韝　華麗な装飾を施したゆごて。「韝」は、肘（じひ）当て。弓を射るとき、左のひじに着け、弦がひじに触れるのを防ぐ円い皮製の道具。○臂　他動詞。ひじの上に止まらせる。○花隼　美しい羽並みの隼（はやぶさ）。「隼」は、鷹に似た猛禽類。狩猟用に飼育されて小さな禽獣を捕らえる。○羅袂　うすぎぬの袖。○控　控御。馬を自由自在にあやつる。和訓の「ひかえる」ではない。○金羈　黄金で装飾した豪華な手綱。○遂習宮中女　皆如馬上女　中唐の王建（七六七?—八三〇?）「宮詞一百首」（第二十二首）に、「射生の宮女は紅妝を宿（とど）め、新弓を把り得て各自に張る。馬に上る時に臨みて斉しく酒を賜ひ、男児のごとく跪き拝して君王に謝す」（『全唐詩』巻三〇二）と。白氏の詠ずる所は、当時の宮廷の実事たるを知る（王汝弼『白居易選集』三九頁の注に拠る）。○色禽合為荒　女色と狩猟とが共に荒肆に帰する。『書経』五子之歌篇に、「内には色荒を作（な）し、外には禽荒を作し、酒を甘（この）み音を嗜み、字を峻（たか）くし墻を雕（かざ）る。此（ここ）に一有れば、未だ亡びざること或（あ）らず」と。「荒」は、迷い乱れる。ふける。○刑政　刑法と政令。○雲夢　雲夢の沢。むかし楚の国にあった大きな沼沢。おおむね今の湖南省益陽市・湘陰県以北、湖北省江陵県・安陸県以南、武漢市以西の地区を包括。九百里四方もあったという。○春仍獮　狩猟がその時期でないことを言う。「春」以後は農耕・繁殖の時期。「仍」は、「仍旧」の「仍」。従来のままに。○章華　章華の台。楚の霊王が造った離宮。その故址には諸説があるが、今の湖北省監利県西北が有力。ここでは暗に唐の憲帝の離宮・後宮に喩える。

○離離　並び連なるさま。○銀鏑　銀色に輝く矢の先端。○一発　一たび発射する。『戦国策』楚策一に、「楚王、雲夢に遊ぶ。……狂兕の車を趼（か）け輪に依りて至る有り。王親ら弓を引いて射たれば、壱発にして殪（たふ）る」と。○畳　ふるえおののかせる。『詩経』周頌「時邁」に、「薄（はじ）めて言（ここ）に之を震へば、震へ畳（おそ）れざるは莫し」と。その毛伝に「畳とは、懼るるなり」と釈する。また『文選』巻五、左思「呉都の賦」にも、呉王の狩猟の様子を詠じて「鉦鼓は山に畳（ふる）ひ、火烈は林に爂（と）ぶ」と。その劉逵注に「畳とは、振畳するなり」と釈し、五臣李周翰注に「畳とは、鼓声の振動するなり」と釈する。○双飛　雌雄が仲むつまじく並び飛ぶ鳥。例えば『文選』巻二十九、「古詩十九首」（其の十二）に、「思ふ　双飛の燕となり、泥を銜みて君の屋に巣くはんと」と。三国魏の曹丕「清河の作」詩に、「願はくは晨風（はやぶさ）の鳥となり、双飛して北林に翔けん」（『玉台新詠』巻二）と。また杜甫「哀江頭」に、「一笑正に墜つ双飛の翼」（『杜詩詳註』巻四）と。○飛鴻　天空を飛んでいる大雁。○蛾眉　美女。妃妾。もともとは細長く曲線を画いた美しい眉のこと。古くは『詩経』衛風「碩人」に、「螓首蛾眉」と。『楚辞』離騒に、「衆は余の蛾眉を嫉む」と。また例えば、白居易「長恨歌」（〇五九六）にも「宛転たる蛾眉　馬前に死す」と。○迴眸　色っぽい流し目で見る。例えば白居易「長恨歌」（〇五九六）に、「眸を迴らして一たび笑へば百媚生ず」と。○語君王　君王に語りかける。この三字、宋本・馬本・汪本・『全唐詩』は「語君曰」（君に語りて曰く）に作り、那波本は更に「曰」字を「日」に誤る。今、上句の「君王」、および我が国鎌倉時代の写本である国会図書館蔵『文集抄』の本文に従う。○昔聞荘王時の五句　「荘王」は、楚の荘王侶。霊王の四代前、五十余年前の先祖。前漢末の劉向『列女伝』賢明篇（楚荘樊姫）に、「樊姫は、楚の荘王の夫人なり。荘王　位に即きて、狩猟を好む。樊姫　諫むれども止めず。乃ち禽獣の肉を食らはず。王過を改めて、政事に勤む」と。「王改過」（王、過を改む）の一句三字、『文選』巻五十六、張華「女史箴」の李善注が引く『列女伝』の文は、「三年王改」（三年にして王改む）の四字に作り、白居易の詠ずるところと合致する。〇不知有此楽　「楽」は、上句「禽に従ふ楽しみ」の「楽」。狩猟の楽しみ。この一句、宋本・那波本・汪本・馬本・『全唐詩』（巻四二四）は、いずれも「不有此遊楽」（此の遊楽有らず）に作る。思うに、この各本の作るところ、詩意が頗る把握しにくい。ちなみに、北宋鈔本系の内閣文庫蔵『管見抄』巻一は「不知有此楽」に作り、天海校本（尊経閣文庫蔵）は「不知有此遊」に作る。疑うらくは、伝写の際、上述の宋本以下の各本は、つとに誤って「知」字を脱したので、以後なんとか読めるように改修が行われたのではないか。今、『管見抄』に従う。〇鮮肥　新しくて肥えた鳥獣の肉。

余説　明の賀裳『載酒園詩話』に云う、「『詩帰』（明の竟陵派の鍾惺・譚元春の撰）に白（白居易の詩）を選ぶに、頗る具眼の処有り。如（たと）へば『雑興詩』に曰はく、（中略）此の詩の用意と落筆とは、無限の曲折と蘊藉あり。初めて之を読みしに、其の白の手に出でしを信ぜざりき。従（かつ）て未だ選ばれざる者なり。此、珊瑚を海底より出だすと謂ひつべし」と。

明の賀貽孫『詩筏』巻下に云う、「白楽天は自ら其の諷諭詩の言は激にして意は質なるを愛す。故に其の朝に立つや侃々として正直なり。穆宗に献ずる所の『虞人箴』並びに『雑興詩』の『楚王多内寵』一篇は、色禽の荒を指点し、婉切痛快にして、字々に炯戒あり。其の『長恨歌』諸作を読むに及びては、諷刺は深隠にして、意は言外に在り、信（まこと）に其の自ら評する所のごとし。又独り『大嘴烏』『雉媒』等の篇のみの託すること有りて言ふにあらざるなり。……」と。

0019　其二

越國政初荒　越天旱不レ已
風日燥二水田一　水涸塵飛起
國中新下レ令　官渠禁二流水一
流水不レ入レ田　壅入二王宮裏一
餘波養二魚鳥一　倒影二浮樓雉一

其《そ》の二《に》

越國《ゑつこく》　政《まつりごと》　初《はじ》めて荒《すさ》み、越天《ゑつてん》　旱《かん》して已《や》まず、
風日《ふうじつ》　水田《すいでん》を燥《かわ》かし、水《みづ》涸《か》れて塵《ちり》飛《と》び起《お》こる。
國中《こくちゆう》　新《あら》たに令《れい》を下《くだ》して、官渠《くわんきよ》　流水《りうすい》を禁《きん》じ、
流水《りうすい》は田《た》に入《い》れず、壅《ふさ》ぎて王宮《わうきゆう》の裏《うち》に入《い》る。
餘波《よは》　魚鳥《ぎよてう》を養《やしな》ひ、倒影《たうえい》　樓雉《ろうち》を浮《う》かべ、

澹灩九折池　縈廻十餘里
四月芰荷發　越王日遊喜
左右好風來　香動㆓芙蓉蕊㆒
但愛㆓芙蓉香㆒　又種㆓芙蓉子㆒
不㆑念閶門外　千里稻苗死

澹灩《たんえん》たり九折《きうせつ》の池《いけ》、縈廻《えいくわい》すること十餘里《じふより》。
四月《しぐわつ》　芰荷《きか》發《ひら》き、越王《ゑつわう》　日〻《ひび》に遊喜《いうき》し、
左右《さいう》より好風《かうふう》來《きた》りて、香《かう》　芙蓉《ふよう》の蕊《ずい》を動《うご》かす。
但《た》だ芙蓉《ふよう》の香《かう》を愛《あい》して、又《また》芙蓉《ふよう》の子《み》を種《う》ゑ、
念《おも》はず　閶門《しやうもん》の外《そと》、千里《せんり》稻苗《たうべう》の死《か》るるを。

已・起・裏・里・喜・子（上聲、止韻）、水・雉・蕊・死（上聲、旨韻）……止韻・旨韻は同用。

通釈　むかし春秋時代、越の国で政治が荒廃しはじめたころ、この越の気候は日照りが長くつづいて終わらず、熱風烈日が水田をからからに干上がらせ、水がかれ果てて土ぼこりが舞い上がる惨状であった。然るに君王は、新たに国中に指令を下して、宮廷内の掘り割りから水を流し出すことを禁止し、流れてくる水は農民の田畑には入れないで、せき止めて王宮の中に流し込むようにした。かくて、王宮内の掘り割りの水が流れゆく先では、事もあろうに、その水をもって贅沢にも観賞用の魚や鳥を飼っており、見渡せば、その水面には王城の高楼や城壁が影をさかさまにして浮かんでいる。なんとまあ、そこは岸が曲がりくねって贅をつくした池になっていて、ゆらゆらと波が揺らめき、くねくねと十余里（五六〇〇メートル余り）も周囲をとりまいていたとか。

やがて夏四月、この池の面に菱や蓮の花が咲くころともなると、越国の君王は来る日も来る日もここで遊楽にふけりつづけ、その身辺に心地よいそよ風が吹いてきて、蓮の花のしべを揺り動かすとその芳香は彼を魅了した。ところで越国の君王は、ひたすら蓮の花の芳香に心を奪われたので、さらに蓮の種子を蒔く有り様であって、当時王城の門の外では、千里四方にもわたって稲の苗が枯死している現実を懸念することはなかった。

語釈　〇越国　春秋時代の国名。会稽（今の浙江省紹興市一帯）を根拠地とし、常に呉国（今の江蘇省蘇州市一帯）と戦争が絶えなかった。この白詩の下句に見える「越王」は、恐らく勾践（？―前四六五）を指す。越王勾践が呉王夫差に敗れた後、賢臣范蠡の翼賛を得て、

臥薪嘗胆、ついに呉国を滅ぼしたことは有名で、『国語』越語下、『史記』巻四十一・越王勾践世家、『呉越春秋』外伝等に見える。一方、越王勾践の荒淫生活については、『国語』越語下に、その即位四年、勾践が范蠡に語った自白として、「吾、年既に少（かわ）く、未だ恒常（生活上の常規）有らず、出でては則ち禽（狩猟）に荒（さす）び、入りては則ち酒（酒びたり）に荒ぶ」と言い、呉国討滅後の艶聞として、後世の作ながら李白「越中覧古」詩に、「越王勾践　呉を破りて帰り、義士は郷に還りて尽く錦衣　宮女は花の如く春殿に満つるも、只今惟だ鷓鴣の飛ぶ有るのみ」（『全唐詩』巻一八一）と詠ずる。〇越天旱不已　当時の越国の歴史にこの記録は見当たらない。ちなみに、『旧唐書』巻十四・憲宗本紀の元和三年（八〇八）末に、「是の歳、淮南・江南・江西・湖南・山南東道、旱す」と。また『資治通鑑』唐紀の憲宗元和四年（八〇九）春正月に、「南方旱饑す」と。〇風日　風と日。天候の目安。例えば、白居易「江州の雪」詩（〇二七六）に、「須臾にして風日暖かに、処処皆飄墜す」と。〇官渠　宮廷内の掘り割り。例えば、『旧唐書』巻十三・徳宗（憲宗の前の天子）本紀の貞元十三年（七九七）六月に、「辛巳（二十七日）、龍首渠の水を引いて通化門より入れ、太清宮の前に至る」と。〇余波　河川の下流。『書経』禹貢篇に、「弱水を導きて、合黎に至り、余波は流沙に入る」と。ここでは、「官渠」の水が流れ込む先。〇楼雉　城楼と城壁。「雉」は、もともと城壁の面積の単位。一雉は、長さ三丈、高さ一丈。よって城壁を指す。『文選』巻三十、南朝宋の謝朓「王著作の『八公山』に和す」詩に、「出没　楼雉を眺め、遠近　春目を送る」と。〇澹灩　波がゆらゆらと揺らめくさま。双声語。中唐の柳宗元「永州の崔使君の南池に遊宴するに陪する序」に、「其の下には芡芰蒲藻、波に騰（どを）る魚有りて、太虚を韜涵し、閭里に澹灎たり」（『全唐文』巻五七八）と。その旧注に「澹灎とは、揺動するなり」と釈する。「灎」は「灩」の俗字。〇九折池　くねくねと曲がりくねった池。ちなみに、『新唐書』巻八十三・諸帝公主伝（安楽公主）に、「嘗て昆明池を私沼と為さんことを請ふ。帝曰く、『先帝、未だ以て人に与ふる者有らず』と。主（公主）悦ばず。自ら定昆池を鑿し、延袤数里なり。……司農卿の趙履温、為に繕治して、石を累ねて華山に肖（かたど）り、隥彴は横邪し、回淵は九折、石を以て水を瀵（噴出）す」と。〇縈廻　周囲をとりまく。

〇芰荷　菱と蓮。『楚辞』離騒に、「芰荷を製して以て衣と為し、芙蓉を集めて以て裳と為す」と。〇遊喜　宋本・底本および各刊本では、「遊嬉」に作る。「喜」は、上声の止韻。「嬉」は、上平声の之韻または去声の志韻。従って「嬉」字は、押韻の関係上、恐らくは誤植。今、我が国の国会図書館蔵『文集抄』および内閣文庫蔵『管見抄』の本文に従って改める。〇香動芙蓉蕊　この一句をそのまま直訳すれば、「芙蓉の芳香がその蕊を揺り動かす」という表現になるが、この一句は、その倒装表現。白詩「林間に酒を暖めて紅葉を焼き、石上に詩を題して緑苔を掃ふ」（〇七一五）を参照。「芙蓉蕊」は、蓮の花の雄しべと雌しべ。〇但　只管。ひたすら。〇閶門　王城の門。『楚辞』離騒に、「吾　帝閽をして関を開かしむるも、閶闔に倚りて予を望む」と。閶闔は、天帝の宮殿の門の名。因って王城の門を「閶門」と言う。ここでは蘇州・楊州の「閶門」ではない。

余説　この詩の「左右好風来」の句を題にした左相府（藤原道長）及び橘為義の七言律詩各一首が、『本朝麗藻』巻上・夏部に収録されている。

0020　其三

呉王心日侈　服翫盡二奇瓌一
身臥二翠羽帳一　手持二紅玉杯一
冠垂二明月珠一　帶束二通天犀一
行動自矜顧　數歩一徘徊
小人知レ所レ好　懷レ寶四方來
奸邪得レ藉レ手　從レ此倖門開
古稱國之寶　穀米與二賢才一
今看君王眼　視レ之如二塵灰一
伍員諫已死　浮屍去不レ迴
姑蘇臺下草　麋鹿暗生レ麑

其《そ》の三《さん》

呉王《ごわう》は心《こころ》日《ひ》ゝ《び》に侈《おご》りて、服翫《ふくぐわん》　奇瓌《きくわい》を盡《つ》くし、
身《み》は翠羽《すいう》の帳《とばり》に臥《ふ》し、手《て》は紅玉《こうぎよく》の杯《さかづき》を持《も》つ。
冠《かんむり》は明月《めいげつ》の珠《たま》を垂《た》れ、帶《おび》は通天《つうてん》の犀《さい》を束《つか》ね、
行動《かうどう》自《おのづか》ら矜《おご》り顧《かへり》み、數歩《すうほ》にして一《ひと》たび徘徊《はいくわい》す。
小人《せうじん》　好《この》む所《ところ》を知《し》り、寶《たから》を懷《いだ》いて四方《しはう》より來《きた》り、
奸邪《かんじや》　手《て》を藉《か》るを得《え》、此《これ》に從《よ》りて倖門《かうもん》を開《ひら》く。
古《いにしへ》に稱《しよう》す　國《くに》の寶《たから》は、穀米《こくべい》と賢才《けんさい》となりと。
今看《いまみ》る　君王《くんわう》の眼《め》、之《これ》を視《み》ること塵灰《ぢんくわい》の如《ごと》し。
伍員《ごうん》諫《いさ》めて已《すで》に死《し》し、浮屍《ふし》去《さ》つて迴《かへ》らず。
姑蘇臺下《こそだいか》の草《くさ》、麋鹿《びろく》暗《あん》に麑《かのこ》を生《しやう》ぜり。

瓌・杯・徊・灰・迴（上平聲、灰韻）、犀・麑（上平聲、齊韻）、來・開・才（上平聲、咍韻）……灰・咍韻は同用。齊韻は通押。

通釈　むかし春秋時代、呉王夫差は、宿敵の越王勾践を打ち破ってから以後、その心が日に日に奢侈となり、身に着ける

ものも慰みにするものもすべて珍奇重宝の限りを尽くすようになって、その身は翡翠の羽で織った麗雅な垂れぎぬの中で寵愛する女性と臥床を共にし、その手には紅玉で作った珍奇な酒杯を持つ私生活をつづけ、一方公式の場では、その王冠に「明月の珠」という夜も明るく光る宝珠を垂れ、その腰帯に「通天の犀」という一筋の白線が上下に貫通した貴重な犀角を巡らせていて、その挙動は、いかにも尊大で四周を睥睨し、五六歩あるいてはその都度たちもとおり、得意げに自分の冠帯を誇示しているようであった。すると卑劣な人間どもは、目ざとく君主の好みを察知し、貴重な宝物を胸にいだいて四方から駆けつけ、心のねじけた臣下どもは、ほんの僅かばかり君主に力添えをすることができると、この僅かな実績を手掛かりにして不正な立身出世の門戸を押し開く体たらくであった。

顧みれば、古代の人は言った——「国家の宝は、五穀と賢才とである」と。ところが現今、うかがい見るところでは、君主の眼からすれば、五穀も賢才もこれを塵埃ぐらいにしか見なしていない。従って、呉国の賢臣であった伍員は、驕慢な呉王夫差を諫めたために間もなく自刃し、残酷にも夫差のために江水に浮かべられた彼の死骸も、空しく流れ去って再び返ることはなく、星移り物変わって、今や呉王夫差が歓楽をきわめた姑蘇台の台下には雑草が生い茂り、トナカイや鹿が人知れず子鹿を生み落としている。

語釈 ○呉王　春秋末期の呉王夫差（?—前四七三）を指す。『左氏伝』哀公元年に、楚の子西の言葉を引いて「今聞く、夫差は次（軍隊の宿営）にも台榭（高殿）・陂池（池沼）有り、宿（旅宿）にも妃嬙（妃妾）・嬪御（宮女）有り。一日の行（旅行）にも、欲する所は必ず成（そな）へ、玩好も必ず従へ、珍異（珍味）を是れ聚め、歓楽に是れ務め、民を視ること讎（仇敵）の如くして、之を用ふること日ごとに新たなり。夫れ先づ自ら敗るるなるのみ、安（いづ）くんぞ能く我（楚）を敗らん」と。この子西の語、『国語』楚語下・『説苑』権謀篇は共にこれを引いてやや省略がある。○服翫　見につけたり賞玩したりするもの。○奇瓌　奇異珍貴。珍奇な宝物。○翠羽帳　かわせみの羽で織った垂れぎぬ。『楚辞』招魂に、「翡帷翠帳、高堂に飾る」と。その王逸注に「言ふこころは、復た翡翠の羽を以て幬帳（とばり）を雕飾し、高堂に張りて以て君を楽しましむるなり」と釈する。○紅玉杯　紅玉で作った珍奇な酒杯。北魏末の楊衒之『洛陽伽藍記』巻四（城西）法雲寺の条に、「（河南王元琛）常に宗室を会して、諸宝器を陳す。金瓶銀瓮は百余口、甌檠盤盒は是と称す。自余の酒器に、水晶の鉢、瑪瑙の盃、琉璃の碗、赤玉の卮（さかづき）数十枚有り。作工奇妙、中土に無き所にして、皆西域より来る」と。「紅玉の杯」は、恐らく「赤玉の卮」を言う。○明月珠　明月のように明るく光る宝珠。夜光の珠。秦の李斯「秦の始皇に上書す」（または「客を逐ふを諫むるの書」に、「(今、陛下は)明月の珠を垂れ、太阿の剣を服す」(『史記』巻八十七・李斯列伝、『文選』巻三十九)と。○通天犀　犀(さい)の角(つの)の中心に一すじの白い紋様が上から下まで貫通している珍品。「通犀」ともいう。そして、この通天犀を飾りにつけた腰帯を「通犀帯」「通天犀帯」という。『漢書』巻九十六下・西域伝(下)の賛に、「明珠・文甲・通犀・翠羽の珍、後宮に盈つ」と。その顔師古注に、如淳の注を引いて「通犀は、中央色白く、両頭に通ず」と解説する。また『後漢書』巻三・章帝紀の元和元年(八四)春正月の条に、「日南(郡)の徼外(国境の外)の蛮夷、生犀(白犀の誤りか)・白雉を献ず」と。その李賢注は、漢の楊孚『異物志』を引いて「角中、特に光耀有り、白理は線(糸すじ)の如く、本より末に達すれば、則ち通天犀と為す」と解説する。さらに東晋の葛洪『抱朴子』内篇の登渉篇に、「通天犀は、角に、白理は線の如く、本より末に徹する者有り」(『太平御覧』巻十五(天部、霧)の引用文に拠る)と。○行動　挙動。動作。○矜顧　矜誇、顧眄。尊大にかまえて、あたりを睥睨(へいげい)する。『文選』巻十四、南朝宋の鮑照「舞鶴の賦」に、「颯沓しては矜顧し、遷延しては遅暮すと。その李善注に「矜顧とは、矜荘(厳粛荘重)にして相顧みるなり」と釈する。

○数歩一徘徊　五、六歩あるいては立ちもとおる。古楽府「焦仲卿の妻」に、「孔雀は東南に飛び、五里に一たび徘徊す」(『楽府詩集』巻七十三)と。ここでは、呉王が得意顔で、身につけた珍品のかずかずに自己陶酔している様子をいう。○小人　君子の対蹠的存在。人格の卑劣な人間。『書経』大禹謨篇に、「君子は野に在り、小人は位に在り」と。この白詩では、暗に憲宗の時、天子に歌舞人・銀器・財宝などを献上して高位顕官を得た奸臣の于頔・裴均・王锷を指す。白居易の「于頔・裴均を論ずる状」(一九四九)・「王锷を官に叙せんと欲するの事宜を論ずる状」(一九五八)・「裴均の銀器を進奉するを論ずる状」(一九五九)を参照。○懐宝　宝物を胸にいだく。『論語』陽貨篇に、「其の宝を懐きて其の邦を迷はす」と。○奸邪　心のよこしまな臣。例えば、『韓非子』有度篇に、「忠臣は非罪に危死し、姦邪の臣は、無功に安利なり」と。○藉手　わずかばかりの功績。『左氏伝』襄公十一年に、「小国に罪有れば、大国は討を致す。苟も以て手を藉(か)ることと有らば、赦宥せざること鮮し」と。その漢の服虔注に「今、河南の俗語、生を治め利を求めて、少しく得る所有れば、皆言ふ『用(もつ)て手を藉るべし』と」と釈する。○従此　この事実を手掛かりにして。「従」は、依拠する。例えば『列子』黄帝篇に、「子華曰く、若(なんぢ)能く火に入りて錦を取らば、得る所の多少に従うて若を賞せんと」と。○倖門　天子の寵愛を受けた邪佞の小人が立身出世する門戸。「倖」字、わが内閣文庫蔵『管見抄』第一冊は「幸」に作る。同じ。○開　他動詞。押韻の都合で目的語の下に置くことになったのである。

○古称国之宝　穀米与賢才　『書経』旅獒篇に、「宝とする所は惟(こ)れ賢なり」と。また『范子計然』(佚書)に、「五穀なる者は、万人の命、国の重宝なり」(『斉民要術』巻三・雑説、『芸文類聚』巻八十五・百穀部・穀、『太平御覧』巻八三七・百穀部・一、『文選』巻三、張衡「東京の賦」李善注、共に引く)と。さらに『文選』巻三、張衡「東京の賦」に、「貴ぶ所は惟れ賢、宝とする所は惟れ穀なり」

と。○伍員諫已死　浮屍去不迴　伍員（?―前四八四）、字は子胥。呉国の賢臣。呉王夫差の時、越王勾践を破り、越王が和を乞うてきたので夫差はこれを許そうとしたところ、伍員は強く諫めてこれを許さないようにしたが、夫差は聞き入れず、宰相の伯嚭（ひ）の建策を採用して越と講和した。また夫差が斉を攻めた時も、伍員はこれを諫めたが、やはり夫差は聞き入れなかった。その後、夫差は伯嚭の讒言を信じ、伍員に属鏤（しょくる）の剣を下賜して自刃させようとした。かくて伍員は天を仰いで嘆息し、激しく苦言を呈した後、みずから首をはねて死んだ。夫差はこれを聞いて大いに怒り、伍員の死骸を取りよせて、鴟夷の革ぶくろに包み、これを江水の中に浮かべた（『国語』呉語、『史記』巻六十六・伍子胥列伝、『呉越春秋』夫差内伝に拠る）。○姑蘇台下草　麋鹿暗生麑　「姑蘇台」は、呉王の闔閭あるいは夫差の築いた楼台。今の江蘇省蘇州市の西南の姑蘇山上にあった。また「姑胥の台」ともいう。「麋鹿」は、トナカイと鹿。「麑」は、小鹿。『呉越春秋』巻五、勾践陰謀外伝に、伍員が呉王夫差を諫めた語を載せて、「臣は必ず見ん、越の呉を破り、豕鹿姑胥の台に游び、荊榛宮闕に蔓（はびこ）るを」と。「豕鹿」は、いのこと鹿。「荊榛」は、いばらとはしばみ。いずれも雑木。また『越絶書』巻五、請糴内伝にも、伍員の諫言を録して、「今、数年を出でずして、鹿豕、姑胥の台に遊ばん」と。

0021

宿㆓紫閣山北村㆒詩

紫《し》閣《かく》山《さん》北《ほく》の村《むら》に宿《しゅく》する詩《し》

解題　長安南郊の紫閣山に遊び、その北麓の一村で宿した時、たまたま禁衛軍が公然と小民から物品を掠奪する現場を目のあたりにして、彼等の強権的な横暴ぶりを直叙した作品。おおむね元和三、四年（八〇八、八〇九）前後のころ、長安宮廷で左拾遺・翰林学士、京兆府戸曹参軍・翰林学士であった時の作。時に白居易は、三十歳代後半であった。この詩が当時の禁衛軍首脳たちに与えた強烈な衝撃については、白居易の「元九に与ふる書」（一四八六）に、「紫閣村に宿る詩を聞けば、則ち軍要を握る者切歯す」と述べている。「紫閣山」は、陝西省戸県の東南に在って、終南山の有名な一支峰。旭日がこの峰を照らすと爛然として紫色に輝き、その形状が楼閣のように聳えているので、この山名を得たという（清の畢沅『関中勝蹟図志』巻二に引く『雍勝略』に拠る）。なお、この山に言及した唐代の詩歌としては、李白「君子有所思行」に、「紫閣は終南に連なり、青冥天倪の色」（『全唐詩』巻一六四）と、杜甫「秋興八首」（其の八）に、「紫閣峰陰渼陂に入る」（『杜詩詳註』巻十七）と、また白居易「（盩厔）県の西郊の秋、馬造に寄贈す」詩（〇六三六）に、「紫閣峰の西　清渭の東」とある。詩題の「村」字、宋本・那波本・要文抄（巻一）・馬本・『全唐詩』（巻四二四）、いずれも同じ。汪本は「邨」に作る。「邨」は本字、「村」は借字。また題末の「詩」字、那波本・要文抄にはあるが、宋本・馬本・汪本・『全唐詩』にはない。今、那波本に従う。

晨遊二紫閣峰一　暮宿二山下村一
村老見レ予喜　爲レ予開二一罇一
擧レ杯未レ及レ飲　暴卒來入レ門
紫衣挾二刀斧一　草草十餘人
奪二我蓆上酒一　掣二我盤中飧一
主人退後立　斂レ手反如レ賓
中庭有二奇樹一　種來三十春
主人惜不レ得　持レ斧斷二其根一
口稱二采造家一　身屬二神策軍一
主人愼勿レ語　中尉正承レ恩

晨《あした》に紫閣《しかく》の峰《みね》に遊《あそ》び、暮《く》れに山下《さんか》の村《むら》に宿《しゆく》す。
村老《そんらう》　予《よ》を見《み》て喜《よろこ》び、予《よ》が爲《ため》に一罇《いつそん》を開《ひら》く。
杯《さかづき》を擧《あ》げて未《いま》だ飲《の》むに及《およ》ばざるに、暴卒來《ぼうそつきた》つて門《もん》に入《い》る。
紫衣《しい》刀斧《たうふ》を挾《さしはさ》み、草草《さうさう》たり十餘人《じふよにん》。
我《わ》が蓆上《せきじやう》の酒《さけ》を奪《うば》ひ、我《わ》が盤中《ばんちゆう》の飧《そん》を掣《せい》す。
主人《しゆじん》退《しりぞ》きて後《しりへ》に立《た》ち、手《て》を斂《をさ》めて反《かへ》つて賓《ひん》の如《ごと》し。
中庭《ちゆうてい》に奇《き》樹《じゆ》有《あ》り、種《う》ゑてより來《このかた》　三十春《さんじつしゆん》。
主人《しゆじん》惜《を》しめども得《え》ず、斧《をの》を持《も》ちて其《そ》の根《ね》を斷《た》つ。
口〻《くちぐち》に采造《さいざう》の家《いへ》と稱《しよう》するも、身《み》は神策《しんさく》の軍《ぐん》に屬《ぞく》す。
主人《しゆじん》よ愼《つつし》んで語《かた》ること勿《な》かれ。中尉《ちゆうゐ》は正《まさ》に恩《おん》を承《う》く。

村・罇・門（上平聲、魂韻）、人・賓（上平聲、眞韻）、飧（上平聲、寒韻）、春（上平聲、諄韻）、根・恩（上平聲、痕韻）、軍（上平聲、文韻）……魂・痕韻、眞・諄韻は同用。魂・眞・寒・諄・痕・文韻はすべて通押。

通釈　早朝から紫閣の峰に遊び、夕暮れにその北麓の村で宿をとったところ、村の長老が私を見掛けて喜び、さっそく私のために宴席を設けてくれた。ところが、われわれが酒杯を挙げて、いざこれから酒宴に入ろうとした矢先に、紫色の単衣を身にまとい刀や斧を小脇にかかえた乱暴な兵卒が十余人、どやどやと飛びこんで来て門から押し入った。そして彼らは、われわれの席上の酒を奪い取ってガブガブと飲み干し、われわれの大皿の中の菜肴を引っ張り出して食い散らしたのに、主人はすごすごと引き下がって後方に立ちつくし、両手を胸の前に重ね合わせてひたすら恭順の意を表すばかりで、主人であるのに却って賓客のごとくに畏まっている。

一方、主人の家の庭園の中ほどには素晴らしくりっぱな珍樹があって、植えてから実に三十年にもなり、主人にとってはどれだけ惜しんでも惜しみきれない貴重な植木であったが、兵卒どもは斧を手に取って容赦もなくその根を断ち切ってしまった。ところで彼らは、それぞれ口では朝廷の用品調達機関の役人だなどとほざいているが、実はその身は今を時めく神策軍に所属しているのだ。だから主人よ、慎重な態度をとって他言してはなるまいぞ。なぜならば、その神策軍の総帥の護軍中尉は、ちょうど天子の寵愛を一身に受けつつある権力者なのだから。

語釈 ○開一罇　酒樽をあけて宴席を設ける。「罇」字、那波本は誤って「鐏」に作る。今、宋本に拠って改める。形似による誤写。この字、馬本は「樽」に作り、汪本・『全唐詩』は共に「尊」に作る。元来、酒だるの場合は「尊」字で表したが、後世この「尊」を専ら尊卑の字として用いるようになったので、別に「罇」（土製の酒だる）・「樽」（木製の酒だる）の字が作られた（『説文』段玉裁注に拠る）。従って「尊」「罇」「樽」三字は、共に通ずる。○紫衣　ここでは紫衫（紫色の単衣）をいう。唐宋時代の士官・下士官など下級将校の軍服。例えば中唐の于濆「従軍を恨む」詩に、「白衫の児に嫁せず、君の新しき紫衣を愛す」（『全唐詩』巻五九九）と。ちなみに、後世の記録ながら『宋史』巻一五三・輿服志五に、南宋時代の士大夫の服を列挙して「一に曰く深衣、二に曰く紫衫、三に曰く涼衫（白衫）、四に曰く帽衫、五に曰く襴衫」と。この文に拠って推察すれば、于濆の詩に所謂「紫衣」は紫衫をいい、「白衫」より上位の服であったらしい。そして、さらに同じく中唐の李庾（?―八七四）「両都の賦」（西京の賦）には、王者の武威を称えて「親兵百万、制するに神策を以てし、紫身豹首、金腰火額」云々（『全唐文』巻七四〇）と。この賦の文に拠れば、当時宦官がその実権を掌握していた禁衛の神策軍の一般将兵の軍服だけは、あるいは特別に「紫衣」（紫衫）によって統一されていたか。○草草　どやどやと。にわかで無作法なさま。○薦上酒　「薦」字、馬本・汪本・『全唐詩』（巻四二四）は共に「席」に作る。通用。今、宋本・那波本に従う。○掣　強奪する。○飧　料理。ごちそう。○斂手　拱手。両手を胸の前で重ね合わせて恭敬を表す。例えば『世説新語』賢媛篇「桓宣武（桓温）蜀を平らぐ」の条の劉孝標注に引く『妬記』に、「温は蜀を平らげ、李勢の妹を以て妾と為す。……（南康郡公主）李の窓に在りて頭を梳るを見るに、姿貌端麗、徐徐に髪を結ひ、手を斂めて主に向かふ。神色閑正、辞は甚だ悽惋たり」と。

○中庭　庭園の中ほど。○采造家　宮廷・政庁の用品を採集（捜集）したり製造したりする機関の人員。当時における「採造」という用語は、例えば『旧唐書』巻四十九・食貨志下に引く大和九年（八三五）十二月の左僕射令狐楚の上奏文に、「採造の及ばんと欲するに、妨廃せらるるを虞と為す」と見える。○神策軍　当時、皇家禁衛軍の一。徳宗・憲宗以後、全く宦官の掌握下におかれ、ついに天子の廃立を行い、宦官専横の基盤となった（『旧唐書』巻四十四・職官志三、『新唐書』巻五十・兵志）。なお、『冊府元亀』巻六十一（帝王部、立制度二）には、「唐の文宗の太和元年（八二七）五月癸酉、左神策軍、奏して当軍の『南山採造印』一面を鋳んことを謂ふ」とある。この記事に拠れば、中唐時代、前述の「採造」は、すでに左神策軍の直属機構であったことが分かる（朱金城『白居易集箋校（二）』二七頁）。〇中尉　護軍中尉の簡称。唐の徳宗の貞元十二年（七九六）に新設され、員二人。左・右神策軍を分掌し、禁軍を統帥した。宦官を任命して、権勢極めて盛んであった。白居易のこの詩では、恐らく吐突承璀（?―八二〇）を指す。『新唐書』巻二〇七・宦者伝上に拠れば、吐突承璀、字は仁貞、閩（今の福建省）の人。黄門（宦官）を以て東宮に仕え、掖廷局博士と為り、察々として才有り。憲宗立ち、擢でられて左監門将軍・左神策護軍中尉・左街功徳使に累進し、薊国公に封ぜられた。王承宗が叛乱を起こした時、承璀は憲宗がその征討に積極的なことを素早く推察したので、その実行を請うたところ、憲宗は彼が果敢で自発的なのを見て、すぐさま承璀に詔して行営招討処置使に任命し、左右の神策及び河中・河南・浙西・宣歙の兵を率いてこれを討たしめた。ところがこの抜擢に対して、白居易「承璀の職名を論ずる状」（一九四）等、多くの諫官たちから「古に中人（宦官）の大帥（総司令官）に位する無く、恐らくは四方の笑ひと為らん」という強い批判が続出したので、ついにやむなく憲宗は彼を招討宣慰使に更迭し、彼のために通化門まで迎えに出て彼の遠征をねぎらった、という。憲宗の吐突承璀に対する異常な寵愛ぶりを知るべきであろう。ちなみに『旧唐書』巻四十四・職官志三（左右神策軍）の自注に、「貞元中、特に神策軍護軍中尉を置き、中官（宦官）を以て之と為し、時に両軍中尉と号す。貞元以後、中尉の権は天下に傾（圧倒）し、人主の廃立、皆其の可否に出づ」と。貞元・元和の交は、承璀の全盛期に当たる。〇正　ちょうど……しつつある。状況が持続中であることを示す副詞。〇承恩　天子の寵恩をこうむる。例えば『史記』巻一二五・佞幸列伝の索隠述賛に、「鵕を冠して入侍し、粉を傅して恩を承く」と。

余説　南宋の洪邁（一一二三―一二〇二）『容斎続筆』巻十五（紫閣山村詩）に、白居易のこの詩に述べる神策軍の強奪搾取ぶりが、北宋末の徽宗の政和・宣和年間における佞幸朱勔（一〇七五―一一二六）一味の所謂「花石綱」に象徴される暴挙とそっくりだとして次のごとく言う――

宣和の間、朱勔に花・石を挟みて進奉するの名ありて、以て寵を固め利を規《もと》む。東南部の使者（刺史）・郡守、多く其の門に出づ。徐鋳・応安道・王仲閎の如きの輩、其の悪を済《たす》けて、豪奪漁取す。士民の家、一石一木の稍《やや》翫（賞玩）に堪ふれば、即ち健卒を領して直ちに其の家に入り、黄封（皇室の封印紙）を用ひて表誌（表識）す。而して未だ即ち取らざるときは、護視せしめ、微しく謹（厳守）せざれば則ち被らしむるに大いなる不恭罪を以てす。発行（処置）するに及びては、必ず屋を撤し牆を決して出だす。人に一物の小異有れば、共に指して不祥と為し、唯だ芟夷（除去）の速やかならざるを恐る（『宋史』巻四七〇・佞幸伝・朱勔も参照）。

楊戩・李彦、汝州の「西城所」を創め、任輝彦・李士渙・王滸・毛孝立の徒、亦た之を助け、物を発（発送）して供奉すること、大抵（朱）勔に類して、而も又、焉（これ）より甚だしきもの有り。徽宗は其の擾（擾乱）を患ひて、屢〻之を禁止す。然れども覆出して悪を為し、絶つこと能はざるなり（『宋史』巻四六八・宦者伝三・楊戩も参照）。偶〻白楽天の「紫閣山北村の詩」を読み、乃ち唐の世にも固より是の事有るを知れり。漫に此に録す。云々

と。

巻三「新楽府」七徳舞（〇一二五）の「余説」に見える『載酒園詩話』の文も参照。

0022　讀二漢書一詩

漢書《かんじょ》を讀《よ》む詩《し》

解題　『漢書』を読んだ際、特に西漢末期の失政・衰亡に照らして、国家の為政者や臣民が心掛けるべき基本的理念を論述した作品。おおむね憲宗の元和二年（八〇七）より元和六年までの三十歳代後半、長安宮廷で左拾遺・翰林学士の官に在ったころの作。詩題末の「詩」字、各本にはないが、例によって取りあえず那波本に従う。

禾黍與二稂莠一　雨來同日滋
桃李與二荊棘一　霜降同夜萎
草木既區別　榮枯那等夷
茫茫天地意　無二乃太無一レ私
小人與二君子一　用置各有レ宜
奈何西漢末　忠邪竝信レ之
不レ然盡信レ忠　早絕二邪臣窺一

禾黍《くわしよ》と稂莠《らういう》と、雨來《あめきた》れば同日《どうじつ》に滋《しげ》り、
桃李《たうり》と荊棘《けいきよく》と、霜降《しもふ》れば同夜《どうや》に萎《しぼ》む。
草木既《さうもくすで》に區別《くべつ》するに、榮枯《えいこ》那《なん》ぞ等夷《とうい》なる。
茫茫《ばうばう》たり天地《てんち》の意《い》、乃《すなは》ち太《はなは》だ私《わたくしな》無《な》き無からんや。
小人《せうじん》と君子《くんし》と、用置《ようち》　各〻宜《おのおのよろ》しき有《あ》り。
奈何《いかん》ぞ西漢《せいかん》の末《すゑ》、忠邪竝《ちゆうじやなら》びに之《これ》を信《しん》ずる。
然《しか》らずして盡《ことごと》く忠《ちゆう》を信《しん》ぜば、早《はや》く邪臣《じやしん》の窺《き》を絕《た》たん。

不レ然盡信レ邪　早使二忠臣知一
優游兩不レ斷　盛業日已衰
痛矣蕭京輩　終令レ陷二禍機一
蕭望之・京房等。
毎レ讀二元成紀一　憤憤令二人悲一
寄レ言爲レ國者　不レ得レ學二天時一
寄レ言爲レ臣者　可三以鑒二於斯一

然《しか》らずして盡《ことごと》く邪《じや》を信《しん》ぜば、早《はや》く忠臣《ちゆうしん》をして知《し》らしめん。
優游《いういう》として兩《ふた》つながら斷《だん》ぜず、盛業日々《せいげふひび》に已《すで》に衰《おとろ》ふ。
痛《いた》ましいかな蕭《せう》・京《けい》が輩《はい》、終《つひ》に禍機《くわき》に陷《おとしい》らしむ。
元《げん》・成《せい》の紀《き》を讀《よ》む毎《ごと》に、憤憤《ふんぷん》として人《ひと》をして悲《かな》しましむ。
言《げん》を寄《よ》す　國《くに》を爲《をさ》むる者《もの》、天《てん》の時《とき》を學《まな》ぶを得《え》ず。
言《げん》を寄《よ》す　臣《しん》たる者《もの》、以《もつ》て斯《ここ》に鑒《かんが》みるべし。

滋・之・時（上平聲、之韻）、萎・宜・窺・知・斯（上平聲、支韻）、夷・私・衰・悲（上平聲、脂韻）、機（上平聲、微韻）……之・支・脂韻は同用。微韻は通押。

通釈　れっきとした穀物の稲や黍でも、なんとも憎たらしい雑草のいぬあわやはぐさでも、いったん雨が降ってくると一日のうちにそろって茂りはびこり、また美しい花を咲かせ美味しい果実をつける桃や李でも、とげを出して人の邪魔ばかりをする大小のいばらでも、いったん霜が降りると一夜のうちにそろって萎んでしまうものだ。このように、草にも木にも元来はことごとく美醜善悪の区別があるのに、どうして両者の栄枯盛衰は平等なのであろうか。たしかに天地自然の意図は茫漠として把握しにくいが、それはともかくとして天地自然は、余りにも私心がなさ過ぎるのではなかろうか。

ところで、才徳のない人間と才徳のある人物とは、これを登用するにせよ放置するにせよ、それぞれ然るべき妥当な方途があるはずだ。それなのに、なんとしたことか西漢の末期には、忠臣でも邪臣でも両者共にこれを信じて挙用してしまった。思うに当時、もしそんなことをしないで、全面的に忠臣だけを信じていたならば、つとに邪臣の悪巧みを摘み取ることができたであろうし、またもしそんなことをしないで、反対に全面的に邪臣だけを信じていたならば、つとに忠臣をして邪臣の魂胆を見抜かせることができたであろうに。だが当時の朝廷は、忠臣に対しても邪臣に対しても両者に優柔不断な態度をとりつづけたので、それまでの前漢王室の素晴らしい功業も日に日に衰えてゆき、痛ましいことに、蕭望之や京房のような忠臣たちも、最後には彼らを非業の死という禍患への道に落ち込ませる結果となった。

とにかく私は、『漢書』の元帝紀や成帝紀を読むたびに、むかむかと私を悲憤させるばかりである。かくて私は、国家の政治に携わる人びとにことばを送りたい――「君たちよ、天の啓示などから教えを受けてはなるまいぞ」。また臣民として天子に仕える人びとにことばを送りたい――「君たちよ、この西漢末期の失政に照らしてこれを戒めとするがよいぞ」。

語釈　○禾黍　稲ときび。いずれも食料になる主要な穀物。○稂莠　いぬあわと、はぐさ。いずれも穀物を害する雑草。『詩経』小雅「大田」に、「稂あらず莠あらず」と。○桃李　ももとすもも。いずれも美しい花を咲かせ美味しい実をつける代表的果樹。例えば『史記』巻一〇九・李将軍列伝の賛に、「諺に曰く、桃李言はざるも、下自ら蹊を成す」と。○荊棘　いばらの総称。もともと「荊」は、とげのある灌木。「棘」は、とげのある喬木。○草木既区別　『論語』子張篇に、「君子の道は、孰れをか先づ伝へ、孰れをか後に倦まん。諸（これ）を草木に譬ふるに、区して以て別る」と。「区別」は、種類によって弁別する。○那　上声。反問の副詞。どうして。なぜ。○等夷　同じ仲間。例えば『韓詩外伝』巻六に、「長老に遇へば則ち弟子の義を修め、等夷に遇へば則ち朋友の義を修む」と。○茫茫　漠然として、はっきりしないさま。○無乃　だとしても、恐らく……ではなかろうか。推測を表す副詞。旧訓は、むしろと読んでいた。○太　あまりに……すぎる。○無私　私心がない。自分に執着しない。

○用置　挙用と放置。きわめて珍しい用語。○各有宜　それぞれ然るべき方途がある。『文選』巻四十四、後漢末の陳琳「呉の将校・部曲に檄する文」に、「去就の道、各〻宜しき有り」と。○奈何　なんとしたことか。反問の副詞。○優游両不断　ぐずぐずとして煮え切らず、どちらにするか決断することができない。『漢書』巻九・元帝紀の賛に、「少（わか）くして儒を好み、即位するに及びて、儒生を徴用し、之に委ぬるに政を以てして、貢（禹）・薛（広徳）・韋（賢）・匡（衡）、迭ひに宰相と為る。而して上は文義に牽制せられて、優游不断。孝宣の業は焉（ここ）に衰へたり」と。○盛業　盛大な功業。具体的には漢の宣帝の治政を指す。この一句、前項の注に挙げた『漢書』元帝紀賛の文「孝宣之業衰焉」を踏まえる。○已　「以」と同じ。接続詞。○蕭京　蕭望之と京房。蕭望之（?―前四七）、字は長倩。東海蘭陵の人。『斉詩』を治め、宣帝の時、平原太守・少府・左馮翊・御史大夫・太子太傅等の官を歴任した。また諸儒を石渠閣に集めて、五経の同異を評議した。宣帝の病篤きに及び、遺詔を受けて輔政した。ついで元帝が即位するや、師傅を以て重んぜられ、匡正するところが多かったが、後に中書令の弘恭・石顕に陥れられ、ついに鴆を飲んで自殺した（『漢書』巻七十八・蕭望之伝）。また京房（前七七―前三七）、字は君明、東郡頓丘の人。梁人の焦延寿から『易』を学び、官は郎中・魏郡太守を歴任。元帝の時、しばしば上疏して、中書令の石顕およびその友人の五鹿充宗に嫉まれ、獄に下されて棄死された。著書に『京氏易伝』がある（『漢書』巻七十五・京房伝）。
○禍機　禍患が起こるきっかけ。『文選』巻二十八、南朝宋の鮑照「苦熱行」に、「生軀もて死地を蹈み、昌志もて禍機に登る」と。その李善注に、「『荘子』（斉物論）に曰く、『其の発すること機栝（弩〈石ゆみの引きがね〉）の若（ごと）しとは、其の是非を司るの謂ひなり』と。司馬彪（「斉物論」注）に曰く、『言ふこころは、生くるに是非臧否を以て交接すれば、則ち禍敗の来たること機栝の発するが若し』と。班固の『漢書』巻一〇〇下・（叙伝下の爰盎朝錯伝第十九）述に曰く、『禍は機（石ゆみの石）を発するが如し』と」と解説している。なお、この語を含む一句「終令陥禍機」の下、宋本以下の各本には小字双行の原注六字がある。念のために他動詞「陥」の対象を指摘したのである。
○元成紀　『漢書』巻九・元帝紀と巻十・成帝紀。○憤憤　心がおだやかでないさま。むかむかとして。○令人悲　「人」は、白居易自身を指す。○寄言　私はことばを寄せたい。○不得　……してはならない。禁止を表す。○天時　天命。例えば『三国志』巻三十五・蜀書の諸葛亮伝に、亮の語を引いて「曹操は袁紹に比ぶれば、則ち名微にして衆寡し。然れども操の遂に能く紹に克ち、弱を以て強と為る者は、惟（ただ）に天時なるのみに非ず、抑〻亦た人謀なり」と。

0023　贈二樊著作一詩

樊著作《はんちょさく》に贈《おく》る詩《し》

解題　この詩を時の著作佐郎樊宗師に贈って、当の樊宗師が良史の才を有しながらその直筆を発揮できない現状を憂え、かの司馬遷が『史記』を著した前例に倣って、みずから「一家の言」を成し、もって善人の事績を顕彰せんことを勧めた作品。樊宗師（?―八二三?）、字は紹述。憲宗の元和三年（八〇八）、軍謀宏遠科に抜擢されて、著作佐郎（従六品上）となる。著書に『春秋伝』『魁紀公』『樊子』等、凡そ百余篇あり、別集は更に多い。韓愈は、「宗師、論議平正にして経拠（経典の根拠）有り」と称し、常に其の才幹を推薦していたという（『新唐書』巻一五九・樊沢伝の附伝）。白居易が彼に言及した詩には別に「病中、樊大（樊宗師）の書を得たり」詩（〇七六六）・「京使回り累りに南省の諸公の書を得たり。……」詩（一一二四）があり、さらに「和答詩十首」の序（〇一〇〇）にも、「僕、牛僧孺の戒めを思ひて、（元稹の詩を）他人に示すことを能はず。唯だ（李）杓直・（李）拒非及び樊宗師の輩三、四人と、時に一たび吟読し、心に甚だ貴重（尊重）せり」と。樊宗師の行状・事績については、韓愈の「南陽の樊紹述の墓誌銘」（『全唐文』巻五六三）が最も詳しい。白居易のこの詩は、樊宗師が著作佐郎となった元和三年か、それよりやや以後の作。詩題末の「詩」字、宋本等各本にはない。今、那波本に従う。

陽城爲二諫議一　以レ正事二其君一
其手如二屈軼一　擧必指二佞臣一
卒使二不仁者　不一レ得レ秉二國鈞一
元稹爲二御史一　以レ直立二其身一
其心如二肺石一　動必達二窮民一
東川八十家　冤憤一言伸
劉闢肆二亂心一　殺レ人正紛紛
其嫂曰二庾氏一　棄絶不レ爲レ親
從史萌二逆節一　隱レ心潛負レ恩
其佐曰二孔戡一　捨去不レ爲レ賓
凡此士與レ女　其道天下聞
常恐國史上　但記二鳳與一レ麟
賢者不レ爲レ名　名彰敎乃敦
毎惜若人輩　身死名亦淪
君爲二著作郎一　職廢志空存
雖レ有二良史才一　直筆無レ所レ申

陽城《やうじやう》は諫議《かんぎ》と爲《な》り、正《せい》を以《もつ》て其《そ》の君《きみ》に事《つか》ふ。
其《そ》の手《て》は屈軼《くついつ》の如《ごと》く、擧《あ》ぐれば必《かなら》ず佞臣《ねいしん》を指《さ》す。
卒《つひ》に不《ふ》仁者《じんしや》をして、國鈞《こくきん》を秉《と》るを得《え》ざらしむ。
元稹《げんしん》は御史《ぎよし》と爲《な》り、直《ちよく》を以《もつ》て其《そ》の身《み》を立《た》つ。
其《そ》の心《こころ》は肺石《はいせき》の如《ごと》く、動《うご》けば必《かなら》ず窮民《きゆうみん》を達《たつ》す。
東川《とうせん》の八十家《はちじつか》、冤憤《ゑんぷん》　一言《いちげん》に伸《の》ぶ。
劉闢《りうへき》　亂心《らんしん》を肆《ほしいまま》にし、人《ひと》を殺《ころ》すこと正《まさ》に紛紛《ふんぷん》たり。
其《そ》の嫂《あによめ》を庾氏《ゆし》と曰《い》ふ、棄絶《きぜつ》して親《しん》と爲《な》らず。
從史《じゆうし》　逆節《ぎやくせつ》を萌《きざ》し、心《こころ》を隱《くら》まして潛《ひそ》かに恩《おん》に負《そむ》く。
其《そ》の佐《さ》を孔戡《こうかん》と曰《い》ふ、捨《す》て去《さ》つて賓《ひん》と爲《な》らず。
凡《およ》そ此《こ》の士《し》と女《ぢよ》と、其《そ》の道天下《みちてんか》に聞《き》こゆ。
常《つね》に恐《おそ》る國史《こくし》の上《うへ》、但鳳《ただほう》と麟《りん》とを記《き》せんことを。
賢者《けんしや》は名《な》の爲《ため》にせざれども、名彰《なあらは》れて敎《をし》へ乃《すなは》ち敦《あつ》し。
毎《つね》に惜《を》しむ　若《かくのごと》き人《ひと》の輩《はい》、身《み》死《し》して名《な》も亦《ま》た淪《しづ》むを。
君《きみ》は著作郎《ちよさくらう》と爲《な》るも、職廢《しよくすた》れて志空《こころざしむな》しく存《そん》するのみ。
良史《りやうし》の才《さいあ》有りと雖《いへど》も、直筆《ちよくひつ》　申《の》ぶる所無《ところな》し。

何不㆘自著㆑書 實㆓錄彼善人㆒
編爲㆓一家言㆒ 以備㆗史闕文㆖

何《なん》ぞ自《みづか》ら書《しょ》を著《あらは》して、彼《か》の善人《ぜんにん》を實錄《じつろく》し、
編《あ》みて一家言《いちかげん》と爲《な》し、以《もっ》て史《し》の闕文《けつぶん》に備《そな》へざらん。

君・紛・聞・文（上平聲、文韻）、臣・身・民・伸・親・賓・麟・申・人（上平聲、眞韻）、鈞・淪（上平聲、諄韻）、恩（上平聲・痕韻）、敦・存（上平聲・魂韻）……眞・諄韻、痕・魂韻は同用。文・眞・諄・痕・魂韻はすべて通押。

通釈 陽城は諫議大夫となり、正論を主張してその主君徳宗に仕えた。彼の筆鋒は、あたかも黄帝時代の屈軼草のように、一旦その雄筆を揮うと必ず佞臣を槍玉にあげたので、結局最後には、裴延齢らのような反人道的な人間に、国家政治の大権を掌握することができないようにさせたのであった。また元稹は監察御史となり、直言を敢行してその職責を全うした。彼の真心は、あたかも往古の王宮前に設けられた肺石のように、一旦思い立ったら必ず寄るべない下民の哀訴を天子に伝達したので、当時剣南東川節度使の厳礪たちから搾取され放題であった東蜀地域の吏民八十余戸は、彼の劾奏の一言でその憤懣を晴らすことができたのであった。

さらに、剣南西川節度使の劉闢は、謀反の野望をほしいままにし、みだりに良民を殺すこと正にその数を知らないほどであった。その兄嫁を庾氏というが、劉闢のこの乱行を知った彼女は、きれいさっぱり彼を見捨てて、以後彼の縁類にはならなかった。また昭義節度使の盧従史は、道義に背いた行動をしでかしはじめ、その良心をくらませて、こっそりと君恩を裏切っていた。その補佐官を孔戡というが、従史のこの乱行を見て手に負えなくなった彼は、なんの未練もなく従史を見限り、二度と再びその賓僚とはならなかった。

総じて以上の壮士と烈女は、その固守した道義が広く天下に聞こえている。しかし私は、常日ごろから、わが国の歴史の上では、専ら傑出した人物だけを記録にとどめて、かかる正心誠意の士女を等閑に付する傾向があることに疑念を持っている。たしかに徳行のすぐれた人は自分の名声をあげるために行動しているわけではないが、このように立派な人の名が世の中に顕彰されてこそ始めて教化は手厚く行われるものなのである。それゆえ私は、このような正心誠意の士女たちが、その身の死すると共にその名もまた忘れ去られてしまうことを、いつも惜しいと思っている。

ところで、君は今や著作佐郎となってはいるが、その本来の職務の実質的価値は衰退して、いたずらにその死文化した趣意だけが残存している。かかる現状では、君は、優秀な史官としての才能をそなえているとはいえ、その率直な表現力を発揮するすべもない。だとすれば、どうして君は、自分自身で一書を著して、あの誠実な人びとの言行をありのままに記録し、それを独自の見解をそなえた史書として編纂して、従来の史官が書き漏らした部分を補完しようとしないのか。

語釈 ○陽城 （七三六—八〇五）。字は亢宗、定州北平の人。家が貧しくて書籍を得ることができず、やむなく集賢院の写書吏となって、ひそかに官書を読んで、昼夜部屋から出ず、六年を経て、通ぜざるところ無いほど博学となった。進士に及第後、中条山に隠棲したが、遠近の人びとは彼の徳行を慕って、多く彼に従ってその教えを受け、閭里に争訟が起こると、官府に行かないで陽城を訪ねて判断を請うほどであった。やがて陝虢観察使の李泌が宰相となるや、彼を推薦して著作郎とし、ついで徳宗の時、右諫議大夫に遷った。当時、宮廷では佞臣の裴延齢・李斉運・韋渠牟らが姦佞を相次いで抜擢任用して、宰相を誣譖し、大臣を毀詆したので、賢臣の陸贄らはことごとく無実の貶黜に遭ったが、敢えてこれを救うものはなかった。かくて陽城は、閤に伏して上疏し、拾遺の王仲舒と共に延齢の姦佞と陸贄らの無罪を論弁した。これを受けた徳宗は大いに怒り、陽城に罪を加えようとしたが、幸い当時東宮に在った順宗の弁護によってこれを免れることができた。時に金吾将軍の張万福は、これを聞いて王宮の延英門に至り、大音声で賀して「朝廷に直臣有り、天下は必ず太平ならん」と言い、その足で陽城と王仲舒らの処に行って、「諸諫議、能く此くの如く事を言へば、天下安（いづ）くんぞ太平ならざるを得んや」と言い、言い終わるや「太平なり、太平なり」と連呼した。しかしながら帝の意向は止まず、あくまでも延齢を大臣にしようとしたので、陽城は公然と「もし延齢相と為らば、吾、当に白麻（白麻紙。詔書）を取りて之を壊（やぶ）り、廷に哭すべし」と叫んだ。結局、帝が延齢を大臣にしなかったのは、陽城の力に因る（韓愈『順帝実録』巻四、『旧唐書』巻一九二・隠逸伝、『新唐書』巻一九四・卓行伝）。なお、陽城の地方長官としての善政ぶりは、白居易「新楽府」（道州の民）（〇一三九）に見える。参照されたい。○諫議 諫議大夫。君主の過失をいさめる役。正四品下。左諫議は門下省に属し、右諫議は中書省に属す。各四員。○屈軼 中国古代伝説に見える瑞草の名。太平の世、朝廷の庭に生じ、佞人が入ってくると、屈してこれを指すという。例えば、後漢の王充『論衡』是応篇に、「太平の時、屈軼は庭の末に生じ、草の若（ごと）きの状にして、佞人を指すを主（つかさど）る。佞人朝に入れば、庭末に屈軼して以て之を指し、聖王は則ち佞人の所在を知る」と。また『宋書』巻二十七・符瑞志上にも、「黄帝軒轅氏、……屈軼の草の庭に生ずる有りて、佞人朝に入れば、則ち草は之を指す。是を以て佞人は敢へて進まず」と。故にまた「指佞草」とも称する。○卒 結局。○不仁者 仁徳のない人間。佞臣の裴延齢を指す。「不仁者」は、特に『論語』に習見。例えば『論語』里仁篇に、「子曰く、不仁者は以て久しく約に処るべからず、以て長く楽しみに処るべからず」と。〇秉国鈞　国家の大権を掌握する。『詩経』小雅「節南山」に、「尹氏大師は、維れ周の氐（柱石）。国の均を秉り（秉国之均）、四方を是れ維（維持）し、天子を是れ毗（輔弼）し、民をして迷わざらしむ」と。「均」と「鈞」とは同音同義。ちなみに『漢書』巻二十一上・律暦志（上）は『詩経』のこの文を引いて「均」を「鈞」に作る。その顔師古注には、これを解説して「言ふこころは、尹氏は太師の官に居りて、国の権量（権柄）を執持し、四方を維制し、天子を輔翼し、下をして迷惑すること無からしむ」と。〇元稹為御史　元稹（七七九―八三一）、字は微之、河南の人。周知のごとく白居易の無二の親友。御史は、監察御史。百官の善悪を監督し、地方行政の良否を監察し、悪事を糾弾する官。憲宗の元和四年（八〇九）、元稹は、亡母への服喪が明けた後、あらためて監察御史に拝せられ、勅命を奉じて東蜀に使いし、前の剣南東川節度使の厳礪（七四三―八〇九）が制詔に違反して勝手に良民から数百万貫もの租税を余分に取り立てたことや、さらに塗山甫らの吏民八十八戸から田宅百十一・奴婢二十七人・草千五百束・銭七千貫を没収したことを弾劾奏上した。時に厳礪はとっくに死んでいたが、東川所属の七州の刺史は皆譴責処罰された（『旧唐書』巻一六六、『新唐書』巻一七四・元稹伝）。その後、元稹は、この義挙によって、その名声が三川（剣南東・剣南西・山南西の三道）に響きわたり、三川の人びとは彼を慕って、多く彼の姓・字を用いてその子に名づけた（白居易「河南の元公の墓誌銘」〈二九三九〉）。ちなみに、元稹の右記劾奏の全文は、『元氏長慶集』巻三十七所載「剣南東川節度使を弾奏する状」であり（また『文苑英華』巻六四九にも収録）、また白居易「元稹を論ずる第三状」（一九六五）は、元稹の右記劾奏への弁護を含む。〇肺石　むかし朝廷の門外に設置された赤い石。遠近の窮民がその不平不満を朝廷に告げようとする時、この赤い石の上に坐せしめ、石をたたいて不平を訴えさせた。石の形と色が肺に似ているので、この名称がある。『周礼』秋官「大司寇」に、「肺石を以て窮民（の哀訴）を達せしむ。凡そ遠近の惸独（兄弟・子孫のない者）・老幼の、上（王・六卿）に復（告訴）する有らんと欲するも、其の長（直接の首長）の上に達せざる者は、肺石に立ち、三日にして、士は其の辞を聴きて、以て上に告ぐ。而して其の長を罪す」と。「赤」は、赤心（まごころ）を象徴する。ちなみに、北宋の沈括『夢渓筆談』巻十九・器用篇に、「長安の故宮の闕前に唐の肺石の尚ほ在る有りて、其の制（体裁）は仏寺の撃つところの響石の如くにして甚だ大なり。長さ八九尺ばかり、形は肺を垂れたるが如し。……按ずるに秋官『大司寇』に、『肺石を以て窮民を達せしむ』と。其の義を原ぬるに、乃ち冤（不平不満）を伸ぶる者は之を撃ちて其の下に立ち、然る後に士は其の辞を聴くこと、今の『登聞鼓』を擿（う）つが如きなり。肺形なる所以の者は、垂るるに便（都合よき）なり。又肺は声を主（つかさど）り、声は其の冤を達する所以なればなり」と。〇達窮民　よるべのない下民の哀訴を天子に知らせる。前述の『周礼』秋官「大司寇」に、「肺石を以て窮民を達せしむ」と。「窮民」の意味については、その後漢の鄭玄の注は、「窮民とは、天民（人民）の窮して告ぐる無き者なり」と解釈し、唐の賈公彦の疏は、さらにこれを詳述して、「（『礼記』）『王制』の文なり。彼（「王制」篇）の上文に云ふ、『少くして父無き者、之を孤と謂ひ、老いて子無き者、之を独と謂ひ、老いて妻無き者、之を鰥と謂ひ、老いて夫無き者、之を寡と謂ふ。此の四者は、天民の窮して告ぐる無き者なり。皆、常餼（一定の救援食糧）有り』と」と。○冤憤　無実の罪に落とし入れられた憤懣。

○劉闢　（？―八〇六）。字は太初。徳宗の貞元中の進士、又宏詞科に抜擢された。剣南西川節度使の韋皐の従事となり、累遷して御史中丞・支度副使に至ったが、順宗の永貞元年（八〇五）八月、韋皐が卒したので、劉闢は自らその後務を主管していたところ、朝廷はこれを許さず、ついで憲宗は給事中をもって彼を召したので、彼は詔を奉じなかった。時に憲宗は即位したばかりだったので、四方を鎮静しようと欲するあまり、即刻彼を希望どおりに検校工部尚書・剣南西川節度使に任命した。すると劉闢は、かえって帝を甘く見て、ますます傲慢になって、不臣の語を吐くようになり、三川を統括することを求め、同幕の友人盧文若を東川節度使にしようとして、ついに兵を挙げて梓州を奪取した。かくて憲宗は、左神策軍行営節度使の高崇文、神策京西行営兵馬使の李元奕、山南西道節度使の厳礪らを派遣して同時に劉闢を討たしめ、さらに詔して彼の改心を求めたが、彼は聴かなかった。その後、高崇文らは東川を奪還し、帝は詔して彼の官職を奪い、彼を捕らえて京師に送り、これを斬った（『旧唐書』『新唐書』憲宗紀・劉闢伝）。ちなみに、白居易「賀雨の詩」（〇〇〇一）に、「元年　劉闢を誅し、一挙にして巴・邛を靖んず」と。○乱心　反乱を起こす考え。例えば『左氏伝』昭公二年に、子産の語を引いて「爾（なんぢ）は乱心有りて厭（あ）く無し」と。また同じく昭公三十二年に、周の敬王の語を引いて、「天、禍を周に降し、我が兄弟（子朝）をして並びに乱心有りて、以て伯父（晋侯）の憂ひと為さしむ」と。○殺人正紛紛　『旧唐書』巻一四〇・劉闢伝に、「詔に曰く、劉闢は、士族に生まれて、敢へて梟心（凶心）を蓄へ、蜀人を駆劫し、王命を拒扞す。其の狂逆を肆（ほしいまま）にして、一州を詿誤し、我が黎元をして、肝脳地に塗れしむ」と。「正」は、文字どおり。「紛紛」は、数多いさま。○其嫂　「嫂」字、馬本・汪本・全唐詩は同じ。宋本・那波本は「㛐」に作る。「㛐」は「嫂」の俗字。○庾氏　未詳。○棄絶　親戚の縁を断つ。○従史　盧従史。彼は若少の頃から騎射を好み、沢・潞の間（山西省東南部）に客遊していたところ、節度使の李長栄が大将に採用。長栄が卒した時、従史はうまく宦官に取り入って昭義軍節度使を授けられた。その頃から彼は漸次狂妄放肆、不倫不道となって、部将の妻をも奪うに至ったので、しばしば従事の孔戡らが直言をもって諫めたが、最初のうちは唯々として聞いていたものの、後になるとますます増長して従わなかったので、皆引退してしまった（『旧唐書』巻一三二、『新唐書』巻一四一・盧従史伝）。「史」字、宋本・那波本は共に誤って「使」に作る。今、馬本・汪本・全唐詩（巻四二四）に拠って改める。○萌逆節　道義に背いた行動をとりはじめる。『国語』越語（下）に、「逆説萌生し、天地に未だ形（あらは）れざるも、先づ之が征を為せば、其の事は是を以て成らず、雑（とも）に其の刑を受く」と。この語、また『管子』勢篇にも見える。

○隠心　良心に背く。良心をくらませる。『後漢書』巻六十五・皇甫規伝、規の「建康元年（一四四）、賢良方正に挙げられし対策」を載せて、「臣、誠に知る、阿諛に福有り、深言は禍に近きを。豈に敢へて心に隠（そむ）きて以て誅責（懲罰）を避けんや」と。「隠」は、隠蔽する。○負恩　恩に背く。○孔戡（七五四―八一〇）。字は、勝始。昭義節度使の盧従史の掌書記（幕僚）となったが、従史は志を得るに従って驕傲さを増し、王承宗・田緒と密かに相連結して、その地位を固めようとしたので、孔戡は極諫して以て不可と主張したが、従史は怒ったので、ついに孔戡は病と偽って洛陽に帰った（『全唐文』巻五六六、韓愈「唐の朝散大夫・贈司勲員外郎孔君の墓誌銘」、『旧唐書』巻一五四、『新唐書』巻一六三・孔巣父附伝）。前述の白居易「孔戡の詩」（〇〇三）も参照。○賓　賓僚。幕僚。

○凡此士与女　「士」「女」は、上述の陽城・元稹・庾氏・孔戡を指す。○其道天下聞　李白「孟浩然に贈る」詩に、「吾は愛す　孟夫子、風流　天下に聞こゆ」（『全唐詩』巻一六八）と。○鳳与麟　鳳凰と麒麟。傑出した人物に喩える。『礼記』礼運篇に、「鳳凰・麒麟、皆郊棷（郊外の草沢地帯）に在り」と。また漢の武帝「賢良の詔」に、「麟・鳳は郊藪に在り、亀竜は沼に遊び、河・洛は図書を出だす」（『漢書』巻五十八・公孫弘伝）と。○賢者不為名　名彰教乃敦　『史記』巻六十一・伯夷列伝に、「伯夷・叔斉は、賢なりと雖も、夫子を得て名益〻彰る」と。○若人　このような人物。『論語』公冶長篇に、「君子なるかな、若（かくのごと）き人」と。また同じく憲問篇に、「君子なるかな、若き人。徳を尚ぶかな、若き人」と。「若」は、「如此（かくのごとし）」と同義。

○良史才　優秀な史官としての才能。『漢書』巻六十二・司馬遷伝の賛に、「然れども劉向・揚雄より、博く群書を極め、皆『遷に良史の材有り』と称して、其の善く事理を序べ、弁にして華ならず、質にして俚（鄙）ならず、其の文は直（率直）、其の事は核（堅実）、虚しくは美（ほ）めず、悪を隠さざるに服す。故に之を「実録（事実を記録した歴史）」と謂ふ」と。ちなみに「良史」（優秀な史官）は、『左氏伝』宣公二年の「孔子曰く、董狐は、古の良史なり。法を書して隠さず」に基づく。○直筆　ありのままに史実を記載して、忌避するところがない。例えば南朝斉の劉勰『文心雕龍』史伝篇に、「奸慝の懲戒は、実に良史の直筆なり」と。また盛唐の劉知幾『史通』曲筆篇に、「但だ古来唯だ直筆を以て誅せらるるを聞くのみにして、曲詞を以て罪を獲たるを聞かず」と。○実録　前述の『漢書』巻六十二・司馬遷伝の賛に所謂「之を実録と謂ふ」を踏まえる。その顔師古注に、この語を釈して「其の事実を録するを言ふ」と。○善人　道徳をそなえた善良な人。『論語』述而篇に、「子曰く、善人は吾得て之を見ず。恒有る者を見るを得ば、斯れ可なり」と。○一家言　独特の見解をそなえて、おのずから一家の体系を成した論著。『文選』巻四十一、前漢の司馬遷「任少卿に報ずる書」に、「亦た以て天人の際を究め、古今の変に通じて、一家の言を成さんと欲す」と。また『史記』巻一三〇・太史公自序にも、「略〻以て遺を拾ひ闕を補ひて、一家の言を成す」と。○史闕文　史官（歴史編纂官）が漏らして記述しなかった部分。『論語』衛霊公篇に、「吾、猶ほ史の闕文に及ぶなり」と。その何晏の集解は、包咸の注を引いて「古の良史は、（歴史を）書するに於て、字に疑ひ有れば則ち之を闕き、以て知る者を待つ」と釈く。しかし、白居易のここの詩意は、必ずしもそのような史官の慎重な歴史の記述態度を言うのではなく、従来の歴史編修者が敢えて意識的に記載を避けてきた「善人」たちに関する「実録」を指す。

余説　白居易のこの詩に唱和した作品が元稹にある。すなわち『元氏長慶集』巻二に収める「楽天の『樊著作に贈る』に和す」詩がそれである。曰く――

君為㆓著作詩㆒　志激詞且温
璨然光揚者　皆以㆓義烈㆒聞
千慮竟一失　冰玉不㆑断㆑痕
謬㆓予頑不肖㆒　列在㆓数子間
因㆔君譏㆓史氏㆒　我亦能具陳
羲黄眇云遠　載籍無㆓遺文㆒
煌煌二帝道　鋪設在㆓典墳㆒
堯心唯舜会　因著為㆓話言㆒
皐夔益稷禹　粗得㆑無㆓間然㆒
緬然千載後　後聖曰㆓孔宣㆒
迥知㆓皇王意㆒　綴㆑書為㆓百篇㆒
是時游夏輩　不㆔敢措㆓舌端㆒
信哉作㆓遺訓㆒　職在㆓聖与㆑賢
如何至㆓近古㆒　史氏為㆓閑官㆒
但令㆘識㆑字者　窃弄㆗刀筆権㆖
由㆑心書㆓曲直㆒　不㆑使㆓当世観㆒
貽㆓之千万代㆒　疑言相並伝
人人異㆑所㆑見　各各私㆑所㆑偏
以㆑是曰㆓褒貶㆒　不㆑如㆓都無㆒㆑焉
況乃丈夫志　用捨貴㆓当年㆒
願予有㆓微尚㆒　願以㆓出処㆒論
出非㆓利㆑吾已㆒　其出貴㆓道全㆒

君　著作への詩を為（つく）り、志は激しく詞は且つ温かなり。
璨然として光揚する者、皆　義烈を以て聞こゆ。
千慮するも竟（つひ）に一失あり、冰玉は痕を断たざるに、
予の頑不肖なるを謬りて、列して数子の間に在り。
君の史氏（史官）を譏るに因りて、我も亦た能く具陳せん。
羲（伏羲）・黄（黄帝）は眇かにして云（ここ）に遠く、載籍に遺文無し。
煌煌たり二帝（堯・舜）の道、鋪設（陳述）して典墳に在り。
堯の心は唯だ舜のみ会（理解）し、因りて著して話言と為す。
皐（陶）・夔・益・稷・禹は、粗〻間然すること無きを得たり。
緬然として千載の後、後聖を孔宣（孔子）と曰ふ。
迥かに皇王（古の聖王）の意を知り、書を綴りて百篇（『尚書』）と為す。
是の時　游・夏（子游・子夏）の輩も、敢へて舌端を措（お）かず。
信なるかな　遺訓を作ること、職（任務）は聖と賢とに在り。
如何ぞ近古に至りて、史氏は閑官と為り、
但だ字を識る者をして、窃かに刀筆の権を弄せしむるのみ。
心に由りて曲直を書し、当世（治世）の観を使はず、
之を千万代に貽（のこ）して、疑・信・相並び伝ふ。
人人　見る所を異にし、各各　偏する所を私（偏愛）す。
是を以て「褒貶」と曰はば、都（すべ）て焉（これ）無きに如（し）かず。
況んや乃ち丈夫の志、用・捨　当年を貴ぶをや。
願はくは予に微尚（ひそかな念願）有り、願はくは出処を以て論ぜん。
出づるは吾を利するのみに非ず、其の出づるや道の全きを貴ぶ。

全レ道豈虚設　道全当レ及レ人
道を全うする豈に虚設ならんや、道の全きは当に人に及ぶべし。

全則富与レ寿　虧則飢与レ寒
全うすれば則ち富と寿とあり、虧くれば則ち飢と寒とあり。

遂レ我一身逸　不レ如二万物安一
我を遂げて一身のみ逸なるは、万物の安らかなるに如（し）かず。

解レ懸不二沢手一　拯レ溺無二折旋一
懸（苦難）を解（解放）するに沢手（浚巡）せず、溺を拯ふに折旋（回避）せず。

神哉伊尹心　可以冠二古先一
神なるかな　伊尹の心、以て古先（往古）に冠たるべし。

其次有二独善一　善レ己不レ善レ民
其の次に独善（独り其の身を善くす）有り、己を善くするも民を善くせず。

天地為二一物一　死生為二一源一
天地を一物と為し、死生を一源と為すも、

合雑分万変　忽若二風中塵一
合はせ雑ふれば分かれて万変し、忽として風中の塵の若（ごと）し。

抗哉巣由志　尭舜不レ可レ遷
抗（高）きかな　巣（父）・（許）由の志、尭・舜も遷すべからず。

捨二此二者一外　安用レ名為レ賓
此の二者を捨てたる外、安くんぞ名を用（以）て賓と為さんや。

持謝二著書郎一　愚不レ願レ有レ云
持ちて著書郎に謝せ、愚は云ふ有るを願はず。

0024　蜀路石婦詩

蜀路《しよくろ》の石婦《せきふ》の詩《し》

解題　「石婦」は、婦人の石像。この詩の冒頭に、「道傍の一石婦、記も無く復た銘も無し。伝ふ是れ此の郷の女、婦と為りて孝且つ貞たり」と言い、また詩中に、「後人は其の節を高しとし、石に刻して婦の形に像る」とある。詩題末の「詩」字、宋本はじめ各本にはない。今、取りあえず那波本に従う。憲帝の元和年間（八〇六―八二〇）の作。

道傍一石婦　無レ記復無レ銘
道傍《だうばう》の一石婦《いちせきふ》、記《き》も無《な》く復《ま》た銘《めい》も無《な》し。

傳是此郷女　爲レ婦孝且貞
傳《つた》ふ是《こ》れ此《こ》の郷《きやう》の女《ぢよ》、婦《ふ》と爲《な》りて孝且《かうか》つ貞《てい》たり。

十五嫁二邑人一　十六夫征行
十五《じふご》にして邑人《いふじん》に嫁《か》し、十六《じふろく》にして夫《をつと》は征行《せいかう》す。

夫行二十載　婦獨守二孤煢一
夫《をつと》行《ゆ》いて二《に》十載《じつさい》、婦《ふ》獨《ひと》り孤煢《こけい》を守《まも》る。

其夫有二父母一　老病不二安寧一
其婦執二婦道一　一一如二禮經一
晨昏問二起居一　恭順發二心誠一
藥餌自調節　膳羞必甘馨
夫行竟不レ歸　婦徳轉光明
後人高二其節一　刻レ石像二婦形一
儼然整二衣巾一　若三立在二閨庭一
似レ見二舅姑禮一　如レ聞二環珮聲一
至レ今爲レ婦者　見レ此孝心生
不レ比三山頭石　空有二望夫名一

其《そ》の夫《をつと》に父母《ふぼ》有《あ》り、老病《らうびやう》にして安寧《あんねい》ならず。
其《そ》の婦《ふ》　婦道《ふだう》を執《と》ること、一一《いちいち》禮經《れいけい》の如《ごと》し。
晨昏《しんこん》に起居《ききよ》を問《と》ひ、恭順《きようじゆん》　心《こころ》の誠《まこと》に發《はっ》す。
藥餌《やくじ》は　自《みづか》ら調節《てうせつ》し、膳羞《ぜんしう》も必《かなら》ず甘馨《かんけい》なり。
夫《をつと》行《ゆ》きて竟《つひ》に歸《かへ》らず、婦徳《ふとく》轉《うた》た光明《くわうめい》なり。
後人《こうじん》は其《そ》の節《せつ》を高《たか》しとし、石《いし》に刻《こく》して婦《ふ》の形《かたち》に像《かたど》る。
儼然《げんぜん》として衣巾《いきん》を整《ととの》へ、立《た》ちて閨庭《けいてい》に在《あ》るが若《ごと》し。
舅姑《きうこ》の禮《れい》を見《み》るに似《に》たり、環珮《くわんぱい》の聲《こゑ》を聞《き》くが如《ごと》し。
今《いま》に至《いた》るまで婦《ふ》たる者《もの》、此《これ》を見《み》て孝心《かうしん》生《しやう》ず。
山頭《さんとう》の石《いし》の、空《むな》しく望夫《ばうふ》の名《な》有《あ》るに比《ひ》せず。

銘・寧・經・馨・形・庭（下平聲、青韻）、貞・煢・誠・聲・名（下平聲、清韻）、行・明・生（下平聲・庚韻）……清・庚韻は同用。青韻は通押。

通釈　路傍に一体の婦人の石像が立っており、そこには墓誌もなければ、また墓銘もないが、言い伝えによれば、これはこの村里の女性であって、人妻となって舅と姑とに孝養をつくし且つ夫にも貞節であった、という。彼女は、年十五にしてこの村人に嫁ぎ、年十六にして早くも夫は戦地に出征してしまったが、夫は出征したまま二十年間も帰らなかったのに、妻は独り空閨を守りとおした。

その夫には父母があって、年老い病弱で安泰な時がなかったので、その妻は嫁としての道徳を守ること、逐一礼経の教えのごとくであって、朝晩は舅姑のご機嫌を伺い、その恭しさ従順さは誠心誠意から発するものであったし、薬用の食べ物は彼女自身でこれを調合し、差し上げる食膳は必ず美味しく香りよいものばかりであった。

かくて、夫は出征したまま結局帰って来ることはなかったが、主婦としての彼女の立派な徳行は年月を逐ってますます光り輝いてきたので、後世の人びとは彼女の節義を尊敬し、彼女の姿を石に刻してこの像を立てたのであった。見れば、その姿は、きりりと衣服・手巾を整えて、あたかも家庭内で立っているようであり、また舅と姑とに礼を尽くしている姿を見るようであり、腰に佩びた玉がリズミカルに鳴る音を聞くようでもある。とにかく、現在に至るまで、一家の主婦たる者は、この婦人の石像を見ることによって舅と姑とに孝養を尽くす心掛けを起こしてきた。だとすれば、この婦人の石像は、かの武昌の北山の頂上に立つ婦人の石像が、ただ遠征する夫の後を望見したまま石に化しただけで、いたずらに「望夫」という名を得たのとは、比べものにならない価値ある石像である。

語釈 ○記　墓誌。死者の事跡をありのままに金石に記録して墓側に埋めるもの。「誌」は、「記」と同義。○復　並列・反復を示す副詞。馬本および『全唐詩』の一本は「亦」に作る。意味はほぼ同じ。同様に。○銘　墓銘。墓誌の終わりに加えた韻文。○征行　従軍、出征。○二十載　二十年。「二」字、宋本はじめ各本は、すべて「二」に作り、那波本のみ「一」に作る。恐らくは欠誤。今、各本に拠って改める。○孤惸　孤独。

○礼経　聖人の礼法を記した経典。『儀礼』『礼記』の類をいう。例えば『礼記』内則篇に、「婦の舅・姑に事ふるは、父母に事ふるが如し」と。○起居　日常の生活の安否。きげん。○恭順　恭謹従順。つつしみ深くて、従順なこと。『礼記』楽記篇に、「荘敬恭順は、礼の制なり」と。○心誠　誠心誠意のことか。非常に珍しい用語。○薬餌　薬用とする食べ物。○膳羞　ごちそう。おいしい食べ物。○甘馨　美味芳香。

○竟　結局は。○転　ますます。○儼然　きりりと、おかしがたいさま。○閨庭　家庭。○舅姑礼　舅と姑とに仕える礼。○環珮声　腰に佩びる玉の音。『礼記』経解篇に、「行歩すれば則ち環佩の声有り、車に弁（ぼの）れば則ち鸞和の音有り」と。「珮」は「佩」に同じ。佩玉は、歩くと音を立て、その音によって歩き方の正しさがわかる。○不比　……の比ではない。比べものにならない。唐代以後の用語。例えば、杜甫「王中允維に贈り奉る」詩に、「共に伝ふ庾信を収むると。比せず陳琳を得るに」（『杜詩詳註』巻六）と。○山頭石　空有望夫名『初学記』巻五（地理上、石）に引く南朝宋の劉義慶『幽明録』に、「武昌の北山の上に望夫石有り、状は人の立つが若（ごと）し。

古伝に云ふ、『昔、貞婦有り。其の夫、役に従ひて遠く国難に赴く。(婦は)弱子を携へて此の山に餞送し、立ちて夫を望み、而して化して立石と為る。因りて以て名と為す」と。「空」は、いたずらに。行為の無効を表す副詞。

0025　折剣頭詩

折剣頭《せっけんとう》の詩《し》

解題 「折剣頭」とは、折れた剣の矛先。白居易は、たまたまこの「折剣頭」を拾って、これを自分の性格や当時の環境と重ね合わせ、「曲全の鉤」よりも「直折の剣」でありたい、という彼の信念を詠出した作品。前詩「蜀路の石婦」詩につづいて、今度は男子の剛直の節操をテーマとする。西村富美子『白楽天』(一九八八年、角川書店刊『鑑賞　中国の古典』三七・三八頁)参照。元和三年(八〇八)から同六年までのころ、白居易の左拾遺在任時代の作。詩題末の「詩」字、宋本はじめ各本はいずれもないが、今は取りあえず例によって那波本に従う。

拾二得折剣頭一　不レ知二折レ之由一
一握青蛇尾　數寸碧峯頭
疑是斬二鯨鯢一　不レ然刺二蛟虬一
缺落二泥土中一　委棄無二人收一
我有二鄙介性一　好レ剛不レ好レ柔
勿レ輕二直折剣一　猶勝二曲全鈎一

頭・頭・鈎(下平聲、侯韻)、由・收・柔(下平聲、尤韻)、虬(下平聲、幽韻)……侯・尤・幽韻は同用。

折剣《せっけん》の頭《とう》を拾得《しふとく》す、之《これ》を折《を》りし由《ゆゑ》を知《し》らず。
一握青蛇《いちあくせいだ》の尾《を》、數寸碧峯《すうすんへきほう》の頭《とう》。
疑《うたが》ふらくは是《こ》れ鯨鯢《けいげい》を斬《き》るか、然《しか》らずんば蛟虬《かうきう》を刺《さ》すかと。
缺《か》けて泥土《でいど》の中《なか》に落《お》ち、委棄《ゐき》せられて人《ひと》の收《をさ》むる無《な》し。
我《われ》鄙《ひ》介《かい》の性《せい》有《あ》り、剛《がう》を好《この》んで柔《じう》を好《この》まず。
輕《かろ》んずること勿《な》かれ直折《ちよくせつ》の剣《けん》、猶《な》ほ曲全《きよくぜん》の鈎《こう》に勝《まさ》れり。

通釈 折れた剣の矛先を拾ったが、これがなぜ折れたのか、その原因はわからない。見れば、その形は、ほんの一握りほどの青蛇の尻尾部分のようであり、またほんの二、三寸ほどの碧峰の絶頂部分のようでもある。恐らくは、あの巨大で悪逆をはたらく鯨鯢を斬りつけたためか、そうでなければ、あの深淵で洪水を起こす蛟龍を突き刺したために折れたのであろう。それはともかく、一旦折れて泥土の中に落ちてしまうと、全く捨て去られて誰一人これを拾い上げる人もない有り様だった。

しかし私は生まれつき野鄙質朴でみだりに他人と妥協しない人間であって、剛直を好むが優柔を好まない。世の人びとよ、この「折剣頭」のごとく剛直なために折れた剣を侮ってはなるまいぞ。たとえ折れてはいても、身を柔らかく折り曲げてその身の安全をはかっている釣り針よりは優れているのだから。

語釈 ○一握　ひとにぎり。微小なことを喩える。『易経』萃卦の初六爻辞に、「若し号（さけ）ぶときは、一握にして笑ひを為す。恤ふること勿かれ」と。その孔穎達の疏に「一握とは、小の貌なり。自らを一握の間に比す。至小を言ふなり」と解する。○青蛇　藍色に底光りする刀剣の比喩。『白氏六帖事類集』巻四（剣）に「青蛇は、剣彩（刀剣の光彩）なり」と。古の名剣をいう。初唐の郭震「古剣篇」に、「精光黯黯たり青蛇の色」（『全唐詩』巻六十六）と。また白居易「新楽府」の「鴉九の剣」（〇一七三）にも「三尺の青蛇　肯へて蟠（わだかま）らず」と。同じく「漢の高皇帝　親（みづか）ら白蛇を斬る賦」（二四六）にも「未だ我が青蛇を提げて白蛇を斬るに若（し）かず」と。○鯨鯢　「鯨」は雄鯨、「鯢」は雌鯨。悪の巨魁を言う。『左氏伝』宣公十二年に、「古は、明王、不敬を伐ち、其の鯨鯢を取りて之を封（封閉）し、以て大戮と為す」と。その杜預の注に「鯨鯢は、大魚の名なり。以て不義の人の小国を呑食する者に喩ふるなり」（『全後漢文』巻五十）と釈する。後漢の李尤「宝剣の銘」に、「陸に犀兕を断ち、水に鯢鯨を截る」と。さらに白居易「漢高皇帝、親ら白蛇を斬る賦」（二四六）にも、「彼の鯨鯢を討ち、犀兕を截るは、……」と。この詩では、軍事的な反乱を拡大中の藩鎮を指す。○蛟虬　「蛟」も「虬」も古代伝説に見える一種の龍。「蛟」は、常に深淵に住み、よく洪水を起こすという。『楚辞』九歌「湘夫人」に、「蛟は何為れぞ水裔にある」と。その王逸注に「蛟は、龍の類なり」と釈する。また『山海経』中山経に、「睍水（きやうすい）は焉（翼望の山）より出で、東南流して漢に注ぐ。其の中に蛟多し」と。その郭璞注に「蛟」を解説して、「蛇に似て四脚、小頭細頸。（頸に）白癭（こぶ）有り。大なる者は十数囲。卵は一二石の甕（かめ）の如し。能く人を呑む」と。「虬」は、角（つの）のない龍。『楚辞』離騒に、「玉虬を駟して以て鷖（鳳凰）に椉（の）り、溘として風を埃ちて余は上征す」と。その王逸注に「角有るを龍と曰ひ、角無きを虬と曰ふ」と釈する。「虬」は、「虯」の俗字。「蛟虯」は、奸邪の臣を喩える。○委棄　捨てる。

○鄙介性　質朴で耿介な性格。○勿　禁止を表す副詞。○直折剣　剛直なために折れた剣。直言をするなど直情径行なために挫折した居易自身に喩える。「直」は、儒教の重要な徳目の一。例えば、『論語』為政篇に、「孔子曰く、直を挙げてこれを枉（曲）に錯けば、則ち民服す。枉を挙げてこれを直に錯けば、則ち民服せず」と。〇猶　それでも。折れた剣ではあってもなお。〇曲全鉤　身を曲げてその寿命を全うすることを求める釣り針。身を屈し節操を曲げて身の安全を求める奸臣に喩える。「曲全」は、『老子』第二十二章に、「曲なれば則ち全し」と。また『荘子』天下篇に、「人は皆福を求むるも、己は独り曲全なり」と。老荘思想の中核的概念。ちなみに、『後漢書』巻十三・五行志一に、順帝末の京都の童謡を引いて、「直なること弦の如くんば、道辺に死す。曲なること鉤の如くんば、反つて侯に封ぜらる」と。

余説　元稹には、白居易のこの詩にも唱和した作品が残存している。『元氏長慶集』巻二に収める次の詩がそれである。

和㆓楽天折剣頭㆒　　楽天の「折剣頭」に和す

聞㆔君得㆓折剣㆒　一片雄心起　　君 折剣を得たりと聞き、一片の雄心起これり。
詎憶鉄蛟龍　潜在㆓延津水㆒　　詎（なん）ぞ憶はん 鉄蛟龍、潜かに延津の水に在りとは。
風雲会一合　呼吸期㆓万里㆒　　風・雲 会〻一合（会遇）し、呼・吸（気勢昂揚）すれば万里を期す。
雷震山岳砕　電斬鯨鯢死　　雷は震ひて山岳砕け、電は斬りて鯨鯢死せん。
莫㆔但宝㆓剣頭㆒　剣頭非㆓此比㆒　　但だに剣頭のみ宝（たっと）ぶ莫かれ。剣頭此の比に非ず。

0026　登㆓楽遊園㆒望詩

楽遊園《らくいうゑん》に登《のぼ》りて望《のぞ》む詩《し》

解題　長安城東南郊の楽遊園に登って四方を眺望し、旧友を偲んで所感を詠じた作品。「楽遊園」は、「楽遊苑」とも「楽遊原」とも称する。北宋の宋敏求『長安志』巻八に、「楽遊原は、京城の最高に居り、四望寛敞、京城の内、俯視すれば掌を指すがごとし」と。もともと前漢の宣帝が神爵三年（五九）、楽游廟を曲池の北に起こしたので、この名がある。長安昇平坊の東北隅の高処に在って、毎年正月晦日・三月三日・九月九日には、京城の士女が皆ここに登って鑑賞し祓禊したという。盛唐の李白「秦娥を憶ふ」詞に、「楽遊原上　清秋の節、咸陽の古道　音塵絶ゆ」（『全唐詩』巻八九〇）と。また杜甫に「楽遊園の歌」二十句（『杜詩詳註』巻二）があり、晩唐の杜牧にも「将（まさ）に呉興に赴かんとし、楽遊原に登る一絶」（『全唐詩』巻五二一）がある。ちなみに、白居易「元九に与ふる書」（一四八六）に、「楽遊園に登りて足下に寄する詩を聞けば、則ち政柄を執る者扼腕す」と。この「楽遊園に登りて望む」詩が「諷諭」の詩群に収められた所以である。なお、詩題末の「詩」字、宋本はじめ各本にはないが、今取りあえず那波本に従う。この詩、恐らくは孔戡が「洛陽」で他界し、元稹が「荊門」に左遷された元和五年（八一〇）の作。

獨上㆓樂遊園㆒　四望天日曛
東北何靄靄　宮闕入㆓煙雲㆒
愛㆑此高處立　忽如㆑遺㆓垢氛㆒
耳目暫淸曠　懷抱鬱不㆑伸
下視㆓十二街㆒　綠樹閒㆓紅塵㆒
車馬徒滿㆑眼　不㆑見㆓心所㆒㆑親
孔生死㆓洛陽㆒　元九謫㆓荊門㆒
可㆑憐南北路　高蓋者何人

獨《ひと》り樂遊園《らくいうゑん》に上《のぼ》り、四望《しばう》すれば天日曛《てんじつく》る。
東北何《とうほくなん》ぞ靄靄《あいあい》たる、宮闕《きゆうけつ》は煙雲《えんうん》に入《い》る。
此《ここ》を愛《あい》して高處《かうしよ》に立《た》てば、忽《たちま》ち垢氛《こうふん》を遺《わす》るるが如《ごと》し。
耳目《じもく》は暫《しばら》く淸曠《せいくわう》なるも、懷抱《くわいはう》は鬱《うつ》として伸《の》びず。
下《しも》のかた十二《じふに》街《がい》を視《み》れば、綠樹《りよくじゆ》　紅塵《こうぢん》に閒《まじ》はる。
車馬《しやば》　徒《いたづら》に眼《まなこ》に滿《み》ち、心《こころ》の親《した》しむ所《ところ》を見《み》ず。
孔生《こうせい》は洛陽《らくやう》に死《し》し、元九《げんきう》は荊門《けいもん》に謫《たく》せらる。
憐《あは》れむべし南北《なんぼく》の路《みち》、高蓋《かうがい》の者《もの》は何人《なんびと》ぞ。

曛・雲・氛（上平聲、文韻）、伸・塵・親・人（上平聲、眞韻）、門（上平聲、魂韻）……文・眞・魂韻は通押。

通釈　ひとり楽遊園の丘陵に登り、四方を眺望すると日は西に傾いて辺りはすでに薄暗くなっており、特に東北の方面は、なんとまあ濃厚にもや・かすみがかかっていて、皇城の宮殿はそのもや・かすみの中にすっぽりと隠れてしまっている。私は、ここが甚だ気に入って、更に高い場所に立ったところ、その途端に俗塵的雰囲気から超脱したように思われた。かくて、暫くの間は耳も目もすがすがしく広く開放された気分になったが、その一方、胸中はむかむかとして一向に晴れ晴れとしなかった。

そこで、あらためて眼下に広がる長安城内の十二条の大通りを見下ろすと、鮮やかな緑の樹木は喧騒な町々の塵埃の中に紛れ込んでしまい、ただ大通りを行き交う車と馬だけが無闇やたらと視野一杯に入ってくるばかりで、日ごろ私が心に深く親愛する人たちの姿は一向に見掛けない。思えば、敬愛する孔戡は、すでに洛陽で他界してしまったし、親友の元稹も、はるか江陵の荆門へと左遷されてしまった。ああ、なんと嘆かわしいことよ、今や南の大通りでも北の大通りでも、至る所で我が物顔に高車駟馬を乗り回す貴顕たちは、いったいどんな奴ばらなのだ。恐らく取るにも足らない徒輩ばかりだろう。

語釈 ○曛　黄昏。夕日のくすんだ日ざし。落日の余光をいう。○何　なんとまあ。感嘆を表す副詞。○靄靄　煙雲がさかんに集まるさま。○宮闕　宮殿。「闕」は、もともと宮城の門。朱金城『白居易集箋校』一は、「蓋し南内（興慶宮）の宮闕を言ふなり」（三三頁）と。○煙雲　もや・かすみ。もや・かすみでかすかにけむった景色。○忽　にわかに。○垢氛　けがれた俗塵的雰囲気。『文選』巻十九、南朝宋の謝霊運「祖徳を述ぶる詩」（其の一）に、「兼ねて物《ひと》を済ふの性を抱き、而して垢氛に纓《かか》らず」と。その李善注に「垢は、滓なり。氛は、気なり。世事は呰悪、相纓繞せず、塵霧に雑はらざるを謂ふ」と釈する。○清曠　清朗開闊。すがすがしくひろびろとした気持ちになる。

○十二街　長安城内の十二の街衢。『文選』巻二、後漢の張衡「西京の賦」に、「方軌十二、街衢に相経たり」と。その李善注に「街は、大道なり」と釈する。北宋の宋敏求『長安志』巻七に、「（唐の皇城は）城中南北七街、東西五街。其の間、台・省・寺・衛を並び列す」と。○紅塵　黄塵。にぎやかな町に巻き上がるほこり。車馬が巻き上げる飛塵。『文選』巻一、後漢の班固「西都の賦」に、「紅塵は四《よ》に合して、煙雲に相連なる」と。○孔生　孔戡（七五四―八一〇）。昭義節度使の盧従史を極諫して洛陽に帰り、後に洛陽で不遇の中に卒した。前述の「孔戡の詩」（〇〇三）を参照。○元九　元稹（七七九―八三一）。元和五年（八一〇）三月、長安へ帰還の途次、宦官と争ったために、監察御史（正八品上）より江陵府（湖北）の士曹参軍（正七品下）に貶せられた（『旧唐書』巻一六六、『新唐書』巻一七四・元稹伝）。○荆門　県名。江陵府に属する。○可憐　深い思い入れを表す感嘆詞。当時の用語。ああ、なんとも嘆かわしい。○高蓋　「高車」も同じ。高く大きい車に乗れるような貴顕の人をいう。例えば、秦の四皓の歌に、「駟馬高蓋も、其の憂ひは甚大なり」と（『太平御覧』巻五七三引、崔琦の「四皓の頌」）。また中唐の顧況「従兄萇を哭す」詩に、「身は一騎曹に終ふ、高蓋の者は為《は》た誰ぞ」（『全唐詩』巻二六四）と。「蓋」は、車の日覆い。

余説 元稹には、白居易のこの詩にも唱和した作品がある。『元氏長慶集』巻六に収める次の詩がそれであって、全ての押韻字をそのまま、同じ順序で用いた次韻詩である。

楽天の「楽遊園に登り」憶はるるに酬ゆ

酬㆘楽天登㆓楽遊園㆒見㆖憶

昔君楽遊園　悵望天欲㆑曛　　昔　君　楽遊園にて、悵望すれば天は曛（く）れんと欲す。
今我大江上　快㆑意波翻㆑雲　　今　我　大江の上（ほとり）にて、意を快くすれば波は雲を翻（ひるがへ）す。
秋空圧㆓澶漫㆒　澒洞無㆓垢氛㆒　　秋空は圧（超越）して澶漫（寛長）、澒洞（ひろびろ）として垢氛無し。
四顧皆豁達　我眉今日伸　　四顧すれば皆豁達にして、我が眉は今日こそ伸びたり。
長安隘㆓朝市㆒　百道走㆓埃塵㆒　　長安は朝市（名利を争う俗人）隘（溢）れ、百道に埃塵走（流動）す。
軒車随㆓対列㆒　骨肉非㆓本親㆒　　軒車（高官の車）は対列（二列の従者）を随へ、骨肉も本親（直系親）のみに非ず。
誇遊㆓丞相第㆒　偸入㆓常侍門㆒　　誇りて丞相の第（邸）に遊び、偸みて常侍の門に入る。
愛㆓君直如㆑髪　勿㆑念㆓江湖人㆒　　君の直なること髪の如きを愛す。江湖の人を念ふこと勿かれ。

また白居易のこの詩に所謂「耳目は暫く清曠」に依拠した詩句表現として、菅原道真「九日宴に侍りて、同じく『晴を喜ぶ』といふことを賦す。製に応へまつる」詩の序に、「風塵は永く断え、耳目は倶に清し」とある（『菅家文草』巻一）。

0027

酬㆘元九對㆓新栽竹㆒有㆑懷見㆖寄
頃有㆘贈㆓元九㆒詩㆖。云、有㆑節秋竹竿。故元感㆑之、因重見㆑寄。

元九《げんきう》が「新《あら》たに栽《う》うる竹《たけ》に對《たい》して懷《くわいあ》有り」を寄《よ》せらるるに酬《むく》ゆ
頃（ごろ）（ちか）ろ元九に贈る詩有り。云はく、「節有り秋竹の竿」と。故に元は之に感じ、因りて重ねて寄せらる。

解題 江陵司馬左遷中の元稹が白居易に送った「対新栽竹有懐」詩に対し、その返事として書き送った作品。元和五年（八一〇）秋の作。題下の自注は、那波本では刪去されているが、ここでは宋本によって補った。その元稹の作は、次に紹介するように、現在「種竹」と改題して、『元氏長慶集』巻二に収められている。

種㆑竹　并序　　竹を種う　并びに序　　元稹

昔楽天贈㆓予詩㆒云、「無㆑波古井水、有㆑節秋竹竿」。予秋来種㆓竹庁下㆒、因而有㆑懐、聊書㆓十韻㆒。
昔　楽天は予に詩を贈りて云ふ、「波無し古井の水、節有り秋竹の竿」と。予は秋来りて竹を庁下に種ゑ、因つて懐ふこと有り、聊か十韻を書す。

昔公憐㆓我直㆒　比㆓之秋竹竿㆒　　昔　公は我の直なるを憐（愛賞）し、之を秋竹の竿に比す。
秋来苦相憶　種㆓竹庁前㆒看　　秋来れば苦（はなは）だ相憶ひ、竹を庁前に種ゑて看る。

失レ地顔色改　傷レ根枝葉残　地を失して顔色改まり、根を傷めて枝葉残（そこな）ふも、
清風猶淅淅　高節空団団　清風は猶ほ淅淅たり、高節は空しく団団たり。
鳴蟬聒二暮景一　跳蛙集二幽欄一　鳴蟬は暮景に聒（かまびす）しく、跳蛙は幽欄に集まるも、
塵土復昼夜　梢雲良独難　塵土（俗事）は復た昼夜つづき、梢雲（高潔な生活）は良（まこと）に独り難く、
瘴江冬草緑　何人驚二歳寒一　瘴江は冬も草緑にして、何人か歳寒を驚かん。
丹丘信云遠　安得レ臨二仙壇一　丹丘（仙境）は信（まこと）に云（ここ）に遠く、安くんぞ仙壇に臨むを得ん。
可レ憐亭亭幹　一一青琅玕　憐れむべし　亭亭たる幹、一一青き琅玕（仙樹）。
孤鳳竟不レ至　坐傷二時節闌一　孤鳳は竟（ひつ）に至らず、坐（そぞ）ろに時節の闌（つ）くるを傷む。

なお、右の元稹の作は、更に本巻に収める白居易の「贈元稹詩」（〇〇一五）を受けて詠出されたものである。

昔我十年前　與レ君始相識　昔我十年《むかしわれじふねん》の前《まへ》、君《きみ》と始《はじ》めて相識《あひし》り、
曾將二秋竹竿一　比二君孤且直一　曾《かつ》て秋竹《しうちく》の竿《かん》を將《もつ》て、君《きみ》が孤且《こか》つ直《ちよく》なるに比《ひ》す。
中心一以合　外事紛無レ極　中心一《ちゆうしんいつ》に以《もつ》て合《あ》ひ、外事紛《ぐわいじふん》として極《きは》まり無《な》し。
共保二秋竹心一　風霜侵不レ得　共《とも》に秋竹《しうちく》の心《こころ》を保《たも》ち、風霜《ふうさう》も侵《をか》し得《え》ず。
始嫌梧桐樹　秋至先改レ色　始《はじ》めて嫌《きら》ふ　梧桐《ごどう》の樹《き》、秋至《あきいた》れば先《ま》づ色《いろ》を改《あらた》むるを。
不レ愛楊柳枝　春來軟無レ力　愛《あい》せず　楊柳《やうりう》の枝《えだ》、春來《はるきた》れば軟《やは》らかにして力無《ちからな》きを。
憐君別レ我後　見レ竹長相憶　憐《あは》れむ　君我《きみわれ》に別《わか》れて後《のち》、竹《たけ》を見《み》て長《なが》く相憶《あひおも》ひ、
常欲レ在二眼前一　故栽二庭戸側一　常《つね》に眼前《がんぜん》に在《あ》らしめんと欲《ほつ》し、故《ことさら》に庭戸《ていこ》の側《かたはら》に栽《う》う。
分レ首今何處　君南我在レ北　首《かうべ》を分《わ》かつて今何處《いまいづこ》ぞ。君《きみ》は南我《みなみわれ》は北《きた》に在《あ》り。
吟二我贈レ君詩一　對レ之心惻惻　我《われ》の君《きみ》に贈《おく》る詩《し》を吟《ぎん》じ、之《これ》に對《たい》して心惻惻《こころそくそく》たらん。

識・直・極・色・力・憶・側・側（入聲、職韻）、得・北（入聲、德韻）……職・德韻は同用。

通釈　むかし私は、今から十年ほど以前の貞元十九年ごろ、始めて君と共に秘書省校書郎を授けられて相識の友となり、かつて「元稹に贈る詩」の中で、君の心情が公平無私で且つ率直なことを「秋竹の竿」に譬えて賛嘆したことがある。思えば、君と私とは、周囲の現実社会が果てしもなくごたごたと入り乱れている悪環境の中に在っても、常に胸中の信念が完全に一致して違うことなく、共に秋竹さながらの節操を保持して、どれだけ厳しく辛い風霜もこれを侵しそこなうことはできなかった。かくて、われわれ二人は、始めて梧桐の樹でさえも秋になると逸早くその色彩を変えてしまうことを嫌悪するようになり、また楊柳の枝が春の訪れと共にぐにゃぐにゃと軟弱になってしまうさまも好きになれなくなったものである。

ところで君は、いとしいことに、今年三月に私と別れて後も、竹を眺めてはいつまでも私を忘れず、常に私が眼前にいるようにと願って、わざわざ庁舎の側に竹を植えてくれたとか。それにしても、先般われわれ二人が別れ別れになってから今それぞれどこにいるかと言えば、君は南のかた江陵の地におり、私は北のかた長安に在って両者の隔たりは遥かに遠い。さぞかし君は、私が君に贈ったあの詩篇を口ずさみながら、その詩篇を前にして独り胸を痛めていることだろう。

語釈　〇昔我十年前　与君始相識　白居易と元稹との交わりは、徳宗の貞元十九年（八〇三）、二人がそろって吏部の試験の書判抜萃科に合格し、ともどもに秘書省の校書郎（正九品上）になった時に始まる（平岡武夫『白居易』〈『中国詩人選』一九七七年、筑摩書房刊〉一七—二八頁を参照）。「十年前」とは、その概数を言う。ちなみに、この貞元十九年、知貢挙の権徳輿の下、抜萃科に及第したものは、元稹「酬哥舒大少府、寄同年科第」詩（『元氏長慶集』巻十六）の自注に拠れば、白居易・李復礼・呂頻・哥舒恒・元稹・崔玄亮の六人であり、またその中で同時に校書郎となったものは、白居易「常楽里閑居、偶題十六韻」詩（〇一七五）の詩題に拠れば、白居易・呂頻・元稹・崔玄亮の四人であった。なお、この二句は、南朝宋の鮑照「行路難四首」（其の二）の「昔我君と始めて相値ふ」（『玉台新詠』巻九）に拠る。〇曽将秋竹竿　比君孤且直　白居易「元稹に贈る詩」（〇〇一五）に、この親友の品性を譬えて「波無し古井の水、節有り秋竹の竿。」と。また元稹「竹を種う」詩に、「昔　公（居易）は我の直なるを憐（愛賞）し、之を秋竹の竿に比す」と。なお、王汝弼『白居易選集』は、「孤」字の意味について、白居易「竹を養ふの記」（一四七四）に所謂「竹は性直く、直くして以て身を立つ。君子は其の性を見れば、則ち中立にして倚らざる者を思ふ」を引いて、この「中立不倚」（『中庸』）の意味だと言う（一一一頁）。「将」は、もって。用いて。前置詞。○中心　心の中。『詩経』以来の常用語。○一以合　ただ一つの心境で結ばれている。『論語』里仁篇に、「吾道一以貫之哉」と。また衛霊公篇にも「予一以貫之」と。白詩の用例には「幽懐一以合」(〇五七五)・「中誠一以合」(三九六六)と。○外事　世の中の俗事。○紛無極　ごたごたと入り乱れて極限がない。『楚辞』九章「渉江」に、「霰雪紛として其れ垠(かぎ)り無し」と。○改色　色彩を改変する。南朝梁の劉孝綽「徐僕射の晩宴に陪す」詩に「景移りて林は色を改む」(『芸文類聚』巻三十九、『初学記』巻十四)と。○憐君別我後の四句　前述の元稹「竹を種う」詩に、「昔　公は我の直なるを憐(愛賞)し、之を秋竹の竿に比す。秋来れば苦(はなは)だ相憶ひ、竹を庁前に種ゑて看る」と。白居易のこの四句は、恐らく元稹から贈られた上記詩句の内容を殆どそのまま転記した表現であろう。但し、「君別我後」は、古詩「為焦仲卿妻作」の「自君別我後、人事不可量」(『玉台新詠』巻一)に拠り、「欲在眼前」は、南朝梁の劉遵「応令詠舞」詩の「所愁余曲罷、為欲在君前」(『玉台新詠』巻八)に拠る。「庭戸」は、官署。○分首　離別する。「分手」も同義。南朝梁の沈約「襄陽の白銅鞮」に、「首を分かつ桃林の岸、別れを送る峴山の頭(ほとり)」(『玉台新詠』巻十)と。ちなみに、沈約のこの詩の「分首」、『芸文類聚』巻四十三(歌)は「分手」に作る。「首」と「手」は、音が近いので特に唐代以後は混用される。○贈君詩　前出「元稹に贈る詩」(〇〇一五)を指す。○惻惻　悲しみ痛むさま。唐の杜甫「李白を夢む二首」詩(其の一)に、「死別　已に声を呑み、生別　常に惻惻たり」(『杜詩詳註』巻七)と。

余説　この詩の「共保二秋竹心一、風霜侵不レ得」の句に依拠したわが王朝詩人の文辞としては、以下のごときものがある。

嶋田忠臣の「対レ竹自伴」詩に云う、「風に竹声有るは会嘯の如く、霜に変節無きは是れ同心」(『田氏家集』巻中)。

菅原道真の「扈二従雲林院一、不レ勝二感歎一、聊叙レ所レ観」詩の序に云う、「松樹に倚りて以て腰を摩することは、風霜の犯し難きことを習ふなり」(『菅家文草』巻六)。

0028　感レ鶴詩　鶴《つる》に感《かん》ずる詩《し》

解題　かつては仙鶴のように高潔であった一旧友が、当時の卑俗な官界を遠く離れて草深い田野に隠棲し、貞姿耿介、独り超俗的な操守の生活を保っていたのに、一旦嗜欲の虜となるや、たちまち俗念をあらわにして名利の追求に狂奔している醜態を諷刺した作品。詩中の「同レ遊不レ同レ志、如レ此十余年」という表現から推察すると、この作品は、かなり白居易と長い交遊があった具体的人士を対象とした諷刺詩のようだが、その人物が果たして誰であったのか、未詳。恐らく前後の作品と同様、元和五、六年(八一〇、八一一)ごろ、白居易四十歳前後、長安での作品であろう。この詩の題名、宋本等各本には「詩」詩がない。今、例によって那波本に従う。

鶴有二不羣者一　飛飛在二野田一
飢不レ啄二腐鼠一　渴不レ飲二盜泉一
貞姿自耿介　雜鳥何翩翾
同レ遊不レ同レ志　如レ此十餘年
一興二嗜慾念一　遂爲二矰繳牽一
委二質小池内一　爭二食羣雞前一
不三惟懷二稻粱一　兼亦競二腥羶一
不三惟戀二主人一　兼亦狎二烏鳶一
物心不レ可レ知　天性有レ時遷
一飽尚如レ此　況乘二大夫軒一

鶴《つる》に不羣《ふぐん》の者有《ものあ》り、飛《と》び飛《と》んで野田《やでん》に在《あ》り。
飢《う》うれども腐鼠《ふそ》を啄《ついば》まず、渴《かつ》すれども盜泉《たうせん》を飲《の》まず。
貞姿《ていし》自《おのづか》ら耿介《かうかい》、雜鳥《ざつてうなん》何ぞ翩翾《へんけん》たる。
遊《いう》を同《おな》じうするも志《こころざし》を同《おな》じうせず。此《か》くの如《ごと》きこと十餘年《じふよねん》。
一《ひと》たび嗜慾《しよく》の念《ねん》を興《おこ》し、遂《つひ》に矰繳《そうしやく》に牽《ひ》かる。
質《しつ》を小池《せうち》の内《うち》に委《ゆだ》ね、食《しよく》を羣雞《ぐんけい》の前《まへ》に爭《あらそ》ふ。
惟《ただ》に稻粱《たうりやう》を懷《おも》ふのみならず、兼《か》ねて亦《ま》た腥羶《せいせん》を競《きそ》ふ。
惟《ただ》に主人《しゆじん》を戀《こ》ふるのみならず、兼《か》ねて亦《ま》た烏鳶《うえん》に狎《な》る。
物心《ぶつしん》は知《し》るべからず、天性《てんせい》すら時有《ときあ》つて遷《うつ》る。
一飽尚《いちはうな》ほ比《か》くの如《ごと》し、況《いは》んや大夫《たいふ》の軒《けん》に乘《の》るをや。

田・年・牽・前（下平聲、先韻）、泉、翾・羶・鳶・遷（下平聲・仙韻）、軒（上平聲・元韻）…先・仙韻は同用。元韻は通押。

通釈　鶴の中には群集生活に適合しないものがいるもので、その鶴は飛びに飛んで人里離れた田野に住み着き、たとえ飢えても腐った鼠をついばむような卑しい行動はせず、また喉が乾いても「盗泉」と名の付いた泉の水をにくんで、その水さえも飲まなかった。かくて、その貞潔な資質は、いつのまにか時俗に阿諛迎合しない生活を送ることとなったが、これに反して燕雀のような雑鳥どもは、なんとこせこせと落ち着きなく飛び回っていることか。顧みれば私は、この鶴にも似た一友人と交遊をつづけながらも、私は仕官志望、彼は隠遁志向、それぞれ志を同じくせず、このようにちぐはぐな状態で今まで十余年の歳月を過ごしてきた。

ところが、この鶴（この友人）は、一旦むっくと俗世的な欲望の情念を起こすや、そのためにいぐるみのような暗に人を落とし入れる巧妙な仕掛けに取り付かれてしまって、小池のように狭小な官僚社会の中で卑屈にも膝を曲げて平伏し、群鶏のように凡俗な官僚たちの前で食餌ならぬ名利を争うようになった。その醜態は、単に稲粱ならぬ食禄に執着するだけではなくて、さらには腥羶ならぬ官位をも奪い合い、ただに主人（上司）に取り入るだけではなくて、さらには貪食な烏鳶（貪欲な官僚たち）にまで馴れ馴れしく近寄る有り様であった。思うに、人々の心は容易に予知できないものであり、天から授かった性質ですら時として変化するものである。ほんのしばらく腹を満たすためだけでもこのように醜い奪い合いをするのだから、まして高い官位に就いて寵愛を得ようとする場合は尚更であろう。

語釈　〇不群　孤高を保って群衆と一緒には行動しない。『楚辞』離騒に、「鷙鳥の群せざる（不群）、前世よりして固（まこと）に然り」と。〇飛飛　ずんずん飛びゆくさま。飛びに飛んで。三国魏の曹植「野田黄雀行」に、「飛び飛びて蒼天を摩す」（『楽府詩集』巻三十九）と。また唐の李白「古風五十九首」（其の七）に、「客に鶴上の仙有り、飛び飛びて太清を凌ぐ」（『李太白集』巻二）と。〇野田　田野。田畑と野原。〇飢不啄腐鼠　たとえ飢えても腐った鼠などくだらぬ物をついばまない。いかに困窮しても高潔な生活態度を保って俗悪な官位などに見向きもしないことに譬える。『荘子』秋水篇に、「恵子（恵施）梁に相たり。荘子往きて之を見る。或るひと恵子に謂ひて曰く、『荘子来りて子（みき）に代はりて相たらんと欲す』と。是に於て恵子恐れ、国中に捜すこと、三日三夜なり。荘子往きて之を見て曰く、『南方に鳥有り。其の名は鵷鶵（ゑんすう）。子（みき）之を知るか。夫れ鵷鶵は南海より発して、北海に飛ぶ。梧桐に非ざれば止まらず、練実（竹の実）に非ざれば食らはず、醴泉に非ざれば飲まず。是に於て鴟（ふくろふ）腐鼠を得たり。鵷鶵之を過ぐ。仰いで視て曰く、嚇（かく）と。今、子は子の梁国を以て我に嚇せんと欲するか』と」と。「嚇」とは、怒って威嚇する声。〇渇不飲盗泉　たとえ喉が乾いても、「盗泉」と名づけた泉の水は汚らわしいとして飲まない。上句と同じく清廉な心を譬える。『尸子』巻下に、「孔子、勝母に至りて、暮れたるも宿せず。盗泉を過ぎて、渇すれども飲まず。其の名を悪（にく）めばなり」（『水経注』洙水、『文選』陸機「猛虎行」李善注）と。『文選』巻二十八、西晋の陸機「猛虎行」に、「渇すれども盗泉の水を飲まず、熱けれども悪木の陰に息はず」と。白詩は、直接には陸機の楽府に拠る。〇貞姿　貞潔な資質。「姿」は、「資」と同音同義。例えば白詩「洛下卜居」（〇三七八）にも、「貞姿は雑ふべからず、高性は其の適なるに宜し」と。「貞姿」は華亭の鶴をいい、「高性」は天竺の石をいう。〇耿介　かたく節操を守って時俗に阿諛迎合しない。双声語。

『楚辞』九弁に、「独り耿介にして随はず」と。王逸注に「節を執り度を守りて枉傾せざるなり」と。○雑鳥何翩翾　「雑鳥」は、燕雀の属。「翩翾」は、ちょこちょこと軽軽しく飛び交うさま。小人がちょこちょこと権力に阿諛迎合するさまに譬える。南朝宋の謝霊運「山居の賦」に、「鵾鴻は翻翥して及ぶ莫く、何ぞ但だ燕雀のみの翩翾たる」（『宋書』巻六十七）とあるに拠る。ちなみに盛唐の杜甫「秋日夔府の詠懐一百韻」の「黄雀は翩翾たるに任す」（『杜詩詳註』巻十九）も謝霊運のこの賦に拠るか。○同遊不同志　東晋の王鑒「七夕に織女を観る」詩に、「同遊して観（歓）を同じくせず子を念うて憂怨多し」（『玉台新詠』巻三）と。

○嗜慾　物質的感能的欲望。『荀子』性悪篇に、「妻子具はりて孝は親に衰へ、嗜欲得て信は友に衰へ、爵禄盈ちて忠は君に衰ふ」と。「慾」字、那波本は「欲」に作る。「欲」は正字、「慾」は後出の字。「欲」と区別して名詞の欲望の意に用いる。今、宋本・馬本・汪本・『全唐詩』本に従う。○為　受身を表す前置詞。○矰繳　いぐるみ。鳥を捕らえるために、短い矢に長い糸を結びつけて射る仕掛け。「矰」は、短い矢。「繳」は、それに結びつけた長い糸。暗に人を害する巧妙な手段に譬える。○委質　膝を曲げて身体を地面に投げ出す。平伏する。帰附する。「委」は、置く。「質」は、形体。身体。『左氏伝』僖公二十三年に、「名を策し質を委し、弐（ふたごころ）あるは乃ち辟（みつ）なり」と。杜預注に「名は臣となる所の策に書し、膝を屈して之に君事すれば、則ち以て弐あるべからざるなり」と。また孔穎達疏にも「質とは、形体なり。古の仕ふる者は、……拝するときは則ち膝を屈して身体を地に委し、以て之に敬奉することを明らかにするなり」と。○小池　狭小な官僚社会を譬える。○争食　凡俗な官僚たちが名利を争うことを譬える。『楚辞』卜居に、「寧ろ黄鵠と翼を比（なら）べんか、将（は）た鶏鶩と食を争はんか」と。『文選』巻三十三、騒下「卜居」の五臣（劉良）注に「黄鵠は、逸士を喩ふるなり。鶏鶩は、讒夫を喩ふるなり。比翼は、猶ほ肩を並ぶるがごときなり。争食は、食禄を争ふなり。鶩は、鴨（あひる）なり」と。○不惟……、兼亦……　ただ……だけではなく、さらにその上に。「不唯……、兼亦……」も同じ。前後照応して複合句を構成する累加接続詞。○稲粱　稲と大粟。穀物。禄米に譬える。盛唐の杜甫「諸公の慈恩寺の塔に登るに同ず」詩に、「君看よ陽に随ふ雁は、各〻稲粱の謀有るを」（『杜詩詳註』巻二）と。「陽に随ふ雁」とは、太陽のごとき権勢に服従する小人を譬える。○腥羶　なまぐさいもの。名利に貪欲な態度を譬える。東晋の葛洪『抱朴子』内篇・明本篇に、「山林の中は道有るに非ざるなり。而るに道を為（をさ）むる者の必ず山林に入るは、誠に彼の腥膻を遠ざけて、此の清浄に即かんと欲すればなり」と。「腥膻」は、また「腥羶」にも作る。なお、「羶」は、もともと羊の生肉。『荘子』徐無鬼篇に「羊肉は蟻を慕はず、蟻は羊肉を慕ふ。羊肉は羶（なまぐさ）ければなり」と。○主人　支配者。上司。○烏鳶　からすととび。いずれも貪食の鳥。わいろを取る官僚を譬える。『荘子』列御寇篇に、「上に在りては烏鳶の食と為り、下に在りては螻蟻の食と為る」と。○物心　人々の心。例えば東晋の袁宏『後漢紀』巻三・光武帝紀の論に、「劉氏は徳沢実に物心を繋ぐ。故に其の寝廟を立つるや、百姓は覩て旧を懐かしみ、其の衣冠を正すや、父老は見て泣を垂る」と。○天性　先天的にそなわった性質。○有時遷　時として変化することがある。『韓詩外伝』巻五に、「夫れ五色は明なりと雖も、時有りて渝（か）はる。豊交（枝？）の木も、時有りて落つ」と。
○乗大夫軒　上大夫のりっぱな官用車に乗る。高い官職に就く。上大夫の車に乗るものとは、国君の側近くで愛育される鶴に譬えられる。春秋時代、衛の懿公は鶴を愛し、その鶴を上大夫の車に乗せていたからである。『左氏伝』閔公二年に、「衛の懿公は鶴を好み、鶴に軒に乗る者有り」と。杜預注に「軒は、大夫の車なり」と。

余説　この詩に唱和した元稹の「和二楽天感一レ鶴」詩が、『元氏長慶集』巻二にある。

和二楽天感一レ鶴

我有二所レ愛鶴一　毛羽霜雪妍
秋望二一滴露一　声洞二林外天一
自下随二衛侯一去上　遂入二大夫軒一
雲貌久已隔　玉音無二復伝一
吟二君感レ鶴操一　不レ覚心惕然
無二乃予所一レ愛　誤為二微物遷一
因レ茲論二直質一　未レ免二柔細牽一
君看孤松樹　左右蘿蔦纏
既可二習為一レ鮑　亦可二薫為一レ荃
期二君常善救一　勿レ令二終棄捐一

楽天の鶴に感ずるに和す

我に愛する所の鶴有り、毛羽は霜雪の妍あり。
秋に一滴の露を望めば、声は林外の天を洞（つらぬ）く。
衛侯に随ひ去りてより、遂に大夫の軒に入り、
雲貌　久しく已に隔たり、玉音　復た伝ふる無し。
君の鶴に感ずる操（きょく）を吟じ、覚えず　心惕然たり。
乃ち予の愛する所なる無からんや、誤つて微物に遷さる。
茲に因つて直質を論（しめ）すも、未だ柔細に牽かるるを免れず。
君看よ　孤松の樹、左右　蘿蔦の纏（まと）ふを。
既に習ひて鮑と為るべく、亦た薫りて荃と為るべし。
君の常に善く救はんことを期す、終に棄捐せしむる勿かれ。

0029　春雪

春雪《しゅんせつ》

解題　元和六年（八一一）春二月、季節はずれの大雪に際会して、この不順な天然現象を悲しみ、上帝の意に反した政教を警（いまし）めると共に、天下の災禍を防ごうとした作品。ちなみにこの大雪については、白居易と見解を異にはするが、韓愈にも「辛卯の年に雪ふる」詩があり、「元和六年の春、寒気は肯へて帰らず。河南二月の末、雪花一尺囲む」と言い、また「生平　未だ曽て見ず、何ぞ是非を議するに暇あらん」（『全唐詩』巻三四〇）とも言う。もってその降雪が稀有の大雪であったことを推察するに足るであろう。元和六年の春、

白居易四十歳の時、長安、京兆府戸曹参軍・翰林学士在任中の作。なお、白居易が母陳氏の喪に服するために官を罷めて下邽に退居したのは、この大雪より一、二か月後の四月初旬のことであった（清の汪立名『白香山年譜』参照）。

元和歳在レ卯　六年春二月
月晦寒食天　天陰夜飛レ雪
連宵復竟日　浩浩殊未レ歇
大似レ落ニ鵝毛一　密如レ飄ニ玉屑一
寒銷春茫蒼　氣變風凜冽
上林草盡沒　曲江冰復結
紅乾杏花死　綠凍楊枝折
所レ憐物性傷　非レ惜ニ年芳絕一
上天有ニ時令一　四序平分別
寒燠苟反レ常　物生皆夭閼
我觀ニ聖人意一　魯史有ニ其說一
或記ニ水不一レ冰　或書ニ霜不一レ殺
上將儆ニ正教一　下以防ニ災孼一
茲雪今如何　信美非ニ時節一

元和《げんな》歳《さい》卯《う》に在《あ》り、六年《ろくねん》春《はる》二月《にげつ》。
月晦《げつくわい》寒食《かんしよく》の天《てん》、天《てん》陰《くも》つて夜雪《よるゆき》を飛《と》ばす。
連宵《れんせう》　復《ま》た竟日《きやうじつ》、浩浩《かうかう》として殊《こと》に未《いま》だ歇《や》まず。
大《だい》なること鵝毛《がまう》を落《お》とすに似《に》たり、密《みつ》なること玉屑《ぎよくせつ》を飄《ひるがへ》すが如《ごと》し。
寒《かん》銷《き》えて春《はる》茫蒼《ばうさう》、氣《き》變《へん》じて風《かぜ》凜冽《りんれつ》。
上林《じやうりん》草《くさ》盡《ことごと》く沒《ぼつ》し、曲江《きよくかう》冰《こほり》復《ま》た結《むす》ぶ。
紅《こう》乾《つ》きて杏花《きやうくわ》死《か》れ、綠《りよく》凍《こほ》りて楊枝《やうし》折《を》る。
憐《あは》れむ所《ところ》物性《ぶつせい》の傷《きず》つくを、年芳《ねんはう》の絶《た》ゆるを惜《を》しむに非《あら》ず。
上天《じやうてん》　時令《じれい》有《あ》り、四序《しじよ》平《たひ》らかに分別《ぶんべつ》す。
寒燠《かんいく》苟《いやしく》も常《つね》に反《はん》すれば、物《もの》生《しやう》ずるも皆《みな》夭閼《えうあつ》す。
我《われ》聖人《せいじん》の意《い》を觀《み》るに、魯史《ろし》其《そ》の說《せつ》有《あ》り。
或《ある》いは水《みづ》の冰《こほ》らざるを記《しる》し、或《ある》いは霜《しも》の殺《から》さざるを書《しよ》す。
上《かみ》は將《もつ》て正教《せいけう》を儆《いまし》め、下《しも》は以《もつ》て災孼《さいげつ》を防《ふせ》ぐ。
茲《こ》の雪《ゆき》今《いま》如何《いかん》、信《まこと》に美《び》なれども時節《じせつ》に非《あら》ず。

月・歇・闕（入聲、月韻）、雪、冽・折・絶・別・說・孽（入聲、薛韻）、屑・結・節（入聲・屑韻）、沒（入聲、沒韻）、殺（入聲・黠韻）……月・沒韻、薛・屑韻は同用。月・薛・屑・沒・黠韻はすべて通押。

通釈 元和六年辛卯の春二月、その月末も晩春に近い寒食の時節、一天くまなくかき曇って夜になると雪が激しく降り出した。そして夜通し、引きつづいて一日中、どんどん降りしきって一向に尽きることなく、その大きな雪は鵝鳥の羽毛を空から撒き散らしているようであり、そのこみ合っているさまは白玉の粉末が空一面に舞い上がっているようであった。

このところ寒さもゆるんで春霞がのどかにたなびいていたのに、たちまち天気が一変して寒風が容赦なく肌膚を突き裂くようになり、上林苑では春草もことごとく雪に埋まり、曲江池でも氷がふたたび張りつめてしまった。見れば、紅色の杏の花は色あせて枯れはて、緑色の柳の枝も凍って折れている。私の胸が締めつけられるのは、このように万物の生命が厳寒によってそこなわれることであって、なにも春の花が絶滅してしまうのを惜しんでいるわけではないのだ。

そもそも天帝は季節を掌握しておられて、一年を春・夏・秋・冬という四季に公平に配分しておられる。従って、（為政者の不徳によって）いささかでも寒・暖の順序がその正常な状態に反してきた場合は、万物が生じてきてもことごとくその生長が抑止されるのである。

そこで私は、聖人孔子の意向を注意深く見てみたところ、果たせるかな孔子が編集した魯国の歴史『春秋』に彼の教訓を見い出した。すなわち、ある時には「（異常気象で）水が氷らなかった」と記録していたり、ある時には「（異常気象で）霜が降っても草木を枯らさなかった」と書き記しているのがそれである。

以後、上のかた為政者たちは、この孔子の記録によって自身の政教の不徳を警め、一方下のかた万民たちは、この孔子の記録によってその災禍を前もって防いだのであった。では、今春のこの異常な大雪については、いったい現在どのように受け止められているのだろうか。この大雪は、たしかに美しい風景ではあるが、順調な降雪の時節ではない。恐らく政教が宜しきを失していたからであろう。

語釈 ○元和歳在卯　元和六年（八一一）辛卯をいう。「歲」は、歲星（木星）。約十二年間で天を一周する。方角では東、季節では春を支配し、義が行われないと、その罰の兆候は歲星に現れる（『史記』巻二十七・天官書）。「歲、卯に在り」とは、その歲星が卯（東）に位置する年を指す。○月晦　月末の日。○寒食　冬至（十二月二十二、三日ごろ）の後百五日目にあたる日の前後三日間。この三日間は、火をたくことを禁じ、冷たいものを食べる。○連宵　夜通し。○復　反復・連続を表す副詞。○竟日　終日。一日中。○浩浩　盛んに降るさま。『書経』堯典篇に、「浩浩として天に滔（はびこ）る」と。孔伝に「浩浩とは、盛大にして天に漫（みなぎ）るごとし」と。○殊　下に否定副詞「不」「無」「未」等がつづく場合は、その否定を強調する副詞。いつまでたっても。○鵝毛　鵝鳥の羽毛。白くて軽いので雪にたとえる。○玉屑　白玉の粉末。ちらちらと降る雪にたとえる。

○茫蒼　ぼんやりしたさま。畳韻語。極めて珍しい用語。この語、多くは倒して「蒼茫」に作る。例えば南朝梁の沈約「夕べに行きて夜鶴を聞く」詩に、「海上　雲霧多く、蒼茫として洲嶼を失す」（『玉台新詠』巻九）と。○凜例　きびしく寒い。双声語。西晋の傅咸「神泉の賦」に、「六合蕭条、厳風凜冽」（『芸文類聚』巻九）と。○上林　上林苑。天子の庭園の名。秦代の旧苑。漢の武帝の時に拡張再建され、周囲は三百里に至り、離宮七十か所。苑内に禽獣を養って、皇帝の春秋の狩猟に供された。その旧跡は今の西安市西方にある。○曲江　曲江池。唐の長安城の東南隅にあった。漢の武帝が都の長安に宜春苑を造り、その水流が之の字形に曲折しているので名づけた。後、唐の玄宗がしばしば楊貴妃を伴って遊んだ所。中和節・上巳節等には都民の遊楽地となった。唐末、水が涸れて池は廃れた。○復ふたたび。もとどおりに。○乾　干上がる。尽きる。なくなる。音カン。例えば、古くは『左氏伝』僖公十五年に、「外は強きも中は乾（っ）く」と。杜預注に「外は強形有りと雖も、内実は乾竭するなり」と。近くは盛唐の杜甫「垂老の別れ」詩に、「幸ひに牙歯の存する有るも、悲しむ所は骨髄（骨の脂肪）の乾（っ）くるを」（『杜詩詳註』巻七）と。○所憐　胸が締めつけられること。心から気の毒に思うこと。○物性　万物の生命。○年芳　春の花。南朝梁の沈約「三月三日率爾として篇を成す」詩に、「麗日は元巳に属し、年芳は具（つぶさ）に斯（ここ）に在り」（『文選』巻三十）と。また白居易詩にも、例えば「花下酒に対す二首」（其の二）（〇五四四）に、「年芳と時景と、頃刻にも猶ほ衰変す」と。

○上天　天帝。天上の主宰神。『書経』湯誥篇に、「上天孚（まこと）に下民を佑く」と。また仲虺之誥篇に、「夏王罪有り、上天を矯誣し、以て命を下に布く」と。○時令　季節。例えば白居易「友に贈る詩五首」（其の一）（〇〇八五）に、「時令一たび常に反すれば、生霊は其の病を受く」と。○四序平分別　一年を四季に平等に区別する。『楚辞』九弁、其の三に、「皇天は四時を平分す」と。「四序」は、四季。四時。春・夏・秋・冬。「平」は、平均に。平等に。「分別」は、分ける。○寒燠　寒暖。○夭閼　抑止する。さえぎり止める。双声語。『荘子』逍遥遊篇に、「（大鵬は）風の背に培（の）り、青天を負（おせ）ひて、之を夭閼する者莫し。而る後、乃ち今将（ま）に南を図らんとす」と。陸徳明『経典釈文』巻二十六（荘子音義上）、司馬彪の注を引いて「夭は、折（じく）くなり」「閼は、止むるなり」と。○聖人　孔子を指す。○魯史　孔子が編集したといわれる魯国の歴史『春秋』経を指す。○水不冰　『春秋』経の桓公十四年に、「春正月、……冰ること無し」と。杜預注に「時の失するを書するなり」と。また同じく成公元年に、「二月、……冰ること無し」と。杜預注に「周の二月は今の十二月なり。而るに冰ること無きは、冬に温かきを書するなり」と。また同じく襄公二十八年に、「春、冰ること無し」と。杜預注に「冰ること無きを以て災と為して書するを得たるなり」と。〇霜不殺　暖冬のために霜が降っても草を枯らさない。『春秋』経の僖公三十三年に、「十有二月、……隕霜、草を殺(か)らさず、李梅実る」と。杜預注に「時の失するを書するなり」と。「殺」は、枯らす。枯れる。ちなみに、『韓非子』内儲説上篇に、「魯の哀公、仲尼に問ひて曰く、『春秋の記に曰く、冬十二月、霣霜、菽を殺(か)らさず、と。何為れぞ此を記せるか』と。仲尼は対(たこ)へて曰く、『此れ以て殺らすべくして殺らさざるを言ふなり。夫れ宜しく殺らすべくして殺らさず、桃李も冬実る。天　道を失はば、草木すら猶ほ之(天)を犯干す。而るを況んや人君に於てをや』と」と。〇儆　いましめる。「警」と同じ。〇正教　政教。「正」は「政」と同音通用。〇災孽　災禍。『文選』巻四十八、後漢の班固「典引」に、「其をして三季の荒末を承けて、亢龍の災孽に値はしむ」と。〇信美非時節　間違いなく美しい風景ではあるけれども、順調な雪の時節ではない。この一句の表現、直接には『文選』巻十一、後漢末の王粲「登楼の賦」の「信に美なりと雖も、吾が土(故郷)に非ず」に拠る。ついでながら、王粲は、さらに古い『楚辞』離騒の「信に美なりと雖も礼無し」に基づく。

0030　高僕射詩

高僕射《かうぼくや》の詩《し》

解題　尚書右僕射の高郢(七四〇―八一一)の清廉な出処進退を称えた詩。高郢は、憲宗の元和五年(八一〇)九月に七十歳をもって致仕して、尚書右僕射(従二品)を与えられ、翌元和六年七月、卒。なお、高郢は、徳宗の貞元十四年(七九八)十月に礼部侍郎(正四品下)となり、以後十五・十六・十七年の三年間、進士科を主宰したので、幸いにも白居易は、同十六年二月、この高郢の下で進士科を受験し、これに及第している。高郢の伝は、『旧唐書』巻一四七・『新唐書』巻一六五の本伝に見え、また白居易の高郢に対する敬慕の心は、この詩のほか、「高相の宅」(〇八一七)、「香鑪峰下、新たに山居を卜し、草堂初めて成る。偶〻東壁に題す」其の四(〇九七九)、「高郢に官を贈る制」(一七七〇)等の詩文に窺われる。詳しくは、平岡武夫『白居易』(『中国詩人選』17、一九七七年、筑摩書房刊)の三四・三五頁を参照。詩題の末の「詩」字、各本にはない。今、那波本に従う。

富 貴 人 所レ愛　聖 人 去二其 泰一

富貴《ふうき》は人《ひと》の愛《あい》する所《ところ》なれども、聖人《せいじん》は其《そ》の泰《たい》を去《さ》る。

所以致レ仕年　著在二禮經内一
玄元亦有レ訓　知レ止則不レ殆
二疏獨能行　遺二跡東門外一
清風久銷歇　迨レ此向二千載一
斯人古亦稀　何況今之代
遑遑名利客　白首千百輩
唯有二高僕射一　七十懸二車蓋一
我年雖レ未レ老　歳月亦云邁
預恐耄及時　貪レ榮不レ能レ退
中心私自儆　何以爲二我戒一
故作二僕射詩一　書二之於大帶一

所以《ゆゑ》に仕《し》を致《いた》すの年《とし》は、著《あらは》して禮經《れいけい》の内《うち》に在《あ》り。
玄元《げんげん》にも亦《ま》た訓《をし》へ有《あ》り、止《とど》まるを知《し》れば則《すなは》ち殆《あや》ふからずと。
二疏《にそ》　獨《ひと》り能《よ》く行《おこな》ひ、跡《あと》を東門《とうもん》の外《そと》に遺《のこ》す。
清風《せいふう》久《ひさ》しく銷歇《せうけつ》し、此《ここ》に迨《およ》ぶまで千載《せんざい》に向《なんなん》とす。
斯《か》くのごとき人《ひと》　古《いにしへ》すら亦《ま》た稀《まれ》なり、何《なん》ぞ況《いは》んや今《いま》の代《よ》をや。
遑遑《くわうくわう》たり名利《めいり》の客《かく》、白首《はくしゆ》　千百輩《せんひやくはい》。
唯《た》だ高僕射《かうぼくや》のみ有《あ》り、七十《しちじふ》にして車蓋《しやがい》を懸《か》く。
我年《われとし》未《いま》だ老《お》いずと雖《いへど》も、歳月《さいげつ》亦《ま》た云《ここ》に邁《ゆ》く。
預《あらかじ》め恐《おそ》る耄《まう》の及《およ》ぶ時《とき》、榮《えい》を貪《むさぼ》つて退《しりぞ》く能《あた》はざるを。
中心《ちゆうしん》　私《ひそ》かに自《みづか》ら儆《いまし》む、何《なに》を以《もつ》てか我《わ》が戒《いまし》めと爲《な》さん。
故《ゆゑ》に僕射《ぼくや》の詩《し》を作《つく》りて、之《これ》を大帶《だいたい》に書《しよ》す。

愛・載・代（去聲、代韻）、泰・外・蓋・帶（去聲、泰韻）、内・輩・退（去聲、隊韻）、殆（上聲、海韻）、邁（去聲、夬韻）、戒（去聲、怪韻）……代・隊韻、夬・怪韻は同用。代・泰・隊・海・夬・怪韻はすべて通押。なお上聲海韻との通押例は、他にも新楽府「陰山道」詩（〇一五八）において見られる。

通釈　金持ちと高位高官とは人びとがだれでも欲しがるものであるが、聖人はその驕慢な欲情を捨て去るものだ。だから官職を天子にお返しする年齢については、聖人の礼法を伝えた経典である『礼記』の中に「大夫は七十歳になれば官職を辞去する」と明記してあるのだ。のみならず老子にもこういう訓戒がある――「自分の力の限界をわきまえて踏み止まることを知っておれば、何事にも危なげはないものだ」と。かくて、かの前漢時代の疏広・疏受という二人だけは充分にこの教訓を実行したので、二人が帰郷する時には、多くの人びとが長安東郭の門外にまでも見送り送別の宴を設けて、二人の偉大な足跡をいつまでも敬慕したのであった。

しかし、その後かかる高く清らかな気風は久しく消滅してしまって、今日に及ぶまで、やがて一千年にもなろうとしている。思えば、このような偉大な人物は古代ですらやはり稀であった。ましてや現今の世の中ではなおさらなことである。せかせかと名利を求めて走り回る連中、その中でも白髪頭になってからもまだ官職にしがみついているやからが百人も千人もいる有り様。ただ高僕射だけが聖人の教訓どおりに七十歳で官職を辞去しているのが見当たるばかりである。

私は年齢としてはまださほど老いてはいないけれども、歳月はやはり見る見るうちに過ぎて行くものである。それで今のうちから、やがて私が老いぼれの身になった時に、栄誉を貪って、潔く官職を退くことができないような状態になることを危ぶんでいる。それで心の中で密かに自分自身に警告しようと思うが、いったい何をもって自分の戒めとしたらよいものか。そのようなわけで、私はこの「高僕射」の詩を作り、これを官服の大帯に書きつけて忘れることのないようにしたのである。

語釈　○富貴人所愛　『論語』里仁篇に、「子曰く、富と貴とは、是れ人の欲する所なり。其の道を以て之を得ざれば、処（を）らざるなり」と。○聖人去其泰　『老子』第二十九章に、「……是（ここ）を以て聖人は、甚を去り、奢を去り、泰を去る」と。無為自然を理想とする聖人は、極端な言動を退け、過度な奢侈を退け、驕慢な心情を退けることを言う。「泰」は、驕り高ぶった心情。○所以　そのゆえに。そうだから。接続詞。○致仕年　著在礼経内　「致仕」とは、官職を辞去すること。『公羊伝』宣公元年に「退きて致仕す」とあり、その何休注に「致仕とは、禄位を君に還すなり」という。「礼経」とは、『礼記』を指す。『礼記』曲礼上篇に、「大夫は七十にして致事す」と。その鄭玄注に「其の掌る所の事を君に致して、老を告ぐ」と。「致事」は、「致仕」と同義。○玄元　老子をいう。唐代、国姓の「李」が老子と同姓なので、老子を始祖として尊び、「玄元皇帝」の尊号を奉った。『旧唐書』巻五・高宗本紀（下）に、「乾封元年（六六六）二月己未、亳州（今の安徽省亳州市）に次す。老君廟に幸し、追号して太上玄元皇帝と曰ひ、祠堂を創造す」と。『新唐書』巻三・高宗本紀もほぼ同文。○知止則不殆　自分の限界を弁えて止まることを知っておれば、何事にも危なげがない。『老子』第三十二章に、「名も亦た既に有り、夫れ亦た将（まさ）に止まるを知らんとす。止まるを知れば殆（あや）ふからざる所以なり」と。また同じく第四十四章に、「足るを知れば辱（はづかし）められず、止まるを知れば殆ふからず」と。〇二疏独能行　遺跡東門外　「二疏」とは、前漢の疏広・疏受をいう。『漢書』巻七十一・疏広伝に、「疏広、字は仲翁。東海蘭陵の人なり。……地節三年（前六七）、皇太子を立て、丙吉を選びて太傅と為し、（疏）広を少傅と為す。数月にして、吉は御史大夫に遷り、広は徙りて太傅と為り、広の兄の子（疏）受、字は公子、亦た賢良を以て挙げて太子家令と為す。……頃之（しばらく）して、受を拝して少傅と為す。……父子並びに師傅と為り、朝廷以て栄と為す。位に在ること五歳、皇太子は年十二にして、『論語』『孝経』に通ず。広、受に謂ひて曰く、『吾聞く〝足るを知れば辱められず、止まるを知れば殆ふからず〟（『老子』第四十四章）、〝功遂げて身退くは、天の道なり〟（『老子』第九章）と。今仕宦して二千石に至り、宦成り名立つ。此くの如くにして去らざれば、後悔有らんことを懼る。豈に如（し）かんや、父子相随ひて関を出でて、故郷に帰老し、寿命を以て終はるに。亦た善からずや』と。受、叩頭して曰く、『大人の議に従はん』と。即日、父子倶に病と移す（病気という理由で退官届を出す）。満三月にして告（休暇）を賜ふ。広、遂に（病）篤しと称し、上疏して骸骨（退職）を乞ふ。上、其の年の篤老なるを以て、皆之を許し、加ふるに黄金二十斤を賜ひ、皇太子も贈るに五十斤を以てす。公卿・大夫・故人・邑子は祖道（送別の祈願と宴会）を設けて、東都門外に供張し、送る者は車数百両、辞決して去る。及び道路の観る者は皆曰く、『賢なるかな、二大夫』と。或いは歎息して之が為に泣（なみだ）を下す」と。なお、後世ながら西晋の張協「詠史」詩にも、「昔在　西京の時、朝野に歓娯多し。藹藹たる東都門に、群公　二疏に祖（別宴）せり」（『文選』巻二十一）と。「東門」は、東都門。前出『漢書』疏広伝の蘇林注に、「長安の東郭の門なり」と。

〇銷歇　この語、すでに古くは南朝宋の鮑照（四二〇?—四六五?）「行薬して城東の橋に至る」詩に「容華　坐（そぞ）ろに消歇す」（『文選』巻二十二）と見えるが、白居易詩では比較的によく見掛ける愛用語。この詩のほか「続古詩十首」其の七（〇〇七二）に「容光未だ銷歇せず」、「早秋曲江の感懐」（〇四〇六）に「朱顔　自ら銷歇す」等数例が見える。「消」「銷」は同じ。〇迨此向千載　「向」字、那波本は誤って「尚」に作る。今、宋本はじめ各本に拠って改める。陶淵明「飲酒」其の三に「道喪はれて千載に向とす」（『陶彭沢集』）と。もって証すべし。〇遑遑　心が落ち着かず、うろうろするさま。東晋末の陶淵明（三六五—四二七）「帰去来の辞」に、胡為（なんすれ）ぞ遑遑として何（づい）くに之（ゆ）かんと欲する」（『文選』巻四十五）と。〇白首　白髪頭。老人を表示する。〇千百輩　数多くの同類。例えば、西晋の陸機（二六一—三〇三）「歎逝の賦」にいう「旧要（古い仲間）を遺存（生存者）に顧みるに、十一を千百に得るのみ」（『文選』巻十六）とは、千人に十人、百人に一人しか生存していないことを言う。〇七十懸車蓋　七十歳で致仕するを言う。後漢の班固（三二—九二）『白虎通』巻二下（致仕）に、「臣、年七十にして懸車致仕する者は、臣執事趨走を以て職と為すも、七十にして陽道（政事）は極まり、耳目は聡明ならず、跂踦に之れ属す。是（ここ）を以て退老（退休・養老）し去って避賢（賢者に譲歩）するは、廉を長じ恥より遠ざかる所以なり。懸車は、用ひられざるを示すなり。致仕なる者は、其の事を君に致（かへ）すなり」と。「懸車」とは、官職を退くこと。

前漢の薛広徳が官職を退いた時、天子から下賜された安車（老人用の座席付き高級車）を高い場所に懸けつるして子孫に伝えた故事に基づく。『漢書』巻七十一・薛広徳伝に、「薛広徳、字は長卿。沛郡相（今の安徽省淮北市）の人なり。……丞相の定国・大司馬車騎将軍の史高と倶に骸骨を乞ひ、皆安車・駟馬・黄金六十斤を賜ひて、罷む。広徳は御史大夫と為り、凡そ十月にして免ぜらる。東のかた沛に帰るや、太守は之を界上に迎ふ。沛、以て栄と為し、其の安車を縣けて子孫に伝ふ」と。白詩に所謂「懸車蓋」も、「懸車」と同義。○歳月亦云邁　『詩経』唐風「蟋蟀（しつしゆつ）」に、「今我楽しまずんば、日月其れ邁かんと」と。その毛伝に「邁とは、行くなり」と。「云」は、語調を整える助字。○預恐　前もって危ぶむ。「預」は、「豫（予）」の俗字。あらかじめ。副詞。○耄及　老いぼれの年齢が到来する。『左氏伝』昭公元年に、劉定公の言を引いて「諺に所謂『老いて将に知らんとするも耄之に及ぶ』者とは、其れ趙孟の謂ひか」と。その杜預注は、『礼記』曲礼上篇の文を引いて「八十を耄と曰ふ」と。○貪栄不能退　前漢の楊惲（?―前五六?）「孫会宗に報ずる書」に、「禄を懐き勢を貪りて、自ら退く能はず」（『文選』巻四十一）と。○中心　心中。『詩経』以来の古い用語。○私自　みずから。○儆・戒　「儆」は、「警」と同義。警告。知らせて注意を引き起こすこと。「戒」は、事前に自分で用心すること。○書之於大帯　『論語』衛霊公篇に、「子張、行はれんことを問ふ。子曰く、『言　忠信、行　篤敬ならば、蛮貊の邦と雖も行はれん。……』と。子張、諸（これ）を紳に書す」と。三国魏の何晏『集解』は、孔安国の注を引いて「紳とは、大帯なり」と釈する。「大帯」は、中国古代の貴族の礼服につけた幅の広い絹の帯。『礼記』玉藻篇に、「大夫は大帯四寸」と。その鄭玄注に「大夫以上は素（しろぎぬ）を以てし、皆広さ四寸。士は練（ねりぎぬ）を以てし、広さ二寸」と釈する。

余説　唐の李肇『唐国史補』巻中に云う、「高貞公（郢）致仕す。制に云ふ、『年を以て政を致す、抑〻前聞有り。近代に廉寡く、斯の道に由ること罕なり』と。是の時、杜司徒（佑）、年七十にして、老を請ふに意無し。裴晋公（度）舎人と為り、此を以て之を譏る」と。

0031　白牡丹詩　和二錢學士一作。

白《はく》牡《ぼ》丹《たん》の詩《し》　錢學士に和する作。

解題　白く素朴な牡丹の花を題材に取り上げて、世間の人は「紫艶」「紅英」ばかりを愛して、数も多く見映えのしない「白牡丹」を誰も顧みないが、もともと美醜はその物自体に存在するのでなく、人間の勝手な好悪に在ることを詠じた作品。「白」は、白居易の姓と懸けた相関語。「素華……」の「語釈」を参照。自注に言う「銭学士」は、銭徽（七五五―八二九）。その事蹟は『旧唐書』巻一六八・『新唐書』巻一七七に詳しい。『旧唐書』銭徽伝に、「銭徽、字は蔚章。呉郡（今の江蘇省蘇州市）の人。父は起、天宝十年（七五一）、進士の第に登る。……徽、貞元初（七八五）、進士擢第、戎幕に従事す。元和初（八〇六）、入朝、三たび祠部員外郎に遷り、召されて翰林学士に充てらる。六年、祠部郎中・知制誥に転ぜらる。……」と。この伝記に拠れば、白居易がこの詩を作った時期は、銭徽が翰林学士に充てられていた憲宗の元和初年から同六年頃までの間、つまり白居易の翰林学士・左拾遺・京兆戸曹参軍等に在任中のことであろう。時に白居易は三十歳代後半であった。なお、白居易のこの和詩が基づいた銭徽の詩は現存していないが、元の辛文房『唐才子伝』巻四（銭起）には、「（銭起の）子の徽も詩を能くす」と言う。この詩の題末、宋本以下の各本には「詩」字がないが、今、那波本に従う。

城中看レ花客　旦暮走營營
城中《じやうちゆう》　花《はな》を看《み》る客《かく》、旦暮《たんぼ》　走《はし》ること營營《えいえい》たり。

素華人不レ顧　亦占二牡丹名一
素華《そくわ》は人顧《ひとかへり》みざれども、亦《ま》た牡丹《ぼたん》の名《な》を占《し》めたり。

閉在二深寺中一　車馬無二來聲一
閉《と》ざされて深寺《しんじ》の中《なか》に在《あ》り、車馬《しやば》　來《きた》る聲無《こゑな》し。

唯有二錢學士一　盡日遶レ叢行
唯《た》だ錢學士《せんがくし》の、盡日《じんじつ》　叢《そう》を遶《めぐ》つて行《ゆ》く有《あ》るのみ。

憐此皓然質　無レ人自芳馨
憐《あは》れむ此《こ》の皓然《かうぜん》の質《しつ》、人無《ひとな》けれども自《みづか》ら芳馨《はうけい》。

衆嫌我獨賞　移植在二中庭一
衆《しゆう》は嫌《きら》へども我獨《われひと》り賞《しやう》し、移《うつ》し植《う》ゑて中庭《ちゆうてい》に在《お》く。

留レ景夜不レ瞑　迎レ光曙先明
景《かげ》を留《とど》めて夜瞑《よるくら》からず、光《ひかり》を迎《むか》へて曙《あけぼの》に先《ま》づ明《あき》らかなり。

對レ之心亦靜　虚白相向生
之《これ》に對《たい》すれば心《こころ》も亦《ま》た靜《しづ》かに、虚白《きよはく》　相向《あひむ》かつて生《しやう》ず。

唐昌玉蘂花　攀翫衆所レ爭
唐昌《たうしやう》の玉蘂花《ぎよくずいくわ》、攀翫《はんぐわん》して衆《しゆう》の爭《あらそ》ふ所《ところ》なり。

折來比二顏色一　一種如二瑤瓊一
折《を》り來《きた》つて顏色《がんしよく》を比《ひ》すれば、一種瑤瓊《いつしゆえうけい》の如《ごと》し。

彼因レ稀見レ貴　此以レ多爲レ輕
彼《かれ》は稀《まれ》なるに因《よ》つて貴《たつと》ばれ、此《これ》は多《おほ》きを以《もつ》て輕《かろ》んぜらる。

始知無二正色一　愛惡隨二人情一
始《はじ》めて知《し》る　正色無《せいしよくな》く、愛惡《あいを》は人情《にんじやう》に隨《したが》ふことを。

豈惟花獨爾　理與二人事一幷

君看入レ時者　紫艶與二紅英一

豈《あ》に惟《た》だ花《はな》のみ獨《ひと》り爾《しか》らんや、理《り》は人事《じんじ》と幷《なら》ぶ。

君看《きみみ》よ　時《とき》に入《い》る者《もの》は、紫艶《しえん》と紅英《こうえい》となるを。

營・名・聲・瓊・輕・情・幷（下平聲、清韻）、行・明・生・英（下平聲、庚韻）、馨・庭（下平聲、青韻）、爭（下平聲、耕韻）……清・耕韻は同用。清・庚・青・耕韻はすべて通押。

通釈　長安城中の花見の客は、早朝から夕暮れまで花を求めてせかせかと走り回っているが、その中でこの白い花は見映えがしないので誰も振り向く人がないけれども、それでも「牡丹」という芳名をわがものとしてしっかりと保持している。この健気《けなげ》な白牡丹は、もともと奥まった寺院の内に人知れずひっそりと植えられていたので、見物に来る車馬のざわめきもなく、ただ翰林学士の銭徽君のみが、日がな一日その芳叢の周囲を歩き回ってこれを賞玩しているだけであった。ところで私も、この白牡丹の潔白な資質、賞玩する人がなくても独り自ら芳香を放つ殊勝さにこよなく魅了され、世人は嫌うけれども私だけは独りこの花の美点を認めて、わが家の庭の中央に移し植えたのであった。すると、この白牡丹は、夜中になってもその白く光る姿を留め残して真っ暗になることもなく、また夜明けになると朝日の光を迎え入れて真っ先に明るくなってくるので、この白牡丹の花に向かい合っていると私の心までも自然に静虚になり、あたかも荘子が「虚室に白を生ず」と説いたように、静虚な心の人間が潔白な牡丹と向かい合っていると自然に感化されて潔白性が生じてくるようなものである。

思えば、唐昌観の玉蘂花は、世間の人々が先を争ってまじまじと賞玩している名花であるが、それを手折って来て美しさをこの白牡丹と比べてみると、いずれも一様に瑶石や瓊玉のように美しい。しかし、かの玉蘂花のほうはめったにないために珍重され、この白牡丹のほうは数多いために軽視されるのだ。それで始めて悟った――世間には確乎として固定した美の標準など全くなく、人々の好き嫌いは人間の気まぐれな感情のままに決まるものだということを。ところで、これは、どうしてただ花だけに限ってこのように言えることだろうか。その本質は人間世界万般の事象と同じである。ほれ見てごらん、時流に迎合して今を時めく奴どもは、どいつもこいつも俗受けのする紫色のなまめかしい花と、紅色の派手な花ばっかりだ。

語釈 ○営営　あくせくと忙しく動き回るさま。古くは『詩経』小雅「青蠅」に、「営営たる青蠅、樊に止まる」と。毛伝に「営営は、往来する貌なり」と釈する。○素華人不顧　亦占牡丹名　「素華」は、白い花。ちなみに『白氏文集』巻十五、「白牡丹」詩（〇八四八）に、「白花冷淡にして人の愛する無きも、亦た芳名を占めて牡丹と道（い）ふ。応（まさ）に東宮の白賛善（左賛善大夫）の、人に還（たま）朝官と喚（よ）び作（な）さるるに似たるべし」と。今、この（〇〇三二）詩を前作「白牡丹」と呼び、（〇八四八）詩を後作「白牡丹」と称すれば、前作の「素華人不レ顧、亦占二牡丹名一」二句は、後作前半の二句とその表現が酷似しており、また後作後半に所謂「白賛善」の「白」は、明らかに「白牡丹」の「白」と懸詞となっている。もって前作詠出当時の白居易の真意を推察するに足るか。○閉在　「閉」字、馬本・『唐音統籤』・汪本は、いずれも「開」に作る。恐らくは形似の訛り。今、宋本・那波本に従う。「在」は、場所を示す前置詞。「於」と同義。下句「在二中庭一」の「在」も同じ。○憐　心がひかれる。いとしく思う。○皓然質　潔白な資質。○芳馨　芳香。『楚辞』九歌「湘夫人」に、「芳馨を廡門に建（つ）む」と。また「山鬼」に、「芳馨を折りて思ふ所に遺（おく）る」と。○中庭　庭の中ほど。○留景　「景」は、すがた。白く光る花の姿。「留景」とは、その白く光る姿を暗闇の中に留め残す。白牡丹の姿だけが暗闇の中でも独り清らかに浮かび上がっている様を言う。「景」字、那波本は「光」に作る。下句「迎光」の「光」に渉る誤写。今、宋本以下各本に拠って改める。○虚白相向生　「虚」は、静虚。「白」は、潔白。『荘子』人間世篇に、「彼の関（つけ）なる者（空虚な室）を瞻（み）るに、虚室に白を生ぜり」と。その西晋の司馬彪注に、「室は、心を比喩す。心能く空虚ならば、則ち純白独り生ずるなり」（『経典釈文』巻二十六）と釈する。白居易のこの句は、『荘子』人間世篇の文を踏まえて、静虚な心の人が、潔白な牡丹の花と向かい合っていると、いつの間にか感化されて、潔白な心が生じてくることを言う。

○唐昌玉蘂花　「唐昌」は、唐昌観。長安の朱雀門街の西第一街、安業坊の南部にあった道観。清の徐松『唐両京城坊考』巻四（西京）参照。この観名は、唐の玄宗の女（むすめ）の唐昌公主に基づき、内に「玉蘂花」があり、唐昌公主の手植という。唐の康駢『劇談録』巻下、宋の宋敏求『長安志』巻九参照。「玉蘂花」については、『劇談録』巻下（玉蘂院真人降）に、「上都（長安）安業坊の唐昌観に、旧（むかし）玉蘂花有り。甚だ繁りて発（ひら）く毎に、瑶林瓊樹の若（ごと）し。元和中、春物（花朶）方に盛んなれば、車馬の尋玩する者相継ぐ。忽ち一日、女子の年十七八可（ばかり）なる有りて、緑の繡衣を衣（き）、馬に乗り、峩髻双鬟、簪珥の飾り無くして、容色婉娩、迥かに衆より出づ。従ふに二女冠・三女僕を以てし、僕は皆丱髻黄衫、端麗無比なり。既に馬より下り、白角扇を以て面を障（おお）ひて、直ちに花所に造（いた）れば、異香芬馥として、数十歩の外まで聞（にお）ひ、観る者は以為へらく、宮掖より出づるかと、敢へて逼りて之を視ること莫し。佇立すること良（やや）久しくして、小僕をして花数枝を取らしめて出で、将（まさ）に馬に乗らんとして、迥かに黄冠者（道士）に謂ひて曰く、『曩者（さき）に玉峰（仙人の住む山）の約あれば、此より以て行くべし』と。時に観る者は堵の如く、咸（みな）覚ゆ煙霏鶴唳、景物の輝煥するを。轡（たづな）を挙ぐること百歩にして、軽風は塵を擁（ふさ）ぎ、之に随ひて去る。須臾にして塵滅し、之を望めば已に半天に在り、方（はじ）めて神仙の遊なるを悟る。余香の散ぜざること月余を経たり。時に厳給事休復・元相国（稹）・劉賓客（禹錫）・白酔吟（居易）、倶に『聞㆓玉蘂院真人降㆒』詩有り。……」と。ちなみに『白氏文集』には、巻十三、「代書詩一百韻」（〇六〇八）に「唐昌の玉蘂の会、崇敬の牡丹の期」といい、また巻五十五、「酬厳給事」詩（二五八九）の自注に「『玉蘂花下　遊仙有り』の絶句を聞く」と。今案ずるに、『全唐詩』巻四六三に拠れば、厳休復の元来の詩題は「唐昌観の玉蕊花　折るに仙人の遊び有り。悵然として二絶を成す」。○攀翫　手を差しのべてまじまじと賞玩すること。例えば巻二、「有木の詩八首」其の二（〇二一三）に、「低軟　攀翫し易く、佳人屢ゝ廻顧す」と。

○折来　「来」は、上の動作「折る」の現在完了を表す接尾辞。折って来て。当時の俗語。○顔色　色。ここでは白牡丹と玉蘂花の色。顔いろではない。唐詩に頻出。例えば『白氏文集』巻二、「和答詩十首」の「桐花に答ふ詩」（〇一〇三）に、「況んや此の好顔色、花は紫にして葉は青青たり」と。○一種　一様に。同じく。副詞。当時の俗語。近人張相『詩詞曲語辞匯釈』・塩見邦彦『唐詩口語の研究』等を参照。○瑶瓊　いずれも美玉の名。『詩経』衛風「木瓜」に、「我に投ずるに木桃を以てし、之に報ゆるに瓊瑶を以てす」と。その毛伝に「瓊瑶は、美玉なり」と釈する。○彼・此　「彼」は玉蘂花を指し、「此」は白牡丹を指す。○見貴・為軽　「見」「為」は、いずれも受け身を表す補動詞。○正色　審美上、固定した美の標準。『荘子』斉物論に、「毛嬙・麗姫は、人の美とする所なり。魚は之を見て深く入り、鳥は之を見て高く飛び、麋鹿は之を見て決して驟（はし）る。四者、孰（いづ）れか天下の正色を知らんや」と。また『白氏文集』巻二、「秦中吟十首」其の一の「婚を議す」詩（〇〇七五）に、「人間に正色無し、目を悦ばしむれば即ち姝（かほよし）と為す」と。○人情　人間の気ままな感情。○理　本質。○人事　人間世界の事。○幷　同じ。平声。○入時者　時流に迎合する人間。例えば中唐の朱慶余「近ごろ試みに張籍水部に上る」詩に、「妝罷み声を低めて夫壻に問ふ、画眉の深浅　時に入るや無きやと」と（『朱慶余詩集』・『全唐詩』巻五一五）。○紫艶・紅英　紫色のなまめかしい花と、紅色の派手な花。いずれも俗受けのする下品な色の花。晩唐の段成式『酉陽雑俎』巻十九・草篇（牡丹）に、「開元末、裴士淹は郎官と為り、幽・冀に奉使して、迴りて汾州の衆香寺に至り、白牡丹一窠を得て、長安の私第に植う。天宝中、都下の奇賞と為る。……至徳中、馬僕射は太原に鎮し、また紅・紫二色の者を得て、城中に移す。元和初、猶ほ少なきも、今は戎葵（蜀葵、タチアオイ）と多少を角（きそ）ふ」と。『白氏文集』巻四、「新楽府五十首」其の二十八の「牡丹芳（かんば）し」詩（〇一五三）にも、「宿露は軽盈として紫艶を泛（うか）べ、朝陽は照耀して紅光を生ず。紅紫の二色深浅を間（まじ）へ、向背の両態低昂に随ふ」と。

余説　この詩の「素華人不㆑顧　亦占㆓牡丹名㆒」の句に依拠した文辞として、次のものがある。

菅原道真の「法華寺の白牡丹」詩に云う、「色は即ち貞白たるも、名は猶ほ牡丹と喚ぶ」（『菅家文草』巻四）と。

また道真の同詩の「繞㆑叢作㆓何念㆒」も、白居易の詩の「尽日遶㆑叢行」に基づく。「遶」は「繞」と同じ。

0032　贈㆑內詩

内《うち》に贈《おく》る詩《し》

生爲㆓同室親㆒　死爲㆓同穴塵㆒
他人尙相勉　而況我與㆑君
黔婁固窮士　妻賢忘㆓其貧㆒
冀缺一農夫　妻敬儼如㆑賓
陶潛不㆑營㆑生　翟氏自爨薪
梁鴻不㆓肯仕㆒　孟光甘㆓布裙㆒
君雖㆑不㆑讀㆑書　此事耳亦聞

生《い》きては同室《どうしつ》の親《しん》と爲《な》り、死《し》しては同穴《どうけつ》の塵《ちり》と爲《な》る。

他人《たにん》すら尙《な》ほ相勉《あひつと》む、而《しか》るを況《いは》んや我《われ》と君《きみ》とをや。

黔婁《けんろう》は固窮《こきゆう》の士《し》なるも、妻賢《つまけん》にして其《そ》の貧《ひん》を忘《わす》る。

冀缺《きけつ》は一農夫《いちのうふ》なるも、妻敬《つまけい》して儼《げん》として賓《ひん》の如《ごと》し。

陶潛《たうせん》は生《せい》を營《いとな》まず、翟氏《たくし》自《みづか》ら爨薪《さんしん》す。

梁鴻《りやうこう》は肯《あ》へて仕《つか》へず、孟光布裙《まうくわうふくん》に甘《あま》んず。

君《きみ》は書《しよ》を讀《よ》まずと雖《いへど》も、此《こ》の事耳《ことみみ》に亦《ま》た聞《き》かん。

解題　新婚の妻に贈って、清廉潔白、粗衣粗食の生活に甘んずべきことを論した詩。恐らくは元和三年（八〇八）、白居易三十七歳、左拾遺・翰林学士であった時の作。「内」とは、内子。官僚の正妻。『礼記』曽子問篇に「大夫の内子は、殷事（大事）有れば、則ち亦君の所に之く」と。鄭玄注に「内子は、大夫の適妻なり」と釈する。この詩題ではその妻の楊氏を指す。時に二十歳そこそこの若妻であった。この若妻楊氏は、虢州弘農（今の河南省霊宝市）の人、楊汝士（字は慕巣）の妹、楊虞卿（字は師皐）の従父妹である。居易との結婚生活は非常に長く、居易の七十五歳の死に至るまで続いた。詳しくは花房英樹『白居易研究』（一九七一年、世界思想社刊）一六―二〇頁を参照。この詩題三字、宋本以下各本はいずれも「贈内」二字に作って、「詩」字がない。今、那波本に従う。

至レ此千載後　傳是何如人
人生未レ死間　不レ能レ忘二其身一
所レ須者衣食　不レ過二飽與一レ溫
蔬食足レ充レ飢　何必膏粱珍
繒絮足レ禦レ寒　何必錦繡文
君家有二貽訓一　清白遺二子孫一
我亦貞苦士　與レ君新結レ婚
庶保二貧與一レ素　偕老同欣欣

此《ここ》に至《いた》るまで千載《せんざい》の後《のち》、傳《つた》ふ是《こ》れ何如《いか》なる人《ひと》ぞ。
人《ひと》生まれて未《いま》だ死《し》せざる間《あひだ》、其《そ》の身《み》を忘《わす》るる能《あた》はず。
須《もち》ふる所《ところ》の者《もの》は衣食《いしよく》、飽《はう》と溫《をん》とに過《す》ぎず。
蔬《そ》食《し》も飢《う》ゑを充《み》たすに足《た》る、何《なん》ぞ必《かならず》しも膏粱《かうりやう》の珍《ちん》のみならん。
繒絮《しようじよ》も寒《かん》を禦《ふせ》ぐに足《た》る、何《なん》ぞ必《かならず》しも錦繡《きんしう》の文《ぶん》のみならん。
君《きみ》が家《いへ》に貽訓《いくん》有《あ》り、清白《せいはく》　子孫《しそん》に遺《のこ》す。
我《われ》も亦《ま》た貞苦《ていく》の士《し》、君《きみ》と新《あら》たに婚《こん》を結《むす》ぶ。
庶《こひねが》はくは貧《ひん》と素《そ》とを保《たも》ち、偕《とも》に老《お》いて同《おな》じく欣欣《きんきん》たらん。

親・塵・貧・賓・薪・人・身・珍（上平聲、眞韻）、君・裙・聞・文（上平聲、文韻）、欣（上平聲、欣韻）、溫・孫・婚（上平聲、魂韻）……文・欣韻は同用。眞・文・欣・魂韻はすべて通押。

通釈　生きている時には夫婦は房室を共にして仲睦まじく暮らし、死んでからも夫婦は同じ墓穴に入って仲よく塵土に化するものであって、世間一般の夫婦ですら互いに仲よく暮らせるよう努め励んでいるのだから、ましてや私とそなたとは尚更のことであるはずだ。その昔、春秋時代の黔婁は貧窮生活を固守した隠士であったが、その妻は賢明であってその貧窮生活を気にもとめなかったし、同じく春秋時代の冀欠は一介の農夫に甘んじていたが、その妻は夫の生活態度を敬慕してそのうやうやしさは賓客をもてなしているようであった。また降って東晋末の陶潜は生業にいそしまなかったけれども、その妻の翟氏は自分から積極的に炊事や料理に精を出して家計を助けたし、後漢の梁鴻は全く仕官する気を起こさなかったけれども、その妻の孟光は粗末な衣服で満足していた。ところで、そなたは学問こそしてはいないけれども、それでもかかる古人の美談はその耳に聞いたことがあるであろうが、今に至るまで千年もの長い歳月を経た後に、そなたは彼女たちをどのような人物として伝え聞いたのか。（言うまでもなく素晴らしい烈女として今も伝えられていたはずである。）

およそ人間がこの世に生まれ出てから以後まだ死に至らない間は、わが身の生活を気に掛けないわけにはゆかないものであり、そのために必要なものは衣服と食料であるが、それらもただ腹が一杯になり身体が暖かくなるだけのものでしかない。野菜ばかりの粗末な食事でも十分に空き腹を満たすことはできるのだから、なにも必ず脂ぎった肉や白米の飯といった珍味でなければならないわけではないし、また粗い絹糸や古い綿糸で作った粗末な衣服でも十分に寒さを防ぐことはできるのだから、なにも必ず華麗多彩な衣服でなければならないわけでもなかろう。思えば、そなたの育った実家には父祖からの遺訓が伝わり、清廉潔白な気風を子孫に残しているはずだし、私も同様に節義を固く守り懸命に困苦に耐えている官僚であり、そなたと先刻結婚したばかりの人間だ。どうか今後も貧苦と質素質朴の生活を守りつづけつつ、そなたと夫婦そろって共白髪になるまで共に楽しく生涯を送りたいものである。

語釈　○生為同室親　『世説新語』賢媛篇に、「郗嘉賓（郗超）喪す。……（婦）曰く、生きては縦（たと）ひ郗郎と室を同じくするを得ざるも、死しては寧（なん）ぞ穴を同じくせざらん」と。また『北魏書』巻九十二・列女伝（渤海の封卓の妻劉氏）に、高允（三九一―四八七）の詠詩を引いて、「生きては則ち室を同じくし、終はりては黄泉を契る」（其の一）と。『北史』巻九十一・列女伝（封卓の妻劉氏）も同じ。「同室（室を同じくす）」とは、夫婦が房室を共にすることをいう。「親」とは、むつまじい仲。○死為同穴塵　『詩経』王風「大車」に、「穀（生）きては則ち室を異にするも、死しては則ち穴を同じくせん」と。毛伝には「死すれば則ち神（こころ）合同して一と為るなり」と釈し、鄭箋には「穴とは、塚壙（墓穴）中を謂ふなり」と釈する。「同穴（穴を同じくす）」とは、夫妻が同じ墓に合葬されることをいう。「塵」は、細かな土くれ。盛唐の李白「長干行二首」其の一に、「十五にして始めて眉を展（の）べ、願はくは塵と灰とを同じうせんと」（『全唐詩』巻一六三）と。夫妻が死後も仲よく共に墓穴に埋められて塵灰となりたい心情を詠ずる。○尚……、而況……　上句の「尚」（……ですら）と下句の「而況」（まして……）と相呼応し、程度がそれ以上であることを表す。「而況」は、複合接続詞。「何況」（なんぞいはんや）も同じ用法。○黔婁の二句　黔婁については、西晋の皇甫謐『高士伝』巻中に、「黔婁先生なる者は、（春秋）斉の人なり。修身清節、進を諸侯に求めず。魯の恭王、其の賢なるを聞きて、使を遣はし礼を致し、粟三千鍾を賜ひて、以て相と為さんと欲するも、辞して受けず。斉王、又之を礼するに黄金百斤を以てし、聘して卿と為さんとするも、又就かず。著書四篇、道家の務めを言ふ。黔婁子と号す。終身屈せず。寿を以て終はる」と。「固窮」とは、窮を固（まも）る。貧窮生活を固守する。『論語』衛霊公篇に「子曰く、君子固窮、小人窮すれば斯（ここ）に濫す」と。後世では例えば東晋末の陶淵明「貧士を詠ず七首」其の七に、「誰か云ふ固窮難しと、邈かなるかな此の前修（前賢）」（『文選』巻三十）と。また同じく「飲酒二十首」其の二に、「固窮の節に頼らずんば、百世まで当（はた）誰をか伝へん」（『陶彭沢集』）と。一方、黔婁の妻については、前漢末の劉向『列女伝』巻二（賢明）に載せる「魯（斉？）の黔婁の妻」に、「（黔婁）先生死す。曽子、門人と往きて之を弔す。……堂に上りて先生の尸を見るに、牖（まど）下に在りて、墼（しきがはら）を枕とし稟（わら）を席（しきもの）とし、緼袍に表無し。覆ふに布被を以てして、首足尽くは斂まらず。頭を覆へば則ち足見（あらは）れ、足を覆へば則ち頭見る。曽子曰く『邪（よこしま）に其の被（かけぬの）を引けば則ち斂まらん』と。妻曰く『邪にして余り有るは、正にして足らざるに如（し）かず。先生は不邪の故を以て、能く此に至る。生ける時に邪ならざるに、死して之を邪にするは、先生の意に非ざるなり』と。曽子、応ふる能はず。遂に之に哭して曰く『嗟乎、先生の終はるや、何を以て謚と為さん』と。其の妻曰く『康を以て謚と為さん』と。曽子曰く『先生の在（まい）せし時、食は虚（はら）を充さず、衣は形を蓋はず。死しては則ち手足斂まらず。旁に酒肉無し。生きては其の美を得ず、死しても其の栄を得ず。何ぞ此に楽しむとして謚して康と為すや』と。其の妻曰く『昔、先生、君（魯の恭王）嘗て之に政を授けて、以て国相と為さんとするに、辞して為らず。是れ余貴（有り余る高貴）有るなり。君（斉王）嘗て之に粟三十鍾を賜ふも、先生は辞して受けず。是れ余富（有り余る富力）有るなり。彼の先生は、天下の淡味を甘しとし、天下の卑位に安んず。貧賤に戚戚たらず、富貴に忻忻たらず。仁を求めて仁を得、義を求めて義を得たり。其の謚を康と為すこと、亦た宜しからずや』と。曽子曰く『唯、斯の人にして斯の婦有り』と。君子謂へらく『黔婁の妻は、貧を楽しみ道を行ふと為す』と」と。○冀欠の二句　冀欠は、春秋時代の晋の人。本姓は郤。晋の恵公が冀（今の河北・山西省一帯）を滅ぼし、この冀を郤芮（？―前六三六）に与えて食邑としたので、芮の子孫はこの邑名を氏とした。冀欠は、芮の子。『左氏伝』僖公三十三年に、「初め臼季（晋の胥臣）、使ひして冀を過（よぎ）り、冀欠の耨（たがや）し、其の妻の之に饁（食事を運搬）するを見る。敬して相待すること賓の如し。（臼季は）之と帰り、諸（これ）を文公に言ひて曰く、『敬は徳の聚（蓄積）なり。能く敬すれば必ず徳有り。徳は以て民を治む。君よ謂ふ之を用ひよ。臣之を聞く、門を出でては賓の如くし、事を承りては祭の如くすと。仁の則（原則）なり』と」と。この故事、『国語』晋語五（襄公）にも見えるが、その文にはやや異同がある。○陶潜の二句　陶潜（三六五―四二七）は、陶淵明とも称し、東晋末の詩人・隠士。その事跡は『晋書』巻九十四・隠逸伝、『宋書』巻九十三・隠逸伝、『南史』巻七十五・隠逸伝上に見える。『晋書』隠逸伝（陶潜）に、「陶潜、字は元亮。……又生業を営まず、家務は悉く之を児僕に委す」と。妻の翟氏については、梁昭明太子「陶淵明伝」に、「其の妻翟氏、亦た能く勤苦に安んじ、其と志を同じくす」と。また『南史』隠逸伝上（陶潜）に、「其の妻翟氏、志趣亦た同じく、能く苦節に安んじ、夫前に耕せば、妻後に鋤くと云ふ」と。「爨薪」とは、薪をもやして飯をたく。料理・炊事。「薪爨」も同義。『淮南子』泰族訓に、「薪を称（はか）りて爨（かし）ぎ、米を数へて炊ぐ」と。○梁鴻の二句　梁鴻は、後漢中期の詩人・隠士。梁鴻とその妻孟光の事跡については、南朝宋の范曄『後漢書』巻八十三・逸民伝（梁鴻）に、「梁鴻は、字は伯鸞。扶風平陵（今の陝西省咸陽市）の人なり。……家貧なるも節介を尚ぶ。……埶家（勢族）は其の高節を慕ひて、多く之に女（あめ）はせんと欲するも、鴻は並びに絶（ばこ）みて娶らず。同県の孟氏に女有り、状は肥醜にして黒く、力は石臼を挙げ、対（配偶）を択びて嫁せず、年三十に至る。父母其の故を問へば、女曰く『賢なること梁伯鸞の如き者を得んと欲す』と。鴻は聞きて之を娉（とめ）る。女は求めて布衣・麻屨を作り、織りて緝績を筐（も）るの具を作る。嫁するに及びて、始めて装飾を以て門に入る。七日にして鴻は答（妻に接）せず。妻は乃ち牀下に跪（ひざまづ）きて請ひて曰く、『窃かに聞く、夫子は高義にして、数婦を簡斥（疎遠）すと。妾も亦た数夫に偃蹇（驕傲）たり。今にして択（棄）てらるれば、敢へて罪を請はざらんや』と。鴻曰く、『吾は裘褐の人の与倶（もと）に深山に隠るべき者を欲するのみ。今乃ち綺縞を衣（き）、粉墨を傅（つ）く。豈に鴻の願ふ所ならんや』と。妻曰く、『以て夫子の志を観たるのみ。妾には自ら隠居の服有り』と。乃ち更めて椎髻と為し、布衣を著し、操作（労働）して前む。鴻大いに喜びて曰く、『此れ真に梁鴻の妻なり。能く我に奉ぜん』と。之に字して徳曜と曰ひ、孟光と名づく。……乃ち共に覇陵山の中に入り、耕織を以て業と為し、『詩』『書』を詠じ、琴を弾じて以て自ら娯しむ。……遂に呉に至り、大家の皐伯通に依りて、廡下に居り、人の為に賃舂（人にやとわれて臼をつく）す。帰る毎に、妻は為に食を具へ、敢へて鴻の前に於て仰視せず、案を挙げて眉に斉しくす」と。西晋の皇甫謐『高士伝』巻下（梁鴻）の文、ほぼ同じ。「布裙」は、麻か木棉の粗末な布のスカート。例えば范曄『後漢書』巻二十七・王良伝に「良の妻、布裙もて柴を曳（ひ）きて、田中より帰る」と。また西晋の陳寿『三国志』巻五十五・呉書・蔣欽伝にも「母は疎帳縹被、妻妾は布裙」と。○耳亦聞　「亦」は、それでも。上句の「雖」と相呼応する転折の副詞。○至此　現在に至るまで。「至今」と同様、句頭・句中・句末に拘らず用いられる詩文の慣用語。例えば白居易「韋八に贈る」詩（一〇八二）に、「容鬢別れ来りて今此（ここ）に至る」と。ちなみに、「此」字、東大寺の僧宗性が建長元年（一二四九）から同四年の間に自ら書写した『白氏文集要文抄』巻一（東大寺図書館蔵）は「今」に作り、『全唐詩』巻四二四の校記は「此、一に于に作る」という。恐らく「此」字は、古来読みあぐねていたのであろう。今、宋本・那波本・馬本・汪本に従う。○伝是何如人　相手に対する糾問表現。単なる疑問ではない。

○蔬食　菜食。野菜ばかりの食事。『論語』述而篇に、「子曰く、疏食を飯（らく）ひ、水を飲み、肱を曲げて之を枕とす。楽しみ亦た其の中に在り」と。孔安国の注は「疏食とは、菜食なり」と釈し、唐の陸徳明『経典釈文』は、「疏、本或いは蔬に作る。所居の反」と校する。「蔬」は、「疏」の俗字。なお、「疏食」の語は、『論語』に、この述而篇のほか、郷党篇の「疏食・菜羹・瓜と雖も、祭れば必ず斉如たり」、憲問篇の「疏食を飯ひて、歯（よはひ）し没するまで怨言無し」があり、いずれも南朝梁の皇侃『論語義疏』本は、「疏」字を「蔬」に作る。○膏粱・錦繡　「膏粱」は、あぶらぎった肉と白米の飯。美食。「粱」字、那波本は誤って「梁」に作る。今、各本に拠って改める。「錦繡」は、五色の糸で美しく織りあげた絹織物と美しく刺繡した絹織物。華麗な衣服。『孟子』告子上篇に、「『詩』（大雅「既酔」）に云ふ、『既に酔ふに酒を以てし、既に飽くに徳を以てす』と。仁義に飽くを言ふなり。人の膏粱の味を願はざる所以なり。令聞広誉、身に施す。人の文繡（文彩刺繡を施した美服）を願はざる所以なり」と。○縉絮　粗い絹と古い綿。また粗い絹や古い綿で作った粗末な衣服。○君家有貽訓　清白遺子孫　「貽訓」は、父祖が子孫に伝えた教訓。「清白」は、清廉潔白。品行が清貞で純潔なこと。白居易の妻楊氏の遠祖に後漢の楊震（?—一二四）がいたという。南朝宋の范曄『後漢書』巻五十四・楊震伝に、「楊震、字は伯起。弘農華陰（今の陝西省華陰市）の人なり。……震は少きより学を好みて、『欧陽の尚書』を太常の桓郁より受け、明経博覧、窮究せざる無し。諸儒、之が語を為して曰く、『関西の孔子、楊伯起』と。……年五十にして、乃ち始めて州郡に仕ふ。大将軍の鄧騭、其の賢なるを聞きて之を辟（め）し、茂才に挙げて、荊州刺史・東萊太守に遷る。郡に之（ゆ）くに当たり、道して昌邑を経しとき、故（とも）挙げし所の荊州の茂才王密、昌邑の令と為り、謁見して、夜に至り、金十斤を懐きて以て震に遺（おく）る。震曰く『故人（拙者）は君を知るに、君は故人を知らず、何ぞや』と。密曰く『暮夜なれば知る者無し』と。震曰く『天知る、神知る、我知る、子知る。何ぞ知る無しと謂はん』と。密、愧ぢて出づ。後、涿郡太守に転ず。性公廉にして、私謁を受けず。子孫は常に蔬食歩行す。故旧・長者、或いは為に産業（生業）を開かしめんと欲するも、震は肯（がへ）んぜずして、曰く『後世をして称して清白の吏の子孫と為らしめん。此を以て之に遺（この）す、亦た厚からずや』と」と。○貞苦　堅貞刻苦。節義を堅く守り、努力して苦労に耐える。南朝梁の慧皎『高僧伝』巻五・義解二（竺僧輔）に、「竺僧輔は、鄴の人なり。少（わか）くして戒行を持し、志を執りて貞苦、学は諸論に通じ、兼ねて経法を善くす」と。「貞」字、東大寺図書館蔵宗性抄『白氏文集要文抄』巻一は「貧」に作る。文意亦た通ずるも、下句の「貧」と重複する。恐らくは形似による誤写。今、宋本・那波本以下各本に従う。○与君新結婚　『文選』巻二十九、「古詩十九首」其の八に、「君と新婚を為す、兎糸の女蘿に附くがごとし」と。「新」とは、……したばかり。○庶　庶幾。希望する。○素　質素。質朴。○偕老　夫婦がそろって共白髪になるまで仲良く長生きする。『詩経』邶風「撃鼓」に、「子（み）の手を執り、子と偕（とも）に老いん」と。毛伝に「偕は、倶なり」と釈する。○欣欣　喜び楽しむさま。『詩経』大雅「鳧鷖（ふえい）」に、「旨酒欣欣」と。毛伝に「欣欣然として楽しむなり」と釈する。

0033　寄二唐生一詩

唐生《たうせい》に寄《よ》する詩《し》

解題　唐生とは、唐衢をいう。「生」は、先生の略称で、知識人に対する敬称。例えば『史記』巻一二一・儒林列伝「『礼』を言ふものは、魯の高堂生よりす」に対する唐の司馬貞『索隠』に、「生と云ふ者は、漢より已来、儒者皆生と号し、亦た先生なる者は、字を省きて之を呼ぶのみ」と注する。この詩は、唐衢が時事を哭した心情、正に白居易自身の楽府詩の制作動機と帰を同じくしていることを詠じ、日頃から敬愛する唐衢に送ったもの。恐らくは白居易が左拾遺・翰林学士に在任中の元和二年（八〇七）十一月から元和五年ごろまで、居易三十歳代後半の作品であろう。次の「唐衢を傷む」詩二首（〇〇三四・〇〇三五）も参照。唐衢の人柄や事跡については、『旧唐書』巻一六〇・唐衢伝に、短文ながら以下のごとく言う、「唐衢なる者、進士に応ずるも、久しくして第せず。能く歌詩を為り、意に感発（感情が言辞に激発すること）多し。人の文章を見て傷歎する所の者有れば、読み訖りて必ず哭し、涕泗已む能はず。毎（つね）に人と言論し、既に相別れて、声を発すること一号、音辞哀切にして、之を聞く者は悽然として泣（なみだ）下らざる莫し。嘗て客として太原に遊びしとき、属々（たまたま）戎帥（軍司令官）軍に宴し、衢も預かり会するを得たり。酒酣にして事を言ひ、音を抗げて哭すれば、一席楽しまず、之が為に会を罷む。故に世に称す『唐衢は善く哭す』と。左拾遺の白居易、之に詩を遺りて曰く、『賈誼は時事を哭し、阮籍は路岐に哭す。唐生　今亦た哭し、代を異にして其の悲しみを同じうす。……』と。其の名流に称重さるること此くの若（ごと）し。竟に一命（最低官位）にすら登せられずして卒す」と。なお、この『旧唐書』本伝中、唐衢が太原の軍宴において酒酣にして乃ち哭した部分は、唐の李肇『国史補』巻中、唐の馮翊『桂苑叢談』史遺にも見え、その文はいずれもほぼ『旧唐書』に同じ。詩題末の「詩」字、宋本以下各本には皆ない。今、那波本に従う。

賈誼哭二時事一　阮籍哭二路岐一
唐生今亦哭　異レ代同二其悲一
唐生者何人　五十寒且飢
不レ悲二口無一レ食　不レ悲二身無一レ衣
所レ悲忠與レ義　悲甚則哭レ之
太尉撃レ賊日 段太尉以レ笏撃二朱泚一。　尚書叱レ盗時 顔尚書叱二李希烈一。
大夫死二兇寇一 陸大夫爲二亂兵所一レ害　諫議謫二蠻夷一 陽諫議左二遷道州一。

賈誼《かぎ》は時事《じじ》を哭《こく》し、阮籍《げんせき》は路岐《ろき》に哭《こく》す。
唐生《たうせい》　今《いま》亦た哭《こく》し、代《だい》を異《こと》にして其《そ》の悲《かな》しみを同《おな》じうす。
唐生《たうせい》なる者《もの》は何人《なんぴと》ぞ、五十《ごじふ》にして寒《こご》え且《か》つ飢《う》う。
口《くち》に食無《しよくな》きを悲《かな》しまず、身《み》に衣無《いな》きを悲《かな》しまず。
悲《かな》しむ所《ところ》は忠《ちゆう》と義《ぎ》と、悲《かな》しみ甚《はなは》だしければ則《すなは》ち之《これ》を哭《こく》す。
太尉《たいゐ》　賊《ぞく》を撃《う》つの日《ひ》、尚書《しやうしよ》　盗《たう》を叱《しつ》するの時《とき》。
大夫《たいふ》　兇寇《きようこう》に死《し》し、諫議《かんぎ》　蠻夷《ばんい》に謫《たく》せらる。

毎レ見二如レ此事一　聲發涕輒隨
往往聞二其風一　俗士猶或非
憐君頭半白　其志竟不レ衰
我亦君之徒　鬱鬱何所レ爲
不レ能二發レ聲哭一　轉作二樂府詩一
篇篇無二空文一　句句必盡レ規
功高二虞人箴一　痛甚二騷人辭一
非レ求二宮律高一　不レ務二文字奇一
惟歌二生民病一　願レ得二天子知一
未レ得二天子知一　甘受二時人嗤一
藥良氣味苦　琴淡音聲稀
不レ懼二權豪怒一　亦任二親朋譏一
人竟無二奈何一　呼作二狂男兒一
毎レ逢二羣動息一　或遇二雲霧披一
但自高レ聲歌　庶幾天聽レ卑
歌哭雖レ異レ名　所レ感則同レ歸

此《か》くの如《ごと》き事《こと》を見《み》る毎《ごと》に、聲發《こゑはつ》して涕輒《なんだすなは》ち隨《したが》ふ。
往往《わうわう》其《そ》の風《ふう》を聞《き》きて、俗士《ぞくし》すら猶《な》ほ或《ある》いは非《ひ》とせん。
憐《あは》れむ　君頭《きみかしら》半白《はんぱく》、其《そ》の志《こころざし》竟《つひ》に衰《おとろ》へず。
我《われ》亦《ま》た君《きみ》が徒《と》なり、鬱鬱《うつうつ》として何《なん》の爲《な》す所《ところ》ぞ。
聲《こゑ》を發《はつ》して哭《こく》する能《あた》はず、轉《かへ》つて樂府詩《がふし》を作《つく》る。
篇篇《へんぺん》　空文《くうぶん》無《な》く、句句《くく》　必《かなら》ず規《き》を盡《つ》くす。
功《こう》は虞人《ぐじん》の箴《しん》よりも高《たか》く、痛《いた》みは騷人《さうじん》の辭《じ》よりも甚《はなは》だし。
宮律《きゆうりつ》の高《たか》きを求《もと》むるに非《あら》ず、文字《もんじ》の奇《き》なるに務《つと》めず。
惟《た》だ生民《せいみん》の病《くる》しみを歌《うた》ひて、天子《てんし》の知《ち》を得《え》んことを願《ねが》ふのみ。
未《いま》だ天子《てんし》の知《ち》を得《え》ざるに、甘《あま》んじて時人《じじん》の嗤《あざけ》りを受《う》く。
藥《くすり》良《よ》ければ氣味《きみ》苦《にが》く、琴淡《ことあは》ければ音聲《おんせい》稀《まれ》なり。
權豪《けんがう》の怒《いか》りを懼《おそ》れず、亦《ま》た親朋《しんぼう》の譏《そし》りに任《まか》す。
人竟《ひとつひ》に奈何《いかん》ともする無《な》く、呼《よ》んで狂男兒《きやうだんじ》と作《な》す。
羣動《ぐんどう》の息《や》むに逢《あ》ふ毎《ごと》に、或《ある》いは雲霧《うんむ》の披《ひら》くに遇《あ》はん。
但自《ただ》　聲《こゑ》を高《たか》くして歌《うた》ひ、庶幾《こひねが》はくは天《てん》の卑《ひく》きに聽《き》かんことを。
歌哭《かこく》　名《な》を異《こと》にすと雖《いへど》も、感《かん》ずる所《ところ》は則《すなは》ち歸《き》を同《おな》じうす。

寄レ君三十章　與レ君爲二哭詞一　　君《きみ》に寄《よ》す三十章《さんじつしやう》、君《きみ》が與《ため》に哭詞《こくし》を爲《つく》る。

岐・隨・爲・規・奇・知・知・兒・披・卑（上平聲、支韻）、悲・飢・夷・衰（上平聲、脂韻）、衣・非・稀・譏・歸（上平聲、微韻）、之・時・詩・辭・嗤・詞（上平聲、之韻）……支・脂・之韻は同用。微韻は通押。

通釈　そのむかし、前漢の賈誼は当時の国家をめぐる内憂外患に心を痛めてその事勢を痛哭し、三国魏の阮籍は当時の世運の動向に心を痛めて岐路を前に慟哭したとか。今、唐衢君も時代を隔てて彼等とその悲痛な心情を同じくし、やはり同様にしばしば慟哭している。ところで、この唐衢君という人は、いったいどのような人物なのだろうか――。この人は、知命の五十歳になっても官職に就かずに飢えと凍えに苦しむ生活をつづけてはいるが、口に食べ物が入らないことなど全く悲嘆せず、また身に着ける衣服がないことなど一向に悲嘆していない。だが、この人が専ら悲しみ痛む対象は、今来の忠臣と義士たちが非命に死したり貶謫に遭ったりした痛恨事であって、その悲痛な気持ちが甚だしくなると常に慟哭する。例えば、太尉の段秀実が叛将の朱泚を象笏で殴りつけた日、ついに凶党のために殺された事件、吏部尚書の顔真卿が顔色を正して叛将の李季烈を叱りつけた時、ついに一味のために縊殺された事件、御史大夫の陸長源が正道を守りながら凶悪な兵士たちのために斬殺された事件、諫議大夫の陽城が正道をもって姦佞を批判した結果、無実の罪をもって遠く蛮夷の地に左遷させられた事件など、このように理不尽な悲劇を目の当たりにするごとに、いつも大声を張り上げて悲涙を流した。思うに、しばしばこの人のかかる気高い人品・態度を耳にすれば、名利にひかれる卑俗な官僚どもですら自分の不正を恥じるはずだ。私は、貴君が白髪まじりの老人になっても、その志操が全く衰えていないことに心から魅了されている次第である。

ところで、私も同様に貴君と志を同じくする仲間であって、日ごろ憂愁に胸を詰まらせつつ、どのような事をしているかといえば、私は、貴君のように大声を発して慟哭することができないので、そのかわりに「新楽府」「秦中吟」など、諷諭の意をこめた楽府詩を作っている。それゆえ私の作った楽府詩は、どの詩にもこの詩にも現実から遊離した表現はなく、どの句もこの句も例外なく誠意を尽くして自分の信ずる方策を天子に吐露しているので、その説得力は、かの有名な周代の「虞人の箴」よりも勝り、その悲痛さは、かの有名な屈原の『楚辞』作品よりも甚だしい。私は、音調表現の素晴らしさを追求しているのではなく、また文字表現の奇抜さに骨折っているのでもなく、ただ民衆の苦悩を詩歌に表現して、それが天子の叡聞に達することを願うばかりなのだ。ところが、まだ天子の叡聞に達しないうちに、心ならずも世人の嘲笑を受けねばならない仕儀と相成ってしまった。

　思えば、良薬は口に苦く、高級な大琴は音色がけばけばしくないものだ（私の楽府詩が人々の関心を引きにくいのも当然だ）。しかし私は、貴権・豪強の立腹にもびくびくせず、また親戚・友人の非難をも一向気にしないので、人々は結局どうしようもなくお手上げの状態になって、私を「狂男児」と渾名するようになってしまった。それでも、さまざまな反乱が終息して少康を得るたびに、たまには天子のご見識が目覚める機会に出くわすこともあろうから、私は、ただひたすらに大声を張り上げて自分の楽府詩を歌い、天子がわれわれ下民の意見に耳を傾けてくださることをこいねがうばかりである。ともあれ、私の詩歌と貴君の慟哭とは、たしかに表面的な名称を異にするけれども、痛み感ずる内容は、同じ所に帰着するのだ。それで私は、貴君に私の楽府詩三十章を送り、貴君のために慟哭の詩篇を作った次第である。

語釈　○賈誼哭時事　賈誼（前二〇〇―前一六八）は、前漢有数の文人。河南洛陽の人。年十八にして早くも文才を以て有名となり、年二十余にして文帝は召して博士（六百石待遇）とし、その年のうちに太中大夫（千石待遇）に至った。しばしば上疏して、時弊を直言したところ、権臣の周勃・灌嬰等の忌む所となって、長沙王の太傅に左遷されたが、後数年にして再び文帝に召還され、その末子の梁懐王の大傅に遷った。著書に『新書』十巻があり、作品に「鵩鳥の賦」「過秦論」「屈原を弔ふ文」等がある。詳細な事迹については、『史記』巻八十四・『漢書』巻四十八の本伝を参照。また賈誼が「時事を哭した」ことについては、『漢書』本伝に、彼が梁懐王の太傅になっていた時のことを記して、「是の時、匈奴強く、辺を侵す。天下初めて定まり、制度疏闊（粗略）なり。諸侯・王は僭儗し、地は古制に過ぎ、淮南・済北王、皆逆誅せらる。誼、数〻《しばしば》上疏して政事を陳べ、匡建（その失を正し、制度を立つ）せんと欲する所多し。其の大略に曰く、『臣窃かに事勢を惟ふに、痛哭を為すべき者一、流涕を為すべき者二、長太息を為すべき者六。……』と」と。○阮籍哭路岐　阮籍（二一〇―二六三）は、三国時代の魏の思想家、文人。陳留・尉氏（今の河南省開封市の南、尉氏県）の人。阮瑀の子。老荘を好み、礼教を蔑視して、方外の士には青眼をもって迎え、礼法の士には白眼をもって接したことは有名。所謂「竹林の七賢」の一人。その著作に「詠懐の詩」八十余篇、「大人先生伝」「達荘論」等がある。詳細な事迹については、『三国志』巻二十一・王粲伝注に引く『魏氏春秋』、

『晋書』巻四十九・阮籍伝を参照。また阮籍が「路岐に哭した」ことについては、『晋書』本伝に、「籍、本々済世の志有るも、属々(たまたま)魏晋の際、天下に故(こと)多く、名士に全き者有ること少なし。籍、是に由りて世事に与(あづか)らず、遂に酣飲を常と為す。……時に意に率(したが)ひて独り駕し、径路に由らず。車迹の窮まる所、輒ち慟哭して反る」と。この事、『太平御覧』巻一九五（居処部・道路）に引く『魏晋春秋』は、「阮籍、時有りて意に率ひて独り行き、径路に由らず。車跡の窮まる所、輒ち慟哭して返る」に作る。なお、阮籍「詠懐詩八十二首」其の二十には、「楊朱は岐路に泣き、墨子は染糸を悲しむ」（本集下・詩紀十九）と。ちなみに、「楊朱泣二岐路一」は、『淮南子』説林訓の「楊子は逵路を見て之を哭す。其の以て南すべく、以て北すべきが為なり」に基づく。思うに、阮籍は『淮南子』の文を借りて自身の心情を吐露したのである。〇所悲忠与義　「忠」「義」は、直接には下文に列挙する当時の忠臣義士、即ち「太尉」の段秀実、「尚書」の顔真卿、「大夫」の陸長源、「諫議」の陽城が、あるいは非命に死し、あるいは貶謫に遭った事迹を指す（王汝弼『白居易選集』一二三頁）。〇太尉撃賊日　白居易の自注に「段太尉、笏を以て朱泚を撃つ」と。段太尉は、唐の段秀実（七一九―七八三）を指す。『旧唐書』巻一二八・段秀実伝に、「段秀実、字は成公。隴州汧陽（今の陝西省隴県）の人なり。……秀実、性至孝。……長ずるに及びて、沈厚にして断（決断力）有り。……建中元年（七八〇）……遂に司農卿（従三品）に除せらる。……四年（七八三）、朱泚、宮闕に盗拠す。……明日、泚は秀実を召して事を議し、源休・姚令言・李忠臣・李子平、皆坐に在り。秀実は戎服にして、泚と膝を並べ、語りて僭位に至るや、秀実は勃然として起ち、（源）休の腕を執りて其の象笏を奪ひ、奮躍して前み、泚の面に唾して、大いに罵りて曰く、『狂賊、吾、汝を斬りて万段(ずたずた)ならざるを恨む。我、豈に汝の反するに逐(したが)はんや』と。遂に之を撃つ。泚は臂を挙げて自ら捍(ふせ)ぐも、纔かに其の額(ひたひ)に中り、流血匍匐して走る。兇徒は愕然として、初めより敢へて動かず、而も（劉）海賓等も至らず。秀実は乃ち曰く、『我、汝の反するに同ぜず。何ぞ我を殺さざる』と。兇党、群がり至りて、遂に害に遇へり」と。『新唐書』巻一五三・段秀実伝の文、ほぼ『旧唐書』と同じ。その後、興元元年（七八四）、段秀実は徳宗の詔によって太尉（正一品）を贈られ、忠烈と謚された。〇尚書叱盗時　白居易の自注に「顔尚書、李希烈を叱す」と。顔尚書は、唐の顔真卿（七〇九―七八四）を指す。『旧唐書』巻一二八・顔真卿伝に、「顔真卿、字は清臣。琅邪臨沂（今の山東省臨沂市）の人なり。……真卿、少きより学業に勧め、詞藻有り、尤も書に工みなり。開元中、進士に挙げられ、甲科に登る。親に事へて孝を以て聞こゆ。……会々(たまたま)李希烈、汝州を陥る。（盧）杞、乃ち奏して曰く、『顔真卿は四方の信ずる所、之を諭さしむれば、可(かへ)って師旅を労せざらん』と。上、之に従ひ、朝廷色を失ふ。……初めて希烈に見(あ)ひ、詔旨を宣べんと欲するや、希烈の養子千余人、刃を露(あらは)して争ひ前(すす)みて真卿に迫り、将(まさ)に其の肉を食らはんとす。諸将も叢遶して慢罵し、刃を挙げて以て之に擬するも、真卿は動ぜず。……時に朱滔・王武俊・田悦・李納の使ひ、坐に在り、真卿を目して希烈に謂ひて曰く、『太師（真卿）の名徳を聞くこと久し。相公大号を建てんと欲して、太師至るは、天正位を（相公に）命ぜしに非ずや。（相公）宰相を求めんと欲すれば、孰（たれ）か太師に先んぜんや』と。真卿、色を正して之を叱して曰く、『是れ何ぞ宰相ならんや。君等は顔杲卿を聞くや無（ない）や。是れ吾が兄なり。禄山の反せしとき、首（はじ）めて義兵を挙げ、害せらるるに及びて、詬罵口に絶たず。吾、今年八十に向（なん）なんとし、官は太師に至るも、吾が兄の節を守り、死して後に已まん。豈に汝輩の誘脅を受けんや』と。諸賊、敢へて復た口を出ださず。……興元元年（七八四）八月三日、（希烈）乃ち閹奴（宦官）と（辛）景臻等をして真卿を殺さしむ。……遂に之を縊殺す。年七十七」と。『新唐書』巻一五三・顔真卿伝の文も、おおむね『旧唐書』と同じ。なお、顔真卿は、代宗の大暦十二年（七七七）八月に刑部尚書（正三品）、つづいて同年十二月に吏部尚書（正三品）となっている（南宋の留元剛「顔魯公年譜」）。「盗」とは、反逆者に対する貶称。例えば范曄『後漢書』巻一下・光武帝紀の賛「大盗国を移す」に対する李賢注に、「大盗とは、王莽の位を簒（ばう）ふなり」と釈する。○大夫死兇寇　白居易の自注に「陸大夫、乱兵の害する所と為る」と。陸大夫は、唐の陸長源（?―七九九）を指す。『旧唐書』巻一四五・陸長源伝に、「陸長源、字は泳之。……貞元十二年（七九六）、検校礼部尚書・宣武軍（宣武節度使）行軍司馬を授けられ、汴州（今の河南省開封市一帯）の政事は、皆之を決断す。性軽佻、言論容易、才を恃み物に傲り、所在人畏れて之を悪む。汴州に至るに及びて、峻法を以て驕兵を縄（だた）さんと欲せしも、董晋（汴州刺史）の判官楊凝・孟叔度、亦た縦恣淫湎にして、衆情共に怒る。（董）晋は、性寛緩にして、事務因循、以て士心を収む。長源は、毎事法を守り、晋に苟且（なはざり）或れば、長源輒ち執りて之を正す。（董）晋卒するに及びて、長源をして留後の事を知せしむ。……或るひと長源に勧むらく、『故事（しきたり）に、大変（大事件）有れば、皆三軍に賞（贈与）ありて、三軍乃ち安らかなり』と。長源曰く、『我をして河北の賊に同じくし、銭を以て健児を買ひ旌節を取らしむべからず』と。兵士怨怒すること滋ゝ甚だしく、乃ち長源及び（孟）叔度等を執らへ、臠（ずたずたに切り殺す）して之を食らへば、斯須（しばらく）にして骨肉糜散す」と。『新唐書』巻一五一・陸長源伝の文も、おおむね『旧唐書』と同じ。なお、陸長源が「大夫」となったことについては、『旧唐書』『新唐書』共にこれを載せていないが、中唐の韓愈「董公（晋）の行状」に、「（貞元十二年）八月、上（徳宗）、汝州刺史の陸長源に命じて、御史大夫・行軍司馬と為す」（『全唐文』巻五六七）とあり、また朱金城『白居易集箋校』巻一に指摘するように、白居易「三良を哀しむ文」の序（一四四）に、「丞相の隴西公（董晋）、出だされて汴州に鎮するとき、軍司馬・御史大夫の陸長源、実に之を左右し、二年にして軍用（つも）て寧し。……（貞元）十五年の春、隴西薨ずるに曁びて、浹辰（十二日間）にして師乱れ、大夫は直道を以て禍ひに及べり」という。もって陸長源が汴州在職中、御史大夫（従三品）となっていたことが分かる。しかし、陸長源の場合は、恐らく検校御史大夫。中唐時代、検校御史大夫は、多く地方長官を監視する名目で設置された地方長官の高級随員（臨時職）であった。「兇寇」は、凶悪な暴徒。「凶寇」も同じ。○諫議謫蛮夷　白居易の自注に「陽諫議、道州に左遷さる」と。陽諫議は、唐の陽城（七三六―八〇五）を指す。『旧唐書』巻一九二・隠逸伝に、「陽城、字は亢宗。北平（今の河北省完県）の人なり。代〻宦族たり。家貧しくして書を得ること能はず、乃ち求めて集賢（院）の写書吏と為り、官書を窃みて之を読み、昼夜房を出でず、六年を経て、乃ち通ぜざる所無し。既にして中条山に隠る。遠近其の徳行を慕ひて、多く之に従ひて学ぶ。閭里の相訟ふる者、官府に詣らずして、（陽）城に詣りて決を請ふ。……尋いで諫議大夫に遷る。……時に徳宗位に在りて、多く宰相の権を仮らずして、左右は因縁を以て事を用ふるを得たり。是に於て裴延齢・李斉運・韋渠牟等、姦佞を以て相次いで進用せられ、時宰を誣譖し、大臣を毀誣して、陸贄等は咸く枉黜に遭ふも、敢へて救ふ者無し。（陽）城、乃ち閤に伏して上疏し、拾遺の王仲舒と共に延齢の姦佞を論じて、贄等は罪無し。徳宗は大いに怒り、宰相を召して議に入れ、将（まさ）に（陽）城に罪を加へんとす。時に順宗は東宮に在りて、城の為に独り之を開解（弁明）し、城は之に頼つて免るるを獲たり。……薛約なる者有り、嘗て（陽）城に学ぶも、性狂躁、事を言ふを以て罪を得、連州（今の湖南省連県）に徙さるるも、客寄（雲隠れ）して根蔕（跡形）無く、台吏（政府の属官）蹤跡を以て求めて之を（陽）城の家に得たり。城は台吏を門に坐らせ、（薛）約と酒を飲みて訣別し、涕泣して之を郊外に送る。徳宗は之を聞き、城の罪人に党（なかま）せしを以て、出だして道州（今の湖南省道県）刺史と為す」と。『新唐書』巻一九四・卓行伝（陽城）の文も、おおむね『旧唐書』と同じ。なお、陽城が諫議大夫として直道を主張したことについては、すでに白居易が「樊著作に贈る詩」（〇〇三）の冒頭で「陽城　諫議と為り、正を以て其の君に事へ、其の手は屈軼の如く、挙ぐれば必ず佞臣を指し、卒に不仁者をして、国鈞を秉るを得ざらしむ」と詠じていた。諫議大夫（正四品下）は、君主の過失をいさめる官職。○毎見如此事の二句　「毎」と「輒」とは、前後相呼応して相関関係を示す語法。……のたびにいつも……する。○往往　しばしば。当時の俗語。○猶或　複合副詞。……ですら。例えば、南朝梁の江淹「建平王に詣りて書を上る」に、「彼の二子すら、猶ほ或いは是くの如し。況んや下官に在りてをや」（『文選』巻三十九）と。○非　自分が悪かったと思う。○憐　心がひかれる。魅了される。○竟不衰　「竟」は、下の否定詞「不」を強める副詞。全く。○鬱鬱　気持ちがふさがるさま。『楚辞』九章「哀郢」に、「惨鬱鬱として通ぜず」と。王逸注に「中心憂ひ満ち、慮り閉塞するなり」と釈する。また九章「抽思」に、「心鬱鬱として憂思す」と。王逸注に「哀憤結縎し、慮り煩冤するなり」と釈する。さらに九章「悲回風」に、「愁鬱鬱として快無し」と。王逸注に「中心煩冤し、常に忿を懐くなり」と釈する。○転　却って。一般の予想に反して。例えば、東晋末の陶淵明「癸卯の歳の始春、田舎に懐古す二首」其の二に、「先師に遺訓有り、道を憂へて貧を憂へずと。瞻望するも邈として逮び難く、転つて長勤（農耕）を志さんと欲す」（『陶彭沢集』）と。また白居易「呉七の寄せらるるに酬ゆ」詩（〇二六七）にも、「嘗て聞く陶潜の語、心遠くして地自ら偏なりと。君は安邑里に住し、左右　車徒喧し。竹薬　深院を閉ぢ、琴罇　小軒を開く。誰か知らん市南の地、転つて壺中の天（別天地）を作すを」と。○楽府詩　「新楽府」と「秦中吟」等の詩を指す（王汝弼『白居易選集』）。○空文　実際の役に立たない文章。後漢の桓寛『塩鉄論』非鞅篇に、「之を言ふは難きに非ず、之を行ふを難しと為す。故に賢者は実に処して功を効（いた）

し、亦た徒（いたづら）に空文を陳ぶるに非ざるのみ」と。○尽規　力を尽くして自分の信ずる方策を君主に吐露する。『国語』巻一・周語上に、「近臣は規を尽くし、親戚は補察す」と。韋昭注に「規を尽くすとは、其の規計を尽くして、以て王に告ぐるなり」と釈する。○功力。人に訴えかける力。○虞人箴　「虞人」は、古代の山沢・苑囿を掌った官吏。「箴」は、箴訓。針（鍼石）のように、他人や自分自身の欠陥を突いて被害を防ぐ戒めのことば。『左氏伝』襄公四年に、「昔、周の辛甲の大史と為るや、百官に命じて、官ごとに王の闕（欠陥）を箴せしむ。虞人の箴に於て曰く、『芒芒たる禹迹、画して九州と為し、九道を経啓（開通）す。（かくて）民に寝廟（居室）有り、獣に茂草有り、各〻処る攸有りて、徳（本質）用（もつ）て擾れず。（しかるに）帝夷羿に在りて、原獣を冒（むさぼ）り、其の国恤（国家の憂患）を忘れて、其の麀牡（禽獣）を思ふ。武（田猟）は重（かさ）ぬべからず。用て夏家（夏の国家）を恢（おほ）いにせず。獣臣（虞人）は原（田猟）を司る。敢へて僕夫（近侍）に告ぐ』と。虞箴は是くの如し。懲（いまし）めざるべけんや」と。なお、白居易には、その後、元和十五年（八二〇）秋、時の穆宗が畋游に耽溺しているのを諷諫した「続・虞人の箴」（二四二七）がある。○痛　悲痛さ。○騒人辞　『楚辞』の作者のことば。古来、「離騒」「九章」など屈原の作品をいう。南朝梁の蕭統『文選』の序」に、「楚人の屈原は、忠を含み潔を履み、君は流れ（善）に従ふを匪（非）とするも、臣は耳に逆らふ（諫言）を進め、深く思ひ遠く慮るも、遂に湘南に放たる。耿介の意は既に傷れ、壱鬱の懐ひは愬ふる靡し。淵に臨みて懐沙の志有り、沢に吟じて憔悴の容有り。騒人の文、茲より作（おこ）る」と。○宮律　詩歌のリズム。○文字　文字表現。

○薬良気味苦　前漢末の劉向『説苑』巻九・正諫篇に、「孔子曰く、良薬は口に苦けれども病に利あり、忠言は耳に逆らへども行ひに利あり」と。『孔子家語』巻四・六本篇の文、ほぼ同じ（『史記』巻五十五・留侯世家、巻一一八・淮南衡山列伝は、共に「良薬」を「毒薬」に作り、且つ留侯世家は上下句が顚倒）。「気味」は、味。味覚。もともとは鼻による感覚を「気」と言い、舌による感覚を「味」と言ったが、後には味覚を意味するだけになった。例えば白居易「貢橘を揀（えら）び情を書す」詩（二四四一）に、「珠顆の形容は日に随ひて長じ、瓊漿の気味は霜を得て成る」と。橘の果実の形は日増しに大きくなり、その果汁の味は霜を経てすっかり甘くなった、という意味。「気味」と「音声」、「形容」（すがた）と「気色」との対偶に注意。○瑟淡音声稀　高級な大琴の演奏は飾り気がなく、その音色もかすかである。『礼記』楽記篇に、「楽の隆（最高）は、音を極むるに非ざるなり。……清廟の瑟は、朱絃にして疏越、壱倡して三嘆し、遺音有る者なり」と。ちなみに、白居易「新楽府」その十七「五絃弾」（〇一四二）に、「正始の音（古代の純正な音楽）は其れ若何（いかん）、朱絃疏越なり清廟の歌。一弾一唱　再三嘆ず、曲は淡く節は稀にして声多からず」と。「瑟」は、大琴。五十絃・二十五絃・十五絃等の種類があり、元来は古帝の伏義が作った典雅な弦楽器という。「音声稀」は、『老子』第四十一章の「大器は晩成し、大音は希声、大象（大道）は形無し」に基づく。「希」とは、同じく『老子』第十四章に「之を聴けども聞こえず、名づけて希（稀）と曰ふ」と。音声のかすかなこと。○権豪　貴権・豪強。○親朋　親族。友人。○群動息　もろもろの蠢動するもの（反逆者集団）が息をひそめる。「動」字、北宋の姚鉉『唐文粋』巻十八、清の何焯校本は共に同じく、南宋紹興本・那波本・馬本・汪本はいずれも「盗」に作る。また『全唐詩』巻四二四の「盗」下校注には「一に動に作る」と。もともと「群動息む」という表現は、『文選』巻三十、東晋末の陶淵明「飲酒二十首」其の七に所謂「日入りて群動息み、帰鳥　林に趨きて鳴く」に基づき、以後成語化して、白居易も「清夜の琴興」詩（三三七）・「松下に琴ひきて客に贈る」詩（三五三）・「亭西の牆下の伊渠水中に石を置く……」詩（三五三）等にこれを用いている。「群盗息」に作る本は、つとに北斉の魏収『後魏書』巻十九中・任城王伝に「群盗息止」の先例文があるとはいえ、恐らく後人が意味をわかりやすくするために改竄したのであろう。今、『唐文粋』等に従う。「群動」は、天下を乱す反逆者を譬える。例えば当時の成徳軍節度使王承宗（?—八二〇）等。○或遇　たまには……する機会にでくわすこともある。○雲霧披　雲や霧が裂け開く。天子の曇りなきすぐれた識見を譬える。後漢末の徐幹『中論』巻下・審大臣篇に、「又衆誉に因らずして大賢を獲る有り、其れ文王か。渭水の辺りに畋（狩）して、道に姜太公（太公望呂尚）に遇ふ。皤然として皓首、方（さま）に竿を秉りて釣す。文王召して之と言へば、則ち帝王の佐なり。乃ち之を載せて帰り、以て太師と為す。姜太公、此の時に当たりて貧しく且つ賤し。年又老いたり。貴顕の挙（挙動）有るに非ざるなり。（しかるに）其の言は誠に賢君の心に当たり、其の術は誠に致平の道に合す。文王の識や、灼然として雲を披きて日を見るが若（ごと）く、霍然として霧を開きて天を観るが若し」と（謝思煒『白居易詩集校注』巻一、八二頁）。但し、「雲霧披く」という表現そのものは、直接には『世説新語』賞誉篇（上）に、衛瓘が楽広の聡明を評して「此の人は人の水鏡なり。之を見れば、雲霧を披きて青天を観るが若し」とあるを借る。○但自　もっぱら。ひとえに。ただひたすらに。「自」は、副詞「但」に軽くついた接尾助字で特別な意味はない。塩見邦彦『唐詩口語の研究』三四頁、入矢義高・古賀英彦『禅語辞典』二九七頁参照。○庶幾　希望する。○天聴卑　天子は下民の意見に耳を傾ける。『呂氏春秋』巻六・季夏紀（制楽篇）に、「天は之れ高きに処りて卑きに聴く」と。『淮南子』巻十二・道応訓に、「天は之れ高きに処りて卑きに聴く」と。『史記』巻三十八・宋微子世家に、「天高くして卑きに聴く」と。○所感　感じ痛む内容。白居易の詩では、かなり重い用語。「賀雨」詩（〇〇〇一）に所謂「皇天と后土と、感ずる所は通ぜざる無し」をはじめ、〇〇三・〇〇四九・〇一三三・〇四五一・三四七五等、数か所に見える。○同帰　同じ所に行き着く。『易経』繋辞伝下に、「天下、帰を同じうして塗を殊にす」と。○与　……のために。○哭詞　悲哭を詠じた詩篇。

余説　この詩の「甘受時人嗤」の句に依拠した文辞として、次のものがある。

藤原為時の「夏日同賦未飽風月思」詩に云う、「時人笑ふ莫かれ散樗の吏」（『本朝麗藻』巻下）と。

0034 傷二唐衢一二首

唐衢《たうく》を傷《いた》む二首《にしゆ》

解題 唐衢の死を悲しみ傷んだ詩。元和十年（八一五）冬十二月に白居易が作った「元九に与ふる書」（一四八六）には、「唐衢なる者有り、僕の詩を見て泣く。未だ幾（いくばく）ならずして衢は死せり」と。また、この哀傷詩「其の二」に、「遂に秦中吟を作り、一吟　一事を悲しむ」と言い、「惟（た）だ唐衢の見て、我が平生の志を知る有るのみ」と詠じている事実から推察すれば、恐らくこの哀傷詩二首は、白居易が母の喪に服して下邽（今の陝西省渭南市東北）に退居していた元和六年から元和九年までごろに作られたのであろう。唐衢の人柄や事跡については、前出「唐生に寄せる詩」（〇〇三三）の「解題」を参照。

自二我心存一レ道　外物少二能逼一
我《われ》心《こころ》に道《みち》を存《そん》してより、外物《ぐわいぶつ》能《よ》く逼《せま》ること少《すく》なし。

常排二傷心事一　不レ爲二長歎息一
常《つね》に傷心《しやうしん》の事《こと》を排《はい》し、長歎息《ちやうたんそく》を爲《な》さず。

忽聞二唐衢死一　不レ覺動二顏色一
忽《たちま》ち唐衢《たうく》が死《し》を聞《き》き、覺《おぼ》えず顏色《がんしよく》を動《うご》かす。

悲端從レ東來　觸レ我心惻惻
悲端《ひたん》東《ひがし》より來《きた》り、我《われ》に觸《ふ》れて心《こころ》惻惻《そくそく》たり。

伊昔未二相知一　偶遊二滑臺側一
伊《こ》れ昔《むかし》未《いま》だ相知《あひし》らざりしとき、偶〻《たまたま》滑臺《くわつだい》の側《かたはら》に遊《あそ》び、

同宿二李翺家一　一言如二舊識一
同《おな》じく李翺《りかう》が家《いへ》に宿《しゆく》し、一言《いちげん》にして舊識《きうしき》の如《ごと》し。

酒酣出送レ我　風雪黃河北
酒酣《さけたけなは》にして出《い》でて我《われ》を送《おく》る、風雪《ふうせつ》黃河《くわうが》の北《きた》。

日西竝二馬頭一　語レ別至二昏黑一
日《ひ》西《にし》にして馬頭《ばとう》を竝《なら》べ、別《わか》れを語《かた》つて昏黑《こんこく》に至《いた》る。

君歸向二東鄭一　我來遊二上國一
君《きみ》は歸《かへ》つて東鄭《とうてい》に向《む》かひ、我《われ》は來《きた》つて上國《じやうこく》に遊《あそ》ぶ。

交レ心不レ交レ面　從レ此重相憶
心《こころ》を交《まじ》へて面《めん》を交《まじ》へず、此《ここ》より重《かさ》ねて相憶《あひおも》ふ。

憐君儒家子　不レ得二詩書力一
五十著二青衫一　試官無二祿食一
遺文僅二千首一　六義無二差忒一
散在二京索閒一　何人爲收得

憐《あは》れむ　君《きみ》が儒家《じゆか》の子《こ》にして、詩書《ししよ》の力《ちから》を得《え》ず、
五十《ごじふ》にして青衫《せいさん》を著《き》、試官《しくわん》にして祿食《ろくしよく》無《な》きを。
遺文《ゐぶん》　千首《せんしゆ》に僅《ちか》く、六義《りくぎ》　差忒《さとく》無《な》きも、
散《さん》じて京索《けいさく》の閒《あひだ》に在《あ》り、何人《なんびと》か爲《ため》に收得《しうとく》せん。

逼・息・色・惻・側・識・憶・力・食（入聲、職韻）、北・黑・國・忒・得（入聲・德韻）……職・德韻は同用。

通釈　このところ、私が心中深く老荘の無為自然の道を会得してから以後というもの、富貴や名利など自分の心身の外に存在する俗事のために脅かされることもなくなり、従って日常、私は胸を痛める物事など追い退け、長く溜め息をつくことなども絶えてなくなっていた。ところが、思いがけなく唐衢の訃報を耳にして、思わず顔色を変えてしまった。悲しみのたねが東方から伝わってきた途端、私の心を激しく揺さぶって、この胸は悲しみに打ち震えたのであった。

そのむかし、われわれ二人がまだ知り合いでなかったころ、たまたま河南道の滑台（滑州）附近に旅行した時のこと、共に李翶の家で宿泊し、ほんの少し語り合っただけで昔なじみに逢ったように意気投合した。やがて、酒もすっかり酔いが回ってしまったころ、貴君は私を送ってくれて、風雪の中を黄河の北岸までも同行し、かくて日が西に傾くころまで長時間馬首を並べて歩き、ついには日が暮れて暗くなるまで別れを惜しんで親しく語りつづけたものだった。その後、貴君は故郷の東鄭（鄭州榮陽県）に帰り、私は西のかた首都長安にやって来たわけだが、われわれ二人は、ただ精神的な交わりをつづけただけで直接顔を合わせる機会もなく、ここ畿内から精一杯貴君を懐かしく思い出しているばかりであった。

思えば、痛々しいことに、貴君は知識人の家に生まれながら、不幸にも典籍の恩恵にあずかることができないで進士に及第せず、知命の五十歳になっても失意のまま下級文官の青い官服を身にまとい、しかも正式に任命もされない臨時の官僚なので俸禄にもありつけない有り様だった。とは言え貴君が生前に書き残した詩文は一千首になんなんとし、かの「六義」という儒教の伝統的作法に照らしても食い違うところがない秀作ばかりである。だのに、今となっては郷里榮陽近辺

の京水・索水のあたりに散逸してしまい、誰一人として彼のためにこれを拾い集めようとはしない。

語釈 ○存道　宇宙万物の根本原理を体得する。老荘の無為自然の道を会得する。『荘子』外篇・田子方篇に、「仲尼曰く、夫（か）の人（温伯雪子）の若（ごと）き者は、目撃して道存す。亦た以て声を容るべからず、と」とあるに基づく。「目撃して道存す」とは、一目見ただけで道を体得していることがわかる、という意味。○外物少能逼　富貴や名利など自分の心身の外にあるものから無理強いされることが少ない。『荘子』雑篇・外物篇の冒頭に、「外物は必とすべからず」と。自分の外にあるものごとは決してあてにできない、という意味。○排　はらいのける。○動顔色　顔色を変える。ちなみに『呂氏春秋』巻九・季秋紀・精通に、「周に申喜なる者有りて、其の母を亡ふ。乞人の門下に歌ふを聞きて之を悲しみ、顔色に動く（動二於顔色一）」（謝思煒『白居易詩集校注』巻一、八四頁に拠る）と。○悲端　悲緒。悲しみのたね。但し、下記の『梁書』の例文からも推察されるように、名詞や形容詞の後に付く「端」や「緒」は、ほとんど原義を失った、意味の軽い接尾辞的用法になっている。『梁書』巻二十七・明山賓伝に引く梁の昭明太子蕭統「殷芸に与ふる令」に、「北兗（州）より信至りて、明常侍（山賓）は遂に殞逝に至り、之を聞きて傷怛す。……談緒を追憶すれば、皆悲端と為る。往矣（さらばちや）如何せん」と。○従東来　この詩の下文に「君は帰つて東鄭に向かひ、我は来つて上国に遊ぶ」と。これに拠れば、唐衢は東のかた河南で卒し、白居易は当時西のかた長安近辺に居たことが分かる。○触　触発する。心を激しく揺さぶる。例えば白居易「庾楼の新歳」詩（〇九六一）に、「風景　郷愁に触る」と。○惻惻　悲しみに痛むさま。例えば西晋の潘岳「寡婦の賦」に、「情は惻惻として弥〻（いよいよ）甚だし」（『文選』巻十六）と。

○伊昔　「伊」は、「維」と同じく発語の詞。追懐嘆息の気持ちを含む。○滑台　唐代の河南道・滑州の治所（今の河南省滑県）。唐の李吉甫『元和郡県図志』巻八、河南道四・滑州白馬県の条に、「州城は即ち古の滑台城。……相伝へて云ふ、衛の霊公の築く所の小城なりと。昔、滑氏塁を為り、後人増して以て城と為し、甚だ高峻堅険なり。河に臨みて亦た台有り。慕容の時、宋公、征虜将軍任仲徳を遣はして之を攻破せしむ。即ち魏武の袁紹を破り、文醜を此の岸に斬る者なり」と。○同宿李翺家　李翺の事迹については、『旧唐書』巻一六〇・李翺伝には、「李翺、字は習之。涼の武昭王の後なり。……翺、幼にして儒学に勤め、博雅好古、文を為りて気質を尚ぶ。貞元十四年（七九八）、進士の第に登り、校書郎を授けられ、三遷して京兆府の司録参軍に至る。元和の初め、国子博士・史館修撰に転ず。……翺、性剛急にして、論議に避くる所無し。執政、其の学を重んずと雖も、其の激訐を悪む。故に久次にして遷されず」と。『新唐書』巻一七七にもその伝が見える。韓愈に従って文章を学び、辞致渾厚。『李文公集』十八巻がある。また、白居易が滑台附近の李翺の家で唐衢と同宿した時期については、朱金城『白居易集箋校』一の考証に拠れば、唐衢が当時の滑州刺史李元素の幕下で観察判官として従事していた貞元十九年・二十年（八〇三・八〇四）の間、おおむね貞元二十年冬のころであろう、という（四八頁）。○如旧識　昔なじみに逢ったように意気投合する。『左氏伝』襄公二十九年に、「（呉の公子札）鄭に聘（訪問）し、子産に見(あ)ひて、旧相識の如し」と。

○語別　別れを惜しんで親しく語り合う。現代語の「話別」。例えば『白氏文集』には他にも「和答詩」序（〇一〇〇）に、「邂逅して街衢の中に相遇ひ、永寿寺の南より、新昌里の北に抵るまで、馬上に別れを語るを得たり」とあり、晩唐の馬戴「早に故園を発す」詩にも、「別れを語りて中夜に在り、車に登りて故郷を離る」（『全唐詩』巻五五五）と。唐宋時代の用語。○向　動作の方向を示す前置詞。於。○東鄭　鄭州の滎陽県（今の河南省滎陽県）を指す。唐の時代、西のかた華州に鄭県（今の陝西省華県）があったので、滎陽県を「東鄭」と称した。ちなみに『太平御覧』巻四八七、人事部・哭に引く『唐書』にも「鄭人の唐衢なる者有り」と。さすれば、唐衢は鄭州滎陽県の人であったこと、明らかである（顧肇倉・周汝昌選註『白居易詩選』一六三頁）。○上国　首都長安。「上都」とも称する。○重　甚だ。副詞。去声。古来の用法。

○憐　いじらしく思う。胸が痛む。○不得詩書力　『詩経』や『書経』など典籍の恩恵を蒙ることがない。唐衢が久しく科挙に及第しなかったことの婉曲的表現。『旧唐書』第一六〇・唐衢伝に、「進士に応ずるも、久しくして第せず」と。「力を得」とは、その助力を受ける意。○青衫　青色の官服。唐代、八・九品の下級文官が着たもの（『唐会要』巻三十一・章服品第）。失意の官僚を指すことが多い。○試官　正式に任命されていない臨時官僚（『新唐書』巻四十五・選挙志下、『事物起原』巻四・官爵封建部・試官）。『旧唐書』巻一六〇・唐衢伝に「竟に一命にも登らずして卒す」と。○禄食　俸禄。扶持米。○僅　ほとんど……に近い。接近している。副詞。その数が多いことを言う。例えば『晋書』巻五十九・趙王倫伝に、「兵興りてより六十余日、戦ひて殺害する所は、十万人に僅(かち)し」といい、盛唐の杜甫「岳陽城下に泊す」詩にも、「江国　千里を踰え、山城　百層に僅し」（『杜詩詳註』巻二十二）とある。杜詩の「僅」字、元・明の一本は「近」に作る。○六義　『詩経』の詩の六つの分類法。『詩経』国風「関雎」の大序に見え、風（民謡）・雅（宮廷詩）・頌（祭祀歌）の三種は詩の内容上の区別であり、賦（直叙）・比（直喩）・興（隠喩）の三種は詩の表現上の区別。儒教における詩作の伝統的六法則。○羞忒　差誤。食い違い。○京索　京水と索水。唐衢の郷里と目される滎陽県と州治鄭州との間を並行して北流する県内屈指の大きな川。『元和郡県図志』巻八、河南道四・鄭州・滎陽県に、「京水は県南の平地より出づ。索水は県南三十五里の小陘山より出づ」と（『増訂注釈全唐詩』第三冊、二四〇頁）。「京索」、那波本は誤って「京華」に作り、馬本も誤って「京洛」に作り、『全唐詩』巻四二四・汪本は共に「京洛（一作索）」に作る。今、宋本および清の盧文弨『校正』等に従う。○収得　手に入れる。例えば、白居易「酔ひて李協律の湖南の辟命を送り、因って沈八中丞に寄す」詩（一三八九）に、「幕中に収め得たり阮元瑜」と。ついでながら、この二字、通行の馬本・汪本は共に「収拾」に作る。「拾」は、入声の緝韻で他と通押しない。誤り。

0035　其二

憶昨元和初　忝備㆓諫官位㆒
是時兵革後　生民正憔悴
但傷㆓民病痛㆒　不㆑識㆓時忌諱㆒
遂作㆓秦中吟㆒　一吟悲㆓一事㆒
貴人皆怪怒　閑人亦非訾
天高未㆑及㆑聞　荊棘生㆓滿地㆒
惟有㆓唐衢見㆒　知㆓我平生志㆒
一讀興㆓歎嗟㆒　再吟垂㆓涕泗㆒
因和三十韻　手題遠緘寄
致㆓我陳杜閒㆒　賞愛非㆓常意㆒
此人無㆓復見㆒　此詩尤可㆑貴
今日開㆑篋看　蠹魚損㆓文字㆒
不㆑知何處葬　欲㆑問先歔欷

其《そ》の二《に》

憶《おも》ふ昨《さく》　元和《げんな》の初《はじ》め、忝《かたじけな》く諫官《かんくわん》の位《くらゐ》に備《そな》はる。
是《こ》の時兵革《ときへいかく》の後《のち》、生民正《せいみんまさ》に憔悴《せうすい》す。
但《た》だ民《たみ》の病痛《びやうつう》を傷《いた》んで、時《とき》の忌諱《きき》を識《し》らず。
遂《つひ》に秦中吟《しんちゆうぎん》を作《つく》り、一吟《いちぎん》　一事《いちじ》を悲《かな》しむ。
貴《き》人皆怪《じんみなあや》しみ怒《いか》り、閑人《かんじん》も亦《ま》た非訾《ひし》す。
天高《てんたか》うして未《いま》だ聞《き》こゆるに及《およ》ばず、荊棘《けいきよく》　滿地《まんち》に生《しやう》ず。
惟《た》だ唐衢《たうく》の見《み》て、我《わ》が平生《へいせい》の志《こころざし》を知《し》る有《あ》るのみ。
一讀《いちどく》して歎嗟《たんさ》を興《おこ》し、再吟《さいぎん》して涕泗《ていし》を垂《た》る。
因《よ》つて和《わ》す三十韻《さんじふゐん》、手《て》づから題《だい》して遠《とほ》く緘寄《かんき》す。
我《われ》を陳杜《ちんと》の閒《あひだ》に致《いた》し、賞愛《しやうあい》すること常《つね》の意《い》に非《あら》ず。
此《こ》の人復《ひとふたた》び見《み》る無《な》し、此《こ》の詩《し》尤《もつと》も貴《たつと》ぶべし。
今日篋《こんにちはこ》を開《ひら》いて看《み》れば、蠹魚文字《とぎよもんじ》を損《そん》す。
知《し》らず何《いづ》れの處《ところ》にか葬《はうむ》る、問《と》はんと欲《ほつ》して先《ま》づ歔欷《きよき》す。

終去哭㆓墳前㆒ 還㆓君一掬涙㆒
陳杜、謂㆓子昂與㆑甫也。此詩尤可㆑貴、謂㆓唐衢詩㆒也。

終《つひ》に去《さ》つて墳前《ふんぜん》に哭《こく》し、君《きみ》に一掬《いちきく》の涙《なみだ》を還《かへ》さん。

位・悴・地・泗・涙（去聲、至韻）、諱・貴・欷（去聲、未韻）事・志・意・字（去聲、志韻）、訾（上聲、紙韻）、寄（去聲、寘韻）……至・志・寘韻は同用。至・未・志・紙・寘韻はすべて通押。なお「訾」は、すでに「恣」（去聲、至韻）とも通用した例が見られ（『經籍籑詁』巻三十四「訾」）、白居易はこれを去聲として読んでいた可能性が大きい。

通釈　思い返せば、かつての年――憲宗皇帝の元和年間の初めのころ、私は、かたじけなくも天子への諷諫をつかさどる左拾遺の地位に加えられていたが、その当時は、やっと長い兵乱が収まった直後であって、人民たちは、文字どおり痛苦疲弊のただ中にあった。それで私は、ひたすら人民たちの苦難に胸を痛めるばかりで、当時の為政者たちの嫌忌をもわきまえず、かくして「秦中吟」十篇を作って、一篇を詠ずるごとに一つの弊事を題材として悲しんだのであった。ところが、これを読んだ政界の権力者や天子の側近たちは一人残らず不審に思い腹を立て、その他の一般官僚や在野の人士たちまでも口汚く誹謗した。さらに天子は至高の地位におられるので未だ天聴に達するに至っておらず、立ちはだかる奸佞どもが君側に一杯満ち溢れてくる有り様であった。

だが、かかる世情の中で、わずかに唐衢だけがこれを目に留めてくれて、私の日ごろの意向を理解してくれたのであって、彼は一読して感嘆の声を発し、再吟して涙を流した。かくて貴君は、和韻の詩三十韻、六十句を作り、みずから書き写して、はるばる長安近辺の私の所まで封緘郵送してくれ、しかも私を初唐の陳子昂や盛唐の杜甫と同列に持ち上げてくれて、その賞賛愛着ぶりは並大抵の好意ではなかった。ところで、今やこの友人とは、もう二度と再び出会う機会がなくなったからは、この貴君からの和詩こそが、私にとって何にも増して大切にすべき宝物となったが、今日その文箱を開いてみようとしたところ、残念にもしみが文字を食い荒らしていた。それはともかく、いったい貴君の遺体はどこに葬られたのやら。そのことを調べようとしても先ず出てくるのはむせび泣きの涙ばかり。結局いつかはそこに行って墳墓の前で慟哭し、あらためて貴君に、両手に溢れんばかりの万斛の涙をお返ししようと思う。

語釈　○憶昨　思い返せば、かつての年。「憶昔」（憶ふ昔）と似た詩歌の慣用表現。「昨」は、むかし。過去を広く指すことばで、必ずしも昨日とか昨年を指す表現ではない。〇忝備諫官位　白居易が憲宗の元和三年（八〇八）四月より元和五年四月まで左拾遺（従八品上）・翰林学士に任ぜられていたことを言う。時に居易、三十七歳より三十九歳まで。左拾遺は、門下省に属し、供奉・諷諌を掌る。〇兵革　戦乱。特に徳宗時代（七八〇—八〇四）に続発した藩鎮李希烈・朱滔・朱泚・李懐光・呉少誠らの叛乱、つづく憲宗初期、元和元年（八〇六）の劉闢の叛乱、翌二年の李錡の叛乱等を指す。〇正　文字どおり。何の誇張もなく。〇憔悴　苦しみ疲れる。『孟子』公孫丑上篇に、「民の虐政に憔悴すること、未だ此の時より甚だしき者有らざるなり」と。〇病痛　苛政の苦しみ。〇不識時忌諱　当時の統治階層たちの嫌がることをもわきまえない。前漢の司馬相如「上林の賦」に、「鄙人は固陋にして、忌諱を知らず」（『文選』巻八）と。「知」も「識」も、分別すること。〇遂　かくて。因って。〇秦中吟　全十篇から成る五言の古体詩集。憲宗の元和五年（八一〇）ごろの制作。『白氏文集』巻二に収録（〇〇七五—〇〇八四）。その序文によれば、徳宗の貞元年間（七八五—八〇五）から次の憲宗の元和初年ごろにかけて、居易が校書郎・翰林学士・左拾遺として長安在住のころ、世のため人のために悲しむべき事柄を見聞するにつけて、これを題材として詠じたもの。〇貴人皆怪怒　貴顕豪強たちは皆疑い怒る。ちなみに、白居易「元九に与ふる書」（一四八六）には、白居易の諷諭作品に対する当時の貴顕や世俗の反応を述べて、「凡そ僕の『雨を賀する詩』（〇〇〇一）を聞けば、衆口籍籍として、已に宜しきに非ずと謂ふ。僕の『孔戡を哭する詩』（〇〇〇三）を聞けば、衆面脉脉として、尽く悦ばず。『秦中吟』（〇〇七五—〇〇八四）を聞けば、則ち権豪貴近なる者、相目して色を変ふ。『楽遊園に登りて足下に寄する詩』（〇〇二六）を聞けば、則ち政柄を執る者扼腕す。『紫閣村に宿る詩』（〇〇一二）を聞けば、則ち軍要を握る者切歯す。大率（おほむね）此くの如くして、徧くは挙ぐべからず。相与（みく）せざる者、号して『沽（う）る』と為し、号して『詆訐（毀謗攻撃）す』と為し、号して『訕謗（毀謗）す』と為す。苟も相与する者は、則ち牛僧孺の戒めの如くす。乃ち骨肉妻孥に至りては、皆我を以て非と為すなり」と。「貴人」とは、権豪貴近。政界の権力者や天子の側近。「怪怒」は、いぶかり、腹を立てる。〇閑人　重要な地位にいない一般官僚や在野の人士たち。〇非訾　口ぎたなく誹謗する。口ぎたなく非難する。「非」は、誹（そしる）。後漢の許慎『説文解字』の「叙」に、「而るに世人は大いに共に非訾し、以為へらく奇を好む者なりと」と。清の段玉裁注に『礼記』（喪服四制）鄭注に、口もて毀（そし）るを訾と曰ふ」と。上句の語釈に引いた「元九に与ふる書」の文を参照。〇天高未及聞　「天」は、天子に譬える。「聞」は、天聴に達する。この一句は、「天子は至高の地位におられるので、私の『秦中吟』など、いまだに天聴に達するに至っていない」という意味。『呂氏春秋』巻六・季夏紀・制楽篇、『淮南子』巻十二・道応訓の「天は之れ高きに処りて卑きに聴く」や、『史記』巻三十八・宋微子世家の「天は高くして卑きに聴く」を逆用した婉曲的表現。〇荆棘生満地　「荆棘」は、いばら。奸佞で障害になる「貴人」「閑人」に譬える。『楚辞』巻十三、前漢の東方朔「七諫」怨思に、「行ひは明白なるに日ゝに黒く、荆棘聚りて林を成す」と。後漢の王逸注に「荆棘は刺す。

以て讒賊に喩ふ」と釈する。

〇三十韻　六十句。〇致　持ち上げる。ほめたてる。〇陳杜　詩末尾の白居易の自注に、「陳・杜とは、子昂と甫とを謂ふなり。『此の詩尤も貴ぶべし』は、唐衢詩を謂ふなり」と。ちなみに、上文の「初めて拾遺を授けらるる詩」（〇〇一四）に、「杜甫・陳子昂、才名　天地に聒（かまびす）し」と。初唐の陳子昂（六五九?―七〇〇?）は、詩風雄邁堅実、風骨・興寄を主張し、盛唐詩の先駆者。盛唐の杜甫（七一二―七七〇）は、詩風雄渾奔放、民衆の苦しみを詠じた写実的社会詩が多い。〇開篋看　句末の「看」は、白居易自身の意志を表す句末詩。……してみよう。当時の俗語。〇蠹魚　しみ。書類を食う虫。紙魚。〇歔欷　すすり泣く。むせび泣く。〇終　最後には。結局は。副詞。〇去　ゆく。当時の俗語。〇一掬涙　両手にあふれるほどの大量の涙。盛唐の李白「秋浦の歌十七首」其の一に、「遥かに伝ふ一掬の涙、我が為に揚州に達せよ」（『全唐詩』巻一六七）と。

0036　問ㇾ友詩　　友《とも》に問《と》ふ詩《し》

解題　もともと香草の「蘭」だけを育てようとしたのに、あに図らんや必ず一緒に雑草の「艾」（よもぎ）もはびこってくる悲しい現実。君子と小人、善人と悪人が共存する不可避な現実社会の複雑性を目前にして苦悩し、その対処方策を友人に問いかけた詩。元和初年（八〇六）ごろ、長安での作か。「蘭」は君子・善人、「艾」は小人・悪人を譬える。ちなみに、『楚辞』離騒には、「民の好悪は其れ同じからざるも、惟だ此の党人のみは其れ独り異なり。戸ごとに艾を服して以て要（腰）に盈たし、幽蘭は其れ佩ぶべからずと謂ふ」と。なお、この詩は、わずか六韻・十二句の短篇に過ぎないのに、小刻みに四句ずつ三回も韻を換えているが、あえてこのような詩形をとった理由は、『詩経』様式の古雅な風趣を漂わせると共に、当時の白居易自身の現実社会に対する困惑の心情を率直端的に表現したかったからであろう。そのためか、出典を踏まえたらしい婉曲な表現は、終始全く見当たらない。詩題末の「詩」字、宋本以下各本にはないが、例によって那波本に従う。

種ㇾ蘭不ㇾ種ㇾ艾　蘭生艾亦生
根荄相交長　莖葉相附榮」
香莖與二臭葉一　日夜倶長大

蘭《らん》を種《う》ゑて艾《がい》を種《う》ゑざるに、蘭生《らんしやう》じて艾《がい》も亦《ま》た生《しやう》ず。
根荄《こんがい》相交《あひまじ》はつて長《ちやう》じ、莖葉《かうえふ》相附《あひつ》いて榮《さか》ゆ。」
香莖《かうかう》と臭葉《しうえふ》と、日夜《にちや》倶《とも》に長大《ちやうだい》す。

鋤レ艾恐レ傷レ蘭　漑レ蘭恐レ滋レ艾」
蘭亦未レ能レ漑　艾亦未レ能レ除
沈吟意不レ決　問レ君合何如」

艾《がい》を鋤《す》けば蘭《らん》を傷《きず》つけんことを恐《おそ》れ、蘭《らん》に漑《そそ》げば艾《がい》を滋《しげ》らせんことを恐《おそ》る。」
蘭《らん》も亦《ま》た未《いま》だ漑《そそ》ぐ能《あた》はず、艾《がい》も亦《ま》た未《いま》だ除《のぞ》く能《あた》はず。
沈吟《ちんぎん》して意《い》決《けっ》せず、君《きみ》に問《と》ふ　合何如《はたいかん》。」

生・榮（下平聲、庚韻）。大・艾（去聲、泰韻）。除・如（上平聲、魚韻）。

通釈　もともと香草の「蘭」だけを植えて、雑草の「艾」など植えたつもりはなかったのに、「蘭」の芽が出てくると、「艾」も一緒に芽を出してきた。かくて、「蘭」の根も「艾」の根も互いに入り交じって生長し、それぞれの茎と葉も互いにくっつき合って繁茂している。

見れば、「蘭」の香りよい茎と「艾」の嫌なにおいの葉とが、昼も夜も四六時中つれだって生長をつづけ、私が「艾」を鋤で除き去ろうとすると肝心の「蘭」を傷つけないかと危ぶまれるし、「蘭」に水をやろうとすると却って「艾」をはびこらせないかと危ぶまれる。

そんなわけで私は、「蘭」にもまだ水をやることができず、かといって「艾」をもまだ除き去ることができないでおり、どれだけ考えこんでも私の意志は決まらないままだが、貴君よ、かかる複雑不可解な現実に対して、いったいどのように考えておられるのか。

語釈　○根荄　植物の根。
○沈吟　考えこんで、なかなか決しないこと。双声語。後漢の王逸「九思」悼乱に、「意沈吟せんと欲し、迫日　黄昏」（『楚辞補注』）と。また「古詩十九首」其の十二に、「沈吟して聊か躑躅す」（『文選』巻二十九）と。○合　当。果たして。いったい。六朝・唐代、疑問詞の前に置かれた副詞「当」と同じ用法。例えば、『白氏文集』巻十七、「韋八に贈る」詩（一〇八二）に、「心情料取す　合（はた）何如と」と。また巻十八、「即事、微之に寄す」詩（二三〇）に、「此の土風　今此くの若（ごと）きを想へば、料り看る　生計は合（はた）何如」と。なお、明代に入って馬本・『唐音統籤』が「合」を「欲」に作ったのは、恐らく後世では白居易の「合」の用法が理解しにくくなったので、妄りにこれを改めたのであろう。〇何如　状態・程度・是非などを問う疑問詞。どうなのか。どのようか。どう思うか。

余説　清の査慎行の『白香山詩評』に云う、「『鋤艾恐傷蘭』以下の二句は、正しく未だかつて誰も言ったことがないものだ」と。

清の乾隆帝の『唐宋詩醇』巻十九の御批に云う、「通首は三層に分かれ、一層ごとに一意ありて、妙（へた）に頓挫有り。短篇の換韻にして、音節も亦た古なり」と。

0037　悲哉行

悲《ひ》哉《さい》行《かう》

悲哉爲二儒者一　力學不レ知レ疲

讀レ書眼欲レ暗　秉レ筆手生レ胝

十上方一第　成レ名常苦レ遲

縱有二宦達者一　兩鬢已成レ絲

可レ憐少壯日　適在二窮賤時一

悲《かな》しいかな　儒者《じゆしや》と爲《な》つて、力《つと》め學《まな》んで疲《つか》るるを知《し》らず。

書《しよ》を讀《よ》みて眼《まなこ》は暗《くら》からんと欲《ほつ》し、筆《ふで》を秉《と》りて手《て》に胝《し》を生《しやう》ず。

十《と》たび上《のぼ》りて方《はじ》めて一第《いちだい》、名《な》を成《な》すこと常《つね》に遲《おそ》きに苦《くる》しむ。

縱《たと》ひ宦達《くわんたつ》の者《もの》有《あ》りとも、兩鬢《りやうびん》已《すで》に絲《し》と成《な》る。

憐《あは》れむべし少壯《せうさう》の日《ひ》は、適《まさ》に窮賤《きゆうせん》の時《とき》に在《あ》り。

解題　寒門出身の知識人が少壮の時から貧賤の中で勉学に精励し、やっと難関の進士に及第して官僚となったにもかかわらず、老病の年になるまで一向うだつが上がらないのに、その反面、貴族門閥の子弟は大した実力も実績もないくせに若くして父祖の封爵を継ぎ栄進への道を与えられ、栄耀栄華な生活に明け暮れている現実社会を直視し、この悪弊が古来の長い因襲の結果であって今更いかんともしがたいことを慨嘆した詩。おおむね元和二年（八〇七）より元和十年まで、長安在職当時の作。「秦中吟十首」其の七の「軽肥」詩（〇〇八一）も同様の内容。「悲哉行」は、もともと古楽府の雑曲歌辞の名。北宋末の郭茂倩『楽府詩集』巻六十二、雑曲歌辞二「悲哉行」には、『歌録』を引いて「『悲哉行』は、魏の明帝（二〇四—二三九）造」と言い、盛唐の呉兢『楽府解題』を引いて「陸機（二六一—三〇三）云ふ『遊客は春林を芳しとす』（『文選』巻二十八）と。謝恵連（三九七—四三三）云ふ『羇人は淑節に感ず』（『楽府詩集』巻六十二）と。皆、客遊して物に感じ憂思して作るを言ふなり」と。その他、南朝宋の謝霊運（三八五—四三三）、南朝梁の沈約（四四一—五一三）、中唐の孟雲卿（七二四?—?）、鮑溶（七七五?—?）らに同題の楽府作品がある。

丈夫老且病　焉用㆓富貴㆒爲
沈沈朱門宅　中有㆓乳臭兒㆒
狀貌如㆓婦人㆒　光明膏粱肌
手不㆑把㆓書卷㆒　身不㆑擐㆓戎衣㆒
二十襲㆓封爵㆒　門承㆓勳戚資㆒
春來日日出　服御何輕肥
朝從㆓薄徒飮㆒　暮有㆓娼樓期㆒
平封還㆓酒債㆒　堆金選㆓蛾眉㆒
聲色狗馬外　其餘一無㆑知
山苗與㆓澗松㆒　地勢隨㆓高卑㆒
古來無㆓奈何㆒　非㆓君獨傷悲㆒

丈夫《ちやうふ》老《お》いて且《か》つ病《や》む、焉《いづ》くんぞ富貴《ふうき》を用《もち》ひんや。
沈沈《ちんちん》たる朱門《しゆもん》の宅《たく》、中《うち》に乳臭《にゆうしう》の兒《じ》有《あ》り。
狀貌《じやうばう》　婦人《ふじん》の如《ごと》く、光明《くわうめい》　膏粱《かうりやう》の肌《はだ》あり。
手《て》に書卷《しよくわん》を把《と》らず、身《み》に戎衣《じゆうい》を擐《くわん》せざるに、
二十《にじふ》にして封爵《ほうしやく》を襲《つ》ぎ、門《もん》　勳戚《くんせき》の資《し》を承《う》く。
春來《はるきた》つては日日《ひび》に出《い》で、服御《ふくぎよ》　何《なん》ぞ輕肥《けいひ》なる。
朝《あした》には薄徒《ばくと》の飮《いん》に從《したが》ひ、暮《く》れには娼樓《しやうろう》の期《き》有《あ》り。
平封《へいふう》　酒債《しゆさい》を還《かへ》し、堆金《たいきん》　蛾眉《がび》を選《えら》ぶ。
聲色狗馬《せいしよくくば》の外《ほか》、其《そ》の餘《よ》は一《いつ》も知《し》る無《な》し。
山苗《さんべう》と澗松《かんしよう》と、地勢《ちせい》　高卑《かうひ》に隨《したが》ふ。
古來奈何《こらいいかん》ともする無《な》し、君《きみ》の獨《ひと》り傷悲《しやうひ》するのみに非《あら》ず。

疲・爲・兒・知・卑（上平聲、支韻）、胝・遲・肌・資・眉・悲（上平聲、脂韻）、絲・時・期（上平聲、之韻）、衣・肥（上平聲、微韻）……支・脂・之韻は同用。微韻は通押。

通釈　なんとも悲惨なことよ、ある人は、寒門出身の知識人として世に立つこととなり、疲れることなどすっかり忘れて懸命に学問をつづけていたところ、余りにも書物を読み過ぎたために両眼がぼんやりかすんで見えなくなりそうになり、絶えず筆を握り締めていたために手の皮が厚くなってたこができてしまうほどになった。ところが、これほど勉強しても科挙の試験は非常に難関であって、なんとまあ十回も受験して、やっと始めて一回及第できる有り様であり、科挙の試験

に合格することがこんなに遅くなるのは、永遠に尽きない苦悩の種なのであって、仮に官界で栄達した幸運児がいたとしても、その栄達は両鬢がとっくに白髪となってしまった老後でしかない。とにかく、ああ痛ましいかぎり——若くて元気のよい年ごろには、ちょうど不運にも貧賤のどん底であえぎ苦しみ、やっと充分な仕事ができる一人前の人間になった時には、もう年老いて、その上に病気がちの体たらく。これでは、どうして富貴など求めることができようか。もってのほかの事と言うほかはない。

それに反して、りっぱな朱塗りの大門を構えた貴族門閥の奥深い邸宅に目をやれば、その中には、まだ乳臭い小わっぱがおり、彼の顔かたちは婦人のように弱弱しく、脂ぎった肉や美味しい白米で仕上げた美しい柔肌はきらきらと光り輝いている。そして、この小わっぱは、その手に書物を持って学問をしたこともなく、またその身に甲冑を着けて国家のために戦ったこともないのに、わずか二十歳の成年になったばかりで早くも父祖以来の封地や官爵を受け継ぎ、また門閥の一員として勲功ある父祖の資蔭をこうむって官位を賜っている。のみならず彼等は、春ともなれば毎日のように遊楽に出掛けて、その衣服や車馬はなんと軽快で立派であることか。朝になると遊び仲間がうろつくままに後について酒を飲み回り、夕暮れになると娼楼で妓女との逢瀬が待っている、といった放蕩生活ぶり。かくて挙げ句の果ては、山のような大金をすっかりはたいて酒の借金を返し、さらには黄金をうずたかく積み上げて美妓を選び取る。とにかく彼等貴族門閥の小わっぱどもは、歌舞と女色、小犬と乗馬の楽しみのほか、その他のことには全く関心がない有り様なのである。

思うに、山の峰に生えた細く小さな若木と、谷の底に生えた太く大きな老松とは、本来の資質によってその価値が決まるのではなく、たまたま生まれ出た場所の地位・勢力によって宿命的にその身分の高低貴賤が決まるのである。これは昔から変わらない世の陋習であって今更どうしようもなく、決して貴君が一人で悲嘆しているだけではないのだ。

語釈　○悲哉　楽府題を用いる。「解題」参照。○儒者　読書人。知識人。○力学不知疲　「力学」は、努力して学習する。唐代以後の用語。「知」字、各本同じ。『楽府詩集』巻六十二は「能」に作る。「不能疲」であれば、学ぶことが多くて疲れるわけにゆかない。「不知疲」であれば、勉強に熱中して疲れが気にならない。今、宋本・那波本以下各本に従う。○読書眼欲暗　秉筆手生胝　「眼欲暗」とは、両眼が見えなくなりそうになる。「手生胝」とは、手の皮が厚くなってたこができる。ちなみに、白居易「元九に与ふる書」(一四八六)に、少壮の時の猛勉強ぶりを回想して、「十五六にして始めて進士有るを知り、苦節して読書す。二十已来、昼には賦を課し、夜には書を課し、間には又詩を課して、寝息に遑あらず。以て口舌に瘡（さか）を成し、手肘に胝（こた）を成すに至る。既に壮なるも膚革豊盈ならず、未だ老いざるに歯髪は早に衰白し、瞀瞀然として飛蠅垂珠の眸子中に在る者の如く、動（ねつ）に万を以て数ふ。蓋し苦学力文の致す所、又自ら悲しむなり」と。「眼暗」「手胝」は、『墨子』備梯篇の「禽滑釐子、子墨子に事ふること三年、手足胼胝、面目黧黒」に基づく（謝思煒『白居易詩集校注』巻一、九〇頁）。〇十上方一第　十回も進士科を受験して、やっと一回及第する。科挙の試験が難関であることを言う。「上」は、挙場に上る。例えば白居易「及第の後、帰覲（帰省）せんとし、諸同年に留別す」詩（〇三二〇）に、「十年　常に苦学し、一たび上り謬つて名を成す」と。「方」は、方纔。やっと始めて。「第」は、及第。科挙（官吏登用試験）に合格する。唐代以後の用語。例えば白居易「呉七正字に留別す」詩（〇六五八）に、「名を成して共に甲科（進士科）の上に記さる」と。〇常苦遅　いつも遅いことを気に病む。三国魏の曹丕「大牆上蒿行」に、「楽しみを為すこと常に遅きに苦しむ」（『楽府詩集』巻三十九）と。〇宦達者　官僚として栄達したもの。〇成糸　すっかり白髪となってしまう。「糸」は、白髪を喩える。例えば南朝梁の范雲「酒に対す」詩に、「誰か念はん　髪の糸と成るを」（『楽府詩集』巻二十七）と。〇可憐　ああ、なんとも痛ましい。深い思い入れを表す感嘆詞。単に、かわいそうという意味ではない。〇適　ちょうどその時。副詞。〇丈夫　一人前の男。〇焉用富貴為　どうして富貴など求められようか。もっての外のことだ。「焉」は、反語を表す副詞。句末の「為」は、上の「焉」と呼応して疑問の語気を表す助詞。ちなみに、「焉用……為」という表現は、『白氏文集』では、他にも「狂歌詞」（〇三五七）に「焉くんぞ黄壚（黄泉）の下、珠衾・玉匣を用ひんや（為）」、「真を写す者に贈る」詩（一〇三九）に「区区たる尺素の上、焉くんぞ真を写すことを用ひんや（為）」、「自ら小草亭に題す」詩（三三六）に「各〻其の分に随って足る、焉くんぞ有余（豪奢）を用ひんや（為）」と。〇沈沈　殿屋の奥深いさま。『史記』巻四十八・陳渉世家に、「宮に入り、殿屋・帷帳を見て、客曰く、『夥しいかな、（陳）渉の王たるや、沈沈たる者なり』と」と。南朝宋の裴駰『集解』に後漢の応劭注を引いて「沈沈は、宮室の深邃なる貌なり」と釈する。〇朱門　朱塗りの大門。貴族富豪の邸宅を言う。例えば盛唐の杜甫「京より奉先県に赴く詠懐五百字」詩に、「朱門には酒肉臭り、路には凍死の骨有り」（『杜詩詳註』巻四）と。〇乳臭児　まだ乳くさく、経験の乏しい年少。『漢書』巻一・高帝紀上、二年（前二〇五）秋八月に、「（漢）王曰く、是れ口に尚ほ乳臭あり、韓信に当たる能はず、と」。唐の顔師古注に「乳臭とは、其の幼少なるを言ふ」と釈する。〇状貌如婦人『史記』巻五十五・留侯世家の賛に、「其の図を見るに至つて、状貌は婦人・好女の如し」と。〇光明　きらきらと美しく光り輝く。畳韻語。美味美食で脂ぎった肌の様態を言う。〇膏粱肌　脂ぎった肉や良質の米を食べて形成された白く輝く肌。富貴の家で贅沢な生活に慣れた子弟の肌を言う。〇身不擐戎衣　『左氏伝』成公十三年に、「文公、躬に甲冑を擐して、山川を跋履し、険阻を踰越す」と。「擐」は、貫。穿。甲冑をまとう。身に着ける。「戎衣」は、軍服。甲冑。○二十襲封爵　「二十」は、二十歳。加冠の歳。成年。「封爵」は、土地に封じ、官爵を授ける。『新唐書』巻四十六・百官志一・吏部に、「凡そ爵は九等。一に曰く王、食邑万戸、正一品。二に曰く嗣王・郡王、食邑五千戸、従一品。三に曰く国公、食邑三千戸、従一品。四に曰く開国郡公、食邑二千戸、正二品。五に曰く開国県公、食邑千五百戸、従二品。六に曰く開国県侯、食邑千戸、従三品。七に曰く開国県伯、食邑七百戸、正四品上。八に曰く開国県子、食邑五百戸、正五品上。九に曰く開国県男、食邑三百戸、従五品上。皇兄弟・皇子は、皆国に封じて親王と為す。皇太子の子は、郡王と為す。親王の子は、承嫡者を嗣王と為し、諸子を郡公と為し、恩進者を以て郡王に封じ、郡王・嗣王を襲ぐ者は、国公に封ず。云々」と。○門承勲戚資　「門」は、門閥。家柄のよい一門。「勲戚」は、勲功のある身内。「資」は、資蔭。恩恵。『新唐書』巻四十五・選挙志下に、「凡そ蔭（父祖の勲功のおかげで官爵を賜る恩典）を用ふること、一品の子は、正七品上。二品の子は、正七品下。三品の子は、従七品上。従三品の子は、従七品下。正四品の子は、正八品上。従四品の子は、正八品下。正五品の子は、従八品上。従五品及び国公の子は、従八品下。……三品以上は曽孫まで蔭し、五品以上は孫まで蔭す。孫は子より降ること一等、曽孫は孫より降ること一等。贈官は正官より降ること一等、事に死せし者は正官と同じ。郡・県公の子は、従五品の孫に視（待遇）し、県男以上の子は、降ること一等。勲官二品の子は、又降ること一等。二王後の孫は、正三品に視す」と。○服御　衣服・車馬。○軽肥　「軽裘肥馬」の略。軽やかな毛皮の外套、よく肥えた立派な馬。『論語』雍也篇に、「子曰く、赤（子華）の斉に適（ゆ）くや、肥馬に乗り軽裘を衣（き）る」と。○薄徒　軽佻浮薄な仲間たち。中唐以後の用語。「薄」字、宋本・那波本はいずれも同じ。『楽府詩集』巻六十二・馬本・汪本は皆「博」に作る。今、前者に従う。○娼楼　遊女屋。○期　会う約束。○平封　築山のように高くかさんだものを平らかにならす。山のような黄金をすっかりはたくことを言う。この「封」と下句の「金」とは互文。共に「封金」の意。非常に珍しい用語。顧肇倉・周汝昌『白居易詩選』（一九六二年十二月、北京作家出版社刊）に、「平封：宋本『楽府詩集』巻六十二は、『平』を『評』に作る。〔封〕、宋本は此の字の下注に『去（声）』と。元稹『楽天の東南行の詩一百韻（〇九〇八）に酬ゆ』詩に、『微俸　漁租を封（さか）む』とあり、亦た注して『封』を去声に読むを明らかにす。『列子』楊朱篇に、『酒を聚むること千鍾、麴を積みて封（築山）を成し、門を望むこと百歩にして、糟漿の気、人の鼻を逆（つ）く』と」。「平封」二字、那波本は「封銭」に作り、『楽府詩集』は「評封」に作る。恐らくは共に窮余の妄改。今、宋本・馬本・汪本等に従う。○堆金　黄金をうずたかく積む。○蛾眉　美人。美妓。○声色狗馬　歌舞・女色・小犬・乗馬。統治階級の代表的な享楽対象。『淮南子』要略篇に、「斉の景公、内に声色を好み、外に狗馬を好み、猟射（狩猟）して帰るを亡（忘）れ、色を好みて辨（分別）無し」と。○其余　そのほか。

○山苗与澗松　地勢随高卑　西晋の左思「詠史八首」其の二に、「鬱鬱たり澗底の松、離離たり山上の苗。彼の径寸の茎を以て、此の百尺の条（えだ）を蔭（おほ）ふ。世冑（門閥の子弟）は高位を躡（ふ）み、英俊（寒門の英才）は下僚に沈む。地勢（人の地位・勢力）之をして然らしむ、由来（由って来たるところ）一朝に非ず」（『文選』巻二十一）と。後出の白居易「新楽府三十首」其の二十七「澗底の松」（〇一五二）も参照。〇古来無奈何　非君独傷悲　『文選』巻二十八、南朝宋の鮑照の楽府「白頭吟」の結末に、「古来　共に此くの如し、君の独り膺（むね）を撫（う）つのみに非ず（非君独撫膺）」と。

0038　紫藤詩

紫藤《しとう》の詩《し》

解題　身近な樹木にからみついて美しく咲く紫藤の花を例にとって佞臣・妖婦の害を述べ、その実体を逸早く見抜いて微細なうちに取り除かなければならないことを戒めた詩。朱金城『白居易集箋校』巻一・『増訂注釈全唐詩』巻四一三は、いずれも元和五年（八一〇）、白居易三十九歳の時の作とする。詩題末の「詩」字、宋本以下各本にない。今、那波本に従う。

藤花紫蒙茸　藤葉青扶疎
誰謂好顔色　而爲レ害有レ餘
下如二蛇屈盤一　上若二繩縈紆一
可レ憐中間樹　束縛成二枯株一
柔蔓不二自勝一　嫋嫋挂二空虚一
豈知纏二樹木一　千夫力不レ如
先柔後爲レ害　有レ似二諛佞徒一
附二著君權勢一　君迷不二肯誅一
又如三妖婦人　綢繆蠱二其夫一

藤花《とうくわ》は紫《むらさき》にして蒙茸《もうじよう》、藤葉《とうえふ》は青《あを》くして扶疎《ふそ》たり。
誰《たれ》か謂《い》ふ好顔色《かうがんしよく》と、而《しか》も害《がい》を為《な》すこと餘《あま》り有《あ》り。
下《くだ》つては蛇《へび》の屈盤《くつばん》するが如《ごと》く、上《のぼ》つては縄《なは》の縈紆《えいう》するが若《ごと》し。
憐《あは》れむべし中間《ちゆうかん》の樹《き》、束縛《そくばく》せられて枯株《こしゆ》と成《な》る。
柔蔓《じうまん》　自《みづか》ら勝《た》へず、嫋嫋《でうでう》として空虚《くうきよ》に挂《か》かる。
豈《あ》に知《し》らんや樹木《じゆもく》に纏《まと》へば、千夫《せんぷ》の力《ちから》も如《し》かざるを。
先《さき》には柔《やは》らかにして後《のち》には害《がい》を為《な》すこと、諛佞《ゆねい》の徒《と》に似《に》たる有《あ》り。
君《きみ》の権勢《けんせい》に附著《ふちやく》するも、君迷《きみまよ》うて肯《あ》へて誅《ちゆう》せず。
又妖婦人《またえうふじん》の、綢繆《ちうびう》して其《そ》の夫《ふ》を蠱《まど》はすが如《ごと》し。

奇邪壞二人室一　夫惑不レ能レ除
奇邪《きじや》　人《ひと》の室《しつ》を壞《やぶ》るも、夫《ふ》は惑《まど》うて除《のぞ》く能《あた》はず。

寄レ言邦與レ家　所レ愼在二其初一
言《げん》を寄《よ》す　邦《くに》と家《いへ》とに、愼《つつし》む所《ところ》は其《そ》の初《はじ》めに在《あ》り。

毫末不二早辯一　滋蔓信難レ圖
毫末《がうまつ》　早《はや》く辯《べん》ぜずんば、滋蔓《じまん》　信《まこと》に圖《はか》り難《がた》し。

願以レ藤爲レ誡　銘二之於座隅一
願《ねが》はくは藤《ふぢ》を以《もつ》て誡《いまし》めと爲《な》し、之《これ》を座隅《ざぐう》に銘《めい》せんことを。

疏・餘・虛・如・除・初（上平聲、魚韻）、紆・株・誅・夫・隅（上平聲、虞韻）、徒・圖（上平聲、模韻）……虞・模韻は同用。魚韻は通押。

通釈　今や藤の花房は紫色にいっぱい咲き乱れ、藤の緑葉も青々と茂って四方に広がっているが、いったい誰がこの紫藤を好ましい色だなどと手放しで褒めそやすのか。実は、有り余るほど深刻な害毒を周囲に流しているのだぞ。見れば、下方の根元のあたりは蛇がとぐろを巻いているようにぎっしりと根がわだかまり、上方の梢の先まで縄がぐるぐる巻きついているように蔓がからみついており、なんとも痛ましいことに、上から下まですっかり藤の蔓や根に巻きつかれた大木は、藤のためにがんじがらめにされて自由を奪われ、いつの間にか完全に枯れ木になり果てている。思えば、藤の弱弱しい蔓は、とても自分の力だけでは生きてゆけないので、なよなよとした姿態で高い大木を頼りに天空からぶら下がって生きているのだが、一旦その藤が樹木にからみついたが最後、たとえ千人の大男の力でもこれを引き離すことができないことは、残念ながら前もって知るよしもないのだ。

このように紫藤が最初は弱弱しそうなのに後になると大きな害毒を流すようになる実態は、あたかも言葉巧みに媚びへつらう徒輩に似たところがあり、君主の権勢にべったりとくっついていても、君主は彼等にまどわされて一向にこれを排除する気にならない。また紫藤は、なまめかしくしなを作る婦女が、べたべたとからみ合ってその夫をたぶらかすのに似ており、その並並ならぬ巧詐・身勝手ぶりで相手の家庭を破壊しても、夫は目が暗んでその悪女をあきらめることができない。

そこで私は、国家と家庭とに言葉を寄せたい——用心しなければならないことは、何事もその最初の段階に在るのだ。毛筋の先ほどに微細なうちに早く本質を見抜いて処理しなければ、はびこってからでは疑いなく手に負えなくなってしまうのだ。どうか、この紫藤の始終を教訓として、この言葉を座右の銘にしてほしい。

語釈　○蒙茸　花がいっぱい咲き乱れているさま。畳韻語。南朝宋の謝朓「沈祭酒の『行園』の詩に和す」に、「霜畦は紛として綺錯、秋町は鬱として蒙茸」（『謝宣城集』）と。中唐の孟郊「言上人を尋ぬ」詩に、「竹韻は漫りに蕭屑、草花は徒(いたづら)に蒙茸」（謝思煒『白居易詩集校注』巻一、九二頁）と。また少しく後の用例ながら晩唐の羅鄴「芳草」詩に、「廃園の牆南残雨の中、袍の顔色（色彩）に似て正に蒙茸」（『全唐詩』巻六五四）と。○扶疏　枝葉が繁茂して四方に広がるさま。畳韻語。『韓非子』揚権篇に、「人君たる者は、数〻其の木を抜き（枝を落とし）、木の枝をして扶疏ならしむる毋(な)かれ。木の枝扶疏なれば、将(さま)に公閭（宮門）を塞がんとす」と。『呂氏春秋』巻二十六・士容論、弁士篇に、「樹肥ゆるも扶疏ならしむる無かれ」と。「扶疏」の意味については、後漢の許慎『説文解字』六篇上、木部に、「枎は、枎疏なり。四布する（四方に広がる）なり」と。「扶」は「枎」の同音仮借。○顔色　色彩。当時の俗語。○屈盤　曲がりくねり、とぐろを巻く。例えば、西晋の左思「呉都の賦」に、「洪桃屈盤し、丹桂灌叢たり」（『文選』巻五）と。同じく傅玄「桃の賦」に、「何ぞ茲の樹の独り茂り、条枝紛として麗閑（美しく雅やか）なる。根は龍虬のごとくにして雲の結ぶ（集まる）がごとく、千里に弥(たわ)りて屈盤す」（『初学記』巻二十八、桃）と。○縈紆　うねり曲がる。双声語。例えば、後漢の班固「西都の賦」に、「甬道（高い渡り廊下）を歩きて以て縈紆し、又杳篠（幽深）として陽を見ず」（『文選』巻一）と。巻十二「長恨歌」（〇五九六）に、「雲桟縈紆として剣閣に登る」と。○可憐　深い思い入れを表す感嘆詞。なんとも痛ましいことよ。○中間　両者の間。ここでは前句の「下」（根）と「上」（梢）との間をいう。例えば、白居易「河南尹馮学士の任に赴くを送る」詩（二六二八）に、「石渠（長安）・金谷（洛陽）中間の路、軒騎翩翩たること十日の程（旅程）」と。○嫋嫋　枝や蔓がなよなよと揺れるさま。例えば、南朝宋の鮑照「江陵に在りて年を嘆き老を傷む」詩に、「翾翾として燕は風に弄(たはむ)れ、嫋嫋として柳は道に垂る」（『鮑氏集』巻七）と。○空虚　天空。○先柔後為害　有似諛佞徒　謝思煒『白居易詩集校注』巻一には、『旧唐書』巻一六四・李絳伝を引いて「開元二十年（七三二）以後、李林甫・楊国忠、相継いで事を用ひ、専ら柔佞の人を引きて、分かちて要劇に居らしめ、苟(かりそめ)に上に媚びて、直言を聞かず」（九三頁）と。「諛佞の徒」とは、へつらいおもねる輩。○綢繆　もつれあうさま。からみあうさま。畳韻語。『詩経』唐風「綢繆」に、男女のからみあいを形容して「綢繆して薪を束ぬれば、三星は天に在り」と。『毛伝』に「綢繆とは、猶ほ纏綿のごときなり」と釈する。○蠱まどわす。たぶらかす。「蠱」については、古来有名な故事として『左氏伝』昭公元年に、「晋侯、医を秦より求む。秦伯は医和をして之を視（診察）せしむ。（和）曰く『疾（病）は為（治）すべからざるなり。是を、女室に近づき、疾むこと蠱の如しと謂ふ。鬼（鬼神）に非ず食（飲食）に非ず、惑ひて以て志を喪ふ。良臣の将（さま）に死せんとし、天命の祐けず』と。……趙孟（晋の趙武）曰く『何をか蠱と謂ふ』と。（医和）対へて曰く『淫溺惑乱の生ずる所なり。文（文字）に於て皿・蟲を蠱と為す。穀の飛（飛ぶ虫）も亦た蠱と為す。『周易』（蠱卦）に在りて、女の男を惑はし、風の山（山の木）を落とす、之を蠱䷑と謂ふ。皆同物（同類）なり』と。趙孟曰く『良医なり』と」（謝思煒『白居易詩集校注』巻一、九三頁）と。〇奇邪　この二字、白居易「続古詩十首」其の七（〇〇七一）では「奇衺」に作り、「家婦（正妻）は独り礼を守り、群妾は互ひに奇衺なり」と言う。「衺」は、「衺」の誤字。「衺」は、「邪」と同じ。『周礼』天官「宮正」に、「其の淫怠と其の奇衺との民を去る」と言い、鄭玄注に「民とは、宮中の吏の家人なり。淫とは、放濫なり。怠とは、懈慢なり。奇衺とは、譎（譎詐）觚（身勝手）常に非ざるなり」と釈する。なお、この「紫藤の詩」に見える「奇邪」二字、宋本・馬本・汪本・『全唐詩』等、いずれも同じ。ただ那波本だけが「可憐」に作る。恐らく筆写の際、まず「奇」字を見誤まって「可」に作り、ついでそれでは文意が通じないので、上文の「可憐」に渉って「邪」を「憐」に改めたのであろう。今、各本に従う。
〇所慎在其初　『書経』蔡仲之命篇に、「爾（ぢなん）は其れ戒めんや。厥（そ）の初めを慎み、厥の終はりを惟（おも）へ」と。〇毫末　毛すじの尖端ほどに極めて小さいもの。『老子』第六十四章に、「合抱の木も、毫末より生ず」と。〇不早弁　『易経』坤卦の文言伝に、「臣其の君を弑し、子其の父を弑するは、一朝一夕の故に非ず。其の由りて来る所の者、漸なり。之を弁じて早く弁ぜざる（不㆓早弁㆒）に由るなり」と。「辯」字、宋本以下各本は、いずれも「辨」に作る。「辯」は「辨」に通ずる。分別する。識別する。今、那波本に従う。〇滋蔓信難図　はびこらせたら手に負えなくなる。『左氏伝』隠公元年に、「早く之が所を為す（その宜しき所を得しめる）に如（し）かず。滋蔓せしむる無かれ。蔓すれば、図り難きなり。蔓草すら猶ほ除くべからず。況んや君の寵弟をや」と。「信」は、疑いなく。副詞。〇願以藤為誡　銘之於座隅　三国魏の曹植「灌均の事を上るを写さしむる令」に、「孤、前に灌均の孤を上る所の章、三台九府の奏せし所の事、及び詔書一通を写さしめ、之を座隅（座旁）に置く。孤は、朝夕諷詠して、以て自ら警誡せんと欲すればなり」（『太平御覧』巻五九三・文部九・詔）と。「座隅」は、座旁。『楚辞』巻十七、後漢の王逸「九思」逢尤に所謂「豺狼は我が隅に闘ふ」の王注に、「隅は、旁なり」と釈する。

余説　この詩に依拠した文辞として、次のものがある。
源順の「紫藤花下作」詩の残句に云う、「紫茸は偏に朱衣の色を奪ふ、応に是れ花の心の憲台を忘れたるなるべし」と（『新撰朗詠集』巻上・春部・藤）。

0039　放レ鷹詩

鷹《たか》を放《はな》つ詩《し》

解題　狩猟で鷹を存分に活用する方法は、その飢飽の間を的確にとらえることにあるが、聡明な天子が英雄を有効に働かせる秘訣も、やはりこれと同様であることを指摘した作品。朱金城『白居易集箋校』一は、おおむね元和二年（八〇七）より元和十年までの間、白居易在京時代の作という。詩題末の「詩」字、宋本・馬本・汪本・『全唐詩』巻四二四には、いずれもない。今、那波本に従う。

十月鷹出レ籠　草枯雉兎肥
十月《じふぐわつ》に鷹籠《たかかご》を出《い》づ。草枯《くさか》れて雉兎《ちと》肥えたり。

下レ韝隨二指顧一　百擲無二一遺一
韝《こう》を下《くだ》りて指顧《しこ》に隨《したが》ひ、百《ひやく》たび擲《なげう》ちて一《いつ》も遺《のこ》す無《な》し。

鷹翅疾如レ風　鷹爪利如レ錐
鷹翅《ようし》は疾《はや》きこと風《かぜ》の如《ごと》く、鷹爪《ようさう》は利《するど》きこと錐《きり》の如《ごと》し。

本爲レ鳥所レ設　今爲レ人所レ資
本〻《もともと》鳥《とり》の爲《ため》に設《まう》けらるるも、今《いま》は人《ひと》の爲《ため》に資《と》らる。

孰能使二之然一　有レ術甚易レ知
孰《たれ》か能《よ》く之《これ》をして然《しか》らしむる。術有《じゆつあ》り甚《はなは》だ知《し》り易《やす》し。

取二其向背性一　制在二飢飽時一
其《そ》の向背《かうはい》の性《せい》を取《と》り、制《せい》すること飢飽《きはう》の時《とき》に在《あ》り。

不レ可レ使二長飽一　不レ可レ使二長飢一
長《なが》く飽《あ》かしむべからず、長《なが》く飢《う》ゑしむべからず。

飢則力不レ足　飽則背レ人飛
飢《う》うれば則《すなは》ち力足《ちからた》らず、飽《あ》けば則《すなは》ち人《ひと》に背《そむ》いて飛《と》ぶ。

乘レ飢縱搏撃　未レ飽須二縶維一
飢《う》ゑに乘《じよう》じて縱《たと》ひ搏撃《はくげき》するも、未《いま》だ飽《あ》かざるに須《すべか》らく縶維《ちふゐ》すべし。

所以爪翅功　而人坐收レ之
所以《このゆゑ》に爪翅《さうし》の功《こう》にして、而《しか》も人坐《ひとゐ》ながら之《これ》を收《をさ》む。

聖明馭二英雄一　其術亦如レ斯
聖明《せいめい》　英雄《えいゆう》を馭《ぎよ》するも、其《そ》の術《じゆつ》　亦《ま》た斯《か》くの如《ごと》し。

鄙語不㆑可㆑棄　吾聞㆓諸獵師㆒　鄙《ひ》語《ご》も棄《す》つべからず。吾《われ》諸《これ》を獵師《れふし》に聞《き》けり。

肥・飛（上平聲、微韻）、遺・錐・資・飢・維・師（上平聲、脂韻）、知・斯（上平聲、支韻）、時・之（上平聲、之韻）……
脂・支・之韻は同用。微韻は通押。

通釈　孟冬十月、いよいよ狩猟の時節になると鷹は籠から出されるが、この頃には、今まで野原を覆っていた草も枯れて獲物が見やすくなり、しかも雉や兎は肥え太っており、鷹は、主人の肘当てから飛び立つなり、その指図どおりに獲物を狙って、まさに百発百中、百に一つの失敗もない正確さである。

ところで、鷹の双翼は風のように速く翔けることができ、鷹の指爪は錐のように鋭く尖っているが、この鷹の武器は、もともと鷹自身のためにしつらえられたものであるのに、今は人間のために用立てられることになってしまったのである。では、どんな人がこの鷹をこのように思うがままに使いこなすことができるのであろうか。実は、はなはだ分かりやすい操作方法があるのだ。それは、鷹が人に懐いたり逆らったりする性質を充分に会得し、空腹の時と満腹の時をうまく処理することが大切である。鷹をいつまでも満腹にしておいてはいけないし、いつまでも空腹にしておいてもよくない。空腹のままだと獲物を捕まえる力が足りないし、満腹になると主人に逆らって飛び去ってしまうのだ。従って、仮に鷹が空腹になった機会をつかまえて獲物をたたき落とさせたとしても、まだ鷹が腹一杯に獲物を食わないうちに、ぜひとも繋ぎ留めてしまう必要がある。そんなわけで、もともと鷹自身がその鋭利な爪や迅速な翼によって仕留めた成果であるはずなのに、それにもかかわらず飼い主のほうが懐手でまんまとその成果を手に入れてしまうのである。

思えば、天子が英雄を使いこなす場合も、その操作方法は、やはりこれと同様だ。民間に伝わる通俗的なことわざも無視してはなるまいぞ。私は、この貴重な俚諺を猟師の鷹匠から耳にしたのである。

語釈　〇十月鷹出籠　後漢の馬融「謝伯世に与ふる書」に、「晩秋より冬に渉（至）りて、大蒼（鷹）籠を出づ」（『芸文類聚』巻九十一、鳥部中、鷹。『太平御覧』巻九二六、羽族部十三、鷹）と。〇草枯雉兎肥　盛唐の王維「猟を観る」詩に、「草枯れて鷹眼疾（やは）く、雪尽きて馬蹄軽し」（謝思煒『白居易詩集校注』巻一）と。『三国志』巻二・魏書の文帝紀（評）の裴松之注に引く『典論』文帝自叙に、「時に歳の暮春、勾芒節を司り、和風物を扇ぎ、弓燥き手柔らかく、草浅く獣肥ゆ。族兄（曹真）子丹と鄴西に猟し、終日手づから麞鹿九・雉兎三十を獲たり」と。〇下韝　「韝」は、鷹を止まらせる肘当て。鷹が韝からサッと飛び立つ。例えば、古くは後漢の『東観漢記』趙勤伝に、「（桓）虞乃ち嘆じて曰く、『善吏は良鷹の如し。韝を下れば即ち中（あた）る』と」と。三国魏の王粲「羽猟の賦」に、「鷹・犬は競ひ逐ひて、奕奕霏霏。韝を下りて窮絏し、肉を搏（たた）き肌を噬（か）む」（『芸文類聚』巻六十六・産業部、田猟）と。また白居易「書に代ふる詩一百韻、微之に寄す」（〇六〇八）にも、「韝を下れば燕雀を驚かす」と。但し「上韝」（韝より上る）の用例はない。狩猟では、鷹は常に高所から低地へ滑空していくからである。〇指顧　指図。指揮。当時の用語。例えば『新唐書』巻一八九・趙犨伝に、「児弄の時、好みて営陣行列を為し、自ら号令指顧して、群児敢へて乱す無し」と。〇百擲無一遺　百たび飛ばしても一たびの手落ちもない。百発百中。南朝梁の沈約『宋書』巻四十八・朱齢石伝に、「自ら刀子を以て懸（はる）かに之を擲てば、相去ること八九尺なるも、百擲百中す」と。

〇本為鳥所設　今為人所資　両句中の「為……所……」は、受身を表す固定形式。この場合、「為」の次には動作・行為の主体者をもたらし、「所」が受身を表す。「資」は、役立てる。〇孰　誰。どんな人。〇取　自分のものにする。会得する。〇向背　自分の都合しだいで迎合したり離反したりする。三国魏の李康「運命論」に、「凡そ希世苟合の士、蘧蒢戚施の人は、……闞看を以て精神と為し、向背を以て変通と為す。勢の集まる所、之に従ふこと市に帰するが如く、勢の去る所、之を棄つること脱遺するが如し」（『文選』巻五十三）と。〇制　定める。困難な問題をうまく処理する。〇飢飽　獲物が食べたい空腹の時と、食べたくない満腹の時。『三国志』巻七・魏書の呂布伝に、「始め、（呂）布は（陳）登に因（たよ）りて徐州の牧を求めしに、登還りて、布は（その不首尾を）怒り、戟を抜きて几を斫（う）ちて曰く、『卿の父は勧めて、曹公（曹操）に協同し、婚を公路（袁術）に絶たしむ。今、吾の求むる所は一も獲ること無くして、卿の父子は並びに顕重せらる。卿の為に売られしのみ。卿、吾の為に言へ。其の説云何（いかん）』と。登は為（ため）に容を動かさず、徐（おもむろ）に之を喩（さと）して曰く、『登、曹公に見（まみ）えて言へり、「将軍を待（遇）すること、譬へば虎を養ふが如し。当（まさ）に其の肉に飽かしむべし、飽かざれば則ち将（まさ）に人を噬（か）まんとす」と。公曰く、「卿の言の如くにあらざるなり。譬へば鷹を養ふが如し。飢うれば則ち用を為し、飽けば則ち楊（颺）がり去る」と。其の言は此くの如し』と。布の意、乃ち解く」と。この『三国志』魏書の文、范曄『後漢書』巻七十五・呂布伝の文もほぼ同じ。思うに、この曹操の呂布評は、ただに「飢飽」という用語の出典であっただけではなく、白居易「放鷹詩」発想の典拠となったものか。〇搏撃　たたきつける。鷹と関係ある用例としては、古くは『謝承後漢書』に引く陳亀（?―一五八）の表に、「臣、累世鷹犬搏撃の用を展ず」（『文選』巻四十四、陳琳「袁紹の為に予州に檄す」に李善注引く）（謝思煒『白居易詩集校注』巻一、九四頁）と。また『晋書』巻八十二・孫盛伝に、「進みて威鳳来儀の美無く、退きて鷹・鸇（隼）搏撃の用無し」と。〇縶維　つなぎとめる。『詩経』小雅「白駒」に、「皎皎たる白駒、我が場（には）の苗を食む。之を縶し之を維し、以て今朝を永うせん」と。その毛伝に「縶は、絆（縄で足をつなぎとめる）なり。維は、繫（馬のひきづなをつなぐ）なり」と釈する。○所以　それゆえに。結果を示す接続詞。○爪翅功　鷹自身がその鋭利な爪や迅速な翼によって仕留めた功績。○坐　何もせずに、懐手で。副詞。○聖明　天子。○鄙語　俚諺。民間の通俗的なことわざ。

0040　慈烏夜啼詩

慈烏《じう》夜《よる》啼《な》く詩《し》

解題　慈烏がその母を失って毎夜夜半に哀しみ啼くのを聞いて、人間たるもの、この慈烏の孝心に劣ってはならないことを諭した詩。

「慈烏」は、烏鴉の一種。古くは西晋の張華（二三二―三〇〇）注『禽経』に、「慈烏反哺」に注して「慈烏は、孝烏と曰ふ。長ずれば則ち其の母に反哺す」（『増訂漢魏叢書』載籍等）といい、十六国前秦の王嘉『拾遺記』巻三（魯の僖公）に、「仁烏、俗に亦た烏の白臆（白胸）なる者を謂ひて慈烏と為す」（同上）といい、南朝梁の武帝蕭衍（四六四―五四九）「孝思の賦」に、「慈烏は反哺して以て親に報ゆ」（『広弘明集』巻二十九上・『芸文類聚』巻二十）という。さらに、この「慈烏」に直接まつわる南北朝時代の逸話としては、『北斉書』巻三十三・蕭放伝に、「父祇卒し、放は喪に居りて孝を以て聞こゆ。居る所の廬室の前に二慈烏の来集する有りて、各〻一樹に拠りて巣を為り、午（ひる）より以前は、庭に馴れて飲啄するも、午後は更に樹より下らず、臨時（哭弔の時）毎に、翅を舒べて悲しみ鳴き、全く哀泣するに似たり。家人之を伺ふに、未だ常（嘗）て闕くこと有らず。時に以為（おも）へらく至孝の感なりと」と。「慈烏」の「慈」は、「慈孝」の「慈」。親を大切にする。『礼記』内則篇に、「父子皆宮（住居）を異にす。昧爽（夜明け）にして朝（参上）し、慈するに旨甘（美味な食事）を以てす」と。その鄭玄注に「慈とは、愛敬して之を進むるなり」と釈する。清の汪立名「白香山年譜」によれば、元和六年（八一一）辛卯四月、白居易の母陳氏が長安の宣平里の邸で歿した後、服喪のために下邽に退去していた時の作であろうと言う。思うに、唐詩人の中で、母の死を傷む作品は稀である。その意味でも、この平易な表現の諷諭詩は、特に重要な作品と言えよう。詩題末の「詩」字、宋本以下各本にはいずれもないが、例によって今は那波本に従っておく。

慈烏失㆓其母㆒　唖唖吐㆓哀音㆒
晝夜不㆓飛去㆒　經㆑年守㆓故林㆒
夜夜夜半啼　聞者爲沾㆑襟

慈烏《じう》　其《そ》の母《はは》を失《うしな》ひ、唖唖《ああ》として哀音《あいおん》を吐《は》き、
晝夜《ちうや》飛《と》び去《さ》らず、年《とし》を經《へ》て故林《こりん》を守《まも》り、
夜夜《やや》夜半《はん》に啼《な》き、聞《き》く者《もの》爲《ため》に襟《えり》を沾《うるほ》す。

聲中如二告訴一　未レ盡二反哺心一
百鳥豈無レ母　爾獨哀怨深
應三是母慈重　使二爾悲不一レ任
昔有二吳起者一　母歿喪不レ臨
嗟哉斯徒輩　其心不レ如レ禽
慈烏復慈烏　鳥中之曾參

聲中《せいちゆう》　告《つ》げ訴《うつた》ふるが如《ごと》し、未《いま》だ反哺《はんぽ》の心《こころ》を盡《つ》くさざるを。
百鳥豈《ひやくてうあ》に母無《ははな》からんや、爾獨《なんぢひと》り哀怨深《あいゑんふか》し。
應《まさ》に是《こ》れ母慈《ぼじ》重《おも》うして、爾《なんぢ》をして悲《かな》しんで任《た》へざらしむるなるべし。
昔吳起《むかしごき》といふ者有《ものあ》り、母歿《ははぼつ》して喪《も》に臨《のぞ》まず。
嗟哉《ああ》　斯《こ》の徒輩《とはい》、其《そ》の心《こころ》は禽《とり》にも如《し》かず。
慈烏《じう》復《ま》た慈烏《じう》、鳥中《てうちゆう》の曾參《そうしん》。

音・林・襟・心・深・任・臨・禽・參（下平聲、侵韻）。

通釈　親孝行な烏がその母を亡くして、悲しげな声を喉からしぼり出すようにカアカアとむせび泣き、昼も夜も飛び去らず、幾年経っても古巣の林をたいせつにして離れようとしない。そして夜な夜な夜中になると声をあげて悲しみ鳴くので、それを耳にした人々は、その声に誘われてつい貰い泣きをする始末であったが、察するところ、この子烏は、その悲しげな泣き声の中で、亡母に対し、まだ充分には恩返しの気持ちを尽くしていなかったことについて詫びを申し入れていたもののようである。思えば、いかなる禽鳥でも母がいない禽鳥は存在しないはずである。だのに、お前だけが、ひとりこんなに深く哀しみ嘆いているとは。きっとお前の母は特別に慈愛が大きかったので、お前をこんなに抑えきれないほど悲しませているのであろう。

そのむかし、戦国時代に呉起という人間がいたが、この男は母が亡くなっても、その喪に服さなかったとか。ああ嘆かわしい、かかる親不孝な徒輩は、その心が禽鳥にも劣る連中だ。孝心深い烏よ、孝心深い烏よ、お前こそは、禽鳥の中の模範的孝子、かの曽参さまである。

語釈　〇啞啞　烏が悲しげにカアカアと鳴く声の擬声語。例えば、古くは『淮南子』原道訓に、「故に夫（か）の烏の啞啞たる、鵲の唶唶たる、……」と。〇告訴　母烏に対して申し開きをする。〇反哺　烏の子が親に育てられた恩返しに、成長してから食物を口移しにして親を養うこと。後、親の恩に報いることを喩える。西晋の成公綏「烏の賦」に、「雛は既に壮にして能く飛び、乃ち食を銜へて反哺す」（『初学記』巻三十・鳥部、烏）と。「哺」は、口移しに食物をあたえて育てる意。○応是　きっと……だろう。当時の俗語。○昔有呉起者　母歿喪不臨　『史記』巻六十五・孫子・呉起列伝に拠れば、呉起（?—前三七八?）は、衛（今の河南・河北両省にまたがる地域）の人。若いころ、東のかた魯の国に行こうとして衛の都の城門を出る時、いよいよ母親に別れを告げる際に、自分の臂（ひじ）を噛み破って、「私は大臣・宰相にならないかぎり、二度と再びこの衛の国に帰りません」と盟った。かくて彼は魯の武城にいた曽子（曽参。孔子の高弟）に師事することとなったが、しばらく経って、その母親が死んだ時、彼は結局帰らなかったので、曽子は彼の人柄を軽蔑して、彼を破門にした、という。○慈烏復慈烏　「慈烏」は、孝行な烏。「復」は、反復を表す投間詞。○曽参　（前五〇五—?）。孔子の高弟。曽子ともいう。『史記』巻六十七・仲尼弟子列伝に、「曽参、南武城（今の山東省南部）の人。字は子輿。孔子より少きこと四十六歳。孔子、以為へらく能く孝道に通ずと。之に業を授けて、『孝経』を作らしむ。魯に死す」と。

余説　この詩の「慈烏失其母　啞啞吐哀音　昼夜不飛去　経年守故林　夜夜夜半啼　聞者為沾襟　声中如告訴　未尽反哺心」の句に依拠した文辞として、次のものがある。

菅原道真の「奉感見献臣家集之御製、不改韻、兼叙鄙情」詩に云う、「哺（ふく）むことを反す寒（こ）いたる烏は自（おのづか）らに故林」（『菅家後集』）と。

この詩の「慈烏復慈烏　烏中之曽参」の句が、源為憲撰『世俗諺文』の「反哺烏」の項に収録されている。

0041 燕詩示ニ劉叟一

劉叟有ニ愛子一、背レ叟逃走、叟甚悲ニ念之一。叟少年時、亦嘗如レ是。故作ニ燕詩一以諭レ之。

燕《つばめ》の詩《し》　劉叟《りゅうそう》に示《しめ》す

劉叟に愛子有り、叟に背きて逃走し、叟、甚だ之を悲念す。叟が少年の時、亦た嘗て是くの如し。故に燕詩を作りて以て之を諭す。

解題　雛鳥を懸命に育てるツバメの様子にたとえて、父母の慈愛の深さを表現した詩。従来の制作年考証では白居易が長安にいた元和二年（八〇七）—六年とするが、前詩とともに母の逝去に伴う服喪中の下邽退居時（元和六年四月—元和九年冬）の作品であろう。劉叟の実名は不詳。那波本には欠くが、宋本以下各本には題下に白氏の自注があり、この詩が詠じられた経緯を述べる。愛する息子の自立を素直に喜べない劉叟に対し、白居易は叟もまた若かりし頃、両親に対して同じような気持ちを懐かせたはずだと諭している。「逃走」は、一本「逃去」に作る。

この詩は『孔子家語』顔回篇および『説苑』弁物篇などに伝えられる孔子にまつわるエピソードに基づいている。『孔子家語』に曰く、「孔子、衛に在りしとき、味旦晨（つと）に興（お）く。顔回側（かたはら）に侍す。哭する者の声甚だ哀しきを聞く。子曰く、『回よ。汝は此れ何を哭する所なるかを知るや』と。対へて曰く、『回以（おも）へらく、此の哭声は但だ死者の為にするのみに非ず。又、生離別有る者なり』と。子曰く、『何を以てか之を知るや』と。対へて曰く、『回聞く、桓山の鳥、四子を生む。羽翼既に成りて、将に四海に分かれなんとするとき、其の母は悲鳴して之を送る。哀声の此に似たる有り。其れ往きて返らざるを謂（おも）へばなり。回、窃かに音の類せるを以て之を知る』と。孔子、人をして哭する者に問はしむ。果たして曰く、『父死して家貧し、子を売りて以て葬らんとし、之と長決するなり』と。子曰く、『回や、音を識るに善し』と」。この故事は我が国の謡曲などにおいても「四鳥（しちよう）の別れ」として有名。

なお、この詩の題を国会図書館蔵『文集抄』では「示劉叟詩（劉叟に示す詩）」に作り、『文苑英華』巻三二九では「詠燕示劉叟（燕を詠じて劉叟に示す）」に作る。

梁上有㆓雙燕㆒　翩翩雄與㆑雌
銜㆓泥兩椽閒㆒　一巣生㆓四兒㆒
四兒日夜長　索㆑食聲孜孜
青蟲不㆑易㆑捕　黃口無㆓飽期㆒
觜爪雖㆑欲㆑弊　心力不㆑知㆑疲
須臾十來往　猶恐㆓巣中飢㆒
辛勤三十日　母瘦雛漸肥
喃喃敎㆓言語㆒　一一刷㆓毛衣㆒
一旦羽翼成　引上㆓庭樹枝㆒
擧㆑翅不㆓迴顧㆒　隨㆑風四散飛

梁上《りやうじやう》に雙燕《さうえん》有《あ》り、翩翩《へんぺん》たり　雄《ゆう》と雌《し》と。
泥《どろ》を兩椽《りやうてん》の閒《あひだ》に銜《ふく》み、一巣《いつさう》に四兒《しじ》を生《う》む。
四兒《しじ》　日夜《にちや》長《ちやう》じ、食《ゑさ》を索《もと》めて　聲孜孜《こゑしし》たり。
青蟲《せいちゆう》　捕《と》らへ易《やす》からず、黃口《くわうこう》　飽《あ》くる期《ときな》無し。
觜爪《しさう》　弊《やぶ》れんと欲《ほつ》すと雖《いへど》も、心力《しんりよく》　疲《つか》れを知《し》らず。
須臾《しゆゆ》に十《と》たび來往《らいわう》し、猶《な》ほ巣中《さうちゆう》の飢《う》ゑを恐《おそ》る。
辛勤三十日《しんきんさんじふにち》、母瘦《ははや》せ　雛《ひな》漸《やうや》く肥《こ》ゆ。
喃喃《なんなん》として言語《げんご》を教《をし》へ、一一《いつい》　毛衣《まうい》を刷《かいつくろ》ふ。
一旦《いつたん》　羽翼《うよく》成《な》れば、引《ひ》きゐて庭樹《ていじゆ》の枝《えだ》に上《のぼ》らしむ。
翅《つばさ》を擧《あ》げて迴顧《くわいこ》せず、風《かぜ》に隨《したが》ひて四《よ》もに散飛《さんび》す。

雌雄空中鳴　聲盡呼不㆑歸
却入㆓空巣㆒宿　啁噍終夜悲
燕燕爾勿㆑悲　爾當㆓返自思㆒
思爾爲㆑雛日　高飛背㆑母時
當時父母念　今日爾應㆑知

雌《し》雄《ゆう》　空中《くうちゆう》に鳴《な》き、聲盡《こゑつ》くるまで呼《よ》べども歸《かへ》らず。
却《かへ》つて空巣《くうさう》に入《い》りて宿《しゆく》し、啁噍《ちうせう》として終夜悲《しゆうやかな》しむ。
燕《つばめ》よ燕《つばめ》よ　爾悲《なんぢかな》しむ勿《な》かれ。爾《なんぢ》　當《まさ》に返《かへ》つて自《みづか》ら思《おも》ふべし。
思《おも》ふ爾雛《なんぢひな》たりし日《ひ》、高《たか》く飛《と》び母《はは》に背《そむ》きし時《とき》。
當時《たうじ》の父母《ふぼ》の念《おも》ひ、今日《こんにち》　爾應《なんぢまさ》に知《し》るべし。

雌・兒・疲・枝・知（上平聲、支韻）、孜・期・思・時（上平聲、之韻）、飢・悲・悲（上平聲、脂韻）、肥・衣・飛・歸（上平聲、微韻）……支・之・脂韻は同用。微韻は通押。

通釈　屋根のうつばりの上をオスとメス一つがいのツバメがすいすいと飛んでいる。泥を銜《くわ》えてせっせと二本の垂木《たるき》の間に巣をこしらえ、やがて四羽の雛が生まれた。四羽はみるみる成長し、エサを求めて懸命に鳴く。なかなか捕まらぬ青虫は一番のご馳走だが、雛の黄色い口嘴《くちばし》はそれをペロリと飲み込んでまだ満足しない。親ツバメは口嘴も爪もボロボロになりながら、疲れた様子ひとつ見せずに休み無くエサを運び続ける。もはや十たびも往復したであろうに、なおもお腹を空《す》かせはしまいかと雛たちを気遣う。

かくも苦労の三十日。げっそりやつれた母ツバメの代わりに雛たちはまるまると肥え太り、こんどはピーピーと鳴き声を教わり、生えそろった羽毛もひとつひとつ丁寧に毛づくろいしてもらっている。

さて、翼の羽根が生え揃った。親ツバメは庭の樹の枝に雛たちを登らせ、いよいよ巣立ちの時を迎える。子ツバメたちは翼を大きく広げると、風にのって四方それぞれに飛び去ってゆく。すると、オスとメス両親ツバメは我が子が飛び去った空の彼方に向けて声の限りに啼くのだが、もう二度と子ツバメたちは戻ってくることは無い。あとはがらんとした巣に戻り、夜通しホロホロと悲しみ鳴くしかないのである。

ツバメよツバメ。もう悲しむのはおよしなさい。おまえたちもかつての自分の巣立ちの時を思うのだ。雛だったおまえたちが母ツバメに背を向けて大空高く飛び去った日。あの時の父ツバメ母ツバメの切ない心のうちを、今日おまえたちも身にしみてわかっただろう。

語釈 ○翩翩　軽やかに飛び回るさま。『詩経』小雅「四牡」に、「翩翩たる者は騅（すい）、載（すなは）ち飛び載ち下る」と。○椽　たるき。棟から家の廂（ひさし）部分を支える木材。○四児　四羽の雛。○孜孜　怠らずにつとめはげむさま。懸命に。『書経』益稷篇の禹の言葉に、「予、日に孜孜たるを思ふ」と。『文集抄』本は「咨咨」に作る。○黄口　黄色いくちばし。雛鳥の特徴。『孔子家語』六本篇に、「黄口は食を貪りて得易し」と。また李白「空城の雀」詩に、「四はの黄口を提携し、乳を飲ますも未だ嘗て足らず」（『李太白集』巻五）と。○觜爪　くちばしとつめ。杜甫「宗文を催（うなが）して雞柵を樹（た）てしむ」詩に、「觜爪は還た席（むしろ）を汚（けが）さん」（『杜詩詳註』巻十五）と。○心力　心と力。気力。精神力。『後漢書』巻八十二下・方術伝下、郭玉伝に、「（郭）玉は仁愛にして矜らず、貧賤廝養なりと雖も、必ず其の心力を尽くして、貴人を医療す」と。○辛勤　苦労する。『文選』巻二十五、謝霊運「従弟恵連に酬ゆ」詩に、「風波の事に辛勤す」と。○喃喃　小声でぼそぼそつぶやくさま。母ツバメが子ツバメに鳴き声を教える様子を想像していう。『北史』巻七十一、隋の房陵王楊勇の伝に、「乃ち西北に向かひて頭（かうべ）を奮ひ、喃喃として細語す」と。中唐の顧況「李供奉の箜篌（くご）を弾じる歌」に、「大絃は秋雁に似、聯聯として隴関を度（わた）る。小絃は春燕に似、喃喃として人に向かひて語る」（『全唐詩』巻二六五）と。○刷　毛繕いをする。○迴顧　ふりかえる。「顧」字、『文苑英華』本は「頭」に作り、更に「集に『顧』に作る」と注記する。「迴頭」も意味は同じ。○四散飛　四羽の子ツバメが、四方にばらばらに飛び去る。『文集抄』の古訓では「四（よ）もに散（あら）け飛ぶ」。○空中鳴　子ツバメが居なくなった空に向かって鳴く。『文集抄』の古訓では「空（おほぞら）の中に鳴く」。○却入空巣宿　「宿」字、那波本など通行本では「裏」字に作る。ここでは『文集抄』本に従って改める。○啁噍　ツバメなどの小鳥の悲痛な鳴き声。ピーピー。那波本など通行本では「啁啾」に作る。ここでは『文集抄』本に従って改める。『礼記』三年問篇に、「小なる者は燕雀に至るも、猶ほ啁噍の頃有りて、然る後に乃ち能く之を去る」と。○当時　あの時。その時。若い頃の劉叟が両親のもとから立ち去った時。

余説 清の乾隆帝の『唐宋詩醇』巻十九の御批に云う、「常語を極尋するも、卻（かへ）つて風化に関すること有りて、以て警世するに足る。『老嫗も皆知る』とは、或いは此を謂ふならむ」と。

この詩の「梁上有双燕、翩翩雄与雌。銜泥両椽間、一巣生四児。……喃喃教言語、一一刷毛衣。」の句に依拠した文辞として、次のものがある。

菅原道真の「燕」詩に云う、「梁の頭（ほとり）に翅を展げては幾たびか泥を銜める、一一に雛を将（も）ちて暮の棲（すみか）に起す」（『菅家文草』巻五）と。

0042　采二地黄一者詩

地黄《ちわう》を采《と》る者《もの》の詩《し》

解題　旱魃による飢饉をしのぐため、漢方薬である地黄を採取して長安の貴族の家に持ち込み、その代わりに馬のエサの残りを貰い受けようとする貧しい農民たちの窮状を詠う。元和八年（八一三）の作とされるが、この頃長安一帯は毎年旱魃に見舞われており、白居易は下邽での退居期間中にこの光景を目の当たりにしたのであろう。地黄は、中国原産のゴマノハグサ科の植物でアカヤジオウの根。現在もこれを乾燥させたものが漢方の生薬の一つとして使われている。『太平御覧』巻九八九に引く『本草経』に「地黄、一名は地髄。傷を中（ちう）より治し、肌肉を長ず。咸陽に生ず」とある。また『抱朴子』内篇巻十一、仙薬に「楚の文子、地黄を服して八年、夜視れば光有り、手（です）もて車弩を上（あ）ぐ」とある。地黄の効能として、皮膚から光沢を発し、戦車から発射された弩弓を素手でつかみ取るような驚異的な運動能力が得られると考えられていた。

麦死春不レ雨　禾損秋早霜
歳晏無二口食一　田中采二地黄一
采レ之将二何用一　持以易二餱糧一
凌晨荷レ鋤去　薄暮不レ盈レ筐
攜二來朱門家一　賣二與白面郎一
與レ君噉二肥馬一　可レ使レ照二地光一
願易二馬殘粟一　救二此苦飢腸一

麦《むぎ》死《か》れて　春《はる》に雨《あめ》ふらず、禾損《くわそん》じて　秋《あき》に早《はや》く霜《しも》ふる。
歳《とし》晏《く》れて口《くち》の食《しよく》無《な》く、田中《でんちゆう》に地黄《ぢわう》を采《と》る。
之《これ》を采《と》りて将《まさ》に何《なに》にか用《もち》ひんとする、持《ぢ》して以《もつ》て餱糧《こうりやう》に易《か》ふ。
凌晨《りようしん》　鋤《すき》を荷《にな》ひて去《ゆ》き、薄暮《はくぼ》　筐《きやう》に盈《み》たず。
朱門《しゆもん》の家《いへ》に攜《たづさ》へ來《きた》り、白面《はくめん》の郎《らう》に賣《う》り與《あた》ふ。
君《きみ》に與《あた》へて肥馬《ひば》に噉《くら》はしめ、地《ち》を照《て》らす光《ひかり》あらしむべし。
願《ねが》はくは馬《うま》の殘粟《ざんぞく》に易《か》へて、此《こ》の苦《くる》しき飢腸《きちやう》を救《すく》はん。

霜・糧・筐・腸（下平聲、陽韻）、黄・郎・光（下平聲、唐韻）……陽・唐韻は同用。

通釈　春には穀雨の季節に雨が降らなかったので麦が枯れてしまい、秋には霜が例年より早かったために稲穂が十分育たなかった。そのため、今年の歳末には自分たちが口にできる食べ物はもう無く、畑に出て地黄の根を掘り出すしかない。この地黄の根を採ってどうするのかと言えば、持ち帰って軒先につるし、非常食の代わりにしようとのこと。

朝まだき、鋤を担いで畑にゆき、一日中掘り返すのだが、夕方までかかっても竹籠いっぱいにはならない。そこで町の朱塗りの門の御屋敷まで持って行き、おしろいを塗った若様に地黄を売りにゆく。これを若様のたくましい御馬に食わせれば、皮膚の色つやがよくなって地面を照らすほどになります。そのお代として厩舎に残っている馬の食べ残した雑穀を払い下げていただければ、このペコペコになった我が空腹を何とか餓死から救うことができます。

語釈　○春不雨　二十四節気のうち、春の最後の半月間を「穀雨」という。この時季に十分な雨が降らなかったので麦が実らなかったのである。○秋早霜　二十四節気のうち、秋の最後の半月間を「霜降」という。だがこの年はこれよりも早く霜がおりたために、稲が実らなかったのである。○歳晏　年の暮れ。歳暮。○口食　口に入れる食べ物。人間の食べ物。『詩経』大雅「生民」に、「以て口食を就《もと》む」と。また『白氏文集』巻五「陶潜の体に傚ふ詩」其の十五（〇二一七）に、「此を以て口食を求む」と。○餱糧　食糧。食べ物。とくに非常食として保存する乾飯（ほしいい・かれいい）を指す。一本「糇糧」に作るが、音義ともに同字。『詩経』大雅「公劉」に、「迺《すなは》ち餱糧を裹《つつ》む」と。また『文選』巻二十、曹植「応詔の詩」に、「糇糧有りと雖も、飢に食らふに遑《いとま》あらず」と。○凌晨　早朝、夜明け前。杜甫「京より奉先県に赴く詠懐五百字」詩に、「凌晨　驪山を過ぐ」（『杜詩詳註』巻四）と。○荷鋤去　「鋤」は、すき。すきを担いで畑にゆく。宋本は「荷挿去」に誤る。○筐　竹で編んだ籠。○朱門家　朱塗りの門がある貴族の家。魔よけのため、そして柱など建造物の腐食を防ぐために硫化水銀を含む丹砂（辰砂・朱砂ともいう）を塗る。『文選』巻二十一、郭璞「遊仙詩」其の一に、「朱門何ぞ栄とするに足らん」と。また杜甫「京より奉先県に赴く詠懐五百字」詩に、「朱門に酒肉臭り、路に凍死の骨有り」（『杜詩詳註』巻四）と。○白面郎　貴族の子弟。顔におしろいをしていることを朱門との対比によって辛辣に表現している。杜甫「少年行」に、「馬上は誰が家の白面郎ぞ、階に臨み馬より下りて人牀に坐す」（『杜詩詳註』巻十）とある。○噉　食らう。たべる。一本「啖」に作るが、同音の異体字である。○肥馬　たくましく肥えた馬。貴族の贅沢品の一つ。『孟子』梁恵王上篇に、「庖《くりや》に肥肉有り、厩《うまや》に肥馬有るに、民に飢色有り、野に餓莩有り。此れ獣を率《きひ》ゐて人を食《は》ましむるなり」とある。杜甫「韋左丞丈に奉贈する二十二韻」に、「朝に富児の門を扣《たた》き、暮れに肥馬の塵に随ふ」（『杜詩詳註』巻一）と。○残粟　馬の食べ残した飼料。「粟」は、穀物の総称。この家の馬は贅沢にも穀物をエサとしてたらふく食べているのである。○飢腸　空腹。

0043　初入㆓太行路㆒詩

初《はじ》めて太行《たいかう》の路《みち》に入《い》る詩《し》

解題　初めて中国河北地域の太行山脈を旅したときの詩。花房英樹『白氏文集の批判的研究』の考証では貞元十九年（八〇三）前後の頃とし、朱金城『白居易集箋校』は貞元二十年前後の頃とする。しかしこの詩の結末部は、そのような険峻な山道も、今を生きてゆく現実社会の苦しみに比べれば、全く取るに足らないものだと道破する。人生行路の苦しみを詠じた作品。
なお『白氏文集』巻三、「新楽府」其の十「太行路」（〇一二四）詩を参照。

天冷日不㆑光　太行峰蒼莽
嘗聞㆓此中險㆒　今我方獨往 上聲
馬蹄凍且滑　羊腸不㆑可㆑上
若比㆓世路難㆒　猶自平㆓於掌㆒

天冷《てんさむ》く　日《ひ》光《ひか》らず、太行《たいかう》　峰《みね》は蒼莽《さうばう》たり。
嘗《かつ》て此《こ》中の險《けん》なるを聞《き》く、今《いま》　我《われ》　方《まさ》に獨《ひと》り往《ゆ》く。
馬蹄《ばてい》　凍《こほ》りて且《か》つ滑《すべ》り、羊腸《やうちやう》として上《のぼ》るべからず。
若《も》し世路《せいろ》の難《かた》きに比《ひ》せば、猶自《なほ》　掌《たなごころ》よりも平《たひ》らかなり。

莽（上聲、蕩韻）、往・上・掌（上聲、養韻）……蕩・養韻は同用。

通釈　日の光も薄く感じられる寒冷な空の下、太行山の峰々は青々とどこまでも続いてゆく。この山道の険しさは、かねてより伝え聞いていたところだが、はからずも今、私はここを一人で登って行く。馬蹄の下の地面は凍りついていてつるつると滑りやすく、しかもその坂道は羊の腸のように幾重にも曲がりくねって果てしなく続いている。だがこれをもし、われらの人生行路の艱難辛苦に比べるならば、この山道の険峻はまだまだ手のひらよりも平坦だと言えよう。

語釈　○太行　『文選』巻二十七、三国魏の曹操「苦寒行」に、「北のかた太行山に上らんとす、艱なるかな　何ぞ巍巍たる。羊腸のごとく坂は詰屈し、車輪も之が為に摧《だく》かれんとす」と詠われて以来、太行山は中国で最も険しい山の代表的存在として認識されてきた。

○蒼莽　どこまでも果てしなく続く山野の緑の形容。「蒼」字はふつう平声の音 cāng であるが、莽 mǎng と双声の関係になるために上声 cǎng に発音する。よって宋本には蒼字の下に「上声」の音注が見える。ちなみにこの宋本『白氏文集』に見える音注は、その幾つかが金沢文庫本など日本の旧鈔本にも同一のものが見える。おそらくは原作者白居易が自ら書き加えたものも含まれるであろう。この「蒼、上声」の音注も国立国会図書館所蔵『文集抄』（建長二年〈一二五〇〉筆写）の「初入太行路詩」に同じく見える。○此中　ここ。これ。この。陶淵明「飲酒二十首」其の五に、「此中に真意有り、弁ぜんと欲して已に言を忘る」（『陶淵明集』巻三）と。○羊腸　羊の腸のように曲がりくねった坂道。つづら折りの坂。さきの曹操「苦寒行」にもとづく。なお太行山には当時実際に「羊腸」という地名が存在していたようで、『史記』巻二・夏本紀に付された唐代の注釈『史記正義』には、『括地志』（唐の李泰撰）からの引用として「太行山は懐州河内県の北二十五里に在り、羊腸阪有り」と見え、また同じく『史記』巻四十四・魏世家、魏の哀王八年の条に、「昔者、魏の趙を伐つや、羊腸を断ち、閼与（あつよ）を抜く」とあり、またその箇所の同じく『史記正義』には、「羊腸阪道は太行山上に在り、南口は懐州、北口は潞州」と見える。すなわち現在の河南省沁陽市（当時の懐州）を起点として太行山脈を真北に登攀し山西省長治市（当時の潞州）に至る道が羊腸阪（坂）であった。○世路　人生行路。世渡りの道。特に官僚社会を生き抜く士大夫の苦労を指す。『文選』巻五十五、劉孝標「広絶交論」に、「嗚呼（ああ）世路の険巇、一（ひとへ）に此に至る。太行・孟門も豈に嶄絶と云はんや」と。○猶自　なお。まだまだ。唐代の俗語。○平於掌　手のひらよりも平らかである。初唐の沈佺期「長安道」に「秦地は平らかなること掌の如く、層城は雲漢に入る」（『全唐詩』巻九十五）と。

余説　この詩の「若比世路難　猶自平於掌」の句に依拠した文辞としては、以下のものがある。菅原道真の「三年歳暮、欲更帰州、聊述所懐、寄尚書平右丞」詩に云う、「世路は海路を行かむよりも難し」（『菅家文草』巻三）と。同じく「白毛歎」詩に云う、「怪来（あやし）むらくは日日形容（かたちありさま）の変（あらたま）れること、祇（まさ）に是れ行行世路の難」（『菅家文草』巻四）と。

0044　鄧魴張徹落第詩

鄧魴《とうばう》・張徹《ちやうてつ》が落第《らくだい》の詩《し》

解題　鄧魴と張徹ふたりの科挙落第を惜しんで詠んだ詩。元和三年（八〇八）の作と考えられる。鄧魴は生没年未詳。『白氏文集』巻二十八、「元九に与ふる書」（一四八六）に、「鄧魴なる者有り、僕の詩を見て喜びしも、何（いくばく）も無くして魴死せり」とあり、この詩の後、程なくして世を去った不遇の文人である。『白氏文集』巻十に見える「鄧魴の詩を読む」（〇四八）は、この人物が早世した後、偶然にも彼の詩集を手に入れた白居易の感慨を詠むもの。同詩には、「第に擢（ぬきん）でらるるも禄に及ばず、新婚にして妻いまだ帰（つと）がず、少年にして疾患無きも、路岐に溘死す」とあって、彼は今回の落第の後、翌年（あるいは数年後）には晴れてみごと及第を果たし、良家の子女との婚約も成って、いよいよこれから順風満帆の官僚人生を歩もうとした矢先、何らかの事件に巻き込まれて敢えなく命を落としたもののようである。

張徹は白居易が少年期を過ごした徐州符離の出身。『白氏文集』巻十二、「酔後筆を走らせて劉五主簿の長句の贈に酬い、兼ねて張大・賈二十四二先輩昆季に簡す」詩（〇五八四）がある。また同巻三十一、「張徹・宋申錫をば並びに監察御史たるを可とする制」（一五一四）に「方直強白（方正実直で志操強固かつ清廉潔白）」と記されるように彼は剛胆でかつ直情径行な性格の人物だったようである。果たして長慶元年（八二一）に監察御史として幽州節度使の庁舎を査察した際、反乱軍と衝突して監禁され殺害されてしまう。韓愈に「故幽州節度判官贈給事中清河張君墓誌銘」および「祭張給事文」、また五言の長篇「張徹に答ふ」詩があり、韓愈門下の詩人李賀に「酒罷（や）みて張大徹に贈らんことを索（もと）む」詩がある。また清の徐松『登科記考』巻十七によれば、張徹はこの後元和四年（八〇九）の進士科に及第したという。したがって、この詩の製作年代は最も可能性が高い元和三年春と推定されるのである。

古琴無㆓俗韻㆒　奏罷無㆓人聽㆒
寒松無㆓妖花㆒　枝下無㆓人行㆒
春風十二街　軒騎不㆓暫停㆒
奔㆑車看㆓牡丹㆒　走㆑馬聽㆓秦箏㆒
衆目悦㆓芳豔㆒　松獨守㆓其貞㆒
衆耳喜㆓鄭衞㆒　琴亦不㆓改㆑聲
懐哉二夫子　念㆑此無㆓自輕㆒

古琴《こきん》　俗韻《ぞくゐん》無《な》く、奏《そう》し罷《をは》るも人《ひと》の聽《き》く無《な》し。
寒松《かんしよう》　妖花《えうくわ》無《な》く、枝《えだ》の下《もと》　人《ひと》の行《ゆ》く無《な》し。
春風十二《しゆんぷうじふに》街《がい》、軒騎《けんき》　暫《しばら》くも停《とど》まらず。
車《くるま》を奔《はし》らせて牡丹《ぼたん》を看《み》、馬《うま》を走《はし》らせて秦箏《しんさう》を聽《き》く。
衆目《しゆうもく》　芳豔《はうえん》を悦《よろこ》び、松《まつ》　獨《ひと》り其《そ》の貞《てい》を守《まも》る。
衆耳《しゆうじ》　鄭衞《ていゑい》を喜《よろこ》び、琴《きん》　亦《ま》た聲《こゑ》を改《あらた》めず。
懐《おも》ふかな　二夫子《にふうし》、此《これ》を念《おも》ひて自《みづか》ら輕《かろ》んずること無《な》かれ。

聽・停（下平聲、青韻）、行（下平聲、庚韻）、箏（下平聲、耕韻）、貞・聲・輕（下平聲、清韻）……庚・耕・清韻は同用。

青韻は通押。

通釈　古い琴は凡俗が好むような音色を発しないので、演奏が終わってみると誰も聴く者がいないありさま。冬の寒さを耐える松の木には牡丹のようなあでやかな花が咲かないので、その枝の下を誰ひとり通る者はいない。さて、春風そよぐ長安の十二街、繁華なこれらの大通りを高貴な方々の馬車とその護衛の騎馬隊がひっきりなしに駆け抜けて行く。みな車を急がせてはあちこちの牡丹の名花を見て回り、馬を駆けさせては秦箏の名演奏を聴いて回るのだ。

衆目が色あでやかで香《かぐわ》しい牡丹の花によろこび惑わされる中、松こそはじっとその貞節を保ち続けることができる。また大衆の耳が古代の鄭衛の楽のようにみだらで騒々しい曲に喜び狂う中、七絃の古琴こそが正しい音階を間違わずに伝え続けることができるのだ。ねえ、そうだろう、鄧魴と張徹の両君。だからどうか自重して次のチャンスを目指して頑張って欲しい。

語釈　〇古琴　桐をくりぬいて作る七絃の弦楽器。ごん。一般に「こと」と称される十三絃の箏とは別種のものである。唐代の実物として我が国には正倉院御物「金銀平文琴（きんぎんひょうもんきん）」が伝わっている。長さ一メートル強、横幅約二〇センチメートルのもので、今日のギターのように両手で抱きかかえるようにして演奏する。〇俗韻　凡俗の嗜好に迎合した音楽、華美で下品な曲調。東晋の陶淵明「園田の居に帰る五首」其の一に「少（わか）きより適俗の韻無く、性は本と丘山を愛す」（『陶淵明集』巻二）と。〇罷　終わる。特に宴席や音楽の演奏が終わるときに使われる。『白氏文集』巻十二、「長恨歌」（〇五九六）に、「玉楼に宴罷んで酔ひて春に和す」、また同巻「琵琶引」（〇六〇三）に、「曲罷みては曾て善才をして伏せしむ」と。〇寒松　冬にも緑を保つ松樹。士大夫が固く節操を守っているさまを象徴する。『論語』子罕篇の「歳寒くして然る後に松柏の彫（しぼ）むに後（おく）るるを知る」に基づく。〇妖花　見る人の心をうっとりとろかせるような艶やかな花。『白氏文集』巻四、「新楽府」其の二十八「牡丹芳」（〇一五二）に、「牡丹の妖艶の色を減却す」と。〇十二街　長安の中でも最も繁華な街区。白居易たち官僚や知識人たちが多く居住する長安城東側一帯を指す。十二は概数であって実際はさらに多い。『文選』巻一、班固の「西都賦」の「三条の広路を披（ひら）き、十二の通門を立て、内は則ち街衢（がいく）洞達し、閭閻（りよえん）且（まさ）に千ならんとす」や、『文選』巻二十一、鮑照の「詠史詩」に「京城の十二衢、飛甍（ひばう）各〻鱗次す」とあるのに基づく表現である。『白氏文集』ではこの巻一の「楽遊園に登りて望む詩」（〇〇二六）の「下（しも）つかた十二街を視れば、緑樹　紅塵に間（まじ）ふ」や、同じく「友に諭す詩」（〇〇五二）の「西のかた長安城を望めば、歌鐘す十二街」、また巻十四「村居にて張殷衡に寄す」詩（〇七八五）の「唯だ老子五千字を看て、長安十二衢を踏まず」などのように使われる。また同時代の張籍「賈島に逢ふ」詩に「十二街中に春雪遍（あまね）く、馬蹄今ぞ去（ゆ）きて誰が家に入らん」（『全唐詩』巻三八六）とある。○軒騎　高貴な人々が乗る幌付きの馬車とその護衛の騎馬隊。『韓非子』外儲説左下篇に、「翟黄（てきくわう）（魏の大夫）軒に乗り騎駕して出づ」とあり、この「乗軒騎駕」をつづめた表現。盛唐開元時代の詩人孫逖の「上巳の寒食に連なりて京洛を懐ふ有るに和す」詩に、「天津の御柳は碧遥遥、軒騎相従ひて半ば朝（てう）より下る」（『全唐詩』巻一一八）と。また『白氏文集』巻二、「秦中吟」其の四「友を傷む」詩（〇〇七八）に、「正に逢ふ　朝より下りての帰り、軒騎　五門の西」と。○奔車　馬車を猛スピードで駆けさせる。『白氏文集』巻三、「新楽府」其の八「胡旋女」（〇一三二）に「奔車も輪緩うして旋風も遅し」と。また、この春の牡丹見物に都の人々が浮かれるさまは、『白氏文集』巻二、「秦中吟」其の十「買花」詩（〇〇八四）、および巻四、「新楽府」其の二十八「牡丹芳」（〇一五二）に描かれる。○秦箏　秦の弦楽器。こと。秦の蒙恬が作ったとされる。唐代は十三絃であり、今日の日本に伝わっている「箏」もこれに由来する。『文選』巻二十七、三国魏の曹植「箜篌引」に、「秦箏は何ぞ慷慨たる、斉瑟は和にして且つ柔なり」とある。この秦箏の演奏が当時の長安で大流行しており、これを諷諭したものが本巻前出の「廃琴詩」（〇〇〇九）である。
○芳艶　あでやかで美しい。六朝宋の顔延之「碧芙蓉の頌」に、「沢芝の芳艶は、奇水の属を擅（ほしいまま）にす」（『芸文類聚』巻八十二）と。○守其貞　貞節を守り続ける。自分本来の姿を保ち続ける。『文選』巻十三、謝恵連の「雪の賦」に、「白玉は白しと雖も、空しく貞を守るのみ」と。また同巻三十一、江淹「雑体詩」の嵇中散「言志」に、「荘生は無為を悟り、老氏は其の真を守る」と。○衆目悦芳艶・衆耳喜鄭衛　目に鮮やかな花を愛で、耳に心地よい奇抜な音楽を喜ぶ世情を風刺する。『白氏文集』巻二、「秦中吟」其の一「婚を議す」詩（〇〇七五）にも、「天下に正声無く、耳を悦ばすを即ち娯と為す、人間に正色無く、目を悦ばすを姝と為す」とある。なお、特にこの詩では科挙の栄光をみごと勝ち取って曲江池での園遊など長安の社交界に華々しいデビューを果たしたその年の進士及第者たちを意識するものであろう。○鄭衛　大衆に受ける奇抜な音楽。みだらで、国の滅亡を思わせる乱世の音楽。『礼記』楽記篇に、「鄭衛の音は、乱世の音なり」と。また『論語』衛霊公篇に、「鄭声を放ち、佞人を遠ざけよ。鄭声は婬にして、佞人は殆（あや）ふし」、および陽貨篇に、「鄭声の雅楽を乱すを悪（にく）む」とある。『文選』巻九、楊雄の「長楊の賦」に、「糸竹の晏衍の楽を抑止し、鄭衛の幼眇（えうべう）の声を聞くを憎む」と。○懐哉　なつかしい。したわしい。『詩経』王風「揚之水」に、「懐ふかな（哉）懐ふかな（哉）、曷（いづ）れの月に予（われ）還帰せんかな」とあるのを踏まえる。恋人や親しい友人に対する親愛の情を込めた呼び掛け。『白氏文集』巻十、「秋槿」詩（〇五三三）に、「此に感じ因りて彼を念ふ、懐ふかな（哉）聊か一たび陳（の）べん」、また同巻五十一、「庾侍郎に寄す」詩（二三三六）に、「懐ふかな（哉）庾順之よ、好し是れ今宵の客」、同巻五十二、「太子賓客を授かりて帰洛す」詩（二三七四）に、「懐ふかな（哉）紫芝の叟よ、千載に心相依らん」と。○二夫子　鄧魴と張徹の二人を指す。「夫子」は敬称。○無自軽　自重せよ。くよくよするな。別れる友への励ましの挨拶。『白氏文集』巻一、「仙を夢む詩」(〇〇〇五)に、「汝は仙才、努力して自ら軽んずること勿かれ」、また同巻五、「李十一建に寄す」詩(〇二〇一)に、「言約す　自ら軽んずること無かれ」と。

0045　送㆓王處士㆒詩

王處士《わうしよし》を送《おく》る詩《し》

解題　都長安の王侯貴族の門を訪れ、仕官の口を求めたが、俗世の習慣に膝を屈するのを潔しとせず、夢破れ終南山に帰隠しようとする王処士を見送っての作。白居易が盩厔県尉であったころの親友王質夫を指すと考えられる。「処士」とは、「進士」の対義語、在野の無位無冠の士に対する敬称。王質夫については『白氏文集』巻五(〇一八一・〇一八二・〇二〇五)、巻九(〇四〇〇)、巻十一(〇五三一・〇五四七・〇五五一)、巻十三(〇六三九・〇六四五・〇六四七)、巻十四(〇七一五・〇七三八)の各詩、そして巻十二に収録される陳鴻「長恨歌伝」(〇五九六付録)を参照。

王門豈無㆑酒　侯門豈無㆑肉
主人貴且驕　待㆑客禮不㆑足
望㆑塵而拜者　朝夕走碌碌
王生獨拂㆑衣　遐擧如㆓雲鵠㆒
寧歸㆓白雲外㆒　飲㆑水臥㆓空谷㆒
不㆑能㆑隨㆓衆人㆒　斂㆑手低㆓眉目㆒
扣㆑門與㆑我別　酤㆑酒留㆑君宿
好去采薇人　終南山正綠

王門《わうもん》豈《あ》に酒無《さけな》からんや、侯門《こうもん》豈《あ》に肉無《にくな》からんや。
主人《しゆじん》貴《たつと》くして且《か》つ驕《おご》り、客《きやく》を待《たい》するに禮足《れいた》らず。
塵《ちり》を望《のぞ》んで拜《はい》する者《もの》、朝夕《てうせき》走《はし》りて碌碌《ろくろく》たり。
王生《わうせい》獨《ひと》り衣《ころも》を拂《はら》ひ、遐《はる》かに擧《あ》がりて雲鵠《うんこく》の如《ごと》し。
寧《むし》ろ白雲《はくうん》の外《そと》に歸《かへ》り、水《みづ》を飲《の》んで空谷《くうこく》に臥《ぐわ》せん。
衆人《しゆうじん》に隨《したが》ふ能《あた》はず、手《て》を斂《をさ》めて眉目《びもく》を低《た》る。
門《もん》を扣《たた》いて我《われ》と別《わか》るるに、酒《さけ》を酤《か》ひて君《きみ》を留《とど》めて宿《しゆく》せしむ。
好《よ》し去《さ》れ　采薇《さいび》の人《ひと》、終南《しゆうなん》の山《やま》は正《まさ》に綠《みどり》ならん。

肉・碌・谷・目・宿(入聲、屋韻)、足・綠(入聲、燭韻)、鵠(入聲、沃韻)……燭・沃韻は同用。屋韻は通押。

通釈　王族の御門の中にはきっとうま酒があるだろう。侯爵さまの御門の中なら炙り肉にありつけるはずだ。御屋敷の主人は居丈高で驕りたかぶった態度で、賓客に対する接待も失礼この上ないが、就職活動のため、彼の後塵を拝して訪問しようとする者は、朝から晩までぞろぞろと引っきり無しのありさま。

わが旧友の王君は、そんな世情に失望し、決然と衣の裾を翻して、大空を飛翔する白鳥のように立ち上がった。やはり白雲のたなびく終南山にもどり、水を飲むしかないような貧乏な暮らしの中でも自由快適な山谷に居るのが一番だから。もはや官職を得ようとあくせくする世の多くの人々とは付き合えず、手を引っ込め、顔を背けてしまったのだ。

都を去る前日、王君はふと我が家の門を敲き、わざわざ別れの挨拶に来てくれた。何もおもてなし出来ない私だが、急いで酒を買いにやらせるので、せめて今夜は君に泊まっていってもらいたい。さらばだ。古の伯夷のように高潔な王君。明朝、君が向から終南山は正しくすがすがしい緑色を呈して君を迎え入れてくれるにちがいない。

語釈 ○王門　王族の大邸宅。『文選』巻二十六、陸厥の「内兄の希叔に奉答す」詩に、「王門の貴き所以《ゆゑん》は、古《いにしへ》より俊民多ければなり」と。○豈無　無いはずがない。必ず有るじゃないか。盛唐の杜甫「八哀詩・贈左僕射鄭国公厳公武」詩に、「豈に成都の酒無からんや」（『杜詩詳註』巻十六）と。○侯門　諸侯の豪邸。孟郊の「大梁にて柳淳の先に関に入るを送る」詩に、「王門と侯門と、富を待ちて貧を待たず」（『全唐詩』巻三七八）と。また『白氏文集』巻十二、「張山人の嵩陽に帰るを送る」詩（〇五六三）にも、「暮れに五侯の門に宿れば、残茶と冷酒　人を愁殺す」と。○望塵而拝者　貴族の乗る馬の後塵を拝してそれを追いかける。当時、中下層階級出身の知識人たちは有力者の推薦を得て何とか官職にありつこうと、このようなみじめな就職活動をおこなっていた。盛唐の杜甫「韋左丞丈に奉贈す二十二韻」詩に、「驢に騎《の》ること三十載、京華の春に旅食す。朝に富児の門を扣《たた》き、暮れに肥馬の塵に随ふ。残杯と冷炙と、到る処　潜かに悲辛す」（『杜詩詳註』巻一）と描かれるのがその一例である。○碌碌　何も役に立たずゴロゴロしているさま。河原の小石のように集まって、主人の言うがままに漫然とその日を過ごすさま。「録録」に同じ。『史記』巻七十六・平原君列伝に「公等は録録として所謂《いはゆる》人に因りて事を成さんとする者なり」と。
○払衣　衣の裾を払って立ち上がる。その場所から決然と立ち去る。『文選』巻十九、謝霊運の「祖徳を述ぶる詩」其の二に「七州の外に高揖し、衣を五湖の裏に払ふ」と。また盛唐の李白「古風五十九首」其の十に「吾も亦た澹蕩《たんとう》の人、衣を払って同調すべし」（『全唐詩』巻一六一）と。○遐挙　ふわりと舞い上がる。世俗をはるか遠く離れる。『楚辞』遠遊に「汜として容与《ようよ》として遐《はる》かに挙がり、聊か志を抑へて自《みづか》ら弭《とど》む」とあるのを踏まえる。○雲鵠　雲のかなた大空高く翔びゆくオオハクチョウ。「鵠」

は、天空を飛ぶ伝説上の鳥類。「黄鵠」ともいう。『韓詩外伝』巻二に「夫れ黄鵠は一挙千里」と。『文選』巻二十九、漢の李陵の「蘇武に与ふ詩」其の二に、「黄鵠　一たび遠別し、千里　顧《かへり》みて徘徊す」と。○白雲外　白い雲がたなびく山の彼方。隠者としての悠々自適の生活を象徴する。盛唐の王維「送別」詩に、「君は言ふ　意を得ず、南山の陲《ほとり》に帰臥せんと。但だ去れ、復た問ふ莫し、白雲尽くる時無からん」(『全唐詩』巻一二五)、また丘為の「王維に留別す」詩にも、「帰鞍す白雲の外」(『全唐詩』巻一二九)とある。○飲水　水を飲んで渇きをいやす。極貧の生活をいう。『論語』述而篇に、「疏食《そし》を飯《くら》ひ、水を飲み、肱を曲げて之を枕とす。楽しみは亦た其の中に在り」と。○空谷　人気の無い奥深い谷間。賢者が清らかに棲むべき自由な空間。『詩経』小雅「白駒」に、「皎皎たる白駒は、彼の空谷に在り」と。また『文選』巻二十五、謝霊運の「従弟恵連に酬ゆ」詩に、「務《はる》かに華京の想ひに協《かな》へば、詎《なん》ぞ空谷の期を存せん」と。○斂手　手をひっこめる。消極的な態度をとる。『史記』巻七十八・春申君列伝に、「秦楚の合して一と為りて以て韓に臨めば、韓は必ず手を斂《をさ》めん」と。『白氏文集』巻一、「紫閣山北の村に宿する詩」(〇〇三)に、「主人　退きて後ろに立ち、手を斂めて反つて賓の如し」と。○低眉目　目を伏せ、顔をうつむかせる。「眉目」は、「眉目秀麗」の略。ここには白居易の王処士に対する尊敬や賛美の意味を含んでいる。

○扣門　門扉をたたく。訪問する。「叩門」に同じ。東晋の陶淵明「乞食」詩に、「門を叩けども言辞拙《つたな》し」(『陶淵明集』巻二)と。○酤酒　市場で売っている酒。有り合わせの安い酒。「沽酒」に同じ。『論語』郷党篇に、「沽酒と市脯は食らはず」と。ここでは王処士の不意の訪問を受け、旧友を精一杯もてなそうとする白居易のせめてもの行動を描いている。○好去　さようなら。お元気で。唐代より習見される別れの挨拶。○采薇人　殷周革命期の賢者である伯夷と叔斉。不義にして殷を滅ぼした周文王に抗するため、周の粟を食まず首陽山に隠れて薇《わらび》を採って生活し餓死した。『史記』巻六十一・伯夷列伝参照。ここでは王処士になぞらえる。○終南山　長安の南郊にそびえる山脈。唐代には多くの隠者が棲んだ。

0046　村居苦ㇾ寒詩　　村居《そんきょ》に寒《かん》に苦《くる》しむ詩《し》

解題　異常気象が重なって大凶作となり、その年の暮れに貧困にあえぐ農民たちの暮らしに思いを致した詩。元和八年(八一三)下邽《かけい》での作。

八年十二月　五日雪紛紛　　八年十二月五日《はちねんじふにぐわついつか》　雪紛紛《ゆきふんぷん》たり。

竹柏皆凍死　況彼無衣民
廻㆓觀村閭閒㆒　十室八九貧
北風利如㆑劍　布絮不㆑蔽㆑身
唯燒㆓蒿棘㆒火　愁坐夜待㆑晨
乃知大寒歲　農者尤苦辛
顧㆑我當㆓此日㆒　草堂深掩㆑門
褐裘覆㆓絁被㆒　坐臥有㆓餘溫㆒
幸免㆓飢凍苦㆒　又無㆓壟畝勤㆒
念㆑彼深可㆑愧　自問是何人

竹柏《ちくはく》　皆凍死《みなとうし》し、況《いは》んや彼《か》の無衣《むい》の民《たみ》をや。
村閭《そんりよ》の閒《かん》を廻觀《くわいくわん》すれば、十室《じふしつ》に八九《はちく》貧《まづ》し。
北風《ほくふう》　利《と》きこと劍《つるぎ》の如《ごと》く、布絮《ふじよ》　身《み》を蔽《おほ》はず。
唯《た》だ蒿棘《かうきよく》を燒《た》く火《ひ》もて、愁坐《しうざ》して夜《よもすがら》晨《しん》を待《ま》つ。
乃《すなは》ち知《し》る　大寒《たいかん》の歲《とし》、農者《のうしや》　尤《もつと》も苦辛《くしん》するを。
我《われ》を顧《かへり》みれば　此《こ》の日《ひ》に當《あ》たり、草堂《さうだう》に深《ふか》く門《もん》を掩《おほ》ふ。
褐裘《かつきう》に絁被《しひ》を覆《おほ》ひ、坐臥《ざぐわ》に餘溫《よをんあ》有り。
幸《さいは》ひに飢凍《きとう》の苦《く》を免《まぬか》れ、又《また》　壟畝《ろうほ》の勤《つと》め無《な》し。
彼《かれ》を念《おも》へば　深《ふか》く愧《は》づべし、自《みづか》ら問《と》ふ　是《こ》れ何人《なんぴと》ぞと。

紛（上平聲、文韻）、民・貧・身・晨・辛・人（上平聲、眞韻）、門・溫（上平聲、魂韻）、勤（上平聲、欣韻）……文・欣韻は同用。文・眞・魂・欣韻はすべて通押。

通釈　時は元和八年十二月五日。こんこんと雪は降り積もり、青竹も柏樹もみな凍りついて立ち枯れ、ましてあの着る物とて満足に無い農民たちはどうすることもできない。我が下邽の集落を見て回ると、およそ十軒に八、九軒の家族は貧困にあえいでいる。北風は剣のように冷たく身体に吹きつけ、粗末な毛布一枚では、とても一家全員を包み込むことはできない。せめて枯れ草やいばらの枝に火をつけて、じっと無言のままに坐して夜明けを待つほかは無い。かくして大寒波の歳は、農民たちこそがもっとも辛酸を舐めるのだ。

かく言う私は、こんな天候の日にはぴしゃりと柴の門を閉ざして、草庵の奥深くに引きこもり、ボロ着に革服を着込み、絹の御高祖頭巾《おこそずきん》を引っ被っていれば、座布団もほんのり温かい。よって幸いにも飢えと凍えの心配をまぬがれ、さらには野良仕事に精を出す必要も無い。しかしあの農民たちのことを思えば、自分はいったい何者なのかと、しみじみと慙愧の念にたえないのだ。

語釈 ○八年十二月五日　元和八年（八一三）十二月五日は現在の陽暦に換算すると同年の十二月三十一日に当たる。だとすればこの時期の雪は決して珍しいものではないが、『旧唐書』巻十五・憲宗紀下によれば、この年は「京畿に水（洪水）、旱（旱魃）、霜（早霜）ありて、田を損すること三万八千頃（約二二万ヘクタール）」とあって、大変厳しい凶作であったことが伺われる。なお、この句は五言詩の定式に当てはめて「八年十二月、五日雪紛紛」と句切ることも可能であるが、ここではまことに奇抜にも、年月日という極めて散文的な文言をそのまま五言詩の冒頭に持ち込んでいる趣向が面白い。しかも「八年十二月、五日雪紛紛」と、古詩でありながらここは律詩の方式に従って平仄が合っている。○雪紛紛　雪がこんこんと入り乱れて降りつづくさま。『文選』巻二十九、張衡の「四愁詩」其の四に、「往きて之に従はんと欲すれば雪紛紛たり」と。○竹柏　竹と柏樹。ともに一般的には冬でも青々と茂っていることから人間の節操や不屈の精神を象徴する。だが『後漢書』巻七・孝桓帝紀の延熹九年（一六六）に、「冬十二月、洛城の傍（すべ）ての竹柏枯れ傷む」などとあり、その被害は国家の衰運を予感させる不祥事と考えられていた。なお後漢の延熹九年の際には、『後漢書』巻三十下・襄楷伝に襄楷の上書が引用されている。曰く、「其の冬大いに寒く、鳥獣を殺し、魚鼈を害し、城傍の竹柏の葉に傷枯する者有り。臣の師より聞きしに曰く、『柏傷竹枯せば、三年を出でずして、天子之に当たらん』と」と。果たして桓帝はその一年後の永康元年（一六七）十二月に三十六歳の若さで崩御した。白詩とこの後漢の襄楷の発言との関係は、南宋の王楙『野客叢書』巻二十三「韓白詩意同」の条にも指摘がある。ちなみに「柏」はヒノキ科の植物、和名コノテガシワ。いわゆるブナ科のカシワとは全く別種である。○無衣民　雪にこごえる中、身体をおおう衣すら無い民。『詩経』豳風「七月」に、「二の日（＝十二月）は栗烈（りつれつ）、衣無く褐無く、何を以てか歳（とし）を卒（を）へん」とある。○廻観　見回す。見渡す。『白氏文集』巻六、「同病者に寄す」詩（〇二四九）にも「親旧の中を廻観すれば、目を挙げて尤も嗟（なげ）くべし」と。○村閭　村ざと。「閭」は、集落の入り口に設けられた門。ここでは白居易が今居住している下邽村を指す。○北風利如剣　剣で斬りつけられるように冷たい冬の北風。盛唐の杜甫「前苦寒行二首」其の二に、「寒は肌膚を刮（けづ）りて北風利（と）し」（『杜詩詳註』巻二十一）とある。○布絮　布と綿。つまり綿の入った布団。毛布。ここでは農民たちが家族よりそって必死に耐えている一枚の夜具をいう。○蒿棘　枯れ草と枯れ枝。○愁坐　終始無言のまま、まんじりともせず座しているさま。杜甫の「雪に対す」詩に、「愁坐して正に空に書す」（『杜詩詳註』巻四）と。○尤苦辛　もっとも苦労する。馬本等明代以降の刊本では「猶苦辛」に作るが、「尤」字と「猶」字の発音が同じであることによる誤りである。

○草堂　草葺きの小さないおり。世俗を避けた隠者の住まい。杜甫の「狂夫」詩に、「万里橋西の一草堂、百花潭水は即ち滄浪」(『杜詩詳註』巻九)と。ここでは士族の身分である白居易の住居を指す。○掩門　門を閉ざす。訪問客を謝絶して暮らす。杜甫の「絶句漫興九首」其の六に、「懶慢(らんまん)堪ふる無く　村を出でず、児を呼んで日々に在りて柴門を掩(おほ)はしむ」(『杜詩詳註』巻九)と。○褐裘　隠者の着る粗末な服装。「褐」はあらい布製、「裘」は革製の衣。「裘褐」に同じ。『荘子』外篇天下篇に、「後世の墨者をして多く裘褐を以て衣と為さしむ」と。○絁被　絹織物のマフラー。頭巾。「絁」は絹布、「被」はかぶりもの。○壟畝勤　農作業。畑仕事。「壟」も「畝」もうね。東晋の陶淵明「勧農」詩に、「彼の賢達を相(み)るに、猶ほ壟畝(ろうほ)に勤む」(『陶淵明集』巻一)とある。○是何人　いったいどのような人なのか。『白氏文集』巻二、「秦中吟十首」其の五「不致仕」(〇〇七九)に、「賢なるかな　漢の二疏、彼は独り是れ何人ぞ」と。

余説　清の査慎行の『白香山詩評』に云う、「詩の境地は平易であるが、見なれているだけに興味が乏しい」と。

この詩の「北風利如剣」の句を題にした藤原行葛の詩句「漢主の手の中に吹いて駐まらず、徐君が墓(つか)の上に扇(あふ)いでなほ懸れり」が、『和漢朗詠集』巻下・風部にある。

0047　納レ粟詩　粟《ぞく》を納《い》るるの詩《し》

解題　凶作の年の農民の苦しみを詠んだ前詩に続いて、こんどは比較的豊作となった年にも臨時の徴税があることを詠ずる。すなわち当時「和糴(わてき)」と称する制度である。このことの不当については白居易は左拾遺時代にも「和糴を論ずる状」(『白氏文集』巻四十一、一九五〇)を奏して論じたのだが、その後もこの徴税は行われていたのである。元和六年(八一一)から九年にかけての下邽退居時代の作。

有レ吏夜叩レ門　高聲催レ納レ粟
家人不レ待レ暁　場上張二燈燭一
揚レ簸浄如レ珠　一車三十斛
猶憂三納不レ中　鞭責及二僮僕一

吏《り》有《あ》り　夜《よる》　門《もん》を叩《たた》き、高聲《かうせい》に粟《ぞく》を納《い》れんことを催《うなが》す。
家人《かじん》　暁《あかつき》を待《ま》たず、場上《ぢやうじやう》に燈燭《とうしよく》を張《は》る。
簸《は》を揚《あ》ぐれば浄《きよ》きこと珠《たま》の如《ごと》く、一車三十斛《いつしやさんじふこく》。
猶《な》ほ納《い》れて中《あた》らず、鞭責《べんせき》の僮僕《どうぼく》に及《およ》ばんことを憂《うれ》ふ。

昔余謬従レ事　内愧ニ才不一レ足
連授ニ四命官一　坐尸十年祿
常聞古人語　損益周必復
今日諒甘心　還ニ他太倉穀一

昔《むかし》余《よ》　謬《あやま》つて事《こと》に従《したが》ひ、内《うち》に才《さい》の足《た》らざるを愧《は》づ。
連《しき》りに四命官《しめいくわん》を授《さづ》かり、坐尸《ざし》す　十年《じふねん》の祿《ろく》。
常《かつ》て聞《き》く　古人《こじん》の語《ご》、損益《そんえき》　周《めぐ》りて必《かなら》ず復《ふく》すと。
今日《こんにち》　諒《まこと》に甘心《かんしん》し、太倉《たいさう》の穀《こく》を還他《かへ》す。

粟・燭・足（入聲、燭韻）、斛・僕・祿・復・穀（入聲、屋韻）……燭・屋韻は通押。

通釈　ある夜いきなり村の小役人がやってきて、家々の戸を叩き、大声で臨時の徴税を催促してきた。我が家の者たちは、庭先を村人に開放し、提灯や燭台の明かりを張りめぐらせて、徹夜の作業をはじめた。穀物を箕であおり揚げて藁くずやもみ殻を吹き飛ばす様子は、穀粒が灯火の光に浮かび上がり、まるで真珠のような美しさ、これがみるみる馬車一台分の三十石になってゆく。それでも心配なのは役所での計量が命令どおりの額に達せず、運搬役の下僕たちが鞭でお仕置きされないかということだ。思えば私は、運命のいたずらで、地方の徴税官に勤務したことがあった。内心では己に才覚が乏しいことがわかっていたのだが、連続して四度も官職を拝命し、無能に坐せるまま約十年間の俸禄をいただいてきた。古いことわざに、情けは人のためならず、損得はまためぐり来るもの、というのがあるそうだが、今日こそは、それを発揮するまことに願ってもない機会だ。我が俸給として頂戴してきた御倉の穀物を、この村の納税額の足しとして、そっくりそのままお返し致しましょう。

語釈　○有吏夜叩門　夜、いきなり役人が集落にやって来て家々の門扉を叩いて臨時の徴税を告げる。盛唐の杜甫の名作「石壕吏」の冒頭、「暮れに石壕村に投ずれば、吏有り　夜　人を捉（とら）ふ」（『杜詩詳註』巻七）を強く意識した表現。○高声　大音声。『文選』巻四十、任昉の「劉整を奏弾す」に「高声もて大いに罵る」と。○納粟　「粟」は、あわ。ただしここでは穀物全般の総称。○場上　庭先。○揚簸　あおり揚げる。箕（み）で穀物を放り上げ、風を吹かせて、稲藁やくず米、もみ殻などを取り除く作業。「簸揚」、また「簸颺」ともいう。『詩経』小雅「大東」に、「維（こ）れ南に箕有り、以て簸揚すべからず」と。また『晋書』巻五十六・孫綽伝に、「之を簸（あ）げ之を颺（あ）ぐれば、穅（もみがら）秕（くづごめ）は前に在り」と。○三十斛　「斛」は、「石（こく）」に同じ。一斛は十斗。約六〇リットル。三十斛は近代日本の水稲で換算すると二十五俵、重さでは約一・五トンとなろうか。このとき白居易の暮らす下邽村には一村を挙げてこの程度の臨時税が徴収されたのである。〇納不中　命令の納税額に達していない。「中」は、あたる。〇鞭責　むち打ちの懲罰。『白氏文集』巻四十一、「和糴を論ずる状」（一九五〇）にも、「苟（いやしく）も稽遅有らば、則ち追捉を被り、迫蹙（はくしゆくし）鞭撻（べんたつ）すること、税賦よりも甚だし」とある。〇謬　まちがって。〇従事　仕事にたずさわる。特に州や県の地方の役人となって働くことをいう。ここでは白居易が盩厔（ちゅうちつ）県尉となっていた元和元年（八〇六）四月から翌二年秋までと、元和五年五月から翌年四月までの京兆府戸曹参軍のことを指す。〇四命官　白居易がこれまでに任命された四つの官職。すなわち校書郎・盩厔県尉・左拾遺・京兆府戸曹参軍をいう。〇坐尸　祭礼のとき、尸（かたしろ）（神の憑りしろ）となって祭壇上に座り、身動きせぬさま。『礼記』曲礼上篇に、「若（も）し夫れ坐するは尸の如く、立てば斉（いさ）（斎）の如し」と。転じて何ら務めを果たすことなく全く無能なまま役職にあり続けることを批判的に言う。『陳書』巻二十九・宗元饒伝に「徳も無く功も無く、坐尸せるまま栄貴なり」と。〇十年禄　白居易は貞元十九年（八〇三）春に書判抜萃科に及第して校書郎を授かり、元和六年（八一一）四月に母陳氏が没して服喪のため下邽に退居するまで官職にあった。厳密には「十年」に少し足りないが、ここでは概数を言ったものであろう。〇損益周必復　人間の一生涯において損をすることと得をすることとは同じであって、両者が巡りめぐって均等にやってくる。『易経』損卦の彖伝に、「損益盈虚、時と偕（とも）に行う」と。また同じく序卦伝に、「損して已（や）まざれば必ず益す」と。〇甘心　心の底から願って。みずから進んで。『詩経』衛風「伯兮」に、「首（かうべ）の疾（やまひ）に甘心す」と。また『文選』巻二十九、曹植「雑詩六首」其の五に、「閑居は吾が志に非ず、甘心して国憂に赴かん」と。〇還他　かえす。おかえしする。「他」は、動詞の接尾辞。〇太倉穀　天子の御蔵からいただいた俸禄米。仕官していた頃の給料。本来ならば白居易は官人であるためこの徴税に関わる必要が無いはずだが、村の名士として庭先を開放し、自家の下僕たちを動員し、あまつさえ自らが俸給として得た禄米をも供出したのである。この「太倉の穀」であれば、もはや「揚簸」の必要は無く、また正確に計量されたものだから庶吏から「鞭責」を受ける心配も無い。かくしてこの時の下邽村の臨時徴税は無事に果たされたのである。

0048　薛中丞詩

薛中丞《せっちゅうじょう》の詩《し》

解題　御史中丞の任にあった薛存誠の急逝を悼む詩。薛存誠は字は資明、蒲州（今の山西省南端）宝鼎の出身。憲宗朝において監察御史などを歴任し、数々の不正や汚職事件を摘発して憲宗から篤い信任を得た人物である。『旧唐書』巻一五三、『新唐書』巻一六二に伝がある。その性格は穏和で、多くの人と交際する度量の広さがあったが、かたや不正の摘発となると彼は一歩も譲らぬ毅然とした態度で臨み、人々からますます重んじられたという。その急逝の報は宮廷の内外を驚かせ、悲しませた。彼の葬儀には韓愈が祭文（「薛中丞を祭る文」）を書いている。薛の死がいつのことであったのか正確な日付は不明であるが、この白居易詩は元和八年（八一三）のものと推定されている。白居易下邽退居中の作品。なお、晩唐の李復言の伝奇集『続玄怪録』にも彼の死にまつわる伝説が収録されている（『太平広記』巻三七九所収）。また、柳宗元の名文「薛存義の任に之くを送る序」（『全唐文』巻五七八）に登場する薛存義も、その名前からおそらく同族のしかも同世代の人物だったと思われる。

百人無㆓一直㆒　百直無㆓一遇㆒
借問遇者誰　正人行得㆑路
中丞薛存誠　守㆑直心甚固
皇明燭如㆑日　再使㆑秉㆓王度㆒
奸豪與㆓佞巧㆒　非㆑不㆓憎且懼㆒
直道漸光明　邪謀難㆓蓋覆㆒
毎因㆓匪躬節㆒　知㆑有㆓匡時具㆒
張爲㆓墜網綱㆒　倚作㆓頽簷柱㆒
悠哉上天意　報施紛廻互
自㆑古已冥茫　從㆑今猶不㆑諭
豈與㆓小人意㆒　昏然同㆓好惡㆒

百人《ひやくにん》に一直《いつちよく》無《な》く、百直《ひやくちよく》に一遇《いちぐう》無《な》し。
借問《しやもん》す　遇《あ》ふ者《もの》は誰《たれ》ぞ、正人《せいじん》　行《ゆ》きて路《みち》を得《え》たり。
中丞《ちゆうじよう》　薛存誠《せつそんせい》、直《ちよく》を守《まも》り　心《こころ》甚《はなは》だ固《かた》し。
皇明《くわうめい》　燭《てら》すこと日《ひ》の如《ごと》く、再《ふたた》び王度《わうど》を秉《と》らしむ。
奸豪《かんがう》と佞巧《ねいかう》と、憎《にく》み且《か》つ懼《おそ》れずんば非《あら》ず。
直道《ちよくだう》　漸《やうや》く光明《くわうみやう》あり、邪謀《じやぼう》　蓋覆《がいふ》し難《がた》し。
毎《つね》に匪躬《ひきゆう》の節《せつ》に因《よ》りて、匡時《きやうじ》の具《ぐ》有《あ》るを知《し》る。
張《は》れば墜網《ついまう》の綱《つな》と爲《な》り、倚《よ》れば頽簷《たいえん》の柱《はしら》と作《な》る。
悠《いう》なるかな　上天《じやうてん》の意《い》、報施《ほうし》は紛《ふん》として廻互《くわいご》す。
古《いにしへ》より已《すで》に冥茫《めいばう》、今《いま》より猶《な》ほ諭《さと》られず。
豈《あ》に小人《せうじん》の意《い》と、昏然《こんぜん》として好惡《かうを》を同《おな》じうせんや。

不レ然君子人　何反如二朝露一
裴相昨已夭　薛君今又去
以二我惜レ賢心一　五年如二旦暮一
況聞善人命　長短繫二運數一
今我一涕零　豈爲二中丞一故

然《しか》らずんば　君子人《くんしじん》、何《なん》ぞ反《かへ》つて朝露《てうろ》の如《ごと》くならんや。
裴相《はいしやう》　昨《さく》　已《すで》に夭《えう》し、薛君《せつくん》　今《いま》　又去《またさ》る。
我《わ》が賢《けん》を惜《を》しむ心《こころ》を以《もつ》てすれば、五年《ごねん》も旦暮《たんぼ》の如《ごと》し。
況《いは》んや聞《き》く　善人《ぜんにん》の命《めい》、長短《ちやうたん》　運數《うんすう》に繫《か》かると。
今《いま》　我《われ》　一《ひと》たび涕零《なみだお》つるは、豈《あ》に中丞《ちゆうじよう》が爲《ため》の故《ゆゑ》のみならんや。

遇・懼・具・柱・諭・數（去聲、遇韻）、路・固・度・覆・互・惡・露・暮・故（去聲、暮韻）、去（去聲、御韻）……遇・暮韻は同用。御韻は通押。

通釈　百人の中に正直者は一人もいない世の中、さて、その数少ない正直者の中でも、明君に見いだされることは、さらに百人に一人という稀なことだ。そこでお尋ねしたい。そのような千載一遇の果報者は誰であろうか。正しく立派な人物で、しかも順風満帆の出世の道を駆け上がった者は。

それは御史中丞の薛存誠。忠直の節義を守り、とても堅固な心の持ち主であった。時に太陽のごとく聡明なる憲宗皇帝は、彼のために勅命を発し、二回もその職に就かしめたのである。ゴマすり上手な悪人どもは、みなこの人事を憎み、かつ懼れた。薛君の真っ直ぐな道が発揮され、その監察の仕事が徐々に光を放ちはじめると、世の中の悪だくみや陰謀はもはや何処にも逃げ隠れることが出来なくなっていった。彼の公正無私な態度こそが、この乱れた世を正すための唯一の才能であることを誰しもが理解していった。彼がぴんと背中を張ると、水底に沈む弛んだ魚網を引き上げる綱のように、その綱紀は粛正され、彼がすっくと立ち上がると、傾きかけた家を支える柱のように、社会は安定していった。

だがあろうことか、はるか彼方の天帝のご意志は、ぐるぐると巡り巡って定まらず、いにしえよりぼんやりと量り知れぬまま、今もなお凡俗の我々には何一つ理解することはできないが、きっと小人たちの心根と同じく、ぐうたらでつまらない好悪の感情で動くことは無いだろう。そんなはずが決して無いのに、かくも立派な君子たるあの方は、何故あべこべに朝露のごとくこの世から逝ってしまわれたのであろうか。ついこの間、裴宰相が若死にされ、こんどは薛君までもが去ってしまった。賢者をしたう我が心の中には、お二人が朝廷で活躍されたこの五年間の出来事が、まるで昨日のことのようにありありと思い出される。まして薛君のような積善の人の寿命も、結局は運命によって定められているなどと聞かされると、今わたくしが流している一たびの涙は、ただ薛中丞のためのみのものでは無くなるのである。

語釈 ○百人無一直　百人の人々の中に正直者は一人もいない。不正と欺瞞に満ちた世間の風潮を歎く。○百直無一遇　百人の正直者の中で厚遇を得た者は一人もいない。正直者が馬鹿をみる。立派な人間が正しく遇されていない社会の現状を歎く。○借問　ちょっとお尋ねするが。六朝の詩以来、詩歌に習見される軽い疑問詞。『文選』巻二十三、曹植「七哀詩」に、「借問す　歎く者は誰ぞ」と。○正人　立派な君子。正直な人物。『書経』冏命篇に周の文王と武王の時代を称えて、「文・武は聡明斉聖なれば、小大の臣、咸（みな）忠良を懐（いだ）き、其の侍御・僕従におよぶまで、正人に匪（あら）ざる罔（な）し」と。○得路　正しき道をゆく。理想の人生行路を得る。『楚辞』離騒に、「彼の尭舜の耿介なる、既に道に遵（したが）ひて路を得たり」と。また中唐の孟郊「時を傷む」詩に、「男児路を得れば即ち栄名」（『全唐詩』巻三七三）と。

○中丞　御史中丞。朝廷の監察機関である御史台の役職。長官を御史大夫といい、御史中丞は次官であるが、中唐以降は御史大夫が置かれなかったため、御史中丞が実質上の長官であった。品階は正五品上。なお『白氏文集』巻三十八、翰林制詔に、「薛存誠を御史中丞に除する制」（一七八五）がある。○皇明　天子の大いなる明徳。『文選』巻一、班固の「西都賦」に、「天人合応し、以て皇明を発す」と。なお、ここでは薛存誠を起用した現在の皇帝憲宗を指す。○再使秉王度　二たびも王の法度を発令させる。皇帝の命令が二回下る。薛存誠は一度御史中丞を拝命し十分な実績を挙げ、門下省の大官である給事中に異動したが、余人をもって代え難しとの憲宗みずからの特別の思し召しを得て、再び御史中丞の職に戻った。「王度」は、帝王の法度。『左氏伝』昭公十二年の条に、「我が王度を思へば、式（もつ）て玉の如く、式て金の如し」と。○奸豪　よこしまな心をもつ金持ち。欲深な富豪。○佞巧　口の達者な悪者。おべっか使い。『史記』巻四・周本紀に、周の幽王の上卿だった虢石父（かくせきほ）について「石父は人と為り佞巧、善く諛（へつら）ひ利を好む」とある。○直道　まっすぐな道。正々堂々とした生き方。『論語』微子篇に、「道を直（なほ）くして人に事（つか）ふれば、焉（いづ）くに往くも三たび黜（しりぞ）けられざらん」とある。○邪謀　悪だくみ。『漢書』巻四十五・伍被伝に、「淮南王陰（ひそ）かに邪謀有り、（伍）被は数々（しばしば）微諫す」と。○蓋覆　おおいかくす。「覆」、ふつうは入声字（フク）であるが「おおいつくす」の意味の場合、去声（フ・フウ）に読む。なお現在の

『広韻』によれば去声宥韻（敷救切・フウ）とあるが、本詩では押韻から外れてしまう。恐らく唐代の認識では布（フ）（去声、暮韻）と同音であったと考えられる。『史記』巻五十三・曹相国（曹参）世家に、「参、人の細過有るを見るも、専ら之を掩匿覆蓋（えんぢよくふがい）すれば、府中に事無し」と。〇匪躬節　国事に心をくだき、わが身を一切かえりみない公正無私な態度。『易経』蹇卦に、「王臣は蹇蹇たり、躬（み）の故（とこ）に匪（らあ）ず」とあるのを踏まえる。〇匡時具　時世をただす才能。「具」は、器量、才能。〇墜網綱　水底に沈んだ網を引き上げる綱。たるみきった世の中の風紀を引き締めるきっかけ。〇倚　立てる。〇頽簷柱　屋根の崩れかけた家をささえる柱。頽廃した社会の乱れをしっかりとくい止めること。「柱」字の発音については、『広韻』には上声麌韻（直主切）とのみ見えるが、『集韻』によれば「掌（ささえる）」の意の場合、去声遇韻（株遇切）の破音が存在する。ここでは押韻の関係上、後者が相応しい。東晋の陶淵明「周続之・祖企・謝景夷の三郎に示す」詩に、「痾（ひやま）を頽簷の下に負（お）ふ」（『陶淵明集』巻二）と。

〇悠哉　はるかに遠いこと。思い焦がれること。手が届かないところにいる人への、どうすることもできない歎息の語。『詩経』周南「関雎」に、「悠なるかな（哉）悠なるかな（哉）、輾転反側す」と。〇報施　むくいほどこす。『史記』巻六十一・伯夷列伝に、「天の善人に報施するや、其れ何如ぞ」と。〇廻互　ぐるぐるとめぐりあう。『文選』巻十二、木華「海の賦」に、「蛮に乖（むそ）き夷を隔て、万里に廻互す」と。〇冥茫　広々と果てしなく、捉えどころのないさま。西晋の郭璞「遊仙詩」に、「遐邈なる冥茫の中、俯視すれば人をして哀しましむ」（『初学記』巻二十三）と。〇昏然　うすぼんやり。うすのろに。昼寝の状態をいう。盛唐の杜甫「昼夢」詩に、「二月は饒（たゆ）かに睡りて昏昏然たり」（『杜詩詳註』巻十八）と。〇不然　そんなはずは無い。前の句「豈与小人意　昏然同好悪」を強く否定し、自らに言い聞かせる言葉。第十七句「悠哉上天意」以降は、薛存誠の急逝をどうしても受け入れることができない白居易の悲しみの表現が畳みかけられている。〇君子人　君子たるべき立派な人物。『論語』泰伯篇に、「以て六尺の孤を託すべく、以て百里の命を寄すべく、大節に臨みて奪ふべからず。君子人か、君子人なり」と。〇反　かえって。あべこべに。〇如朝露　草葉の上の朝露のようにはかなく消える。死の喩え。『漢書』巻五十四・蘇武伝に見える李陵の言葉に、「人生は朝露の如し」とあるのを踏まえる。〇裴相昨已夭　宰相裴垍の死をいう。裴垍は憲宗初期の治世を支え、元和二年（八〇七）九月に中書侍郎同中書門下平章事（すなわち宰相）となったが、過労の故に元和五年十一月にわかに中風を患って職を辞し、翌元和六年に病没した。その伝は『旧唐書』巻一四八、『新唐書』巻一六九に収められる。薛存誠を見いだし、彼を最初に御史中丞に抜擢したのも裴垍であった。『白氏文集』巻三十七、「裴垍を中書侍郎同平章事に除する制」（一七四七）を参照。なお本文の「夭」字、那波本のみ「失」に作る。〇薛君　薛存誠。〇五年如旦暮　この五年間がたった一日のことのように思い出される。『荘子』斉物論篇に、「万世の後に一たび大聖の其の解を知る者に遇ふは、是れ旦暮に之に遇ふなり」と。またこれに基づく『文選』巻二十六、謝霊運の「初めて石首城を発す」詩に、「聖を欽（たし）ひて旦暮の若く、賢を懐（もお）ひて亦た棲其

(せいき)たり」と。○善人　善良な人物。心がけのよい人。『論語』子路篇に、「善人の邦を為(をさ)むること百年ならば、亦た以て残に勝ち殺を去るべし」と。○長短　結局は。つまるところ。唐代の俗語。『白氏文集』巻十八、「即事微之に寄す」詩（一一三〇）に、「此の身は長短これ空虚なり」と。○運数　運命。定められた命運。○涕零　なみだがこぼれる。『詩経』小雅「小明」に、「彼の共人を念(おも)ひ、涕零つること雨の如し」と。

0049　秋池詩二首　其一

秋池《しうち》の詩《し》二《に》首《しゆ》　其《そ》の一《いち》

解題　下邽寓居の庭先にある池を詠んだ作品。秋の到来によって枯れ凋(しぼ)んでゆく樹木や水草について、思いを綴っている。二首連作。

前池秋始半　卉物多摧壊
欲㆑暮槿先萎　未㆑霜荷已敗
默然有㆑所㆑感　可㆔以従㆓茲誡㆒
本不㆑種㆓松筠㆒　早凋何足㆑怪

前池《ぜんち》　秋始《あきはじ》めて半《なか》ば、卉物《きぶつ》　多《おほ》く摧壊《さいくわい》す。
暮《く》れんと欲《ほつ》して槿《きんま》先づ萎《しぼ》み、未《いま》だ霜《しも》ふらずして荷已《はすすで》に敗《やぶ》る。
默然《もくぜん》として感《かん》ずる所有《ところあ》り、以《もつ》て茲《こ》の誡《いまし》めに従《したが》ふべし。
本《もと》　松筠《しようゐん》を種《う》ゑざれば、早《はや》く凋《しぼ》むも　何《なん》ぞ怪《あや》しむに足《た》らん。

壊・誡・怪（去聲、怪韻）、敗（去聲、夬韻）……怪・夬韻は通押。

通釈　立秋より半月あまり、我が庭さきの池では、草や木々がほとんど枯れくだけてしまった。夕暮れがせまると、ムクゲの花は一足先にしぼんでしまい、まだ霜の季節の前なのに、ハスの花はすでにもう無残な姿になってしまった。この景色をみて、しみじみと思われることがあり、それは我が心に深く誡めとすべきものである。そもそもなぜ松や青竹を植えなかったのだ。こんなに早い凋落は当然の結果であろうに。

語釈　○前池　庭前の池。『玉台新詠』巻七、梁の簡文帝蕭綱「林下の妓」詩に、「炎光は夕べに向かひて歛(をさ)まり、宴を促して前池に臨む」と。○卉物　草と木。『隋書』巻一・高祖紀上に引く開皇二年（五八二）の新都建設の詔に、「龍首山は川原秀麗にして、卉物は滋阜なり」と。〇摧壊　くだけこわれる。枯れ損なわれる。〇槿　むくげ。アオイ科の落葉低木。晩夏から秋にかけて花を咲かせる。朝に開き、夕べにはしぼむために、はかないことの喩えとしてよく使われる。『玉台新詠』巻六、王僧孺「何庫部の旧姫の為に蘼蕪の句に擬す」詩に、「妾意は寒松に在り、君心は朝槿を逐ふ」と。〇荷　はちす。はす。スイレン科の水生植物。槿に同じく初秋に花を咲かせ、実を結ぶ。『詩経』陳風「沢陂」に、「彼の沢の陂（つつみ）に、蒲と荷有り」と。〇本　そもそも。本来。〇松筠　松と竹。「筠」は、青竹の幹の部分。盛唐の杜甫「張十二山人彪に寄す三十韻」に、「窮秋正に揺落するとき、回首して松筠を望まん」（『杜詩詳註』巻八）と。

0050　其二

其《そ》の二《に》

鑿レ池貯二秋水一　中有二蘋與一レ芰
天旱水暗消　塌然委二空地一
有レ似汎汎者　附二離權與一レ貴
一旦恩勢移　相隨共憔悴

池《いけ》を鑿《うが》ちて秋水《しうすい》を貯《たくは》ふ、中《うち》に蘋《ひん》と芰《き》と有《あ》り。
天旱《てんかん》なれば水《みづ》は暗《あん》に消《き》え、塌然《たふぜん》として空地《くうち》に委《ゆだ》ぬ。
似《に》たる有《あ》り　汎汎《はんはん》たる者《もの》の、權《けん》と貴《き》とに附離《ふり》するに。
一旦《いつたん》　恩勢移《おんせいうつ》れば、相随《あひしたが》ひて共《とも》に憔悴《せうすい》せん。

芰（去聲、寘韻）、地・悴（去聲、至韻）、貴（去聲、未韻）……寘・至韻は同用。未韻は通押。

通釈　池を掘って秋にかさの増した河の水を溜めると、水面にヒシやデンジソウといった水草が生えてきた。しかし日照りが続いて水が知らず知らずのうちに蒸発してゆき、水草たちはやがて地面にぼっこりと穴があいただけの空き地に取り残されてしまった。このように水草のぷかりぷかりと漂っている習性は誰かに似ているなと思えば、あの政界の大物や貴族ばらにくっついている奴らだ。大物が一旦失脚すれば、奴らもまたそれに付き従ってからからに干からびてしまうのだ。

語釈　〇秋水　秋になって増水した川の水。『荘子』秋水篇に、「秋水時に至り、百川は河に灌（そそ）ぐ」と。〇蘋・芰　ともに水草。「蘋」は、和名田字草（でんじそう）と呼ばれるシダ科の水生植物で、クローバーのような四つ葉を持つ。『詩経』召南「采蘋」に、「于（ここ）に以て蘋を采る、南澗の浜（みぎわ）」と。「芰」は、菱の一種で、その実の外皮が三角または四角のもの。『文選』巻六、左思「魏都の賦」に、

「緑芰は壽（みな）に泛（かう）びて浸潭たり」と。○塌然　どすんと。がくんと。地面が急に陥没したように大穴があくこと。「塌」は、堕ちる。盛唐の杜甫「垂老別」詩に、「蓬室の居を棄絶し、塌然として肺肝を摧（だく）く」（『杜詩詳註』巻七）と。○委　すておかれる。『白氏文集』巻十二、「長恨歌」（〇五九六）に、「花鈿地に委（ゐ）して人の収むる無し」と。○汎汎　ぷかりぷかりと水面に浮かび漂うさま。一本「泛泛」に作るも同じ。『詩経』小雅「采菽」に、「汎汎たる楊（やなぎ）の舟、紼纚もて之を維（つな）ぐ」と。○附離　くっつく。付き従う。「離」も、付くの意味。那波本「附麗」に作るが、古来、「附離」と「附麗」とは音義ともに同じで、双方が使われる。『文選』巻四十五、揚雄の「解嘲」に、「諸〻の之に附離する者は、起家してより二千石に至る」と。○恩勢　天子の恩寵と朝廷内の勢力。○憔悴　やせ衰える。『楚辞』漁父に、「顔色憔悴し、形容枯槁せり」と。

0051　夏旱詩

夏旱《かかん》の詩《し》

解題　夏の旱魃に苦しむ下邽村の情況を詠む。元和九年（八一四）夏の作。『旧唐書』巻十五・憲宗紀下に拠れば、この年の夏五月の条に、「是の月は旱にして穀貴し。太倉の粟七十万石を出だし、六場の糶（うて）を開きて以て飢民に恵む」とあり、また同月に、「旱を以て京畿の夏税十三万石、青苗銭五万貫を免ず」とあって、その被害の状況が知れる。

太陰不レ離レ畢　太歳仍在レ午
旱日與二炎風一　枯‐二焦我田畝一
金石欲二銷鑠一　況茲禾與レ黍
嗷嗷萬族中　唯農最辛苦
憫然望レ歳者　出レ門何所レ覩
但見棘與レ茨　羅生徧二場圃一
惡苗承二沴氣一　欣然得二其所一

太陰《たいいん》　畢《ひつ》に離《かか》らず、太歳《たいさい》　仍《な》ほ午《ご》に在《あ》り。
旱日《かんじつ》と炎風《えんぷう》と、我《わ》が田畝《でんぽ》を枯焦《こせう》す。
金石《きんせき》すら銷鑠《せうしやく》せんと欲《ほつ》す、況《いは》んや茲《こ》の禾《くわ》と黍《しよ》とをや。
嗷嗷《がうがう》たる萬族《ばんぞく》の中《うち》、唯《た》だ農《のう》のみ最《もつと》も辛苦《しんく》す。
憫然《びんぜん》たり　歳《とし》を望《のぞ》む者《もの》、門《もん》を出《い》でて何《なん》の覩《み》る所《ところ》ぞ。
但《た》だ見《み》る　棘《きよく》と茨《し》と、羅生《らせい》して場圃《ぢやうほ》に徧《あまね》し。
惡苗《あくべう》　沴氣《れいき》を承《う》け、欣然《きんぜん》として其《そ》の所《ところ》を得《う》。

感レ此因問レ天　可ニ能長不一レ雨　此《これ》に感《かん》じて因《よ》つて天《てん》に問《と》ふ、能《よ》く長《なが》く雨《あめ》ふらざるべきやと。

午・苦・覩・圃（上聲、姥韻）、畝（上聲、厚韻）、黍・所（上聲、語韻）、雨（上聲、麌韻）……姥・麌韻は同用。語韻は通押。なお「畝」字については「語釈」参照。

通釈　この世の陰の象徴たるお月さまが雨降り星にめぐり会わず、また今年は折しも火徳の干支の午歳《うま》に当たるために、かんかん照りの日差しと熱風とが、我が田圃の稲穂を枯れしぼませてしまった。金属や岩石までもが溶けださんかと思われる気候の中、ましてあの稲や黍を救う術は無い。ごうごうと泣き叫ぶ多くの人々の中で、ただ農民たちこそが一番辛く苦しい情況にあるのだ。

おろおろと今年の収穫を心配する一人の男が、門を出て目にする光景は、ただいばらや雑草が田畑一面を覆い尽くしているのみである。邪悪な草の芽たちは、この不順な悪天候の気を吸い込んで、にここと場所を占めて、はびこっている。

そこで、私はお天道さまにお尋ねしたい。いったい何時まで雨を降らさないでいるお積もりですか、と。

語釈　○太陰不離畢　「太陰」は、月。「畢」は、星座。二十八宿の一つ、あめふり星。『詩経』小雅「漸漸之石」に、「月　畢に離（かか）れば、滂沱たらしむ」とある伝承を踏まえる。「離」は、着く、めぐり会う。○太歳　木星。公転の周期がおよそ十二年であることから、十二支を司る。歳星。○仍在午　さらに午年に当たる。この詩が詠まれた元和九年は甲午（きのえうま）に当たっていた。五行説において巳と午は火徳に当たるために、特に炎天と旱魃の恐れがある。○枯燋　枯れしおれる。「枯焦」に同じ。『白氏文集』巻一、「月灯閣避暑詩」に、「禾黍尽く枯焦す」と。○田畝　田畑。「畝」字は、『広韻』によれば上声厚韻（莫厚韻、発音ホウ）に属するが、本詩の押韻に合わない。唐代の認識では日本漢字音に残るように「圃（ホ）」（上声姥韻）に近い発音であったと考えられる。○銷鑠　溶かす。溶けて無くなる。『文選』巻四十二、応璩「広川の長たる岑文瑜に与ふる書」に、「頃者（このごろ）の炎旱、日に更に増々甚だしく、沙礫は銷鑠し、草木は焦巻す」と。○嗷嗷　多くの人々の愁い嘆く声。盛唐の杜甫「韋諷が閬州録事参軍に上るを送る」詩に、「万方哀しみて嗷嗷たり」（『杜詩詳註』巻十三）と。○惘然望歳者　心配しつつ今年の収穫を待つ者。作者白居易を指す。『左氏伝』昭公三十二年の条に見える周の敬王の詔の「閔閔焉として農夫の歳を望むが如く、懼れて以て時を待てり」とあるのを踏まえる。○棘・茨　いばら、はまびし。とげのある雑草。『詩経』小雅「楚茨」に、「楚楚たる者は茨、言（ここ）に其の棘（げと）を抽く」と。○羅生　生い茂りはびこる。『楚辞』九歌「少司命」に、「秋蘭と麋蕪と、堂下に羅生す」と。○徧　あまねし。広くゆきわたる。○場圃　はたけ。春夏に耕作するときを「圃」といい、秋冬に取り入れをするときは「場」という。『詩経』豳風「七月」に、「九月に場圃を築き、十月に禾稼を納る」と。○沴氣　わるい気。みだれた気。『荘子』大宗師篇に、「陰陽の気に沴（だみ）るる有り」と。また盛唐の杜甫「喜雨」詩に、「穀根小（づわ）かに蘇息するも、沴氣は終に滅せず」（『杜詩詳註』巻十二）と。○可能　まさか。いったいぜんたい。唐代の俗語。

0052　諭レ友詩

友《とも》に諭《さと》す詩《し》

解題　官職を解かれた友を慰める詩。従来の制作年考証では元和元年（八〇六）から十年にかけての作とするが、前の「夏旱詩」に続くものとすれば、元和九年晩秋の作である可能性が強い。この時、白居易自身は、母の喪がようやく明けたため、下邽村での退居生活から再び長安での官僚の身分に復帰しようとしていた頃である。朝令暮改の官僚社会に対する自らの不安をこの詩に託したものとも考えられる。

昨夜霜一降　殺二君庭中槐一
乾葉不レ待レ黄　索索飛下來
憐君感二節物一　晨起歩二前階一
臨レ風踏レ葉立　半日顔色低
西望二長安城一　歌鍾十二街
何人不二歡樂一　君獨心悠哉
白日頭上走　朱顔鏡中頽
平生青雲心　銷化成二死灰一

昨夜《さくや》　霜一《しもひと》たび降《ふ》り、君《きみ》が庭中《ていちゆう》の槐《くわい》を殺《から》す。
乾葉《かんえふ》　黄《き》ばむを待《ま》たず、索索《さくさく》として　飛《と》び下《お》ち來《きた》る。
憐《あは》れむ　君《きみ》が節物《せつぶつ》に感《かん》じ、晨《あした》に起《お》きて前階《ぜんかい》に歩《あゆ》み、
風《かぜ》に臨《のぞ》み　葉《は》を踏《ふ》んで立《た》ち、半日《はんじつ》　顔色《がんしよく》低《た》るるを。
西《にし》のかた長安城《ちやうあんじやう》を望《のぞ》めば、歌鍾《か》十二街《しようじふにがい》。
何人《なんびと》か歡樂《くわんらく》せざる、君獨《きみひと》り心悠《こころいう》たるかな。
白日《はくじつ》　頭上《とうじやう》に走《はし》り、朱顔《しゆがん》　鏡中《きやうちゆう》に頽《くづ》る。
平生《へいぜい》　青雲《せいうん》の心《こころ》、銷化《せうくわ》して　死灰《しくわい》と成《な》る。

我今贈㆓一言㆒　勝㆓飲酒千杯㆒
其言雖㆓甚鄙㆒　可㆑破㆓悒悒懐㆒
朱門有㆓勳貴㆒　陋巷有㆓顔回㆒
窮通各有㆑命　不㆑繫㆓才不才㆒
推㆑此自豁豁　不㆔必待㆓安排㆒

我《われ》今《いま》一言《いちげん》を贈《おく》る、飲酒千杯《いんしゆせんばい》に勝《まさ》らん。
其《そ》の言《げん》甚《はなは》だ鄙《いや》しと雖《いへど》も、悒悒《いふいふ》たる懐《おも》ひを破《やぶ》るべし。
朱門《しゆもん》に勳貴《くんき》有《あ》り、陋巷《ろうかう》に顔回《がんくわい》有《あ》り。
窮通《きゆうつう》各〻《おのおの》命《めい》有《あ》り、才不才《さいふさい》に繫《か》からず。
此《これ》を推《お》せば自《おのづか》ら豁豁《くわつくわつ》たらん、必《かなら》ずしも安排《あんばい》を待《ま》たじ。

槐・頽・灰・杯・回（上平聲、灰韻）、來・哉・才（上平聲、咍韻）、階・懐・排（上平聲、皆韻）、低（上平聲、齊韻）、街（上平聲、佳韻）……灰・咍韻、皆・佳韻は同用。灰・咍・皆・齊・佳韻はすべて通押。

通釈　昨夜ひとたび霜が降りると、君の庭先の槐樹を枯らしてしまった。立ち枯れた木の葉は黄ばむのを待たず、残念なことにざわざわと秋風に吹き飛ばされてゆく。君はこの晩秋の景色に現在の自分の情況を重ね合わせ、朝まだきより起き出して階段の前を下りてゆき、そして、風に吹かれ落ち葉を踏みしめて立ちつくして、長い間ずっとさえない顔でうつむいていることだろう。

西のかた長安のまちの方角は、歌声楽し十二街、皆こぞって歓楽に耽っているが、君一人だけがうつろな心のまま。だが君よ。頭上に真白きお天道様がめぐるうち、鏡に映る若々しい少年の美貌はみるみる崩れ損なわれてゆくものであり、かつての大いなる青雲の志も、何時しかその情熱も消え失せて死せるがごとき冷たい灰となってしまうものである。

私は今、君のために一言の警句を送ろう。これは美酒千杯にも勝る取って置きのもの、たとえその言葉が下卑たものであっても、君のどんよりとした胸の内を晴らすには十分だ。

朱塗りの御門はお大臣、かたや裏長屋にも時には顔回のような賢者が住んでいるものだ。人生の困窮と栄達とはそれぞれに運命のいたずらで、おのれの才と不才には全く関わり無いものだ。だからもう、こせこせと世の巡り合わせに期待するのはよしにして、真っ暗な悩みのトンネルを抜け出して、からりと前を向いて生きてゆこう。

語釈　○殺　枯らす。立ち枯れさせる。槐樹を擬人化した表現であるが、同時に、この樹こそが目前の友の現在の姿でもあることを暗示している。○槐　えんじゅ。中国原産のマメ亜科の落葉高木。街路樹や庭木によく用いられる。『世説新語』黜免篇に、東晋の殷仲文が劉裕の幕府の属官となった後、その府庁の庭先の一本の老槐樹を見て今の自分に喩え、「槐樹は婆娑として、復た生意無し」と嘆いたという故事がある。思うにこの詩を送られた「友」は、昨日いきなり官職を解かれたのであろう。○索索　秋風がざわざわと吹き渡るさま。『白氏文集』巻三、新楽府「五絃弾」(〇一四二)に、「第一第二の絃は索索たり、秋風松を払ひて疎韻落つ」と、また巻十二、「琵琶引」(〇六〇三)にも、「楓葉荻花秋索索たり」とある。○感節物　四季折々の風景に接し、時間の経過に心が動かされる。『文選』巻三十、陸機「擬明月何皎皎」詩に、「踟蹰して節物に感ず」と。○前階　階段の前。庭先。○顔色低　表情がさえない。那波本など一部の本には「顔色哀」に作るものもある。『白氏文集』巻二、「秦中吟」其の四「友を傷む」詩(〇〇七八)に、「志気在りと云ふと雖も、豈に顔色の低るるを免れんや」と。また同巻三、新楽府「馴犀」詩(〇一四〇)にも、「闕に向かひて再拝して顔色低る」と。

○歌鍾十二街　長安の繁華街。「歌鍾」は、歌と音曲。「歌鐘」に同じ。盛唐の崔顥「渭城少年行」に、「章台の帝城は貴里と称せらる、青楼に日晩れなば歌鐘起こる」とある。また「十二街」は、多くの官僚や知識人たちが居住する長安城東側一帯を指す。『白氏文集』巻一、「鄧魴張徹が落第の詩」(〇〇四〇)に、「春風十二街、軒騎暫くも停まらず」と。○心悠哉　心がうつろな状態。○朱顔　少年の頃の若々しい美貌。○頽　くずれる。顔が老けてゆく。○平生　かつて。以前の。『文選』巻二十三、阮籍「詠懐詩十七首」其の八に、「平生少年の時、軽薄にして絃歌を好めり」と。○死灰　火が燃え尽き、冷たくなった灰。『荘子』斉物論篇に、「心は固（もと）より死灰の如くならしむべきか」とあるのに基づく。

○悒悒　心が晴れないさま。『大戴礼記』曾子制言の中篇に、「君子は貧に悒悒たる無く、賤に勿勿たる無く、聞こえざるに惲惲たる無く、布衣は完（まった）からず、疏食に飽（あ）きず、蓬の戸に穴の牖（まど）なるに、日々（びび）孜孜として仁を上（たっと）び、我を知るものに吾訢（きんきん）(欣欣)たる無く、我を知らざるものに吾悒悒たる無し」とあるのに基づく。

○朱門　朱塗りの立派な門。貴族の邸宅の正門。杜甫「京より奉先県に赴く詠懐五百字」詩に、「朱門に酒肉臭く、路に凍死の骨有り」(『杜詩詳註』巻四)と。○陋巷有顔回　『論語』雍也篇に見える孔子が顔回を褒めた言葉に基づく。曰く「賢なるかな回や、一簞の食（し）、一瓢の飲、陋巷に在り。人は其の憂ひに堪えず。回や其の楽しみを改めず。賢なるかな回や」と。○窮通各有命　人間の困窮と栄達とはそれぞれ天命によって定まっている。『荘子』秋水篇に、「窮の命有るを知り、通の時有るを知る」と。また『文選』巻五十四、劉峻「弁命論」に、「余謂（おも）へらく、士の窮通は命に非ざる無し」とある。○才不才　才能のある者とない者。『論語』先進篇に、「才も不才も、亦た各々其の子を言ふ」とある。○豁豁　心がからりと晴れる。迷いが解けてすっきりとするさま。『白氏文集』巻八、「舟中に李山人訪宿す」詩（〇三七）に、「豁豁として風衿を開く」と。〇安排　世のなりゆきに任せる。天の配剤を待つ。『荘子』大宗師篇の「排に安んじ化を去る」に基づく言葉。盛唐の杜甫「懐ふを写す二首」其の一に、「故（ことさら）に排に安んずるに関するに非ず、曽（すなは）ち是れ幽独に順ふなり」（『杜詩詳註』巻二十）と。

0053　丘中有二一士一　二首　命二首句一爲レ題。

丘中《きうちゆう》に一士《いつし》有《あ》り　二首《にしゆ》　首句を命じて題と爲す。

解題　山林のうちに棲む一人の高士のさまを詠む二首の連作詩。「丘中有一士」五字を各冒頭の第一句（首句）に戴き、これを命題として全十六句で完結するように作られている。あるいはこの二首は、その当時、白居易のほかにも更に数名の者が集い、一座の興として競い合ったものだったかもしれない。現にこの後、『白氏文集』巻五十六の「和春深二十首」（二六五三―二六七二）では第一句に「何処春深好」五字を戴き、全八句で完結する連作であるが、これに元稹（佚）と劉禹錫（現存）が和作している。また同巻五十七の「勧酒十四首」（二七五六―二七六九）は、和作した者がいたかどうかは不明であるが、前七首では第一句に「何処難忘酒」五字を、後七首では第七句に「不如来飲酒」五字を、それぞれ挿入する連作となっている。

なおこの詩についての従来の制作年考証では元和元年（八〇六）から十年にかけての作とするが、元和九年秋冬より翌元和十年六月までの間の、長安での作品であると思われる。約三年に及んだ下邽退居生活を通して得たみずからの理想の人物像をこの高士になぞらえて描いている。

其一

丘中有二一士一　不レ知二其姓名一
面色不二憂苦一　血氣常和平
毎選二隙地一居　不下蹋二要路一行上
舉動無二尤悔一　物莫二與レ之爭一

其《そ》の一《いち》

丘中《きうちゆう》に一士《いつし》有《あ》り、其《そ》の姓名《せいめい》を知《し》らず。
面色《めんしよく》　憂苦《いうく》せず、血氣《けつき》　常《つね》に和平《わへい》なり。
毎《つね》に隙地《げきち》を選《えら》びて居《を》り、要路《えうろ》を蹋《ふ》み行《ゆ》かず。
舉動《きよどう》に　尤悔《いうくわい》無《な》く、物《もの》　之《これ》と爭《あらそ》ふ莫《な》し。

藜藿不レ充レ腸　布褐不レ蔽レ形
終歳守二窮餓一　而無二嗟歎聲一
豈是愛二貧賤一　深知二時俗情一
勿レ矜二羅弋巧一　鸞鶴在二冥冥一

藜藿《れいくわく》　腸《ちやう》に充《み》たず、布褐《ふかつ》　形《かたち》を蔽《おほ》はず。
終歳《しゆうさい》　窮餓《きゆうが》を守《まも》り、而《しか》も嗟歎《さたん》の聲《こゑ》無《な》し。
豈《あ》に是《こ》れ貧賤《ひんせん》を愛《あい》せんや、深《ふか》く時俗《じぞく》の情《じやう》を知《し》ればなり。
羅弋《らよく》の巧《たく》みに矜《ほこ》る勿《な》かれ、鸞鶴《らんかく》　冥冥《めいめい》に在《あ》り。

名・聲・情（下平聲、清韻）、平・行（下平聲、庚韻）、争（下平聲、耕韻）、形・冥（下平聲、青韻）……清・庚・耕韻は同用。青韻は通押。

通釈　山林の向こうに一人の高士が棲んでいる。誰もその姓名を知らない。屈託の無い表情を浮かべ、物腰はいつもおだやか、つねに空き地ばかりを選んで住居とし、人通りの多い街道沿いには決して足を踏み入れない。自分の言動にくよくよと後悔することは無く、また他の者と何かをこせこせと争うようなこともない。野に自生するアサザやマメの葉を食べるだけでは胃袋が満たされることは無かろうし、粗末なボロ着は身体のあちこちがむき出しのままなのだが、このようなギリギリの生活を年がら年中続けていても、一度として彼の泣きわめいている声を聞いたことが無い。

彼はつくづくこの貧賤の生活が気に入っているのだろうか。いいえ、俗世の人々の心のうちをズバリ洞察しているからなのだ。いかに腕におぼえのある狩人でも、その射ぐるみと網とでは、冥冥たる天空の上を遥かに飛ぶ鳳鸞や仙鶴をしとめることができないように。

語釈　〇丘中　小高い山の中。山林。高潔な隠士の棲む処。『文選』巻二十二、左思「招隠詩二首」其の一に、「巌穴に結構無きも、丘中に鳴琴有り」とあるのを踏まえる。〇不知其姓名　三国魏の阮籍「大人先生伝」に、「大人先生は、蓋し老人なり、姓字を知らず」（『全三国文』巻四十六）とあり、東晋の陶淵明「五柳先生伝」に、「亦た其の姓字を詳らかにせず」（『陶淵明集』巻六）とあるように、虚構の人物を紹介する伝統的手法。〇面色　かおいろ。表情。盛唐の王維「扶南曲歌詞五首」其の一に、「羞（はぢら）ひは面色より起こり、嬌は語声を逐ひて来る」（『全唐詩』巻一二五）と。〇憂苦　憂いと苦しみ。みずからの人生への苦悩。『文選』巻三十、陸機「擬今日良宴会」詩に、「曷為（なんす）れぞ恒に憂苦して、此の貧と賤とを守らん」と。〇血気　血のけ。人に接する態度。ものごし。『荀子』君道篇に、

「血気和平にして、志意味広大なり」と。〇隙地　空き地。誰も住もうとしない土地。盛唐の杜甫「絶句四首」其の四に、「苗は空山に満ちて誉れを取るを慚ぢ、根は隙地に居りて形を成すを怯（おそ）る」（『杜詩詳註』巻十三）と。〇要路　人通りの多い道路。転じて出世への近道。『文選』巻二十九、無名氏「古詩十九首」其の四に、「何ぞ高足に策（むちう）ち、先づ要路の津に拠らざる」と。〇尤悔　後悔するさま。『論語』為政篇に、「言に尤（とが）寡（すくな）く、行に悔い寡し」とあるのを踏まえる。〇物莫与之争　この世のあらゆる物に対して優劣を競おうということが無い聖人の姿。『老子』第二十二章に、「夫れ惟だ争はず、故に天下も能く之と争ふこと莫し」と、また同第六十六章にも、「其の争はざるを以て、故に天下能く之と争ふこと莫し」とあるのを踏まえる。〇藜藿　あかざの葉と豆の葉。野に自生する最も粗末な食べ物。『文選』巻三十四、曹植「七啓」に、「予は藜藿を甘しとし、未だ此の食に暇あらず」と。〇布褐　布に動物の毛を織り込んだ服。野人が着る最も粗末な衣服。盛唐の王維「始興公に献ず」詩に、「鄙なるかな　匹夫の節、布褐もて将に白頭ならんとす」（『全唐詩』巻一二五）と。〇終歳　一年中。『白氏文集』巻十二、「琵琶引」（〇六〇三）に、「終歳　糸竹の声を聞かず」と。〇守窮餓　困窮と飢餓の状態をじっと耐え忍ぶ。

〇深知　しみじみと理解する。深くその本質を洞察する。盛唐の杜甫「詠懐古跡五首」其の二に、「揺落して深く知る宋玉の悲しみ」（『杜詩詳註』巻十七）と。また『白氏文集』巻六十五、「感興二首」其の一（三一五）に、「吉凶禍福に来由有り、但だ深く知るを要して憂ふるを要せず」と。〇時俗情　世俗一般の人情。器用に世間を渡ってゆく小賢しい知恵。『楚辞』離騒に、「固（まこと）に時俗の工巧なる、規矩に偭（そむ）きて改め錯（お）く」と。『文選』巻十八、嵆康「琴の賦」に、「時俗の累（わづら）ひ多きを悟り、箕山の余輝を仰ぐ」と。〇矜　ほこる。自負する。〇羅弋　網と射ぐるみ。鳥を捕獲する具。『白氏文集』巻七十一、「禽虫十二章」第六（三六六）に、「鳥　羅弋に遭へば尽く哀鳴す」と。〇鸞鶴　おおとりとつる。神仙世界に棲む霊鳥。ここではこの詩の主人公である丘中の士に喩える。〇冥冥　常人では目視できないほどに高く遠い上空。後漢の揚雄『法言』問明篇に君子の処世を説いて、「治なれば則ち見（あらは）れ、乱なれば則ち隠る。鴻の冥冥に飛ぶや、弋人何ぞ焉（これ）を篡（うば）はん」とある。

0054　其二

其《そ》の二《に》

丘中有二一士一　守レ道歳月深

行披二帯索衣一　坐拍二無絃琴一

丘中《きうちゆう》に一士《いつし》有《あ》り、道《みち》を守《まも》つて歳月深《さいげつふか》し。

行《ゆ》くに帯索《たいさく》の衣《ころも》を披《き》、坐《ざ》して無絃《むげん》の琴《きん》を拍《う》つ。

不レ飲二濁泉水一　不レ息二曲木陰一
所レ逢苟非レ義　糞二土千黄金一
郷人化二其風一　薫如二蘭在レ林
智愚與二强弱一　不レ忍二相欺侵一
我欲レ訪二其人一　將レ行復沈吟
何必見二其面一　但在レ學二其心一

濁泉《だくせん》の水《みづ》を飲《の》まず、曲木《きよくぼく》の陰《かげ》に息《いこ》はず。
逢《あ》ふ所《ところ》　苟《いやしく》も義《ぎ》に非《あら》ざれば、千《せん》の黄金《わうごん》をも糞土《ふんど》にす。
郷人《きやうじん》　其《そ》の風《ふう》に化《くわ》し、薫《くん》ずること蘭《らん》の林《はやし》に在《あ》るが如《ごと》し。
智愚《ちぐ》と强弱《きやうじやく》と、相欺《あひあざむ》き侵《をか》すに忍《しの》びず。
我《われ》　其《そ》の人《ひと》を訪《と》はんと欲《ほつ》し、將《まさ》に行《ゆ》かんとして復《ま》た沈吟《ちんぎん》す。
何《なん》ぞ必《かなら》ずしも其《そ》の面《めん》を見《み》ん、但《た》だ其《そ》の心《こころ》を學《まな》ぶに在《あ》り。

深・琴・陰・金・林・侵・吟・心（下平聲、侵韻）。

通釈　山林の向こうに一人の高士が棲んでいる。正義の道をかたく守って長い歳月を過ごしている。外出するときは荒縄で衣服を縛って帯の代わりとし、屋内では絃の無い琴をかかえて夢中で演奏するしぐさをして無聊をなぐさめている。濁った川の水は飲まず、曲がりくねった樹の木陰では憩うことがないほどの潔癖さで、もし少しでも義の通らぬことに出合うと、黄金幾千枚の大仕事でも土くれや芥のように一切顧みない。村人たちはそんな彼の人がらに感化され、その様子はあたかも草むらの中からフジバカマの芳香が馥郁と薫り立っているかのようである。村人たちには頭のいい者、わるい者、また腕っぷしの強い者、そうでない者さまざまだが、彼らは互いをいつくしみ、決してあざむいたり、いじめたりすることはない。

私はそんな彼の風儀を慕い、その人をぜひ訪ねたいと思ったが、いざ行こうとしてまた思い返した。所詮その人のお顔を見たところで何になろうか。大切なのはその人の心をこそ学ぶことなのだから。

語釈　○帯索衣　索（わな）（縄）を帯にした粗末な衣服。古代の隠者栄啓期の故事を踏まえる。『列子』天瑞篇に、「孔子　太山に遊ぶや、栄啓期の郕（いせ）の野を行くを見る。鹿裘　帯索して、琴を鼓して歌ふ」と。○無絃琴　絃が張られていない琴。東晋末の詩人陶淵明（陶潛）の故事を踏まえる。『宋書』巻九十三・隠逸伝に、「潛は音声を解さざるも、素琴一張の絃無きを畜（はたく）へ、酒の適（なか）ふ有る毎に、輒ち撫弄して以て其の意を寄す」と。○苟　もしも。かりそめにも。○糞土　汚れた土。一文の価値も無いもののたとえ。盛唐の杜甫「阮隠居に貽（おく）る」詩に、「栄貴は糞土の如し」（『杜詩詳註』巻七）と。○蘭　キク科の香草。ふじばかま。○不忍　しようとはしない。理性的に思いとどまる。○欺侵　あなどり侮辱する。いじめる。
○沈吟　ためらう。『文選』巻十二、無名氏「古詩十九首」其の十二に、「沈吟して聊か躑躅す」と。

0055　新製二布裘一詩

新《あら》たに布裘《ふきう》を製《せい》する詩《し》

桂布白似レ雪　呉綿軟二於雲一
布重綿且厚　爲レ裘有二餘溫一
朝擁坐至レ暮　夜覆眠達レ晨
誰知嚴冬月　支體暖如レ春
中夕忽有レ念　撫レ裘起逡巡
丈夫貴二兼濟一　豈獨善二一身一
安得二萬里裘一　蓋裹周二四垠一
穩暖皆如レ我　天下無二寒人一

雲（上平聲、文韻）、溫（上平聲、魂韻）、晨・身・垠・人（上平聲、眞韻）、春・巡（上平聲、諄韻）……眞・諄韻は同用。

桂布《けいふ》　白《しろ》きこと雪《ゆき》に似《に》、呉綿《ごめん》　雲《くも》よりも軟《やは》らかなり。
布《ふ》を重《かさ》ね　綿《めん》も且《か》つ厚《あつ》く、裘《きう》を爲《つく》りて餘溫《よをん》有《あ》り。
朝《あした》に擁《よう》し　坐《ざ》して暮《く》れに至《いた》り、夜覆《よるおほ》ひ　眠《ねむ》りて晨《あした》に達《たつ》す。
誰《たれ》か知《し》らん　嚴冬《げんとう》の月《つき》の、支體《したい》　暖《あたた》かなること春《はる》の如《ごと》きを。
中夕《ちゆうせき》　忽《たちま》ち念《おも》ふ有《あ》り、裘《きう》を撫《ぶ》し　起《た》ちて逡巡《しゆんじゆん》す。
丈夫《ちやうふ》は兼濟《けんさい》を貴《たつと》ぶ、豈《あ》に獨《ひと》り一身《いつしん》を善《よ》くするのみならんや。
安《いづ》くんぞ萬里《ばんり》の裘《きう》を得《え》、蓋裹《がいくわ》して四垠《しぎん》に周《あまね》く、
穩暖《をんだん》なること皆我《みなわれ》の如《ごと》くにし、天下《てんか》に寒人《かんじん》無《な》からしめん。

解題　新調した綿入れの防寒着を詠んだ詩。そして、自分自身は士人の責務として、この世のあらゆる人々を寒さから守るように、人民に対してあたたかな政治を心がけたいと誓う。この詩について、従来の制作年考証では元和二年（八〇七）から十年にかけての作とするが、この詩集内の配列に着目すれば、元和九年冬の長安復帰時の胸懐を詠じたものと考えるのが最も相応しいであろう。

文・魂・眞・諄韻はすべて通押。

通釈 雪のように真っ白な桂林の木綿布に、綿雲よりもふわふわと軟らかな呉のシルク。その木綿を何枚も重ねた上に、裏地にはシルクをたっぷりと贅沢に使い、そうして出来上がった防寒着は袖を通した時からもうほんのりと温かい。私はこれを朝から羽織って、夕暮れまでずっと部屋の中で端座して過ごし、夜は夜着の上に頭からすっぽりと引っかぶって、夜明けまでぐっすりと眠る。厳寒の季節というのに、私だけ手足の先までぽかぽかと春のように暖かいとは誰も知る由もないことだろう。

だが真夜中にふとある思いが脳裏をよぎり、この綿入れを撫でさすりながらしみじみと考え込んだ。男たる者、たっとぶべきはやはり万民の救済であり、どうして我が身一つの安寧のみを図ろうか。行政官として何時かきっとこの綿入れのような立派な施策を立案し、何万里もの大きな綿入れが、この世の人々を四方の隅々まですっぽりとおおい包むように、皆々の心をぽかぽかとあたため、天下に誰一人として寒さに苦しむ者のいない社会を実現したいものだ。

語釈 ○桂布・呉綿　桂州（今の桂林）より産する木綿（もめん）（コットン）の布と、呉（今の蘇州）より産する絹（真綿＝シルク）の反物。当時最高級の服地。『白氏文集』巻十二、「酔後の狂言、蕭・殷二協律に酬贈す」詩（〇六〇六）にも、「呉綿は細軟にして桂布は密なり、柔なること狐腋の如く　白きこと雲に似たり」とある。○裘　綿入れの上着。○擁　抱きかかえる。○覆　頭から引っかぶる。○支体　手足とからだ。手の先から足の先まで。

○中夕　真夜中。○逡巡　しりごみする。まごまごする。○兼済・独善　『孟子』に出典を持つ士人の理想像。みごと栄達を果たし高い地位を得れば天下の万民をひとしく救済し、逆に不遇な情況にあれば一身の修養にはげむ。『孟子』尽心上篇に、「古の人、志を得れば沢は民に加はり、志を得ざれば身を修めて世に見（あらは）る。窮すれば則ち独り其の身を善くし、達すれば則ち兼ねて天下を善くす」とあり、後漢の応劭『風俗通』十反篇に、「孟軻亦た以為（おも）へらく、達すれば則ち兼ねて天下を済（すく）ひ、窮すれば則ち独り其の身を善くす」とあるのを踏まえる。『白氏文集』巻二十八、「元九に与ふる書」（一四八六）に、「古人云へらく、窮すれば則ち独り其の身を善くし、達すれば則ち兼ねて天下を済ふと。僕、不肖なりと雖も、常に此の語を師とす」と。○安得　なんとかして……したいものだ。強い願望を表す。前漢の劉邦「大風の歌」に、「安くにか猛士を得て四方を守らしめん」（『漢書』巻一下）と。○蓋裹　おおいつつむ。○四垠　四方。全世界。「垠」は、果て、境界の意。『魏書』巻五十六・鄭羲伝に付す鄭道昭の伝に、「四垠は撃壌の慶を懐（おも）ふ」と。また盛唐の杜甫

「薛三郎中璩に寄す」詩に、「詩を賓客の間に賦せば、揮灑は八垠を動かす」（『杜詩詳註』巻十八）と。〇穏暖　ぽかぽかと温かい。温暖。『白氏文集』巻八、「晏起」詩（〇三八六）に、「神は安く体は穏暖にして、此の味　何人（なんぴと）か知らん」と。

余説　この詩は、南宋の陳巌肖『庚渓詩話』（巻上）および南宋の黄徹『䂬渓詩話』（巻九）に既に指摘があるように、盛唐の杜甫「茅屋の秋風の破る所と為る歌」（『杜詩詳註』巻十）の結末部に云う、

安得㆓広廈千万間㆒　安《いづ》くにか広廈《くわうか》の千万間《せんまんげん》なるを得《え》て、
大庇㆓天下寒士㆒倶歓顔　大《おほ》いに天下《てんか》の寒士《かんし》を庇《おほ》ひて倶《とも》に歓顔《くわんがん》せん。
風雨不㆑動安如㆑山　風雨《ふうう》にも動《うご》かず　安《やす》らかなること山《やま》の如《ごと》し。
嗚呼何時眼前突兀見㆓此屋㆒　嗚呼《ああ》　何《いつ》れの時《とき》にか眼前《がんぜん》に突兀《とつこつ》として此《こ》の屋《をく》を見《み》ば、
吾廬独破受㆑凍死亦足　吾《わ》が廬《いほり》の独《ひと》り破《やぶ》れて凍《とう》を受《う》け　死《し》するとも亦《ま》た足《た》らん。

に共感して作られたものである。また清の趙翼『甌北詩話』（巻四）に指摘があるが、白居易はこの「新製布裘詩」後半部と同じ言説を後年もしばしば詩に詠じており、『白氏文集』巻十二、「酔後の狂言、蕭・殷二協律に酬贈す」詩（〇六〇六）に、「我に大裘有り　君未だ見ず、寛広和暖は陽春の如し」とあり、巻五十八、「新たに綾襖を製して成り、感じて詠有り」詩（二八九三）に、「争（かい）でか大裘の長さ万丈なるを得て、君と都（もと）に洛陽城を蓋（ほお）はん」とある。

0056　杏園中棗樹詩

杏園中《きやうゑんちゆう》の棗樹《さうじゆ》の詩《し》

解題　杏（あんず）の花園にある一本の棗（なつめ）の樹を詠んだ詩。花も実も平凡で見栄えはしないが、材木としては頑丈で有用なこの樹木を現在の自分に喩えている。従来の制作年考証では元和二年（八〇七）から十年にかけての作とするが、この詩集内の配列に着目すれば、元和十年春の長安で詠まれたものとするのが至当であろう。

「杏園」とは、長安都城の西南、通善坊にあった花園で、その北に隣接する晋昌坊の大慈恩寺（現在も同地に大雁塔が残る）とともに、その年の進士科及第者を披露する長安最大の行楽地であった。

人言百果中　唯棗凡且鄙　人《ひと》は言《い》ふ　百果《ひやくくわ》の中《うち》、唯《た》だ棗《さう》のみ凡《ぼん》にして且《か》つ鄙《いや》しと。

皮皺似㆓龜手㆒　葉小如㆓鼠耳㆒
胡爲不㆓自知㆒　生㆑花此園裏
豈宜㆑遇㆓攀玩㆒　幸免㆑遭㆓傷毀㆒
二月曲江頭　雜英紅旖旎
棗亦在㆓其開㆒　如㆔嫫對㆓西子㆒
東風不㆑擇㆑木　吹喣長未㆑已
眼看欲㆓合抱㆒　得㆑盡㆓生生理㆒
寄㆑言遊㆑春客　乞君一迴視
君愛㆓繞㆑指柔㆒　從㆔君憐㆓柳杞㆒
君求㆓悅㆑目艷㆒　不㆔敢爭㆓桃李㆒
君若作㆓大車㆒　輪軸材須㆑此

皮《かは》は皺《しわ》みて龜《かめ》の手《て》に似《に》、葉《は》は小《せう》にして鼠《ねずみ》の耳《みみ》の如《ごと》し。
胡爲《なんす》れぞ自《みづか》ら知《し》らず、花《はな》を生《しやう》ず　此《こ》の園《ゑん》の裏《うち》。
豈《あ》に宜《よろ》しく攀玩《はんぐわん》に遇《あ》ふべけんや、幸《さいは》ひに傷毀《しやうき》に遭《あ》ふを免《まぬか》る。
二《に》月《げつ》　曲江《きよくかう》の頭《ほとり》、雜英《ざつえい》　紅旖旎《こういち》たり。
棗《さう》も亦《ま》た其《そ》の開《あひだ》に在《あ》り、嫫《ぼ》の西子《せいし》に對《たい》するが如《ごと》し。
東風《とうふう》　木《き》を擇《えら》ばず、吹喣《すいく》して長《ちやう》じ未《いま》だ已《や》まず。
眼看《みすみす》　合抱《がふはう》たらんと欲《ほつ》し、生生《せいせい》の理《り》を盡《つ》くすを得《え》たり。
言《げん》を寄《よ》す　春《はる》に遊《あそ》ぶ客《かく》、乞《こ》ふ君《きみ》　一《ひと》たび迴視《くわいし》せよ。
君《きみ》　指《ゆび》に繞《めぐ》らす柔《じう》を愛《あい》せば、君《きみ》が柳杞《りうき》を憐《あは》れむに從《まか》せん。
君《きみ》　目《め》を悅《よろこ》ばす艷《えん》を求《もと》めば、敢《あ》へて桃李《たうり》と爭《あらそ》はず。
君《きみ》　若《も》し大車《だいしや》を作《つく》らんには、輪軸《りんぢく》の材《ざい》は此《これ》を須《もち》ひん。

鄙・視（上聲、旨韻）、耳・裏・子・已・理・杞・李（上聲、止韻）、毀・旎・此（上聲、紙韻）……旨・止・紙韻は同用。

通釈　人は言う、百種の果樹の中で、ナツメはいちばん平凡で、しかもつまらぬものだと。果実の表面は皺《しわ》くちゃで亀の手の先に似ており、葉も小振りで鼠の耳のように貧弱だ。なのにどういう訳だか、このナツメの樹のみは御苑に生育し、花を咲かせている。人目を引かぬ樹なので、わざわざ枝を手折って花を愛でる者などあろうはずがなく、また御苑の中なので、幸運にも打ち砕かれて薪にされることからも免れている。

春二月の曲江の岸辺、色とりどりの花々が一斉に咲きほこる中、このナツメも花を開かせているが、その様子はまるであの不細工だったという嫫母が、天下一の美女の西施さまと並んでいるかのようである。

　しかし春風は木を選ばない。どの樹木にも等しく吹き掛け、その生育を助けるものだ。今やこのナツメ樹は間もなく一抱えほどの立派な幹に成長し、生きとし生けるものの自然の摂理を存分に享受している。

　さて、春の行楽においでのお客様たちに申し上げる。どうか、しばらくこの御苑を見回していただきたい。もしあなたが指に纏いつくようなしなやかさをお好みなら、あのシダレヤナギを愛でられるのがいい。もしあなたが目に心地よいあでやかさをお好みなら、やはりあのモモとスモモの紅白の花にはかなわないでしょう。でも、もしあなたが大臣の乗る立派な御車を作られるのであれば、その車輪と車軸の材木には是非ともこのナツメの大樹をお使いにならねばなりません。

語釈 ○凡且鄙　平凡で、かつ、つまらない。○胡為　なぜか。どうしたことか。○攀玩　花を観賞するために、無造作に枝をへし折り、持ち去ること。『白氏文集』巻一、「白牡丹詩」（〇〇三二）に、「唐昌の玉蘂花、攀玩して衆の争ふ所なり」と。○傷毀　不用な雑木として打ち砕かれ、薪などになってしまうこと。
○曲江頭　曲江のほとり。「曲江」は、長安の東南郊外より都城内に注ぎ込む流水。春の「曲水の宴」などを楽しめるように、人工的に曲がりくねって水路が築かれている。盛唐の杜甫「哀江頭」詩に、「春日潜行す曲江の曲。江頭の宮殿　千門を鎖（ざと）し、細柳新蒲誰が為にか緑なる」（『杜詩詳註』巻四）と。○雑英　さまざまな花。色とりどりの春の花々。『文選』巻二十七、謝朓の「晩に三山に登りて京邑を還望す」詩に、「喧鳥は春洲を覆ひ、雑英は芳甸に満つ」と。○旖旎　さかんなさま。花の色や香りがあたり一面に広がるさま。『楚辞』、宋玉の「九弁」に、「夫（か）の蕙華の曽敷して、紛として都房に旖旎たり」とある。○嫫・西子　「嫫」は嫫母（ぼぼ）、黄帝の第四妃。賢婦であったが容貌が醜かった。対する「西子」は西施のこと。越の美女。越王勾践の養女として、呉王夫差の妃となった。中国四大美人の一。「子」は敬称だが、ここでは押韻の都合で選ばれた文字でもある。
○東風　春風。○吹喣　息を吹きかけて、冷やしたり温めたりすること。後漢の王充『論衡』祀義篇に、「風は猶ほ人の吹喣有るがごときなり」と。○眼看　目前に。まもなく。唐代の俗語。『白氏文集』巻二、「寓意詩五首」其の四（〇〇九三）に、「眼看秋社至り、両処倶に恋ひ難し」と。○合抱　ひとかかえの大きさ。人が両手をひろげてやっと抱きかかえられるほどの大木。『老子』第六十四章に、「合抱の木も、毫末より生ず」とあるのを踏まえる。○生生理　生きとし生けるものの道理。この世に生まれ、次々に成長し変化してゆくさだめ。『易経』繫辞上伝に、「生生これを易と謂ふ」と。また『文選』巻十三、張華「鷦鷯（せうれう）の賦」に、「尋常の内に翔集して、生生の理足れり」と。『白氏文集』巻六十二、「四雖を吟ず」詩（二九八六）に、「栄を忘れ足るを知り天に委ねて和せば、亦た応に生生の理を尽くすを得べし」と。〇迴視　振り返る。あたりを見回す。〇繞指柔　指に巻きつくほどのやわらかさ。『文選』巻二十五、劉琨の「重ねて盧諶に贈る」詩に、「何ぞ意（おも）はん　百錬の剛の、化して指を繞るの柔と為らんとは」と。〇柳杞　やなぎ、しだれやなぎ。「杞」は、かわやなぎ、こぶやなぎ。『孟子』告子上篇に、「性は猶ほ杞柳のごとし」と。また『文選』巻二、張衡の「西京の賦」に、「廼（すなは）ち昆明の霊沼には、黒水の玄阯有り、周（めぐ）らすに金堤を以てし、樹うるに柳杞を以てす」と。〇悦目艶　見る者の目を悦ばせるうつくしさ、あでやかさ。『文選』巻五十五、陸機の「演連珠」に、「臣聞くならく、音は耳に比（したが）ふを以て美と為し、色は目を悦ばすを以て歓と為す」と。〇大車　大臣が乗るべき立派な車。『詩経』王風「大車」に、「大車は檻檻、毳衣（ぜいい）は菼（たん）の如し」とあり、その毛伝に「大車は、大夫の車なり」という。〇輪軸　車輪と車軸。

0057　蝦蟇詩　和㆓張十八作㆒。

蝦蟇《がま》の詩《し》　張十八の作に和す。

解題　ガマガエルに喩えて、世上にはびこる不浄の輩を攻撃する詩。那波本および宋本等各刊本には題下に「張十六に和す」との自注がある。しかし我が国の国会図書館所蔵の『文集抄』のみは唯一「張十八の作に和す」に作る。今これに従う。張十八とは、すなわち中唐の詩人として当時白居易とも親交のあった張籍（七六六?―八三〇?）を指す。ただし現存する張籍の詩集にこのような作品は無い。しばらく待考とする。『白氏文集』巻六に収める「張十八の訪宿して贈らるるに酬ゆ」詩（〇二六五）を参照。

なお、この詩について従来の制作年考証では元和元年（八〇六）から十年の作とするが、この詩集内の配列に着目すれば、元和十年の「六月七月の交」だと考えられる。

嘉魚薦㆓宗廟㆒　靈龜貢㆓邦家㆒
應龍能致㆑雨　潤㆓我百穀芽㆒
蠢蠢水族中　無㆑用者蝦蟇
形穢肌肉腥　出‐没㆓於泥沙㆒

嘉魚《かぎよ》は宗廟《そうべう》に薦《すす》められ、靈龜《れいき》は邦家《はうか》に貢《こう》せらる。
應龍《おうりよう》　能《よ》く雨《あめ》を致《いた》し、我《わ》が百穀《ひやくこく》の芽《め》を潤《うるほ》す。
蠢蠢《しゆんしゆん》たる水族《すいぞく》の中《うち》、用《よう》無《な》き者《もの》は蝦蟇《がま》。
形《かたち》穢《けが》れ　肌肉《きにく》腥《なまぐさ》く、泥沙《でいさ》に出没《しゆつぼつ》す。

六月七月交　時雨正雱霈
蝦蟇得㆓其志㆒　快樂無㆓以加㆒
地既蓄㆓其生㆒　使㆓之族類多㆒
天又與㆓其聲㆒　得㆓以相諠譁㆒
豈惟玉池上　汚㆓君清泠波㆒
何獨瑤瑟前　亂㆓君鹿鳴歌㆒
常恐飛上㆑天　跳躍隨㆓姮娥㆒
往往蝕㆓明月㆒　遣㆔君無㆓奈何㆒

六月七月《りくげつしちげつ》の交《かう》、時雨《じう》　正《まさ》に雱霈《ばうだ》たるに、
蝦蟇《がま》　其《そ》の志《こころざし》を得《え》、快樂《くわいらく》　以《もつ》て加《くは》ふる無《な》し。
地《ち》　既《すで》に其《そ》の生《せい》を蓄《しげ》くして、之《これ》をして族類多《ぞくるいおほ》からしめ、
天《てん》　又《また》　其《そ》の聲《こゑ》を與《あた》へ、以《もつ》て相諠譁《あひけんくわ》するを得《う》。
豈《あ》に惟《た》だ玉池《ぎよくち》の上《うへ》に、君《きみ》が清泠《せいれい》の波《なみ》を汚《けが》すのみならんや。
何《なん》ぞ獨《ひと》り瑤瑟《えうしつ》の前《まへ》に、君《きみ》が鹿鳴《ろくめい》の歌《うた》を亂《みだ》すのみならんや。
常《つね》に恐《おそ》る　飛《と》びて天《てん》に上《のぼ》り、跳躍《てうやく》して姮娥《こうが》に隨《したが》ひ、
往往《わうわう》に明月《めいげつ》を蝕《しよく》し、君《きみ》をして奈何《いかん》ともする無《な》からしめんことを。

家・芽・蟇・沙・加・譁（下平聲、麻韻）、霈・多・歌・娥・何（下平聲、歌韻）、波（下平聲、戈韻）……歌・戈韻は同用。麻韻は通押。

通釈　めでたい魚は、網にかかると瑞兆として皇帝の宗廟に捧げられ、神秘的な大亀は、捕まると天子様に献上される。また天龍はめぐみの雨を降らせて、世の百穀の芽に水分を与える。このような多くの水生動物のうち、何の役にも立たないのがガマガエル。すがた形がみにくい上に、皮膚から生ぐさい悪臭を出し、いつも泥濘の中に出没している。
時はまさに六月から七月への代わり目、梅雨の長雨がざあざあ降り続く中、ガマガエルたちは得たりとばかりに這いだしてきて、快楽この上なしといった様子で活動しはじめる。いったいこれはどうしたことか、地の神は奴らを成長させて、仲間をどんどん殖やしてゆき、さらに天の神もあの悪声を与えて、げろろげろろと鳴きわめかせている。
奴らはただ御殿のお玉ヶ池にやってきて、透きとおったさざ波を汚し、また堂上にすずやかな音色で演奏される鹿鳴歌の大琴の響きを台無しにするのみならず、あまつさえ心配なのは、天空に飛び上がり、月の精なる姮娥にくっついて、し

ばしば明月をむしばんで見えなくしてしまうことだ。これはたとえ天子様でもどうにもならない。

語釈　○嘉魚　めでたい魚。いわな。鯉に似た善魚。『詩経』小雅「南有嘉魚」に、「南に嘉魚有り、烝然として罩罩たり」と。○薦　すすめる。お供えする。○宗廟　祖先の位牌をまつる堂。みたまや。○霊亀　未来を予知する神秘の霊力を持つ亀。大亀。『易経』頤卦の初九に、「爾の霊亀を舎（す）て、我を観て頤（おとがひ）を朶（た）る」と。また『文選』巻十五、張衡の「思玄の賦」に、「霊亀を伏（ふ）せて以て坻（し）を負（お）はしむ」と。○邦家　わが国。国家の主、すなわち天子を指す。『詩経』小雅「南山有台」に、「楽只（らくし）の君子は、邦家の基（もとゐ）、楽只の君子は、万寿にして期無し」と。○応龍　つばさを持つ龍。『広雅』釈魚に、「鱗有るを蛟龍と曰ひ、翼有るを応龍と曰ふ」と。また『文選』巻十五、張衡の「思玄の賦」に、「応龍を擾（なら）して以て路（くるま）に服（つ）かしむ」と。○致雨　雨を降らせる。『文選』巻四十二、応璩の「広川の長たる岑文瑜に与ふる書」に、「周は殷を征して年豊かに、衛は邢を伐ちて雨を致せり」と。○百穀　さまざまな穀物。この世のすべての穀物。『詩経』豳風「七月」に、「其れ始めて百穀を播（ま）かん」と。○蠢蠢　うじゃうじゃと動く。小さき物がうごめくさま。『文選』巻十九、束晳「補亡詩六首」其の四に、「蠢蠢たる庶類、王亦た之を柔（やす）んず」と。○水族　水中の生き物。『文選』巻二、張衡の「西京の賦」に、「昆鮞を摷（つ）くし、水族を殄（つ）くす」と。○穢　みにくい。けがらわしい。○肌肉　皮膚。○泥沙　どろ。ぬかるみ。『文選』巻十二、木華の「江の賦」に、「或いは潮波に泛瀲（へんれん）たり、或いは泥沙に混淪（こんろん）たり」と。

○時雨　ときつ雨。その季節にふさわしい雨。『書経』洪範篇に、「粛には時雨若（したが）ふ」と。○霶霈　滂沱。大雨がしとど降るさま。『詩経』小雅「漸漸之石」に、「月　畢に離（かか）れば、滂沱たらし（俾）む」と。○無以加　それ以上に何も加える必要がない。十分に満足する。『史記』巻三十一・呉太伯世家に引く呉の賢者季札の言葉に基づく。曰く、「徳　至れるかな。大なるかな。天の燾（およ）ばざる無きが如く、地の載せざる無きが如きなり。甚盛の徳と雖も、以て加ふる無し」と。○蕃　ふえる。ふやす。○族類多　仲間が多い。中唐の韓愈「柳柳州の蝦蟇を食すに答ふ」詩に、「朋類多く、耳に沸いて驚爆を作（な）すに堪へ叵（がた）し」（『全唐詩』巻三四一）と。○得以　することができる。『文選』巻三十、謝霊運の「石門にて新たに住む所を営む。四面は高山・迴渓・石瀬・脩竹・茂林なり」詩に、「以て営魂を慰むるを得たり」と。○諠譁　やかましく騒ぐ。

○玉池　美しい池。宮殿の中の池。『文選』巻四、張衡「南都の賦」に、「其の陂沢には、則ち鉗盧（けんろ）・玉池・赭陽（しややう）・東陂有り」と。○清冷波　清らかで透き徹ったさざ波。『文選』巻三、張衡「東京の賦」に、「耕父を清冷に囚（とら）へ、女魃（ぢよばつ）を神潢に溺（おぼ）らす」と。○瑶瑟　玉が触れあうような美しい音色を奏でる瑟。「瑟」は、二十五絃の大琴。盛唐の李白「丹丘子の城北に於て石門の幽居を営むと聞く。中に高鳳の遺跡有り。僕は群を離れ遠く懐ひ、亦た棲遁の志有り。因りて旧を叙して以て之に寄す」詩に、「松風は瑤瑟に清く、渓月は芳樽を湛（たた）ふ」（『全唐詩』巻一七二）と。〇鹿鳴歌　『詩経』小雅「鹿鳴」をいう。その小序に「群臣嘉賓を燕（宴）するなり」とあるように、皇帝が臣下や異国の賓客たちをもてなす詩歌である。〇飛上天　天空に飛び上がる。中唐の盧仝「月蝕の詩」に、「臣が血肉の身は、飛びて天に上り、天光を揚ぐるに由（よ）無し」（『全唐詩』巻三八七）とある。〇姮娥　月世界に棲む女神。「嫦娥」とも書く。不死の薬を盗んで服用し、月の精となった。〇蝕明月　月食をいう。伝説ではガマガエルが食べてしまうからだという。『淮南子』説林訓に、「月、天下を照らすも、詹諸（せんしょ）に蝕せらる」とあり、その高誘注に、「詹諸は月中の蝦蟇」と。また『史記』巻一二八・亀策列伝に、「月は刑を為して相佐（たす）くるも、蝦蟇に食せらる」とある。なお、「月蝕」に関しては「余説」参照。〇無奈何　どうにも仕方がない。どうすることもできない。

余説　月食がガマガエルによって引き起こされるという伝説は、当時、朝廷内において皇帝の聡明さを邪魔する悪逆な臣下への隠喩として用いられることがあった。中唐の詩人盧仝（?―八三五、号は玉川子）は、元和五年（八一〇）十一月十四日（陽暦では十二月十三日）夜に起こった月食現象をもとに「月蝕詩」という長篇の雑言詩を作り、「元和の逆党を譏切（きせつ）」したという（『新唐書』巻一七六・韓愈伝に付録された盧仝伝による）。現在もその作品は『全唐詩』巻三八七に見える。またこの盧仝詩を高く評価したのが、時に河南県令として洛陽にあった韓愈（七六八―八二四）である。韓愈に「月蝕詩、玉川子の作に效（なら）ふ」が残る（『韓昌黎集』巻五、および『全唐詩』巻三四〇等に収録）。

「解題」にも述べたとおり、白居易が唱和した張籍の「蝦蟇詩」は、今日にはその残存が確認されないが、盧仝とともに「韓門弟子」の一人に数えられる張籍ならば、その作品の内容も、やはり月食を引き起こす邪悪なガマガエルを詠み、かつそれは同時に朝廷上層部の権力者たちを非難するものだったと推測される。そしてこのように考えてゆくと、白居易のこの作品も、元和十年三日夜半に起きた宰相武元衡の暗殺、御史中丞裴度の重傷事件と、それに前後して表面化した朝廷内の権力抗争を諷刺するものであることがほぼ明瞭に察知されるのである。ちなみに、この暗殺事件に対して白居易は、犯人の逮捕をすみやかに行うべしとする上奏など、積極的な行動を起こした。その結果、彼は朝廷内において囂々たる非難を浴び、同年八月、江州司馬に左遷されることになるのである（『白氏文集』巻二十七、「師皐に与ふる書」（一四八三）等を参照）。

0058　寄二隱者一

隱者《いんじや》に寄《よ》す

解題　長安の都城で漢方薬を売る一人の隠者の目を通して、朝廷の重臣の左遷のありさまを詠う。従来の制作年考証では永貞元年（八〇五）の作とするが、この詩集内の配列に着目すれば、元和十年（八一五）八月の作と考えられる。「余説」参照。

賣レ藥向二都城一　行憩二青門樹一
道逢二馳驛者一　色有二非常懼一
親族走相送　欲レ別不二敢住一
私怪問二道旁一　何人復何故
云是右丞相　當レ國握二樞務一
祿厚食二萬錢一　恩深日三顧
昨日延英對　今日崖州去
由來君臣間　寵辱在二朝暮一
青青東郊草　中有二歸山路一
歸去臥雲人　謀レ身計非レ誤

藥《くすり》を賣《う》りて都城《とじやう》に向《む》かひ、行《ゆ》きて青門《せいもん》の樹《じゆ》に憩《いこ》ふ。
道《みち》に馳驛《ちえき》の者《もの》に逢《あ》ふ、色《いろ》に非常《ひじやう》の懼《おそ》れ有《あ》り。
親族《しんぞく》走《はし》りて相送《あひおく》り、別《わか》れんと欲《ほつ》して敢《あ》へて住《とど》まらず。
私《ひそ》かに怪《あや》しみて道旁《だうばう》に問《と》ふ、何人《なんぴと》ぞ復《ま》た何故《なにゆゑ》ぞと。
云《い》ふは是《こ》れ右丞相《いうじようしやう》、國《くに》に當《あ》たりて樞務《すうむ》を握《にぎ》る。
祿厚《ろくあつ》くして萬錢《ばんせん》を食《は》み、恩深《おんふか》く日《ひ》に三顧《さんこ》あり。
昨日《さくじつ》延英《えんえい》に對《たい》し、今日《こんにち》崖州《がいしう》に去《さ》る。
由來《ゆらい》君臣《くんしん》の間《かん》、寵辱《ちようじよく》は朝暮《てうぼ》に在《あ》り。
青青《せいせい》たる東郊《とうかう》の草《くさ》、中《なか》に歸山《きざん》の路《みち》有《あ》り。
歸《かへ》り去《さ》れ臥雲《ぐわうん》の人《ひと》、身《み》を謀《はか》る計《けい》は誤《あやま》りに非《あら》ず。

樹・懼・住・務（去聲、遇韻）、故・顧・暮・路・誤（去聲、暮韻）、去（去聲、御韻）……遇・暮韻は同用。御韻は通押。

通釈　薬草を売り歩こうと長安のまちまでやって来て、まずはその入り口である東門そばの街路樹でひと休みしていると、通りを大急ぎで駆けてゆく旅の者に出会った。顔面は蒼白、いかにもただならぬ様子である。親族が駆け寄ってきて、最後の別れを告げようとしても、立ち止まることすら許されない。

いぶかしく思って道端に立つ隣の人にこっそりと尋ねた。あの人はいったいどなた様で、また何故このようであるのかと。聞けば、あの人は右大臣で、国政を一手に取り仕切っておられた方、俸禄は幾万銭にものぼる高給で、一日のうちに皇帝のお呼び出しが何度もあるほどの深い信頼を得ておられた。だが、昨日の延英殿でのご下問の後、今日、とつぜん南の果ての崖州への左遷を言い渡されたのだと。

とかく君主と臣下との関係は、このように朝夕のうちに瞬時に評価が変わるものである。青々と若草しげる城東の郊外、そこに一本の深山幽谷への道が通じている。さらばじゃ、白雲に寝そべる隠遁者よ。あなたが選んだその自由人の生活は、やはり間違いではなかったのだ。

語釈 ○売薬　山野に生える薬草などを売る。隠者に相応しい職業の一つ。『後漢書』巻八十三・逸民列伝に、「韓康、字伯休、一名恬休、京兆の覇陵の人。家は世に姓を著す。常に薬を名山に采り、長安の市に売る。口に価を二（ふたたび）せずして、三十余年」と。また『文選』巻三十一、江淹の「雑体詩三十首」其の十三「左記室思・詠史」に、「韓公は売薬に淪（しづ）み、梅生は市門に隠る」とある。○青門　長安都城の東南にあった門。漢の時代、その場所にあった覇城門は、青色に塗られていたのでこのように通称されたという。また前漢の隠者邵平（もと秦の東陵公）はこの門の付近に住み、東陵の瓜を売って生活していたという。『文選』巻二十三、阮籍「詠懐詩十七首」其の九に、「昔聞く東陵の瓜、近く青門の外に在り」と。○馳駅　皇帝の命令によって宿駅に沿って街道を馳せ下る。『後漢書』巻六十九・何進伝に、「董卓等を促して馳駅して上らしめ、兵を平楽観に進めんと欲す」と。また『文選』巻四十三、孔稚珪の「北山移文」に、「鍾山の英、草堂の霊、煙を駅路に馳せ、移を山庭に勒す」と。○色　かおいろ。表情。○走相送　あとを追いかけながら見送る。盛唐の杜甫「兵車行」に、「耶嬢妻子走りて相送る」（『杜詩詳註』巻二）と。○不敢住　立ち止まることができない。
○道旁　路傍の通行人。傍観者。盛唐の杜甫「兵車行」に「道旁過ぐる者　行人に問ふ」（『杜詩詳註』巻二）と。○右丞相　天子の右側に立つ宰相。唐代では中書省の長官をいう。中書令。ちなみに左丞相は門下省の長官である侍中を指す。○当国　国務を担当する。『左氏伝』襄公二年に、「秋七月庚辰、鄭伯睔卒す。是に於て子罕（しかん）国に当たり、子駟（しし）政を為し、子国（しこく）司馬と為る」と。○枢務　国家の中枢を統括する任務。総理大臣の職務。○禄　俸禄。給料。○恩　皇帝の恩顧。○三顧　三たび呼び出される。皇帝からの厚い信頼を得る。三国蜀の英雄、諸葛亮の故事に発する。『文選』巻三十七、諸葛亮「出師の表」に、「先帝は臣の卑鄙なるを以てせず、猥《みだ》りに自ら枉屈して、三たび臣を草廬の中に顧《かへり》み、臣に諮《はか》るに当世の事を以てす」と。〇延英　長安大明宮内の宮殿。紫宸殿の西隣にあり、粛宗・代宗以降、皇帝が大臣たちと会見する場所として使用した。北宋の銭易『南部新書』甲巻に、「上元中（七六〇—七六二）、長安の東内に始めて延英殿を置き、毎《つね》に侍臣に対するを賜ふに、則ち左右悉《ことごと》く去らしむ。故に直言讜議、尽く上に達するを得たり」という。〇対　皇帝のご下問にお答えする。〇崖州　嶺南道に属する辺境。現在の海南島北部、海口市にあたる。『旧唐書』巻四十一・地理志四に拠れば、京師（長安）より七四六〇里（約四二〇〇キロメートル）、東都（洛陽）より六三〇〇里（約三五〇〇キロメートル）の距離にある。「余説」参照。

〇由来　そもそも。元来。唐代の俗語。〇寵辱　褒められることと譏られること。皇帝からの信頼と叱責。世間の評判と非難。『老子』第十三章に、「寵辱驚くが若《ごと》し」と。〇朝暮　朝な夕な。何気ない日常の出来事。〇青青東郊草　『文選』巻二十七、楽府古辞「飲馬長城窟行」に、「青青たる河辺の草」と、また同巻二十九、無名氏「古詩十九首」其の二に、「青青たる河畔の草」などの表現を踏まえる。〇帰去　どうぞお行きなさい。さようなら。別れの際にいう挨拶。〇臥雲人　仙界にあこがれる人。隠者。『文選』巻二十八、鮑照「升天行」に、「風を餐《くら》ひて松に委ねて宿し、雲に臥して天を恣《ほしいまま》に行く」と。〇謀身計　自分自身の自由や安らぎを求める計画。盛唐の杜甫「独酌成詩」に、「儒術は豈に身を謀らんや」（『杜詩詳註』巻五）と。

余説　永貞元年（八〇五）十一月壬申（七日）、それまで宰相の職にあった韋執誼が一転して崖州司馬に左遷されるという事件が起こった。唐朝第十代皇帝順宗が重病のため退位し、それまで順宗の下で政治の実権を握っていた王伾・王叔文の一党が新帝憲宗によって粛正されたことに連座するものである。この時、韋執誼とともに柳宗元（永州司馬）、劉禹錫（朗州司馬）、韓泰（虔州司馬）、陳諫（台州司馬）、韓曄（饒州司馬）、凌準（連州司馬）、程异（郴州司馬）らがいずれも中国南方の司馬職に左遷されており、後世これを「八司馬」と呼んでいる。当時白居易も都長安に居り、この左遷の様子を実際に見聞した可能性が高い。

しかしこの「寄隠者」詩は、たとえ韋執誼の左遷を詠じるとしても、その制作された年代はこれよりも遅く、元和十年（八一五）に比定すべきであろう。この『白氏文集』巻一に収める作品は、そのおおよその傾向として、白居易が官僚としての登用（元和元年）から江州司馬左遷（元和十年）に至るまでの彼の半生を綴る意図の下に編集されており、この「寄隠者」詩は、白居易みずからの左遷のありさまを暗示していると考えられるからである。その証拠に、この後には「江州に到りての作」六首が続くのである。

また宰相位から突如崖州に左遷されるというケースは韋執誼の前にも例がある。第九代皇帝徳宗の時代、両税法をはじめとする数々の財政改革を断行した宰相の楊炎（七二七—七八一）はその両税法施行の翌建中二年（七八一）に崖州司馬に左遷され、しかもその赴任の途上で死を賜る。韋執誼の左遷もこの前例に倣ったものであり、白居易「寄隠者」詩に登場する「右丞相」のモデルは、韋執誼とともにこの楊炎をも含むと考えてよいだろう。白居易の作詩意図は、このような過去の大事件を作中に織り込むことで、自分自身の江州司馬左遷の情況を、その陰画として、暗黙裏に写し出そうとしたものと考えられる。

0059

放レ魚　自レ此後詩到二江州一作。

魚《うを》を放《はな》つ　此より後の詩は、江州に到りての作。

解題　家の者が市場で買ってきた魚を憐れんで、南湖に放してやる詩。詩題下に「此より後の詩は、江州に到りての作」とあり、この〇〇五九―〇〇六四の六首は、元和十年（八一五）八月から元和十三年までの江州司馬左遷中の作品であることが判明する。この詩は第二句に「春蔬」の語が見えるため江州到着の翌元和十一年春の可能性が最も高い。

曉日提二竹籃一　家童買二春蔬一
青青芹蕨下　疊臥雙白魚
無レ聲但呀呀　以レ氣相呴濡
傾レ籃寫二地上一　撥剌長尺餘
豈唯刀机憂　坐見螻蟻圖
脫レ泉雖二已久一　得レ水猶可レ蘇
放二之小池中一　且用救二乾枯一
水小池窄狹　動レ尾觸二四隅一
一時幸苟活　久遠將何如

曉日《げうじつ》　竹籃《ちくらん》を提《ひつさ》げ、家童《かどう》　春蔬《しゆんそ》を買《か》ふ。
青青《せいせい》たる芹蕨《きんけつ》の下《した》、疊臥《でふぐわ》す　雙白魚《さうはくぎよ》。
聲無《こゑな》く　但《た》だ呀呀《がが》たり、氣《き》を以《もつ》て　相呴濡《あひくじゆ》す。
籃《かご》を傾《かたむ》けて地上《ちじやう》に寫《うつ》せば、撥剌《はつらつ》として長《なが》さ尺餘《しやくよ》。
豈《あ》に唯《た》だ刀机《たうき》の憂《うれ》へのみならんや、坐《まさ》に見《み》ん　螻蟻《ろうぎ》の圖《はか》るを。
泉《いづみ》を脫《だつ》して已《すで》に久《ひさ》しと雖《いへど》も、水《みづ》を得《え》ば猶《な》ほ蘇《そ》すべし。
之《これ》を小池《せうち》の中《うち》に放《はな》ち、且《しばら》く用《もつ》て乾枯《かんこ》を救《すく》はん。
水小《みづせう》にして　池《いけ》は窄狹《さくけふ》、尾《を》を動《うご》かせば四隅《しぐう》に觸《ふ》る。
一時《いちじ》　幸《さいは》ひに苟《いやしく》も活《い》くるも、久遠《きうゑん》　將《まさ》に何如《いかん》。

憐二其不レ得レ所　移放二於南湖一
南湖連二西江一　好去勿二踟躕一
施レ恩即望レ報　吾非二斯人徒一
不レ須泥沙底　辛苦覓二明珠一

其《そ》の所《ところ》を得《え》ざるを憐《あは》れみ、移《うつ》して南湖《なんこ》に放《はな》つ。
南湖《なんこ》は西江《せいかう》に連《つら》なる、好《よ》し去《さ》れ　踟躕《ちちゆう》する勿《な》かれ。
恩《おん》を施《ほどこ》すは即《すなは》ち報《ほう》を望《のぞ》むも、吾《われ》は　斯人《しじん》の徒《と》に非《あら》ず。
須《もち》ひず　泥沙《でいさ》の底《そこ》に、辛苦《しんく》して明珠《めいじゆ》を覓《もと》むるを。

蔬・魚・餘・如（上平聲、魚韻）、濡・隅・躕・珠（上平聲、虞韻）、圖・蘇・枯・湖・徒（上平聲、模韻）……虞・模韻は同用。魚韻は通押。

通釈　早朝、竹の買い物籠をひっさげて、召使が市場から春の野菜を買ってきた。青々としたせりやわらびの下に、二匹の白い魚が折り重なっているのが覗き見えた。声を発すること無くただ大きな口をパクパクと開け、お互いに湿った息を吹きかけて助け合っている。籠をひっくり返して地面に出してみると、ピチピチと一尺を超える立派な大魚である。このまま我が家の厨房にあれば、やがて俎板の上でさばかれてしまうのは必定、かと言って地面に放置したままでは、ついには蟻たちに喰われてしまうことになる。川から上がってかなりの時間が経っているが、まだ水を得れば元どおりによみがえりそうである。

そこで、庭先の小さな池に放って、とりあえず日干しにならないように助けたが、ここでは水も少なく、池も窮屈で、尾ヒレを動かせばすぐ四隅の岸辺に当たってしまう。一時しのぎに生き延びることは出来ても、ずっと永遠に泳いでいることは不可能だろう。場所が悪かったと反省して、こんどは南湖まで運んで放流してやった。南湖は長江につながっている。さらば、グズグズせずに泳いでゆくがよい。情けは人のためならず、自分にも果報がめぐってくると言うが、私は、そんなケチくさい輩《やから》ではない。だから双白魚よ、くれぐれも川底の泥の中から苦労して真珠を取ってくる必要はないのだぞ。

語釈　○竹籃　竹を編んだかご。買い物かご。○家童　家の召使。下男、もしくは下女。一本「家僮」に作るが、意味は同じ。○春蔬　春の食材。野菜。次の句に見える芹や蕨などを指す。○芹蕨　せり、わらび。春の野菜。『詩経』小雅「采菽」に、「言（ここ）に其の芹を采る」と、また『詩経』召南「草虫」に、「言に其の蕨を采る」と。○双白魚　二匹の白い魚。この「白」色には作者白居易の自己投影の要素が含まれている。○呀呀　魚がパクパクと口を大きくあけるさま。盛唐の独孤及（『文苑英華』巻三五八には岑参の作とする）「北客を招く文」に、「水族は砑砑として、撥剌（はつらつ）として争ひ喰（く）らふ」（『全唐文』巻三八九）と。「砑」は「呀」に同じ。○呴濡　陸に上げられた魚たちが口から湿った息や泡を吹き出して、乾からびて死んでしまわぬように助け合うこと。『荘子』大宗師篇に、「泉涸（か）れて、魚相与（もと）に陸に処（を）るに、相呴（ふ）くに湿を以てし、相濡（うるほ）すに沫を以てするは、江湖に相忘るるに如（し）かず」とある。「濡」字、那波本は「瑠」に作るが、恐らくは誤り。○写　移す。「瀉」字に通じる。バケツの水を流すように竹かごの中のものを地面にあける。盛唐の杜甫「野人より朱桜を送らる」詩に、「数回細かに写して仍ほ破れんかと愁ふ」（『杜詩詳註』巻十一）と。○撥剌　魚がピチピチはねるさま。盛唐の杜甫「漫成一首」に、「沙頭の宿鷺は聯拳として静かに、船尾の跳魚は撥剌として鳴る」（『杜詩詳註』巻十五）と。○尺余　一尺余り。唐代の一尺は約三一・一センチメートル。○刀机憂　包丁と俎板のうれい。魚が俎板の上でさばかれる心配。○坐　まさに。ついには。○螻蟻図　地面に放置され、おけらや蟻たちに食べられてしまう心配。『荘子』列禦寇篇に、「上に在りては烏鳶の食と為り、下に在りては螻蟻の食と為る」と。また『呂氏春秋』審分覧に、「吞舟の魚も、陸に処れば則ち螻蟻に勝てず」と。

○且用　いささか。さしあたっては。とりあえず。「用」は、「以」字に同じ。盛唐の杜甫「羌村三首」其の二に、「且（いささ）か用て遅暮を慰めん」（『杜詩詳註』巻五）と。○乾枯　乾からびてしまう。盛唐の杜甫「大麦行」に、「大麦は乾枯し小麦は黄ばむ」（『杜詩詳註』巻十一）と。○窄狭　せまくるしい。盛唐の杜甫「潼関の吏」詩に、「窄狭にして単車を容（い）るるのみ」（『杜詩詳註』巻七）と。○苟活　なんとか生き延びる。辛うじて生きながらえる。『文選』巻四十一、司馬遷「任少卿に報ずる書」に、「隠忍して苟も活き、糞土の中に幽せられて辞せず」と。○久遠　長くひさしい。永遠。○南湖　江州の東南にひろがる鄱陽湖。○西江　長江（揚子江）を指す唐代の一般的な通称。例えば盛唐の李白「夜に牛渚に泊して懐古す」詩に、「牛渚西江の夜、青天に片雲無し」（『全唐詩』巻一八一）、また杜甫「夏日楊長寧が宅にて崔侍御、常正字の入京を送る。深字の韻を得たり」詩に、「天地に西江遠く、星辰に北斗深し」（『杜詩詳註』巻二十一）などとある。○好去　さらば。唐代の別れの挨拶。○踟躕　ためらう。たちもとおる。○施恩　恩恵を施す。情けをかける。『文選』巻三十七、曹植の「親親を通ぜんことを求むる表」に、「誠に己を恕（じよ）して人を治め、恵みを推し恩を施す者と謂ふべし」と。○斯人徒　このような人々。○不須　いらない。必要ではない。するには及ばない。○覓明珠　助けられた魚が水中の真珠で恩返しをするという伝説。白居易『白氏六帖事類集』巻二「昆明池」門にある「魚珠」の項に『関中記』を引いて言う。「人の魚を釣る有り。綸（つりいと）絶えて去り、夢に武帝に入る。帝、明日、池中に魚の索（いと）を銜（ふく）むを見、取りて之を放たしむ。後三日、帝復た池浜に遊ぶに珠を得たり。曰く、『豈に池中魚の報に非ざらんや』と」。

余説 この詩と趣向がよく似た先行作品に、盛唐の杜甫「縛雞行」（『杜詩詳註』巻十八）がある。家奴によって縛られ市場に売られて行こうとする鶏を、杜甫が放してやる詩である。

縛雞行

小奴縛レ雞向レ市売　雞被レ縛急相喧争
家中厭三雞食二虫蟻一　不レ知雞売還遭レ烹
虫雞与レ人何厚薄　吾叱二奴人一解二其縛一
雞虫得失無二了時一　注二目寒江一倚二山閣一

縛雞行《ばくけいかう》　杜甫

小奴　雞を縛して市に向かひて売らんとし、雞　縛せらるること急にして相喧争す。
家中　雞の虫蟻を食らふを厭ふも、知らず　雞売らるれば還た烹らるるに遭ふを。
虫と雞と　人に与（おい）て何ぞ厚薄あらん、吾　奴人を叱りて其の縛を解かしむ。
雞虫の得失　了（や）む時無し、目を寒江に注ぎて　山閣に倚（よ）る。

佐久節『白楽天詩集』のこの詩の余論に、「南湖連西江、吾非斯人徒の二句は五字とも皆平声である。古詩の平仄をやかましく論ずる人もあるが、かかる声律に拘（かかは）らぬのもあることを注意すべきである」と。
宋の曾季貍の『艇斎詩話』に云う、「東坡の『放魚』詩（「次韻潜師放魚」）の『用ひず　泥沙の底に辛苦するを』は、楽天の詩の『不須泥沙底、辛苦覓明珠』より出づ」と。
清の乾隆帝の『唐宋詩醇』巻十九の御批に云う、「『施恩即望報』の四語は、小中に大を見（あらは）す。蘇軾の『和潜師放魚』詩の意は此に本づく」と。
この詩の「脱泉雖已久　得水猶可蘇　放之小池中　且用救乾枯」に依拠した文辞として、次のものがある。
島田忠臣の「賦海老」詩に云う、「泉を脱し枯れ又槁（か）る」（『田氏家集』巻上）と。

0060　文柏牀

文柏《ぶんはく》の牀《しやう》

解題 柏樹で作られた寝台を詠じた詩。美しい木目の紋様があるために切り倒された「柏」の樹は、同音の「白」姓を持つ作者自身をも喩える。元和十年（八一五）から元和十三年までの江州司馬左遷中の作品。

陵上有二老柏一　柯葉寒蒼蒼

陵上《りようじやう》に老柏《らうはく》有《あ》り、柯葉《かえふ》　寒《かん》にして蒼蒼《さうさう》たり。

朝爲二風烟樹一　暮爲二宴寝牀一
以三其多二奇文一　宜レ升二君子堂一
刮削露二節目一　拂拭生二輝光一
玄斑狀二貍首一　素質如二截肪一
雖レ充二悅目翫一　終乏二周身防一
華彩誠可レ愛　生理苦二已傷一
方知自殘者　爲レ有二好文章一

朝《あした》には風烟《ふうえん》の樹《じゆ》と爲《な》り、暮《く》れには宴寝《えんしん》の牀《しやう》と爲《な》る。
其《そ》の奇文《きぶん》多《おほ》きを以《もつ》て、宜《よろ》しく君子《くんし》の堂《だう》に升《のぼ》るべし。
刮削《くわつさく》して節目《せつもく》を露《あらは》し、拂拭《ふつしよく》して輝光生《きくわうしやう》ず。
玄斑《げんはん》　貍首《りしゆ》に狀《かたど》り、素質《そしつ》　截肪《せつばう》の如《ごと》し。
悅目《えつもく》の翫《もてあそ》びに充《あ》つと雖《いへど》も、終《つひ》に周身《しうしん》の防《ふせ》ぎに乏《とぼ》し。
華彩《くわさい》　誠《まこと》に愛《あい》すべきも、生理《せいり》　已《すで》に傷《やぶ》るるに苦《くる》しむ。
方《まさ》に知《し》る　自殘《じざん》の者《もの》、好文章《かうぶんしやう》有《あ》るが爲《ため》なるを。

蒼・堂・光（下平聲、唐韻）、牀・肪・防・傷・章（下平聲、陽韻）……唐・陽韻は同用。

通釈　丘の上に一本の老柏樹があった。長い歳月を経て年輪を重ね鬱蒼と茂っている。今朝までは山のもやの中に包まれて立っていたのだが、夕暮れには切り倒され、寝台を作る材木となってしまった。でも美しいあや紋様が多いために、この寝台はやがては立派な君子の御屋敷にふさわしいものとして選ばれるであろう。

木肌は鉋《かんな》をかけられて節目がくっきりと浮かび上がり、さらに布で擦《こす》られて光輝を発するまでになった。黒いまだら模様は、まるで狸の横顔の形に見え、真っ白な木地は美女の白肌のようである。このような高級な家具となり、君子の目を悦ばせることとはなったが、そのためにこの柏樹は、ついに自分自身を守ることはできなかったのである。華やかな紋様はまことに素晴らしいものではあるが、もはや植物としての生命は一度失うと取り戻すことはできない。なるほどこのように我と我が身を台無しにしてしまう者とは、この柏樹のように、自分の中に美しい紋様を持っていることが原因なのである。

語釈　○陵上有老柏　「柏」は、ヒノキ科の植物、コノテガシワ。一般に「カシワ」と称するブナ科の植物とは別種である。古代中国では墳墓や廟所など神聖な場所に植えられる。『文選』巻二十九、無名氏「古詩十九首」其の三に、「青青たり陵上の柏」と。また盛唐の杜甫「病柏」詩に、「形気は根柢より発し、柯葉に彙（あつま）りて零茂す」と。○柯葉　枝と葉。『文選』巻十四、班固の「幽通の賦」に、「歳寒に忽ち憑る無く、日夜柯葉改む」（『杜詩詳註』巻十）と。○寒蒼蒼　老柏樹の古びて異様なさま。葉は鬱蒼と茂る一方、長年の風雪に耐え、幹や枝には、縦方向に何本ものひび割れたような溝が深く刻まれている様子をいう。○風烟　風ともや。すがすがしい山林の空気。初唐の上官儀の「安徳山池にて宴集す」詩に、「密樹に風煙積もり、塘を回（めぐ）りて荷芰新たなり」（『全唐詩』巻四十）と。○宴寝　寝室、だんらんの居間。「宴」は、やすらぐ、くつろぐの意。盛唐の韋応物の「郡斎にて雨中、諸文士と燕集す」詩に、「兵衛に画戟森（なら）び、宴寝に清香凝（こ）る」（『全唐詩』巻一八六）と。○君子堂　王侯貴族の座敷。立派な人物の居室。『文選』巻二十、王粲の「公讌詩」に、「君子の堂に高会す」と。

○刮削　けずりとる。鉋（かんな）をかける。王充の『論衡』量知篇に、「木を断ちて槧（ふだ）を為り、之を析（さ）きて板を為り、力（つと）めて刮削を加ふれば、乃ち奏牘を成す」と。○玄斑　黒いまだら模様。○貍首　たぬきの頭。『礼記』檀弓下篇に引く孔子の旧友原壌の歌に、「貍首の斑然たる、女の手の巻然たるを執る」とある。ここでも珍しい木目模様をいう。○素質　白い木の地肌。『文選』巻十一、何晏の「景福殿の賦」に、「騶虞は献を承け、素質仁形なり」と。○截肪　切り取られた脂肪。純白のたとえ。『文選』巻四十一、魏文帝曹丕の「鍾大理に与ふる書」に、「白きこと截肪の如し」と。○悦目翫　目の保養。見てたのしむ玩具。『文選』巻五十五、陸機の「演連珠」に、「色は目を悦ばすを以て歓と為す」と。また『文選』巻頭にある梁昭明太子蕭綱「文選の序」に、「黼黻同じからざるも、倶に悦目の翫と為す」と。○周身防　我が身を守るそなえ。『文選』巻四十五、杜預の「春秋左氏伝の序」に、「聖人は周身の防を包（か）ねたり」と。○生理　生き物がその本来の姿のまま生きてゆく筋道。生命。『文選』巻五十三、嵇康の「養生論」に、「生理の失ひ易きを悟り、一過の生を害するを知る」と。○自残　我と我が身をそこなう。『文選』巻二十一、曹植の「三良詩」に、「三臣皆自ら残（そこな）へり」と。

○好文章　うつくしい紋様。ここでは柏樹の木目とともに、暗に筆者白居易自身の文章の才能をも喩えている。

余説　清の乾隆帝の『唐宋詩醇』巻十九の御批に云う、「時に江州に貶せらる。隠然として自傷の意有り。『方知自残者、為有好文章』は、即ち杜甫の『古柏行』の意なれども、之を反用す」と。

0061　潯陽三題　幷序

潯陽三題《じんやうさんだい》　幷《なら》びに序《じょ》

解題　江州（現在の江西省九江市）に多く自生する三種類の植物を詠じた連作詩。潯陽（潯水の南岸）とは、江州の古地名の一つ。江南の地にあっては、ありふれて誰も愛でる者がいない植物たちに、作者自らの思いを重ね合わせる。元和十年（八一五）から元和十三年までの江州司馬左遷中の作品。

盧山多㆓桂樹㆒、湓浦多㆓脩竹㆒、東林寺有㆓白蓮華㆒。皆植物之貞勁秀異者、雖㆓宮囿省寺中㆒、未㆔必能㆓盡有㆒。夫物以㆑多爲㆑賤、故南方人不㆔貴㆓重之㆒、至㆑有㆘蒸㆓爨其桂㆒、翦㆓棄其竹㆒、白㆓眼於蓮花㆒者㆖。予惜㆓其不㆑生㆓於北土㆒也。因賦㆓三題㆒以唁㆑之。

盧山《ろざん》に桂樹《けいじゆ》多《おほ》く、湓浦《ぼんぽ》に脩竹《しうちく》多《おほ》く、東林寺《とうりんじ》に白蓮華《びやくれんげ》有《あ》り。皆《みな》植物《しよくぶつ》の貞《てい》勁秀異《けいしうい》なる者《もの》にして、宮囿省寺《きゆういうせいじ》の中《うち》と雖《いへど》も、未《いま》だ必《かなら》ずしも盡《ことごと》くは有《あ》る能《あた》はず。夫《そ》れ物《もの》は多《おほ》きを以《もつ》て賤《いや》しと爲《な》す、故《ゆゑ》に南方《なんぱう》の人之《ひとこれ》を貴重《きちよう》せず、其《そ》の桂《かつら》を蒸爨《じようさん》し、其《そ》の竹《たけ》を翦棄《せんき》し、蓮花《れんげ》を白眼《はくがん》する者有《ものあ》るに至《いた》る。予《よ》、其《そ》の北土《ほくど》に生《お》ひざるを惜《を》しむなり。因《よ》りて三題《さんだい》を賦《ふ》して以《もつ》て之《これ》を唁《とぶら》ふ。

通釈　盧山には桂花の樹が多く自生し、湓浦の港まちには青竹が到る処に生え、東林寺には白い花をつけるハスがある。いずれも地面から真っ直ぐに生えて頑丈で、他の植物とは際立った存在であり、宮殿の御苑や、省庁の中庭でも、なかなか見かけるものではない。だが、そもそもありふれた物はさげすまれるものなので、ここ南方の人々の間にはこれらの植物を観賞しようなどという者はおらず、挙げ句の果てには、桂の木は石窯風呂にぶち込まれ、青竹は切り倒されてそのまま棄てられ、ハスはつまらない花だとさげすまれる始末。私は、これらの植物がもしも北地に生えていたならばと残念に思い、ここに三つの題の詩を詠んで、その悲運をなぐさめるのである。

語釈　○盧山　江西省九江市の南に位置する山岳。東晋の時代に高僧慧遠（えおん）（三三四－四一六）が入り、ここを中国仏教の聖地とした。白居易もこの江州司馬左遷中にしばしば訪れ、元和十二年春には草堂を建てて住んだ。『白氏文集』巻二十六、「草堂記」（一四七二）および同巻十六、「香鑪峯下、新たに山居を卜し、草堂初めて成り、偶ゝ東壁に題す」詩（〇九七五－〇九七九）などを参照。今日では一九九六年、ユネスコの世界文化遺産に登録された。○桂樹　木犀（モクセイ）をいう。モクセイ科の常緑小高木。和名の「カツラ」（カツラ科落葉高木）とは別種である。九月から十月にかけて花を咲かせ、香気がある。この廬山をはじめ、江西省・江蘇省・浙江省など江南に多く見られる。〇湓浦　長江の一支流である湓水の河口。ここに江州（九江）のまちがあることから、「潯陽」とともに、江州の別名となる。〇脩竹　マダケ・モウソウチクなど、一般的な竹をいう。イネ科の植物であり、中国南方の植物である。『白氏文集』巻十二、「琵琶引」に、「住は湓江に近くして地は低湿、黄蘆苦竹　宅を繞りて生ず」と。〇東林寺　廬山の西北、香炉峯を仰ぐ山麓にある中国仏教の古刹。東晋の太元九年（三八四）に慧遠によって創建され、浄土信仰の根本道場として信仰をあつめた。慧永（ゑよう）の創建した西林寺とともに「二林寺」とも併称される。白居易の草堂もこの二寺に隣接する。〇白蓮華　ハス。インド原産の水生植物であり、仏教の象徴として珍重される。ここに特に「白」い花に言及するのは、作者白居易の自況であることを示している。〇貞勁　まっすぐに生え、しかも頑丈である。人間の理想である節操の堅さを象徴する。〇秀異　他ときわだって異なり、すぐれている。『漢書』巻二十四上・食貨志上に、「其の秀異有る者は、郷を移して庠序に学ばしむ」と。〇宮囿　王宮の庭園。御苑。〇省寺　役所。省庁の中庭。「寺」も役所の意。〇蒸爨　かまどで蒸し焼きにする。洞穴の中に枝葉をならべ、その中央で火を焚いて蒸し風呂を作り、その中に入って汗を流す。サウナ。〇翦棄　切りすてる。切り倒して、そのまま放置する。『左氏伝』襄公十四年に、「是れ翦棄する毋（な）かれ」と。〇白眼　軽蔑する。つまらないものとして見下す。『晋書』巻四十九・阮籍伝に、「白眼を以て之に対す」と。なお、中国では白が葬礼をイメージする色として忌避される。〇唁　とむらう。死者を悼む「弔」に対して、本来あるべき場所に居らず、異国にある者をいたわり、とむらう場合をいう。見舞う。『詩経』鄘風「載馳」に、「帰りて衛侯を唁はむ」とあり、その毛伝に「国を失ふを弔ふを唁と曰ふ」とある。

廬山桂

偃蹇月中桂　結レ根依二青天一
天風繞レ月起　吹レ子下二人間一
飄零委二何處一　乃落匡廬山
生爲二石上桂一　葉如レ翦二碧鮮一

廬《ろ》山《ざん》の桂《かつら》

偃蹇《えんけん》たる　月中《げつちゆう》の桂《かつら》、根《ね》を結《むす》びて青天《せいてん》に依《よ》る。
天風《てんぷう》　月《つき》を繞《めぐ》りて起《お》こり、子《み》を吹《ふ》きて　人間《じんかん》に下《くだ》す。
飄零《へうれい》して　何《いづ》れの處《ところ》にか委《ゆだ》ねん、乃《すなは》ち落《お》つ　匡廬《きやうろ》の山《やま》。
生《しやう》じて石上《せきじやう》の桂《かつら》と爲《な》り、葉《は》は碧鮮《へきせん》を翦《き》りたるが如《ごと》し。

枝幹日長大　根荄日牢堅
不レ帰二天上月一　空老山中年
廬山去二咸陽一　道里三四千
無三人爲移植　得レ入二上林園一
不レ及紅花樹　長栽二溫室前一

枝幹《しかん》　日《ひ》に長大《ちやうだい》し、根荄《こんがい》　日《ひ》に牢堅《らうけん》なり。
天上《てんじやう》の月《つき》に歸《かへ》らず、空《むな》しく老《お》ゆ　山中《さんちゆう》の年《とし》。
廬山《ろざん》は咸陽《かんやう》を去《さ》ること、道里《だうり》　三四千《さんよんせん》。
人《ひと》の爲《ため》に移植《いしよく》して、上林園《じやうりんゑん》に入《い》るを得《う》る無《な》し。
及《およ》ばず　紅花《こうくわ》の樹《じゆ》の、長《なが》く溫室《をんしつ》の前《まへ》に栽《う》ゑらるるに。

天・堅・年・千・前（下平聲、先韻）、閒・山（上平聲、山韻）、鮮（下平聲、仙韻）、園（上平聲、元韻）……先・仙韻は同用。先・山・仙・元韻はすべて通押。

通釈　お月様にそびえる桂の大樹は、青天のはるか彼方に根を張って立っている。ある時、天空の風が月の周りに巻き起こり、桂の種子を下方の人間界に吹き飛ばした。種子はひらひらと何処《どこ》に舞い降りたかと言えば、なんと匡廬の山中に落下した。桂樹の種子は、やがて山の岩肌に芽生え、竹の幹を切り取ったかと思われるような艶やかな緑色の葉を出した。するると枝や幹は日に日に太くなり、根も日増しにたくましく強固に張ってゆく。だが、もはや天上の月に帰るあても無く、このまま空しく山中の老木となってゆくのみである。

また、ここ廬山は都咸陽（実は長安）からは道程三千里とも四千里とも言われる遠方のため、誰もこの樹を天子様のために移植して上林園に献上しようなどと言う者もいない。そのためこの廬山桂は、霊能をそなえた珍しい植物であるにも関わらず、後宮の温室殿の前にずっと栽えられ続けている、あのただの紅い花木には及ばないのである。

語釈　○偃蹇　遥か遠くに高くそびえるさま。『楚辞』離騒に「瑶台の偃蹇たるを望む」と。○月中桂　桂樹が月に生えているという伝説に基づく。盛唐の杜甫「一百五日夜、月に対す」詩に、「月中の桂を斫（き）り却（その）けば、清光は応に更に多かるべし」（『杜詩詳註』巻四）と。また段成式『酉陽雑俎』前集巻一、「天咫」に、「旧言に月中に桂有り、蟾蜍（ひきがえる）有りと。故に異書に言へらく、月桂は高さ五百丈、下に一人有りて常に之を斫（き）るも、樹の創（きず）は随つて合す。人の姓は呉、名は剛、西河の人、仙を学びて過てる有り。謫せられて樹を伐らしむ」とある。○子　月桂樹の種子。○飄零　風に吹かれてひらひらと舞い散るさま。『文選』巻十三、謝荘の「雪の賦」に、「雲に憑りて陞降し、風に従ひて飄零す」と。〇匡廬山　廬山の別名。周代の仙人、匡俗が隠棲したという伝説による。〇碧鮮　青竹の幹の色。宝石のように艶のある緑。『文選』巻五、左思の「呉都賦」に、「玉のごとく潤ひ碧のごとく鮮やかなり」と。〇根荄　草木の根。那波本は「根發」に作る。恐らくは誤り。
〇咸陽　秦の都。今の陝西省咸陽市の東北郊。漢と唐の都である長安とは渭水をはさんで西北と東南とに離れた場所にあるが、ここでは唐の都長安を直接指す代わりにいう。〇道里三四千　『旧唐書』巻四十・地理志に拠れば、江州は「京師（長安）の東南二千九百四十八里」にあるという。また李吉甫『元和郡県図志』巻二十八に拠れば、廬山は「（潯陽）県の東三十二里に在り」という。ちなみに唐三千里は現代の約一六八〇キロメートル。〇上林園　前漢時代、武帝が開設した御苑。上林苑。〇紅花樹　紅い色の春の花木。中唐の詩人盧綸の「耿湋・司空曙二拾遺の韋員外が東斎の花樹に題せるに同ず」詩に、「緑砌の紅花の樹、狂風独り未だ吹かず」（『全唐詩』巻二七九）と。〇温室　宮殿の名。かつて漢の長楽宮や未央宮など後宮の中央にあったとされる御殿。『三輔黄図』巻三に、「温室殿は、武帝建つ。冬に之に処（を）れば温暖なり」と。また『漢書』巻八十一、孔光（孔子十四世の孫）の伝に、ある者が孔光に「温室省中の樹は皆何の木なるや」と尋ねたが、厳格に宮中の機密を口外しないという立場から、その樹木の名を明かさなかったという故事がある。

余説　この詩の「枝幹日長大　根荄日牢堅」の句に依拠した文辞として、次のものがある。
菅原道真の「春、惜桜花、応製」詩の序に云う、「枝葉惟（こ）れ新たに、根荄旧の如し」（『菅家文草』巻五）と。

0062　湓浦竹

湓浦《ぼんぽ》の竹《たけ》

潯陽十月天　天氣仍溫燠
有レ霜不レ殺レ草　有レ風不レ落レ木
玄冥氣力薄　草木冬猶綠
誰肯湓浦頭　回レ眼看二脩竹一
其有二顧眄者一　持レ刀斬且束

潯陽《じんやう》　十月《じふぐわつ》の天《てん》、天氣《てんき》　仍《な》ほ溫燠《をんいく》。
霜《しも》有《あ》るも　草《くさ》を殺《から》さず、風《かぜ》有《あ》るも　木《き》を落《お》とさず。
玄冥《げんめい》　氣力《きりよくう》薄《す》く、草木《さうもく》　冬《ふゆ》猶《な》ほ綠《みどり》なり。
誰《たれ》か肯《あ》へて　湓浦《ぼんぽ》の頭《ほとり》、眼《まなこ》を回《めぐ》らして脩竹《しうちく》を看《み》ん。
其《そ》れ顧眄《こべん》する者《ものあ》有れば、刀《かたな》を持《も》ちて斬《き》り且《か》つ束《つか》ぬ。

剖二劈青琅玕一　家家蓋二牆屋一
吾聞汾晉閒　竹少重如レ玉
胡爲取二輕賤一　生二此西江曲一

青琅玕《せいらうかん》を剖劈《はうへき》して、家家《かか》　牆屋《しやうをく》を蓋《おほ》ふ。
吾《われ》聞く　汾晉《ふんしん》の間《かん》、竹少《たけすく》なくして重《おも》んずること玉《たま》の如《ごと》し。
胡爲《なんす》れぞ　輕賤《けいせん》を取《と》りて、此《こ》の西江《せいかう》の曲《くま》に生《お》ふるや。

燠・木・竹・屋（入聲、屋韻）、綠・束・玉・曲（入聲、燭韻）……屋・燭韻は通押。

通釈　江州潯陽の初冬十月は、気候もまだまだ暖かく、霜が降っても草の枯れしぼむことがなく、風が吹いても落ち葉が散るほどでもない。冬の神の威力は弱く、草木はなおも緑を保っている。従って誰一人として湓浦口あたりの青竹に眼をとめることは無いのだ。

もし振り返って見ている者がいたならば、それは手に鉈《なた》を持ち、竹を切って束ねて持ち帰り、美しい青竹の幹を惜しげもなく叩き割って建材とし、家々の間垣や屋根をおおって修理に使うくらいである。

聞くところによれば、山西の晋の国あたりでは、竹は稀少で、宝石のように珍重されるという。なのにこの湓浦の竹たちは、とんだ貧乏くじを引いてしまい、この長江沿いの港町にひっそりと生えているばかりである。

語釈　○温燠　温暖。あたたか。『文選』巻五十五（李善単注本）、劉孝標の「広絶交論」に、「温郁を叙ぶれば、則ち寒き谷も暄（あたた）かと成る」と。「温郁」は「温燠」と同音の別体字。ただしこの『文選』「広絶交論」は、明代の袁本や日本の足利学校蔵本などでは正しく「温燠」に作り、白居易のこの詩語と一致する。○落木　落ち葉。盛唐の杜甫「登高」詩に、「無辺の落木　蕭蕭として下る」（『杜詩詳註』巻二十）と。○玄冥　冬をつかさどる神。『礼記』月令篇に、「仲冬の月、日は斗に在り、……其の帝は顓頊（せんぎよく）、其の神は玄冥」と。○回眼　眼にとめる。存在に気づく。○顧眄　振り返る。『文選』巻二十七、曹植「美女篇」に、「顧眄すれば光采を遺（おく）る」と。一本に「顧盼（こはん）」に作るも意味は同じ。『文選』巻五十五、劉孝標「広絶交論」に、「顧盼すれば其の価を増す」と。○剖劈　割る。裂く。青竹を縦方向にするすると切り裂くこと。○青琅玕　「琅玕」は、玉石の名。ここでは宝石のように美しい青竹の幹をいう。盛唐の杜甫「鄭駙馬宅にて洞中に宴す」詩に、「客を留むる夏簟（かてん）は青琅玕」（『杜詩詳註』巻一）と。○汾晋間　今の山西省の中央を南北に流れる汾水の流域。北は太原から南は黄河との合流地点の蒲州までの地域。戦国時代は晋国が割拠し、以後も塩商人を中心に中国屈指の豪商たちの根拠地として栄えた。盛唐の杜甫「八哀詩・贈司空の王公思礼」詩に、「千秋汾晋の間、事は雲水と与（もと）に白し」（『杜詩詳註』巻十六）と。〇胡為　どうして。むやみに。何ということを。相手を強くたしなめる語気を持つ。〇取　えらぶ。選び取る。〇西江曲　長江の岸辺。西江は長江（揚子江）についての唐代の通称。『白氏文集』巻一、さきの「放魚」詩（〇〇五九）にも、「南湖は西江に連なる」と。

0063　東林寺白蓮

東林北塘水　湛湛見レ底清
中生白芙蓉　菡萏三百莖
白日發二光彩一　清飆散二芳馨一
洩レ香銀囊破　瀉レ露玉盤傾
我慙塵垢眼　見二此瓊瑤英一
乃知紅蓮華　虛得二清淨名一
夏萼敷未レ歇　秋房結纔成
夜深衆僧寢　獨起繞レ池行
欲下收二一顆子一　寄中向長安城上
但恐出レ山去　人間種不レ生

東林寺《とうりんじ》の白蓮《びやくれん》

東林《とうりん》　北塘《ほくたう》の水《みづ》、湛湛《たんたん》として底《そこ》を見《み》せて清《きよ》し。
中《うち》に生《しやう》ず　白芙蓉《はくふよう》、菡萏《かんたん》　三百莖《さんびやくけい》。
白日《はくじつ》　光彩《くわうさい》を發《はつ》し、清飆《せいへう》　芳馨《はうけい》を散《さん》ず。
香《かう》を洩《も》らして銀嚢破《ぎんなうやぶ》れ、露《つゆ》を瀉《そそ》ぎて玉盤傾《ぎよくばんかたむ》く。
我《われ》は慙《は》づ　塵垢《ぢんく》の眼《まなこ》、此《こ》の瓊瑤《けいえう》の英《えい》を見《み》るを。
乃《すなは》ち知《し》る　紅蓮華《こうれんげ》、虛《むな》しく清淨《しやうじやう》の名《な》を得《え》たるを。
夏萼《かがく》　敷《し》きて未《いま》だ歇《や》まず、秋房《しうばう》　結《むす》びて纔《わづ》かに成《な》る。
夜《よ》深《ふか》くして衆僧《しゆうそう》寢《い》ねしとき、獨《ひと》り起《お》きて池《いけ》を繞《めぐ》りて行《ゆ》く。
一顆《いつくわ》の子《み》を收《をさ》め、長安城《ちやうあんじやう》に寄向《きかう》せんと欲《ほつ》す。
但《た》だ恐《おそ》る　山《やま》を出《い》でて去《さ》れば、人間《じんかん》に種《う》うるも生《しやう》ぜざらんことを。

清・傾・名・成・城（下平聲、淸韻）、莖（下平聲、耕韻）、馨（下平聲、青韻）、英・行・生（下平聲、庚韻）……清・耕・

庚韻は同用。青韻は通押。

通釈 東林寺の北にある池の水は、さらさらと清らかで水底が見えるほどに澄んでいる。そこに白い蓮の花が自生しており、ひょろりとした花の茎は全部で三百本はあろうかという壮観である。その白蓮花は太陽の光を受けて更に一層まばゆく輝き、すずやかな山の空気の中にさわやかな芳香を運んでいる。銀色に光る蓮のつぼみが破れると、また新たな香りが匂い立ち、玉製の大皿のような蓮の葉が傾くと、中からきらきらとした露がこぼれ出るのである。

私のような濁世に汚れた眼であっても、この美しいおび玉のような白蓮花を見ると、これまで紅い蓮花をよしとしていたのが、如何にでたらめであったかが十分に理解される。

夏に咲く白蓮の花はまだ咲ききってはいないが、その中央の房には秋に結ぶ種子がもう実りはじめている。そんな中、私は僧侶たちが寝静まった深夜に一人起きて池の周りを散策しながら考えた。この白蓮花の種子を一粒、都長安のまちに送り届けたいが、もしかするとこの種子は、廬山を下りると、汚れた人間界では芽を出さないかもしれない、と。

語釈 ○湛湛　水の清らかに澄みわたるさま。『文選』巻二十八、陸機の「君子有所思行」に、「曲池何ぞ湛湛たる、清川は華薄を帯(ぐめ)る」(『全唐詩』巻四十八)と。○見底清　水底が見えるほどに清らかな池。盛唐の張九齢の「予章より南のかた江上に還りての作」に、「帰去す南江の水、磷磷として底を見せて清し」と、また李白の「宛渓館に題す」詩に、「何ぞ謝さん新安の水、千尋底を見せて清きに」(『全唐詩』巻一八四)とある。○白芙蓉　白蓮。○菡萏　蓮の花。特にまだ蕾のままで水面に伸びた姿をいう。『詩経』陳風「沢陂」に、「彼の沢の陂(つつみ)に、蒲と菡萏有り。美なる一人有り、碩大にして且つ儼なり」とあり、美人の形容に使用される。また『文選』巻二十、劉楨「公讌詩」に、「芙蓉は其の華を散らし、菡萏は金統に溢る」と。○清飆　清らかな風。涼しい山の空気。『文選』巻十八、成綏の「嘯の賦」に、「清飆は喬木に振るふ」と。
○塵垢眼　濁世にけがれた俗人の目。一本「塵埃眼」に作る。『維摩経』仏国品に、「塵を遠ざけ垢を離れて、法眼の浄きを得(う)」と。
○瓊瑤英　美しいおび玉のような花。『詩経』衛風「木瓜」に、「之に報ずるに瓊瑤を以てす」と。また『文選』巻二十九、張衡の「四愁詩」に、「何を以てか之に報いん、英瓊瑤」とある。○虚　いつわり。にせもの。○清浄　欲望や迷いのない清らかな世界。
○夏萼　蓮の花びら。○秋房　蓮の実。一本に「秋芳」に作るが、恐らくは誤り。○出山　廬山を出て俗界に下りる。『白氏文集』巻七に元和十一年(八一六)廬山に逗留した際の「出山吟」(〇二九三)がある。○種　植える。種を撒く。

余説　謝思煒『白居易詩集校注』（第一冊、一三七頁）に拠れば、宋の陳舜兪『廬山記』巻二に、「神運殿の後に白蓮池有り。昔謝霊運才を恃み物に傲り、推重する所少なし、一たび遠公を見て、粛然心服し、乃ち寺に即きて『涅槃経』を翻す。因りて池を鑿ち台を為り、白蓮を池中に植え、其の台に名づけて翻経台と曰ふ。今の白蓮亭は即ち其の故地なり」とあるが、いわゆる慧遠と十八高賢とによる「白蓮社」の集いは、中唐以後の附会によるところが多いという。東林寺の白蓮を詠む詩は、白居易以前では皎然の「演上人の撫州に之き使君叔に覲するを送る」詩に、「便道須らく大師の寺に過り、白蓮池上に高蹤を訪ふべし」が早い例であるが、他は斉己・李咸用・黄滔・李中など、いずれも白居易以後の晩唐の例であるという。

0064　大水

解題　江州のまちを毎年のように襲う洪水の被害を詠う詩。同時に白居易ら忠直の賢臣を放謫し、長安でぬくぬくと栄利にありついている奸臣たちを諷刺し、悲運に屈しない強い心を表現している。この『白氏文集』第一巻を結ぶに相応しい作品。
従来の制作年考証では元和十一年（八一六）から元和十三年とするが、さらにはそのいずれかの秋八月から九月までの時期に詠まれたものであろう。

潯陽郊郭間　大水歳一至
閭閻半漂蕩　城堞多傾墜
蒼茫生二海色一　渺漫連二空翠一
風巻白波翻　日煎紅浪沸
工商徹レ屋去　牛馬登レ山避
況當二率レ税時一　頗害二農桑事一
獨有二傭舟子一　鼓レ枻生二意氣一

大水《だいすい》

潯陽《じんやう》　郊郭《かうくわく》の間《かん》、大水《だいすい》　歳《とし》に一《ひと》たび至《いた》る。
閭閻《りよえん》　半《なか》ば漂蕩《へうたう》し、城堞《じやうてふ》　多《おほ》く傾墜《けいつい》す。
蒼茫《さうばう》として　海色生《かいしよくしやう》じ、渺漫《べうまん》として　空翠《くうすい》に連《つら》なる。
風巻《かぜま》いて白波《はくは》　翻《ひるがへ》り、日煎《ひい》りて紅浪沸《こうらうわ》く。
工商《こうしやう》　屋《をく》を徹《てつ》して去《さ》り、牛馬《ぎうば》　山《やま》に登《のぼ》りて避《さ》く。
況《いは》んや税《ぜい》を率《かぞ》ふる時《とき》に當《あ》たり、頗《すこぶ》る農桑《のうさう》の事《こと》を害《がい》するをや。
獨《ひと》り傭舟子《ようしうし》有《あ》り、枻《えい》を鼓《こ》して意氣《いき》生《しやう》ず。

不レ知二萬人災一　自覓二錐刀利一
吾無三奈レ爾何一　爾非三久得二志
九月霜降後　水涸爲二平地一

萬人《ばんじん》の災《わざは》ひを知《し》らず、自《みづか》ら錐刀《すいたう》の利《り》を覓《もと》む。
吾《われ》爾《なんぢ》を奈何《いかん》ともする無《な》し、爾《なんぢ》久《ひさ》しく志《こころざし》を得《う》るに非《あら》ず。
九月《くぐわつ》霜降《さうかう》の後《のち》は、水《みづか》涸れ平地《へいち》と爲《な》らん。

至・墜・翠・利・地（去聲、至韻）、沸・氣（去聲、未韻）、避（去聲、寘韻）、事・志（去聲、志韻）……至・寘・志韻は同用。未韻は通押。

通釈　潯陽の郊外には、毎年一回洪水がやってくる。村々の半分は押し流されてしまい、城壁もあちこちで崩れ傾いてしまった。田園は一瞬にして茫漠とした大海に様変わりし、そのひろびろとした水平線はそのまま大空の青に連続している。風が逆巻くところに白波が立ち、夕陽がじりじりと照りつけると、その反射で紅い浪が水底から沸き出しているかのように見える。

職人や商人たちはさっさと家を取り払ってどこかに立ち去り、牛や馬たちまでが高台に避難している。まして次の納税の時を想像すれば、農作物や養蚕業の被害はまことに甚大なものとなるであろう。だが、ここにただ一つ賃貸しの船頭たちだけは意気揚々、船側をたたきながら鼻歌をうたっている。何万人もの被災者のことなど素知らぬ体《てい》で、ちっぽけな儲けをせっせと稼いでいる。私は別にお前たちをどうこうしようというわけではないが、お前たちの幸運もそう長く続くものではないのだぞ。晩秋九月下旬の霜降の頃ともなれば、氾濫した水も干上がって、またもとの平地になるのだから。

語釈　〇大水　洪水。『礼記』月令篇に、「（孟夏の月に）冬令を行へば、則ち草木蚤（つと）に枯れ、後に乃ち大水あり、其の城郭を敗（やぶ）る」と。〇郊郭　郊外。盛唐の王維「丁寓が田家にて贈る有り」詩に、「新たに晴れて郊郭を望めば、日は映ず桑楡の暮れ」（『全唐詩』巻一二五）と。〇閭閻　村里の門。ここではこの門に象徴される村びとたちの家々を指す。『史記』巻三十・平準書に、「閭閻を守る者は粱肉を食らふ」と。〇漂蕩　洪水によって家屋が流されること。一本「飄蕩」に作る。『南史』巻五・斉本紀下に、「（永元元年）都下に大水あり、死者甚だ衆（おほ）し、……八月乙巳、水に遇ひて資財の漂蕩せる者の今年の調税を蠲（のぞ）く」と。〇城堞　城壁。中唐の李賀

「莫愁曲」に、「鴉は噪（わさ）ぐ城堞の頭（ほとり）」（『全唐詩』巻三九四）と。○傾墜　くずれ傾く。○蒼茫　青暗い光がどこまでも果てしなく広がるさま。『文選』巻五十七、潘岳「永逝を哀しむ文」に、「山を望みて寥廓たり、水に臨みて浩汗たり、天日を視れば蒼茫たり、邑里に面（かむ）へば蕭散たり」と。○渺漫　水のひろびろと果てしなく広がるさま。要文抄本が「淼漫」に作るは同音の異体字である。『文選』巻十二、木華「海の賦」に、「沖瀜沆瀁、渺瀰湠漫、波は山を連ねるが如く、乍ち合し乍ち散ず」と。また同巻五、左思「呉都の賦」に、「潰渱泮汗、滇㳇淼漫、或いは川を湧かして瀆を開き、或いは江を呑みて漢を納（い）る」と。○空翠　大空の青色。盛唐の劉長卿「揚州の栖霊寺の塔に登る」詩に、「江流は空翠に入り、海嶠は微碧を現す」（『全唐詩』巻一四九）と。○日煎紅浪沸　夕陽が長江の水平線に沈もうとする時、水面が紅く染まる風景。この江州で白居易がつかみ取った得意の表現のようで、『白氏文集』巻十六、「江亭夕望」詩（〇九六九）に、「日没せんと欲する時　江浪沸き、月初めて生ずる処　白煙開く」（元和十二年の作）、また同巻十七、「江州より忠州に赴き、江陵に至りて以来、舟中にて舎弟に示す五十韻」（一一〇四）に、「日煎りて紅浪沸き、月射て白砂明らかなり」（元和十四年の作）とある。なお「沸」字は、わく、湧き出る。音は「ヒ fèi」であって「フツ」ではない。

○率税　税をかぞえる。納税額をさだめて徴収する。当時は両税法が施行されているため、年間の納税は夏六月と冬十一月の二回となっていた。

○傭舟子　舟をあやつって料金制で誰でも向こう岸まで渡す船頭。水上タクシー。両税法では銭納が許可されたため、このような臨時収入を稼ごうとする者が多くなった。○鼓枻　船ばたをたたく。上機嫌で鼻歌をうたうしぐさ。『楚辞』漁父に、「漁父莞爾として笑ひ、枻を鼓して去る」と。○覓　求める。○錐刀利　錐の尖端や刀剣の切っ先のようにわずかな利益。目先の儲け。『左氏伝』昭公六年に、「民、争ひの端を知れば、将に礼を棄てて書に徴し、錐刀の末に、将に尽く之を争はんとす」と。また『文選』巻三十九、江淹「建平王に詣りて上（たてまつ）る書」に、「寧（づい）くんぞ当に分寸の利を争ひ、錐刀の利を競ふべけんや」と。○霜降　二十四節気の一。陰暦九月の下旬。太陽暦では十月二十三日前後となる。

白氏文集　巻第二

諷諭二　古調詩　五言　凡五十八首

諷諭《ふうゆ》二《に》　古《こ》調詩《てうし》　五《ご》言《ごん》　凡《およ》そ五《ご》十八首《じふはちしゅ》

解題 この巻は、さきの巻一に同じく「諷諭」の詩を収める。全て五言古詩。しかし、ほとんどの作品が単篇であった巻一に対して、巻二では五首および十首の連作詩が多いのが特徴である。また内容の面では巻一および後続の「新楽府五十首」（巻三・巻四）と重複するものが幾つも見られるが、概して作者白居易自身や、彼と同等の中下層士大夫たちの生々しい実感と悲哀の言辞が、巻一の諸作品に比べて更に一段と鮮明に見られることから、恐らく、さきの巻一に収録する作品群とは別に、白居易が、長安で彼と親しく交流のあった同僚や同輩の者たちの閲読に供するために綴られた作品群であろう。

0065　續古詩十首

續《ぞく》古《こ》詩《し》十首《じっしゅ》

解題 漢代の無名詩人の作として伝わる「古詩十九首」（『文選』巻二十九）や「古詩八首」（『玉台新詠』巻一）およびそれに連なる漢魏六朝の名作をもとに、その修辞を踏襲しつつ、白居易が現代の唐王朝で見聞したさまざまな事柄を主題として詠み綴った連作。「古詩」は、梁の鍾嶸『詩品』においても「上品」の筆頭に位置し、「其の体の源は国風に出づ」と称され、『詩経』の精神を継承した五言詩の最高峰として、六朝時代から「擬古詩」という独特のジャンルを形成していた。例えば『文選』には、巻三十・巻三十一「雑擬」部門に陸機「擬古詩十二首」を筆頭に、江淹「雑体詩三十首」に至る六十三首もの作品が収められ、唐代においても、李白の「擬古十二首」や「古風五十九首」等、数々の模擬作品がある。ただし白居易のこの連作は、かかる「擬古詩」とは一線を画し、単なる模擬模倣ではなく、現実の社会での見聞を生々しく描くことに主眼を置き、「古詩」としての新しい「続作」（継承）を目指す意味で、従来にはない「続古詩」という名称をつけている。『詩経』周頌「良耜」に、「以て似（つ）ぎ以て続（つ）ぎ、古（いにしへ）の人に続（つ）がん」とある。従来の制作年考証では、元和六年（八一一）―九年（八一四）の白居易下邽退居時の作とするが、確証はない。むしろ元和三年（八〇八）の左拾遺就任から元和十年（八一五）八月に長安を離れるまでの間の作品として捉えるべきであろう。

　第一首たる次の詩は、「古詩十九首」其の一「行行重行行」の情景に基づき、西域シルクロードに出征する兵士を送り出す妻を主人公に、その細やかで切々とした心情を描く。

其一

戚戚復戚戚　送㆓君遠行役㆒
行役非㆓中原㆒　海外黄沙磧
伶俜獨居妾　迢遞長征客
君望㆓功名歸㆒　妾憂㆓生死隔㆒
誰家無㆓夫婦㆒　何人不㆓離析㆒
所㆑恨薄命身　嫁遲別日迫
妾身有㆓存歿㆒　妾心無㆓改易㆒
生作㆓閨中婦㆒　死作㆓山頭石㆒

其《そ》の一《いち》

戚戚《せきせき》　復《ま》た戚戚《せきせき》、君《きみ》の遠《とほ》く行役《かうえき》するを送《おく》る。
行役《かうえき》　中原《ちゆうげん》に非《あら》ず、海外《かいぐわい》の黄沙磧《くわうさせき》。
伶俜《れいへい》たる獨居《どくきよ》の妾《せふ》、迢遞《てうてい》たる長征《ちやうせい》の客《かく》。
君《きみ》は功名《こうみやう》の歸《かへ》りを望《のぞ》むも、妾《せふ》は生死《せいし》の隔《へだ》たりを憂《うれ》ふ。
誰家《たれ》か　夫婦《ふうふ》無《な》からん、何人《なんぴと》か　離析《りせき》せざらん。
恨《うら》む所《ところ》は　薄命《はくめい》の身《み》、嫁《か》遲《おそ》く　別《わか》るる日《ひ》迫《せま》れり。
妾《せふ》が身《み》には存歿《そんぼつ》有《あ》るも、妾《せふ》が心《こころ》には改易《かいえき》無《な》からん。
生《う》まれては閨中《けいちゆう》の婦《ふ》と作《な》り、死《し》しては山頭《さんとう》の石《いし》と作《な》らん。

戚・析（入聲、錫韻）、役・磧・易・石（入聲、昔韻）、客・迫（入聲、陌韻）、隔（入聲、麦韻）……昔・陌・麦韻は同用。錫韻は通押。

通釈 しょんぼりと、そしてまたしょんぼりと、遠くに出征するあなたを見送る。出征先は中原ではなく、わが中華の域外、黄色い砂漠の彼方。ぽつねんと、これよりひとり寂しく暮らすわたしと、はるけくも、ずうっと遠くの戦場に旅するあなた。あなたは、手柄を上げて故郷に錦を飾ることを夢見ていらっしゃいますが、わたしには、あなたとの今生の別れになってしまうことだけが心配です。

この世に夫婦にならないものはなく、また、夫婦に別れはつきものとはいうものの、かえすがえすも心残りは、わが身の不幸。あなたのもとに嫁ぐのが遅かったうえに、別れの日がこんなに早く来るなんて。でも、たとえわが身に死がおとずれようとも、決してわたしの心は変わりません。生きては、あなたの妻であり、死んでは、山の辺の石となって、あなたの帰りを待ちましょう。

語釈 ○戚戚復戚戚 『文選』巻二十九、「古詩十九首」其の一冒頭の「行き行きて重ねて行き行く」に対応するべく選ばれた表現。「行行」が、出征兵士の歩み進む動作であるのに対し、「戚戚」は、その兵士を見送る妻の心情を表現するオノマトペ。どんよりと胸に湧き起こる不安と悲しみの形容。また「行行重行行」が全て平声であるのに対し、「戚戚復戚戚」の五字は全て仄声と、発音上も好対照をなしている。『楚辞』九章「悲回風」に、「愁ひは鬱鬱として快きこと無く、居（おも）ひは戚戚として解くべからず」、また「古詩十九首」其三に、「極宴して心意を娯（たの）しましむれば、戚戚 何ぞ迫る所あらん」とあるが、特にここでは陸機「擬行行重行行」詩（『文選』巻三十）に、「悠悠として行邁遠く、戚戚として憂思深し」とあるのを踏まえる。○行役 王命を奉じ国境守備兵として戦地に赴くこと。従軍。『詩経』魏風「陟岵」に、「父曰く、嗟（ああ）予（わ）が子行役し、夙夜已（や）むこと無からんと」と。また『文選』巻二十九、前漢の蘇武「詩四首」其の三に、「行役して戦場に在れば、相見ゆること未だ期有あらず」とある。○中原 中国本土。特に黄河中流域の河南平原を指す。春秋戦国時代以来、中国においては天下統一を目指す古戦場であった。『左氏伝』僖公二十三年の条に、「晋楚兵を治めて、中原に遇はば、其れ君を避くること三舎せん」と。また、初唐の魏徴「述懐」詩に、「中原に還（ま）た鹿を逐ひ、筆を投じて戎軒を事とす」（『全唐詩』巻三十一）と。○海外 四海の外、すなわち中国本土を離れた辺境の地。ここでは特に西域シルクロードの砂漠地帯を指す。『詩経』商頌「長発」に、「相土は烈烈、海外截たる有り」と、またその鄭玄の箋に、「四海の外、率（したが）ひ服す」と。○黄沙磧「沙磧」は、砂漠。白居易の当時、唐の版図は吐蕃（チベット）等西域諸国の侵攻によって現在の甘粛省あたりまでもが奪われていた。盛唐の岑参「敦煌太守の後庭歌」に、「黄沙磧裏　人（たみ）田（はたけ）に種（う）う」（『全唐詩』巻一九九）と。○伶俜　ひとりぼっちのさま。『文選』巻十六、潘岳「寡婦の賦」に、「少（わか）くして伶俜にして偏孤、痛み切怛（たうたつ）として以て心を摧（くだ）く」とあり、その李善注に、「伶俜は、単孑（たんげつ）の貌」とある。○独居妾　「妾」は、婦人の一人称。わらわ。「独居」は、棄てられた女性のわびしい生活をいう。『文選』巻十六、司馬相如「長門の賦」に、「魂は踰佚して反（かへ）らず、形は枯槁して独居す」と。○迢遞　はるか遠くのさま。一本に「迢遰」に作るのも、同音の仮借字。『文選』巻五、左思「呉都の賦」に、「曠（ひろ）く瞻（なが）むれば迢遞として、迥（はる）かに眺（のぞ）むれば冥蒙たり」と。○長征客　「客」は、軍旅にある兵士。ここでは辺境出征中の夫を指す。「長征」は、「遠征」に同じ。盛唐の李頎「古意」詩に、「男児は長征を事とす」（『全唐詩』巻一三三）、王昌齢「出塞二首」詩に、「秦時の明月　漢時の関、万里に長征して人未だ還（かへ）らず」（『全唐詩』巻一四三）、李白「戦城南」詩に、「万里に長征して戦ひ、三軍尽く衰老す」（『全唐詩』巻一六二）とある。○功名帰　戦場で手柄を立て、武勇の名を上げて帰郷すること。○生死隔　夫が戦死し、婦が生きながらえて、互いが会えなくなること。『白氏文集』巻十、「裴相公を夢む」詩（〇四六〇）にも、「五年　生死に隔たり、一夕　夢魂通ず」とある。

○誰家　だれ。「家」は「誰」の量詞。○離析　別離。『論語』季氏篇に、「邦（くに）分崩離析して、守ること能はざるなり」を出典とするが、詩歌においては、『玉台新詠』巻二、張華「雑詩二首」其の二に、「迢迢として遠く離析す」とあるように、単なる別離の意として用いられる。なお宋本は「離拆」に作るが、意味同じ。○所恨　残念に思われることは。「所」は、受け身を表す動詞の接頭語。○薄命　運命に恵まれないこと。不幸。『漢書』巻九十七下・外戚伝下「孝成許皇后伝」に、「奈何（いかん）ぞ妾の薄命、端（まさ）に章寧の前のごとく遇せらるるを」と。また『芸文類聚』巻四十一に、魏の曹植、梁の簡文帝、梁の劉孝威の「妾薄命行」がそれぞれ見え、唐代においても、棄婦怨を歌うポピュラーな楽府題の一つとして多くの続作がある。○別日　別れのとき。『玉台新詠』巻九、魏の文帝曹丕「燕歌行二首」其の二に、「別日の何ぞ易く　会ふ日は難し」と、また同巻の晋の陸機「楽府燕歌行」に、「別日の何ぞ早く　会ふこと何ぞ遅し」とある。○存歿　生死。特にここでは死をいう。「歿」字は一本に「没」字に作るが同字。『芸文類聚』巻三十四、魏の丁廙の妻「寡婦の賦」に、「存没の路を異にするを痛む」と。○改易　心変わり。「易」も、変わるの意。○生作閨中婦　「閨」は、婦人の寝室。「作」字は一本に「為」字に作る。「作」は「為」の当時の俗語。唐詩においては、「為」（平声字）に対応するものとして「作」（仄声字）が代用される。○山頭石　従軍した夫の帰りを待ち焦がれた婦が、とうとう石に化したという故事。望夫石といわれる当時の民間伝説。『初学記』巻五に引く六朝宋の劉義慶の『幽明録』に、「武昌の北、山上に望夫石有り、状は人の立てるが若（ごと）し。古伝に云ふ、昔、貞婦有り、其の夫従役し、遠く国難に赴くに、弱子を携へて此の山に餞送し、立ちて夫を望み、化して立石と為る、と。因りて以て名と為せり」と。

また白居易『白氏六帖事類集』巻二、「石」門の「望夫」の項目にも、同一の故事が引用されている。また李白「擬古十二首」其の十二に、「夫を望みて高山に登り、石に化するも竟に返らず」(『李太白全集』巻二十四)と。さらに『白氏文集』巻一、「蜀路石婦詩」(〇〇二四)にも、「比せず　山頭の石の、空しく望夫の名有るに」とある。

0066　其二　其《そ》の二《に》

掩レ涙別二郷里一　飄颻將二遠行一
茫茫緑野中　春盡孤客情
驅レ馬上二丘壟一　高低路不レ平
風吹棠梨花　啼鳥時一聲
古墓何代人　不レ知二姓與一レ名
化作二路傍土一　年年春草生
感レ彼忽自悟　今我何營營

行・平・生(下平聲、庚韻)、情・聲・名・營(下平聲、清韻)……庚・清韻は同用。

涙《なみだ》を掩《おほ》ひて郷里《きやうり》に別《わか》れ、飄颻《へうえう》として將《まさ》に遠行《ゑんかう》せんとす。
茫茫《ばうばう》たる緑野《りよくや》の中《うち》、春盡《しゆんじん》　孤客《こかく》の情《じやう》。
馬《うま》を驅《か》りて　丘壟《きうろう》に上《のぼ》れば、高低《かうてい》として　路平《みちたひ》らかならず。
風《かぜ》は吹《ふ》く　棠梨《たうり》の花《はな》、啼鳥《ていてう》　時《とき》に一聲《いつせい》す。
古墓《こぼ》　何《いづ》れの代《よ》の人《ひと》ぞ、姓《せい》と名《めい》とを知《し》らず。
化《くわ》して　路傍《ろばう》の土《つち》と作《な》り、年年《ねんねん》　春草生《しゆんさうしやう》ず。
彼《かれ》に感《かん》じて　忽《こつ》として自《みづか》ら悟《さと》る、今我《いまわれ》　何《なん》ぞ營營《えいえい》たるかと。

解題　「続古詩十首」の第二首。さきの「其一」に続けて、こんどは故郷をあとにして旅立つ男の気持ちを歌う。ただし出征兵士の心情としてではなく、立身出世を夢見て都長安を目指す当時の若い地方出身士大夫たちの実感をモチーフとして詠じられているもののようである。『白氏文集』巻十二、「寒食野望吟」(〇六〇二)は、この詩の後半部分と状況を同じくしている。

通釈　涙を拭きつつ故郷を後にし、揺れ落ちる木の葉のように、ふらふらと遠く旅ゆくわたし。果てしない緑野の中、春の終わりはひとしお旅愁を掻き立てる。馬を駆り、小高い丘に立てば、デコボコとした行く手には平坦な路など何処にも見えぬ。風にそよぐやまなしの花、折しも聞こえる鳥の一声。

見れば、何時の世とも知らぬ無縁墓。たれのものとも知られぬまま、もはや路傍の土となり、年々歳々、春の草のみが生い茂るばかり。

それを見て、ふと、我とわが身を悟った。おのれは今、いったに何故にあくせくと旅を続けているのか、と。

語釈 ○掩涙　顔をおおって泣く。一本「掩涕」に作るも同じ。『楚辞』離騒に、「長太息して以て涕（なみだ）を掩ひ、民生の多艱を哀しむ」と、また『文選』巻二十八、陸機「門有車馬客行」に、「膺（むね）を拊（う）ちて客と携へて泣き、涙を掩ひて温涼を叙（の）ぶ」と。○郷里　故郷。○飄颻　風に吹かれて木の葉のようにひるがえる形容。遠路を旅するさま。『文選』巻二十九、曹植「雑詩六首」其の二に、「転蓬は本根を離れ、飄颻として長風に随ふ」と。○将遠行　「遠行」は、遠方への旅。『孟子』公孫丑下篇に、「宋に在るに当たりてや、予、将に遠行有らんとす」と。また『文選』巻二十九、「古詩十九首」其の三に、「人生天地の間、忽として遠行の客の如し」と、また同巻の曹植「雑詩六首」其の五に、「僕夫　早（つと）に駕を厳（いまし）め、吾　将に遠く行遊せんとす」とある。○茫茫　果てしない風景の形容。春の草が原野一面に生い茂っているさま。『文選』巻二十九、「古詩十九首」其の十一に、「四顧　何ぞ茫茫たる、東風　百草を揺るがす」と。○緑野　『文選』巻二十六、謝霊運「彭蠡湖口に入る」詩に、「春晩（く）れて緑野秀で、巌高くして白雲屯す」と。○春尽　春三月の終わり。特に白居易は陰暦三月晦日を指す言葉として、「三月尽」とともに、特別な思い入れを込めた詩語として多用する傾向にある。平岡武夫「三月尽」（『白居易―生涯と歳時記』所収、朋友書店、一九九八年）、および菅野禮行「『春尽』の詩の比較文学的考察」（『平安初期における日本漢詩の比較文学的研究』所収、大修館書店、一九八八年）等を参照。○孤客　ひとりぼっちの旅人。『芸文類聚』巻三十五、曹植「九愁賦」に、「孤客の悲しむべきを思ひ、予が身の翩翔するを愍（あは）れむ」と、『文選』巻二十六、謝霊運「七里瀬」詩に、「孤客は逝湍を傷（うれ）ひ、徒旅は奔峭に苦しむ」と、また中唐の劉禹錫「秋風引」に、「朝来　庭樹に入り、孤客最も先に聞く」（『全唐詩』巻三六四）と。○駆馬　馬を走らせる。『詩経』鄘風「載馳」に、「馬を駆ること悠悠」と。また『文選』巻二十九、「古詩十九首」其の十三に、「車を上東門に駆りて、遥かに郭北の墓を望む」とある。○丘壟　小高い丘。『文選』巻十一、鮑照「蕪城の賦」に、「井逕滅びて丘壟残す」と。○高低　でこぼこした丘陵のさま。『白氏文集』巻十、「村東の古塚に登る」詩（〇四五九）にも、「高低たり古時の塚、上に牛羊の道有り」と。○路不平　平坦でない旅路。同時に、この詩の主人公の人生行路の困難さを比喩する。『文選』巻十五、張衡「思玄の賦」に、「誰か路の平らかならざるを云はん」と。○棠梨花　やまなし。晩春に白く小さな花を咲かせる。同時代の元稹「村花晩」詩に、「三春已に暮れ桃李は傷（しぼ）み、棠梨の花は白く蔓菁は黄なり」（『全唐詩』巻四二一）と。また『白氏文集』巻

十二、「寒食野望吟」（〇六〇二）に、「棠梨の花は映ず　白楊の樹」と。なおこの植物は、古く『詩経』においては「甘棠」（周南「甘棠」）と呼ばれた。三国呉の陸璣『毛詩草木鳥獣虫魚疏』に、「甘棠は、今の棠梨、一名杜梨、赤棠なり」とある。〇啼鳥　鳥のさえずり。盛唐の孟浩然「春暁」詩に、「春眠暁を覚えず、処処に啼鳥を聞く」（『全唐詩』巻一六〇）と。〇時　ふとその時。
〇古墓　顧みる人も無くなった古い無縁墓。『文選』巻二十九、「古詩十九首」其の十四に、「古墓は犂かれて田と為り、松柏は摧かれて薪と為る」と。また『白氏文集』巻十二、「寒食野望吟」（〇六〇二）に、「古墓累累として春草緑なり」と。〇不知姓与名　『文選』巻六十、謝恵連「古塚を祭る文」に、「銘誌存せず、世代得て知るべからず、……既に其の名字遠近を知らず」とある。〇年年　毎年、毎歳。初唐の劉希夷「白頭を悲しむ翁に代はる」詩に、「年年歳歳　花相似たり、歳歳年年　人同じからず」（『全唐詩』巻八十二）と。〇春草生　『楚辞』招隠士に、「王孫遊びて帰らず、春草生じて萋萋たり」とあるのを踏まえる。このモチーフは、『白氏文集』巻十三、白居易の科挙応試の際の習作「古原の草を賦し得たり、送別」詩（〇六七二）にも用いられた。
〇営営　本来は『詩経』小雅「青蠅」に、「営営たる青蠅」とあるように、鬱陶しく飛び回る夏のハエの形容。転じて、名利に汲々とするつまらない人間の行動を喩える。『文選』巻二十二、鮑照「行薬して城東の橋に至る」詩に、「擾擾たる遊官の子、営営たる市井の人」と、また盛唐の李白「古風五十九首」其の九に、「富貴は固（とも）より此くの如し、営営として何の求むる所ぞ」（『全唐詩』巻一六一）と。白居易のこの詩でも、将来の栄達を夢見て科挙及第を目指す当時の士大夫階層の子弟たちの実像を諷刺する。『白氏文集』巻五、「早（つと）に挙人の試に入るを送る」詩（〇一八〇）に、「憐れむべし早朝の客、相看れば意気生ず。日出でて塵埃飛び、群動互いに営営。営営各々（おのおの）何をか求めん、利と名とに非ざるは無し」と。

余説　この詩の「古墓何代人、不知姓与名。化作路傍土、年年春草生」の句に依拠した文辞としては、以下のごときものがある。

『続本朝往生伝』に、「権中納言源顕基、……常に白楽天の詩を詠じて曰はく、『古墓何の世の人ぞ、世と名とを知らず。化して道傍の土と作（な）り、年々春草生ず』と」と。（『袋草子』巻三、『古事談』巻一、『発心集』第五、『十訓抄』第六、『古今著聞集』文学第五、『撰集抄』巻四、『東斎随筆』人事類にも見える。）

『千載和歌集』哀傷に、「親の墓にまかりて侍りけるに、知らぬつかどもの多く見え侍りければよめる。野辺見ればむかしのあとや誰ならむ　そのよも知らぬ苔の下かな」（左京大夫修範）と。

『東関紀行』に、「猶打ちすぐる程に、ある木蔭に石を高く積み上げて、めにたつさまなる塚あり。人に尋ぬれば、梶原が墓となん答ふ。道の傍の土となりけりと見ゆるにも、顕基中納言の口ずさみ給へりけん、年々に春の草のみ生ひたりといへる詩、思ひ出でられて、是も亦ふるき塚となりなば、名だにも残らじとあはれなり」と。

『平家物語』巻三・赦文の事に、「……宇治の悪左府、贈官贈位行はれて太政大臣正一位を贈らる。件の墓所は大和国添上の郡河上の村の五三昧なり。保元の秋掘起して捨てられし後は、死骸道の辺の土となりて、年年に唯春の草のみ茂れり」と。（『源平盛衰記』巻八・宇治左府贈官の事も同文。）
『徒然草』第三十段に、「人のなきあとばかりかなしきはなし。……さるはあととふわざも絶えぬれば、いづれの人と名をだに知らず。年々の春の草のみぞ心あらむ人はあはれとも見るべきを、……」と。
謡曲『隅田川』に、「……生所を去つて東のはての道の辺の土となりて、春の草のみ生ひしげりたる、此下にこそあるらめや」と。

0067　其三　其《そ》の三《さん》

朝采㆓山上薇㆒　暮采㆓山上薇㆒
朝《あした》に山上《さんじやう》の薇《び》を采《と》り、暮《く》れに山上《さんじやう》の薇《び》を采《と》る。

歳晏薇亦盡　飢來何所㆑爲
歳晏《さいあん》に薇《び》も亦《ま》た盡《つ》き、飢《う》ゑ來《きた》りて何《なん》の爲《な》す所《ところ》ぞ。

坐飲白石水　手把青松枝
坐《ざ》して飲《の》む　白石《はくせき》の水《みづ》、手《て》には把《と》る　青松《せいしよう》の枝《えだ》。

撃㆑節獨長謌　其聲清且悲
節《ふし》を撃《う》ち　獨《ひと》り長謌《ちやうか》すれば、其《そ》の聲《こゑ》　清《きよ》く且《か》つ悲《かな》し。

櫪馬非㆑不㆑肥　所㆑苦長縶維
櫪馬《れきば》　肥《こ》えざるに非《あら》ず、苦《くる》しむ所《ところ》は　長《なが》き縶維《ちふゐ》。

豢豕非㆑不㆑飽　所㆑憂竟爲㆑犧
豢豕《くわんし》　飽《あ》かざるに非《あら》ず、憂《うれ》ふる所《ところ》は　竟《つひ》に犧《ぎ》と爲《な》る。

行行歌㆓此曲㆒　以慰㆓常苦飢㆒
行《ゆ》き行《ゆ》きて　此《こ》の曲《きよく》を歌《うた》ひ、以《もつ》て常《つね》の苦飢《くき》を慰《なぐさ》めん。

薇・薇・肥（上平聲、微韻）、爲・枝・犧（上平聲、支韻）、悲・維・飢（上平聲、脂韻）……支・脂韻は同用。微韻は通押。

解題　「続古詩十首」の第三首。世間での栄達に疑念を懐いた主人公が選択した道は、山野での隠逸生活であった。そうしてこの詩では、窮乏生活に迫り来る飢餓との孤独な葛藤を描く。

通釈　朝には山の上の薇を採って食し、夕暮れにも山の上の薇を採って食す。しかし年の暮れには、そんな薇でさえなくなってしまうので、迫り来る飢えに、なすすべもない。座り込んで白い石の上を流れる清らかな谷川の水を飲み、冬もなお青々としている松の枝を手にし、拍子を取りつつ、ひとり声を長く延ばして歌をうたえば、その声は冴え冴えと、またうら悲しく響きわたる。その歌は、

「うまやの馬の苦しみは、肥えないことではないのです。
ずうっと長く繋がれて、千里を駆けるチャンスの来ないことです。
小屋の豚の気がかりは、腹一杯のエサではないのです。
ブクブク太ったその果てに、お祭りの生けにえにされることです」と。

トボトボと歩みつつ、この歌をうたい、そうしていつまでも続く飢えの苦しみを紛らわせることにしよう。

語釈　○朝采山上薇　「薇」は、ノエンドウ、イヌソラマメ。マメ科の二年草で、山野に自生する。古代殷周革命の際、周王朝に仕えることを潔しとせず、首陽山に隠れ、山に自生する薇のみを食べて餓死したという伯夷・叔斉の故事を踏まえる。『史記』巻六十一・伯夷列伝参照。高節を守り貫く隠者の象徴。また『詩経』小雅「采薇」に、「薇を采り薇を采る、薇は亦た作（おこ）れり、帰りなん帰りなん、歳は亦た暮れん」と、『文選』巻二十七、魏の文帝曹丕「善哉行」に、「山に上りて薇を采り、薄暮飢えに苦しむ」とある。○歳晏　年の暮れ。「晏」は、晩の意。『楚辞』九歌「山鬼」に、「歳既に晏（く）れて孰（たれ）か予を華やかにせん」と。また『文選』巻二十七、江淹「荊山を望む」詩に、「歳晏れて君は如何せん」と。○飢来　我が身に迫る空腹感。東晋の陶淵明「乞食」詩に、「飢え来りて我を駆り去（ゆ）くも、竟（つひ）に何（いづ）くに之くかを知らず。行き行きて斯の里に至り、門を叩くに言辞拙し」（『陶淵明集』巻二）と。○白石水　川底の白石が見えるほどの澄明な水流。隠者の飲み水。『詩経』唐風「揚之水」に、「揚がれる水、白石鑿鑿たり」と。また『楚辞』九歌「山鬼」に、「石泉に飲みて松柏に蔭（おほ）はる」と。○青松枝　あおあおと茂る松の枝。隠者の貞節を象徴する。『文選』巻五十五、劉峻「広絶交論」に、「青松を援（ひ）きて以て心を示し、白水を指して信を旌（あらは）す」と。○撃節　歌にあわせて拍子を取る。『文選』巻四、左思「蜀都の賦」に「巴姫は弦を弾じ、漢女は節を撃つ」と。『白氏文集』巻十二、「琵琶引」（〇六〇三）にも、「鈿頭の雲篦は節を撃ちて砕く」と。○長謌　声を長く引いてゆるやかにうたう、静かで憂愁を帯びた歌。「謌」は、「歌」に同じ。『文選』巻二、張衡「西京の賦」に、「女娥は坐して長歌し、声は清暢にして蜲蛇たり」と、また同巻二十八、鮑照「東門行」に、「長歌して自ら慰めんと欲するも、弥々

（いよ）長恨の端を起こす」とある。○清且悲　清らかで悲哀に満ちた音色。『文選』巻三十、陸機「擬古詩十二首」其の九「擬東城一何高」に、「閑夜に鳴琴を撫すれば、恵音は清く且つ悲し。長歌は促節に赴き、哀響は高徽を逐ふ」と。○櫪馬　「櫪」は厩舎、うまや。魏の武帝曹操「歩出夏門行」の「老驥伏櫪、志は千里に在り、烈士暮年、壮心已（や）まず」（『楽府詩集』巻三十七）を踏まえ、老いてなお衰えぬ壮士の気概に喩えられる。○櫪馬非不肥　この句、奇数句末であるが「肥」字が押韻する。思うに、以下の四句はこの詩の主人公の「長詞」の歌詞となる。そのため、五言絶句の要領で、この句末も押韻するのである。○縶維　厩舎に馬をつなぐ綱。つまらない役職に留め置かれ、世に才能を十分発揮できない賢者の不遇な情況を喩える。『詩経』小雅「白駒」に、「皎皎たる白駒、我が場の苗を食む。之を縶（つな）ぎ之を維（つな）ぎ、以て今朝を永くせん」と。また『文選』巻三十八、殷仲文「尚書を解かんとする表」に、「復た之を引くに縶維を以てす」と。○豢豕　「豢」は、養うの意。「豕」は、豚。『礼記』楽記篇に、「夫れ豕を豢（やしな）ひ酒を為（つく）る」とあり、その鄭玄の注に、「穀を以て犬豕に食らはすを豢と曰ふ」と。○竟　ついに。結局は。とどのつまり。○犠　いけにえ。祭礼儀式の際に、壇上に供えられることをいう。「豢豕非不飽　所憂竟為犠」の二句、『荘子』秋水篇に見える楚の「神亀」の逸話に通じるものがある。○行行　トボトボと歩くさま。歩きながら。『文選』巻二十九、「古詩十九首」其の一冒頭に、「行行重ねて行行」と。○苦飢　飢えの苦しみ。『文選』巻二十七、魏の文帝曹丕「善哉行」に、「山に上りて薇を采り、薄暮飢えに苦しむ」と。

0068　其四　　其《そ》の四《し》

解題　「続古詩十首」の第四首。山中に隠遁した主人公がそこで見たものは、山頂になよなよと育つ若木と、谷底深くにあって風雪に耐え忍びながらも、やがては薪となってゆく運命の松の木であった。これは、『文選』巻二十一に収める西晋の左思「詠史八首」其の二に詠われた風景に同じく、山頂の若草は権門の家庭に生まれ何不自由なく育った貴族の息子たちを、谷底の松は寒門に生まれたために不遇を余儀なくされる貧乏士大夫の子弟を思い起こさせる。このテーマは『白氏文集』巻一の「悲哉行」（〇〇三七）や、同巻四の「新楽府五十首」其の二十七「澗底松」（〇一五二）などにも共通して見えるものである。

雨露長㆓纖草㆒　山苗高入㆑雲
風雪折㆓勁木㆒　澗松摧爲㆑薪

雨露《うろ》　纖草《せんさう》を長《ちやう》ぜしめ、山苗《さんべう》　高《たか》きこと雲《くも》に入《い》る。
風雪《ふうせつ》　勁木《けいぼく》を折《を》り、澗松《かんしよう》　摧《くだ》かれて薪《たきぎ》と爲《な》る。

風摧此何意　雨長彼何因
百丈澗底死　寸莖山上春
可㆑憐苦節士　感㆑此涕盈㆑巾

風摧《ふうさい》此《こ》れ何《なん》の意《い》ぞ、雨長《うちやう》彼《か》れ何《なん》の因《いん》ぞ。
百丈《ひやくぢやう》澗底《かんてい》に死《か》れ、寸莖《すんけい》山上《さんじやう》に春《はる》なり。
憐《あは》れむべし苦節《くせつ》の士《し》、此《これ》に感《かん》じて涕《なみだ》巾《きん》に盈《み》たしむ。

雲（上平聲、文韻）、薪・因・巾（上平聲、眞韻）、春（上平聲、諄韻）……眞・諄韻は同用。文韻は通押。

通釈　雨と朝露は微細な草木をやさしく成長させ、山頂の若木も、それによって空高く雲に入らんばかりに伸びてゆく。かたや、厳しい雪と横なぐりの風は、どんな頑丈な樹木をもへし折ってしまい、谷底の松の木は、やがて砕かれて樵夫たちの薪となるばかり。

風に砕かれる松は、いったい何故このようなことになるのだろうか。雨に育つ若木は、いったい何故あのように恵まれているのだろうか。松は百丈もの長さを有しながら、谷底の奥深くで朽ち果ててゆき、若木は一寸にも満たないひょろりとした茎でありながら、山頂に春を謳歌している。かわいそうに、苦節に耐える有為の士は、この情景に感じ入り、手巾いっぱいの涙を流すのだ。

語釈　○纖草　山中に生い茂った細い草木。『文選』巻十一、孫綽「天台山に遊ぶ賦」に、「萋萋たる纖草を藉（し）き、落落たる長松に蔭（こい）ふ」と。○山苗　山頂に生える若木。『文選』巻二十一、左思「詠史八首」其の二に、「離離たる山上の苗」とあるのを踏まえる。○高入雲　盛唐の杜甫「海櫻行」に、「海櫻一株高きこと雲に入る」（『杜詩詳註』巻十一）と。また『白氏文集』巻四、「新楽府五十首」其の二十一「驪宮高」（〇一四五）に、「驪宮高し、高きこと雲に入る」と。○勁木　滅多なことでは折れない頑丈な樹木。○澗松　谷底に生える松。『文選』巻二十一、左思「詠史八首」其の二に、「鬱鬱たる澗底の松」とあるのを踏まえる。巻四、「澗底松」（〇一五一）参照。○摧為薪　『文選』巻二十九、「古詩十九首」其の十四に、「松柏摧かれて薪と為る」とあるのを踏まえる。○風摧　上の第三・四句「風雪折勁木　澗松摧爲薪」をつづめた表現。このような省略法は、『五経正義』など、当時の注釈書の説明文に習見される表記方法である。○何意　なぜ、どうして。漢代以来の口語的疑問詞。○雨長　冒頭の第一句「雨露長纖草」をつづめた表現。さきの「風摧」に同じ。○何因　「何意」に同じく、なぜ、どうして。六朝以来の口語的疑問詞。ここでは押韻の都合上「因」字を用いている。○百丈　高く聳える松。一丈は約三メートル。従って実数ではやや誇大な数値であるが、唐詩における慣用的表現として白居易詩にも散見される。例えば『白氏文集』巻七、「斉物二首」其の一（〇三三）に、「青松高きこと百丈」、また同巻八、「秋蝶」詩（〇三四八）に、「多(さま)に栖む百丈の松」など。なお左思「詠史八首」其の二では、「此の百尺の条(だえ)を蔭(ほお)ふ」とある。○澗底死　谷底に立ち枯れる。「死」は、「ダメになる」「使い物にならない」といった意味の当時の俗語的表現。ここでは松が枯れる意。例えば『白氏文集』巻一、「雑興三首」其の二（〇〇一九）に、「千里稲苗死(か)る」、同巻九、「早朝賀雪、陳山人に寄す」詩（〇四三〇）に、「中路に蠟燭死(き)ゆ」などと見える。○寸茎　長さ一寸（約三センチメートル）に満たない若木。『文選』巻二十一、左思「詠史八首」其の二に、「彼の径寸の茎を以てす」とあるのを踏まえる。○苦節士　苦境にもめげず堅固に貞節を保つ士人。『易経』節卦の象伝に、「苦節は貞しくすべからずとは、其の道窮まればなり」と。盛唐の杜甫「衡州に入る」詩に、「嗟(ああ)彼の苦節の士」（『杜詩詳註』巻二十三）と。○涕盈巾　落涙がハンカチ一杯になる。『文選』巻二十六、陸機「洛に赴く二首」其の一に、「佇立して悒(いが)として我歎き、寤寐に涕衿(りえ)に盈つ」と。ここでは押韻の都合上「巾」字が選ばれている。なお盛唐の杜甫「又呉郎に呈す」詩に「正に戎馬を思へば涙巾に盈つ」（『杜詩詳註』巻二十）と。

0069　其五

其《そ》の五《ご》

解題　「続古詩十首」の第五首。さきの「其四」で展開された「感士不遇」というテーマを、こんどは薄倖の美女を主人公にして詠じたもの。人格・容貌ともに完璧な女性が、仲立ちの不在によって寂しい一生を送るのに対し、俗悪な流行歌によって天子の心にかなった美人が、あべこべに栄華を誇っていることを歌い、世の中の不公平を諷諭する。

窈窕雙鬟女　容德倶如レ玉
晝居不レ踰レ閾　夜行常秉レ燭
氣如二含レ露蘭一　心如二貫レ霜竹一
宜三當備二嬪御一　胡爲守二幽獨一
無レ媒不レ得レ選　年忽過二三六一

窈窕《えうてう》たり　雙鬟《さうくわん》の女《むすめ》、容德《ようとく》　倶《とも》に玉《たま》の如《ごと》し。
晝居《ちうきよ》　閾《よく》を踰《こ》えず、夜行《やかう》　常《つね》に燭《しよく》を秉《と》る。
氣《き》は露《つゆ》を含《ふく》める蘭《らん》の如《ごと》く、心《こころ》は霜《しも》を貫《つらぬ》く竹《たけ》の如《ごと》し。
宜《よろ》しく當《まさ》に嬪御《ひんぎよ》に備《そな》ふべきも、胡爲《なんす》れぞ　幽獨《いうどく》を守《まも》れる。
媒《ばい》無《な》くんば　選《せん》を得《え》ず、年《とし》は忽《たちま》ち三六《さぶろく》を過《す》ぐ。

歳暮望㆓漢宮㆒ 誰在黄金屋
邯鄲進㆓倡女㆒ 能唱黄花曲
一曲称㆓君心㆒ 恩栄連㆓九族㆒

歳暮《さいぼ》 漢宮《かんきゆう》を望《のぞ》めば、誰《たれ》か在《あ》る 黄金《わうごん》の屋《をく》。
邯鄲《かんたん》より 倡女《しやうぢよ》を進《すす》む、能《よ》く唱《うた》ふ 黄花《くわうくわ》の曲《きよく》。
一曲《いつきよく》 君心《くんしん》に称《かな》はば、恩栄《おんえい》 九族《きうぞく》に連《つら》ならん。

玉・燭・曲（入聲、燭韻）、竹・獨・六・屋・族（入聲、屋韻）……燭韻・屋韻は通押。

通釈 しとやかな総角《あげまき》の美少女は、容貌も品徳も、ともに玉のように非の打ちどころがない。日中は、部屋の中に居て、作法どおりに敷居を越えることもなく、夜は夜で、灯火をともし、書物を読んで過ごしている。その気品は、露を含んだ蘭の花のようにうるわしく、その心ばえは、霜に耐えて伸びる竹のように真っ直ぐである。まさに、天子にお仕えする女官に推薦されるに相応しい人物なのだが、どうしたことなのか、一人寂しく暮らしている。その理由は、彼女にはしかるべき仲人がいないために、宮女に推薦されることもなく、年齢も、あっという間に十八歳を過ぎてしまったのだ。

年の暮れ、漢のみかどの宮殿を望めば、あの黄金造りの御殿には、いったい誰がいるというのか。趙の古都邯鄲から献上された歌姫は、かの俗悪な「黄花曲」が上手。たった一曲でわが君をご満悦にし、その晴れやかな恩寵と栄誉は、なんと親子九代にも及ぶありさま。

語釈 ○窈窕　しとやかで奥ゆかしいさま。徳を備え、上品な淑女の様子を表現する畳韻語。『詩経』周南「関雎」に、「窈窕たる淑女は、君子の好逑」と。また『玉台新詠』巻一、辛延年「羽林郎」詩に、「両鬢何ぞ窈窕たる、一世良（まこと）に無き所」と。○双鬟　髪を頭の左右に丸く結ぶ少女独特の髪型。あげまき。『白氏文集』巻十二に収録される陳鴻「長恨歌伝」に、「方士　簪を抽（ぬ）きて扉を叩くに、双鬟の童女の出でて門に応ずる有り」と。○容徳　婦女に備わるべき容貌と品行の美徳。『礼記』昏義篇に、「教ふるに婦徳、婦言、婦容、婦功を以てす」とある。○倶如玉　容姿と品行ともに完璧である。『文選』巻二十九、無名氏「古詩十九首」其の十二に、「燕趙に佳人多し、美なる者は顔（かんばせ）玉の如し」と。○昼居　昼間ずっと家の中に閉じこもっていること。『礼記』檀弓上篇に、「夫れ昼に内に居れば、其の疾（やまひ）を問ひて可なり」と。また『荘子』山木篇に、「夫れ豊狐文豹……夜行昼居するは、戒むるなり」と。○不踰閾　「閾」は、しきみ、しきい。門の中央下にある横木で、内と外との仕切り。ここは『左氏伝』僖公二十二年に、「婦人は送迎に門を出でず、兄弟に見（あ）ふも閾を踰えず」とあるのを踏まえる。○夜行常秉燭　夜もなお蠟燭をともし、寸暇を惜しんで勉学に励むこと。『顔氏家訓』勉学篇に、「幼くして学ぶ者は、日出の光の如く、老いて学ぶ者は、燭を秉りて夜行するが如し」と。また『文選』巻二十九、無名氏「古詩十九首」其の十五に、「昼短くして夜の長きを苦しむ、何ぞ燭を秉りて遊ばざる」と。○含露蘭　朝露を帯びたみずみずしい蘭の花。『文選』巻十九、曹植「洛神の賦」に、「辞を含みて未だ吐かざるに、気は幽蘭の若し」と、また同巻十六、潘岳「閑居の賦」に、「緑葵は露を含み、白韲は霜を負ふ」と。また『白氏文集』巻十、「村居臥病三首」其の一（〇四七六）に、「夏木纔かに陰を結び、秋蘭已に露を含む」と。なお一本「含霧蘭」に作るのは恐らく形近による筆誤。○貫霜竹　秋の厳しい霜にも耐え、まっすぐに生える竹。『文選』巻二十一、顔延年「秋胡の詩」に、「峻節は秋霜に貫なり、明艶は朝日に侔（ひと）し」と。また『白氏文集』巻二、「和答詩十首」其の七「松樹に和す」（〇一〇七）に、「彼は君子の心の如く、操を秉りて氷霜を貫く」と。○宜当　……すべきである。「応当」の更にくだけた俗語的表現。また「宜」字は、例えば『詩経』周南「桃夭」に、「之（こ）の子于（ゆ）き帰（とつ）ぐ、其の室家に宜（よろ）しからん」とあるように、嫁ぐ女性の縁語として選ばれた文字でもある。○嬪御　天子に仕えるべく宮中に内侍する女官。『左氏伝』哀公元年に、「夫差は次（やど）るに台榭・陂池有り、宿るに妃嬙・嬪御有り」と。また同じく昭公三年に、「君若（も）し敝邑を棄てずして、辱（かたじけな）くも董（ただ）して之を振択し、以て嬪御に備へしめば、寡人の望みなり」とある。○胡為　どうして。なぜ。「何為」の俗語的表現。上句の「宜当」に対応して云う。例えば『文選』巻四十五、陶淵明「帰去来の辞」に、「胡為れぞ遑遑として何（いづ）くに之（ゆ）かんと欲す」と。○幽独　ひとりさみしく暮らす。わび住まい。『楚辞』九章「渉江」に、「吾が生の楽しみ無きを哀れみ、幽独にして山中に処（を）る」（『陶淵明集』巻五）と。また『文選』巻十五、張衡「思玄の賦」に、「幽独にして此の仄陋を守る」とある。○無媒不得選　婚姻を仲介する媒人（なこうど）がいなければ、宮女として採択されない。『詩経』斉風「南山」に、「妻を取（めと）るは之を如何せん、媒に匪（あら）ざれば得ず」と。また『礼記』坊記篇に、「男女は媒無くんば交はらず」とある。○三六　十八歳。『玉台新詠』巻八、蕭子顕「日出東南隅行」に、「三六は前年の暮れ、四五は今年の朝（あした）」と。

○漢宮　漢の宮殿。唐詩の通例として、現在の唐王朝を直叙する非礼を避け、さらに詩歌としての風格を増すために、往々にして現実社会を漢王朝のこととして詠われることがある。『玉台新詠』巻九、沈約「八詠」の「台に登りて秋月を望む」詩に、「文姫　胡殿に泣き、明君　漢宮を思ふ」とある。○黄金屋　黄金造りの立派な御殿。金屋。金閣。少年時代の漢武帝が阿嬌（のちの陳皇后）のために建ててやろうと言った伝説にもとづく（後漢の班固『漢武故事』所収）。『白氏文集』巻十二、「長恨歌」（〇五九六）に、「金屋に粧（よそほ）ひ成りて嬌として夜に侍す」と。○邯鄲　戦国時代の趙の都。現在の河北省邯鄲市。古来、美人の多い古都として有名。前出の「古詩十九首」其の十二にも、「燕趙に佳人多し、美しき者は顔（かんばせ）玉の如し」とある。○倡女　うたい女（め）。『白氏文集』巻十二、「琵琶引の序」（〇六〇三）に、「其の人を問ふに、本（もと）は是れ長安の倡家の女」と。なお一本に「娼女」に作る。○黄花曲　伝説上の淫猥な俗曲。『荘子』天地篇に、「大声は里耳に入らず、折楊・皇荂には則ち嗑然として笑ふ。是の故に高言は衆人の心に止まらず」とあるのを踏まえる。この「皇荂」は、同音で「皇華・皇花」もしくは「黄華・黄花」とも表記される。初唐の陸徳明『経典釈文』のこの『荘子』天地篇の条に、「(荂は)又華に作る、音は花に同じ、馬(司馬彪)本に里華に作る……折楊・皇華は皆、古の歌曲なり」と。また盛唐の李白「王十二の寒夜に独酌して懐ひ有るに答ふ」詩に、「折楊　皇華　流俗に合す」(『全唐詩』巻一七八)とあり、同詩について、我が国静嘉堂文庫に所蔵される宋本『李太白文集』巻十七では、まさしく「折楊　黄花　流俗に合す」に作る。〇称君心　天子の御心にかなう。天子の好みにピッタリと適合する。〇恩栄　天子の恩寵とその栄誉。六朝宋の謝霊運「学士に命じて書を講ぜしむ」詩(『詩紀』巻四十七)に、「古人　攀ずべからず、何を以てか恩栄に報いん」と。〇九族　自分を含む九世代の親族。上は高祖・曽祖・祖父・父の四世代に、下は子・孫・曽孫・玄孫の四世代を指すという説と、父族四に、母の親族三、妻の親族二の三系統の家族を数えるという説がある。ここではゆるやかに、広く一族一門を指すと考えてよい。『書経』尭典篇に、「克(よ)く俊徳を明(とつ)め、以て九族を親しむ」と。

0070　其六

其《そ》の六《ろく》

栖栖遠方士　讀書三十年
業成無二知己一　徒歩來入レ闕
長安多二王侯一　英俊競攀援
幸隨二衆賓末一　得レ厠二門館閒一
東閤有二旨酒一　中堂有二管絃一

栖栖《せいせい》たる遠方《ゑんはう》の士《し》、讀書《どくしよ》　三十年《さんじふねん》。
業成《げふな》るも　知己《ちき》無《な》く、徒歩《とほ》して　來《きた》り闕《くわん》に入《い》る。
長安《ちやうあん》　王侯《わうこう》多《おほ》し、英俊《えいしゆん》　競《きそ》ひて攀援《はんゑん》す。
幸《さいは》ひに衆賓《しゆうひん》の末《すゑ》に隨《したが》ひ、門館《もんくわん》の閒《かん》に厠《まじ》はるを得《う》。
東閤《とうかふ》に　旨酒《うまさけ》有《あ》り、中堂《ちゆうだう》に　管絃《くわんげん》有《あ》り。

解題　「續古詩十首」の第六首。苦節三十年、地方で学業を修めた青年が、立身出世を夢見て、有力者の推挙を得ようとはるばる都長安にやって来た。しかし、そこで青年が目にしたものは、堕落した貴族たちの歓楽の様子であった。この詩は、地方出身の知識人層のみじめな長安下積み生活を描いている点で、白居易自身の経歴にも一致する。科挙をめぐる、当時の受験地獄をテーマとし、この連作の中で最も生彩を放つ作品と言える。

何爲向レ隅客　對レ此不レ開レ顏
富貴無二是非一　主人終日歡
貧賤多二悔尤一　客子中夜嘆
歸去復歸去　故鄕貧亦安

何爲《なんす》れぞ　隅《すみ》に向《む》かふ客《きやく》、此《これ》に對《たい》して　顏《かほ》を開《ひら》かざる。
富貴《ふうき》には　是非《ぜひ》無《な》く、主人《しゆじん》　終日《しゆうじつ》歡《よろこ》ぶ。
貧賤《ひんせん》には　悔尤《くわいいう》多《おほ》く、客子《きやくし》　中夜《ちゆうや》に嘆《なげ》く。
歸《かへ》り去《さ》らん　復《ま》た歸《かへ》り去《さ》らん、故鄕《こきやう》は　貧《ひん》なるも亦《ま》た安《やす》し。

年・絃（下平聲、先韻）、關・顏（上平聲、刪韻）、援（上平聲、元韻）、閒（上平聲、山韻）、歡（上平聲、桓韻）、嘆・安（上平聲、寒韻）……刪・山韻、桓・寒韻は同用。先・刪・元・山・桓・寒韻はすべて通押。

通釈　遠方からやってきた士は、何時もせかせかとしている。書物をみっちり読むこと三十年、学業は十分に修めたが、そのような彼を推薦する知人友人もおらず、とぼとぼと徒歩《かち》きで関所を越えて都に上って来た。

さて、都長安には王侯貴族の邸宅が建ち並び、そこでは英明な俊才たちが、我こそはと推挙を求めて集まっている。幸運にも、彼はその多くの客人たちの末席に与って、ようやく大邸宅のお座敷にもぐり込むことができた。在野の賢者を招き入れるという邸宅の東門の向こうには、美味しい酒が飲み放題、座敷の中央では、これまた美しい管弦の調べが奏でられている。しかし、どうしたことか、彼はいきなり壁に向かって泣き出した。いったいなぜそんなにも浮かない顔をするのだろうか。

富貴な御仁は無頓着、この家のあるじも一日中歓楽の限りを尽くしているが、貧乏でいやしい我が身は何事にもくよくよと後悔が先に立ち、お客人ではありながら、真夜中に人知れず嘆き悲しむのだ。帰ろうか。帰ろうよ。故郷の暮らしは貧しくとも心やすらかだ。

語釈　○棲棲　あわただしく、あちこちへと媚びへつらって落ち着きのないさま。『論語』憲問篇に、隠士微生畝（びせいほ）が孔子を揶揄して、「丘（孔子）は何為れぞ是れ棲棲たる者ぞや。乃ち佞を為す無からんや」と言ったことを踏まえる。東晋の陶淵明「飲酒二十首」其の四に、「棲棲たり失群の鳥、日暮れて猶ほ独り飛ぶ」（『陶淵明集』巻三）と。また『白氏文集』巻二、「秦中吟十首」其の四「友を傷む」（〇〇七八）にも、「陋巷の孤寒の士、門を出でて苦（はなは）だ棲棲たり」と。○遠方士　科挙及第を目指し、地方から上京する士大夫の子弟。『論語』学而篇の冒頭「朋有り遠方より来る」、および『文選』巻二十九、無名氏「古詩十九首」其の十七と其の十八に、「客 遠方より来る」とある。○三十年 ここでは、人が一人前に完成する概数としていう。『論語』為政篇に、「三十にして立つ」とあり、東晋の陶淵明「園田の居に帰る五首」其の一に、「誤って塵網の中に落ち、一去三十年」（『陶淵明集』巻二）とある。○無知己 友人がいない。特にここでは、主人公を中央での科挙に推薦する然るべき有力者をいう。『白氏文集』巻十三、「談校書の秋夜感懐に和し、朝中の親友に呈す」詩（〇六一七）に、「漢庭の卿相は皆知己、揚雄を薦めずして誰をか薦めんと欲す」と。○徒歩 士大夫の旅は、道中、馬に乗るのが一般的であるが、この詩の主人公の場合、その貧苦の情況を示すために、ここでは特に馬にも驢馬にも乗らず、一般平民と同じくみじめにも「徒歩」で上京することが描かれている。盛唐の杜甫「徒歩帰行」に、「白頭の拾遺も徒歩にて帰る」（『杜詩詳註』巻五）と。○英俊 抜群の才知を持つ俊才。『文選』巻一、班固「西都の賦」に、西都長安は「英俊の域、紱冕の興（こお）る所」とある。しかし一方、『文選』巻二十一、左思の「詠史八首」其の二には、「世冑は高位を躡（ふ）み、英俊は下僚に沈む」とある。○攀援 「攀」も「援」も引く意。引き寄せる。ここでは、将来の栄達と、そのための有力者の推薦をぜひとも我が身に引き寄せようと、英俊たちがその才知を競い合うこと。『楚辞』遠遊に、「軒轅は攀援すべからず、吾 将に王喬に従ひて娯戯せんとす」と。また『白氏文集』巻七、「詠懐」詩（〇三二八）に、「心を挙げて攀援せんと欲するも、窮通は己に由らず」と。○衆賓末 有力者の宴会に集う多くの賓客の末席。『文選』巻二十三、劉楨「五官中郎将に贈る四首」其の一に、「衆賓は広坐に会し、明鐙は炎光を焙（かさ）んにす」と。○厠 まじわる。おおぜいの行列の一員にまじる。『文選』巻四十、呉質「魏の太子に答ふる牋」に、「昔は左右に侍し、衆賢に厠坐す」と。○門館 賓客の集う建物。『文選』巻三十、沈約「冬節の後、丞相の第に至り、世子に詣づ。車中の作」詩に、「廉公 権勢を失ふや、門館に虚盈有り」と。○東閤 「閤」は大門脇の小門。くぐりど。前漢武帝時の宰相、公孫弘が賢士を招き入れるために特に作らせた門。『漢書』巻五十八・公孫弘伝に、「客館を起こし、東閤を開きて以て賢人を延（ねま）く」とある。また、その顔師古注に、「閤とは、小門なり。東向して之を開き、庭門に当たりて賓客を引くを避け、以て掾吏官属に別（かわ）つなり」と説明する。『文選』巻五十四、劉峻「弁命論」に、「東閤を開き、五鼎を列す」と。一本「東閣」に作る。○中堂 邸宅の中央にある御殿。中央の広間、ステージ。前出『文選』巻二十三、劉楨「五官中郎将に贈る四首」其の一に、「清歌は妙声を製（なか）で、万舞は中堂に在り」と。○何為 なんすれぞ。どうして。どういうわけか。○向隅客 部屋の隅に向かい、鬱々として宴会の雰囲気に馴染もうとしない客人。漢の劉向『説苑』貴徳篇に、「今 満堂に飲酒する者有りて、一人の独り索然として隅に向かひて泣く有らば、則ち一堂の人、皆楽しまず」とあるのを踏まえる。また『文選』巻十八、潘岳「笙の賦」に、「衆は堂に満ちて酒を飲むも、独り隅に向かひて以て涙を掩ふ」と。○開顔 楽しむ。愉快になって顔がほころぶ。『文選』巻二十五、謝霊運「従弟恵連に酬ゆ」詩に、「顔を開き心胸を披（ひら）く」と。

○無是非　世間の一般常識に対する配慮がない。物事の善悪をいちいち気にしない。『文選』巻五十三、李康「運命論」に、「意に是非無く、之を讃すること流れの如し」と。○悔尤　過失と後悔。『論語』為政篇に、「言に尤（とが）め寡（すくな）く、行に悔い寡ければ、禄は其の中に在り」とあるのを踏まえる。○中夜　真夜中。『文選』巻二十七、曹植「美女篇」に、「中夜に起ちて長歎す」と。なお、一本「終夜」に作るが、「中」と「終」は、当時においても極めて近い発音の字である。○帰去復帰去　「去」は、動作の方向を示す補助動詞。帰ろうよ。『文選』巻四十五、陶淵明「帰去来の辞」を踏まえた表現。「……復……」は、古詩に習見する反復表現。○貧亦安　貧乏だが平穏な暮らしが送れる。『論語』季氏篇に、「貧しきを患へずして安からざるを患ふ」とあるのを踏まえる。

0071　其七

其《そ》の七《しち》

解題　「続古詩十首」の第七首。この連作中の最長篇の作品。主人公は富豪の嫡男に嫁いだ貞淑な女性である。しかし彼女は、栄華をほこる家庭環境の中で、不幸にも夫の愛情から疎外されてゆく。そのことを作者白居易は、朝廷内で排斥されてゆく不遇な賢臣の姿に重ね合わせて述べる。事実、この連作が作られたと思われる元和三年（八〇八）―十年（八一五）の間、白居易や親友の元稹たちは、次々に誹謗中傷や左遷の苦難を味わっている。この作品は、かかる白居易たち新進の知識人たちの官僚社会での悲哀と苦悩を描いたものとして読んでよいであろう。

涼風飄㆓嘉樹㆒　日夜減㆓芳華㆒
下有㆓感秋婦㆒　攀條苦悲嗟
我本幽閑女　結髪事㆓豪家㆒
豪家多㆓婢僕㆒　門内頗驕奢
良人近㆓封侯㆒　出入鳴㆓玉珂㆒

涼風《りやうふう》　嘉樹《かじゆ》を飄《ひるがへ》し、日夜《にちや》　芳華《はうくわ》を減《げん》ず。
下《しも》に感秋《かんしう》の婦《ふ》有《あ》り、攀條《はんでう》して　苦《ねんご》ろに悲嗟《ひさ》す。
我《われ》は本《もと》　幽閑《いうかん》の女《むすめ》、結髪《けつはつ》して　豪家《がうか》に事《つか》ふ。
豪家《がうか》　婢僕《ひぼく》多《おほ》く、門内《もんない》　頗《すこぶ》る驕奢《けうしや》。
良人《りやうじん》は　封侯《ほうこう》に近《ちか》く、出入《しゆつにふ》に　玉珂《ぎよくか》を鳴《な》らす。

自從二富貴一來　恩薄讒言多
冢婦獨守レ禮　群妾互奇衺
但信二言有一レ玷　不レ察二心無一レ瑕
容光未二銷歇一　歡愛忽蹉跎
何意掌上玉　化爲二眼中砂一
盈盈一尺水　浩浩千丈河
勿レ言小大異　隨レ分有二風波一
閨房猶復爾　邦國當如何

富貴《ふうき》より來《このかた》、恩薄《おんうす》くして　讒言多《ざんげんおほ》し。
冢婦《ちようふ》　獨《ひと》り禮《れい》を守《まも》り、群妾《ぐんせふ》　互《たが》ひに奇衺《きじや》す。
但《た》だ言《げん》に玷有《てんあ》るを信《しん》じ、心《こころ》に瑕無《かな》きを察《さつ》せず。
容光《ようくわう》　未《いま》だ銷歇《せうけつ》せざるに、歡愛《くわんあい》　忽《たちま》ち蹉跎《さた》す。
何《なん》の意《い》ぞ　掌上《しやうじやう》の玉《たま》の、化《くわ》して眼中《がんちゆう》の砂《すな》と爲《な》らんとは。
盈盈《えいえい》たる　一尺《いつせき》の水《みづ》、浩浩《かうかう》たる　千丈《せんぢやう》の河《かは》。
言《い》ふ勿《な》かれ　小大《せうだい》の異《い》と、分《ぶん》に隨《したが》ひて　風波有《ふうはあ》り。
閨房《けいばう》　猶《な》ほ復《ま》た爾《しか》り、邦國《はうこく》　當《まさ》に如何《いかん》すべき。

華・嗟・家・奢・衺・瑕・砂（下平聲、麻韻）、珂・多・跎・河・何（下平聲、歌韻）、波（下平聲、戈韻）……歌・戈韻は同用。麻韻は通押。

通釈　秋の到来を告げる冷ややかな風が立派な大樹に吹きそよぎ、朝な夕な、みるみる美しい花を散らしてゆく。その樹の下に秋を悲しむ婦人がひとり、枝を手繰り寄せながら、しきりに溜め息をついている。

私はもともと淑《しと》やかで奥ゆかしい女性として良家に育てられ、成人して富豪の家に嫁ぎました。その家には、おおぜいの下男下女がおりまして、家の中は、とても裕福でございました。主人は、お大名とお近づきで、門を出入りする際は、意気揚々と馬の玉飾りがジャラジャラと鳴り響いておりました。

しかし、その富貴を手にしてからというもの、私への愛情は薄らぎ、周囲からは私に対するあらぬ陰口がさまざまに飛び交いはじめました。長男の嫁として、私はひとり礼節を守っておりますが、妾たちは、互いにふしだらな行いばかり。主人は、それらの悪口を真に受け、私のこの一点の曇りもない真心を察しては下さいません。あなたのお姿は、まだこの瞼《まぶた》にしっかりと焼き付いて消えてはおりませんのに、二人の間の愛情は、もはやぷっつりと途絶えてしまっております。どうしてなのか。昨日まで掌の上の美玉のように慈しんでいただいたこの私が、今日からは一転して、目の中に入った砂粒のように邪魔者扱いされるとは。

夫婦の間を隔てるのは、蕩々と流れるたった一尺の川。かたや、大地を切り裂いて広々と流れるのは千丈の大河。でも川に大小の区別は無く、やはり波風はつきもの。一家の男女の仲でさえこのようなのですから、まして国家の君臣関係においては、もはやどうすることもできません。

語釈　○涼風　秋の到来を告げる冷え冷えとした風。『礼記』月令篇に、「（孟秋の月）涼風至り、白露降る」と。また『文選』巻二十七および『玉台新詠』巻一に収める前漢の班婕妤「怨歌行」に、「常に恐る　秋節至りて、涼風の炎熱を奪ふを」とある。○嘉樹　立派な樹木。美しい大樹。特に兄弟や夫婦の親しみ和するさまを象徴する。『左氏伝』昭公二年に、「季氏に宴するに、嘉樹有り。（韓）宣子之を誉む。（季）武子曰く『宿（季武子の本名）敢へて此の樹を封殖せざらんや、以て角弓を忘るること無からん』と」とあるのに基づく。ここにいう「角弓」とは、『詩経』小雅の詩篇名。その第一章に、「兄弟昏姻、胥（あひ）遠ざかること無からん」とある。○日夜　昼も夜も。日に日にめっきり。『文選』巻二十九、左思「雑詩」に、「柔条は旦夕に勁く、緑葉は日夜黄ばむ」と。○芳華　かぐわしい花。『楚辞』九章「思美人」に、「羌（ああ）芳華は中より出づ」と。また『文選』巻十九、宋玉「登徒子好色の賦」に、「贈るに芳華を以てす、辞は甚だ妙なり」と。○感秋婦　秋の到来を敏感に察知し、悲しむ婦人。『文選』巻十六、陸機「歎逝の賦」に、「秋華を衰木に感じ、零露を豊草に瘁（いた）む」と。○攀条　木の枝に手をかけて引き寄せる。恋する人に手紙を送ろうとするしぐさ。『文選』巻二十九、無名氏「古詩十九首」其の九に、「攀条して其の栄（はな）を折り、将に以て思ふ所に遺（おく）らんとす」と。○苦　ねんごろに。はなはだ。しきりに。後続の形容詞を強調する副詞。○悲嗟　嘆き悲しむ。中唐の孟郊「杏殤九首」其の二に、「芳嬰は復た生ぜず、物に向かひて空しく悲嗟す」（『全唐詩』巻三八一）と。

○我本　古詩に習見される自己の出自を述べる言葉。例えば『文選』巻二十七、石崇「王明君詞」に、「我は本漢家の子」、また『玉台新詠』巻六、呉均「和蕭洗馬子顕古意六首」其の二に、「妾は本倡家の女」と。○幽閑　もの静かで奥ゆかしい。貞淑な女性の形容。『詩経』周南「関雎」の「窈窕たる淑女」についての毛伝に、「窈窕は、幽間なり」とある。また『文選』巻二十一、顔延之「秋胡詩」に、「婉たる彼の幽閑の女、嬪と作（な）る　君子の室に」と。○結髪　成人すること。男性は二十歳、女性は十五歳で髪を結い上げ、男は冠をつけ（弱冠）、女は笄（こうがい）を挿す。また同時に結婚することを指す。『文選』巻二十九、前漢の蘇武「詩四首」其の三に、「結髪して夫妻と為り、恩愛 両（ふた）つながら疑はず」と。また『玉台新詠』巻二、曹植「種葛篇」に、「君と初めて婚せし時、結髪して恩意深し」と。○豪家 富豪。財産家。裕福でかつ権力のある家。『文選』巻五十、沈約「恩倖伝論」に、「郡県の掾吏、並びに豪家より出づ」と。○婢僕 下女と下男。召使。『文選』巻四十九、干宝「晋紀総論」に、「其れ婦女の荘櫛織紝は、皆 成を婢僕に取る」と。○驕奢 おごり高ぶり、贅沢に過ぎる状態。『左氏伝』隠公三年に、「驕・奢・淫・泆は、自（よ）りて邪となる所なり。四者の来るや、寵禄の過ぐればなり」と。○良人 よきひと。妻が夫を呼ぶときの呼称。○封侯 諸侯、大名。○玉珂 玉で作られた立派な馬飾り。『楽府詩集』巻六十七、晋の張華「軽薄篇」に、「文軒は羽蓋を樹（た）て、乗馬は玉珂を鳴らす」と。

○自従……来 ……より以来。……から。六朝以来、詩歌に頻用される口語的表現。○讒言 誹謗中傷。かげぐち。『詩経』小雅「青蠅」に、「豈弟たる君子よ、讒言を信ずる無かれ」と。○冢婦 嫡男の正妻。『礼記』内則篇に、「冢婦の祭祀賓客する所、事ある毎に必ず姑に請ひ、介婦は冢婦に請へ」と。宋本「家婦」に誤る。○奇衺 不正なおこない。『周礼』天官「内宰」に、「婦職の法を以て九御に教へ、各〻属有らしめ、以て二事を作（な）し、其の服を正し、其の奇衺を禁じ、其の功緒を展ぶ」とある。これについて漢の鄭玄は「今の媚道の若し」と注する。媚道とは、宮中の女性たちが好きな男性を獲得せんものと行う呪詛。まじない。その実態は『史記』巻四十九・外戚世家、『漢書』巻九十七・外戚伝等に見える。那波本「奇袤」に誤る。○但 ただ単に。とにかく。ひたすら。○言有玷 「玷」は、玉のきず。ここでは、人間の過失に関する侮辱、辱めをいう。『詩経』大雅「抑」に、「白圭の玷（か）けたるは、尚ほ磨くべきなるも、斯（こ）の言の玷けたるは、為（をさ）むべからざるなり」とあるのを踏まえる。○心無瑕 「瑕」は、玉のくすみ、きず。前句「言有玷」に対する縁語。『左氏伝』閔公元年に見える諺に、「心に苟も瑕無くんば、何ぞ家無きを恤（うれ）へん」とある。○容光 おもざし。恋い慕う人の面影。『玉台新詠』巻一、徐幹「室思」詩に、「端坐して為す無きも、髣髴たり 君が容光」と。また『文選』巻二十九、張華「情詩二首」其の一に、「佳人は遐遠に処（を）り、蘭室に容光無し」と。○銷歇 消えて無くなる。『文選』巻二十二、鮑照「行薬して城東橋に至る」詩に、「容華は坐（そぞ）ろに消歇し、端（まさ）に誰が為にか苦辛する」と。○歓愛 愛情。『文選』巻二十三、阮籍「詠懐十七首」其の四に、「手を携へて歓愛を等しくす」と。○蹉跎 つまずく。頓挫する。『楚辞』に収める王褒の「九懐・株昭」に、「驥は両耳を垂れて、中坂に蹉跎す」と。

○何意 なぜ。どうして。漢代以来の口語的疑問詞。○掌上玉 化為眼中砂 手のひらにある美玉が眼の中の砂になる。男性の愛情が一瞬にして消え去ってしまう喩え。西晋の傅玄「短歌行」に、「昔は君 我を視るに、掌中の珠の如きも、何の意ぞ一朝、我を溝渠に棄つ」（『楽府詩集』巻三十）とある。また『白氏文集』巻四、新楽府「母別子」（〇一五七）に、「掌上の蓮花 眼中の刺（とげ）」と。

○盈盈 水の満ちあふれるさま。『文選』巻二十九、無名氏「古詩十九首」其の十に、「盈盈たる一水の間、脉脉として語らふを得ず」とあり、男女の仲を切り裂く、越えがたい障壁を象徴する。○一尺水　唐代の一尺は約三十一・一センチメートル。○浩浩　どこまでもみなぎり広がる大水の形容。『書経』尭典篇に、「浩浩として天に滔（はびこ）る」と。○千丈河　一丈は十尺。唐代の一丈は約三・一一メートルである。河幅が三キロメートルの大河。○随分　例のごとく。世間並みに。当時の俗語。『白氏文集』巻十八、「北客を留む」詩（一一三）に、「笙歌は分に随ひて有り」と。○閨房　婦人のへや。寝室。○当如何　いったいどうすればよいのか。解決できぬ苦悩を表明する言葉。『文選』巻三十、陶淵明「擬古詩」に、「久しからざるは当に如何すべき」と。また『白氏文集』巻六十三、「種桃歌」（三〇四七）に、「明年後年の後、芳意　当に如何すべき」とある。

0072　其八

其《そ》の八《はち》

心亦無ㇾ所ㇾ迫　身亦無ㇾ所ㇾ拘
何爲腸中氣　鬱鬱不ㇾ得ㇾ舒
不ㇾ舒良有ㇾ以　同心久離居
五年不ㇾ見ㇾ面　三年不ㇾ得ㇾ書
念ㇾ此令二人老一　抱ㇾ膝坐長吁
豈無三盈ㇾ罇酒一　非ㇾ君誰與娯

心《こころ》に亦《ま》た迫《せま》る所無《ところな》く、身《み》にも亦《ま》た拘《かかは》る所無《ところな》し。
何爲《なんす》れぞ　腸中《ちやうちゆう》の氣《き》、鬱鬱《うつうつ》として　舒《の》ぶるを得《え》ざる。
舒《の》びざるは　良《まこと》に以有《ゆゑあ》り、同心《どうしん》　久《ひさ》しく離居《りきよ》す。
五年《ごねん》　面《おもて》を見《み》ず、三年《さんねん》　書《しよ》を得《え》ず。
此《これ》を念《おも》へば人《ひと》をして老《お》いしむ、膝《ひざ》を抱《いだ》きて坐《そぞ》ろに長吁《ちやうく》す。
豈《あ》に罇《たる》に盈《み》てる酒無《さけな》からんや、君《きみ》に非《あら》ざれば　誰《たれ》と與《とも》にか娯《たの》しまん。

拘・吁・娯（上平聲、虞韻）、舒・居・書（上平聲、魚韻）……虞・魚韻は通押。

解題　「続古詩十首」の第八首。前詩に続き、地方に長い間左遷されている友人への、率直な思いを述べた作品。「其七」が夫の愛情から疎外された「女性」の心情として、比喩的に詠じられていたのとは対照的に、この詩では、遠くにいる音信不通の友人を思いやる「男性」の心情が詠じられている。

通釈　わが心には何ら迫り来る心配事もなく、わが身にも何の束縛もないのだが、どうしたことか、この胸のうちは鬱々として晴れることがない。それはというのも、心の通い合った親友が、長い間離れればなれに暮らしているからだ。

五年もの間、顔を合わせることもなく、この三年間は手紙の遣り取りすら途絶えたまま。ああ、このことを思うと、身も心も疲れ老いてしまいそうで、膝をかかえてしゃがみ込み、ただただ長い溜め息をこぼしてばかりいる。樽いっぱいの酒がないではないのだが、君がいなくて、いったい誰と愉快に飲めようか。

語釈 ○所迫　自分を苦しめる心配事。日常生活の悩み。『文選』巻二十九、無名氏「古詩十九首」其の三に、「宴を極め　心意を娯しましめば、戚戚として何の迫る所かあらん」とあるのを踏まえる。○所拘　世間の煩わしい束縛。世のしがらみ。『文選』巻二十四、曹植「丁翼に贈る」詩に、「時俗は拘る所多し」と。○不得舒　心が晴れない。『文選』巻十六、司馬相如「長門の賦」に、「心は憑噫して舒びず、邪気は壮にして中（ちう）を攻む」と。○良有以　むべなるかな。もっともなことだ。『文選』巻四十二、魏文帝曹丕「呉質に与ふる書」に、「古人も燭を秉（と）りて夜に遊ぶを思ふ、良に以有るなり」とあるのを踏まえる。○同心久離居　『文選』巻二十九、無名氏「古詩十九首」其の六に、「同心にして離居す、憂ひ傷んで以て老いを終へんとす」とあるのを踏まえる。

○五年不見面　三年不得書　『詩経』豳風「東山」に、「我が見ざりしより、今に于（たい）るまで三年なり」とあり、また前出の『文選』巻四十二、魏文帝曹丕「呉質に与ふる書」に、「三年見ざるは、東山も猶ほ其の遠きを嘆ぜり」とあるのを踏まえる。ここでも、三年・五年とは実際の年数をいうのではなく、会えない状態がかくも長期間に及んでいることをいう。○令人老　心労によって、我が身がどっと老け込みそうになる。『文選』巻二十九、無名氏「古詩十九首」（其一・其八）に、「君を思へば人をして老いしむ」とあるのを踏まえた表現。○抱膝　孤独で寂しい状態をいう慣用表現。『文選』巻二十八、劉琨「扶風歌」に、「膝を抱きて独り摧蔵す」と。また『玉台新詠』巻五、梁の邱遅「徐侍中の人の為に婦に贈るに答ふ」詩に、「膝を抱きて空しく咨嗟す」と。○坐　そぞろに。何とはなしに。しみじみと。○長吁　深い溜め息。盛唐の李白「古風五十九首」其の五十六に「宝を懐きて空しく長吁す」（『全唐詩』巻一六一）と。○盈罇　樽いっぱいの美酒。『文選』巻二十四、嵆康「秀才の軍に入るに贈る五首」其の五に、「旨酒は樽に盈つるも、与（もと）に交歓する莫し。鳴琴は御に在るも、誰と与にか鼓弾せん」と。

余説 この詩の「三年不得書」の句に依拠した文辞として、頓阿の『続草庵和歌集』巻三・古集五言題百首に、「三年不見書」を句題とした和歌「なをさりの玉章をたに待も見す　雲ゐのかりのみたひくるまて」がある。

白居易の「続古詩十首」については、東京の前田育徳会尊経閣文庫に平安時代中期の貴重な草書体写本が保存されている。重要文化財。ただし、この写本の本文を調べると、「其八」の末尾に「其九」の冒頭二句「攬衣出門行、遊観遶林渠」が続けられ、一方「其九」は那波本の第三句「澹澹春水暖」より書き始められている。またこの区切り方は、奈良・東大寺の学僧宗性（一二〇二―一二七八）が筆写した『白氏文集要文抄』（東大寺図書館蔵）にも踏襲されている。この二首の押韻（魚・虞・模韻）が一致するために、このような句切り方も、詩の形式上では一応成り立つのである。しかし前者「其八」が男性を主人公とした作品であり、後者「其九」は女性を主人公としていること、そして「衣を攬りて」外出するという表現が従来より古詩や古楽府においては女性のしぐさとして定着していることを考慮すれば、やはり那波本のとおり「非君誰與娯」句を以て「其八」が結ばれていると解釈するべきであろう。

0073　其九

其《そ》の九《きう》

攬レ衣出レ門行　遊観遶ニ林渠一
澹澹春水暖　東風生ニ綠蒲一
上有ニ和鳴鴈一　下有ニ掉尾魚一
飛沈一何樂　鱗羽各有レ徒
而我方獨處　不下與ニ之子一倶上
顧レ彼自傷レ己　禽魚之不レ如
出遊欲レ遣レ憂　孰知憂有レ餘

衣《ころも》を攬《と》りて　門《もん》を出《い》でて行《ゆ》き、遊観《いうくわん》して　林渠《りんきよ》を遶《めぐ》る。
澹澹《たんたん》として　春水暖《しゆんすいあたた》かに、東風《とうふう》　綠蒲生《りよくほしやう》ず。
上《かみ》に　和鳴《わめい》の鴈有《かりあ》り、下《しも》に　掉尾《たうび》の魚有《うをあ》り。
飛沈《ひちん》　一《ひと》へに何《なん》ぞ樂《たの》しき、鱗羽《りんう》　各々《おのおの》　徒有《ともがらあ》り。
而《しか》るに我《われ》　方《まさ》に獨《ひと》り處《を》り、之《こ》の子《こ》と倶《とも》にせず。
彼《かれ》を顧《かへり》みれば　自《みづか》ら己《おのれ》を傷《いた》ましむ、禽魚《きんぎよ》すら　之《こ》れ如《し》かざるを。
出遊《しゆついう》して憂《うれ》ひを遣《や》らんと欲《ほつ》するも、孰《たれ》か知《し》らん　憂《うれ》ひの餘《あま》り有《あ》るを。

渠・魚・如・餘（上平聲、魚韻）、蒲・徒（上平聲、模韻）、倶（上平聲、虞韻）……模・虞韻は同用。魚韻は通押。

解題　「続古詩十首」の第九首。まためぐってきた春の季節。主人公の女性は戸外を散策するが、そこで目にしたものは、楽しげに春を謳歌する雁や魚たちであった。伝統的な閨怨詩の伝統を踏襲しながら、主人公の孤独感を描写した作品。

通釈　上衣を羽織り、気もそぞろに門を出て散策し、掘り割りの木立をめぐりつつあたりを眺めれば、春の水はさらさらと心地よく、春風に緑の蒲の穂も芽吹いている。空を見上げれば、雌雄で鳴き交わすつがいの雁、水面を見やれば、ゆったりと尾を振る魚たち。飛ぶ鳥も、泳ぐ魚も、それぞれ連れ立って何とまあ楽しげなことか。

　なのに私は、いま一人ぼっち、あのお方とは一緒に逢うこともかなわない。これらを目にするにつけ、我が身は鳥や魚にもおよばないのかと、みじめな気持ちにふさいでしまう。気晴らしをしようと散歩したのに、胸にあふれる我が憂いは、いったい誰が理解してくれるのだろうか。

語釈　○攬衣　上着を羽織るしぐさ。『文選』巻二十九、無名氏「古詩十九首」其の十九に、「憂愁　寐（い）ぬる能はず、衣を攬りて起ちて徘徊す」や、同巻二十七、古楽府「傷歌行」の「衣を攬りて長帯を曳き、屣履して高堂を下る」とあるのを踏まえる。○出門　『易経』の「同人」初九の象伝に、「門を出でて人に同じうす、又誰か咎めん」と。○遊観　気の向くまま、あちこちと散歩する。『文選』巻二十九、劉楨「雑詩」に、「此を釈きて西城を出で、高きに登りて且つ遊観す」と。○林渠　林と小川。唐詩においても稀少な語彙であるが、恐らく「林塘」（林と池のつつみ）とでもすべきところ、押韻の都合上「渠」字を採用したものであろう。○澹澹　小川のさざ波が揺れ動くさま。『文選』巻十九、宋玉「高唐の賦」に、「水は澹澹として盤紆す」と。○東風　はるかぜ。こち。『文選』巻二十九、無名氏「古詩十九首」其の十一に、「四顧何ぞ茫茫たる、東風は百草を揺るがす」と。○緑蒲　萌え出たばかりのガマの穂。盛唐の王維「輞川集　白石灘」詩に、「清浅たる白石灘、緑蒲は向（ほとん）ど把（たば）ぬるに堪へたり」（『全唐詩』巻一二八）と。○和鳴鴈　雌雄仲むつまじく鳴き交わす雁。「和鳴」は『左氏伝』荘公二十二年に、「鳳皇于（ここ）に飛び、和鳴すること鏘鏘たり」とあるのに基づく。夫婦和合の象徴。○掉尾魚　水中を自由に泳ぐ魚たち。『文選』巻八、司馬相如「上林の賦」に、「鰭（ひれ）を揵（あ）げて尾を掉ひ、鱗を振るひて翼を奮ふ」と。また戦国時代の諸子百家の一とされる『鄧析子』無厚篇に、「夫れ水濁れば則ち掉尾の魚無く、政苛なれば則ち逸楽の士無し」とある。○飛沈　雁が天空を飛ぶさまと、魚が水中を遊泳するさま。『文選』巻二十、沈約の「応詔、楽遊苑にて呂僧珍を餞する詩」に、「愍（あは）れなるかな茲の区宇の内、魚鳥は飛沈を失ふ」と。○一何　なんとまあ。なんでこんなに。後続の形容詞を強調する修飾語。『文選』巻二十九、無名氏「古詩十九首」には、「音響は一へに何ぞ悲しき」（其一）または「歳暮は一へに何ぞ速やかなる」（其十二）などと使われる。○鱗羽　魚のウロコと、雁のツバサ。ここでは、そのそれぞれの生き物たちの代名詞として用いている。魚類と羽類。六朝斉の謝朓「蕭中庶の石頭に直（とのゐ）するに和す」詩に、「曰（ここ）に余は鱗羽に厠（まじは）り、影を滅して漁釣に従はん」と。○徒　ともがら。なかま。伴侶。

○而　しかるに。しかしながら。一方。ここでは逆接の接続詞として用いられている。○方　まさに。いま。折しも。「方今」の略。○

独処　ひとりぼっち。『文選』巻十九、曹植「洛神の賦」に、「匏瓜の匹無きを歎じ、牽牛の独処するを詠ず」と。〇之子　あのお方。あなたさま。『詩経』に習見される人称代名詞。〇自傷　我と我が身の悲しさ、哀れさに打ちひしがれる。『文選』巻十六、陸機「歎逝の賦」に、「寤（さと）らずと雖も其れ悲しむべし、心は惆焉として自ら傷む」と。〇禽魚　鳥と魚。ここでは「和鳴の雁」と「掉尾の魚」とをそれぞれ指す。〇之不如　「之」は強調の助字。……でさえも。『詩経』小雅「小弁」の第五章「鹿斯之奔」は、鹿や雉の群れ集うようすに心を痛める棄婦の歌であるが、その正義に、「是れ鳥獣すら之れ如かず（之不如）」とある。〇出遊　憂さ晴らしのための散歩。『詩経』邶風「泉水」に、「駕して言（ここ）に出遊し、以て我が憂ひを写（のぞ）かん」とある。また『文選』巻二十四、嵆康「秀才の軍に入るに贈る五首」其の三に、「魚龍は瀺灂として、山鳥は群飛す。駕して言に出遊し、日夕に帰るを忘る」と。〇遣憂　憂さを晴らす。盛唐の杜甫に、「遺憂」と題する詩がある（『杜詩詳註』巻十二）。〇憂有余　あふれんばかりの憂い。『文選』巻二十四、陸機「弟の子龍に贈る」詩に、「途を指せば悲しみ余り有り、觴に臨むも歓び足らず」と。

解題　「続古詩十首」の最終章。春の朝、しらじらと明け初める朝日は、またたく間に邪悪な黒雲に阻まれてしまう。そして詩は、陽光を頼りとする微少な植物（葵）たちの嘆きを以て終わる。この情景は、かつて「古詩十九首」其の一に「浮雲　白日を蔽（おほ）ふ」として比喩的に詠じられたもので、陽光を聡明なる天子に、浮雲を朝廷にはびこる邪悪な臣下たちに喩えるものである。作者白居易をはじめとする当時の中下層知識人たちの現実社会に対する不安を表現したものである。

0074　其十

其《そ》の十《じふ》

春旦日初出　曈曈耀㆓晨輝㆒
草木照未㆑遠　浮雲已蔽㆑之
天地黯以晦　當㆑午如㆓昏時㆒
雖㆑有㆓東南風㆒　力微不㆑能㆑吹
中園何所㆑有　滿地靑靑葵

春旦《しゆんたん》　日《ひ》初《はじ》めて出《い》で、　曈曈《とうとう》として　晨輝《しんき》を耀《かがや》かせり。
草木《さうもく》　照《て》らすこと未《いま》だ遠《とほ》からざるに、　浮雲《ふうん》　已《すで》に之《これ》を蔽《おほ》ふ。
天地《てんち》　黯《あん》として以《もつ》て晦《くら》く、　午《ひる》に當《あ》たるも　昏時《こんじ》の如《ごと》し。
東南《とうなん》の風《かぜ》有《あ》りと雖《いへど》も、　力《ちから》微《び》にして　吹《ふ》く能《あた》はず。
中園《ちゆうゑん》　何《なん》の有《あ》る所《ところ》ぞ、　滿地《まんち》　靑靑《せいせい》たる葵《あふひ》。

陽光委㆓雲上㆒　傾㆑心欲㆓何依㆒　　陽光《やうくわう》は　雲上《うんじやう》に委《ゆだ》ねられ、心《しん》を傾《かたむ》くるに　何《いづ》くに依《よ》らんと欲《ほつ》す。

輝・依（上平聲、微韻）、之・時（上平聲、之韻）、吹（上平聲、支韻）、葵（上平聲、脂韻）…之・支・脂韻は同用。微韻は通押。

通釈　新春を迎え、元旦の朝日が今まさに出ようとするころ、しらじらと太陽の光が輝きはじめる。だが、その光線が地面の草や木々に届かぬうちに、邪悪な浮き雲が天空を覆い尽くしてしまった。天地は黒々と闇につつまれ、真昼でも、はや夕暮れ時のようになってしまった。東南からの清新の風が吹いても、その力は微弱で、黒雲を吹き払うことはできない。その時、中庭に何があるかと言えば、一面に青々と生え揃ったアオイ草。陽光が雲の向こうにあったのでは、何を頼りに葉の向きを定めてよいのやら。

語釈　〇春旦　正月元旦の朝。春の夜明け。北周の庾信に、「趙王の西京路春旦に奉和す」（『庾子山集』巻四）詩がある。また『文選』巻十九、宋玉「神女の賦」に、「其の始めて来るや、耀乎として白日の初めて出でて屋梁を照らすが若し」と。〇曈曈　朝日の強い光線の形容。那波本は「瞳瞳」に誤る。『文選』巻十七、陸機「文の賦」に、「情は曈曨として弥々（いよいよ）鮮やかなり」と。また『白氏文集』巻十二、「短歌行」（〇五七八）にも、「曈曈たる太陽は火色の如し」とある。〇晨輝　朝日の光。『宋書』巻二十・楽志二、殷淡の「嘉薦楽」に、「潔誠たる夕鑑は、晨暉に端服す」と。「暉」は「輝」に同じ。〇浮雲已蔽之　浮き雲が朝日をおおい隠してしまう。『文選』巻二十九、無名氏「古詩十九首」其の一の「浮雲　白日を蔽ふ」を踏まえ、邪悪な小臣が聖天子の善政を壟断してしまうことをいう。〇黯以晦　「黯」「晦」ともに、暗いの意。「以」は、二つの形容詞を接続する助字。〇当午　正午。聖天子の即位に喩える。同時代の韓愈「元和聖徳詩」に、「帝車は回（へか）り来り、日は正に午に当たる」（『全唐詩』巻三三六）と。〇昏時　夕暮れ時。〇東南風　春一番の風。例えば、三国志で有名な「赤壁の戦い」においては、長江を挟んで呉軍と魏軍とが対峙し、真冬であるにも関わらず、そこに時ならぬ「東南風」が吹き、火船の計略に不意を衝かれた魏の曹操軍が大敗したことが知られている（『三国志』巻五十四の呉書周瑜伝裴注所引「江表伝」、また後世の羅貫中『三国志演義』第四十九回）。ここでは、かかる春の強風ですら、邪悪な浮雲を吹き払うことができないのを嘆く。〇中園　中庭。『文選』巻三十一、江淹「雑体詩三十首」の「左記室思・詠史」に、「顧念す　張仲蔚、蓬蒿の中園に満つるを」と。〇満地　地面いっぱい。庭一面に。同時代の韓愈「秋懐詩十一首」其の二に、「白露　百草に下り、蕭蘭は共に雕悴す。青青たり四牆の下、已に復た生ひて地に満つ」（『全唐詩』巻三三六）と。〇青青葵　青々と生い茂る葵。『文選』巻二十七、古楽府「長歌行」に、「青青たる園中の葵、朝露は日を待ちて晞（わか）く」と、また同巻二十九、陸機「園葵詩」は、秋霜に打たれて枯れそうになった葵が、高い垣根の庇護によって生きながらえたことを詠じるもので、中下層士大夫の微弱な運命を比喩する白居易のこの詩にも通じるものがある。○陽光　太陽の光。ここでは同時に聖天子の威光になぞらえて言う。『文選』巻七、潘岳「藉田の賦」に、「陽光之が為に潜翳す」と。○雲上　雲の上。我が国の古語にも貴族や大臣を「雲上人」というように、朝廷や禁裏を指す。盛唐の張説「聖製の春中に興慶宮に酺宴すに和し奉る、応制」詩に、「合声は雲上に聚まり、連歩して月中に帰る」（『全唐詩』巻八十八）と。○傾心　心を寄せる。真心を示す。一心に打ち込む。ここでは「葵」の縁語として、太陽の方角に葵（向日葵）が向きを変えることをいう。『文選』巻三十七、曹植「親親を通ぜんことを求むる表」に、「葵藿の葉を傾くるが若きは、太陽之が為に光を迴（めぐ）らさずと雖も、然れども終に之に向かふ者は誠なり」と。また同巻三十、謝霊運「擬魏太子鄴中集詩八首」其の一に、「心を傾けて日新を隆んにせん」と。○何依　どこに頼ればよいのか。『文選』巻二十三、曹植「七哀詩」に、「君懐は良（まこと）に開かず、賤妾は当（ただ）何くに依らん」と。

0075　秦中吟十首　并序

秦中吟十首《しんちゅうぎんじっしゅ》　并《なら》びに序《じょ》

解題　都長安の街なかの哀歌。白居易の諷諭詩巻（『白氏文集』巻一―巻四）の中で、「新楽府五十首」（巻三・巻四）と並んで最も有名な作品。「秦」は都長安一帯を指す古地名、すなわちかの始皇帝を輩出した戦国時代の旧国名である。しかし序文にもあるように、この詩はかかる歴史的な故事とは一切関わりなく、作者白居易が当時の長安で経験したさまざまな事件を詠んだ詩歌群である。また、その内容は、白居易を含む当時の中下層知識人たちの悲哀に根ざしたもので、さきの「続古詩十首」（〇〇六五―〇〇七四）と一対をなす。元和四年（八〇九）冬から翌五年春にかけての間の作。なおこの連作は、各刊本のほかに、『白氏文集』の原初の姿に比較的近い文字を含むと思われる我が国伝存の旧鈔本や唐人選唐詩集の一つである韋縠編『才調集』などにも見え、時に大きな文字の異同が見られる。このことについては、鈴木虎雄『白楽天詩解』（弘文堂、一九二六年）巻末の「秦中吟考異」、および太田次男『旧鈔本を中心とする白氏文集本文の研究』（勉誠出版、一九九七年）中巻「本邦伝存『秦中吟』の本文」を参照。また解釈については、さきの鈴木虎雄『白楽天詩解』、および佐久節『白楽天詩集』（続国訳漢文大成、国民文庫刊行会、一九二八年）のほか、武部利男『白楽天詩集』（東京創元社、一九五七年）、近藤春雄『白氏文集と国文学　新楽府・秦中吟の研究』（明治書院、一九九〇年）がある。

貞元元和之際、予在二長安中一。聞見之閒、有下足二悲歎一者上。因直二歌其事一、命爲二秦中吟一。

貞元《ていげん》・元和《げんわ》の際《さい》、予《よ》 長安中《ちやうあんちゆう》に在《あ》り。聞見《ぶんけん》の閒《かん》に、悲歎《ひたん》するに足《た》る者《もの》有《あ》り。因《よ》りて其《そ》の事《こと》を直歌《ちよくか》し、命《なづ》けて秦中吟《しんちゆうぎん》と爲《な》す。

通釈 貞元年間より元和年間にかけて、私は長安の市街に住んでおりました。そこでのさまざまな見聞の中には、とても悲しく嘆かわしい出来事が幾つもありました。そこで、それらのことをありのままに歌い、名づけて「秦の街なかのうた」としました。

語釈 ○貞元元和之際　唐朝第九代皇帝徳宗（李适）から第十代皇帝順宗（李誦）、そして第十一代皇帝憲宗（李純）へと続く治世。徳宗朝の貞元十六年（八〇〇）正月、白居易は科挙及第を目指して長安に上京、やがて順宗の永貞元年（八〇五）を経て、憲宗の即位に伴う大赦改元のあった元和元年（八〇六）に特別試験「才識兼茂明於体用科」に及第した。その後、元和六年四月に母の死によって下邽に服喪退居するまでの間、長安およびその近郊に滞在した。白居易の年齢では二十九歳から四十歳までの時期にあたる。○予　わたし。一本では「余」に作るが、音義ともに同じ。また、この「予在長安中」句を那波本等では「予在長安」四字に作るが、ここでは我が国内閣文庫蔵の旧鈔本『管見抄』などの本文に従う。○有足悲歎者　とても悲しい出来事。胸がいっぱいになりそうな悲しい出来事。「足」は形容詞の程度を強める副詞。那波本では「有足悲者」四字に作るが、ここでも我が国旧鈔本の本文に従う。『文選』巻三十九、江淹「建平王に詣（たい）せる上書」に、「一物の微なるも、悲しむに足る者有り」と。○直歌　思うままを憚らずに歌う。ありのままを包み隠さず歌う。「直言」に同じ。『文選』巻四十五、杜預「春秋左氏伝の序」に、「尽くして汚さず、其の事を直書し、文を具（そな）へ意を見（あらは）す」とあるのを踏まえる。白居易の諷諭詩は「詩歌による歴史記録」すなわち「詩史」としての意識を明確に保持した創作活動であった。たとえば『白氏文集』巻三、「新楽府の序」（〇一二四）にも、「其の言は直にして切、聞く者の深く誡めとならんと欲す」と。なお『才調集』本ではこの「因直歌其事」句を「略挙其事（ほぼ其の事を挙ぐ）」四字に作るが、従わない。○命為秦中吟　「命」は名づける、命名。「吟」は吟詠、そぞろに口ずさみ作られた歌謡。もとは「吟詠」「越吟」というごとく、単に「うた」というほどの意味であったが、唐代の一般的傾向として「白頭吟」「節婦吟」など苦衷を表明する呻吟の意味を含む。『才調集』本は、この序文の一句を「因命爲秦中吟焉」七字に作る。なお、当時の都長安に取材したこれらの詩に「秦中」との古地名を冠するのは、あからさまな時事批判を和らげ、当事者の反発をいかほどか穏やかなものにし、かつ、詩歌として馴染みやすいよう考慮した白居易の苦心の命名であろう。しかし実状は「権豪貴近の者」たちから囂々たる非難を浴びたという。一方、この作品は「長恨歌」とともに地方の妓女たちの間にまで評判を得、白居易の代表作として、その発表直後より巷間に大反響を得て迎えられた。『白氏文集』巻二十八、「元九に与ふる書」（一四八六）参照。

其一　議レ婚

其《そ》の一《いち》　婚《こん》を議《ぎ》す

天下無二正聲一　悅レ耳卽爲レ娛
人間無二正色一　悅レ目卽爲レ姝
顏色非二相遠一　貧富則有レ殊
貧爲二時所一レ棄　富爲二時所一レ趨
紅樓富家女　金縷繡二羅襦一
見レ人不レ斂レ手　嬌癡二八初

天下《てんか》に正聲《せいせい》無《な》し、耳《みみ》を悅《よろこ》ばすを　卽《すなは》ち娛《たの》しと爲《な》す。
人間《じんかん》に正色《せいしよく》無《な》し、目《め》を悅《よろこ》ばすを　卽《すなは》ち姝《みめよ》しと爲《な》す。
顏色《がんしよく》　相遠《あひとほ》きに非《あら》ず、貧富《ひんぷ》　則《すなは》ち殊《こと》なる有《あ》り。
貧《ひん》なれば　時《とき》の棄《す》つる所《ところ》と爲《な》り、富《ふ》なれば　時《とき》の趨《おもむ》く所《ところ》と爲《な》る。
紅樓《こうろう》　富家《ふか》の女《むすめ》、金縷《きんる》もて　羅襦《らじゆ》に繡《しう》す。
人《ひと》を見《み》るも　手《て》を斂《をさ》めず、嬌癡《けうち》　二八《にはち》の初《はじ》め。

解題　「秦中吟十首」の第一首。結婚についての議論。貧富の差によって結婚が左右される当時の女性たちの薄倖を嘆く。我が国では『源氏物語』帚木の巻（雨夜の品定めの段）に引用されて有名。また、この詩の本意は、すぐれた学徳を積みながらも、寒門の出身ゆえに立身することの困難な白居易たち中下層知識人の厳しい現実を暗示している。

なお、各刊本『白氏文集』では、これら十首にそれぞれ小題が付されている。ただし四部叢刊所収『才調集』（通行本）およびその別系統の版本である明の毛氏汲古閣刊本『才調集』（台湾国立中央図書館蔵）では、幾つかの小題が異なる。この第一首は、通行本では「貧家女」とし、汲古閣本では「議婚」の小題の下に「或刻貧家女」と注する。更に酒井宇吉氏所蔵の平安第二院政期初期の写本（後二条本）や内閣文庫蔵『管見抄』等、日本の旧鈔本の幾つかには、これらの小題を全て欠く。恐らくこれらの小題は、「秦中吟」の流行に伴い、後人が随意に加筆したものであろう。詳しくは太田次男「本邦伝存『秦中吟』の本文」参照。本書では、便宜上、那波本に基づいた小題を掲げる。

母兄未レ開レ口　已嫁不二須臾一
綠窗貧家女　寂寞二十餘
荊釵不レ直レ錢　衣上無二眞珠一
幾廻人欲レ聘　臨レ日又踟躕
主人會二良媒一　置酒滿二玉壺一
四座且勿レ飲　聽三我歌二兩途一
富家女易レ嫁　嫁早輕二其夫一
貧家女難レ嫁　嫁晩孝二於姑一
聞三君欲レ娶レ婦　娶レ婦意何如

母兄《ぼけい》　未《いま》だ口《くち》を開《ひら》かざるに、已《すで》に嫁《か》すこと　須臾《しゆゆ》もせず。
綠窗《りよくさう》　貧家《ひんか》の女《むすめ》、寂寞《せきばく》たる　二十《はたち》餘《あま》り。
荊釵《けいさ》は　錢《ぜに》に直《あたひ》せず、衣上《いじやう》に　眞珠《しんじゆ》も無《な》し。
幾廻《いくたび》か　人《ひと》の聘《へい》せんと欲《ほつ》せしも、日《ひ》に臨《のぞ》みて　又踟躕《またちちゆう》す。
主人《しゆじん》　良媒《りやうばい》を會《くわい》し、置酒《ちしゆ》　玉壺《ぎよくこ》に滿《み》てり。
四座《しざ》よ　且《しばら》く飲《の》む勿《な》かれ、我《わ》が兩途《りやうと》を歌《うた》ふを聽《き》け。
富家《ふか》の女《むすめ》は嫁《か》し易《やす》く、嫁《か》早《はや》ければ　其《そ》の夫《をつと》を輕《かろ》んず。
貧家《ひんか》の女《むすめ》は嫁《か》し難《がた》く、嫁《か》晩《おそ》ければ　姑《しうとめ》に孝《かう》ならん。
君《きみ》　婦《ふ》を娶《めと》らんと欲《ほつ》すと聞《き》く、婦《ふ》を娶《めと》るに　意《い》は何如《いかん》。

娯・姝・殊・趨・襦・臾・珠・躕・夫（上平聲、虞韻）、初・餘・如（上平聲、魚韻）、壺・途・姑（上平聲、模韻）……虞・模韻は同用。魚韻は通押。

通釈　天下には、これぞ万人が聴くべき正統な音楽というものはなく、ただ、その人の耳に心地よいものが、とにかく楽しまれている。同様に、この世には、衆人の認める完璧な女性というものは存在せず、ただ、その人の目にかなった人が、とにかく美しいとされている。しかし、顔かたちに、もともと大きな隔たりがあるはずはなく、実はその家の貧富の差にこそ、大きな違いが出るものだ。貧乏では世の人々から見棄てられさげすまれ、富貴だと世の人々に駆け寄られ注目の的となる。

あの朱塗りのお屋敷に住む富豪のお嬢様は、うす絹のドレスに金糸の刺繡が入っていて、人さまに出会っても羞じらうことがなく、両手をそろえてお辞儀すらしない。花の十六、おてんば盛り。でも母上や兄上が言い出す前に、あっという間にお嫁入り。

一方、路地裏の窓辺に住まう貧家の娘は、二十歳《はたち》を過ぎても、しょんぼりしたまま。一文にもならぬいばらのかんざしに、一粒の真珠も身につけられず、これまで何度か縁談は来たものの、いざという時に破談になる始末。

さて本日は、この家のあるじが良い仲人を立て、玉の壷には美酒が満々とたたえられている。ご一同、しばらく杯の手を休まれよ。この私が一ふし世の女性たちの二つの道を歌いましょう。

「富家のお嬢様は、サッサと嫁ぐ。でも早すぎては、つい夫を軽んじてしまうもの。

貧家の娘さんは、なかなか嫁げぬ。でも遅く嫁いだ分、姑さんにはとても孝行だ。

新郎君、あなたは今お嫁さんをもらわれるそうだが、今のご気分は、いかがですか。」

語釈 ○正声　音律にかなった正しい音楽。世の中の誰もが認める正統な楽曲。『礼記』楽記篇に、「正声は人を感ぜしめて、順気は之に応ず」とあるに基づく。また、漢の董仲舒『春秋繁露』天道施篇に、「目に正色を視、耳に正声を聴く」と。しかし現実にはそのような音楽は存在しない。盛唐の李白「古風五十九首」其の一に、「正声は何ぞ微茫たる、哀怨は騒人より起こる」（『全唐詩』巻一六一）とある。また白居易と同時代の劉粛『大唐新語』極諫篇に、唐朝を開いた高祖時代の孫伏伽の上奏文を引用し、「百戯散楽、本より正声に非ず、此を淫風と謂ふ」とある。また『白氏文集』巻十六、「拙詩を編集して一十五巻と成し、因りて巻末に題し、戯れに元九・李二十に贈る」詩（一〇〇六）に、自らこの「秦中吟十首」を評して「十首の秦吟　正声に近し」という。○即為娉　『才調集』本では「即」字を「則」字に作るのは、恐らく誤り。○正色　美人。世の中の誰もが認める完璧な美女。『荘子』斉物論篇に、「毛嬙（まうしやう）・麗姫（りき）は、人の美とする所なるも、魚　之を見れば深く入（もぐ）り、鳥　之を見れば高く飛び、麋鹿　之を見れば決（すばや）く驟（はし）る。四者は孰（いづ）れか天下の正色を知らんや」とあるのを踏まえる。○悦目　『文選』巻五十五、陸機「演連珠五十首」其の二十七に、「音は耳に比（たの）しきを以て美と為し、色は目を悦ばすを以て歓と為す」と。○即為姝　「姝」は、美しい。見目麗しい。古い訓読では「カホヨシ」と訓む。『詩経』邶風「静女」に、「静女は其れ姝し」と。またその毛伝に、「姝は美色なり」と注する。『才調集』本は、この「即」字も「則」字に誤る。○顔色　顔つき。容貌。顔かたちの美しさ。『白氏文集』巻十二、「長恨歌」（〇五九六）にも、「六宮の粉黛　顔色無し」と。○有殊　上下の格差が生じる。『文選』巻十一、王延寿「魯の霊光殿の賦」に、「軒冕　庸を以てし、衣裳　殊なる有り」と。○時所棄　世の人々から疎まれる。時流から見棄てられる。「所」は受け身を表す助動詞。盛唐の杜甫「遺興五首」其の三に、「赫赫たる蕭京兆も、今は時の憐れむ所と為る」(『杜詩詳註』巻七)と。また『白氏文集』巻二、「魯を歎く二首」其の二(〇二三〇)にも、「古より奈何ともする無し、命は時の屈する所と為る」と。〇時所趨　世の人々から注目される。幸運なめぐり合わせにあう。「趨」は、走る。おもむく。駆け寄る。

〇紅楼　朱塗りのたかどのを連ねた大富豪の邸宅。後世、清の曹雪芹の長篇小説『紅楼夢』がある。〇富家女　「女」は、むすめ。未婚の少女を指す。〇金縷　金色の糸。「縷」は、縫い糸、刺繡糸。後漢の桓寛『塩鉄論』散不足篇に、「今の富者(の衣服の素材)は、鼲・鼲・狐に白鳧の翦(ねは)、中者は、罽衣に金縷、燕の婀、代の黄なり」と。『玉台新詠』巻九、劉孝威「擬古応教」詩に、「瓊の筵　玉の笥に　金縷の衣」と。また白居易と同時代の妓女、杜秋娘には「金縷衣」と題する名作がある(『唐詩三百首』巻八)。〇羅襦　うすぎぬのドレス。『玉台新詠』巻四、謝朓「王主簿に贈る二首」其の二に、「軽歌は綺帯に急に、笑みを含みて羅襦を解く」と。また初唐の盧照隣「長安古意」詩に、「羅襦と宝帯は君が為に解かん」(『全唐詩』巻四十一)と。〇斂手　手をおさめる。羞じらいつつ、行儀良く挨拶するさま。『世説新語』賢媛篇、桓温の妾となった李勢の妹の章に引く「妬記」に、「手を斂めて主に向かひ、神色閑正なり」と。また『玉台新詠』巻五、何遜「軽薄篇」に、「相看て独り隠笑し、人を見て還た色を斂む」と。〇嬌痴　おてんば。おぼこ。まだ天真爛漫な幼い少女の様子。初唐の宋之問「放白鷴篇」に、「幼稚は候門の楽に嬌痴なり」(『全唐詩』巻五十一)と。また『白氏文集』巻十、「金鑾子を念ふ二首」其の一(〇四六八)に、「衰病四十の身、嬌痴三歳の女」と。〇二八初　十六歳。「初」は、……になったばかり。『玉台新詠』巻七、梁の簡文帝「詠舞」詩に、「可憐なる初二八、節を逐ふこと飛鴻に似たり」と。〇已嫁不須臾　またたく間に結婚してしまった。「已」は、すでに。動作の完了を表す副詞。『才調集』本では「言(ここ)に」に作る。「須臾」は、少しの時間、寸刻を表す畳韻語。

〇緑窓　裏さびれた路地の荒屋の窓。貧家の女性部屋。さきの「紅楼」とは対照的に、ここでの「緑」は、日の当たらない、粗末な家を象徴していう。〇寂寞　しょんぼり、寂しい。独りぼっちを形容する畳韻語。例えば『玉台新詠』巻二、曹植「雑詩五首」其の四に、「閑房　何ぞ寂寞たる、緑草は階庭を被(ほお)ふ」と。〇荊釵不直銭　一文の値打ちもない、いばらのかんざし。「直」は「値」に同じ。「荊釵」は貧女の服飾。後漢の梁鴻の妻で賢婦人として名高い孟光が身につけたという(『蒙求』巻中、孟光荊釵)。なお明初の四大戯曲の一つに、南宋の文人王十朋とその妻銭玉蓮との数奇な運命を描いた「荊釵記」がある。〇聘　妻として迎える。めとる。結納を交わして正式に婚約すること。一本に「娉」に作るのも同字。『礼記』内則篇に、「聘すれば則ち妻と為り、奔すれば則ち妾と為る」とある。〇踟躕　ためらう。しりごみする。たちもとおる。足踏みする様子を表現する双声語。『詩経』邶風「静女」に、「愛すれども見えず、首を掻きて踟躕す」と。ここでは、婚約が急遽破談になることをいう。

〇良媒　良き仲人。媒酌人。『詩経』衛風「氓」に、「我は期を愆(あやま)てるに匪ず、子に良媒無ければなり」と。〇置酒　さかもり。ここでは、結婚披露宴をいう。○四座　宴席に集まった一同に呼びかける語。満座のみなさん。『玉台新詠』巻一、漢の無名氏「古詩八首」其の六に、「四坐よ　且らく諠《かまびす》しくする莫かれ、願はくは一言を歌ふを聴け」と。また『文選』巻二十八、陸機「呉趨行」にも、「四坐よ　並びに清聴し、我が呉趨を歌ふを聴け」と。○且　しばらく。まあ。相手に勧誘する気持ちを伝える接頭語。○聴我歌両途「我」字、『才調集』本は「余」に作る。「両途」は、貧富二つの家柄に生まれた女性のそれぞれの道。二つの運命。両者の長所短所。○嫁早　「早」字、『才調集』本は「蚤」に作る。音義ともに同じ。○娶婦　妻を迎える。新郎の側よりいう。○意何如　気分はどうか。どんな心境ですか。旧解では、貧富両家のいずれの女性を選ぶのが賢明なのか、相手に意見を尋ねる意味で解釈されてきたが、ここは単に、披露宴の席上、なごやかな雰囲気の中での新郎への挨拶の言葉として解釈すべきであろう。例えば盛唐の杜甫「天末に李白を懐ふ」詩に、「涼風　天末より起こる、君子　意は如何」（『杜詩詳註』巻七）とある。だとすれば、この詩の後半部に描かれる酒宴は、二十歳を過ぎた晩婚の花嫁と、それを迎える中下層知識人の、つつましい結婚披露宴を想像してよい。ちなみに白居易自身の結婚も、元和三年（八〇八）三十七歳の時と推定されている。詳しくは『白氏文集』巻一、「内《つま》に贈る詩」（〇〇三三）を参照。

余説　清の査慎行の『白香山詩評』に、「『天下無正声』以下の八句は、王維の『賤しかりし日には豈に衆と殊ならんや、貴来方《はじ》めて稀なるを悟る』（「西施詠」詩）という二句の意と同じではあるが、神韻は遠く逮ばない」と。

この詩の「四座且勿飲、聴我歌両途」の句に依拠した文辞としては、次のものがある。

『源氏物語』帚木に、「それは或る博士の許に、学問なども侍るとて罷り通ひしほどに、あるじのむすめども多かりときゝ給へて、はかなきついでに云ひよりて侍りしを、親きゝつけて盃もて出でゝ、わが二つの途歌ふを聞けとなむ聞こえごち侍りしかど、……」と。

この詩の「富家女易嫁、嫁早軽其夫。貧家女難嫁、嫁晩孝於姑」の句に依拠した文辞としては、次のものがある。

『十訓抄』第五・可撰朋友事に、「誠にその姿西施南威をうつせりとも、夫をかろしめ外心あらんはかへりてあだとなるべし。何の益かあらん。秦中吟といふに『富家女易嫁、嫁早軽其夫、貧家女難嫁、嫁晩孝於姑』などあれば、いみじく便ありとも、夫のためになほざりならん女よしなくこそ」と。

0076　其二　重賦

其《そ》の二《に》　重《おも》き賦《みつぎ》

解題　「秦中吟十首」の第二首。農民に重くのしかかる徴税を論じる。『才調集』本では小題を「無名税」とする。すなわち、大義名分を伴わない苛酷な重税を、それに喘ぐ農民たちの目を通して詠じている。白居易は元和元年（八〇六）四月より翌年夏まで、長安の西郊の盩厔（ちゅうちつ）県尉を務め、同地の徴税の苛斂誅求のさまを実際に目撃した。またこの当時、唐朝は「租庸調」の徴税方式を改め、新たに国家財政の再建と公平な課税を目的とした「両税法」を導入していた。これは徳宗皇帝の建中元年（七八〇）に宰相楊炎の建議によって施行されたもので、納税（戸税・地税・商税）を六月（夏税）と十一月（秋税）の二期とし、それ以外の税を全廃したものだが、実際には、この詩に指弾されているように、貪欲な役人たちによって、なおもまだ違法な収奪が繰り返されていたのである。

厚地植㆓桑麻㆒　所㆑用濟㆓生民㆒
生民理㆓布帛㆒　所㆑求活㆓一身㆒
身外充㆓征賦㆒　上以奉㆓君親㆒
國家定㆓兩税㆒　本意在㆑憂㆑人
厥初防㆓其淫㆒　明㆓勅内外臣㆒
税外加㆓一物㆒　皆以㆓枉法㆒論
奈何歳月久　貪吏得㆓因循㆒
浚㆑我以求㆑寵　斂索無㆓冬春㆒
織㆑綃未㆑成㆑疋　繰㆑絲未㆑盈㆑斤
里胥迫㆑我納　不㆑許㆓暫逡巡㆒
歳暮天地閉　陰風生㆓破村㆒
夜深烟火盡　霰雪白紛紛

厚地《こうち》に　桑麻《さうま》を植《う》う、用《もち》ふる所《ところ》は　生民《せいみん》を濟《すく》ふにあり。
生民《せいみん》　布帛《ふはく》を理《をさ》む、求《もと》むる所《ところ》は　一身《いつしん》を活《い》かすにあり。
身外《しんぐわい》　征賦《せいふ》に充《あ》て、上《かみ》は以《もつ》て君親《くんしん》に奉《ほう》ず。
國家《こつか》　兩税《りやうぜい》を定《さだ》む、本意《ほんい》は　人《たみ》を憂《うれ》ふるに在《あ》り。
厥《そ》の初《はじ》め　其《そ》の淫《いん》を防《ふせ》がんとて、内外《ないぐわい》の臣《しん》に明勅《めいちよく》せり。
税《ぜい》の外《ほか》に一物《いちぶつ》を加《くは》ふれば、皆《みな》　枉法《わうはふ》を以《もつ》て論《ろん》ぜよと。
奈何《いかん》ぞ　歳月《さいげつ》久《ひさ》しくして、貪吏《たんり》　因循《いんじゆん》するを得《え》、
我《われ》を浚《さら》へて　以《もつ》て寵《ちよう》を求《もと》め、斂索《れんさく》すること　冬春《とうしゆん》無《な》し。
綃《きぬ》を織《お》りて　未《いま》だ疋《ひき》を成《な》さず、絲《いと》を繰《つむ》ぎて　未《いま》だ斤《きん》に盈《み》たざるも、
里胥《りしよ》　我《われ》に迫《せま》りて納《をさ》めしめ、暫《しばら》くも逡巡《しゆんじゆん》するを許《ゆる》さず。
歳暮《としく》れて　天地《てんち》閉《と》ぢ、陰風《いんぷう》　破村《はそん》に生《しやう》ず。
夜深《よるふ》けて　烟火《えんくわつ》盡き、霰雪《せんせつ》　白《しろ》くして紛紛《ふんぷん》たり。

幼者形不レ蔽　老者體無レ温
悲端與二寒氣一　併入二鼻中一辛
昨日輸二殘税一　因窺二官庫門一
繒帛如レ山積　絲綿似レ雲屯
號爲二羨餘物一　隨レ月獻二至尊一
奪二我身上煖一　買二爾眼前恩一
進入二瓊林庫一　歳久化爲レ塵

幼者《えうじや》は　形《かたち》を蔽《おほ》はず、老者《らうじや》は　體《からだ》に温《あたた》かき無《な》し。
悲端《ひたん》と寒氣《かんき》と、併《あは》せて鼻中《びちゆう》に入《い》りて辛《つら》し。
昨日《さくじつ》　殘税《ざんぜい》を輸《いた》し、因《よ》りて官庫《くわんこ》の門《もん》を窺《うかが》ふに、
繒帛《そうはく》は　山《やま》の如《ごと》く積《つ》まれ、絲綿《しめん》は　雲《くも》の似《ごと》く屯《あつ》まる。
號《がう》して羨餘《せんよ》の物《もの》と爲《な》し、月《つき》に隨《したが》ひて　至尊《しそん》に獻《けん》ぜらる。
我《わ》が身上《しんじやう》の煖《だん》を奪《うば》ひ、爾《なんぢ》が眼前《がんぜん》の恩《おん》を買《か》ふ。
進《すす》めて瓊林《けいりん》の庫《くら》に入《い》るるも、歳久《としひさ》しくせば　化《くわ》して塵《ちり》と爲《な》らん。

民・身・親・人・臣・辛・塵（上平聲、眞韻）、論・村・温・門・尊（上平聲、魂韻）、循・春・巡・屯（上平聲、諄韻）、斤（上平聲、欣韻）、紛（上平聲、文韻）、恩（上平聲、痕韻）……眞・諄韻、魂・痕韻、欣・文韻は同用。眞・魂・諄・欣・文・痕韻はすべて通押。

通釈　あらがねの大地に桑や麻が生えているのは、人民に真っ当な生活を営ませようとする天のお恵みである。そうして、麻布をつむぎ、絹の反物を織るのは、人民が我と我が身で生きてゆくための、何ともつつましい営為である。さて、そこで自身が着る以外の反物をば租税とし、はるか天子様に捧げまいらせるのであるが、朝廷はここに「両税法」を施行されたのは、人民に過度の負担を強いぬようにとの配慮からである。

そもそものはじまりは、税の取り過ぎを防ぐためであり、天子様はかしこくも内外の百官に詔勅を下したまい、「規定の税以外、もし一物でも余計に徴収しようとすれば、みな法律違反として処罰せよ」との仰せであった。

ところがどうしたことか。長い年月が経つと、貪欲な小役人どもは、次第に勝手放題に振る舞うようになり、お上の恩寵欲しさに我ら民百姓を搾りあげ、冬と言わず、春と言わず、その苛斂誅求は全く休むことがない。いまだ一疋の長さに織り上がっていない反物や、いまだ一斤の重さに達していない絹糸の束であっても、村役人は全く容赦なく我らに納める

よう迫ってくる。

一年もいよいよ終わろうとする大晦日、陰惨な北風が荒れ果てた我が村里に吹きすさぶ。かまどの煙が燃え尽きる夜更け、あられ雪がしんしんと降り積もる頃、幼い子供たちの小柄な身体でさえ覆い包む毛布はなく、老人たちはもはや体温が感じられぬほどに冷え切ってしまっている。やるせない悲しみと息も氷るような寒気とが、鼻の奥につんときて、涙が自然に溢れ出る。

昨日、未納分の税を運び入れ、ついでに役所の庫をのぞき込めば、なんとまあ絹の反物は山のように積み上げられ、紡ぎ糸や真綿も入道雲のようにたくさん集められていた。これらは「余りの税収」などとの名目で、毎月、天子様のもとに献上されるのだ。我々の身体からぬくもりを奪い取って、お前たちはその見掛け倒しの恩寵を買い取ろうと夢中になっているが、これらの物はやがて長安郊外の瓊林庫に運び込まれ、そのまま幾久しく忘れ去られて倉庫の塵となり、使われることなく消え去ってゆくことであろう。

語釈 ○厚地　大地。どっしりと揺るぎない土地。『詩経』小雅「正月」に、「地をば蓋《けだ》し厚しと謂ふも、敢へて蹐《ぬきあし》せずんばあらず」とあるのに基づく。また『文選』巻三、張衡「東京の賦」に、「惵惵《てふてふ》たる黔首、豈に徒《ただ》に高天に跼《せぐくま》り、厚地に蹐するのみならんや」と。○桑麻　くわとあさ。養蚕と紡績のための最も基本的な植物。『管子』牧民篇に、「桑麻を養ひ、六畜を育《か》へば、則ち民は富めり」と。○所用　用途。目的。「所」は、動詞に冠して名詞化するはたらきの助字。那波本では「所要」に作るが、『才調集』本・汪本、および我が国に残る複数の旧鈔本に従う。○生民　人民。『詩経』以来の古風な用語。○理布帛　「理」は、おさむ。加工する。本来は「治」字を使うところであるが、唐代には第三代皇帝高宗の本名（李治）を避け、「理」字を用いる。「布」は、麻を紡いだ布。「帛」は、絹の反物。『礼記』礼運篇に、「其の麻糸を治めて、以て布帛を為《つく》り、以て生を養ひ死を送る」とある。○一身　我が身。自分の身体と生命。『文選』巻二十三、阮籍「詠懐詩十七首」其の三に、「一身すら自ら保てず、何ぞ況んや妻子を恋ひんや」と。○征賦　租税。公に差し出されるべき貢ぎ物。『国語』呉語に、「今の越王句践は、……其の徭令を舎《す》て、其の征賦を軽くす」と。○君親　君主と両親。ただしここでは特に、君主（皇帝）のみを指す。『文選』巻四十一、李陵「蘇武に答ふる書」に、「君親の恩を違棄し、長く蛮夷の域と為る」と。○両税　両税法をいう。「解題」を参照。○憂人　人民を思いやり、いつくしむ。「人」字、本来は「民」字を使うところであるが、唐代では第二代皇帝太宗の本名（李世民）を避け、「人」字を用いる。なお汲古閣本『才調集』および明の馬元調本等では「愛人（人を愛す）」に作るが、恐らくは誤写であろう。『白氏文集』巻四、新楽府「牡丹芳」（〇一五三）の序に、「天子の農を憂ふるを美（ほ）むるなり」とあり、皇帝が人民の生活に対して、深いいたわりの気持ちをもつ場合に「憂」字が用いられる。

○厥初　その初め。「厥」は、『詩経』『書経』などの経書に特徴的な指示詞。それ。その。古風で厳かな雰囲気をもつ。『詩経』大雅「生民」に、「厥の初め民を生みしは、時（こ）れぞ維（こ）れ姜源なり」と。○明勅　「明」は、皇帝の行動を美化する接頭詞。聡明なる詔勅。

○税外加一物　皆以枉法論　「枉法」は、法律違反、違法行為。この二句は、両税法施行時の詔勅に基づく。『資治通鑑』唐紀四十二に引く徳宗の建中元年（七八〇）正月の詔勅に、「百姓の丁産を約し、等級を定めて、改めて両税法を作り、比来（このごろ）の新旧徴科の色目、一切之を罷め、二税の外、輒ち一銭を率（さを）むる者は、枉法を以て論ぜよ」とある。

○得　……に至る。……するようになる。口語的表現。○因循　いい加減な態度。好き勝手に振る舞うこと。でたらめ。ちゃらんぽらん。唐代の俗語。蔣礼鴻『敦煌変文字義通釈（第四次増訂本）』三二八頁を参照。ここでは不埒で貪欲な小役人たちが、でたらめな理由で違法な税を徴収することをいう。○浚我　我が財産を搾り取る。奪い取る。『左氏伝』襄公二十四年に、「子は我を浚ひて以て生くと謂ふか」とあるのを踏まえる。○斂索　税を徴収する。とりたてる。○無冬春　両税法では、夏税と秋税の二期に分けて徴収が行われた。「解題」を参照。○織絹　「絹」は薄くて上質な絹の反物。宋本等では「織絹」に作る。○疋　一疋は反物の二反分。『漢書』巻二十四上・食貨志上によれば「広さ二尺二寸を幅と為し、長さ四丈を匹と為す」とある。「匹」は「疋」に同じ。これを唐代の尺度で換算すれば、幅は約六十八センチメートル、長さは約十二メートル。○繅糸　「繅」は繭から糸を引き出す。一本「繰糸」に作るのも同字。『玉台新詠』巻四、鮑照「夢に還る詩」に、「糸を繰り復た機（たは）を鳴らす」と。○斤　唐代の一斤の重さは約五九六・八二グラム。○里胥　村役人。地頭。○逡巡　ぐずぐずする。後ずさりする。畳韻語。盛唐の杜甫「麗人行」に、「後来の鞍馬は何ぞ逡巡たる」（『杜詩詳註』巻二）と。

○天地閉　歳末のおしつまった雰囲気。『礼記』月令篇に、「天気は上騰し、地気は下降して、天地通ぜず、閉塞して冬を成す」と。○陰風　冬の北風。『文選』巻二十七、顔延之「北のかた洛に使ひす」詩に、「陰風は涼野に振るひ、飛雪は窮天に昝（らく）し」と。○破村　荒れ果てた村。役人たちの苛酷な取り立てによってすっかり疲弊した村。○烟火　「煙火」に同じ。かまどの煙。東晋の陶淵明「会（とさ）ること有りて作るの序」に、「朝夕の資する所、煙火裁（づわ）かに通ず」と。○霰雪　あられ混じりの雪。みぞれ雪。『楚辞』九章「渉江」に、「霰雪は紛として其れ垠（ぎか）り無し」と。○悲端　ふと起こる悲しみ。発作的に見舞われる同情の気持ち。初唐の宋之問「鄧国太夫人の挽歌」に、「悲端若（も）し能く減ずれば、渭水も亦た応に窮（つ）くべし」（『全唐詩』巻五十三）と。また『白氏文集』巻一、「唐衢を傷む詩二首」其の一（〇〇三四）に、「悲端は東より来る」と。○鼻中辛　鼻腔につんと入ってつらい。自然に涙をもよおすこと。『文選』

巻十九、宋玉「高唐の賦」に、「孤子と寡婦は、寒心酸鼻す」とあり、その李善注に、「酸鼻とは、鼻の辛酸して涙の出んと欲するなり」とある。また盛唐の杜甫「賀蘭銛に贈別す」詩に、「生離と死別と、古より鼻酸辛す」（『杜詩詳註』巻十二）と。○繒帛　絹の反物。○糸綿　絹糸と真綿。那波本等中国刊本では「糸絮」に作るが、意味は同じ。ここでは『管見鈔』など我が国の旧鈔本に従う。『白氏文集』巻二、「友に贈る詩五首」其の三（〇〇八七）にも、「賤（すや）く糸と綿とを貿（う）る」とある。○似雲屯　雲のように集まる。『文選』巻二十八、陸機「従軍行」に、「胡馬は雲の如く屯す」と。○羨余物　税収の余り。「羨」も余りの意。当時、節度使などで地方に赴任した官僚たちが、自己の業績評価を高めるために、正規の税のほかに、このような臨時収入を中央に上納していた。『旧唐書』巻四十八・食貨志上に、「韋皐は剣南より日進有り、李兼は江西より月進有り、杜亜は揚州より、劉賛は宣州より、王緯・李錡は浙西より、皆競ひて進奉を為し、以て恩沢を固めんとす。貢入の奏に皆『臣、正税に於て方円（規定額）に外（づは）る』と曰ひ、亦た『羨余』と曰ふ」とある。また白居易は、元和三年（八〇八）に奏上した「王鍔の除官を欲する事宜を論ずる状」（巻四十一、一九五八）でもこの「羨余」の欺瞞を糾弾している。○随月　毎月。○至尊　天子。○眼前恩　天子の眼前の恩寵。見かけ倒し、その場しのぎの点数稼ぎ。この句において最も痛切な表現は、その天子の恩を「買」うという動詞であろう。○瓊林庫　唐の第九代皇帝徳宗が奉天（今の陝西省乾県）の離宮に建てた貯蔵庫。『旧唐書』巻一三九・陸贄伝に、「建中四年（七八三）朱泚（しゅせい）謀逆し、従駕は奉天に幸す。……賊泚の囲を解くに及び、諸藩の貢奉　継ゝ（つぎつぎ）に至る。乃ち奉天の行在に於て貢物を廊下に貯ふるに、仍（よ）りて題して『瓊林』『大盈』二庫の名を曰ふ」とある。

余説　唐の張為の『詩人主客図』には、白居易を「広大教化主」と目し、この詩を挙例している。

清の葉燮の『原詩』に、「白居易の詩は、伝に『老嫗も暁るべし』と為す。余謂へらく、此の言も亦た未だ尽くは然らず、と。今其の集を観るに、矢口（口からでまかせ）して出づる者固より多し。蘇軾謂へらく、其の『浅切に局（がか）まり（限定され）、又風操（持ち味）を変ずる能はず、故に之を読むに厭き易し』と。夫れ白の厭き易きこと、更に李（李白）よりも甚だし。然れども作意有るの処は、寄托深遠なり。『重賦』『不致仕』『傷友』『傷宅』等の篇の如きは、言は浅なれども深く、意は微なれども顕なり。此れ風人（『詩経』の伝統を継承する詩人）の能事なり。五言排律に至りては、属対は精緊、使事（典故）は厳切にして、章法は変化の中に条理井然たるありて、之を読めば人をして惟（た）だ其の竟（はを）らんことを恐れしむ。杜甫より後には多くは得ざる者なり。人の毎に白を易視（軽視）するは、則ち之を失せり。元稹は作意（工夫）は白に勝れども、白の春容暇予（ゆったりしている）に及ばず。白は俚俗の処ありといへども雅も亦た其の中に在り。終に庸近なるものの擬すべきにあらず。二人の同時に盛名を得たるは、必ず其の実有り。倶に未だ軽議すべからざるなり」と。

清の乾隆帝の『唐宋詩醇』巻十九の御批に、「治体に通達するが故に時政の源流利弊に於て、之を言ふこと了然たり。其の沈著なる処は、読者をして酸鼻たらしむ。杜甫の『石壕吏』の嗣音なり」と。

この詩の「幼者形不蔽、老者体無温。悲喘与寒気、併入鼻中辛」の句に依拠した文辞としては、次のものがある。

『源氏物語』末摘花に、「『若きものはかたちかくれず』とうち誦じ給ひて、はなの色に出でていと寒しと見えつる御面影、ふと思ひ出でられて、ほゝ笑まれ給ふ」と。

0077　其三　傷ㇾ宅

其《そ》の三《さん》　宅《たく》を傷《いた》む

誰家起㆓甲第㆒　朱門大道邊
豐屋中櫛比　高牆外廻環
纍纍六七堂　檐宇相連延
一堂費㆓百萬㆒　鬱鬱起㆓青煙㆒
洞房溫且清　寒暑不ㇾ能ㇾ干
高堂虛且迥　坐臥見㆓南山㆒
繞ㇾ廊紫藤架　夾ㇾ砌紅藥欄
攀ㇾ枝摘㆓櫻桃㆒　帶ㇾ花移㆓牡丹㆒

誰《た》が家《いへ》ぞ　甲第《かふだい》を起《お》こす、朱門《しゆもん》　大道《だいだう》の邊《へん》。
豐屋《ほうをく》　中《うち》に櫛比《しつぴ》し、高牆《かうしやう》　外《そと》に廻環《くわいくわん》す。
纍纍《るいるい》たる　六七堂《ろくしちだう》、檐宇《えんう》　相連延《あひれんえん》す。
一堂《いちだう》に　百萬《ひやくまん》を費《つひ》やし、鬱鬱《うつうつ》として青煙《せいえん》起《お》こる。
洞房《どうばう》　溫《あたた》かにして且《か》つ清《すず》しく、寒暑《かんしよ》　干《をか》す能《あた》はず。
高堂《かうだう》　虛《きよ》にして且《か》つ迥《はる》かに、坐臥《ざぐわ》に　南山《なんざん》を見《み》る。
廊《らう》を繞《めぐ》る　紫藤《しとう》の架《か》、砌《せい》を夾《はさ》める　紅藥《こうやく》の欄《らん》。
枝《えだ》を攀《よ》ぢて　櫻桃《あうたう》を摘《つ》み、花《はな》を帶《お》びて　牡丹《ぼたん》を移《うつ》す。

解題　「秦中吟十首」の第三首。都の邸宅群を傷み悲しむ。『才調集』本では小題を「傷大宅（大宅を傷む）」とする。すなわち、贅を尽くした高官たちの大邸宅のありさまを詠じ、しかしその栄華も、一代限りのはかないものであることを説いている。同時代の韓愈に「圬者王承福伝」という、左官を業とする人物の伝記があるが、これも左官職人の目を通して描いた都長安の豪邸の栄枯盛衰の物語である。

主人此中坐　十載爲㆓大官㆒
廚有㆓臭敗肉㆒　庫有㆓貫朽錢㆒
誰能將㆓我語㆒　問㆓爾骨肉閒㆒
豈無㆓窮賤者㆒　忍不㆑救㆓飢寒㆒
如何奉㆓一身㆒　直欲㆑保㆓千年㆒
不㆑見馬家宅　今作㆓奉誠園㆒

主人《しゆじん》　此《こ》の中《うち》に坐《ざ》し、十載《じふさい》　大官《たいくわん》たり。
廚《くりや》に臭敗《しうはい》の肉有《にくあ》り、庫《くら》に貫朽《くわんきう》の錢有《ぜにあ》り。
誰《たれ》か能《よ》く我《わ》が語《ご》を將《もつ》て、爾《なんぢ》が骨肉《こつにく》の閒《かん》に問《と》はん。
豈《あ》に窮賤《きゆうせん》の者《もの》無《な》からんや、忍《をし》みて飢寒《きかん》を救《すく》はざらんや。
如何《いかん》ぞ　一身《いつしん》に奉《ほう》じて、直《ただ》ちに千年《せんねん》を保《たも》たんと欲《ほつ》するや。
見《み》ずや　馬家《ばか》の宅《たく》の、今《いま》や奉誠園《ほうせいゑん》と作《な》りたるを。

邊・煙・年（下平聲、先韻）、環（上平聲、刪韻）、延・錢（下平聲、仙韻）、干・欄・丹・寒（上平聲、寒韻）、山・閒（上平聲、山韻）、官（上平聲、桓韻）、園（上平聲、元韻）……先・仙韻、刪・山韻、寒・桓韻は同用。先・刪・仙・寒・山・桓・元韻はすべて通押。

通釈　あの立派な大邸宅を建てたのはどなた様であろうか。大通りに面して朱塗りの門が構えられている。邸内には大きな御殿が櫛の歯のように整然と並び、高い土塀が周囲をぐるりと囲んでいる。御殿は六七棟もあって、屋根のひさしが次々に連なって見える。一堂ごとに百万金は費やされ、しかもその中には多くの執事や侍女たちがかしずき、香煙があちこちからもくもくと立ちのぼっている。プライベートな奥御殿は、冬は暖かく夏は涼しく、年中寒さ暑さを感じることがなく、表座敷はひろびろとして見晴らしが好いため、そこに座ったままでも南山の悠然たる姿を仰ぎ見ることができる。御殿をつなぐ回廊に沿って紫の藤棚がどこまでも続き、石畳を夾んで真っ紅なシャクヤクの花壇がせまってくる。高価なユスラウメの実も、枝からそのまま摘み取ってよく、鮮やかな牡丹の花々も、盛りを過ぎる前にさっさと次のものが植え替えられてゆく。

この家のご当主は、この豪邸にどっかりと座したまま、十年もの間、宮中の高官を務められた。厨房はいつも沢山のご馳走で、食べきれない肉がそのまま腐ってゆき、金庫には銅銭が山積みになったまま、糸ざしが朽ち果てている。

でも、どうか私の次の忠告を、あなた様のお身内に伝えて欲しいものだ。「世の中には卑しく貧乏な人々がいないのでしょうか。その飢えや寒さを見て見ぬふりができるのでしょうか。なのにどうしたことか、あなた様はその富みや名声を我が身ひとつのために使い、自家が幾千年の弥栄《いやさか》を保つことだけを切に願っている。ご覧なさい、あの馬家の邸宅を。今はその殿舎は跡形もなく運び去られ、奉誠園という空き地になり果てていますよ。」

語釈　○誰家　だれ。「家」字は、例えば「小説家」などと言う如く人物を指し示す。盛唐の李白「春夜洛城に笛を聞く」詩に、「誰家の玉笛ぞ暗に声を飛ばす」（『全唐詩』巻一八四）と。○甲第　都長安で随一の邸宅。大豪邸。『文選』巻二、張衡「西京の賦」に、「北闕の甲第は、道に当たりて直（ただ）ちに啓（ひら）く」と。○朱門　丹塗りの門。赤門。門の柱や梁などに腐食防止と魔除けの意味を込めて辰砂（硫化水銀で出来た赤褐色の天然鉱物、日本では古来「丹（に）」と呼ぶ）を塗った門。『文選』巻二十一、郭璞「遊仙詩七首」其の一に、「朱門は何ぞ栄とするに足らん」と。○大道辺　『才調集』本には「道辺に当たる（当道辺）」に作る。『楽府詩集』巻二十三、陳の後主「長安道」詩に、「大道に甲第移り、甲第は玉もて堂を為る」と。○豊屋　大きな屋根の御殿。『易経』豊卦に、「上六は其の屋を豊（おほ）いにし、其の家に蔀（しとみ）す」とあるのを踏まえる。『列子』楊朱篇に、「豊屋・美服・厚味・姣色、此の四者有れば、何をか外に求めん」と。○櫛比　くしの歯のようにびっしりと並ぶさま。我が国旧鈔本の古訓では「クシノゴトクニナラビ」。『詩経』周頌「良耜」に、「其の崇（たか）きこと墉（かきね）の如く、其の比（なら）ぶこと櫛の如く、以て百室を開く」とあるのを踏まえる。『文選』巻十一、何晏「景福殿の賦」に、「既に櫛比して攢集す」と。○迴環　周囲にめぐらせる。『文選』巻二十二、顔延之「詔に応じて北湖の田収を観る」詩に、「緹轂は代々（かはるがはる）迴環す」と。○纍纍　幾重にも連なるさま。『礼記』楽記篇に、「纍纍乎として端は貫珠の如し」と。○檐宇　屋根のひさし、のき。那波本等「棟宇」に作るが、我が国旧鈔本諸本に従う。初唐の陳子昂「春夜友人に別る二首」其の二に、「滴瀝として檐宇虚なり」（『全唐詩』巻八十四）と。○連延　つらなりつづく。『文選』巻十一、何晏「景福殿の賦」に、「階除は連延として、蕭曼として雲に征（とど）く」と。○一堂費百万　『旧唐書』巻一五二に、武官として安史の乱後の辺境防衛に当たった馬璘の伝を収める。そこでは、大乱終息後の長安では大臣や辺境の将軍たちによって次々に豪邸が建ち並び、「木妖」という流行語が紹介されている。特に馬璘邸の「中堂」は「銭二十万貫を費やした」と記されている。○鬱鬱　さかんに密集しているさま。『文選』巻二十九、無名氏「古詩十九首」其の三に、「洛中何ぞ鬱鬱たる、冠帯自ら相索（もと）む」と。○青煙　香炉の煙、または炊事の煙。きらびやかな御殿の中には、美しい女性たちをはじめ、おおぜいの者が住んでいることを暗示している。『玉台新詠』巻一、無名氏「古詩八首」其の六に、「朱火　其の中に然（も）え、青煙　其の間に颺（あ）がる」と。また『文選』巻五十七、潘岳「馬汧督の誄」に、「青煙は傍々（かたがた）より起こり、櫪馬は長く鳴く」と。〇洞房　邸宅の奥座敷。『文選』巻二十八、陸機「君子有所思行」に、「甲第は高闥を崇（かた）くし、洞房は阿閣を結ぶ」と。また『玉台新詠』巻六、呉均「柳惲と相贈答す六首」其の四に、「洞房は清くして且つ粛（づし）かなり」と。〇寒暑不能干　冬の寒さ、夏の暑さも室内に入ってこない。「干」字、那波本等では「忓」に作るが、ここでは我が国旧鈔本諸本に従って改める。『白氏文集』巻六、「朝より帰りて事を書して元八に寄す」詩（〇二六六）に、「此を以て聊か自適すれば、外縁も干す能はず」と。〇高堂　立派な御殿。邸宅の表座敷。主殿。盛唐の李白「将進酒」詩に、「君見ずや、高堂の明鏡に白髪を悲しむ」（『全唐詩』巻一六二）と。なお『才調集』本、および我が国旧鈔本の幾つかは「高亭」に作る。〇虚且迴　「虚」はひろびろとしている。「迴」は見晴らしがよい。〇坐臥　席に座し、床に臥す。平素の生活動作をいう。普段。〇見南山　長安の都城からは南に終南山の山並みを仰ぎ見ることができる。『詩経』小雅「天保」に「南山の寿の如し」とあるように、どっしりと眼前にひろがる南山は、この長安に限らず、各地で人々の長寿を願う象徴となった。東晋の陶淵明「飲酒二十首」其の五に、「菊を采る東籬の下、悠然として南山を見る」（『陶淵明集』巻三）と。〇紫藤架　藤蔓をからませた木組み。藤棚。〇砌　みぎり。建物の土台と庭との境界にある敷き石。〇紅薬欄　シャクヤクの花壇。「欄」は、垣、かこい。〇攀枝摘桜桃　枝を引っ張って桜桃の実を摘み取る。桜桃はユスラウメの実。無造作に引っ張ると、その反動で樹が揺れて、他の熟した実が地面に落ちてしまう。稀少な春の果実も、この富豪の家では取り立てて珍重するものではないことを表現している。〇帯花移牡丹　花壇に咲く美しい牡丹の花も、その花が終わるのを待たずに、次々に別の花に植え替えられてゆく。

〇此中　ここ。六朝時代より見られる口語的表現。東晋の陶淵明「飲酒二十首」其の五に、「此中に真意有り、弁ぜんと欲して已に言を忘る」（『陶淵明集』巻三）と。〇十載　十年間。〇厨有臭敗肉　厨房には余ってしまって調理されぬまま腐った肉がある。『孟子』梁恵王上篇に、「庖（くりや）に肥肉有り、厩（うまや）に肥馬有るに、民に飢色有り、野に餓莩有るは、此れ獣を率いて人を食（は）ましむるなり」とあり、さらに盛唐の杜甫「京より奉先県に赴く詠懐五百字」詩に、「朱門に酒肉臭きに、路に凍死の骨有り」（『杜詩詳註』巻四）とあるのを踏まえた表現。〇貫朽銭　長らく使わないまま金庫にしまっていたために、銭を束ねていた紐（ひも）が朽ち果ててしまうこと。『史記』巻三十・平準書に、「京師の銭は巨万を累（かさ）ね、貫朽（く）ちて校（かぞ）ふべからず。太倉の粟は陳陳として相因（つみかさな）り、充溢して外に露積し、腐敗して食らふべからざるに至る」とある。

〇将　もって。発音が平声（jiāng）であるので、詩歌においては仄声の「以」（yǐ）の代用として使われる。〇骨肉間　みうち、親族の間柄。〇豈無　ないことがあろうか。あるはずだ。〇窮賤者　身分いやしく貧乏な生活に甘んじている者。『文選』巻二十九、無名氏「古詩十九首」其の四に、「窮賤を守り、轗軻して長く苦辛するを為す無かれ」と。〇忍不　たえられない。我慢ができない。〇奉一身　我が身一つに奉仕する。自分に与えられた富や名声をおのれの保身のために使う。『文選』巻五十三、李康「運命論」に、「蓋し一人

（いちにん）を以て天下を治むるも、天下を以て一人に奉ぜざるなり」と。〇保千年　自家の永遠を願う。天子の長寿を言祝ぐ「万歳」に次いで、「千年」は王侯貴族の繁栄を祈る。〇不見　ご覧なさい。聞き手に注意を喚起する言葉。『白氏文集』巻四、新楽府「杏を梁と為す」（〇一六三）に、「君見ずや馬家の宅は尚ほ猶ほ存し、宅門に題して奉誠園と作すを」とある。〇馬家宅　建中から貞元年間前期に活躍した将軍馬燧（七二六―七九五）の邸宅。彼は数々の軍功によって徳宗皇帝の厚い信任を得、奉誠軍節度使など数多くの地方長官を歴任し、北平郡王に封じられ、晩年には司徒兼侍中の官職に至った。『旧唐書』巻一三四、および『新唐書』巻一五五の馬燧伝を参照。その邸宅は長安の安邑坊にあったが、この地は東市のすぐ南のブロックに当たり、都の中でも大勢の人々が通行する最も繁華な場所であった。馬燧の没後も、息子の馬暢が当主を継いで「貲貨は天下に甲たり」と称された邸宅を維持したが、宦官などからのさまざまな言いがかりによって徐々に横取りされ、最後は皇帝に献上して「奉誠園」と名付けられるに至った。「余説」参照。

余説　唐の李肇『唐国史補』巻中「馬暢宅の大杏」には、徳宗の側近として権勢を振るっていた宦官の竇文場に対し、馬暢が自宅内の杏の大樹を進呈したところ、徳宗の耳に達し、騒ぎになることを懼れた馬暢が邸宅を徳宗に進呈し、園内の家屋はすべて宮中に運ばれ、跡地は「奉誠園」と号した逸話が記されている。

同時代の元稹にも「奉誠園」と題する次のような七言絶句がある。

蕭相深誠奉至尊　旧居求作奉誠園　蕭相（せうしやう）の深誠（しんせい）　至尊（しそん）に奉じ、旧居　求めて奉誠園と作（な）す。
秋来古巷無人掃　樹満空牆閉戟門　秋来（しうらい）の古巷（こかう）　人の掃く無く、樹は空牆（くうしやう）に満ちて戟門（げきもん）を閉ざす。

晩唐の杜牧にも奉誠園を詠んだ次のような五言絶句がある。詩題の「田家宅を過（よ）ぎる」とは、「田畑のように何も建物の無い広大な宅地を通り過ぎて」という意味である。安邑坊の馬家宅跡は、杜牧の時代までずっと空き地のままであった。

過田家宅　　田家宅（でんかたく）を過（よ）ぎる

安邑南門外　誰家板築高　安邑（あんいふ）南門の外、誰（た）が家ぞ　板築（はんちく）高し。
奉誠園裏地　牆欠見蓬蒿　奉誠園裏の地、牆欠けて　蓬蒿（ほうかう）を見るのみ。

この詩の「繞廊紫藤架」の句に依拠した文辞として、次のものがある。『源氏物語』胡蝶に、「外は盛過ぎたる桜も、今をさかりにほほゑみ、廊を繞れる藤の色も、こまやかに開けゆきけり」と。「重賦」（〇〇七六）の「余説」の『原詩』の項も参照。

0078　其四　傷レ友

其《そ》の四《し》　友《とも》を傷《いた》む

解題　「秦中吟十首」の第四首。高位高官となったかつての友人の薄情を非難する。宋本には「傷友」のほかに「傷苦節士（苦節の士を傷む）」という別の小題を注記する。また『才調集』本の小題は「膠漆契（膠漆の契り）」とする。いずれにしても、科挙合格を目差した熾烈な受験競争の中で、人間本来の「友情」とは何かを世に問おうとした作品である。

陋巷飢寒士　出レ門甚栖栖
雖レ云二志氣在一　豈免二顏色低一
平生同門友　通籍在二金閨一
曩者膠漆契　邇來雲雨暌
正逢下レ朝歸　軒騎五門西
是時天久陰　三日雨淒淒
蹇驢避レ路立　肥馬當レ風嘶
迴レ頭忘二相識一　占レ道上二沙堤一
昔年洛陽社　貧賤相提攜
今日長安道　對面隔二雲泥一
近日多如レ此　非二君獨慘悽一

陋巷《ろうかう》　飢寒《きかん》の士《し》、門《もん》を出《い》でて甚《はなは》だ栖栖《せいせい》たり。
志氣《しき》在《あ》りと云《い》ふと雖《いへど》も、豈《あ》に顏色《がんしよく》の低《た》るるを免《まぬか》れんや。
平生《へいぜい》　同門《どうもん》の友《とも》、通籍《つうせき》　金閨《きんけい》に在《あ》り。
曩者《だうしや》　膠漆《かうしつ》の契《ちぎ》り、邇來《じらい》　雲雨《うんう》の暌《そむ》き。
正《まさ》に逢《あ》ふ　朝《てう》より下《さが》りての歸《かへ》り、軒騎《けんき》　五門《ごもん》の西《にし》。
是《こ》の時《とき》　天久《てんひさ》しく陰《くも》り、三日《さんじつ》　雨《あめ》ふること淒淒《せいせい》たり。
蹇驢《けんろ》　路《みち》を避《さ》けて立《た》ち、肥馬《ひば》　風《かぜ》に當《あ》たりて嘶《いなな》く。
頭《かうべ》を迴《めぐ》らすも　相識《さうしき》を忘《わす》れ、道《みち》を占《し》め　沙堤《さてい》に上《のぼ》る。
昔年《せきねん》　洛陽《らくやう》の社《しや》、貧賤《ひんせん》　相提攜《あひていけい》せしも、
今日《こんにち》　長安《ちやうあん》の道《みち》、對面《たいめん》　雲泥《うんでい》を隔《へだ》つ。
近日《きんじつ》　多《おほ》く此《か》くの如《ごと》し、君《きみ》のみ獨《ひと》り慘悽《さんせい》たるに非《あら》ず。

死生不變者　唯聞二任與一黎

任公叔、黎逢。

栖・低・閨・睽・西・凄・嘶・堤・攜・泥・悽・黎（上平聲、齊韻）。

死《し》生《せい》不《ふ》變《へん》の者《もの》、唯《た》だ任《じん》と黎《れい》とを聞《き》くのみ。

通釈　路地裏に住み、日々飢えと寒さにあえぐ貧乏な生活の士よ。長屋門から大通りに出て、相変わらずまたセカセカと歩き回っている。元気だよ、などと返事はするものの、やはり顔はいつしかうつむいていてしまっている有り様だ。かつて同門の塾に学んだ旧友は、今や金馬門から参内する通行証を持つご身分である。あのころは膠《にかわ》や漆《うるし》でくっつけたかのように親しい仲だったのに、近頃ではもはや手のひらを返したかのように冷たい間柄だ。

ところが今日はまた何という皮肉なことか。退朝の帰り、大臣の馬車行列が五門の西側からお出ましになる頃、時に空は陰鬱な曇天で、三日間ザアザアと雨が降り続いた路傍に、貧士は足の悪いロバを連れて立ちつくし、その前を旧友がどっしりと恰幅のよい駿馬にうち跨って進んで行く。駿馬は勢い荒く、寒風にむかって旺盛に嘶く。ふと路傍を振り返る旧友。だが旧友は貧士の顔を見忘れたかのように、何食わぬそぶりで沙堤に上がって行った。

その昔、洛陽の学舎で苦労していた頃は、ともに貧賤の出身である故、何かにつけて助け合い庇《かば》い合ってきたのに、今日の長安の大通りでは、互いに顔を見合わせても、まるで上空の雲と地面の水溜まりのように遠く隔たってしまった。でも近頃の友人関係などというものは、おおむねこのようなもの。貧士よ、あなただけが一人寂しくみじめな思いではないのだ。生死を隔ててもなお親友であり続けたのは、あの任さんと黎さんのお話以来、聞いたことがない。

語釈　〇陋巷　狭くきたない路地。裏長屋。『論語』雍也篇に、「賢なるかな回や。一簞の食（し）、一瓢の飲、陋巷に在り。人は其の憂ひに堪へざるに、回や其の楽しみを改めず。賢なるかな回や」と。時に顔回のような賢者が住まう。〇飢寒　飢えと寒さ。食べ物はもとより着る物も乏しい。那波本等は「孤寒」に作るが、『管見抄』など日本の旧鈔本および『才調集』本に従って改める。『左氏伝』襄公二十八年に、「飢寒すら之れ恤（うれ）へず、誰か其の後を恤ふるに遑あらんや」と。また『文選』巻五十三、曹丕「典論論文」に、「貧賤なれば則ち飢寒を慴（おそ）れ、富貴なれば則ち逸楽に流れ、遂に目前の務めを営んで、千載の功を遺（わす）る」と。〇出門　外出する。『文選』巻二十一、左思「詠史八首」其の八に、「落落たる窮巷の士、影を抱きて空廬を守る。門を出づるも通路無く、枳棘は中途を塞（ふさ）げり」と。〇甚栖栖　せかせかと気ぜわしいようす。うろうろと落ち着かなく歩き回るさま。那波本等中国刊本は「苦恓恓」に作るが、

『管見抄』など日本の旧鈔本および『才調集』本に従って改める。『論語』憲問篇に、隠者の微生畝（びせい）が孔子を非難して言った言葉「丘よ、何ぞ是の栖栖たる者を為すか」を踏まえる。○志気　何事かをなそうとする熱い意気込み。『礼記』孔子間居篇に、「志気は天地に塞（み）つ」と。○顔色低　顔をうつむかせる。『白氏文集』巻一、「友を諭す詩」（〇〇五三）に、「風に臨みて葉を踏んで立ち、半日顔色低る」と。

○平生　かつて。むかし。『文選』巻二十三、阮籍「詠懐十七首」其の八に、「平生少年の時、軽薄にして絃歌を好めり」と。○同門友　おなじ師に学んだ者。同学。『文選』巻二十九、無名氏「古詩十九首」其の七に、「昔我が同門の友、高く挙がりて六翮を振るふ。手を携へし好（よしみ）を念（おも）はず、我を棄つること遺跡の如し」と。○通籍　宮中に参内する際の通行証。皇帝の側近であることの証し。『文選』巻三十、謝朓「始めて尚書を出づ」詩に、「既に金閨の籍を通じ、復た瓊筵の醴を酌む」と。○金閨　皇宮の西門。漢代の金馬門の別名。金馬門は漢皇帝が平素居住する未央宮にあり、門内に馬の銅像が置かれていた。○曩者　以前。ついこの前。『史記』巻八十六・刺客列伝（荊軻）に、「曩者、吾与（とも）に剣を論じ、称（かな）はざる者有り」と。○膠漆契　にかわとうるしのような間柄。決して離れることのない固い友情。盛唐の杜甫「憶昔二首」其の二に、「宮中の聖人に雲門を奏し、天下の朋友は皆な膠漆」（『杜詩詳註』巻十三）と。○邇來　近頃。○雲雨睽　手のひらを返すような豹変。かつての親友の薄情な態度をいう。盛唐の杜甫「貧交行」の「手を翻せば雲と作り　手を覆せば雨、紛紛たる軽薄　何ぞ数ふるを須（もち）ひん。君見ずや管鮑貧時の交、此の道　今人棄つること土の如きを」（『杜詩詳註』巻二）とあるのを踏まえる。

○軒騎　高貴な人々が乗る幌付きの馬車とその護衛の騎馬隊。大臣や高官たちが外出する際の行列。『韓非子』外儲説左下篇に、「翟黄（てきくわう）（魏の大夫）軒に乗り騎駕して出づ」とあり、この「乗軒騎駕」をつづめた表現。盛唐の孫逖「上巳の寒食に連なりて京洛を懐ふ有るに和す」詩に、「天津の御柳は碧遥遥たり、軒騎相従ひて半ば朝（てう）より下る」（『全唐詩』巻一一八）と。また『白氏文集』巻一、「鄧魴張徹が落第の詩」（〇〇四四）に、「春風の十二街、軒騎　暫くも停まらず」と。○五門西　大明宮の南門。東端より延政門・望仙門・丹鳳門・建福門・興安門の五つがあり、特に高位高官たちは中央から一つ西寄りの建福門より出入した。○淒淒　冷たい雨と風が吹きつけるさま。『詩経』鄭風「風雨」に、「風雨淒淒たり」と。○蹇驢　足の悪いロバ。この詩の主人公の乗り物。当時、貧乏な士族たちは馬よりも値段が安いロバに乗った。杜甫「偪仄行、畢四曜に贈る」に、「東家の蹇驢は我に借すを許すも、泥滑りて敢へて騎りて天に朝せず」（『杜詩詳註』巻六）と。○肥馬　体格の立派な駿馬。高位高官の贅沢な乗り物。『論語』雍也篇に、「赤（公西赤）の斉に適（ゆ）くや、肥馬に乗り、軽裘を衣（き）る」と。また杜甫「韋左丞丈に贈り奉る二十二韻」に、「朝に富児の門を扣（たた）き、暮れに肥馬の塵に随ふ」（『杜詩詳註』巻一）と。○当風嘶　風に向かって嘶く。折からの強風にひるむことなく嘶く。馬の血気盛んなさま。○迴頭　ふりかえる。うしろを向く。盛唐の杜甫「漫成二首」其の二に、「面を仰ぎ貪りて鳥を看、頭を回らし錯（あやま）つて人に応ず」（『杜詩詳註』巻十）と。○相識　顔見知り。旧友。初唐の劉希夷「白頭を悲しむ翁に代はる」詩に、「一朝病に臥すれば相識る無く、三春の行楽は誰が辺にか在る」（『全唐詩』巻八十二）と。○沙堤　大臣の専用通路。唐代、宰相になると自邸から宮中に参内するまでの道路の中央に、白砂を特別に盛りあげ、両側に防御用の石垣を積んだ道路が築かれた。『白氏文集』巻四、「新楽府」其の四十一「官牛」に、「緑槐の陰下に沙堤を鋪く」と。

○洛陽社　河南省洛陽の東郊外の地。「白社」ともいう。晋の葛洪『抱朴子』内篇「雑応篇」に、かつて道士の董京（字は威輦）が隠棲していた場所として見え、その後、唐代には科挙及第を目指す若者たちが集まって居住する地となった。盛唐の王維「李楫の宅に過（よぎ）る」詩に、「一たび宜城の酌を罷（や）むれば、還た洛陽の社に帰らん」（『全唐詩』巻一二五）と。また『白氏文集』巻十三、「長安にて柳大の東に帰るを送る」詩（〇六五二）に、「白社に羈遊せし伴（とも）、青門に遠く別離す」、また同巻五十四、「新館に題す」詩（二四四四）に、「曽ては白社の羈遊の子たり、今は朱門の酔飽の身と作る」と。かつて長安に上京する以前の白居易も、ここ洛陽の白社で研鑽を積んでいたのだった。○提携　手と手を繋ぐこと。転じてお互いに助け合い励まし合うこと。盛唐の李白「万憤の詞、魏郎中に投ず」に、「一門の骨肉は百草に散じ、難に遇ふも復た相提携せず」（『全唐詩』巻一八三）と。○隔雲泥　雲泥の差。格差のもっとも大きな喩え。『後漢書』巻八十三・逸民列伝の矯慎の伝に、出世した同郷の友人たちの推挙を断り、ひとり山谷に隠棲する矯慎を評して、「雲に乗る（出世）と泥を行く（隠遁）とは、棲宿同じからず」とあるのに基づく。また盛唐の杜甫「韋書記の安西に赴くを送る」詩に、「夫子は欻（たちまち）ち通貴となり、雲泥相望み懸（さか）る」（『杜詩詳註』巻二）と。

○惨悽　霜が草木をそこなうように、みじめで悲しいさま。『楚辞』宋玉の「九弁」に、「霜露は惨悽として交々（こもごも）下る」と、また「心は閔憐して之れ惨悽たり」と。『文選』巻二十一、顔延之「秋胡詩」に、「惨悽として歳も方（まさ）に晏（く）れんとし、日落ちなば遊子の顔（おもかげ）ありき」と。○死生不変　死しても変わらぬ固い友情。『史記』巻一二〇・汲鄭列伝に付す司馬遷の論賛には、漢の武帝時代の翟公（てきこう）という人物の逸話が紹介されている。それによれば、翟公が廷尉となったとき、その邸宅には多くの賓客が押し寄せた。だが廷尉を辞めた途端、門は雀羅（雀取りの網）が張れるほどに来客が途絶えた。再び廷尉になったとき、また賓客たちが彼の邸に押しかけようとすると、翟公は次のような言葉を門に大書し、彼らを嘲ったという。曰く、「一死一生、乃ち交情を知る。一貧一富、乃ち交態を知る。一貴一賤、交情乃ち見（あらは）る」と。○任与黎　白居易の自注に、「任公叔、黎逢」とある人物を指す。二人には「通天台の賦」（『文苑英華』巻五十）という共通の作品が残されており、このことから二人はともにこの賦が出題された大暦十二年（七七七）の進士科及第者であることがわかる（清の徐松『登科記考』巻十一参照）。当時このような同時及第者は互いを「同年」と呼び合い、その後の官僚生活においても、相互に支え合い、また庇い合って美しい友情が生まれることがあった。だが現実には、逆に同年及第者であるが故に、位階の昇進や職務分担が重なり、折に触れて熾烈な出世競争に直面し、不幸にも醜い反目や対立を繰り広げることも多かったのである。任公叔と黎逢のその後の履歴、また二人が実際にどのような「美しい友情」で結ばれていたのかはほとんど不明である。しかしここから判明するのは、白居易がこの「秦中吟十首」の読者として想定していたのは、この任と黎二人の事績を知り、この二人がはぐくんだ友情に憧れをいだく、およそ七八〇年代以降の科挙出身の長安在住の知識人層だということである。

余説 清の乾隆帝の『唐宋詩醇』巻十九の御批に、「『是時天久陰』の六句の、炎涼の況（人情の厚薄）を摹写すること、真に是れ堪へられず。『近日多如此』は、又一層を拓開し、慨を寄すること益々（ますます）深し」と。

この詩の「昔年洛陽社、貧賤相提携。今日長安道、対面隔雲泥」の句に依拠した文辞としては、次のものがある。菅原道真の「奉哭吏部王」詩に、「配処は蒼天　最も極れる西、恩情は雲泥に阻（はば）まるることを見ざりき」（『菅家後集』）と。「重賦」（〇〇七六）の「余説」の『原詩』の項も参照。

0079 其五　不致仕

其《そ》の五《ご》　不致仕《ふちし》

七十而致仕　禮法有ニ明文一
何乃貪レ榮者　斯言如レ不レ聞
可レ憐八九十　齒墮雙眸昏
朝露貪ニ名利一　夕陽憂ニ子孫一
挂レ冠顧ニ翠緌一　懸レ車惜ニ朱輪一

七十《しちじふ》にして致仕《ちし》するは、禮法《れいはふ》に　明文有《めいぶんあ》り。
何《なん》ぞ乃《すなは》ち　榮《えい》を貪《むさぼ》る者《もの》、斯《こ》の言《げん》　聞《き》かざるが如《ごと》きや。
憐《あは》れむべし　八九十《はちくじふ》の、齒《は》墮《お》ち　雙眸昏《さうぼうくら》く、
朝露《てうろ》に　名利《めいり》を貪《むさぼ》り、夕陽《せきやう》に　子孫《しそん》を憂《うれ》ふを。
冠《くわん》を挂《か》けんとして翠緌《すいすい》を顧《かへり》み、車《くるま》を懸《か》けんとして朱輪《しゆりん》を惜《を》しむ。

解題 「秦中吟十首」の第五首。自己の利欲と一族の繁栄のために、八十歳九十歳になってもまだ退官しない者を指弾する。『才調集』本の小題は「合致仕（合に致仕すべし）」とする。なお、これと同じテーマを扱った作品に『白氏文集』巻一、「高僕射詩」（〇〇三〇）があるが、この詩に称賛される高郢こそは、かかる昨今の風潮に異議をとなえ、毅然とした態度で官職を辞した高潔な人物である。

金章腰不レ勝　傴僂入二君門一
誰不レ愛二富貴一　誰不レ戀二君恩一
年高須レ請レ老　名遂合レ退レ身
少時共嗤誚　晩歳多因循
賢哉漢二疏　彼獨是何人
寂寞東門路　無三人繼二去塵一

金章《きんしやう》　腰勝《こした》へず、傴僂《うる》して君門《くんもん》に入《い》る。
誰《たれ》か富貴《ふうき》を愛《あい》せざる、誰《たれ》か君恩《くんおん》を戀《こ》はざる。
年高《としたか》ければ　須《すべか》らく老《らう》を請《こ》ふべし、名《な》遂《と》ぐれば　合《まさ》に身《み》を退《しりぞ》くべし。
少《わか》き時《とき》は　共《とも》に嗤誚《しせう》すれども、晩歳《ばんさい》　多《おほ》くは因循《いんじゆん》す。
賢《けん》なるかな　漢《かん》の二疏《にそ》、彼獨《かれひと》り是《こ》れ何人《なんぴと》ぞ。
寂寞《せきばく》たり　東門《とうもん》の路《みち》、人《ひと》の去塵《きよぢん》を繼《つ》ぐ無《な》し。

文・聞（上平聲、文韻）、昏・孫・門（上平聲、魂韻）、輪・循（上平聲、諄韻）、恩（上平聲、痕韻）、身・人・塵（上平聲、眞韻）……魂・痕韻、諄・眞韻は同用。文・魂・諄・痕・眞韻はすべて通押。

通釈　七十歳で退官するのは、儀礼や法典にもはっきりと書かれている。なのにいったいどうしてだろう。栄光にいつまでもしがみついて、この天下の大法の言葉がまるで耳に入らないかのように振る舞う者がいる。

おいたわしや。八十歳、九十歳にもなり、歯は抜け落ち、両方のまなこもよく見えないありさまなのに、朝露のごとき余命幾ばくもない中で、今もなお名誉や財宝を貪るようにかき集め、夕陽のごとく先が見えない姿でも、まだ子孫たちの行く末をあれこれ考えている。冠を返上しようとしてまだ翡翠色の紐がいとおしく、車を軒先につるそうとしてまだ朱色の車輪に未練が残る。ズシリと重い金印に足腰はよろけ、背筋はいつも地面と平行に曲がったまま宮殿の御門に入って行く。

この世に富貴を願わぬ者など誰もいないし、天子様の恩寵を有り難く思わぬ者など誰もいないが、もうこんな年齢なのだから、いい加減に自分の老いを認めて奏上するのがよく、功成り名遂げた今こそ、まさに引退すべき好機なのだ。

あなたもきっと若い頃はそんな老臣たちをあざ笑っていたであろうに、いざ晩年になってみるとやはりグズグズしてしまうのですね。

ああ偉大なる漢の二疏様よ。あのお二人こそは何と素晴らしいことをされたのだろうか。しかし今やお二人が去った長安城東の街道はひっそりとして、その後塵を拝そうとする者は誰もいない。

語釈 ○七十而致仕　「致仕」は退官、退職。天子に対して「仕事」をお返しすること。『礼記』曲礼上篇に、「大夫は七十にして事を致す。若し謝するを得ざれば、則ち必ず之に几杖を賜ひ、役に行くに婦人を以（つきそ）ひし、四方に適（ゆ）くには、安車に乗り、自ら称するに老夫と曰ふ」とある。また『公羊伝』宣公元年の条に、「（閔子騫が）退きて致仕す」とあり、その何休注に、「致仕とは禄位を君に還すなり」とある。なお、この制度は唐代にもおおよそ守られていて、杜佑『通典』巻三十三「致仕官」の条にも、「大唐の令に、諸職事の官、七十もて致仕を聴（ゆる）さる」とあり、同巻三十五「致仕官禄」には、「大唐の令に、諸職事の官、年七十にして五品以上の致仕せる者は、各〻半禄を給す」とある。ちなみに盛唐の杜甫の名句に「人生七十古来稀なり」（『杜詩詳註』巻六、「曲江二首、其の二」）とあるのも、七十歳までは官僚生活を続けることができる（よって上の句に「酒債が尋常に行処に有つて」も構わないとある）という意味である。○明文　明確な記述。○何乃　それなのにいったいどうして。強い懐疑や不満の意を表す語。『玉台新詠』巻一、「古詩、焦仲卿の妻の為に作る」に、「何ぞ乃ち太（はなは）だ区区たるや」と。○貪栄者　七十を過ぎても退官しない者を指す。『白氏文集』巻一、「高僕射詩」（〇〇三〇）にも、「栄を貪りて退く能はず」とある。○斯言　この言葉。ここでは礼が規定する「七十致仕」の原則を指す。『詩経』小雅「正月」に、「維（こ）れ斯（こ）の言を号（さけ）ぶ、倫有り脊有り」と。

○双眸　両方の瞳。まなこ。○朝露　あさつゆ。古来より人間のはかない一生の喩えに用いられる。『漢書』巻五十四・李広蘇建伝に見える、李陵が蘇武に説いた言葉に、「人生は朝露の如し、何ぞ久しく自ら苦しむこと此くの如きや」とある。○名利　名声と財産。同時代の韓愈「東都にて春に遇ふ」詩に、「貪求するは名利に匪（あら）ず」（『全唐詩』巻三三九）と。○挂冠　官職を辞する際の儀式の一つ。後漢の逢萌が官を辞去するに当たって冠を解いて都の城門に引っ掛けて立ち去った故事に基づく。『後漢書』巻八十三・逸民列伝に見える。○翠緌　翡翠（かわせみ）の羽根をかたどった美しい紐飾り。高官を象徴するアクセサリーのひとつ。『文選』巻十、潘岳の「西征の賦」に、「翠緌を飛ばし、鳴玉を拖（なら）して、以て禁門を出入する者衆（おほ）し」と。○懸車　「挂冠」に同じく官職を辞する際の儀式の一つ。朝廷に出仕する時に乗っていた馬車を懸けつるして、もう二度とこれに乗って出仕しないことを示す。『漢書』巻七十一・薛広徳伝に見える故事。○金章　官職を示す金属製の印鑑。金印。『文選』巻四十三、孔稚珪「北山移文」に、「金章を紐（むす）び、墨綬を綰（か）く」とあり、その李善注に、「金章は銅印なり」と説明されている。○勝　耐える。もちこたえる。○傴僂　頭を低れうやうやしく身体をかがめて歩く。しかしここでは、そのような敬意の行動であるとともに、老齢のために腰が曲がってしまった老人の姿をも皮肉を込めていう。『左氏伝』昭公七年に、「一命にて僂し、再命にて傴し、三命にて俯す」と。○君門　一本に「公門」に作る。

○須　すべからく……べし。……することが必要である。○請老　老いた身を退くことを求める。引退を願い出る。『左氏伝』襄公三年に、「祁奚（きけい）老を請ふ」とある。一本に「告老」に作る。こちらも意味は同じ。『左氏伝』襄公七年に、「韓献子（かんけんし）老を告ぐ」とある。○名遂　功名を成し遂げる。盛唐の杜甫「高三十五書記を送る十五韻」に、「男児功名遂ぐるは、亦た老大の時に在り」（『杜詩詳註』巻二）と。○合　まさに……べし。……するべきである。「当」と同じ意味であるが、ここでは平声字の「当（dāng）」に対して、入声の「合（ガフ／gah）」を使用することによって、強調の語気を出している。○退身　引退する。白居易のこの一句は、『老子』第九章に、「持（ち）して之を盈（み）たすは、其の已（や）むるに如かず。揣（たき）へて之を鋭くするは、長く保つべからず。金玉堂に満つるは、之れ能く守る莫（な）し。富貴にして驕（ごお）るは、自ら其の咎（がと）を遺（この）さん。功成り名遂げて身の退くは、天の道なり」とあるのを踏まえる。

○少時　少年時代。若いころ。○嗤誚　あざ笑う。他人の愚行を嘲笑し罵倒する。唐代の俗語。一本に「嗤笑」に作る。唐の寒山の「詩三百三首」其の一四一に、「下愚　我が詩を読めば、解せずして却って嗤誚す」（『全唐詩』巻八〇六）と。○因循　いい加減な態度。好き勝手に振る舞うこと。でたらめ。ちゃらんぽらん。唐代の俗語。蔣礼鴻『敦煌変文字義通釈（第四次増訂本）』三二八頁を参照。この「秦中吟」では、さきの「重賦」詩（〇〇七六）にも、「貪吏　因循するを得たり」と使用されている。この「不致仕」詩では、こそこそ、ぐずぐずとして、退職を引き延ばしている高官たちの様子を表現している。

○漢二疏　前漢の宣帝に仕えた疏広とその甥の疏受。二人は皇太子（のちの元帝）の教育係である太傅と少傅につき、立派にその職務を果たした。『漢書』巻七十一に二人の伝が収録されている。二人は在職五年、皇太子が十二歳になったところで、共に老齢を理由に辞職を願い出て許された。その離京の際には長安の東郭門に大勢の見送り人が集まり、「賢なるかな、二大夫」と言って歎息落涙したという。

○東門路　長安の東門からまっすぐに続く街道。疏広と疏受は東海郡の蘭陵（いまの山東省棗庄市東南郊）の出身であった。再び『漢書』巻七十一の本伝によれば、二疏は郷里に帰ると連日宴を開いて散財し、子孫のために蓄財しなかったという。○無人継去塵　『白氏文集』巻一、「高僕射詩」（〇〇三〇）にも、「二疏独り能く行ひ、跡を東門の外に遺（この）す。清風久しく銷歇し、此に迨（よお）ぶまで千載に向（なんな）んとす。斯くのごとき人　古すら亦た稀なり。何ぞ況んや今の代をや」とある。

余説　『白氏文集』巻三十八、白居易が翰林学士であった際に書いた「擬制」に、「杜佑致仕の制」（一七八一）がある。杜佑は代宗・徳宗・順宗・憲宗の四代に仕えた重臣で、当時すでに七十歳を超えてもまだ官職にあった。

清の乾隆帝の『唐宋詩醇』巻十九の御批に、『『朝露貪名利』の二句は、之を『淵明集』中に入るるも、幾（ほとん）ど以て弁ずること無からん。楽天を浅易なりと謂ふもの或（あ）るも、豈に其れ然らんや」と。

この詩の「朝露貪名利、夕陽憂子孫」の句に依拠した文辞としては、以下の如きものがある。

菅原道真の「北堂文選竟宴、各詠史、句、得乗月弄潺湲」詩に、「惣（す）べて名利を貪らむがためなり、亦子孫を憂ふるに依る」と。

『源氏物語』夕顔に、「いとあはれに、朝の露に異ならぬ世を、何をむさぼる身の祈りにか、とききき給ふに、……」と。

同じく夕霧に、「夕べの露、かかるほどのむさぼりよ。いかでか、この髪剃りて、よろづ背き捨てんと思ふを、……」と。

『徒然草』第七段に、「命長ければ恥多し。長くとも四十に足らぬ程にて死なむこそ目やすかるべけれ。その程すぎぬれば、かたちを恥づる心もなく人に出で交らむことを思ひ、夕べの日に子孫を愛して、栄ゆく末を見むまでの命をあらまし、ひたすら世を貪る心のみ深く、もののあはれも知らずなりゆくなむあさましき」と。

この詩の「挂冠顧翠緌、懸車惜朱輪」の句に依拠した文辞としては、以下の如きものがある。

『源氏物語』若菜下に、「世の中常なきにより、かくかしこきみかどの君も位を去り給ひぬるに、とし深き身のかうぶりを掛けむ、なにか惜しからむ、とおぼしのたまひて、……」と。

同じく若菜下に、「かうぶりをかけ、車を惜しまず捨ててし身にて、すすみ仕うまつらんに、つく所なし」と。

この詩の「金章腰不勝、傴僂入君門」の句に依拠した文辞としては、次のものがある。

『源氏物語』行幸に、「齢などこれより増る人、腰たへぬまで屈まりありく例、昔も今も侍るめれど、……」と。

巻二、「重賦」（00七六）の「余説」の『原詩』の項も参照。

0080 其六 立碑

其《そ》の六《ろく》 立碑《りつひ》

解題 「秦中吟十首」の第六首。都で流行している高官たちの顕彰碑建立について苦言を呈した作。『才調集』本の小題は「古碑」に作るが、これでは詩の内容に合わない。おそらく形近による誤写に基づくものであろう。ただし第一首「議婚」の「解題」に述べたように、「立碑」「古碑」の題ともに白居易のオリジナルではない。ちなみに、これと同じテーマを扱った作品に、『白氏文集』巻四、「新楽府五十首」其の二十三「青石」（0一四七）がある。

勳德既下衰　文章亦陵夷
但見山中石　立作二路傍碑一
銘レ勳悉太公　敍レ德皆仲尼
復以レ多爲レ貴　千言直萬貲
爲レ文彼何人　想見下レ筆時
但欲二愚者悅一　不レ思二賢者嗤一
豈獨賢者嗤　仍傳後代疑
古石蒼苔字　安知二是愧詞一
我聞望江縣　麴令撫二惸嫠一　麴令名信陵。
在レ官有二仁政一　名不レ聞二京師一
身歿欲二歸葬一　百姓遮二路岐一
攀レ轅不レ得レ去　留二葬此江湄一
至レ今道二其名一　男女涕皆垂
無三人立二碑碣一　唯有二邑人知一

衰・夷・尼・師・湄（上平聲、脂韻）、碑・貲・岐・垂・知（上平聲、支韻）、時・嗤・嗤・疑・詞・嫠・（上平聲、之韻）
……脂・支・之韻は同用。

勳德《くんとく》　既《すで》に下衰《かすい》し、文章《ぶんしやう》も　亦《ま》た陵夷《りようい》す。
但《た》だ見《み》る　山中《さんちゆう》の石《いし》、立《た》ちて路傍《ろばう》の碑《ひ》と作《な》るを。
勳《くん》を銘《めい》すれば　悉《ことごと》く太公《たいこう》、德《とく》を敍《じよ》すれば　皆《みな》　仲尼《ちゆうぢ》。
復《ま》た多《おほ》きを以《もつ》て貴《たか》しと爲《な》し、千言《せんげん》　直《あたひ》は萬貲《ばんし》。
文《ぶん》を爲《つく》る　彼何人《かれなんぴと》ぞ、想《おも》ひ見《み》る　筆《ふで》を下《くだ》す時《とき》、
但《た》だ愚者《ぐしや》の悅《よろこ》ばんことを欲《ほつ》し、賢者《けんじや》の嗤《わら》ふを思《おも》はず。
豈《あ》に獨《ひと》り賢者《けんじや》の嗤《わら》ふのみならんや、仍《な》ほ傳《つた》ふ　後代《こうだい》の疑《うたが》ひ。
古石《こせき》　蒼苔《さうたい》の字《じ》、安《いづ》くんぞ是《こ》れ愧詞《きし》なるを知《し》らん。
我《われ》聞《き》く　望江縣《ばうかうけん》、麴令《きくれい》　惸嫠《けいり》を撫《ぶ》すと。
官《くわん》に在《あ》りて　仁政《じんせい》有《あ》るも、名《な》は京師《けいし》に聞《き》こえず。
身《み》歿《ぼつ》して　歸葬《きさう》せんと欲《ほつ》すれば、百姓《ひやくせい》　路岐《ろぎ》に遮《さへぎ》り、
轅《ながえ》に攀《よ》ぢて　去《さ》るを得《え》ず、留《とど》めて此《こ》の江湄《かうび》に葬《はうむ》る。
今《いま》に至《いた》るまで其《そ》の名《な》を道《い》へば、男女《だんぢよ》　涕《なみだ》皆《みな》垂《た》る。
人《ひと》の碑碣《ひけつ》を立《た》つる無《な》く、唯《た》だ邑人《いふじん》の知《し》る有《あ》るのみ。

通釈　武功や文徳が衰えると、文章もまた駄目になってしまうものなのか。近頃では何の変哲もないただの山中の巨石が、顕彰碑となって長安の路傍のあちこちに立てられている。武勲をたたえる際はいつも太公望の故事が引かれ、文官の人徳をほめては誰しもが孔子の名を持ち出す。まして字数の多さが価値を決めるというので、千言に数万の潤筆料が支払われる有り様。その碑文を作るのは誰なのか、実際に筆を走らせる場面を想像してみる。執筆者はただひたすらに愚かな依頼主たちの満足のみを追い求め、賢人たちがあざけり笑っていることに気づかない。だが、この石碑は賢人たちの嘲笑だけで済まされず、さらには後世の人々に疑いの種を残すことにもなるのだ。やがてこれらの石碑の表面に古色蒼然たる苔が生える頃、この碑文の内容が全く出任せの恥ずべき虚言であることを、いったいどうして見抜くことができるだろうか。

さて、聞くところによれば江南の望江県という小さな村に、麴さんという県令が赴任され、身寄りを亡くした女性や子供たちに手厚い救いの手をさしのべたという。このような立派な仁政を施しながら、その名声は全く都には届いていない。麴県令は不幸にも殉職し、その亡骸《なきがら》が故郷の墳墓に移されようとする時、大勢の村人たちが道を塞ぎ、馬車の長柄に取りすがって行かさないので、仕方なくその長江沿いの川岸の墓地に葬られたという。

今でも望江県では、村人たちにその麴県令の名を告げると、男も女もみな涙をこぼすとのこと。麴県令の碑が建てられることはないが、村人たちの記憶の中に彼は永遠に生き続けているのだ。

語釈　○勲徳　国家に尽くした勲功とその人格に備わった仁徳。武勲と文徳。『晋書』巻六十八・薛兼伝に引く明帝の詔に、「丞相の武昌公と司空の即丘子は道を体して高邈、勲徳の兼ね備はりたれば、先帝の執友、朕の師傅なり」と。○既……亦……　……すると……も。対句に連動して用いられ、二つの現象が同時に起こることを表す。例えば盛唐の李白「岑勛に尋ねられ、元丹丘に就き、酒に対して相待（もてな）し、詩を以て招かるに酬ゆ」詩に、「我が情既に浅からず、君が意も方に亦た深し」（『全唐詩』巻一七八）とあり、また杜甫の「晦日に崔戢と李封を尋ぬ」詩に、「草芽既に青く出で、蜂声も亦た暖遊す」（『杜詩詳註』巻四）とある。○下衰　衰える。時代とともにすたれてゆく。『荘子』繕性篇に、「徳の下衰するに逮（およ）び、燧人・伏戯（羲）の始めて天下を為（さを）むるに及ぶ」と。○文章　ここでは時代をリードする文壇の風潮をいう。『文選』巻五十二、魏の文帝（曹丕）「典論論文」に、「蓋し文章は経国の大業、不朽の盛事なり」と。○陵夷　丘陵が次第に崩れて平地になること。とくに国家の衰亡するさまを言う。『漢書』巻五十・張釈之伝に、「（秦は）以ての故に其の過ちを聞かず、陵夷して二世に至り、天下土崩す」とある。○太公　太公望呂尚をいう。周の軍師として武王を補佐し、殷の紂王を攻め滅ぼした。○仲尼　孔子の字。○直　あたい。「値」字に通じる。○万貲　数万をかぞえる大金。「貲」は「資」に同じ。○彼何人　あいつはいったい何者だ。相手を非難し激しくさげすんで言う。『詩経』小雅の「何人斯」の冒頭、「彼何人ぞ（彼何人斯）」に基づく。○想見　想像する。『史記』巻四十七・孔子世家の司馬遷の論賛に、「余、孔氏の書を読み、其の人と為りを想見す」と。○但欲　ただひたすら求める。○嗤　あざ笑う。『管見抄』本の古訓では「アザケリ」。○仍　さらにその上に。○伝後代疑　後世の人々に疑問のたねを残す。○蒼苔　やがて石碑の上に生えてくる青苔。○安知　どうしてわかるのだろうか。知る由もない。例えば盛唐の王維「秘書の晁監（阿倍仲麻呂）の日本国に還るを送る」詩に、「積水極むべからず、安くんぞ滄海の東を知らん」（『全唐詩』巻一二七）と。一本に「焉知」に作るのも意味は同じ。○愧詞　君子が恥ずべき不誠実な言葉、虚偽の美麗辞句。『左氏伝』襄公二十七年に、「鬼神に信ありて、愧辞無し」と。また『白氏文集』巻四十八、「策林」其の六十八「文章を議す」（二〇八五）に、「故に歌詠・詩賦・碑碣・讃詠の製に、往往にして虚美なる者有り、媿辞（＝愧詞）なる者有り。若（も）し時に行はるれば、則ち善悪を誣（し）ひて当代を惑はし、若し後に伝はれば、則ち真偽を混ぜて将来を疑ふ」とある。

○望江県　淮南道舒州南部の小県。現在も安徽省安慶市の西南郊にある長江沿岸の一村落で、長江を上下する航路では江西省の九江港と安徽省の安慶港との中間に位置する。○麴令　白居易の自注にあるように、名を麴信陵という県令である。蘇州の呉県包山の人。貞元元年（七八五）に進士及第し、貞元六年（七九〇）に望江県令に赴任した。その事績は正史にはほとんど記されず、わずかに『全唐詩』巻三一九に詩六首と逸句一聯が残り、他に南宋の洪邁『容斎五筆』巻七「書麴信陵事」、南宋の計有功『唐詩紀事』巻三十五、元の辛文房『唐才子伝』巻五、および清の乾隆刊『蘇州府志』巻七十六（人物志）等に記述が見える。『容斎五筆』の記事等、「余説」を参照。○惸嫠　「惸」は兄弟がいない者、「嫠」は夫を亡くした妻。総じて家族や兄弟など親類縁者を亡くして一人で生活しなければならない人々。これらの人々の生活を保護することは、唐代において地方長官の責務として認識されていた。盛唐の韋応物「始めて郡に至る」詩に、「豈に干戈の戢（をさ）まるを待たんや、且（しばら）く惸嫠を撫さんことを願ふ」（『全唐詩』巻一九三）と。○仁政　村人たちをいつくしんだ誠実な行政。洪邁『容斎五筆』には、麴信陵が望江県令として書いた雨乞いの文章「石を投じて江に祝（いの）る文」の一節が引用されている。曰く、「必也（もし）私欲の求の邑里に行はれ、慘黷の政の黎元に施すことあれば、令長の罪なり。神よ、得て之を誅せよ。豈に人に移して以て其の歳を害すべけんや（私利私欲による税の取り立てや、人民をいたわらぬ悪い政治が行われているのならば、これは県令の怠慢による罪であり、天神よ、ただちに私麴信陵を誅罰してください。決して人民に怒りを向けて、一年の収穫を損なうことの無いようにお願いします）」と。○京師　都、長安を指す。○帰葬　故郷にある一族の墳墓に棺を送ること。ちなみに、麴信陵の出身は蘇州包山であり、長江を下り、潤州（鎮江）から水路に入ればさほど困難ではない。○百姓　領地に住むすべての人々。人民。『論語』憲問篇に、

「己を脩（をさ）めて以て百姓を安んず」と。○路岐　分かれ道。村から街道に出る分岐点。村落の境界付近。古代社会においてはこのような「村の入り口」は、流民や盗賊また疫病などの凶事が舞い込まぬよう、ある程度の防御柵を作ったり、道祖神などの祭祀が営まれ、死者を埋葬する墓地となっていることが多かった。○攀轅　馬車のながえにすがりつく。善政を布いた地方官が退任する際、村人たちがその留任を願ってする行動。『後漢書』巻二十六・侯覇伝に、「百姓老弱相携へて号哭し、使者の車を遮り、或は道に当たりて臥す」と。また同じく巻四十一・第五倫伝に、「老小車に攀ぢて馬を叩き、嘑呼（ていこ）して相随ふ」と。なお『白氏六帖事類集』巻二十一「刺史」条には「攀轅臥轍」の項目があり、侯覇の故事が例として挙げられている。○江湄　長江のほとり。川岸。○道　言う。声に出して言う。○碑碣　いしぶみ。石碑。「碑」は方形のものを言い、「碣」は円形のものを言う。○邑人　むらびと。

余説　宋の司馬光『資治通鑑』巻二三七、唐紀五十三・憲宗元和四年（八〇九）六月の条に、当時憲宗の腹心として信任を得ていた宦官の吐突承璀（ととつしようさい）のことが記されている。彼は当時、寺院道観を管理する功徳使に任命され、その職務の一環として都の安国寺を修築し、寺内にみずからの功績を称賛した聖徳碑を建立しようとしていた。しかもその石碑の規模は僭越にも玄宗が華山に建てた華岳碑と同じ寸法とし、まずは石碑を安置する巨大な碑楼を建築し、白居易や李絳ら翰林学士に勅を下して、石碑の撰文を命じようとしていたのである。これに対して李絳が上奏し、その不当を述べた。憲宗は諫言に従い、碑楼の引き倒しを命じたが、ちょうどその場に侍していた承璀はこれをおしとどめ、何とか引き倒しの延期を認めるよう申し入れた。しかし憲宗は即座に「牛を多く用いて之を曳け」と命じ、結局、百頭の牛を動員して碑楼を引き倒したという。同様の記事は李絳『李相国論事集』巻一にも収録されている。

ちなみに李絳や白居易らが宦官吐突承璀をこのように非難するのはこの後も続き、同年十月、節度使王承宗の反乱を鎮撫するため、その招討使として承璀を任命した際にも、白居易は「承璀の職名を論ずるの状」（『白氏文集』巻四十二、一九〇四）を提出して反対した。

謝思煒『白居易詩集校注』には、唐代に見られたこのような立碑の風潮について、王維の弟である王縉がその執筆を得意とし多くの潤筆料を稼いでいたこと（『唐語林』巻五）や、一方、宰相の韋貫之は莫大な謝礼を積まれてもその依頼を断ったこと（『唐国史補』巻中）などの逸話を紹介している（第一冊、一七三頁）。

麹信陵の事績について、現在最も詳しい記述は南宋の洪邁（一一二三―一二〇二）の『容斎五筆』巻七、「書麹信陵事」の一文である。後続の『唐詩紀事』『唐才子伝』また『蘇州府志』も、おおむねこの洪邁の記録に基づいている。曰く、

「夜に白楽天が『秦中吟十詩』を読むに、其の立碑篇に云ふ、『我聞望江縣、麹令撫惸嫠。麹、名信陵。在官有仁政、名不聞京師。身歿欲歸葬、百姓遮路岐。攀轅不得去、留葬此江湄。至今道其名、男女涕皆垂。無人立碑碣、唯有邑人知』と。予因りて少年なるとき無錫に寓せる時を憶ふに、銭仲仲大夫より書を借りて、正に信陵の『遺集』を得たり。才（わづ）かに詩三十三首、祈雨文三首有るの

み。信陵は貞元元年（七八五）の鮑防の下を以て及第して四人（第四位）と為り、以て（貞元）六年（七九〇）に望江令と作（な）る。其の『投石祝江文』に云ふ『必也私欲之求、行於邑里、慘黷之政、施於黎元、令長之罪也。神得而誅之、豈可移於人以害其歳』と。詳（つまび）らかに此の言を味はへば、其の政を為すことの神天に愧づる無きこと見るべし。大中十一年（八五七）に至り、寄客せる郷貢進士の姚輦、其の文を以て県令の蕭縝に示す。縝は俸を輟（や）めて石を買ひ之に刊す。楽天が十詩（「秦中吟」を指す）は貞元元和の際（元和元年は西暦八〇六年）に作れるものなれば、其の亡を距（へだ）つること十五年なるのみにして、名は已に伝はらざらんか。『新唐（書）芸文志』に但だ『詩一巻』と記し、略（ほぼ）它説無し。楽天の詩あらざれば、幾（ほとん）ど草木と倶に腐せるならん。乾道二年（南宋、一一六六）歴陽の陸同、望江令と為り、其の詩を汝陰に得、王廉清為（ため）に刊板して之を郡庫に致せるも、但だ祈雨文無し」と。

麴信陵の淮南道望江県令赴任が、右の『容斎五筆』の記述どおり貞元六年（七九〇）だとすると、恐らくその死も同年中のことであったと思しい。『旧唐書』巻十二・徳宗本紀下の同年の記録を見ると、春三月末より旱魃による異常気象が記され、やがて夏には「是の夏、淮南、浙の東西、福建等道に旱あり。井泉は多く涸（か）れ、人は渇乏し、疫死する者は衆（おほ）し」とある。麴信陵が必死に雨乞いの祈禱を行ったのも、この事実に一致し、また旱魃の中で蔓延した伝染病によって落命したであろうことも容易に推測される。ちなみに彼の柩が故郷に帰されることなく、望江県の川岸近くに埋葬されたのも、疫病の拡散を恐れての処置であった可能性が高い。一方、白居易が何故かかる淮南の小県の出来事を知り得たかが問題となるが、二十代の白居易は兄白幼文を頼って江西の饒州浮梁県（現在の江西省景徳鎮市）に寄宿しており、貞元十五年（七九九）、そこより宣州で開催された郷試に応募して合格している。饒州から宣州に行くには、まず鄱陽湖に出て船で北上し、江州から長江を下って蕪湖港に上陸するのが最も便利である。望江県はその中間の港の一つであり、白居易は郷試への往復の途上にここを訪れた可能性が高い。

0081　其七　輕肥

其《そ》の七《しち》　輕肥《けいひ》

解題　「秦中吟十首」の第七首。皇帝の側近として驕り高ぶる宦官たちの様子を諷刺した作。小題は、『論語』雍也篇において孔子が出世して裕福となった弟子に対して皮肉混じりに言った言葉「肥馬に乗り、軽裘を衣（き）る」から命名したもの。また『才調集』本の小題は「江南旱」に作るが、これは詩の末尾から命名したものである。宦官の横暴については、『白氏文集』巻四、「新楽府五十首」其の三十二「売炭翁」（〇一五六）が思い合わされる。

意氣驕滿レ路　鞍馬光照レ塵
借問何爲者　人稱是內臣
朱紱皆大夫　紫綬或將軍
誇赴二軍中宴一　走レ馬去如レ雲
罇罍溢二九醞一　水陸羅二八珍一
果擘二洞庭橘一　膾切二天池鱗一
食飽心自若　酒酣氣益振
是歲江南旱　衢州人食レ人

意氣《いき》　驕《おご》りて路《みち》に滿《み》ち、鞍馬《あんば》　光《ひか》りて塵《ちり》を照《て》らす。
借問《しやもん》す　何爲《なんす》る者《もの》ぞ、人稱《ひとしよう》す　是《こ》れ內臣《ないしん》と。
朱紱《しゆふつ》は　皆《みな》　大夫《たいふ》、紫綬《しじゆ》は　或《ある》いは將軍《しやうぐん》。
誇《ほこ》りて軍中《ぐんちゆう》の宴《えん》に赴《おもむ》き、馬《うま》を走《はし》らせ　去《ゆ》くこと雲《くも》の如《ごと》し。
罇罍《そんらい》　九醞《きううん》溢《あふ》れ、水陸《すいりく》　八珍《はつちん》を羅《つら》ぬ。
果《くわ》は　洞庭《どうてい》の橘《たちばな》を擘《つんざ》き、膾《なます》は　天池《てんち》の鱗《りん》を切《き》る。
食《しよく》飽《あ》きて　心《こころ》　自若《じじやく》たり、酒《さけ》酣《たけなは》にして　氣《き》　益〻《ますます》振《ふ》るふ。
是《こ》の歲《とし》　江南旱《かうなんかん》し、衢州《くしう》　人《ひと》　人《ひと》を食《く》らふ。

塵・臣・珍・鱗・振・人（上平聲、眞韻）、軍・雲（上平聲、文韻）……眞・文韻は通押。

通釈　意気揚々と街路いっぱいに大威張りで行進し、黄金の馬具がキラキラと眩しく光っている。いったいどなた様かと尋ねてみれば、路傍の人々はみな宮中の奥向きをつかさどる宦官たちだと口々にささやく。
朱色の官服はみな五品以上の大夫、中でも三品以上の紫の官服の方々には将軍として武勲を挙げた者もいるという。誇らしげに軍部主催の祝宴に向かうのだが、馬上に多くの家来を従えて進むさまはまるで雲海のようである。
宴席の酒つぼには宜城の最高級九醞酒がなみなみと溢れ、膳の上にはありとあらゆる山海の珍味が並んでいる。めずらしい洞庭湖産の薄皮ミカンを手で裂いてほおばり、刺身にははるばる南海の果ての天池から魚を取り寄せてさばくという。宴もたけなわ、腹一杯になっていよいよどっしりと構える者もいれば、酔いが回りますます元気に振る舞う者もいる有り様。

さてこの歳、江南は大旱魃。衢州では、人が人を食らって飢えをしのいでいるそうな。

語釈 ○意気　気迫。いきごみ。その人物から発するオーラ。初唐の魏徴「述懐」詩に、「人生　意気に感ず、功名　誰か復た論ぜん」（『全唐詩』巻三十一）と。○光照塵　豪華な馬具の光が周囲にキラキラと輝いている。「塵」は都大路の空気、雑踏。『文選』巻二十一、鮑照「詠史」詩に、「賓御は紛として颯沓（さつたふ）し、鞍馬は光りて地を照らす」を踏まえる。○借問　ふとお尋ねするが。漢代以来の楽府詩などに使われ、路上の見知らぬ人などに声をかけ、ものを尋ねる時の言葉。『文選』巻二十四、陸機「顧彦先の為に婦に贈る二首」其の二に、「借問す　歎ずるは何為（なんす）れぞ」と。○何為者　いったいどんな人ですか。『文選』巻二十一、盧諶「覧古」詩に、「廉公は何為る者ぞ」と。○内臣　宦官。特にここでは皇帝の側近として宮中において絶大な権力を握っていた人物に対し、これを忌み憚っての呼称であろう。詳しくは「余説」参照。『旧唐書』巻一五四・呂元膺伝に、彼が憲宗に諫言した言葉を引いて「（吐突）承璀は貴寵せらると雖も、然れども内臣なり。若し帥と為りて兵を総（す）ぶるも、恐らく諸将の伏する所と為らず」とある。『才調集』本は「近臣」に作る。

○朱紱　朱色のひも。「紱」は官印を腰にさげるためのひも。「綬」に同じ。さらにここではその印綬と同色の官服をいう。大臣たちはその位階に応じて色が定められていた。盛唐の杜甫「高三十五書記に寄す」詩に、「聞くならく君は已に朱紱」（『杜詩詳註』巻三）と。○大夫　五品以上の高官に対する尊称。○紫綬　紫色のひも。三品以上の高官に与えられる印綬。また、ここではこのひもの色に合わせた官服をいう。『白氏文集』巻十二、「王夫子」詩（〇五六二）に、「紫綬朱紱と青き布衫と、顔色同じからざるのみ」と。○或　一本に「悉（ことごとく）」に作るが、恐らく前句の「皆」字に引きずられての誤りであろう。○去如雲　雲海がたなびくように多勢の従者を従えてゆくさま。『詩経』斉風「敝笱」に、「斉子の帰（つと）ぐや、其の従ふもの雲の如し」と。一本に「疾（と）きこと雲の如し」に作る。

○罇罍　酒つぼ。宮中の祭祀や皇族および大臣たちの宴席などに用いられる特別な酒器。盛唐の杜甫「特進汝陽王に贈る二十韻」に、「樽罍は極浦に臨み、鳧雁は張灯に宿す」（『杜詩詳註』巻一）と。○九醞　十分に発酵させた最高級の美酒。とくに湖北省襄陽の南にある宜城の酒がこれに当たる。『文選』巻四、張衡「南都賦」に、「酒は則ち九醞の甘き醴、十旬の兼清あり」と。○水陸　山海の珍味。『晋書』巻三十三・石崇伝にその豪奢な宴席の様子を伝えて、「糸竹には当時の選を尽くし、庖膳には水陸の珍を窮む」とある。○八珍　八種類のごちそう。『文選』巻三十、鮑照「数詩」に、「八珍は彫俎に盈つ」とあり、王様に供される盛大な料理の数々をいう。○洞庭橘　湖南の洞庭湖周辺で採れる蜜柑。今日の一般的なミカンと同じように薄皮であるために素手で皮をむいて食べることができた。ただし当時、長安周辺では育たぬ果物であり、南方からはるばる取り寄せた高級食材である。南宋の韓彦直『橘録』に、「洞庭柑は、皮細（すう）くして味美し。……其の色は丹の如し。郷人謂へらく、其の種は洞庭山より来る、故に以て名を得たり」とある。○膾　なます。刺身。○天池　南海のその果てにあるという伝説の大海原。『荘子』逍遥遊篇に、「南冥とは天池なり」と。なお、これら各地の美酒や高級食材が運び込まれるのは、この宴席が軍部主催であるためで、その調達や輸送は全国に展開している軍隊のネットワークによって実現していることを白居易は見逃してはいない。○心自若　どっしりとして心動かぬさま。泰然自若。一本「色自若」に作る。○酒酣気益振　酒に酔い、ますます意気盛んになる。傍若無人の振る舞い。『文選』巻二十一、左思「詠史詩八首」其の六に、「荊軻　燕市に飲み、酒酣にして気益ゝ振るふ」とあるのをそのまま用いる。○是歳江南旱　『旧唐書』巻十四・憲宗紀上によれば、元和三年（八〇八）の条に「是の歳、淮南・江南・江西・湖南・山南東道に旱あり」と見える。○衢州　江南東道に属する一州。現在の浙江省最西端の衢州市。先の「立碑」詩（0080）の「余説」にも触れたが、二十代の頃の白居易は兄の白幼文を頼って一時期饒州浮梁（現在の江西省景徳鎮市）に寄宿していたことがある。衢州はまさにその東隣に接していた。なおこの結句については、盛唐の杜甫の傑作「京より奉先県に赴く詠懐五百字」に見える強烈な貧富差の対比表現、「朱門に酒肉臭く、路に凍死の骨有り」（『杜詩詳註』巻四）を彷彿とさせる。

余説　この詩が指弾の標的としたのは、先の其六「立碑」詩と同じく、憲宗の側近として権勢をほしいままにしていた宦官の吐突承璀（?―八二〇）である。『旧唐書』巻十四・憲宗紀上の記述によれば、河北の成徳軍節度使王承宗を鎮撫するため、元和四年（八〇九）十月癸未（十一日）詔勅が発せられ、吐突承璀が鎮州行営招討処置等使としてその総帥に任命された。なお、同時に「内官（=宦官）」の宋惟澄・曹進玉・馬朝江らが行営館駅糧料等使に任命されている。この詩に見える「軍中の宴」とは、この吐突承璀を主賓とし、宋・曹・馬らの配下の宦官たちが取り仕切って催されたものであろう。ただし、この宦官を将軍にいただく王承宗追討計画は、白居易たちの危惧するとおり大失敗し、事態は泥沼化してゆき、淮西の呉元済など他の節度使の反乱をも招いた。

清の乾隆帝の『唐宋詩醇』巻十九の御批に、「結句の斗絶（きりたったようにけわしい）すること、一落千丈の勢有り」と。

0082　其八　五絃

其《そ》の八《はち》　五絃《ごげん》

解題　「秦中吟十首」の第八首。当時、都で評判だった趙璧の五絃琵琶の演奏を描き、一時のはやりや風潮に流されて、古き良き伝統を顧みない世間の人々に警鐘を鳴らした作品。『才調集』本の小題が「五絃琴」に作るのは誤り。趙璧が得意としたのは琴ではなく琵琶である。『白氏文集』巻一、「廃琴詩」（〇〇〇九）と主張を同じくし、また『白氏文集』巻三、「新楽府五十首」其の十七「五絃弾」（〇一四一）はさらに詳しく趙璧の琵琶演奏の様子を描いている。

清歌且罷レ唱　紅袂亦停レ舞
趙叟抱二五絃一　宛轉當レ胸撫
大聲粗若レ霰　颯颯風和レ雨
小聲細欲レ絶　切切鬼神語
又如二鵲報一レ喜　轉作二猨啼苦一
十指無二定音一　顚二倒宮徵羽一
坐客聞二此聲一　形神若レ無レ主
行客聞二此聲一　駐レ足不レ能レ擧
嗟嗟俗人耳　好レ今不レ好レ古
所以北窻琴　日日生二塵土一

清歌《せいか》も　且《しばら》く唱《うた》ふを罷《や》めよ、紅袂《こうべい》も　亦《ま》た舞《ま》ふを停《とど》めよ。
趙叟《てうそう》　五絃《ごげん》を抱《いだ》き、宛轉《ゑんてん》として胸《むね》に當《あ》てて撫《ぶ》す。
大聲《たいせい》は　粗《そ》にして霰《あられ》の若《ごと》く、颯颯《さつさつ》として　風《かぜ》　雨《あめ》に和《わ》す。
小聲《せうせい》は　細《ほそ》くして絶《た》えなんと欲《ほっ》し、切切《せつせつ》として　鬼神《きしん》語《かた》る。
又《また》　鵲《かささぎ》の喜《よろこ》びを報《ほう》ずるが如《ごと》く、轉《てん》じては猨啼《ゑんてい》の苦《くる》しきを作《な》す。
十指《じつし》　定音《ていおん》無《な》く、宮徵羽《きゆうちう》を顚倒《てんたう》せり。
坐客《ざかく》　此《こ》の聲《こゑ》を聞《き》けば、形神《けいしん》　主《しゆ》無《な》きが若《ごと》く、
行客《かうかく》　此《こ》の聲《こゑ》を聞《き》けば、足《あし》を駐《とど》めて擧《あ》ぐる能《あた》はず。
嗟嗟《ああ》　俗人《ぞくじん》の耳《みみ》、今《いま》を好《この》みて　古《いにしへ》を好《この》まず。
所以《ゆゑ》に　北窻《ほくさう》の琴《きん》、日日《ひび》　塵土《ぢんど》を生《しやう》ず。

舞・撫・雨・羽・主（上聲、麌韻）、語・擧（上聲、語韻）、苦・古・土（上聲、姥韻）……麌・姥韻は同用。語韻は通押。

通釈　澄んだ声の独唱もしばらく休まれよ。紅い振り袖の舞いもひとまず中断されよ。今や琵琶の名手趙老人が五絃琵琶をかかえ、あでやかに右手を胸の前で動かしてその演奏を始めようとしている。
太い絃の響きは強くバラバラとあられ雪が降ってきたかのようで、さらに激しい横なぐりの風が雨とともに凄まじく吹きつけるよう。一方、細い絃の響きは弱く今にも消え入りそうで、さらにヒソヒソと精霊たちがささやきかけてくるよう

に聞こえる。縁起の良いカササギの鳴き声かと思えば、次は一転して悲しげなサルの遠吠えが奏でられる。複雑に動く十本の指は予想もつかないさまざまな音を出し、雅楽の宮商角徴羽の五音階の順序などは、ほとんどメチャクチャに混ぜ合わされてしまった。この演奏を聴いて、一座に同席する賓客たちはみな感動して身も心もあるじを失ったように茫然となり、この演奏を聴いて、酒楼の傍らを歩く客人たちは、みな歩みを止め足を挙げることができなくなってしまう。

ああ、何たることか俗人の耳というものは。珍しい今様の音楽ばかりを好んで伝統的な古楽を好むことがない。だから君子の北窓の書斎にある由緒正しい古琴は、掻き鳴らされることがないため日々塵やほこりが積もるばかりなのだ。

語釈　○清歌　清らかに歌う。伴奏を付けず清涼な声で歌う独唱または合唱。アカペラ。『文選』巻二十三、劉楨「五官中郎将に贈る四首」其の一に、「清歌は妙声を製(なか)で、万舞は中堂に在り」と。○且　しばらく。○罷　やめる。停止する。一本「停」に作る。○紅袂　あかい振り袖。舞妓の美しい衣裳をいう。中唐の薛濤「採蓮舟」詩に、「満渓の紅袂　櫂歌初(こお)る」(『全唐詩』巻八〇三)と。○趙叟　五絃琵琶の名手、趙璧。詳しくは「余説」参照。○宛転　半円形の軌跡を描く様子。琵琶のバチを持つ右手の優美な動きをいう。○当胸撫　胸の前で琵琶をかき鳴らすしぐさ。『白氏文集』巻十二、「琵琶引」(〇六〇三)に、「曲終はり撥を収めて心(ねむ)に当たりて画く」と。

○大声・小声　琵琶の太い絃と細い絃、低音と高音の響き。先の「琵琶引」(〇六〇三)にも、「大絃は嘈嘈として急雨の如く、小絃は窃窃として私語の如し」と。○粗　ふとい。宋本、『唐文粋』本、および我が国の『管見抄』本など旧鈔本の幾つかにはこの「粗」字の下に「音は麤(そ)なり」という音注が見える。白居易みずからの注である可能性が高く、この「粗」字が唐代民間の口語的な表現であることを示すものであろう。○霰　あられ雪。バラバラと降る氷のつぶ。通行本は「散」に作るが、我が国の『管見抄』本に従って改める。○颯颯　雨まじりの風がきびしく木々に吹きつけるさま。『楚辞』九歌「山鬼」に、「風颯颯として木蕭蕭たり、公子を思ひて徒(いたづら)に憂に離(かか)る」と。また盛唐の杜甫「乾元中に同谷県に寓居して作れる歌七首」其の五に、「寒雨颯颯として枯樹湿ふ」(『杜詩詳註』巻八)と。○細欲絶　今にも消えて無くなりそうな高くかすかな音色。○切切　ひそやかな音の形容。悲しみを秘めた調子。『詩経』檜風「素冠」の毛伝に、「閔子騫三年の喪畢(はを)りて夫子に見(まみ)ゆ。琴を援(かか)へて絃(つびま)けば、切切として哀し」と。○鬼神語　神秘的な精霊たちのささやき声。○鵲報喜　かささぎの鳴き声。漢代以来、長安の人々は鵲の鳴き声は縁起の良い吉兆として信じられていた。『西京雑記』巻三に、「乾鵲(かんじやく)噪(さわ)げば行人至り、蜘蛛集まれば百事喜(よろ)し」と。また五代の王仁裕『開元天宝遺事』巻下に、「時人の家に鵲の声聞こゆるは皆喜兆と為し、故に霊鵲の喜を報ずと謂ふ」とある。○猨啼苦　「猨」はテナガザル。サルと言うよりはオランウータンなど類人猿たちが発する低音の鳴き声。初唐の宋之問「端州を発して初めて西江に入る」詩に、「破顔して鵲の喜ぶを看、涙を拭きて猿啼を聴く」（『全唐詩』巻五十三）とある。〇顚倒　さかさまにする。順序をメチャクチャにする。『詩経』斉風「東方未明」に、「東方未だ明けず、衣裳を顚倒す」と。〇宮徵羽　中国の伝統音楽の五音、宮・商・角・徵・羽を指す。順に今日のド・レ・ミ・ソ・ラの音階に当たる。一本「宮商羽」に作る。いずれにおいても五音すべてを指す。〇形神　自分の身体とこころ。『抱朴子』任命篇に、「余の友人に居冷先生なる者有り、恬愉静素にして、形神相忘る」と。
〇嗟嗟　嘆き悲しむ声。ああ。『楚辞』王逸の「九思・悼乱」に、「嗟嗟悲しきかな、殽乱し紛挐す」と。〇好今不好古　『白氏文集』巻一、「廃琴詩」（〇〇〇九）にも、「古声は淡として味無く、今人の情に称（なか）はず」とある。〇所以　それゆえ。〇北窓琴　「北窓」は士人の書斎。『白氏文集』巻六十二、「北窓三友」詩（二九八五）によれば、白居易が自宅の書斎で過ごす際の「友」として、琴と詩と酒が挙げられている。よって通行本に「緑窓琴」に作るのは誤り。ここでは『才調集』本、『唐文粋』本、また『管見抄』等我が国の旧鈔本の幾つかに従って改める。〇生塵土　演奏されないために琴の上にほこりが積もる。『白氏文集』巻一、「廃琴詩」（〇〇〇九）にも、「玉徽に光彩滅し、朱絃に塵土生ず」とある。

余説　同時代の李肇『唐国史補』巻下に、趙璧が自己の琵琶の妙技について語った言葉が残されている。曰く、「趙璧五絃を弾じ、人其の術を問ふ。答へて曰く、『吾の五絃に於けるや、始めは則ち心之を駆り、中ほどは則ち神之に遇ひ、終はりは則ち天之に随ふ。吾は方に浩然たり、眼は耳の如く、耳は鼻の如し。五絃の璧たるか、璧の五絃たるかを知らず』」とある。なお中段の「眼如耳、耳如鼻」六字は通行本『唐国史補』では「眼如耳、目如鼻」に作るが、意味が通じない。宋の曽慥『類説』巻二十六に引くところによって改める。

唐末の段安節『楽府雑録』「五絃」の項に、「貞元中に趙璧なる者有り、此の伎に妙なり」とある。趙璧の琵琶が最も世に持て囃されたのは、徳宗の貞元年間（七八五―八〇五）のことであり、この憲宗の元和年間（八〇六―）になると、彼も年老い、その人気も些か薄らいでいたもののようである。だとすればこの詩は、単に流行音楽のみを低俗なものとして批判するものではなく、音楽を喩えとして、儀礼全般における伝統の軽視を問題としていると見てよい。

この詩の「嗟嗟俗人耳　好今不好古」の句に依拠した文辞としては、次のものがある。

『源氏物語』手習に、「今様はをさをさなべての人の今はこのまずなり行くものなれば、中々珍しくあはれに聞ゆ」と。

0083　其九　歌舞

其《そ》の九《きう》　歌舞《かぶ》

解題　「秦中吟十首」の第九首。歳の暮れの長安で、豪勢に歌舞音曲の宴に興じる高官たちの有り様を描く。『才調集』本の小題は「傷閿郷県囚（閿郷県の囚を傷む）」に作るが、これは詩の末尾から命名したものである。虢州閿郷県（いまの河南省三門峡市にある一村）の獄舎がいかに劣悪な環境の下にあるのかについては、白居易の元和四年（八〇九）七月の上奏文「閿郷県の禁囚を奏するの状」（一九六三）が『白氏文集』巻四十二に残されている。

秦中歳云暮　大雪滿㆓皇州㆒
秦中《しんちゆう》　歳云《としここ》に暮《く》れ、大雪《たいせつ》　皇州《くわうしう》に滿《み》つ。

雪中退㆑朝者　朱紫盡公侯
雪中《せつちゆう》　朝《てう》より退《しりぞ》く者《もの》、朱紫《しゆし》　盡《ことごと》く公侯《こうこう》なり。

貴有㆓風雪興㆒　富無㆓飢寒憂㆒
貴《き》には風雪《ふうせつ》の興有《きようあ》り、富《ふう》には飢寒《きかん》の憂《うれ》ひ無《な》し。

所㆑營唯第宅　所㆑務在㆓追遊㆒
營《いとな》む所《ところ》は　唯《た》だ第宅《ていたく》、務《つと》むる所《ところ》は　追遊《ついいう》に在《あ》り。

朱輪車馬客　紅燭歌舞樓
朱輪《しゆりん》　車馬《しやば》の客《かく》、紅燭《こうしよく》　歌舞《かぶ》の樓《ろう》。

歡酣促㆓密坐㆒　醉暖脱㆓重裘㆒
歡《くわん》　酣《たけなは》にして密坐《みつざ》を促《うなが》し、醉暖《すいあたた》かにして重裘《ちようきう》を脱《だつ》す。

秋官爲㆓主人㆒　廷尉居㆓上頭㆒
秋官《しうくわん》　主人《しゆじん》たり、廷尉《ていゐ》　上頭《じやうとう》に居《を》る。

日中一爲㆑樂　夜半不㆑能㆑休
日中《につちゆう》　一《ひと》たび樂《たの》しみを爲《な》せば、夜半《やはん》も休《や》む能《あた》はず。

豈知閿鄉獄　中有㆓凍死囚㆒
豈《あ》に知《し》らんや　閿鄉《ぶんきやう》の獄《ごく》の、中《うち》に凍死《とうし》の囚《しう》有《あ》るを。

州・憂・遊・裘・休・囚（下平聲、尤韻）、侯・樓・頭（下平聲、侯韻）……尤・侯韻は同用。

通釈　長安のまちに、年の瀬もいよいよ押し詰まり、一面の大雪が帝都を覆い尽くしている。その雪の中の街路を今や禁裏より退《さ》がる一団がやってくる。朱色や紫色の官服はみな高位高官のお歴々である。貴い方々には、寒風を眺め雪景色を賞《め》でるゆとりがあり、富める方々には、下々の飢えと寒さを憐れむ気持ちなど微塵もない。

彼らの日々の居場所はどこそこの大邸宅、務めはげむ仕事は誰それ様のお伴ばかり。朱塗りの馬車や駿馬に乗った客人たちが、紅い蠟燭が灯《とも》る歌舞音曲の高楼に詰めかける。宴もたけなわ、皆さま無礼講となって膝を突き合わせて車座になり、酔いが回ってポカポカになり、厚手の革ごろもを脱ぎ捨てる。

本日の宴席の主人は尚書省の刑部の方々、でも奇妙なことに大理卿の裁判官たちがあべこべに上座に陣取っておられる。昼日中より始まった楽しい酒盛りは、夜半を過ぎても一向にお開きにはならない。

だがそんな中、虢州の閿郷の獄舎には極寒の中で凍え死んだ囚人がいるなどと、いったい誰が知り得ようか。

語釈　〇秦中　みやこ長安。一本に、「秦城」に作る。〇歳云暮　歳が暮れる。『詩経』小雅「小明」に、「歳も聿（ひつ）に云に莫（く）る」、および『文選』巻二十九、「古詩十九首」其の十六冒頭の「凜凜として歳云に暮る」を踏まえる。〇皇州　帝都。『文選』巻三十、謝朓「徐都曹に和す」詩に、「春色　皇州に満つ」と。〇退朝　朝廷での拝謁を終え、宮殿から退出する。盛唐の杜甫「晩に左掖を出づ」詩に、「朝より退きて花底に散じ、院に帰らんとして柳辺に迷ふ」（『杜詩詳註』巻六）と。〇朱紫　朱衣と紫衣の官人たち。いずれも五位以上の大官たちである。先の「軽肥」詩（〇〇八二）に言う、「朱紱・紫綬」の語釈参照。〇公侯　公爵と侯爵。高位の大官たち。公・侯・伯・子・男の五等級の上位。〇風雪興　大風や雪景色を愉しむゆとり。那波本・宋本等は「風雲興」に作るが、『才調集』本、および『管見抄』本など我が国の旧鈔本に従って改める。盛唐の李頎「劉四を送る」詩に、「歳暮に風雪暗く、秦中に川路長し」（『全唐詩』巻一三二）と。〇飢寒憂　ひもじさや寒さへの心配。『文選』巻五十二、魏の文帝曹丕「典論論文」に、「貧賤なれば則ち飢寒を慴（そお）れ、富貴なれば則ち逸楽に流る」と。

〇第宅　お屋敷。邸宅。『文選』巻二十九、「古詩十九首」其の三に、「長衢は夾巷を羅（らっ）ね、王侯に第宅多し」と。〇追遊　有力者の遊宴に同行すること。盛唐の韋応物「金谷園歌」に、「二十四友日日空しく追遊す。追遊詎（んな）ぞ足るべけんや、共に年華の促すを惜しむのみ」（『全唐詩』巻一九四）と。〇朱輪　車輪に朱塗りを施した馬車。高貴な者の乗り物。『文選』巻二十四、陸機「馮文羆の斥丘令に遷るに贈る」詩に、「居れば華幄に陪し、出づれば朱輪に従ふ」と。一本「朱門」に作る。〇車馬客　馬車や騎馬でつめかける多くの客人。『文選』巻二十八、陸機の楽府に「門有車馬客行」がある。〇紅燭　赤い蠟燭。五代の王仁裕『開元天宝遺事』巻下「千炬燭囲」

に、楊国忠の一族の邸宅では、上元節（正月十五日）の夜になるとそれぞれ千本の紅燭をともしたという豪遊の逸話が見える。〇密坐　お互いがすぐ近くに移動して座る。車座になって楽しく談笑する。『文選』巻十七、傅毅「舞の賦」に、「鄭衛の楽は密坐を娯（たの）しましめ、歓欣を接（まじ）ふる所以なり」と。〇重裘　厚手のかわごろも。盛唐の韓翃「李中丞の宅にて夜宴し、丘侍御の江東に赴き便ち辰州に往くを送る」詩に、「積雪　階に臨む夜、重裘　酒に対する時」（『全唐詩』巻二四四）と。また『白氏文集』巻六十二、「歳暮」詩（二九七二）に、「夾帽（けふばう）長く耳を覆ひ、重裘寛（ゆる）やかに身を裹（つつ）む」とある。

〇秋官　刑罰をつかさどる官僚。吏部（天）・戸部（地）・礼部（春）・兵部（夏）・工部（冬）に対する尚書省所属の六官の一つ。〇廷尉　大理寺の長官。大理卿。唐代行政の事務執行機関は九つの部署「九寺」に分かれる。太常寺（儀礼）・光禄寺（宮中の配膳等）・衛尉寺（軍事）・宗正寺（宗族）・太僕寺（車馬）・大理寺（司法）・鴻臚寺（外務）・司農寺（戸籍）・太府寺（財務）である。本来は尚書省の六官とは異なるものであるべきだが、ここではその癒着のさまを描いている。〇居上頭　宴席の上座にいる。『玉台新詠』巻一、古楽府「日出東南隅行」に、「東方に千余騎あり、夫壻は上頭に居る」とある。〇一為楽　一旦おたのしみが始まると。一本「為楽飲（楽飲を為す）」に作るが、我が国の『管見抄』など旧鈔本の本文に従う。

〇豈知　どうして知り得ようか。知る由もない。〇閿郷獄　虢州の閿郷は長安と洛陽とを結ぶ街道の中間地点にあり、長安の東の重要な関門である潼関を越えたところにある。しかも虢州は河東道に所属し、長安一帯の行政圏である京畿道とも、また洛陽を中心とする都畿道ともその所轄が異なる。閿郷の獄に繋がれた囚人たちのみが、何故このような劣悪な環境に置かれたのかは、その行政上の地域区分に原因がある。〇中有凍死囚　盛唐の杜甫の傑作「京より奉先県に赴く詠懐五百字」に見える強烈な貧富差の対比表現「朱門に酒肉臭く、路に凍死の骨有り」（『杜詩詳註』巻四）に学んだ句である。

0084　其十　買花

其《そ》の十《じふ》　買花《ばいくわ》

解題　「秦中吟十首」の最終第十首。やがて春となり、晩春三月の半ばを過ぎると、長安の街なかに住む人々は美しい牡丹の花を求めて、その植木を争って買うという風習があった。唐代の人々にとって「花」は牡丹を指す。『才調集』本の小題は「牡丹」に作る。また『白氏文集』巻四、「新楽府五十首」其の二十八「牡丹芳」（〇一五二）も牡丹花に狂奔する長安の人々を戒めるものである。

帝城春欲レ暮　喧喧車馬度

帝城《ていじやう》　春《はる》暮《く》れんと欲《ほつ》し、喧喧《けんけん》として　車馬《しやば》度《わた》る。

共道牡丹時　相随買レ花去
貴賤無二常價一　酬直看二花數一
灼灼百朶紅　戔戔五束素
上張二幄幕一庇　旁織二笆籬一護
水灑復泥封　移來色如レ故
家家習爲レ俗　人人迷不レ悟
有三一田舍翁　偶來二買花處一
低レ頭獨長歎　此歎無二人諭一
一叢深色花　十戸中人賦

共《とも》に道《い》ふ　牡丹《ぼたん》の時《とき》、相随《あひしたが》ひて　花《はな》を買《か》ひに去《ゆ》かんと。
貴賤《きせん》　常價《じやうか》無《な》く、酬直《しうちよく》　花數《くわすう》を看《み》る。
灼灼《しやくしやく》たり　百朶《ひやくだ》の紅《こう》、戔戔《せんせん》たり　五束《ごそく》の素《そ》。
上《かみ》に幄幕《あくばく》を張《は》りて庇《おほ》ひ、旁《かたは》らに笆籬《はり》を織《お》りて護《まも》る。
水灑《すいさい》し　復《ま》た泥封《でいふう》し、移《うつ》し來《きた》りて　色《いろ》　故《もと》の如《ごと》し。
家家《かか》　習《なら》ひて俗《ぞく》を爲《な》し、人人《ひとびと》　迷《まよ》ひて悟《さと》らず。
一田舍翁《いちでんしやをう》の、偶ゝ《たまたま》買花《ばいくわ》の處《ところ》に來《きた》る有《あ》り。
頭《かうべ》を低《た》れて獨《ひと》り長歎《ちやうたん》す、此《こ》の歎《たん》　人《ひと》の諭《さと》る無《な》し。
一叢《いつそう》　深色《しんしよく》の花《はな》は、十戸《じつこ》　中人《ちゆうじん》の賦《ふ》なり。

暮・度・素・護・故・悟（去聲、暮韻）、去・處（去聲、御韻）、數・諭・賦（去聲、遇韻）……暮・遇韻は同用。御韻は通押。

通釈　帝都長安の春も終わろうとする頃、都大路には遊覧の馬車や騎馬の人々が賑やかに繰り出す。彼らはみな口々に言う、「今は牡丹の見頃、みなさん一緒に花の植木を買いにゆきましょう」と。

牡丹の植木に定価などはなく、それぞれ花房の数や形によって値段が決まる。桃の花のように花弁が色あざやかに幾重にも重なる百朶紅《ひやくだこう》に、ザクザクと小さな白い花が集まって咲く五束素《ごそくそ》。花壇では日光を浴び過ぎて花の色が褪せぬように、上には大きな天幕を張って庇《ひさし》とし、側面は突風に煽られぬように竹で編んだ生け垣がめぐらされている。

植木を買い求めた人は、自宅の庭でそれぞれに水をかけ、やわらかな泥土で根方を盛り上げ、売られていた時の色つやそのままに丹精込めて移し替える。これらのことは、どの家でもみな毎年の年中行事となり、誰もがみなその風習を当たり前のことだと思いこんでいる。

ここに一人の田舎おやじが、たまたま牡丹の売り場にやってきた。ぐったりと一人うなだれて大きく溜め息をついたのだが、この溜め息の意味を長安の都びとは誰も理解できないだろう。一本の濃艶な色の牡丹の花の値段が、なんと一般農家の年貢の十軒分に相当するなんて。

語釈 ○帝城　帝都長安を指す。盛唐の王維「聖製（玄宗御製）降聖観に登りて宰臣等と同に望むに和し奉る、応制」詩に、「帝城は雲裏に深く、渭水は天辺に映ず」（『全唐詩』巻一二五）と。○喧喧　馬車などがにぎやかに大路をゆくさま。陳の徐陵「長安道」詩に、「喧喧として車騎を擁するは、但だ執金吾のみに非ず」（『楽府詩集』巻二十三）と。○共道　みな口々に言う。「道」は声を発する意。○相随　みんな一緒に。うち揃って。

○貴賤　価格の高いことと、安いこと。値段の高下。○酬直　値段。『太平広記』巻四五七、「至相寺の賢者」に、「此の夜光珠は当に価（あたひ）無かるべし。何ぞ此くの如き酬直を以てせん」と。○灼灼　花の色あざやかなさま。『詩経』周南「桃夭」に、「桃の夭夭たる、灼灼たる其の華」とあるのを踏まえる。○百朶紅　あかい牡丹の花の品種。「朶」は花びら。『唐文粋』本は「十朶紅」に作る。○戔戔　数の多いさま。『易経』賁卦に、「六五は、丘園に賁（かざ）る。束帛戔戔たり」とあるのを踏まえる。○五束素　白い牡丹の花の品種。一本の枝に五つの小さな花がかたまって咲く。○幄幕　陣幕。テント。『左氏伝』昭公十三年に、「子産は幄幕九張を以て行く」と。白居易「新楽府」その二十八の「牡丹芳」（0152）にも、「共に日照らして芳（はな）の住（とど）め難きを愁ひ、仍（しき）りに帷幕を張りて陰涼を垂る」とあり、陽光を浴びすぎて花びらが色褪せてしまわぬよう、天幕で花壇を覆っていたことが語られている。○笆籬　竹で編んだ生け垣。南唐の花蕊夫人徐氏の「宮詞」其の七十四に、「竹柵と笆籬とを安排して、新生の鵓鴿（ぼっこう）（はと）の児を養ひ得たり」（『全唐詩』巻七九八）と。

○水灑　水をそそぐ。「灑」字は一本に「洒」字に作る。同音の略体字である。○泥封　根方に養分をたっぷり含んだ土を盛る。○移来　移植。一本「遷来」に作るが、恐らく誤りであろう。○家家・人人　どの家の者もみな、だれもかれもみな。『文選』巻四十五、揚雄「解嘲」に、「家家自ら以て稷契と為し、人人自ら以て皐陶と為す」とある。

○低頭　頭をさげる。うなだれる。物思いにふけるさま。盛唐の李白「静夜思」詩に、「頭を挙げて山月を望み、頭を低れて故郷を思ふ」（『全唐詩』巻一六五）と。○十戸中人賦　中流農家の納税額の十軒分に相当する。『漢書』巻四・文帝紀の論賛に、その節約につとめた仁徳の政治を称え、次のような挿話を紹介する。曰く、「嘗て露台を作らんと欲するに、匠を召して之を計れば直（あたひ）百金なり。上曰く、『百金は、中人十家の産なり。吾は先帝の宮室を奉じて、常に之を羞（はづかし）めんことを恐る。何ぞ台を以て為（つく）らん』と」と。

余説 清の乾隆帝の『唐宋詩醇』巻十九の御批に、「結語は即ち漢文（漢の文帝）の露台を造るを惜しみしの意なり」と。

「七徳舞」（〇一二五）の「余説」の『載酒園詩話』の項も参照。

唐代の牡丹珍重のありさまは同時代の李肇『唐国史補』巻中に次のように見える。

「京城の貴遊、牡丹を尚ぶこと三十余年なり。毎春暮、車馬狂へるが若く、耽玩せざるを以て恥と為す。執金吾の舗官（いまの警察署の朝礼場のような場所か）、囲外の寺観（長安城外の寺院道観）は種（う）ゑて以て利を求め、一本に直（あたひ）万を数ふる者有り。元和の末、韓令（韓愈）始めて長安に至るに、居第に之有り。遽（には）かに命じて之を斸（き）り去らしめて曰く、『吾豈に児女子に効（なら）はんや』と。」

北宋の銭易『南部新書』丁巻にも次のような記事が見える。

「長安の三月十五日、両街に牡丹を看んと、車馬を奔走せしむ。慈恩寺元果院の牡丹は、諸牡丹に先んずること半月にして開く。太真院の牡丹は、諸牡丹に後るること半月にして開く。故裴兵部潾（?—八三八）の「白牡丹」詩は、自ら仏殿の東頰唇壁の上に題せり。太和中（八二七—八三五）車駕の夾城より芙蓉園に出づるに、路（路上の馬車はみな）此の寺に幸（みゆき）し、題せし所の詩を見て、吟玩之を久しうし、因りて宮嬪をして諷念せしむ。暮れに大内（内裏）に帰れば、即ち此の詩六宮に満てり。其の詩に曰く、

長安豪貴惜春残　争賞先開紫牡丹　　長安の豪貴　春の残（をは）るを惜しみ、争ひて　先に開ける紫牡丹を賞す。
別有玉杯承露冷　無人起就月中看　　別に玉杯に承露の冷ややかなる有るも、人の起きて月中に就きて看る無し。

兵部（裴潾）は時に給事に任ぜらる。」

南宋の洪邁（一一二三—一二〇二）撰『容斎随筆』巻二、「唐重牡丹」にも次のように語られている。

「欧陽公（欧陽脩）『牡丹釈名』（『洛陽牡丹記』を指す）に云く、「牡丹は初め文字に載（しる）さず。唐人の沈宋元白（沈佺期・宋之問・元稹・白居易）の流の如きは、皆善く花を詠ず。当時、一花の異なる者有らば、彼　必ず篇什に形（あらは）すも、寂として伝ふる無し。唯だ劉夢得に魚朝恩宅の牡丹を詠ずる詩有り（劉禹錫の「渾侍中宅牡丹」詩をいう）。但だ一叢千朶と云ふのみにして、亦た其の美にして且つ異なるを云はざるなり」と。予按ずるに、白公（白居易）の集に「白牡丹」（〇〇三二）一篇十四韻有り、又「秦中吟」十篇の内に「買花」一章、凡そ百言あり。云く「共に道ふ牡丹の時、相随ひて花を買ひに去かん。一叢深色の花、十戸中人の賦」と。而して『諷諭楽府』（「新楽府」を指す）に「牡丹芳」（〇一五二）一篇有り。三百四十七字、絶（つと）めて花の妖艶を道（い）ひ、「遂に王公と卿士をして、花に遊ぶ冠蓋日々に相望む」、「花開き花落つ二十日、一城の人皆狂へるが若し」の語有るに至る。又「微之に寄す百韻詩」（〇六〇八）に云く「唐昌の玉蕊の会、崇敬の牡丹の期」の注に「崇敬寺の牡丹花、多く微之と期する有り」と。又「牡丹を惜しむ」（〇七四三）詩に云く「明朝

風起こらば応に吹き尽くすべし、夜　衰紅を惜しみて火を把りて看る」と。「酔ひて螯厔に帰る詩」(〇六四三) に云く「数日　王事の繫に関はるに非ず、牡丹の花尽きて始めて帰り来る」と。元微之に「永寿寺に入りて牡丹を看る詩八韻」(『元稹集』巻五)、「楽天の秋題牡丹叢に和す三韻」(同巻六)、「胡三の牡丹を詠ずるに酬ゆ一絶」(同巻十六)、又五言二絶句有り (同巻十四)。許渾 (柳渾の誤り) も亦た詩有りて云く「近来　牡丹を奈何ともする無し、数十千銭もて一窠を買ふ」と。徐凝云く「三条九陌　花時節、万戸千車　牡丹を看る」、又云く「何人か牡丹花を愛さざらん、占断す　城中の好物華」と。然れば則ち元白未だ嘗て詩無からずんば、唐人未だ嘗て此の花を重んぜざるなり」と。

白居易の「秦中吟十首」は発表直後より都城長安はもとより地方にも喧伝され、彼の詩名を高からしめた作品であった。本書に収める『白氏文集』巻一「唐衢を傷む詩二首・其二」(〇〇三五) には、白居易がこの「秦中吟」を　製作した経緯や発表後のさまざまな反響、そしてその中で唐衢のみがこれを高く評価して「三十韻」の唱和詩を送ってくれたことが回想されている。曰く、「憶ふ昨　元和の初め、忝《かたじけな》く諫官の位に備はる。是の時　兵革の後、生民《せいみん》　正に憔悴す。但だ民の病痛を傷んで、時の忌諱を識らず。遂に秦中吟を作り、一吟　一事を悲しむ。貴人　皆怪しみ怒り、閑人も亦た非訾《ひし》す。天高うして未だ聞こゆるに及ばず、荊棘　満地に生ず。惟だ唐衢の見て、我が平生の志を知る有るのみ。一読して歎嗟を興し、再吟して涕泗を垂る。因りて和す三十韻、手づから題して遠く緘寄《かんき》す。吾を陳 (子昂) 杜 (甫) の間に致し、賞愛すること常の意に非ず」と。

また、元和十年 (八一五) 江州司馬左遷された白居易が元稹に宛てて書いた書簡「元九に与ふる書」(一四八六) にも「秦中吟を聞けば、則ち権豪貴近の者、相《あひ》目《もく》して色を変ず」と回想されているが、また彼はその左遷の道中、旅館の妓女たちが彼を指さして「此は是れ秦中吟・長恨歌の主なり」と言い合っていたのを目撃している。

長慶三年 (八二三)、浙東観察使として越州にあった元稹が隣接する杭州刺史の白居易と唱和した「楽天の余思尽きず加へて六韻の作を為るに酬ゆ」(『元氏長慶集』巻二十二) には、その自注に親友元稹による白居易の作品の流行状況が記されているが、その中にも「秦中吟」が長安の書店で「白才子の文章」と題して一般に販売されていたという。

律呂同声我爾身　文章君是一伶倫　律呂は同声　我と爾の身、文章は君ぞ是れ一伶倫たり。
衆推賈誼為才子　帝喜相如作侍臣　衆は賈誼の才子たるを推し、帝は相如の侍臣となるを喜ぶ。

自注：楽天先有秦中吟及百節判、皆為書肆市賈。題其巻云「白才子文章」。

又楽天知制誥詞云「覧其詞賦、喜与相如並処一時」。

(楽天に先に有「秦中吟」及び「百節判」有り、皆書肆の市賈 (はんばい) するところと為る。

其の巻に題して云ふ「白才子が文章」と。又　楽天に制誥を知せしめる詞に云ふ「其の詞賦を覧れば、相如と並びに一時に処るを喜ぶ」と。)
次韻千言曽報答　　次韻千言　曽《つか》て報答し、
自注：楽天曽寄予千字律詩数首、予皆次用本韻酬和、後来遂以成風耳。
(楽天曽て予に千字の律詩数首を寄せ、予　皆　本韻を次ぐに用ひて酬和す、後来遂に以て風と成れり。)
直詞三道共経綸　　直詞三道　経綸を共にす。
自注：楽天与予同応制科、並求前輩切直詞策、以尽経邦之術、其事已具之字詩注中爾。
(楽天は予と同に制科に応じ、並びに前輩の切直の詞策を求め、以て経邦の術を尽くせり。其の事は已に之の字詩〔元稹「酬翰林白学士代書一百韻」〕の注の中に具さなり。)
元詩駮雑真難弁　　元詩は駮雑にして真に弁じ難く、
自注：後輩好偽作予詩、伝流諸処。自到会稽、已有人写宮詞百篇及雑詩両巻。皆云是予所撰。及手勘験、無一篇是者。
(後輩好く予が詩を偽作し、諸処に伝流す。会稽に到りてより、已に人の「宮詞百篇」及び「雑詩両巻」を写せる有り。皆云ふ是れ予の撰する所なりと。手に及びて勘験するに、一篇として是なる者無し。)
白樸流伝用転新　　白樸は流伝せられ　用て転た新たなり。
自注：楽天於翰林中書、取書詔批答詞等、撰為程式、禁中号曰白樸。毎有新入学士求訪、宝重過於六典也。
(楽天の翰林・中書に於て、取書せる詔批答詞等、撰して程式と為し、禁中に号して「白樸」と曰ふ。新入学士の求訪有る毎に、宝重すること六典を過ぐ。)
蔡女図書雖在口　　蔡女が図書は口に在りと雖も、
自注：蔡琰口誦家書四百余篇。
(蔡琰が口誦せし家書は四百余篇なり。)
于公門戸豈生塵　　于公が門戸は豈に塵を生じんや。
自注：楽天嘗贈予詩云「其心如肺石、動必達窮民。東川八十家、冤憤一言申」。

因感無児之歎故予自有此句。

（楽天の嘗て予に贈れる詩〔「贈樊著作詩」〇〇三〕に云ふ「其の心は肺石の如く、動けば必ず窮民を達す。東川の八十家、冤憤一言に申ぶ」と。児無きの歎に感ずるに因っての故に予自らも此の句有り。）

商瞿未老猶希冀　莫把籯金便付人　商瞿（しやうく）未だ老いざれば　猶ほ希冀（こひねが）はん、籯金（えいきん）を把りて人に便付する莫かれ。

……前句の自注後半部分は、恐らくこの第十一・十二句に対する注である。

なおこの元稹詩本文の通釈は、本書第九冊二三〇頁の白居易三二九詩の「余説」を参照。

0085　贈レ友五首　幷序

友《とも》に贈《おく》る五首《ごしゅ》　幷《なら》びに序《じょ》

解題　友に贈った五首の連作詩。元和初年、白居易が仕事やさまざまな交友関係を通じて知り合った「王佐の才」を有する数名の人物に贈られたもの。朱金城『白居易集箋校』では「約（よお）そ元和十年（八一五）の作」と推定するが、恐らくは先の「秦中吟十首」と同時期の元和四―五年頃（八〇九―八一〇）の制作と考えるのが相応しいであろう。

吾友有二王佐之才一者、以レ致レ君濟レ人爲二己任一、識者深許レ之。因贈二是詩一、以廣二其志一云。

吾《わ》が友《とも》に王佐《わうさ》の才《さい》有《あ》る者《もの》あり、君《きみ》を致《いた》し人《ひと》を濟《すく》ふを以《もつ》て己《おのれ》が任《にん》と爲《な》し、識《し》る者《もの》深《ふか》く之《これ》を許《ゆる》す。因《よ》りて是《こ》の詩《し》を贈《おく》り、以《もつ》て其《そ》の志《こころざし》を廣《ひろ》むと云《しかい》ふ。

通釈　我の友人には、天子を補佐するべき優れた才能を持つ者たちがいる。彼らは、それぞれの力量を発揮して今上皇帝に明君としての素晴らしい治績を挙げていただき、また人民の生活をよりよいものにすることを自分の任務だと考え、周囲の有識者たちからも十分に認められている。そこで私はこの詩を贈って、彼らの志を励ますものである。

語釈　〇王佐之才　皇帝を補佐する優れた才能。『漢書』巻五十六・董仲舒伝の論賛に、「劉向の称すらく、董仲舒には王佐の材有り」と。また『後漢書』巻七十・荀彧伝に、「南陽の何顒は人を知るに名あり。彧を見て之を異として曰く『王佐の才なり』と」とある。〇致君　今上皇帝を明君としてすすめまいらせる。盛唐の杜甫「韋左丞丈に贈り奉る二十二韻」に、「君を尭舜の上に致し、再び風俗をして淳からしめん」（『杜詩詳註』巻一）と。〇済人　人民の生活を救済する。経世済民。〇広志　自分のこころざしを広やかにもつ。前途に希望をもつように励ます。『楚辞』九章「懐沙」に、「心を定め志を広くして、余（われ）何ぞ畏懼せん」とある。

其一

解題　「贈友五首」の第一首。宰相として天子を補佐し、法令を出して人々の守るべき倫理道徳を正しくする人物に贈る。

一年十二月　毎月有㆓常令㆒
君出臣奉行　謂㆔之握㆓金鏡㆒
由㆑茲六氣順　以遂㆓萬物性㆒
時令一反㆑常　生靈受㆓其病㆒
周漢徳下衰　王風始不㆑競
又従㆑斬㆓晁錯㆒　諸侯益強盛
百里不㆑同㆑禁　四時自爲㆑政
盛夏興㆓土功㆒　方㆑春勦㆓人命㆒
誰能救㆓其失㆒　待㆑君佐㆓邦柄㆒
峩峩象魏門　懸㆑法彝倫正

令・性・盛・政・正（去聲、勁韻）、鏡・病・競・命・柄（去聲、映韻）……勁・映韻は同用。

其《そ》の一《いち》

一年十二月《いちねんじふにげつ》、毎月《まいげつ》　常令《じやうれい》有《あ》り。
君《きみ》出《い》だし　臣奉行《しんぶぎやう》す、之《これ》を金鏡《きんきやう》を握《と》ると謂《い》ふ。
茲《これ》に由《よ》りて六氣《りくき》順《したが》ひ、以《もつ》て萬物《ばんぶつ》の性《せい》を遂《と》ぐ。
時令《じれい》　一《ひと》たび常《つね》に反《そむ》かば、生靈《せいれい》　其《そ》の病《やまひ》を受《う》く。
周漢《しうかん》　徳下《とくくだ》り衰《おとろ》へ、王風《わうふう》　始《はじ》めて競《きそ》はず。
又《また》　晁錯《てうそ》を斬《き》りてより、諸侯《しよこう》　益〻強盛《ますますきやうせい》なり。
百里《ひやくり》　禁《きん》を同《おな》じうせず、四時《しいじ》　自《おのづか》ら　政《まつりごと》を爲《な》す。
盛夏《せいか》に土功《どこう》を興《おこ》し、春《はる》に方《あた》りて人命《じんめい》を勦《た》つ。
誰《たれ》か能《よ》く其《そ》の失《しつ》を救《すく》はん、君《きみ》を待《ま》ちて邦柄《はうへい》を佐《たす》けしめ、
峩峩《がが》たる象魏門《しやうぎもん》、法《はふ》を懸《か》けて彝倫正《いりんただ》しからん。

通釈　一年十二か月には、毎月定められた政令があり、国君がお出しになり、臣下が君命を奉じてこれを執り行うのがしきたりであった。古来、これを「金鏡を握る」と言う。これによって晴れたり雨が降ったりする天空の六つの気象はなめらかに運行し、この世の生きとし生ける物すべてがそれぞれの性分を全うすることができるのである。もしもこの毎月の政令が一つでも正常に行われないと、かよわき民衆はたちまちその天罰を受け、災難に見舞われることになる。

　周や漢もその国家としてのパワーが落ちてくると、帝王のリーダーシップも次第に振るわなくなった。特に漢の賢臣晁錯が腰斬の刑に処せられてからというもの、地方の豪族諸侯たちの勢いはますます盛んになり、たった数百里しか離れていない州や郡県の間でも法律が異なったり、四季のお触れが各地でバラバラに出されるというありさま。『礼記』に禁じられている真夏の土木工事や、春の死刑執行といった異常なことが堂々と行われているが、この失政を救うのは誰だろうか。貴君しか国家の政策を補佐する者はいない。どかんと大きな宮門の楼上に、法令をかかげて人倫の道を正しくあらしめて欲しいものだ。

語釈　○常令　一年十二か月それぞれに行われるべき政令。『礼記』に「月令」篇があり、毎月執り行われるべき行事が定められている。○奉行　君命をうけて事を執り行う。『後漢書』志第四・礼儀志上に、「毎月朔旦に、太史は其の月暦を上り、有司・侍郎・尚書をして其の令を読み、其の政を奉行せしむ」とある。○握金鏡　黄金製の鏡を手にとる。君子が正しい政治を行う喩え。『文選』巻五十五、劉孝標の「広絶交論」に、「蓋し聖人は金鏡を握りて風烈を闡（ひら）く」とある。○六気　自然界に存在するさまざまな気候現象。古代中国ではこれを六つの要素に分類して説明する。『左氏伝』昭公元年に、「天に六気有り、降りて五味を生じ、発して五色と為り、徴して五声と為り、淫すれば六疾を生ず。六気とは陰（くもり）・陽（はれ）・風・雨・晦（よる）・明（ひる）なり」とある。また『荘子』在宥篇に、「天気和せず、地気鬱結し、六気調（ととの）はず、四時に節あらず。今我は六気の精を合し、以て群生を育てんと願ふ」と。○遂万物性　この世のすべての物がそれぞれ与えられた性分を全うし、自由に生きる。盛唐の王維「白黿渦」詩に、「主人は之れ仁にして網せず釣せず、性を遂げて以て生成するを得たり」（『全唐詩』巻一二五）と。また『白氏文集』巻一、「海図の屏風に題する詩」（〇〇〇七）に、「鱗介は小大と無く、性を遂げて各〻浮沈す」と。○時令　各月ごとに定められた年中行事。『礼記』月令篇に、「（季冬之月）天子は乃ち公卿・大夫と、共に国典を飭（ととの）へ、時令を論じて、以て来歳の宜（よろ）しきを待つ」と。○生霊　人民。生民。『晋書』巻一二四・慕容盛載記に、「生霊は其の徳を仰ぎ、四海は其の仁に帰す」と。

○周漢　周代と漢代。ここでは特に周代後半、春秋戦国時代以降の諸侯乱立の時代と、後漢時代に顕著となる皇帝権力の衰退を指す。『文選』巻五十七、顔延之「陶徴士の誄」に、「尭禹を父老とし、周漢を錙銖とす」とあり、尭舜禹三代の政治を理想形として崇め、周や漢王朝を衰えたものとして捉える。○下衰　衰える。時代とともにすたれてゆく。『荘子』繕性篇に、「徳の下衰するに逮（およ）び、燧人・伏戯（義）の始めて天下を為（をさ）むるに及ぶ」と。また『白氏文集』巻二、「秦中吟」其の六「立碑」（〇〇八〇）に、「勲徳既に下衰し、文章も亦た陵夷す」と。○王風　帝王の教化、導き。『詩経』大序に、「関雎・麟趾の化は、王者の風なり」と。また盛唐の李白「古風五十九首」其の一に、「王風は蔓草に委（す）てられ、戦国には荊榛多し」（『全唐詩』巻一六一）と。○不競　張りがなく、よわよわしい。『左氏伝』襄公十八年に、「又南風を歌ふ。南風は競はず、死声多し」とある。○晁錯　前漢の政治家（前二〇〇?―前一五四）。文帝に重んぜられて多くの政策を建言し、次の景帝の代には副宰相である御史大夫に至ったが、地方の諸侯や王族たちと対立し、やがて呉楚七国の乱を引き起こし、その責任を問われて腰斬の刑に処された。○土功　土木工事。『礼記』月令篇では夏季の土木工事を禁じている。すなわち孟夏の月（初夏）に「土功を起こす毋（な）かれ」とあり、季夏の月（晩夏）にも「以て土功を興すべからず」とある。○方春　今ちょうど春の季節に。『文選』巻四十、謝朓「中軍記室に拝せられ隋王に辞する牋」に、「渤澥　春に方りて、旅翮は先づ謝す」と。また盛唐の杜甫「無家の別れ」に、「春に方りて独り鋤を荷ふ」（『杜詩詳註』巻七）と。○勦人命　人命を断ち切る。死刑を執行すること。『書経』甘誓篇に、「天は用（もつ）て其の命を勦絶す」と。また『礼記』月令篇では春季の裁判を禁じている。すなわち仲春の月に、「有司に命じて囹圄を省き、桎梏を去り、肆掠すること毋く、獄訟を止む」とある。謝思煒『白居易詩集校注』では、『旧唐書』巻八・玄宗紀（開元四年春正月）の記事を引用し、唐代の実例としている。○誰能……待君……　この五首の連作詩はすべて結末部にこの四字が共通して塡め込まれている。白居易がこの詩を贈る「友」への呼び掛けである。○邦柄　国の政策を左右する強大な権力。一般には「国柄」と熟する語であるが、ここでは詩の平仄の調和を考え、あえて平声字の「邦」を用いたものであろう。○峩峩　高いさま。ここでは宮門が高く立派にそびえるさま。「峨峨」と記すも同じ。『詩経』大雅「棫樸」に、「璋（たま）を奉ずること峨峨たり」と。また『文選』巻二十八、陸機「呉趨行」に、「閶門は何ぞ峨峨たる」と。○象魏門　宮城の大門。古来、天子の定めた法令をこの門に掲げた。「象」は法令、「魏」は高いの意。『周礼』天官「大宰」に、「乃ち治象の法を象魏に懸け、万民をして治象（の法）を観しむ」と。『文選』巻三、張衡「東京の賦」に、「象魏の両観を建て、六典の旧章を旌（あらは）す」と。○彝倫　人が常に守るべき道。天から授かった倫理道徳。『書経』洪範篇に、「天乃ち禹に洪範九疇を錫（あた）へ、彝倫攸（よつ）て叙（つい）づ」とある。

其二

解題　「贈友五首」の第二首。南方の長江沿岸部では金山銀山の採掘に狂奔し、農民たちが自分の耕地を離れて浮浪しているという。その状況を憂い、農政の回復を志す人物に贈る。

銀生楚山曲　金生鄱溪濱
南人棄㆓農業㆒　求㆑之多苦辛
披㆑砂復鑿㆑石　矻矻無㆓冬春㆒
手足盡皴胝　愛㆑利不㆑愛㆑身
畬田既慵㆑斫　稻田亦懶㆑耘
相攜作㆓游手㆒　皆道㆑求㆓金銀㆒
畢竟金與㆑銀　何殊㆓泥與㆒㆑塵
且非㆓衣食物㆒　不㆑濟㆓飢寒人㆒
棄㆑本以趨㆑末　日富而歲貧
所以先聖王　棄藏不㆑爲㆑珍
誰能反㆓古風㆒　待㆑君秉㆓國鈞㆒
捐㆑金復抵㆑璧　勿㆑使㆑勞㆓生民㆒

其《そ》の二《に》

銀生《ぎんしやう》ず　楚山《そざん》の曲《くま》、金生《きんしやう》ず　鄱溪《はけい》の濱《ひん》。
南人《なんじん》　農業《のうげふ》を棄《す》て、之《これ》を求《もと》めて多《おほ》く苦辛《くしん》す。
砂《すな》を披《ひら》き　復《ま》た石《いし》を鑿《うが》ち、矻矻《こつこつ》として冬春《とうしゆん》無《な》し。
手足《しゆそく》　盡《ことごと》く皴胝《しゆんてい》あるも、利《り》を愛《あい》して　身《み》を愛《あい》せず。
畬田《よでん》　既《すで》に斫《き》るに慵《ものう》く、稲田《たうでん》も亦《ま》た耘《くさぎ》るに懶《ものう》し。
相攜《あひたづさ》へて游手《いうしゆ》と作《な》り、皆《みな》　金銀《きんぎん》を求《もと》めんと道《い》ふ。
畢竟《ひつきやう》　金《きん》と銀《ぎん》とは、何《なん》ぞ泥《どろ》と塵《ちり》とに殊《こと》ならんや。
且《か》つ衣食《いしよく》の物《もの》に非《あら》ず、飢寒《きかん》の人《ひと》を濟《すく》はず。
本《もと》を棄《す》てて以《もつ》て末《すゑ》に趨《はし》り、日《ひ》に富《と》むも而《しか》るに歳《とし》に貧《まづ》し。
所以《ゆゑ》に　先聖王《せんせいわう》、棄藏《きざう》して　珍《ちん》と爲《な》さず。
誰《たれ》か能《よ》く古風《こふう》に反《かへ》さん、君《きみ》を待《ま》ちて國鈞《こくきん》を秉《と》らしめ、
金《きん》を捐《す》て　復《ま》た璧《へき》を抵《な》げ、生民《せいみん》を勞《らう》せしむること勿《な》かれ。

濱・辛・身・銀・塵・人・貧・珍・民（上平聲、眞韻）、春・鈞（上平聲、諄韻）、耘（上平聲、文韻）……眞・諄韻は同用。
文韻は通押。

通釈　銀が楚の山中から掘り出され、金が鄱陽湖にそそぐ川底から採れると、南方の人々はつぎつぎに農業を棄て、これを求めて多くの者が苦労している。川砂をさらって砂金を選り分けたり、また、鉱脈の岩石を掘り起こしたり、せっせと働いて冬も春もない。手足には、あかぎれやたこが出来ても、まことに利をいとおしんで身体をいたわらないありさまである。もはや焼き畑をするために段々畑を登って草木を切り倒す者もおらず、水田にも春の雑草取りをする者はいない。おのおの手に手をとってぶらぶらと浮浪者となり、みな口々に金銀を採るのだと言い合っている。

しかし、つまるところ金や銀は、泥や塵と何ら異なるものではなく、着ることも食べることもできないのだから、飢えと寒さに苦しむ人を救済することはできない。本業を棄てて目先の利益に走り、その日暮らしは十分羽振りがよいが、一年を通して見れば貧乏に変わりない。ゆえに古代の先賢や聖王たちは、これら金銀を蔵に入れたままにして珍重することはなかったのである。いにしえのこの良き風を取り戻してくれるのは誰だろうか。貴君しか国家の中枢を握って地方政策を補佐する者はいない。金銀や宝石などを投げ棄てて、人民たちが無駄な労働に走らぬようにして欲しいものだ。

語釈　○楚山曲　長江中流域に広がる南北の山岳地帯。いまの湖北省と湖南省の一帯。王汝弼『白居易選集』は、李吉甫『元和郡県図志』（元和八年完成）巻二十七、鄂州の条に「開元（年間）に銀・碌を貢ぐ。……元和（年間）に銀十五両を貢ぐ」とあるのを指摘する。鄂州は現在の湖北省武漢市にあたる。また謝思煒『白居易詩集校注』は、『新唐書』巻五十四・食貨志四や巻四十一・地理志五などから銀・銅・鉄・錫などの鉱山が宣州・潤州・饒州・衢州などに分布し、『資治通鑑』巻二八三（五代・後晋紀）にも「楚地に多く金銀を産す」とあることなどを引いている。○鄱渓浜　鄱陽湖の沿岸。王汝弼『白居易選集』は、先におなじく李吉甫『元和郡県図志』その巻二十八、饒州の条に、「開元（年間）に麩金・紵布・杭米を貢ぐ。元和（年間）に麩金・竹簟を貢ぐ」とあるのを指摘する。饒州は江西省の鄱陽湖の東岸部にあたる。また謝思煒『白居易詩集校注』は、『太平広記』巻一〇四に収める説話「銀山の老人」も饒州の銀山を舞台としていることなどを指摘する。○南人　およそ長江中下流域一帯に住まう人々。都である長安・洛陽に対して言う。『白氏文集』巻十二、「山鷓鴣」詩（〇五九〇）に、「唯だ能く北人をして愁へしめ、南人は聞くに慣れて聞こえざるが如し」と。○苦辛　苦労する。『文選』巻二十九、「古詩十九首」其の四に、「轗軻して長く苦辛す」と。○披砂　川砂をすくって砂金をより分ける。日本では古来「椀がけ」と呼ばれた砂金採取法である。○鑿石　鉱石を掘り出す。一般に自然界では銀鉱石は鉄や鉛などを含んでいる。これを細かく砕き、熔解して銀を取り出すのである。○矻矻　懸命にせっせと働きつづけるさま。こつこつと。「兀兀」も同じ。『文選』巻四十七、王褒「聖主　賢臣を得るの頌」に、「工人の鈍器を用ふるや、筋を労し骨を苦しめ、終日矻矻たり」と。○皴胝　手のひび割れと足の裏のたこ。国会図書館所蔵『文集抄』の本文には、「あかがり（あかぎれの古語）・ひびたけ（ひびの古語）」との傍訓が見える。○畬田　焼き畑農法による耕地。山の斜面を利用した段々畑。同時代の劉禹錫に「畬田行」（『全唐詩』巻三五四）と題する作品がある。これは長江中流の夔州（現在は重慶市に属する）での作。○斫　切る。冬の焼き畑の際には、山林に火が回らぬように境界線の草や樹木を切り倒す作業が必要である。○耘　草取り。水田における春から夏にかけての雑草刈り。○游手　定職をもたぬ浮浪者。離農した逃亡者。『後漢書』巻三・章帝紀に引く元和三年（西暦八六年）の詔に、「其れ悉く以て貧民に賦し、糧種を給与し、務めて地力を尽くして、游手とならしむる勿かれ」と。○道　言う。大声で口々に言う。

○畢竟　つまるところ。結局は。○棄本趨末　本業を棄てて末端の利益にはしる。漢の桓寛『塩鉄論』本議篇に、「百姓は本に就く者は寡（すく）く、末に趨る者は衆（おお）し」と。また北魏の賈思勰『斉民要術』の序に、「本を捨てて末を逐ふは、賢哲の非とする所。日に富むも歳に貧しきは、飢寒の漸（きざし）なり」とある。『白氏文集』巻四十六、「策林」其の十九「游惰を息（や）む」（二〇三六）も、この問題を論じている。○秉国鈞　国家の中枢を掌握する。「鈞」は陶器を作るろくろ。世の中の回転軸。「均」と書く場合もある。『詩経』小雅「節南山」に、「国の均を秉り、四方を是れ維（つな）ぐ」とあるのを踏まえる。○捐金抵璧　金銀財宝を投げ捨てる。『抱朴子』外篇「安貧篇」に見える楽天先生の言葉に、「上智は得難き財を貴ばず、故に唐虞（尭と舜）も金を捐て璧を抵ぐ」とある。○生民　人民。

0087　其三　　其《そ》の三《さん》

解題　「贈友五首」の第三首。建中元年（七八〇）宰相楊炎によって立案された両税法は、銅銭による納税を原則とする画期的な税制であった。しかし導入後三十年、その弊害が次第に大きく表面化していたことは、さきの「秦中吟」其の二「重賦」詩（〇〇七六）でも論じられているところである。経済政策に明るく、租庸調制度の復活が期待される人物に贈る。

私家無㆓錢爐㆒　平地無㆓銅山㆒

私家《しか》に　錢爐《せんろ》無《な》く、平地《へいち》に　銅山《どうざん》無《な》し。

胡爲秋夏稅　歲歲輸㆓銅錢㆒
錢力日已重　農力日已殫
賤糶㆓粟與㆒㆑麥　賤貿㆓絲與㆒㆑綿
歲暮衣食盡　焉得㆑無㆓飢寒㆒
吾聞國之初　有㆓制垂不㆒㆑刊
傭必算㆓丁口㆒　租必計㆓桑田㆒
不㆑求㆓土所㆒㆑無　不㆑强㆓人所㆒㆑難
量㆑入以爲㆑出　上足下亦安
兵興一變㆑法　兵息遂不㆑還
使㆔我農桑人　顦㆓顇畎畝閒㆒
誰能革㆓此弊㆒　待㆑君秉㆓利權㆒
復㆓彼租傭法㆒　令㆑如㆓貞觀年㆒

胡爲《なんす》れぞ秋夏《しうか》の稅《ぜい》、歲歲《さいさい》　銅錢《どうせん》を輸《いた》さしむる。
錢力《せんりよく》　日《ひ》に已《すで》に重《おも》く、農力《のうりよく》　日《ひ》に已《すで》に殫《つ》く。
賤《やす》く粟《ぞく》と麥《ばく》とを糶《うりよね》し、賤《やす》く絲《いと》と綿《わた》とを貿《う》る。
歲暮《としく》れて衣食《いしよく》盡《つ》き、焉《いづ》くんぞ飢寒《きかん》無きを得《え》んや。
吾聞《われき》く　國《くに》の初《はじ》め、制《せい》垂《た》れて刊《かん》せざる有《あ》り。
傭《よう》は必《かなら》ず丁口《ていこう》を算《さん》し、租《そ》は必《かなら》ず桑田《さうでん》を計《はか》る。
土《ど》の無《な》き所《ところ》を求《もと》めず、人《ひと》の難《かた》しとする所《ところ》を强《し》ひず。
入《い》るを量《はか》りて　以《もつ》て出《い》だすを爲《な》せば、上《かみ》足《た》りて　下《しも》も亦《ま》た安《やす》し。
兵興《へいおこ》りて一《ひと》たび法《はふ》を變《へん》じ、兵息《へいや》むも遂《つひ》に還《かへ》らず。
我《わ》が農桑《のうさう》の人《ひと》をして、畎畝《けんぽ》の閒《かん》に顦顇《せうすい》せしむ。
誰《たれ》か能《よ》く此《こ》の弊《へい》を革《あらた》めん、君《きみ》を待《ま》ちて利權《りけん》を秉《と》らしめ、
彼《か》の租傭《そよう》の法《はふ》を復《ふく》し、貞觀《ぢやうくわん》の年《とし》の如《ごと》くならしめん。

山・閒（上平聲、山韻）、錢・綿・權（下平聲、仙韻）、殫・寒・刊・難・安（上平聲、寒韻）、田・年（下平聲、先韻）、還（上平聲、刪韻）……山・刪韻、仙・先韻は同用。山・仙・寒・先・刪韻はすべて通押。

通釈　一般の家に銅銭を鋳る溶鉱炉はなく、平らな田野に銅山などありはしない。なのに、いったい何故なのか夏と秋の両税法は、毎年毎年銅銭での納税を義務づけている。貨幣の力が日に日に強まるにつれ、農家の生産力は日に日に台無しになってゆく。丹精込めて作った粟や麦は市場で安く買いたたかれ、絹糸や真綿も二束三文で売り払われ、そのために年

の暮れには農民たちの着るものも食べものもすっかりなくなり、襲い来る飢えと寒さをどうすることもできないのである。
そもそも我が唐朝の初めには、永遠不滅の税制が施行され、労役たる庸は必ず成人男性の人口から、租税は桑畑と穀物田の耕地面積から計算されるために、決してその土地の生産力以上の徴税や、その人数では不可能な苦役を強制することはなかったのである。『礼記』に言うとおり、その一年の収入額をはっきり見定めてから支出を決定するので、国庫も十分に足りて、下々もまた安泰に暮らしてゆけたのだ。しかし、兵乱が起こったために応急措置として銭納による税制に変更されると、乱が終息した後もとうとうそのままになってしまったのである。かわいそうに、わが農桑に従事する民くさたちは、田畑のまわりですっかり疲れ切っている。この弊害を改革してくれるのは誰だろうか。貴君しかこの財政の利権を取り仕切れる者はいない。あの唐朝建国時の租庸調の税制に戻し、太宗の貞観の治のように天下を泰平にして欲しいものだ。

語釈　○銭炉　銅銭を鋳造するための溶鉱炉。○胡為　なんすれぞ。どうして。不当な事柄について問いつめるニュアンスを持つ。○秋夏税　両税法においては二毛作などに対応して、五月から六月に納める夏税と九月から遅くとも十一月までには納めなければならない秋税の二回の納税期間があった。○銭力　銅銭を用いた売買。貨幣の普及率。○農力　農業生産力。○殫　尽きる。もとより押韻のために探り当てられた字であるが、『文選』巻三、張衡「東京の賦」に、秦始皇帝の悪政を説いて「征税尽き、人力殫く」とある。○糶　穀物を売る。『史記』巻一二九・貨殖列伝に、「夫れ糶は二十（二十文）なれば農を病み、九十（九十文）なれば末（商人）を病む」とあり、その唐代の注（『史記索隠』）に、「言ふこころは米賤《やす》ければ則ち農夫病むなり。若し米斗（一斗につき）に直《あたひ》九十（九十文）なれば則ち商賈病む」とある。○貿　売る。市場で売りさばく。○糸与綿　絹糸と真綿。『白氏文集』巻二、「秦中吟」其の二「重賦」(〇〇七六)にも、「糸綿は雲の似く屯《あつ》まる」と。○焉得　どうすることができようか。どうすることもできない。反語。
○国之初　我が国（王朝）のはじめ。唐朝創業時。「之」字は物事をうやうやしく伝える語感を持つ。○制　制度法令。ここでは武徳二年（六一九）二月に発布された租庸調の制。また武徳七年（六二四）三月にはこれに均田制が加えられた。ちなみにこの唐朝初期の新しい収税法は、大化の改新（六四五）後の日本にもいち早く取り入れられたのである。○不刊　改訂を加えることができない永遠不変のもの。『文選』巻四十五、杜預「春秋左氏伝の序」に、「以為《おもへ》らく経は不刊の書なり」と。○傭必算丁口　「傭」は「庸」に同じ。労働による納税。唐代初期、十八歳以上の男性（丁）一人につき年間二十日の労働が課せられた。「算」字、那波本は「筭」に作るも同字。

○租必計桑田　租税は耕地面積に基づいて納税額が定められる。唐代初期、耕作地百畝（約五・八ヘクタール）につき、年間粟二石（約一四〇キログラム）が課された。○量入以為出　その年の収入額を見定めてから支出を決定する。『礼記』王制篇に、「地の小大を用て、年の豊耗を視、三十年の通を以て国用を制し、入るを量りて以て出だすを為す」とあるのを踏まえる。○兵興一変法　安史の乱（七五五—七六三）の勃発による社会変動（戦乱・飢饉等）によって、本籍地を離れて移動する農民が増え、租庸調制および均田制による徴税が困難になった唐王朝は、徳宗の建中元年（七八〇）、宰相楊炎の建議によって両税法が施行され、本籍地を離れた客戸や、商人など各地の新興地主層からも税を徴収することになったのである。またこの税制は銭納を基本としたために、貨幣経済が浸透したのである。○兵息遂不還　結局この両税法は以後の五代・宋・元朝も続けられ、明朝後期の宰相張居正による一条鞭法の導入まで及んだ。○顦顇　疲れくるしむ。「憔悴」に同じ。○甽畝間　はたけ。田畑。「甽」は耕地脇の水路、「畝」はうね。○弊　弊害。わるい制度。○利権　財政をつかさどる権力。『左氏伝』襄公二十三年に、「子は位に在りて、其の利多し。既に利権有り、又民柄を執る」と。○貞観年　唐第二代の太宗の時代。貞観はその年号（六二七—六四九）。善政の手本として、世に「貞観の治」と称される。厳密には、租庸調の制も、均田制も、それ以前の初代高祖李淵の時代に発布されたものであるが、まもなく太宗李世民に譲位されたために、ここでは太宗の政治と租庸調の税制が一体のものとして認識されているのである。

0088　其四

京師四方則　王化之本根
長吏久二於政一　然後風教敦
如何尹レ京者　遷次不二逡巡一
請君屈レ指數　十年十五人

其《そ》の四《し》

京師《けいし》は　四《し》方《はう》の則《のり》、王化《わうくわ》の本根《ほんこん》なり。
長吏《ちやうり》　政《まつりごと》に久《ひさ》しうして、然《しか》る後《のち》　風教《ふうけう》敦《あつ》し。
如何《いかん》ぞ　京《けい》に尹《ゐん》たる者《もの》、遷次《せんじ》して逡巡《しゆんじゆん》せざる。
請《こ》ふ君《きみ》　指《ゆび》を屈《くつ》して數《かぞ》へよ、十年《じふねん》に十五《じふご》人《にん》。

解題　「贈友五首」の第四首。全国の地方官のトップである首都長安を治める京兆尹について、近年の頻繁な交代による行政力の低下を憂い、地方行政に明るい人物に贈る。

科條日相矯　吏力亦已勤
寬猛政不レ一　民心安得レ淳
九州雍爲レ首　羣牧之所レ遵
天下率如レ此　何以安二吾民一
誰能變二此法一　待レ君贊二彌綸一
愼擇二循良吏一　令三其長二子孫一

科條《くわでう》日《ひ》に相《あひ》矯《た》め、吏力《りりよく》亦《ま》た已《すで》に勤《つと》む。
寬猛《くわんまう》政《まつりごと》一《いつ》ならず、民心《みんしん》安《いづ》くんぞ淳《きよ》きを得《ゑ》ん。
九州《きうしう》は雍《よう》を首《しゆ》と爲《な》す、羣牧《ぐんぼく》の遵《したが》ふ所《ところ》。
天下《てんか》率《おほむねか》此くの如《ごと》し、何《なに》を以《もつ》てか吾《わ》が民《たみ》を安《やす》んぜん。
誰《たれ》か能《よ》く此《こ》の法《はふ》を變《へん》ぜん、君《きみ》を待《ま》ちて彌《び》綸《りん》を贊《たす》けしめ、
愼《つつし》んで循良《じゆんりやう》の吏《り》を擇《えら》び、其《それ》をして子《し》孫《そん》を長《ちやう》ぜしめん。

根（上平聲、痕韻）、敦・孫（上平聲、魂韻）、巡・淳・遵・綸（上平聲、諄韻）、人・民（上平聲、眞韻）、勤（上平聲、欣韻）……痕・魂韻、諄・眞韻は同用。痕・魂・諄・眞・欣韻はすべて通押。

通釈　京都は天下四方のお手本、帝王の人民教化の根源となる地である。よって、立派な徳をもった長官が久しく政務を執ることで、かくして民政も怠りなく善き方に導かれるというものである。だが、あろうことか近年この京兆尹に任じられた者は、着任後またたく間に他方に転出となる。どうぞ指折り数えてご覧なさい。その人数は十年で十五人にも及ぶのである。そのため、御触れ書きの条文は朝令暮改されて日に日にうずたかく積み重なり、それを処理する事務官たちはもうすっかり力を使い果たしてしまっている。長官が交代するたびに、その政策は寛大になったり厳格になったり一定せず、これでは人民の心が本来の純朴さを保てるはずもない。

さて、このかつての雍州たる京兆府こそは、全国の諸都市の筆頭として、各地の行政長官たちが見習うべき府庁である。もしも天下の行政府が皆こぞってこのようになってしまったならば、いったいどうして我が人民の暮らしを安んじることができるだろうか。この悪習を変えられるのは誰だろうか。貴君しか地方行政を立て直せる者はいない。そして部下には忠実で有能な良吏を採用し、その者の子孫が代々その役職をしっかりと受け継いでくれるようにして欲しいものだ。

語釈　○京師　天子のいる都。大勢の人が集いにぎわう処。『詩経』大雅「公劉」に、「京師の野は、時（ここ）に処処し、時に廬旅し、時

に言言し、時に語語す」と。〇四方則　四方に広がる諸国の手本となる。『詩経』大雅「巻阿」に、「豈弟（がいてい）たる君子は、四方の則と為す」と。〇王化　君王による衆民教化。孔門十哲の一人の子夏の作とされる「詩経大序（毛詩序）」に、「周南・召南は、正始の道にして、王化の基なり」と。また『晋書』巻三十四・杜預伝に、「河南尹を守り、（杜）預は京師を以て王化の始とす」とある。〇本根　根っこ。根本。『左氏伝』隠公六年に、「其の本根を絶つ」と。また『荘子』知北遊篇に、「陰陽・四時は運行して各〻其の序を得。惛然として亡（な）きが若く存し、油然として形あらずして神あり、万物は畜（やしな）はれて知らず、此を之れ本根と謂ふ」と。〇長吏　高位で品格のある役人。長官。『文選』巻十九、宋玉「高唐の賦」に、「長吏も官を隮（す）て、賢士も志を失ふ」と。また『白氏文集』巻十二所収、陳鴻「長恨歌伝」に、「京師の長吏は、之が為に目を側（そばだ）つ」と。〇敦　手厚く、怠ることがないようす。〇風教　人民を善き方に導き教えること。『文選』巻四十九、干宝「晋紀総論」に、「蓋し民情の風教は、国家安危の本なり」と。〇尹　長官。長安をつかさどる者を京兆尹という。『漢書』巻十九上・百官公卿表に、「内史は、周の官。秦は之に因りて京師を掌治せしむ。……右内史は、武帝の太初元年に名を京兆尹に更ふ」と。〇遷次　転出する。特にここでは官吏の人事異動をいう。『白氏文集』巻四十六、「策林」三十二に、「庶官の遷次の遅速を議す」（二〇四九）がある。〇逡巡　ぐずぐずする。後ずさりする。畳韻語。盛唐の杜甫「麗人行」に、「後来の鞍馬は何ぞ逡巡たる」（『杜詩詳註』巻二）と。また『白氏文集』巻二、「秦中吟」其二「重賦」（〇〇七六）に、「暫くも逡巡するを許さず」と。〇十年十五人　京兆尹が目まぐるしく交代し、この十年間で十五人に達した。「余説」参照。〇科条　法令、条文。またそれらを書き記した文書。〇矯　たかい。うずたかく積み重なる。条例を書き記した木簡が矯（た）め木のようにギュウッと積み上げられたようすを形容した言葉。〇吏力　せっせと働く事務官たち。〇亦已　もうとっくの前から。もはやすっかり。盛唐の詩人李白の「東武吟」に、「賓客は日々疎散にして、玉樽亦た已に空し」（『全唐詩』巻一六四）と。〇寛猛　寛大な政策と厳格な政策。『左氏伝』昭公二十年に、「仲尼曰く、善いかな。政寛なれば則ち民慢なり、慢なれば則ち之を糾（ただ）すに猛を以てす。猛なれば則ち民残（そこな）ひ、残はるれば則ち之に施すに寛を以てす。」と。また盛唐の詩人杜甫の「衡州に入る」詩に、「軍州　体は一ならず、寛猛　性は将（ひき）ゐる所」（『杜詩詳註』巻二十三）と。〇民心　人民の心。『左氏伝』昭公七年に、「六物同じからざれば、民心壱ならず」と。〇安得　どうして得られようか。反語の辞。〇淳　すなおで飾りけのないようす。純朴。

〇九州　『書経』禹貢篇に、古代の中国全土を九つの地域に分けて統括したことに基づく。冀（き）州・兗（えん）州・青州・徐州・揚州・荊州・予（よ）州・梁州・雍州。このうち長安のある関中平原一帯を雍州という。〇群牧　全国各地を治める地方の長官たち。『書経』舜典篇に、「四岳に群牧を観（み）る」と。〇弥綸　君王が天下をあまねく治めること。『易経』繋辞上伝に、「故に能く天地の道を弥綸す」とあるのを踏まえる。別本に「糸綸」に作るのは恐らく誤り。〇循良吏　法令を守る善良な役人。〇長子孫　平和な時代、有能な役人たちが長くその職務にあることで、その子孫が成長すると、またその職務のよき後継者となることをいう。『史記』巻三十・平準書に、「閭閻を守る者は粱肉を食らひ、吏と為る者は子孫を長ぜしめ、官に居る者は以て姓号と為す。故に人人自愛して法を犯すを重んじ、義を行ふを先にして恥辱を絀（しりぞ）くるを後にす」とあるのを踏まえる。

余説　この詩の第八句「十年十五人」の京兆尹とはいったい誰を指すのかについては、この連作詩の成立年代を確定する好資料として注目される。

岑仲勉『唐人行第録』（上海古籍出版社、一九六二年）所収の「唐集質疑（京尹十年十五人）」では、元和元年（八〇六）から元和十年（八一五）までの在職者（李鄘から李翛まで）がちょうど十五名になることから、この連作詩の制作年代を元和十年と推定する。

一方、顧学頡「白箋拾零四則」（『北京師範大学学報』一九八七年第六期、いまその概略は謝思煒『白居易詩集校注』に収録）では、貞元十八年（八〇二）頃を起点として在職者を数え、白居易が母親の喪に服して一時退職する元和六年（八一一）までの十年間がやはり十五名（韋夏卿から元義方まで、ただし羅珦を失考）であるとする。

しかし、この当時の京兆尹在職者は、地方行政の第一人者として、他の地方で反乱や事務処理問題が起こるとすぐに交代してその地に出向を命じられることもあり、おしなべて二年以上の在任はほとんどない。よって「十年十五人」という数字のみで、この詩の制作時期を特定しようとする考えには少々無理な部分がある。そこで郁賢皓『唐刺史考全編』（安徽大学出版社、二〇〇〇年）に基づいて、改めてこの時期の京兆尹在職者を列挙してみると、およそ次のようになる。

⓪呉　湊　貞元十四年（七九八）七月―貞元十六年（八〇〇）四月四日卒（殉職）。
①**顧少連**　貞元十六年（八〇〇）五月―貞元十七年（八〇一）十月。その後、吏部尚書に栄転。
②**韋夏卿**　貞元十七年（八〇一）十月―貞元十八年（八〇二）?月卒（殉職か）。
③**羅　珦**　貞元十八年（八〇二）?月―貞元十九年（八〇三）三月。
④**李　実**　貞元十九年（八〇三）三月―貞元二十一年（八〇五）二月。その後、通州長史に左遷。
⑤**王　権**　貞元二十一年（八〇五）二月―永貞元年（八〇五）十月。その後、雅王傅に左遷。
⑥**李　鄘**　永貞元年（八〇五）十月―元和元年（八〇六）二月。その後、尚書右丞に栄転。
⑦**鄭雲逵**　元和元年（八〇六）二月―同年五月卒（殉職）。
⑧**韋　武**　元和元年（八〇六）五月―同年六月?卒（殉職）。
⑨**董叔経**　元和元年（八〇六）閏六月―同年八月卒（殉職）。

⑩李　鄘　元和元年（八〇六）八月再任―元和二年（八〇七）六月。鳳翔尹鳳翔隴右節度使に転出。
⑪楊於陵　元和二年（八〇七）?月―同年?月。
⑫郗士美　元和二年（八〇七）?月―元和三年（八〇八）?月。その後、鄂州観察使に転出。
⑬鄭　元　元和三年（八〇八）春―同年?月。その後、刑部尚書に栄転。
⑭楊　憑　元和四年（八〇九）?月―同年七月。嶺南道の臨賀県尉に左遷。
⑮許孟容　元和四年（八〇九）七月―元和五年（八一〇）十月。その後、兵部侍郎に栄転。
○王　播　元和五年（八一〇）十月―元和六年（八一一）四月。その後、刑部侍郎に栄転。
○元義方　元和六年（八一一）四月―元和七年（八一二）正月。その後、鄜州刺史鄜坊丹延観察使に転出。
○李　銛　元和七年（八一二）正月―元和八年（八一三）十二月。その後、鄜坊丹延観察使に転出。
○裴　武　元和八年（八一三）十二月―元和十年（八一五）七月。その後、司農卿に異動。
○李　翛　元和十年（八一五）七月―元和十一年（八一六）十月。その後、潤州刺史浙西観察使に転出。

すると、この間には過労などによる在職中の死亡者が⓪の呉湊を含め、②韋夏卿・⑦鄭雲逵・⑧韋武・⑨董叔経の五名にのぼり、また永貞の革新（八〇五年）にともなう更迭の④李実・⑤王権の事例もあり、このことが異例の交代を増やす原因となっていることがわかる。そこで最も注目される在職者は⑭楊憑である。彼は『旧唐書』巻十四・憲宗紀上などの記述によれば、京兆尹就任後、前職の江西観察使在任時代に犯した罪（収賄罪等）を御史中丞の李夷簡によって糾弾され、元和四年（八〇九）七月十八日、勅命によって突如家財の没収と嶺南への左遷という厳しい裁定が下された。白居易がこの詩で問題としているのは、この楊憑左遷事件に象徴される政界の醜い派閥争いであり、従ってこの詩の制作時期は楊憑左遷（元和四年七月十八日勅命）から程遠くない頃と思われ、岑仲勉の説（元和十年）や顧学頡の説（元和六年）よりもなお若干時期を遡るのが至当と考えられる。だとすれば、翰林学士に任じられていた白居易たちが意気揚々と将来の抱負を語り合っていた頃に重なるのである。

0089　其五

其《そ》の五《ご》

解題　「贈友五首」の最終首。各地に戦乱が絶えないために、優秀な人物でありながら晩婚を余儀なくされることの多い昨今の士大夫たちの結婚事情を詠じる。

三十男有レ室　二十女有レ歸
近代因二離亂一　婚姻多過レ期
嫁娶既不レ早　生育常苦遲
兒女未二成人一　父母已衰羸
凡人貴達日　多在二長大時一
欲レ報親不レ待　孝心無レ所レ施
哀哉三牲養　少レ得レ及二庭闈一
惜哉萬鍾粟　多用飽二妻兒一
誰能正二婚禮一　待レ君張二國維一
庶使三孝子心　皆無二風樹悲一

三十《さんじふ》にして男《だん》に室《しつ》有《あ》り、二十《にじふ》にして女《ぢよ》帰《とつ》ぐ有《あ》り。
近代《きんだい》　離亂《りらん》に因《よ》り、婚姻《こんいん》　多《おほ》く期《き》を過《す》ぐ。
嫁娶《かしゆ》　既《すで》に早《はや》からず、生育《せいいく》　常《つね》に苦《はなは》だ遲《おそ》し。
兒女《じぢよ》　未《いま》だ成人《せいじん》せざるに、父母《ふぼ》　已《すで》に衰羸《すいるい》す。
凡《およ》そ人《ひと》の貴達《きたつ》する日《ひ》、多《おほ》く長大《ちやうだい》の時《とき》に在《あ》り。
報《むく》いんと欲《ほつ》すれども親《おや》待《ま》たず、孝心《かうしん》　施《ほどこ》す所《ところ》無《な》し。
哀《かな》しいかな　三牲《さんせい》の養《やう》、庭闈《ていゐ》に及《およ》ぶを得《う》ること少《すく》なし。
惜《を》しいかな　萬鍾《ばんしよう》の粟《ぞく》、多《おほ》くは用《もつ》て妻兒《さいじ》を飽《あ》かしむるのみ。
誰《たれ》か能《よ》く婚禮《こんれい》を正《ただ》さん、君《きみ》を待《ま》ちて國維《こくゐ》を張《は》り、
庶《ねが》はくは孝子《かうし》の心《こころ》をして、皆《みな》　風樹《ふうじゆ》の悲《かな》しみ無《な》からしめん。

歸・闈（上平聲、微韻）、期・時（上平聲、之韻）、遲・維・悲（上平聲、脂韻）、羸・施・兒（上平聲、支韻）……之・脂・支韻は同用。微韻は通押。

通釈　三十歳にして男子は所帯を持ち、女子は二十歳で嫁入りするのが古代の礼制であるが、近頃は相継ぐ兵乱のために、多くの男女がその婚期を過ごしてしまっている。結婚が早くない以上、子供が生まれ育つのは更に遅くなってしまう。すると、子供がまだ成人せぬうちに、もう父母は老い衰えてしまうことになる。なべて、人が栄達の時を迎えるのは、たいていは壮年になってからである。生み育ててくれたご恩に報いようとしても親は待ってはくれず、その孝養の気持ちを表

すすべも無くなってしまう。かわいそうに、立派など馳走を整えても、それを父母がいます奥座敷に運び込む果報者は少なく、残念なことに、倉いっぱいの穀物も、ほとんどは妻や子供たちの口に入るばかりである。この異常な結婚事情を正すのは誰だろうか。貴君しか国家の綱紀をしっかりと締め直せる者はいない。どうか天下のすべての若者たちに、孝行のしたい時分に親は無しの悲しみだけは味わわせないでもらいたいものだ。

語釈 ○三十男有室　『礼記』曲礼篇上に、「三十を壮と曰ふ。室有り。」とあるのを言う。三十歳で結婚し、一家を持つ。○二十女有帰　『礼記』内則篇に、「女子は……十有五にして笄(かうがい)し、二十にして嫁ぐ」と。「帰」は結婚する。とつぐ。『詩経』周南「桃夭」に、「之の子于(ゆ)き帰(とつ)ぐ、其の室家に宜しからん」と。○因離乱　「離乱」は戦乱。各地の紛争。軍事衝突。『白氏文集』巻十、「朱陳村詩」(〇四四七)に、「離乱にして故郷を失ひ、骨肉多く散分す」と。なお、「因」字、那波本等では「多」に作るが、ここでは国会図書館蔵『文集抄』など我が国の旧鈔本に従って「因」字に改める。○既　……である以上。……であるからには。……なので。事実を認め、次の句の予測を導く。○苦　はなはだ。とても。○衰羸　衰え痩せこける。『白氏文集』巻六十三、「鏡を覧て老を喜ぶ」詩(三〇〇八)に、「行年六十四、安くんぞ衰羸せざるを得ん」と。○貴達　高貴な地位に栄達を果たす。盛唐の詩人劉長卿の「早春に趙居士の江左に還るに贈別す」詩に、「時に逢ふも貴達するは難く、道を守りて易退に甘んぜん」(『全唐詩』巻一五〇)と。○長大　年をとる。『文選』巻四十二、魏の文帝「呉質に与ふる書」に、「年行は已に長大にして、懐ふ所万端なり」と。○三牲養　牛・羊・豕(豚)の三種類の肉のご馳走。『孝経』第十章に、「日に三牲の養を用ふと雖も、猶ほ不孝と為すなり」とあるのを踏まえる。○庭闈　邸宅の奥座敷。父母のいる部屋。『文選』巻十九、束晳「補亡詩」に、「庭闈を眷恋す」と。○万鍾粟　食べるに十分な量の穀物。「鍾」は升目の単位。一鍾は六斛(こく)四斗。約五一・二リットル。『説苑』建本篇に、孔子の高弟子路(由)の言葉として、「昔者、由　二親に事へし時、常に藜藿の実を食らひ、親の為に米を百里の外より負へり。親没しての後、南のかた楚に遊び、車を従へること百乗、粟を積むこと万鍾、茵を累(かさ)ねて坐し、鼎を列して食す。藜藿を食らひ親の為に米を負へる時を願ふも、復た得べからざるなり」とある。○国維　国家の綱紀。○庶こいねがう。○風樹悲　親を亡くした悲しみ。風樹の嘆。『韓詩外伝』巻九に、「樹　静まらんと欲して風止まず、子　養はんと欲して親待たず」と。

余説 白居易がこの詩を贈った「友」について、王汝弼『白居易選集』(上海古籍出版社、一九八〇年)は、この当時白居易とともに翰林学士であった李程(七六一－八三七)・王涯(?－八三五)・李絳(七六四－八三〇)・裴垍(七六五－八三九)・崔羣(七七二－八三二)の五名であろうと推測している。これは白居易後年の詩「李留守相公見過、池上汎舟挙酒、話及翰林旧事、因成四韻以献之」(巻六

十九、三五六）の末尾に、「同時の六学士、五相一漁翁」と詠んでいることに基づく。また顧学頡の論文「白箋拾零四則」（『北京師範大学学報』一九八七年第六期）では、李絳・裴垍・崔羣に加え、李紳（七七二―八四六）・元稹（七七九―八三一）・牛僧孺（七七九―八四八）を想定している。しかし、謝思煒『白居易詩集校注』では、これらの説を紹介しつつも、「五首＝五名の友」と機械的に当てはめる考え方を否定し、上記の人々を含む、更に複数名の白居易の職務上の同僚たちを想定すべきだとしている。

0090　寓意詩五首　其一

寓意《ぐうい》の詩《し》五首《ごしゅ》　其《そ》の一《いち》

豫樟生㆓深山㆒　七年而後知
挺高二百尺　本末皆十圍
天子建㆓明堂㆒　此材獨中㆑規
匠人執㆓斤墨㆒　采度將㆑有㆑期
孟冬草木枯　烈火燎㆓山陂㆒
疾風吹㆓猛焰㆒　從㆑根燒到㆑枝
養㆑材三十年　方成㆓棟梁姿㆒
一朝爲㆓灰燼㆒　柯葉無㆓孑遺㆒
地雖㆑生㆓爾材㆒　天不㆑與㆓爾時㆒

豫樟《よしやう》　深山《しんざん》に生《しやう》ず、七年《しちねん》にして後《のち》知《し》らる。
挺《ぬき》んでて高《たか》きこと　二百尺《にひやくしやく》、本末《ほんまつ》　皆《みな》　十圍《じふゐ》。
天子《てんし》　明堂《めいだう》を建《た》つるに、此《こ》の材《ざい》　獨《ひと》り規《き》に中《あ》つ。
匠人《しやうじん》　斤墨《きんぼく》を執《と》り、采《と》り度《はか》ること　將《まさ》に期《き》有《あ》らんとす。
孟冬《まうとう》　草木枯《さうもくか》れ、烈火《れつくわ》　山陂《さんび》を燎《や》く。
疾風《しつぷう》　猛焰《まうえん》を吹《ふ》き、根《ね》より燒《や》きて枝《えだ》に到《いた》る。
材《ざい》を養《やしな》ふこと三十年《さんじふねん》、方《まさ》に棟梁《とうりやう》の姿《すがた》と成《な》る。
一朝《いつてう》　灰燼《くわいじん》と爲《な》り、柯葉《かえふ》　孑遺《げつゐ》無《な》し。
地《ち》　爾《なんぢ》の材《ざい》を生《しやう》ずと雖《いへど》も、天《てん》　爾《なんぢ》の時《とき》を與《あた》へずんば、

解題　木・虫・鳥など自然物の話を借り、官僚として宮廷社会に生きることの難しさを詠じた連作詩。さきの「贈友五首」とほぼ同じ頃に作られたものであろう。その第一首は、深山に生える「予樟」（クスノキの大木）の話。

不レ如三糞上英　猶有二人掇一レ之
已矣勿二重陳一　重陳令二人悲一
不レ悲二焚焼苦一　但悲二采用遲一

糞上《ふんじやう》の英《えい》の、猶《な》ほ人《ひと》の之《これ》を掇《と》る有《あ》るに如《し》かず。
已《や》んぬるかな　重《かさ》ねて陳《の》ぶる勿《な》かれ、重《かさ》ねて陳《の》ぶれば　人《ひと》をして悲《かな》しましむ。
焚焼《ふんせう》の苦《く》を悲《かな》しまず、但《た》だ采用《さいよう》の遲《おそ》きを悲《かな》しむのみ。

知・規・陂・枝（上平聲、支韻）、圍（上平聲、微韻）、期・時・之（上平聲、之韻）、姿・遺・悲・遲（上平聲、脂韻）……支・之・脂韻は同用。微韻は通押。

通釈　深山に生えるクスノキの大木は、その始め、芽が出てのち七年目までは、その苗木だとはわからぬほどの、か弱いものであった。しかしやがて、その高さは二百尺にもなり、幹も十人でやっと抱えられるほどの立派なものになってゆく。天子が大極殿をお建てになるとき、この材木だけが唯一そのコンパスの円周に叶う太さを持つのである。大工の棟梁が斧と墨縄を持ち、いよいよその寸法取りの日も近づいた頃、冬の初め、周囲の草木も枯れ、突如猛烈な山火事が山肌を駆け上がった。疾風が荒くるう炎を吹きあおり、クスノキは根元から枝の先まですっかり焼け落ちてしまった。

材木を育てて三十年、これは棟木、これは梁木にと、ようやく建築材としての姿が見えてきたというのに、ある日一瞬で、枝も葉も何も残らず、灰燼に帰してしまった。地の神がクスノキにこのように立派な材をはぐくんでくれたというのに、天の神がクスノキにそのチャンスを与えなかったならば、その価値は馬糞の上に咲く花にも劣ってしまう。たとえ糞上の花であっても、時には旅人の目に止まり、摘み取って愛でられることもあるのだから。

もう駄目だ。これ以上は言うまい。言えば悲しみが込み上げてくる。でも、山火事で燃えてしまったことを悲しむのではない。採用の時期が遅れたことが人と同じように悔しいのである。

語釈　〇予樟　クスノキの大木。〇七年而後知　『淮南子』脩務訓に、「楩枏（べんなん）・予章の生（お）ふるや、七年にして後知る。故に以て棺舟と為すべし」とあるのを踏まえる。なお『白氏六帖事類集』巻三十、「木」の章にも「七年」の項目があり、この『淮南子』の出典が挙げられている。〇挺　ぬきんでる。そびえ立つ。〇二百尺　約六〇メートル。一本に「二百丈」に作るが恐らく誤り。〇十囲　十人が両手を広げてようやく一周できるほどの大木。『文選』巻三十九、枚乗「上書して呉王を諫む」に、「夫れ十囲の木も、始め生ふるに蘖（ひこばえ）なり」と。〇明堂　天子が政務を行い、大臣や諸侯たちの拝礼を受ける宮殿。太極殿。〇中規　「規」はコンパス。コンパスにあたる。つまり、宮殿の円柱にするために十分な幹の太さがあることをいう。『周礼』考工記「輿人」に、「圜（ゑん）者は規に中り、方者は矩（直角の定規）に中る」と。〇匠人　大工。〇斤墨　斧と墨縄。〇采度　柱としての寸法を測る。〇将有期　いよいよその期日が目前に迫ろうとしている頃。〇孟冬　初冬。陰暦十月。〇燎　焼く。メラメラと燃え広がる。〇山陂　山の斜面。
〇棟梁　むなぎとうつばり。家屋構造の最も中心となる部分。〇柯葉　枝と葉。〇孑遺　生き残り。『詩経』大雅「雲漢」に、「孑遺有ること靡（な）し」と。〇糞上英　塵土に咲いた花。『文選』巻二十七、石崇「王明君詞」に、「昔は匣中の玉たりしも、今は糞上の英と為る」と。一本に「糞土英」に作るのは転写の際の誤りであろう。〇掇　摘み取る。
〇已矣　もうだめだ。絶望の辞。『楚辞』離騒に、「已矣哉（やんぬるかな）、国に人無く、我を知る莫し」と。〇采用　御用材としての切り出し。ここでは暗に有為の人材の抜擢をイメージしている。

余説　唐の張為『詩人主客図』には、白居易を「広大教化主」と目し、この詩を例として挙げている。清の何焯云う、「（「寓意詩五首」は）調は古なれども意は凡なり」と。

0091　其二　其《そ》の二《に》

解題　「寓意詩五首」の第二首。権勢をほこる大臣や長官たちが、ある日突然に失脚し、南方の僻遠の地に左遷されることを詠じ、いたずらに高級官僚に憧れる若者たちを戒める詩。五首連作のうち、この一首のみは「寓意」という題からは外れるように思われるが、ことほど左様に、宮廷内での人事の更迭事件は白居易たち若手官僚たちにとって最も恐ろしいものであった。

赫赫京內史　炎炎中書郎
昨傳㆓徵拜㆒日　恩賜頗殊㆑常
貂冠水蒼玉　紫綬黃金章

赫赫《かくかく》たる京内史《けいないし》、炎炎《えんえん》たる中書郎《ちゆうしよらう》。
昨《きのふ》徴拜《ちようはい》を傳《つた》ふる日《ひ》、恩賜《おんし》頗《すこぶ》る常《つね》に殊《こと》なり。
貂冠《てうくわん》水蒼《すいさう》の玉《ぎよく》、紫綬《しじゆ》黄金《わうごん》の章《しやう》。

佩服身未レ暖　已聞竄二遐荒一
親戚不レ得レ別　呑レ聲泣二路旁一
賓客亦已散　門前雀羅張
富貴來不レ久　倏如二瓦溝霜一
權勢去尤速　瞥若二石火光一
不レ如レ守二貧賤一　貧賤可二久長一
傳レ語宦遊子　且來歸二故郷一

佩服《はいふく》　身《み》未《いま》だ暖《あたた》かならざるに、已《すで》に聞《き》く　遐荒《かくわう》に竄《はな》たると。
親戚《しんせき》　別《わか》るるを得《え》ず、聲《こゑ》を呑《の》んで　路旁《ろばう》に泣《な》く。
賓客《ひんかく》も亦《ま》た已《すで》に散《さん》じ、門前《もんぜん》　雀羅《じやくら》張《は》る。
富貴《ふうき》は來《きた》りて久《ひさ》しからず、倏《しゆく》として瓦溝《ぐわこう》の霜《しも》の如《ごと》し。
權勢《けんせい》は去《さ》ること尤《もつと》も速《すみ》やかなり、瞥《べつ》として石火《せきくわ》の光《ひかり》の若《ごと》し。
貧賤《ひんせん》を守《まも》るに如《し》かず、貧賤《ひんせん》は久長《きうちやう》なるべし。
語《ご》を傳《つた》ふ　宦遊子《くわんいうし》よ、且《しばら》く來《きた》りて故郷《こきやう》に歸《かへ》れ。

郎・荒・旁・光（下平聲、唐韻）、常・章・張・霜・長・郷（下平聲、陽韻）……唐・陽韻は同用。

通釈　キラキラと威光かがやく京師の長官、メラメラと熱気発する中書省の副大臣、つい昨日、宮殿での任命式では、恩賜の品はすこぶる手厚いものだった。テンの尾が飾られた見事な冠に、腰には美しい水色の帯び玉、紫の組み紐に黄金の官印が輝いていた。だが、その装束に袖を通して間もなく、さて今日はもう遥か南方の未開の地へ放逐とのことである。天子のご勘気をこうむったために、親戚の者でさえ別れの挨拶を交わす余裕もなく、ただ声をおし殺して路傍にたたずみ、涙ながらに見送るばかり。それまでは連日のように詰めかけていた賓客たちはパタリと消え、邸宅の門前にはスズメ捕りの網が張れるほどに誰もいない。

世の中の富貴というものははかないもの。屋根瓦の窪みについた朝霜のように、またたく間に跡かたもなく消えてしまうのである。まして政治の世界の権勢というものは更にもっとすみやかで、パチンと飛び散る火打ち石の火花のよう。貧しく身分低くとも今が一番、貧賤こそが我が身を長らえる秘訣なのだ。あくせくと官界の出世街道を行くみなさん、無理な栄達などは望まず、とりあえず故郷にお帰りなさい。

語釈　○赫赫・炎炎　眩しいほどに光り輝き、炎のように熱く燃えさかる。勢いの盛んな様子。『詩経』大雅「雲漢」に、「赫赫炎炎として、云（ここ）に我所無し」と。○京内史　都長安をつかさどる京兆尹をいう。「内史」は古い官名。『漢書』巻十九上・百官公卿表上に、「内史は、周の官。秦、之に因りて京師を掌治せしむ」とある。○中書郎　天子の詔勅をつかさどる中書侍郎の古い呼び名。『旧唐書』巻四十三・職官志の「中書侍郎」の項にその沿革を述べて、「漢に中書を置き、密詔を掌らしむ。令・僕・丞・郎の四官有り。魏に中書郎と曰ひ、晋に侍の字を加ふ」とある。○徴拝　宮殿に召し出され天子より直々に辞令を頂戴する。盛唐の詩人劉長卿の「梁郎中の吉州に赴くを送る」詩に、「但だ愁ふ徴拝の日、無頼の借留を何（いかん）せん」（『全唐詩』巻一四七）と。○貂冠　貂（テン）の尾が飾られた冠。高位高官のしるし。『白氏文集』巻六十五、「崔二十四常侍を哭す」詩（三一七〇）にも、「貂冠　初めて別る九重の門」と。○水蒼玉　腰につける水色の帯玉。これも高位高官のしるし。『礼記』玉藻篇に、「大夫は水蒼玉を佩（お）びて純組（しそ＝黒色）の綬なり」とある。また『旧唐書』巻四十五・輿服志に、「三品以下、五品以上は水蒼玉を佩ぶ」と。○紫綬　紫色の印綬。「綬」は官印を腰帯に結ぶ紐。高位高官の持ち物。『漢書』巻十九上・百官公卿表上に、「相国・丞相は皆秦官、金印紫綬なり」などと金印紫綬を賜る官職が列記されている。○黄金章　金印。○佩服　身につける。同時代の韓愈「区弘の南に帰るを送る」詩に、「佩服せる上色は紫と緋と」（『全唐詩』巻三三九）と。○竄　放つ、棄てる。ここでは失脚した臣下を野蛮な地域に放逐することをいう。『白氏文集』巻一、「凶宅詩」（〇〇〇四）に、「前主は将相と為るも、罪を得て巴庸に竄たる」と。○遐荒　未開の荒野。『文選』巻十九、韋孟の「諷諫」詩に、「遐荒を撫寧す」と。○呑声　声をおし殺し、しのび泣く。今生の別れだと知っての行動。『文選』巻十六、江淹の「恨の賦」に、「古より皆死有り、恨みを飲み声を呑まざるは莫し」と。また盛唐の詩人杜甫「李白を夢む二首」其の一に、「死別すら已に声を呑む」（『杜詩詳註』巻七）と。○雀羅　スズメを捕まえるためのかすみ網。『史記』巻一二〇・汲鄭列伝の論賛に見える下邽の翟公の言葉に、官職がある時には賓客が門に満ちあふれていたが、失職した途端、門外に「雀羅」を設けて雀が捕れるくらいに静かになり、また復職すると、賓客たちがまた押しかけたという。

○倏　すみやかに。またたくまに。『文選』巻三十、謝霊運の「擣衣」詩に、「晷運（きうん）は倏として催すが如し」と。また東晋の詩人陶淵明の「飲酒二十首」其の三にも、「一生復た能く幾ばくぞ、倏として流電の驚くがごとし」（『陶淵明集』巻三）と。○瓦溝霜　屋根瓦のくぼみに溜まった霜。朝が来ると瞬時に消えてしまう、はかないものの喩え。同時代の詩人張籍の「姚怤に贈る」詩に、「願はくは石中の泉と為り、瓦上の霜とは為らじ」（『全唐詩』巻三八三）と。○瞥若石火光　「瞥」はちらりと見える。火打ち石を敲いて火花が出るように、人生は一瞬ではかないものである喩え。『文選』巻二十六、潘岳の「河陽県の作二首」其の一に、「人生天地の間、百歳孰か能く要（とも）めん。頰（かひ）ることは石を搞（う）つの火の如く、瞥（のほ）かなること道を截（よこぎ）る飆（ぜか）の若し」とあるのに基づく。○伝

語　言葉を寄せる。忠告する。『文選』巻二十七、石崇「王明君詞」に、「伝語す後世の人、遠く嫁するは情を為し難し」と。〇宦遊子　宮廷社会を生き抜く官人。『文選』には古くこれを倒置した「遊宦子」（陸機・顔延之の詩など）という言葉があるが、これは故郷を離れ他郷に勤務する者の意。唐代、この意味を少し変えて、汚辱と陰謀に満ちた官僚社会に疲れた自分たちをいささか自嘲気味に言う言葉として「宦遊」の語が生まれた。初唐の詩人宋之問「藍田山荘」詩に、「宦遊は吏隠に非ず、心事　幽偏を好む」（『全唐詩』巻五十二）と、また盛唐の詩人王維「弟縉と別れし後、青龍寺に登りて藍田山を望む」詩に、「心に悲しむ宦遊子、何処にか征蓋を飛ばす」（『全唐詩』巻一二五）と。〇且来　まあしばらく。とりあえず。相手に気さくに誘いかける言葉。「来」字は軽い添え字。『白氏文集』巻八、「馬上の作」（〇三四七）にも、「未だ簪組を脱せずと雖も、且く来りて江湖に泛ばん」と。

余説　唐の張為『詩人主客図』には、白居易を「広大教化主」と目し、この詩を例として挙げている。

0092　其三

促織不レ成レ章　提壺但聞レ聲
嗟哉蟲與レ鳥　無レ實有二虛名一
與レ君定レ交日　久要如二弟兄一
何以示二誠信一　白水指爲レ盟
雲雨一爲レ別　飛沈兩難レ幷
君爲二得レ風鵬一　我爲二失レ水鯨一
音信日已疎　恩分日已輕

其《そ》の三《さん》

促織《そくしよく》は　章《しやう》を成《な》さず、提壺《ていこ》は　但《た》だ聲《こゑ》を聞《き》くのみ。
嗟哉《ああ》　蟲《むし》と鳥《とり》と、實《じつ》無《な》くして虛名《きよめい》有《あ》るのみ。
君《きみ》と交《まじ》はりを定《さだ》めし日《ひ》、久要《きうえう》　弟兄《ていけい》の如《ごと》し。
何《なに》を以《もつ》てか誠信《せいしん》を示《しめ》す、白水《はくすい》　指《ゆび》さして盟《ちか》ひと爲《な》せり。
雲雨《うんう》　一《ひと》たび別《わか》れを爲《な》し、飛沈《ひちん》　兩《ふた》つながら幷《あは》せ難《がた》し。
君《きみ》は風《かぜ》を得《え》たる鵬《ほう》と爲《な》り、我《われ》は水《みづ》を失《うしな》へる鯨《げい》と爲《な》る。
音信《おんしん》　日《ひ》に已《すで》に疎《うと》く、恩分《おんぶん》　日《ひ》に已《すで》に輕《かろ》し。

解題　「寓意詩五首」の第三首。昆虫の「促織」（コオロギ）と鳥の「提壺」という二つの変わった名前の生き物の話から始まり、世の中で最も有名無実なものとして、真の友情をはぐくむことの難しさを詠う。

窮通尚如レ此　何況死與レ生
乃知擇レ交難　須レ有二知レ人明一
莫下將二山下松一　結中託水上萍上

窮通《きゆうつう》　尚《な》ほ此《か》くの如《ごと》し、何《なん》ぞ況《いは》んや死《し》と生《せい》とをや。
乃《すなは》ち知《し》る　交《まじ》はりを擇《えら》ぶの難《かた》きを、須《すべか》らく人《ひと》を知《し》る明有《めいあ》るべし。
山下《さんか》の松《まつ》を將《もつ》て、水上《すいじやう》の萍《へい》に結託《けつたく》する莫《な》かれ。

聲・名・丼・輕（下平聲、清韻）、兄・盟・鯨・生・明（下平聲、庚韻）、萍（下平聲、青韻）……清・庚韻は同用。青韻は通押。

通釈　織《はた》を促すという名前でも、コオロギが美しい綾の反物を織ることはなく、酒壺を提げるという名の鳥も、いたずらに木々の間に、テイコ、テイコとさえずるのみである。ああ、虫も鳥も、その虚名があるだけで実を伴うものではない。
かつて君と私が友人になった日、実の兄と弟のように固い約束を交わし、そのまごころを示すため、白き河の神にも誓いを立てたものだったが、いったん天の恵みが二人の人生を分けてしまうと、大空の上を飛ぶものと河底に沈むものとの人生行路はもはや二度と交わり会うことはない。君は風を得た大鵬となって雄飛し、私は水をなくした陸《おか》のクジラとなって瀕死の状態にある。互いの音信は日に日に遠ざかり、相手への恩情も日に日に薄れゆくばかり。困窮と栄達との境遇の差において、すでにこのようであるのだから、生死を隔てたあの世とこの世の間柄では、もはや何をか言わんやである。しみじみと思う。友を選ぶのは難しい、相手を見通す明らかな眼力が必要である。山下の松のように寒門出身の我々は、ゆめゆめ水上の浮き草のような軽薄で不確かな者と結託してはならぬのだ。

語釈　○促織　コオロギ。秋になり女性の機織り仕事を急き立てるように鳴き始める虫。『文選』巻二十九、「古詩十九首」其の七の冒頭に、「明月　皎として夜に光り、促織　東壁に鳴く」と。白居易の詩が、「促織」から始まり、やがて士人の友情に言及するのは、この古詩のテーマも「昔　我が同門の友、高く挙がりて六翮を振るひ、手を携へし好（よしみ）を念はず、我を棄つること遺跡の如し」と、旧友の出世と変節とを主題とするためである。○不成章　織物が出来上がらない。『文選』巻二十九、「古詩十九首」其の十に、「終日　章を成さず、泣涕　零（お）つること雨の如し」とあるのを踏まえる。○提壺　鳥の名。鳴き声が「テイコ」と聞こえるので名付く。一説に同音の「鵜鶘」と解するが、現代中国語における「鵜鶘＝ペリカン」とするのは誤りであろう。『白氏文集』巻十六に、「早春に提壺鳥を聞き、因りて隣家に題す」詩（〇九二六）がある。○嗟哉　ああ。嘆きの声。『白氏文集』巻一、「慈烏夜啼詩」（〇〇四〇）に、「嗟哉　斯の徒輩、其の心は禽にも如かず」と。〇虚名　さきの「古詩十九首」其の七にも、「虚名復た何の益かあらん」と。〇久要　古い約束。昔からの固い友情。『論語』憲問篇に「久要に平生の言を忘れざるは、亦た以て成人と為すべし」と。〇誠信　偽りのないまごころ。誠心誠意。『礼記』祭統篇に、「賢者の祭や、其の誠信と其の忠敬を致す」と。〇白水指為盟　自分たちの心の潔白さを清く澄んだ川の水に擬えて、その不変を誓う。『左氏伝』僖公二十四年に、重耳（のちの晋の文公）が「所（も）し舅氏と心を同じくせざる者あらば、白水の如く有らん」と誓って璧玉を河水に投げた故事に基づく。『文選』巻五十、劉峻の「広絶交論」に、「白水を指して信を旌（あらは）す」と。〇雲雨別　曇りと雨降り。天子からの恩沢（＝雨水）が降るか降らないかの差異。さきの劉峻「広絶交論」に非難される五種類の「利による交わり」のうち、権勢を笠に着た交際では「吐漱して雲雨を興し、呼噏（こきふ）して霜露を下すが若し」と。また盛唐の詩人杜甫の「貧交行」に、「手を翻せば雲と作（な）り手を覆せば雨、紛紛たる軽薄　何ぞ数ふるを須ひん」（『杜詩詳註』巻二）と。『白氏文集』巻二、「秦中吟」傷友（〇〇七八）にも、「邇来雲雨の睽（そむ）き」と。〇飛沈　天空を飛ぶことと、水底深く沈むこと。栄達と落魄。さきの劉峻「広絶交論」にも、「飛沈は其の顧指より出で、栄辱は其の一言に定まる」と。〇難幷　兼ね備えることは難しい。『文選』巻三十、謝霊運「魏太子の鄴中集に擬する詩八首の序」に、「四者は幷せ難し」と。〇失水鯨　水をなくした鯨。陸に上がって行き場がないクジラ。『文選』巻十、潘岳の「西征の賦」に、「奔鯨は浪だつて水を失ふ」と。〇恩分　恩情。恩義。盛唐の詩人李白「行路難三首」其の二に、「劇辛楽毅は恩分に感じ、肝を輸（いた）し胆を剖いて英才を效（いた）す」（『全唐詩』巻一六二）と。〇窮通　困窮と栄達。〇何況　ましてなおさらである。〇死与生　『史記』巻一二〇・汲鄭列伝の論賛に、「一死一生、乃ち交情を知り、一貧一富、乃ち交態を知り、一貴一賤、交情乃ち見（あらは）る」と。〇択交　自分に相応しい交友をえらぶ。〇知人明　善良な人物を見抜く眼力。『史記』巻六十二・管晏列伝に、「天下、管仲の賢を多とせず、鮑叔の能く人を知るを多とす」と。また『後漢書』巻六十四・呉祐（字は季英）伝に、「呉季英に知人の明有り」とある。〇山下松　山のふもと、谷底に生える松。後ろ楯を持たない貧士の喩え。『白氏文集』巻四、「新楽府」其の二十七「澗底の松」（〇一五二）参照。一本に「山上松」に作るのは誤り。〇結託　交際する。盛唐の詩人李白の「少年行二首」其の一に、「経過するは燕太子、結託するは幷州の児」（『全唐詩』巻一六五）と。〇水上萍　水面に浮かぶ浮き草。はかないものの喩え。ここでは薄情な友人を指している。『文選』巻三十一、江淹「雑体詩三十首」其の七「王侍中（粲）の懐徳」に、「朝露は竟に幾何ぞ、忽たること水上の萍の如し」と。

其四

其《そ》の四《し》

解題 「寓意詩五首」の第四首。同じ巣に生まれた二羽の燕の話。夏の間、それぞれ違う場所に巣を作り、その格差に驚くが、秋にはまたともに仲良く南国に帰ってゆく。

翩翩兩玄鳥　本是同巣燕
分飛來幾時　秋夏炎涼變
一宿蓬蓽廬　一栖明光殿
偶因㆓銜㆑泥處㆒　復得㆓重相見㆒
彼矜杏梁貴　此嗟茅棟賤
眼看秋社至　兩處倶難㆑戀
所㆑託各暫時　胡爲相歎羨

翩翩《へんぺん》たる兩《りやう》の玄鳥《げんてう》、本是《もとこ》れ同巣《どうさう》の燕《つばめ》。
分飛《ぶんひ》して來《このかた》　幾時《いくとき》ぞ、秋夏《しうか》　炎涼《えんりやう》　變《へん》ず。
一《いつ》は宿《やど》る　蓬蓽《ほうひつ》の廬《ろ》、一《いつ》は栖《す》む　明光《めいくわう》の殿《でん》。
偶〻《たまたま》泥《どろ》を銜《ふく》む處《ところ》に因《よ》り、復《ま》た重《かさ》ねて相見《あひみ》るを得《え》たり。
彼《かれ》は矜《ほこ》る　杏梁《きやうりやう》の貴《たつと》きを、此《これ》は嗟《なげ》く　茅棟《ばうとう》の賤《いや》しきを。
眼看《がんかん》に秋社《しうしや》至《いた》れば、兩處《りやうしよ》　倶《とも》に戀《こ》ひ難《がた》し。
託《たく》する所《ところ》は各〻《おのおの》暫時《ざんじ》、胡爲《なんす》れぞ　相歎羨《あひたんせん》せん。

燕・殿・見（去聲、霰韻）、變・賤・戀・羨（去聲、線韻）……霰・線韻は同用。

通釈 スイスイと飛ぶ二羽のクロツバメ、もとは同じ古巣で育った兄弟だった。巣立ってより、さてどれ程の時が経ったろうか。季節は夏から秋へと移り、炎天もようやくしのぎやすくなってきた。一羽は貧しい隠者の蓬生の庵に巣を作り、もう一羽は天子のおわす明光殿の軒端を栖み家としている。

ある日、ふと泥を啄んでいる処に、二羽が久しぶりに再会を果たした。あちらのツバメは杏の梁の立派さを誇り、こなたのツバメは茅葺きの侘びしさを嘆く。でももうすぐ秋祭りの頃になれば、南国に去るため、どちらの巣にも恋々と留まってはいられない。それぞれ身を寄せるのは暫くの間なのだから、互いの境遇を羨ましがる必要は無いのだ。

語釈 ○翩翩　鳥が軽やかに飛ぶさま。『詩経』小雅「四牡」に、「翩翩たる者は雛、載ち飛び載ち下る」と。○玄鳥　ツバメの古称。『詩経』商頌に「玄鳥」詩がある。○蓬蓽廬　蓬（ヨモギ）で編んだ戸と蓽（イバラ）で作った門。隠者の貧しい家。『文選』巻二十五、傅咸の「何劭と王済に贈る」詩に、「身を蓬蓽の廬に帰し、道を楽しみて以て飢ゑを忘れん」と。○明光殿　天子の宮殿の名。もとは前漢の武帝が築造したものであるが、後世の詩歌においてはその華やかな名称が喜ばれ、代名詞的に好んで用いられた。○銜泥　巣を作ろうとするツバメの習性。『文選』巻二十九、「古詩十九首」其の十二に、「双飛の燕と為り、泥を銜んで君が屋に巣くはんと思ふ」と。○矜　かちほこる。○杏梁　珍しい杏の大木で作られた梁（はり）。建築資材として最も奢侈なものである。『白氏文集』巻四、「新楽府」其の三十九「杏を梁と為す」（〇一六三）を参照。○茅棟　茅葺きの粗末な家。『文選』巻二十二、沈約「東園に宿す」詩に、「茅棟に愁鴟嘯（うそぶ）き、平崗に寒兎走る」と。○眼看　もうすぐ。唐代の口語。唐初の民間流行詩『王梵志詩集』第〇四七「自生還自死」に、「眼看に天を塞（ふさ）ぎ破らん」と。○秋社　秋祭り。土地神を祀る祭礼。宋の陳元靚『歳時広記』巻十四、「二社日」の項に、立春ののち五回目の戊日を春社、立秋ののち五回目の戊日を秋社とするとある。秋社がくると燕が南に帰ってゆくのである。白居易の親友元稹「有鳥二十章」其の十一の「燕子」を詠う詩にも、「春風に吹き送らる　廊廡の間、秋社に駆り将（さ）らる　嵌孔の裏（うち）」（『全唐詩』巻四二〇）と。○両処　蓬蓽廬の巣と明光殿の巣を指す。○欺羨　うらやましがる。唐代の口語。

0094　其五

婆娑園中樹　根株大合圍
蠢爾樹間蟲　形質一何微
誰謂蟲至微　蟲蠹無㆓已期㆒
孰謂樹至大　花葉有㆓衰時㆒

其《そ》の五《ご》

婆娑《ばさ》たり　園中《ゑんちゆう》の樹《き》、根株《こんしゆ》　大《だい》なること合圍《がふゐ》。
蠢爾《しゆんじ》たり　樹間《じゆかん》の蟲《むし》、形質《けいしつ》　一《いつ》に何《なん》ぞ微《び》なる。
誰《たれ》か謂《い》ふ　蟲《むし》は至微《しび》なりと、蟲蠹《ちゆうと》　已《や》む期《とき》無《な》し。
孰《たれ》か謂《い》ふ　樹《き》は至大《しだい》なりと、花葉《くわえふ》　衰《おとろ》ふる時《とき》有《あ》り。

解題「寓意詩五首」の最終首。大樹の幹の中にひそみ、樹心を食い尽くしてしまう木喰い虫の話。

花衰夏未ㇾ實　葉病秋先萎
花衰《はなおとろ》へ　夏《なつ》に未《いま》だ實《みの》らず、葉病《はや》み　秋《あき》に先《ま》づ萎《しぼ》む。

樹心半爲ㇾ土　觀者安得ㇾ知
樹心《じゅしん》　半《なか》ば土《つち》と爲《な》るも、觀《み》る者《もの》　安《いづ》くんぞ知《し》るを得《え》ん。

借問蟲何在　在ㇾ身不ㇾ在ㇾ枝
借問《しゃもん》す　蟲《むし》　何《いづ》くにか在《あ》る、身《み》に在《あ》りて　枝《えだ》に在《あ》らず

借問蟲何食　食ㇾ心不ㇾ食ㇾ皮
借問《しゃもん》す　蟲《むし》　何《なに》をか食《く》らはん、心《しん》を食《く》らひて　皮《かは》を食《く》らはず。

豈無二啄木鳥一　觜長將何爲
豈《あ》に啄木鳥《たくぼくてう》無《な》からんや、觜《くちばし》の長《なが》きは　將《は》た何《なに》をか爲《な》さん。

圍・微・微（上平聲、微韻）、期・時（上平聲、之韻）、萎・知・枝・皮・爲（上平聲、支韻）……之・支韻は同用。微韻は通押。

通釈　カサカサに萎れかけた園中の樹は、根元は一抱えもある大木だが、幹の中心にはウジャウジャと木喰い虫がうごめいている。虫は如何にも微小な存在なのだが、そのちっぽけさをあなどるなかれ、せっせと休む間も無く喰い続ける。樹の幹が太いのを過信するなかれ、花が咲き、葉が出ることも、やがて衰えてしまうのである。花が衰えると夏に実を結ばなくなり、葉が病気になると秋になる前にしぼみ落ちてしまうのである。樹心は虫ばまれて半ば土になってしまっているのだが、観る人は誰も気づかない。

お尋ねしよう、虫はどこにいるのか。樹木の身の部分にいて、枝にいるのではないのだ。

またお尋ねしよう、虫は何を食べるのか。樹木の心《しん》の部分を食べ、皮を食べるのではないのだ。この虫たちをついばむキツツキ鳥はいるのだが、無駄に長いそのくちばしは、まったく何の役にも立たないのだ。

語釈　○婆娑　樹木がしおれて元気なく揺れるさま。『世説新語』黜免篇に見える東晋の武将殷仲文が、槐（えんじゅ）の老木を見て発した言葉「槐樹は婆娑として、復た生意無し」を踏まえる。○合囲　ひとかかえの大きさ。盛唐の張九齢「茘枝の賦」に、「下は合囲して以て本を擢（きぬ）んで、傍らは畝を蔭（ほお）ひて規を抱く」（『全唐文』巻二八三）と。○蠢爾　うじゃうじゃもそもそと小虫の動くさま。『詩経』小雅「采芑」に、「蠢爾たる蛮荊」と。○形質　からだ。外見のかたち。同時代の劉禹錫「柳員外（宗元）を祭る文」に、「意（もお）ふに君の死せる所は、乃ち形質のみ」（『全唐文』巻六一〇）と。○虫蠹　木喰い虫が樹木をむしばむ。○無已期　終わる時が無

い。永遠に続く。『白氏文集』巻三、「新楽府」其の八「胡旋女」詩（〇一三一）に、「千匝万周　已む時無し」と。○借問　お尋ねします。楽府の問答体によく使われる発問の辞。○在身・食心　樹幹の中心部分を指して「身・心」と言っているが、暗に人間の「身・心」を指している。○啄木鳥　キツツキ。白居易の親友元稹「有鳥二十章」其の八（『全唐詩』巻四二〇）にも啄木鳥が取り上げられるが、そこでも啄木鳥は樹木の皮に穴をあけるのみで、幹の中心部分に巣くう蠹虫を根こそぎ採ってしまうものではないことが詠われている。この元稹の詩は元和五年（八一〇）江陵左遷時に制作されたものであり、この白居易詩を読んでいた可能性が高い。詳しくは「和答詩十首の序」（〇一〇〇）を参照。○觜　くちばし。

0095　讀レ史五首　其一

史《し》を讀《よ》む五首《ごしゅ》　其《そ》の一《いち》

解題　歴史上の故事を題材にして、時世を諷諭した連作詩。元和五年（八一〇）三月の親友元稹の江陵左遷を契機として制作されたものと思われる。その第一首は戦国時代の楚の政治家屈原（前三四三？—前二七七？）と前漢初期の政治家賈誼（前二〇〇—前一六八）を詠じる。

楚懷放二靈均一　國政亦荒淫
彷徨未レ忍レ決　遶レ澤行悲吟
漢文疑二賈生一　謫置二湘之陰一
是時刑方措　此去難レ爲レ心
士生一代閒　誰不レ有二浮沈一
良時眞可レ惜　亂世何足レ欽
乃知汨羅恨　未レ抵二長沙深一

楚懷《そくわい》　靈均《れいきん》を放《はな》ち、國政《こくせい》　亦《ま》た荒淫《くわういん》せり。
彷徨《はうくわう》　未《いま》だ決《けつ》するに忍《しの》びず、澤《たく》を遶《めぐ》りて行《ゆくゆく》く悲吟《ひぎん》す。
漢文《かんぶん》　賈生《かせい》を疑《うたが》ひ、謫《たく》して湘《しやう》の陰《いん》に置《お》く。
是《こ》の時《とき》　刑《けい》　方《まさ》に措《お》けり、此《こ》の去《きよ》　心《こころ》を爲《な》し難《がた》し。
士《し》の生《しやう》ずる一代《いちだい》の閒《かん》、誰《たれ》か浮沈《ふちん》有《あ》らざらん。
良時《りやうじ》は　眞《まこと》に惜《を》しむべし、亂世《らんせ》は　何《なん》ぞ欽《うらや》むに足《た》らん。
乃《すなは》ち知《し》る　汨羅《べきら》の恨《うら》み、未《いま》だ長沙《ちやうさ》の深《ふか》きに抵《いた》らざるを。

淫・吟・陰・心・沈・欽・深（下平聲、侵韻）。

通釈 楚の懐王が屈原を放逐すると、楚国の政治はさらにめちゃくちゃに乱れていった。屈原は行くか戻るかさまよい歩き、江岸に沿って悲しげに詩を吟じるしかなかった。一方、漢の文帝は賈誼の専横を疑い、湘水のさらに南方に遠流としたが、その頃は犯罪も起こらぬ理想的な政治が実現していた時代なので、この失脚は賈誼にとってまことに耐え難いものであった。

士人の一生の間には、誰しも浮き沈みがあるものだが、英明な皇帝のおわす良い時にめぐり会うことはめったに無く、一方、乱世はよくあるものだ。だから、屈原が汨羅に入水した恨みは、賈誼が長沙で抱いた悔しさに比べれば、まだまだ浅いものだと言わねばなるまい。

語釈 ○楚懐　楚の懐王。戦国時代の楚国の王で、在位は前三二九―前二九九。屈原の諫言を聞かず、国力を徒（いたずら）に消耗した暗君として有名。○霊均　楚の賢臣屈原の字。『楚辞』離騒に、「余に名づけて正則と曰ひ、余に字して霊均と曰ふ」と。○荒淫　酒色におぼれる。乱れる。『文選』巻八、司馬相如「上林の賦」に、「奢侈を以て相勝ち、荒淫を以て相越えんと欲す」と。○彷徨　行きつ戻りつ、さまよい歩く。『文選』巻二十七、楽府古辞「傷歌行」に、「東西安（いづ）くにか之く所ぞ、徘徊し以て彷徨す」と。○遶沢行悲吟　『楚辞』漁父に、「屈原既に放たれて、江潭に游び、行くゆく沢畔に吟ず」とあるのを踏まえる。○漢文　漢の文帝。節約と寛容の政策を施し、前漢王朝を盤石なものとした明君。在位は前一八〇―前一五七。○賈生　賈誼の通称。『史記』巻八十四も標題を「屈原賈生列伝」とする。彼は漢文帝の側近として有能な才を振るったが、周囲の嫉みを買い、湖南の長沙王の太傅に左遷された。その左遷の途上、屈原の非業の死を悼んだ「屈原を弔ふ文」（『文選』巻六十）を綴った。○湘之陰　湘水の南岸。○刑措　刑罰を定めても、犯罪が起こらないために、これを執行することが無い。平和な社会が実現していることをいう。『漢書』巻四・文帝紀の論賛に文帝の仁政を称え、「是を以て海内は殷富し、礼義に興り、獄を断ずること数百のみにして、幾んど刑を措くに致す」とある。○難為心　耐えられない。たまらない。『文選』巻二十七、石崇「王明君詞」に、「遠く嫁するは情を為し難し」と。○浮沈　世の中の浮き沈み。『文選』巻二十六、王僧達「顔延年に答ふ」詩に、「篤く顧みては浮沈を棄つ」と。○良時　よい時。ここでは漢の文帝の時代のような平和ですばらしい政治をいう。『文選』巻二十九、李陵「蘇武に与ふ」詩に、「良時　再びは至らず」と。○欽　うやまい慕う。○汨羅恨　屈原が入水自殺したという汨羅江の尽きせぬ恨み。○抵　あたる。つり合う。例えば、盛唐の詩人杜甫「春望」詩に、「家書　万金に抵る」（『杜詩詳註』巻四）と。〇長沙深　賈誼が長沙に左遷された深い恨み。

余説 清の何焯云ふ、「白公の古詩は杜（甫）を学べる者を以て最と為す、魏・晉の諸公に擬するがごときは則ち未だ其の致を極めず」と。

0096 其二　　其《そ》の二《に》

禍患如㆓棼絲㆒　其來無㆓端緒㆒
禍患《くわくわん》は　棼絲《ふんし》の如《ごと》く、其《そ》の來《きた》るや端緒《たんしよ》無《な》し。

馬遷下㆓蠶室㆒　嵇康就㆓囹圄㆒
馬遷《ばせん》　蠶室《さんしつ》に下《くだ》り、嵇康《けいかう》　囹圄《れいご》に就《つ》く。

抱㆑冤志氣屈　忍㆑恥形神沮
冤《ゑん》を抱《いだ》きて　志氣《しき》屈《くつ》し、恥《はぢ》を忍《しの》んで　形神《けいしん》沮《やぶ》れぬ。

當㆓彼戮辱時㆒　奮飛無㆓翅羽㆒
彼《か》の戮辱《りくじよく》せらるる時《とき》に當《あ》たり、奮飛《ふんぴ》するに翅羽《しう》無《な》し。

商山有㆓黄綺㆒　潁川有㆓巢許㆒
商山《しやうざん》に　黄綺《くわうき》有《あ》り、潁川《えいせん》に　巢許《さうきよ》有《あ》り。

何不㆔從㆑之遊　超然離㆓網罟㆒
何《なん》ぞ之《これ》に從《したが》ひて遊《あそ》び、超然《てうぜん》として網罟《まうこ》を離《はな》れざる。

山林少㆓羈鞅㆒　世路多㆓艱阻㆒
山林《さんりん》に　羈鞅《きあう》少《すく》なく、世路《せいろ》に　艱阻《かんそ》多《おほ》し。

寄謝伐檀人　愼勿㆑嗟㆓窮處㆒
寄謝《きしや》す　伐檀《ばつだん》の人《ひと》、愼《つつし》んで窮處《きゆうしよ》を嗟《なげ》く勿《な》かれ。

緒・圄・沮・許・阻・處（上聲、語韻）、羽（上聲、麌韻）、罟（上聲、姥韻）……麌・姥韻は同用。語韻は通押。

解題 「読㆑史五首」の第二首。李陵を弁護したために宮刑に処せられた前漢の司馬遷（前一三五？—前九三？）と、鍾会の讒言によって無実の罪で死罪となった三国魏の嵇康（二二四—二六三）を例に、人生行路の随処にひそむ思いがけない落とし穴を詠む。

通釈 人の世のわざわいは、もつれた糸玉のように、それがどこからやって来たものなのか自分ではわからない。しかし、一旦それに見舞われると、司馬遷が蚕室に放り込まれ、嵆康が牢獄につながれたように、こころざしが挫けそうになりながら悔しさを胸にいだき、心身ともに崩れてしまいそうになっても、じっと恥を耐え忍ばなくてはならない。もはや刑が執行されるその瞬間には、大空を飛ぼうにも翼は無いのだから。

一方、かの商山には夏黄公や綺里季、潁川にも巣父や許由といった隠者たちがいる。どうして彼らに付き従って山野に棲み、たくらみに満ちた世の網の目から超然と脱け出そうとしないのか。山林には我が身を束縛するものは何も無く、世間には艱難辛苦が溢れているではないか。おぉ～い、伐檀の詩の樵夫のように貪欲に出世栄達にいそしむ人たちよ。ゆめゆめ自分はまだ貧乏だなどと愚痴をこぼすのはおよしなさい。

語釈 ○禍患　わざわい。災難。○棼糸　みだれた糸。もつれた糸。『左氏伝』隠公四年に、「臣聞く、徳を以て民を和すと。乱を以てするを聞かず。乱を以てするは猶ほ糸を治めんとして之を棼（みだ）すがごときなり」と。○端緒　きっかけ。淵源。初唐の詩人駱賓王の「女道士王霊妃に代はりて道士李栄に贈る」詩に、「春時の物色　端緒無し」（『全唐詩』巻七十七）と。○馬遷　「司馬遷」の略。○蚕室　風が通らない部屋。本来は養蚕の部屋であるが、ここでは宮刑に処せられた者が傷口が癒えるまで放り込まれた牢獄を指す。『文選』巻四十一、司馬遷「任少卿に報ずる書」に、「僕又倶（つ）いで蚕室に之き、重ねて天下の観笑と為る」と。○囹圄　牢獄。『文選』巻二十三、嵆康「幽憤詩」に、「理は弊（やぶ）れ患（うれ）ひ結びて、卒（つひ）に囹圄を致せり」と。○抱冤　悔しく思う。○忍恥　恥を忍ぶ。『左氏伝』哀公二十七年に、「能く恥を忍べるを以てす」と。また後輩の杜牧「烏江亭に題す」詩に、「羞を包み恥を忍ぶは是れ男児」（『全唐詩』巻五二三）と。○形神沮　身も心もくじける。さきの嵆康「幽憤詩」に、「義直なりと曰ふと雖も、神は辱められ志も沮れぬ」とある。○戮辱　処刑されはずかしめを受ける。『韓非子』難言篇に、「賢聖と雖も死亡を逃れ戮辱を避くること能はざる者は何ぞや」と。○奮飛　鳥のように翼を広げて飛び去る。『詩経』邶風「柏舟」に、「静かに言（われ）之を思ふに、奮飛する能はず」と。○翅羽　つばさ。○商山黄綺　商山の四皓。秦の悪政を避けて隠棲した四人の隠者。東園公・角里（ろくり）先生・綺里季・夏黄公。『史記』巻五十五・留侯世家に見える。○潁川巣許　堯の時代、河南省の嵩山に隠棲していた二人の隠者。巣父（そうほ）・許由。『高士伝』に見える。○網罟　あみ。世の中のあちこちに仕掛けられた罠。○羈鞅　馬に装着する馬具。「羈」は、おもがい。轡（くつわ）と繋がって頭部に掛ける。「鞅」はむながい。鐙（あぶみ）と繋がって胴体にかける。二つを合わせて、人の行動を縛る世間のしがらみ。盛唐の詩人王維「瑋上人に謁する」詩に、「空性　羈鞅無し」（『全唐詩』巻一二五）と。○寄謝　遠くから呼び掛ける。「謝」は挨拶する。○伐檀人　出世ばかりを夢見て貪欲に働く人々。『詩経』魏風「伐檀」を出典とし、その詩序に言う、「貪を刺（そし）るなり。位に在りて貪鄙にして、功無くして禄を受く。君子は進仕するを得ず」を踏まえる。なお、もとの詩は山の奥深くで檀（えのき）を伐り出す樵夫を詠じたものである。〇窮処　貧乏な暮らし。

余説　この詩の「山林少羈鞅　世路多艱阻」の句に依拠した文辞としては、次のものがある。
菅原道真の「夏日四絶」の第一首「苦熱」詩に、「況むや世路を行きて甚だ崎嶇たらむや。家児は放（ゆる）さず、山林に去なむことを」（『菅家文草』巻二）と。

0097　其三　　其《そ》の三《さん》

漢日大將軍　少爲㆓乞食子㆒
秦時故列侯　老作㆓鋤瓜士㆒
春華何暐曄　園中發㆓桃李㆒
秋風忽蕭條　堂上生㆓荊杞㆒
深谷變爲㆑岸　桑田成㆓海水㆒
勢去未㆑須㆑悲　時來何足㆑喜
寄㆑言榮枯者　反復殊未㆑已

漢日《かんじつ》の大將軍《だいしやうぐん》、少《わか》きときは乞食子《こつじきし》たり。
秦時《しんじ》の故列侯《これつこう》、老《お》いては鋤瓜《じよくわ》の士《し》と作《な》れり。
春華《しゆんくわ》　何《なん》ぞ暐曄《ゐえふ》なる、園中《ゑんちゆう》　桃李《たうり》發《ひら》く。
秋風《しうふう》　忽《たちま》ち蕭條《せうでう》、堂上《だうじやう》に　荊杞《けいき》を生《しやう》ず。
深谷《しんこく》は變《へん》じて岸《きし》と爲《な》り、桑田《さうでん》は海水《かいすい》と成《な》る。
勢《いきほ》ひ去《さ》るとも未《いま》だ悲《かな》しむを須《もち》ひず、時來《ときき》たるとも何《なん》ぞ喜《よろこ》ぶに足《た》らん。
言《げん》を寄《よ》す　榮枯《えいこ》の者《もの》、反復《はんぷく》　殊《こと》に未《いま》だ已《や》まず。

子・士・李・杞・喜・已（上聲、止韻）、水（上聲、旨韻）……止・旨韻は同用。

解題　「読㆑史五首」の第三首。漢王朝成立における武功第一の淮陰侯韓信（？—前一九六）と、秦では東陵侯であった邵平（生没年不詳）の故事から説き起こし、世の栄枯盛衰の移ろいやすさを詠じる。

通釈　かがやける漢の大将軍も少年時代は乞食坊主、秦のもと侯爵さまも老後には落ちぶれて瓜作りの農夫になったという。何とまばゆい春の花よ、庭園にはモモやスモモが咲いている。でも、たちまち秋風吹きすさぶ頃になれば、御堂の上にイバラやクコなどの雑木がはびこるようになってしまう。深い谷もいずれは隆起して崖になり、桑畑もやがて青い海原に沈むというのだから、形勢が不利でも悲しむ必要はなく、時運がめぐって来たとて何ら喜ぶには及ばない。栄枯盛衰に一喜一憂する皆さん、この反転運動は永遠に繰り返されるのだ。

語釈 ○漢日　太陽の如く輝ける漢の時代。栄光の漢王朝。盛唐の詩人李白「楊燕の東魯に之くを送る」詩に、「関西の楊伯起、漢日旧（もと）賢を称せらる」（『全唐詩』巻一七六）と。○少為乞食子　漢の大将軍韓信は、その少年時代は恵まれず、ある時、川で染布をさらす漂母のもとで、仕事を手伝いながら寄食していたこともあった。『史記』巻九十二・淮陰侯列伝に見える。なお、「子」は人物などを指し示す接尾語。○老作鋤瓜士　秦の東陵侯であった邵平（召平）は、秦朝瓦解の後に布衣の身分となり、長安の城東で瓜を耕作して生活した。その瓜が美味であったので「東陵の瓜」として評判になった。『史記』巻五十三・蕭相国世家に見える。○暐曄　光かがやくさま。「韡曄」とも表記する。『文選』巻二、張衡「西京の賦」に、「景曜の韡曄たるを流す」と。○荊杞　いばらと枸杞（くこ）。共に荒れ地にはえる雑木。那波本に「荊枳」に作るのは恐らく誤り。ここでは宋本および国会図書館蔵『文集抄』の本文に従う。白詩のこの数句は、『文選』巻二十三、阮籍「詠懐詩十七首」其の三「嘉樹下に蹊を成すは、東園の桃と李。秋風飛藿を吹き、零落此より始まる。繁華にも憔悴有り、堂上にも荊杞を生ず」の情景を踏まえる。○深谷変為岸　深い谷もやがては隆起して崖のようになる。『詩経』小雅「十月之交」に、「高岸は谷と為り、深谷は陵（をか）と為る」とあるのを踏まえる。○桑田成海水　蒼海変じて三たび桑田と為る。六朝の志怪『神仙伝』に見える麻姑の伝説。初唐の詩人劉希夷の「白頭を悲しむ翁に代はる」詩に、「已に松柏の摧かれて薪と為るを見、更に桑田の変じて海と成るを聞く」（『全唐詩』巻八十二）と。○栄枯　栄枯盛衰。『文選』巻二十四、曹植「丁翼に贈る」詩に、「栄枯は立ちどころに須（ま）つべし」と。○反復　上がったり下がったり。行きつ戻りつする。また例えばコインの裏と表。『易経』復の卦辞に、「其の道を反復す」とある。

0098　其四　　其《そ》の四《し》

解題 「読レ史五首」の第四首。陰謀をたくらみ、罪なき人を陥れようとする者たちを懲らしめる。

含沙射二人影一 雖レ病人不レ知
巧言搆二人罪一 至レ死人不レ疑
掇レ蜂殺二愛子一 掩レ鼻戮二寵姫一
弘恭陷二蕭望一 趙高謀二李斯一
陰德既必報 陰禍豈虛施
人事雖レ可レ罔 天道終難レ欺
明則有二刑辟一 幽則有二神祇一
苟免勿二私喜一 鬼得而誅レ之

知・斯・施・祇（上平聲、支韻）、疑・姫・欺・之（上平聲、之韻）……支・之韻は同用。

含沙《がんさ》 人影《ひとかげ》を射《い》れば、病《や》むと雖《いへど》も 人《ひと》知らず。
巧言《かうげん》 人《ひと》の罪《つみ》を搆《かま》ふれば、死《し》に至《いた》るも 人疑《ひとうたが》はず。
蜂《はち》を掇《と》つて 愛子《あいし》を殺《ころ》し、鼻《はな》を掩《おほ》ひて 寵姫《ちようき》を戮《りく》す。
弘恭《こうきよう》は 蕭望《せうばう》を陥《おとしい》れ、趙高《てうかう》は 李斯《りし》を謀《はか》る。
陰徳《いんとく》 既《すで》に必《かなら》ず報《むく》ゆ、陰禍《いんくわ》 豈《あ》に虚《むな》しく施《ほどこ》さんや。
人事《じんじ》は罔《し》ふべしと雖《いへど》も、天道《てんだう》 終《つひ》に欺《あざむ》き難《がた》し。
明《めい》には則《すなは》ち刑辟《けいへき》有《あ》り、幽《いう》には則《すなは》ち神祇《しんぎ》有《あ》り。
苟《いやしく》も免《まぬか》れて私《ひそ》かに喜《よろこ》ぶこと勿《な》かれ、鬼《き》は得《え》て之《これ》を誅《ちゆう》せん。

通釈　まがまがしい含沙という生き物は、水中から人の姿を目がけて毒砂を吹きかけ、命中した者は、それとは知らずに病んでゆくという。同じように人を罪に落とし入れる巧みな讒言は、何の疑いも抱かせぬままその者を死に至らしめてしまう。たとえば、服の中の蜂を捕まえさせて、主人の愛児を殺した者。鼻に手をかざす仕草だけで、ライバルの寵姫を葬り去った者。宦官の弘恭が蕭望之を陥れたのも、同じく宦官の趙高が李斯を謀殺したのも、みなこの方法である。

でも陰徳には必ず陽報があるのだから、陰謀をはかった天罰も、どうして下されないままであろうか。人の目はだましおおせても、天道は決してあざむくことはできない。この世に刑法があるように、あの世にも神のお裁きがきっとあるのだ。かろうじて刑罰を免れたぞといって安心はできぬぞ。鬼神は必ずやおまえに天誅を加えずには置かないからな。

語釈　○含沙　伝説上の生き物。形は亀に似て三足、水中から砂を含んで人に吹きかけ、高熱を発して死に至らしめるという。『文選』巻二十八、鮑照「苦熱行」に、「含沙。流影を射て、吹蠱（こすい）行暉（旅人）を病ましむ」とあるのを踏まえる。この動物は別名「蜮

（よく）」。『詩経』小雅「何人斯」、『左氏伝』荘公十八年の条、および『説文解字』虫部等に見える。干宝『捜神記』巻十二にも後漢の頃の伝承を収録するが、そこには「能く沙を含みて人を射る。中（あた）る所の者、則ち身体の筋急（こはば）り、頭痛発熱し、劇（はげ）しき者は死に至る」とある。○巧言　たくみな言葉。偽りの言葉。『論語』学而篇に、「巧言令色、鮮（すく）なきかな仁」と。○搆　つくりだす。でっちあげる。「構」字に同じ。『詩経』小雅「青蠅」に、「讒人は極まる罔（な）し、我が二人を搆ふ」と。○掇蜂　蜂をとる。『文選』巻二十八、陸機「君子行」に、「蜂を掇りて天道を滅ぼす」とあるのを踏まえる。『説苑』等に見える西周の武将尹吉甫（いんきつほ）の故事。彼には前妻との間に伯奇という愛しい息子がいたが、意地悪な継母は、毒針を抜いた蜂を自らの服の中に忍ばせ、わざと伯奇に蜂を探させた。これを誤解した尹吉甫は伯奇を追放し、伯奇は江に入水して自殺したという。○掩鼻　鼻をおおう。『玉台新詠』巻七、梁簡文帝「怨歌行」に、「蛾眉は本より嫉多し、鼻を掩ふは特（た）だ虚と成す」と。『戦国策』楚策および『韓非子』内儲説篇下に見える楚王の夫人鄭袖（ていしゆう）の故事。彼女は王に新しい寵姫ができるとその者に「王が好まれるので御前では必ず鼻を掩うしぐさをせよ」と言い、一方で王には「新しい寵姫は王の体臭を嫌っている」と讒言した。激怒した楚王は寵姫を劓（鼻そぎ）の刑に処したという。○蕭望　前漢の政治家蕭望之（しようぼうし）（?—前四六）の略。彼は宣帝と元帝の二代に活躍したが、宦官の弘恭らと対立し、服毒自殺した。『漢書』巻七十八に伝がある。『白氏文集』巻一、「漢書を読む詩」（〇〇三）を参照。○李斯　秦の宰相（?—前二〇六）。韓非子とともに荀子に法家思想を学び、秦帝国の法制度の確立に貢献した。始皇帝の死後、宦官の趙高の讒言によって腰斬の刑に処せられた。『史記』巻八十七に伝がある。ちなみに、ここに挙げられた蕭望之・李斯がともに宦官と対立して死亡した故事であることは、この詩が元和五年（八一〇）の元稹の江陵左遷の顚末を意識したものであることを示唆するように思われる。元稹はこの年二月、監察御史東都分司にあって長安に召される途上、宦官の劉士元と諍いがあった。詳しくは『白氏文集』巻四十二、「元稹を論ずるの第三状」（一九六五）を参照。
○陰徳　人に気づかれない善行。『淮南子』人間訓に、「夫れ陰徳有る者には必ず陽報有り、陰行有る者には必ず昭名有り」と。○陰禍　陰謀をくわだてた天罰。『史記』巻五十六・陳丞相世家に、劉邦の側近として多くの策略を立てた陳平の述懐として、「我、陰謀多し。是れ道家の禁ずる所なり。吾が世（子孫）即（も）し廃（たす）れば、亦た已（や）みなん。終に復起する能はざらん。吾の陰禍多きを以てなり」とある。○罔　だます。だまくらかす。欺瞞する。『論語』雍也篇に、「君子は逝かしむべきなり、陥るべからざるなり。欺くべきなり、罔ふべからざるなり」とある。○刑辟　明文化された刑法。○神祇　神の裁き。

余説　唐の張為の『詩人主客図』には、白居易を「広大教化主」と目し、この詩を例として挙げている。

0099　其五

其《そ》の五《ご》

解題　「読レ史五首」の最終首。不遇な頃には家族からの嘲笑を受けた蘇秦（?—前三一七?）と朱買臣（?—前一一五）の故事から、今もなお、妻や一族のため、せっせと栄達の道を進もうとする中下層の知識人たちの悲しい現実を詠じる。

季子憔悴時　婦見不レ下レ機
買臣負レ薪日　妻亦棄如レ遺
一朝黄金多　佩レ印衣レ錦歸
去妻不二敢視一　婦嫂強依依
富貴家人重　貧賤妻子欺」
奈何貧富閒　可レ移二親愛志一
遂使三中人心　汲汲求二富貴一
又令三下人力　各競二錐刀利一
隨レ分歸レ舍來　一取二妻孥意一」

季子《きし》　憔悴《せうすい》の時《とき》、婦《ふ》見《み》れども機《はた》を下《くだ》らず。
買臣《ばいしん》　薪《たきぎ》を負《お》へる日《ひ》、妻《つま》亦た棄《す》てて遺《わす》るるが如《ごと》し。
一朝《いつてう》　黄金《わうごん》多《おほ》く、印《いん》を佩《お》び　錦《にしき》を衣《き》て歸《かへ》る。
去妻《きよさい》　敢《あ》へて視《み》ず、婦嫂《ふさう》　強《し》ひて依依《いい》たり。
富貴《ふうき》なれば家人《かじん》重《おも》んじ、貧賤《ひんせん》なれば妻子《さいし》に欺《あざむ》かる。」
奈何《いかん》ぞ　貧富《ひんぷ》の閒《かん》、親愛《しんあい》の志《こころざし》を移《うつ》すべき。
遂《つひ》に中人《ちゆうじん》の心《こころ》をして、汲汲《きふきふ》として富貴《ふうき》を求《もと》めしめ、
又《また》　下人《かじん》の力《ちから》をして、各〻《おのおの》錐刀《すいたう》の利《り》を競《きそ》はしめ、
分《ぶん》に隨《したが》つて　舍《いへ》に歸《かへ》り來《きた》り、一《いつ》に妻孥《さいど》の意《い》を取《と》らしむ。」

時・欺（上平聲、之韻）、機・歸・依（上平聲、微韻）、遺（上平聲、脂韻）……之・脂韻は同用。微韻は通押。志・意（去聲、志韻）、貴（去聲、未韻）、利（去聲、至韻）……志・至韻は同用。未韻は通押。之・微・脂・志・未・至韻はすべて通押。

通釈　その昔、末っ子の蘇秦がやつれ果てて帰ってきた時、婦人は機織り台で仕事をしたまま出迎えもしなかった。朱買臣が薪を背負って街を歩いていた時、妻は一緒にいるのが恥ずかしく、置き去りにして先に行ってしまった。でも、一旦

彼らが出世を果たし、多くの黄金をいただき、腰に官印をつけて錦の衣で帰ってくると、離縁した妻は正視することができず、兄嫁たちも恐れかしこまって平身低頭した。富貴になれば家の者はみな大切にし、貧しく身分が低いと妻子にもあなどられるのである。

　でも、どうして貧富の差が、家族の親愛の情をこのように左右するのであろうか（貧乏でも家族の絆は揺るがないのではないのか）。かくして、中ぐらいの人々はせっせと富貴を求めて宮仕えし、またそれ以下の人々も、それぞれ針の先のようなちっぽけな利益をめぐって熾烈な競争をするのであり、そしてそれぞれくたくたになって我が家に帰ったのちは、ひたすらに妻子の機嫌を取るのである（蘇秦や朱買臣の二の舞にならないために）。

語釈　○季子　蘇秦の呼び名。彼は五人兄弟の末っ子であったので、兄やその嫂《あによめ》たちからこのように呼ばれていた。一説に彼の字も季子であったという。『史記』巻六十九・蘇秦列伝に、「嫂は委蛇蒲服《ゐだほふく》して面を以て地を掩ひて謝して曰く、『季子の位高く金多きを見ればなり』」と。○不下機　機織り台から降りてこない。『戦国策』秦策に、「（蘇秦）帰りて家に至れば、妻は紝を下らず、嫂は為に炊《かし》がず、父母は与に言はず」と。また盛唐の詩人李白の「内に別れて徴に赴く三首」其の二に、「蘇秦の機を下らざるを学ぶ莫かれ」（『全唐詩』巻一八四）と。○負薪　『漢書』巻六十四上・朱買臣伝に拠れば、彼はもともと貧乏で、妻とともに薪を背負って売り歩いて生活していた。読書好きな買臣は薪を負いながら書を大声で読誦するので、妻はこれを羞じて離縁したという。○遺　忘れる。あとに残して打ち棄てる。○去妻不敢視　朱買臣のもとから去った妻は、彼の成功を知って首をくくって死んだ。買臣は再婚した新夫に銭を与えて手厚く葬らせた。○強依依　ばつが悪そうに平身低頭するさま。さきの「季子」の語釈参照。
○中人・下人　中ほどの見識をもつ者とそれ以下の者。『論語』雍也篇に、「中人以上は、以て上を語るべきなり。中人以下は、以て上を語るべからざるなり」と。○汲汲　休みなく、せっせと働くさま。○錐刀利　錐や小刀の尖端のような、わずかな利益。○一取　一途に機嫌をとる。日本の旧鈔本では「取悦（悦を取る）」の二字に作る。○妻孥　妻と子ども。

0100　和答詩十首　幷序

解題　親友の元稹（字は微之）の詩に唱和応答した連作詩。元和五年（八一〇）三月、元稹は監察御史から江陵（いまの湖北省荊州市）の士曹参軍に左遷された。その遷謫の道中で綴った元稹の連作詩十七首は長安の白居易をいたく感動させ、白居易はその中の十首を選び、自分と意見が一致するもの七首に「和（唱和）」し、意見が異なるもの三首に「答（応答）」の作を詠じ、さらに「和夢遊春の詩に和す」（『白氏文集』巻十四、〇八〇三）を付録して左遷先の元稹に宛てて書き送ったのである。ここに掲げる序文も、白居易がこれら十一首の和作を元稹のもとに届ける際に付した書簡をもとに、その一部分を省略して作成したものであろう。文中の随処に書簡文特有の語彙が見える。この序文の解釈については平岡武夫『白居易』（筑摩書房、中国詩文選17、一九七七年）を参照した。

五年春、微之從二東臺一來、不二數日一、又左轉爲二江陵士曹掾一。詔下日、會予下二內直一歸、而微之已卽レ路、邂二-逅-相-遇於街衢中一。自二永壽寺南一、抵二新昌里北一、得二馬上語一レ別。語不レ過下相勉保二方寸一、外中形骸上而已。因不レ暇レ及レ他。是夕、足下次二于山北寺一。僕職役不レ得レ去、命二季弟一送レ行。且奉二新詩一軸一、致二於執事一。凡二十章、率有二興比一、淫文豔韻無二

和答詩十首《わたふしじつしゆ》　幷《なら》びに序《じよ》

五年《ごねん》の春《はる》、微之《びし》　東臺《とうだい》より來《きた》り、數日《すうじつ》ならずして、又左轉《またさてん》せられて江陵《かうりよう》の士曹《しさう》の掾《えん》と爲《な》る。詔《みことのり》下《くだ》りし日《ひ》、會〻予《たまたまよ》　內直《ないちよく》より下《さが》りて歸《かへ》り、微之《びし》　已《すで》に路《みち》に卽《つ》き、街衢中《がいくちゆう》に邂逅相遇《かいこうさうぐう》す。永壽寺《えいじゆじ》の南《みなみ》より、新昌里《しんしやうり》の北《きた》に抵《いた》るまで、馬上《ばじやう》に別《わか》れを語《つ》ぐるを得《え》たり。語《ご》は相勉《あひつと》めて方寸《はうすん》を保《たも》ち、形骸《けいがい》を外《そと》にするに過《す》ぎざるのみ。因《よ》りて他《た》に及《およ》ぶに暇《いとま》あらず。是《こ》の夕《ゆふ》べ、足下《そくか》は山北《さんぼく》の寺《てら》に次《やど》る。僕《ぼく》は職役《しよくえき》もて去《ゆ》くを得《え》ず、季弟《きてい》に命《めい》じて行《かう》を送《おく》らしむ。且《か》つ新詩《しんし》一軸《いちぢく》を奉《ほう》じて、執事《しつじ》に致《いた》す。凡《すべ》て二十《にじつ》章《しやう》、率《おほむね》興比《きようひ》有《あ》り、淫文豔韻《いんぶんえんゐん》は一字《いちじ》として無《な》し。意《い》は、足下《そくか》の途《みち》に在《あ》りて諷讀《ふうどく》し、且《しばら》く以《もつ》て日時《にちじ》を遣《や》り、憂懣《いうもん》を銷《け》し、又以《またもつ》て直氣《ちよくき》を張《は》り、

一字二焉。意者、欲丁足下在レ途諷讀、且以遣二日時一、銷二憂懣一、又有丙以張二直氣一、而扶乙壯心甲也。

及三足下到二江陵一、寄二在レ路所レ爲詩十七章一。凡五六千言、言有レ爲、章有レ旨、迨二于宮律體裁一、皆得二作者風一。發レ緘開レ卷、且喜且怪。僕思二牛僧孺戒一、不レ能レ示二他人一、惟與二杓直・拒非、及樊宗師輩三四人一、時一吟讀、心甚貴重。然竊思レ之、豈僕所レ奉者二十章、遽能開二足下聰明一、使二之然一耶、抑又不レ知、足下是行也、天將屈二足下之道一、激二足下之心一、使下感レ時發憤、而臻中於此上耶。若兩不レ然者、何立レ意措レ辭、與二足下前時詩一如レ此之相遠也。

僕既羨二足下詩一、又憐二足下心一、盡欲下引二

壯心《さうしん》を扶《たす》くる有《あ》らんことを欲《ほつ》するなり。

足下《そくか》の江陵《かうりよう》に到《いた》るに及《およ》びて、路《みち》に在《あ》りて爲《つく》る所《ところ》の詩《し》十七章《じふしちしやう》を寄《よ》す。凡《すべ》て五六千言《ごろくせんげん》、言《げん》に爲《な》す有《あ》り、章《しやう》に旨有《むねあ》り、宮律《きゆうりつ》の體裁《ていさい》に迨《いた》るまで、皆《みな》作者《さくしや》の風《ふう》を得《え》たり。緘《かん》を發《はつ》し卷《くわん》を開《ひら》きて、且《か》つ喜《よろこ》び且《か》つ怪《あや》しむ。僕《ぼく》牛僧孺《ぎうそうじゆ》の戒《いまし》めを思《おも》ひ、他人《たにん》に示《しめ》す能《あた》はざるも、惟《た》だ杓直《しやくちよく》・拒非《きよひ》、及《およ》び樊宗師《はんそうし》の輩三四人《はいさんよにん》と、時《とき》に一《ひと》たび吟讀《ぎんどく》し、心《こころ》に甚《はなは》だ貴重《きちよう》す。然《しか》れども竊《ひそ》かに之《これ》を思《おも》ふに、豈《あ》に僕《ぼく》が奉《ほう》ずる所《ところ》の者《もの》二十章《にじつしやう》、遽《には》かに能《よ》く足下《そくか》の聰明《そうめい》を開《ひら》き、之《これ》をして然《しか》らしむるか、抑〻《そもそも》又《また》知《し》らず、足下《そくか》の是《こ》の行《かう》や、天《てん》の將《まさ》に足下《そくか》の道《みち》を屈《くつ》し、足下《そくか》の心《こころ》を激《げき》して、時《とき》に感《かん》じて發憤《はつぷん》し、此《ここ》に臻《いた》らしむるか。若《も》し兩《ふた》つながら然《しか》らずんば、何《なん》ぞ意《い》を立《た》てて辭《じ》を措《お》くこと、足下《そくか》の前時《ぜんじ》の詩《し》と此《か》くの如《ごと》く之《こ》れ相遠《あひとほ》きや。

僕《ぼく》既《すで》に足下《そくか》の詩《し》を羨《うらや》み、又足下《またそくか》の心《こころ》を憐《あは》れみ、盡《ことごと》く狂簡《きやうかん》を引《ひ》きて之《これ》に和《わ》せんと欲《ほつ》す。屬《このごろ》直宿《ちよくしゆく》に拘牽《こうけん》せられ、居《を》るに暇日《かじつ》無《な》く、故《ゆゑ》に卽《そく》時《じ》に意《い》の如《ごと》くならず。旬月《じゆんげつ》より來《このかた》、多《おほ》く病假《びやうか》を乞《こ》ふ。假中《かちゆう》稍〻《やや》閑《かん》なれば、且《しばら》く卷中《くわんちゆう》の尤《いう》なる者《もの》を摘《と》り、繼《つ》ぎて十章《じつしやう》を成《な》し、亦《ま》た三千言《さんぜんげん》を下《くだ》らず。其《そ》の閒《かん》に見《み》る所《ところ》、同《おな》じき者《もの》は固《もと》より自《みづか》ら異《こと》にする能《あた》はず、異《こと》

狂簡㆓而和㆖㆑之。屬直宿拘牽、居無㆓暇日㆒、故不㆓即時如㆒㆑意。旬月來、多乞㆓病假㆒。假中稍閑、且摘㆓卷中尤者㆒、繼成㆓十章㆒、亦不㆑下㆓三千言㆒。其閒所㆑見、同者固不㆑能㆓自異㆒、異者亦不㆑能㆓强同㆒。同者謂㆓之和㆒、異者謂㆓之答㆒。并別錄㆘和㆓夢遊㆑春詩㆒一章㆖、各附㆓于本篇之末㆒。餘未㆑和者、亦續致㆑之。

頃者、在㆓科試閒㆒、常與㆓足下㆒同㆓筆硯㆒。每㆘㆑筆時輒相顧、共患㆓其意太切而理太周㆒。故理太周則辭繁、意太切則言激。然與㆓足下㆒爲㆑文、所㆑長在㆓於此㆒、所㆑病亦在㆓於此㆒。足下來序、果有㆓詞犯文繁之說㆒。今僕所㆑和者猶㆓前病㆒也。待㆘與㆓足下㆒相見日㆖、各引㆑所㆑作、稍刪㆓其煩㆒而晦㆓其義㆒焉。餘具㆓書白㆒。

なる者《もの》は亦《ま》た强《し》ひて同《おな》じくする能《あた》はず。同《おな》じき者之《ものこれ》を和《わ》と謂《い》ひ、異《こと》なる者之《ものこれ》を答《たふ》と謂《い》ふ。并《あは》せて別《べつ》に夢《ゆめ》に春《はる》に遊《あそ》ぶの詩《し》に和《わ》する一章《いつしやう》を錄《ろく》し、各〻本篇《おのおのほんぺん》の末《すゑ》に附《ふ》す。餘《よ》の未《いま》だ和《わ》せざる者《もの》は、亦《ま》た續《つ》ぎて之《これ》を致《いた》さん。

頃者《さきごろ》、科試《くわし》の閒《かん》に在《あ》りて、常《つね》に足下《そくか》と筆硯《ひつけん》を同《とも》にす。每《つね》に筆《ふで》を下《くだ》せる時輒《ときすなは》ち相顧《あひかへり》み、共《とも》に其《そ》の意《い》の太《はなは》だ切《せつ》にして理《り》の太《はなは》だ周《あまね》きを患《うれ》ふ。故《ゆゑ》に理《り》の太《はなは》だ周《あまね》ければ則《すなは》ち辭《じ》は繁《しげ》く、意《い》の太《はなは》だ切《せつ》なれば則《すなは》ち言《げん》は激《はげ》し。然《しか》れども足下《そくか》と文《ぶん》を爲《つく》るに、長《ちやう》ずる所《ところ》は此《ここ》に在《あ》り、病《や》める所《ところ》も亦《ま》た此《ここ》に在《あ》り。足下《そくか》の來序《らいじよ》に、果《は》たして詞犯文繁《しはんぶんはん》の說《せつ》有《あ》り。今《いま》 僕《ぼく》の和《わ》する所《ところ》の者《もの》猶《な》ほ前病《ぜんびやう》のごときなり。足下《そくか》と相見《あひまみ》ゆる日《ひ》を待《ま》ち、各〻《おのおの》作《つく》る所《ところ》を引《ひ》きて、稍〻《やや》其《そ》の煩《はん》なるを刪《けづ》り其《そ》の義《ぎ》を晦《くら》まさん。餘《よ》は書白《しよはく》に具《そな》ふ。

通釈　元和五年春三月、元微之君は東都洛陽の御史台から長安にやって来て、数日もせぬうちに江陵府の士木事務官に左遷された。左遷の詔が発令された日、ちょうど私は翰林院の宿直明けで、宮中から帰宅する途中であった。一方の微之君はその時すでに路上に旅姿となっていて、大通りの真ん中でパッタリ出会ったのである。永楽坊の永寿寺南側の道から新昌坊の北側まで、私たちは馬を併走させて別れの挨拶を交わした。しかしその言葉は「体面（左遷のこと）を気にせず、将来への希望をしっかり見失うなよ」といった程度のものであり、その他のことを話す余裕は無かった。その夜、貴君は商山北麓の寺院に一泊した。私は仕事のために都合がつかず、代わりに末弟の白行簡に出向かせ、貴君を見送らせた。そして私の新作の詩集一巻を、貴君の餞別にとお手元に献呈させたのだった。詩巻に書き写したのは全部で二十首、みな『詩経』の興（暗喩）や比（直喩）の手法に則って時勢を強く戒めたもので、不道徳な内容や華美な表現を弄する空疎な表現は一字として混じっていない。貴君が左遷の道中に読み、しばらくはこれで旅の無聊を慰め、憂いや憤懣を忘れ、さらには持ち前の剛直の気概を取り戻し、若々しい心を振るい立たせることができればとの願いを込めたものである。

すると貴君は、江陵に到着して間もなく、道中で制作した自作の詩十七首を寄越した。全五六千字、一言一句に無駄がなく、内容も説得力があり、古体詩のみならず宮体の律詩（今体詩）まで、いずれもあの『詩経』の作者のような風雅が体現されていた。封を解き、詩巻を開いて読み進めるうち、大変嬉しく、また一方で少し不安な気持ちになった。私は先年の牛僧孺の科挙答案事件を思い出し、他人に不用意に見せるのは控え、李杓直・李拒非そして樊宗師といった信頼できる仲間三四人のみで、時折集まって吟詠読誦し、心の中でひそかに称賛するのみとした。しかし私は以下のような疑問をいだいた。それは私が餞別に贈った二十首が、にわかに貴君の眼を開かせ、このような結果となったのか。それとも、これはまた恐れ多いことだが、貴君のこたびの左遷行が、天の意志によって貴君の進路をはばみ、貴君の心を激しく突き動かして、時世を思って発憤させ、このような作品を生むに至らしめたのか。はたまた、この二つのいずれでもないとすれば、どうしてこの作品群の主張や表現が、貴君のこれまでの詩作とは格段に成長したものになったのか、ということである。

私は貴君の詩歌を羨ましく思い、また貴君の心情にほれ込んだので、何が何でも拙い自分の詩才を引っ張り出して、これらの詩に唱和してみたくなった。このところ翰林学士としての当直日が重なり、自分の休暇が無かったので、すぐには思いどおりにはならなかったが、ここ数十日、多めに休暇を申請し、休みの間、ようやく心身もほぐれてきたので、貴君の詩巻の中の佳作を取り出して、続けざまに十首、字数にして三千字足らずの唱和を完成した。唱和の途中、貴君に同意見のものは当然そのままに和したが、意見が異なるものは敢えて同調はしなかった。同意見の詩は「和す」と題し、意見が異なるものは「答う」と題した。それとは別に「夢に春に遊ぶの詩に和す」の一首も詠んだので、それぞれ貴君の本篇に付して書き写した。残りの未唱和の作品も、折を見てまた再度こころみようと思う。

つい先頃、科挙を受験するに当たっては、私はいつも貴君と机を並べて勉強した。模擬答案を書いて、いつも互いの文章を見せ合いながら、二人とも文の主張が強すぎて理屈の説明が回りくどいことに悩んでいた。だから、理屈が回りくどいために文章が長くなり、主張が強すぎるために表現が激しくなるのである。だが、私の文章も貴君の文章も、ここにこそ長所があり、またこれこそが弱点なのである。貴君の序文を読むと、やはり分不相応な表現と冗長な字数についての弁明が見える。今私の唱和の作もこれまでの悪弊のままである。いつの日か、貴君と再会し、それぞれの作品を出し合って、その回りくどい表現を削り、激しい主張をおだやかなものにしよう。敬具。

語釈　○東台　東都洛陽の御史台の略称。唐の趙璘『因話録』巻五に、「高宗朝……故に御史台をば呼びて南台と為す。武后朝、御史台に左右粛政の号有り、当時亦た之を左台・右台と謂ふ。……惟だ俗間に呼びて京に在るを西台と為し、東都を東台と為す」とある。○不数日　監察御史の任にあった元稹は、この年三月一日か二日頃、呼び出しを受けて洛陽から長安に向かった。その長安到着は三月十日過ぎであろう。しかしその途中の敷水駅という宿場で、遅れて到着した宦官の劉士元と宿所の本館をめぐって激しく衝突し、その挙げ句に元稹は宦官から馬の鞭で顔面を殴打されるにまで到った。だが朝廷は年若い元稹を有罪とし、即刻彼の官職を解いて江陵左遷を決定したのである。『旧唐書』巻十四・憲宗紀、同巻一六六・白居易伝、『資治通鑑』巻二三八には、このとき翰林学士の李絳・崔羣そして白居易らが一貫して元稹の無罪を主張したとあるが、その裁定は覆らなかった。『白氏文集』巻四十二「元稹を論ずる第三状」（一九六五）は、その時白居易が奉った第三回目の上奏文である。なお、この上奏文の提出日は一本に三月十五日とあり、元稹への左遷命令はまさしく長安到着後一両日のうちに下されたのである。○江陵　江陵府。いまの湖北省荊州市。もとは荊州と称したが、上元元年（七六〇）にここを南都に定め、江陵府と改称した。『旧唐書』巻三十九・地理志によれば、京師長安より一七三〇里、約九七〇キロメートルの距離にあった。

○士曹掾　唐代の地方行政府内は「功曹・倉曹・戸曹・兵曹・法曹・士曹」の六曹に部署が分かれ、そのそれぞれに参軍と称する担当官が配属されていた。『大唐六典』巻三十に、「士曹・司士参軍は、津梁・舟車・舎宅・百工の衆芸の事を掌（つかさど）る」とある。府内の交通と土木行政を担当する課長級の役職である。○会　たまたま。そのとき。元稹左遷の日、白居易はその見送りをしたが、元稹への気遣いから、その行動が偶然であることを装った表現である。下に続く「街衢中に邂逅相遇す」という大げさな表現も同じニュアンスを持つ。『白氏文集』巻十三、「代書詩一百韻、微之に寄す」詩（〇六〇八）に、「邂逅して塵中に遇ひ、殷勤に馬上に辞す」とあるのも、この時のことを詠じたものである。○永寿寺　長安城内の永楽坊の西南にあった寺院。唐第四代皇帝中宗（李顕）が皇女の永寿公主の冥福を祈って建立した。当時、元稹の居宅は、この永寿寺の南向かいの靖安坊にあった。言うならば、白居易は友の左遷を見送るため、靖安坊北側の街路で待ち受けていたのである。○新昌里　長安城の東端の坊里。当時ここに白居易の居宅があった。その坊門の前で元稹と白居易は別れた。『元氏長慶集』巻六、「楽天の懐を書して寄せらるに酬ゆ」詩に、「新昌北門の外、君と此より分かる。街衢に車馬走り、塵土に君を見ず」とある。○馬上語別　騎乗のまま別れを告げる。「語」字、一本「話」に作る。○相勉保方寸、外形骸　〝今の職分や外見にとらわれることなく、胸に秘めた将来の希望をしっかり保って頑張ってこい。〟当時、地方に赴任しようとする者たちに向けて告げられた別れの挨拶。『荘子』大宗師篇に、「修行の有ること無くして、其の形骸を外にす」と。『白氏文集』巻六十八「病中詩の序」（三四〇八）にも、「形骸を外にして内に憂恚を忘る」とある。○足下　主に書簡文において同輩の相手に対する敬意の表現として用いる。『白氏文集』巻二十七・巻二十八所収の各書簡文を参照。ここでも冒頭に「微之」と二度使われていたものが以下すべてこの表現に変わっている。おそらくこの序文の本来の姿が白居易から元稹への私信であったことの痕跡であろう。つまり、書簡では本来すべて元稹に対して「足下」と呼び掛けていたものを、ここに「序文」に作り変えるために、冒頭の二箇所「五年春、足下従東台来」と「而足下已即路」の部分のみ「微之」に改めたと推測されるのである。○山北寺　商山の北麓の寺院。藍田県にある清源寺をいう。前出「代書詩一百韻、微之に寄す」詩（〇六〇八）に、「水には清源（せいげん）の寺を過ぎ、山には綺季（きき）の祠を経（ふ）」とある。のち白居易が江州司馬および杭州刺史に左遷された際も、その第一夜は必ずこの清源寺に宿泊している。『白氏文集』巻八、「清源寺に宿す」詩（〇三三八）参照。○季弟　白行簡（七七六―八二六）である。元稹（七七九―八三一）とも三歳しか違わないこの白氏の末弟は、兄とはまた別な意味で元稹とも心通わせる交友関係にあった。○新詩一軸　一巻の巻物に書き写した白居易の新作。全部で二十首。そこに含まれていた作品が現存作品のどれに当たるかは不明であるが、元稹の江陵道中の作十七首とこの「和答詩十首」が共に五言古詩であることから、現在のこの『白氏文集』巻一・巻二内に収められているもののいずれかであろう。特にこの巻二に収める「続古詩十首」（〇〇六五―〇〇七四）、「秦中吟十首」（〇〇七五―〇〇八四）、「贈友五首」（〇〇八五―〇〇八九）、「寓意詩五首」（〇〇九〇―〇〇九四）のいずれかが最も相応しいように思われる。○致於執事　「執事」も「足下」に同じく、書面上において習慣化された相手への敬意の表現。『左氏伝』僖公二十六年に、「下臣をして執事を犒（ねぎら）はしむ」とあり、その杜預注に、「執事と言ふは敢へて尊きを斥けざるなり」と。○率有興比　『詩経』にもとづく伝統的な作詩法である「興」と「比」の体例に基づいている。「興」は眼前の景物を詠じつつ、世の中の有るべきすがた・真理に迫ってゆく表現技法。「比」は逆に世の中の問題点を指摘しながら、それを現前の事象に置き換えてゆく技法。なおこれらは、叙事的事柄を順々に述べてゆく「賦」とともに、『詩経』の最も重要な三つの技法とされる。本文の「興比」の二字、一本では「比興」と互倒する。○憂懣　うれえもだえる。「懣」字は「悶」に同じ。『漢書』巻九十三・佞幸伝の石顕伝に、「憂満して食らはず、道に病死す」とあり、その顔師古注に、「満は読んで懣と曰ふ。音は悶」とある。

○張直気　まっすぐな気性、剛直の気概。白居易が元稹を評する言葉にしばしば使われるのが「直」である。例えば『白氏文集』巻一、「樊著作に贈る詩」(〇〇三三) に、「元稹は御史と為り、直を以て其の身を立つ」と。○壮心　さかんな心、たけき志、何事にも挫けぬポジティブな心根。『楽府詩集』巻三十七、三国魏の曹操「歩出夏門行」に、「驥は老いて櫪に伏するも、志は千里に在り、烈士の暮年、壮心已（や）まず」と。

○寄在路所為詩十七章　元稹が江陵左遷の道中で作った十七首の古体詩。現在『元稹集』各本の巻頭第一巻と第二巻前半部に収録されている。詩題は以下のとおり。①「思帰楽」、②「春鳩」、③「春蟬」、④「兔糸」、⑤「古社」、⑥「松樹」、⑦「芳樹」、⑧「桐花」、⑨「雉媒」、⑩「箭鏃」、⑪「賽神」、⑫「大觜烏」、⑬「分水嶺」、⑭「四皓廟」(以上第一巻収録)、⑮「青雲駅」、⑯「陽城駅」、⑰「苦雨」(以上第二巻収録)。○五六千言　現存する元稹の十七首は全部で八七六句、文字数では四三八〇字であって、この概数とは若干の開きがある。後日、作者自身による筆削や、伝写の過程で失われた詩句が存在するのかもしれない。○章有旨　詩歌の内容も見事で説得力がある。『易経』繫辞伝上に、「君子将に為す有らんとす」と。○言有為　言葉づかいが立派で無駄がない。『文選』巻五十五、劉孝標「広絶交論」に、「王丹の子を威（おど）すに檟楚（そか）（むち）を以てし、朱穆の昌言して絶つことを示すは、旨有るかな、旨有るかな」と。○宮律体裁　律詩の体裁。今体詩。唐代に確立された平仄に厳格な詩歌。○作者風　古代の『詩経』の各章を作った人々の風雅。気風。○緘書簡の開封口に施された封締め。封緘。○牛僧孺戒　牛僧孺(七七九―八四七)、字は思黯。彼は元和三年（八〇八）皇帝の特別試験である「賢良方正、能く直言極諫するの科」に応募し、皇甫湜・李宗閔の二人とともに見事に首席及第を果たしたが、その答案は時事問題を厳しく批判するものであったため、三人は地方官の職に出されたほか、試験官の楊於陵たちまでもが連座して左遷されるに至った。『白氏文集』巻四十一、「制科の人を論ずる状」(一九四八) を参照。○杓直　白居易の友人李建の字。排行は十一。『白氏文集』巻五、「李十一建に寄す」詩 (〇二〇二)、および巻二十四、「有唐善人墓碑」(一四五八) を参照。○拒非　李復礼の字。彼も排行は十一。白居易・元稹とは貞元十九年（八〇三）に書判抜萃科にともに及第した親友。『元氏長慶集』巻十、「翰林白学士の代書一百韻に酬ゆ」詩の自注に、「予

（元稹）は楽天・杓直・拒非の輩と多く月灯閣に於て閑遊せり」とある。〇樊宗師　白居易の友人。字は紹述。排行は大。『白氏文集』巻一、「樊著作に贈る詩」（〇〇三）を参照。〇発憤　心を奮い立たせる。『論語』述而篇に、「其の人と為りや、発憤して食を忘れ、楽しみて以て憂ひを忘れ、老いの将に至らんとするを知らず」と。〇臻　いたる。

〇狂簡　うまくはないがとにかく文章を書きたいという衝動。ここでは元稹の素晴らしい作品に対して自らの文才を謙遜していう。『論語』公冶長篇に、「吾が党の小子は、狂簡にして斐然として章を成すも、之を裁する所以を知らず」と。〇直宿　宿直。皇城内にとのいすること。〇旬月来　ここ数十日。およそ十日（旬）以上一ヶ月未満の日々。〇不下三千言　この「和答詩十首」の字数。五言五三〇句、総字数二六五〇字である。〇本篇　元稹の原作を指す。〇亦続致之　「和答詩十首」が完成したのち、残りの七篇について白居易が続編を制作したかどうかは未詳。

〇頃者　さきごろ。書簡文に使われる語。『文選』巻四十一、楊惲「孫会宗に報ずる書」に、「頃者、足下は旧土を離れ安定に臨む」と。

〇共患　「共」字、那波本「語」に作る。こちらであれば、句読点の位置が異なり、「輒相顧語、患其意……（輒ち相顧み語るに、其の意……を患ふ）」と訓読することになる。〇意太切・理太周　主張が強すぎることと、理屈が回りくどいこと。詩文創作におけるこの傾向は元稹と白居易とが当時お互いに共通して認識していたようで、『白氏文集』巻頭の元稹の「白氏長慶集の序」、そして巻二十八、「元九に与ふる書」（一四八六）などにも再三にわたって表明されている。〇足下来序　元稹の原作には当初「序文」が付されていたようであるが、現在は見えない。〇詞犯文繁之説　表現が分不相応で、字数がやたらに多いという欠点。「犯」字は、例えば『論語』学而篇に、「孝弟にして上を犯す者は鮮（すくな）し」とあるように、身分を弁えない過激な発言を指すか。〇待与足下相見日　さきの「元九に与ふる書」（一四八六）にも「足下と相見（みま）ゆるの日を待ちて、各〻有する所を出だし、前志を終へん」と。〇余具書白　書簡文の末尾の挨拶。敬具。不一。言い尽くせぬ気持ちを書簡の余白に込める。この序文がこのように結んでいるのは、本来この文章が白居易から元稹への書簡として執筆されたものであることを示している。

余説　清の査慎行の『白香山詩評』に、「序に『頃者在科試間、常与足下同筆硯、毎下筆時、輒相顧、共患其意太切而理太周、故理太周則辞繁、意太切則言激。然与足下為文、所長在於此、所病亦在於此』と自ら言った言葉は、まさに『文章、千古の事、得失、寸心に知る』（杜甫「偶題詩」）であり、元稹と白居易の詩の定評とすることができる」と。

0101　其一　和㆓思歸樂㆒詩

其《そ》の一《いち》　思歸樂《しきらく》に和《わ》する詩《し》

解題　「和答詩十首」の第一首。元稹の「思帰楽」詩（『元氏長慶集』巻一）に和したもの。「思帰楽」は、ほととぎすの別名。その鳴き声が「思帰楽（シキラク）」と聞こえることに由来する。この鳥の鳴き声から詠い起こし、都を放逐された不遇に屈しない意志を詠じた元稹の詩に対して、これに共鳴し、励ます立場から唱和する。元稹の原唱は七十二句であるが、本詩は更に四句多い七十六句から成る。ちなみに、白居易の「和答詩十首」の内、この第一首のみ元稹詩と同じ脚韻を用いて唱和している。このような押韻形式での唱和を、後世「和韻」と称した。なお、本詩と元稹の原作は、前掲の平岡武夫『白居易』に詳しく論及されている。語釈において多くこれを参照した。

山中不㆑栖鳥　夜半聲嚶嚶
山中《さんちゆう》の栖《い》ねざる鳥《とり》、夜半《やはん》に　聲《こゑ》　嚶嚶《あうあう》たり。

似㆑道㆓思歸樂㆒　行人掩㆑泣聽
思歸樂《しきらく》と道《い》ふに似《に》たり、行人《かうじん》　泣《なみだ》を掩《おほ》ひて聽《き》く。

皆疑此山路　遷客多南征
皆《みな》　疑《うたが》ふ　此《こ》の山《やま》の路《みち》、遷客《せんかく》　多《おほ》く南《みなみ》に征《ゆ》き、

憂憤氣不㆑散　結化爲㆓精靈㆒
憂憤《いうふん》　氣《き》　散《さん》ぜず、結化《けつくわ》して精靈《せいれい》と爲《な》れるかと。

我謂此山鳥　本不㆓因㆑人生㆒
我《われ》は謂《おも》ふ　此《こ》の山《やま》の鳥《とり》、本《もと》より人《ひと》に因《よ》りては生《しやう》ぜず、

人心自懷㆑土　想作㆓思歸鳴㆒
人心《じんしん》　自《おのづか》ら土《ど》を懷《おも》へば、想《おも》ひて思歸《しき》の鳴《めい》と作《な》すと。

孟嘗平居時　娯㆑耳琴泠泠
孟嘗《まうしやう》　平居《へいきよ》の時《とき》、耳《みみ》を娯《たの》しましめて　琴《きん》　泠泠《れいれい》たり。

雍門一言感　未㆑奏涙沾㆑纓
雍門《ようもん》の一言《いちげん》に感《かん》じ、未《いま》だ奏《そう》せざるに　涙《なみだ》　纓《えい》を沾《うるほ》す。

魏武銅雀妓　日與㆓歡樂㆒并
魏武《ぎぶ》が銅雀《どうじやく》の妓《ぎ》、日《ひ》ゞ《び》歡樂《くわんらく》と并《あは》す。

一旦西陵望　欲㆑歌先涕零
一旦《いつたん》　西陵《せいりよう》をば望《のぞ》めば、歌《うた》はんと欲《ほつ》して　先《ま》づ涕零《なみだお》つ。

峽猿亦無レ意　隴水復何情
爲レ入二愁人耳一　皆爲二腸斷聲一
請看元侍御　亦宿二此郵亭一
因聽二思歸鳥一　神氣獨安寧
問レ君何以然　道勝心自平
雖レ爲二南遷客一　如レ在二長安城一
云得二此道一來　何慮復何營
窮達有二前定一　憂喜無二交爭一
所以事レ君日　持レ憲立二天庭一
雖レ有二迴天力一　撓レ之終不レ傾
況始三十餘　年少有二直名一
心中志氣大　眼前爵祿輕
君恩若二雨露一　君威若二雷霆一
退不二苟免一レ難　進不二曲求一レ榮
在レ火辨二玉性一　經レ霜識二松貞一
展禽任二三黜一　靈均長獨醒

峽猿《けふゑん》　亦《ま》た意《い》無《な》く、隴水《ろうすい》　復《ま》た何《なん》の情《じやう》かあらん。
愁人《しうじん》の耳《みみ》に入《い》るが爲《ため》に、皆《みな》　腸斷《ちやうだん》の聲《こゑ》と爲《な》る。
請《こ》ふ看《み》よ　元侍御《げんじぎよ》を、亦《ま》た此《こ》の郵亭《いうてい》に宿《やど》る。
因《よ》りて思歸鳥《しきてう》を聽《き》くも、神氣《しんき》　獨《ひと》り安寧《あんねい》なり。
君《きみ》に問《と》ふ　何《なに》を以《もつ》て然《しか》るやと、道勝《みちまさ》れば　心《こころ》　自《おのづか》ら平《たひ》らかなり。
南遷《なんせん》の客《かく》と爲《な》ると雖《いへど》も、長安城《ちやうあんじやう》に在《あ》るが如《ごと》し。
云《ここ》に此《こ》の道《みち》を得《え》てより來《このかた》、何《なに》をか慮《おもんばか》り　復《ま》た何《なに》をか營《いとな》まん。
窮達《きゆうたつ》には前定《ぜんてい》有《あ》り、憂喜《いうき》　交〻《こもごも》爭《あらそ》ふ無《な》し。
所以《ゆゑ》に君《きみ》に事《つか》ふる日《ひ》、憲《けん》を持《ぢ》して天庭《てんてい》に立《た》つ。
迴天《くわいてん》の力《ちから》有《あ》りと雖《いへど》も、之《これ》を撓《たわ》めんとして終《つひ》に傾《かたむ》かず。
況《いは》んや始《はじ》めて三十餘《さんじふよ》、年少《ねんせう》にして直名《ちよくめい》有《あ》り。
心中《しんちゆう》　志氣《しき》　大《だい》にして、眼前《がんぜん》　爵祿《しやくろく》　輕《かろ》し。
君恩《くんおん》は雨露《うろ》の若《ごと》く、君威《くんゐ》は雷霆《らいてい》の若《ごと》し。
退《しりぞ》きては苟《いやしく》も難《なん》を免《まぬか》れず、進《すす》みては曲《ま》げて榮《えい》を求《もと》めず。
火《ひ》に在《あ》りて　玉性《ぎよくせい》を辨《わきま》へ、霜《しも》を經《へ》て　松《まつ》の貞《てい》なるを識《し》る。
展禽《てんきん》は三《み》たび黜《しりぞ》けらるるに任《まか》せ、靈均《れいきん》は長《つね》に獨《ひと》り醒《さ》めたり。

獲レ戻自二東洛一　貶レ官向二南荊一
戻《つみ》を獲《え》て東洛《とうらく》よりし、官《くわん》を貶《おと》されて南荊《なんけい》に向《む》かふ。

再拜辭二闕下一　長揖別二公卿一
再拜《さいはい》して闕下《けつか》を辭《じ》し、長揖《ちやういふ》して公卿《こうけい》に別《わか》る。

荊州又非レ遠　驛路半月程
荊州《けいしう》又遠《またとほ》きに非《あら》ず、驛路《えきろ》　半月《はんげつ》の程《てい》。

漢水照レ天碧　楚山插レ雲青
漢水《かんすい》　天《てん》を照《て》らして碧《みどり》に、楚山《そざん》　雲《くも》に插《さしはさ》んで靑《あを》し。

江陵橘似レ珠　宜城酒如レ餳
江陵《かうりよう》の　橘《たちばな》は珠《たま》に似《に》、宜城《ぎじやう》の酒《さけ》は餳《あめ》の如《ごと》し。

誰謂譴謫去　未レ妨二遊賞行一
誰《たれ》か謂《い》ふ　譴謫《けんたく》され去《ゆ》くと、未《いま》だ遊賞《いうしやう》の行《かう》を妨《さまた》げず。

人生百歳內　天地暫寓レ形
人生《じんせい》　百歳《ひやくさい》の內《うち》、天地《てんち》　暫《しばら》く形《かたち》を寓《よ》す。

太倉一稊米　大海一浮萍
太倉《たいさう》の一稊米《いつていまい》、大海《たいかい》の一浮萍《いつふひやう》のごとし。

身委二逍遙篇一　心付二頭陀經一
身《み》は逍遙《せうえう》の篇《へん》に委《ゆだ》ね、心《こころ》は頭陀《づだ》の經《きやう》に付《ふ》す。

尙達二生死觀一　寧爲二寵辱驚一
尙《も》し生死《せいし》の觀《くわん》に達《たつ》せば、寧《なん》ぞ寵辱《ちようじよく》に驚《おどろ》くを爲《な》さん。

中懷苟有レ主　外物安能縈
中懷《ちゆうくわい》　苟《いやしく》も主有《しゆあ》らば、外物《ぐわいぶつ》　安《いづ》くんぞ能《よ》く縈《まつ》はらん。

任意思歸樂　聲聲啼到レ明
任意《さもあらば》あれ　思歸樂《しきらく》、聲聲《せいせい》　啼《な》きて明《めい》に到《いた》れ。

嚶・爭（下平聲、耕韻）、聽・靈・泠・零・亭・寧・庭・霆・醒・青・形・萍・經（下平聲、青韻）、征・纓・幷・情・聲・城・營・傾・名・輕・貞・程・餳・縈（下平聲、清韻）、生・鳴・平・榮・荊・卿・行・驚・明（下平聲、庚韻）……耕・清・庚韻は同用、青韻は通押。

通釈　山の中に、眠りもせず、夜もさかんに鳴き続ける鳥がいる。その声は、「思帰楽（帰りたいなあ）」と鳴くかのようで、街道をゆく旅人は、顔をおおって涙を流しながらこれに耳を傾ける。人々はみな、多くの左遷者がこの山道を南に向からために、彼らの鬱憤が籠もり、結ぼれてこの精霊になったのではないかと思っている。だが、私はこう思う。この山の鳥は、もとより人間によって生まれたのではなく、人々の心それ自身が、故郷を思うあまり「思帰」と鳴いているように聞きなすのである。たとえば、日頃清らかな琴の音を楽しんだ孟嘗君が、雍門子周のひと言に心を揺さぶられ、まだ演奏が始まらぬうちから涙がしとど冠の紐をぬらしたように、また、魏の武帝に侍った銅雀台の妓女たちが、日々歓楽のうちに歌い舞っていたところが、ひとたび西のかた武帝の陵墓を眺めやった途端、歌うより先に涙をこぼしてしまったように、人間の感情移入こそが、耳に入るものをあわれと思わせるのである。長江三峡の猿も、隴山より流れ出る河水も、本来、自然のものに感情は無いのだが、愁うる人の耳に入ったがために、それらは皆、断腸の声となるのである。

見られよ、監察御史の元稹君を。彼もまた、この街道の宿場に泊まり、それで思帰楽鳥の鳴き声に聞き入ったが、ひとり彼だけは精神を安らかに保っている。どうしてそんなふうでいられるのかと問えば、自身の道をしっかり見定めていれば、心はおのずから平静でいられるのであって、南方左遷の旅客となっても、まるで長安城内に居るかのようだという。この道を悟り得て以来、もう何の心配もなく、何の苦労もいらなくなった。困窮や栄達には、あらかじめ定まった運命というものがあるのであって、いちいち憂えたり喜んだりしても始まらないのだ。だから、皇帝陛下にお仕えした日々には、天下の大法を堅く守って朝廷の大広間に立ち、天子を諫める回天の気骨を発揮したけれども、悪者たちをねじ伏せようとして、ついに懲らしめるには至らなかった。まして、年齢はやっと三十歳を超えたばかりで、かくも年若くして忠直の名を得ている。心中には大きな志を持ち、目の前の爵位や俸禄には重きを置かない。君主の恩恵は雨露の如く、君主の威光は雷鳴の如く、その力は公明正大に施されるのであって、臣下としては、退却するにしても、とりあえず難を免れるような姑息なことはせず、進み出るにしても、曲げて自分の栄達を求めるような狡猾なことはしない。高潔な玉は、火の中に投じられてこそ、その溶けることのない本性が見分けられ、松柏の樹は、霜に打たれる冬にこそ、その貞節が人々に認識されるものである。柳下恵は三たび職を解かれてもその運命に抗わず、屈原はいつも一人、覚醒した目で世の中を見つめ続けた。さて、彼は罪を問われて東都洛陽から召し還され、官職をおとされて南のかた荊州に向かう。深々と二礼して宮城の門をあとにし、軽く拱手して公卿たちに別れを告げた。

荊州は決して遠方の地ではなく、街道の宿場町を下って約半月の道のりである。漢水は青空に照り映えてエメラルドグリーンに輝き、楚の山々は雲の上に突き抜けて青々とそびえ立っている。江陵名産の蜜柑は真珠のようにまん丸で、宜城の酒は、水あめのように濃厚な味わいだ。いったい誰が流罪の旅だというのか、景勝地を遊覧してまわったってかまわないのだ。

人の生涯一百年のうち、しばし天地の間に身を寄せているに過ぎない私たちは、帝都の穀物倉庫の中に混じった一粒のイヌヒエ、大海原にただよう一本の浮き草のような存在だ。荘子の思想に身をゆだね、仏教の教えに心を寄せて、もし生死を達観するならば、どうして寵愛や侮辱に心を乱すことがあろうか。もし胸の奥深くにゆるぎない信念を持つならば、富貴や名利といった外物も、どうしてこの身にまつわりつくことができようか。思帰楽鳥よ、どうぞ思いのまま、夜明けまでガヤガヤと鳴き続けてくれたまえ。

語釈　〇不栖鳥　夜も休まずにいる鳥。「栖ねざる鳥」は、国会図書館蔵『文集抄』の古訓に従う。同鈔本は、『詩経』王風「君子于役」にいう「雞　塒（ねぐら）に棲む、日の夕に」を注す。「不」字、那波本は「独」に作る。今、宋本以下の諸刊本、及び前掲の鈔本に従っておく。〇嚶嚶　鳥のさかんに鳴くさま。『詩経』小雅「伐木」に、「鳥の鳴くこと嚶嚶たり」と。〇思帰楽　この鳥の鳴き声。ちなみに、晩唐の詩人呉融に「雨後に思帰楽を聞く二首」（『全唐詩』巻六八四）があり、同じく晩唐の温庭筠「河瀆神」詞（『全唐詩』巻八九一）に、「暮天に思帰楽を愁聴す」とある。〇孟嘗　戦国時代の斉の孟嘗君。数千人の食客を分け隔てなく厚遇した（『史記』巻七十五・孟嘗君列伝）。〇平居　常日頃。〇泠泠　清らかな音の形容。たとえば、『文選』巻十七、西晋の陸機「文の賦」に、「音は泠泠として耳に盈（み）つ」と。〇雍門　琴の名手、雍門子周。孟嘗君に謁見し、耳に心地よい悲しげな音楽を所望された彼は、演奏に先立って、恵まれない境遇にある様々な者たちの事例を挙げ、さらに、孟嘗君の封土である薛は、周囲の大国との関係で滅亡の危機にさらされており、いずれその墳墓すらも忘れ去られるであろうことを述べた。誡められた孟嘗君は、琴の音を聴くより先にとめどなく涙を流したという（『説苑』善説篇）。『文選』巻二十三、西晋の張載「七哀詩二首」其の一に、「彼の雍門の言に感じ、悽愴として往古を哀（かな）しむ」と。〇魏武　三国魏の武帝、曹操（一五五―二二〇）。建安十五年（二一〇）、鄴に銅雀台を築き（『三国志』巻一・武帝紀、同巻十九・陳思王植伝）、そこで催す宴に歌妓たちを侍らせた。〇日与歓楽幷　この語法は、巻七「旧の真を写せる図に題す」詩（〇三五）にも、「曽て衆苦と幷せり」との類例が見える。〇西陵望　曹操が崩御するに当たり、銅雀台の歌妓たちに、毎月一日と十五日、台の西方にある自分の陵墓を望むように遺言したことを指す。『文選』巻六十、陸機「魏武帝を弔ふ文」に、「月の朝（ついたち）と十五には、輒ち帳に向かひて妓を作（な）せ。汝等時時銅爵（雀に同じ）台に登りて、吾が西陵の墓田を望め」と。○峡猿　長江中流最大の難所、三峡に生息する猿。悲しげな鳴き声を上げる。南朝宋の盛弘之『荊州記』（『文選』巻十二、郭璞「江の賦」の李善注、『太平御覧』巻五十三などに引く）に記す歌に、「巴東の三峡　巫峡長し、猨（さる）鳴くこと三声　涙は裳を沾す」と。○隴水　隴山（陝西省の西、甘粛省との境）から流れる急流。むせび泣くような水音を上げる。南朝梁の横吹曲「隴頭歌辞」（『楽府詩集』巻二十五）に、「隴頭の流水、鳴声は幽咽す。遥かに秦川を望めば、心肝断絶す」と。○腸断声　はらわたが断ち切れるような悲痛な声。『世説新語』黜免篇に、東晋の桓温にまつわる逸話として、人に捕らえられた子猿を追って、船中に跳び込んで息絶えた母猿の腸がズタズタにちぎれていたことを記す。巻十二「長恨歌」（〇五九六）にも、「夜雨に猿を聞けば断腸の声」と。

○元侍御　元稹を指す。彼は、江陵府の士曹参軍に左遷される前、監察御史を務めていた。「侍御」は、その唐代における通称（唐の趙璘『因話録』巻五）。○郵亭　街道途中の宿場。駅亭。○道勝　自らの規範となる道が何よりも勝っていると見定めること。『淮南子』精神訓に、子夏のいう「出でて富貴の楽しみを見れば之を欲し、入りて先王の道を見れば又之を説（よろこ）ぶ。両者心戦ふが故に臞（や）せ、先王の道勝るが故に肥ゆ」を踏まえる。○何慮復何営　何の心配もないし、何の苦労をすることもない。『文選』巻十三、南朝宋の謝恵連「雪の賦」にいう「何をか慮り何をか営まん」を踏まえる。「復」は並列を表す間投詞。○窮達有前定　困窮するも栄達するも、あらかじめ運命として定まっている。『文選』巻五十二、後漢の班彪「王命論」に、「是が故に窮達には命有り、吉凶は人に由る」と。○憂喜無交争　憂いも喜びも心に渦巻くことがない。『文選』巻三、後漢の張衡「東京の賦」にいう「喜懼　交ゝ争ふ」を用いつつ、これを反転させた表現。○所以　だから。六朝時代以来の口語。○持憲　法令を掌る。巻五「蕭侍御の『旧山の草堂を憶ふ』詩を見、因つて以て継ぎ和す」詩（〇一八三）にも、「憲を持するは雄ならざるに非ず」と。○天庭　朝廷をいう。○迴天力　天たる皇帝を、正しき道に戻す諫言をいう。『貞観政要』納諫篇に、唐太宗に諫言した張玄素を魏徴が称賛して、「張公は遂に回天の力有り、仁人の言と謂ふべし。其の利は博（ひろ）きかな」と。○況　まして。道を悟って窮達に惑わされなくなったことに加えて、以下、元気盛んな若者であることをいう。○始　やっと……したばかり。○君恩若雨露　君威若雷霆　後漢の荀悦『申鑑』雑言篇上に、「故に人主は義を以て申（の）び、義を以て屈するなり。喜ぶこと春陽の如く、怒ること秋霜の如く、威は雷霆の震（ふる）ふが如く、恵みは雨露の降るが如く、沛然として孰か能く禦（とど）めんや」とあるのを踏まえ、君主の力が公明正大に発揮されることをいう。○退不苟免難　『礼記』曲礼篇上に、「財に臨んでは苟（いやしく）も得んとすること毋（な）かれ、難に臨んでは苟も免れんとすること毋かれ」とあるのを踏まえる。○玉性　玉の性質。たとえ高温の火の中でも溶けないため、高士の貞節に喩えられる。巻一「友の問ひに答ふる詩」（〇〇一七）にも、「良玉は其の中に同じうして、三日焼けども熱せず」と。○松貞　松樹の貞節。『論語』子罕篇に、「歳寒くして然る後に松柏の凋（しぼ）むに後（おく）るるを知るなり」、『荘子』襄王篇に、「天寒既に至り、霜雪既に降る。吾（孔子）は是を以て松柏の茂るを知るなり」と。○展禽　春秋時代の魯の賢者。姓は展、字は子禽。柳樹の下に住み、恵と諡（おくりな）されたので、柳下恵と称される。一句は、『論語』微子篇に、「柳下恵、士師と為り、三たび黜けらる。人曰く、子（し）未だ以て去るべからざるかと。曰く、道を直くして人に事（つか）ふれば、焉くにか往くとして三たび黜けられざらん。道を枉（ま）げて人に事ふれば、何ぞ必ずしも父母の邦を去らん」とあるのを踏まえる。巻二「魯を歎ず二首」其の二（〇二三〇）にも、「展禽　胡為る者ぞ、直道　竟に三たび黜けらる」と。○霊均　戦国時代の楚の大夫、屈原の字（あざな）。一句は、『楚辞』漁父に、「屈原曰く、世を挙げて皆濁り、我独り清（す）めり。衆人皆酔ひ、我独り醒めたり」とあるのを踏まえる。○獲戻　罪を得ること。『書経』湯誥篇に、「茲（ここ）に朕は未だ戻を上下に獲るを知らず」と。元稹の罪については、前出「和答詩十首并びに序」（〇一〇〇）の語釈「不数日」を参照。○長揖　両手を胸の前で組み、軽く会釈する礼。『文選』巻二十一、西晋の左思「詠史八首」其の一にいう「長揖して田廬に帰る」のように、多くの場合、自ら立ち去る別れの場面で、同輩に対して行う軽い挨拶をいう。なお、上の句の「再拝」とともに、前漢の酈食其が、初めて漢の高祖劉邦に謁見した際、拝せず、長揖したこと（『史記』巻八・高祖本紀、同巻九十七・酈生陸賈列伝）を意識するかもしれない。

○荊州　元稹が向かう江陵の古称。○又　否定語を含む句の中で、強調の働きをする副詞。○漢水　陝西省に発し、湖北省漢口（武漢市）で長江に流れ込む川。江陵は、その西に位置する。○楚山　江陵一帯の山。「楚」は、江陵を含む長江中流域の古称。○挿雲　雲を貫いて高くそびえ立つ。『文選』巻十二、西晋の木華「海の賦」に、「巨鱗は雲を挿し、鬐鬣は天を刺す」と。○江陵橘似珠　江陵は、蜜柑の特産地として古来有名。『史記』巻一二九・貨殖列伝に、「蜀・漢・江陵の千樹の橘」を挙げ、その所有者は千戸の侯に等しい収益があると記す。『白氏六帖事類集』巻三十、橘の項にもこれを引く。○宜城酒如餳　江陵へ向かう途上に位置する宜城（湖北省宜城市）は、古来美酒の産地として有名。巻二「秦中吟十首」其の七「軽肥」詩（〇〇八二）に見える「九醞」も、この宜城の酒である。「餳」は水あめ。糯米（もちごめ）を用いた中国南方の酒（紹興酒などが有名）は、濃厚で甘みがあり茶褐色で粘り気もあるため、白居易たち北方人からみるとこのような印象がある。同時代の劉禹錫「歴陽にて事を書す七十韻」（『全唐詩』巻三六三）にも、「湖魚は香しきこと肉に勝り、官酒は餳よりも重し」とある。○未防　……しても差し支えない。口語。

○人生百歳内　漢代以来、人の一生は百年を規準に考えられた。たとえば、『文選』巻二十九、「古詩十九首」其の十五に、「生年　百に満たざるに、常に千歳の憂へを懐く」と。○寓形　肉体をこの世に仮住まいさせること。『文選』巻四十五、東晋の陶淵明「帰去来の辞」に、「形を宇内に寓するは復た幾時ぞ」と。○太倉一稊米　次の「大海の一浮萍」とともに、この世に存在するものの微小さを喩える表現。『荘子』秋水篇に、「中国の海内に在るを計るに、稊米の太倉に在るに似ざらんや」とあるのを踏まえる。「太倉」は都の穀物倉庫。「稊米」はイヌビエ。イネ科の雑草。〇浮萍　浮き草。『文選』巻四十七、西晋の劉伶「酒徳の頌」に、「俯して観るに万物の擾擾（ぜうぜう）たるは、江漢の浮萍を載するに焉如（れいづ）ぞ」と。また、盛唐の杜甫「又竇使君に呈す」詩に、「相看る万里の外、同じく是れ一浮萍」（『杜詩詳註』巻十二）と。巻十七「微之に答ふ」詩（一〇四八）にも、「君と相遇ふ　知んぬ何れの処ぞ、両葉の浮萍　大海の中」とある。〇身委逍遥篇　「逍遥篇」は、『荘子』の巻頭第一篇「逍遥遊」の略。ここでは『荘子』全篇を指す。「逍遥遊」（心のままに自由に行動する）という篇名は、「身委」の二字と、縁語として相関関係にもある。〇心付頭陀経　「頭陀」は梵語 dhuta の音訳。煩悩を振り払う意。「頭陀経」とは、ひろく仏教の経典全般を指す。元稹の原作（「余説」参照）に、「悶に悶す　九部の経」とあるのを承ける。この句も前句に同じく「頭陀」と「心付」とは相関関係にある。〇尚　もし……すれば。〇生死観　人の生死に対する達観。ここでは特に、前の句を受けて、仏教にいう生死流転をいう。〇寵辱驚　世間からの寵愛や侮辱に心をみだすこと。『老子』第十三章にいう「寵辱に驚くが若し」を踏まえる。元稹の原作（「余説」参照）に、「寵辱　將（は）た何ぞ驚かん」とあるのを承ける。〇中懐　胸中。心の奥深いところ。陶淵明「斜川に遊ぶ」詩（『陶淵明集』巻二）に、「之を念へば中懐を動かし、辰（きと）に及んで茲（こ）の遊びを為す」と。〇外物　自分の心身以外のもの。特に富貴や名利をいう。『荘子』外物篇の冒頭に、「外物は必すべからず」と。前の句の「中懐」とともに、巻六「庾七の左降を聞き、因つて懐ふ所を詠ず」詩（〇二四二）にも、「外物は必すべからず、中懐は須らく自ら空しうすべし」と見えている。〇任意　どうぞご随意に。「任」は、相手に全面的に任せる意。唐代の口語。〇到明　夜が明けるまで。

余説　「解題」に言及した元稹の原作「思帰楽」詩は次のとおりである。なお、元稹詩のテキストは、冀勤点校『元稹集』（中華書局、一九八二年）を底本とし、これを読み下すに当たっては、周相録校注『元稹集校注』（上海古籍出版社、二〇一一年）、呉偉斌輯佚編年箋注『新編元稹集』（三秦出版社、二〇一五年）を参照した。以下同様。加えて、本詩については、特に平岡武夫前掲書を参照した。

思帰楽

山中思帰楽　尽作㆓思帰鳴㆒
爾是此山鳥　安得㆓失郷名㆒
応㆑縁㆓此山路　自㆑古離人征㆒
陰愁感㆓和気㆒　俾㆓爾従㆑此生㆒
我雖㆓失㆑郷去㆒　我無㆓失郷情㆒
惨舒在㆓方寸㆒　寵辱将何驚

思帰楽　元稹

山中の思帰楽、尽く思帰の鳴を作（な）す。
爾（なんぢ）は是れ此の山の鳥なるに、安くんぞ失郷の名を得たるや。
応（まさ）に此の山の路に、古より離人の征くに縁（よ）るべし。
陰愁　和氣に感じ、爾をして此より生ぜしむ。
我　郷を失ひて去（ゆ）くと雖も、我に失郷の情無し。
惨舒（さんじよ）　方寸に在り、寵辱　将（は）た何ぞ驚かん。

浮生居二大塊一　尋丈可レ寄レ形
*心安即形楽　豈独楽二咸京一
命者道之本　死者天之平
安問二遠与一レ近　何言二殤与一レ彭
君看趙工部　八十支体軽
交州二十載　一到二長安城一
長安不二須臾一　復作二交州行一
交州又累レ歳　移二鎮広与一レ荊
帰朝二新天子一　済済為二上卿一
肌膚無二瘴色一　飲食康且寧
長安一昼夜　死者如二隕星一
喪車四門出　何関二炎瘴縈一
況我三十二　百年未レ半レ程
江陵道途近　楚俗雲水清
遐想玉泉寺　久聞峴山亭
此去尽綿歴　豈無二心賞弁一
紅飧日充レ腹　碧澗朝析レ酲
開レ門待二賓客一　寄レ書安二弟兄一
閑窮四声韻　悶閲九部経
身外皆委順　眼前随レ所レ営
此意久已定　誰能求二苟栄一
所以官甚小　不レ畏二権勢傾一
傾レ心豈不レ易　巧詐神之刑
万物有二本性一　況復人性霊

浮生　大塊に居り、尋丈　形を寄すべし。

心安ければ即ち形楽し、豈に独り咸京〈長安〉を楽しまんや。

命は道の本、死は天の平なり。

安くんぞ遠と近とを問はんや、何ぞ殤（わかじに）と彭〈彭祖の長寿〉とを言はんや。

君看よ　趙工部〈趙昌〉、八十にして支体軽し。

交州にて二十載、一たび長安城に到る。

長安にて須臾もせず、復た交州の行を作す。

交州にて又歳を累ね、鎮を広と荊とに移す。

帰りて新天子に朝し、済済として上卿と為る。

肌膚に瘴色（しやうしよく）無く、飲食　康にして且つ寧なり。

長安　一昼夜、死者は隕星（ゐんせい）の如し。

喪車　四門より出づるに、何ぞ炎瘴の縈（まと）ふに関はらんや。

況んや我は三十二、百年　未だ程に半ばせず。

江陵は　道途近く、楚俗　雲水清し。

遐（はるか）かに想ふ　玉泉寺、久しく聞く　峴山亭（けんざんてい）。

此去（これより）尽く綿歴せば、豈に心賞の弁（あ）ふ無からんや。

紅飧（こうそん）　日〻に腹を充たし、碧澗（へきかん）　朝に酲〈宿酔〉を析（と）かん。

門を開きて賓客を待ち、書を寄せて弟兄を安んぜん。

閑に窮む　四声の韻、悶に閲す　九部の経。

身外　皆委順し、眼前　営む所に随ふ。

此の意　久しく已に定まれり、誰か能く苟栄（こうえい）を求めんや。

所以（ゆゑ）に官は甚だ小なり、権勢の傾くるを畏れず。

心を傾くること　豈に易からざらんや、巧詐は神が之を刑せん。

万物に本性有り、況んや復た人の性霊をや。

金埋無二土色一　玉墜無二瓦声一
金は埋もるるとも土色無く、玉は墜つるとも瓦声無し。
剣折有二寸利一　鏡破有二片明一
剣は折れたるも寸利有り、鏡は破れたるも片明有り。
我可二俘為一レ囚　我可二刃為一レ兵
我は俘として囚と為るべし、我は刃として兵と為るべし。
我心終不レ死　金石貫以レ誠
我が心は終に死せず、金石　貫くに誠を以てせん。
此誠患レ不レ至　誠至道亦亨
此の誠　至らざらんことを患ふ、誠至らば　道も亦た亨（とほ）らん。
微哉満山鳥　叫噪何足レ聴
微なるかな　満山の鳥、叫噪（けうさう）　何ぞ聴くに足らんや。

＊第十五句「心安即形楽」の「心」字、各本みな「身」に作るが、平岡武夫の前掲書一八一頁に、京都大学人文科学研究所の村本文庫に蔵する清の王徳修の校本に、ある本が「心」字に作ることを記し、従うべきだとする。今、これに従って改める。

『類聚句題抄』に、本詩の「経霜識松貞」句を題とした源為憲の詩が採録されている。
加藤千蔭に、本詩の「君恩若雨露」を句題とした和歌「むさしののおどろがもとのを草すら恵の露にもれずぞ有ける」（木村定良編『類題草野集』巻十二、雑部下）がある。

0102　其二　和二陽城驛一詩

其《そ》の二《に》　陽城驛《やうじやうえき》に和《わ》する詩《し》

解題　「和答詩十首」の第二首。元稹の「陽城駅」詩（『元氏長慶集』巻二）に和したもの。「陽城駅」は、長安から藍田・商山を越え、鄀州・襄州を経由して江陵に至る旅程の途中にある宿場で、後出の四皓廟（〇一〇五）・分水嶺（〇一一〇）を通過した先に位置する（厳耕望『唐代交通図考』第三巻、篇十六「藍田武漢駅道」を参照）。陽城という駅名と同じ名を持つ人物の足跡を詳しく記してその功績を顕彰する原作に賛同し、これに分かりやすい解説を加えた上で、元稹のこの作品が広く受容されることを願って詠ずる詩である。

商山陽城驛　中有二嘆者一誰
商山《しやうざん》の陽城驛《やうじやうえき》、中《うち》に嘆《たん》ずる者有《ものあ》るは誰《たれ》ぞ。
云是元監察　江陵謫去時
云《い》ふ是《こ》れ　元監察《げんかんさつ》、江陵《かうりよう》に謫去《たくきよ》せらるる時《とき》。
忽見二此驛名一　良久涕欲レ垂
忽《たちま》ち此《こ》の驛名《えきめい》を見《み》、良久《ややひさ》しくして涕垂《なみだた》れんと欲《ほつ》す。

何故陽道州　名姓同二於斯一
憐君一寸心　寵辱誓不レ移
疾レ惡若二巷伯一　好レ賢如二緇衣一
沈吟不レ能レ去　意者欲二改爲一
改爲二避賢驛一　大二署於門楣一
荊人愛二羊祜一　戸曹改爲レ辭
一字不レ忍レ道　況兼レ姓呼レ之
因題八百言　言直文甚奇
詩成寄二與我一　鏘若二金和一レ絲
上言陽公行　友悌無二等夷一
骨肉同二衾裯一　至レ死不二相離一
次言陽公迹　夏邑始棲遲
鄉人化二其風一　少長皆孝慈
次言陽公道　終日對二酒卮一
兄弟笑相顧　醉貌紅怡怡
次言陽公節　謇謇居二諫司一

何《なに》の故《ゆゑ》にか　陽道州《やうだうしう》、名姓《めいせい》　斯《これ》に同《おな》じきや。
憐《あは》れむ　君《きみ》が一寸《いつすん》の心《こころ》、寵辱《ちようじよく》にも誓《ちか》ひて移《うつ》らざるを。
惡《あく》を疾《にく》むこと巷伯《かうはく》の若《ごと》く、賢《けん》を好《この》むこと緇衣《しい》の如《ごと》し。
沈吟《ちんぎん》して去《さ》る能《あた》はざるは、意者《おもふに》　改《あらた》め爲《な》さんことを欲《ほつ》すらむ。
改《あらた》めて避賢驛《ひけんえき》と爲《な》し、門楣《もんび》に大署《たいしよ》す。
荊人《けいひと》　羊祜《やうこ》を愛《あい》し、戸曹《こさう》　改《あらた》めて辭《じ》と爲《な》す。
一字《いちじ》すら道《い》ふに忍《しの》びざるに、況《いは》んや姓《せい》を兼《か》ねて之《これ》を呼《よ》ぶをや。
因《よ》りて題《だい》す　八百言《はつぴやくげん》、言《げん》は直《ちよく》にして　文《ぶん》は甚《はなは》だ奇《き》なり。
詩《し》成《な》りて我《われ》に寄與《きよ》す、鏘《さう》として金《きん》の絲《し》に和《わ》するが若《ごと》し。
上《かみ》に言《い》ふ　陽公《やうこう》が行《おこな》ひ、友悌《いうてい》　等夷《とうい》無《な》し。
骨肉《こつにく》　衾裯《きんちう》を同《とも》にし、死《し》に至《いた》るまで相離《あひはな》れずと。
次《つぎ》に言《い》ふ　陽公《やうこう》が迹《あと》、夏邑《かいふ》に始《はじ》め棲遲《せいち》せしとき。
鄉人《きやうじん》　其《そ》の風《ふう》に化《くわ》し、少長《せうちやう》　皆孝慈《みなかうじ》なりと。
次《つぎ》に言《い》ふ　陽公《やうこう》が道《みち》、終日《しゆうじつ》　酒卮《しゆし》に對《たい》す。
兄弟《けいてい》　笑《わら》ひて相顧《あひかへり》み、醉貌《すいばう》　紅《くれなゐ》　怡怡《いい》たりと。
次《つぎ》に言《い》ふ　陽公《やうこう》が節《せつ》、謇謇《けんけん》として　諫司《かんし》に居《を》る。

誓レ心除二國蠹一　決レ死犯二天威一
終言陽公命　左三遷天一涯一
道州炎瘴地　身不レ得二生歸一
一一皆實錄　事事無二孑遺一
凡是爲レ善者　聞レ之惻然悲
道州既已矣　往者不レ可レ追
何世無二其人一　來者亦可レ思
願以二君子文一　告二彼大樂師一
附二於雅歌末一　奏二之白玉墀一
天子聞二此章一　教化如レ法施
直諫從如レ流　佞臣惡如レ疵
宰相聞二此章一　政柄端正持
進レ賢不レ知レ倦　去レ邪勿二復疑一
憲臣聞二此章一　不三敢懷二依違一
諫官聞二此章一　不レ忍レ縱二詭隨一
然後告二史氏一　舊史有二前規一

心《こころ》に誓《ちか》ひて國蠹《こくと》を除《のぞ》かんとし、死《し》を決《けつ》して天威《てんゐ》を犯《をか》すと。
終《を》はりに言《い》ふ　陽公《やうこう》が命《めい》、天《てん》の一涯《いちがい》に左遷《させん》せらる。
道州《だうしう》は炎瘴《えんしやう》の地《ち》にして、身《み》は生《い》きて歸《かへ》るを得《え》ずと。
一一《いついつ》　皆實錄《みなじつろく》にして、事事《じじ》　孑遺《げつゐ》無《な》し。
凡《すべ》て是《こ》れ善《ぜん》を爲《な》す者《もの》、之《これ》を聞《き》きて惻然《そくぜん》として悲《かな》しむ。
道州《だうしう》　既《すで》に已《や》んぬるかな、往《ゆ》く者《もの》は追《お》ふべからず。
何《いづ》れの世《よ》か　其《そ》の人《ひと》無《な》からん、來《き》たる者《もの》　亦《ま》た思《おも》ふべし。
願《ねが》はくは君子《くんし》の文《ぶん》を以《もつ》て、彼《か》の大樂師《たいがくし》に告《つ》げよ。
雅歌《がか》の末《すゑ》に附《ふ》し、之《これ》を白玉墀《はくぎよくち》に奏《そう》せん。
天子《てんし》　此《こ》の章《しやう》を聞《き》かば、教化《けうくわ》　法《はふ》の如《ごと》く施《ほどこ》し、
直諫《ちよくかん》　從《したが》ふこと流《なが》るる如《ごと》く、佞臣《ねいしん》　惡《にく》むこと疵《し》の如《ごと》し。
宰相《さいしやう》　此《こ》の章《しやう》を聞《き》かば、政柄《せいへい》　端正《たんせい》に持《ぢ》し、
賢《けん》を進《すす》めて　倦《う》むを知《し》らず、邪《じや》を去《さ》りて復《ま》た疑《うたが》ふ勿《な》からん。
憲臣《けんしん》　此《こ》の章《しやう》を聞《き》かば、敢《あ》へて依違《いゐ》を懷《いだ》かざらん。
諫官《かんくわん》　此《こ》の章《しやう》を聞《き》かば、詭隨《きずい》を縱《ゆる》すに忍《しの》びざらん。
然《しか》る後《のち》に史氏《しし》に告《つ》ぐれば、舊史《きうし》に前規《ぜんき》有《あ》らん。

若作二陽公傳一　欲レ令二後世知一
不レ勞レ敍二世家一　不レ用レ費二文辭一
但於二國史上一　全錄二元稹詩一

若《も》し陽公《やうこう》の傳《でん》を作《つく》り、後世《こうせい》をして知《し》らしめんと欲《ほっ》せば、
世家《せいか》を敍《じょ》するを勞《らう》せず、文辭《ぶんじ》を費《つひ》やすを用《もち》ひず。
但《た》だ國史《こくし》の上《うへ》に、全《まった》く元稹《げんしん》が詩《し》を錄《ろく》せしめよ。

誰・楣・夷・遲・遺・悲・追・師・墀（上平聲、脂韻）、時・辭・之・絲・慈・怡・司・思・持・疑・辭・詩（上平聲、之韻）、垂・斯・移・爲・奇・離・巵・涯・施・疵・隨・規・知（上平聲、支韻）、衣・威・歸・違（上平聲、微韻）……脂・之・支韻は同用、微韻は通押。

通釈　商山にある陽城駅、その中にため息をついている者がいて、誰かといえば、それは監察御史の元稹である。彼は江陵へ左遷されてゆく時、ふとこの駅名を目にして、しばらくの間それを見ているうちに涙がこぼれそうになったのだ。何ゆえに、道州刺史であった陽城の姓名がこの駅名と同じなのか、と。ああ不憫にも、愛すべき君の心は、世の寵児となろうが屈辱を受けようが、決してその節操を曲げることなく、かの「巷伯」の詩のように悪人を嫌悪し、「緇衣」の詩のように賢者を好んだ。このように、陽城に深く思いをめぐらしながら、そこを立ち去ることができないでいたのは、おそらく、その駅名を改めようとしたのだろう。かくして君は、避賢駅と名称を改めて、それを門楣の上に大書したのであった。かつて、荊州の人々はその土地を治めた羊祜を敬愛し、その名と同音の字を避けて、戸曹を辞曹と改称した。一字でさえ口にするのは忍びないのに、まして姓もあわせてその名を呼ぶことなど耐えられない。そこで君は八百言からなる詩を書き付けたが、その言葉は率直で、表現はきわめて独創的である。詩が出来上がると私に送り届けてくれたが、その硬質の響きは、まるで金石の響きが弦楽に協和するようである。冒頭には陽公の行いについて、その比類なき兄弟の仲睦まじさを言う。彼は、血を分けた兄弟と夜具を共にし、死に至るまで離れることがなかった。次には陽公の足跡について、はじめ夏邑に隠棲していたときのことを言う。村人たちは彼の気風に感化され、老いも若きも、みな孝と慈愛あふれる態度となった。次には陽公の生き方について、終日酒を満たした大杯に向き合っていたことを言う。彼ら兄弟は笑顔で互いを気遣いあい、その酔いしれた顔は紅色に染まってにこやかであった。次には陽公の節義について、諫議大夫の職にあって真

っ正直に天子を諌めたことを言う。彼は国家を蝕む害虫の駆除を心に誓い、死を賭けて、天子の威光にも敢えて遠慮をしなかった。最後には、陽公の運命について、天の果てに左遷されたことを言う。赴任先の道州は熱病を引き起こす毒気の生ずる土地で、その身は生きて帰ることができなかった。ここに詠じられたことは、一つ一つが全て実録であって、個々の事柄が遺漏なく述べられている。凡そ善行をなす者は、この歌を耳にすれば切切と悲しい気持ちになるだろう。陽道州は既に亡くなって、過ぎ去ったこの人を追いかけることはできないが、それでも、いつの世にかそのような人が出ないとも限らないのだから、未来の人に期待を寄せることはできるだろう。どうか、君子の書いたこの詩を、かの太楽署の楽士に示して、雅楽の歌の末尾に付け、白玉を敷き詰めた宮殿の前でこれを演奏させてほしい。天子がこの歌を耳にされたならば、教化は法に則るがごとく施されて、直諌には流れるように従われ、佞臣に対してはこれを疵のごとく嫌悪されることとなろう。宰相がこの歌を耳にしたならば、政治権力を厳正に偏りなく行使して、賢者を倦むことなく推薦し、邪悪な者をためらうことなく排斥するようになるだろう。司法官僚がこの歌を耳にしたならば、さまざまな疑念や遠慮から判断を躊躇するようなことはできなくなるだろう。諌官がこの歌を耳にしたならば、善人を陥れ悪人に追従する連中を放任することには耐えられなくなるだろう。そうして後に、歴史家にこれを示せば、旧史に規範たる前例があることだろう。もし陽城伝を作り、後世にこの人物を知らしめんとするならば、世家を叙述する手間もかからず、文辞を費やす必要もない。ただ国史の中に、元稹のこの詩を全文収録すればよいだけである。

語釈 ○商山　長安の東南、陝西省商県の東にある山。○元監察　元稹を指す。「監察」は監察御史（正八品上）。江陵府士曹参軍（前掲「和答詩十首幷びに序」〇一〇〇の「解題」を参照）に左遷される前の官職名で呼ぶのは、「思帰楽に和する詩」（〇一〇一）の「元侍御」に同じ発想。○謫去　左遷されてゆく。「去」は、動作の方向性を示す接尾辞。口語的用法。○陽道州　陽城（『旧唐書』巻一九二・隠逸伝、『新唐書』巻一九四・卓行伝）を指す。巻一「樊著作に贈る詩」（〇〇三三）に既出。その道州（湖南省）刺史（正四品上、地方長官）としての善政は、巻三、新楽府「道州の民」（〇一三九）にも詠じられている。○一寸心　心をいう。そのありかが一寸四方と考えられていたことに由来する。『文選』巻十七、西晋の陸機「文の賦」に、「滂沛を寸心より吐く」と。○寵辱　世間から寵愛されることと屈辱的な仕打ちを受けること。『老子』第十三章に見える語。〇一〇一詩「語釈」を参照。陽城の場合、道州刺史への左遷は、諌議大夫（正五品上）としての仕事ぶりが遠因となった。〇疾悪若巷伯　好賢如緇衣　『礼記』緇衣篇にいう、「子曰く、賢を好むこと緇衣の如く、悪を悪むこと巷伯の如くんば、爵は瀆（がけ）れずして民は愿（しっ）みを作（な）し、刑は試（ちも）ひずして民は咸（なみ）服す」を踏まえる。「巷伯」は、『詩経』小雅にある詩の篇名。宮中で讒言を受けた宦者を傷む詩。「緇衣」は、『詩経』鄭風にある詩の篇名。善政を敷く為政者を賛美する詩。両句は、徳宗期（七七九―八〇五）、陸贄・張滂・李充らが、裴延齢・李斉運・韋渠牟らの讒言によって陥れられたことについて、諫官であった陽城が上疏して、裴らの悪事を問いただし、陸らの無実を主張した（前掲の『旧唐書』『新唐書』本伝）ことを指す。〇沈吟　深く思いをめぐらして検討する。〇意者　おそらくは。推量の意を表す。〇避賢駅　元稹の原詩「陽城駅」（「余説」参照）に、「我は願ふ　公が諱を避け、名づけて避賢郵と為さんことを」と。〇門楣　門の上方、横に渡した梁。〇荊人愛羊祜　戸曹改為辞　西晋の羊祜（二二一―二七八）は、都督荊州（湖北省江陵県）諸軍事となって任地の人々に敬愛され、荊州では、家屋を数える量詞に、「戸」でなく「門」の字を用い、民政を司る役所、「戸曹」を「辞曹」と言い換えて、彼の諱（いみな）と同音の「戸」の字を避けたという（『晋書』巻三十四・羊祜伝）。〇道　言う。口語。〇鏘　金属や玉が鳴り響く音の形容。〇金和糸　「金」は金属でできた鍾などの楽器。多く雅楽に用いる。「糸」は弦楽器。多く宴楽に用いる。硬派の詩語が、柔軟で親しみやすい作風に交錯するさまをたとえるか。〇友悌　兄弟間で仲が良いこと。〇等夷　対等に並ぶ。〇夏邑　河南道陝州大都督府の夏県（（『旧唐書』巻三十八・地理志一）。陽城が徳宗に召しだされる前に住んでいたところ（前掲『旧唐書』隠逸伝、『新唐書』卓行伝）。〇棲遅　世の中と距離を置いて気楽に過ごす。『詩経』陳風「衡門」に「衡門の下、以て棲遅すべし」、その毛伝に「棲遅とは、遊息なり」と。〇孝慈　親には孝行を尽くし、目下の者には慈愛を注ぐ。『論語』為政篇に、為政者の取るべき姿勢として「孝慈なれば則ち（民は）忠」とある。ここでは、そうした陽城の態度に村人たちが感化されたことをいう。〇酒卮　酒を満たした、四升入りの大杯。〇怡怡　にこやかなさま。『論語』子路篇に、士たる条件として「兄弟には怡怡如たり」と。〇謇謇　真っ正直に諫言するさま。『楚辞』離騒に、「余は固（まこと）に謇謇の患たるを知るも、忍んで而して舎（や）むこと能はざるなり」、その王逸注にも引く『易経』蹇卦、六二の爻辞に、「王の臣、蹇蹇たるは、躬の故に匪ず」と。「蹇蹇」は「謇謇」に同じ。〇国蠹　国家を蝕む害虫のような輩。『左氏伝』襄公二十二年、穆叔が御叔を批判した語に「国の蠹なり」と。前掲注に示した裴延齢・李斉運・韋渠牟ら讒者を指す。〇天威　皇帝の威光。『左氏伝』僖公九年に「天威、顔を違（さ）ること咫尺ならず」と。〇天一涯　類似句として、『文選』巻二十九「古詩十九首」其一に、「相去ること万余里、各〻天の一涯に在り」と。〇炎瘴　熱病を引き起こす、南方湿地帯に特有の毒気。〇孑遺　わずかな遺漏。『詩経』大雅「雲漢」にいう「周余の黎民も、孑遺有る靡（な）し」に出る語。〇往者不可追・来者亦可思　表現上、『論語』微之篇にいう「往く者は諫むべからず、来る者は猶ほ追ふべし」を踏まえる。「亦」は、それでも。〇白玉墀　宮殿の上の「往く者は追ふべからず」を逆接で受ける。〇大楽師　雅楽を司る太楽署（『通典』巻二十五・職官七）の楽師。

前の白い敷石。巻七・〇三六詩、巻五十一・二三〇一詩にも見える。○直諫従如流　『文選』巻五十二、班彪「王命論」にいう「諫めに従ふこと流れに順（したが）ふが如し」、その李善注にも引く『左氏伝』昭公十三年にいう「善に従ふこと流るるが如し」を踏まえる。○悪如疵　文脈は異なるが、「悪」と「疵」とが同時に用いられている例として、『韓非子』八姦篇に、「其の説議に於けるや、賞誉する者の善しとする所、毀疵する者の悪む所は、必ず其の能を実にし、其の過を察して、群臣をして相為に語らしめず」とある。○政柄　政治権力。『左氏伝』昭公七年の「三世　其の政柄を執れば、其の物を用ふるや弘く、其の精を取るや多し」に出る語。○憲臣　法令に則って人を裁く、御史台の官僚をいう。○依違　疑念や遠慮からぐずぐずとためらうこと。畳韻語。『後漢書』巻六十下・蔡邕伝に、「依違有りて自ら疑諱を生ずること勿かれ」と。○縦詭随　『詩経』大雅「民労」にいう「詭随を縦（ゆる）す無く、以て無良を謹め」を踏まえる。その毛伝に、「詭随とは、人の善を詭（いつは）り、人の悪に随ふなり」と。○旧史有前規　『漢書』などの正史に、文学作品を引く記述が見えることを指すか。○世家　正史の始祖『史記』に設けられた諸侯の伝記。編成上、個人の伝を記した列伝より前に置かれている。

余説　「解題」に言及した元稹の原作「陽城駅」詩は次のとおりである。

商有㆓陽城駅㆒　名同㆓陽道州㆒
陽公没已久　感㆑我涙交流
昔公孝㆓父母㆒　行与㆓曽閔㆒儔
既孤善㆓兄弟㆒　兄弟和且柔
一夕不㆓相見㆒　若㆑懐㆓三歳憂㆒
遂誓不㆓婚娶㆒　没歯同㆓衾裯㆒
妹夫死㆓他県㆒　遺骨無㆓人収㆒
公令㆓季弟往㆒　公与㆓仲弟㆒留
相別竟不㆑得　三人同遠遊
共負㆓他郷骨㆒　帰来蔵㆓故丘㆒
棲遅居㆓夏邑㆒　邑人無㆓苟偸㆒
里中競㆓長短㆒　来問㆓劣与㆒㆑優
官刑一朝恥　公短終身羞
公亦不㆑遺㆑布　人自不㆑盗㆑牛

商に陽城駅有り、名は陽道州に同じ。
陽公　没して已に久しく、我を感ぜしめて涙交々（こもごも）流る。
昔　公は父母に孝たりて、行ひは曽閔と儔（ともがら）なり。
既に孤となりては兄弟に善くし、兄弟　和にして且つ柔なり。
一夕　相見ざれば、三歳の憂ひを懐くが若し。
遂に誓ふ　婚娶せずして、没歯　衾裯を同じうせんことを。
妹夫　他県に死し、遺骨　人の収むる無し。
公は季弟をして往かしめ、公は仲弟と留まらんとす。
相別るること竟に得ず、三人同に遠遊す。
共に他郷の骨を負ひ、帰り来りて故丘に蔵（をさ）む。
棲遅して夏邑に居れば、邑人に苟偸するもの無し。
里中　長短を競ひ、来りて劣と優とを問ふ。
官刑には一朝恥ぢ、公の短とするには終身羞づ。
公　亦た布を遺（おく）らざるも、人　自ら牛を盗まず。

問レ公何能爾　忠信先自修
発レ言当二道理一　不レ顧二党与一レ讎
声香漸翕習　冠蓋若二雲浮一
少者従レ公学　老者従レ公遊
往来相告報　県尹与二公侯一
名落二公卿口一　湧如二波薦一レ舟
天子得レ聞レ之　書下再三求
書中願二一見一　不レ異レ呈二天虬一
何以持為レ聘　束帛藉二琳球一
何以持為レ御　駟馬駕二安輈一
公方伯夷操　事レ殷不レ事レ周
我実唐士庶　食二唐之田疇一
我聞二天子憶一　安敢専自由
来為二諫大夫一　朝夕侍二冕旒一
希夷惇二薄俗一　密勿献二良籌一
神医不レ言レ術　人瘼曽暗瘳
月請二諫官俸一　諸弟相対謀
皆曰親戚外　酒散二目前愁一
公云不レ有レ爾　安得二此嘉猷一
施レ余尽酤レ酒　客来相献酬
日旰不レ謀レ食　春深仍弊裘
人心良戚戚　我楽独油油
貞元歳云暮　朝有二曲如一レ鉤
風波勢奔蹙　日月光綢繆

公に問ふ　何ぞ能く爾（しか）るやと、忠信　先づ自ら修むと。
言を発すれば道理に当たり、党と讎とを顧みず。
声香　漸く翕習し、冠蓋　雲の浮かぶが若し。
少（わか）き者は公に従ひて学び、老いたる者は公に従ひて遊ぶ。
往来して相告報す、県尹と公侯と。
名　公卿の口より落ち、湧くこと波の舟を薦むるが如し。
天子　之を聞くを得て、書下りて再三求む。
書中に一見せんことを願ふは、天虬に呈するに異ならず。
何を以てか持して聘を為さん、束帛　琳球に藉（し）く。
何を以てか持して御を為さん、駟馬　安輈に駕す。
公は方（なら）ぶ　伯夷の操、殷に事（つか）へて周に事へざるに。
我は実に唐の士庶にして、唐の田疇に食らふ。
我　天子が憶ふを聞きて、安くんぞ敢へて専ら自由にせん。
来りて諫大夫と為り、朝夕　冕旒に侍す。
希夷として薄俗にも惇（あつ）く　密勿として良籌を献ず。
神医　術を言はずして、人瘼　曽（すなは）ち暗に瘳（い）ゆ。
月に諫官の俸を請（う）くれば、諸弟と相対して謀る。
皆曰ふ　親戚の外、酒は目前の愁ひを散ずるのみと。
公云ふ　爾（なんぢ）ら有らずんば、安くんぞ此の嘉猷を得んと。
余を施して尽く酒を酤（あがな）ひ、客来れば相献酬す。
日旰（く）るるも食を謀らず、春深くして仍ほ弊裘なり。
人心　良に戚戚たるも、我が楽しみは独り油油たり。
貞元　歳云（ここ）に暮れ、朝に曲がりたること鉤の如き有り。
風波　勢ひ奔蹙し、日月　光　綢繆たり。

歯牙属為レ猾　禾黍暗生レ蟊
豈無二司レ言者一　肉食呑二其喉一
豈無二司レ搏者一　利柄扼二其韝一
鼻復勢気塞　不レ得レ弁二薫蕕一
公雖レ未二顕諫一　惴惴如レ患レ瘤
飛草八九上　皆若二珠暗投一
炎炎日将レ熾　積燎無二人抽一
公乃帥二其属一　決諫同報レ仇
延英殿門外　叩レ閤仍叩頭
且曰事不レ止　臣諫誓不レ休
上知レ不レ可レ遏　命以二美語一酬
降二官司成署一　俾三之為二贅疣一
姦心不二快活一　撃刺礪二戈矛一
終為二道州一去　天道竟悠悠
遂令二不言者　反以レ言為一レ訧
喉舌坐成レ木　鷹鸇化為レ鳩
避レ権如レ避レ虎　冠豸如二冠猴一
平生附レ我者　詩人称好逑
私来一執レ手　恐若レ墜二諸溝一
送レ我不レ出レ戸　決レ我不レ迴レ眸
唯有二太学生一　各具二糧与一レ餱
咸言公去矣　我亦去二荒陬一
公与二諸生一別　歩歩駐二行騶一
有レ生不レ可レ訣　行行過二闃甌一

歯牙　属（らつ）なりて猾を為し、禾黍　暗に蟊を生ず。
豈に言を司る者無からんや、肉食　其の喉を呑む。
豈に搏を司る者無からんや、利柄　其の韝を扼（さお）ふ。
鼻は復た勢気塞がり、薫蕕を弁ずるを得ず。
公は未だ顕諫せずと雖も、惴惴たること瘤を患ふが如し。
飛草　八九たび上り、皆　珠の暗に投ぜらるるが若し。
炎炎として日〻将に熾（かさ）んならんとし、積燎　人の抽（ひ）く無し。
公は乃ち其の属を帥ゐ、決諫して同に仇に報いんとす。
延英殿門の外に、閤を叩き仍ほ叩頭す。
且つ曰ふ　事止まずんば、臣が諫　誓ひて休（や）めずと。
上は遏（とど）むべからざるを知り、命じて美語を以て酬ゆ。
官を司成の署に降ろし、之をして贅疣と為さしむ。
姦心　快活ならず、撃刺せんと戈矛を礪ぐ。
終に道州と為りて去（ゆ）き、天道　竟に悠悠たり。
遂に不言の者をして、反つて言を以て訧（がと）を為さしむ。
喉舌　坐して木と成り、鷹鸇　化して鳩と為る。
権を避くること虎を避くるが如く、冠豸も冠猴の如し。
平生　我に附く者、詩人の称する好逑のごときも、
私（ひそ）かに来りて一たび手を執り、恐るること諸（これ）を溝に墜とすが若し。
我を送るに戸を出でず、我に決（わか）るるに眸を迴らさず。
唯だ太学生有るのみ、各〻糧と餱とを具（そな）ふ。
咸（みな）言ふ　公去らば、我も亦た荒陬に去らんと。
公　諸生と別れ、歩歩　行騶を駐む。
生有り　訣（かわ）るべからず、行き行きて闃甌に過（ぎよ）る。

為レ師得レ如レ此　得レ為二賢者一不
師たるもの此くの如きを得ば、賢者たるを得るや不（いな）や。

道州聞二公来一　鼓舞歌且謳
道州　公の来るを聞き、鼓舞して歌ひ且つ謳ふ。

昔公居二夏邑一　狎レ人如レ狎レ鷗
昔　公の夏邑に居りしとき、人に狎（な）るること鷗に狎るるが如し。

況自為二刺史一　豈復援二鼓桴一
況んや自ら刺史と為りて、豈に復た鼓桴を援（ひ）かんや。

滋章一時罷　教化天下遒
滋章　一時に罷めしめ、教化　天下に遒（つよ）し。

炎瘴不レ得レ老　英華忽已秋
炎瘴　老ゆるを得ず、英華　忽ち已に秋なり。

有レ鳥哭二楊震一　無レ児悲二鄧攸一
鳥有りて楊震を哭するがごとく、児無し　鄧攸を悲しむがごとし。

唯余門弟子　列レ樹松与レ楸
唯だ余（あま）す　門弟子、樹を列す　松と楸と。

今来過二此駅一　若レ弔二汨羅洲一
今来　此の駅に過りて、汨羅洲を弔するが若し。

詞曹諱二羊祜一　此駅何不レ侔
詞曹　羊祜を諱（い）む、此の駅　何ぞ侔（ひと）しからず。

我願避二公諱一　名為二避賢郵一
我は願ふ　公が諱（いみな）を避け、名づけて避賢郵と為さんことを。

此名有二深意一　蔽レ賢天所レ尤
此の名には深意有り、賢を蔽ふは天の尤（とが）むる所なり。

吾聞玄元教　日月冥二九幽一
吾は聞く　玄元の教へに、日月　九幽に冥（くら）し。

幽陰蔽翳者　永為二幽陰囚一
幽陰に蔽翳せらるる者は、永く幽陰の囚と為らんと。

清の乾隆帝『唐宋詩醇』巻十九の御批に、「此の詩は、両大段に分けて看よ。『商山陽城駅』より『事事無孑遺』に至るまでは、元の詩を詳叙し、『凡是為善者』より末に至るまでは、賛嘆の中に、自ら胸臆を攄（の）ぶ。中に感ずる所有りて、題に借りて発揮するは、正に『緇衣』（『詩経』鄭風の詩）好賢の旨と合す。『理太周』にして『辞繁』（「和答詩序」〇一〇〇の語）なるを以て嫌と為さざるなり」と。

0103　其三　答二桐花一詩

其《そ》の三《さん》　桐花《どうくわ》に答《こた》ふる詩《し》

解題　「和答詩十首」の第三首。元稹の「桐花」詩（『元氏長慶集』巻一）に答えたもの。桐の花の孤独な姿に目を留め、いっそこの木を切って琴を作り、天子のもとで諫めの楽曲を奏でようと詠ずる元稹の詩に対して、これとは異なる視点から、この樹木の本性を活かしつつ天子を諫める道を説いて答えた詩である。なお、元稹の原詩と同時期の作かと思われるものに、「三月二十四日、曽峰館に宿し、夜桐花に対す。楽天に寄す」詩（『元氏長慶集』巻六）がある。巻九「初めて元九と別れし後、忽ち夢に之を見る。寤（さ）むるに及んで書適々（たまたま）至り、兼ねて桐花の詩を寄す。悵然として感懐し、因りて此を以て寄す」詩（〇四二二）を参照。曽峰館は、後出の四皓廟（〇一〇五）を経て分水嶺（〇二一〇）に向かう途上に位置する（厳耕望『唐代交通図考』第三巻、篇十六「藍田武漢駅道」を参照）。

山木多蓊鬱　茲桐獨亭亭
山木《さんぼく》　多《おほ》くは蓊鬱《をううつ》たるに、茲《こ》の桐《きり》　獨《ひと》り亭亭《ていてい》たり。

葉重碧雲片　花簇紫霞英
葉《は》は重《かさ》ぬ　碧雲《へきうん》の片《へん》、花《はな》は簇《あつ》む　紫霞《しか》の英《えい》。

是時三月天　春暖山雨晴
是《こ》の時《とき》　三月《さんぐわつ》の天《てん》、春暖《はるあたた》かにして　山雨《さんう》晴《は》る。

夜色向レ月淺　暗香隨レ風輕
夜色《やしよく》　月《つき》に向《む》かひて淺《あさ》く、暗香《あんかう》　風《かぜ》に隨《したが》つて輕《かろ》し。

行者多商賈　居者悉黎氓
行《ゆ》く者《もの》　多《おほ》くは商賈《しやうこ》、居《を》る者《もの》　悉《ことごと》く黎氓《れいばう》なり。

無三人解二賞愛一　有レ客獨屛營
人《ひと》の賞愛《しやうあい》を解《かい》する無《な》く、客《かく》有《あ》り　獨《ひと》り屛營《へいえい》す。

手攀二花枝一立　足踏二花影一行
手《て》に花枝《くわし》を攀《よ》ぢて立《た》ち、足《あし》に花影《くわえい》を踏《ふ》みて行《ゆ》く。

生憐レ不レ得レ所　死欲レ揚二其聲一
生《い》きて所《ところ》を得《え》ざるを憐《あは》れみ、死《し》して其《そ》の聲《な》を揚《あ》げんと欲《ほつ》す。

截爲二天子琴一　刻作二古人形一
截《き》りて天子《てんし》の琴《きん》と爲《な》し、刻《きざ》みて古人《こじん》の形《かたち》を作《つく》らん。

云待二我成一レ器　薦二之於穆淸一
云《い》ふ　我《わ》が器《うつは》を成《な》すを待《ま》ちて、之《これ》を穆淸《ぼくせい》に薦《すす》めんと。

誠是君子心　恐非二草木情一
誠《まこと》に是《こ》れ君子《くんし》の心《こころ》なるも、恐《おそ》らくは草木《さうもく》の情《じやう》に非《あら》じ。

胡爲愛二其華一　而反傷二其生一
胡爲《なんす》れぞ其《そ》の華《はな》を愛《あい》し、而《しか》も反《かへ》つて其《そ》の生《せい》を傷《やぶ》らん。

老龜被レ刳レ腸　不レ如レ無二神靈一
老龜《らうき》　腸《はらわた》を刳《ゑぐ》らるるは、神靈《しんれい》無《な》きに如《し》かず。

雄雞自斷レ尾　不レ願レ爲二犧牲一
況此好顏色　花紫葉青青
宜レ遂二天地性一　忍レ加二刀斧刑一
我思五丁力　拔入二九重城一
當二君正殿栽一　花葉生二光晶一
上對二月中桂一　下覆二階前蓂一
汎二拂香爐煙一　隱二映斧藻屛一
爲レ君布二綠陰一　當レ暑蔭二軒楹一
沈沈綠滿レ地　桃李不二敢爭一
爲レ君發二清韻一　風來如レ叩レ瓊
泠泠聲滿レ耳　鄭衞不レ足レ聽
受二君封植力一　不三獨吐二芬馨一
助レ君行二春令一　開レ花應二清明一
受二君雨露恩一　不三獨含二芳榮一
戒レ君無二戲言一　剪レ葉封二弟兄一
受二君歲月功一　不三獨資二生成一

雄雞《ゆうけい》　自《みづか》ら尾《を》を斷《た》つは、犧牲《ぎせい》と爲《な》るを願《ねが》はざればなり。
況《いは》んや此《こ》の好顏色《かうがんしよく》、花《はな》は紫《むらさき》　葉《は》は青青《せいせい》たり。
宜《よろ》しく天地《てんち》の性《せい》を遂《と》げしむべし、刀斧《たうふ》の刑《けい》を加《くは》ふるに忍《しの》びんや。
我《われ》は思《おも》ふ　五丁《ごてい》の力《ちから》もて、拔《ぬ》きて九重《きうちよう》の城《しろ》に入《い》れんことを。
君《きみ》が正殿《せいでん》の栽《うゑもの》に當《あ》つれば、花葉《くわえふ》に光晶《くわうしやう》を生《しやう》ぜん。
上《かみ》は月中《げつちゆう》の桂《かつら》に對《たい》し、下《しも》は階前《かいぜん》の蓂《めい》を覆《おほ》ふ。
香爐《かうろ》の煙《けむり》を汎拂《はんふつ》し、斧藻《ふさう》の屛《へい》に隱映《いんえい》す。
君《きみ》が爲《ため》に綠陰《りよくいん》を布《し》き、暑《しよ》に當《あ》たりて軒楹《けんえい》を蔭《おほ》はん。
沈沈《ちんちん》として　綠《みどり》　地《ち》に滿《み》つれば、桃李《たうり》　敢《あ》へて爭《あらそ》はず。
君《きみ》が爲《ため》に清韻《せいゐん》を發《はつ》し、風來《かぜきた》れば瓊《けい》を叩《たた》くが如《ごと》し。
泠泠《れいれい》として　聲《ひびき》　耳《みみ》に滿《み》つれば、鄭衞《ていゑい》　聽《き》くに足《た》らざらん。
君《きみ》が封植《ほうしよく》の力《ちから》を受《う》けば、獨《ひと》り芬馨《ふんけい》を吐《は》くのみならず、
君《きみ》を助《たす》けて春令《しゆんれい》を行《おこな》はしめ、花《はな》を開《ひら》くこと清明《せいめい》に應《おう》ぜん。
君《きみ》が雨露《うろ》の恩《おん》を受《う》けば、獨《ひと》り芳榮《はうえい》を含《ふく》むのみならず、
君《きみ》を戒《いまし》めて戲言《ぎげん》無《な》からしめ、葉《は》を剪《き》りて弟兄《ていけい》を封《ほう》ぜしめん。
君《きみ》が歲月《さいげつ》の功《こう》を受《う》けば、獨《ひと》り生成《せいせい》に資《し》するのみならず、

爲レ君長二高枝一　鳳凰上頭鳴
一鳴君萬歳　壽如二山不一レ傾
再鳴萬人泰　泰階爲レ之平
如何有二此用一　幽滯在二巖垌一
歳月不二爾駐一　孤芳坐凋零
請向二桐枝上一　爲レ余題二姓名一
待三余有二勢力一　移レ爾獻二丹庭一

君《きみ》が爲《ため》に高枝《かうし》を長《ちやう》じ、鳳凰《ほうわう》　上頭《じやうとう》に鳴《な》かん。
一《ひと》たび鳴《な》けば君《きみ》は萬歳《ばんざい》、壽《じゆ》は山《やま》の傾《かたむ》かざるが如《ごと》く、
再《ふたた》び鳴《な》けば萬人《ばんじん》泰《やす》らかに、泰階《たいかい》　之《これ》が爲《ため》に平《たひ》らかならん。
如何《いかん》ぞ　此《こ》の用《よう》有《あ》るに、幽滯《いうたい》して巖垌《がんけい》に在《あ》る。
歳月《さいげつ》は爾《かくのごと》くは駐《とど》まらず、孤芳《こはう》　坐《そぞ》ろに凋零《てうれい》す。
請《こ》ふ　桐枝《どうし》の上《うへ》に、余《よ》が爲《ため》に姓名《せいめい》を題《だい》せよ。
余《よ》が勢力《せいりよく》有《あ》るを待《ま》ち、爾《なんぢ》を移《うつ》して丹庭《たんてい》に獻《けん》ぜん。

亭・形・靈・青・刑・蓂・屛・聽・馨・垌・零・庭（下平聲、青韻）、英・行・生・牲・明・榮・兄・鳴・平（下平聲、庚韻）、晴・輕・營・聲・清・情・城・晶・楹・瓊・成・傾・名（下平聲、清韻）、氓・爭（下平聲、耕韻）……庚・清・耕韻は同用、青韻は通押。

通釈　山の樹木はたいてい群がって繁茂しているものだが、この桐だけはひとり高くそびえ立っている。葉は碧い雲の切片を幾層にも重ねて茂り、花は紫の霞の房を凝集させて咲いている。今は三月という季節、春の暖気の中、山に降った雨が上がって空は晴れわたった。夜の花は月に向かい合ってほの白く、暗闇に漂う香りは風に乗って軽やかだ。ここを行く者は商売人が多く、住んでいる者はみな一般庶民で、誰もこの花の美しさを十分に受けとめて愛でることのできる人はいないところに、ある旅人がひとり、落ち着かない様子でゆきつもどりつしている。彼は、花の枝に手をさしのべて立ち止まったかと思えば、花の影を踏みながらあてどなく歩き回ったりしている。生きてはその持ち味を活かす場が得られないのを憐れみ、それならいっそ死んでその名声を揚げたいものだと、桐に心を寄せる彼は思う。この木を切って天子のために琴を作り、刻んで古人の姿を写し取ろう。そして言う。私が器物を作り上げたならば、これを天子の宗廟に奉納しよう、と。たしかにこれは君子たる者の思いではあろうが、しかし恐らくは草木の心情にはそぐわないのではあるまいか。どう

して、その花を愛でながら、かえってその生命を傷つけるようなことができようか。老いた亀は、腸をえぐられてその甲羅が卜占に用いられるよりも、人の役に立つ霊力などは持たぬ方がよいし、さる雄鶏がその尾を自ら断ち切ったのは、犠牲に差し出されたくなかったからだという。まして、このすばらしい色、花は紫、葉は青々としているのをどうしよう。本来、天地から与えられた本性を遂げさせてやるべきであって、どうして、これに斧で切りつける刑を加えることなどできようか。私は思うのだが、かの蜀の五人の怪力士の手で、この木を引き抜いて奥深い天子の宮殿に移植させたいものだ。これを君主の正殿の植え物に充てたなら、その花も葉もきらきらと光り輝くことだろう。上は月中の桂と向かい合い、下は階前に生じた蓂を覆い、香炉から立ち上る煙をふわりふわりと払いつつ、天子の背面に立つ斧の文様の屏風から、ちらちらとその姿を見え隠れさせるだろう。君主のために緑陰を敷き広げ、暑い中、軒先や柱のあたりを木陰で覆うと、深々と緑の色が地面いっぱいに満ちて、桃李の花でさえこれと争う気になれない麗しさだろう。また、君主のために清らかな葉ずれの音をたて、吹いてくる風に、美玉を叩くような響きを奏でると、涼やかにその音が耳いっぱいに満ちて、鄭や衛の俗楽など聴くに値しないと感じられよう。君主の力で土盛りをして植えていただけたならば、ただ芳しい香りを吐くばかりか、君主が春令を執り行うのを助けて、清明節にぴったり応じて開花しよう。君主より雨露の恩沢を受けたなら、ただ芳しい花を含むばかりか、君主に戯言無きよう戒めて、葉を剪れば、約束どおりその兄弟に封土を授けるようにと諫めよう。君主に長い歳月をかけてお世話いただいたならば、ただその与えられたものを糧に成長するばかりか、君主のために高く枝を伸ばし、そうすれば、その上方に鳳凰が鳴くだろう。鳳凰が一たび鳴けば君主は万歳、その寿命は不動の山のように永遠だ。再び鳴けば、万人の暮らしが安定し、天上界の泰階の星座もこれに応じて平らかとなるだろう。いったいどうして、このような使命を帯びながら、人界から遠く外れた岩山にひっそりと埋もれているのか。歳月はこのようには留まってくれず、孤高の芳しい花も、なすすべもなくしぼんで落ちていってしまうのだ。どうか、桐の枝の上に、私のためにその姓名を書き付けてくれないか。私が勢力を持つようになったなら、おまえを朱塗りの庭に移植させ、天子に献上することとしよう。

語釈 ○蓊鬱　植物が繁茂するさま。双声語。○亭亭　高くそびえるさま。○黎氓「黎民」に同じ。民衆。○解……できる。口語。○屛営　落ち着かない様子でゆきつもどりつする。畳韻語。○攀　手を伸ばして手折る。○截為天子琴　天下を治めることとなった神農氏が、桐の木を削って琴を作ったという故事（『芸文類聚』巻四十四などに引く『桓譚新論』）を踏まえる。○刻作古人形　桐で人形が作られた事例として、前漢時代の厚葬を論ずる『塩鉄論』散不足篇に、殉葬用のそれが記されている。○穆清　周の文王を祀る『詩経』周頌「清廟」にいう、「於（ああ）穆（うるは）しき清廟」に基づき、天子の宗廟を指す。○誠　たしかに……ではあるけれども。下に逆接の言葉を導く。○老亀被刳腸　不如無神霊　『荘子』外物篇に見える神亀の説話を踏まえる。この亀は、宋の元君の夢に現れて、余且なる漁師に捕らえられたことを訴えるが、元君に召しだされ、甲羅を占いに用いられて全て的中させる。このような霊力を持ちながら、漁師の網やその腸をえぐられるという災禍から逃れることができなかった神亀から、孔子は人為的な知というものの限界を思い知らされたという。○雄雞自断尾　不願為犧牲　『左氏伝』昭公二十二年に記す次の逸話を踏まえる。郊外で雄鶏が自らその尾を断つのを見た賓孟（王子朝の養育係）に、そのわけを問われた従者は、鶏は自分が犧牲に差し出されるのを懼れているのだと答えたという。○顔色　色彩。口語。○五丁　蜀の五人の伝説的怪力士。『芸文類聚』巻七に引く『蜀王本紀』、『華陽国志』巻三・蜀志、『水経注』巻二十七・沔水上などに様々な事跡が見える。○九重城　天子のいる奥深い宮殿。『楚辞』九弁に、「豈に鬱陶として君を思はざらんや、君の門は以て九重なり」と。○月中桂　伝説上、月の中には桂の木があるという（『初学記』巻一に引く虞喜「安天論」、段成式『酉陽雑俎』前集巻一）。巻一「潯陽三題　廬山の桂」詩（〇〇六二）に既出。○階前蓂「蓂」は蓂莢。聖賢が治める太平の世となったとき、宮殿の階下に生ずるめでたい草。月の前半十五日間は一日に一葉ずつ生じ、十六日目から一葉ずつ落ちて月末に散り尽くす（『文選』巻三、張衡「東京賦」にいう「蓋し蓂莢は蒔ゑ難しと為す」の薛綜注）。堯が天子となった時、その庭に生じ、帝の暦となった（同李善注に引く『田俅子』）。後漢の王充『論衡』是応篇に、この儒家的伝説に対する詳しい検討が見える。○汎払　ふわふわと触れる。珍しい語。双声語。○隠映　ちらちらと見え隠れする。双声語。○斧藻屛　朝堂に設けられる、斧の文様が施された屛風、「斧依」をいう。『儀礼』覲礼篇に、「天子は斧依を戸牖の間に設く」、その鄭玄の注に、「依とは如今の綈素の屛風なり。斧の文を繡する有るは、威を示す所以なり」と。○沈沈　草木がみっしりと繁茂するさま。○泠泠　音色の涼やかなさま。『文選』巻十七、西晋の陸機「文の賦」に、「音泠泠として耳に盈つ」と。○鄭衛　春秋時代の鄭国と衛国。その国ぶりの音楽に代表される、みだらな俗楽をいう。○封植　土を盛って樹木を植える。○春令　春の時令。時令とは、季節ごとに執行すべく定められた行事。○開花応清明「清明」とは、二十四節気の一つで、春分から十五日目、陽暦の四月五、六日頃に当たる。この日、桐が始めて開花し、そうでなければ年内に寒害が起こるという（『芸文類聚』巻八十八や『初学記』巻二十八などに引く『周書』）。○戒君無戯言　翦葉封弟兄　『史記』巻三十九・晋世家に見える次の逸話を踏まえる。周公旦（周の武王の弟）

が唐を誅伐すると、成王（武王の子）は弟の叔虞に、桐の葉を削って作った珪を授け、唐に封じようと戯れた。成王は後日それを取り下げようとしたが、太史尹佚に「天子に戯言無し」と諫められ（『説苑』君道篇では周公の言とする）、叔虞を唐に封じたという。○資生成　与えられたものを元手に成長する。『文選』巻十九、西晋の束皙「補亡詩六首」其の五にいう「生に資（と）り化を仰ぐ」を意識するか。○鳳凰上頭鳴　霊鳥鳳凰は桐の枝にのみ棲むという伝説を踏まえる。『易経』坤卦の彖伝「至れるかな坤元、万物資りて生ず」を踏まえる。束皙詩は、『易経』坤卦の象伝「至れるかな坤元、万物資りて生ず」を踏まえる。『詩経』大雅「巻阿」に、「鳳皇は鳴く、彼の高岡に。梧桐は生ず、彼の朝陽に」、その鄭玄の注に、「鳳皇の性、梧桐に非ずんば棲まず、竹実に非ずんば食せず」と。「頭」は名詞に付く接尾辞で、特に意味はない。口語。○寿如山不傾　『詩経』小雅「天保」にいう「南山の寿の如く、騫（か）けず崩れず」を踏まえる。○泰階為之平　「泰階」は星座の名。上階は天子、中階は諸侯公卿大夫、下階は士庶人を表し、三階が平らかであれば、天下は大いに安定するという（『漢書』巻六十五・東方朔伝の顔師古注に引く応劭注に引く『黄帝泰階六符経』）。○幽滞　世の中の動きから外れた奥深いところに隠棲する。○巌垌　険しい岩山の林立する、人里から遠く離れた場所。○向　文語の「於」に同じ。口語。○爾　桐の木。これに元稹を重ねて見ている。○丹庭　朱色で彩られた朝廷を指す。丹地・丹陛・丹闕などと同種の語。「庭」は、桐の木を意識して、文字どおりの庭園をも指す。

余説　「解題」に言及した元稹の原作「桐花」詩は次のとおりである。

朧月上二山館一　紫桐垂二好陰一
可レ憐暗澹色　無三人知二此心一
舜没二蒼梧野一　鳳帰二丹穴岑一
遺落在二人世一　光華那復深
年年怨レ春意　不レ競二桃杏林一
唯占二清明後一　牡丹還復侵
況此空館閉　云誰恣二幽尋一
徒煩二鳥噪集一　不レ語二山嶔岑一
満院青苔地　一樹蓮花簪
自開還自落　暗芳終暗沈
爾生不レ得レ所　我願裁為レ琴
安二置君王側一　調二和元首音一

朧月　山館に上り、紫桐　好陰を垂る。
憐れむべし　暗澹の色、人の此の心を知る無し。
舜は蒼梧の野に没し、鳳は丹穴の岑に帰す。
遺落して人世に在り、光華　那（なん）ぞ復た深からん。
年年　春を怨む意、桃杏の林と競はず、
唯だ清明の後を占めんとするも、牡丹　還た復た侵せり。
況んや此の空館に閉ざされ、云（ここ）に誰か幽尋を恣（ほしいまま）にせん。
徒（た）だ鳥の噪（さわ）ぎ集まるを煩ひ、山の嶔岑たるに語らず。
満院　青苔の地、一樹　蓮花の簪のごとし。
自ら開き還た自ら落ち、暗に芳（かを）り終に暗に沈（お）つ。
爾（なんぢ）　生きて所を得ざれば、我願はくは裁ちて琴を為り、
君王の側に安置して、元首の音を調和せしめんことを。

安問二宮徴角一　先弁二雅鄭淫一
宮絃春以君　君若二春日臨一
商絃廉以臣　臣作二旱天霖一
人安角声暢　人困闘不レ任
羽以類二万物一　祆物神不レ歆
徴以節二百事一　奉事罔レ不レ欽
五者苟不レ乱　天命乃可レ忱
君若問二孝理一　弾作二梁山吟一
君若事二宗廟一　拊以和二球琳一
君若不レ好レ諫　願献二触疏箴一
君若不レ罷レ猟　請聴二荒于禽一
君若侈二台殿一　雍門可レ霑レ襟
君若傲二賢隽一　鹿鳴有レ食レ芩
君聞二祈招什一　車馬勿二駸駸一
君若欲レ敗レ度　中有二式如一レ金
君聞二薫風操一　志気在二愔愔一
中有二阜財語一　勿レ受二来献賝一
北里当レ絶レ聴　禍莫レ大二於淫一
南風苟不レ競　無二往遺一レ之擒一
姦声不レ入レ耳　巧言寧孔壬
梟音亦云革　安得二沴与一レ禊
天子既穆穆　群材亦森森
剣士還二農野一　糸人帰二織紝一
丹鳳巣二阿閣一　文魚游二碧潯一

安くんぞ宮徴角を問はん、先づ雅鄭の淫を弁ぜん。
宮の絃は春にして以て君たり、君　春日の臨むが若し。
商の絃は廉にして以て臣たり、臣　旱天の霖を作す。
人安んずれば角声暢び、人困ずれば闘ひ任（た）へず。
羽は以て万物を類し、祆物あらば神は歆（う）けず。
徴は以て百事を節し、奉事　欽（つつし）まざるは罔（な）し。
五者苟（いやしく）も乱れずんば、天命乃ち忱（まこと）とすべし。
君若（も）し孝理を問はば、弾じて「梁山吟」を作（な）さん。
君若し宗廟に事（かつ）へば、拊して以て球琳に和せん。
君若し諫めを好まずんば、願はくは触疏箴を献ぜん。
君若し猟を罷めずんば、請ふらくは荒于禽を聴かしめん。
君若し台殿を侈（ほしいまま）にせば、雍門　襟を霑（うるほ）さしむべし。
君若し賢隽に傲（おご）らば、「鹿鳴」に芩を食する有り。
君「祈招」の什を聞かば、車馬　駸駸たること勿からしめん。
君若し度を敗らんと欲せば、中に式の金の如き有り。
君「薫風操」を聞かば、志気は愔愔たるに在らん。
中に阜財の語有り、来献の賝を受くること勿からしむ。
「北里」は当（まさ）に聴くを絶つべし、禍の淫よりも大なるは莫（な）し。
「南風」苟も競はずんば、往きて之を遺（のこ）し擒（とら）はるる無し。
姦声耳に入らずんば、巧言も寧（すなは）ち孔壬なり。
梟音も亦た云に革（あらた）まり、安くんぞ沴と禊とを得んや。
天子既に穆穆たり、群材も亦た森森たり。
剣士は農野に還（かへ）り、糸人も織紝に帰せん。
丹鳳は阿閣に巣づくり、文魚は碧潯に游ばん。

和気浹二寰海一　易若レ溉二蹄涔一
改レ張乃可レ鼓　此語無二古今一
非二琴独能爾一　事有二諭因一レ針
感二爾桐花意一　閑怨杳難レ禁
待三我持二斤斧一　置レ君為二大琛一

和気は寰海に浹（あまね）く、易きこと蹄涔を溉するが若し。
張を改むれば乃ち鼓すべし、此の語に古今無し。
琴の独り能く爾（かし）るのみに非ず、事々（ことごと）に諭すに針に因る有り。
爾（こ）の桐花の意に感じ、閑怨　杳として禁じ難し。
我が斤斧を持つを待て、君を置きて大琛と為さん。

清の乾隆帝『唐宋詩醇』巻十九の御批に、「元詩中に『爾生不得所、我願裁為琴。安置君王側、調和元首音』の句有り。此の詩の前段、命意相似たるは、所謂（いはゆる）同じき者は自（おのづか）ら異なる能はざるなり。『我思五丁力』以下、推広して之を言ひ、放声大いに作（な）すは、所謂異なる者は強ひて同じくする能はざるなり。詞の意は之を杜甫が入蜀『鳳凰台』（『杜詩詳註』巻八）の一章に本づく。然れども彼は凄涼激楚を以て勝り、此は則ち纏綿濃至たり。一唱三嘆、居易の世に用ひらるることに意無き者に非ざるを知るべし。惜しむらくは旋（また）ち用ひられ旋ち黜（ちゅ）せられ、其の才を竟（つ）くすを獲ざりしのみ」と。

0104　其四　和二大觜烏一詩

其《そ》の四《し》　大觜烏《だいしう》に和《わ》する詩《し》

烏者種有レ二　名同性不レ同
觜小者慈孝　觜大者貪庸
觜大命又長　生來十餘冬
物老顔色變　頭毛白茸茸
飛二來庭樹上一　初但驚二兒童一

烏《からす》なる者《もの》　種《しゅ》に二《ふた》つ有《あ》り、名《な》は同《おな》じくして性《せい》は同《おな》じからず。
觜《くちばし》の小《せう》なる者《もの》は慈孝《じかう》、觜《くちばし》の大《だい》なる者《もの》は貪庸《どんよう》なり。
觜《くちばし》の大《だい》なるは命又長《いのちまたなが》く、生《う》まれて來《このかた》　十餘冬《じふよとう》。
物老《ものお》いて　顔色變《がんしよくへん》じ、頭毛《とうまう》　白茸茸《はくじようじよう》たり。
庭樹《ていじゅ》の上《うへ》に飛來《ひらい》し、初《はじ》めは但《た》だ兒童《じどう》を驚《おどろ》かすのみ。

解題　「和答詩十首」の第四首。元稹の「大觜烏」詩（『元氏長慶集』巻一）に和したもの。二種類ある烏のうち、大きな嘴を持つ烏の邪悪さと、その存在を許す者たちを批判する元稹の詩に共鳴しつつ、小さな嘴の烏の善良さと、それが遭遇した悲運を慨嘆する。

老巫生㆓姦計㆒詐與㆑烏意通
云此非㆓凡鳥㆒遙見起㆓敬恭㆒
千歳乃一出喜㆓賀主人翁㆒
祥瑞來㆓白日㆒神聖占知㆑風
陰作㆓北斗使㆒能爲㆓人吉凶㆒
此烏所㆑止家家產日夜豐
上以致㆓壽考㆒下可㆑宜㆓田農㆒
主人富家子身老心童蒙
隨㆑巫拜復祝婦姑亦相從
殺㆑雞薦㆓其肉㆒敬若㆑禋㆓六宗㆒
烏喜張㆓大觜㆒飛接在㆓虛空㆒
烏既飽㆓膻腥㆒巫亦饗㆓甘濃㆒
烏巫互相利不㆓復兩西東㆒
日日營㆓巣窟㆒稍稍近㆓房櫳㆒
雖㆑生㆓八九子㆒誰辨㆓其雌雄㆒
羣雛又成長衆觜騁㆓殘兇㆒

老巫《らうふ》　姦計《かんけい》を生《な》し、詐《いつは》りて烏《からす》と意通《いつう》ずとす。
云《い》ふ　此《こ》れ凡鳥《ぼんてう》に非《あら》ず、遙《はる》かに見《み》て敬恭《けいきよう》を起《お》こす。
千歳《せんざい》にして乃《すなは》ち一《ひと》たび出《い》で、主人翁《しゆじんをう》に喜賀《きが》あり。
祥瑞《しやうずい》　白日來《はくじつきた》り、神聖《しんせい》　占《うらな》ひて風《かぜ》を知《し》る。
陰《ひそ》かに北斗《ほくと》の使《つか》ひと作《な》り、能《よ》く人《ひと》の吉凶《きつきよう》を爲《な》す。
此《こ》の烏《からす》の止《と》まる所《ところ》の家《いへ》、家産《かさん》　日夜《にちや》に豐《ゆた》かなり。
上《かみ》は以《もつ》て壽考《じゆかう》を致《いた》し、下《しも》は田農《でんのう》に宜《よろ》しかるべしと。
主人《しゆじん》　富家《ふうか》の子《こ》、身《み》は老《お》ゆるも　心《こころ》は童蒙《どうもう》なり。
巫《ふ》に隨《したが》ひて拜《はい》し復《ま》た祝《しゆく》し、婦姑《ふこ》も亦《ま》た相從《あひしたが》ふ。
雞《にはとり》を殺《ころ》して其《そ》の肉《にく》を薦《すす》め、敬《うやま》ふこと六宗《りくそう》を禋《まつ》るが若《ごと》し。
烏《からす》は喜《よろこ》びて大觜《だいし》を張《は》り、飛接《ひせつ》して虛空《こくう》に在《あ》り。
烏《からす》　既《すで》に膻腥《せんせい》に飽《あ》き、巫《ふ》も亦《ま》た甘濃《かんのう》に饗《きやう》せらる。
烏巫《うふ》　互《たが》ひに相利《あひり》し、復《ま》た兩《ふた》つながら西東《せいとう》せず。
日日《ひび》　巣窟《さうくつ》を營《いとな》み、稍稍《やうやく》　房櫳《ばうろう》に近《ちか》づく。
八九子《はつくし》を生《う》むと雖《いへど》も、誰《たれ》か其《そ》の雌雄《しゆう》を辨《べん》ぜん。
羣雛《ぐんすう》　又成長《またせいちやう》し、衆觜《しゆうし》　殘兇《ざんきよう》を騁《ほしいまま》にす。

探レ巣呑二燕卵一　入レ蔟啄二蠶蟲一
豈無二乘レ秋隼一　羈絆委二高墉一
但食二烏殘肉一　無レ施二搏擊功一
亦有二能言鸚一　翅碧觜距紅
暫曾說二烏罪一　囚二閉在深籠一
青青窻前柳　鬱鬱井上桐
貪烏占二棲息一　慈烏獨不レ容
慈烏爾奚爲　來往何憧憧
曉去先二晨鼓一　暮歸後二昏鍾一
辛二苦塵土閒一　飛啄二禾黍叢一
得レ食將哺レ母　飢腸不二自充一
主人憎二慈烏一　命レ子削二彈弓一
絃續二會稽竹一　丸鑄二荊山銅一
慈烏求二母食一　飛二下爾庭中一
數粒未レ入レ口　一丸已中レ胸
仰レ天號一聲　似レ欲レ訴二蒼穹一

巣《す》を探《さぐ》りて燕卵《えんらん》を呑《の》み、蔟《ぞく》に入《い》りて蠶蟲《さんちゆう》を啄《ついば》む。
豈《あ》に秋《あき》に乘《じよう》ずる隼《はやぶさ》無《な》からんや、羈絆《きはん》せられて高墉《かうよう》に委《す》ておかる。
但《た》だ烏《からす》の殘肉《ざんにく》を食《く》らひ、搏擊《はくげき》の功《こう》を施《ほどこ》す無《な》し。
亦《ま》た能言《のうげん》の鸚《あうあ》有り、翅《つばさ》は碧《あを》く　觜距《しきよ》は紅《くれなゐ》なり。
暫《しばら》く曾《すなは》ち烏《からす》の罪《つみ》を說《と》くも、深籠《しんろう》に囚閉《しうへい》せらる。
青青《せいせい》たり　窻前《さうぜん》の柳《やなぎ》、鬱鬱《うつうつ》たり　井上《せいじやう》の桐《きり》。
貪烏《どんう》は棲息《せいそく》を占《し》め、慈烏《じう》は獨《ひと》り容《い》れられず。
慈烏《じう》　爾《なんぢ》は奚爲《なんす》れぞ、來往《らいわう》　何《なん》ぞ憧憧《どうどう》たる。
曉《あかつき》に去《さ》ること晨鼓《しんこ》に先《さき》んじ、暮《く》れに歸《かへ》ること昏鍾《こんしよう》に後《おく》る。
塵土《ぢんど》の閒《かん》に辛苦《しんく》し、飛《と》びて禾黍《くわしよ》の叢《くさむら》に啄《ついば》む。
食《しよく》を得《え》て將《もつ》て母《はは》に哺《ほ》し、飢腸《きちやう》　自《みづか》ら充《み》たず。
主人《しゆじん》　慈烏《じう》を憎《にく》み、子《こ》に命《めい》じて彈弓《だんきゆう》を削《けづ》らしむ。
絃《げん》には會稽《くわいけい》の竹《たけ》を續《つ》ぎ、丸《ぐわん》には荊山《けいざん》の銅《どう》を鑄《い》る。
慈烏《じう》　母《はは》の食《しよく》を求《もと》め、爾《なんぢ》が庭中《ていちゆう》に飛《と》び下《くだ》る。
數粒《すうりふ》　未《いま》だ口《くち》に入《い》らざるに、一丸《いつぐわん》　已《すで》に胸《むね》に中《あ》たる。
天《てん》を仰《あふ》ぎ　號《さけ》ぶこと一聲《いつせい》、蒼穹《さうきゆう》に訴《うつた》へんと欲《ほつ》するに似《に》たり。

反哺日未レ足　非三是惜二微躬一
誰能持二此冤一　一爲問二化工一
胡然大觜烏　竟得二天年終一

反哺《はんぽ》　日《ひ》未《いま》だ足《た》らず、是《こ》れ微躬《びきゆう》を惜《を》しむに非《あら》ず。
誰《たれ》か能《よ》く此《こ》の冤《あん》を持《ぢ》し、一《ひと》たび爲《ため》に化工《くわこう》に問《と》はん。
胡然《なんす》れぞ　大觜《だいし》の烏《からす》、竟《つひ》に天年《てんねん》もて終《を》ふるを得《え》んやと。

同・童・通・翁・風・豐・蒙・空・東・朧・雄・蟲・功・紅・籠・桐・叢・充・弓・銅・中・穹・躬・工・終（上平聲、東韻）、庸・茸・恭・凶・從・濃・兇・墉・容・憧・鍾・胸（上平聲、鍾韻）、冬・農・宗（上平聲、冬韻）……鍾・冬韻は同用、東韻は通押。

通釈 烏には二種類あって、名は同じでもその本性は同じではない。嘴の小さいものは慈悲深い孝行者で、嘴の大きいものは貪欲な愚か者である。嘴の大きいものはその上長命で、生まれてから十年余りもの冬を経る。老いぼれて顔色も変わり、頭には白く細い毛が密生している。それが庭の樹上に飛んできて、初めはただ子どもたちを驚かせているだけだったのだが、老練の祈禱師が悪巧みして、自分は烏と意思疎通できるのだと偽った。「これはそこらへんの凡鳥ではありませんで、遠くに見えても思わず恭敬の姿勢を取るよう促されます。千年に一度ようやく出現し、ご主人様の福寿を慶賀するのです。その瑞祥は白日とともに現れ、神聖なる霊力で風向きを察知します。また、ひそかに北斗七星の使いとなって、人の吉凶を占うことができます。この烏が止まった家は、財産が日ごと夜ごとに豊かとなり、この烏によって、上は長寿を引き寄せ、下は農耕にご利益があるでしょう」と言う。主人は金持ちの息子だから、年は取っていても心は蒙昧なる子ども同然で、祈禱師の言いなりになって、烏を拝んだり言祝いだりし、その妻や母もまたこれに従った。鶏を殺してその肉を供物とし、まるで天上の神を祀るかのように烏を敬う。烏は喜んで大きな嘴をいっぱいに開き、虚空を飛びつつ供物を受け取る。烏はもう生臭肉をたらふく食らった上に、祈禱師もまた甘い食べ物や濃厚な酒でもてなされ、かくして烏と祈禱師とは互いに利益を与えつつ、双方ずっと離れないでいた。烏は日々巣作りに励んで、次第に人家の傍らに近づいてくる。連中は、八九羽の子を生むとはいえ、誰にその雌雄の見分けがつくだろう。群れなす雛がまた更に成長して、おびただしい嘴が残虐の限りを尽くし、燕の巣を探ってはその卵を呑み、養蚕のためのまぶしに入っては幼虫を啄んだ。秋とともに現れる隼がいないわけではないが、人家の高い垣根に縛り付けられていて、ただ烏の食べ残した肉を食べているような有り様で、連中を打ち据えるような手柄は上げられようもない。他方、人の言葉を話せる鸚鵡がいて、碧い翅と紅色の嘴や蹴爪を持つ彼は、とりあえず烏の罪を説いてみせたりもしたが、深い籠の奥に閉じ込められてしまった。青々とした窓辺の柳、鬱蒼と茂る井戸のほとりの桐。貪欲なる烏はそうした木々を占領して棲息し、ただ慈烏だけがそこに容れてもらえない。慈烏よ、おまえはどうしてそうなのだ。行ったり来たり、なんと落ち着かないでいることか。暁には、夜明けを告げる鼓声に先んじて巣を飛び出し、夕方は、日没を知らせる鐘の音が響き渡った後にねぐらに帰る。土ぼこりの舞う中で辛酸をなめ、稲や黍の茂みに飛び込んで穀物を啄む。食べ物を得ると、それを母鳥に口移しで与え、飢えた腹を抱えて、自身が満たされることはない。ところが、主人は慈烏を憎み、子に命じて弾き弓を作らせた。その弦には会稽山に産する竹を接ぎ、弾丸には荊山で鋳造された銅を用いた立派なものだ。慈烏は母の食事を求めて、おまえの庭の中に飛び下りる。数粒の穀物がまだ口に入らないうちに、弾丸が一つ、もう胸に命中した。慈烏は天を仰いで一声叫んだが、それはまるで天帝に訴えようとするかのようであった。母鳥を養うようになってまだ日が浅いのに。その訴えは、決して我が身を惜しむものではない。誰かこの冤罪を取り上げて、ひとつ彼のために造物主に問いただすことはできないか。どうして、大きな嘴の鳥なんぞが、結局はその天寿を全うすることができるのか、と。

語釈　○觜小者慈孝　元稹の原詩「大觜烏」(「余説」参照)に、嘴の白いものは名称が「慈」だという。この烏は、巻一「慈烏夜啼」詩(〇〇四〇)にも詠じられている。○茸茸　細くて柔らかい毛が密生するさま。○許与烏意通　那波本以下の諸刊本、「許」字が無く、「意」の下に「潜」字が有る。今、管見抄本に従っておく。○祥瑞来白日　太陽の中には三本足の烏が棲んでいると考えられていた。たとえば、『文選』巻四、西晋の左思「蜀都の賦」にいう「陽烏は翼を高標に迴らす」の李善注に引く『春秋元命苞』に、「陽は三に成る。故に日中に三足の烏有り。烏なる者は陽の精なり」と。○神聖占知風　烏は風の動きをいち早く察知すると考えられていた。風向計に烏の意匠が施されていたのはこのためである。たとえば、『三輔黄図』巻五「台榭」に引く郭延生『述征記』に、長安宮の南にある高さ十五仞の霊台には、風に反応して動く「相風銅烏」が設けられていたことを記す。○陰作北斗使　北斗七星は、それが散って烏になると考えられていた。たとえば、『芸文類聚』巻九十二等に引く『春秋運斗枢』に、「揺星、散じて烏と為る」と。揺星とは招揺星、すなわち北斗七星をいう。○童蒙　幼稚で道理に暗い。『易経』蒙の卦辞にいう、「我の童蒙を求むるに匪ず、童蒙の我を求むるなり」に出る語。○復　反復・連続の語気を表す間投詞。……したかと思うと、またすぐに……。○婦姑　嫁と姑。家族制度を基にした言い方。「主人」の立場から言えば、妻と母。○禋六宗　『書経』舜典篇にいう「六宗を禋る」を踏まえる。その孔安国の伝によると、尊んで祭る六つのもの「六宗」とは、四時（四季の運行）・寒暑・日・月・星・水旱だという。○飛接　飛びながら供物を受け取る。○既……亦……　十分……である上に、また……でもある。○膻腥　なまぐさいもの。前の句に見える供物の鶏肉を指す。○甘濃　饗宴で出される甘い食べ物や濃厚な酒。『文選』巻三十四、前漢の枚乗「七発」に、「飲食には則ち温淳甘膬、脭醲肥厚なるものあり」と。「濃」は「醲」に同じ。○西東　西と東とに離散する。たとえば、古歌辞（『玉台新詠』巻九ほか）に、「東に飛ぶ伯労（もず）、西に飛ぶ燕」と。○房櫳　部屋の連子窓。広く人の住む部屋をいう。○生八九子　相和歌「烏生」（『宋書』巻二十一・楽志三）にいう、「烏は八九子を生み、秦氏の桂樹の間に端坐す」を借用する。○誰弁其雌雄　『詩経』小雅「正月」にいう、「具（もと）に予を聖なりと曰ふも、誰か烏の雌雄を知らん」を借用する。○探巣呑燕卵　燕の卵を取る鳥は、巻四、新楽府「秦吉了」（〇一七三）でも詠じられている。○蔟　蚕を入れて繭を作らせるためのまぶし（『斉民要術』巻五「種桑柘」に附する「養蚕」）。○乗秋隼　隼は秋の到来に乗じて活動を開始すると考えられていた。たとえば、『漢書』巻二十七上・五行志上に、「立秋にして鷹隼撃ち、秋分にして微霜降る」と。○羈絆委高墉　『易経』解卦、上六の爻辞にいう「公　用て隼を高墉の上に射る」、その孔穎達の疏にいう、「隼の鳥たるや、宜しく山林に在るべし。隼、人家の高墉に於ては、必ずや人の繳もて射る所と為らん」を踏まえる。○暫　とりあえず。○曽　意外なことにも。○在　文語の「於」に同じ。口語。○青青窓前柳　鬱鬱井上桐　様式上、『文選』巻二十九「古詩十九首」其の二にいう、「青青たり河畔の草、鬱鬱たり園中の柳」を踏まえる。また「井上桐」は、おそらく魏の明帝曹叡「猛虎行」（『太平御覧』巻三五〇ほか）にいう、「双桐　空井に生じ、枝葉自ら相加ふ。……上に双棲の鳥有り、頸を交へて鳴きて相和す。何ぞ意（もお）はん　路を行く者、丸を乗りて是の窠を弾たんことを」を念頭に置く。前掲の「古詩」と曹叡「猛虎行」とは、ともに『白氏六帖事類集』巻三十に採録されている。○来往何憧憧　『易経』咸卦、九四の爻辞にいう、「憧憧として往来すれば、朋の爾が思ひに従ふのみ」を借用する。「憧憧」とは心の定まらないさま。○晨鼓・昏鍾　夜明けや日暮れの時を告げる鼓や鐘の音。一夜を五つに分けた「更」は、その節目を鼓で知らせ、その中を五つに細分した「点」は、鐘で知らせる（『旧唐書』巻四十三・職官志二、司天台）。○会稽竹　会稽山（浙江省紹興市の南）に産する竹。『爾雅』釈地篇に、「東南の美なる者に会稽の竹箭有り」と。○荊山銅　荊山（河南省霊宝県閿郷の南）で鋳造される銅。『史記』巻二十八・封禅書に、「黄帝、首山の銅を采り、鼎を荊山の下に鋳す」と。○一丸已中胸　前掲の相和歌「烏生」に、秦家の放蕩息子が弾き弓で烏を狙い、「一丸即ち発して烏の身に中る」とある。○蒼穹　青空。天帝をたとえる。○反哺　成長した慈烏の雛が、親鳥に食物を口移しで与えて孝養を尽くすこと。○化工　造物主。『文選』巻十三、前漢の賈誼「鵩鳥の賦」に、「且つ夫れ天地をば鑪と為し、造化をば工と為す」と。○得天年終　天与の寿命を全うすることができる。『荘子』山木篇に、「此の木は不材を以て其の天年を終ふるを得たり」と。

余説　「解題」に言及した元稹の原作「大觜烏」詩は次のとおりである。

陽烏有㆓二類㆒　觜白者名慈　　陽烏に二類有り、觜の白き者　名は慈なり。
求㆑食哺㆓慈母㆒　因以㆑此名㆑之　　食を求めて慈母に哺し、因りて此を以て之に名づく。
飲啄頗廉倹　音響亦柔雌　　飲啄（いんたく）　頗（すこぶ）る廉倹にして、音響も亦た柔雌なり。
百巣同㆓一樹㆒　棲宿不㆓復疑㆒　　百巣　一樹を同じくし、棲宿　復た疑はず。
得㆑食先返哺　一身長苦羸　　食を得れば先づ返哺（はんぽ）し、一身　長（つね）に苦羸（くるい）す。
縁㆑知㆓五常性㆒　翻被㆓衆禽欺㆒　　五常の性を知るに縁りて、翻（かへ）つて衆禽に欺かる。
其一觜大者　攫搏性貪癡　　其の一は觜の大なる者、攫搏（かくはく）　性　貪癡なり。
有㆑力強如㆑鶻　有㆑爪利如㆑錐　　力有り　強きこと鶻（はやぶさ）の如く、爪有り　利（するど）きこと錐の如し。
音響甚𠯋咶　潜通㆓妖怪詞㆒　　音響　甚だ𠯋咶（あうくわつ）として、潜かに妖怪の詞に通ず。
受㆓日余光㆒庇　終天無㆓死期㆒　　日の余光を受けて庇（おほ）はれ、終天　死期無し。
翺㆓翔富人屋㆒　棲㆓息屋前枝㆒　　富人の屋に翺翔（かうしやう）し、屋前の枝に棲息す。
巫言此烏至　財産日豊宜　　巫（ふ）言ふ　此の烏至らば、財産　日〻に豊かに宜し。
主人一心惑　誘引不㆑知㆑疲　　主人　一たび心に惑ひ、誘引せられて疲れを知らず。
転見㆓烏来集㆒　自言家転孳　　転（うた）た烏の来集するを見て、自ら言ふ　家　転た孳（しげ）しと。
白鶴門外養　花鷹架上維　　白鶴は門外に養はれ、花鷹（くわよう）は架上に維（つな）がる。
専聴㆓烏喜怒㆒　信受若㆓神亀㆒　　専ら烏の喜怒を聴きて、信受すること神亀の若し。
挙㆑家同㆓此意㆒　弾射不㆓復施㆒　　家を挙げて此の意に同（どう）じ、弾射　復（ふたた）びは施さず。
往往清池側　却令㆓鵷鷺随㆒　　往往　清池の側に、却つて鵷鷺（ゑんろ）をして随はしむ。
群烏飽㆓粱肉㆒　毛羽色沢滋　　群烏　粱肉に飽き、毛羽　色沢滋（しげ）し。
遠近恣㆑所㆑往　貪残無㆑不㆑為　　遠近　往く所を恣（ほしいまま）にし、貪残　為さざるは無し。
巣禽攫㆓雛卵㆒　廏馬啄㆓瘡痍㆒　　巣禽　雛卵（すうらん）を攫（と）られ、廏馬　瘡痍（さうい）を啄（ついば）まる。
滲瀝脂膏尽　鳳皇那得㆑知　　滲瀝（しんれき）として脂膏尽くるも、鳳皇　那ぞ知るを得んや。

主人一朝病　争向二屋檐一窺
呦鷕呼二群鵩一　翩翻集二怪鴟一
主人偏養者　嘯聚最奔馳
夜半仍驚噪　鵂鶹逐二老狸一
主人病心怯　灯火夜深移
左右雖レ無レ語　奄然皆涙垂
平明天出レ日　陰魅走参差
烏来二屋檐上一　又惑二主人児一
児即富二家業一　玩好方愛奇
占二募能言鳥一　置者許高貲
隴樹巣鸚鵡　言語好光儀
美人傾レ心献　雕籠身自持
求者臨軒坐　置二在白玉墀一
先問二鳥中苦一　便言鳥若レ斯
衆鳥斉搏鑠　翠羽幾離披
遠擲千余里　美人情亦衰
挙レ家懲二此患一　事レ鳥踰二昔時一
向言二池上鷺一　啄レ肉寝二其皮一
夜漏天終暁　陰雲風定吹
況爾鳥何者　数極不レ知レ危
会結弥天網　尽取一無レ遺
常令阿閣上　宛宛宿二長離一

主人　一朝病めば、争ひて屋檐（をくえん）に向（おい）て窺ふ。
呦鷕（いうえう）として群なす鵩（ふく）呼び、翩翻として怪なる鴟（し）集まる。
主人の偏（ひと）へに養ふ者は、嘯聚して最も奔馳す。
夜半に仍ほ驚噪して、鵂鶹（きうりう）　老狸を逐ふ。
主人　病心　怯え、灯火　夜深くして移る。
左右　語る無しと雖も、奄然として皆涙垂る。
平明　天に日出づれば、陰魅　走ること参差（しんし）たり。
烏　屋檐の上に来りて、又主人の児を惑はす。
児は即ち家業を富ましめて、玩好　方（まさ）に愛奇す。
能言の鳥を占募して、置く者　許高の貲（し）あり。
隴樹（ろうじゆ）に巣づくる鸚鵡、言語　好（よ）き光儀なり。
美人　心を傾けて献じ、雕籠　身自（みづか）ら持す。
求むる者　臨軒に坐し、白玉の墀（ち）に置かる。
先づ鳥中の苦しみを問へば、便ち言ふ　烏　斯くの若しと。
衆烏　斉しく搏鑠（はくしやく）し、翠羽　幾（ほとん）ど離披す。
遠く擲（なげう）つこと千余里、美人も情亦た衰ふ。
家を挙げて此の患ひを懲し、烏に事（つか）ふること昔時を踰ゆ。
向（さき）に池上の鷺に言ふ、肉を啄みて其の皮を寝（みにく）くせんと。
夜漏　天　終（つひ）に暁となり、陰雲　風　定めて吹かん。
況んや爾ら烏は何者ぞ、数極まるも危ふきを知らず。
会（かなら）ず結ばん弥天の網、尽く取りて一も遺すこと無からん。
常令　阿閣の上に、宛宛として長離〈霊鳥〉を宿らしむ。

明の鍾惺・譚元春『唐詩帰』に本詩を評して、鍾惺「写（か）きて可笑可哭の処に到れば、痛を極め快を極めて、物に情（実態）を遁

（か）す無し。然れども諷刺の深微なるの体は索然たり。此を知れば、与（と）に元・白の詩を読むべし」、譚元春『唐詩帰』に、「長篇中に、情事の真樸委折なるを極むる処は、其の法亦た『焦仲卿の妻』詩（『玉台新詠』巻一）、及び蔡琰の五言『悲憤詩』（『後漢書』巻八十四・列女伝）より来る者有り」と。

明の賀貽孫『詩筏』巻下に、巻一「雑興三首」其の一（〇〇一八）を評した後、「其の『長恨歌』（〇五九六）などの諸作を読むに及んでは、諷刺は深く隠れ、意は言外に在り、信に其の自ら評する所の如くにして、又独り『大嘴烏』『雉媒』等の篇の託する有りて言ふのみならざるなり」と言及する。

0105　其五　答㆓四皓廟㆒詩

其《そ》の五《ご》　四皓廟《しかうべう》に答《こた》ふる詩《し》

解題　「和答詩十首」の第五首。元稹の「四皓廟」詩（『元氏長慶集』巻一）に答えたもの。「四皓」とは、東園公・角里（ろく）先生・綺里季・夏黄公の四人。秦末の混乱期、商山（陝西省商県の東）に隠棲したが、前漢初期、後継者問題で惑った高祖劉邦を正すべく、張良の助言を受けた呂后に太子の補佐として迎えられた（『史記』巻五十五・留侯世家）。その時、四人がみな髭も眉も真っ白（皓）だったことからこう呼ばれる。出処進退に一貫性のない四皓を批判する元稹の詩とは異なる立場を取り、信念を保持しながらも、情況の変化に応じて自在に対処することの有効性を説く本詩は、四十八句の原作に対して、七十六句から成る言葉を重ねて元稹への説得を試みる。四皓を祭る廟については、北宋の宋敏求『長安志』巻十一「万年県」に、「四皓廟は終南山に在り。県を去ること五十里。唐の元和八年に重ねて建つ」との記述が見える。元稹が四皓廟に立ち寄り、彼らを批判する詩を書きつけたことは、「翰林白学士の代書一百韻に酬ゆ」詩（『元氏長慶集』巻十）に見えている（白居易の原詩は、巻十三「書に代ふる詩一百韻、微之に寄す」〇六〇八）。なお、本詩と元稹の原作は、前掲の平岡武夫『白居易』に詳しく論及されている。「語釈」においても多くこれを参照した。

天下有㆑道見　無㆑道巻懐㆑之
天下《てんか》に道《みち》有《あ》れば見《あらは》れ、道無《みちな》ければ巻《ま》きて之《これ》を懐《ふところ》にす。

此乃聖人語　吾聞㆓諸仲尼㆒
此《こ》れ乃《すなは》ち聖人《せいじん》の語《ご》、吾《われ》　諸《これ》を仲尼《ちゆうぢ》に聞《き》けり。

矯矯四先生　同稟希世資
矯矯《けうけう》たる四先生《しせんせい》、同《とも》に稟《う》く　希世《きせい》の資《し》。

隨レ時有ニ顯晦一　秉レ道無ニ磷緇一
秦皇肆ニ暴虐一　二世遘ニ亂離一
先生相隨去　商嶺采ニ紫芝一
君看秦獄中　戮辱者李斯
劉項爭ニ天下一　謀臣競悅隨
先生如ニ鸞鶴一　高入ニ冥冥一飛
君看齊鼎中　燋爛者酈其
子房得ニ沛公一　自謂相遇遲
八難掉ニ舌樞一　三略役ニ心機一
辛苦十數年　晝夜形神疲
竟雜ニ霸者道一　徒稱ニ帝者師一
子房爾則能　此非ニ吾所一レ宜
漢高之季年　嬖寵鍾レ所レ私
冢嫡欲ニ廢奪一　骨肉相憂疑
豈無ニ子房口一　口舌無レ所レ施
亦有ニ陳平心一　心計將何爲

時《とき》に隨《したが》ひて顯晦《けんくわい》有《あ》り、道《みち》を秉《と》りて磷緇《りんし》無《な》し。
秦皇《しんくわう》暴虐《ぼうぎやく》を肆《ほしいまま》にし、二世《にせい》亂離《らんり》を遘《かま》ふ。
先生《せんせい》相隨《あひしたが》ひて去《さ》り、商嶺《しやうれい》に紫芝《しし》を采《と》る。
君看《きみみ》よ　秦獄《しんごく》の中《うち》、戮辱《りくじよく》せらるる者《もの》は李斯《りし》。
劉項《りうかう》天下《てんか》を爭《あらそ》ひ、謀臣《ぼうしん》競《きそ》ひ悅《よろこ》びて隨《したが》ふ。
先生《せんせい》は鸞鶴《らんかく》の如《ごと》く、高《たか》く冥冥《めいめい》に入《い》りて飛《と》ぶ。
君看《きみみ》よ　齊鼎《せいてい》の中《うち》、燋爛《せうらん》せらるる者《もの》は酈其《れきき》。
子房《しばう》沛公《はいこう》を得《え》、自《みづか》ら謂《い》ふ　相遇《あひあ》ふこと遲《おそ》しと。
八難《はちなん》舌樞《ぜつすう》を掉《うご》かし、三略《さんりやく》心機《しんき》を役《えき》す。
辛苦《しんく》すること十數年《じふすうねん》、晝夜《ちうや》形神疲《けいしんつか》る。
竟《つひ》に霸者《はしや》の道《みち》を雜《まじ》へ、徒《いたづら》に帝者《ていしや》の師《し》と稱《しよう》す。
子房《しばう》爾《なんぢ》は則《すなは》ち能《のう》、此《こ》れ吾《わ》が宜《よろ》しとする所《ところ》に非《あら》ず。
漢高《かんかう》の季年《きねん》、嬖寵《へいちよう》は私《わたくし》する所《ところ》に鍾《あつ》まり、
冢嫡《ちようちやく》をば廢《はい》し奪《うば》はんと欲《ほつ》し、骨肉《こつにく》相憂疑《あひいうぎ》す。
豈《あ》に子房《しばう》が口無《くちな》からんや、口舌《こうぜつ》施《ほどこ》す所無《ところな》し。
亦《ま》た陳平《ちんぺい》が心有《こころあ》るも、心計《しんけい》將《は》た何《なに》をか爲《な》さん。

皓皓四先生　高冠映二尨眉一
從容下二南山一　顧眄入二東闈一
前瞻二惠太子一　左右生二羽儀一
却顧二戚夫人一　楚舞無二光輝一
心不レ畫二一計一　口不レ吐二一詞一
暗定二天下本一　遂安二劉氏危一
子房吾則能　此非二爾所一レ知
先生道既光　太子禮甚卑
安車留不レ住　功成棄如レ遺
如二彼旱天雲一　一雨百穀滋
澤則在二天下一　雲復歸二希夷一
勿レ高二巣與一レ由　勿レ尚二呂與一レ伊
巣由往不レ返　伊呂來不レ歸
豈如二四先生　出處兩逶迤一
何必長隱レ迹　何必長濟レ時
由來聖人道　無レ朕不レ可レ窺

皓皓《かうかう》たる四先生《しせんせい》、高冠《かうくわん》　尨眉《ばうび》に映《えい》ず。
從容《しようよう》として南山《なんざん》を下《くだ》り、顧眄《こべん》して東闈《とうゐ》に入《い》る。
前《すす》みて惠太子《けいたいし》を瞻《み》れば、左右《さいう》に羽儀《うぎ》を生《しやう》ず。
却《しりぞ》きて戚夫人《せきふじん》を顧《かへり》みれば、楚舞《そぶ》　光輝《くわうき》無《な》し。
心《こころ》に一計《いつけい》を畫《くわく》せず、口《くち》に一詞《いつし》を吐《は》かず。
暗《あん》に天下《てんか》の本《もと》を定《さだ》め、遂《つひ》に劉氏《りうし》の危《あや》ふきを安《やす》んず。
子房《しばう》　吾《われ》は則《すなは》ち能《のう》、此《こ》れ爾《なんぢ》が知《し》る所《ところ》に非《あら》ず。
先生《せんせい》　道《みち》　既《すで》に光《ひか》れり、太子《たいし》　禮《れい》　甚《はなは》だ卑《ひく》くす。
安車《あんしや》　留《とど》めて住《とど》めえず、功成《こうな》りて　棄《す》つること遺《わす》れたるが如《ごと》し。
彼《か》の旱天《かんてん》の雲《くも》の如《ごと》く、一《ひと》たび雨《あめ》ふりて　百穀《ひやくこく》滋《うるほ》ふ。
澤《うるほ》ひ則《も》し天下《てんか》に在《あ》らば、雲《くも》は復《ま》た希夷《きい》に歸《かへ》る。
巣《さう》と由《いう》とを高《たか》しとする勿《な》かれ、呂《りよ》と伊《い》とを尚《たつと》ぶ勿《な》かれ。
巣由《さういう》　往《ゆ》きて返《かへ》らず、伊呂《いりよ》　來《きた》りて歸《かへ》らず。
豈《あ》に四先生《しせんせい》の、出處《しゆつしよ》　兩《ふた》つながら逶迤《ゐい》たるに如《し》かんや。
何《なん》ぞ必《かなら》ずしも長《つね》に迹《あと》を隱《かく》さん、何《なん》ぞ必《かなら》ずしも長《つね》に時《とき》を濟《すく》はん。
由來《ゆらい》　聖人《せいじん》の道《みち》、朕《あとな》無《な》くして窺《うかが》ふべからず。

巻レ之不レ盈レ握　舒レ之亘二八陲一
先生道甚明　夫子猶或非
願子辨二其惑一　爲予吟二此詩一

之《これ》を巻《ま》けば握《あく》に盈《み》たず、之《これ》を舒《の》ぶれば八陲《はっすい》に亘《わた》る。
先生《せんせい》　道《みち》　甚《はなは》だ明《あき》らかなり、夫子《ふうし》　猶《な》ほ或《あ》いは非《そし》る。
願《ねが》はくは子《し》　其《そ》の惑《まど》ひを辨《べん》ぜんことを、爲《ため》に予《よ》　此《こ》の詩《し》を吟《ぎん》ず。

之・緇・芝・其・疑・詞・滋・時・詩（上平聲、之韻）、尼・資・遲・師・私・眉・遺・夷・伊（上平聲、脂韻）、離・斯・隨・疲・宜・施・爲・儀・危・知・卑・迤・窺・陲（上平聲、支韻）、飛・機・闈・輝・歸・非（上平聲、微韻）……之・脂・支韻は同用、微韻は通押。

通釈　天下に道が行われていれば姿を現し、道が行われていなければ、その才能を巻いて懐にしまう。これこそは聖人の言葉であって、私はこれを孔子から聞いた。高々と俗世間を超越する四先生は、いずれとも世にもまれな資質を天から授かって、時の移ろいとともに、自在に世に現れたり姿をくらましたりし、大いなる道の根幹を把持して、外界の些細なことに影響を受けたりはしなかった。秦の始皇帝が暴虐をほしいままにし、二世皇帝が国家的大混乱を引き起こしたとき、四先生は連れ立って世の中から退却し、商山で紫色のひじりたけを採る隠遁生活に入った。見るがいい。秦の獄中で、屈辱的死刑に処せられた者は李斯である。劉邦と項羽が天下を争い、謀臣らが我勝ちに喜び勇んで彼らに付き従ったとき、四先生は鸞や鶴のように、高く飛翔して奥深い超俗的境地に入っていった。見るがいい。斉の鼎の中で煮崩れた者は酈食《れきい》其《き》である。さて、子房（張良）は沛公（劉邦）に巡り合って、出会うのが遅すぎたと残念がり、その主のために、酈食其の建議に対して、弁舌を振るって八つの視点からこれを論難し、黄石公《こうせきこう》から授けられた兵法をもとに、存分にその精神を働かせた。辛苦を重ねること十数年、昼夜をおかず身も心も疲れ果てるまでがんばって、とうとう漢王朝の治世に、王道のみならず覇者の道を入り込ませ、意味もなく自らを帝者の師と称しただけである。子房よ、おまえはこのようなことを得意とするのだろうが、これは我らが良しとするやり方ではない。漢の高祖の末年、皇帝の寵愛は、その私情が注がれる戚姫の一身に集まった。高祖らは正室呂后の生んだ太子を追い落とそうとし、血を分けた者どうしが猜疑心を向け合う憂鬱な事態となった。このとき、決して子房の口が無かったわけではないが、巧みな弁舌も出る幕ではなかった。また、陳平の智謀に長けた心もあったが、奇抜な計略もさて何の役に立つものか。そこに、真っ白に輝く四先生が、高い冠を白い眉に照り映えさせて、ゆったりと南山を下り、左右を眺め渡しながら東宮へ入った。進み出て恵太子を見やれば、その左右を固める羽翼が成ったも同然で、退いて戚夫人を顧みれば、彼女の楚の舞も輝きを失っている。心に一つの計略も思い描かず、口から一つの言葉も吐かず、暗黙の内に天下の根本を定め、かくして劉氏一族の危機を安んじたのである。子房よ、吾らはこのようなことをやってのけたが、こうしたやり方は、おまえには測り知れまい。四先生の踏み行った道は十分に光り輝いている上に、太子は非常にへりくだった姿勢で礼遇したが、先生方を乗せた安車を引きとめることはできず、功が成ると、まるで忘れ物をするように未練なくその座を打ち捨ててゆかれた。それはまるで、かの日照り続きの空に現れた雲のようで、一たび雨を降らせると百穀が潤い、その恩沢が天下に行き渡ったならば、雲はまたもとの無の状態に帰っていくのである。巣父や許由を高く見すぎてはならない。呂尚や伊尹を尊びすぎてはいけない。巣父や許由は世俗の外へ出ていったきり戻ってこなかったし、伊尹や呂尚は現世に来てからもとの場所へ帰ることはなかった。それは、四先生が出処いずれにも融通無碍《むげ》であったのには遠く及ばない。どうして常に足跡を隠しておく必要があろう。どうして常に現世を救済する必要があるだろう。もともと聖人の道は、明確な形跡がなくてその兆候を窺い知ることはできず、これを巻けば一握にも満たず、これを延べ広げれば八方の異境にまで及ぶというものである。四先生の踏み行った道は非常に明らかであるのに、そなたはそれでもある部分についてこれを非難する。どうか、そなたにはその疑惑を解いていただきたく、そのために自分はこの詩を吟ずるのである。

語釈　○天下有道見　無道巻懐之　『論語』泰伯篇に、「天下に道有れば則ち見（あらは）れ、道無ければ則ち隠る」、同衛霊公篇に、孔子が蘧伯玉（きよはくぎよく）を評して「邦に道有れば則ち仕へ、邦に道無ければ則ち巻きて之を懐にすべし」というのを踏まえる。○仲尼　孔子の字。前掲注の『論語』は、彼の弟子が編んだその言行録である。○矯矯　志を高く持って俗世間に超越するさま。○希世資　世に類いまれな資質。○無磷緇　磨耗させられても薄くならず、染められても黒ずまない。外界の情況に支配されないこと。『論語』陽貨篇に、「堅しと曰はざらんや、磨すれども磷せず。白しと曰はざらんや、涅（でつ）すれども緇せず」と。○秦皇・二世　秦の始皇帝と二世皇帝の胡亥（『史記』巻六・秦始皇本紀）。○乱離　国家的大混乱。双声語。『詩経』小雅「四月」に、「乱離　瘼（や）めり。爰（ここ）に其れ適（ゆ）き帰せん」と。○商嶺　長安の東南にある商山。商山は「陽城駅に和する詩」（〇二〇二）に既出。○紫芝　紫のひじりだけ。後漢の崔琦（きさい）「四皓の頌」（『太平御覧』巻五七三ほか）に記す、四皓が秦から逃れて作った歌の中に、「曄曄たる紫芝、以て飢ゑを療すべし」と。○李斯　始皇帝の天下統一を助けて、焚書坑儒や律令の制定などを推進したが、二世皇帝が盲信する宦官の趙高に陥れられ、投獄されて刑死した（『史記』巻八十七・李斯列伝）。○劉項　後に漢の高祖となる劉邦と、彼と天下を争って敗れた項羽（『史記』巻八・高祖本紀、同巻七・項羽本紀）。○鸞鶴　「鸞」は鳳凰の一種。「鶴」とともに仙人の乗り物。『文選』巻十六、梁の江淹「別れの賦」に、「鶴に駕して漢（あまのがは）に上り、鸞を驂（そへうま）として天に騰（のぼ）る」、その李善注に引く雷次宗『豫章記』に、仙人の洪崖先生と王子喬が鸞鶴に乗って立ち寄ったと伝えられる場所を記す。ここでは四皓の超俗性をたとえる。○高入冥冥飛　「高」字、那波本ほか刊本系諸本は「去」に作る。今、管見抄本などの旧鈔本に従って改める。「冥冥」は、世俗の網羅の及ばない奥深い所をいう。揚雄『法言』問明篇に、「鴻冥冥に飛べば、弋人も何ぞ焉を慕はんや」、その李軌注に、「君子が潜神重玄の域は、世網も之を制禦すること能はず」と。○酈其　酈食其。漢の高祖劉邦に仕え、斉王田広を説得して漢への帰順を取り付けたが、これを快く思わなかった韓信が斉を襲撃し、謀られたと誤解した斉王に煮殺された（『史記』巻九十七・酈生陸賈列伝）。○子房　張良の字。さる老人に授けられた『太公兵法』を諸人に説いたが受け入れられず、初めてこれを採用した劉邦に仕えることとなった（『史記』巻五十五・留侯世家）。○沛公　劉邦。故郷の沛（江蘇省沛県）で挙兵したため、当地の人々にこう呼ばれた。○八難　楚を帰順させるため、酈食其の建議により、滅びた六国を復活させて諸侯に立てようとした劉邦に対して、八つの理由を挙げてその不可を説いた張良の弁論（前掲『史記』留侯世家）。『漢書』巻一上・高帝紀上に、「漢王　印を刻し、将に食其を遣りて之を立てんとし、以て張良に問へば、良　八難を発す」と。○舌枢　弁論を担う舌のかなめ。珍しい語。次の句の「心機」とともに、『易経』繋辞伝上にいう、「言行は君子の枢機なり」を踏まえる。○三略　兵法書『黄石公三略』三巻（『隋書』巻三十四・経籍志三、子部、兵家）。張良に兵法書を授けた老人は、自ら穀城山下の黄石と名乗った（前掲『史記』留侯世家）。『文選』巻五十三、魏の李康「運命論」に、「張良は黄石の符を受け、三略の説を誦し、以て群雄に遊ぶ」と。○心機　策略を担う心臓のかなめ。前掲「舌枢」の語釈を参照。○形神　肉体と精神。○雑覇者道　「覇者」は、力ずくで天下を治める者。『孟子』公孫丑章句上に、「力を以て仁を仮る者は覇」「徳を以て仁を行ふ者は王」と。一句は、本来取るべき王道に、覇者の道を混在させることをいう。『漢書』巻九・元帝紀に、宣帝の発言として「漢家には自ら制度有り、本より覇王道を以て之を雑ふ」と。○帝者師　前掲『史記』留侯世家に、隠退を願い出る張良の言葉として、「今　三寸の舌を以て帝者の師と為り、万戸に封ぜられ、列侯に位す。此は布衣の極みにして、良に於ては足れり」と。○漢高之季年　嬖寵鍾所私　「漢高」は漢の高祖、劉邦。漢王となった彼は、糟糠の妻である正室呂后を疎んじ、新しく後宮入りした戚姫がその寵愛を一身に受けた（『史記』巻九・呂太后本紀）ことをいう。○冢嫡欲廃奪　高祖は、呂后の生んだ盈

（後の孝恵帝）を太子の座から下ろし、寵愛する戚姫の生んだ如意を太子に立てようとした（前掲『史記』呂太后本紀）。「冡」字、那波本は「家」に誤る。今、諸本に拠って改める。○豈無子房口　口舌無所施　呂后らに、廃太子の一件について相談された張良が、「此れ口舌を以て争ふこと難し」と言い、商山に隠れている四皓を招くよう提案した（前掲『史記』留侯世家）ことを指す。○陳平　数々の卓越した計略で、漢王朝草創期の多難な状況を救った陳平（『史記』巻五十六・陳丞相世家）。○皓皓　老人の髪や眉が真っ白なさま。那波本ほか刊本系諸本は「皤皤」に作る。今、管見抄本などの旧鈔本によって改める。「尨眉」は老人の白い眉。『文選』巻十五、後漢の張衡「思玄の賦」に、「尉（顔駟）尨眉にして郎潜し、三葉に逮んで武（漢の武帝）に遘ふ」と。前掲『史記』留侯世家には、四皓の登場したさまを「年は皆八十有余、鬚眉は皓白にして、衣冠甚だ偉なり」と描写する。○従容　ゆったりと落ち着いたさま。畳韻語。○南山　長安の南に位置する終南山。四皓の隠れた商山はその一角にある。○顧眄　周りを眺めわたす。多くは意気揚々と得意そうな様子をいう。前の句の「従容」とともに、『文選』巻四十三、西晋の趙至「嵆茂斉に与ふる書」に、「従容として顧眄し、綽として余裕有り」と見えている。○東闈　東宮。皇太子の居所をいう。○前瞻恵太子　左右生羽儀　宴席で太子に付き従った四皓を見て、高祖が「我は之（太子）を易へんと欲すれど、彼の四人之を輔け、羽翼已に成れば、動かすこと難し」と、太子の更迭を断念した（前掲『史記』留侯世家）ことをいう。「羽儀」は、『易経』漸卦、上九の爻辞にいう、「鴻　陸に漸（すす）む。其の羽　用（つも）て儀と為すべし」に出る語。立派で人の模範となるものをいう。巻三十八「鄭余慶を太子少傅に除する制」（一八〇三）にも、「況んや動けば礼法に循ひ、学べば儒玄を綜ぶるをや。是れを羽儀の臣と謂ひ、師傅の任に居くべし」と。あわせて、前掲『史記』留侯世家にいう「羽翼」、すなわち補佐の意味も重ねる。○却顧戚夫人　楚舞無光輝　太子の更迭を断念した高祖が、泣く戚夫人に楚の舞を舞わせた（前掲『史記』留侯世家）ことを指す。○礼甚卑　礼を尽くして非常にへりくだる。『易経』繋辞伝上にいう、「知は崇く礼は卑し」を踏まえた表現。○安車　年配者に特別待遇で下賜される小さな車。『礼記』曲礼篇上に、「大夫は七十にして事を致す。若し謝するを得ずんば、則ち必ず之に几杖を賜ひ、役に行くには婦人を以てし、四方に適くには安車に乗らしむ」と。○留不住　引き留めることができない。「不住」は、動詞の後に付いて動作の固定を表す可能補語「住」の打ち消し形。○功成　この一句、『老子』第二章にいう、「功成りて居らず」、第九章にいう「功遂げて身退くは、天の道なり」を踏まえる。○棄如遺　道に落とし物をするように、惜しげなく捨て去る。『詩経』小雅「谷風」にいう、「予を棄つること遺れたるが如し」を借用した表現。○如彼旱天雲　一雨百穀滋　『孟子』梁恵王章句上に、「七八月の間、旱すれば則ち苗は槁る。天　油然として雲を作し、沛然として雨を下せば、則ち苗は浡然として之を興す」と。○希夷　万物の根源にある無の状態をいう。『老子』第十四章に、「之を視れども見えず、名づけて夷と曰ふ。之を聴けども聞こえず、名づけて希と曰ふ」と。畳韻語。○巣与由　尭の時代の隠者、巣父と許由。「読史詩五首」

其の二（〇〇九六）に既出。〇呂与伊　周の文王・武王を補佐した呂尚と、殷の湯王を補佐した伊尹。〇伊呂来不帰　その初め、料理人として湯王に近づいた伊尹（『史記』巻三・殷本紀）、釣りをしながら西伯昌（文王）に見出された呂尚（『史記』巻三十二・斉太公世家）が、現実社会で明君を補佐するようになって以降、もとの微賤の身には戻らなかったことをいう。「来」字、那波本ほか刊本系諸本は「去」に作る。今、管見抄本などの旧鈔本に拠って改める。〇出処両逶迤　『易経』繋辞伝上に、「君子の道は、或いは出で或いは処り、或いは黙し或いは語る」と。「逶迤」は状況に応じて柔軟に姿を変えるさま。畳韻語。〇長　四六時中。「常」に通じて用いられる。〇隠迹　「迹」字、那波本ほか刊本系諸本は「逸」に作る。今、管見抄本などの旧鈔本に従って改める。〇由来聖人道　無朕不可窺　「由来」は、もともと、元来。「朕」は、形跡、兆し。『荘子』斉物論篇に、「真宰有るが若くにして、特に其の朕（朕と同義）を得ず」と。両句は、『淮南子』兵略訓にいう、「凡そ物には朕有り、唯だ道には朕無し。朕無き所以の者は、其の常なる形勢無きを以てなり」を踏まえる。〇巻之不盈握　舒之亘八陲　「八陲」は、八方の国境。両句は、『淮南子』原道訓にいう、「夫れ道なる者は、天を覆ひ地を載せ、四方を廓（は）り、八極を柝（ひら）く。高さは際（いた）るべからず、深さは測るべからず、……之を舒ぶれば六合を幎（おほ）ひ、之を巻けば一握に盈たず」を踏まえ、聖人の道が変幻自在であることをいう。〇夫子　目上の男性に対する敬称。ここでは元稹を指す。

余説　「解題」に言及した元稹の原作「四皓廟」詩は次のとおりである。訓み下しに当たっては、特に平岡武夫前掲書を参照した。

巣由昔避レ世　尭舜不レ得レ臣
伊呂雖レ急レ病　湯武乃可レ君
四賢胡為者　千載名氛氳
顕晦有二遺跡一　前後疑レ不レ倫
秦政虐二天下一　黷レ武窮二生民一
諸侯戦必死　壮士眉亦顰
張良韓孺子　椎二砕属車輪一
遂令二英雄意　日夜思一レ報レ秦
先生相将去　不三復嬰二世塵一
雲巻在二孤岫一　龍潜為二小鱗一
秦皇転無道　諫者鼎鑊親
茅焦脱レ衣諫　先生無二一言一

巣由　昔　世を避け、尭舜も臣とするを得ず。
伊呂　病（へい）に急なりと雖も、湯武　乃ち君となるべし。
四賢　胡為（なんす）る者ぞ、千載に名氛氳たり。
顕晦　遺跡有り、前後　倫ならざるを疑ふ。
秦政　天下に虐（むご）くして、武を黷（けが）して生民を窮（くる）しむ。
諸侯　戦ふに必死にして、壮士も眉亦た顰（ひそ）めり。
張良は韓の孺子、属車の輪を椎砕す。
遂に英雄の意をして、日夜　秦に報ぜんことを思はしむ。
先生は相将（とも）に去り、復た世塵に嬰（ふ）れず。
雲のごとく巻きて孤岫に在り、龍のごとく潜みて小鱗と為る。
秦皇　転（うた）た無道にして、諫者　鼎鑊（ていくわく）親（ちか）し。
茅焦　衣を脱ぎて諫むるも、先生　一言も無し。

趙高殺二二世一　先生如レ不レ聞
劉項取二天下一　先生游二白雲一
海内八年戦　先生全二一身一
漢業日已定　先生名亦振
不レ得レ為二済世一　宜哉為二隠淪一
如何一朝起　屈作二儲弐賓一
安二存孝恵帝一　摧二悴戚夫人一
捨レ大以謀レ細　虬盤而蠖伸
恵帝竟不レ嗣　呂氏禍有レ因
雖レ懐二安レ劉志一　未レ若二周与一レ陳
皆落二子房術一　先生道何屯
出処貴二明白一　故吾今有レ云

趙高　二世を殺すも、先生　聞かざるが如し。
劉項　天下を取るに、先生　白雲に游ぶ。
海内　八年戦ふに、先生　一身を全うす。
漢業　日に已に定まり、先生も名亦た振るふ。
済世を為すを得ざれば、宜なるかな　隠淪を為せり。
如何ぞ一朝起ちて、屈して儲弐（ちょじ）の賓と作（な）る。
孝恵帝を安存して、戚夫人を摧悴す。
大を捨てて以て細を謀り、虬は盤（わだかま）りて蠖は伸びたり。
恵帝　竟に嗣がれず、呂氏　禍ひに因有り。
劉を安んずる志を懐くと雖も、未だ周（周勃）と陳（陳平）とに若かず。
皆　子房の術に落つ、先生　道　何ぞ屯（やな）める。
出処は明白を貴ぶ、故に吾は今云ふ有り。

清の査慎行『査初白詩評』巻上「白香山詩評」に、「『勿高巣与由』八句は、意有りて原唱（元稹「四皓廟」詩）を矯むれば、未だ（四皓に対する）推崇の当を過ぐるを免れず。然れども此の段の議論は、天地の間に亦た少（か）くべからず」と評する。

清の乾隆帝『唐宋詩醇』巻十九の御批に、「元の詩は四皓の恵帝を定めて以て呂氏の禍を醸せしを責む。此れ事後の論にして、未だ苛に過ぐるを免れず。仮令（もし）当年、長を廃し愛せるを立て、如意位を嗣がば、恃みて以て孤を託する所の者は、独り一周昌のみ。絳（周勃）・灌（灌嬰）諸人は、未だ必ずしも帖然として心服せず。且つ（呂）産・（呂）禄の輩は根蒂深固にして、呂雉（呂太后）の患を構（まか）ふるは、益〻急ならん。意外の変無きを保たんや。居易の之を駮せるは、自ら是れ正論なり。起こして孔子の語を引き、末には又帰りて聖人の道に到るは、前後照応す。中間に子房を以て陪と作すは、蓋し劉（邦）・項（羽）が逐鹿の時に当たりて、群雄擾擾として、皆功名の士なりしが、子房のみ独り立道の姿を具（なそ）へ、其れ傑出せる者なればなり。賓を借りて主を定め、身分愈〻高く、手に随ひて帯出す。陳平は則ち賓中の賓なり。末は又伊（尹）・呂（尚）・巣（父）・（許）由を以て襯と作す。議論は瀾翻して竭きず。全て是れ作文の法を以て之を行ふ。直（た）だ、一篇の四皓論に当てて読むべし」と。

0106　其六　和㆓雉媒㆒詩

其《そ》の六《ろく》　雉媒《ちばい》に和《わ》する詩《し》

解題　「和答詩十首」の第六首。元稹の「雉媒」詩（『元氏長慶集』巻一）に和したもの。「雉媒」とは、野生の雉を捕獲するおとりとして飼いならされた雉をいう。つがいの雉の片方が、かつての連れ合いをおびき寄せる媒と成り果てたことを挑発的に詠じる元稹詩に対して、これに賛同する立場を取りながら、裏切りや離反といった悲劇を人間社会に敷衍して歌った詩である。

吟㆓君雉媒什㆒　一哂復一歎
知㆑之一何晩　今日乃成㆑篇
豈唯鳥有㆑之　抑亦人復然
張陳刎頸交　竟以㆑勢不㆑完
至㆑今不平氣　塞㆓絶泜水源㆒
趙襄骨肉親　亦以㆑利相残
至㆑今不善名　高㆓於磨笄山㆒
況此籠中雉　志在㆓飲啄閒㆒
稻粱暫入㆑口　性已隨㆑人遷
身苦亦自忘　同族何足㆑言
但恨爲㆑媒拙　不㆑足㆓以自全㆒

君《きみ》が雉媒《ちばい》の什《じふ》を吟《ぎん》じ、一《ひと》たび哂《わら》ひ復《ま》た一《ひと》たび歎《なげ》く。
之《これ》を知《し》ること一《いつ》に何《なん》ぞ晩《おそ》き、今日《こんにち》　乃《すなは》ち篇《へん》を成《な》す。
豈《あ》に唯《た》だ鳥《とり》のみ之《これ》有《あ》らんや、抑ゝ《そもそも》亦《ま》た人《ひと》も復《ま》た然《しか》り。
張陳《ちやうちん》が刎頸《ふんけい》の交《まじ》はり、竟《つひ》に勢《いきほ》ひを以《もつ》て完《まつた》からず。
今《いま》に至《いた》るまで　不平《ふへい》の氣《き》、泜水《ちすい》の源《みなもと》を塞絶《そくぜつ》す。
趙襄《てうじやう》が骨肉《こつにく》の親《しん》、亦《ま》た利《り》を以《もつ》て相残《あひそこな》ふ。
今《いま》に至《いた》るまで　不善《ふぜん》の名《な》、磨笄山《まけいざん》よりも高《たか》し。
況《いは》んや此《こ》の籠中《ろうちゆう》の雉《ち》、志《こころざし》は飲啄《いんたく》の閒《かん》に在《あ》り。
稻粱《たうりやう》　暫《しばら》く口《くち》に入《い》れば、性《せい》　已《すで》に人《ひと》に隨《したが》ひて遷《うつ》る。
身《み》の苦《くる》しきも亦《ま》た自《おのづか》ら忘《わす》る、同族《どうぞく》　何《なん》ぞ言《い》ふに足《た》らん。
但《た》だ恨《うら》む　媒《ばい》を爲《な》すこと拙《せつ》にして、以《もつ》て自《みづか》ら全《まつた》うするに足《た》らざるを。

勸レ君今日後　養レ鳥養ニ青鸞一
青鸞一失レ侶　至レ死守ニ孤單一
勸レ君今日後　結レ客結ニ任安一
主人賓客去　獨住ニ在門闌一

君《きみ》に勧《すす》む　今日《こんにち》より後《のち》、鳥《とり》を養《か》はば青鸞《せいらん》を養《か》へ。
青鸞《せいらん》　一《ひと》たび侶《とも》を失《うしな》へば、死《し》に至《いた》るまで孤單《こたん》を守《まも》る。
君《きみ》に勧《すす》む　今日《こんにち》より後《のち》、客《かく》と結《むす》ばば任安《じんあん》と結《むす》べ。
主人《しゅじん》より賓客去《ひんかくさ》るも、獨《ひと》り門闌《もんらん》に住《とど》まる。

歎・殘・單・安・闌（上平聲、寒韻）、篇・然・遷・全（下平聲、仙韻）、完・鸞（上平聲、桓韻）、源・言（上平聲、元韻）、山・間（上平聲、山韻）……寒・桓韻は同用、仙・元・山韻は通押。

通釈　君の「雉媒」の詩篇を吟詠しながら、ひとしきり微笑んだりまた慨嘆したりした。この詩を知ったことのなんと遅かったことか、今日になってやっと、これに和した詩篇が出来上がった。こうしたことは、どうして鳥のみにあるだろう。そもそも人もまた同様でもあるのだ。張耳と陳余との刎頸の交わりも、最後にはそれぞれの巡り合わせた趨勢によって完遂されず、今に至るまで、陳余の不平に満ちた気が泜水の源を塞ぎ、流れを途絶させているほどだ。趙襄子の、血を分けた姉との親しみも、また利欲によってその夫を残殺するという末路をたどり、今に至るまで、不善なる不名誉が、姉の亡くなった磨笄山よりも高くそびえている。まして、この籠の中の雉は、飲んだり啄んだりするあたりを志しているのであって、稲や粱《おおあわ》がとりあえず口に入れれば、本性はもう人に馴らされて移ろってしまう。身の苦しさもおのずから忘れているくらいだから、同族のことなんぞ言うまでもない。ただ彼が心配しているのは、仲媒としての働きが拙くて、これでは十分に自らの身を全うできないのではないかということだけだ。君に勧めよう。今日より以後、鳥を飼うなら青鸞を飼いたまえ。青鸞は、ひとたび伴侶を失うと、死ぬまで孤独を守り通すということだ。君に勧めよう。今日より以後、客人と交わりを結ぶなら任安と結びたまえ。主人のもとから他の賓客たちが去っていったときも、彼は一人、その主である衛青の家に留まったというから。

語釈　○哂　ほほえむ。たとえば『論語』先進篇に、子路の勢い込んだ抱負を聞いて「夫子（孔子）これを哂ふ」とあるように、親しみや愛情を含んだ微笑である。○復　並列の語気を表す間投詞。……したり、また……したり。○張陳刎頸交……塞絶泜水源　秦末漢初の武将、張耳と陳余は、故郷の大梁にいた時分、意気投合して刎頸の交わりを結んだが、秦に攻められた趙の救援をめぐって決裂し、陳余に襲撃された張耳は漢に逃亡して厚遇され、陳余は趙の地を手中に収めて、新しく迎えた趙王を補佐した。漢の三年、漢王劉邦に派遣された張耳と韓信は趙を破り、陳余を泜水（河北省邢台市の泜河）のほとりに斬った（『史記』巻八十九・張耳陳余列伝）。「泜」字、那波本は「流」に作る。おそらくは字形の類似による誤り。今、諸本に拠って改める。〇趙襄骨肉親……高於磨笄山　春秋時代の晋の諸侯、趙襄子は、簡子亡き後を継いですぐ、姉の夫である代王を謀殺し、その土地を奪った。このことを聞いた姉は、研磨した笄で自殺し、これを憐れんだ代の人々は、その場所を「摩笄の山」と名づけた（『史記』巻四十三・趙世家）。「摩」は「磨」に同じ。「襄」字、那波本は「衰」に作る。趙衰（し）は前出の趙簡子の五代前に当たる祖だが（前掲『史記』趙世家）、本詩の内容には合致しない。字形の類似も相俟って誤ったのだろう。今、諸本に拠って改める。〇籠中雉　志在飲啄間　表現上、『荘子』養生主篇にいう、「沢べの雉は、十歩に一たび啄み、百歩に一たび飲むも、樊（かご）の中に畜（やしな）はるるを蘄（もと）めず」を用いる。〇青鸞　神鳥、鳳凰の類のうち、青色の多いものを鸞という（『芸文類聚』巻九十に引く『決録注』。宛委山堂本説郛弓六十は、西晋の摯虞『決疑要注』として引く）。連れ合いを失った鸞について、魏の嵇康「秀才の軍に入るに贈る十九首」其の十九（『古詩紀』巻十八）は、「単雄は翻りて独り逝き、哀吟して生きながら離るるを傷む。徘徊して儔侶を恋ひ、高山の陂に慷慨す」と詠じ、南朝宋の范泰「鸞鳥の詩の序」（『芸文類聚』巻九十）は、王に捕らわれ、鏡に映った自身の姿を見て、離別した連れ合いだと錯覚し、絶命する鸞の故事を用いる。〇結客　自分を頼ってきた人と交友関係を結ぶ。〇任安　前漢武帝期の大将軍、衛青の舎人となった人物（『史記』巻一〇四・田叔列伝に附する褚少孫の補に伝あり）。活躍の目覚しい驃騎将軍霍去病の秩禄が上がり、多くの縁故者が衛青を離れて霍去病に仕えたときも、ただ一人、衛青のもとを去ろうとしなかった（『漢書』巻五十五・衛青霍去病伝）。なお、『文選』巻四十一、司馬遷「任少卿に報ずる書」は彼に対する返書である。〇在　文語の「於」に同じ。口語。〇門閫　門に渡した横木。門によって区切られた内部、家をいう。

余説　「解題」に言及した元稹の原作「雉媒」詩は次のとおりである。

双雉在レ野時　可レ憐同二嗜欲一　双雉　野に在りし時は、憐れむべし　嗜欲を同じくす。
毛衣前後成　一種文章足　毛衣　前後に成り、一種の文章足れり。
一雉独先飛　衝開二芳草緑一　一雉　独り先に飛び、衝きて芳草の緑を開く。
網羅幽草中　暗被二潜羈束一　網羅　幽草の中、暗に潜（ひそ）かに羈束せらる。
剪刀摧二六翮一　糸線縫二双目一　剪刀もて六翮を摧（くじ）き、糸線もて双目を縫ふ。
啖養能幾時　依然已馴熟　啖養すること能く幾時ぞ、依然として已に馴熟す。

都無㆓旧性霊㆒　返与㆓他心腹㆒
置㆓在芳草中㆒　翻令㆑誘㆓同族㆒
前時相失者　思㆑君意弥篤
朝朝旧処飛　往往巣辺哭
今朝樹上啼　哀音断還続
遠見爾文章　知㆓君草中伏㆒
和鳴忽相召　鼓㆑翅遥相矚
畏㆓我未㆒㆑肯㆑来　又啄㆓翳前粟㆒
斂㆑翮遠投㆑君　飛馳勢奔蹙
罥挂在㆓君前㆒　向㆑君声促促
信㆑君決無㆑疑　不㆑道君相覆
自恨飛太高　疏羅偶然触
看看架上鷹　擬㆑食㆓無罪肉㆒
君意定何如　依㆑旧雕籠宿

都《すべ》て旧《もと》の性霊無く、返つて他の心腹に与《くみ》す。
芳草の中に置き、翻《と》びて同族を誘はしむ。
前時　相失せる者、君を思ひて意弥々《いよいよ》篤し。
朝朝　旧処に飛び、往往にして巣辺に哭す。
今朝　樹上に啼き、哀音　断ちては還た続く。
遠く見れば爾が文章なり、君が草中に伏するを知る。
和して鳴き忽《たちまち》ち相召き、翅を鼓して遥かに相矚《み》る。
我の未だ来るを肯ぜざるを畏れて、又翳前の粟を啄む。
翮を斂めて遠く君に投じ、飛馳して勢ひ奔蹙《ほんしゆく》す。
罥挂《けんくわい》　君の前に在り、君に向かひて声促促たり。
君を信じて決して疑ひ無く、道《おも》はず　君が相覆ふを。
自ら恨みて飛ぶこと太《はなは》だ高く、疏羅　偶然に触れたり。
看よ看よ　架上の鷹、無罪の肉を食せんと擬す。
君が意　定めて何如、旧に依りて雕籠に宿せるか。

清の乾隆帝『唐宋詩醇』巻十九の御批に、「正意多く、喩意少なし。言下に辣然として心を驚かし魄を動かす」と。明の賀貽孫『詩筏』巻下に、巻一「雑興三首」其の一（〇〇一八）を評した後、「其の『長恨歌』（〇五九六）などの諸作を読むに及んでは、諷刺は深く隠れ、意は言外に在り、信に其の自ら評する所の如くにして、又独り『大嘴烏』『雉媒』等の篇の託する有りて言ふのみならざるなり」と言及する。

0107　其七　和㆓松樹㆒詩

其《そ》の七《しち》　松樹《しようじゆ》に和《わ》する詩《し》

解題　「和答詩十首」の第七首。元稹の「松樹」詩（『元氏長慶集』巻一）に和したもの。街路樹の槐と対比させながら、華山（陝西省華陰市の南）の頂に聳える松の孤高と不遇とを慨嘆する元稹詩に対して、白居易の詩はこれに賛同しつつも、その樹木の天寿を全うさせようとする方向へ傾く。

亭亭山上松　一一生二朝陽一
森聳上參レ天　柯條百尺長
漠漠塵中槐　兩兩夾二康莊一
婆娑低覆レ地　枝幹亦尋常
八月白露降　槐葉次第黄
歳暮滿山雪　松色鬱青蒼
彼如二君子心一　秉レ操貫二氷霜一
此如二小人面一　變レ態隨二炎涼一
共知二松勝一レ槐　誠欲レ栽二道傍一
糞土種二瑤草一　瑤草終不レ芳
尚可下以二斧斤一　伐レ之爲中棟梁上
殺レ身獲二其所一　爲レ君搆二明堂一
不レ然終二天年一　老死在二南岡一
不レ願亞二枝葉一　低隨二槐樹行一

亭亭《ていてい》たる山上《さんじやう》の松《まつ》、一一《いついつ》　朝陽《てうやう》に生《しやう》ず。
森聳《しんしよう》して上《かみ》は天《てん》に參《まじ》はり、柯條《かでう》　百尺長《ひやくせきなが》し。
漠漠《ばくばく》たる塵中《ちんちゆう》の槐《くわい》、兩兩《りやうりやう》　康莊《かうさう》を夾《はさ》む。
婆娑《ばさ》として低《た》れて地《ち》を覆《おほ》ひ、枝幹《しかん》　亦《ま》た尋常《じんじやう》なり。
八月《はちぐわつ》　白露《はくろ》降《くだ》れば、槐葉《くわいえふ》　次第《しだい》に黄《き》なり。
歳暮《としく》れて　滿山《まんざん》に雪《ゆき》ふるも、松色《しようしよく》　鬱《うつ》として青蒼《せいさう》。
彼《かれ》は君子《くんし》の心《こころ》の如《ごと》く、操《みさを》を秉《と》りて氷霜《ひようさう》を貫《つらぬ》く。
此《これ》は小人《せうじん》の面《おもて》の如《ごと》く、態《たい》を變《へん》じて炎涼《えんりやう》に隨《したが》ふ。
共《とも》に松《まつ》の槐《くわい》に勝《まさ》るを知《し》り、誠《まこと》に道傍《だうばう》に栽《う》ゑんと欲《ほつ》す。
糞土《ふんど》に瑤草《えうさう》を種《う》うるも、瑤草《えうさう》は終《つひ》に芳《かんば》しからず。
尚《な》ほ斧斤《ふきん》を以《もつ》て、之《これ》を伐《き》りて棟梁《とうりやう》と爲《な》すべし。
身《み》を殺《ころ》して其《そ》の所《ところ》を獲《え》、君《きみ》が爲《ため》に明堂《めいだう》を搆《かま》へん。
然《しか》らずんば　天年《てんねん》を終《を》へ、老死《らうし》して南岡《なんかう》に在《あ》らん。
願《ねが》はず　枝葉《しえふ》を亞《た》れ、低《た》れて槐樹《くわいじゆ》の行《かう》に隨《したが》はんことを。

陽・長・莊・常・霜・涼・芳・梁（下平聲、陽韻）、黄・蒼・傍・堂・岡・行（下平聲、唐韻）……陽・唐韻は同用。

通釈　高々とそそり立つ山上の松は、一株一株、朝日の当たる斜面に生い出ている。うっそうと高く茂って上方は天空に届き、枝は百尺の長さに伸びている。他方、薄暗く立ち込めた塵埃の中の槐《えんじゅ》は、一対ずつ大通りを挟んで植えられている。漫然と繁茂して低く地を覆い、枝も幹もまた平凡な長さである。秋八月、白露が降りると、槐の葉は次第に黄色くなってゆく。年の暮れ、山いっぱいに雪が降り積もっても、松の色はみっしりと深い青色のままである。あちらは君子の心のように、氷や霜の季節を貫いて節操を守り続ける。こちらは小人物の顔面のように、気候の変動に従って態度を変える。私たちは共に、松が槐に勝っていることを知り、これを路傍に植えたいとたしかに願ってはいる。しかし、糞土に美しい仙草を植えたところで、仙草は最後まで芳香を発することはあるまい。それでもまだ、斧でもってこれを伐採し、家屋の棟木や梁にすることはできる。身を殺して、自分を活かす場所を獲得し、君主のために明堂を構成する一部となろう。そうでなければ、天寿を全うし、南向きの丘で老いて死にゆこう。枝葉を低く垂れ、うなだれて槐の並木に従うことだけは御免である。

語釈　○亭亭山上松　『文選』巻二十三、魏の劉楨「従弟に贈る三首」其の二にいう、「亭亭たる山上の松、瑟瑟たる谷中の風。風声　一に何ぞ盛んなる、松枝　一に何ぞ勁（つよ）き。冰霜　正に慘愴（さんそう）たるに、終歳　常に端正なり。豈に凝寒を罹（かうむ）らざらんや、松柏　本性を有（もた）つ」を踏まえる。「亭亭」は、高くそびえるさま。○生朝陽　『文選』巻三十、西晋の陸機「蘭若朝陽に生ずに擬す」にいう、「嘉樹　朝陽に生じ、凝霜　其の条を封ず。心を執りて時信を守り、歳寒にも終に彫（しぼ）まず」を踏まえる。「朝陽」は山の東側の斜面。『詩経』大雅「巻阿」に「梧桐生ず、彼の朝陽に」、その毛伝に「山の東を朝陽と曰ふ」と。○森聳　うっそうと高く生い茂る。○上参天　表現上、『文選』巻二十、魏の曹植「応氏を送る詩二首」其の一にいう、「荊棘　上は天に参（まじ）はる」を用いる。○漠漠塵中槐　両両夾康荘　「漠漠」は、ぼんやりと薄暗いさま。大都会の槐の並木道については、たとえば、前秦の車頻『秦書』（『芸文類聚』巻十九ほか）に引く関隴（かんろう）の民歌に、「長安の大街、両辺に槐を種う。下には朱輪走り、上には鸞の棲む有り」とある。「康荘」は、多方面へ通じる大通り。『史記』巻七十四・孟子荀卿列伝に、「（斉王は）為に第を康荘の衢に開き、高門大屋もて、之（淳于髠ら）を尊寵す」と。『爾雅』釈宮に、「五達、之を康と曰ひ、六達、之を荘と曰ふ」と。○婆娑　漫然と伸び広がるさま。畳韻語。『世説新語』黜免（ちゅつめん）篇に、失意の殷仲文の言葉として、「槐樹　婆娑として、復た生意無し」と。○尋常　長さの単位。八尺を「尋」といい、一丈六尺を「常」という。一丈は一〇尺。先に「百尺」と詠われた松に比べると、樹木としてはありふれた大きさである。〇白露降　『礼記』月令篇に、「（孟秋の月）涼風至り、白露降り、寒蟬鳴く」と。〇炎涼　暑さ寒さを言うとともに、権勢や名利も意味する。〇誠　たしかに……ではあるが。下に逆接の言葉を導く。〇瑤草　伝説上の美しい香草。用例として、『文選』巻十六、梁の江淹「別れの賦」に、「君は綬を千里に結び、瑤草の徒（いたづら）に芳しきを惜しむ」と。〇尚可　それでもまだ……することはできる。〇棟梁　家屋の重要な構成要素である棟木と梁。次の「明堂」とともに、巻二「寓意詩五首」其の一（〇〇九〇）にも見える語。〇明堂　天子が南面して政を行う殿堂。『礼記』明堂位篇に見える語。〇終天年　『荘子』人間世篇に、有用の樹木について、「故に其の天年を終へずして中道に之れ斧斤に夭す」、「故に未だ其の天年を終へずして中道に夭す」とあるのを踏まえつつ反転させる。前の句の「斧斤」「棟梁」も、『荘子』のこの部分に見えている語。〇在　文語の「於」に同じ。口語。〇亞　低く垂れる。

余説　「解題」に言及した元稹の原作「松樹」詩は次のとおりである。

華山高憧憧　上有㆓高高松㆒　華山　高きこと憧憧（たうたう）たり、上に高高たる松有り。
株株遥各各　葉葉相重重　株株　遥かに各各たり、葉葉　相重重たり。
槐樹夾㆑道植　枝葉倶冥蒙　槐樹　道を夾みて植ゑられ、枝葉　倶に冥蒙たり。
既無㆓貞直幹㆒　復有㆓罥挂虫㆒　既に貞直の幹無く、復た罥挂（けんくわい）せらるる虫有り。
何不㆑種㆓松樹㆒　使㆔之揺㆓清風㆒　何ぞ松樹を種ゑざらん、之をして清風に揺れしめん。
秦時已曽種　憔悴種不㆑供　秦の時　已に曽て種ゑられしも、憔悴し　種　供せられず。
可㆑憐孤松意　不㆘与㆓槐樹㆒同㆖　憐れむべし　孤松の意、槐樹と同ぜず。
閑在㆓高山頂㆒　樛盤虬与㆑龍　閑として高山の頂に在り、樛盤（きうばん）すること虬（きう）と龍とのごとし。
屈為㆓大厦棟㆒　庇‐廕㆔侯与㆓㆑公　屈しては大廈（たいか）の棟と為り、侯と公とを庇廕（ひいん）せん。
不㆑肯作㆓行伍㆒　倶在㆓塵土中㆒　肯（がへ）んぜず　行伍を作（な）して、倶に塵土の中に在るを。

本詩の「歳暮満山雪　松色鬱青蒼」句に依拠したと見られる歌として、『古今和歌集』巻六、冬歌に、「寛平御時きさいの宮の歌合のうた」として、よみ人しらずの「雪ふりて年のくれぬる時にこそつひにもみぢぬ松も見えけれ」（『新編国歌大観』三四〇）がある。同歌は、源宗于『宗于集』（一〇）、『古今和歌六帖』第一、としのくれ（二四四）にも見える。

0108　其八　答㆓箭鏃㆒詩

其《そ》の八《はち》　箭鏃《せんぞく》に答《こた》ふる詩《し》

解題　「和答詩十首」の第八首。元稹の「箭鏃」詩（『元氏長慶集』巻一）に答えたもの。鏃（やじり）を鋭く磨き上げたが故に罪に問われて放逐され、それでもなお悪の成敗に執念を燃やす者を寓話的に詠ずる元稹の詩に対して、白居易詩は基本的にはこれに共感しつつも、鏃を研ぐ者から弓を引く者へと視線を移し、彼らに向けて、小さな悪党などは相手にせず、巨悪に向けて矢を射るべきだと詠ずる。

矢人職司憂　爲㆑箭恐㆑不㆑精
精在㆑利㆓其鏃㆒　錯磨鋒鏑成
插以㆓青竹簳㆒　羽㆓之赤雁翎㆒
勿㆑言分寸鐵　爲㆑用乃長兵
聞有㆓狗盜者㆒　晝伏夜潛行
摩㆑弓拭㆓箭鏃㆒　夜射不㆑待㆑明
一盜既流㆑血　百犬同吠㆑聲
狺狺嘷不㆑已　主人爲㆑之驚
盜心憎㆓主人㆒　主人不㆑知㆑情
反責㆓鏃太利㆒　矢人獲㆓罪名㆒
寄㆑言控㆑弦者　願君少留聽

矢人《しじん》　職司《しよくし》の憂《うれ》ひ、箭《や》を爲《つく》りて精《せい》ならざるを恐《おそ》る。
精《せい》なるは其《そ》の鏃《やじり》を利《り》するに在り、錯磨《さくま》して鋒鏑《ほうてき》成《な》る。
插《さしはさ》むに青竹《せいちく》の簳《かん》を以《もつ》てし、之《これ》に赤雁《せきがん》の翎《れい》を羽《はね》つく。
言《い》ふ勿《な》かれ　分寸《ふんすん》の鐵《てつ》と、用《よう》を爲《な》すは乃《すなは》ち長兵《ちやうへい》なり。
聞《き》く　狗盜《くたう》の者有《ものあ》りて、晝《ひる》に伏《ふ》し夜《よる》に潛行《せんかう》すと。
弓《ゆみ》を摩《ま》し箭鏃《せんぞく》を拭《ぬぐ》ひ、夜《よる》に射《い》て明《あ》くるを待《ま》たず。
一盜《いつたう》　既《すで》に血《ち》を流《なが》し、百犬《ひやくけん》　同《とも》に聲《こゑ》に吠《ほ》ゆ。
狺狺《ぎんぎん》として嘷《さけ》びて已《や》まず、主人《しゆじん》　之《これ》が爲《ため》に驚《おどろ》く。
盜《たう》は心《こころ》に主人《しゆじん》を憎《にく》み、主人《しゆじん》　情《じやう》を知《し》らず。
反《かへ》つて鏃《やじり》の太《はなは》だ利《り》なるを責《せ》め、矢人《しじん》　罪名《ざいめい》を獲《え》たり。
言《げん》を寄《よ》す　弦《げん》を控《ひ》く者《もの》、願《ねが》はくは　君《きみ》　少《しばら》く留《とど》まりて聽《き》け。

何不㆓向㆑西射㆒　西天有㆓狼星㆒
何不㆓向㆑東射㆒　東海有㆓長鯨㆒
不㆑然學㆓仁貴㆒　三矢平㆓虜庭㆒
不㆑然學㆓仲連㆒　一發下㆓遼城㆒
胡爲射㆓小盜㆒　此用無㆓乃輕㆒
徒沾㆓一點血㆒　虛汚㆓箭頭腥㆒

何《なん》ぞ西《にし》に向《む》けて射《い》ざる、西天《せいてん》に狼星《らうせい》有《あ》り。
何《なん》ぞ東《ひがし》に向《む》けて射《い》ざる、東海《とうかい》に長鯨《ちやうげい》有《あ》り。
然《しか》らずんば　仁貴《じんき》を學《まな》びて、三矢《さんし》もて虜庭《りよてい》を平《たひ》らげよ。
然《しか》らずんば　仲連《ちゆうれん》を學《まな》びて、一發《いつぱつ》もて遼城《れうじやう》を下《くだ》せ。
胡爲《なんす》れぞ小盜《せうたう》を射《い》る、此《こ》の用《よう》　乃《すなは》ち輕《かる》きこと無《な》からんや。
徒《いたづら》に一點《いつてん》の血《ち》に沾《うるほ》し、虛《むな》しく箭頭《せんとう》を汚《けが》して腥《なまぐさ》くせんや。

精・成・聲・情・名・城・輕（下平聲、淸韻）、翎・聽・星・庭・腥（下平聲、靑韻）、兵・行・明・驚・鯨（下平聲、庚韻）
……淸・庚韻は同用、靑韻は通押。

通釈　矢人の職務上の憂いは、作った矢が精巧にできていないのではないかということだ。精巧さは、その鏃《やじり》の部分を鋭くするところに要点があり、切磋琢磨してその先端が出来上がる。これを青い竹の簳《やがら》に差し挟み、尾の部分には赤い雁の羽根をつける。一分一寸のちっぽけな鉄だと言うことなかれ、効用としてはなんと長い飛距離を出す兵器なのである。あるこそ泥が、昼に頬かむりし、夜にこっそり盗みに入ると耳にして、弓をなで、鏃のくもりを拭《ぬぐ》って、夜の明けるのも待たずに射止めた。盗人が一人、血を流して捕らえられると、百の犬が一斉に吠え立てる。ぎゃんぎゃんと叫んで吠えやまず、このため家の主人は驚いて目を覚ます。盗人は心中で主人を憎み、主人は事情もわからないまま、かえって鏃が鋭すぎることを責め、矢人は罪名を得ることになってしまったのだ。そこで、弓をひく者たちに告げたい。どうか君たちよ、しばらく動きを止めて、私の言葉に耳を傾けて欲しい。君たちはどうして西に向かって矢を射ないのか。西の空には、狼星という盗賊のもとじめがいるぞ。どうして東に向かって矢を射ないのか。東の海には長大な鯨が小さき者たちを呑み込もうとしているぞ。でなければ、かの薛仁貴に倣って、三本の矢で胡賊の偽王朝を平らげるがよい。でなければ、かの魯仲連に倣って、一本の矢を放ち、燕将の立てこもった聊城を降すがよい。それなのに、なんだってつまらぬこそ泥なんぞを射るのだ。こんなことに用いるなんて、その矢の価値からして軽すぎるではないか。何の意味もなく、一点の血で鏃の先端をなまぐさく汚してしまうなんて。

語釈 ○矢人職司憂　為箭恐不精　「矢人」は弓矢を作る職人（『周礼』冬官）。両句の発想は、『孟子』公孫丑章句上にいう、「矢人は豈に函人より不仁ならんや。矢人は惟だ人を傷つけざらんことを恐れ、函人は惟だ人を傷つけんことを恐る。巫匠も亦た然り。故に術は慎まざるべからざるなり」を念頭に置く。○錯磨　切磋琢磨する。『文選』巻十九、西晋の束晳「補亡詩六首」其の二「白華」に、「粲粲たる門子、磨するが如く錯するが如し」と。○鋒鏑　ほこさきとやじり。武器の先端。○幹　やがら。矢の幹の部分。○翎　矢羽根。○分寸　一分一寸。一寸は約三センチメートル、一分はその十分の一。極めて小さいことの喩え。○長兵　飛距離の出る武器。『史記』巻一一〇・匈奴列伝に、「其の長兵は則ち弓矢、短兵は則ち刀鋋」と。○狗盗　犬に成りすまして盗みに入る者。こそ泥。『史記』巻七十五・孟嘗君列伝に記された、いわゆる「鶏鳴狗盗」の逸話で知られる。○昼伏夜潜行　昼間は身を隠し、夜にこっそりと移動する。たとえば、『史記』巻七十九・范雎蔡沢列伝に、「伍子胥は橐載（たくさい）して昭関を出で、夜行昼伏して陵水に至る」と。○百犬同吠声　ある犬が吠えると、その声につられて他の犬たちも一斉に吠えることをいう。後漢の王符『潜夫論』賢難篇に引く諺「一犬は形に吠え、百犬は声に吠ゆ」を踏まえる。○狺狺　犬が吠える声の擬声語。『楚辞』九弁に、「猛犬は狺狺として迎へ吠ゆ」と。○知情　事情を理解する。○狼星　シリウス。『史記』巻二十七・天官書に、西方の空に位置づけられる星について、「参（オリオン座）は白虎たり。……其の東に大星有りて狼と曰ふ。狼の角　変色すれば、盗賊多し」と。○長鯨　長大な鯨。『左氏伝』宣公十二年に、「古者、明王　不敬を伐ち、其の鯨鯢を取りて之を封じ、以て大戮を為す」、その杜預注に、「鯨鯢は大魚の名なり。以て不義の人の小国を呑食するを喩ふ」と。○仁貴　初唐の武将、薛仁貴。高宗（在位六四九―六八三）の時、突厥を天山（新疆ウイグル自治区）に討ち、三矢を放って三人を射殺、葉護の兄弟三人を生け捕って凱旋した。軍中の人々は、「将軍は三箭もて天山を定め、戦士は長歌して漢関に入る」と歌った（『旧唐書』巻八十三・薛仁貴伝）。○虜庭　夷狄の建てた偽王朝。○仲連　戦国時代の雄弁家、魯仲連。聊城（山東省、斉の邑）に立てこもった燕の将軍に対して、手紙を結び付けた矢を城中に放ち、燕への帰国か、斉への投降かを選択するよう迫った。その結果、燕の将軍は自殺に追い込まれ、聊城は降された（『史記』巻八十三・魯仲連鄒陽列伝）。○遼城　聊城をいう。「遼」は「聊」と同音。なお、諸本が「燕城」に作るのは、前掲注の内容に合致しない。○無乃　疑問を表す。……ではないか。

余説 「解題」に言及した元稹の原作「箭鏃」詩は次のとおりである。

箭鏃本求レ利　淬礪良甚難　　箭鏃は本（もと）より利ならんことを求め、淬礪（さいれい）良（まこと）に甚だ難し。

礪将何所レ用　礪以射二凶残一
不レ礪射不レ入　不レ射人不レ安
為レ盗即当レ射　寧問二私与一レ官
夜射二官中盗一　中レ之血闌干
帯レ箭君前訴　君王悄不レ歓
頃曽為レ盗者　百箭中心攢
競将二児女涙一　滴瀝助二辛酸一
君王責二良帥一　此禍誰為レ端
帥言発レ硎罪　不レ使二刃稍刓一
君王不レ忍レ殺　逐レ之如レ迸レ丸
仍令三後来箭　尽可二頭団団一
発レ硎去雖レ遠　礪レ鏃心不レ闌
会射二蛟螭一尽　舟行無二悪瀾一

礪（と）ぎて将（は）た何の用ふる所ぞ、礪ぎて以て凶残を射るなり。

礪がずんば射は入らず、射らずんば人は安んぜず。

盗を為すもの　即ち当（まさ）に射るべし、寧（なん）ぞ私と官とを問はんや。

夜に官中の盗を射て、之に中（あた）りて　血　闌干たり。

箭を帯びて君前に訴ふれば、君王は悄（うれ）へて歓ばず。

頃（このごろ）曽て盗を為す者、百箭　中心に攢（あつ）まる。

競ひて児女の涙を将（もつ）て、滴瀝（てきれき）して辛酸を助（ま）す。

君王は良帥を責む、此の禍は誰か端を為すと。

帥は言ふ　硎（といし）より発せるものの罪なり、刃をして稍々（やや）刓（がん）ならしめずと。

君王　殺すに忍びず、之を逐ふこと丸を迸（とば）すが如し。

仍（な）ほ後来の箭をして、尽く頭団団たるべからしむ。

硎より発せるもの　去ること遠しと雖も、鏃を礪ぎて心は闌（つ）きず。

会（かなら）ず蛟螭（かうち）を射て尽くし、舟行に悪しき瀾（なみ）無からしめん。

0109　其九　和二古社一詩

其《そ》の九《きう》　古社《こしや》に和《わ》する詩《し》

解題　「和答詩十首」の第九首。元稹の「古社」詩（『元氏長慶集』巻一）に和したもの。元白両詩とも、荒れ果てた村の古い社（やしろ）の樹に取り憑いた妖狐が、天罰とも言うべき落雷によって退治されたことを詠う。唐代、狐を盛んに祭ったことは、たとえば『太平広記』巻四四七に引く『朝野僉載』に、「唐初已来、百姓多く狐神に事（つか）へ、房中の祭祀には以て恩を乞ふ。食飲は人と之を同じくし、事ふる者は一主に非ず。当時諺（ことわざ）有りて曰く、狐魅無くんば、村を成さず、と」と記されている。人を蠱惑する狐は、巻四、新楽府「古塚狐」（〇一六九）にも登場する。

廢村多年樹　生二在古社隈一

廢村《はいそん》　多年《たねん》の樹《き》、古社《こしや》の隈《くま》に生《しやう》ず。

爲作二妖狐窟一　心空身未レ摧
妖狐變二美女一　社樹成二樓臺一
黄昏行人過　見者心徘徊
飢鵰竟不レ捉　老犬反爲レ媒
歳媚少年客　十去九不レ迴
昨夜雲雨合　烈風驅二迅雷一
風拔二樹根一出　雷霹二社壇一開
飛電化爲レ火　妖狐燒作レ灰
天明至二其所一　清曠無二氛埃一
舊地葺二村落一　新田闢二荒萊一
始知天降レ火　不二必常爲一レ災
勿レ謂神默默　勿レ謂天恢恢
勿レ喜犬不レ捕　勿レ誇鵰不レ猜
寄レ言狐媚者　天火有レ時來

爲《ため》に妖狐《えうこ》の窟《くつ》と作《な》り、心《しん》は空《むな》しくして身《み》は未《いま》だ摧《くだ》けず。
妖狐《えうこ》　美女《びぢよ》に變《へん》じ、社樹《しやじゆ》　樓臺《ろうだい》と成《な》る。
黄昏《たそかれ》に行人過《かうじんよぎ》り、見《み》る者《もの》　心徘徊《こころはいくわい》す。
飢鵰《きてう》も竟《つひ》に捉《とら》へず、老犬《らうけん》も反《かへ》つて媒《なかだち》を爲《な》す。
歳《とし》ごとに媚《こ》ぶ　少年《せうねん》の客《かく》、十去《じふゆ》きて九《きう》は迴《かへ》らず。
昨夜《さくや》　雲雨合《うんうがつ》し、烈風《れつぷう》　迅雷《じんらい》を驅《か》る。
風《かぜ》は樹根《じゆこん》を拔《ぬ》きて出《い》だし、雷《いかづち》は社壇《しやだん》を霹《つんざ》きて開《ひら》く。
飛電《ひでん》　化《くわ》して火《ひ》と爲《な》り、妖狐《えうこ》　燒《や》けて灰《はひ》と作《な》る。
天明《てんあ》けて其《そ》の所《ところ》に至《いた》れば、清曠《せいくわう》として氛埃無《ふんあいな》し。
舊地《きうち》　村落《そんらく》を葺《ふ》き、新田《しんでん》　荒萊《くわうらい》を闢《ひら》く。
始《はじ》めて知《し》る　天《てん》の火《ひ》を降《くだ》すや、必《かなら》ずしも常《つね》には災《わざは》ひと爲《な》らざるを。
謂《い》ふ勿《な》かれ　神《かみ》は默默《もくもく》たりと、謂《い》ふ勿《な》かれ　天《てん》は恢恢《くわいくわい》たりと。
喜《よろこ》ぶ勿《な》かれ　犬《いぬ》の捕《と》らへざるを、誇《ほこ》る勿《な》かれ　鵰《てう》の猜《うたが》はざるを。
言《げん》を寄《よ》す　狐媚《こび》する者《もの》、天火《てんくわ》　時有《ときあ》りて來《きた》らんと。

隈・摧・徊・媒・迴・雷・灰・恢（上平聲、灰韻）、臺・開・埃・萊・災・猜・來（上平聲、咍韻）……灰・咍韻は同用。

通釈　荒れはてた村に年輪を重ねた樹木があって、それは古い社の片隅に生えていた。幹の中心は空洞で、身はまだ崩れておらず、そのためそれは妖狐の住処となっていた。妖狐は美女に変じ、社の樹木は楼閣となったのだ。たそがれ時に通りすがった人で、これを見た者は心がゆきつもどりつ揺れ動く。飢えた鷲《わし》も結局これを捕らえようとはせず、老いた犬は却って妖狐と人間との間を取り持った。年々、行きずりの年若い者が魅入られ、十人ついていって九人は戻ってこなかった。昨夜、雲雨が合わさり、烈風が激しい雷を駆り立てた。風は樹木の根を引き抜き、雷は社の祭壇を劈《つんざ》いた。飛ぶ稲妻は炎と化し、妖狐は焼けて灰となった。夜が明けてその場所に行ってみると、そこは清らかにひらけ、もやもやとした塵埃は消えている。もとの土地には屋根を葺いた村落が生まれ、新しい田が荒地を開墾して出来ていくだろう。そこで始めてわかった。天が火を降すのは、必ずしも常に災害になるとは限らないのである。神が虚無の状態でいると思ってはならない。天が寛大にお目こぼしくださると思ってはならない。犬に捕まらないのを喜んではいけない。鷲《わし》から疑惑の目を向けられないのを誇ってはいけない。聞くがよい、妖狐のように人を惑わす者よ。天の火が、いずれしかるべき時に降ってくるであろう。

語釈　○黄昏　夕方の薄暗い時分。○徘徊　行きつ戻りつする。畳韻語。○鷲　猛禽、わし。○老犬反為媒　犬が狐に取り込まれた一例として、『太平広記』巻四五一に引く『広異記』に、王老なる者の犬が、睢陽郡の宋王の塚に居ついた老狐の退治を期待されながら、却って自らその配下に下った説話を記す。○烈風駆迅雷　異常な天候の表現として、『論語』郷党篇にいう、「迅雷風烈には必ず変ず」を用いる。○清曠無氛埃　表現上、『楚辞』遠遊にいう「風伯　余が為に先駆すれば、氛埃は辟（ひら）けて清涼なり」を意識する。○荒莱　荒地。○黙黙　虚無のさま。『荘子』在宥篇に、「至道の極みは、昏昏黙黙たり」と。○恢恢　広大なさま。『老子』第七十三章に、「天網恢恢、疎にして漏らさず」と。○捕　那波本は「補」に誤る。今、諸本に拠って改める。

余説　「解題」に言及した元稹の原作「古社」詩は次のとおりである。

古社基阯在　人散社不ㇾ神　　古社　基阯（きし）在るも、人散じて　社　神ならず。
惟有空心樹　妖狐蔵魅ㇾ人　　惟だ有り　空心の樹、妖狐　蔵れて人を魅（まど）はす。
狐惑意顚倒　臊腥不二復聞一　　狐惑されて意は顚倒し、臊腥（さうせい）すら復（ま）た聞（にほ）はず。
丘墳変二城郭一　花草仍荊榛　　丘墳は城郭に変じ、花草は仍（な）ほ荊榛（けいしん）となる。
良田千万頃　占作二天荒田一　　良田　千万頃、占して天荒の田と作（な）す。

主人議二芟斫一　怪見不二敢前一
那言空山焼　夜随二風馬一奔
飛声鼓鼙震　高焰旗幟翻
逡巡荊棘尽　狐兎無二子孫一
狐死魅人醒　煙消壇墠存
繞レ壇旧田地　給授有二等倫一
農収村落盛　社樹新団円
社公千万歳　永保二村中民一

主人 芟斫（さんしやく）を議するも、怪 見（あらは）れて敢へて前まず。
那（なん）ぞ言（おも）はん 空山 焼け、夜 風馬を随へて奔るとは。
飛声 鼓鼙（こへい）のごとく震ひ、高焰 旗幟（きし）のごとく翻る。
逡巡（しゆんじゆん）して荊棘（けいきよく）尽き、狐兎（こと） 子孫無し。
狐死して 魅人は醒め、煙消えて 壇墠（だんせん）存す。
壇を繞る 旧田地、給授するに等倫有り。
農収 村落は盛んに、社樹 新たに団円す。
社公 千万歳、永く村中の民を保てよ。

0110 其十　和二分水嶺一詩

其《そ》の十《じふ》　分水嶺《ぶんすいれい》に和《わ》する詩《し》

解題 「和答詩十首」の最終首。元稹の「分水嶺」詩（『元氏長慶集』巻一）に和したもの。「分水嶺」は今の陝西省商洛市商南県の西に実在した地名で、前出の四皓廟（〇一〇五）と陽城駅（〇一〇三）との間に位置する（厳耕望『唐代交通図考』第三巻、篇十六「藍田武漢駅道」を参照）。元稹の詩は、同じ源に発しながら、地勢に従って流れを分かつ水に対比して、どのような環境の変化にも動じない井戸の中の水を詠ずる。これに賛同する白居易の詩は、山中を流れる水の有り様を細かく表現した上で、改めて元稹に対して、君を井戸の水に喩えるのだと明言する。

高嶺峻稜稜　細泉流亹亹
勢分合不レ得　東西随レ所レ委
悠悠草蔓底　濺濺石罅裏
分流來幾年　晝夜兩如レ此
朝宗遠不レ及　去レ海三千里

高嶺《かうれい》 峻《けは》しくして稜稜《りようりよう》たり、細泉《さいせん》 流《なが》れて亹亹《びび》たり。
勢《いきほ》ひ分《わ》かれて 合《がつ》し得《え》ず、東西《とうざい》 委《ゆだ》ぬる所《ところ》に随《したが》ふ。
悠悠《いういう》たり 草蔓《さうまん》の底《そこ》、濺濺《せんせん》たり 石罅《せきか》の裏《うち》。
分流《ぶんりう》して來《このかた》 幾年《いくねん》ぞ、晝夜《ちうや》 兩《ふた》つながら此《か》くの如《ごと》し。
朝宗《てうそう》 遠《とほ》くして及《およ》ばず、海《うみ》を去《さ》ること三千里《さんぜんり》。

浸潤小無㆑功　山苗長旱死
縈紆用無㆑所　奔迫流不㆑已
唯作㆓嗚咽聲㆒　夜入㆓行人耳㆒
有㆓源殊不㆒㆑竭　無㆓坎終難㆒㆑至
同出而異㆑流　君看何所㆑似
有㆑似骨肉親　派別從㆑茲始
又似勢利交　波瀾相背起
所以贈㆓君詩㆒　將君何所㆑比
不㆑比㆓山上泉㆒　比㆓君井中水㆒

浸潤《しんじゆん》　小《せう》にして功無《こうな》く、山苗《さんべう》　長《なが》く旱死《かんし》す。
縈紆《えいう》　用《もち》ふるに所無《ところな》く、奔迫《ほんぱく》　流《なが》れて已《や》まず。
唯《た》だ嗚咽《をえつ》の聲《こゑ》を作《な》し、夜《よる》　行人《かうじん》の耳《みみ》に入《い》るのみ。
源《みなもと》の殊《かつ》て竭《つ》きざる有《あ》り、坎《あな》の終《つひ》に至《いた》り難《がた》き無《な》し。
同《とも》に出《い》でて　流《なが》れを異《こと》にす、君看《きみみ》よ　何《なん》の似《に》たる所《ところ》ぞ。
似《に》たる有《あ》り　骨肉《こつにく》の親《しん》の、派別《はべつ》　茲《ここ》より始《はじ》まるに。
又似《またに》たり　勢利《せいり》の交《まじ》はりの、波瀾《はらん》　相背《あひそむ》きて起《お》こるに。
所以《ゆゑ》に君《きみ》に詩《し》を贈《おく》るに、將《は》た君《きみ》は何《なん》の比《ひ》する所《ところ》ぞ。
山上《さんじやう》の泉《いづみ》に比《ひ》せず、君《きみ》が井中《せいちゆう》の水《みづ》に比《ひ》す。

亹（上聲、尾韻）、委・此（上聲、紙韻）、裏・里・已・耳・似・始・起（上聲、止韻）、死・比・水（上聲、旨韻）、至（去聲、至韻）……紙・止・旨韻は同用、尾・至韻は通押。

通釈　角張って切り立つ高い峰から、ちょろちょろと流れ出た小さな泉。水の勢いは分かれて一筋にはなり得ず、東西それぞれに、運ばれるがままに流れゆく。草や蔓《つるくさ》の茂る地面をどこまでも連綿と、重なり合う石の隙間をさらさらと水は流れ、水脈を分かってよりこのかた幾年になるだろうか、昼夜を問わず、どちらともこのようである。大海へのお目通りは、あまりに遠くて及びもつかない。海からは三千里も離れているのだ。草木を潤すのにたいした働きもなくて、山中の苗は長らく枯れたままだ。ぐるぐると方々を巡りながらも役に立てるような場所もなく、切迫して流れ続けて已まない。そんな水は、ただ、むせび泣く声を上げて、夜、旅行く人の耳に入るだけだ。山の水には尽きることのない源があり、いつまでもなかなか水が満ちないという坎《あな》はない。同じ源に出ながら流れを異にする水。見よ、これは何に似ているか。親密であった肉親どうしが、ここから分裂していくのに似ている。また、権勢や利益が絡んだ交友に、思いがけない裏切りが生じるのにも似ている。だから、君にこの詩を贈るに当たって、さて君は何になぞらえられるかというと、山上の泉ではない、君がいう井戸の中の水になぞらえるのだ。

語釈　○稜稜　山肌がごつごつと角張っているさま。○亹亹　水の流れるさま。たとえば、『文選』巻五、西晋の左思「呉都の賦」に、「清流亹亹たり」と。○不得　動詞の後に付いて、不可能の意を表す。口語的用法。○悠悠　連綿と途切れなく進むさま。たとえば、前掲の左思「呉都の賦」に、「直ちに濤（みな）を衝きて瀬に上り、常に沛沛として以て悠悠たり」と。○濺濺　水が流れる音の擬声語。○石罅　石の隙間。○朝宗　諸侯が朝見するように、諸々の川が海に注ぐこと。『書経』禹貢篇に、「江漢　海に朝宗す」、その孔安国伝に、「二水は此の州（荊州）を経て海に入ること、朝するに似たる有り。百川は海を以て宗と為す」と。○縈紆　まとわりつくように曲がりくねる。双声語。○奔迫　切迫する。双声語。○有源殊不竭　『淮南子』説林訓に、「宮池は、涔（あめ）ふれば則ち溢れ、旱（ひでり）あれば則ち涸（か）る。江水の原（みなもと）は、淵泉竭（つ）くること能はず」とあるのを踏まえる。「殊不」は、かつて……したことがない。釈顕常『文語解』巻二を参照。○無坎終難至　『易経』坎卦の彖伝に、「習坎は、重険なり。水流れて盈たず、険に行きて其の信を失はず」とあるのを踏まえる。○骨肉　父母兄弟子女など、ごく近しい間柄の親族。○派別　水が幾筋かに分かれて流れること。たとえば、前掲の左思「呉都の賦」に、「百川派別し、海に帰して会す」と。○勢利交　権勢や利益を求めての交友関係。たとえば、『史記』巻八十九・張耳陳余列伝に、太史公（司馬遷）が二人の交際の推移を批評して、「何ぞ郷者（むかしは）相慕用するの誠ありて、後に相倍（そむ）くの戻（わざは）ひあらんや。豈に勢利の交はりを以てすればなるに非ざらんや」とある。○波瀾　思いがけなく人に裏切られることの喩え。巻一「元稹に贈る詩」（〇〇一五）に既出。○所以　だから。六朝時代以来の口語的用法。○比君井中水　元稹を井戸の中の水に喩えた先行例として、前掲の「元稹に贈る詩」に、「波無し古井の水、節有り秋竹の竿」とある。

余説　「解題」に言及した元稹の原作「分水嶺」詩は次のとおりである。

崔 嵬 分 水 嶺　高 下 与ㇾ雲 平　　崔嵬たり　分水嶺、高下は雲と平（とひ）し。
上 有二分 流 水一　東 西 随ㇾ勢 傾　　上に分流の水有り、東西　勢ひに随ひて傾く。
朝 同二一 源一出　暮 隔二千 里一情　　朝に一の源を同じくして出で、暮れに千里を隔つるの情あり。
風 雨 各 自 異　波 瀾 相 背 驚　　風雨　各自異なり、波瀾　相背きて驚く。
勢 高 競 奔 注　勢 曲 已 迴 縈　　勢ひ高くしては競ひて奔注し、勢ひ曲がりては已に迴縈（くわいえい）す。

偶値二当途石一　蹙縮又縦横
有レ時遭二孔穴一　変作二鳴咽声一
褊浅無レ所レ用　奔波奚所レ営
団団井中水　不二復東西征一
上応二美人意一　中涵二孤月明一
旋風四面起　井深波不レ生
堅氷一時合　井深凍不レ成
終年汲引絶　不レ耗復不レ盈
五月金石鑠　既寒亦既清
易レ時不レ易レ性　改レ邑不レ改レ名
定如レ拱二北極一　瑩若レ焼二玉英一
君門客如レ水　日夜随レ勢行
君看守レ心者　井水為レ君盟

偶々(たまたま)当途の石に値(あ)たりては、蹙縮し　又縦横す。
時有りて孔穴に遭ひては、変じて鳴咽の声を作(な)す。
褊浅　用ふる所無し、奔波　奚(なん)の営む所ぞ。
団団たり　井中の水、復た東西には征(ゆ)かず。
上には美人の意に応じ、中には孤月の明を涵(ひた)す。
旋風　四面より起こるも、井深くして波生ぜず。
堅氷　一時に合するも、井深くして凍成らず。
終年　汲引絶つも、耗(へ)らず復た盈(み)ちず。
五月　金石鑠(と)くるも、既に寒くして亦た既に清し。
時を易(か)へて性を易へず、邑を改めて名を改めず。
定なること北極に拱するが如く、瑩なること玉英を焼くが若し。
君が門　客は水の如く、日夜　勢ひに随ひて行くらむ。
君看よ　心を守る者、井水　君が為に盟(ちか)ふ。

0111　有木詩八首　并序

有木《いうぼく》の詩《し》八首《はちしゆ》　并《なら》びに序《じよ》

解題　八種類の樹木を詠み、宮廷内における官僚たちの種々相を諷刺した作品。このような人々は、白居易の序文にも明言するとおり、『漢書』の列伝など、従来の歴史書等にもしばしば類似する例が見いだせるが、ここでは、作者が『詩経』の興の手法を借り、樹木に喩えることによって、その特徴と自らの立場を明らかにしようとした。宋の葛立方『韻語陽秋』は、その一章から六章に至る六章は宮中の高位にある者を諷し、第七章は権勢に付和する者を諷し、最終第八章は白居易自身を述べたとする。「其の八」(〇一一八)の「余説」参照。

元和五年（八一〇）、親友の元稹は、左遷先の江陵府において「有鳥二十章」「有酒十章」という連作詩を制作しているが、白居易のこの連作も、先の「和答詩十首」と同様に、これら元稹の作品に触発されたものであるだろう。花房英樹『白氏文集の批判的研究』は、この連作詩の制作年代を元和二年（八〇七）－六年（八一一）とするが、おそらくは元和五－六年頃のものと考えられる。なお元稹の「有鳥二十章」「有酒十章」は七言詩で、すべて冒頭句を「有○有○……」で始める。この形式は六朝の『捜神後記』に収められる丁令威の歌「有鳥有鳥丁令威」を原型とするが、更には元稹と白居易がともに尊崇する盛唐の詩人杜甫の「乾元中、同谷県に寓居して作れる歌七首」（『杜詩詳註』巻八）の其の一から其の四までの各冒頭部分にも用いられている手法である。

余嘗讀二漢書列傳一、見下佞順婞婀、圖レ身忘レ國、如二張禹輩一者上。見下惑レ上蠱レ下、交二亂君親一、如二江充輩一者上。見下暴狠跋扈、壅レ君樹レ黨、如二梁冀輩一者上。見下色仁行違、先レ德後レ賊、如二王莽輩一者上。又見下外狀恢弘、中無二實用一者上。又見下附二離權勢一、隨レ之覆亡者上。其初皆有二動レ人之才一、足二以惑レ衆媚一レ主、莫レ不下合二於始一而敗中於終上也。因引二風人騷人之興一、賦二有木八章一。不三獨諷二前人一、欲レ儆二後代一爾。

余《よ》嘗《かつ》て漢書《かんじよ》の列傳《れつでん》を讀《よ》むに、佞順婞婀《ねいじゆんあんあ》し、身《み》を圖《はか》りて國《くに》を忘《わす》るること、張禹《ちやうう》が輩《はい》の如《ごと》き者《もの》を見《み》る。上《かみ》を惑《まど》はし下《しも》を蠱《と》し、君親《くんしん》を交亂《かうらん》すること、江充《かうじゆう》が輩《はい》の如《ごと》き者《もの》を見《み》る。暴狠跋扈《ぼうこんばつこ》し、君《きみ》を壅《ふさ》ぎ黨《たう》を樹《た》つること、梁冀《りやうき》が輩《はい》の如《ごと》き者《もの》を見《み》る。色《いろ》は仁《じん》なるも行《おこな》ひは違《たが》ひ、德《とく》を先《さき》にして賊《ぞく》を後《のち》にすること、王莽《わうまう》が輩《はい》の如《ごと》き者《もの》を見《み》る。又外狀《またぐわいじやう》は恢弘《くわいこう》にして、中《うち》に實用無《じつような》き者《もの》を見《み》る。又權勢《またけんせい》に附離《ふり》し、之《これ》に隨《したが》ひて覆亡《ふくばう》する者《もの》を見《み》る。其《そ》の初《はじ》め　皆《みな》　人《ひと》を動《うご》かすの才有《さいあ》りて、以《もつ》て衆《しゆう》を惑《まど》はしめ主《しゆ》に媚《こ》ぶるに足《た》るも、始《はじ》めに合《あ》ひて終《を》はりに敗《やぶ》れざるは莫《な》きなり。因《よ》りて風人騷人《ふうじんさうじん》の興《きよう》を引《ひ》き、有木八章《いうぼくはちしやう》を賦《ふ》す。獨《ひと》り前人《ぜんじん》を諷《ふう》するのみならず、後代《こうだい》を儆《いまし》めんと欲《ほつ》するのみ。

通釈　私は以前『漢書』の列伝を読んだが、そこには口がうまくて従順、かつ優柔不断で、国を忘れて一身の利益を図った張禹のような者がいた。天下を巫蠱（虫占い）によって惑わし、君主や親の関係を乱した江充のような者もいた。更に、凶悪が横行するなか、君主を遮って私党を企てた梁冀のような者もいた。見かけは仁のようでも実際の行動は違い、先に徳を述べても後には賊となった王莽のような者もいた。その他、見かけは大人物のようでも実際は役立たない者や、権力者と密着してそれと共に失脚する者もいた。その初めはどの人物も他人を動かす才能を持ち、ために民衆を惑わし、主君に媚びるが、始めは相手と調和してもしまいには敗れない者はいない。そこで『詩経』や『楚辞』の興の叙述法を借り、「有木八章」を賦する。意とするところは、ただ前人を諷諭するだけでなく、後の世代の戒めとしようとするものである。

語釈　○余嘗　那波本・宋本ともに「嘗」の字無し。○佞順姈婀　「佞順」は、口先がうまく従順であること。「姈婀」は、ぐずぐずして決しないこと。双声語。○張禹　漢の成帝に仕え、六年間宰相の位にあって、巨万の富を得た（『漢書』巻八十一）。○惑上蠱下　天下を惑わし乱す。○交乱　まじわり乱れる。○江充　漢の邯鄲の人。巫蠱（虫占い）によって太子を誣（し）い、太子に殺された（『漢書』巻四十五）。○暴狠跋扈　凶悪が横行する。「暴狠」は、横暴凶悪。「跋扈」は、はびこり広がる。○壅君樹党　「壅」は、ふさぐ。「樹党」は、私党を作る。○梁冀　後漢の人。酒や博打を好み、驕り高ぶって「跋扈将軍」と呼ばれた（『後漢書』巻三十四）。○色仁行違　見かけは仁のようでも、実際の行為は違う。『論語』顔淵篇に、「夫れ聞こゆる者は、色に仁を取りて行ひは違ふ」と。「色」は、見かけ。表面。○王莽　前漢の後を承け、新を建てた（『漢書』巻九十九上）。○又見……又見……　……もいれば、……もいる。連詞。○恢弘　博く大きい。○附離　くっつく、癒着する。「離」は、付くの意。○風人騒人　『詩経』国風の詩人や、『楚辞』（離騒）の詩人。○興　事物（ここでは樹木）を歌い起こして、比喩的に対象（ここでは官僚）を批判する叙述の手法。『詩経』の六義（風雅頌賦比興）の一。

其一

有レ木名二弱柳一　結レ根近二清池一
風煙借二顔色一　雨露助二華滋一
峩峩白雪花　嫋嫋青絲枝
漸密陰自庇　轉高梢四垂

其《そ》の一《いち》

木《き》有《あ》り　弱柳《じやくりう》と名《な》づく、根《ね》を結《むす》びて清池《せいち》に近《ちか》し。
風煙《ふうえん》　顔色《がんしよく》を借《か》し、雨露《うろ》　華滋《くわじ》を助《たす》く。
峩峩《がが》たる白雪《はくせつ》の花《はな》、嫋嫋《でうでう》たる青絲《せいし》の枝《えだ》。
漸《やうや》く密《みつ》にして　陰《かげ》　自《みづか》ら庇《おほ》ひ、轉《うた》た高《たか》うして　梢《こずゑ》　四《よ》に垂《た》る。

解題　「有木詩八首」の第一首。樹木としては愛翫できるが、生来軟弱なために生け垣や杖の実用に役立たない柳を詠み、それが宮殿の池の周りに多数植えられていることを疑問視する。力量のない百官を揶揄する。

截レ枝扶爲レ杖　軟弱不二自持一
折レ條用樊レ圃　柔脆非二其宜一
爲レ樹信可レ翫　論レ材何所レ施
可レ惜金堤地　栽レ之徒爾爲

枝《えだ》を截《き》りて扶《たす》けて杖《つゑ》と爲《な》せば、軟弱《なんじやく》にして自《みづか》ら持《ぢ》せず。
條《えだ》を折《を》りて用《もつ》て圃《ほ》を樊《かこ》へば、柔脆《じうぜい》にして其《そ》の宜《よろ》しきに非《あら》ず。
樹《じゆ》と爲《な》しては信《まこと》に翫《もてあそ》ぶべきも、材《ざい》を論《ろん》ずれば何《なん》の施《ほどこ》す所《ところ》ぞ。
惜《を》しむべし　金堤《きんてい》の地《ち》、之《これ》を栽《う》ゑて徒爾《いたづら》に爲《な》すを。

池・枝・垂・宜・施・爲（上平聲、支韻）、滋・持（上平聲、之韻）……支・之韻は同用。

通釈　弱柳という名の木がある。清らかな池のほとりに根を張って育つ。風や霞に彩りを添え、雨や露はしっとりと咲く木の花を助けている。高く舞い散る白雪のような花、しなやかに揺れる青い糸のような枝。密生して茂ればおのずから日陰をなし、高く伸びた梢からは四方に小枝が垂れている。ところがこの柳は、枝を切って体を支える杖にしようとすれば、軟弱で持ちこたえられず、枝を折って菜園の生け垣に使おうとしても、ひ弱で用を成さない。樹木としてはまことに愛玩すべきであるが、木材としては何の役にも立たない。もったいないことだ、宮殿の堅固な水堤に柳を植えても木材としては全く役に立たないのだから。

語釈　〇弱柳　柔弱な枝を伸ばす柳をいう。「楊柳」とも。〇顔色　色彩。いろどり。〇華滋　樹木の潤い咲く花。「古詩十九首」其の九（『文選』巻二十九）に、「庭中に奇樹有り、緑葉に華滋発（ひら）く」と。〇嶷嶷　高いさま。〇嫋嫋　細くしなやかなさま。〇樊圃　圃（菜園。はたけ）を樊（かこ）んで生け垣を作る。『詩経』斉風「東方未明」に、「柳を折りて圃を樊む」と。〇柔脆　もろい。ひよわ。〇金堤　堅固な水堤。ここは宮中の池や運河の堤を指す。「金」は、堅いこと。〇徒爾　いたずらに。無駄である。「爾」は、前に付く「徒」のような状態を示す助辞。

0112　其二　　其《そ》の二《に》

解題　「有木詩八首」の第二首。桜桃（ゆすらうめ）を詠み、人々に愛されつつも、本来は邸宅に咲くような高貴な花でなく、垣根に映える普通の花であることを述べた。唐の蕭頴士「桜桃樹を切る賦」（「語釈」参照）に言及し、通常の有為の人材の登用を時の権力者に求めた。

有レ木名二櫻桃一　得レ地早滋茂　木《き》有《あ》り　櫻桃《あうたう》と名《な》づく、地《ち》を得《え》て早《はや》く滋茂《じも》す。
葉密獨承レ日　花繁偏受レ露　葉《は》は密《みつ》にして獨《ひと》り日《ひ》を承《う》け、花《はな》は繁《しげ》くして偏《ひとへ》に露《つゆ》を受《う》く。
迎レ風暗搖動　引レ鳥潛來去　風《かぜ》を迎《むか》へて暗《あん》に搖動《えうどう》し、鳥《とり》を引《みちび》きて潛《ひそ》かに來去《らいきよ》せしむ。
鳥啄子難レ成　風來枝莫レ住　鳥《とり》啄《ついば》みて子《み》は成《な》り難《がた》く、風《かぜ》來《きた》りて枝《えだ》は住《とど》まる莫《な》し。
低軟易二攀翫一　佳人屢迴顧　低軟《ていなん》　攀《よ》ぢ翫《もてあそ》ぶに易《やす》く、佳人《かじん》　屢〻《しばしば》迴顧《くわいこ》す。
色求二桃李饒一　心向二松筠一妬　色《いろ》は桃李《たうり》の饒《ぜう》を求《もと》め、心《こころ》は松筠《しようゐん》に向《む》かつて妬《ねた》む。
好是映レ牆花　本非レ當レ軒樹　好《よ》し是《こ》れ　牆《しやう》に映《えい》ずる花《はな》、本《もと》より軒《のき》に當《あ》たる樹《き》に非《あら》ず。
所以姓レ蕭人　曾爲二伐櫻賦一　所以《ゆゑ》に蕭《せう》を姓《せい》とする人《ひと》、曾《かつ》て伐櫻《ばつあう》の賦《ふ》を爲《つく》る。

茂（去聲、候韻）、露・顧・妬（去聲、暮韻）、去（去聲、御韻）、住・樹・賦（去聲、遇韻）……暮・遇韻は同用。候・暮・御・遇韻はすべて通押。

通釈　桜桃という名の木がある。適当な土地があれば早く成長する。密生した葉は陽光を独り占めし、びっしり咲いた花には一面に露が降りている。風を受けて花木はかすかに揺れ動き、鳥たちがひそかに出入りする。鳥がついばんだ木は実がなりにくく、風に吹かれて枝は揺れが止むことがない。桜桃の木は低くて軟弱なので手に引き寄せやすく、美人がよくふりかえって見ている。外見は美しい桃や李に勝ることを求め、内心は節操がある松や竹に嫉妬している。桜桃は実に垣根に咲く（身分の低い）花なのであり、本来高貴な家の高い軒下に成長する木ではない。そこで蕭という姓の人（蕭頴士）は、かつて「桜桃樹を伐る賦」を詠み、桜桃にも等しい有為の人材（蕭頴士）を登用しない権力者（李林甫）を諷諭したのである。

語釈 ○桜桃　ゆすらうめ。「さくらんぼ」に似た赤い実を結ぶ。日本の「さくらんぼ」（語源はさくらもも）は別種。○攀翫　花や枝を引き寄せてあそぶ。「攀」は、引っぱる、引き寄せる。唐の蕭穎士「桜桃樹を伐る賦」に、「妖姫の攀翫する所なり」（『全唐文』巻三二二）と。また巻一「白牡丹、銭学士に和して作る」（〇〇三）に、「唐昌の玉蘂花、攀翫して衆の争ふ所なり」と。○松筠　松や竹。○好是　本当に。まことに。当時の俗語。○映牆花　俗人の家の垣根に映える背丈の低い花。○当軒樹　邸宅の軒下まで伸びる背丈の高い樹木。○姓蕭人　唐の蕭穎士（七一七—七六八。『旧唐書』巻一九〇下、『新唐書』巻二〇二）。○伐桜賦　時の宰相李林甫（？—七五二）に疎んぜられた蕭穎士が、李林甫を諷刺して詠んだ「桜桃樹を伐る賦」（『全唐文』巻三二二）を指す。

0113　其三

有レ木秋不レ凋　青青在二江北一
謂爲二洞庭橘一　美人自移植
上受二顧眄恩一　下勤二澆漑力一
實成乃是枳　臭苦不レ堪レ食
物有二似レ是者一　眞僞何由識
美人默無レ言　對レ之長歎息
中含二害レ物意一　外矯二凌レ霜色一

其《そ》の三《さん》

木《き》有《あ》り　秋《あき》に凋《しぼ》まず、青青《せいせい》として江北《かうほく》に在《あ》り。
謂《い》ひて洞庭《どうてい》の橘《たちばな》と爲《な》し、美人《びじん》　自《みづか》ら移植《いしよく》す。
上《かみ》は顧眄《こべん》の恩《おん》を受《う》け、下《しも》は澆漑《げうがい》の力《ちから》を勤《つと》む。
實《み》成《な》れば乃《すなは》ち是《こ》れ枳《し》にして、臭苦《しうく》　食《く》らふに堪《た》へず。
物《もの》に是《これ》に似《に》たる者有《ものあ》り、眞僞《しんぎ》　何《なに》に由《よ》りてか識《し》らん。
美人《びじん》　默《もく》して言無《ことばな》く、之《これ》に對《たい》して長《なが》く歎息《たんそく》す。
中《うち》に物《もの》を害《そこな》ふ意《い》を含《ふく》み、外《そと》に霜《しも》を凌《しの》ぐ色《いろ》を矯《いつは》る。

解題 「有木詩八首」の第三首。江南の橘（たちばな）は江北に移植すれば枳（からたち）となる。植えられた環境によって変化する果樹を詠み、転勤が避けられない官僚を当てこすった。

仍向二枝葉閒一　潜生二刺如レ棘

北（入聲、德韻）、植・力・食・識・息・色・棘（入聲、職韻）……德・職韻は同用。

仍《な》ほ枝葉《しえふ》の閒《あひだ》に向《お》いて、潜《ひそ》かに刺《とげ》の棘《いばら》の如《ごと》きを生《しやう》ず。

通釈　秋になっても葉が枯れず、江北において青々と茂る木がある。洞庭の橘といい、その昔斉王が江南から移植したものだ。橘は主君の愛顧を受け、担当者が毎日水をやって大事に育てた。ところが結んだ実は枳であり、臭いがきつくて食べられたものではない。物事にはこれとよく似たところがあるが、その場合本物の橘と偽物の枳とどうして区別がつくだろう。主君は偽の枳に対して無言でため息をつくだけだ。このように偽者は中に人を害する意を持ち、外見は霜にも堪える節操を装いつつ、それでもなお枝葉には潜かに棘を蓄え、近寄る人を刺そうするのだ。

語釈　〇江北　長江下流の北岸一帯をいう。「江南」に対する。〇謂為洞庭橘　美人自移植　「洞庭橘」は、江南の洞庭湖一帯に生ずる橘。「美人」は主君、ここは斉王をいう。漢の劉向『説苑』巻十二「奉使」に、「江南に橘有り。斉王、人をして之を取りて、之を江北に樹（う）ゑしむ。生ずるに橘と為らず、乃ち枳と為る」と。〇顧眄　重視する。大切にする。〇澆漑　農作物に水をやる。「灌漑」に同じ。〇枳　からたち。橘に似ているが、実が小さくて棘が多い。『周礼』冬官考工記に、「橘は淮を踰（こ）えて北すれば枳と為る」と。〇矯偽る。装う。〇仍　それでもなお。

0114　其四

其《そ》の四《し》

解題　「有木詩八首」の第四首。こんもり茂る杜梨樹の周辺に成長する五六本の杜梨樹を詠んだ。この樹は社稷壇の近くに成長したが故に伐採されず、何度かの野火も免れたという。寄らば大樹の陰、権力者（社稷）にすり寄って長命をはかる官僚を皮肉った。

有木名二杜梨一　陰森覆二丘壑一

木《き》有《あ》り　杜梨《とり》と名《な》づく、陰森《いんしん》として丘壑《きうがく》を覆《おほ》ふ。

心蠧已空朽　根深尚盤薄

心《しん》は蠧《と》して已《すで》に空朽《くうきう》、根《ね》は深《ふか》くして尚《な》ほ盤薄《ばんばく》す。

媚狐言語巧　妖鳥聲音惡

媚狐《びこ》　言語《げんご》巧《たく》みに、妖鳥《えうてう》　聲音《せいおん》惡《あ》し。

憑レ此爲二巣穴一　往來互棲託
四傍五六本　枝葉相交錯
借問因レ何生　秋風吹子落
爲レ長二社壇下一　無三人敢芟斫一
幾度野火來　風廻燒不レ著

此《これ》を憑《たの》みて巣穴《さうけつ》と爲《な》し、往來《わうらい》　互《たが》ひに棲託《せいたく》す。
四傍《しばう》の五六本《ごろくほん》、枝葉《しえふ》　相交錯《あひかうさく》す。
借問《しやもん》す　何《なに》に因《よ》りて生《しやう》ずるや、秋風《しうふう》吹きて　子《み》落《お》つ。
社壇《しやだん》の下《もと》に長《ちやう》ぜしが爲《ため》に、人《ひと》の敢《あ》へて芟斫《さんしやく》する無《な》し。
幾度《いくたび》か野火《やくわ》來《きた》るも、風廻《かぜめぐ》りて燒《や》き著《つ》くさず。

壑・薄・惡・託・錯・落（入聲、鐸韻）、斫・著（入聲、藥韻）……鐸・藥韻は同用。

通釈　杜梨という名の木がある。丘や谷を覆うようにこんもり茂っている。樹心は蝕まれて空洞となり、深い根は起伏して伸びている。言葉巧みな狐や鳴き声が悪い鳥たちがこの杜梨の樹に巣を作り、互いに身を寄せ合って往き来している。その周囲に五六本の杜梨が枝葉を交えて成長している。どうしてそのように生えているかというと、秋風が吹いて実が落ち、社稷壇のもとに成長したので、誰も敢えてその樹を伐採しようとせず、幾たびの野火にも風向きが変わって焼失を免れたのだ。

語釈　○杜梨　バラ科ナシ属の落葉高木。「甘棠」とも。和名、やまなし。『詩経』召南「甘棠」に、「蔽芾（へいはい）たる甘棠、剪る勿かれ、伐る勿かれ、召伯の茇（やど）りし所」とあり、周の召公が甘棠（杜梨）の樹の下で人々に温かく接し、感動した人々が甘棠の樹を伐ることをしなかった故事を詠む。本詩の「社壇の下に長ぜしが爲に、人の敢へて芟斫する無し」につながる。○蠹　むしばむ。虫に喰われる。○盤薄　木の根等がわだかまり起伏して根を張ること。○媚狐　人に媚びる狐。○社壇　社稷壇。天子が諸侯と共に土地神と五穀神をまつった祭壇。○芟斫　切る。石斧で伐採する。○幾度野火来　風廻焼不著　『白氏文集』巻十三、「古原草を賦し得て、別れを送る」詩（〇六七二）にも、「野火焼けども尽きず、春風吹けば又生ず」と。「焼不著」は、焼け落ちない意。

0115　其五　其《そ》の五《ご》

解題　「有木詩八首」の第五首。猛毒を持つ野葛が今や手が着けられないほど成長したことを詠み、宮中の悪人官僚のドンを諷刺する。

有レ木香苒苒　山頭生二一蕟一　　木《き》有《あ》り　香苒苒《かうぜんぜん》たり、山頭《さんとう》に一蕟《いちはつ》を生《しやう》ず。
主人不レ知レ名　移種近二軒闥一　　主人《しゆじん》　名《な》を知《し》らず、移《うつ》し種《う》ゑて　軒闥《けんたつ》に近《ちか》くす。
愛三其有二芳味一　因以調二麯糵一　　其《そ》の芳味《はうみ》有《あ》るを愛《あい》し、因《よ》りて以《もつ》て麯糵《きくげつ》を調《ととの》ふ。
前後曾飲者　十人無二一活一　　前後《ぜんご》　曾《かつ》て飲《の》む者《もの》、十人《じふにん》に一《ひとり》の活《い》くる無《な》し。
豈徒悔二封植一　兼亦誤二采掇一　　豈《あ》に徒《ただ》に封植《ほうしよく》を悔《く》ゆるのみならんや、兼《か》ねて亦《ま》た采掇《さいてつ》を誤《あやま》れり。
試問二識レ藥人一　始知名野葛　　試《こころ》みに藥《くすり》を識《し》る人《ひと》に問《と》へば、始《はじ》めて知《し》る　名《な》は野《や》葛《かつ》と。
年深已滋蔓　刀斧不レ可レ伐　　年深《としふか》くして已《すで》に滋蔓《じまん》し、刀斧《たうふ》も伐《き》るべからず。
何時猛風來　爲レ我連レ枝拔　　何《いづ》れの時《とき》か　猛風來《まうふうきた》り、我《わ》が爲《ため》に枝《えだ》を連《つら》ねて拔《ぬ》かん。

蕟・伐（入聲、月韻）、闥・葛（入聲、曷韻）、糵（入聲、薛韻）、活・掇（入聲、末韻）、拔（入聲、黠韻）……曷・末韻は同用。月・曷・薛・末・黠はすべて通押。

通釈　芳香を放って勢いよく伸びる木があり、山頂に一本が根づいた。主人は植物名を知らないまま、それを宮門の近くに移し植えた。良い香りがするその木を愛してお酒を醸造したところ、飲酒した者の十人全部が死んでしまった。ただ宮門近くに移植したことを後悔するのみならず、誤って枝葉を切り取って酒にして飲んでしまったのだ。試みに薬材をよく知る人に尋ねてみて、始めてそれが野葛という名の猛毒を持つ草木だと分かった。野葛は年を経てますます茂り、今では斧で切ることもできない。いつか猛風が襲来して、我々のために根こそぎ引き抜いてくれるのを待つばかりだ。

語釈　○苒苒　草木が盛んに茂るさま。○山頭　山頂。○蕟　不詳。各種辞書に見当たらない字。謝思煒『白居易詩集校注』は、種々の用例を引いた上で、「当に植物の根株とするべし」と推測する（一―二五四頁）。○軒闥　宮門。○麯糵　酒をいう。『書経』説命下篇に、

「若し酒醴を作らば、爾（なんぢ）惟（そ）れ麹糵」と。「麹糵」は「麺糵」に同じ。○封植　土を盛って植える。○采掇　摘み取る。『詩経』周南「芣苢」に、「芣苢を采り采り、薄（いさ）か言（ここ）に之を掇（と）る」と。○野葛　常緑灌木の蔓草。根・茎・葉に猛毒を持つ。「葫蔓藤」「断腸草」「黄藤」ともいう。○滋蔓　勢いよく伸び茂る。

0116　其六

其《そ》の六《ろく》

解題　「有木詩八首」の第六首。外見は松柏に似ているが、実際は軟弱な水檉（かわらやなぎ）を詠む。この木のただ一つの取り柄は樹芯が蝕まれていないこと。多くの官僚の生態を彷彿させる。

有㆑木名㆓水檉㆒　遠望青童童
根株非㆓勁挺㆒　柯葉多㆓蒙籠㆒
彩翠色如㆑柏　鱗皴皮似㆑松
爲㆑同㆓松柏類㆒　得㆑列㆓嘉樹中㆒
枝弱不㆑勝㆑雪　勢高常懼㆑風
雪壓低還擧　風吹西復東
柔芳甚㆓楊柳㆒　早落先㆓梧桐㆒
惟有㆓一堪㆒㆑賞　中心無㆓蠹蟲㆒

童・籠・中・風・東・桐・蟲（上平聲、東韻）、松（上平聲、鍾韻）……東・鍾韻は通押。

木《き》有《あ》り　水檉《すいてい》と名《な》づく、遠望《ゑんばう》すれば　青《あを》くして童童《どうどう》たり。
根株《こんしゆ》　勁《つよ》く挺《ぬき》んづるに非《あら》ず、柯葉《かえふ》　蒙籠《もうろう》多《おほ》し。
彩翠《さいすい》にして　色《いろ》は柏《はく》の如《ごと》く、鱗皴《りんしゆん》にして　皮《かは》は松《まつ》に似《に》たり。
松柏《しようはく》の類《るい》に同《おな》じきが爲《ため》に、嘉樹《かじゆ》の中《うち》に列《れつ》するを得《え》たり。
枝弱《えだよわ》くして雪《ゆき》に勝《た》へず、勢《いきほ》ひ高《たか》くして常《つね》に風《かぜ》を懼《おそ》る。
雪壓《ゆきあつ》して　低《た》れて還《ま》た擧《あ》がり、風吹《かぜふ》きて　西《にし》し復《ま》た東《ひがし》す。
柔芳《じうはう》　楊柳《やうりう》よりも甚《はなは》だしく、早《はや》く落《お》つること　梧桐《ごどう》に先《さき》んず。
惟《た》だ一《いつ》の賞《しやう》するに堪《た》ふる有《あ》り、中心《ちゆうしん》に蠹蟲《とちゆう》無《な》し。

通釈　水檉という名の木がある。遠くから見ると全体が青々としてこんもりと茂っている。その根は強くしっかりしたものではないが、枝葉は多く茂っている。葉は美しい翠《みどり》色で柏のようだし、樹皮には鱗《うろこ》状のしわがあって松に似ており、松柏と同様なので縁起の良い樹木の中に入れられている。しかし実はその枝葉は軟弱で雪の重みに堪えず、高く伸びるのでいつも強風を恐れている。雪の重みに圧《お》されると低く垂れてやがて起き上がり、風が吹くと枝葉が西や東に揺れる。その柔らかで芳しい姿は楊柳以上であり、梧桐よりも早く葉が落ちる。これといった特徴がない中で、水檉の唯一の取り柄は樹木の芯が虫に喰われないことだ。

語釈 ○水檉　かわらやなぎ。「河柳」「檉柳」とも。○童童　木がこんもりと茂るさま。○勁挺　強くて堅固である。畳韻語。○柯葉　枝葉。○蒙籠　草木が勢いよく茂るさま。畳韻語。○柏　ひのき・このてかしわ等のひのき類の総称。張衡「南都賦」に、「其の木は則ち檉松楔欇」とあり、薛綜注に、「檉は柏に似て香あり」（『文選』巻四）と。○蠹虫　虫。

0117　其七　　其《そ》の七《しち》

解題 「有木詩八首」の第七首。凌霄（ノウゼンカズラ）を詠んだ。凌霄は自分では立つことができず、他の木に依って成長し、花を咲かせる。その依りかかった木が倒れると、自立できずに倒れ、やがては薪となってしまう。このことから、出世を図ろうとする者に対して、柔弱な者に頼ってはいけないことを忠告した。

有レ木名二凌霄一　擢秀非二孤標一
偶依二一株樹一　遂抽二百尺條一
託レ根附二樹身一　開レ花寄二樹梢一
自謂得二其勢一　無レ因レ有二動搖一
一旦樹摧倒　獨立暫飄颻

木《き》有《あ》り　凌霄《りようせう》と名《な》づく、擢《ぬき》んで秀《ひい》づるも孤標《こへう》に非《あら》ず。
偶〻《たまたま》一株《いちしゆ》の樹《き》に依《よ》りて、遂《つひ》に百尺《ひやくせき》の條《えだ》を抽《ぬき》んづ。
根《ね》を託《たく》して樹身《じゆしん》に附《つ》き、花《はな》を開《ひら》きて樹梢《じゆせう》に寄《よ》る。
自《みづか》ら謂《おも》へらく　其《そ》の勢《いきほ》ひを得《え》て、動搖《どうえうあ》有るに因《よ》る無《な》しと。
一旦《いつたん》　樹《き》の摧《くだ》け倒《たふ》るるに、獨立《どくりつ》　暫《しばら》く飄颻《へうえう》す。

疾風從レ東起　吹折不レ終レ朝
朝爲ニ拂レ雲花一　暮爲ニ委レ地樵一
寄レ言立レ身者　勿レ學ニ柔弱苗一

疾風《しつぷう》　東《ひがし》より起《お》こり、吹《ふ》き折《を》りて朝《あした》を終《を》へず。
朝《あした》には雲《くも》を拂《はら》ふ花《はな》と爲《な》るも、暮《く》れには地《ち》に委《ゐ》する樵《せう》と爲《な》る。
言《げん》を寄《よ》す　身《み》を立《た》つる者《もの》、柔弱《じうじやく》の苗《なへ》を學《まな》ぶ勿《な》かれ。

霄・標・搖・飄・朝・樵・苗（下平聲、宵韻）、條（下平聲、蕭韻）、梢（下平聲、肴韻）……宵・蕭韻は同用。肴韻は通押。

通釈　凌霄という名の木（蔓草《つる》）がある。すくすくと伸びるが自立しているわけではない。たまたま他の一木に依りかかって、百尺（三〇メートル）の枝を伸ばすのだ。凌霄は気根を出して木の幹に付着し、その木の梢で花を咲かせる。自らその樹勢を誇り、全く揺るぎないと思っているかのようだ。しかし一旦依っていた木が倒れると、独立していたはずの凌霄はひらひら翻るようになる。やがて東から強風が吹くと、吹き折られて一日も持たずに地面に倒れ伏してしまう。朝は雲を払うほど高く咲いていた花が、暮れには地面に落ちて薪となるのだ。そこで立身出世しようとする者たちに忠告するが、決して凌霄のように自立できない柔弱な草木を見習ってはいけない。

語釈　○凌霄　ノウゼンカズラ。蔓性落葉木本。気根が伸びて他樹や壁を這い上がる。夏から秋にかけ、多数の鮮やかな漏斗状の黄赤の花をつける。○孤標　樹木等がひとりすっくと立つ様。唐の李山甫「松」詩に、「孤標百尺雪中に見ゆ」（『全唐詩』巻六四三）と。○飄飄　ひらひら翻る。畳韻語。○不終朝　一日も持たない。「朝」は、一日の意。○樵　薪。たきぎ。○立身　社会に出て偉くなる。出世する。『孝経』開宗明義章に、「身を立て、道を行ひ、名を後世に挙ぐ」と。○学　見習う。まねをする。

解題　「有木詩八首」の最終首。真っ直ぐに伸び、芳香を放つ丹桂（キンモクセイ）を詠んだ。宋の葛立方は、白居易自身を詠んだとする。「余説」参照。

0118　其八

其《そ》の八《はち》

有レ木名ニ丹桂一　四時香馥馥

木《き》有《あ》り　丹桂《たんけい》と名《な》づく、四時《しじ》　香馥馥《かうふくふく》たり。

花團夜雪明　葉翦春雲綠
風影清似レ水　霜枝冷如レ玉
獨占二小山幽一　不レ容二凡鳥宿一
匠人愛二芳直一　裁截爲二廈屋一
幹細力未レ成　用レ之君自速
重任雖二大過一　直心終不レ曲
縱非二梁棟材一　猶勝二尋常木一

花《はな》は團《まる》くして夜《や》雪《せつ》明《て》り、葉《は》は翦《き》られて春《しゆん》雲《うん》綠《みどり》なり。
風影《ふうえい》　清《きよ》らかにして水《みづ》に似《に》、霜枝《さうし》　冷《ひ》ややかにして玉《たま》の如《ごと》し。
獨《ひと》り小山《せうざん》の幽《いう》を占《し》め、凡鳥《ぼんてう》の宿《やど》るを容《い》れず。
匠人《しやうじん》　芳直《はうちよく》を愛《あい》し、裁截《さいせつ》して廈《か》屋《をく》を爲《つく》る。
幹細《みきほそ》くして　力《ちから》未《いま》だ成《な》らざるも、之《これ》を用《もち》ふること　君《きみ》自《おのづか》ら速《はや》し。
重任《ぢゆうにん》　大《おほ》いに過《す》ぎたりと雖《いへど》も、直心《ちよくしん》　終《つひ》に曲《ま》がらず。
縱《たと》ひ梁棟《りやうとう》の材《ざい》に非《あら》ざるも、猶《な》ほ尋常《じんじやう》の木《き》に勝《まさ》らん。

馥・宿・屋・速・木（入聲、屋韻）、綠・玉・曲（入聲、燭韻）……屋・燭韻は通押。

通釈　丹桂という名の木がある。開花すると終日芳香を放つ。丸く団子状に集まって咲いた花は夜の雪を明るく照らし、緑の葉は春の雲を切り取ったようにふっくらと伸びている。風に吹かれる姿は水のように清らかであり、霜にうたれた枝は玉のように冷ややかである。丹桂は小高い山奥に一木ひそかに成長し、一般の鳥が棲むようなことはない。大工はまっすぐ伸びて香り高い丹桂を珍重し、伐採して家屋の木材にしようとする。その幹は細くてまだ力強さがないが、木材にすれば速く工作できる。家屋を支える木材という大任は重すぎて果たせないが、まっすぐな幹は決して曲がることはない。丹桂は家屋の重要なうつばりや棟木には向かないとしても、通常の木材よりはましである。

語釈　○丹桂　金木犀（キンモクセイ）。葉は柏に似て、樹皮は赤い。春と秋に開花して芳香を放つ。○馥馥　香り高い。芳しく香る。○団　花が丸く集まって団子状になる。○風影　おもむき。風景。○独占小山幽　『楚辞』招隠士に、「桂樹は叢生す、山の幽」と。同序に、「招隠士は淮南小山の作る所なり」とあるが、この詩の「小山」は人名でなく、通常の「小山（こやま）」の意に解する。○匠人　大工。棟梁。○芳直　まっすぐで香り高い。○廈屋　大きな屋根で覆った立派な家。左思「魏都賦」に、「廈屋揆を一にし、華屏栄を斉（とひ）しくす」（『文選』巻六）と。○直心　まっすぐな心。丹桂のまっすぐな幹（樹芯）に喩える。○梁棟　家屋のうつばりと棟木。国家の枢要な人材をいう。

余説　南宋の葛立方『韻語陽秋』巻十六に、「白楽天、有木八章を賦し、其の六章は、弱柳・桜桃・枳橘・杜梨・野葛・水檉に託して以て位に在る者を諷し、第七章に至りて則ち曰く、『木有り名は凌霄、擢んで秀づるも孤標に非ず。偶〻一株の樹に依りて、遂に百尺の条を抽んづ。自ら謂へらく其の勢ひを得て、動揺有るに因る無しと。一旦　樹の摧け倒れ、独立して暫く飄颻す。疾風東より起こり、吹き折りて朝を終へず』と。専ら又以て権勢に附麗する者を諷す。其の八章は則ち曰く『木有り名は丹桂、四時香馥馥。風影清らかにして水に似、霜枝冷ややかにして玉の如し。独り小山の幽を占め、凡鳥の宿るを容れず。重任大いに過ぎたりと雖も、直心自ら曲がらず。縦ひ梁棟の材に非ざるも、猶ほ尋常の木に勝らん』と。蓋し楽天自ら謂へるなり。楽天は素より李紳と善くして徳裕（李徳裕）の党に入らず。素より牛僧孺・楊虞卿と善くして宗閔（李宗閔）の党に入らず。素より劉禹錫と善くして伾文（王伾・王叔文）の党に入らず、中立不倚、峻節凛然たり。八木の中に於て、而自ら桂に比せしは、殆ど未だ過と為さざるなり」とある。

0119　歎㆑魯詩二首　其一

魯《ろ》を歎《たん》ずる詩《し》二首《にしゆ》　其《そ》の一《いち》

解題　孔子が活躍した春秋時代の魯の国について、その史実を挙げながら賢者の不遇を歎く二首連作の詩である。「其の一」は、財産や権力は才能や賢明さに関係なく、活動する場所が地の利を得れば誰でも手に入れられることを述べた。那波本など通行本は、詩題を「歎魯二首」に作り、「詩」字を欠くが、ここでは我が国の国会図書館所蔵『文集抄』の本文に従う。花房英樹『白氏文集の批判的研究』は、この連作の制作年代を、白居易が江州司馬に左遷された後の元和十一年（八一六）―十三年（八一八）とする。

季桓心豈忠　其富過㆓周公㆒」
季桓《きくわん》　心《こころ》は豈《あ》に忠《ちゆう》ならんや、其《そ》の富《とみ》　周公《しうこう》に過《す》ぐ。」

陽貨道豈正　其權執㆓國命㆒」
陽貨《やうくわ》　道《みち》は豈《あ》に正《ただ》しからんや、其《そ》の權《けん》　國命《こくめい》を執《と》る。」

由來富與㆑權　不㆑繫㆓才與㆒㆑賢
由來《ゆらい》　富《とみ》と權《けん》とは、才《さい》と賢《けん》とに繫《か》からず。

所㆑託得㆓其地㆒　雖㆑愚亦獲㆑安
託《たく》する所《ところ》　其《そ》の地《ち》を得《う》れば、愚《ぐ》と雖《いへど》も亦《ま》た安《やす》きを獲《う》。

鼮肥因㆓糞壤㆒　鼠穩依㆓社壇㆒
鼮《てい》の肥《こ》ゆるは糞壤《ふんじやう》に因《よ》り、鼠《ねずみ》の穩《おだ》やかなるは社壇《しやだん》に依《よ》る。

蟲獣尚如レ此　豈謂レ無二因縁一」　蟲獣《ちゆうじう》尚《な》ほ此《か》くの如《ごと》し、豈《あ》に因縁《いんえん》無《な》しと謂《い》はんや。」

忠・公（上平聲、東韻）。正（去聲、勁韻）、命（去聲、映韻）……勁・映韻は同用。權・緣（下平聲、仙韻）、賢（下平聲、先韻）、安・壇（上平聲、寒韻）……仙・先韻は同用。寒韻は通押。

通釈　季桓子は心が忠直ではなかったが、その富裕さは主君の周公以上であった。

その部下の陽貨も上司を押し込めるなど正しい道を行ったとは言えないが、魯国の政治の実権をにぎった。

そもそも富や権力は、才能や賢明さとは無関係である。その居場所に地の利を得さえすれば、愚鈍な者でも安々と手に入れることができるのである。家畜の豚が肥えるのは人糞や栄養豊かな土壌を食べているからであり、鼠が安穏であるのは御廟の祭壇の下に巣くっているからである。けものや虫けらでさえこのようであるのだから、どうして人間も同じような関わりがないと言えるだろうか。

語釈　○季桓　魯の第十五代桓公の子に生まれた三兄弟は、第十六代荘公の重臣となって以来、それぞれ孟孫氏・叔孫氏・季孫氏の三家に分かれて魯国の実権を握った。中でも孔子の時代は季孫氏の斯（季桓子）が有力であった。『史記』巻三十三・魯周公世家等に詳しい。

○周公　魯国の王。魯国は周王朝創業の元勲周公旦の末裔に当たる。『論語』先進篇に、「季氏、周公より富めり」と。

○陽貨　季桓子に使えた有能な士大夫。陽虎。第二十三代昭公の時に季桓子を囚えて魯国の実権を握る。しかしその後、三桓氏連合軍の反撃にあって敗走し、国外に追放される。なお、全盛期には一度孔子を召し抱えようとしたが、実現しなかった。『史記』巻三十三・魯周公世家等に詳しい。また『論語』季氏篇に、「陪臣　国命を執れば、三世失はざるは希（まれ）なり」と。なお、この詩では冒頭の二句で一度、第三・四句末で一度、換韻する。春秋時代の史実を語る場面であるので、故意に古い詩歌の形に戻って換韻したと思われる。

○彘　ぶた。○社壇　先祖の御廟の祭壇。社稷壇。そこに巣くうねずみを社鼠という。『韓非子』外儲説右上篇に、「(斉)桓公、管仲に問ひて曰く、国を治むるに最も奚（なに）をか患（うれ）ふや、と。(管仲)対へて曰く、最も社鼠を患ふ、と」とあり、社廟を崩すおそれがあるため駆除が難しい動物として社鼠を挙げる。

0120　其二

其《そ》の二《に》

解題　正しい道を行う臣下が必ずしもそれに見合った処遇を受けるものではないことを述べる。前記「其の一」(〇一一九)の「解題」参照。

展禽胡爲者　直道竟三黜
顏子何如人　屢空聊過レ日
皆懷二王佐道一　不レ踐二陪臣秩一
自レ古無二奈何一　命爲二時所一レ屈
有レ如二草木分一　天各與二其一一
荔枝非二名花一　牡丹無二甘實一

黜(入聲、術韻)、日・秩・一・實(入聲、質韻)、屈(入聲、物韻)……術・質韻は同用。物韻は通押。

展禽《てんきん》は胡爲《なんす》る者《もの》ぞ、直道《ちよくだう》するも　竟《つひ》に三《み》たび黜《しりぞ》けらる。
顏子《がんし》は何如《いか》なる人《ひと》ぞ、屢〻空《しばしばむな》しくして　聊《いささ》か日《ひ》を過《す》ごす。
皆《みな》　王佐《わうさ》の道《みち》を懷《いだ》き、陪臣《ばいしん》の秩《ちつ》を踐《ふ》まず。
古《いにしへ》より奈何《いかん》ともする無《な》し、命《めい》の時《とき》の屈《くつ》する所《ところ》と爲《な》るや。
草木《さうもく》の分《ぶん》の如《ごと》き有《あ》り、天《てん》　各〻其《おのおのそ》の一《いち》を與《あた》ふ。
荔枝《れいし》は名花《めいくわ》に非《あら》ず、牡丹《ぼたん》に甘實無《かんじつな》し。

通釈　柳下恵こと展禽とはどのような者であったのか。正しい道を行ったのに、とうとう三回も職を罷免された。顔回とはいかなる人であったのか。米びつが空になっても、そのまま楽しそうに日々を過ごしていた。史上には、このように皆、君王を補佐する立派な人格者でありながら、陪臣の俸禄にもありつけなかった者が沢山いる。運命によって挫折を味わうことは、古来から人間の力ではどうすることもできないのだ。これは草木に与えられた天分にも似通っており、天はそれぞれに一方の長所しか与えないのだ。例えば、甘い果実がなる荔枝には美しい花が咲かず、また、花の王様である牡丹には甘い果実がならないように。

語釈　○展禽・三黜　「展禽」は、孔子と同時代の賢者、柳下恵。「三黜」は、三度も罷免される。『論語』微子篇に、「柳下恵、士師と為り、三たび黜けらる」と。また『白氏文集』巻二、「思帰楽に和する詩」(〇一〇一)にも、「展禽は三たび黜けらるるに任せ、霊均は長に独り醒めたり」と。「霊均」は、屈原。○顔子・屢空　「顔子」は、孔子の高弟、顔回（顔淵）。清貧の生活に甘んじた。「屢空」は、貧乏で米櫃がいつも空であること。『論語』先進篇に、「回や其れ庶（ちか）し。屢ゝ空し」と。また同じく雍也篇に、「賢なるかな回や、一箪の食（し）、一瓢の飲、陋巷に在り。人は其の憂ひに堪へざるも、回や其の楽しみを改めず。賢なるかな回や」とある。○王佐　君王を補佐する才能や人格。『白氏文集』巻二、「友に贈る五首」の序（〇〇六五）に、「吾が友に王佐の才有る者あり」と。○陪臣　家来に仕える家来。またげらい。○茘枝　中国嶺南地方原産の果物。黄緑色の小さな花が、春に群生して咲く。赤い果皮に包まれた白いゼリー状の果実は甘くて美味。ライチ。

0121 反㆓鮑明遠白頭吟㆒

鮑明遠《はうめいゑん》の白頭吟《はくとうぎん》に反《はん》す

解題 「白頭吟」は、伝説では前漢の司馬相如が茂陵の女に浮気しかけたとき、本妻の卓文君が「願はくは一心の人を得て、白頭まで相離れじ」と唱ったことに始まるとされる（『楽府詩集』巻四十一所収「西京雑記」）。後に劉宋の鮑照（四一四？―四六六。字は明遠）は、その続作の「白頭吟」において、そのようにやすやすと心変わりすることを人間の本性として受け入れるように諭す（「余説」参照）。しかし白居易は、そのような怨みや憎しみの気持ちから解き放たれ、それを超然と高く飛び越えて強く生きて行くことを願望する。古来、男性の浮気は君主（天子）の心変わりを暗示し、それを悲しむ「白頭吟」は、閨中に怨恨を抱く女性を詠いながら、実際は朝廷に重用されない不遇懐才の士大夫を表象するという構図であった。ここに白居易がこのように己を強く持する人間像を詠うのは、自身の当時の左遷の逆境を何とか克服したいと願う彼の前向きな姿勢を示したものと考えられる。花房英樹『白氏文集の批判的研究』、また朱金城『白居易集箋校』は、本詩と「雑感」（〇一二三）詩を、元和十一年（八一六）から同十三年（八一八）の江州司馬左遷時の作と推測する。

炎炎者烈火　營營者小蠅
火不㆑熱㆓眞玉㆒　蠅不㆑點㆓清冰㆒
此苟無㆑所㆑受　彼莫㆓能相仍㆒
乃知物性中　各有㆓能不能㆒

炎炎《えんえん》たる者《もの》は烈火《れつくわ》、營營《えいえい》たる者《もの》は小蠅《せうよう》。
火《ひ》は眞玉《しんぎよく》を熱《や》かず、蠅《はへ》は清冰《せいひよう》に點《てん》せず。
此《これ》　苟《いやしく》も受《う》くる所《ところ》無《な》ければ、彼《かれ》　能《よ》く相仍《あひよ》る莫《な》し。
乃《すなは》ち知《し》る　物性《ぶつせい》の中《うち》、各ゝ《おのおの》能不《のうふ》能《のう》の有《あ》るを。

古稱怨報レ死　則人有レ所レ懲
懲レ淫或應レ可　在レ道未レ爲レ弘
譬如三蜩鷃徒　啾啾啅二龍鵬一
宜當二委レ之去　寥廓高飛騰一
豈能泥塵下　區區酬二怨憎一
胡爲坐自苦　呑レ悲仍撫レ膺

蠅・氷・仍・懲・膺（下平聲、蒸韻）、能・弘・鵬・騰・憎（下平聲、登韻）……蒸・登韻は同用。

古《いにしへ》より稱《しょう》す　怨《ゑん》もて死《し》に報《むく》ゆれば、則《すなは》ち人《ひと》に懲《こ》らす所有《ところあ》りと。
淫《いん》を懲《こ》らすは　或《あ》るいは應《まさ》に可《か》なるべきも、道《みち》に在《あ》りては　未《いま》だ弘《ひろ》まると爲《な》さず。
譬《たと》へば蜩鷃《てうあん》の徒《と》の、啾啾《しうしう》として龍鵬《りようほう》を啅《よ》ぶが如《ごと》し。
宜《よろ》しく當《まさ》に之《これ》を委《す》てて去《さ》り、寥廓《れうくわく》として高《たか》く飛騰《ひとう》すべし。
豈《あ》に能《よ》く泥塵《でいぢん》の下《もと》、區區《くく》として怨憎《ゑんぞう》に酬《むく》いんや。
胡爲《なんす》れぞ　坐《そぞ》ろに自《みづか》ら苦《くる》しみ、悲《かな》しみを呑《の》みて　仍《な》ほ膺《むね》を撫《な》でん。

通釈　赤々と燃える火、せかせかと動く小蠅。火で玉石を焼くことはできず、蠅は清らかな水に触れようとはしない。こちらが邪悪なものをあくまで受け入れなければ、相手が続いて押し寄せてくることはできない。そこで、事物には本来可能なことと不可能なことがあることが分かる。古来、人を怨んだまま死ねば、怨まれた人は懲らしめられるというが、これでは邪道へ入りこむ人の懲戒にはなっても、仁義の本道を広めることにはならない。例えて言えば、蜩《ひぐらし》や鶉《うずら》のような小鳥が龍や大鵬に向かってチーチーと鳴き騒ぐようなもの。狭小な考えなどは捨て去り、広大な天空を目指して勢いよく飛び上がるべきだ。どうして世間の泥や塵にまみれて、つまらない怨みや憎しみに対応することがあろう。どうして訳もなく自ら苦しみ、悲嘆して胸をたたくようなことがあろうか。

語釈　○営営　せかせかと動くさま。『詩経』小雅「青蠅」に、「営営たる青蠅は棘に止まる」と。○熱　焼く。○真玉　美玉。志操堅固な人に喩える。馬元調本・汪立名本は「貞玉」に作る。那波本に従う。○点清冰　「点」は、蠅や蜻蛉等が水面に触れてすぐに飛び上がる動作をいう。「清冰」は、清らかな氷。信念や行動が清々しい人に喩える。「冰」は韻字、「水」の代用。○相仍　相次ぐ。継続する。○物性　事物の本性、性質。○古称怨報死　則人有所懲『礼記』表記篇に、「怨を以て怨に報ゆるは、則ち民に懲（こ）らす所有り」（君子が怨みを以て怨みに報いるのは、人々に前もって罪悪を戒める所があるのである）と。○淫　心をとろかして邪道に深入りさせる。『孟子』滕文公下篇に、「富貴も淫する能はず」と。○蜩鷃「蜩」は、蟬の一種。ひぐらし。「鷃」は、うずらの一種。いずれも小人物に喩える。『荘子』逍遥遊篇に、蜩や鳩が自らを九万里も飛ぶ鵬に比する寓話を載せる。○啾啾　鳥や虫などがか細い声で鳴くこと。『楚辞』招隠士に、「蟪蛄鳴きて啾啾たり」と。○啅　鳥がうるさく鳴くこと。○寥廓　広々として大きいこと。○区区　小さなつまらないことにこだわる。○撫膺　胸をなでて悲嘆する。「膺」は、胸。劉宋の鮑照「白頭吟」に、「君の独り膺を撫するのみに非ず」（『文選』巻二十八）と。次に挙げる「余説」を参照。

余説　『文選』巻二十八、および『玉台新詠』巻四に収める劉宋の鮑照「白頭吟」は次のとおり。

直如㆓朱糸縄㆒　清如㆓玉壺冰㆒
何慚㆓宿昔意㆒　猜恨坐相仍
人情賤㆓恩旧㆒　世議逐㆓衰興㆒
毫髪一為㆑瑕　丘山不㆑可㆑勝
食㆑苗実碩鼠　玷㆑白信蒼蠅
鳧鵠遠成㆑美　薪芻前見㆑陵
申黜褒女進　班去趙姫昇
周王日淪惑　漢帝益嗟称
心賞猶難㆑恃　貌恭豈易㆑憑
古来共如㆑此　非㆓君独撫㆒㆑膺

直きこと朱糸の縄の如く、清きこと玉壺の冰の如し。
何ぞ宿昔の意に慚（は）ぢん、猜恨　坐ろに相仍る。
人情は恩旧を賤（いや）しみ、世議は衰興を逐ふ。
毫髪　一たび瑕（きず）を為せば、丘山も勝（た）ふべからず。
苗を食むは実（まこと）に碩鼠、白を玷（がけ）すは信（まこと）に蒼蠅。
鳧鵠（ふこく）は遠きもて美を成し、薪芻は前にして陵（しの）がる。
申黜（しりぞ）けられて　褒女進み、班去りて　趙姫昇る。
周王　日（ひ）に淪惑し、漢帝　益〻嗟称す。
心賞　猶ほ恃（たの）み難し、貌恭　豈に憑（よ）り易からんや。
古来　共に此くの如し、君の独り膺を撫（ぶ）するのみに非ず。

琴に張られた赤い絃のように真っ直ぐで、玉の壺の中の氷のように清らか、そのような心を私は昔も今も変わらず保ち続けているのに、だんだん周囲の猜疑心や嫉妬心が私を取り囲むように忍び寄って来る。人の心というものはつい古い馴染みを軽視し、世の中の評判というものは衰えた方から盛んな方に移ろいやすい。その上、もしこちらに毛筋ほどの小さな失敗が見つかれば、もはやそれを押しとどめる力は丘や山でも不可能だ。しかし、稲の苗を食べるのはいつも鼠であり、白い美玉を汚すのは決まって青蠅であるように、その発端はまことに些細なものなのだ。鴨や白鳥は遠くから渡ってくるので美しさを褒められ、薪（たきぎ）や干し草はいつも先にあったものの上に後のものが積み上げられる定めである。周の幽王の宮殿では、申后がしりぞけられた後に褒姒が、漢の成帝の御世には班婕妤が去った後に趙飛燕がそれぞれ昇進し、幽王は日々愛欲に溺れ、成帝はますます歓喜の声を挙げたのであった。このように君主の寵愛などというものは移ろいやすく、つつしみ深い表情や行動など全くあてにはならないものである。しかもこれは有史以来ずっと繰り返され続けていることであり、お前一人だけが胸を掻きむしって嘆いているのではないのだ。

また、前漢の卓文君の作と伝えられる原作「白頭吟」（『玉台新詠』巻一）は次のとおりである。

皚如㆓山上雪㆒　皎若㆓雲間月㆒　皚（がい）たること山上の雪の如く、皎（かう）たること雲間の月の若し。
聞君有㆓両意㆒　故来相訣絶　聞くならく　君に両意有り、故（ことさら）に来りて相訣絶せんとすと。
今日斗酒会　明旦溝水頭　今日は　斗酒の会、明旦は　溝水の頭（ほとり）。
躞蹀御溝上　溝水東西流　躞蹀（せふてふ）たり　御溝の上、溝水　東西に流る。
凄凄復凄凄　嫁娶不㆑須㆑啼　凄凄　復（ま）た凄凄、嫁娶（かしゆ）　啼くを須（もち）ひず。
願得㆓一心人㆒　白頭不㆓相離㆒　願はくは一心の人を得て、白頭まで相離れじ。
竹竿何嫋嫋　魚尾何蓰蓰　竹竿　何ぞ嫋嫋（でうでう）たる、魚尾　何ぞ蓰蓰（しし）たる。
男児重㆓意気㆒　何用㆓銭刀㆒為　男児　意気を重んず、何をか銭刀を用（も）つて為さん。

0122　青塚　青塚《せいちよう》

解題　王昭君の墳墓について詠んだ作品。「青塚」は、墓の周囲の青草が枯れることがなかったとされる王昭君の墓をいう。王昭君は、漢王朝と北方異民族の匈奴との和親の証しとして、前漢の元帝から匈奴の呼韓邪単于（こかんやぜんう）のもとに嫁ぎ、そこで一生を終えた。その墳墓とされるものは多数あるが、内モンゴル自治区の呼和浩特（フホホト）市にあるものが有名。この詩では、異郷に没した悲劇の宮女の故事に基づきつつ、左遷中の白居易が、自らの胸中を告白する。この詩は、前後の詩に同じく、元和十一年（八一六）から同十三年（八一八）の江州司馬左遷期（次の忠州刺史への転任移動時を含む）の制作と考えられる。「余説」参照。

上有二飢鷹號一　下有二枯蓬走一
茫茫邊雪裏　一掬沙培塿
傳是昭君墓　埋二閉蛾眉一久
凝脂化爲レ泥　鉛黛復何有
唯有三陰怨氣　時生二墳左右一
鬱鬱如二苦霧一　不二随レ骨銷朽一
婦人無二他才一　榮枯繫二妍否一
何乃明妃命　獨懸二畫工手一
丹青一詿誤　白黑相紛糾
遂使三君眼中　西施作二嫫母一
同儕傾二寵幸一　異類爲二配偶一
禍福安可レ知　美顏不レ如レ醜
何言二一時事一　可レ戒二千年後一
特報後來姝　不レ須レ倚二眉首一
無レ辭下插二荊釵一　嫁作中貧家婦上
不レ見青塚上　行人爲澆レ酒

上《かみ》に飢鷹《きよう》の號《さけ》ぶ有《あ》り、下《しも》に枯蓬《こほう》の走《はし》る有《あ》り。
茫茫《ばうばう》たる邊雪《へんせつ》の裏《うち》、一掬《いつきく》　沙《すな》の培塿《はうろう》。
傳《つた》ふらくは是《こ》れ　昭君《せうくん》の墓《はか》、蛾眉《がび》を埋閉《まいへい》すること久《ひさ》しと。
凝脂《ぎようし》　化《くわ》して泥《どろ》と爲《な》り、鉛黛《えんたい》　復《ま》た何《なに》か有《あ》らん。
唯《ただ》陰怨《いんゑん》の氣《き》の、時《とき》に墳《ふん》の左右《さいう》に生《しやう》ずる有《あ》り。
鬱鬱《うつうつ》として苦霧《くむ》の如《ごと》く、骨《ほね》に随《したが》つて銷朽《せうきう》せず。
婦人《ふじん》は　他才《たさい》無《な》し、榮枯《えいこ》　妍否《けんぴ》に繫《か》かる。
何《なん》ぞ乃《すなは》ち　明妃《めいひ》の命《めい》、獨《ひと》り畫工《ぐわこう》の手《て》に懸《か》かれる。
丹青《たんせい》　一《ひと》たび詿誤《くわいご》し、白黑《はくこく》　相紛糾《あひふんきう》す。
遂《つひ》に君《きみ》が眼中《がんちゆう》をして、西施《せいし》をば嫫母《ぼぼ》と作《な》さしむ。
同儕《どうせい》　寵幸《ちようかう》を傾《かたむ》け、異類《いるい》　配偶《はいぐう》と爲《な》る。
禍福《くわふく》　安《いづ》くんぞ知《し》るべけんや、美顏《びがん》は醜《みにく》きに如《し》かず。
何《なん》ぞ一時《いちじ》の事《こと》と言《い》はん、千年《せんねん》の後《のち》を戒《いまし》むべし。
特《とく》に報《ほう》ず　後來《こうらい》の姝《しゆ》よ、須《すべか》らく眉首《びしゆ》を倚《たの》むべからず。
荊釵《けいさ》を插《さ》し、嫁《か》して貧家《ひんか》の婦《ふ》と作《な》るを辭《じ》する無《な》かれ。
見《み》ずや　青塚《せいちよう》の上《うへ》、行人《かうじん》　爲《ため》に酒《さけ》を澆《そそ》ぐを。

走・塿・母・偶・後（上聲、厚韻）、久・有・朽・否・手・醜・首・婦・酒（上聲、有韻）、右（去聲、宥韻）、糾（上聲、黝韻）……厚・有・黝韻は同用。宥韻は通押。

通釈 上空には飢えた鷹が鳴き、地上では枯れた蓬が風に舞っている。どこまでも続く辺境の雪景色の中に、小さな砂の盛り土がある。言い伝えではこれは王昭君の墓であり、彼女を埋葬して長い年月がたったという。今やそのしっとりした肌は泥土となり、お化粧の面影などない。しかし王昭君の怨念は今も消えず、時に墓の周りから湧き出て、白骨とともに朽ちることなく、鬱然と立ちこめる霧となって漂っている。婦女には他の才能は必要でなく、一身の栄枯はその美貌の如何による。なのに、どうして王昭君の運命は絵師の手に握られてしまったのか。絵師への賄賂が横行した宮中で、贈賄を拒否した王昭君の絵姿は誤って醜く描かれ、遂に君子の眼中において美女の西施が醜女の嫫母とみなされ、同輩の宮女が天子の寵愛を受ける中、異例にも王昭君が匈奴王の配偶者となる運命を辿ることになった。絶世の美女が醜女に及ばないとは、どうして人の災難や幸福が予測できよう。

このことは王昭君だけの一時のことではなく、千年後の今日も戒めにすべきだ。とりわけ今後の宮女候補の美女たちよ、見かけの美貌に頼ってばかりではならぬぞ。荊《いばら》の釵《かんざし》を挿して貧者に嫁入りすることを嫌がってはいけないよ。ごらん、不遇な生涯を送った王昭君の青塚のそばで、今日旅人が墓に酒をそそいで弔っている姿が見えるではないか。

語釈 ○辺雪　辺境の雪景色。○一掬　ひとすくい。甚だ小さい喩え。○培塿　小さい丘、墓。○蛾眉　美女。巻十四「王昭君二首」其の二（〇八〇六）に、「黄金何れの日か蛾眉を贖（あがな）はん」と。○凝脂　美女のしっとりした肌。巻十二「長恨歌」（〇五九六）に、「温泉の水滑らかにして凝脂に洗（そそ）ぐ」と。○鉛黛　おしろいやまゆずみ。婦人の化粧品。○唯有　馬元調本は「時有」に作る。那波本に従う。○時生　馬元調本は「常生」に作る。那波本に従う。○銷朽　消え失せる。「銷」は「消」に同じ。○明妃　王昭君。晋代に司馬昭の諱を避けて「明君」と称し、後人更に「明妃」と称した。○画工　宮廷絵師の毛延寿を指す。漢の劉歆『西京雑記』巻二「画工棄市」によると、宮中に上がった王昭君は、肖像画作成の際に絵師毛延寿に賄賂を贈らなかったために醜く描かれた。そのために匈奴に出嫁する宮女候補に挙げられたという。○丹青一詿誤　白黒相紛糾　「丹青」は、赤や青の絵の具。また絵をいう。「詿誤」は、欺き迷わせる。「白黒」は、正義と邪悪。真実と虚偽。巻十一「昭君村を過ぐ」詩（〇五二六）に、「白黒既に変ずべし、丹青何ぞ論ずるに足らんや」と。○西施　春秋戦国時代、越国の美女。中国四大美人の一。○嫫母　古代の黄帝の第四妃とされる女性。醜女として名高い。○同儕　同輩。○

異類　たぐい（前例）が無い。馬元調本は「異数」に作る。「数」は、運命。那波本に従う。

○可戒千年後　巻十一「昭君村を過ぐ」詩（〇五二六）に、「往者に戒めを取らずんば、恐らくは来者に寃を貽（のこ）さん」と。「千年」は、西施（紀元前五百年頃？）の時代からこの詩が詠まれた八一七年前後までの概年数。○特報後来姝「姝」は、美女。巻十一「昭君村を過ぐ」詩（〇五二六）に、「亦た彼の姝子の、此の遐陋の村に生まるるが如し」と。○眉首　眉や首。外見の美貌をいう。「眉目」に同じ。押韻のために「眉首」に改めた。○挿荊釵「荊釵」（いばらのかんざし）を髪に挿す。貧乏な女性の喩え。○不見青塚上　行人為澆酒「青塚」のそばで旅人が王昭君像に酒をそそぐ姿が見えないか（見えるだろう）。この表現は、冒頭の「上有飢鷹号　下有枯蓬走　茫茫辺雪裏　一掬沙培塿」と共に、朔北の昭君墓を眼前にした実景描写ではない。想像ではあるが、注釈者は、江州から忠州への転任時において、白居易が実見したであろう湖北帰州の王昭君の故郷昭君村の、例えば「昭君祠」に描かれた王昭君の生涯を描いた絵画中の一コマを描写したものではないかと考える。「余説」参照。

余説　王昭君を詠んだ白居易詩には、本詩「青塚」のほかに、「昭君村を過ぐ」詩（巻十一、〇五二六）、「王昭君二首」（巻十四、〇八〇五・〇八〇六）、「昭君怨」（巻十六、一〇〇三）がある。このうち「王昭君二首」は十七歳時に詠んだ習作詩である。他の三首はいずれも江州時に詠んだとされる。中でも本詩「青塚」は、「語釈」に示すように、「昭君村を過ぐ」詩と表現が多く重なることから、両詩は同時期、または強い関連下に詠まれた可能性が高い。「青塚」は、詩の内容からも、白居易の履歴からも、作者が朔北にある王昭君墓を直に訪れて詠んだものではなく、中国の地から遥かに青塚を思いやって詠んだ詩である。その制作年と制作場所について、花房英樹『白氏文集の批判的研究』は「元和十四年・江州」とする。また朱金城『白居易集箋校』（一―一三四頁）は、「元和十四年前後、是の年白氏に『昭君村を過ぐ』詩がある」と注する。白居易は、三年間の江州司馬を経て、元和十四年、四川の忠州刺史に着任しており、王昭君の故郷の帰州（湖北省）は、その転任移動の途中に立ち寄ったと考えられる。とすれば、「昭君村を過ぐ」詩と強い関連が認められる「青塚」詩もこの時期に詠まれたとするのが妥当である。また、詩題の「青塚」の有り様について、確証に乏しいが、「語釈」末尾に言及するように、あるいは当時白居易が昭君村において眼にした王昭君祠に飾られた絵画を下敷きにしている可能性も棄て切れない。

巻十六「昭君怨」詩（一〇〇三）に、白居易は「自ら是れ君恩薄きこと紙の如し」と述べ、天子の寵愛が薄かった王昭君について、確かに醜く描かれた肖像画に原因はあるとしても、もともと君恩は薄いものだとする。この「青塚」詩においては、宮女採用に憧れる未来の美貌の候補者に対して、白居易が「須らく眉首（目）を倚（のた）むべからず」「嫁して貧家の婦と作（な）るを辞する無かれ」として訓戒を垂れている。まさか白居易は王昭君の毛延寿への贈賄を容認したわけではないだろうが、一方で、王昭君のように過度に自分の美貌にこだわりすぎると取り返しのつかない災難を招きかねないことを教訓にしていると注釈者は解する。

歴代多くの文人に詠まれたさまざまな王昭君像について、松浦友久編『続校注唐詩解釈辞典』（大修館書店、二〇〇一年）「王昭君二首」（埋田重夫執筆）を参照。また歴代の王昭君詩等を集めたものに、清の胡鳳丹『青冢志』（『筆記小説大観五編』所収）、今日の魯歌等編注『歴代歌詠昭君詩詞選注』（長江文芸出版社、一九八二年）、可詠雪等編注『歴代吟詠昭君詩詞曲・全輯評注選注』（内蒙古大学出版社、二〇〇九年）等がある。

0123　雑感

解題　一生の間に時ならず降りかかる不慮の災厄についての思いを綴った詩。花房英樹『白氏文集の批判的研究』、また朱金城『白居易集箋校』は、元和十一年（八一六）から同十三年（八一八）の江州司馬左遷期の作とする。とすれば、この詩に共通する古代の「不慮の災厄」事例の裏面には、元和十年（八一五）の宰相武元衡暗殺事件―白居易の上訴―江州への貶謫という、白居易自身を襲った「不慮の災厄」事件が隠されており、詩中に「涕泗衣裳に満たしむ」などと述べて自身の受けた冤罪の無念さがまだ冷めやらぬと察せられるところから、作詩時期は江州到着後間もなくと考えられる。

君子防㆓悔尤㆒　賢人戒㆓行藏㆒
嫌疑遠㆓瓜李㆒　言動愼㆓毫芒㆒
立㆑敎固如㆑此　撫㆑事有㆑非㆑常
爲㆑君持㆓所感㆒　仰㆑面問㆓蒼蒼㆒
犬齧㆓桃樹根㆒　李樹反見㆑傷
老龜烹不㆑爛　延禍及㆓枯桑㆒
城門自焚爇　池魚罹㆓其殃㆒

雑感《ざつかん》

君子《くんし》は悔尤《くわいいう》を防《ふせ》ぎ、賢人《けんじん》は行藏《かうざう》を戒《いまし》む。
嫌疑《けんぎ》　瓜李《くわり》を遠《とほ》ざけ、言動《げんどう》　毫芒《がうばう》を愼《つつし》む。
敎《をし》へを立《た》つること固《もと》より此《か》くの如《ごと》し、事《こと》を撫《ぶ》すること常《つね》に非《あら》ざる有《あ》りと。
君《きみ》が爲《ため》に所感《しよかん》を持《ぢ》し、面《めん》を仰《あふ》いで蒼蒼《さうさう》に問《と》ふ。
犬《いぬ》　桃樹《たうじゆ》の根《ね》を齧《か》めば、李樹《りじゆ》　反《かへ》つて傷《きず》つけらる。
老龜《らうき》　烹《に》れども爛《ただ》れず、延禍《えんくわ》　枯桑《こさう》に及《およ》ぶ。

陽貨肆二兇暴一　仲尼畏二於匡一
魯酒薄如レ水　邯鄲開二戰場一
伯禽鞭見レ血　過失由二成王一
都尉身降レ虜　宮刑加二子長一
呂安兄不道　都市殺二嵆康一
斯人死已久　其事甚昭彰
是非不レ由レ己　禍患安可レ防
使三我千載後　涕泗滿二衣裳一

城門《じやうもん》　自《おのづか》ら焚爇《ふんねつ》し、池魚《ちぎよ》　其《そ》の殃《わざは》ひに罹《かか》る。
陽貨《やうくわ》　兇暴《きようぼう》を　肆《ほしいまま》にし、仲尼《ちゆうぢ》　匡《きやう》に畏《おそ》る。
魯《ろ》酒《しゆ》　薄《うす》きこと水《みづ》の如《ごと》く、邯鄲《かんたん》　戰場《せんぢやう》を開《ひら》く。
伯禽《はくきん》　鞭《むち》うたれて血《ち》を見《み》るは、過失《くわしつ》　成王《せいわう》に由《よ》れり。
都《と》尉《ゐ》　身《みづか》ら虜《りよ》に降《くだ》り、宮刑《きゆうけい》　子長《しちやう》に加《くは》へらる。
呂安《りよあん》　兄《あに》の不道《ふだう》にして、都市《とし》に嵆康《けいかう》を殺《ころ》す。
斯《か》くのごとき人《ひと》　死《し》して已《すで》に久《ひさ》しく、其《そ》の事《こと》　甚《はなは》だ昭彰《せうしやう》なり。
是非《ぜひ》　己《おのれ》に由《よ》らず、禍患《くわくわん》　安《いづ》くんぞ防《ふせ》ぐべき。
我《われ》をして千載《せんざい》の後《のち》、涕泗《ていし》　衣裳《いしやう》に滿《み》たしむ。

藏・蒼・桑・康（下平聲、唐韻）、芒・常・傷・殃・匡・場・王・長・彰・防・裳（下平聲、陽韻）……唐・陽韻は同用。

通釈　徳のある君子は言動に悔いやとがめが残らぬように注意し、優れた賢人は身の振り方に用心する。瓜や李の盗人の嫌疑がかからないように配慮し、些細な言動も慎み行う。教育の方針をこのように立てるが、実際の場面では突然の非常事態になることもある。そこで君にこのことについて私の考えを述べ、顔を上げて天にその是非を問いかけてみよう。

犬が桃の樹の根を齧ろうとして、間違えて隣の李の樹の根を齧ったので、李の樹のほうが傷ついて枯れてしまったこと。老亀を桑の木で煮ようとしてなかなか煮えず、多量の桑の木を要したので枯れた桑の木にまで災いが及んだこと。お城の城門が火事になり、多量の水を汲み上げたのでお堀が干上がり、為にお堀にすむ魚に災いが及んだこと。魯の陽虎が匡で乱暴を働いたので、後に風貌が似た孔子が匡を通りかかると村人から攻撃されて震え上がったこと。魯国が献上した薄味の酒が濃い味の趙国の酒とすり替わり、誤って趙国が攻撃されたこと。周の国で成王に過失があると、周公の子の伯禽が血が出るほど鞭打たれたこと。漢朝で匈奴の捕虜となった李陵を弁護したために、司馬遷に宮刑という極刑が加えられたこと。晋の呂安の兄が不道徳な事件で弟の呂安を告発し、それをかばった嵆康も連座して有罪となり、東市で処刑されたこと。

ここに挙げた人々は死後すでに久しいが、無実の罪に陥れられた事実は甚だ明白である。それらの是非の判断は自己責任によるものではなく、突然ふりかかる災禍をどうして未然に防ぐことができただろう。このことを思えば、千年後の私は（自身の冤罪を思い）涙が衣裳に流れ落ちて止まらない。

語釈　○君子防悔尤　君子（徳がある人）は言動に悔いや尤（とが）めが少ないこと。『論語』為政篇に、「言に尤め寡（すくなく）く、行に悔い寡ければ、禄其の中に在り」と。○賢人戒行蔵　賢人（徳のあるすぐれた人）は出処進退（行蔵）に用心すること。『論語』述而篇に、「之を用ふれば則ち行ひ、之を舎（す）つれば則ち蔵（かく）る」と。○嫌疑遠瓜李　『楽府詩集』巻三十二、「君子行」に、「瓜田に履を納れず、李下に冠を正さず」（盗人の嫌疑を受けやすいので、君子は瓜が実る畑では靴が脱げても履き直さないし、李の木の下では冠をかぶり直さない）と。『文選』巻二十八、「君子行」題下注に、「『古君子行』に、「君子は未然を防ぎ、嫌疑の間に処（を）らず」と。○言動慎毫芒　わずかの言動も慎む。「毫芒」は、わずかの意。『易経』繋辞伝上に、「言行は君子の天地を動かす所以なり。慎まざるべけんや」と。○立教　教育の原則や方針を立てて示す。漢の韓嬰『韓詩外伝』巻八に、「学校庠序以て教を立つ」と。○撫事　事に臨む。○為君「君」は、一般世人を指す。あなた。○蒼蒼　天をいう。

○犬齧桃樹根　李樹反見傷　桃と李が近接して生えていたが、桃の樹根を齧（かじ）ろうとした犬が間違って李の樹根を齧ってしまい、為に李樹が傷ついてしまったこと。『楽府詩集』巻二十八、「雞鳴」に、「桃は露井の上（ほとり）に生じ、李樹は桃の傍らに生ず。虫来りて桃の根を齧り、李樹桃に代はりて殭（たふ）る」と。○老亀烹不爛　延禍及枯桑　『芸文類聚』巻九十六・亀に引く「異苑」に、桑樹を用いて亀を煮る故事を載せ、「今亀を烹るに、猶ほ桑の薪を多用す」と。○城門自焚爇　池魚罹其殃　城の門が火事になり、消火のために多量の池の水を汲んだので池が干上がり、魚が死んでしまったことをいう。『芸文類聚』巻九十六・魚に引く「風俗通」に、「城門失火し、禍（わざ）ひ池中の魚に及ぶ」と。○陽貨肆兇暴　仲尼畏於匡　「陽貨」は、陽虎。孔子と同じく春秋魯の人。風貌が孔子に似ていた。陽虎はかつて匡の地で乱暴を働いて村人から恨まれた。後に孔子がその匡を通過した折、陽虎に間違えられて村人から襲撃された。『論語』子罕篇に、「子、匡に畏（おそ）る」と。『史記』巻四十七・孔子世家参照。○魯酒薄如水　邯鄲開戦場　魯が楚に持参した酒は薄味で、趙が献上した酒は濃い味だった。楚王は途中で魯酒と趙酒がすり替わったことに気づかず、趙が薄味の酒を献上したと勘違いして、趙の邯鄲を攻め立てた。『荘子』胠篋篇に、「魯酒薄くして邯鄲囲まる」と。また『淮南子』繆称訓参照。○伯禽鞭見血　過失由成王　『礼記』文王世子篇に、「成王に過ち有れば、則ち伯禽を撻（むちう）つ」と。「伯禽」は、周公の子。「鞭」「撻」は意同じ。むち打つ。『史記』巻三十三・魯周公世家参照。○都尉身降虜　宮刑加子長　「都尉」は、漢朝の役職名。騎都尉を拝した李陵を指す。李陵は匈奴と善戦したが、敗れて匈奴の捕虜となった。『漢書』巻五十四に李陵伝がある。「宮刑」は、男性の生殖器を除去する極刑。李陵を弁護したために、友人の「子長」（司馬遷）が受けた刑罰。『史記』巻一三〇・太史公自序参照。○呂安兄不道　都市殺嵆康　呂安が兄の呂巽の訴えによって遠地に移された。事情を知った嵆康は呂安をかばおうとしたが失敗し、連座して獄に繋がれ、呂安とともに死刑を宣告された。後に嵆康は東市で悠然と琴曲広陵散を弾じた後に処刑された。『晋書』巻四十九・嵆康伝、また『文選』巻二十三・嵆康「幽憤」詩参照。
○是非　正邪曲直の判断。○千載後　千年後。以上に列挙した春秋戦国時代から今日の白居易時代までの概年数。

白氏文集　巻第三

大原白居易

新樂府　諷諭三　雜言　凡二十首

新樂府《しんがふ》　諷諭三《ふうゆさん》　雜言《ざつごん》　凡《およ》そ二《に》十首《じつしゆ》

解題　「まえがき」に記したように、以下、巻三・巻四の新楽府については、神田本（現京都国立博物館蔵）を底本とする。神田本では、例えば「法曲〳〵」のように、文字や語句の繰り返しを「〳〵」（踊り字）で示す箇所が多いが、本書では漢字に復元して示した。

題字の「白氏文集」は、神田本では「文集」に作る。ここでは他巻の通例に準じた。「大原」は、「太原」に同じ。今の山西省太原市。遠祖とされる秦の将軍白起が、始皇帝により太原に封ぜられたことから、白居易はしばしば自らを「太原の人」と称した。

「新楽府」は、新しい題目による楽府。「楽府（がくふ）」は、元来、前漢の武帝が創設した、音楽を掌る役所のこと。やがて、その役所が民間から採集し保存した歌謡、およびそれを模して作られた詩を「楽府（がふ）」と呼ぶようになった。長句短句が交錯する自由な詩形で作られ、多くは音楽に合わせて歌われた。後世では、漢代の楽府と同じ題目で作られた、伴奏を伴わない詩も「楽府（がふ）」と呼ばれ、特に唐代に流行した。また唐代には、漢代にはなかった新しい題目による楽府も作られたが、これを「新題楽府」、あるいは「新楽府」と称する。李紳（字は公垂）の「新題楽府二十首」、元稹（字は微之）の「和李校書新題楽府十二首」などが知られているが、李紳の作は現存しない。白居易の「新楽府五十首」は、これら先行作品からの刺激もあって作られたものである。

元稹の「和李校書新題楽府十二首并序」（『元氏長慶集』巻二十四）の序文に、「予が友李公垂（名は紳）予に楽府新題二十首を貺（たま）ふ。雅（もと）より所謂虚しく文を為らざる有り。予其の時を病（うれ）ふるの尤（もっと）も急なる者を取り、列して之に和する、蓋し十二のみ」と。また、元稹「楽府古題序」（『元氏長慶集』巻二十二）に、「近代唯だ詩人杜甫の悲陳陶・哀江頭・兵車・麗人等、凡そ歌行せる所は、率（おほむ）ね皆事に即して篇に名づけ、復た倚傍無し。予少（わか）き時、友人楽天・李公垂の輩と、是を謂ひて当と為し、遂に復た古題を擬賦せず」と。

0124　新樂府序

新樂府《しんがふ》の序《じょ》

解題　「新楽府」五十篇全体の序文。神田本ではここに「新楽府序」の四字はないが、今、便宜のため補入する。序文は、「序曰」以下の前半部分において、先ず篇名（作品名）を挙げ、次に作詩の趣意を説明する。馬元調本など刊本には、この前半部分を省略し「序曰、凡九千二百……」のごとく、後半部のみを掲載するものもある。また、作品の趣意を説明する文章は、各作品においても、篇名の次にいわゆる「小序」として重複して記されている。この部分の語釈等については、各作品を参照されたい。

序曰、七德舞、美㆔撥㆑亂陳㆓王業㆒也。法曲、美㆔列聖正㆓華聲㆒也。二王後、明㆓祖宗之意㆒也。海漫漫、戒㆑求㆑仙也。立部伎、刺㆓雅樂之替㆒也。華原磬、刺㆔樂工非㆓其人㆒也。上陽白髮人、愍㆓怨曠㆒也。胡旋女、戒㆓近習㆒也。新豐折臂翁、戒㆓邊功㆒也。大行路、借㆓夫婦㆒以諷㆓君臣不㆒㆑終也。司天臺、引㆑古以儆㆑今也。捕蝗、刺㆓長吏㆒也。昆明春水滿、思㆓王澤

序《じょ》に曰《いは》く、「七德《しちとく》の舞《まひ》」は、亂《らん》を撥《をさ》め王業《わうげふ》を陳《の》ぶるを美《ほ》むるなり。「法《はふ》曲《きょく》」は、列聖《れつせい》の華聲《くわせい》を正《ただ》すを美《ほ》むるなり。「二《に》王《わう》の後《のち》」は、祖宗《そそう》の意《い》を明《あき》らかにするなり。「海漫漫《うみまんまん》」は、仙《せん》を求《もと》むるを戒《いまし》むるなり。「立部《りつぶ》伎《ぎ》」は、雅樂《ががく》の替《すた》るるを刺《そし》るなり。「華原《くわげん》の磬《けい》」は、樂工《がくこう》の其《そ》の人《ひと》に非《あら》ざるを刺《そし》るなり。「上陽《じやうやう》の白髮人《はくはつじん》」は、怨曠《ゑんくわう》を愍《あは》れむなり。「胡旋《こせん》の女《ぢょ》」は、近習《きんしふ》を戒《いまし》むるなり。「新豐《しんぽう》の折臂《せつぴ》翁《をう》」は、邊功《へんこう》を戒《いまし》むるなり。「大行《たいかう》の路《みち》」は、夫婦《ふうふ》を借《か》りて以《もつ》て君臣《くんしん》の終《を》へざるを諷《ふう》するなり。「司《し》天臺《てんだい》」は、古《いにしへ》を引《ひ》きて以《もつ》て今《いま》を儆《いまし》むるなり。「捕蝗《ほくわう》」は、長吏《ちやうり》を刺《そし》るなり。「昆明《こんめい》の春水滿《しゆんすいみ》つ」は、王澤《わうたく》の廣被《くわうひ》を思《おも》ふなり。「鹽州《えんしう》に城《きづ》く」

廣被㆒也。城鹽州、美㆓聖謨㆒而誚㆓邊將㆒也。道州民、美㆔賢臣遭㆓明主㆒也。馴犀、感㆓爲政之難㆒㆑終也。五絃彈、惡㆓鄭之奪㆒㆑雅也。蠻子朝、刺㆓將驕而相備㆒㆑位也。驃國樂、欲㆓王化之先㆑近後㆒㆑遠也。傳戎人、達㆓窮人之情㆒也。驪宮高、美㆔天子重㆓惜人之財力㆒也。百練鏡、辨㆓皇鑒㆒也。青石、激㆓忠烈㆒也。兩朱閣、刺㆓佛寺寖多㆒也。西涼伎、刺㆓封疆之臣㆒也。八駿圖、戒㆓奇物㆒懲㆓佚遊㆒也。澗底松、念㆓寒儁㆒也。牡丹芳、美㆓天子憂㆒㆑農也。紅線毯、憂㆓蠶絲之費㆒也。杜陵叟、傷㆓農夫之困㆒也。繚綾、念㆓女工之勞㆒也。賣炭翁、苦㆓宮市㆒也。母別㆑子、刺㆓新閒㆒㆑舊也。陰山道、疾㆓貪虜㆒也。時勢粧、警㆑戎也。李夫人、鑒㆓嬖惑㆒也。陵園妾、憐㆓幽閉㆒

は、聖謨《せいぼ》を美《ほ》めて邊將《へんしやう》を誚《そし》るなり。「道州《だうしう》の民《たみ》」は、賢臣《けんしん》の明主《めいしゆ》に遭《あ》ふを美《ほ》むるなり。「馴犀《じゆんさい》」は、爲政《ゐせい》の終《を》へ難《がた》きに感《かん》ずるなり。「五絃《ごげん》彈《だん》」は、鄭《てい》の雅《が》を奪《うば》ふを惡《にく》むなり。「蠻子朝《ばんしてう》す」は、將《しやう》の驕《おご》りて相《しやう》の位《くらゐ》に備《そな》はるを刺《そし》るなり。「驃國《へうこく》の樂《がく》」は、王化《わうくわ》の近《ちか》きを先《さき》にし遠《とほ》きを後《あと》にせんことを欲《ほつ》するなり。「傳《でん》せる戎人《じゆうじん》」は、窮人《きゆうじん》の情《じやう》を達《たつ》するなり。「驪宮高《りきゆうたか》し」は、天子《てんし》の人《たみ》の財力《ざいりよく》を重《おも》んじ惜《を》しむを美《ほ》むるなり。「百練鏡《ひやくれんきやう》」は、皇《くわう》（王）の鑒《かがみ》を辨《べん》ずるなり。「青石《せいせき》」は、忠烈《ちゆうれつ》を激《はげ》ますなり。「兩朱閣《りやうしゆかく》」は、佛寺《ぶつじ》の寖《やうや》く多《おほ》きを刺《そし》るなり。「西涼伎《せいりやうぎ》」は、封疆《ほうきやう》の臣《しん》を刺《そし》るなり。「八駿《はちしゆん》の圖《づ》」は、奇物《きぶつ》を戒《いまし》め佚遊《いついう》を懲《こ》らすなり。「澗《かん》底《てい》の松《まつ》」は、寒儁《かんしゆん》を念《おも》ふなり。「牡丹芳《ぼたんかんば》し」は、天子《てんし》の農《のう》を憂《うれ》ふるを美《ほ》むるなり。「紅線《こうせん》の毯《たん》」は、蠶絲《けんし》の費《つひ》えを憂《うれ》ふるなり。「杜陵《とりよう》の叟《そう》」は、農夫《のうふ》の困《くる》しみを傷《いた》むなり。「繚綾《れうりよう》」は、女工《ぢよこう》の勞《らう》を念《おも》ふなり。「賣《ばい》炭翁《たんをう》」は、宮市《きゆうし》に苦《くる》しむなり。「母子《ははこ》に別《わか》る」は、新《しん》の舊《きう》を閒《へだ》つるを刺《そし》るなり。「陰山《いんざん》の道《みち》」は、貪虜《たんりよ》を疾《にく》むなり。「時勢粧《じせいさう》」は、戎《じゆう》を警《いまし》むるなり。「李夫人《りふじん》」は、嬖惑《へいわく》に鑒《かんが》みるなり。「陵園《りようゑん》の妾《せふ》」は、幽閉《いうへい》を憐《あは》れむなり。「鹽商《えんしやう》の婦《ふ》」は、幸人《かうじん》を惡《にく》むなり。「杏《あんず》を梁《はり》と爲《な》す」は、居《きよ》

也。鹽商婦、惡㆓幸人㆒也。杏爲㆑梁、刺㆓居處奢㆒也。井底引㆓銀瓶㆒、止㆓淫奔㆒也。官牛、諷㆓執政㆒也。紫毫筆、譏㆓失職㆒也。隋堤柳、憫㆓亡國㆒也。草茫茫、懲㆓厚葬㆒也。古塚狐、誡㆓艶色㆒也。黑潭龍、疾㆓貪吏㆒也。天可㆑度、惡㆓詐人㆒也。秦吉了、哀㆓寃民㆒也。鴉九劍、思㆑決㆑壅也。採詩官、鑒㆓前王亂亡之所㆒㆑由也。

凡九千二百五十二言。斷爲㆓五十篇㆒。篇無㆓定句㆒、句無㆓定字㆒。繫㆓於意㆒、不㆑繫㆓於文㆒也。首句標㆓其目㆒、古十九首之例也。卒章顯㆓其志㆒、詩三百篇之義也。其詞質而俚、欲㆓見者之易㆒㆑諭也。其言直而切、欲㆓聞者之深誡㆒也。其事覈而實、使㆔采㆑之者傳㆓信也。其體順而律、使㆑可㆔以播㆓樂章歌曲㆒也。揔而言㆑之、爲㆑君爲㆑臣

處《しよ》の奢《しや》を刺《そし》るなり。「井底《せいてい》より銀瓶《ぎんぺい》を引《ひ》く」は、淫奔《いんぽん》を止《とど》むるなり。「官牛《くわんぎう》」は、執政《しつせい》を諷《ふう》するなり。「紫毫《しがう》の筆《ふで》」は、失職《しつしよく》を譏《そし》るなり。「隋堤《ずいてい》の柳《やなぎ》」は、亡國《ばうこく》を憫《あは》れむなり。「草茫茫《くさばうばう》」は、厚葬《こうそう》を懲《こ》らすなり。「古塚《こちよう》の狐《きつね》」は、艶色《えんしよく》を誡《いまし》むるなり。「黑潭《こくたん》の龍《りゆう》」は、貪吏《たんり》を疾《にく》むなり。「天《てん》も度《はか》るべし」は、詐人《さじん》を惡《にく》むなり。「秦吉了《しんきつれう》」は、寃民《ゑんみん》を哀《あは》れむなり。「鴉九《あきう》の劍《けん》」は、壅《よう》を決《けつ》せんことを思《おも》ふなり。「採詩《さいし》の官《くわん》」は、前《ぜん》王《わう》の亂亡《らんばう》の由《よ》る所《ところ》に鑒《かんが》みるなり。

凡《すべ》て九千二百五十二《きうせんにひやくごじふに》言《げん》。斷《だん》じて五十篇《ごじつぺん》と爲《な》す。篇《へん》に定句《ていく》無《な》く、句《く》に定《てい》字《じ》無《な》し。意《い》に繫《か》けて、文《ぶん》に繫《か》けず。首句《しゆく》に其《そ》の目《もく》を標《しめ》すは、古《いにしへ》の十九首《じふきうしゆ》の例《れい》なり。卒章《そつしやう》に其《そ》の志《こころざし》を顯《あらは》すは、詩三百篇《しさんびやつぺん》の義《ぎ》なり。其《そ》の詞《し》質《しつ》にして俚《り》なるは、見《み》る者《もの》の諭《さと》り易《やす》からんことを欲《ほつ》すればなり。其《そ》の言《げん》　直《ちよく》にして切《せつ》なるは、聞《き》く者《もの》の深《ふか》く誡《いまし》めんことを欲《ほつ》すればなり。其《そ》の事《こと》　覈《かく》にして實《じつ》なるは、之《これ》を采《と》る者《もの》をして信《しん》を傳《つた》へしめんとてなり。其《そ》の體《たい》　順《じゆん》にして律《りつ》なるは、以《もつ》て樂章《がくしやう》の歌曲《かきよく》に播《ほどこ》すべからしめんとなり。揔《そう》じて之《これ》を言《い》へば、君《きみ》の爲《ため》　臣《しん》の爲《ため》　民《たみ》の爲《ため》　物《もの》の爲《ため》　事《こと》の爲《ため》にして作《つく》り、文《ぶん》の爲《ため》にして作《つく》らざるなり。

爲㆑民爲㆑物爲㆑事而作、不㆓爲㆑文而作㆒也。

唐《たう》の元和四年《げんなよねん》　左拾遺《さしふゐ》白居易《はくきよい》作《つく》る。

唐元和四年左拾遺白居易作。

通釈　序にいう、「七徳の舞」は、唐の太宗が乱を平定して（この舞を作り）、帝王の事業がいかに困難なものであるかについて子孫に述べ示したことを賛美する詩である。「法曲」は、歴代の天子が中国の音楽を正したことを賛美する詩である。「二王の後」は、（前代二つの王朝の子孫を優遇した）先代の天子の意向を明らかにする詩である。「海漫漫」は、天子が神仙や仙薬を求めることを戒める詩である。「立部伎」は、中国古来の正統音楽がすたれてゆくのを批判する詩である。「華原の磬」は、楽師が適任者でないのを批判する詩である。「上陽の白髪人」は、（後宮に閉じ込められて）婚期を逸した宮女の悲しみをあわれむ詩である。「胡旋の女」は、なれ親しむ側近（に天子を惑わせる者がいること）を戒める詩である。「新豊の折臂翁」は、辺境で戦功を立てようとすることを戒める詩である。「太行の路」は、夫婦にたとえを借りて君臣関係が終わりを全うしがたいことを諷刺する詩である。「司天台」は、昔のことを引用して今の世に警告する詩である。「捕蝗」は、地方長官（が無益なことを民にさせるの）を批判する詩である。「昆明の春水満つ」は、帝王の恩沢が全国土に広く及ぶことを願う詩である。「塩州に城く」は、（異民族の侵入に備える）天子のはかりごとを賛美し、（私利を貪る）辺境守備の将軍たちを非難する詩である。「道州の民」は、賢臣が明君にめぐりあい（忠言が聞き入れられたことを）賛美する詩である。「馴犀」は、善い政治も終わりまで維持し難いことに感じて作った詩である。「五絃弾」は、淫らな俗楽が正しい雅楽の地位を奪い流行するのをにくむ詩である。「蛮子朝す」は、異民族の将軍が優遇されておごる反面、唐の宰相がただその地位にあるだけで重視されないことを批判する詩である。「驃国の楽」は、天子の徳化が近いところを優先し、その後で遠いところに及ぶことを望む詩である。「伝せる戎人」は、あわれな境遇におかれた民の実情を天子の耳に入れようとする詩である。「驪宮高し」は、天子が民の財力を重んじ惜しみ（無駄遣いしない）のを賛美する詩である。「百練鏡」は、天子の鏡（は人であること）を弁じ明らかにする詩である。「青石」は、忠誠義烈（の心）を奮い立たせる詩である。「両朱閣」は、仏寺が次第に多くなる（ことで民の住む場所が狭まる）のを批判する詩である。

「西涼伎」は、国境守備の将兵（の職務怠慢）を批判する詩である。「八駿の図」は、珍奇な物を愛玩して道楽にふけるのを戒め懲らしめる詩である。「澗底の松」は、貧賤の境遇に置かれた賢者を思いやる詩である。「牡丹芳し」は、天子が農業を心配するのを賛美する詩である。「紅線の毯」は、（赤い糸で敷物を作るために）蚕や桑に（労力が）無益に費やされていることを心配する詩である。「杜陵の叟」は、農民の苦しみを傷み悲しむ詩である。「繚綾」は、織工の女の苦労を思いやる詩である。「売炭翁」は、（物資を強制徴収する）宮市に苦しむ様子を詠った詩である。「母子に別る」は、新しい妻が来て旧い妻を離間する（男）を批判する詩である。「陰山の道」は、えびすの貪欲さをにくむ詩である。「時勢粧」は、異民族風の化粧を警告する詩である。「李夫人」は、気に入りの美女に惑溺した漢の武帝を戒めの教訓とする詩である。「陵園の妾」は、（御陵の守り役として）幽閉された宮女を憐れむ詩である。「塩商の婦」は、（苦労もせず贅沢三昧の）幸いを得ている者をにくむ詩である。「杏を梁と為す」は、（朝臣の）邸宅が豪奢であるのを批判する詩である。「井底より銀瓶を引く」は、淫らに男のもとへ走ることを止めさせる詩である。「官牛」は、政治を執る宰相を諷諫する詩である。「紫毫の筆」は、（直言すべき官員の）職務怠慢を非難する詩である。「隋堤の柳」は、（隋の煬帝が）国を亡ぼした行為をあわれむ詩である。「草茫茫」は、贅沢な埋葬をこらしめる詩である。「古塚の狐」は、あでやかな美女に迷わされないよう戒める詩である。「黒潭の龍」は、貪欲な役人をにくむ詩である。「天も度るべし」は、うそいつわりの多い人物をにくむ詩である。「秦吉了」は、罪もないのに苦しむ民をあわれむ詩である。「鵶九の剣」は、名剣が太陽を覆う雲を切り開く（ように天子の明を覆い隠す者を切る）ことを願う詩である。「採詩の官」は、前代の帝王が国を乱し亡ぼした原因を戒めとして考える詩である。

「新楽府」の字数は、全部で九千二百五十二字。これを断ち切って五十篇の詩とした。一篇の詩には何句と定まった句数はなく、一句にも何字と定まった文字数はない。意味に重点をおき、文飾にはおいていない。最初の句に作品の主題を示したのは、古詩十九首の例によったものであり、最後の段に作詩の趣旨を明らかにしたのは、『詩経』三百篇の道理にしたがったものである。その表現が飾らず卑近であるのは、これを見る者が理解しやすいように願うからである。その用語が率直でぴたりとしているのは、これを聞く者が深く戒めとするように願うからである。その事柄が確かで事実なのは、この詩を採集する人に真実を伝えさせようとするからである。その詩体がすっきりしてリズミカルなのは、音楽の歌詞として歌わせたかったからである。まとめて言えば、この詩は、君のため、臣のため、民のため、物のため、事のために作ったのであって、文飾のために作ったものではないのである。

唐の元和四年に左拾遺の白居易が作った。

語釈 ○序 「新楽府」全体の序文。以下の前半部では、篇名と作詩の趣意についての説明が続くが、作詩の趣意を記した部分（いわゆる「小序」）の語釈については、各作品を参照されたい。

○九千二百五十二言 五十篇の総文字数。但し、現存のテキストにこれと一致するものはない。ちなみに近藤春雄『白氏文集と国文学 新楽府・秦中吟の研究』（平成二年、明治書院）、及び高木正一『白居易上 中国詩人選集12』（一九九二〔初版一九五八〕年、岩波書店）によれば、神田本は九二〇一字、那波本（四部叢刊本）は九一二〇字、馬元調本は九一二四字、汪立名本は九一三八字である。○断為五十篇 「断」は、断ち切る。区分し編定する。九千二百五十二字を分けて、五十篇の詩とすること。○定句 一定の句数。決まった句数。○定字 一定の字数。決まった字数。○繫於意 内容に重点をおく。目的は詩意にあり、文飾にはないことをいう。○首句標其目、古十九首之例也 「標其目」は、題目を示す。詩の最初の句に主題を示すのは、漢代の「古詩十九首」（『文選』巻二十九）の例に倣ったものである、ということ。なお、「古十九首之例也」の七字は、神田本等の抄本にのみあり、馬元調本・那波本等にはない。○卒章顕其志 最後の一段で詩の趣旨を明言すること。「卒章」は、詩の最後の一段。結末の段。○詩三百篇之義也 「詩三百」は、『詩経』をいう。「義」は、道理、法則、すじみち。○其詞質而俚 その文辞（表現）が飾らず、卑近（分かりやすく、通俗的）であるのをいう。「質」は、質朴で飾らないこと。「俚」字、神田本には「イヤシ」の訓がある。紹興本・那波本・馬元調本は「質而径」に作る。「径」は、直接的で単刀直入なこと。○欲見者之 紹興本・那波本・馬元調本は「欲見之者」に作る。○其言直而切 その用語が率直で適切であること。○欲聞者之 紹興本・那波本・馬元調本は「欲聞之者」に作る。○覈而実 確かであり事実である。「覈」は、確か。金沢文庫本には「アキラカニシテ」の訓がある。○采之者 この詩を採集する人。「新楽府」は、周代に行われたとされる采詩の精神（民間の詩歌を採集して政治の参考とする）を受け継ぐものとして制作された。五十篇の最後の詩「採詩官」（〇一七五）を参照。神田本は「来者之」に作る。今、紹興本・那波本・馬元調本によって改める。○其体順而律 「体」は、詩体（詩の体裁・形式）。「順」は、すっきりしている。滑らかで逆らわない。「律」は、音調が整い、律動的。リズミカル。紹興本・那波本・馬元調本は「肆」に作る。それならば、ほしいまま。思う存分。自由自在の意。○楽章歌曲 音楽の歌詞。音楽にのせて歌う歌。○揔而言之 結論として言う。これらの詩は要するに、の意。

「摠」は、すべるの意で、「総」に通用する。神田本は「惣」に作る。「惣」は、「摠」を書き誤った字。○為君……為事而作　『礼記』楽記篇に、「宮を君と為（な）し、商を臣と為し、角（かく）を民と為し、徴（ち）を事と為し、羽（う）を物と為す。五者乱れざれば則ち怗懘（せんせい）の音（おん）無し。宮乱るれば則ち荒るるは、其の君驕（おご）ればなり。……」とあるのを踏まえる。『礼記』の文は、宮・商・角・徴・羽の五音階を、君・臣・民・事・物に配し、「五音に乱れがなければ不調和な音は出ない。もし宮の音が乱れれば音楽は荒々しくなるが、それは君主が驕慢（で政治が乱暴）になっているからである」の意。政治と音楽には相関関係があり、政治や社会が乱れれば、音楽も乱れることをいう。

余説　宋の銭易『南部新書』癸に、「四明の人胡抱章、『擬白氏諷諫五十首』を作り、亦た東南に行はる。然れども其の詞は甚だ平（凡庸）なり。後孟蜀（五代十国の一つ、後蜀）の末に楊士達亦た五十篇を撰し、頗る時事を諷す。士達の子挙正は、端拱二年の進士にして、職方員外郎に終はる」と。

金の王若虚の『滹南詩話』巻四十に、「張舜民謂（おも）へらく、楽天の『新楽府』は罵に幾（ちか）しと。乃ち『孤憤吟』五十篇を為（つく）りて以て之を圧（おさ）へんとす。然れども其の詩は伝はらず、亦た略（ほぼ）称道する者無し。而れども楽天の作は自若たり。公の詩は浅易に渉ると雖も、要するに是れ大才にして、殆（ほとん）ど元気（万物の根本をなす気）と相侔（ひと）し。而れども狂吠の徒は、僅かに能く筆を動かせば、類（おほむ）ね敢へて謗傷す。所謂『爾曹（なんぢら）の身と名とは倶に滅するも、廃せず江河の万古に流るるを』（杜甫の「戯為六絶句」の第二首）なり」と。

『宋史』巻四七九・西蜀世家に、「欧陽迥、……蜀の広政二十四年、門下侍郎に拝せられ、戸部尚書平章事を兼ね、国史を監修す。嘗（つか）て白居易の『諷諫詩』五十篇に擬して以て献ず。昶手詔もて嘉美（ほめたたえる）し、賚（また）ふに銀器錦綵を以てす」と。

清の李慈銘『越縵堂読書記』に、「香山の詩は、『上陽白髪人』『驃国楽』『昆明春』『西涼伎』『牡丹芳』諸篇のごときは、言は暁（さと）り易きに在りと雖も、終に冗長なるを覚え、音節も亦た鬆滑（しまりがなく乱れている）にして、杜（甫）の疏密中を得たるに及ばず。其の佳処に至りては、『上陽白髪人』の『唯向深宮望明月、東西四五百回円』、『西涼伎』の『平時安西万里疆、今日辺防在鳳翔』、『牡丹芳』の『少迴卿士愛花心、同似吾君憂稼穡』のごときは、則ち固より掩ふべからざるのみ」と。

『紫式部日記』に、「宮の御前にて『文集』のところどころ読ませ給ひなどして、さるさまのことを知ろしめさせまほしげにおぼいたりしかば、いとしのびて人のさぶらはぬもののひまひまに、おととしの夏ごろより、『楽府』といふ書二巻をぞしどけなくから教へたてきこえさせ侍る」と。

この文の「其詞質而俚、欲見者之易諭也。其言直而切、欲聞者之深誡也。其事覈而実、使采之者伝信也。……摠而言之、為君為臣為民

為物為事而作、不為文而作也」の句に依拠した文辞としては、次のものがある。

『十訓抄』序に、「其の詞和字をさきとして必しも筆のつひえをかがみず、見るもの、目安からんことをおもふ故なり。其の例漢家をついでとして博く文の道を訪はず、聞くものの耳近からんことを思ふ故なり。すべてこれをいふに空しき詞をかざらず、ただ実のためしを集む、路の傍の碑の文をはこひねがはさるなり」と。

0125 七德舞　美三撥レ亂陳二王業一也。

七德《しちとく》の舞《まひ》　亂《らん》を撥《をさ》め王業《わうげふ》を陳《の》ぶるを美《ほ》むるなり。

武德中、天下始作二秦王破陣樂曲一、以歌二舞大宗之功德一。貞觀初、太宗重制二破陣樂舞圖一、詔二魏徵・虞世南等一爲二之歌詞一、因レ之名二七德之舞一。自二龍朔一已後、詔宴二郊廟一享宴、皆先奏レ之也。

武德中《ぶとくちゆう》、天下《てんか》始《はじ》めて「秦王破陣樂曲《しんわうはぢんがくきよく》」を作《つく》り、以《もつ》て大《たい》（太）宗《そう》の功德《こうとく》を歌《か》舞《ぶ》す。貞觀《ちやうぐわん》の初《はじ》め、太宗《たいそう》重《かさ》ねて「破陣樂舞圖《はぢんがくぶづ》」を制《せい》し、魏徵《ぎちよう》・虞世南《ぐせいなん》等《ら》に詔《みことのり》して之《これ》に歌詞《かし》を爲《つく》らしめ、之《これ》に因《よ》りて「七德《しちとく》の舞《まひ》」と名《な》づく。龍朔《りゆうさく》より已後《いご》、詔《みことのり》して郊廟《かうべう》に宴《えん》し享宴《きやうえん》するに、皆《みな》先《ま》づ之《これ》を奏《そう》せしむるなり。

解題　「新楽府」その一。「七徳の舞」は、唐の宮廷の舞楽の名。名君として知られる唐の第二代皇帝、太宗李世民（在位六二六—六四九）が、まだ秦王として四方を征伐した折、民間では「破陣楽」と称する歌謡が行われていた。太宗は即位すると、呂才・李百薬・虞世南・褚亮・魏徴らに命じて、楽曲に合う歌詞をつくらせた。また、貞観七年（六三三）には「破陣（楽）舞図」を制作し、呂才に命じて図に依って百二十人の楽工に舞いを教えさせ、名も「七徳の舞」と改めて、宮廷の舞楽とした。「七徳」とは、①暴力を禁じ、②いくさをやめ、③国家の大を保ち、④功を定め、⑤民を安んじ、⑥民衆を平和にし、⑦財を豊かにする、七つの徳。『左氏伝』宣公十二年の条に、楚の君主の語として「夫れ武は、暴を禁じ、兵を戢（や）め、大を保ち、功を定め、民を安んじ、衆を和し、財を豊かにする者なり」とみえる。小序に、「乱を撥め王業を陳ぶるを美むるなり」とあるのは、「七徳の舞は、唐の太宗が、乱を平定してこの舞を作り、帝王の事業がいかに困難であるかについて子孫に述べ示したことを賛美する詩である」の意。『詩経』豳風「七月」の詩序に、「七月は王業を陳ぶるなり。周公変に遭ふ。故に后稷先公の風化の由る所、王業を致すの艱難を陳ぶるなり」と。

小序に続く題下原注の通釈は以下のとおり。「武徳年間に、国家ははじめて『秦王破陣楽』の曲を作り、（その音楽に合わせて）歌舞し、太宗の事業の功績を称えた。貞観の初め、太宗は重ねて『破陣楽舞図』を制作し、魏徴や虞世南らに詔してその歌詞を作らせ、『七徳の舞』と名づけた。龍朔年間より以後は、詔して郊廟で宴を催し（先祖を）もてなす際には、いつも先ずこれを演奏させるようにした」。

七徳舞　七徳歌
傳自㆓武徳㆒至㆓元和㆒」
元和小臣白居易
觀㆑舞聽㆑歌知㆓樂意㆒
樂終稽首陳㆓其事㆒」
太宗十八擧㆓義兵㆒
白旄黄鉞定㆓兩京㆒
擒㆑充戮㆑竇四海清
二十有四王業成
二十有九卽㆓帝位㆒
三十有五致㆓太平㆒」
功成理定何神速
速在㆔推㆑心置㆓人腹㆒

七徳《しちとく》の舞《まひ》　七徳《しちとく》の歌《うた》。
傳《つた》へて武徳《ぶとく》より元和《げんな》に至《いた》る。」
元和《げんな》の小臣《せうしん》　白居易《はくきよい》、
舞《まひ》を觀《み》　歌《うた》を聽《き》きて　樂意《がくい》を知《し》り、
樂《がく》終《を》はりて　稽首《けいしゆ》して　其《そ》の事《こと》を陳《の》ぶ。」
太宗《たいそう》　十八《じふはち》にして　義兵《ぎへい》を擧《あ》げ、
白旄《はくばう》　黄鉞《くわうゑつ》　兩京《りやうけい》を定《さだ》む。
充《じゆう》を擒《とりこ》にし　竇《とう》を戮《りく》して　四海《しかい》清《きよ》く、
二十有四《にじふいうし》にして　王業《わうげふ》成《な》る。
二十有九《にじふいうきう》にして　帝位《ていゐ》に卽《つ》き、
三十有五《さんじふいうご》にして　太平《たいへい》を致《いた》す。」
功《こう》成《な》り　理《り》定《さだ》まること　何《なん》ぞ神速《しんそく》なる、
速《そく》は　心《こころ》を推《お》して人《ひと》の腹《はら》に置《お》くに在《あ》り。

亡卒遺骸散レ帛收
貞觀初、詔收二天下陣死骸骨一、致レ祭而瘞二‐埋之一、尋又散二錢帛一以贖レ之。

飢人賣子分レ金贖
貞觀二年大飢、人有下鬻二男女一者上、詔出二御府金帛一盡贖レ之、還二其父母一也。

魏徴夢見子夜泣
魏徴疾亟、大宗夢與レ徴別。既寤流涕、是夕徴卒。故御製碑云、昔殷宗得二良弼於夢中一、今朕失二賢臣於覺後一也。

張謹哀聞辰日哭
張公謹卒、太宗爲レ之擧哀、有司奏曰、子在レ辰、陰陽所レ忌、不レ可レ哭。上曰、君臣義重、猶二父子一也。情發二於中一、安知二辰日一。遂哭レ之慟也。

怨女三千放出レ宮
大宗嘗謂二侍臣一曰、婦人幽二‐閉深宮一、情實可レ愍。今將二出レ之、任一レ求二於仇儷一。於レ是令下左丞戴胄、給事中杜正倫、於二掖宮西門一、簡二‐出數千人一、放歸上也。

死囚四百來歸レ獄」
貞觀六年、親錄二囚徒一、歸二死罪者三百九十人于家一、令二明年秋來就一レ刑。應レ期畢至。因詔悉原也。

翦レ鬚燒レ藥賜二功臣一

李勣嗚咽思レ殺レ身」
李勣嘗疾亟、醫工云、得二鬚灰一、方可レ療。大宗自翦レ鬚燒灰以賜レ之。服訖而愈、勣叩頭泣涕而謝。

含レ血吮レ創撫二戰士一

思摩奮呼乞レ效レ死」
李思摩嘗中レ弩、太宗親爲吮レ血也。

則知

不二獨善戰善乘一レ時

以レ心感レ人人心歸

爾來一百九十載

天下至レ今歌二‐舞之一」

歌二七德一　舞二七德一

亡卒《ばうそつ》の遺骸《ゐがい》　帛《はく》を散《さん》じて收《をさ》め、

飢人《きじん》の賣子《ばいし》　金《きん》を分《わ》かちて贖《あがな》ふ。

魏徴《ぎちよう》　夢《ゆめ》に見《まみ》えて　子夜《しや》に泣《な》き、

張謹《ちやうきん》の哀《あい》聞《き》こゆれば　辰日《しんじつ》に哭《こく》す。

怨女三千《ゑんぢよさんぜん》　放《はな》ちて宮《きゆう》を出《い》だし、

死囚四百《ししうしひやく》　來《きた》つて獄《ごく》に歸《かへ》る。」

鬚《ひげ》を翦《き》り藥《くすり》に燒《や》きて　功臣《こうしん》に賜《たま》ひ、

李勣《りせき》　嗚咽《をえつ》して身《み》を殺《ころ》さんことを思《おも》ふ。」

血《ち》を含《ふく》み創《きず》を吮《す》ひて戰士《せんし》を撫《ぶ》し、

思摩《しま》　奮呼《ふんこ》して死《し》を效《いた》さんことを乞《こ》ふ。」

則《すなは》ち知《し》る

獨《ひと》り善《よ》く戰《たたか》ひ善《よ》く時《とき》に乘《じよう》ずるのみならず、

心《こころ》を以《もつ》て人《ひと》を感《かん》ぜしめて　人心《じんしん》歸《き》す。

爾來一百九十載《じらいいつぴやくきうじつさい》、

天下《てんか》　今《いま》に至《いた》るまで　之《これ》を歌舞《かぶ》す。」

七德《しちとく》を歌《うた》ひ　七德《しちとく》を舞《ま》ふ。

聖人有レ作垂二無極一」
豈徒耀二神武一
豈徒誇二聖文一
太宗意在下陳二王業一
王業艱難示中子孫上」

聖人《せいじん》 作《さく》有《あ》つて 無極《むきよく》に垂《た》る。」
豈《あ》に徒《ただ》に神武《しんぶ》を耀《かがや》かすのみならんや、
豈《あ》に徒《ただ》に聖文《せいぶん》を誇《ほこ》るのみならんや。
太宗《たいそう》の意《い》は 王業《わうげふ》を陳《の》べ、
王業《わうげふ》の艱難《かんなん》をば子孫《しそん》に示《しめ》すに在《あ》り。」

歌（下平聲、歌韻）、和（下平聲、戈韻）……歌・戈韻は同用。易（去聲、寘韻）、意・事（去聲、志韻）……寘・志韻は同用。兵・京・平（下平聲、庚韻）、清・成（下平聲、清韻）……庚・清韻は同用。速・腹・哭（入聲、屋韻）、贖・獄（入聲、燭韻）……屋・燭韻は通押。臣・身（上平聲、眞韻）。士（上聲、止韻）、死（上聲、旨韻）……止・旨韻は同用。時・之（上平聲、之韻）、歸（上平聲、微韻）……之・微韻は通押。德・德（入聲、德韻）、極（入聲、職韻）……德・職韻は同用。文（上平聲、文韻）、孫（上平聲、魂韻）……文・魂韻は通押。

通釈　七徳の舞と七徳の歌は、武徳の昔から伝わり元和の今日まで至っている。

元和の小臣であるわたし白居易は、この舞を観、歌を聴いて、（太宗が）舞楽を作られた御趣意を知ったので、舞楽が終わるや、うやうやしく拝礼して、そのことを述べることにした。

太宗は十八歳で正義の軍を旗揚げし、から牛の尾をつけた白旗と黄金のまさかりを持って、長安・洛陽の両京を平定された。王世充をとりこにし竇建徳を殺して、四海の内から敵は一掃され、二十四歳の時には、御平定の大事業を成し遂げられた。二十九歳で天子の位につき、三十五歳で太平の世を実現された。

功業が成就し政治が安定することの、なんと神業のように速かったことか。速かったわけは、御自分と同じ誠意が他人にもあると信じ、人の誠意をお疑いにならなかったからである。例えば、死んだ兵士の遺骸を絹（金銭）を使って収容させたり、飢えた民が売った子どもを、金を分け与え買い戻してやったりされた。また宰相の魏徴が病み、夜中の夢枕でお目にかかった時には、別れを惜しんで泣いて悲しまれ、張公謹の死がお耳に入ると、哭してはいけないとされる辰《たつ》の日でも哭泣された。また宮中に幽閉され婚期を失っている宮女三千人を解放してやったり、来秋までには帰ってこいと家に帰した死刑囚四百人が、皆戻って来たので罪を許したりされた。

功臣の李勣が病気になった時には、鬚を焼いた灰がよいと聞き、自ら鬚を切り、焼いて薬として与えたので、李勣は感激してむせび泣き、君恩に報いるためなら我が身を殺してもよいと思った。

李思摩が矢で負傷した時には、血や傷のうみを吸ってこの戦士をいたわったので、李思摩は奮い叫んで、君のために命を捧げることを乞い求めたという。

こうしたことから分かるように、太宗皇帝はただ、戦いや時運に乗ずるのがうまかっただけではなく、まごころを尽くして人を感動させたので、人心はおのずから帰服したのである。この歌舞が作られてから百九十年、天下は今に至るまで、歌い舞っている。

七徳を歌い、七徳を舞う。この歌舞は聖人太宗が作成され、無窮の後世にのこされたものである。

どうしてただ、御自身の優れた武威を輝かせ、優れた文徳を誇る、というだけのものであろうか。いやそうではない。

太宗のご趣意は、帝王の事業をならべ述べることで、その事業の困難さを子孫に示す、という点にあったのである。

語釈　○武徳　高祖李淵の治世に行われた唐朝最初の年号。六一八年から六二六年。○秦王破陣楽曲　『旧唐書』巻二十九・音楽志二に、「破陣楽は、太宗の造る所なり。太宗秦王たりし時、四方を征伐し、人間秦王破陣楽の曲を歌謡す。即位するに及び、呂才協音律・李百薬・虞世南・褚亮・魏徴等をして歌辞を製（つく）らしむ。百二十人甲を披（き）戟を持ち、甲は銀を以て之を飾る。発揚踏万、声韻慷慨し、享宴に之を奏せば、天子は位を避け、宴に坐する者は皆興す」と。また、『旧唐書』巻二十八・音楽志一に、「（貞観）七年、太宗破陣舞図を制す。……呂才をして図に依りて楽工百二十人に教へ、甲を被（き）戟を執りて之を習はしむ。……数日にして就（な）る。名を七徳の舞と更（あらた）む」と。○龍朔　高宗李治の治世の年号。六六一年から六六三年。○七徳歌　七徳の舞の歌詞。太宗が魏徴や虞世南らに命じて作らせたが（「解題」参照）、今は伝わらない。○元和　この詩が作られた当時、憲宗李純の治世の年号。八〇六年から八二〇年。○楽意　舞楽を作った趣意。○稽首　頭を地につけて敬礼する。「首」は、頭。「稽」は、とどめる。頭をしばらく地につけたままにすること。

〇太宗十八挙義兵……の五句　太宗の事績を述べた『貞観政要』巻十・論祥瑞（災異）篇に、「但だ朕、年十八、便（すなは）ち王業を経綸し、北のかた劉武周を剪（き）り、西のかた薛挙を平らげ、東のかた竇建徳・王世充を擒（とりこ）にし、二十四にして天下定まり、二十九にして大位に居り、四夷降服し、海内乂安（がいあん）たり」と。〇白旄黄鉞　「白旄」は、白い氂牛（りぎゅう）（から牛）の尾を先端につけた旗。指揮に用いる旗。神田本は「白髦」に作る。紹興本・那波本・馬元調本により改める。「黄鉞」は、黄金で飾ったまさかり。刑具。『書経』牧誓篇に、周の武王が殷の紂王を伐った時のことを記して「王、左に黄鉞を杖つき、右に白旄を秉（と）って麾（さしまね）く」と。〇両京　長安と洛陽。〇擒充戮竇　「充」は、王世充。「竇」は、竇建徳。ともに太宗と武力で対立していた敵対者。前掲「太宗十八挙義兵」の語釈参照。〇四海　天下。世界中。〇即帝位　太宗は父高祖李淵の譲位を受けて帝位についた。〇致太平　「太平」、神田本は「大平」に作る。「大」は、「太」と音義同じ。紹興本・那波本・馬元調本により改める。

〇理定　政治が安定する。「理」は、「治」。唐の高宗（李治）の諱「治」を避けて、「理」字で代用した。唐代の避諱。〇推心置人腹　自分の赤心（まごころ）から推量して、人にもまごころがあると考え、人を信じて疑わないこと。人を深く信用すること。『後漢書』巻一上・光武帝紀上に、「降る者更々（こもごも）相語りて曰く、蕭王、赤心を推して人の腹中に置く、安くんぞ投死（身を投げ出す）せざるを得んや」と。〇亡卒遺骸散帛収　死んだ兵卒のなきがらを帛を与えて埋めさせ、祭ってやったこと。「亡卒」は、死亡した兵卒。「帛」は、きぬ。当時、貨幣として用いた。自注に、「貞観の初め、詔して天下陣死の骸骨を収め、祭りを致して之を瘞埋（えいまい）し、尋（つ）いで又銭帛を散じて以て之を贖（あがな）はしむ」と。『旧唐書』巻二・太宗本紀上に、「（貞観二年）夏四月己卯、詔して骸骨の暴露する者を、在る所に埋瘞（まいえい）せしむ」、同巻三・太宗本紀下に、「（貞観四年）九月庚午、長城の南の骸骨を収め瘞（うづ）めしめ、仍ほ祭りを致さしむ」と。〇飢人売子分金贖　貞観二年の大飢饉の折に、飢えた人民が困窮して売った子供を、太宗が御府（ぎょふ）の金を出して買いもどし、父母の手にかえしてやったこと。自注に、「貞観二年大いに飢ゑ、人に男女を鬻（ひさ）ぐ者有り、詔して御府の金帛を出だして尽く之を贖ひ、其の父母に還さしむるなり」と。『貞観政要』巻六・論仁惻篇に、「貞観二年、関中旱（ひでり）し、大いに饑う。太宗、侍臣に謂ひて曰く、『……朕が徳の修まらざる、天当に朕を責むべし。百姓、何の罪ありて、多く困窮するや。男女を鬻（ひさ）ぐ者有りと聞く、朕甚だ焉（これ）を愍（あは）れむ』と。乃ち御史大夫杜淹を遣はして巡検せしめ、御府の金宝を出だして之を贖ひ、其の父母に還さしむ」と。〇魏徴夢見子夜泣　「魏徴」は、唐室創業の功臣。太宗の重臣。魏徴の病気が重くなった時、太宗の夢枕に立って別れを告げ、朝になり魏徴が死んだので、太宗が慟哭したことをいう。自注に、「魏徴疾（やまひ）亟（きは）まり、大（太）宗夢に徴と別る。既に寤めて流涕し、是の夕徴卒す。故に御製の碑に云ふ、『昔殷宗　良弼を夢中に得、今朕　賢臣を覚後に失ふなり』」と。『旧唐書』巻七十一・魏徴伝に、「（魏徴の）病篤きに及び、（太宗は）輿駕して再び其の第に幸し、之を撫して流涕し、言はんと欲する所を問ふ。……後数日、太宗、夜徴を夢みるに平生の若し、旦に及びて徹の薨ぜしを奏す。時に年六十四。太宗親しく臨みて慟哭し、朝を廃すること五日」と。「子夜泣」、紹興本・那波本・馬元調本は「天子泣」に作る。○張謹哀聞辰日哭　「張謹」は、襄州都督であった張公謹のこと。自注に、「張公謹卒し、太宗之が為に挙哀（哭声を挙げる礼）せんとするに、有司奏して曰く、子辰に在り、陰陽の忌む所なり、哭すべからず、と。上（しゃう）曰く、君臣の義の重きこと、猶ほ父子のごときなり。情　中に発す、安くんぞ辰日を知らんや、と。遂に之を哭し慟（どう）するなり」と。『貞観政要』巻六・論仁惻篇に、「貞観七年、襄州の都督張公謹卒す。上（しゃう）、聞きて嗟悼し、出でて次し哀を発す。有司、奏言す、陰陽の書に準ずるに、甲子、辰に在るときは、哭泣すべからず、と。此れ亦た流俗の忌む所なり、と。上曰く、君臣の義は、父子に同じ。情、衷より発す。安くんぞ辰日を避けんや、と。遂に之を哭す」と。○怨女三千放出宮　「怨女」は、深宮に幽閉されて婚期を失った女性。夫がいない女性。この句は、太宗が深宮に幽閉されていた宮女三千人を解放し、宮中から出してやったことをいう。自注に、「大（太）宗嘗て侍臣に謂ひて曰く、婦人の深宮に幽閉さるるは、情、実に慼（あは）れむべし。今将に之を出だし、伉儷を求むるに任せんとす、と。是に於て左丞戴冑、給事中杜正倫をして、掖宮の西門より、数千人を簡（えら）び出だし、放ち帰らしむるなり」と。『貞観政要』巻六・論仁惻篇に、「貞観の初、太宗、侍臣に謂ひて曰く、婦人、深宮に幽閉さるるは、情、実に慼れむべし。……今将に之を出だして伉儷を求むるに任せんとす。……亦た、各〻其の性を遂ぐるを得ん、と。是に於て後宮及び掖庭、前後出だす所、三千余人なり」と。自注の「掖宮」、紹興本・馬元調本は「掖庭宮」に作る。○死囚四百来帰獄　貞観六年（七九〇）、太宗が死刑囚三百九十人に、来年秋に帰るようにと約束して家に帰らせたところ、時期になると皆戻ってきたので罪を許してやったことをいう。自注に、「貞観六年、親しく囚徒を録し、死罪の者三百九十人を家に帰らしめ、明年の秋に来りて刑に就かしむ。期に応じて畢（みな）至る。因つて詔して悉（ことごと）く原（ゆる）すなり」と。『旧唐書』巻三・太宗本紀下の貞観六年に、「十二月辛未、親しく囚徒を録し、死罪の者二百九十人を家に帰らしめ、明年の秋末に刑に就かしむ。其の後、期に応じて畢至れば、詔して悉く之を原す」と。解放した人数については、『通典』巻一七〇には「死罪の三百九十人を放ちて家に帰らしむ」とあり、また『資治通鑑』巻一九四・貞観七年九月の条にも「去歳縦（ゆる）せし所の天下の死囚凡て三百九十人」とある。

○翦鬚焼薬賜功臣　「功臣」は、武将の李勣を指す。自注に、「李勣嘗て疾（やまひ）亟（きは）まるに、医工云ふ、鬚灰を得ば、方に療すべし、と。大（太）宗自ら鬚を翦り焼きて灰にし以て之に賜ふ。服し訖（を）へて愈（い）え、勣叩頭泣涕して謝す」と。『貞観政要』巻二・任賢篇に「（李）勣時に暴疾に遇ふ。験方（薬の処方）に云ふ、鬚灰を以て之を療すべし、と。太宗自ら鬚を剪り、其れが為（ため）に薬を和す。勣、頓首して血を見、泣きて以て陳謝す」と。『旧唐書』巻六十七・李勣伝にも見える。

○含血吮創撫戦士　「戦士」は、右衛大将軍の李思摩を指す。自注に、「李思摩嘗て弩（ど）に中（あた）り、太宗親しく為に血を吮ふなり」

と。『貞観政要』巻六・論仁惻篇に、「太宗、遼東を征し、白巖城を攻むるとき、右衛大将軍李思摩、流矢の中る所と為る。帝親ら為に血を吮ふ。将士、感励せざるは莫し」と。

○聖人有作　「聖人」は、太宗を指す。『礼記』楽記篇に、「礼楽の情を知る者は能く作る。礼楽の文を識る者は能く述ぶ。作る者之を聖と謂ひ、述ぶる者之を明と謂ふ」とあるのを踏まえる。太宗は礼楽を新たに作ったので、聖人に該当する。

○神武　神明のごとき武徳。『易経』繋辞上伝に、「聖人、此を以て心を洗ひ……古の聡明叡知、神武にして殺さざる者か」と。○聖文　聖明なる文徳。天子の優れた学問や教養。

余説　明の賀裳『載酒園詩話』に、「『秦中吟』『喜雨詩』『哭孔戡』『宿紫閣村』は、皆楽天の得意の作なり。『紫閣村』には尚ほ『石壕吏』（杜甫の詩）の遺意有り、『秦中吟』末篇の『一叢深色花、十戸中人賦』は差《やや》諷吟すべし。余は皆骨は弱く体は卑《ひく》く、語は直に意は浅なり。以て宸聡を広め、憂勤に副はんと欲すと雖も、而れども『言の文無きは、行はるるも遠からず』、『祈招』（逸詩の篇名。祭公謀父が周の穆王の心を止《とど》めるために作った）の義を去ること遠し。祖の功、宗の徳を宣ぶるがごときに至りては、固より須らく明暢たるべし、然して詞を摛《し》くに縦《たと》ひ必ずしも彫鏤せざれども、亦た当に深厚、爾雅（言葉が正しく美しい）たるべし。『七徳舞』に云はく、『七徳舞、七徳無《ママ》、伝之武徳至元和。元和小臣白居易、観舞聴歌知楽意。楽終稽首陳事。太宗十八挙義兵、白旄黄鉞定両京。擒充戮竇四海清、二十有四功業成。二十有九即帝位、三十有五致太平』と。軽率なること此くのごとくなるに、何ぞ以て之を郊廟に奉ぜんや。退之（韓愈）の『元和聖徳詩』は、体裁は高渾なるに、猶ほ其の形容の稍《やや》過なるを以て、蘇子由（蘇轍）遂に李斯の秦を頌せしに言ふに忍びざりし所なりと謂ひて、遽に其の陋なるを譏る。何ぞ況んや乃ち爾るをや。吾白の諷諭詩を読めば、毎に其の美意は有れども佳詞無きを歎ずるなり」（巻三）と。

清の乾隆帝『唐宋詩醇』巻二十の御批に、「五十首の此を以て起こるは、体裁は極めて『大雅』（『詩経』の詩の一体）の周の受命の由を原《たづ》ねて、必ず之を文王に本づけ、以て王業の盛なる所由《ゆゑん》を明らかにするに合す。唐の受命は、高祖より始まる。而れども王業を開きしは、則ち太宗の功なり。大意の重きを帰するは人心を得るに在り。人心の帰するは、王業の本なり。『亡卒遺骸散帛収』の十句は、皆人心を得し実事なり。鋪陳は詳贍、詞旨は荘雅にして、琅々として誦すべし」と。

『徒然草』二二六段に、「後鳥羽院の御時、信濃前司行長、稽古の誉ありけるが、『楽府』の御論議の番に召されて、七徳の舞を二つ忘れたりければ、五徳の冠者と異名つきけるを、心うきことにして学問を棄てて遁世したりけるを、……」と。

この詩の「四海清」の句に依拠した文辞として、以下の如きものがある。

大江通国の「新楽府廿首和歌題序、晩夏同に白氏文集楽府廿句を詠む、和歌一首付小序」（『朝野群載』巻一所収）によれば、この句を句題として大江通国が和歌を詠んでいる（但し和歌は未見）。

この句を題とした加藤千蔭の和歌「筑紫の海えぞの千島のおきかけて浪たたぬよはにごるともなし」が、『類題草野集』に輯録されている。

この詩の「亡卒遺骸散帛収……翦鬢焼薬賜功臣、李勣嗚咽思殺身。含血吮創撫戦士、思摩奮呼乞效死」の句に依拠した文辞としては、次のものがある。

『平治物語』信頼信西不快の事に、「大澆季に及びては、人奢りて朝威を蔑如し、民猛くして野心を挟む、能く用意すべし。最も抽賞せらるべきは勇士なり。されば唐太宗文皇帝は髭を焼きて功臣に賜ひ、血を含み創を吮うて戦士を撫でしかば、心は恩のために仕へ、命は義に依りて軽かりければ、身を殺さん事を痛まず、只死を致さんことをのみ思へりけりとなん」と。

『源平盛衰記』巻二十一・静憲与入道問答事に、「唐の太宗皇帝は、剪鬢焼薬、功臣李勣に賜ひ、含血吮瘡、戦士を思ひ摩で助けけり。又魏徴大臣と云ふ臣下に後れ給ひて、御歎きの余りに、昔殷宗夢中得良弼、今朕夢後失賢臣と云ふ碑文を、自ら書きて魏徴が廟に立てて悲給ひけり。凡そ明王の臣下の歎きを慰め訪ひ給ふ例其の数を知らず」と。

『太平記』巻十・三浦大多和合戦意見事に、「長崎二郎高重……鎧に立処の箭をも未抜、疵（ずき）の口より流るる血に白糸の鎧忽に火威（ひをどし）に染成て、閑々（しづしづ）と鎌倉殿の御屋形へ参り中門に畏（かしこま）りたりければ、祖父の入道世にも嬉しげに打見て出迎、自（みづから）疵を吸血を含で、泪を流て申けるは、……」と。

同じく巻三十二・神南合戦事に、「昔唐の太宗、戦に臨で戦士を重くせしに、血を含み疵を吸のみに非ず、亡卒の遺骸を帛を散して収しも、角やと覚て哀なり」と。

0126 法曲

美列聖正華聲也。

法曲《はふきよく》 列聖《れつせい》の華聲《くわせい》を正《ただ》すを美《ほ》むるなり。

解題 「新楽府」その二。「法曲」は、朝廷で定めた標準の楽曲。馬元調本は詩題を「法曲歌」とする。小序は、「法曲は、歴代の天子が中国の音楽を正したことを賛美する詩である」の意。「列聖」は、唐の歴代の天子。「華声」は、中国固有の音楽。この詩は、音楽と政治とは関連するという考えに基づき、「夷声」（異民族の音楽）が「法曲」に混入して以降、政治が乱れたことを指摘して、法曲には純粋な華声を用いるよう進言する。『新唐書』巻二十二・礼楽志十二に、「初め、隋、法曲有り、其の音清くして雅に近し。其の器、鐃・鈸・磬・幢簫・琵琶有り。……玄宗既に音律を知り、又法曲を酷愛す。坐部伎の子弟三百を選び梨園に教へ、声に誤る者有れば、帝必ず覚えて之を正し、皇帝梨園の弟子と号す。宮女数百も、亦た梨園の弟子と為し、宜春の北院に居る。梨園の法部、更に小部の音声三十余人を置く」と。

元稹の「和李校書新題楽府十二首」（『元氏長慶集』巻二十四）の第五首に「法曲」がある。

法曲法曲歌㆓大定㆒
積德重熙有㆓餘慶㆒
永徽之人舞而詠」 永徽之理、有㆓貞觀之遺風㆒、故高宗製㆓一戎大定樂曲㆒也。
法曲法曲舞㆓霓裳㆒
政和世理音洋洋
開元之人樂且康 霓裳羽衣曲起㆓於開元㆒、盛㆓於天寶㆒也。
法曲法曲歌㆓堂堂㆒
堂堂之慶垂㆓無疆㆒」
中宗肅宗復㆓鴻業㆒
唐祚中興萬萬葉」 永隆元年、大常丞李嗣眞、善審㆓音律㆒、能知㆓興衰㆒。云、近者樂府有㆓堂堂之曲㆒、再言㆓堂堂㆒者、唐祚再欲㆑興之兆也。
法曲法曲合㆓夷歌㆒
夷聲邪亂華聲和」

法曲《はふきよく》　法曲《はふきよく》　大定《だいてい》を歌《うた》ふ、
積德《せきとく》　重熙《ちようき》　餘慶《よけいあ》有り、
永徽《えいき》の人《ひと》　舞《ま》ひて詠《えい》ず。」
法曲《はふきよく》　法曲《はふきよく》　霓裳《げいしやう》を舞《ま》ふ、
政《まつりごと》和《わ》し　世《よ》理《をさ》まりて　音洋洋《おんやうやう》たり、
開元《かいげん》の人《ひと》　樂《たの》しみ且《か》つ康《やす》し。
法曲《はふきよく》　法曲《はふきよく》　堂堂《だうだう》を歌《うた》ふ、
堂堂《だうだう》の慶《けい》　無疆《むきやう》に垂《た》る。」
中宗《ちゆうそう》　肅宗《しゆくそう》　鴻業《こうげふ》を復《ふく》し、
唐祚《たうそ》の中興《ちゆうこう》　萬萬葉《ばんばんえふ》。」
法曲《はふきよく》　法曲《はふきよく》　夷歌《いか》を合《あ》はす、
夷聲《いせい》は邪亂《じやらん》にして　華聲《くわせい》は和《わ》なり。」

以レ亂干レ和天寶末
明年胡塵犯二宮闕一」
法曲雖三已失二雅音一、蓋諸夏之聲也、故歷朝行レ焉。玄宗雖三雅好二度曲一、然未三嘗使二蕃漢雜奏一。天寶十三載、始詔道調法曲、與二胡部新聲一合作、識者深異レ之。明年冬而安祿山反也。
乃知法曲本華風
苟能審レ音與レ政通」
一從二胡曲相參錯一
不レ辨二興衰與二哀樂一」
願求二牙曠一正二華音一
不レ令二夷夏相交侵一」

亂《らん》を以《もつ》て和《わ》を干《をか》す　天寶《てんぽう》の末《すゑ》、
明年《みやうねん》　胡塵《こちん》　宮闕《きゆうけつ》を犯《をか》す。」
乃《すなは》ち知《し》る　法曲《はふきよく》は本華風《もとくわふう》
苟《まこと》に能《よ》く音《おん》を審《つまび》らかにせば　政《まつりごと》と通《つう》ずるを。」
一《ひと》たび胡曲《こきよく》の相參錯《あひさんさく》せしより、
興衰《こうすい》と哀樂《あいらく》とを辨《べん》ぜず。」
願《ねが》はくは牙曠《がくわう》を求《もと》めて華音《くわおん》を正《ただ》し、
夷夏《いか》をして相交侵《あひかうしん》せしめざらんことを。」

定（去聲、徑韻）、慶・詠（去聲、映韻）……徑・映韻は通押。裳・洋・疆（下平聲、陽韻）、康・堂（下平聲、唐韻）……陽・唐韻は同用。業（入聲、業韻）、葉（入聲、葉韻）……業・葉韻は通押。歌（下平聲、歌韻）、和（下平聲、戈韻）……歌・戈韻は同用。末（入聲、末韻）、闕（入聲、月韻）……末・月韻は通押。風・通（上平聲、東韻）。錯・樂（入聲、鐸韻）。音・侵（下平聲、侵韻）。

通釈　朝廷で定めた音楽として「大定楽」が歌われた時代。高祖や太宗が徳の光を積み重ね、そのお蔭で幸いが子孫にまで及んでいた。そこで高宗皇帝の永徽年間の人々は、これを舞い歌ったのである。

朝廷で定めた音楽として「霓裳羽衣の曲」が舞われた時代。政治は平和であり世の中はうまく治まっていたので、その音は盛んでのびやか。玄宗皇帝の開元年間の人々は、楽しく且つ安らかであった。朝廷で定めた音楽として「堂堂の曲」が歌われた高宗皇帝の時代。（唐の再興を予言する）「堂堂の曲」の余慶は、無窮の後世にまで伝えられた。（実際に）中宗も粛宗も国家統治の大業を回復され、唐の帝位も（武周革命や安史の乱を乗り越えて）中興し、万世も続かんばかり。

ところが（今また）、朝廷で定めたこの法曲の中に、夷狄の音楽が混入するに至っている。夷狄の音楽は邪悪で乱れ、中国の音楽は和やか。

天宝の末年には、この邪悪で乱れた夷声が平和な華声をおかし、その翌年に、夷狄の兵馬が砂塵を巻き上げ、宮城に侵攻したのであった。

そこで分かるのは、法曲は、本来中国風であるべきこと。また、よく音楽の道理に通ずれば、政治の道理に通ずることにもなる、ということ。

ひとたび夷狄の楽曲が、朝廷の音楽と入り混じってしまうと、国家の盛衰や人情の哀楽を聞き分けることが出来なくなってしまう。

どうか、昔の伯牙や師曠のような、優れた音楽家を探し求め、中国の音楽を正し、夷声と華声とが互いに侵しあうことのないようにさせてほしい。

語釈　○大定　唐高宗の永徽六年（六五五）年に制定された楽曲「一戎大定楽」のこと。『旧唐書』巻二十八・音楽志一に、「（永徽）六年三月、上（高宗）遼を伐たんと欲するに、屯営に於て舞を教へ、李義府……上官儀等を召して、洛城の門に赴きて楽を観る。楽、一戎大定楽と名づく」と。また、『旧唐書』巻二十九・音楽二に、「大定楽は、出づるに破陣楽よりす。舞ふ者、百四十人、五彩の文甲を被（き）て、槩（こほ）を持つ。歌ひ和して云ふ、八紘軌を同じくして楽しむ、と。以て遼東を平らげ辺隅大いに定まるに象（かたど）るなり」と。

○積徳重熙有余慶　代々の天子が徳の光を積み重ね、そのおかげで後のものが幸いを受けたこと。『易経』坤卦に、「積善の家には、必ず余慶有り」と。○永徽之人　「永徽」は、高宗李治の治世の年号。六五〇―六五五年。「人」は、「民」に同じ。太宗の諱（李世民）の「民」字を避けた。自注に、「永徽の理、貞観の遺風有り、故に高宗一戎大定楽曲を製するなり」と。「理」は、「治」に同じ。唐代の避諱。高宗の諱（李治）の「治」字を避けた。「貞観」は、太宗の治世の年号。六二七―六四九年。「一戎大定楽」は、高宗が制定した楽曲の名。前掲「大定」の語釈参照。神田本は、「戎」を「戒」に誤る。紹興本・馬元調本によって改める。

○霓裳　霓裳羽衣の舞曲をいう。『新唐書』巻二十二・礼楽志十二に、河西節度使楊敬忠が「霓裳羽衣曲十二遍」を玄宗に献じたことを記す。『唐会要』巻三十三・雅楽下・諸楽に、天宝十三載七月十日に諸楽の名を改めた中に、「婆羅門を改めて霓裳羽衣と為す」とある。

『白氏文集』巻五十一「霓裳羽衣歌」（三〇二）参照。○政和世理　「理」は、「治」。唐代の避諱。『礼記』楽記篇に、「治世の音は安くして以て楽しむ、其の政和すればなり」と。○洋洋　盛んでのびやかなさま。○開元之人　「開元」は、玄宗の治世の年号。七一三―七四一年。自注に、「霓裳羽衣曲は開元に起こり、天宝に盛んなり」と。「天宝」は、玄宗の治世の年号。七四二―七五六年。「人」は、「民」。唐代の避諱。○堂堂　歌曲の名。高宗の治世に民間で詠われた。『新唐書』巻三十五・五行志二・詩妖に、「調露の初め（六七九年）、京城の民謡に『側堂堂、橈堂堂』の言有り。太常丞李嗣真曰く、『側は、不正なり。橈は、不安なり。隋より以来、楽府に堂堂の曲有り、再び堂堂と言ふは、唐の再び命を受くるの象なり』と」。「調露」は、高宗の年号。同様の記事は、『新唐書』巻九十一・李嗣真伝にも見える。これによれば、民謡が云う「側（不正）」「橈（不安）」とは、則天武后による唐室の簒奪、いわゆる「武周革命」を予言したもの。

○無疆　「無窮」に同じ。

○中宗粛宗復鴻業　「中宗」は、唐の第四代皇帝。在位六八三―六八四年、七〇五―七一〇年。高宗の没後即位したが、母の則天武后に廃され、後に復位した。「粛宗」は、唐の第十代皇帝。在位七五六―七六二年。安禄山の反乱が勃発した翌年に即位。長安・洛陽を回復した。「鴻業」は、天下を治める帝王の大業。○唐祚中興万万葉　「唐祚」は、唐の帝位。自注に、「永隆元年、大（太）常丞李嗣真、善く音律を審らかにし、能く興衰を知る。云ふ、『近者（ちかごろ）楽府に堂堂の曲有り、再び堂堂を言ふは、唐祚の再び興らんと欲するの兆しなり』と」と。「李嗣真」、神田本は「李副真」に誤る。紹興本・馬元調本によって改める。「万葉」は、よろずよ。万世。永久。

○夷歌　夷狄の歌曲。○華声　中国固有の楽調。中国本来の楽曲。

○以乱干和天宝末　天宝十三載（七五四）に楽制の大改革が行われ、胡楽をとり入れて、その名を中国名に改めたことを指す。『唐会要』巻三十三・雅楽下・諸楽を参照。○明年胡塵犯宮闕　天宝十四載十一月に安禄山の乱が勃発し、その後長安が陥落したこと。自注に、「法曲は已に雅音を失ふと雖も、蓋し諸夏の声なり、故に歴朝焉（これ）を行ふ。玄宗は雅（つね）に度曲を好むと雖も、然れども未だ嘗て蕃漢をして雑奏せしめず。天宝十三（二）載、始めて詔して道調・法曲と胡部の新声とを合作せしめ、識者深く之を異とす。明年の冬にして安禄山反するなり」と。「三」、神田本は右旁に「二」と加筆し校正する。『新唐書』巻二十二・礼楽志十二に、「天宝の楽曲、皆辺地を以て名づく、涼州・伊州・甘州の類の若し。後、又詔して道調・法曲と胡部の新声とを合作せしむ。明年、安禄山反し、涼州・伊州・甘州皆吐蕃に陥る」と。「道調」は、老子を祭る際の楽曲か。謝思煒『白居易詩集校注』に考察がある。

○苟能審音与政通　音楽の正邪と政治の善悪とは関連すること。『礼記』楽記篇に、「声音の道、政と通ず」、「唯だ君子のみ能く楽を知ると為す。是の故に、声を審らかにして以て音を知り、音を審らかにして以て楽を知り、楽を審らかにして以て政を知る、而して治道備はる」と。

○胡曲　「夷歌」に同じ。○参錯　入りまじる。
○牙曠　伯牙と師曠。伯牙は、春秋時代の琴の名人。師曠は、春秋時代の音楽家。○夷夏　夷狄と中国。

余説　近藤春雄『白氏文集と国文学　新楽府・秦中吟の研究』（明治書院）に「国文学への影響には顕著なものは見られないが、太平記巻十三、北山殿謀叛事に『八音と政と通ずといへり』とあるのは、或はこの詩に『能く音を審かにせば政と通ず』とあるのと関係があるとも考えられる」と。

0127　二王後　明㆓祖宗之意㆒也。

二《に》王《わう》の後《のち》　祖宗《そそう》の意《い》を明《あき》らかにするなり。

二王後　彼何人
介公酅公爲㆓國賓㆒
周武隋文之子孫」
古人有㆑言天下者
非㆓是一人之天下㆒」
周亡天下傳㆓于隋㆒
隋人失㆑之唐得㆑之」
唐興十葉歲二百

二《に》王《わう》の後《のち》　彼《か》れ何人《なんびと》ぞ。
介公《かいこう》　酅公《けいこう》　國賓《こくひん》と爲《な》る、
周武隋文《しうぶずいぶん》の子孫《しそん》なり。」
古《こ》人言《じんい》へる有《あ》り　天下《てんか》なる者《もの》は、
是《こ》れ一人《いちにん》の天下《てんか》に非《あら》ずと。」
周亡《しうほろ》びて　天下《てんか》　隋《ずい》に傳《つた》はり、
隋人之《ずいひとこれ》を失《うしな》ひて　唐之《たうこれ》を得《え》たり。」
唐興《たうおこ》りて十葉《じふえふ》　歲二百《としにひやく》、

解題　「新楽府」その三。「二王の後」は、唐に先立つ二つの王朝、隋と北周の天子の後裔をいう。『礼記』郊特牲篇に「天子、二代の後を存するは、猶ほ賢を尊ぶなり」とあるように、前代二王朝の子孫を諸侯として優遇することは、古代の理想とされた。小序は「（前代二王朝の子孫を優遇した）先代の天子の意向を明らかにする詩である」の意。

介公鄶公世爲ㇾ客」
明堂太廟朝享時
引居二賓位一備二威儀一」
備二威儀一　助二郊祭一
高祖太宗之遺制
不三獨興二滅國一
不三獨繼二絶世一
欲ㇾ令二嗣ㇾ位守ㇾ文君
亡國子孫取爲ㇾ誡」

介公《かいこう》　鄶公《けいこう》　世《よ》ゝ《よ》　客《かく》と爲《な》る。」
明堂《めいだう》　太廟《たいべう》　朝享《てうきやう》の時《とき》、
引《ひ》かれて賓位《ひんゐ》に居《を》り　威儀《ゐぎ》に備《そな》はる。」
威儀《ゐぎ》に備《そな》はり　郊祭《かうさい》を助《たす》く。
高祖《かうそ》　太宗《たいそう》の遺制《ゐせい》なり。
獨《ひと》り滅國《めつこく》を興《おこ》すのみならず、
獨《ひと》り絶世《ぜつせい》を繼《つ》ぐのみならず。
位《くらゐ》を嗣《つ》ぎ文《ぶん》を守《まも》る君《きみ》をして、
亡國《ばうこく》の子《し》孫《そん》をば取《と》りて誡《いまし》めと爲《な》さしめんと欲《ほつ》するなり。」

人・賓（上平聲、眞韻）、孫（上平聲、魂韻）……眞・魂韻は通押。者・下（上聲、馬韻）。隋（上平聲、支韻）、之（上平聲、之韻）……支・之韻は同用。百・客（入聲、陌韻）。時（上平聲、之韻）、儀（上平聲、支韻）……之・支韻は同用。祭・制・世（去聲、祭韻）、誡（去聲、怪韻）……祭・怪韻は通押。

通釈　二王朝の後裔である彼らはどのような人か。それは介公と鄶公。国の賓客となっている。介公は周の武帝、鄶公は隋の文帝の御子孫である。

古人は、「天下は、一人のための天下（一天子の独占物）ではない」と言った。（そのとおり）北周が亡ぶと天下は隋に伝わり、隋が天下を失うと唐がこれを得た。唐が興ってから十代、二百年になるが、その間、介公と鄶公は、代々賓客となり優遇されてきた。明堂の祖先の霊廟で大祭を行う時には、導かれて賓客の席につき、（必要な存在として）儀式に連なっている。

彼らが儀式に連なり、天地の祭りの手助けをするのは、高祖・太宗が遺された制度である。それは、亡びた国を興したり、中絶した世代を継がせたりするためだけではない。位を嗣ぎ国の平和を守るべき唐の天子に、この亡国の子孫たちを見させ、自身の戒めにさせたいと願ってのことなのである。

語釈　○介公酅公為国賓　周武隋文之子孫　「介公」は、北周の武帝の孫にあたる静帝（宇文闡）のこと。隋の開皇元年（五八一）、介国公に奉じ隋室の賓客とした。「酅公」は、隋の文帝の曽孫にあたる恭帝（楊侑）のこと。唐の武徳元年（六一八）、酅国公とした。『唐会要』巻二十四・二王三恪に、「武徳元年五月二十二日、詔に曰く、『……其の莒の酅邑を以て、隋帝を奉じて酅公と為し、隋の正朔を行ひ、車旗服色、一に旧章に依らしむ。仍ほ周の後の介国公を立て、共に二王の後と為す』と」。「隋」字、神田本は「随」に誤る。紹興本・那波本・馬元調本により改める。

○古人有言天下者　非是一人之天下　『六韜』文韜・文師に、「太公曰く、天下は一人の天下に非ず、乃ち天下の天下なり。天下の利を同じくする者は、則ち天下を得、天下の利を擅（ほしいまま）にする者は、天下を失ふ」と。

○周亡天下伝于隋　「隋」字、神田本は「随」に誤る。紹興本・那波本・馬元調本により改める。

○唐興十葉歳二百　「十葉」は、高祖・太宗・高宗・中宗・睿宗・玄宗・粛宗・代宗・徳宗・順宗の十代をいう。「歳二百」は、概数。高祖の武徳元年（六一八）から順宗の永貞元年（八〇五）まで一八七年間。○介公酅公世為客　介公と酅公の子孫が、国賓として代々優遇されていること。「客」は、王朝の賓客。

○明堂太廟朝享時　「明堂」は、天子の政事を執る所。政事堂。「太廟」は、明堂の一室で、祖先の霊を祭ったおたまや。「朝享」は、王が行う太廟の祭り。「朝」は、臣下を参内させること。「享」は、神を祭り饗すること。○引居賓位備威儀　「賓位」は、国賓の席。「備威儀」は、儀礼に必要なものとして加えられること。『旧唐書』巻四十三・職官志二・礼部郎中に、「凡そ元日には、大いに含元殿に陳設し、……歴代の宝玉輿輅を陳（らな）べ、黄麾仗を備へ、二王の後及び百官朝集使・皇親、並びに朝服して位に陪す」と。

○助郊祭　「郊祭」は、天子が都の郊外で天地の神を祭ること。冬至に天を南郊に祭り、夏至に地を北郊に祭る。「助」は、その祭祀に列席すること。『詩経』周頌・振鷺の序に、「二王の後、来りて祭を助くるなり」と。○遺制　遺された制度。○不独興滅国　不独継絶世　「興滅国」は、滅んだ国を興すこと。「継絶世」は、中絶した世代を継ぐこと。『論語』堯曰篇に、「滅国を興し、絶世を継ぎ、逸民を挙ぐれば、天下の民、心を帰す」と。○欲令嗣位守文君　「嗣位」は、天子の位を嗣ぐこと。「守文」は、法文を守って国を治めること。平和な文徳を守ること。

0128　海漫漫　戒レ求レ仙也。

海漫漫《うみまんまん》　仙《せん》を求《もと》むるを戒《いまし》むるなり。

解題「新楽府」その四。「海漫漫」は、海が広々としていること。小序は、「天子が神仙や仙薬を求めることを戒める詩である」の意。この詩が基づくとされる資料に、『貞観政要』巻六・慎所好篇の次の記事がある。「貞観二年、太宗、侍臣に謂ひて曰く、神仙の事は、本是れ虚妄にして、空しく其の名のみ有り。秦の始皇は非分に（道理にはずれて）愛好し、遂に方士の詭詐する所と為り、乃ち童男童女数千人を遣はし、其に随ひて海に入り仙薬を求めしむ。方士、秦の苛虐を避け、因りて留まりて帰らず。始皇、猶ほ海側に在りて踟躕して之を待つ。還りて沙丘に至りて死せり。又、漢の武帝は、神仙を求むるが為に、乃ち女を将（もつ）て道術の人に嫁す。事既に験無く、便ち誅戮を行へり。此の二事に拠るに、神仙は妄りに求むるを須ひざるなり」と。

また、この詩と同時代の皇帝憲宗にも仙薬に惹かれる心があったことは、『旧唐書』巻十四・憲宗紀上の以下の記事によってわかる。「(元和五年八月)乙亥、上（しやう）顧みて宰臣に謂ひて曰く『神仙の事　信なるか』と。李藩対へて曰く『神仙の説は道家に出で、宗（のつと）る所は老子五千文を本と為す。老子の指帰（しいき）、経と異なるなし。後代怪を好むの流、老子を神仙の説に仮託す。故に秦の始皇、方士をして男女を載せ海に入りて仙を求めしめ、漢の武帝、女を嫁して方士に与へ、不死の薬を求めしむ。二主惑ひを受け、卒（つひ）に得る所なし。文皇帝、胡僧の長生の薬を服し、遂に暴疾救はれざるを致す。古詩に云ふ『服食　神僊（仙）を求むるも、多く薬の誤る所と為る』と。誠なるかな、是の言。人に君たる者、但だ理を求むるに務むれば、四海は楽しみ推（すす）み、社稷は延永にして、自然長年なり』と。上深く之を然りとす」と。しかし、同書の元和十五年（憲宗崩御の年）の条には「春正月……上、金丹を餌するを以て小（すこ）しく予（たの）しまず、元会を罷む」、「上、自ら服薬して佳からず、数々（しばしば）朝を視ず」とある。

白居易は、『白氏文集』「夢仙」詩（〇〇〇五）でも、仙を求めることを批判している。

海漫漫

直下無レ底旁無レ邊

雲濤煙浪最深處

海漫漫《うみまんまん》たり。

直下底無《ちよくかそこな》く　旁《かたは》ら邊無《へんな》し。

雲濤《うんたう》　煙浪《えんらう》　最深《さいしん》の處《ところ》、

人傳中有㆓三神山㆒
山上多生㆓不死藥㆒
服レ之羽化爲㆓天仙㆒」
秦皇漢武信㆓此語㆒
方士年年採レ藥去
蓬萊今古但聞レ名
天水茫茫無㆓覓處㆒」
海漫漫　風浩浩
眼穿不レ見㆓蓬萊嶋㆒
不レ見㆓蓬萊㆒不㆓敢歸㆒
童男丱女舟中老
徐福文成多㆓誑誕㆒
上元太一虛祠禱
君看
驪山塚上茂陵頭
畢竟悲風吹㆓蔓草㆒」

人《ひと》は傳《つた》ふ　中《うち》に三神山《さんしんざん》有《あ》り。
山上《さんじやう》　多《おほ》く不死《ふし》の藥《くすり》を生《しやう》じ、
之《これ》を服《ふく》すれば　羽化《うくわ》して天仙《てんせん》と爲《な》ると。」
秦皇《しんくわう》　漢武《かんぶ》　此《こ》の語《ご》を信《しん》じ、
方士《はうし》　年年《ねんねん》　藥《くすり》を採《と》りに去《ゆ》く。
蓬萊《ほうらい》　今古《こんこ》　但《た》だ名《な》を聞《き》くのみ、
天水《てんすい》　茫茫《ばうばう》として　覓《もと》むる處《ところ》無《な》し。」
海漫漫《うみまんまん》たり　風浩浩《かぜかうかう》たり。
眼《め》穿《うが》たるるも　蓬萊《ほうらい》の嶋《しま》を見《み》ず、
蓬萊《ほうらい》を見《み》ずんば　敢《あ》へて歸《かへ》らず、
童男《どうだん》　丱女《くわんぢよ》　舟中《しうちゆう》に老《お》ゆ。
徐福《じよふく》　文成《ぶんせい》　誑誕多《きやうたんおほ》し、
上元《じやうげん》　太一《たいいつ》　虛《むな》しく祠禱《したう》す。
君看《きみみ》よ
驪山《りざん》の塚上《ちようじやう》　茂陵《もりよう》の頭《ほとり》、
畢竟《ひつきやう》　悲風《ひふう》　蔓草《まんさう》を吹《ふ》く。」

何況
玄元聖祖五千言
不レ言レ藥　不レ言レ仙
亦不レ言三白日昇二青天一」

何《なん》ぞ況《いは》んや
玄元聖祖《げんげんせいそ》の五千言《ごせんげん》。
藥《くすり》を言《い》はず、仙《せん》を言《い》はず、
亦《ま》た白日《はくじつ》に青天《せいてん》に昇《のぼ》るを言《い》はざるをや。」

漫（上平聲、桓韻）、邊（下平聲、先韻）、山（上平聲、山韻）、仙（下平聲、仙韻）……先・仙は同用、桓・先・山・仙韻はすべて通押。語・去・處（上聲、語韻）。浩・嶋・老・禱・草（上聲、皓韻）。言（上平聲、元韻）、仙（下平聲、仙韻）、天（下平聲、先韻）……仙・先韻は同用、元韻は通押。

通釈　海は広大。真下は底なしの深さ。四方の広がりは果てしもない。雲や煙がたなびく大波の最も奥深いところ、人の伝えでは、その中に三つの神山があり、山上には不死の薬が多くとれ、これを飲むと羽が生えて天上の仙人になれる、という。

秦の始皇帝や漢の武帝はこの話を信じ、毎年その命を受けた方士たちが、薬を採りに出かけていった。しかし（三神山の一つ）蓬萊山は、今も昔も、ただ名を聞くだけ。天空と海水が遠くどこまでも続くばかりで、探すあてもない。

海は果てしなく広く、風が広い海いっぱいに吹く。眼に穴があくほど眺めても、蓬萊の島は見えない。だが、蓬萊の島が見つからないうちは、何があっても帰らない。（そう思い探しているうちに、方士の連れていった）男女の幼児らは、舟の中で年老いてしまった。徐福や文成はうそ八百。（始皇帝や武帝は）上元夫人や太一星を祭ってお祈りしたが、空しく何の効き目もなかった。諸君、見たまえ。（始皇帝の墓がある）驪山の塚のあたりや、（武帝の墓がある）茂陵のあたりを。結局は、悲しい風が、墓陵にはびこる草を吹くばかり（空しい結果に終わるの）である。

ましてや我が唐の聖祖、玄元皇帝の、『老子道徳経』五千言の中には、不死の薬のことも言わず、仙人のことも言わず、また白昼に青天へ昇れるなどとも言ってはいないのだから、なおさらである。

語釈　○漫漫　水面が広いさま。○直下　垂直にくだる。真下の深さ。○旁　横の広がり。○無辺　果てがない。○雲濤煙浪　雲煙たなびく大波。○人伝中有三神山　「三神山」は、蓬萊・方丈・瀛州の三つの神仙の山。『史記』巻六・秦始皇本紀に、「斉人徐市等、上書して、言ふ『海中に三神山有り、名を蓬萊・方丈・瀛州と曰ひ、僊（仙）人之に居る。請ふ、斎戒して、童男女と之を求むるを得ん』と。是に於て徐市をして童男女数千人を発して、海に入りて僊人を求めしむ。……方士徐市等、海に入りて神薬を求め、数歳なれども得ず。費え多くして譴（せ）められんことを恐れ、乃ち詐りて曰く、『蓬萊の薬は得べきも、然れども常に大鮫魚の苦しむる所と為る。故に至るを得ず。願はくは善く射るものを請ひて与に倶にし、見（あらは）れなば則ち連弩を以て之を射ん』」とある。「徐市」は、後出の「徐福」に同じ。○羽化　羽が生える。羽がはえて仙人になる。

○秦皇漢武信此語　秦の始皇帝が徐市（徐福）の言葉を信じたことは前掲の「語釈」を参照。漢の武帝も李少君や斉の方士少翁等の言を信じて神仙を求めた。○方士　不老不死の仙術を行う人。神仙道の修験者。始皇帝の時には徐福（徐市）、漢の武帝の時には一時文成将軍の称号を賜った少翁が有名。○天水　天空と水面。『白氏文集』「東楼南望八韻」（一三六七）に、「風濤生じて信有り、天水合して痕無し」と。○茫茫　どこまでも遠く続いているさま。また、ぼんやりしたさま。つかみどころのないさま。○覓　もとめる。

○浩浩　広大なさま。○眼穿　強く見つめること。物を見つめるあまり眼が落ち込むこと。○丱女　総角（あげまき）をした少女。あげまきは、稚児（ちご）の髪型。髪を左右に分け、両耳の上に巻いて輪を作る。揚巻。角髪。○徐福　秦の始皇帝の時の方士。前掲の「語釈」に見える「徐市」に同じ。○文成　漢の武帝の側近の方士。少翁ともいう。一時、文成将軍の称号を賜り厚遇された。○誑誕　うそ。いつわり。たぶらかし。○上元　上元夫人。道教の仙女。天上において十万の玉女を統べるとされる。または、陰暦正月十五日の上元節のこと。道教の三元節の一つ。これならば、一句は「上元の日に太一星を祭ってお祈りしたが……」の意。○太一　天上の最高神とされる太一星のこと。「泰一」とも書く。漢の武帝は公孫卿の勧めで、甘泉の離宮に祭った。○祠禱　神を祭って福を乞う。○驪山　長安の東郊にある山の名。付近に秦の始皇帝の陵墓がある。○茂陵　漢の武帝の陵墓。長安の東郊、興平県の東北にある。「茂」字、神田本は「杜」字に誤る。紹興本・那波本・馬元調本により改める。

○玄元聖祖五千言　「玄元聖祖」は、老子をいう。唐の王室は李氏なので同姓の老子（李耳）を聖祖として仰ぎ尊んだ。高宗皇帝は行幸の際に老君廟に参詣し、老子を尊んで玄元皇帝とした。「五千言」は、老子が著したとされる『老子道徳経』（『老子』）をいう。

余説　清の乾隆帝の『唐宋詩醇』巻二十の御批に、「神仙の説、世主は惑はす所と為ること多く、方士は其の蔽に乗ずるを得るに因りて之に中（あ）つ。史策の垂るる所、炯戒と為すに足る。憲宗は悟らず、柳泌の金丹を服して殞（死）を致（まね）きぬ。此の詩は元和の初に作らる。想ふに爾（そ）の時已に先見有りしや。唐室は老子を崇奉す。一結に矛を借りて盾を攻むるは、其の警快を極む」と。

この詩に依拠した文辞としては、以下の如きものがある。

壬生忠岑の雑体歌に、「さすがにいのち　惜しければ　越のくになる　しら山の　かしらは白く　成りぬとも　おとはの山の　音にきく　老ず死なずの　薬もが　君が八千代を　わがえつつ見む」（『忠岑集』、『古今和歌集』雑体）と。

『宇津保物語』初秋の巻に、「さりとも蓬萊の山へ不老薬取りに渡らむことは、童男丱女だに、その使に立ちて舟の中にて老い、島の浮かべども蓬萊を見ずとこそ嘆きためれ」と。

『源氏物語』胡蝶に、「亀の上の山もたづねじ船の中に老いせぬ名をばここに残さむ」と。

『紫式部日記』（寛弘六年正月十一日）に、「わかやかなる君達今様歌うたふをふねにのりおほせたるを若うをかしく聞ゆるに大蔵卿のおうなおうなまじりて、さすがに声うちそへんもつつましきにや忍びやかにて居たるをうしろでのをかしう見ゆればみすの内の人々もみそかに笑ふ。『舟の中にや老をばかこつらん』といひたるを聞きつけ給へるにや大夫、『徐福文成誑誕おほし』とうちずじ給ふ声もさまもこよなういまめかしく見ゆ」と。

大江通国「新楽府廿首和歌題序、晩夏同に白氏文集楽府廿句を詠む、和歌一首付小序」（『朝野群載』巻一所収）によれば、「舟中老」の句を題として大江通国が和歌を作った（但し和歌は未見）。

『平家物語』巻二・康頼祝言に、「南をのぞめば、海漫々として、雲の波、煙の波いとふかく、北をかへり見れば、また山岳の峨々たるより、百尺の滝みなぎり落ちたり」と。

同じく巻四・還御に、「五日の日は、……御所の御船をはじめまゐらせて、人々の船どもみな出だしつつ、雲の波、けぶりの波をわけしのがせ給ひて、その日の酉の刻に、播磨の国山田の浦に着かせ給ふ」と。

同じく巻七・竹生島詣の事に、「かの秦皇漢武或は童男丱女を遣はし或は方士をして不死の薬を求めしめ蓬萊を見ずんばいなや帰らじといひて徒に船の中にて老い天水茫々として求むることを得さりけん蓬萊島のありさまもこれには過ぎじとぞ見えし」と。

『源平盛衰記』巻七・俊寛成経等移鬼界島事に、「此人々始には三の島に捨てられて所々に歎きけり。彼海漫々として風浩々たり雲の浪煙の波に咽ぶらん蓬萊方丈瀛州の三の神仙の島ならば不死の薬も取りなまし、此島々の中には慰む事こそなかりけれ」と。

同じく巻二十四・南都合戦に、「（鑑真）和尚承諾して渡海せんと宣に、門徒の僧諫制して云、海上漫漫として風波茫茫たり、生身を全して此にして弘め給へと申しければ、……」と。

同じく巻二十八・経正竹生島詣并仙童琵琶事に、「藤九郎有教、……彼こそ竹生島とて貴き霊地にて御座候へと申す。……海漫々として直下と見下せば底もなし。雲の波煙の波に紛れつゝ、深水最も幽か也。昔秦皇漢武の不死の薬を採らんとて、方士を使に遣はして蓬萊を求めしに、蓬莱を見ずばいなや帰らじと云ける童男丱女、徒に舟の中にや老にけん。茫々たる天水、角やと覚て面白や」と。

同じく巻四十五・内大臣関東下向付池田宿遊君事に、「遠江橋本の宿に著き給ふ。眺望殊に勝れたり。南は巨海漫漫として蜑船波に浮ぶ。今は湖水茫茫として人屋岸に列れり。……浮島が原に著ぬ。北は富士のたかね也。東西は長沼あり……南は海上漫漫として蒼波渺渺たり。……昔は海上に浮みて、蓬莱の三島の如くなりければ、浮島と名附けたり」と。

『宴曲集』巻四・楽府に、「いかに心も砕けけん、蓬莱宮を尋ねけん、童男丱女は眼を穿（う）げなんとせしかども、求むる事を得ざりき。是皆徐福文成が偽多しと歎きしかひも無くして、只徒らに老いにき」と。

『太平記』巻二十六・妙吉侍者の事附秦始皇帝の事に、「……唯有待の御命限有ることを歎き給ひしかば如何にもして蓬莱にある不死の薬を求めて千秋万歳の宝祚を保たんと思ひ給ひける処に徐福文成と申しける道士二人来つて我不死の薬を求むる術を知りたる由申しければ帝限なく悦び給て先つ彼に大官を授けて大禄を与へ給ふ、やがて彼が申す旨に任せて年未だ十五に過ぎざる童男丱女六千人を集め竜頭鷁首の船に載せて蓬莱島をぞ求めける。海漫々として辺なし雲の浪烟の浪最深く風浩々として閑ならず、月花星彩蒼茫たり、蓬莱は今も古も唯名をのみ聞けることなれば天水茫々として求むるに処なし、蓬莱を見ずんば否や帰らじと云ひし童男丱女は徒らに船の中にや老いぬらん、徐福文成其の偽の顕れて責の我身に来らんずることを恐れて……」と。

謡曲「海人」に、「かの海底に飛び入れば、空は一つに雲の波、煙の波を凌ぎつつ、海漫漫と分け入りて、直下と見れど底もなく、ほとりも知らぬ海底に、そも神変はいざ知らず、取り得んことは不定なり」と。

小沢蘆庵の『六帖詠草』雑歌に、「船人をよめる。いく薬もとむとはなき舟人も海路にとしのおいにけるかな」と。

0129　立部伎　刺二雅樂之替一也。

大常選二坐部伎一、無二性識一者、
退入二立部伎一。又選二立部伎一、
絶無二性識一者、退入二雅樂
部一、則雅聲可レ知矣。

立部伎《りつぶぎ》　雅樂《ががく》の替《すた》るるを刺《そし》るなり。

大常《たいじやう》、坐部伎《ざぶぎ》を選《えら》ぶに、性識無《せいしきな》き者《もの》は、退《しりぞ》けて立部伎《りつぶぎ》に入《い》らしむ。又立部《またりつぶ》伎《ぎ》を選《えら》ぶに、絶《た》えて性識無《せいしきな》き者《もの》は、退《しりぞ》けて雅樂部《ががくぶ》に入《い》らしめば、則《すなは》ち雅聲《がせい》知《し》るべきなり。

解題　「新楽府」その五。「立部伎」は、天子の饗宴の際に、宮殿の庭に立って演奏する楽人をいう。堂上に坐って演奏する楽人は「坐部伎」と称した。『新唐書』巻二十二・礼楽志十二に、「周・陳より以上、雅・鄭（俗楽）淆雑して別無し、隋の文帝始めて雅・俗二部を分かち、唐に至りて更に『部当』と曰ふ」、「(玄宗) 又分かちて二部と為し、堂下にて立奏する、之を立部伎と謂ひ、堂上にて坐奏する、之を坐部伎と謂ふ。太常、坐部を閲して、教ふべからざる者は立部に隷(つ)かしめ、又教ふべからざる者は、乃ち雅楽を習はしむ」と。演奏の水準が最も高いのが坐部伎、次が立部伎、最低が雅楽部であった。元稹の「和李校書新題楽府十二首」(『元氏長慶集』巻二十四) の第七首にも「立部伎」がある。

小序は、「中国古来の正統音楽がすたれてゆくのを批判する詩である」の意。これに続く題下原注は、元稹の「立部伎」の題下注に、『李伝』に云ふ……」として引用されており、元来、李紳の「新題楽府」に付されていた注記であったことがわかる。但し、元稹の引用文では、「性識」を「性霊」に作る。文意は、「太常は、坐部伎を選ぶ際に、(音楽の) 天分が無い者は、落として立部伎に入らせた。また立部伎を選ぶ際に、まったく天分の無い者は、落として雅楽部に入らせた。したがって雅楽部の演奏の水準 (が最低であること) は推して知るべしである」ということ。「大常」は、「太常」に同じ。太常寺のこと。礼楽・宗廟・社稷の事を掌る役所。

立部伎・坐部伎の詳細については、『新唐書』巻二十二・礼楽志十二に、「立部伎八。一に安舞、二に太平楽、三に破陣楽、四に慶善楽、五に大定楽、六に上元楽、七に聖寿楽、八に光聖楽。安舞・太平楽は、周・隋の遺音なり。破陣楽以下は皆大鼓を用ひ、雑(まじ)ふるに亀茲楽を以てし、其の声、震厲す。大定楽は又金鉦を加ふ。……毎に郊廟に享するには、則ち破陣・上元・慶善の三舞皆之を用ふ」、「坐部伎六。一に燕楽、二に長寿楽、三に天授楽、四に鳥歌万歳楽、五に龍池楽、六に小破陣楽。天授・鳥歌は、皆(もと)に武后の作なり。……長寿楽より以下は、亀茲の舞を用ふ、唯だ龍池楽のみは則ち否(かし)らず」とある。

立部伎　鼓笛諠
舞㆓雙劍㆒　跳㆓七丸㆒
嫋㆓巨索㆒　掉㆓長竿㆒」
太常部伎有㆓等級㆒
堂上者坐堂下立」
堂上坐部笙歌清

立部伎《りつぶぎ》　鼓笛《こてき》諠《かまびす》し。
雙劍《さうけん》を舞《ま》はし　七丸《しちぐわん》を跳《をど》らす。
巨索《きよさく》を嫋《たわ》め　長竿《ちやうかん》を掉《ふる》ふ。」
太常《たいじやう》の部伎《ぶぎ》　等級《とうきふ》有《あ》り、
堂上《だうじやう》の者《もの》は坐《ざ》し　堂下《だうか》は立《た》つ。」
堂上《だうじやう》の坐部《ざぶ》　笙歌《しやうか》清《きよ》く、

堂下立部鼓笛鳴
笙歌一聲衆側レ耳
鼓笛萬曲無二人聽一」
立部賤　坐部貴
坐部退爲二立部伎一
擊レ鼓吹レ笛和二雜戲一」
立部又退何所レ任
始就二樂懸一操二雅音一」
雅音替壞一至レ此
長令三爾輩調二宮徵一」
圓丘后土郊祀時
言將二此樂一感二神祇一」
欲レ望二鳳來百獸舞一
何異二北レ轅將レ適レ楚」
工師愚賤安足レ云
太常三卿爾何人」

堂下《だうか》の立部《りつぶ》　鼓笛《こてき》鳴《な》る。
笙歌《しやうか》一聲《いつせい》　衆《しゆう》　耳《みみ》を側《そばだ》て、
鼓笛《こてき》萬曲《ばんきよく》　人《ひと》の聽《き》く無《な》し。」
立部《りつぶ》は賤《いや》しく　坐部《ざぶ》は貴《たつと》し。
坐部《ざぶ》は退《しりぞ》けられて立部伎《りつぶぎ》と爲《な》り、
鼓《つづみ》を擊《う》ち笛《ふえ》を吹《ふ》きて　雜戲《ざつぎ》に和《わ》す。」
立部《りつぶ》又《また》退《しりぞ》けられて　何《なん》の任《にん》ずる所《ところ》ぞ、
始《はじ》めて樂懸《がくけん》に就《つ》きて　雅音《がおん》を操《あやつ》る。」
雅音《がおん》　替壞《たいくわい》して　一《いつ》に此《ここ》に至《いた》る、
長《なが》く爾《なんぢ》が輩《はい》をして宮徵《きゆうち》を調《しら》べしむ。」
圓丘《ゑんきう》　后土《こうど》　郊祀《かうし》の時《とき》、
言《い》ふ　此《こ》の樂《がく》を將《もつ》て神祇《しんぎ》を感《かん》ぜしむと。」
鳳來《ほうきた》り百獸《ひやくじう》舞《ま》ふを望《のぞ》まんと欲《ほつ》するは、
何《なん》ぞ轅《ながえ》を北《きた》にして將《まさ》に楚《そ》に適《ゆ》かんとするに異《こと》ならん。」
工師《こうし》は愚賤《ぐせん》　安《いづ》くんぞ云《い》ふに足《た》らんや、
太常《たいじやう》の三卿《さんけい》　爾《なんぢ》　何人《なんぴと》ぞや。」

諠（上平聲、元韻）、丸（上平聲、桓韻）、竿（上平聲、寒韻）……桓・寒韻は同用、元韻は通押。級・立（入聲、緝韻）。清（下平聲、清韻）、鳴（下平聲、庚韻）、聽（下平聲、青韻）……清・庚韻は同用、青韻は通押。貴（去聲、未韻）、伎（上聲、紙韻）、戲（去聲、寘韻）……未・紙・寘韻は通押。任・音（下平聲、侵韻）。此（上聲、紙韻）、徵（上聲、止韻）……紙・止韻は同用。時（上平聲、之韻）、祇（上平聲、支韻）……之・支韻は同用。舞（上聲、麌韻）、楚（上聲、語韻）……麌・語韻は通押。云（上平聲、文韻）、人（上平聲、眞韻）……文・眞韻は通押。

通釈 立部伎が演奏されると、太鼓や笛がやかましく鳴り響く。すると、二本の剣を持って舞ったり、七つのまりを投げたり、太い縄をたわめて渡ったり、長い竿を振り回したりする、数々の曲芸も始まる。

礼楽を掌る太常寺の部局には等級があって、堂上で演奏する者は坐って行い、堂下で演奏する者は立って行う。

堂上に坐る坐部の演奏では、笙や歌の音が清らかに聞こえ、堂下に立つ立部の演奏では、太鼓や笛の音が（やかましく）鳴り響く。（坐部の）笙歌が一たび演奏されると、人々はみな耳を傾けて聞くが、（立部の）太鼓や笛が一万曲演奏されても、誰も聞く者などいない。

立部の地位は低く、坐部の地位は高い。坐部で下手な楽人は、退けられて立部にまわされ、太鼓を打ったり笛を吹いたり、曲芸に合わせることになる。

その立部でも、下手な楽人はまた退けられ、今度は何を任せられるのであろうか。彼らはそこで初めて、宮廷の楽懸の棚にかけられた鐘や磬《けい》を手にし、雅楽を演奏するのである。

古代の正統音楽である雅楽が、廃れ崩れること、実にここにまで至った。お前たちのような（最低の）楽人に、長い間、雅楽の音階を演奏させることになろうとは。

郊外の円丘や后土で天地を祭る時、この音楽を演奏して天地の神々を感動させると言う。（しかし）こんな音楽で、鳳凰が来たり百獣が舞ったりすることを期待するのは、「車のかじ棒を北に向けて南の楚国に行こうとする」のと同じである。実現しようはずもない。

楽人は愚かで賤しい者たちであるから、文句を言ってもはじまらない。太常寺の三人の長官たちよ、（こんな状態を放置しておくとは）君たちはいったいどういう人間なのだ。

語釈 ○鼓笛諠　「諠」は、かまびすしい。やかましい。『新唐書』巻二十二・礼楽志十二に、「鼓舞曲は、皆亀兹の楽なり」、「立部伎八。一に安舞、二に太平楽、三に破陣楽……破陣楽以下は皆大鼓を用ひ、雑（まじ）ふるに亀兹楽を以てし、其の声、震厲す。大定楽は又金鉦を加ふ」と。○舞双剣　跳七丸　嫋巨索　掉長竿　いずれも立部伎の音楽とともに披露される曲芸の一つ。散楽（雑楽）、百戯などとも称される大道芸の一種。陳寅恪『元白詩箋証稿』新楽府・立部伎に、「寅恪案ずるに、此の類の百戯は、源は西胡より出で、北斉以前、已に中国に輸入す」とあり、その源流などを考証している。「舞双剣」は、二本の剣を左右の手に持って舞う剣舞。「跳七丸」は、七つの丸（まり）を投げる曲芸。「嫋巨索」は、太い縄（巨索）を嫋めながら渡る綱渡り。「掉長竿」は、長い竿を振り回す曲芸。

○太常部伎有等級　「太常」は、儀礼や音楽を掌る役所。太常寺のこと。坐部伎、立部伎の等級については「解題」を参照。

○撃鼓吹笛和雑戯　「笛」字、神田本は傍らに「笙」字を加筆する。立部伎に関する表現としては、冒頭に「立部伎、鼓笛諠し」とあるように、「笛」字でも問題はない。「雑戯」は、百戯。前出の剣舞、綱渡りなどの曲芸をいう。

○楽懸　楽器を懸けてならべる枠。宮廷の楽器を懸けておく棚。次の詩「華原磬」（〇一三〇）の「宮懸」に同じ。宮殿などの四方に置かれ、磬や鐘などの楽器をつるした。『新唐書』巻二十一・礼楽志十一に、「楽懸の制。宮の四面に懸け、天子之を用ふ。若し祭祀なれば、則ち前祀二日、太楽令懸を壇南内壝の外に設け、北嚮す」と。○雅音　雅楽のこと。古代の正しい音楽。謝思煒『白居易詩集校注』（一二九三頁）は、「白詩の所謂雅音とは、即ち郊廟・朝廷の祭祀の楽を指し、楽懸の鐘磬を以て演奏す」と考証する。

○替壊　廃れ壊れる。衰えくずれる。「替」は、廃れる、衰える、の意。○爾輩　立部伎から雅楽部に退けられた楽人たち。○宮徴　音階の名。五音階（宮・商・角・徴・羽）のうちの二音。また、その音階を基調とする楽調の名。

○円丘后土郊祀時　「円丘」は、天を祭る円い丘。天壇。冬至の日に都の南郊で天の神を祭った。「后土」は、地の神を祭る壇。地壇。夏至の日に都の郊外で地の祇（かみ）を祭った。「郊祀」は、天地の神を祭ること。円丘・后土の祭り。

○鳳来百獣舞　音楽に感動して鳳凰が来たり、百獣がいっしょに舞うこと。『書経』益稷篇に、「簫韶九成、鳳皇来儀す。夔曰く、於（ああ）予、石を撃し石を拊す、百獣率ゐ舞ふ」と。○北轅将適楚　車のかじ先を北に向けて、南方にある楚の国に行こうとすること。言行が不一致であること、志と行いが相反することの比喩。「轅」は、車のかじ棒。『戦国策』魏策下・安釐王に、「君楚に之（ゆ）かんとするに、将に奚為（なんすれ）ぞ北面するや」などとある逸話にもとづく。

○工師　楽人。楽工楽師。○太常三卿　礼儀や音楽を掌る太常寺の三人の卿（長官）。『唐六典』巻十四・太常寺に、「太常寺。卿一人、

正三品。……少卿。（副長官）二人、正四品上」と。

余説　この詩の「堂下立部鼓笛鳴」の句に依拠した文辞としては、次のものがある。

『太平記』巻四・笠置囚人死罪流刑事付藤房卿事に、「主上北山殿に行幸成て、御賀の舞の有ける時、堂下の立部袖を翻し、梨園の弟子曲を奏せしむ」と。

0130

華原磬　刺三樂工非二其人一也。

天寶年中、始廢二泗濱磬一、用二華原石一代レ之。詢二諸磬人一、則曰、長老云、泗濱磬下、調レ之不レ能レ和、得二華原石一考レ之乃和。由レ是不レ改也。

華原《くわげん》の磬《けい》　樂工《がくこう》の其《そ》の人《ひと》に非《あら》ざるを刺《そし》るなり。

天寶年中《てんぽうねんちゆう》、始《はじ》めて泗濱《しひん》の磬《けい》を廢《はい》し、華原《くわげん》の石《いし》を用《もち》ひて之《これ》に代《か》ふ。諸《これ》を磬人《けいじん》に詢《はか》れば、則《すなは》ち曰《いは》く、長老《ちやうらう》云《い》ふ、泗濱《しひん》の磬《けい》は下《くだ》れり、之《これ》を調《てう》すれども和《わ》する能《あた》はず、華原《くわげん》の石《いし》を得《え》て之《これ》を考《かんが》ふれば乃《すなは》ち和《わ》す、と。是《これ》に由《よ》りて改《あらた》めざるなり、と。

解題　「新楽府」その六。「華原の磬」は、華原から出る石で作った磬のこと。「華原」は、唐代の京兆府に属する県の一つ。今の陝西省銅川市輝州区。「磬」は、「へ」の字形をした石製の打楽器。元稹の「和李校書新題楽府十二首」（『元氏長慶集』巻二十四）の第二首にも「華原の磬」がある。その題下注に、「『李伝』に云ふ、天宝中、始めて泗浜の磬を廃し、華原の石を用ふ」と。白居易の題下原注は、この李紳の「新題楽府」の文章を取り入れている。

小序は、「楽師が適任者でないのを批判する詩である」の意。これに続く原注は、「天宝年間に初めて（従来の）泗浜の磬を廃し、華原の石を代わりに用いた。その理由を磬の演奏者に尋ねると、こう言った、『長老（の楽師）が言うには、泗浜の磬は劣っている。音調を合わせようとしても、（他の楽器の音と）調和する音を出せない。華原の石を使って試してみたら、やっと調和した、と。こういうわけで（華原の磬を使うことを）改めないのです』と」。「泗浜の磬」は、泗水のほとりに産する石で作った磬。泗水は、山東省を流れる川の名。『書経』禹貢篇に、「泗浜の浮磬」とみえる。『旧唐書』巻二十九・音楽志二に、「磬は、勁なり。立冬の音は、万物皆堅勁なり。『書

（経）』に云ふ、『泗浜の浮磬』と。泗浜の石の磬と為すべきを言ふ。今の磬石は皆華原より出づ、泗浜に非ざるなり」と。

要するに、「泗浜の磬」は、古典に見える正しい楽器だが、「華原の磬」は、天宝年間以降の代用品であった。本詩では、その二つの音色の清濁や優劣を聞き分けられない人物が楽師となっている現状を批判する。

華原磬　華原磬
古人不レ聴今人聴」
泗濱石　泗濱石
今人不レ撃古人撃」
古人今人何不レ同
用レ之捨レ之由二樂工一
樂工豈有二耳如一レ壁
不レ分二清濁一即爲レ聾」
梨園弟子調二律呂一
知レ有二新聲一不レ知レ古」
古稱浮磬出二泗濱一
立レ辨致レ死聲感レ人
宮懸一聴二華原石一

華原《くわげん》の磬《けい》　華原《くわげん》の磬《けい》、
古人《こじん》聴《き》かず　今人《きんじん》聴《き》く。」
泗濱《しひん》の石《いし》　泗濱《しひん》の石《いし》、
今人《きんじん》撃たず　古人《こじん》撃つ。」
古人《こじん》　今人《きんじん》　何《なん》ぞ同《おな》じからざる、
之《これ》を用《もち》ひ　之《これ》を捨《す》つるは　樂工《がくこう》に由《よ》る。
樂工《がくこう》　豈《あ》に　耳《みみ》　壁《かべ》の如《ごと》きこと有《あ》らんや、
清濁《せいだく》を分《わ》かたざれば　即《すなは》ち聾《ろう》たり。」
梨園《りゑん》の弟子《ていし》　律呂《りつりよ》を調《ととの》ふ、
新聲《しんせい》有《あ》るを知《し》りて　古《いにしへ》を知《し》らず。」
古《いにしへ》　稱《しよう》す　浮磬《ふけい》は泗濱《しひん》より出《い》づと、
辨《べん》を立《た》て死《し》を致《いた》して　聲《こゑ》　人《ひと》を感《かん》ぜしむ。
宮懸《きゆうけん》　一《ひと》たび華原《くわげん》の石《いし》を聴《き》きてより、

君心遂忘二封疆臣一」
果然胡寇従レ燕起
武臣少二肯封疆死一
始知樂與二時政一通
豈聽二鏗鏘一而已矣」
磬襄入レ海去不レ歸
長安市兒爲二樂師一
華原磬與二泗濱石一
清濁兩聲誰得レ知」

君心《くんしん》 遂《つひ》に封疆《ほうきやう》の臣《しん》を忘《わす》る。」
果然《くわぜん》 胡寇《ここう》 燕《えん》より起《お》こるも、
武臣《ぶしん》 肯《あ》へて封疆《ほうきやう》に死《し》するもの少《すく》なし。
始《はじ》めて知《し》る 樂《がく》は時政《じせい》と通《つう》ずるを、
豈《あ》に鏗鏘《かうさう》を聽《き》くのみならんや。」
磬襄《けいじやう》 海《うみ》に入《い》り 去《さ》りて歸《かへ》らず、
長安《ちやうあん》の市兒《しじ》 樂師《がくし》と爲《な》る。
華原《くわげん》の磬《けい》と泗濱《しひん》の石《いし》と、
清濁《せいだく》の兩聲《りやうせい》 誰《たれ》か知《し》るを得《え》ん。」

磬・磬・聽・聽（去聲、徑韻）。石・石（入聲、昔韻）、擊・擊（入聲、錫韻）……昔・錫韻は通押。同・工・聾（上平聲、東韻）。呂（上聲、語韻）、古（上聲、姥韻）……語・姥韻は通押。濱・人・臣（上平聲、眞韻）。起・矣（上聲、止韻）、死（上聲、旨韻）……止・旨韻は同用。歸（上平聲、微韻）、師（上平聲、脂韻）、知（上平聲、支韻）……脂・支韻は同用、微韻は通押。

通釈 華原石の磬、華原石の磬。その音色を昔の人は聴かなかったが、今の人は聴く。泗浜の磬石、泗浜の磬石。今の人はこれをうたないが、昔の人はうった。昔の人と今の人とで、どうしてこんなに違うのか。（昔は泗浜の磬を）用い、（今は）捨てて用いないのは、楽人の差に由来するのである。（今の）楽人の耳は壁と同じで音がまったく聞こえない、などというはずはなかろう。しかし、音の清濁が聞き分けられないようでは、耳が聞こえない聾者と同じことだ。

（今は）梨園の楽団員が音楽の調子を調えている。しかし、彼らは新しい音楽のことは知っていても、古楽のことは知らない。

昔（『書経』では）こう言っている、浮磬は泗水のほとりから出る、と。臣下はその職分をわきまえて節を守り、（国のために）身命を捧げたというが、それは（泗浜の浮磬の）音色が人々を感動させたからである。しかし一旦、宮廷の楽器棚に華原の磬が掛けられ、その石の音を聞くようになってからは、国境の守備に死んだ臣下のことなど、天子は心から忘れてしまった。

（だから）思ったとおり、異民族の安禄山が燕の地から反乱を起こしても、自ら国境の守りに命を捨てようとする武将は稀であった。それで初めて分かったが、音楽は時の政治と相通じるものであって、ただそのジャンジャンという音を聞くだけのものではないのである。

その昔、磬の名人といわれた襄のような優れた楽師は、今も海の島に去ったまま帰ってはこない。今や長安市中の（普通の）若者が、宮中の楽師となっている始末。だから、華原の磬と泗浜の石、この二つの音色の清濁さえ、誰も聞き分けられない有り様なのである。

語釈 ○不分清濁即為聾　「清」は、（泗浜の磬の）清んだ音。「濁」は、（華原の磬の）濁った音。「聾」は、耳が聞こえないこと。『韓非子』解老篇に、「耳清濁の声を別つ能はざれば、則ち之を聾と謂ふ」と。

○梨園弟子　宮廷直属の音楽教習所の楽団員。玄宗皇帝が養成した。『新唐書』巻二十二・礼楽志十二に、「玄宗既に音律を知り、又法曲を酷愛す。坐部伎の子弟三百を選び梨園に教へ、声に誤る者有れば、帝必ず覚えて之を正し、皇帝梨園の弟子と号す。宮女数百も、亦た梨園の弟子と為し、宜春の北院に居る。梨園の法部、更に小部の音声三十余人を置く」と。○律呂　音楽の調子。音律。六律六呂。○知有新声不知古　「新声」は、新しい流行の音楽。新曲。「古」は、古楽。例えば、『新唐書』巻二十二・礼楽志十二に、「帝（玄宗）驪山に幸するに、楊貴妃の生日には、小部に命じて楽を長生殿に張り、因って新曲を奏するも、未だ名有らず、会々（たまたま）南方より茘枝を進む、因って『茘枝香』と名づく。……後又詔して道調・法曲と胡部の新声とを合作せしむ」と。

○古称浮磬出泗浜　『書経』禹貢篇に、「泗浜の浮磬」とあり、注に、「泗水の涯（ほとり）、水中に石を見る。以て磬と為すべし」とあるのをいう。「浮磬」は、泗水の水辺の石で作った磬のこと。その石は水上に浮かぶように見えたことから「浮磬」という。○立弁致死　臣下がその職分を弁（わきま）えて節を守り、身命をささげること。「立弁」は、物事の分別を弁える。『礼記』楽記篇に、「石声は、磬なり、磬以て弁を立て、弁以て死を致す。君子磬声を聴けば、則ち封疆（国境）に死するの臣を思ふ」と。〇声感人　磬の音色が人の心を動かすこと。〇宮懸一聴華原石　玄宗の天宝年間に泗浜の磬を廃して華原の磬が代用されたことをいう。「解題」参照。「宮懸」は、宮廷の楽器を懸けて並べる棚。上文「立部伎」（〇二九）の「楽懸」の「語釈」参照。〇君心遂忘封疆臣　「封疆の臣」は、国境を守る臣下。『礼記』楽記篇に、「君子磬声を聴けば、則ち封疆（国境）に死するの臣を思ふ」と。

〇果然胡寇従燕起　天宝十四年（七五五）十一月に、安禄山が燕の地で反乱を起こしたこと。「果然」は、果たして、思ったとおり。「胡寇」は、異民族の反乱軍。「燕」は、今の北京市一帯。〇武臣少肯封疆死　『礼記』楽記篇に、「君子鐘声を聴けば、則ち武臣を思ふ。……君子磬声を聴けば、則ち封疆に死するの臣を思ふ」とあるのを踏まえる。〇楽与時政通　音楽の正邪は、政治の善悪と通じていること。『礼記』楽記篇に、「声音の道、政と通ず」と。〇豈聴鏗鏘而已矣　『礼記』楽記篇に、「君子磬声を聴けば、則ち封疆に死するの臣を思ふ。……君子の音を聴くは、其の鏗鏘を聴くのみに非ざるなり。彼（それぞれの音）亦た之（君子の心情）に合ふ所有るなり」とあるのを踏まえる。「鏗鏘」は、金属製や石製の楽器の音。

〇磬襄入海去不帰　「磬襄」は、古の楽師の名。磬を撃つ官に就いていた襄という名の人。『論語』微子篇に、「少師陽、撃磬襄は、海に入る」とあるのを踏まえる。魯の哀公の時、国が乱れて礼楽も崩壊したので、磬襄などの楽人は、皆海中の島に立ち去ったという。〇市児　市中の若者。街にいるごく普通の若者。

0131 上陽白髪人　愍二怨曠一也。
天寶五載已後、楊貴妃專レ寵、後宮無三復進幸二矣。六宮有二美色者一、輒潛退二之別所一、上陽人是其一也。貞元中、尚存焉。

上陽《じやうやう》の白髪人《はくはつじん》　怨曠《ゑんくわう》を愍《あは》れむなり。
天寶《てんぽう》五載《ごさい》已後《いご》、楊貴妃《やうきひ》寵《ちよう》を專《もつぱ》らにし、後宮《こうきゆう》復《ま》た進幸《しんかう》せらるる無《な》し。六宮美《りくきゆうび》色《しよく》の者《もの》有《あ》らば、輒《すなは》ち潛《ひそ》かに之《これ》を別所《べつしよ》に退《しりぞ》かす、上陽《じやうやう》の人《ひと》は是《こ》れ其《そ》の一《いち》なり。貞元中《ていげんちゆう》、尚《な》ほ存《そん》せり。

解題　「新楽府」その七。「上陽の白髪人」は、上陽宮に閉じ込められたまま白髪の老人になった宮女のこと。上陽宮は、東都洛陽の宮城の西南にあった宮殿。元稹の「和李校書新題楽府十二首」(『元氏長慶集』巻二十四)の第一首にも「上陽白髪人」がある。
小序は、「(後宮に閉じ込められて)婚期を逸した宮女の悲しみをあわれむ詩である」の意。これに続く題下原注は、「天宝五載以降、楊貴妃が(玄宗皇帝の)寵愛を独占し、後宮では新たに(皇帝の寝所へ)進められて寵愛を得る宮女はいなくなった。後宮に美しい宮女がいると、その度に(楊貴妃は)その宮女を別な場所へ立ち退かせたが、この上陽の人も、そうした宮女のうちの一人である。(彼女は)貞元年間には、まだ存命していた」の意。「愍」は、ふびんに思う。あわれむ。「怨曠」は、配偶者を得られない男女。怨女曠夫。ここでは女性についていう。「天宝」は、玄宗の治世の年号。「天宝五載」は、七四六年。楊貴妃はその前年、天宝四載(七四五)の八月に二十七歳で貴妃に冊立された(時に玄宗は六十一歳)。「進幸」は、天子の寝所に侍り寵愛されること。陳鴻の「長恨歌伝」(「長恨歌」0596付載)に、「是より六宮進幸せらるる者無し」と。「六宮」は、皇后や宮女のいる六つの宮殿。「後宮」に同じ。「貞元」は、徳宗皇帝の治世の年号。七八五―八〇四年。

上陽人
紅顔暗老白髪新
緑衣監使守二宮門一

上陽《じやうやう》の人《ひと》、
紅顔《こうがん》　暗《あん》に老《お》いて　白髪《はくはつ》新《あら》たなり。
緑衣《りよくい》の監使《かんし》　宮門《きゆうもん》を守《まも》る、

一閉㆓上陽㆒多少春」
玄宗末歳初選入
入時十六今六十」
同時採擇百餘人
零落年深殘㆓此身㆒」
憶昔呑㆑悲別㆓親族㆒
扶入㆓車中㆒不㆑教㆑哭
皆云入㆑内必承㆑恩
臉似㆓芙蓉㆒胸似㆑玉
未㆑容㆓君王得㆒㆑見㆑面
已被㆓楊妃遙側㆒㆑目
妬令㆔潛配㆓上陽宮㆒
一生遂向㆓空床㆒宿」
秋夜長
夜長無㆑睡天不㆑明
耿耿殘燈背㆑壁影

一《ひと》たび上陽《じやうやう》に閉《と》ざされてより　多少《たせう》の春《はる》ぞ。」
玄宗《げんそう》の末歳《まつさい》　初《はじ》めて選《えら》ばれて入《い》る、
入《い》りし時《とき》は十六《じふろく》　今《いま》は六十《ろくじふ》。」
同時《どうじ》に採擇《さいたく》せられしもの　百餘人《ひやくよにん》、
零落《れいらく》　年《とし》深《ふか》くして　此《こ》の身《み》を殘《のこ》す。」
憶《おも》ふ昔《むかし》　悲《かな》しみを呑《の》みて　親族《しんぞく》に別《わか》れしとき、
扶《たす》けられて車中《しやちゆう》に入《い》り　哭《こく》せしめず。
皆云《みない》ふ　内《うち》に入《い》れば必《かなら》ず恩《おん》を承《う》けんと、
臉《かほ》は芙蓉《ふよう》に似《に》　胸《むね》は玉《たま》に似《に》たり。
未《いま》だ君王《くんわう》の面《おもて》を見《み》るを得《う》るを容《ゆる》されざるに、
已《すで》に楊妃《やうひ》に遙《はる》かに目《め》を側《そば》めらる。
妬《ねた》みて潛《ひそ》かに上陽宮《じやうやうきゆう》に配《はい》せしめられ、
一生《いつじやう》　遂《つひ》に空床《くうしやう》に向《おい》て宿《しゆく》す。」
秋夜《しうや》長《なが》し、
夜長《よるなが》くして睡《ねむ》る無《な》く　天明《てんあ》けず。
耿耿《かうかう》たる殘燈《ざんとう》　壁《かべ》に背《そむ》く影《かげ》、

蕭蕭暗雨打レ窓聲」
春日遲
日遲獨坐天難レ暮
宮鸎百囀愁厭レ聞
梁燕雙栖老休レ妬」
鸎歸燕去情悄然
春往秋來不レ記レ年
唯向二深宮一望二明月一
東西四五百迴圓」
今日宮中年最老
天家遙賜尚書號」
小頭鞋履窄衣裳
青黛畫レ眉眉細長
外人不レ見見應レ笑
天寶年中時勢粧」
上陽人　苦最多

蕭蕭《せうせう》たる暗雨《あんう》　窓《まど》を打《う》つ聲《こゑ》。」
春日《しゆんじつ》遲《おそ》し、
日《ひ》遲《おそ》くして獨坐《どくざ》すれば　天暮《てんく》れ難《がた》し。
宮鸎百囀《きゆうあうひやくてん》するも　愁《うれ》ひては聞《き》くを厭《いと》ひ、
梁燕雙栖《りやうえんさうせい》するも　老《お》いては妬《ねた》むを休《や》む。」
鸎《うぐひす》歸《かへ》り　燕《つばめ》去《さ》りて　情悄然《こころせうぜん》たり、
春《はる》往《ゆ》き　秋《あき》來《きた》りて　年《とし》を記《き》せず。
唯《た》だ深宮《しんきゆう》に向《おい》て　明月《めいげつ》を望《のぞ》めば、
東西《とうざい》　四五百《しごひやく》迴圓《くわいまど》かなり。」
今日《こんにち》　宮中《きゆうちゆう》　年最《としもつと》も老《お》い、
天家《てんか》　遙《はる》かに賜《たま》ふ　尚書《しやうしよ》の號《がう》。」
小頭《せうとう》の鞋履《けいり》　窄衣裳《さくいしやう》、
青黛《せいたい》　眉《まゆ》を畫《ゑが》きて　眉《まゆ》は細長《さいちやう》。
外人《ぐわいじん》は見《み》ず　見《み》れば應《まさ》に笑《わら》ふべし、
天寶年中《てんぽうねんちゆう》の時勢粧《じせいしやう》。」
上陽《じやうやう》の人《ひと》　苦《くる》しみ最《もつと》も多《おほ》し。

少亦苦　老亦苦
少苦老苦兩如何
君不レ見
昔時呂向美人賦
天寶末、有下密採二艷色一者上、當時號爲二花鳥使一。呂向獻二美人賦一以諷レ之。
又不レ見
今日上陽白髮歌」

少《わか》きにも亦《ま》た苦《くる》しみ　老《お》いても亦《ま》た苦《くる》しむ、
少苦《せうく》　老苦《らうく》　兩《ふた》つながら如何《いかん》せん。
君見《きみみ》ずや、
昔時《せきじ》　呂向《りよきやう》の美人《びじん》の賦《ふ》を、
又《また》見《み》ずや、
今日《こんにち》　上陽《じやうやう》の白髮《はくはつ》の歌《うた》を。」

人・新（上平聲、眞韻）、春（上平聲、諄韻）……眞・諄韻は同用。入・十（入聲、緝韻）。人・身（上平聲、眞韻）。族・哭・目・宿（入聲、屋韻）、玉（入聲、燭韻）……屋・燭韻は通押。明（下平聲、庚韻）、聲（下平聲、清韻）……庚・清韻は同用。暮・妬（去聲、暮韻）。然・圓（下平聲、仙韻）、年（下平聲、先韻）……仙・先韻は同用。老（上聲、皓韻）、號（去聲、號韻）……皓・號韻は通押。裳・長・粧（下平聲、陽韻）。多・何・歌（下平聲、歌韻）。

通釈　上陽宮の宮女は、若く美しい顔をしていたのに、いつしか年老いて、近頃ではすっかり白髪頭。緑衣の監守が宮門の番をしていて外出もできない。こうして上陽宮に閉じ込められてから、一体どれだけの歳月がたったのであろうか。

（宮女は言う）「玄宗皇帝の治世の晩年に、（私は）選ばれて初めて宮中に入りました。入った時は十六歳、今は六十歳です。

同時に選ばれて召された者は百人余りもおりましたが、長い年月の間に死んでゆき、今も生き残っているのは私だけです。

思い起こせば、その昔、悲しみを忍んで親族と別れた時には、皆が（私を）手で支えて車にのせ、泣くこともさせませんでした。『宮中に入ったら必ずご寵愛をうけるだろう。お前の顔は蓮の花のように美しく、胸は白玉のようにふくよかだから』と皆が言いました。しかし、天子さまのご尊顔を拝する機会も与えられないうちに、早くも遠くから楊貴妃ににらまれてしまい、妬まれて（私は）洛陽の上陽宮に密かに配属させられ、一生独り寝で過ごす身の上となったのです。

とりわけ長く感じるは秋の夜。眠れぬままに待っていても、長い夜はなかなか明けてはくれません。かすかに燃え残った灯火が壁際で憂わしい光を放ち、窓を打つ夜の雨音が淋しく聞こえてきます。

春は春で、日あしが遅く感じます。ひとりで坐っていると、日はなかなか暮れません。宮中の庭で鶯が盛んに鳴いても、愁いのある身には聞くのもいやですし、梁の燕が雌雄仲よく巣くっているのを見ても、年老いた今では妬む気持ちもなくなりました。

鶯が帰り燕が去っても、心は淋しく憂えたまま。何度も春が行き秋が来て、何年たったのかも覚えておりません。ただ奥深い宮殿から明月を眺めておりましたが、東から西へと移る満月を四、五百回ほど見た気が致します。

今では宮中で一番の長老となり、長安の天子さまから、尚書の称号を賜りました」と。

この宮女は、先の尖った靴をはき、身幅の狭い衣裳をつけ、青いまゆずみで眉を（細長く）引いている。世間の人は見ないからよいものの、見たらきっと笑うだろう。これは（四、五十年も前の）天宝年間に流行した服装なのだから。

上陽宮の宮女は、とりわけ苦しみが多い。若い時にも苦しみ、年老いても苦しんでいる。若い頃の苦しみと老いての苦しみ、この二つの苦しみを、どうしたらよいのであろう。君は知っているだろう。昔、呂向が「美人の賦」を作り、多くの美女を後宮に入れることを戒めたのを。また知っているだろう。今も（私が）「上陽白髪人」の歌を作り、同じことを戒めているのを。

語釈　○紅顔　若くて血色のよい美しい顔。○暗老　いつしか知らぬ間に年を取る。○緑衣監使　身分の低い監督役の役人。唐の制度では、六、七品の官員が緑色の服を着用した。『旧唐書』巻四十四・職官志三「内侍省」に、「掖庭局。令二人、従七品下。……掖庭令は、宮禁女工の事を掌る」と。
○零落　枯れ落ちる。ここでは、死亡する、の意。○年深　年久しい。長年が経過する。
○扶　両側から手で支えられる。○入内　宮中に入ること。「内」は、御所。○瞼似芙蓉　「瞼」は、かお。顔面。底本（神田本）は「瞼（まぶた）」に誤る。紹興本・那波本・馬元調本によって改める。「芙蓉」は、蓮の花。○楊妃　楊貴妃。○側目　横目でにらむ。陳鴻

「長恨歌伝」（「長恨歌」〇五六付載）に、「禁門に出入して問はれず、京師の長吏為に目を側（そばだ）つ」と。○向空床　「向」は、「於」に同じ。「空床」は、男のいない寝台。

○耿耿　光がかすかなさま。かすかに明るい。また、気持ちが落ち着かず、眠れないさま。『詩経』邶風「柏舟」に、「耿耿として寐ねず、隠憂有るが如し」と。○背壁影　壁の背後にかくされた、或いは、壁を背にして置かれた、灯火の光。○蕭蕭　淋しい音の形容。

○春日遅　春は日が長く容易に暮れないこと。『詩経』豳風「七月」に、「春日遅遅たり」と。○宮鶯　宮園のうぐいす。「鸎」は、「鶯」と同字。○梁燕　建物の梁（はり）に巣くう燕。○双栖　雌雄ですむ。

○燕去　「去」字、神田本は「至」に作る。紹興本・那波本・馬元調本によって改める。○悄然　憂えしおれる。淋しくてしょんぼりする。○向深宮　「向」は、「於」に同じ。上陽宮に於て、の意。

○天家　天子さま。おかみ。宮中で官吏たちが日常的に使っていた俗称。後漢の蔡邕『独断』上に、「親近侍従官は（天子を）称して大家（たいか）と曰ひ、百官小吏は称して天家と曰ふ。天子は外無く、天下を以て家と為す。故に天家と称す」と。紹興本・那波本・馬元調本は「大家」に作る。○遥賜　長安の天子から洛陽の宮女に賜うので「遥」という。○尚書号　「女尚書」の称号。「尚書」は、尚書六部の長官で正三品。「女尚書」は、宮女の階級の中で尚書に相当する立場をいう。陳寅恪『元白詩箋証稿』「上陽〔白髪〕人」に、「女尚書の号は、古已に之れ有り。『三国志・魏志』参明帝青龍三年（中略）唐代は前代を沿襲し、宮中亦た女尚書の号有るなり」と。

○小頭鞋履　先の尖ったくつ。○窄衣裳　身幅の狭い衣裳。特に袖先がすぼまっている服装をいう。『新唐書』巻三十四・五行志一に、「天宝初、貴族及び士民好んで胡服胡帽を為す。婦人は則ち簪は歩搖釵、衿袖は窄小なり」と。○青黛画眉　あおい眉ずみで、眉をかく。「画眉」を「点眉」に作る本も多いが、その場合は、「細く小さく眉をかく」の意。「点」は、わずかな動作をいう。○外人　上陽宮の外部の人。世間の人。○時勢粧　当時流行の服装。その時代のファッション・スタイル。巻四「時勢粧」（〇一五九）参照。

○呂向美人賦　「呂向」は、玄宗の時代の人。五臣注『文選』の撰者の一人。『新唐書』巻二〇二・呂向伝に、「玄宗の開元十年、召されて翰林に入る……時に帝歳に使を遣はして天下の姝好を采択し、之を後宮に内（い）れしめ、『花鳥使』と号す。向因つて『美人の賦』を奏して以て諷す。帝之を善しとし、左拾遺に擢んでらる」と。白居易の自注に「天宝の末、密かに艶色を採る者有り、当時号して花鳥使と為す。呂向『美人の賦』を献じて以て之を諷す」と。しかし、実際に呂向が「美人の賦」を献上したのは、前掲『新唐書』に拠れば、開元年間のことであった。白居易がこれを「天宝の末」とするのは、元稹「上陽白髪人」の自注に「天宝中、密かに豔異を採取する者を号して花鳥使と為す」とあるのによるか。『文苑英華』巻九十六に「美人の賦」を収録する。「向」字、本文・自注ともに神田本は「尚」字を加筆するが誤り。紹興本・那波本・馬元調本に従う。

余説　清の田雯の『古歓堂集』に、「香山の諷諭詩は、乃ち楽府の変ぜるなり。『上陽白髪人』等の篇は、之を読めば心目豁朗たりて、悠然として余味有り。後の李西涯（明の李東陽）の楽府は又白より変ず。」（『雑著』巻二）と。

清の施補華の『峴傭説詩』に、「『上陽白髪人』『新豊折臂翁』の両篇は、諷諭に長じ、頗る風人（『詩経』の詩人）の旨を得たり。惜しむらくは詞の未だ簡古ならざるなり」と。

この詩に依拠した文辞としては、以下の如きものがある。

小野小町の和歌に、「秋の夜も名のみなりけり逢ふといへばことぞともなく明けぬるものを」（『古今集』十三・恋三）と。

菅原道真の「残灯」詩に、「耿々たる寒き灯（とぼしび）　夜（よは）に書（ふみ）を読む、煙嵐の牖（まど）を度りて　何如にかせむ」（『菅家文草』巻四）と。

同じく「秋夜」詩に、「床の頭（ほとり）に展転して　夜　深更なり、壁に背けたる微なる灯（とぼしび）に夢も成らず」（『菅家後集』）と。

『後撰和歌集』雑二に、「山里にはべりけるに昔あひしれる人のいつよりここにはすむぞと問ひければ、閑院、春やこし秋や行けむおぼつかなかげのくち木と世を過ぐす身は」と。

坂上是則の和歌に、「秋の夜をまどろまでのみ明かす身はゆめぢとのみもたのまざりけり」（『是則集』）と。

この詩の「耿耿残灯背壁影、蕭蕭暗雨打窓声」の句が、大江維時の『千載佳句』上・天象部・雨夜に収録されている。

『和泉式部日記』に、「五月六日になりぬ。……いたくふりあかししつとめて、『ことひの雨の音は、いとおどろおどろしかりつるを』など、まめやかにの給はせたるを、『よもすがら何事をかは思ひつる窓うつ雨の音を聞きつつ』」と。

この詩の「秋夜長、夜長無睡天不明。耿耿残灯背壁影、蕭蕭暗雨打窓声」の句が、『和漢朗詠集』上・秋夜に収録されている。

藤原高遠の『大弐高遠集』に、「或人の、『長恨歌』『楽府』のなかにあはれなることをえらびいだして、これがこころばへを廿首よみておこせたりしに

　一閉上陽多少春

　一生遂向空床宿

そこばくのとしつむはるにとぢられてはなみる人になりぬべきかな

うちはへてむなしきゆかのさびしさにしばしまどろむときぞすくなき

　秋夜長夜長無睡天不明

あきのよのながきおもひのくるしきはねぬにはあけぬものにぞありける
　耿耿残灯背壁影
ともしびのほかげにかよふ身をみればあるかなきかのよにこそ有りけれ
　蕭蕭暗雨打窓声
こひしくはゆめにも人を見るべきにまどうつ雨にめをさましつつ
　春日遅日遅独坐難天暮
ひとりのみながむるそらのはるのひはとくくれがたきものにぞありける
　宮鶯百囀愁猒聞
ものおもふときはなにせんうぐひすのききいとはしきはるにもあるかな
　唯向深窓望明月
見る人もなき宿てらす月かげのこころぼそくも見えわたるかな
　春往秋来不記年
春秋のゆきかへりぢもしらなくになにをしるしにとしをかぞへむ
　外人不見見応咲
たまだれのみすのまうとく人は見む見えなんのちはくやしかるべく

『源氏物語』桐壺に、「上達女・上人なども、あいなく目を側めつつ、いとまばゆき人の御おぼえなり」と。

同じく帚木に、「……いかが思へると気しきも見がてら雪をうち払ひつつまかりて、なま人わろく、つめくはるれど、さりともこよひ日頃のうらみは解けなむと思ひ給へしに、火ほのかに壁にそむけ、なえたる衣どものあつごえたる大なる籠にうちかけて引きあぐべき物の帷などうち上げて今宵ばかりやと待けるさまなり」と。

同じく幻に、「……俄に立出づるむら雲のけしき、いとあやにくにて、おどろおどろしう降りくる雨にそひて、さと吹く風に、灯籠もふきまとはして、空くらき心地するに、『窓うつ声』などめづらしからぬふることをうち誦じ給へるも折からにや」と。

同じく竹河に、「内にも、かならず、宮仕への本意ふかきよしを、おとどの、奏しおき給ひければ、『大人び給ひぬらむ』、年月を推し量らせ給ひて、おはせごと、絶えずあれど、『中宮の、いよいよ、並びなくのみなり勝り給ふ御けはひにおされて、みな人、無徳にものし給ふめる末にまゐりて、はるかに目をそばめられたてまつらんも、煩はしく、又、人に劣り、数ならぬさまにて見む、はた、心づくしなるべき』を思ほし、たゆたふ」と。

『浜松中納言物語』巻一に、「我身百敷の内にもえさぶらはず、昔しやうやうきうにながめけん人のやうに、このところにとぢられて心細くあるかひなきやうに侍ど……」と。

同じく巻三に、「かのくにゝは女すぐれたるなるべし。楊貴妃王昭君李夫人などいひて、あがりての世にもあまたありけり。上陽宮にながめたる女も、眼は芙蓉に似たり、胸は玉に似たりと誉めたり。をとこはいとかばかり名を伝へたるやある」と。

『栄華物語』巻十三・ゆふしでに、「ほりかは院には、かの上陽人の春ゆき秋きたれどもとしをしらずといふやうに、明くるるもしらせ給はず、あさましう覚しなげきて、ねざめつつやすくもおほとのごもらねば、のこりのともし火かべにそむけるかげもこころぼそくおぼさるるに、おまへのむめのこころようひらけにけるも、これをいまままでしらざりけるよ、我が身世にふるなど、ながめさせ給ひける」と。

『金葉和歌集』雑部・上に、「青黛画眉眉細長」といへることをよめる、源俊頼朝臣、さりともとかくまゆ、みのいたづらに心ぼそくも老いにけるかな」と。

大江通国の「新楽府廿句和歌題序、晩夏同に白氏文集楽府廿句を詠む、和歌一首付小序」（『朝野群載』巻一所収）に、この詩の「不記年」を句題として大江通国が和歌を詠んでいる。

『今昔物語集』巻十・唐玄宗《ノ》后《ノ》上陽人、空《シク》老《イタル》語《コト》は、この詩を原拠としている。

『大鏡』太政大臣道長に、「大臣の御むすめ三人、后にさしならべ奉り給ふこと……上陽人は楊貴妃にそばめられて、御門にみえたてまつらで春のゆき秋のすぐることも知らずして十六にてまゐりて、六十までありけり。かやうなれば三千人のかひなし」と。

藤原敦光の「中宮周忌願文」に、「故宮の秋の暮に心を傷むれば朧月檻に臨み、掖庭の夜の長きに睡りを罷むれば暗雨窓を打つ」（『本朝続文粋』巻十四）と。

『金葉和歌集』雑部・上に、「上陽人苦最多、少思苦老亦苦といへる心をよめる、源雅光、むかしにもあらぬすがたになりゆけど歎きのみこそおもがはりせね」と。

藤原忠通の「秋夜即事」詩に、「颯颯たる秋風の嶺に飄（ふ）く響、蕭蕭たる夜雨の窓を打つ音」（『本朝無題詩』巻五）と。

『唐物語』上陽人空老語は、この詩を原拠としている。

藤原長方の『按納言家集』に、「上陽人」を題とした和歌「はかなしやむなしき床に明けくれて年の六十の空に過ぎぬる」がある。

藤原家隆の『朗詠百首』秋に、この詩の「秋夜長、夜長無睡天不明」の句を題とした和歌「さらぬだにあくる久しき秋の夜を物思ふ人の心つよさよ」がある。

藤原良経の和歌に、「暗き夜の窓打つ雨におどろけば軒ばの松に秋かぜぞ吹く」（『新続古今和歌集』雑・上）と。

『うたた寐の記』に、「秋にもなりぬ。ながき思ひぢの、終宵やむともなき砧の音、寝屋ちかき荻のこゑの乱れも、ひと方ならぬねざめの催しなれば、壁にそむける灯火のかげばかり友として、あくるをまつもしづ心なく、尽せぬ泪の雫は窓うつ雨よりも頻なり」と。

『平家物語』灌頂巻・女院御出家の事に、「五月の短夜なれども明しかねさせ給ひつつ、おのづから打ちまどろませ給はねば、昔の事をば夢にだにも御覧ぜず、壁に背ける残の灯の影かすかに、夜もすがら窓打つ暗き雨の音ぞさびしかりける上陽人が上陽宮に閉ぢられたりけん悲も、是には過ぎじとぞ見えし」と。（『源平盛衰記』巻四十四・女院出家、附忠清入道被切事にも同文あり。）

同じく同巻に、「さるほどに七月九日の大地震に、築地もくづれ、荒れたる御所もかたぶきやぶれて、いとど住ませ給ふべき御たよりもなし。緑衣の監使、宮門をまぼるだになし」と。

『源平盛衰記』巻十七・待宵侍従付優蔵人事に、「侍従は又古郷に残留たれ共、言問ふ人も絶果ぬ。友なき宿に独居て、明しくらす悲しさは、上陽宮の徒然、角やと互に語つゝ、共に涙を流しけり。希に会ふ夜の嬉しさに、秋の夜なれど長からず、寝ぬに明ぬと云置し、夏にもかはらぬ心地して、……」と。

同じく巻三十三・大神宮勅使、附緒方三郎攻平家事に、「歳去歳来れ共慰方なく、春過夏闌ても友なき宿を守る、秋の夜長し夜長して、終夜を明し兼たる暁に、尾上の鹿の妻呼音痛ましく、壁にすだく蟋蟀何歌らんと最心細き」と。

同じく巻四十五・源氏等受領、附義経任伊予守事に、「惜むへき御命にはなけれども、只尋常の御事にて、消え入らばやと思召されける。緑衣の監使宮門を守るもなく、伴の御奴朝浄するもなし」と。

『中務内侍日記』に、「三月廿日夜雨ふる。中宮大夫殿神楽をうそぶき給ひて、せうせうたるくらき雨のまどをうつこゑとくちずさみ給ふ。ゐ物がたりにかきたらむことをきくやうにて面白し」と。

『宴曲集』巻四・楽府に、「上陽人は又紅顔空に衰、窓打雨の夜の床、寝たることも覚えず」と。

『漢故事和歌集』に、上陽人を詠んだ歌四首が収められている。

いとゞしくなくさめかたき秋の夜に窓打雨の音そわりなき（唐物語）

くらしかね長き思ひの春の日に愁ともなふとりの声かな（玉葉集）

消ねたゝ身は光なき闇の中にくらき雨きく窓の灯（正徹千首）

よはひふけて夜なかきうへに思ふ哉まと打雨のふかきねさめを（不詳）

『夫木和歌抄』巻三十五・雑部十七に、上陽人を題とした歌七首が収められている。（但し最初から五首は、前掲の『大弐高遠集』の歌の第一・九・八・七及び藤原長方『按納言家集』の歌であるから、略す。）

くれなゐにたとへしかほも霜降てうとき人にはみえしとそ思ふ（二条太皇太后宮大弐）

しらさりき塵も払はぬ床の上にひとりよはひのつもるへしとは（藤原定家）

『風雅和歌集』秋・下に、「院の五首の歌合に、秋視聴と云ふ事を、権大納言公宗女、秋の雨の窓うつ音に聞き侘びて寐ざむるかべに灯火の影」と。

『増鏡』第十六・久米のさら山に、「先帝はいまだ六波羅におはします。……鶯の声うらゝかなるもうれはしき御心ちには、物憂かる音にのみ聞こしめしなさる。ことやうなれどかの上陽人の宮の中思よそへらる」と。

『太平記』巻一・立后の事、附三位殿御局の事に、「文保二年八月三日、後西園寺太政大臣実兼公の御女后妃の位に備て弘徽殿に入らせ給ふ。……君恩葉よりも薄かりしかば、一生空しく玉顔に近つかせ給はず、深宮の中に向つて春の日の暮れ難き事を歎き、秋の夜の長き恨に沈ませ給ふ。金屋に人無うして耿々たる残灯の壁に背ける影、薫籠に香消えて蕭々たる暗雨の窓を打つ声、物毎に皆御泪を添ふる媒となれり」と。

謡曲「竹雪」に、「身を梁の燕のならひ、すみねたき事を聞きながら、様をも今までかへざるは、彼を思ふ故なるに、継母はいかなれは此の月若を殺しけん。」

同じく「善知鳥」に、「唯明けても暮れても殺生をいとなみ、遅々たる春日も所作足らねば時を失ひ、秋の夜長も夜長けれとも漁火白うして眠ることなし」と。

同じく「関寺小町」に、「人更に若き事なし。終には老の鶯の百囀の春は来れとも昔にかへる秋はなし」と。

箏唄「宮の鶯」に、「かべにそむけるともしびの、まだたきのこす夜もすがら、窓打つ雨の音聞けば、いとどさへねられぬ」と。

同じく「浮寝」に、「槇の戸をうつ村雨や、梢にそよぐ松風は、ちぎりおかねどはかなや君が、とふかとおどろかされて、いとど涙に目がくれて、かべにそむける灯火の、影かすかなる暁の鐘」と。

同じく「善知鳥」に、「遅々たる春の日も、所作足らねば時を失ひ、夜の夜長し夜長けれども、漁火白うして眠る事なし」と。

『虚栗』跋に、「上陽人の閨の中には、衣桁に蔦の掛かるまで也」と。

与謝蕪村『天明元年十番左右合』秋夜の、月居の「秋の夜やおもへば翌は仏の日」に対する評に、「秋の夜は志士惜日短、愁人知夜長、たた我ひとりのためにながく、のこる方なく物かなしき寝さめかちなる夜すがら、耿々残灯背壁影に対して千思万慮の中に、翌日の仏忌日を思ひ出たるさま、おもへばの四字力あつて無量の情をふくめり」と。
「新楽府序」（〇一二四）の「余説」の『越縵堂読書記』の項も参照。

0132

胡旋女　戒二近習一也。
天寶末、康居國來獻。

胡《こ》旋《せん》の女《ぢょ》　近習《きんしふ》を戒《いまし》むるなり。
天寶《てんぽう》の末《すゑ》、康居國《かうきよこく》より來獻《らいけん》せり。

解題　「新楽府」その八。「胡旋の女」は、胡旋舞を舞ふ女のこと。「胡」は、ここでは、中央アジアのソグディアナ（Sogdiana）を指す。今のウズベキスタン・タジキスタンに属し、ソグドともいう。胡旋舞は、ソグド人が特技とする、クルクル旋回して舞う、テンポのはやい舞。元稹の「和李校書新題楽府十二首」（『元氏長慶集』巻二十四）の第九首にも「胡旋女」があり、その題下注に、『李伝』に云ふ、天宝中、西国より来献せり、と」とある。

小序は、「狎れ親しむ側近（に天子を惑わせる者がいること）を戒める詩である」の意。続けて題下原注に、「天宝年間の末に、康居国の使者が来て献上した」とある。「近習」は、天子の側にいて狎れ親しむ者。近臣。ここでは主に、楊貴妃と安禄山を指す。「康居国」は、ソグドのこと。安禄山の父もソグド人であった（母は突厥人）。『新唐書』巻三十五・五行志二に、「天宝の後……又胡旋舞有り。本康居より出づ。旋転の便捷なるを以て巧と為し、時に又之を尚ぶ」と。唐に胡旋舞が献上されたのは、原注では「天宝の末」というが、実際にはそれよりも早い時期であったようである。例えば、『新唐書』巻二二一下・西域伝下に、「康（居国）……開元の初め……侏儒・胡旋女を貢す」、「米（国）……開元の時、璧・舞筵・師子・胡旋女を献ず」と。石田幹之助『増訂　長安の春』（平凡社・東洋文庫）にも胡旋舞に関する考証がある。

胡旋女　胡旋女
心應レ絃　手應レ鼓
絃鼓一聲雙袖擧
迴雪飄颻轉蓬舞」

胡《こ》旋《せん》の女《ぢょ》　胡《こ》旋《せん》の女《ぢょ》、
心《こころ》は絃《げん》に應《おう》じ　手《て》は鼓《つづみ》に應《おう》ず。
絃鼓《げんこ》一聲《いつせい》　雙袖擧《さうしうあ》がり、
迴雪《くわいせつ》飄颻《へうえう》　轉蓬舞《てんぽうま》ふ。」

左旋右轉不㆑知㆑疲
千匝萬周無㆓已時㆒
人間物類无㆑可㆑比
奔車輪緩旋風遲」
曲終再拜謝㆓天子㆒
天子爲㆑之微啓㆑齒」
胡旋女　出㆓康居㆒
徒勞東南萬里餘
中原自有㆓胡旋者㆒
鬭㆑妙爭㆑能爾不㆑如」
天寶季年時欲㆑變
臣妾人人學㆓圓轉㆒
中有㆓太眞㆒外祿山
二人最道能胡旋」
梨花園中册作㆑妃
金雞障下養爲㆑兒」

左旋《させん》　右轉《うてん》して　疲《つか》れを知《し》らず、
千匝《せんさふ》　萬周《ばんしう》して　已《や》む時無《ときな》し。
人間《じんかん》の物類《ぶつるい》　比《ひ》すべき无《な》く、
奔車《ほんしや》も輪《わ》緩《ゆる》やかにして　旋風《せんぷう》も遲《おそ》し。」
曲終《きよくを》はり　再拜《さいはい》して天子《てんし》に謝《しや》すれば、
天子《てんし》　之《これ》が爲《ため》に微《わづ》かに齒《は》を啓《ひら》く。」
胡旋《こせん》の女《ぢよ》　康居《かうきよ》より出《い》づ、
徒《いたづら》に勞《らう》して　東南《とうなん》す萬里餘《ばんりよ》。
中原《ちゆうげん》　自《おのづか》ら胡旋《こせん》する者有《ものあ》り、
妙《めう》を鬭《たたか》はし　能《のう》を爭《あらそ》へば　爾《なんぢ》も如《し》かず。」
天寶《てんぽう》の季年《きねん》　時變《ときへん》ぜんと欲《ほつ》す、
臣妾人人《しんせふじんじん》　圓轉《ゑんてん》を學《まな》ぶ。
中《うち》には太眞有《たいしんあ》り　外《そと》には祿山《ろくざん》、
二人《ににん》　最《もつと》も道《い》はる　能《よ》く胡旋《こせん》すと。」
梨花園中《りくわゑんちゆう》　册《さく》して妃《ひ》と作《な》し、
金雞障下《きんけいしやうか》　養《やしな》つて兒《じ》と爲《な》す。」

祿山胡旋迷二君眼一
兵過二黄河一看レ未レ反」
貴妃胡旋惑二君心一
死棄二馬嵬一念更深
從レ茲天維地軸轉
五十年來制不レ禁」
胡旋女　莫二空舞一
數唱二此歌一寤二明主一」

祿山胡旋《ろくざんこせん》して　君《きみ》の眼《め》を迷《まよ》はし、
兵《へい》　黄河《くわうが》を過《す》ぐるも　未《いま》だ反《はん》せずと看《み》る。」
貴妃胡旋《きひこせん》して　君《きみ》の心《こころ》を惑《まど》はし、
死《し》して馬嵬《ばくわい》に棄《す》てらるるも　念《おも》ひは更《さら》に深《ふか》し。
茲《これ》より天維地軸《てんゐちぢく》轉《めぐ》り、
五十年來《ごじふねんらい》　制《せい》すれども禁《や》まず。」
胡旋《こせん》の女《ぢょ》　空《むな》しく舞《ま》ふこと莫《な》かれ、
數〻《しばしば》此《こ》の歌《うた》を唱《うた》ひて　明主《めいしゆ》を寤《さ》めしめよ。」

女・女・擧（上聲、語韻）、鼓（上聲、姥韻）、舞（上聲、麌韻）……姥・麌韻は同用、語韻は通押。疲（上平聲、支韻）、時（上平聲、之韻）、遲（上平聲、脂韻）……支・之・脂韻は同用。子・齒（上聲、止韻）。居・餘・如（上平聲、魚韻）。變・轉・旋（去聲、線韻）。妃（上平聲、微韻）、兒（上平聲、支韻）……微・支韻は通押。眼（上聲、產韻）、反（上聲、阮韻）……產・阮韻は通押。心・深・禁（下平聲、侵韻）。女（上聲、語韻）、舞・主（上聲、麌韻）……語・麌韻は通押。

通釈　胡旋を舞う女。胡旋を舞う女。心は絃の音に応じて働き、手は太鼓の音に応じて動く。絃と太鼓が一たび鳴ると、両袖をさっとあげ、風にひるがえる雪か、転がる蓬草のように、クルクルと回転しながら舞う。

左に旋回し、右に転回して、疲れを知らず、何千、何万回も回転して終わる時がない。その速さは、この世に比べるものがないほど。つっぱしる車の車輪も緩やか、つむじ風も遅い、と感じられる。

曲が終わり、再拝して天子にご挨拶すると、天子はご機嫌良く、ちょっと歯を見せてほほ笑まれた。

胡旋を舞う女は、康居国の出身。ご苦労なことに、東南の中国へ一万里以上をこえてやって来た。しかし、中国には中国で、独自に胡旋を上手に舞う者がいる。妙技を闘わせ、技能を競ったら、お前たちだってかなわない。

天宝の末年、時世が変わろうとする時には、臣下も女官も誰も彼も、クルクル舞うことを学んだ。宮中には楊貴妃がおり、外地には安禄山がいて、この二人がとりわけ胡旋（とゴマスリ）がうまいと言われた。

玄宗は、梨の花咲く宮園で楊太真を貴妃の位につけ、金鶏を画いたついたてのもとに安禄山を坐らせて、楊貴妃の養子にし（て寵愛し）た。

安禄山は胡旋を舞って天子の眼を迷わし、その兵が黄河を渡っても、天子はまだ、叛いたのではないと考えた。

楊貴妃も胡旋を舞って天子の心を惑わし、死んで馬嵬にその亡きがらが棄てられても、貴妃を思慕する天子の情は、一層深まるばかりであった。これ以後、天地を支える軸や綱は傾き倒れてしまい、五十年このかた、胡旋舞を禁止しても止めさせることができない。

（ならば）胡旋を舞う女よ。むだに舞うのはやめにして、この歌をたびたび唱い、聡明な天子を目覚めさせてくれたまえ。

語釈 ○心応絃　心が絃の音に応じて動く。「絃」は、琵琶の絃か。胡旋舞を歌ったとされる岑参の「田使君の美人の舞、蓮花の北鋌するが如しの歌」（『全唐詩』巻一九九）に、「裾を回し袖を転じること飛雪の若く、左鋌右鋌して旋風を生ず。琵琶横笛、和して未だ匝《めぐ》らず……」とある。○双袖挙　胡旋舞を舞う際の衣裳については、『旧唐書』巻二十九・音楽志二に、「康国楽……舞二人。緋の襖、錦の領袖、緑綾の渾襠袴、赤皮の靴、白袴帑。舞ひて急転すること風の如し、俗に之を胡旋と謂ふ」と。○迴雪　風に吹かれて旋回する雪。○飄颻　風にヒラヒラとひるがえるさま。○転蓬　強風で根が吹きちぎられると、ボールのようにコロコロと原野を転がる蓬草。元稹の「胡旋女」詩でも「蓬霜根を断ちて羊角（つむじかぜ）のごとく疾《はや》し」と形容している。○千匝万周　「匝」「周」は、ともに「めぐる」「旋回する」の意。○物類　現象。○无可比　比べるものがない。「无」は、「無」と同字。

○奔車　つっぱしる車。

○再拝　二度おじぎをする。敬意や謝意が深いことを表すしぐさ。○啓歯　笑う。「啓」は、開く。

○中原　天下や国の中央部をいう。中国の中心部。○鬪妙争能　妙技を闘わし、技能を争う。「鬪」は、「闘」の正字。○爾不如　「如」字、神田本は加筆して「知」字に修正するが、押韻から「如」字が優れる。紹興本・那波本・馬元調本により改める。

○天宝季年　「天宝」は、玄宗の治世の年号。七四二―七五六年。「季年」は、末年。○円転　回転して舞う。また、円滑自在な世渡りでうまく玄宗にとりいる、の意も含めるか。○中有太真外禄山　「太真」は、楊貴妃のこと。本名は楊玉環。「太真」は、女道士としての称号。彼女は歌舞が得意であった。『新唐書』巻五十一・楊貴妃伝に、「時に妃　道士の服を衣（き）、号して太真と曰ふ。……太真　姿質豊豔、歌舞を善くし、音律に通じ、智算人に過ぐ」と。「太」字、神田本は「大」に作る。「禄山」は、安禄山。巨漢であったが胡旋舞を得意とした。『新唐書』巻二二五上・安禄山伝に、「晩（年）に益々肥え、腹緩みて膝に及ぶ……胡旋の舞を帝前に作す。乃ち疾きこと風の如し」と。○最噵　「噵」は、「道」と同字。いう。かたる。

○梨花園中　「梨花園」は、梨園のこと。玄宗が宮中に設けた音楽教習所。『新唐書』巻二十二・礼楽志十二に、「玄宗既に音律を知り、又法曲を酷愛す。坐部伎の子弟三百を選び梨園に教へ、声に誤る者有れば、帝必ず覚えて之を正し、皇帝梨園の弟子と号す。宮女数百も、亦た梨園の弟子と為し、宜春の北院に居る」と。「歌舞を善くし、音律に通じ」た楊貴妃も、梨園との縁が深かった。○冊作妃　貴妃に冊立する。楊太真が貴妃に冊立されたのは、天宝四載（七四五）八月、二十七歳の時。「冊」は、玉冊に名を記してその地位につけること。「貴妃」は、皇后に次ぐ後宮の位（正一品）。○金雞障下　「金雞障」は、金鶏（天上にすむ鶏）を画いてある衝立（ついたて）。『新唐書』巻二二五上・安禄山伝に、「帝、勤政楼に登る。幄坐（とばりを巡らせた坐席）の左に金鶏の大障を張り、前に特榻（特別な腰掛け）を置き、禄山に詔して坐せしめ、其の幄を褰（かか）げて、以て尊寵を示す。太子諫めて曰く、『古より幄坐は人臣の当に得べきに非ず。陛下、禄山を寵し、過ぐること甚だし。必ず驕（おご）らん」と。○養為児　安禄山が楊貴妃の養子となったこと。『新唐書』巻二二五上・安禄山伝に、「時に楊貴妃寵有り。禄山、妃の養児と為らんことを請ひ、帝之を許す。其の拝するや、必ず妃を先にして帝を後にす。帝之を怪しむ。答へて曰く『蕃人は母を先にして父を後にす』と。帝大いに悦び、命じて楊銛（せん）及び三夫人と約して兄弟と為らしむ。是より禄山、天下を乱すの意有り」と。

○兵過黄河看未反　『資治通鑑』巻二一七に拠れば、安禄山の反乱が起こったのは天宝十四載（七五五年）十一月甲子（九日）。時に玄宗皇帝は華清宮に行幸中であったが、当初は禄山の謀叛を聞いても半信半疑であったらしく、「東受降城も亦た禄山の反を奏す。上（玄宗）猶ほ以為（おもへ）らく、禄山を悪む者詐（いつは）りて之を為すと、未だ之を信ぜず」とある。しかし、「庚午（十五日）、上　禄山の定めて反するを聞き、乃ち宰相を召して之を謀る」とあり、反乱軍が黄河を渡っても「未だ反せずと看る」というのは誇張表現のようである。反乱軍の渡河は十二月丁亥（二日）。なお、「看未反」を、紹興本・那波本・馬元調本では「疑未反」に作る。

○死棄馬嵬念更深　「馬嵬」は、反乱軍から逃れるため長安を脱出した玄宗一行が、蜀（四川省）へ落ち延びる途中、陳玄礼等ら将兵に迫られて楊貴妃を処刑した土地。長安の西郊、今の陝西省興平市にある。処刑後も玄宗が楊貴妃への思慕の念を持ち続けたことは、「新楽府」その三十六「李夫人」（〇一六〇）や巻十二「長恨歌」（〇五九六）を参照。〇天維地軸転　天地が傾き情勢が悪化すること。謝思煒『白居易詩集校注』は「天下の傾覆するを喩ふ」（一―三〇八頁）という。「天維」は、天の四すみを支え維持する綱。「地軸」は、大地を支える軸。〇五十年　天宝の末年からこの詩が作られた元和の初年（八〇六）までをいう。〇寤明主　「明」字、神田本は左旁に「時」字を加筆する。「時主」は、時の君主。紹興本・那波本・馬元調本では「悟明主」に作る。

余説　この詩の「梨花園中冊作妃、金雞障下養為児」の句が、『新撰朗詠集』下・雑・妓女に引かれている。『太平記』巻一・立后事付三位殿御局事に、「文保二年八月三日、後西園寺大政大臣実兼公の御女、后妃の位に備て、弘徽殿に入せ給ふ。……御齢已に二八にして、金雞障の下に冊（かしづか）れて、玉楼殿の内に入給へば、……」と。

0133　新豊折臂翁　戒㆓邊功㆒也。

新豊《しんぽう》の折臂翁《せつぴをう》　邊功《へんこう》を戒《いまし》むるなり。

解題　「新楽府」その九。「新豊」は、長安の東方、驪山の近くにあった県の名。今の西安市臨潼区新豊。「折臂翁」は、兵役を逃れるために臂（うで）を折ったじいさん。このような行為は当時珍しくなかった。例えば、『資治通鑑』巻一九六、貞観十六年七月に、「隋末の賦役数を重んじ、人往往にして自ら支体を折り……是に至るまで遺風猶ほ存す、故に之を禁ず」、同巻二三二、貞元二年八月に、「武后以来、承平日久しく、府兵浸（やうや）く堕ち、人の賤しむ所と為る。百姓之を恥ぢ、手足を蒸熨し以て其の役を避くるに至る」と。小序は、「辺境で戦功を立てようとすることを戒める詩である」の意。「辺功」は、国境地帯で立てる戦功。

新豊老翁八十八
頭鬢鬚眉皆似㆑雪
玄孫扶向㆓店前㆒行
右臂憑㆑肩左臂折」
問㆑翁臂折來幾年

新豊《しんぽう》の老翁《らうをう》　八十八《はちじふはち》、
頭鬢《とうびん》　鬚眉《しゆび》　皆雪《みなゆき》に似《に》たり。
玄孫《げんそん》に扶《たす》けられて　店前《てんぜん》に向《む》かひて行《ゆ》く、
右臂《うひ》は肩《かた》に憑《よ》り　左臂《さひ》は折《を》る。」
翁《をう》に問《と》ふ　臂折《うでを》れてより來《このかた》　幾年《いくねん》ぞと、

兼問致レ折何因緣」
翁云貫屬二新豐縣一
生逢二聖代一无二征戰一
唯聽驪宮歌吹聲
不レ識三旗鎗與二弓箭一」
無レ何天寶大徵レ兵
戶有二三丁一抽二一丁一
點得驅向何處去
五月萬里雲南行」
聞道雲南有二瀘水一
椒花落時瘴煙起
大軍徒涉水如レ湯
未レ戰十人二三死」
村南村北哭聲哀
兒別二耶孃一夫別レ妻
皆云前後征レ蠻者

兼《か》ねて問《と》ふ　折《を》るを致《いた》せしは何《なん》の因緣《いんえん》ぞと。」
翁云《をうい》ふ　貫《くわん》は新豐縣《しんぽうけん》に屬《ぞく》し、
生《う》まれて聖代《せいだい》に逢《あ》ひ征戰《せいせん》无《な》し。
唯《た》だ聽《き》く　驪宮《りきゆう》の歌吹《かすい》の聲《こゑ》。
旗鎗《きさう》と弓箭《きゆうせん》とを識《し》らず。」
何《いくばく》も無《な》く　天寶《てんぽう》に大《おほ》いに兵《へい》を徵《め》し、
戶《こ》に三丁《さんてい》有《あ》れば　一丁《いつてい》を抽《ぬ》く。
點《てん》し得《え》て　驅《か》り向《む》けて　何處《いづこ》にか去《さ》る、
五月《ごぐわつ》　萬里《ばんり》　雲南《うんなん》に行《ゆ》く。」
聞道《きくな》らく　雲南《うんなん》に瀘水《ろすい》有《あ》り、
椒花《せうくわ》落《お》つる時《とき》　瘴煙《しやうえん》起《お》こる。
大軍《たいぐん》徒涉《とせふ》するに　水《みづ》は湯《ゆ》の如《ごと》く、
未《いま》だ戰《たたか》はざるに　十人《じふにん》に二《に》三《さん》は死《し》すと。」
村南《そんなん》　村北《そんぽく》　哭聲《こくせい》哀《かな》し、
兒《じ》は耶孃《やぢやう》に別《わか》れ　夫《ふ》は妻《さい》に別《わか》る。
皆云《みない》ふ　前後《ぜんご》　蠻《ばん》を征《せい》する者《もの》、

千萬人行无㆓一迴㆒」
此時翁年二十四
兵部牒中有㆓名字㆒
夜深不㆔敢使㆓人知㆒
自把㆓大石㆒鎚折㆑臂」
張㆑弓簸㆑旗倶不㆑堪
從㆑此始免㆑征㆓雲南㆒」
且圖揀退歸㆓鄕土㆒
骨碎筋傷非㆑不㆑苦」
臂折來成㆓六十年㆒
一支雖㆑廢一身全
至㆑今風雨陰寒夜
猶到㆓天明㆒痛不㆑眠」
痛不㆑眠　終不㆑悔
所㆑喜老身今獨在」
不㆑然當㆘死㆓瀘水頭㆒

千萬人《せんまんにん》行《ゆ》きて　一《いつ》の迴《かへ》る无《な》しと。」
此《こ》の時《とき》　翁《をう》の年《とし》は二十四《にじふし》、
兵部《へいぶ》の牒中《てふちゆう》に　名字《めいじ》有《あ》り。
夜《よ》深《ふ》けて　敢《あ》へて人《ひと》をして知《し》らしめず、
自《みづか》ら大石《だいせき》を把《と》り　鎚《う》ちて臂《うで》を折《を》る。」
弓《ゆみ》を張《は》り　旗《はた》を簸《あ》ぐ　倶《とも》に堪《た》へず、
此《これ》より始《はじ》めて雲南《うんなん》に征《ゆ》くを免《まぬが》る。」
且《か》つ圖《はか》るは　揀《えら》び退《しりぞ》けられて鄕土《きやうど》に歸《かへ》らんこと、
骨碎《ほねくだ》け　筋傷《すぢやぶ》るるは　苦《くる》しからざるに非《あら》ず。」
臂《うで》折《を》れしより來《このかた》　六十年《ろくじふねん》に成《な》りぬ、
一支《いつし》廢《はい》すと雖《いへど》も　一身《いつしん》全《まつた》し。
今《いま》に至《いた》るまで　風雨《ふうう》陰寒《いんかん》の夜《よ》、
猶《な》ほ天明《てんめい》に到《いた》るまで　痛《いた》みて眠《ねむ》られず。」
痛《いた》みて眠《ねむ》られざるも、　終《つひ》に悔《く》いず。
喜《よろこ》ぶ所《ところ》は　老身《らうしん》の今《いま》獨《ひと》り在《あ》るを。」
然《しか》らずんば　當《まさ》に瀘水《ろすい》の頭《ほとり》に死《し》し、

身没魂孤骨不上レ收
應下作二雲南望鄉鬼一
萬人塚上哭呦呦上」
雲南有二萬人塚一、即鮮于仲通・李宓等覆軍之所也。
老人言　君聽取
君不レ聞
開元宰相宋開府
不レ賞二邊功一防レ黷レ武」
開元始、突厥數寇レ邊。時大武軍子將郝靈筌出使、因下引二特勒・迴鶻部落一、斬二突厥默啜一、獻中首于闕下上、自謂有二不世之功一。時宋璟爲レ相。以三天子年少好レ武、恐二徼レ功者生一レ心、痛二抑其賞一。逾レ年始授二校郎一。靈筌遂慟哭、歐レ血死レ之。
又不レ聞
天寶宰相楊國忠
欲レ求二恩幸一立二邊功一
邊功未レ立生二人怨一
請問新豐折臂翁」
天寶末、楊國忠爲レ相。重構二閤羅鳳之役一、募レ人討レ之、前後發二二十餘萬衆一、去无二返者一。後又捉レ人連レ枷赴レ役。天下怨哭、人不二聊生一矣。故祿山得下乘二人心一盗中天下上。元和初而折臂翁猶存。因備歌レ之。

身《み》没《ぼつ》し　魂《たましひ》孤《こ》にして　骨《ほね》收《をさ》められざるべし。
應《まさ》に雲南望鄉《うんなんばうきやう》の鬼《き》と作《な》り、
萬人塚上《ばんにんちようじやう》に　哭《こく》して呦呦《いういう》たるべし。」
老人《らうじん》の言《げん》、君《きみ》　聽取《ちやうしゆ》せよ。
君《きみ》聞《き》かずや
開元《かいげん》の宰相《さいしやう》　宋開府《そうかいふ》、
邊功《へんこう》を賞《しやう》せず　武《ぶ》を黷《けが》すを防《ふせ》ぎしを。」
又《また》聞《き》かずや
天寶《てんぽう》の宰相《さいしやう》　楊國忠《やうこくちゆう》、
恩幸《おんかう》を求《もと》めんと欲《ほつ》して　邊功《へんこう》を立《た》て、
邊功《へんこう》未《いま》だ立《た》たざるに　人《ひと》の怨《うら》みを生《しやう》ぜしを。
請《こ》ふ問《と》へ　新豐《しんぽう》の折臂翁《せつぴをう》に。」

八（入聲、黠韻）、雪・折（入聲、薛韻）……黠・薛韻は通押。年（下平聲、先韻）、緣（下平聲、仙韻）……先・仙韻は同用。縣（去聲、霰韻）、戰・箭（去聲、線韻）……霰・線韻は同用。兵・行（下平聲、庚韻）、丁（下平聲、青韻）……庚・青韻は通押。水・死（上聲、旨韻）、起（上聲、止韻）……旨・止韻は同用。哀（上平聲、咍韻）、妻（上平聲、齊韻）、迴（上平聲、灰韻）……咍・灰韻は同用、齊韻は通押。四（去聲、至韻）、字（去聲、志韻）、臂（去聲、寘韻）……至・志・寘韻は同用。

堪・南（下平聲、覃韻）。土・苦（上聲、姥韻）。年・眠（下平聲、先韻）、全（下平聲、仙韻）……先・仙韻は同用。悔（去聲、隊韻）、在（去聲、代韻）……隊・代韻は同用。頭（下平聲、侯韻）、收（下平聲、尤韻）、呦（下平聲、幽韻）……侯・尤・幽韻は同用。取・府・武（上聲、麌韻）。忠・功・翁（上平聲、東韻）

通釈　新豊のじいさんは八十八歳。頭髪も鬢も眉もあごひげも、みな雪のように真っ白。じいさんは玄孫に支えられて店の前を歩いて行くが、右腕は玄孫の肩にすがり、左腕は折れている。

じいさんに尋ねてみた、「腕が折れてから何年になるのかね」と。また尋ねた、「どういうわけで折れたのかね」と。じいさんは言った。「わしは本籍は新豊県に属しており、聖明な天子さま（玄宗皇帝）の御世に生まれあわせて、いくさなどありませんでした。ただ驪山の華清宮から漏れる音楽を聞いて育ち、旗や槍、弓矢のことなど知らずに過ごしておりました。

ところが間もなく、天宝年間に大きな徴兵が行われ、一戸に三人若者がおれば、一人は兵にとられました。兵隊にとられた者は駆り立てられて、どこへ行くのかといえば、五月の暑い盛りに、万里のかなた雲南に行くのです。聞けば、雲南には瀘水という川があって、山椒の花が散る頃には毒気が立ち上り、大軍が歩いて渡ると、川の水は湯のように熱くて、まだ敵と戦わないうちに、十人のうち二、三人は死ぬらしい、というのです。

村の南でも北でも、悲しい慟哭の声が聞こえ、息子はおやじやおふくろと別れ、夫は妻と別れます。そしてみな口々に、これまで蛮人を伐ちに行った者は、何千人何万人も行ったが、一人も生きて還った者はいない、と言います。

この時、わしは二十四歳でしたが、兵部に出す召集者名簿に名前が載っておりました。そこで、真夜中に人知れず、大きな石を取り上げて打ちつけ、自ら腕を折ったのでございます。

弓をひくことも旗を振りあげることも出来なくなり、それでやっとのこと、雲南行きを免れました。

こうして、とにかく兵隊名簿から除外されて郷里に帰れるよう図ったのですが、骨は砕け、筋は痛むのですから、苦しくないわけがありません。

この骨が折れて六十年になりますが、腕一本は折れてだめになったとはいえ、この身は助かり、命を全うすることが出来たのです。今でもなお、風雨の晩、曇って寒い夜などには、夜明けまでずっと痛んで眠れないことがあります。痛んで眠れないことがあっても、結局のところ、後悔などしておりません。嬉しいことに、わしだけが、今日この老いの身になるまで、生きながらえることができたのですから。

でなかったら、あの時、この身は濾水のほとりで息絶え、魂は孤独にさまよって、骨すら拾ってもらえなかったはず。きっと雲南で故郷を思う亡者となりはて、万人塚のあたりで、シクシクと悲しい声をあげて泣いていたことでしょう、と。

このじいさんの言葉を、諸君、よく聴き心に留めるのだ。諸君は聞いているだろう、開元時代の宰相の宋開府が、辺境での戦功に恩賞を与えず、無益な戦争を防いだことを。

また聞いているだろう、天宝時代の宰相の楊国忠が、天子の寵愛を得ようと、辺境での戦功をもくろみ、辺境での軍功がまだ立たないうちに、人民の怨みの声が湧き起こったことを。それらのことについて、どうかこの新豊の折臂翁に、問い尋ねてくれたまえ。

語釈 〇頭鬢鬚眉 「鬢」は、耳際の髪の毛。びんの毛。「鬚」は、あごひげ。〇玄孫 孫の孫。やしゃご。自分から四代目にあたる孫。子・孫・曽孫・玄孫の順。〇扶向 「扶」は、手で支える。「向」は、助字。場所や方向を示す。〇店 茶店。または、旅店、やどや。〇右臂憑肩左臂折 紹興本・那波本・馬元調本は「左臂憑肩右臂折」に作る。「臂」は、うで。①肩から手首まで。②ひじから手首まで、③肩からひじまで、いずれの意味も表す。「憑」は、すがる。

〇因縁 由来、経緯、理由。

〇貫 貫籍。原籍。本籍地。〇聖代 すばらしい御世(よみ)。ここは、玄宗皇帝の開元年間の世を指す。〇唯聴驪宮歌吹声 「驪宮」は、驪山の華清宮。驪山は、西安市臨潼県の東南にある山。標高一三〇二メートル。山麓に温泉が湧き、玄宗は楊貴妃のために華清宮を建てて冬期には避寒に訪れた。巻四「驪宮高」(〇一四五)参照。「歌吹声」は、玄宗楊貴妃の避寒地であった華清宮から聞こえてくる管弦楽や歌曲の音声。翁の住む新豊は、驪山からほど近い。この句を、紹興本・那波本・馬元調本は「慣聴梨園歌管声」に作る。

〇無何 ほどなく。間もなく。「何」は、幾何(いくばく)の意。〇天宝大徴兵 「天宝」は、玄宗の治世末期の年号(七四二―七五五)。「大徴兵」は、楊国忠が、天宝十載(七五一)と天宝十三載(七五四)に、雲南地方の南蛮(南詔国)を伐つため、大規模な徴兵を行ったことをいう。〇戸有三丁抽一丁 「丁」は、徴兵の対象となる若者。二十三歳以上の壮年男子。壮丁。六十歳以上は「老」という。「抽」は、引き抜く。抜き出す。紹興本・那波本・馬元調本は「点」に作る。○点得　戸籍簿の姓名の上に点を打つこと。点を打たれた者は徴発される。「得」は、動詞に添える助字。そのような状態になったことを示す。○駆向　「向」は、助字。場所や方向を示す。○雲南　今の雲南省の地。中国の西南部。唐の時代には、チベット－ビルマ族が建てた南詔国があった。首都は、今の雲南省大理市。

○聞噵　聞くところでは。「噵（い）ふを聞く」に同じ。「噵」は、「道」と同字。唐代では「言う」「説く」という意味で使う場合、「道（ちみ）」との混同を防ぐため、「噵」字が使われた。○瀘水　四川省と雲南省の境を流れる川の名。今の金沙江。○椒花　山椒の花。盛夏に開花する。○瘴煙　わるいガス。マラリアなど南方の風土病を誘発する毒気。瘴気。○徒渉　徒歩で川をわたる。

○耶嬢　「父母」の口語的表現。おやじ、おふくろ。「爺娘」「爺嬢」に同じ。○无　「無」と同字。

○兵部牒中有名字　「兵部」は、兵事をつかさどる中央の役所。尚書省の兵部。「牒」は、報告の文書。ここでは、兵部に提出する出征兵士の名簿をいう。「名字」は、翁の名前。○不敢　……しようとしない。……する気になれない、の意。○鎚　ここでは、つちを打ちつけるように、大石を強くたたきつけること。

○簸旗　戦旗を振りあげ、ゆり動かす。「簸」は、あおる。あおりあげる。

○且図揀退帰郷土　骨砕筋傷非不苦　「且図」は、「(なにはともあれ) とりあえず……しようとする」。「揀退」は、選んで退けられ、徴兵から逃れる。不適格者に選ばれ、兵士の名簿からはねのけられること。紹興本・那波本・馬元調本では二句の順序が入れ替わり、「骨砕筋傷非不苦　且図揀退帰郷土」に作る。

○来成　「成」字は加筆による補入。この字が無い形を神田本の本文と見る立場もある。○一支　四肢（両手両足）のうちの一つ。ここでは、折れた片腕のこと。「支」は、「肢」に同じ。○陰　空がくもる。曇り空。○天明　夜明け。明け方。

○終　最終的には。結局のところは。

○望郷鬼　帰りたくても帰れず、はるかに故郷を望み慕う亡者。「鬼」は、死者の霊魂。死んでなおさまよう魂。○万人塚上哭呦呦　「万人塚」は、南詔蕃との戦闘で死んだ多くの戦没者を合葬した墓。「呦呦」は、ここでは、望郷の霊魂が悲しく泣く声の形容。白居易の自注に、「雲南に万人塚有り、即ち鮮于仲通・李宓等の覆軍の所なり」と。「鮮于仲通」「李宓」は、南詔を征伐する唐軍を率いた将軍。「宓」字、神田本は「密」に誤る。馬元調本・『旧唐書』巻一〇六・楊国忠伝により改める。「覆軍」は、軍が総崩れになって敗れること。

○君不聞　君（読者）も聞いたことがあるだろう、の意。楽府詩で多用される表現。○開元宰相宋開府　「開元」は、玄宗の前半期の年号（七一三－七四一）。「宋開府」は、開元期の名宰相・宋璟のこと。『旧唐書』巻九十六に伝がある。「開府」は、開府儀同三司という文散官（従一品）。宋璟はその散官を有したので、「宋開府」と略称された。○不賞辺功防黷武　「黷武」は、無意味な戦争をして武の徳をけがすこと。白居易の自注に、「開元の始、突厥数々（しばしば）辺を寇す。時に大武軍の子将の郝霊筌（かくれいせん）出使し、特勒・迴鶻の部落を引きて、突厥の默啜（もくとつ）を斬り、首を闕下に献ずるに因つて、自ら謂へらく、不世の功有り、と。時に宋璟相たり。天子年少にして武を好み、功を徼（とも）むる者の心を生ぜんことを恐るるを以て、其の賞を痛く抑ふ。年を逾えて始めて校郎を授けり。霊筌遂に慟哭し、血を欧（は）きて之に死す」と。「大武軍」の「大」字、神田本は「太」に作る。両字は相通じるが、史書の記述により、「大」に改める。「特勒」は、種族の名とも突厥の王子の称号ともいう。白居易は、前者の意味で用いている。謝思煒『白居易詩集校注』一―三一四頁に詳しい考証がある。自注の大意は以下のとおり。「開元の初め、突厥がしばしば国境を侵したので、唐では大武軍の武将郝霊筌を討伐使として派遣し、特勒やウイグル族などを率いて、突厥を破り默啜の首を天子に献上した。霊筌は、異例の大功を立てたと自負したが、宰相の宋璟は、天子が年少で武を好んでいることや、むやみに軍功を立てんとする者が現れることを恐れて、霊筌への恩賞に激しく反対し、翌年になって、やっと校郎の位を授けた。その結果、郝霊筌は、慟哭し血を吐いて死んだ」。関連の記事は、『新唐書』巻一二四の宋璟伝、『資治通鑑』開元四年六月の条などに見える。

○楊国忠　楊貴妃のまたいとこ。天宝十一載（七五二）十一月、死去した李林甫に替わり宰相となった。その南詔討伐については後掲の語釈を参照。○恩幸　天子の恩寵。○請問新豊折臂翁　白居易の自注に、「天宝の末、楊国忠相と為る。重ねて閤羅鳳の役を構へ、人を募りて之を討たんとし、前後二十余万衆を発するも、去きて返る者无（な）し。後に又人を捉へ枷を連ねて役に赴かしむ。天下怨み哭し、人聊かも生きず。故に禄山人心に乗じて天下を盗むを得たり。元和の初にして折臂翁猶ほ存せり。因つて備（ぶつ）さに之を歌ふ」と。大意は以下のとおり。「天宝の末に、楊国忠は宰相となった。繰り返し、南詔王、閤羅鳳との戦争を起こし、民兵を募集して討伐しようと、総計二十数万の群衆を徴発したが、戦争に行き無事に生還した者はいなかった。後にはまた人民を捉え枷をはめて連行し従軍させた。天下の人民は怨んで哭泣し、生きることすら困難であった。それで安禄山は、こうした人心に乗じて反乱を起こし、唐の天下を盗むことができたのである。元和の初めには折臂翁はなお存命であったから、このことを詳しく歌にしたのである」。楊国忠の南詔征伐に伴う悲惨な犠牲については、例えば『旧唐書』巻一〇六・楊国忠伝に、「仲通・李宓再び討蛮の軍を挙げてより、其の徴発するは皆中国の利兵、然れども土風に便ならず、沮洳（湿地）の陥る所、瘴疫の傷つくる所、饋餉の乏しき所、物故する者十に八九なり。凡て二十万衆を挙げ、之を死地に棄て、隻輪も還らず、人寃毒を銜（ふく）めども、敢へて言ふ者無し」と。

余説　清の乾隆帝の『唐宋詩醇』巻二十の御批に、「大意は一に之を杜甫の『兵車行』、前・後『出塞』等の篇に本づく。老翁の口中を借りて説出すれば、便ち直遂を傷（や）まず。促促刺刺として其の声を聞くがごとし。而して窮兵黷武（兵を乱用して武をけがすこと）の禍は言を待たず。末には又宋璟・楊国忠を以て比勘すれば、開元・天宝の治乱の機は、具さに此に分る。前事を忘れざるは、後事の師なり。詩史と謂ひつべし」と。

この詩に依拠した文辞としては、以下の如きものがある。

『十訓抄』第六・可存忠信廉直事に、「昔唐に塞翁といふものあり、……彼の新豊の老人が雲南の軍をのがれたりけるは、自ら臂をうち折りける故なり、これは自然のことなり。いとありがたかりしことなり」と。

『源平盛衰記』巻三十・実盛被討附朱買臣錦袴新豊県老事に、「昔天宝に兵を召して雲南万里に駆向ふ、彼雲南に湯の如くなる流あり是を瀘水と名づく。軍兵徒より渉る時十人が二三人は死にければ、村南村北に哭する音絶えず。児は爺嬢に別れ、夫は妻に別れたり。昔も今も蛮に征く者千万なれども一人も帰らざりければ、新豊県に男あり兵に駈られて雲南に行きけるが彼の戦を恐れつつ歳二十四にて夜更け人定つて自大石を把つて己が臂を打折り弓を張り旗を挙ぐるに叶はねば、行くことを免されて再故郷に帰りけり。骨砕け筋傷れて悲しけれども六十年を送りけり。雨降り風吹き陰り寒夜は痛みて眠れざれども是を悔しと思はず悦ぶ所は老らくの八十八まで生くることを、是は異国の事なれども此の国の歌人よめるとか。

一枝ををらではいかで桜花八十余りの春にあふべき

新豊県の老翁は八十八、命を惜みて臂を折り、斎藤別当実盛は七十三、名を惜みて命を捨つ。武きも賢きも人の心とりどりなり」と。

同じく巻三十・平氏侍共亡事に、「凡今度討たれたるもの共、父母兄弟妻子眷族等が泣悲むこと斜ならず、家々には門戸を閉ぢ声々に愁歎せり、彼村南村北に哭しける雲南征伐もかくやと思ひ知られたり」と。

『太平記』巻九・足利殿着御篠村則国人馳参事に、「彼雲南万里の軍、戸に三丁有れば、一丁を抽きんずといへり。況んや又千葉屋程の小城一を責めんとて……」と。

同じく巻十六・将軍筑紫御開事に、「何の日か誰と云ん敵の手に懸てか、魂浮れ、骨空して、天涯望郷の鬼と成んずらんと、明日の命をも憑れねば、……」と。

「上陽白髪人」(〇一三一)の「余説」の『峴傭説詩』の項も参照。

0134　大行路

借二夫婦一以諷二君臣不レ終也。

大行《たいかう》の路《みち》　夫婦《ふうふ》を借《か》りて以《もつ》て君臣《くんしん》の終《を》へざるを諷《ふう》するなり

解題 「新楽府」その十。「大行の路」は、太行山の道路、の意。「大行」は、「太行」に同じ。太行山は、太行山脈。華北平原と黄土高原の境を南北に走る山脈。河北省西部から山西省の南部に至る。延長約四〇〇キロメートル。その路が険しいことは、『文選』巻二十七、魏の武帝「苦寒行」に、「北のかた太行山に上れば、艱なるかな何ぞ巍巍（ぎぎ）たる。羊腸坂は詰屈（きつくつ）たり、車輪之が為に摧（だく）かる」とある。また、李白の「北上行」にも、「北上何の苦しむ所ぞ、北上太行に縁る。磴道（とうだう）盤（ぐめ）りて且つ峻（はけ）しく、巉岩（ざんがん）穹蒼（きゆうさう）を凌（のし）ぐ。馬足　側石に蹶（づつま）き、車輪　高岡に摧かる」（『全唐詩』巻一六四）とある。『白氏文集』巻一「初めて太行路に入る」（〇〇四三）でもその険しさに言及する。小序は、「夫婦にたとえを借りて君臣関係が終わりを全うしがたいことを諷刺する詩である」の意。

大行之路能摧レ車
若比二人心一是夷途」
巫峡之水能覆レ舟
若比二人心一是安流」
人心好惡苦不レ常
好生二毛羽一惡生レ瘡
與レ君結髪未二五載一
忽從三牛女爲二參商一」
古稱色衰相棄背
當時美人猶怨悔
何況如今鸞鏡中

大行《たいかう》の路《みち》　能《よ》く車《くるま》を摧《くだ》くも、
若《も》し人《ひと》の心《こころ》に比《ひ》すれば是《こ》れ夷途《いと》なり。」
巫峡《ふけふ》の水《みづ》　能《よ》く舟《ふね》を覆《くつがへ》すも、
若《も》し人《ひと》の心《こころ》に比《ひ》すれば是《こ》れ安流《あんりう》なり。」
人《ひと》の心《こころ》の好悪《かうを》　苦《はなは》だ常《つね》ならず、
好《この》めば毛羽《まうう》を生《しやう》じ　悪《にく》めば瘡《さう》を生《しやう》ず。
君《きみ》と結髪《けつぱつ》して　未《いま》だ五載《ごさい》ならざるに、
忽《たちま》ち牛女《ぎうぢよ》の參商《しんしやう》と爲《な》るに従《したが》ふ。」
古《いにしへ》より稱《しよう》す　色衰《いろおとろ》ふれば相棄背《あひきはい》すと、
當時《たうじ》の美人《びじん》　猶《な》ほ怨悔《ゑんくわい》す。
何《なん》ぞ況《いは》んや　如今《じよこん》　鸞鏡《らんきやう》の中《うち》、

妾顔未レ改君心改」
爲レ君薫二衣裳一
君聞二蘭麝一不二馨香一」
爲レ君事二容飾一
君看二金翠一無二顔色一」
行路難　難二重陳一
人生莫レ作二婦人身一
百年苦樂由二他人一」
行路難
難二於山一　嶮二於水一
不二獨人家夫與一レ妻
近代君臣亦如レ此
君不レ見
左納言　右内史
朝承レ恩　暮賜レ死」
行路難

妾《せふ》が　顔《かんばせ》未《いま》だ改《あらた》まらざるに　君《きみ》が心《こころ》改《あらた》まるをや。」
君《きみ》が爲《ため》に衣裳《いしやう》を薫《くん》ずれば、
君《きみ》は蘭麝《らんじや》を聞《き》きて馨香《けいかう》とせず。」
君《きみ》が爲《ため》に容飾《ようしよく》を事《こと》とせば、
君《きみ》は金翠《きんすい》を看《み》て顏色無《がんしよくな》しとす。」
行路難《かうろなん》　重《かさ》ねて陳《の》べ難《がた》し、
人生《ひとう》まれて　婦人《ふじん》の身《み》と作《な》る莫《な》かれ、
百年《ひやくねん》の苦樂《くらく》　他人《たにん》に由《よ》る。」
行路難《かうろなん》、
山《やま》よりも難《かた》く　水《みづ》よりも嶮《けは》し。
獨《ひと》り人家《じんか》の夫《ふ》と妻《さい》とのみならず。
近代《きんだい》の君臣《くんしん》も亦《ま》た此《か》くの如《ごと》し、
君見《きみみ》ずや、
左納言《さなふげん》　右内史《うないし》、
朝《あした》に恩《おん》を承《う》け、暮《く》れに死《し》を賜《たま》ふ。」
行路難《かうろなん》、

不レ在レ水　不レ在レ山
祇在二人情反覆間一」

水《みづ》に在《あ》らず　山《やま》に在《あ》らず、
祇《た》だ人情反覆《にんじやうはんぷく》の間《かん》に在《あ》り。」

車（上平聲、魚韻）、途（上平聲、模韻）……魚・模韻は通押。舟・流（下平聲、尤韻）。常・瘡・商（下平聲、陽韻）。背（去聲、隊韻）、悔（上聲、賄韻）、改（上聲、海韻）……賄・海韻は同用、隊韻は通押。裳・香（下平聲、陽韻）。飾・色（入聲、職韻）。陳・身・人（上平聲、眞韻）。水・死（上聲、旨韻）、此（上聲、紙韻）、史（上聲、止韻）……旨・紙・止韻は同用。難（上平聲、寒韻）、山・閒（上平聲、山韻）……寒・山韻は通押。

通釈　太行山の道は、車を砕くほどの険しさだが、人の心と比べたら、平坦な道と同じ。巫峡の水は、舟を覆すほどの急流だが、人の心と比べたら、穏やかな流れと同じ。

人の心の好き嫌いの感情は、甚だ変わりやすいもの。好きとなれば、羽根が生えるほど持ち上げ大事にするが、嫌いとなると、傷ばかり探し出す。あなたと結婚してまだ五年にもならないのに、もう牽牛星と織女星のように親しかった仲が、たちまち参星と商星のような離れればなれの仲になってしまいました。

古くから「容色が衰えると棄てられる」と言いますが、昔の美人もやはり（その非情な仕打ちを）怨み悔やんだのでしょう。ましてや今、鸞の姿見に映る私の容姿がまだ衰えもしないのに、あなたの心が変わってしまったのですから（怨み悔やまないではおられません）。

あなたのためと衣裳に香をたきしめても、あなたはその蘭や麝香のよい香りをかいで、よい香りだ、とはおっしゃってくれません。

あなたのためと身を着飾っても、あなたはその黄金や翡翠の飾りを見て、美しいとはおっしゃってくれません。

人生行路の難しさよ、これ以上、重ねて述べるのは辛すぎます。婦人の身になど生まれてくるものではありません。一生の苦楽は他人任せなのですから。

人生行路の難しさよ、山を行くよりも難しく、水を下るよりも険しい。しかしそれは、世の夫婦関係に限ったことではない。近頃の君臣関係もまた同じことだ。君も見たであろう、天子の左右に侍る納言や内史のことを。朝には天子の寵愛を受けても、夕方にはもう死を賜るという有り様である。

人生行路の難しさは、山にあるのでも、水にあるのでもない。ただ、人の気持ちが、ころっと変わり、定まらないところにあるのである。

語釈　○摧車　車や車輪が壊されてバラバラになる。「解題」の魏の武帝（曹操）「苦寒行」を参照。○夷途　平坦なみち。「夷」は、平らか、ひらたい。○安流　おだやかな流れ。○巫峡　巫山（重慶市巫山県）の下にある峡谷の名。瞿塘峡・西陵峡とともに三峡の一つ。三峡一帯は、急流で岩が出た所もあり、古来、舟行の難所。例えば、李白の「長干行」二首其の一にも、「瞿塘の灔澦堆（えんよたい）、五月触るべからず」（『全唐詩』巻一六三）と。○好悪　好き嫌い。愛憎。「悪」は、にくむ、きらう。○好生毛羽悪生瘡　好きだと羽毛が生ずるほど持ち上げ、無理にでも美点を探し出すが、嫌いだと無理やり傷をこしらえ、欠点を探し出す。『文選』巻二、後漢の張衡「西京の賦」に、「好む所は毛羽を生じ、悪む所は瘡痏（さうゐ）を生ず」とあるのに拠る。「瘡痏」は、傷、傷痕。○結髪　結婚する。元来は、成人すること。男は二十歳で冠をつけ、女は十五歳で笄（こうがい）を挿し髪を結いあげた。成人して結婚する、の意にも用いる。○牛女　牽牛星と織女星。親しい男女や仲のよい夫婦の喩え。○参商　参星と商星。離ればなれの仲をいう。「参」は、冬のオリオン座の三つ星。「商」は、夏のサソリ座のアンタレス。同時に天空に現れないことから、親しかった者が離別している喩えに使われる。例えば、杜甫の「衛八処士に贈る」詩に、「人生相見ざること、動（やや）もすれば参と商との如し」（『杜詩詳註』巻六）と。○古称色衰相棄背　『史記』巻八十五・呂不韋列伝に、「吾之を聞けり、色を以て事ふる者は、色衰へて愛弛（ゆる）む、と」とある。また、『漢書』巻九十七上・孝武李夫人伝にも、病が重篤となった際の李夫人の言葉として、「夫人曰く、……夫れ色を以て人に事ふる者は、色衰へて愛弛み、愛弛めば則ち恩絶ゆ」とある。○鸞鏡　背面に鸞（鳳凰に類した霊鳥）の彫り物をした化粧鏡。鸞は情の深い鳥とされる。『芸文類聚』巻九十・鳥部上・鸞に引く宋の范泰「鸞鳥の序」に、昔、罽賓王（けいひんおう）が「一鸞鳥を獲て、王甚だ之を愛」したが、「三年鳴か」なかった。その夫人が「嘗て聞く、鳥は其の類を見て而る後鳴く、と。何ぞ鏡を懸けて以て之を映さざる」と述べたので、王がそのとおりにしてみると、「鸞は形を睹（み）て悲鳴し」絶命した。これをうけて「嗟乎（ああ）茲の禽（とり）、何ぞ情の深きや」とある。○薫衣裳　香を衣服にくゆらせ、たきしめること。○聞蘭麝　「蘭麝」は、蘭と麝香。芳香。「聞」は、かぐ。○馨香　よいかおり。芳香。

○金翠　黄金や翡翠の飾り。○無顔色　容貌がさえない。みすぼらしい。『白氏文集』では巻十二「長恨歌」(〇五九六)に、「眸を回らせて一笑すれば百媚生じ、六宮の粉黛顔色無し」と。

○行路難　人生行路の難しいこと。古来、同題の楽府作品が多く作られ、人の世をわたる険しさが歌われてきた。○百年　人間の一生をいう。

○近代君臣亦如此　夫が妻を棄てるのと同様に、最近の君主も変心して臣下を捨て去ること。『白氏文集』巻一「隠者に寄す」(〇〇五八)にも、「昨日は延英(殿)に対し、今日は崖州(広東省)に去る。由来君臣の間、寵辱朝露に在り」と。○左納言「納言」は、天子の命令を出納する側近の官。下の言を聴いて上に納れ、上の言を下に宣べることを掌る。『書経』舜典篇に、「汝に命じて納言と作す、夙夜朕の命を出納し、惟(こ)れ允(まこと)なれ」と。唐では門下省侍中にあたる。『旧唐書』巻四十三・職官志二・門下省に、「侍中二員」とあり、注に、「隋には納言と曰ひ、又侍内と名づく。武徳に納言と為し、又改めて侍中と為す」と。○右内史「内史」は、中書省の長官。『周礼』にみえる官名で、唐の中書令(宰相職)にあたる。『旧唐書』巻四十三・職官志二・門下省に、「中書令二員」とあり、注に、「隋には内書令と曰ひ、武徳には内史令と曰ひ、尋(つ)いで改めて中書令と為す」と。○朝承恩　暮賜死　二句について、陳寅恪『元白詩箋証稿』は、徳宗の時に尚書左僕射の楊炎が崖州刺史に貶されて死を賜い、中書侍郎同平章事の竇参が驩(かん)州司馬に貶される途中で死を賜ったこと、さらに、順宗の永貞元年(八〇五)に、正議大夫中書侍郎の韋執誼(いしつぎ)が崖州司馬に貶されたこと等の事実をあげて、「韋執誼は憲宗即位の年に流貶され、楽天作詩の年と距たること甚だ近し、……楽天の此の篇の作は、或いは竟に近くは崖州の沈淪を慨(なげ)き、追つて徳宗の猜刻を刺(そし)り、遂に取りて以て元和の天子(憲宗)を諷諫する為なるか」と述べる。

○人情反覆　人情の定めなきをいう。例えば、王維の「酒を酌みて裴迪(はいてき)に与ふ」詩に、「酒を酌みて君に与ふ　君自ら寛(ゆる)うせよ、人情の翻覆(ほんぷく)波瀾に似たり」(『全唐詩』巻一二八)と。

余説　この詩の「大行之路能摧車、若比人心是夷途。巫峡之水能覆舟、若比人心是安流。人心好悪苦無常」の句に依拠した文辞としては、以下の如きものがある。

　中書王(兼明親王)の詩句「鬼を一車に載すとも何ぞ恐るるに足らむ　巫の三峡に棹さすともいまだ危しとせず」が、『和漢朗詠集』述懐に収録されている。

『新撰朗詠集』下・雑・述懐に、「太行之路能摧車、若比人心是夷途、巫峡之水能覆舟、若比人心是安流」が収録されている。

『海道記』に、「富士川をわたりぬ。此の河中にこそ石を流す。巫峡の水のみ、なんぞ舟を覆さんや。人の心は此の水よりもさかしければ、老馬をたのみてうち渡る」と。

『東関紀行』に、「此の河水まされる時、舟などもおのづから覆りて底の水屑となるたぐひ多かりと聞くこそ、彼の巫峡の水の流おもひよせられていと危き心地すれ。しかはあれども人の心に比ぶれば静なる流ぞかしと思ふにも、たとふべき方なきは、世にふる道のけはしき習なり」と。

『太平記』巻九・山崎攻の事に、「太行の路能く車を摧く、若し人の心に比すれば夷なる途なり。巫峡の水能く舟を覆す、若し人の心に比すれば是れ安なる流なり。人心の好悪苦だ常ならずとはいひながら、足利殿は代々相州の恩を戴き、徳を荷つて、一家の繁昌恐くは天下の人肩を並ぶべくもなかりけり」と。

この詩の「為君薫衣裳、君聞蘭麝不馨香。為君事容飾、君看金翠無顔色」の句に依拠した文辞としては、以下の如きものがある。

この句が、『和漢朗詠集』恋に収録されている。

大江通国の「新楽府廿句和歌題序、晩夏同に白氏文集楽府廿句を詠む、和歌一首付小序」（『朝野群載』巻一所収）に、この詩の「薫衣裳」を句題として大江通国が和歌を詠んでいる（但し和歌は未見）。

「為君薫衣裳、君聞蘭麝不馨香」を題とした藤原家隆の和歌「うらめしやそでの匂ひはかはらぬよ人の心の昔にもにぬ」が、『朗詠百首』恋にある。

『宴曲集』巻三・恋路に、「君が為に衣裳に薫物すれども匂有とも白雲の……」と。

『太平記』巻三十二・直冬吉野と合体の事附天竺震旦物語の事に、「昔天竺に獅子国といふ国あり。此の国の帝他国より后を迎へ給ひけるに……帝斜ならず喜び思召して君恩類なかりければ、後宮綺羅の三千人、君が為に衣裳を薫すれども、君蘭麝を聞いて馨香ならずと為す。君が為めに容色を事とすれども、君金翠を看て顔色無しと為す。新しき人来つて旧き人棄てられぬ」と。

芭蕉の句「蘭の香や蝶のつばさにたきものす」が『甲子吟行』に載っている。

この詩の「人生莫作婦人身、百年苦楽由他人」の句に依拠した文辞としては、次のものがある。

『太平記』巻一・立后の事に、「人生れて婦人の身となることなかれ、百年の苦楽他人に因ると白楽天が書きたりしも理なりと覚えたり」と。

この詩の「行路難、難於山　嶮於水。不独人家夫与妻、近代君臣亦如此」の句に依拠した文辞としては、以下の如きものがある。

菅原道真の「閑適」詩に、「曽向《むかし》簪纓のひと行路難」（『菅家文草』巻六）と。

『十訓抄』第二・可離驕慢事に、「大方世にある道煩しくふるまひ難きこと薄き氷を踏むよりも危く、けはしき流に棹すよりも甚しきものなり」と。

この詩の「左納言　右内史、朝承恩　暮賜死」の句に依拠した文辞としては、以下の如きものがある。
『平治物語』信頼降参並誅戮の事に、「彼の左納言右大史、朝に恩を受けて夕に死を賜はると白居易が書きしも理かなとぞ覚えし」と。
『源平盛衰記』巻三十二・義仲行家受領事に、「此十余日か先までは、源氏追討の宣旨を下されて、平家こそかやうに勧賞にも預りしに、今は平家誅戮の為にとて源氏朝恩に誇りけり。好生毛羽悪生瘡、朝承恩暮賜死といふ本文あり。誠に定めなき世の習とは云ひながら、引替りたるあはれさに心ある人々は思連ねて袂をぞ絞りける」と。

0135　司天臺　引レ古以儆レ今也。

司天臺《してんだい》　古《いにしへ》を引《ひ》きて以《もつ》て今《いま》を儆《いまし》むるなり。

解題　「新楽府」その十一。「司天台」は、天文を観測する役所。天文台。『旧唐書』巻三十六・天文志下に、「旧儀。太史局は秘書省に隷し、天文暦数を視るを掌る。……乾元元年三月、太史監を改めて司天台と為す」と。『唐六典』秘書省・太史局に、「太史令は、天文を観察し、暦数を稽定するを掌る。凡そ日月星辰の変、風雲気色の異には、其の属（部下）を率ゐて占候す」とあり、また「天文観生九十人。隋氏置く。昼夜霊台に在りて天文の気色を伺候するを掌る」と。小序は、「昔のことを引用して今の世に警告する詩である」の意。

司天臺
仰觀俯察天人際
羲和死來職事廢
官不レ求レ賢空取レ藝」
昔聞西漢元成閒
下淩上替謫見レ天」
北辰微暗少二光色一

司天臺《してんだい》、
仰《あふ》いで觀《み》　俯《ふ》して察《さつ》す　天人《てんじん》の際《さい》。
羲和死《ぎくわし》してより來《このかた》　職事廢《しよくじはい》し、
官《くわん》に賢《けん》を求《もと》めず　空《むな》しく藝《げい》を取《と》る。」
昔聞《むかしき》く　西漢《せいかん》の元成《げんせい》の閒《かん》、
下淩《しもしの》ぎ　上替《かみすた》れて　謫《せ》め天《てん》に見《あらは》ると。」
北辰《ほくしん》　微暗《びあん》にして　光色少《くわうしよくすく》なく、

五星煌煌如レ火赤
耀レ芒動レ角射二三台一
上台半滅中台坼」
是時非レ无二太史官一
眼見心知不レ敢レ言」
明朝趨入明光殿
唯奏慶雲壽星見」
天文時變兩如レ斯
九重天子不レ得レ知
不レ得レ知
安用二司天臺高百尺一爲」

五星《ごせい》　煌煌《くわうくわう》として　火《ひ》の如《ごと》く赤《あか》し。
芒《ばう》を耀《かがや》かし　角《かく》を動《うご》かして　三台《さんだい》を射《い》、
上台《じやうだい》　半《なか》ば滅《き》えて　中台《ちゆうだい》　坼《さ》く。」
是《こ》の時《とき》　太史《たいし》の官《くわん》无《な》きに非《あら》ず、
眼《め》に見《み》　心《こころ》に知《し》れども　敢《あ》へて言《い》はず。」
明朝《めいてう》趨《はし》り入《い》る　明光殿《めいくわうでん》、
唯《た》だ奏《そう》す　慶雲壽星《けいうんじゆせい》見《あらは》ると。」
天文《てんもん》　時變《じへん》　兩《ふた》つながら斯《か》くの如《ごと》し、
九重《きうちよう》の天子《てんし》　知《し》るを得《え》ず。
知《し》るを得《え》ずんば
安《いづ》くんぞ司天臺《してんだい》の高《たか》さ百尺《ひやくしやく》なるを用《もち》ふるを爲《な》さん。」

際・藝（去聲、祭韻）、廢（去聲、廢韻）……祭・廢韻は通押。閒（上平聲、山韻）、天（下平聲、先韻）……山・先韻は通押。色（入聲、職韻）、赤（入聲、昔韻）、坼（入聲、陌韻）……昔・陌韻は同用、職韻は通押。官（上平聲、桓韻）、言（上平聲、元韻）……桓・元韻は通押。殿・見（去聲、霰韻）。斯・知・知・爲（上平聲、支韻）。

通釈　天文台は、上は仰いで天の現象を観測し、下は俯して人事を観察して、その関連性を察するものである。しかし、尭の時の天文官、義《ぎ》氏と和《か》氏が死んでからは、その職務はすたれ、官員に賢人を求めず、ただ技術だけの者を任用するようになった。

聞けば、その昔、漢の元帝・成帝の頃には、下の者が上の者を侵害し、上の者の行いが廃れて、それを責める現象が天文に現れたという。

北極星はほの暗く、光や色が薄くなり、五星はキラキラと輝いて、火のように赤くなった。星々の放つ光線は、その光の鋭い先端を動かし、三台の星を射た。そのため上台の星の光は半ば消え、中台の星の光は裂けてしまったという。

この時、天文台に太史の官がいなかったわけではない。彼はその天変を眼で見、心にその意味を知っていたが、それを進言しようとはしなかったのである。

翌日の朝、小走りで明光殿に参入し、ただ「めでたい卿雲と寿星が現れました」と奏上しただけであった。

天文の異変と時世の異変、その両者がともに現れているのに、宮中の奥深くにおられる天子は、それを知ることが出来ない。異変を知ることが出来ないとすれば、どうして高さ百尺にもなる天文台を設けておく必要などあろう（まったく無用の長物ではないか）。

語釈　○仰観俯察天人際　仰いで天文を観察し、俯して人事を観察する。天象と人事とは相互に関連するという、天人相関の考えに基づく。『易経』繋辞上伝に、「『易』は天地と準ず。故に能く天地の道を弥綸《びりん》す。仰いで以て天文を観、俯して以て地理を察す。是の故に幽明の故を知る」と。○羲和　尭の時の天文官、羲氏と和氏。『書経』尭典篇に、「乃ち羲和に命じ、欽《つつし》んで昊天に若《したが》ひ、日月星辰を暦象し、敬《つつし》んで人時を授く」と。○職事廃　職務がすたれる。○取芸　技術者を任用する。「芸」は、わざ、技芸、技術。

○西漢元成間　前漢の元帝・成帝の頃。○下凌上替　「下凌」は、下の者が上の者をしのぎ侵す。「上替」は、上の者の行いがすたれ衰える。『左氏伝』昭公十八年に、「是に於て下陵《しの》ぎ上替る、能く乱る無からんや」と。「陵」は、「凌」に同じ。○謫見天　政治の過ちや不徳を責める兆しが天文に現れる。「謫」は、「讁」に同じ。せめ。とがめ。譴責。天人相関の考えに拠る。前漢の元帝・成帝の頃に天変地異が多かったことは、例えば、『漢書』巻十・成帝紀、建始三年の条に、「冬十二月戊申朔、日之を蝕する有り。夜、地未央宮の殿中を震ふ。詔して曰く、『蓋し……人君不徳なれば、謫め天地に見《あらは》れ、災異婁々《しばしば》発し、以て治まらざるを告ぐ。……』」と。また、同書巻八十一・張禹伝に、「永始・元延（ともに成帝の年号）の間、日蝕地震尤も数々《しばしば》なれば、吏民多く上書して災異の応を言ひ、王氏の専政の致す所なるを譏切《きせつ》す」と。

○北辰微暗少光色　「北辰」は、北極星。天子の位を象徴する最も尊い星。『論語』為政篇に、「政を為すに徳を以てすれば、譬へば北辰其の所に居て、衆星之に共《むか》ふがごとし」と。「微暗」は、ほの暗いさま。○五星煌煌如火赤　「五星」は、東方の歳星（木星）、南方の熒惑星（火星）、中央の鎮星（土星）、西方の太白星（金星）、北方の辰星（水星）を指す場合が多い。『漢書』巻二十六・天文志に、「凡そ五星の色は、皆圜《めぐ》る。白ければ喪を為し旱を為す。赤ければ不平に中《あた》り兵を為す。青ければ憂を為し水を為す。黒ければ疾を為し多死を為す。黄なれば吉。……五星同色なれば、天下兵を偃《ふ》せ、百姓は安寧、歌舞以て行はれ、災疾を見ず、五穀蕃昌たり」と。これに拠れば、五星が赤いのは、兵乱の予兆か。「煌煌」は、キラキラ輝くさま。○耀芒動角　芒角を耀かし動かすこと。「芒角」は、星が放射する光の輝き。「芒」は、毛先や針のように鋭い光の先端。光芒。○三台　北斗七星の第一星から第四星の近くに並ぶ、上台星・中台星・下台星のこと。各台共に六つの星があり、上台の六星は、天子・后妃に、中台の六星は、諸侯・三公・卿大夫に、下台の六星は、士・庶人にあてる。○中台坼　中台星の光が裂ける。『晋書』巻三十六・張華伝に、「(華の)少子韙《ゐ》、中台星坼くるを以て、華に遜位《そんゐ》を勧む。華従はず。曰く、『天道は玄遠なり、惟だ徳を修め以て之に応ずるのみ。……』」と。即ち、この現象が起きた際には、三公は引責辞任しなければならないとの考えがあった。そこから、陳寅恪『元白詩箋証稿』は、この詩が作られた元和四年の当時、司徒（三公の一つ）の職にあった杜佑が、七十歳を過ぎてもなお辞職しておらず、この詩に杜佑を諷諫する意図があった可能性を指摘する。

○太史官　天文暦象を掌る官。秘書省太史局の官。「解題」参照。

○明光殿　宮殿の名。漢の武帝が建てた宮殿。『白氏文集』巻二「寓意詩五首」其の四（〇〇九三）にも見える。○慶雲　太平の兆しを示すめでたい雲。「卿雲」に同じ。○寿星　南極星のこと。南極老人星ともいう。竜骨座の首星、カノープス。シリウスに次いで明るい恒星。これが現れると世の中がよく治まるといわれた。『白氏文集』巻四十「季冬に太清宮に薦献せし詞文」（一六九九）に、「(元和二年)司天台奏すらく、六月十三日夜、老人星見《あらは》る。……謹んで摂太尉・司徒・平章事杜佑をして薦献し以て謹詞を聞せしむ」と。

○天文時変　天界に現れた変異と、時世の変異（下凌上替）。○九重　九重の門の奥。即ち、宮中のこと。○百尺　唐代の一尺は、三一・一センチメートル。

余説　この詩に依拠した文辞としては、次のものがある。

『源平盛衰記』巻十六・遷都付将軍塚付司天台事に、「昔、唐《もろこし》に司天台とて高さ二十丈の台《うてな》を造り、天文の博士を置れたり。太史天変を見て吉凶を奏する官也。漢の元帝成帝父子二代之間、政無道にして天変頻り也。北辰光少く、五星煌々として赤き事如ㇾ火、芒を耀かし角を動して三台を射る。上台半ば滅びて中台折れたり。是れ必ず世乱れ国亡ぶべき天変也。司天の太史是を見るといへ共、無道の君に恐れて毎レ望二明光殿一、只慶雲寿星とて、御悦び来たり、御寿永かるべき天変とのみ奏せしかば、政を正す事なくして、終に国乱れ、帝亡び給ひにけり」と。

0136　捕蝗　刺二長吏一也。

捕蝗《ほくわう》　長吏《ちやうり》を刺《そし》るなり。

解題　「新楽府」その十二。「捕蝗」は、いなごを捕らえること。「蝗」は、いなご。稲を食う害虫。小序は、「地方長官（が無益なことを民にさせるの）を批判する詩である」の意。

捕レ蝗　捕レ蝗　者　誰　子
天　熱　日　長　飢　欲レ死」
興　元　兵　久　傷二陰　陽一
和　氣　蟲　蠹　化　爲レ蝗」
始　自二兩　河一及二三　輔一
荐　食　如レ蠶　飛　似レ雨
雨　飛　蠶　食　千　里　閒
不レ見二青　苗一空　赤　土」
河　南　長　吏　言レ憂レ農
課レ人　晝　夜　捕二蝗　蟲一

蝗《いなご》を捕《と》らへ　蝗《いなご》を捕《と》らふる者《もの》　誰《た》が子《こ》ぞ、
天熱《てんあつ》く　日長《ひなが》くして　飢《う》ゑて死《し》せんと欲《ほつ》す。」
興元《こうげん》　兵久《へいひさ》しくして　陰陽《いんやう》を傷《やぶ》り、
和氣《わき》　蟲蠹《こと》して　化《くわ》して蝗《いなご》と爲《な》る。」
始《はじ》めは兩河《りやうが》よりして　三輔《さんぽ》に及《およ》び、
荐食《せんしよく》すること蠶《かひこ》の如《ごと》く　飛《と》ぶこと雨《あめ》に似《に》たり。
雨飛《うひ》　蠶食《さんしよく》す　千里《せんり》の閒《かん》、
青苗《せいべう》を見《み》ず　空《むな》しく赤土《せきど》たり。」
河南《かなん》の長吏《ちやうり》　農《のう》を憂《うれ》ふと言《い》ひ、
人《ひと》に課《くわ》して　晝夜《ちうや》　蝗蟲《くわうちゆう》を捕《と》らへしむ。

此時粟斗錢三百
蝗蟲之價與㆑粟同」
捕㆑蝗捕㆑蝗竟何利
徒使㆔飢人重㆓勞費㆒」
一蟲雖㆑死百蟲來
豈將㆓人力㆒競㆓天災㆒」
我聞
古之良吏有㆓善政㆒
以㆑政驅㆑蝗蝗出㆑境」
又聞
貞觀之初道欲㆑昌
文皇仰㆑天呑㆓一蝗㆒」
一人有㆑慶兆人賴
是歲雖㆑蝗不㆑爲㆑害」
貞觀二年、太宗呑㆑蝗、事具㆓貞觀實錄㆒。

此《こ》の時《とき》　粟《ぞく》は斗《と》に錢三百《ぜにさんびやく》、
蝗蟲《くわうちゆう》の價《あたひ》　粟《ぞく》と同《おな》じ。」
蝗《いなご》を捕《と》らへ　蝗《いなご》を捕《と》らふ　竟《つひ》に何《なん》の利《り》ぞ、
徒《いたづら》に飢人《きじん》をして勞費《らうひ》を重《かさ》ねしむるのみ。」
一蟲死《いつちゆうし》すと雖《いへど》も　百蟲來《ひやくちゆうきた》る、
豈《あ》に人力《じんりよく》を將《もつ》て天災《てんさい》と競《きそ》はんや。」
我《われ》聞《き》く、
古《いにしへ》の良吏《りやうり》　善政《ぜんせい》有《あ》り、
政《まつりごと》を以《もつ》て蝗《いなご》を驅《か》り　蝗《いなご》境《さかひ》を出《い》づと。」
又《また》聞《き》く、
貞觀《ちやうぐわん》の初《はじ》め　道《みち》昌《さか》んならんと欲《ほつ》し、
文皇《ぶんくわう》天《てん》を仰《あふ》ぎて　一蝗《いつくわう》を呑《の》むと。」
一人《いちにん》慶《けい》有《あ》れば　兆人《てうじん》賴《よ》る、
是《こ》の歲《とし》蝗《いなご》ありと雖《いへど》も　害《がい》を爲《な》さず。」

子（上聲、止韻）、死（上聲、旨韻）……止・旨韻は同用。陽（下平聲、陽韻）、蝗（下平聲、唐韻）……陽・唐韻は同用。
輔・雨（上聲、麌韻）、土（上聲、姥韻）……麌・姥韻は同用。農（上平聲、冬韻）、蟲・同（上平聲、東韻）……冬・東韻は通押。利（去聲、至韻）、費（去聲、未韻）……至・未韻は通押。來・災（上平聲、咍韻）。政（去聲、勁韻）、境（上聲、梗韻）……勁・梗韻は通押。昌（下平聲、陽韻）、蝗（下平聲、唐韻）……陽・唐韻は同用。賴・害（去聲、泰韻）。

通釈 熱心に蝗《いなご》を捕まえているあの者たちは、どこの家の者だろう。天気はあついし、日は長いし、腹がへって今にも死にそうである。

興元の年には兵乱が長く続き、陰陽の気が乱されて、調和の気が蝕《むしば》まれ、それが変化して蝗となった。蝗は河南河北の地方から発生して長安地方にまで広がり、蚕が桑を食うように稲を食い荒らし、雨が降るように飛んで来る。雨のように飛び、蚕のように食らうこと千里の広さ、そこにもはや青い苗は見られず、ただ赤い土が残るだけ。そこで河南の長官は、農事を憂慮すると言って、人々に割り当て、昼も夜も蝗を捕らえさせた。この時、穀物の値段は一斗三百銭であったが、実は蝗を一斗捕らえるのに同じだけ経費が必要。ならば熱心に蝗を捕まえたところで、一体どんな利益があるのか。ただ飢えた人民に労力と費用を重ねさせるだけの無駄な仕事である。

一匹の蝗が死んでも、また百匹の蝗が飛んで来る。人間の力で天災と競争しても、勝てるはずがない。わたしは聞いている。昔の立派な役人は善政を行い、その善政によって蝗を追い払い、蝗は国境の外へ出ていったと。また聞いている。貞観のはじめ、政道が盛んになろうとする頃、太宗皇帝は、蝗の害から人民を救うために、天を仰いで一匹の蝗を呑み込まれたと。

「天子お一人に善行があれば、億兆の民がその恩恵をこうむる」というが、事実、この年には、蝗はいたが、人民に害が及ぶことはなかったのである。

語釈 ○興元兵久　「興元」は、徳宗の治世の年号。七八四年。「兵久」は、その当時、兵乱が久しく続いたことをいう。例えば、直前の建中三年（七八二）には、四月に節度使の朱滔《しゆとう》が、六月には節度使の王武俊が、十月には節度使の李希烈が、それぞれ唐に反旗を翻し、皆王を称した。建中四年（七八三）十月には、節度使の朱泚《しゆせい》が長安を占拠して帝を称し、徳宗は奉天に亡命（白居易の一家も難を避けて江南に移住）、興元元年（七八四）二月には、行営副元帥の李懐光が反し、徳宗は梁州に亡命している。

○傷陰陽　陰陽の気の調和がくずれる。○和気蟲蠹化為蝗　「和気」は、やわらぎ、おだやかな気。「蟲蠹」は、害虫により破壊されること。「蟲」は、穀物や食器につく虫、「蠹」は、木くい虫。徳宗の興元元年から翌年の貞元元年（七八五）にかけて蝗の大害があった。例えば、『旧唐書』巻十二・徳宗紀に、「（興元元年）是の秋、螟蝗野を蔽ひ、草木遺る無し」と。また『旧唐書』巻三十七・五行志に、「興元元年秋、関輔大蝗あり、田稼食尽き、百姓饑ゑ、蝗を捕らえて食と為す……。明年夏、蝗尤も甚だしく、東海より西のかた河・隴を尽くすまで、羣飛して天を蔽ひ、旬日息まず。……関輔已東は、穀大いに貴く、飢饉道に枕す」と。

○自両河及三輔　「両河」は、河南と河北。「三輔」は、漢代に長安を中心に置かれた行政区域。京兆・左馮翊・右扶風の三区の総称。関中地区。長安とその近郊の郡部。○荐食　しきりに食う。

○長吏　地方長官。○課　割り当てる。○此時粟斗銭三百　『資治通鑑』巻二三一、五月の条に、「時に関中兵荒れ、米斗の直（あたひ）銭五百」と。また、同十一月の条に、「今、天下旱・蝗、関中の米、斗千銭」と。これを踏まえて、謝思煒『白居易詩集校注』一―三二三頁は、この年の一般的情況として、「粟斗」の値段は、「米斗」のそれの六割前後であったかと考証している。唐代の一斗は、五・九四リットル。○蝗虫之価　蝗一斗をとらえる経費。

○捕蝗捕蝗竟何利　冒頭の四字を神田本は「捕ゝ蝗ゝ」に作る。紹興本・那波本・馬元調本により改める。

○豈将人力競天災　『旧唐書』巻九十六・姚崇伝に、「開元四年、山東蝗虫大いに起こる、……（姚）崇奏して曰く、『……但だ心を斉しくし力を戮（あは）せしめば、必ず是れ除くべし』と。……黄門監・盧懐慎、崇に謂ひて曰く、『蝗は是れ天災なり、豈に制するに人事を以てすべけんや。……』」と。

○古之良吏有善政の二句　「良吏」は、後漢の卓茂や魯恭のこと。『後漢書』巻二十五・卓茂伝に、「密（県）の令に遷る。心を労すること諄諄、人を視ること子の如く、善を挙げて教へ、口に悪言無く、吏人親愛して之を欺くに忍びず。……平帝の時、天下大蝗あり、河南の二十余県皆其の災ひを被るに、独り密県の界に入らず」と。また同じ巻二十五・魯恭伝にも、「中牟（県）令を拝す。（魯）恭は専ら徳化を以て理（治）を為し、刑罰に任（まか）せず。……建初七年、郡国螟（蝗）稼を傷むるも……中牟に入らず」と。さらに、前掲の『旧唐書』巻九十六・姚崇伝の「開元四年、山東蝗虫大いに起こる」の記事にも、姚崇の科白として「古（いにしへ）の良守、蝗虫境を避く」と。

○貞観初道欲昌の二句　「貞観」は、唐の太宗の年号。「文皇」は、太宗をいう。『貞観政要』巻八・務農篇に、「貞観二年（六二八）、京師大旱し、蝗虫大いに起こる。太宗、苑に入りて禾（くわ）を視、蝗を見、数枚を掇（ひろ）ひて呪（じゆ）して曰く、『人は穀を以て命と為す。而るに汝、之を食らふ。是れ百姓に害あり。百姓、過ち有るは、余一人に在り。爾（なんぢ）其れ霊有らば、但だ当に我を食すべし。百姓を害する無かれ』と。将に之（蝗）を呑まんとす。左右遽（にはか）に諫めて曰く、『恐らくは疾（やまひ）を成さん。……』と。太宗……遂に之を呑む。是に因りて、蝗、復た災を為さず」と。
○一人有慶兆人頼　「一人」は、天子。「兆人」は、億兆の人民。天子に善行があれば、億兆の民がその恩恵を被る。『書経』呂刑篇に、「一人慶有れば、兆民之に頼る」とあるのに拠る。「民」を「人」に作るのは、太宗の諱（李世民）を避けた、唐代の避諱。自注に「貞観二年、太宗蝗を呑む。事は貞観実録に具（つぶさ）なり」と。

余説　清の乾隆帝『唐宋詩醇』巻二十の御批に、「姚崇の法は、今に至るも之を重んず。固より将に人力を以て天災を救はんとすればなり。詩の意は捕蝗を主とせず。正に向上の一層（より本質的な問題）の在ること有るを以てなり」と。

大江通国の「新楽府廿句和歌題序、晩夏同に白氏文集楽府廿句を詠む、和歌一首付小序」（『朝野群載』巻一所収）に、この詩の「一人有慶」を句題として大江通国が和歌を詠んでいる（但し和歌は未見）。

この詩の「不見青苗空赤土、……此時粟斗銭三百」の句に依拠した文辞としては、次のものがある。
『太平記』巻一・関所停止事に、「元亨元年の夏、大旱地を枯て、田服の外百里の間、空（むなし）く赤土のみ有て、青苗無し。餓莩野に満て、飢人地に倒る。此年銭三百を以て粟一斗を買」と。

0137　昆明春水満

思ニ王澤之廣被一也。
昆明《こんめい》の春水《しゅんすい》満《み》つ　王澤《わうたく》の廣被《くわうひ》を思《おも》ふなり。

貞元中初漲レ之。
貞元中《ていげんちゅう》初《はじ》めて之《これ》を漲《みなぎ》らす。

解題　「新楽府」その十三。「昆明」は、長安西南の郊外にあった昆明池のこと。漢の武帝が昆明国（雲南省にあった国）を伐つ前、昆明国にある滇池（てんち）という湖をまねて掘った池。武帝はここで水軍の訓練を行ったという。その後、池水が干上がっていたのを、唐の徳宗の貞元十三年（七九七）八月に詔を出して、浚（さら）って修復し水を引いて満たした。『旧唐書』巻十三・徳宗紀に、「（貞元十三年）八月丁巳、京兆の尹・韓皐に詔して昆明池の石炭・賀蘭の両堰兼ねて湖渠を修せしむ」と。陳寅恪は、張仲素に「昆明池を漲らす賦」（『文苑英華』巻三十五、『全唐文』巻六四四）があり、白居易は張の賦に啓発されてこの作品を書いたかと考証する（『元白詩箋証稿』）。小序は、「帝王の恩沢が全国土に広く及ぶことを願う詩である」の意。続く題下原注は、「貞元年間に初めて池水を漲らせた」と。「貞元」を、神田本は「貞観」に作る。史書の記載及び紹興本・那波本・馬元調本により改める。

昆明春　昆明春
昆明岸古春流新
影浸二南山一青滉瀁
波沈二西日一紅奫淪」
往年因レ旱靈池竭
龜尾曳レ泥魚呴レ沫
詔開二八水一注二恩波一
千介萬鱗同日活」
今來綠水照二青天一
游魚撥撥蓮田田
洲香杜若抽レ心長
沙暖鴛鴦鋪レ翅眠」
動植飛沈性皆遂
皇澤如レ春无レ不レ被
漁者仍豐網罟資

昆明《こんめい》の春《はる》　昆明《こんめい》の春《はる》、
昆明《こんめい》　岸古《きしふ》りて　春流《しゆんりう》新《あら》たなり。
影《かげ》は南山《なんざん》を浸《ひた》して　青滉瀁《せいくわうやう》たり、
波《なみ》は西日《せいじつ》を沈《しづ》めて　紅奫淪《こうゐんりん》たり。」
往年《わうねん》　旱《かん》に因《よ》りて靈池《れいち》竭《つ》き、
龜尾《きび》　泥《どろ》に曳《ひ》き　魚《うを》　沫《あわ》に呴《く》す。
詔《みことのり》して八水《はちすい》を開《ひら》きて恩波《おんぱ》を注《そそ》ぎ、
千介《せんかい》　萬鱗《ばんりん》　同日《どうじつ》に活《い》く。」
今來《こんらい》　綠水《りよくすい》　青天《せいてん》を照《て》らし、
游魚撥撥《いうぎよはつはつ》として　蓮田田《はすでんでん》たり。
洲香《すかんば》しくして　杜若心《とじやくしん》を抽《ぬ》くこと長《なが》く、
沙暖《すなあたた》かにして　鴛鴦翅《ゑんあうつばさ》を鋪《し》きて眠《ねむ》る。」
動植飛沈《どうしよくひちん》　性《せい》　皆遂《みなと》げ、
皇澤《くわうたく》　春《はる》の如《ごと》く　被《かうむ》らざる无《な》し。
漁者仍《ぎよしやしき》りに豐《ゆた》かなり　網罟《まうこ》の資《し》、

貧人又獲菰蒲利」
詔以三昆明近二帝城一
官家不レ得レ收二其征一」
菰蒲无レ租漁无レ税
近レ水之人感二君惠一」
感二君惠一　獨何人
吾聞率土皆皇民
遠民何疎近何親
願推二此惠一及二天下一
无レ遠无レ近同欣欣
呉興山中罷レ搉レ茗
鄱陽坑裏休レ封レ銀
天涯地角無レ禁レ利
熙熙同　昆明春」

貧人又獲《ひんじんまたえ》たり　菰蒲《こほ》の利《り》。」
詔《みことのり》す　昆明《こんめい》の帝城《ていじやう》に近《ちか》きを以《もつ》て、
官家《くわんか》　其《そ》の征《せい》を收《をさ》むるを得《え》ずと。」
菰蒲《こほ》に租《そ》无《な》く　魚《うを》に税无《ぜいな》し、
水《みづ》に近《ちか》きの人《ひと》　君《きみ》の惠《めぐ》みに感《かん》ず。」
君《きみ》の惠《めぐ》みに感《かん》ずるは　獨《ひと》り何人《なんぴと》ぞ、
吾聞《われき》く　率土《そつど》は皆皇民《みなくわうみん》なりと、
遠民何《ゑんみんなん》ぞ疎《うと》まれ　近《ちか》きは何《なん》ぞ親《した》しまるる。
願《ねが》はくは此《こ》の惠《めぐ》みを推《お》して　天下《てんか》に及《およ》ぼし、
遠《ゑん》と无《な》く近《きん》と无《な》く　同《おな》じく欣欣《きんきん》たらしめん。
呉興《ごこう》の山中《さんちゆう》　茗《めい》を搉《かく》するを罷《や》め、
鄱陽《はやう》の坑裏《かうり》　銀《ぎん》を封《ふう》ずるを休《や》め、
天涯《てんがい》　地角《ちかく》　利《り》を禁《きん》ずる無《な》く、
熙熙《きき》として同《おな》じく　昆明《こんめい》の春《はる》たらんことを。」

春・春・淪（上平聲、諄韻）、新（上平聲、眞韻）……諄・眞韻は同用。竭（入聲、薛韻）、沫・活（入聲、末韻）……薛・末韻は通押。天・田・眠（下平聲、先韻）。遂・利（去聲、至韻）、被（去聲、寘韻）……至・寘韻は同用。城・征（下平聲、清韻）。税（去聲、祭韻）、恵（去聲、霽韻）……祭・霽韻は同用。人・民・親・銀（上平聲、眞韻）、欣（上平聲、欣韻）、春（上平聲、諄韻）……眞・諄韻は同用、欣韻は通押。

通釈　昆明池に春が来た。昆明池の岸は古びているが、春の水流は新しい。終南山の山影が水面にひたり映って青々と広がり、波間には西日が沈んで紅《あか》くさざ波が立っている。

　昔は日照りで池の水が干上がり、亀は尾を泥の中に引きずり、魚は泡を吹いていた。しかし、詔が出され、八つの川を開いて恵みの水を池に注ぎ入れたその日、多くの貝や魚が同時に生きかえった。

　今では緑の水が青空を照らし、魚は勢いよく飛びはねて泳ぎ、蓮の葉がたくさん浮かんでいる。池の中洲にはよい香りのヤブミョウガが長く新芽を出し、砂地は暖かでおしどりが羽根を敷いて眠っている。

　動物も植物も、鳥類も魚類も、皆その本性を遂げて生き生きとし、皇帝の恩恵は春のように広がり、被らないものはない。漁師はいつも網で獲物がたくさんとれて豊か、貧民もまたマコモやガマの利益が得られる。

　そのうえ、詔が出され、昆明池は帝都に近いので、政府はそこから税を取り立てないようにとのお達し。

　そこで、マコモにもガマにも、魚にも租税がかからず、池の近くの人民は、君主のお恵みに感謝している。

　しかし、君主のお恵みに感謝するはずの人民は、この者たちに限られるのであろうか。私は聞いている、「国中が皆天子の人民である」と。それなのに、なぜ遠くの民は疎外され、近くの民は親しみ愛されるのか。どうかこの恩恵を天下中に推し及ぼして、遠近の区別なく、皆が同じように喜ぶようにして頂きたい。呉興の山中では茶の専売をやめ、鄱陽の鉱山では銀坑の封鎖をやめて、天のはて、地のすみまで、人民の営利を禁止することなく、皆が和らぎ楽しむこと、昆明池の春のようであってほしいものである。

語釈　○昆明春の二句　神田本は「昆㆑明㆑春㆑」に作る。紹興本・那波本・馬元調本により改める。○影浸南山青滉瀁　「南山」は、終南山。長安の南に連なる山。「滉瀁」は、水が深く広く満ちあふれているさま。○奫淪　深くて広い水面にさざ波が立つさま。○霊池　霊妙なる池。昆明池のこと。『宋書』巻二十八・符瑞志中・霊亀に、「魏の文帝の初め、神亀霊池に出づ」と。○亀尾曳泥　『荘子』秋水篇に、「此の亀は、寧ろ其れ死して骨を留めて貴ばれんか、寧ろ其れ生きて尾を塗中に曳かんか」と。「塗」は、「泥」に同じ。

○魚呴沫　「呴」は、息を吹く。「沫」は、口から泡をふく。『荘子』大宗師篇に、「泉涸れ、魚相与に陸に処る。相呴するに湿を以てし、相濡するに沫を以てす」と。○詔開八水注恩波　「詔」は、徳宗の貞元十三年（七九七）八月の詔。『冊府元亀』巻十四・帝王部都邑門に引かれている。「八水」は、関中（長安とその近郊地方）を流れる八つの川。涇（けい）・渭（い）・滻（さん）・灞（は）・澇（ろう）・滈（こう）・澧（れい）・潏（けつ）の八つの大川。「恩波」は、恵みの水。○千介万鱗　もろもろの貝類や魚類。魚介。「介」は、貝殻。

○今来緑水　「今来」は、現今、このごろ。「緑水」の「緑」字、神田本では偏が不明確で、「淥」字に読む注釈書もある。また、右上に「浄」字を加筆している。これを重視して、神田本の本文を「今来浄水照青天」と見る場合もある。即ち、神田本の本文について、「緑水」「淥水」「浄水」の三通りの見方がある。「淥」は、水が清く澄むさま。○游魚　泳ぐ魚。○撥撥　魚が勢いよく飛びはねるさま。○蓮田田　「田田」は、蓮が多く水に浮かぶさま。『楽府詩集』巻二十六、相和歌辞一・江南に、「江南蓮を採るべし、蓮の葉何ぞ田田たる、魚蓮の葉の間に戯る」と。○洲香杜若　「洲」は、中洲。昆明池にできた中島。「杜若」は、ヤブミョウガ。ツユクサ科の多年草。陰地に自生し、夏に白い小花を開く。『楚辞』九歌「湘君」に、「芳洲の杜若を采りて、将に以て下女に遺らんとす」と。○抽心　新芽を出す。「心」は、新芽。○沙暖鴛鴦鋪翅眠　「鴛鴦」は、おしどり。杜甫「絶句二首」其の一に、「泥融けて燕子飛び、沙暖かにして鴛鴦睡る」（『杜詩詳註』巻十三）と。

○動植　動物と植物。○飛沈　空を飛ぶものと水に沈むもの。鳥類と魚類。○皇沢　皇帝の恩沢。天子の恵み。○无不被　「无」は、「無」と同字。○網罟資　あみでとれる獲物。「網」も「罟」も、あみ。「資」は、たから。財貨。○菰蒲　「菰」は、マコモ。沼沢に自生する水草。実は食用になる。「蒲」は、ガマ。カバ。沼地に生える多年草。葉が細長く、むしろを織るのに使う。

○官家　政府。朝廷。○征　税。租税。

○率土皆皇民　国中が皆天子の人民である。「率土」は、天下中。国中。全国。『詩経』小雅「北山」に、「溥（ふ）天の下、王土に非ざる莫く、率土の浜、王臣に非ざる莫し」と。「溥天」は、大空。「率土の浜」は、国土の続くはてまで、の意。「浜」は、陸地のはて。「王臣」は、天子の臣下。○願推此恵及天下の二句　「推恵」は、恩恵の心を推し広める。「推恩」に同じ。『孟子』梁恵王上篇に、「故に恩を推せば、以て四海を保んずるに足り、恩を推さざれば、以て妻子を保んずる無し。古の人、大いに人に過ぎたる所以の者は、他無し。善く其の為す所を（天下の万民にまで）推すのみ」と。○欣欣　よろこぶさま。満足して楽しむさま。○呉興山中罷榷茗　「呉興」は、浙江省湖州市にある茶の名産地。「榷茗」は、茶の専売。「榷」は、独占する。「茗」は、茶。茶を官の専売にして利益を独占すること。ちなみに、茶に税金がかけられたのは徳宗の貞元九年（七九三）に始まる。『旧唐書』巻四十九・食貨志下に、「貞元九年正月、初めて茶に税す」と。○鄱陽坑裏休封銀　「鄱陽」は、今の江西省鄱陽県。大きな銀坑があった。『貞観政要』巻六・論貪鄙篇に、「上書して言ふ、

『宣・饒二州、諸山大いに銀坑有り。之を採らば、極めて是れ利益あらん。……太宗謂ひて曰く、『朕、貴きこと天子たり、少乏する所無し。惟だ嘉言善事の百姓に益有る者を須（ま）つ。……』』と。「封銀」は、銀坑に封をして自由に掘らせないこと。または、銀を差し押さえること。いずれにせよ、官が利益を独占することをいう。〇天涯地角　天のはて地のすみ。〇熙熙　やわらぎ楽しむ。

余説　この詩題に依拠した文辞としては、次のものがある。

『栄華物語』巻二十・御賀に、「昆明の池の水の春秋の色の流れかはるらん」と。

この詩の「影浸南山青滉瀁、波沈西日紅奫淪」の句に依拠した文辞としては、以下の如きものがある。

大江通国の「新楽府廿句和歌題序、晩夏同に白氏文集楽府廿句を詠む、和歌一首付小序」（『朝野群載』巻一所収）に、この詩の、「波沈西日」を句題として大江通国が和歌を詠んでいる。

『東関紀行』に、「しの原といふ処を見れば、西東へ遥に長き堤あり。北には里人住家をしめ、南には池の面遠く見わたさる。むかひの汀緑ふかき松のむら立、波の色も一つになり、南山の影はひたさねども青くして滉瀁たり」と。

『平家物語』巻七・燧合戦に、「城郭の前には能見川新道川とて流れたり。かの二つの落合には大石を重上げ、大木を伐つて逆茂木に引き、しがらみを夥しうかき上げたれば、東西の山の根に水せき込んで湖に向へる如し。影南山を浸し青うして滉瀁たり。波西日を沈めて紅にして奫淪たり。かの無熱池の底には金銀の砂を敷き、昆明池の渚には徳政の船を泛べたり。わが朝の燧が城の築池は堤をつき水を濁して人の心をたぶらかす」と。（『源平盛衰記』巻二十八・源氏追討使事にも同文あり。）

『太平記』巻九・足利殿着御篠村則国人馳参事に、「六波羅の館を中に籠て、河原面七八村に堀を深く掘て鴨川を懸入たれば、昆明池の春の水西日を沈めて、奫淪たるに不ㇾ異」と。

この詩の「洲香杜若抽心長、沙暖鴛鴦鋪翅眠」の句に依拠した文辞としては、以下の如きものがある。

『千載佳句』春興に、この二句を収録している（「沙」を「砂」に作る）。

『和漢朗詠集』水部に、この二句を収録している（「香」を「芳」に作る）。

大江隆兼の「暮春池頭即事」詩に、「鴛鴦翅を鋪きて沙痕暖く、楊柳眉を垂れて水面春なり」（『本朝無題詩』六）と。

藤原忠通の「当水草初生」詩に、「色を含める菰蔣は春岸に縟（げし）く、心を抽ける杜若は靄沙に芳し」（『法性寺関白御集』）と。

幸若舞「腰越」に、「沙にねぶるえんあうは夏を知らでさり、水に立てるとじやくは時をむかへてひらけり」と。

『紹巴富士見道記』に、「廿七日八橋までは尾州休存玄以なども送りがてらと行つれたるに、あたりには花もなし。少し求に洲芳杜若抽心長とやらむもて来つつ、杜若といふ発句せよと云ければ、杜若おり居てくらす木陰かな」と。

『大鏡』兼通伝によれば、内裏に「昆明池の障子」が存在した。
「新楽府序」(〇一二四)の「余説」の『越縵堂読書記』の項も参照。

0138 城㆓鹽州㆒

城㆓鹽州㆒　美㆓聖謨㆒而誚㆓邊將㆒也。
貞元壬申歲、特詔城㆑之。

鹽州《えんしう》に城《きづ》く　聖謨《せいぼ》を美《ほ》めて邊將《へんしやう》を誚《そし》るなり。
貞元壬申《ていげんじんしん》の歲《とし》、特《とく》に詔《みことのり》して之《これ》を城《きづ》く。

解題 「新楽府」その十四。「城塩州」は、塩州に城壁を築いたこと。「塩州」は、今の寧夏回族自治区呉忠市塩池県。ここにあった城壁(塞)が、徳宗の貞元三年(七八七年)にチベット(吐蕃)軍によって破壊されたので、貞元八年に築き直し始め、翌九年に完成、以後チベットの侵寇がやんだという。『旧唐書』巻十三・徳宗紀に、「(貞元九年二月)辛酉、詔して復た塩州城を築かしむ。貞元三年、城吐蕃の毀(ぼこ)つ所と為り、是より塞外保障無く、犬戎入寇するも、既に城(づき)けるの後、辺患息(や)めり」と。題下原注にいう、「貞元壬申の歳」は、貞元八年。『旧唐書』等で築城の詔が「貞元九年」となっていることとの関係について、朱金城『白居易集箋校』は、「城案ずるに、『新(唐)書』巻二一六・吐蕃伝下に亦た云ふ、築城は八年に始まり、九年功を訖(を)ふ、と。白氏の詩注と合へり」(一一八〇頁)と。小序は、「(異民族の侵入に備える)天子のはかりごとを賛美し、(私利を貪る)辺境守備の将軍たちを非難する詩である」の意。続く原注の一文は、「貞元八年、特に詔が出され城が築かれた」と。「聖謨」は、天子の軍略。「辺将」は、辺境守備の武将。

城㆓鹽州㆒　城㆓鹽州㆒
城在㆓五原原上頭㆒」
蕃東節度鉢闡布
忽見㆔新城當㆓要路㆒」
金鳥飛㆑傳贊普聞

鹽州《えんしう》に城《きづ》く　鹽州《えんしう》に城《きづ》く、
城《しろ》は五原《ごげん》の原上《げんじやう》の頭《ほとり》に在《あ》り。」
蕃東《ばんとう》の節度《せつど》　鉢闡布《はつせんぶ》、
忽《たちま》ち新城《しんじやう》の要路《えうろ》に當《あ》たるを見《み》る。」
金鳥《きんてう》　傳《でん》を飛《と》ばして　贊普《さんぶ》聞《き》く、

建レ牙傳レ箭集二群臣一
群臣赭面有二憂色一
皆言勿レ謂二唐無一レ人」
自レ築二鹽州一十餘載
左衽氈裘不レ犯レ塞
晝牧二牛羊一夜捉レ生
長去二新城一百里外」
諸邊警急勞二戍人一
唯此一道無二煙塵一」
靈夏潛安誰復辨
秦原暗通何處見
鄜州驛路好馬來
長安藥價黄蓍賤」
城二鹽州一
鹽州未レ城天子憂
德宗按レ圖自定レ計

牙《が》を建《た》て箭《せん》を傳《つた》へて群臣《ぐんしん》を集《あつ》む。
群臣赭面《ぐんしんしやめん》して　憂色《いうしよく》有《あ》り、
皆《みな》言《い》ふ　唐《たう》に人《ひと》無《な》しと謂《い》ふ勿《な》かれと。」
鹽州《えんしう》に築《きづ》きしより十餘載《じふよさい》、
左衽《さじん》　氈裘《せんきう》　塞《さい》を犯《をか》さず。
晝《ひる》は牛羊《ぎうやう》を牧《やしな》ひ　夜《よる》は生《せい》を捉《とら》へ、
長《なが》く新城《しんじやう》を去《さ》る　百里《ひやくり》の外《そと》。」
諸邊《しよへん》は警急《けいきふ》もて戍人《じゆじん》を勞《らう》するに、
唯《た》だ此《こ》の一道《いちだう》のみ煙塵《えんぢん》無《な》し。」
靈夏《れいか》潛《ひそ》かに安《やす》きも　誰《たれ》か復《ま》た辨《べん》ぜん、
秦原《しんげん》暗《あん》に通《つう》じて　何《いづ》れの處《ところ》にか見《み》ん。
鄜州《ふしう》の驛路《えきろ》に好馬《かうば》來《きた》り、
長安《ちやうあん》の藥價《やくか》　黄蓍《わうぎ》賤《やす》し。」
鹽州《えんしう》に城《きづ》く、
鹽州《えんしう》未《いま》だ城《きづ》かざるとき　天子《てんし》憂《うれ》へ、
德宗《とくそう》圖《づ》を按《あん》じて　自《みづか》ら計《けい》を定《さだ》む。

非レ關三將略與二廟謀一」
吾聞高宗中宗世
北虜猖狂最難レ制」
韓公創築受降城
三城鼎峙屯二漢兵一
東西亙絶數千里
耳冷不レ聞二胡馬聲一」
如今邊將非レ无レ策
心笑韓公築二城壁一
相看養レ寇爲二身謀一
各握二强兵一固二恩澤一」
願分二今日邊將恩一
褒二贈韓公一封二子孫一
誰能將二此鹽州曲一
播二作歌詞一聞二至尊一」

將略《しやうりやく》と廟謀《べうぼう》とに關《くわん》するに非《あら》ず。」
吾《われ》聞《き》く　高宗中宗《かうそうちゆうそう》の世《よ》、
北虜猖狂《ほくりよしやうきやう》して　最《もつと》も制《せい》し難《がた》し。」
韓公《かんこう》　創《はじ》めて築《きづ》く　受降城《じゆかうじやう》、
三城鼎峙《さんじやうていぢ》して　漢兵《かんぺい》を屯《とん》せしむ。
東西亙絶《とうざいこうぜつ》すること數千里《すうせんり》、
耳《みみ》冷《ひ》ややかなるも　胡馬《こば》の聲《こゑ》を聞《き》かずと。」
如今邊將《じよこんへんしやう》　策《さく》无《な》きに非《あら》ず、
心《こころ》に笑《わら》ふ　韓公《かんこう》の城壁《じやうへき》を築《きづ》きしを。
相看《あひみ》て寇《あだ》を養《やしな》ひて　身《み》の謀《はかりごと》を爲《な》し、
各〻《おのおの》强兵《きやうへい》を握《にぎ》りて　恩澤《おんたく》を固《かた》む。」
願《ねが》はくは今日邊將《こんにちへんしやう》の恩《おん》を分《わ》かち、
韓公《かんこう》に褒贈《はうぞう》して　子孫《しそん》を封《ほう》ぜんことを。
誰《たれ》か能《よ》く此《こ》の鹽州《えんしう》の曲《きよく》を將《もつ》て、
播《は》して歌詞《かし》と作《な》して至尊《しそん》に聞《ぶん》せん。」

州・州（下平聲、尤韻）、頭（下平聲、侯韻）……尤・侯韻は同用。布・路（去聲、暮韻）。聞（上平聲、文韻）、臣・人（上平聲、眞韻）……文・眞韻は通押。載・塞（去聲、代韻）、外（去聲、泰韻）……代・泰韻は通押。人・塵（上平聲、眞韻）。辨（去聲、襇韻）、見（去聲、霰韻）、賤（去聲、線韻）……霰・線韻は同用、襇韻は通押。州・憂・謀（下平聲、尤韻）。世・制（去聲、祭韻）。城・聲（下平聲、清韻）、兵（下平聲、庚韻）……清・庚韻は同用。策（入聲、麥韻）、壁（入聲、錫韻）、澤（入聲、陌韻）……麥・陌韻は同用、錫韻は通押。恩（上平聲、痕韻）、孫・尊（上平聲、魂韻）……痕・魂韻は同用。

通釈　塩州に城が築かれた。塩州に城が築かれた。城は五原の原野の上にある。

チベット（吐蕃）の東方節度使の鉢闡布は、新城がまさに要衝の地に築かれたのをふと見つけた。急使を飛ばし駅馬を走らせて王に報告するや、王はそれを聞いて大旗をたて、急命を伝えて群臣を召集した。集まった群臣は、赤い顔に心配の色を浮かべ、皆「唐には人物がいない、などと侮ってはならない」と言った。

塩州に城を築いて十年余り。その間、毛織りの服を左前に着た異民族が、この城塞を侵犯したことはない。彼らは昼は牛や羊を遊牧し、夜は唐側の者を捕虜として捕らえながら、新城からずっと離れた百里の奥地へと退いていった。

あちこちの辺境では、急襲への警備で守備兵も苦労しているが、唯一この塩州の道路だけは、のろしの煙も兵馬の塵もなく平穏である。

この城のおかげで、霊州・夏州の地はいつしか安泰になったが、そのわけを誰が理解していよう。また秦州・原州の地ともいつしか交易路が開けたが、そのようなことが他のどこで見られよう。鄜州の街道には、良馬が来るようになり、長安では薬の値が下がり、黄蓍《おうぎ》が安く手に入るようになった。（それはみなこの城が築かれたおかげなのである。）

今では塩州に城が築かれているが、まだ築かれていなかった頃は、天子はチベットの侵入を心配された。そこで徳宗は地図を調べ、みずから築城の計画を立てられた。将軍や朝廷のはかりごとによって作られた城塞ではないのである。

わたしは聞いている。高宗・中宗の御世には、北方のえびすが狂暴で、とりわけその勢いを抑え難かった。

そこで韓国公は始めて三つの受降城を築いた。三城は鼎の三本脚のように並立し、そこに唐の守備兵が置かれた。三城は東西数千里の遠距離にわたっていたが、秋風が耳に冷たく感じられる頃になっても、胡馬のいななきを聞くことはなかった、と。

今辺境を守備している将軍たちにも策略がないわけではないが、彼らは心の中で、韓国公が受降城を築いたことをあざけり笑っている。外敵の侵入があっても互いに顔を見合わせるだけで何もせず、敵の勢力を増長させるばかり。ただ自己一身の利益をはかり、それぞれ強大な兵力を握って、天子のご恩寵を固くすることにのみつとめている。

いっそのこと、今日辺境を防備しているこうした将軍たちへのご恩沢を分割し、褒賞として韓国公に追贈してその子孫をお取り立ていただきたいと思う。誰かこの塩州の曲を歌詞に作りかえ、天子のお耳に入れることができる者はいないだろうか。

語釈 ○五原　塩州の古名。龍遊原・乞地千原・青嶺原・可嵐貞原・横槽原の五つの原があるのでいう。『元和郡県志』巻四・関内道四・塩州に、「漢の武帝の元朔二年、五原郡を置く。地に五原有り、故に五原と号す。……隋の大業三年、塩川郡と為し、貞観二年……塩州を置き、天宝元年改めて五原郡と為し、乾元元年復して塩州と為す」と。

○蕃東節度　吐蕃（チベット）の東部を治める節度使。○鉢闡布　吐蕃の人名。「鉢掣逋」とも書かれる。後に吐蕃の宰相になった。『白氏文集』巻三十九「吐蕃の宰相鉢闡布に与ふる勅書」（一八三五）参照。

○金鳥飛伝　急使（飛鳥使）を発して事を報ずること。「金鳥」は、急を告げるチベットの伝令で、「鳥使」「飛鳥使」とも呼ばれた。「飛伝」は、はや馬。「伝」は、駅馬をいう。『旧唐書』巻一九六下・吐蕃伝下に、「（貞元）十七年七月……適々（たまたま）飛鳥使の至る有り。飛鳥は、猶ほ中国の駅騎のごときなり」と。「金鳥」、神田本は「金烏」に作る。史書および紹興本・那波本・馬元調本により改める。○賛普　吐蕃の王のこと。チベット語btsampoの音訳。『新唐書』巻二一六上・吐蕃伝上に、「其の俗、彊雄を謂ひて賛と曰ひ、丈夫を普と曰ふ。故に君長を号して賛普と曰ふ」と。○建牙　「牙」は、大旗。大将旗。○伝箭　使者を馳せて急を報ずること。『新唐書』巻二一六上・吐蕃伝上に、「其の兵を挙ぐるや、七寸の金箭を以て契（わりふ）と為す。百里に一駅、急兵有れば、駅人の臆（むね）の前に銀鶻（はやぶさ）を加へ、甚だ急なれば、鶻（こつ）益々（ますます）多し」と。○赭面　赤い顔。赤土で顔を塗る。チベットの風俗。「赭」は、赤土。『新唐書』巻二一六上・吐蕃伝上に、「赭を以て面に塗るを好しと為す。……（文成）公主、国の人の赭面なるを悪（にく）み、弄賛、令を下して国中之を禁ず」と。

○左衽　着物を左前に着ること。遊牧民の風俗。「衽」は、えり。『書経』畢命篇に、「四夷の左衽、咸（みな）頼らざる罔（な）し」と。○氈裘　毛織りの衣服。「裘」は、毛皮で作った衣服。遊牧民の風俗。○牧牛羊　牛羊を放牧すること。○捉生　敵方の人間を捉えて捕虜とすること。「生」は、生口。捕虜。『旧唐書』巻一九六下・吐蕃伝下に、「大蕃賛普及び宰相鉢闡布……等、先に盟文を寄せ要節に云ふ、

『……境土を侵謀するを得ず。若し疑ふ所有らば、或いは生を捉へて事を問ふを要するも、便ち衣糧を給して放還す』……」と。○新城　塩州城。

○諸辺　あちこちの国境。諸々の辺境地帯。○警急　あわただしい警備。急襲への警戒。○戍人　守備兵。警備の兵。○煙塵　のろしの煙と兵馬の巻き上げる塵。

○霊夏　霊州と夏州。霊州は、「霊武」に同じ。今の寧夏回族自治区霊武市。霊武節度使の治所。夏州は、今の陝西省靖辺県紅墩界鎮。綏銀節度使の治所。いずれも塩州近隣の地。○秦原　秦州と原州。秦州は、今の甘粛省天水市秦州区。原州は、今の寧夏回族自治区固原市。『旧唐書』巻一九六下・吐蕃伝下に、「(元和元年)六月、宰相杜佑等に命じて吐蕃使と事を中書令の庁に議し、且つ我に秦・原・安楽州の地を帰せんことを言はしむ」と。○鄜州　長安北方の州の名。今の陝西省延安市富県。○駅路　宿場を通っている道。街道。「駅」は、馬継ぎ場。宿場。宿場ごとに馬を用意して旅人の用に供した。○薬価　薬の価格。○黄蓍　薬草の名。黄耆。マメ科の多年草キバナオウギ。またはその近縁の植物の根。漢方で止汗・利尿・強壮薬などに用いる。

○按図　地図を見て考える。○将略　将軍たちのはかりごと。○廟謀　朝廷における大臣たちのはかりごと。

○北虜　北方の遊牧民族。○猖狂　激しく狂う。乱れ狂う。畳韻語。

○韓公創築受降城　「韓公」は、中宗の時、韓国公に封ぜられた張仁愿《じんげん》のこと。「受降城」は、降服した者を受け入れる城塞。『旧唐書』巻九十三・張仁愿伝に、「神龍三年(七〇七)……(朔方軍総管)仁愿、虚に乗じて漠南の地を奪取せんことを請ひ、河北に三受降城を築く。首尾相応じ、以て其の南寇の路を絶つ。……六旬にして三城倶に就《な》る。払雲祠を以て中城と為し、東・西両城と相去ること各〻四百余里、皆津済に拠り、遥かに相応接す」と。○三城　東・西・中の三つの受降城。前項参照。○鼎峙　かなえの三本脚のように並んでそびえ立つ。○漢兵　唐の守備兵。○亙絶　遠距離にわたること。「亙」は、わたる。つらなる。「絶」は、かけ離れている。

○耳冷　秋になること。秋風が耳に冷たく感じられる頃。遊牧民が侵入してくる時節。

○養寇　敵の勢力を増長させる。○為身謀　自分の利益ばかりを考える。

○褒贈　功に報いる褒賞として死後に位などを贈ること。○播作　曲を歌詞に作りかえる。「播」は、移す。

余説　この詩に依拠した文辞としては、次のものがある。

『太平記』巻九・足利殿着御篠村、則国人馳参事に、「残三方には芝築地を高く築き、櫓をかき双べ、逆木を重く引たれば、城塩州の受降城も角やと覚へてをびたゞし」と。

0139　道州民

美㆔賢臣之遇㆓明主㆒也。

道州《だうしう》の民《たみ》　賢臣《けんしん》の明主《めいしゆ》に遇《あ》ふを美《ほ》むるなり。

解題　「新楽府」その十五。「道州」は、今の湖南省永州市道県。小序は、「賢臣が明君に巡り合い（忠言が聞き入れられたことを）賛美する詩である」の意。

道州民　多㆓侏儒㆒
道州《だうしう》の民《たみ》　侏儒《しゆじゆ》多《おほ》し。

長者不㆑過㆓三尺餘㆒」
長《たけたか》き者《もの》も三尺餘《さんじやくよ》に過《す》ぎず。」

市作㆓矮奴㆒年進送
市《か》ひて矮奴《わいど》と作《な》して　年《とし》ごとに進送《しんそう》し、

號爲㆓道州任土貢㆒」
號《がう》して道州任土《だうしうにんど》の貢《こう》と爲《な》す。」

任土貢　寧若㆑斯
任土《にんど》の貢《こう》　寧《なん》ぞ斯《か》くの若《ごと》くならんや、

不㆑聞使㆓人生別離㆒
聞《き》かずや　人《ひと》をして生《い》きながら別離《べつり》せしめ、

老翁哭㆑孫母哭㆑兒」
老翁《らうをう》は孫《まご》を哭《こく》し　母《はは》は兒《こ》を哭《こく》するを。」

一自㆓陽城來守㆒㆑郡
一《ひと》たび陽城《やうじやう》の來《きた》りて　郡《ぐん》に守《しゆ》たりしより、

不㆑進㆓矮奴㆒頻詔問」
矮奴《わいど》を進《すす》めず　頻《しき》りに詔問《せうもん》せらる。」

城云臣按㆓六典書㆒
城《じやう》云《い》ふ　臣《しん》　六典《りくてん》の書《しよ》を按《あん》ずるに、

任土貢㆑有不㆑貢㆑无
任土《にんど》は有《あ》るを貢《こう》して无《な》きを貢《こう》せず。

道州水土所レ生者
只有二矮民一無二矮奴一」
吾君感悟璽書下
歳進二矮奴一宜二悉罷一」
道州民
老者幼者何欣欣
父子兄弟始相保
従レ此得レ作二齊人身一」
道州民
民到二于今一受二其賜一
欲レ説二使君一先下レ涙
仍恐三兒孫忘二使君一
生レ男多以レ陽爲レ字」

道州《だうしう》の水土《すいど》生《しやう》ずる所《ところ》の者《もの》、
只《た》だ矮民《わいみん》有《あ》りて　矮奴《わいど》無《な》しと。」
吾《わ》が君《きみ》　感悟《かんご》して璽《じ》書《しよ》下《くだ》り、
歳《とし》ごとに矮奴《わいど》を進《すす》むるは　宜《よろ》しく悉《ことごと》く罷《や》むべしと。」
道州《だうしう》の民《たみ》、
老者《らうしや》幼者《えうしや》　何《なん》ぞ欣欣《きんきん》たる。
父子《ふし》兄弟《けいてい》　始《はじ》めて相保《あひたも》ち、
此《これ》より齊人《せいじん》の身《み》と作《な》るを得《え》たり。」
道州《だうしう》の民《たみ》、
民《たみ》　今《いま》に到《いた》るまで　其《そ》の賜《し》を受《う》く、
使君《しくん》を説《と》かんと欲《ほつ》して　先《ま》づ涙《なみだ》を下《おと》す。
仍《な》ほ兒孫《じそん》の使君《しくん》を忘《わす》れんことを恐《おそ》れ、
男《をとこ》を生《う》めば　多《おほ》く陽《やう》を以《もつ》て字《あざな》と爲《な》す。」

儒（上平聲、虞韻）、餘（上平聲、魚韻）……虞・魚韻は通押。送・貢（去聲、送韻）。斯・離・兒（上平聲、支韻）。郡・問（去聲、問韻）。書（上平聲、魚韻）、无（上平聲、虞韻）、奴（上平聲、模韻）……虞・模韻は同用、魚韻は通押。下・罷（去聲、禡韻）。民・身（上平聲、眞韻）、欣（上平聲、欣韻）……眞・欣韻は通押。賜（去聲、寘韻）、涙（去聲、至韻）、字（去聲、志韻）……寘・至・志韻は同用。

通釈　道州の民には、背の低い者が多い。高い者でも三尺余りにすぎない。

その小人を買って「矮奴」として毎年朝廷に献上し、道州の「任土の貢」と称していた。

「風土に合った貢《みつ》ぎ物」とは、はたしてこのようなものであろうか。聞いてはいないだろうか。道州の民は、このために生きながら離別させられ、じいさんは孫のために、母は息子のために大声で泣いていたことを。

ところが、陽城が来て長官となってからは、矮奴の献上をやめたので、お上はたびたび勅書を下して理由を問われた。

陽城は答えて申しあげた。「『六典』の書を調べてみますに、任土の貢とは、その土地に有るものを貢ぐものであって、無いものを貢ぐものではありません。道州の地に有るものといえば、ただ背の低い人民がいるだけです。背の低い奴隷などはおりません」と。

わが君徳宗陛下は（この言葉に）感じ悟られて、「毎年矮奴を献上することは、今後は全廃するがよい」との勅書をお下しになった。

道州の人民はみな、老人から幼児まで、どれほど喜び合ったことか。やっと親子兄弟が（生き別れの心配もなく）安心して暮らせるようになり、以後は自由な平民となることが出来たのである。

道州の人民たち、彼らは今に至るまでその恩恵をこうむり、長官であった陽城のことを話そうとすると、（ありがたさに）先ず涙を流すほど。そのうえ、子孫が長官（陽城）を忘れてしまうことを心配して、男子が生まれると、多くの場合、「陽」という字をつけるのである。

語釈　○侏儒　体の短小な人。小人。「侏」は、短小の意。道州にはこうした人が多かった。『新唐書』巻一九四・陽城伝に、「道州に至り、民を治むること家を治むるが如し……州侏儒を産し、諸朝に歳貢す」と。○三尺余　唐代の一尺は、三一・一センチメートル。
○矮奴　背の低い奴隷。「矮」は、背丈が低いこと。『旧唐書』巻一九二・陽城伝に、「道州の土地の産民矮多く、毎年常に郷戸に配して其の男を貢し、号して『矮奴』と為す」と。○進送　朝廷へ献上する。○任土貢　その地の風土に合った産物を貢ぎ物として納めること。『書経』禹貢篇の序に、「禹九州を別ち、山に随ひ川を濬《さら》ひ、土に任じて貢を作す」と。
○生別離　生き別れ。『楚辞』九歌「少司命」に、「悲しみは生別離よりも悲しきは莫し」と。『新唐書』巻一九四・陽城伝に、「(道)州侏儒を産し、諸朝に歳貢す。城其の生きながら離るるを哀れみ、進むる所無し」と。
○一自陽城来守郡　「陽城」は、人名。字は亢宗。徳宗皇帝に召されて諫議大夫になったが、貞元十五年（七九九）、道州の刺史（長官）に左遷された。『白氏文集』巻一「樊著作に贈る」（〇〇三）、巻二「陽城駅に和す」（〇一〇三）参照。『旧唐書』巻一九二・隠逸、『新唐書』巻一九四・卓行に陽城伝がある。「守郡」は、刺史（地方長官）になること。○詔問　勅書を出して尋問する。○按六典書　「六典」は、書名。『唐六典（大唐六典）』のこと。唐代の官制・法制を記した書。三十巻。玄宗皇帝の勅撰。「按」は、調べる。○任土貢有不貢无　『唐六典』巻三・戸部郎中員外郎の条に、「郎中員外郎……凡そ天下の十道、士の出だす所に任(かま)せて、貢賦の差と為す」とあるにもとづくか。○只有矮民無矮奴　『新唐書』巻一九四・陽城伝に、「(道) 州侏儒を産し、諸朝に歳貢す。……城奏して曰く『州民尽く短なり、若し以て貢すれば、何れの者を供すべきかを知らず』」と。
○吾君　徳宗皇帝を指す。○感悟　心に感じて悟る。○璽書　玉璽（天子の印）を押した文書。詔書。
○欣欣　よろこぶさま。○相保　互いに安んじて暮らす。○斉人　一般の人民。自由な平民。良民。「斉民」に同じ。「民」を「人」に作るのは、唐代の避諱。
○使君　刺史（地方長官）の尊称。ここでは、陽城のこと。○生男多以陽為字　『新唐書』巻一九四・陽城伝に、「(陽) 城奏して曰く……と。是より罷む。州人之に感じ、『陽』を以て子に名づく」と。但し、陳寅恪『元白詩箋証稿』は、『新唐書』の記事は白居易のこの詩に依拠するものであって、実際にそうした事実があったわけではないだろうと考証する。「陽」字、神田本は「楊」に誤る。紹興本・那波本・馬元調本により改める。

余説　この詩の「矮奴」について、釈信教の『白氏新楽府略意』に、「道州民者《ハ》、道州之人《ト》其《ノ》身短《シ》、長不レ過二三尺一《ニ》、毎年《ニ》造二灯台鬼一、進二天子《ノ》朝《ニ》一、父子兄弟乍《ラ》生別離《ス》、唐徳宗《ノ》之時《ニ》楊成為《テ》二太守一、不レ進二灯台鬼《きヲ》一」と。

この詩に依拠した文辞としては、次のものがある。

『五常内義抄』に、「文集云、道州《ハ》ヒキウト共灯台鬼ト被成テ、毎年《ニ》国《ノ》年貢《ニ》公《ニ》参ル習ナリケリ、故《ニ》生ナカラ親ニ後《レ》子《ニ》別《テ》悲事无レ限、爰《ニ》揚成《ト》云人、守《ト》成テ後、此事《ヲ》悲、公《ニ》歎愁奉《テ》、宣旨《ヲ》申出《テ》灯台鬼《ヲ》止メラレヌ、又道州《ノ》民、老少悦事无レ限、其後父母兄弟、相待《テ》人《ト》成ル事《ヲ》得タリ、此揚成《ノ》恩《ヲ》悦《テ》涙《ヲ》先《テ》詞《モ》不及、子孫末《ニ》至《ルマテ》　若揚成《ノ》恩《ヲ》忘《ルル》　事モコソアレトテ、是ヲ為《メニ》レ不《ソカ》レ忘、人毎《ニ》子《ヲ》設《テハ》　揚《ノ》字《ヲ》片名《ニ》付《テ》、揚成《ノ》恩《ヲ》報《スル》　事不レ絶、然《ハ》恩《ヲ》重《ク》スヘキ事如レ此」と。

0140

馴犀　感ニ爲政之難レ終也。

貞元丙子歲、南海獻ニ馴犀一、詔納ニ苑中一。至ニ十三年冬一、大寒、馴犀死也。

馴犀《じゆんさい》　爲政《ゐせい》の終《を》へ難《がた》きに感《かん》ずるなり。

貞元丙子《ていげんへいし》の歲《とし》、南海馴犀《なんかいじゆんさい》を獻《けん》じ、詔《みことのり》して苑中《ゑんちゆう》に納《をさ》めしむ。十三年《じふさんねん》の冬《ふゆ》に至《いた》り、大《おほ》いに寒《さむ》く、馴犀死《じゆんさいし》するなり。

解題　「新楽府」その十六。徳宗の貞元年間に南方から献上され、宮中でよく飼い馴らされた犀を寒中に死なせた。かつて建中の初めには同様にシャム（タイ国）から献上された象を生還させたことを引き合いに出し、善政を貫徹することの難しさを述べた詩である。元稹の『元氏長慶集』巻二十四、「馴犀」の題下注に、「李（紳）伝に云ふ、貞元丙子（十二、七九六）歳、南海より来貢するも、十三年冬に到りて、寒に苦しみ、苑中に死す」とある。また『旧唐書』巻十三・徳宗下に、「（貞元九年……冬十月）癸酉、環王国犀牛を献ず。……十二年……十二月己未、大雪地を平にすること二尺、竹柏多く死す。環王国献ずる所の犀牛、甚だ之を珍愛するも、是の冬に亦た死す」と。『元氏長慶集』と『旧唐書』は、犀牛の献上年に三年の開きがある。小序に続く題下原注の通釈は以下のとおり。「貞元丙子の歳に南海が馴犀を献上し、詔によって上林中に納めさせたが、貞元十三年の冬に到って大いに寒く、馴犀は死んでしまった」と。

馴犀馴犀通天犀
軀貌駭レ人角駭レ雞」
海蠻聞レ有ニ明天子一
驅レ犀乘レ傳來ニ萬里一」
一朝得レ達ニ大明宮一
歡呼拜舞自論レ功
五年馴養始堪レ獻

馴犀《じゆんさい》　馴犀《じゆんさい》　通天《つうてん》の犀《さい》、
軀貌《くばう》は人《ひと》を駭《おどろ》かし　角《つの》は雞《にはとり》を駭《おどろ》かす。」
海蠻《かいばん》　明天子《めいてんし》有《あ》りと聞《き》き、
犀《さい》を驅《か》り　傳《でん》に乘《の》せて　萬里《ばんり》より來《きた》る。」
一朝《いつてう》　大明宮《だいめいきゆう》に達《たつ》するを得《え》、
歡呼拜舞《くわんこはいぶ》して　自《みづか》ら功《こう》を論《ろん》ず。
五年馴養《ごねんじゆんやう》し　始《はじ》めて獻《けん》ずるに堪《た》へ、

六二譯語言一方得レ通」
上嘉二人獸倶來遠一
蠻館二四方一犀入レ苑」
飫以二瑤蒭一鎖以レ金
故鄕迢遞君門深
海鳥不レ知二鐘鼓樂一
池魚空結二江湖心一」
馴犀生處南方熱
秋无二白露一冬無レ雪」
一入二上林一三四年
又逢二今歲苦寒天一」
飮レ冰臥レ霰死蹉跼
骨角凍傷鱗甲縮」
馴犀死　蠻兒啼
向レ闕再拜顏色低
奏乞下生歸二本國一去上

語言《ごげん》を六譯《りくやく》して　方《まさ》に通《つう》ずるを得《え》たり。」
上《しやう》　人獸《じんじう》の倶《とも》に來《きた》ること遠《とほ》きを嘉《よみ》し、
蠻《ばん》をば四方《しはう》に館《やど》し　犀《さい》は苑《ゑん》に入《い》れしむ。」
飫《ばつ》するに瑤蒭《えうすう》を以《もつ》てし　鎖《つな》ぐに金《きん》を以《もつ》てするも、
故鄕迢遞《こきやうてうてい》として　君門深《くんもんふか》し。
海鳥《かいてう》は　鐘鼓《しようこ》の樂《がく》を知《し》らず、
池魚《ちぎよ》は　空《むな》しく江湖《かうこ》の心《こころ》を結《むす》ぶ。」
馴犀生《じゆんさいう》まるる處《ところ》　南方熱《なんぱうあつ》し、
秋《あき》に白露《はくろ》无《な》く　冬《ふゆ》に雪《ゆき》無《な》し。」
一《ひと》たび上林《じやうりん》に入《い》りて三四《さんよ》年《ねん》、
又《また》　今歲《こんさい》の苦寒《くかん》の天《てん》に逢《あ》へり。」
冰《こほり》を飮《の》み　霰《あられ》に臥《ふ》し　死《し》して蹉跼《けんきよく》すれば、
骨角凍傷《こつかくとうしやう》して　鱗甲縮《りんかふちぢ》む。」
馴犀死《じゆんさいし》し　蠻兒啼《ばんじな》く。
闕《けつ》に向《む》かひ　再拜《さいはい》して　顏色低《がんしよくた》る、
奏《そう》して　生《い》きながら本國《ほんごく》に歸《かへ》り去《さ》らんことを乞《こ》ひ、

恐三身凍死似二馴犀一」　身《み》の凍死《とうし》して　馴犀《じゅんさい》に似《に》ることを恐《おそ》る。」
君不レ見　建中初　君見《きみみ》ずや　建中《けんちゅう》の初《はじ》め、
馴象生還放二林邑一　馴象《じゅんざう》　生還《せいくわん》して　林邑《りんいふ》に放《はな》たれしことを。
建中元年、詔書出、苑中馴象、放二歸南方一也。
君不レ見　貞元末　君見《きみみ》ずや　貞元《ていげん》の末《すゑ》、
馴犀凍死蠻兒泣」　馴犀《じゅんさい》　凍死《とうし》して　蠻兒《ばんじ》泣《な》くを。」
所レ嗟建中異二貞元一　嗟《なげ》く所《ところ》は　建中《けんちゅう》の貞元《ていげん》に異《こと》なること、
象生犀死何足レ言」　象生《ざうい》き　犀死《さいし》するは　何《なん》ぞ言《い》ふに足《た》らん。」

犀・雞（上平聲、齊韻）。子・里（上聲、止韻）。宮・功・通（上平聲、東韻）。遠・苑（上聲、阮韻）。金・深・心（下平聲、侵韻）。熱・雪（入聲、薛韻）。年・天（下平聲、先韻）。踼（入聲、燭韻）、縮（入聲、屋韻）……燭・屋韻は通押。啼・低・犀（上平聲、齊韻）。邑・泣（入聲、緝韻）。元・言（上平聲、元韻）。

通釈　よく馴れた犀よ、よく馴れた犀よ、角に赤いすじがある通天犀よ。その体つきは人を驚かし、その角は鶏をびっくりさせる。

南海の蛮族は唐に明天子がいることを聞き、この犀を駆り立て、駅伝を利用して万里の彼方から長安にやってきた。そして大明宮で天子に謁見する機会を得ると、喜んで声を上げ、舞い踊りながら自ら功績を述べ立てて言う、「この犀は五年飼い馴らして始めて献上できるようになり、途中は通訳を六度も重ねてやっと通じるほどでした」と。

徳宗帝は蛮人と犀とがはるばる参上したのを嘉《よみ》せられ、蛮人を四方館に宿泊させ、犀は宮中の上林苑に入れられた。犀には最高級のまぐさを与え、黄金の鎖でつなぐ。しかし、ここは宮門の奥深く、犀の故郷ははるか彼方、故郷の海鳥は犀がいる宮中の鐘や太鼓の楽しみは分からず、宮殿の池の魚は空しくふるさとの江や湖を思うだけ。馴れた犀は南方の熱い処に生まれ、そこは秋に露が降りず、冬に雪が降らない。

上林苑に入って三、四年、今年もまた厳寒に見舞われた。犀は氷の張った水を飲み、霰《あられ》の中に臥して窮屈さに苦しみ、角や骨は凍え、外皮は寒さで縮みあがった。よく馴れた犀は死に、蛮人の従者は泣く。そして宮門に向かって再拝し、沈んだ様子で上奏して言う、「どうか私を生命あるうちに本国に帰してほしい、このままでは私も犀のように凍死してしまいます」と。

諸君は知らないか、徳宗の建中初年には、飼い馴らした象を林邑へ無事生還させたことがあるのを。また諸君は知らないか、同じ徳宗の貞元末年には、馴れた犀を凍死させ、蛮人の従者が泣き悲しんでいることを。

嘆かわしいのは、同じ徳宗の御世でありながら建中と貞元とでかくも政治が異なること、建中の象が生き長らえ、貞元の犀が死んだことは実は大した問題ではない（政治のあり方が問題なのだ）。

語釈　〇通天犀・駭雞　「通天犀」は、角に赤いすじがある犀の一種の名。『抱朴子』登渉篇に、「通天犀、角に一の赤い綖《ちす》の如き有り。角を以て米を盛り、羣雞中に置けば、雞之を啄《ついば》まんと欲して、未だ数寸に至らざるに、即ち驚きて卻退《しりぞ》く。故に南人或いは通天犀を名づけて駭雞犀と為す」と。
〇海蛮　南海の蛮人。〇伝　駅伝。宿場に人馬を常備して、文書や物資を順次に届ける当時の輸送網。
〇大明宮　長安の北東に隣接した宮殿。外国からの使者を謁見した。〇六訳　六カ国の通訳を重ねる。
〇蛮館四方　蛮人を四方館に宿泊させる。「四方」は、四方館。東西南北の遠方諸国との交易や使者の接待を担当した。
〇秣　まぐさかう。牛馬（ここは犀）を飼育する。〇瑶蒭　最高級の柔らかいまぐさ。「瑶」は美称。「蒭」は、まぐさ、「芻」に同じ。
〇沼遞　遥かに遠い。双声語。〇江湖　郷里、田舎をいう。
〇上林　上林苑。漢都長安の南西部にあった唐朝の動物園。
〇跧跼　せまくるしい。双声語。〇鱗甲　うろこ。こうら。
〇顔色　様子。
〇建中初馴象生還放林邑・貞元末馴犀凍死蛮児泣　「建中初」は、徳宗の七八〇年。「林邑」は、インドシナ半島にあった古国名。チャンパ、占城、環王とも。「貞元末」は、貞元二十年（八〇四）。紀年と象や犀の記事内容が『旧唐書』等と一致しないが、陳寅恪『元白詩箋証稿』「馴犀」は、当時左拾遺として情報の中枢にいた白居易の「馴犀」詩の記録を軽視すべきでないとする。自注に、「建中元年、詔書を出し、苑中の馴象を放ちて南方に帰らしむ」と。

余説 大江通国「新楽府廿句和歌題序、晩夏同に白氏文集楽府廿句を詠む、和歌一首付小序」（『朝野群載』巻一所収）に、この詩の「故郷迢逓」を句題として大江通国が和歌を詠んでいる。

0141　五絃彈　惡二鄭之奪一レ雅也。

五絃彈《ごげんだん》　鄭《てい》の雅《が》を奪《うば》ふを惡《にく》むなり。

解題 「新楽府」その十七。近年、五絃琵琶で弾く音楽のようなみだらな俗楽が流行し、雅楽のような本来の正しい音楽を圧倒していることを憎んだ詩である。「鄭」は、鄭国の俗楽。みだらであるとされた。「雅」は、朝廷の雅楽。『論語』陽貨篇に、「鄭声の雅楽を乱すを悪む」と。巻二、秦中吟「五絃」（〇〇八二）、また、元稹に「五弦弾」（『元氏長慶集』巻二十四）がある。因みに、我が正倉院には唐朝伝来の螺鈿紫檀五絃琵琶が宝蔵されている。

五絃彈　五絃彈」
聽者傾レ耳　心寥寥
趙璧知二君入レ骨愛一
五絃一一爲レ君調」
第一第二絃索索
秋風拂レ松疎韻落」
第三第四絃冷冷
夜鶴憶レ子籠中鳴」
第五絃聲最掩抑

五《ご》絃《げん》を彈《ひ》く　五《ご》絃《げん》を彈《ひ》く。」
聽《き》く者《もの》　耳《みみ》を傾《かたむ》け　心《こころ》寥寥《れうれう》たり。
趙璧《てうへき》　君《きみ》が骨《ほね》に入《し》みて愛《あい》するを知《し》り、
五絃《ごげん》　一一《いちいち》　君《きみ》が爲《ため》に調《しら》ぶ。」
第一第二《だいいちだいに》の絃《げん》は索索《さくさく》たり、
秋風《しうふう》　松《まつ》を拂《はら》ひて　疎《そ》韻《ゐん》落《お》つ。」
第三第四《だいさんだいし》の絃《げん》は冷冷《れいれい》たり、
夜《や》鶴《かく》　子《こ》を憶《おも》ひて　籠中《ろうちゆう》に鳴《な》く。」
第五《だいご》の絃《げん》は聲《こゑ》　最《もつと》も掩抑《えんよく》せり、

隴水凍咽流不レ得」
五絃竝奏君試聽
淒淒切切復錚錚
鐵擊二珊瑚一一兩曲
冰寫二玉盤一千萬聲」
鐵聲殺　冰聲寒
殺聲入レ耳膚血憯
寒氣中レ人肌骨酸
曲終聲盡欲二半日一
四座相對愁無レ言」
座中有二一遠方士一
唧唧咨咨聲不レ已
自歎今朝初得レ聞
始知孤二負平生耳一」
唯憂趙璧白髮生
老死人間無二此聲一」

隴水《ろうすい》　凍《こほ》り咽《むせ》びて　流《なが》れ得《え》ず。」
五絃《ごげん》　竝《なら》びに奏《そう》す　君《きみ》　試《こころ》みに聽《き》け、
淒淒《せいせい》　切切《せつせつ》　復《ま》た錚錚《さうさう》たり。
鐵《てつ》の珊瑚《さんご》を擊《う》つ　一兩曲《いちりやうきよく》、
冰《こほり》の玉盤《ぎよくばん》に寫《そそ》ぐ　千萬聲《せんばんせい》。」
鐵《てつ》の聲《こゑ》は殺《さつ》にして　冰《こほり》の聲《こゑ》は寒《さむ》し。
殺聲《さつせい》　耳《みみ》に入《い》りて　膚血《ふけつ》憯《いた》み、
寒氣《かんき》　人《ひと》に中《あた》りて　肌骨《きこつ》酸《す》し。
曲《きよく》終《を》はり　聲《こゑ》盡《つ》きて　半日《はんじつ》にならんと欲《ほつ》するに、
四座《しざ》　相對《あひたい》して　愁《うれ》ひて言《げん》無《な》し。」
座中《ざちゆう》に　一《いち》の遠方《ゑんぱう》の士《し》有《あ》り、
唧唧《しよくしよく》咨咨《しし》として　聲《こゑ》已《や》まず。
自《みづか》ら歎《なげ》くらくは　今朝《こんてう》初《はじ》めて聞《き》くを得《え》、
始《はじ》めて知《し》る　平生《へいぜい》の耳《みみ》に孤負《こふ》せしを。」
唯《た》だ憂《うれ》ふ　趙璧《てうへき》の白髮《はくはつ》生《しやう》じ、
老死《らうし》して　人間《じんかん》に此《こ》の聲《こゑ》無《な》からんことを。」

遠方士
爾聽㆓五絃㆒信爲㆑美
吾聞正始之音不㆑如㆑是」
正始之音其若何
朱絃疏越清廟歌
一彈一唱再三歎
曲淡節稀聲不㆑多
融融洩洩召㆓元氣㆒
聽㆑之不㆑覺心平和」
人情重㆑今多賤㆑古
古瑟有㆑絃人不㆑撫
更從㆓趙璧藝成㆒來
二十五絃不㆑如㆑五」

遠方《ゑんぱう》の士《し》よ、
爾《なんぢ》　五絃《ごげん》を聽《き》きて　信《まこと》に美《び》と爲《な》すも、
吾《われ》聞《き》く　正始《せいし》の音《おん》は是《か》くの如《ごと》くならずと。」
正始《せいし》の音《おん》　其《そ》れ若何《いかん》、
朱絃《しゆげん》　疏越《そくわつ》にして　清廟《せいべう》に歌《うた》ふ。
一彈《いちだん》　一唱《いつしやう》　再三歎《さいさんたん》ず、
曲《きよく》淡《あは》く　節《せつ》稀《まれ》にして　聲《こゑ》多《おほ》からず。
融融《いういう》　洩洩《えいえい》　元氣《げんき》を召《まね》き、
之《これ》を聽《き》けば　覺《おぼ》えず　心《こころ》平和《へいわ》なり。」
人情《にんじやう》　今《いま》を重《おも》んじ　多《おほ》く古《いにしへ》を賤《いや》しむ、
古瑟《こしつ》　絃《げん》有《あ》るも　人《ひと》撫《ぶ》せず。
更《さら》に趙璧《てうへき》が藝《げい》成《な》りてより來《このかた》、
二十五絃《にじふごげん》　五《ご》に如《し》かず。」

彈・彈（上平聲、寒韻）。寥・調（下平聲、蕭韻）。索・落（入聲、鐸韻）。泠（下平聲、青韻）、鳴（下平聲、庚韻）……青・庚韻は通押。抑（入聲、職韻）、得（入聲、德韻）……職・德韻は同用。聽（下平聲、青韻）、錚（下平聲、耕韻）、聲（下平聲、清韻）……耕・清韻は同用、青韻は通押。寒（上平聲、寒韻）、酸（上平聲、桓韻）、言（上平聲、元韻）……寒・桓韻は同用、元韻は通押。士・已・耳（上聲、止韻）。生（下平聲、庚韻）、聲（下平聲、清韻）……庚・清韻は同用。士（上聲、止韻）、美（上聲、旨韻）、是（上聲、紙韻）……止・旨・紙韻は同用。何・歌・多（下平聲、歌韻）、和（下平聲、戈韻）……歌・戈韻は同用。古・五（上聲、姥韻）、撫（上聲、麌韻）……姥・麌韻は同用。

通釈　五弦の琵琶を弾く、五弦の琵琶を弾く。

これを聴く者は耳を傾けて心はうつろ。当今の五弦琵琶の名手趙璧は君が心底から聴き入っているのを知り、君のために五弦を一つ一つ弾いて聞かせる。

第一弦と第二弦はサワサワと寂しい調べ、秋風が松の葉を吹き払うかのような淡い趣がある。

第三弦と第四弦の音は澄んで爽やか、籠の中の鶴が夜に子を思って鳴くかのよう。

第五弦は音が最も抑圧され、隴頭水が凍結してなかなか流れないかのような音色だ。

これら五弦が同時に弾かれるのを聴いてみたまえ、それは寂しく哀しい音だったり、ジャジャーンと強くにぎやかな音だったりだ。珊瑚を鉄で撃つように数曲が弾かれるかと思えば、玉盤に氷塊を注ぐように夥《おびただ》しい幾千万もの音がはじける。珊瑚を鉄で撃つ音は殺気だち、玉盤に氷塊を注ぐ音は寒気がする。殺気ある音が耳に入ると肌から血がにじむようなむごさ、寒気だつ音が人に触れると肌や骨が痛む思いがする。一曲が終わり歌声を収めると、周りに座して聴き入る人々は愁えて長い間声もない。

座中に一人遠方から来た人士がいて、しきりに嘆息して止まない。自ら感嘆して言うには、「今日私は初めて見事な演奏を聴くことができ、日ごろつまらない音楽に耳を欺いていたことが分かりました。

ただ心配なのは、名手の趙璧さんが年老いて白髪が増えて亡くなれば、人間界でこの名曲が消滅してはしまわないかと」。

遠方から来た人士よ、君は五弦琵琶の音を聴いてまことに美しいというが、私が聞いた古代の由緒正しい琵琶の音はこんなものではないぞ。

では、古代の由緒正しい琵琶の音とはどのようなものか。それは赤い弦で底孔がまばらな瑟を用いて、おごそかな廟で清らかに演奏される清廟歌がそうなのだ。清廟歌は、瑟をひとたび弾けばひとたび声に出して唱い、それを二度三度と繰り返して唱和する。節回しはあっさり、拍子はゆるやかで、唱和する声も張り上げない。和やかで伸びやかであり、自然の元気を招き寄せ、これを聴けば思わず心も平和になるのだ。

ところが、世間の人情はとかく今風の音楽を重んじて、古風を軽んじるもの。弦を張った古めかしい瑟など誰も弾こうとしない。とりわけ名手趙璧の芸能が完成してからというもの、世間では五弦琵琶が大流行し、二十五弦の瑟は到底かなわなくなってしまったのだ。

語釈 ○寥寥　心がうつろなさま。○趙璧　貞元時の五弦の名手。白居易や元稹の同時代人。巻二「秦中吟十首」其の八「五絃」（〇〇八二）参照。唐の段安節『楽府雑録』、唐の李肇『唐国史補』巻下等にも記事がある。

○索索　細かな音の形容。サッサッ。「瑟瑟」とも。○疎韻　淡く風雅なおもむき。巻六十三「秋涼閑臥」詩（三〇四九）に、「風竹疏韻を含む」と。

○泠泠　風や琴・琵琶等の音が爽やかであること。巻五「松声」（〇一九四）に、「秋琴泠泠の絃」と。

○掩抑　おさえふさぐような琴や琵琶の音の形容。双声語。巻十二「琵琶引」（〇六〇三）に、「絃絃掩抑し、声声に思ふ」と。○隴水凍咽　「隴水」は、中国西北甘粛省の隴山に発する河。『楽府詩集』巻二十五「隴頭歌辞」に、「隴頭の流水、鳴声幽咽す」と。「咽」は、むせび泣くような音の形容。

○凄凄切切　「凄切」（凄まじくて哀しい）を二字重ねて強調した表現。○錚錚　金属や石がぶつかり合う音。ジャジャーン。○写　そそぐ。「注」に同じ。

○殺　荒々しい。殺気立つ。○惨　みじめで痛々しい。○酸　辛くて苦しい。○半日　長い時間。○四座　周りに坐って聴いている人。

○喞喞　嘆息するさま。巻十二「琵琶引」（〇六〇三）に、「又此の語を聞きて重ねて喞喞たり」と。○杳杳　嘆息するさま。○今朝　今日。

○孤負　そむく。

○正始之音　古代の由緒正しい始原の音楽。

○朱絃疏越清廟歌　一弾一唱再三歎　「疏越」は、瑟の底孔がまばらで、音声が緩やかなこと。「越（つか）」は、孔（なあ）。「清廟」は、周の文王を祀った、おごそかで清らかな廟。『礼記』楽記篇に、「清廟の瑟は朱弦にして疏越、壱倡して三歎す」と。○融融洩洩　和やかで伸びやか。『左氏伝』隠公元年に、「大隧の中、其の楽や融融、……大隧の外、其の楽や洩洩」と。○元気　天地に存在する根本の気。

○撫　なでる。瑟を弾く動作。○二十五絃　二十五弦の瑟。

余説 藤原公任『和漢朗詠集』巻下・管弦に、「第一第二の絃は索索たり　秋の風松を払って疏韻落つ　第三第四の絃は冷冷たり　夜の鶴子を憶つて籠の中に鳴く　第五の絃声は尤も掩抑せり　隴水凍り咽んで流れ得ず」と。

菅原道真『菅家文草』巻四「老松の風」に、「聞く暁風の老大夫を吹くを、冷冷として恰も珊瑚を砕くに似たり。牀頭に閑(しづか)に睫を交ふるを得ず、髄に入る寒声厭ふべきや無(いな)や」と。

壬生忠岑の和歌に、「秋風にかきなすことの声にさへはかなく人のこひしかるらむ」(『忠岑集』、『古今和歌集』恋)と。

同じく壬生忠岑の和歌に、「松の音に風のしらべをあはせてはたつたひめこそあきはひくらし」(『忠岑集』、『後撰和歌集』秋)と。

藤原公任『和漢朗詠集』巻下・鶴、また『類聚句題抄』に、「漢(そら)に叫んでは遥かに孤枕の夢を驚かす、風に和しては慢(みだ)りに五絃の弾に入る　(源)順」と。

高内侍『詞花和歌集』雑上に、「よるのつるみやこのうちにこめられて子をこひつつもなきあかすかな」と。

大江通国「新楽府廿句和歌題序、晩夏同に白氏文集楽府廿句を詠む、和歌一首付小序」(『朝野群載』巻一所収)に、この詩の「秋風払招《ママ》(松)」を句題として大江通国が和歌を詠んでいる。

藤原俊成『千載和歌集』秋下、藤原季通の和歌に、「秋の夜は松をはらはぬ風だにもかなしきことのねをたてずやは」と。

藤原忠通の『法性寺関白御集』「月前理管絃」詩に、「秦台雲尽き空を吹きて去り、隴水氷寒く咽びて流れず」と。

同じく「読新楽府賦五絃弾」詩に、「霜鶴の夜声籠の裡(うち)に驚かし、風松の花韻樹間に寒し」と。

藤原家隆の『朗詠百首』管絃に、この詩の「第一第二絃索々、秋風払松疎韻落」を句題とした和歌「琴の音のしらべにいかでかよふらん松の梢をはらふ秋風」がある。

鴨長明『方丈記』に、「松のひびきに秋風楽をたぐへ、水のおとに流泉の曲をあやつる」と。

弁内侍『弁内侍日記』巻下に、「子を思ふ夜の鶴にもあらな□□□□□□籠の内になく□□」と。

橘成季『古今著聞集』巻四・文学に、「少納言信西が家にて人々あつまってあそびけるに、『夜深催管絃』と云題にて当座の詩を作りけるに、……敦周朝臣案じ出さぬけしきにて、程経ければ、……有安が座の末にありけるに、入道朗詠すべきよしをすすめければ、『第一第二絃索々』といふ句を詠したり。此心自然に此題により来りけるにや敦周朝臣やがて作り出したりけり。『龍吟水暗両三曲、鶴唳霜寒第四声』とつくりたりける、殊にその興有て人々感嘆しけり」と。

『源平盛衰記』巻十二・師長熱田社琵琶事に、「御琵琶一面を掻すゑて撥をとり絃を打鳴し給へり。四絃弾の中には玉しやう弾を先とす、軽攏慢撚、初為霓裳後六么、大絃嘈々如急雨、小絃窃々如私語、第一第二絃の声は索々たり、春の鶯関々として花下に滑也、第三第四の絃は窃々たり、閑泉幽咽して氷下に眠れ、鳳凰鴛鴦の和鳴の声を添ずといへども、事の体山祇感をたれ給らんと覚えたり」と。

藤原為家の『為家集』巻三に、「秋風払松」を句題とした和歌「たてそむるをのへの松の秋風もおとこそことに身にはしみけれ」がある。

同じく巻四に、「隴水凍咽」を句題とした和歌「いとせめてながれもやらぬおとすなりこほりにむせぶやまのたきつせ」がある。

明空の『宴曲集』巻一・月に、「索々たる絃のひびき、松の嵐も通来て、深ては寒き霜夜の月を緱山に送るらむ」と。

謡曲「経政」に、「月に双の岡の松の葉風は吹き落ちて、村雨の如くにおとづれたり。おもしろや、折からなりけり、大絃は嘈々として村雨の如し、扠小絃は切々として私語に異ならず。第一第二の絃は索々として、秋の風松を払つて疎韻おつ。第三第四の絃は冷々として夜の鶴の子を思うて籠の中に鳴く。鶏も心して夜遊の別れ止めよ」と。

同じく「蟬丸」に、「第一第二の絃は索々として秋の風松を払つて疎韻落つ、第三第四の宮は我蟬丸が調べも四つの折柄なりける村雨かな」と。

同じく「唐船」に、「焼野の雉、夜の鶴、梁の燕も皆子故こそ物思へ」と。

『太平記』巻十三・北山殿謀叛の事に、「月冷しく風秋なる小夜深方に、翠簾を高く捲上げさせて玉樹三女の序を弾じ給ふ。第一第二の絃は索々として秋の風松を払つて疎韻落つ、第三第四の絃は冷々として夜の鶴の子を憶うて籠の中に鳴く、絃々掩抑、唯拍子に移る六反の後の一曲誠に嬰児も起つて舞ふばかりなり」と。

同じく巻十八・春宮還御の事、附一宮御息所の事に、「御簾を高く捲上げて、年の程二八ばかりなる女房のいふばかりなくあてやかなるが、秋の別を慕ふ琵琶を弾ずるにてぞありける。鉄珊瑚を砕いて一両曲、氷玉盤に落つ千万声、雑錯たる其声は庭の落葉にまぎれつつ、外には降らぬ急雨に御袖濡るるばかりにぞ聞えたる」と。

箏唄「妹背川」に、「もりの小鳥よるの鶴、うつつの闇にちる雪の、思なき身にくらべにし」と。

0142 蠻子朝

刺㆓将驕而相備㆒㆑位也。

蠻子《ばんし》朝《てう》す　将《しやう》の驕《おご》りて相《しやう》の位《くらゐ》に備《そな》はるを刺《そし》るなり。

解題　「新楽府」その十八。「蛮子朝す」即ち南詔蛮の帰順のための入朝が特別に優遇される一方、それを迎える唐側の武将や宰相が驕ったり位を汚すだけで無能であるのをそしった詩。元稹に「蛮子朝」（『元氏長慶集』巻二十四）があり、その注に、「李伝に云ふ、貞元末、蜀川始めて蛮邑に通ず」と。即ちこの詩は、李紳の原作（佚）に元稹・白居易が和したものである。なお、『旧唐書』巻一九七・南詔蛮伝に、「(貞元) 十九年（八〇三）正月旦、上、含元殿に御して南詔の朝貢を受く。……二十年（八〇四）南詔、使を遣はして朝賀せしむ」と。

蠻子朝
浮㆓皮船㆒兮渡㆓繩橋㆒
來㆑自㆓巂州道路遙㆒」
入㆑界先經㆓蜀川㆒過
蜀將收㆑功先表賀」
臣聞雲南六詔蠻
東連㆓牂牁㆒西接㆑蕃」
六詔星居初瑣碎
合爲㆓一詔㆒漸强大」
開元皇帝雖㆓聖神㆒
唯蠻屈强不㆓來賓㆒」
鮮于仲通六萬卒
征蠻一陣合㆑軍沒
至㆑今西洱河岸邊

蠻子《ばんし》朝《てう》す、
皮船《ひせん》を浮《う》かべ　繩橋《じようけう》を渡《わた》り、
巂州《すいしう》の道路《だうろ》遙《はる》かなるより來《きた》れり。」
界《さかひ》に入《い》り　先《ま》づ蜀川《しよくせん》を經《へ》て過《す》ぎ、
蜀將《しよくしやう》　功《こう》を收《をさ》めて　先《ま》づ表賀《へうが》す。」
臣聞《しんき》くならく　雲南《うんなん》の六詔蠻《りくせうばん》、
東《ひがし》のかた牂牁《さうか》に連《つら》なり　西《にし》のかた蕃《ばん》に接《せつ》す。」
六詔《りくせう》は星居《せいきよ》して　初《はじ》め瑣《さ》碎《さい》なるも、
合《がつ》して一詔《いつせう》と爲《な》りて　漸《やうや》く强大《きやうだい》たり。」
開元皇帝《かいげんくわうてい》　聖神《せいしん》なりと雖《いへど》も、
唯《た》だ蠻《ばん》のみ屈强《くつきやう》にして來賓《らいひん》せず。」
鮮于仲通《せんうちゆうとう》　六萬《りくまん》の卒《そつ》、
征蠻《せいばん》の一陣《いちぢん》　軍《ぐん》を合《こぞ》りて沒《ぼつ》せり。
今《いま》に至《いた》るまで　西洱河《せいじか》の岸邊《がんぺん》、

箭孔刀痕滿二枯骨一」
天寶十載、鮮于仲通統二兵六萬一、討二雲南王閣羅鳳一、戰二于西洱河一、合レ軍覆沒。
誰知今日慕二華風一
不レ勞二一人一蠻自通
誠由二陛下休明德一
亦賴二微臣誘諭功一」
德宗省レ表知レ如レ此
笑令三中使迎二蠻子一」
蠻子導從者誰何
磨些俗羽雙隈伽
清平官持二赤藤杖一
大軍將繫二金呿嗟一」
異牟尋男尋閤勸
特勅召二對延英殿一」
上心貴レ在レ懷二遠蠻一
引臨二玉座一近二天顏一」
冕旒不レ垂親勞俫

箭孔《せんこう》 刀痕《たうこん》 枯骨《ここつ》に満《み》てり。」
誰《たれ》か知《し》らん 今日《こんにち》 華風《くわふう》を慕《した》ひ、
一人《いちにん》を勞《らう》せずして 蠻《ばん》自《みづか》ら通《つう》ぜんとは。
誠《まこと》に陛下《へいか》の休明《きうめい》の徳《とく》に由《よ》り、
亦《ま》た微臣《びしん》が誘諭《いうゆ》の功《こう》に頼《よ》れりと。」
徳宗《とくそう》 表《へう》を省《み》て 此《か》くの如《ごと》きを知《し》り、
笑《わら》ひて中使《ちゆうし》をして 蠻子《ばんし》を迎《むか》へしむ。」
蠻子《ばんし》の導従《だうじゆう》する者《もの》は誰何《たれ》ぞ、
磨些《まさ》の俗羽《ぞくう》は 雙《さう》の隈伽《わいか》。
清平官《せいへいくわん》は赤藤《せきとう》の杖《つゑ》を持《も》ち、
大軍將《たいぐんしやう》は金《きん》の呿嗟《きよさ》を繫《か》く。」
異牟尋《いむじん》が男《だん》 尋閤勸《じんかふくわん》、
特《とく》に勅《ちよく》して延英殿《えんえいでん》に召對《せうたい》す。」
上《しやう》の心《こころ》 貴《たふと》ぶは遠蠻《ゑんばん》を懐《なつ》くるに在《あ》り、
引《ひ》きて玉座《ぎよくざ》に臨《のぞ》み 天顔《てんがん》に近《ちか》づかしむ。」
冕旒《べんりう》垂《た》れず 親《した》しく勞俫《らうらい》し、

賜レ衣　賜レ食　移レ時　對」
移レ時　對　不レ可レ得
大　臣　相　看　有二羨　色一
可レ憐　宰　相　拖レ紫　佩二金　章一
隔レ日　唯　聞二對　一　刻一」

衣《ころも》を賜《たま》ひ　食《しよく》を賜《たま》ひ　時《とき》を移《うつ》して對《たい》す。」
時《とき》を移《うつ》して對《たい》すること　得《う》べからず、
大臣《だいじん》　相看《あひみ》て　羨色有《せんしよくあ》り。
憐《あは》れむべし　宰相紫《さいしやうし》を拖《ひ》き　金章《きんしやう》を佩《お》ぶるも、
日《ひ》を隔《へだ》てて　唯《た》だ對《たい》すること一刻《いつこく》なりと聞《き》く。」

朝・橋・遙（下平聲、宵韻）。過（去聲、過韻）、賀（去聲、箇韻）……過・箇韻は同用。蠻（上平聲、刪韻）、蕃（上平聲、元韻）……刪・元韻は通押。碎（去聲、隊韻）、大（去聲、泰韻）……隊・泰韻は通押。神・賓（上平聲、眞韻）。卒・沒・骨（入聲、沒韻）。風・通・功（上平聲、東韻）。此（上聲、紙韻）、子（上聲、止韻）……紙・止韻は同用。何（下平聲、歌韻）、伽・嗟（下平聲、麻韻）……歌・麻韻は通押。勸（去聲、願韻）、殿（去聲、霰韻）……願・霰韻は通押。蠻・顏（上平聲、刪韻）。倈（去聲、代韻）、對（去聲、隊韻）……代・隊韻は同用。得・刻（入聲、德韻）、色（入聲、職韻）……德・職韻は同用。

通釈　南詔蛮が来朝した。彼らは辺境の河に皮船を浮かべ、縄の橋を渡り、四川の巂州《すいしゆう》から遥かな道のりを経てやって来たのである。

唐国に入ると先ず蜀を経由するが、時の蜀の将軍韋皐はその入朝を自分の手柄にしようとして、先ず祝賀の上表文を奏して言う、

「臣《わたくし》の仄聞しますに、雲南の六詔蛮は、東は牂牁郡に連なり、西は吐蕃《チベット》に接しています。
六詔蛮はもと諸星のような群小蛮が散在していましたが、南詔蛮に統一されてからは次第に強大になりました。
開元皇帝（玄宗）は全知全能の聖帝であらせられましたが、屈強な南詔蛮のみは唐朝に帰順しませんでした。
そこで、当時の剣南節度使の鮮于仲通が六万の兵を率いて南詔蛮を討伐しましたが、ただ一戦で全軍大敗しました。今も西洱河のほとりには朽ちた戦死者の骨に矢の跡や刀傷がたくさん残っています。

ところが意外にも、今日ではその南詔蛮が中華の風土を慕い、当方から一人の使者を出す苦労も無く、先方から通交を求めて参りました。このことは、誠に陛下の明徳のお陰であり、また私めがこれまでに誘導し説諭した功績もございます」と。

徳宗は上表文をご覧になると事情を了解され、笑って宦官をして蛮人を宮中に迎え入れさせた。

宮中に入った南詔蛮を先導し、付き従う者は何人か。磨些の蛮族は俗習として一双の大きな璧玉を持参し、南詔の清平官は特産の赤藤杖を持っており、大軍将は腰に金飾りのベルトを帯びている。

異牟尋の長男たる代表の尋閤勧に天子よりお言葉があり、特別に延英殿にて召見されることになった。

天子は遠来の南蛮を懐柔しようとする御心があり、尋閤勧を玉座に招いて天顔に近づけさせる。

玉冠の紐も垂らさずに親しくねぎらいの言葉をかけられ、やがて一行に衣服や食事を賜り、定時を越えて何時間も対面される。

定時を越えてのご対面、これは唐の大臣にはできないことであり、大臣たちは顔を見合わせて何とも羨ましそう。気の毒なことに唐の宰相は紫色の印綬をかけ、黄金の勲章を帯びた正装で天子に謁見するものの、その時間は一日おきで十五分という短さだ。

語釈　○皮船　豚皮や牛皮を連結して浮き袋にした船。唐の樊綽『蛮書』巻一に、「瀘江にて皮船に乗り、瀘水を渡る」と。○縄橋　川の両岸を藤つるを編んだ縄で連結し、下に竹や木を敷いた橋。同じく『蛮書』巻一に、「清渠鋪に至る八十里、縄橋を渡る」と。○巂州　四川省西昌県の地名。もと雲南の西南夷の地。

○蜀将　剣南西川節度使の韋皐を指す。○収功　功績をわがものとする。

○六詔蛮　当時の雲南にあった六種の民族の総称。「詔」は王の意。『旧唐書』巻一九七・西南蛮に、「蛮、王を謂ひて詔と為す」と。○牂牱　漢代の郡名。今の雲南・貴州地方。「牂牁」「牂柯」とも。○蕃　吐蕃。チベット。

○星居　星のように散居する。○合為一詔　開元末、六詔の一である蒙舎詔（南詔）の皮邏閣が河蛮を破り、玄宗から帰義王の称号を受けて、六詔を統合したことをいう。

○聖神　知能・人格ともに突出して優れる。

○鮮于仲通六万卒　征蛮一陣合軍没　自注に、「天宝十載、鮮于仲通兵六万を統（す）べ、雲南王閣羅鳳を討ち、西洱河に戦ふも、軍を合りて覆没せり」と。天宝十載（七五一）四月、剣南節度使鮮于仲通が南詔蛮を討伐し、西洱河まで至り、閣（閤）羅鳳と戦ったが、大敗したことをいう。唐側の総参謀楊国忠は「其の敗状を掩ひ、仍ほ其の戦功を述べた」（『資治通鑑』巻二一六〈「仲通将兵八万」とある〉）。また『白氏文集』巻三「新豊折臂翁」（〇一三）参照。○西洱河　雲南を流れる河の名。「牂柯江」また「葉楡河」に同じ。

○休明　立派でうるわしい。『左氏伝』宣公三年に、「徳之れ休明ならば、小なりと雖も重し」と。○誘諭　誘導して説諭する。

○省表　上奏文。○中使　宦官。

○磨些俗羽双限伽　「磨些」は蛮族の名。『太平御覧』巻七八九・四夷部十に「磨些蛮」がある。また同題の元稹「蛮子朝」に、「求天叩地持双珙」（天を求め地を叩き双珙を持す）とあることから、「双限伽」は、「一双の『珙』（大きな璧）」であると考えられる。「俗羽」についいて、先行する注釈書は言及しないが、訳注者は仮に「俗羽」を「俗習」の一部脱落と見なし、一句を試みに、「磨些の蛮族は俗習として一双の大きな璧玉を持参し」と解する。批正を請う。○清平官　南詔の文官名。宰相に相当。『新唐書』巻二二二上・南蛮伝上に、「之を清平官と謂ふ、国事の軽重を決する所以にして、猶ほ唐の宰相のごとし」と。巻四十に「南詔の清平官に与ふる書」（一九三）がある。

○赤藤　雲南に産する藤の名。「朱藤」「紅藤」とも。赤藤杖は当時貴重な南詔渡来品であった。巻十六「江藤杖（自注に、「杖は南蛮に出づ」と）」（〇九三六）に、「南詔江藤の杖、西江白首の人」とあるほか、白居易詩に頻出する。韓愈にも「虞部盧四汀の翰林銭七徽に酬ゆる赤藤杖歌に和す」（『全唐詩』巻三三九）がある。○大軍将　南詔の武官名。『蛮書』巻九に、「大軍将一十二人、清平官と同列」と。諸本が「大将軍」とするのは誤り。○金呿嗟　金飾りのベルト。『蛮書』巻八に、「曹長已下、金佉苴を繫くるを得たり」「腰帯を謂ひて佉苴と曰ふ」と。「佉苴」は「呿嗟」に同じ。「呿」字、神田本は「咄」に作るが、諸本により改める。

○異牟尋　南詔王の名。大暦四年（七六九）、南詔王となり、貞元十年（七九四）、雲南王に封じられた。『蛮書』巻十参照。○尋閤勧　異牟尋の長男。貞元十年（七九四）、父異牟尋の後継として南詔王となった。○延英殿　唐代、延英門内にあった宮殿名。

○冕旒不垂　天子が冠の紐を垂らさずに素顔を見せての意。「冕旒」は、天子の玉冠のひも。○親労倈　皇帝みずから使者にねぎらいの言葉をかける。「倈」は「徠」に同じ。ねぎらう。この字には平声と去声の二つの発音がある。「招徠（まねく、呼び寄せる）」の場合は平声、「労徠（ねぎらう）」の場合は去声に読み分ける。よって神田本など日本の旧鈔本には「去声」の音注を加える。『白氏文集』巻五十二、「和三月三十日四十韻」詩（三五七）に、「俗は労徠を以て安らかなり」と。

○移時　定時を越える。厚遇の証し。○拖紫佩金章　紫色の印綬をかけ、黄金の勲章を帯びる。高位高官の正装。「紫」は紫色の印綬（ひも）。『旧唐書』巻二十下・哀帝紀に、「縦（とた）ひ紫を拖き金を腰（お）ぶとも、類に非ざるが若きは席を接しむる無からん」と。○隔

日　一日おき。当時、朝廷は単日（奇数日）に開かれ、双日（偶数日）は休日であった。張国剛『唐代官制』（三秦出版社、一九八七年）一四頁参照。〇一刻　十五分。僅かな時間。

0143　驃國樂

欲二王化之先レ近後一レ遠也。

貞元十七年來獻レ之。

驃國《へうこく》の樂《がく》　王化《わうくわ》の近《ちか》きを先《さき》にし遠《とほ》きを後《あと》にせんことを欲《ほつ》するなり。

貞元十七年《ていげんじふしちねん》來《きた》りて之《これ》を獻《けん》ず。

解題　「新楽府」その十九。南方の驃国から献上された音楽について述べ、天子は遠方の音楽よりも国内の伝統音楽をもっと大切にすべきことを主張する。「驃国」は、南方ミャンマーあたりにあった仏教国。仏教音楽が盛んであった。題下原注は、『元氏長慶集』巻二十四、「驃國樂」に付する李紳注を襲い、その来唐年を「貞元十七年」とするが、『旧唐書』巻十三・徳宗本紀下には、「（貞元）十八年春正月……驃国王の遣使悉利移来りて朝貢し、幷せてその国楽十二曲と楽工三十五人を献ず」とある。神田本にこの注は無いが、諸本により補った。また『新唐書』巻二二二下・南蛮下・驃に、驃国の舞楽について詳述する。

驃國樂　驃國樂
出レ自二天海西南角一
驃王雍羌之子舒難陀
來獻二南音一奉二正朔一」
德宗立レ仗御二紫庭一
黈纊不レ塞爲レ爾聽」
玉螺一吹椎髻聳

驃國《へうこく》の樂《がく》　驃國《へうこく》の樂《がく》、
天海《てんかい》の西南《せいなん》の角《すみ》より出《い》づ。
驃王雍羌《へうわうようきやう》の子《こ》　舒難陀《じよなんだ》、
來《きた》りて南音《なんおん》を獻《けん》じ　正朔《せいさく》を奉《ほう》ず。」
德宗《とくそう》　仗《ぢやう》を立《た》てて　紫庭《してい》に御《ぎよ》し、
黈纊《とうくわう》　塞《ふさ》がず　爾《なんぢ》が爲《ため》に聽《き》く。」
玉螺《ぎよくら》　一《ひと》たび吹《ふ》きて　椎髻聳《ついけいそび》え、

銅鼓千擊文身踊
珠纓眩轉星宿搖
花鬘斗藪龍蛇動」
曲終王子啓二聖人一
臣父願レ爲二唐外臣一」
左右歡呼何翕習
皆稱德廣之所レ及」
須臾百辟詣二閤門一
俯伏拜表賀二至尊一
伏見三驃人獻二新樂一
請下書二國史一傳中子孫上」
時有二擊壤老農父一
闇測二君心一閑獨語」
吾聞吾君甚聖明
欲下感二人心一致中太平上
感レ人在レ近不レ在レ遠

銅鼓《どうこ》　千《ち》たび擊《う》ちて　文身《ぶんしん》踊《をど》る。
珠纓《しゆえい》　眩轉《げんてん》して　星宿《せいしゆく》搖《ゆ》るぎ、
花鬘《くわまん》　斗藪《とそう》して　龍蛇《りようだ》動《うご》く。」
曲《きよく》終《を》はりて　王子《わうし》　聖人《せいじん》に啓《けい》す、
臣《しん》が父《ちち》　唐《たう》の外臣《ぐわいしん》と爲《な》ることを願《ねが》ふと。」
左右《さいう》　歡呼《くわんこ》すること　何《なん》ぞ翕習《きふしふ》たる、
皆《みな》稱《しよう》す　德廣《とくくわう》の及《およ》ぶ所《ところ》なりと。」
須臾《しゆゆ》にして　百辟《ひやくへき》　閤門《かくもん》に詣《いた》り、
俯伏《ふふく》　拜表《はいへう》　至尊《しそん》を賀《が》す。
伏《ふ》して驃人《へうじん》の新樂《しんがく》を獻《けん》ぜるを見《み》、
國史《こくし》に書《しよ》して　子孫《しそん》に傳《つた》へんことを請《こ》ふ。」
時《とき》に　擊壤《げきじやう》の老農父《らうのうふ》有《あ》り、
闇《あん》に君《きみ》が心《こころ》を測《はか》りて　閑《しづ》かに獨語《どくご》す。」
吾《われ》聞《き》く　吾《わ》が君《きみ》は甚《はなは》だ聖明《せいめい》、
人心《じんしん》を感《かん》ぜしめて　太平《たいへい》を致《いた》さんと欲《ほつ》すと。
人《ひと》を感《かん》ぜしむるは　近《ちか》きに在《あ》りて遠《とほ》きに在《あ》らず、

太平由レ實不レ由レ聲」

觀レ身理レ國國可レ濟

君如レ心兮民如レ體

體生二疾苦一心憯悽

民得二和平一君愷悌」

貞元之民若未レ安

驃樂雖レ聞君不レ歡」

貞元之民苟無レ病

驃樂不レ來君亦聖」

驃樂驃樂徒喧喧

不レ如レ聞二此蒭蕘言一」

太平《たいへい》は實《じつ》に由《よ》りて聲《こゑ》に由《よ》らず。」

身《み》を觀《み》て　國《くに》を理《をさ》むれば　國濟《くにすく》ふべし、

君《きみ》は心《こころ》の如《ごと》く　民《たみ》は體《たい》の如《ごと》し。

體《たい》に疾苦《しつく》を生《しやう》ずれば　心《こころ》は憯悽《さんせい》し、

民《たみ》　和平《わへい》を得《う》れば　君《きみ》は愷悌《がいてい》なり。」

貞元《ていげん》の民《たみ》　若《も》し未《いま》だ安《やす》からずんば、

驃樂《へうがく》　聞《き》くと雖《いへど》も　君歡《きみよろこ》ばず。」

貞元《ていげん》の民《たみ》　苟《いやしく》も病《や》むこと無《な》くんば、

驃樂《へうがく》　來《きた》らざるも　君《きみ》は亦《ま》た聖《せい》ならん。」

驃樂《へうがく》　驃樂《へうがく》　徒《いたづら》に喧喧《けんけん》たるも、

此《こ》の蒭蕘《すぜう》の言《げん》を聞《き》くに如《し》かず。」

樂・樂・角・朔（入聲、覺韻）。庭・聽（下平聲、青韻）。聳・踊（上聲、腫韻）、動（上聲、董韻）……腫・董韻は通押。人・臣（上平聲、眞韻）。習・及（入聲、緝韻）。門・尊・孫（上平聲、魂韻）。父（上聲、麌韻）、語（上聲、語韻）……麌・語韻は通押。明・平（下平聲、庚韻）、聲（下平聲、清韻）……庚・清韻は同用。濟・體・悌（上聲、薺韻）。安（上平聲、寒韻）、歡（上平聲、桓韻）……寒・桓韻は同用。病（去聲、映韻）、聖（去聲、勁韻）……映・勁韻は同用。喧・言（上平聲、元韻）。

通釈　驃国の音楽、驃国の音楽。それは遥か遠くの中国西南の奥地に発し、驃国王雍羌の子の舒難陀が帰順した際に唐朝に献上した南方の音楽である。

時に徳宗帝は儀仗兵を立てて親しく宮庭にお出まし、玉冠の耳当てをはずして驃国の音楽に聴き入られた。法螺貝《ほらがい》がひとたび吹かれると蛮族の結い上げた髻《まげ》がそびえ立ち、銅の太鼓が次々に打ち鳴らされると入れ墨をした身体が踊り出す。真珠の首飾りがキラキラ輝いて空の星が揺らめくよう、髪に挿した花飾りが揺れるさまは龍蛇がのたうち回るよう。

やがて楽曲が終わると、王子の舒難陀が天子に、「私めの父の雍羌は驃国を唐朝の臣下にしていただきたいと願っております」と奏上する。

これを聞いて左右の臣下が歓呼するさまは何と賑やかなこと。彼らは皆口々に「これこそ天子のご聖徳が広く天下に普及した結果でございます」と称賛する。

間もなく百官が宮門に至り、平伏して上表文を奉り、天子を祝賀して言う、「伏して思いますに、今回の驃国人が新しい音楽を献上いたしましたことは、国史に特筆して後世に伝えたく存じます」と。

その時に遊具の壌をたたいて歌う老農夫がおり、ひそかに天子の御心を推し測り、一人しずかにつぶやいて言う。「聞けば、我が君は政治教化に甚だ賢明であられ、民心を感化して平和を実現されたい由であります。ひそかに思いますに、人を感化させるのに大切なのは身近なことであって、遠方のことではありません。平和の実現は事実こそが大事であり、かけ声だけではなりません。

天子が自らを修めて国務を処理してこそ国家をすくうことができましょう。いわば天子は心であり、民は体なのです。体が病気になれば心も痛みましょうし、民が平和ならば天子も心安らかに楽しむことができましょう」と。

もし貞元の民に少しでも不安があれば、驃国の音楽を聞いても天子は楽しくないだろう。

もし貞元の民に何の病苦も無ければ、驃国の音楽が来なくても天子は賢明であろう。

驃国の音楽、驃国の音楽と世間はむやみに騒いでいるが、それよりこの老農夫の言うことを聞いたほうがよい。

語釈　○天海　遥かに遠い距離をいう。諸本は「大海」に作る。○驃王雍羌之子舒難陀　来献南音奉正朔　『新唐書』巻二十二・礼楽十二に、「（貞元）十七年、驃国王雍羌、弟の悉利移、城主の舒難陀を遣はし、其の国楽を献ず」と。『白氏文集』巻四十「驃国王雍羌に与ふる書」（一九二九）参照。神田本は「羌」字を「差」に誤る。諸本により改める。○南音　南方の音楽。驃国の楽。○奉正朔　「正朔」は正月と朔日。暦をいう。「正朔を奉ず」とは、唐国に帰順すること。

○立仗　儀仗を立てる。○紫庭　宮殿の庭。○黈纊　黄色い綿製の耳当て。玉冠の両側に垂らして不要の妄言を聞かないことを示す。「黈纊塞がず」とは、その耳当てをはずして驃国の楽を傾聴するさま。

○玉螺　美しいほら貝。「玉」は美称。○椎髻　椎の実型に結い上げたまげ。「髻」は、束ねたまげ。もとどり。蛮族の髪型。○文身　いれずみをした体。蛮族をいう。○眩転　まばゆくきらきら光る。畳韻語。○花鬘　けまん。髪に挿した花飾り。○斗藪　ふるえる。

○聖人　聖天子。

○翕習　勢い盛んなさま。畳韻語。

○須臾　すぐさま。畳韻語。○百辟　多くの君主や諸侯。○拝表　拝礼して上表文を奉る。

○撃壌老農父　白居易自身を指す。「壌」は、古代の遊具、一説に大地をいう。帝尭の時、天下太平・万民無事の世の中について、八九十の老人が「壌を撃って」歌った故事による。『楽府詩集』巻八十三、雑歌謡辞「撃壌歌」参照。

○吾君甚聖明　欲感人心致太平　聖徳ある天子が人心を感化して天下太平をもたらす。『易経』咸卦の象伝に、「聖人人心を感ぜしめて天下和平なり」と。

○観身　我が身を以て我が身の道徳修養を監察する。『老子』第五十四章に、「身を以て身に観」と。○君如心兮民如体　君主と人民が一心同体となること。『礼記』緇衣篇に、「民は君を以て心と為し、君は民を以て体と為す」と。○憯悽　悲痛。双声語。「憯」は、「惨」に同じ。○愷悌　和らぎ楽しむ。畳韻語。

○蒭蕘　草刈りと木こり。賤民。前出「撃壌老農父」をいう。「蒭」は「芻」に同じ。『詩経』大雅「板」に、「先民言ふ有り、芻蕘に詢（かは）ると」と。

0144　傳戎人

達二窮人之情一也。

傳《でん》せる戎人《じゆうじん》

窮人《きゆうじん》の情《じやう》を達《たつ》するなり。

解題　「新楽府」その二十。中国西北方で唐軍の捕虜となり、長安を経て、駅伝で南方へ護送される吐蕃（チベット）人の労苦を詠む。中でも誤って捉えられた中国籍の囚人の苦悩を天子に申し述べようとした。「達」は、上達、天子に申し上げる意。「戎人」は、吐蕃人をいう。

通行本は「縛戎人」に誤る。この詩が基づく元稹の『元氏長慶集』巻二十四に「縛戎人」があり、その注に、「近制、西辺に蕃囚を擒（とら）ふる毎（ごと）に、例として皆南方に伝置し、剿戮を加へず。故に李（紳）君歌を作りて以て諷す」と。「伝置」は、駅伝で送付すること。「置」は駅の意。

傳戎人　傳戎人
耳穿面縛驅入レ秦」
天子矜憐不レ忍レ煞
詔徙二東南呉與一レ越」
黄衣小使錄二姓名一
領出二長安一乘レ傳行」
身被二金瘡一面多瘠
扶レ病徒行日一驛
朝飡飢渴費二盃盤一
夜宿腥臊汚二床席一」
忽逢二江水一憶二交河一
垂レ手齊レ聲嗚咽歌
其中一虜語二諸虜一

傳《でん》せる戎人《じゆうじん》　傳《でん》せる戎人《じゆうじん》、
耳穿《みみうが》たれ　面縛《めんばく》せられ　驅《か》られて秦《しん》に入《い》る。」
天子《てんし》　矜憐《きようれん》して　煞《ころ》すに忍《しの》びず、
詔《みことのり》して東南《とうなん》の呉《ご》と越《ゑつ》とに徙《うつ》さしむ。」
黄衣《くわうい》の小使《せうし》　姓名《せいめい》を錄《ろく》し、
領《りやう》して長安《ちやうあん》を出《い》で　傳《でん》に乘《じよう》じて行《ゆ》く。」
身《み》は金瘡《きんさう》を被《かうむ》り　面《めん》は多《おほ》く瘠《や》せ、
病《やまひ》を扶《たす》けて徒行《とかう》すること　日《ひ》に一驛《いちえき》。
朝飡《てうそん》　飢渴《きかつ》して　盃盤《はいばん》を費《つひ》やし、
夜宿《やしゆく》　腥臊《せいさう》にして　床席《しやうせき》を汚《けが》す。」
忽《たちま》ち江水《かうすい》に逢《あ》ひて　交河《かうが》を憶《おも》ひ、
手《て》を垂《た》れ　聲《こゑ》を齊《ひと》しうして　嗚咽《をえつ》して歌《うた》ふ。
其《そ》の中《うち》の一虜《いちりよ》　諸虜《しよりよ》に語《かた》る、

爾苦非レ多我苦多」
同伴行人因借問
欲レ説喉中氣憤憤」
自云鄕貫本凉源
大曆年初沒二落蕃一」
一落二蕃中一四十載
遣下著二皮裘一繫中毛帶上」
唯許三正朝服二漢儀一
斂レ衣整レ巾潛涙垂
誓レ心密定二歸鄕計一
不レ使二蕃中妻子知一」
有二李如暹者一、蓬子將軍之子也。嘗沒二蕃中一。自云、蕃法唯正歲一日、許下唐人之沒レ蕃者、服中唐衣冠上。由レ是悲不二自勝一、遂密定二歸計一也。
暗思幸有二殘筋力一
更恐年衰歸不レ得」
蕃候嚴レ兵鳥不レ飛
脱レ身冒レ死奔逃歸」
晝伏夜行經二大漠一

爾《なんぢ》が苦《く》は多《おほ》きに非《あら》ず　我《わ》が苦《く》多《おほ》しと。」
同伴《どうはん》の行人《かうじん》　因《よ》りて借問《しやもん》すれば、
説《と》かんと欲《ほつ》して　喉中《こうちゆう》　氣《き》憤憤《ふんぷん》たり。」
自《みづか》ら云《い》ふ　鄕貫《きやうくわん》は本《もと》凉源《りやうげん》、
大曆年初《たいれきねんしよ》　蕃《ばん》に沒落《ぼつらく》せり。」
一《ひと》たび蕃中《ばんちゆう》に落《お》ちて　四十載《しじふさい》、
皮裘《ひきう》を著《き》せ　毛帶《まうたい》を繫《か》けしめたり。」
唯《た》だ正朝《せいてう》のみ　漢儀《かんぎ》を服《ふく》するを許《ゆる》され、
衣《い》を斂《をさ》め　巾《きん》を整《ととの》へて　潛《ひそ》かに涙垂《なみだた》る。
心《こころ》に誓《ちか》ひ　密《ひそ》かに歸鄕《ききやう》の計《けい》を定《さだ》め、
蕃中《ばんちゆう》の妻子《さいし》をして知《し》らしめず。」
暗《あん》に思《おも》ふ　幸《さいは》ひに殘《のこ》りの筋力《きんりよく》有《あ》り、
更《さら》に恐《おそ》る　年衰《としおとろ》へて歸《かへ》り得《え》ざらんことを。」
蕃候《ばんこう》　兵《へい》を嚴《げん》にして　鳥《とり》だに飛《と》ばず、
身《み》を脱《だつ》し　死《し》を冒《をか》して　奔逃《ほんたう》し歸《かへ》る。」
晝《ひる》は伏《ふ》し　夜《よる》は行《ゆ》きて　大漠《たいばく》を經《ふ》、

雲陰月黑風沙惡
驚藏㆓青冢㆒寒草疎
偸渡㆓黃河㆒夜冰薄」
忽聞漢軍鼙鼓聲
路旁走出再拜迎
游騎不㆑聽㆑能㆓漢語㆒
將軍遂縛作㆓蕃生㆒」
配向㆓江南卑濕地㆒
定無㆓存卹㆒空㆓防備㆒」
念㆑此吞㆑聲仰訴㆑天
若爲將㆑苦度㆓殘年㆒
涼源鄕井不㆑得㆑見
胡地妻兒虛棄捐」
沒㆑蕃被㆑囚思㆓漢土㆒
歸㆑漢被㆑劫爲㆓蕃虜㆒
早知㆑如㆑此悔㆓歸來㆒

雲陰《そらくも》り　月黑《つきくろ》うして　風沙《ふうさ》惡《あ》し。
驚《おどろ》きて青冢《せいちよう》に藏《かく》るれば　寒草《かんさう》疎《まば》らに、
偸《ひそ》かに黃河《くわうが》を渡《わた》れば　夜冰《やひよう》薄《うす》し。」
忽《たちま》ち聞《き》く　漢軍《かんぐん》の鼙鼓《へいこ》の聲《こゑ》、
路旁《ろばう》に走《はし》り出《い》でて　再拜《さいはい》して迎《むか》ふ。
游騎《いうき》は　漢語《かんご》を能《よ》くすることを聽《き》かず、
將軍《しやうぐん》　遂《つひ》に縛《ゆは》ひて　蕃生《ばんせい》と作《な》す。」
配《はい》せられて　江南《かうなん》の卑濕《ひしつ》の地《ち》に向《む》かひ、
定《さだ》めて存卹《そんじゆつ》する無《な》く　防備《ばうび》空《むな》しからん。」
此《これ》を念《おも》ひて　聲《こゑ》を吞《の》みて　仰《あふ》ぎて天《てん》に訴《うつた》ふ、
若爲《いかん》ぞ　苦《くる》しみを將《もつ》て　殘年《ざんねん》を度《わた》さん。
涼源《りやうげん》の鄕井《きやうせい》は　見《み》るを得《え》ず、
胡地《こち》の妻兒《さいじ》は　虛《むな》しく棄捐《きえん》せらる。」
蕃《ばん》に沒《ぼつ》しては　囚《とら》はれて漢土《かんど》を思《おも》ひ、
漢《かん》に歸《かへ》りては　劫《おびや》かされて蕃虜《ばんりよ》と爲《な》る。
早《はや》く此《か》くの如《ごと》きを知《し》らばと　歸來《きらい》を悔《く》ゆ、

兩處寧如㆓一處苦㆒」
傳戎人
戎人之中我苦辛
自㆑古此冤應㆑未㆑有
漢心漢語吐蕃身」

兩處《りやうしよ》は　寧《むし》ろ一處《いつしよ》の苦《くる》しみに如《し》かんや。」
傳《でん》せる戎人《じゆうじん》
戎人《じゆうじん》の中《うち》に　我《われ》苦辛《くしん》す。
古《いにしへ》より此《こ》の冤《ゑん》　應《まさ》に未《いま》だ有《あ》らざるべし、
漢《かん》の心《こころ》　漢《かん》の語《ご》にして　吐蕃《とばん》の身《み》たるとは。」

人・人・秦（上平聲、眞韻）。煞（入聲、黠韻）、越（入聲、月韻）……黠・月韻は通押。名（下平聲、清韻）、行（下平聲、庚韻）……清・庚韻は同用。瘠・驛・席（入聲、昔韻）。河・歌・多（下平聲、歌韻）。問（去聲、問韻）、憤（上聲、吻韻）……問・吻韻は通押。源・蕃（上平聲、元韻）。載（去聲、代韻）、帶（去聲、泰韻）……代・泰韻は通押。儀・垂・知（上平聲、支韻）。力（入聲、職韻）、得（入聲、德韻）……職・德韻は同用。飛・歸（上平聲、微韻）。漠・惡・薄（入聲、鐸韻）。聲（下平聲、清韻）、迎・生（下平聲、庚韻）……清・庚韻は同用。地・備（去聲、至韻）。天・年（下平聲、先韻）、捐（下平聲、仙韻）……先・仙韻は同用。土・虜・苦（上聲、姥韻）。人・辛・身（上平聲、眞韻）。

通釈　伝送される吐蕃（チベット）人捕虜、伝送される吐蕃人捕虜。耳には穴があき、後ろ手に縛られ、追い立てられて長安にやってきた。

天子はこれを憐れみ給いて殺すに忍びず、彼らを東南の呉越地方に移送するように詔《みことのり》された。やがて黄色の服を着た担当の小役人が来て捕虜の姓名を記録し、彼らを引率して長安を出発し、駅伝を使って東南に護送して行く。

捕虜の体は傷だらけ、顔は痩せこけ、病身をかかえてとぼとぼと一日に一駅を歩く。粗末な朝めしは飢えや渇きを満たさず、宿駅備え付けの酒杯や大皿は出番がなく、夜寝る時は生臭い体臭で寝床を汚すありさま。

ふと出くわした長江を見て、吐蕃人の捕虜は郷里の交河を思い出し、手を垂れてむせび泣きながら声を揃えて歌いだす。その中の一人の捕虜が周りの捕虜にこう言う、「お前らの苦労は多いとは言えないね、俺の苦悩はもっとひどいんだ」と。

そこで同行の捕虜がその理由を尋ねると、その捕虜は答えようとして喉口まで憤りでプンプンさせている。次のように言う、「俺の本籍は中国の涼州なんだが、大暦初年（七六六）に吐蕃の捕虜となった。それから四十年もの間、毛皮の衣服や毛のベルトを着用させられた。ただ正月元旦だけは漢の衣服が許されたが、衣服や頭巾を整えると、急に悲しくなってこっそり涙を流したものさ。そこで俺は心に誓い、吐蕃人の妻子にも知らせないまま、ひそかに涼州へ帰ろうと決めたのさ。考えてみれば、まだ体力が残っている今はまだしも、年を取れば帰ろうにも帰れなくなることを恐れたのだ。そこで、俺は見張りの吐蕃の番兵が厳重に警戒する中を必死の思いで故郷へと脱出した。途中、昼は隠れて夜に行動し、広大な砂漠を横切ったが、雲に隠れて月は黒ずみ、風がひどく吹いて砂が舞い上がる。人の気配に驚いて草もまばらな王昭君の青塚墓に身を隠したり、夜にこっそり薄く凍結している黄河を渡ったりした。その時、ふと聞こえてきたのが漢軍の攻め太鼓の音。俺は道端から走り出て、何度も拝礼しながら兵士を出迎えた。ところがその巡視の騎兵は、俺が漢語を喋れるのに耳を貸さずに（俺を本隊に連行し）、将軍が俺を縛りあげて吐蕃の捕虜に仕立てやがったのさ。

こうして俺は今、じめじめした江南の低地に流されて行くが、異邦では俺を憐れんでくれる人もなく、身を守る手だてもない。

このことを思えば俺は泣きそうになるのをこらえて天を仰いで訴える。この先の短い余生をどうして辛苦して生きられよう。故郷の涼州を再び見ることはないだろうし、蕃地に残した妻子は捨てたままなのだ。

俺は吐蕃にさらわれて捕虜となっては漢土を懐かしみ、漢土に帰ろうとして脅されて吐蕃の捕虜にされたんだ。こんな目に遭うのが早くから分かっていたらと、今では逃げ帰ったのを後悔する。吐蕃と漢土の両方で苦しむよりも、どっちか片方（吐蕃）で苦労するほうがまだましだ。

伝送される吐蕃人捕虜、吐蕃人捕虜の中で、漢人である俺の苦悩はいかほどか。従来このようなひどい無実の罪はないであろう。漢土の心を持って漢語をしゃべるのに、身体だけは吐蕃扱いされるなんて」と。

語釈　○耳穿　飾り物を下げるために耳に穴をあける。吐蕃人の風習。○面縛　後ろ手に縛って前を向かせる。罪人等を護送する姿。○秦　長安一帯をいう。

○矜憐　あわれむ。かわいそうに思う。○東南県与越　長安の東南にあたる県（江蘇省一帯）と越（浙江省一帯）。元稹の『元氏長慶集』巻二十四、「縛戎人」の題下注に、「近制、西辺に蕃囚を擒《とら》ふる毎《ごと》に、例として皆南方に伝置し、……」と。

○黄衣小使　黄色の衣服を着た宮中の小役人。「黄」色は天子に属する色。○領　引き連れる。○乗伝　駅伝の制度を利用して。

○金瘡　刀傷。○徒行日一駅　一日に一駅を歩行する。駅間の距離はほぼ三〇キロメートル（時速四キロメートル歩行で一日約八時間の行程）。○費盃盤　「盃（杯）盤」は、豪華な食事を盛る杯や大皿。「費」は、無駄にする。ここは、小役人の引率による蛮人の駅伝であるので、宿駅で通常の高級役人の食事の接待に用いる豪華な杯や大皿の出番がないことをいう。○腥臊　生臭い。○床席　寝ござ。

○江水　長江。○交河　西域新疆トルファンの西にあった河。『漢書』巻九十六下・西域伝下に、「車師前国、王治は交河城なり。河水分流して城を繞りて下る。故に交河と号す」と。

○郷貫　本籍。○涼源　甘粛省涼州府。一に「涼原」に作る。○大暦年初　代宗の大暦元年（七六六）。○没落　陥落する。捕虜になる。

○四十載　大暦元年（七六六）から四十年後は八〇六（憲宗の元和元）年。「新楽府」が制作されたのは八〇九（憲宗の元和四）年。○皮裘　皮衣。

○正朝　正月元旦。○服漢儀　漢族の服装をする。○斂衣　衣服の乱れを正す。○帰郷計　故郷へ帰る計画。自注に、「李如暹なる者有り、蓬子将軍の子なり。嘗て蕃中に没せり。自ら云ふ、蕃法は唯だ正歳一日のみ、唐人の蕃に没せし者、唐の衣冠を服するを許さる。是に由りて悲しみに自ら勝《た》へず、遂に密かに帰計を定めたり」と。この注は、『元氏長慶集』巻二十四、「縛戎人」の注にほぼ同じ。ただし『元氏長慶集』の注は、「遂に蕃妻と密かに帰計を定む」とする。

○蕃候　吐蕃の番兵。

○大漠　大砂漠。一帯にはゴビ砂漠が広がる。○青冢　漢の元帝の時、匈奴に嫁いだ王昭君の墓。数カ所あるが、内蒙古自治区の呼和浩特市郊外にあるものが有名。巻二「青塚」（〇一三）参照。

○鼙鼓　攻め太鼓。巻十二、「長恨歌」（〇五九六）に、「漁陽の鼙鼓　地を動《よど》もして来り」と。○游騎　巡視の騎馬兵。○漢語　吐蕃語に対して漢族の言語。○蕃生　吐蕃人の捕虜。「生」は生口、捕虜。

○配　流す。配流する。○存卹　慰め憐れむ。「存恤」に同じ。「卹」字、神田本は「郵」に誤る。○若爲　どうして。どのようにして。○郷井　郷土。故郷。「井」は集落共同体の象徴。○棄捐　捨てる。

○呑声　泣きそうになるのを堪える。杜甫「李白を夢む」其の一に、「死別は已に声を呑む」（『杜詩詳註』巻七）と。

○寧如……　どうして……以上のものがあろう。……であるほうがましだ。

○冤　無実の罪。冤罪。○漢心　吐蕃族に対して漢族の心。

余説　清の乾隆帝『唐宋詩醇』巻二十の御批に、「辺将功を冒（むさぼ）るの状、無辜俘とさるるの情、曲々と伝出す。結語、尤も人をして失笑せしむ」と。

紫式部『源氏物語』玉蔓に、「いとかなしき妻子も忘れぬとて、思へばげにぞ皆うち捨ててける、いかかなりぬらむ。はかはかしき身の助と思ふ郎等どもは、皆率て来にけり。我をあしと思ひて追ひ惑はして、いかがしなすらむと思ふに、心をさなくも、顧りみせで出でにけるかなと、少し心のどまりてぞ、あさましきことを思ひつづくるに、心弱くうち泣かれぬ。胡の地のさいじを空しくすてつと誦ずるを、……」と。

『東関紀行』に、「車返しといふ里あり或家に宿りたれば、網つりなどいとなむ賤しきもののすみかにや、夜のやどりありかことにして、床のさむしろもかけるばかりなり。かの縛戎人の夜半の旅ねもかくやありけんとおぼゆ」と。

阿仏尼『十六夜日記』（二十六日）に、「ほどなく暮れてそのわたりの海ちかき里にとどまりぬ。浦人のしわざにや、となりよりくゆりかかる烟いとむつかしきにほひなれば、夜のやどなまぐさしといひける人のことばも思ひ出でらる」と。

大江通国「新楽府廿句和歌題序、晩夏同に白氏文集楽府廿句を詠む、和歌一首付小序」（『朝野群載』巻一所収）に、この詩の「寒草疎」を句題として大江通国が和歌を詠んでいる。

小嶋法師『太平記』巻三・主上笠置を御没落の事に、「いかにもして夜の内に赤坂の城へと御心ばかりを尽されけれども、仮にも未だ習はせ給はぬ御歩行なれば夢路をたどる御心ちして、一足には休み二足には立ち止まり、昼は傍なる青塚の陰に御身を隠させ給ひて、寒草の疎なるを御座の茵とし、夜は人も通はぬ野原の露分け迷はせ給ひて、羅穀の御袖をほしあへず」と。

松尾芭蕉の『鹿島紀行』に、「日すでに暮れかかるほどに利根川のほとり、ふさといふ所につく。此の川にて鮭の網代といふものをたくみて武江の市にひさく者あり。宵の程その漁家に入りて休らふ。夜の宿腥し、月隈なく晴れけるままに、夜舟をさしおろして鹿島にいたる」と。

白氏文集　巻第四　　大原白居易

新樂府　諷諭四　雜言　凡三十首

新樂府《しんがふ》　諷諭四《ふうゆし》　雜言《ざつごん》　凡《およ》そ三十首《さんじつしゆ》

0145　驪宮高

美㆔天子重㆓惜人之財力㆒也。

驪宮高《りきゆうたか》し　天子《てんし》の人《たみ》の財力《ざいりよく》を重《おも》んじ惜《を》しむを美《ほ》むるなり。

解題　「新楽府」その二十一。天子が民人の財力を重んじて浪費しないことを賛美した詩。当時諫官の左拾遺であった作者が、天子（憲宗）の驪山宮（華清宮）への贅沢な行幸を諫める底意がある。「驪宮」は長安東郊の驪山（海抜千三百メートル。実高八百メートル）にあった離宮。今も温泉が湧く。始め温泉宮といい、天宝六載（七四七年）、玄宗が楊貴妃のために贅を尽くして華清宮を設けた。天宝十四載（七五五年）の安禄山の乱を経て、とりわけ大暦二年（七六七）、宦官魚朝恩によって大規模に破壊され、急速に零落した。この詩が詠まれた元和四年（八〇九）時には相当荒廃していたと思われる。この詩から十一年後の元和元年（八二〇）、諫官であった友人元稹も、時の天子穆宗が荒廃した華清宮へ行幸することを強く諫止している（『元氏長慶集』巻三十四「両省の供奉官、温湯に駕幸するを諫む状」）。竹村則行「中晩唐における華清宮の零落」（『楊貴妃文学史研究』研文出版、二〇〇三年）参照。神田本は、首題の「白氏文集」から第六句冒頭の「山」字までを欠く。今、那波本等によって補い、巻三の書式に合致させた。

高　高　驪　山　上　有㆑宮　　高高《かうかう》たる驪山《りざん》　上《うへ》に宮有《きゆうあ》り、

朱　樓　紫　殿　三　四　重」　　朱樓《しゆろう》　紫殿《しでん》　三四重《さんしちよう》。」

遲遲兮春日
玉甃暖兮溫泉溢」
嫋嫋兮秋風
山蟬鳴兮宮樹紅
翠華不レ來歲月久
牆有レ衣兮瓦有レ松
吾君在レ位已五載
何不三一幸二乎其中一」
西去二都門一幾多地
吾君不レ遊有二深意一
一人出兮不二容易一
六宮從兮百司備
八十一車千萬騎
朝有二宴飫一暮有レ賜
中人之產數百家
未レ足レ充二君一日費一」

遲遲《ちち》たる春日《しゆんじつ》、
玉甃《ぎよくしう》暖《あたた》かにして　溫泉《をんせん》溢《あふ》る。」
嫋嫋《でうでう》たる秋風《しうふう》、
山蟬《さんせん》鳴《な》きて　宮樹《きゆうじゆ》紅《くれなゐ》なり。
翠華《すいくわ》來《きた》らず　歲月《さいげつ》久《ひさ》し、
牆《かき》に衣《こけ》有《あ》り　瓦《かはら》に松《まつ》有《あ》り。
吾《わ》が君《きみ》　位《くらゐ》に在《いま》すこと　已《すで》に五載《ごさい》、
何《なん》ぞ一《ひと》たびも其《そ》の中《うち》に幸《みゆき》せざる。」
西《にし》のかた都門《ともん》を去《さ》ること　幾多《いくばく》の地《ち》ぞ、
吾《わ》が君《きみ》遊《あそ》ばざるには　深意《しんい》有《あ》り。
一人《いちにん》の出《い》でたまふこと　容易《ようい》ならず、
六宮《りくきゆう》從《したが》ひ　百司《ひやくし》備《そな》はる。
八十一車《はちじふいちきよ》　千萬騎《せんまんき》、
朝《あした》に宴飫《えんよ》有《あ》り　暮《く》れに賜《たまもの》有《あ》り。
中人《ちゆうじん》の產《さん》　數百家《すうひやくか》、
未《いま》だ君《きみ》の一日《いちじつ》の費《つひ》えに充《あ》つるに足《た》らず。」

吾君修レ己人不レ知
不二自逸一兮不二自嬉一」
吾君愛レ人人不レ識
不レ傷レ財兮不レ奪レ力」
驪宮高兮高入レ雲
君之來兮爲二一身一
君之不レ來兮爲二萬人一」

吾《わ》が君《きみ》　己《おのれ》を修《をさ》むること　人知《ひとし》らず、
自《みづか》ら逸《いつ》せず　自《みづか》ら嬉《よろこ》ばず。」
吾《わ》が君《きみ》　人《ひと》を愛《あい》すること　人識《ひとし》らず、
財《ざい》を傷《やぶ》らず　力《ちから》を奪《うば》はず。」
驪宮《りきゆう》高《たか》し　高《たか》きこと雲《くも》に入《い》る、
君《きみ》の來《きた》るや　一身《いつしん》の爲《ため》なり、
君《きみ》の來《きた》らざるや　萬人《ばんにん》の爲《ため》なり。」

宮（上平聲、東韻）、重（上平聲、鍾韻）……東・鍾韻は通押。日・溢（入聲、質韻）。風・紅・中（上平聲、東韻）、松（上平聲、鍾韻）……東・鍾韻は通押。地・備（去聲、至韻）、意（去聲、志韻）、易・騎・賜（去聲、寘韻）、費（去聲、未韻）……至・志・寘韻は同用、未韻は通押。知（上平聲、支韻）、嬉（上平聲、之韻）……支・之韻は同用。識・力（入聲、職韻）。雲（上平聲、文韻）、身・人（上平聲、眞韻）……文・眞韻は通押。

通釈　高くそびえる驪山には天子の離宮が建ち並び、朱塗りの高楼や御殿の甍が幾重にも連なっている。ゆったり過ぎる春の日に湯殿の敷き瓦を温めて温泉水が溢れて流れている。なよやかに吹く秋風の中に山蟬が鳴いて離宮の樹々が赤く染まる。この驪山宮に天子の行幸が絶えて長い歳月が経ち、荒廃した離宮の牆壁には苔が覆い、屋根には瓦松が生えている。我が君（憲宗）が即位されて已に五年、どうしてこの驪山宮に一度も行幸されないのか。
驪山は西方長安の城門から幾らも離れていないのに、我が君が御幸されないのは深慮がおありになってのこと。それは、天子の出御は容易なことではなく、六宮の女官が扈従し、宮廷の百官は万全の準備をし、八十一台の宮車や千万もの騎馬が付き従う。朝から盛大な宴会を開き、暮れには種々の恩賜の品々が振る舞われる。その莫大な出費は、中産階級百軒分の資産を集めても天子の一日分の出費に足りないくらいである。

世人は知らないが、我が君は、自分だけ安逸をむさぼったり、遊び楽しむことをなさらずに、ひたすら一身を修められている。

また世人は知らないが、我が君は、人民の財産を損ねたり、民力を奪い取ったりせずに、ひたすら人民を慈愛されている。（であれば、驪山へ行幸されないのは当然である。）

驪山宮は高くそびえ、青雲に突き入らんばかり。天子がここへ来られるのは一身のためであり、天子がここへ来られないのは万民の苦労を思われてのことである。

語釈　○上　一定の範囲を指す言葉。ここは、驪山の山上のみならず、中腹、山麓、周辺一帯を含んでいう。○紫殿　御殿。「紫」は紫微宮、天子の御殿。

○遅遅兮春日　のどかに春の日が過ぎる。『詩経』豳風に、「春日遅遅たり」と。○玉甃暖兮温泉溢　「玉甃」は、美しい敷き瓦。一九七四年、玄宗と楊貴妃当時の温泉跡が発掘された。

○嫋嫋兮秋風　なよやかに細く長く秋風が吹く。『楚辞』九歌「湘夫人」に、「嫋嫋たり秋風」と。「兮」は、語調を整える助辞。『楚辞』に多用され、情熱的な雰囲気をもたらす。以下同じ。○翠華不来歳月久　「翠華」は、翡翠の羽で飾った天子の旗。天子をいう。唐天子の驪山宮への行幸は、在位中は毎年華清宮に行幸した玄宗が、安禄山乱後の粛宗乾元元年（七五八）年、楊貴妃の死後に行幸して以来、この詩が詠まれた時まで、粛宗・代宗・徳宗・順宗・憲宗の五代五十一年間にわたって行幸の記録がない。○牆有衣兮瓦有松　「衣」は苔（けこ）、苔衣。「松」は瓦松、瓦花。苔の一種。○吾君在位已五載　今上皇帝の憲宗李純は先帝順宗の長子であるが、順宗はその即位時より病床にあり、その年（八〇五）の八月、元号を永貞に改元すると同時に退位し、李純を新皇帝とした。よって、憲宗の治世は、元和四年（八〇九）の時点で、在位四年、五年目となる。○其中　そこ。唐代の俗語。驪山宮を指す。

○西去都門幾多地　「都門」は帝都長安の城門。「西方長安の都門から幾らの距離もない」の意。「都門」、英華本は「都城」に作る。「去」、諷諫本は「出」に作る。長安と驪山の距離は約三〇キロメートル。○一人　天子をいう。○六宮　後宮（に住む皇后や女官たち）。本来、六棟の宮殿があったのでいう。巻十二「長恨歌」（〇五九六）に、「六宮の粉黛顔色無し」と。○百司　百官。○八十一車　天子の御幸に伴う八十一台の添え車。『史記』巻十・孝文本紀に引く『漢官儀』に、「天子の鹵簿に大駕、法駕有り。大駕は公卿奉引、大将軍参乗し、属車八十一乗」と。「車」は天子の御車を数える際の量詞。旧鈔本に「音は居（きよ）」とあるに従い、上平声魚韻（九魚切）で読む。○宴飫　宴飲。宴楽。○中人　中産階級。巻二「買花」（〇〇八四）に、「一叢深色の花、十戸中人の賦」と。
○逸　楽しむ。○嬉　喜ぶ。
○奪力　民力を奪い取る。那波本は「傷力」に作る。
○驪宮高兮高入雲　巻十二「長恨歌」（〇五九六）に、「驪宮高き処青雲に入る」と。

余説　清の乾隆帝『唐宋詩醇』巻二十の御批に、「格調は騒（『楚辞』）を摹するも、詞気は特に婉約たり」と。

清少納言『枕草子』八十三段に、「……『西の京といふ所の荒れたりつること、もろ共に見る人あらましかばとなむ覚えつる、垣なども皆やぶれて苔生ひて』など語れば、宰相の君『瓦に松はありつや』といらへたりつるをいみじうめでて、『西の方都門を去れることいくばくの地ぞ』と口すさびにしつる事……」と。

紫式部『源氏物語』若菜上に、「今年はこの御賀にことつけて行幸などもあるべく思しおきてけれど、「世の中のわづらひならむこと、さらにせさせたまふまじくなん」と辞（ない）び申したまふことたびたびになりぬれば、口惜しく思しとまりぬ」と。

藤原公任『和漢朗詠集』巻上、夏、蟬に、「遅遅たる春の日、玉の甃暖かにして温泉溢（み）てり」「嫋嫋たる秋の風に山の蟬鳴いて宮樹紅なり」と。

『天喜四年殿上詩合』に、この詩の「蟬鳴宮樹深」を句題とした七言律詩八首を収録する。即ち、藤原師家の詩に、「夏蟬は嘒々として清吟を報じ、耳に満ちて幾（いくば）くか鳴き宮樹深し」と。藤原師基の詩に、「紫宮の瓊樹深き裡（ちう）なるを望めば、嘒々たる新蟬は夏を迎へて鳴く」と。源隆俊の詩に、「蟬を聞くこと尽日なるに相驚くに足る、宮樹の深き間に幾許（いくばく）か鳴く」と。藤原資仲の詩に、「夏蟬は樸を抱けるに何の情有りてか、宮樹深き中に嘒々と鳴くらむ」と。藤原隆方の詩に、「宮樹深き中に聞けば驚き易し、晩蟬相噪ぎ時有りて鳴く」と。源経信の詩に、「一たび夏を迎えしより樹は蒙籠として、自ら鳴蟬を聴きて帝宮に侍す」と。藤原憲房の詩に、「宮樹深き中耳正に驚く、夏蟬は嘒々として幾（いくば）くか鳴を伝ふ」と。藤原季綱の詩に、「嘒々たる鳴蟬は耳に満ちて悤（あわただ）し、樹深くして聞くを得たり鳳皇宮」と。

花園赤恒（『本朝小序集』の注によれば、大江広房もしくは大江匡房による仮託）の「評和歌策」に、「皐蒲腐りて水蛍流れ、尽く幽玄の興に入る。宮樹紅にして山蟬泣き、高く神妙の裡を振ふ」（『本朝続文粋』巻三）と。

大江匡輔の「秋深夜漏閫詩序」に、「凛々たる宿露、蚪箭移りて沙草白し、嫋々たる暁風、鳧鐘鳴りて宮樹紅なり」（『本朝続文粋』巻八）と。

大江通国「新楽府廿句和歌題序、晩夏同に白氏文集楽府廿句を詠む、和歌一首付小序」（『朝野群載』巻一所収）に、この詩の「宮樹紅」を句題として大江通国が和歌を詠んでいる。

藤原忠通の「驪宮高」詩に、「朱楼の高構は望むも窮め難し、三四重の間雲自から通ふ。紫殿は窓深く泉石旧なり、翠華は跡断ち洞門空し。山蟬は声送る秋風の底（うち）、宮樹は葉零（お）つ暮雨の中。粧楼寂寞として客来たること少し、他（かれ）道場と作（な）さば護持するに足らん」（『法性寺関白御集』）と。

『東関紀行』に、「猶行き過ぐる程に箱根の山にもつきにけり。……権現垂跡のもとゐ気高く尊し。朱楼紫殿の雲に重れる粧、唐家驪山宮かと驚かれ、巌室石龕の波にのぞめる影、銭塘の水心寺ともいひつべし」と。

『平家物語』巻五・新都の事に、「唐の太宗の驪山宮を造つて民の費をや憚らせ給ひけむ、遂に臨幸無くして瓦に松生ひ墻に蔦しげつてやみにけるには相違かなとぞ人申しける」と。

同じく巻七・福原落に、「五条大納言邦綱の卿の造りまゐらせられし里内裏、いつしか三年に荒れはてて、旧苔道をふさぎ、秋草門を閉じて瓦に松生ひ、蔦しげり、台傾て苔むせり。松風のみや通ふらん」と。

同じく巻十・高野の巻の事に、「花の色は林霧の底に綻び、鈴の音は尾の上の雲にひびけり。瓦に松生ひ垣に苔むして星霜久しく覚えたり」と。

『源平盛衰記』巻十七・福原京の事に、「昔唐の驪山といふ所あり、朱楼の構、紫殿のあやつり、様々いと珍らしくして、遅々たる春の日は玉甃暖にして温泉溢れ、嫋々たる秋の風には山蟬啼て宮樹紅なり。かかる目出たき砌にて代々の聖主折々の臨幸も絶えざりけり。憲宗皇帝位に即きおはしまして五年まで終に行幸なし。さる儘には垣につたしげり、瓦に松生ひにけり。一人行幸あれば六宮相従ひ、百官供奉する習なれば、人の煩たやすからず、君一日の臨幸の費を数ふるに、民千万の家の宝にも過ぎたりとて、終に御幸もなかりけり。是皆国の費を思召し、民の歎を休めんとの御恵なり」と。

同じく巻三十二・福原管絃講事に、「里内裏其外人々の家々蔀も格子も破れ落ち、みすも簾も絶はてて、いつしか歳の三年に痛く荒れにけるこそ哀なれ。旧苔路を塞いて秋の草門を閉ち、瓦に松生ひて垣に蔦かかれり」と。

同じく巻四十・法輪寺、附中将滝口を相見る事、並高野山の事に、「それより檜原杉原百八十町分け過きて奥の院に参り給ふ。大師の御廟を拝給へば瓦に松生ひて垣に蘿はへり。庭に苔深うして軒にしのぶ茂りたり」と。

宴曲『究百集』明王徳に、「驪宮の玉の石畳、畳々たる秋風に宮樹の梢の蟬、垣根にしげる苔の色、瓦の松も徒に御幸にしられで年古ぬ」と。

『太平記』巻十五・三井寺合戦、並当寺撞鐘事、附俵藤太事に、「瑠璃の沙厚く玉の甃暖にして、落花自ら繽紛たり」と。同じく巻十八・春宮還御事、附一宮御息所事に、「日も早暮ぬと申声して、御車を轟かして一条を西へ過させ給ふに、誰が栖宿とは不レ知、墻に苔むし瓦に松生て、年久く住荒したる宿のものさびし気なるに、撥音気高く青海波をぞ調べたる」と。

0146　百練鏡　辨二皇鑒一也。

百練鏡《ひやくれんきやう》　皇《くわう》（王）の鑒《かがみ》を辨《べん》ずるなり。

解題　「新楽府」その二十二。揚州から献上された天子専用の特製銅鏡について、白居易が太宗の言をかりて、この鏡は天子の容貌を映すのではなく、人民や歴史をこそ鑑（かがみ）とすべきことを述べた詩である。「百練鏡」は「語釈」参照。諷諫本・神田本は「皇鑒を辨ずるなり」に作り、馬本・那波本は「皇王の鑒を美（よみ）するなり」に作る。「鑒」は、「鏡」「鑑」に同じ。「辨（弁）」は、明確に述べること。

百練鏡
鎔範非二常規一
日辰處所靈且奇
江心波上舟中鑄
五月五日日午時」
瓊粉金膏磨瑩已
化爲二一片秋潭水一」
鏡成將レ獻二蓬萊宮一
揚州長史手自封

百練鏡《ひやくれんきやう》、
鎔範《ようはん》　常規《じやうき》に非《あら》ず。
日辰《じつしん》　處所《しよしよ》　靈《れい》にして且《か》つ奇《き》なり。
江心《かうしん》の波上《はじやう》　舟中《しうちゆう》に鑄《い》るは、
五月五日《ごぐわついつか》　日《ひ》の午《ご》なる時《とき》なり。」
瓊粉《けいふん》　金膏《きんかう》　磨瑩《まえい》し已《をは》り、
化《くわ》して一片《いつぺん》の秋潭《しうたん》の水《みづ》と爲《な》る。」
鏡《かがみ》成《な》りて　將《まさ》に蓬萊宮《ほうらいきゆう》に獻《けん》ぜんとし、
揚州《やうしう》の長史《ちやうし》　手自《てづか》ら封《ふう》ず。

鈿匣珠函鎖幾重
人間臣妾不二敢照一
背有二九五飛天龍一
人人呼爲二天子鏡一
我有三一言聞二太宗一
太宗常以レ人爲レ鏡
鑒レ古鑒レ今不レ鑒レ容
四海安危照二掌内一
百王理亂懸二心中一
乃知天子別有レ鏡
不二是揚州百練銅一」

鈿匣《でんかふ》　珠函《しゆかん》　鎖《さ》すること幾重《いくちよう》ぞ、
人間《じんかん》の臣妾《しんせふ》　敢《あ》へて照《て》らさず。
背《うら》に　九五《きうご》飛《ひ》天《てん》の龍有《りようあ》り、
人人《ひとびと》　呼《よ》びて天子《てんし》の鏡《かがみ》と爲《な》す。
我《われ》に一言《いちげん》の　太宗《たいそう》に聞《き》ける有《あ》り、
太宗《たいそう》　常《つね》に人《ひと》を以《もつ》て鏡《かがみ》と爲《な》し、
古《いにしへ》を鑒《かんが》み　今《いま》を鑒《かんが》みて　容《かたち》を鑒《かんが》みず。
四海《しかい》の安危《あんき》をば　掌《たなごころ》の内《うち》に照《て》らし、
百王《ひやくわう》の理亂《りらん》をば　心《こころ》の中《うち》に懸《か》けたり。
乃《すなは》ち知《し》る　天子《てんし》　別《べつ》に鏡有《かがみあ》り、
是《こ》れ揚州《やうしう》の百練《ひやくれん》の銅《どう》にあらずと。」

規・奇（上平聲、支韻）、時（上平聲、之韻）……支・之韻は同用。已（上聲、止韻）、水（上聲、旨韻）……止・旨韻は同用。
宮・中・銅（上平聲、東韻）、封・宗（上平聲、冬韻）、重・龍・容（上平聲、鍾韻）……冬・鍾韻は同用、東韻は通押。

通釈　百たびも鍛練に鍛練を重ねて作り上げる天子の銅鏡、その制作の規範は尋常なものではない。まず正確な時刻を計る日時計を船中の霊妙な場所に据え付け、百練鏡を揚子江の真ん中に浮かぶ船上で、五月五日の正午に鋳あげるのである。
鋳あげた鏡を玉の粉や金色の油でもってぴかぴかに磨き上げると、それは秋水を湛《たた》えた大淵のように澄んだ明鏡に生まれ変わる。

完成した鏡は、蓬萊宮の天子に献上しようとして、揚州の長官が手ずから函に収めて封印する。この鏡は螺鈿の小箱に入れ、更に真珠で飾った箱に入れて何重にも封印されており、俗世間の男女が姿形を映すような代物ではなく、背面に飛天龍を象嵌した天子の専用鏡である。人々はそれを天子鏡と呼ぶが、私には太宗から承った一言がある。太宗皇帝は常日ごろ、「朕は人を鏡とする、鏡は古今の興亡を映すが、鏡に朕の姿は映さない」と述べられ、鏡によって天下の平安や危機を掌中に把握され、歴代帝王の治政の安定や乱れを心にかけておられた。してみれば、天子には特別の鏡があるのであって、それは揚州から献上された百練の銅鏡などではないことが分かる。

語釈　○百練鏡　百たびも鍛練を重ねてできた鏡。揚州から天子に献上された特製の銅鏡。「水心鏡」「江心鏡」とも。『太平広記』巻二三一、「李守泰」に引く『異聞録』に、「唐天宝三載（七四四年）五月十五日、揚州より水心鏡一面を進む。……背に盤龍の長さ三尺四寸五分有り。……呂暉等遂に鏡炉を移して船中に置き、五月五日午時を以て、乃ち揚子江において之を鋳る」と。また、唐の李肇『唐国史補』巻下に、「揚州は旧くより江心鏡を貢ぐ、五月五日揚子江中に鋳する所なり」と。更に、『旧唐書』巻十二・徳宗下に、「大暦十四年（七七九）……六月、……揚州より毎年端午の日に江心に鋳する所の鏡を貢ぐと、幽州より麝香を貢ぐ、皆之を罷（ゃ）む」と。この記事によれば、恒例であった揚州から徳宗への江心鏡の献上が廃止されたのは、白居易のこの詩が詠まれた元和四年（八〇九）より三十年前のことである。○鎔範　鋳型。規範。南朝梁の劉勰『文心雕龍』定勢に、「鎔範の擬する所、各〻司匠有り」と。○日辰　日時計。
○瓊粉金膏磨瑩已　磨き紛や金色の油でぴかぴかに磨き上げる。「瓊粉」は、玉を細かく砕いた磨き粉。「金膏」は、金色の油。「磨瑩」は、ぴかぴかに磨き上げる。
○蓬萊宮　大明宮。○鈿匣珠函鎖幾重　「鈿匣」は、螺鈿細工の小箱。「珠函」は、真珠で飾った箱。一般に、「匣」は小箱、「函」は文箱をいい、「箱」は総称。この七字一句は、那波本その他諸本に脱落する。神田本・管見抄本等による。○人間　俗世間。○臣妾　男女。
○九五飛天龍　『易経』乾卦、九五の爻辞に、「九五に曰く、飛龍天に在り」と。「龍」は天子の象徴である。○太宗常以人為鏡　唐の太宗『貞観政要』巻二・任賢に、「太宗、嘗て侍臣に謂て曰く、『夫れ銅を以て鏡と為せば、以て衣冠を正すべし。古を以て鏡と為せば、以て興替を知るべし。人を以て鏡と為せば、以て得失を明らかにすべし。朕常に此の三鏡を保ち、以て己が過ちを防ぐ』」と。○容　容貌。○百王　歴代の帝王。○理乱　乱をおさめる。「理」、那波本を含む諸本は「治」に作る。神田本・管見抄本等は「理」につくる。「治」は唐の高宗李治の諱である。○別　特別の。

余説　藤原公任『和漢朗詠集』巻下、帝王に、「四海の安危は掌の内に照らし、百王の理乱は心の中に懸けたり」と。

大江通国「新楽府廿句和歌題序、晩夏同に白氏文集楽府廿句を詠む、和歌一首付小序」（『朝野群載』巻一所収）に、この詩の「以人為鏡」を句題として大江通国が和歌を詠んでいる。

『大鏡』後一条天皇紀に、「こころのすべらぎの御ありさまをだに鏡をかけ給へるに、……あきらけき鏡にあへば、過ぎにしも今ゆく末の事も見えけり。すべらぎのあとも次々かくれなくあらたに見ゆるふる鏡かも」と。

『仁安二年八月太皇太后宮亮平経盛家歌合』において、「月」を題とした九番右の祝部成仲の歌「照月を浪のうへにて見る時ぞ真澄の鏡鋳る心地する」に対する判詞に、「右、百錬鏡の心にや。浪の上の月、まことに一片秋潭水に異ならず侍けむかし。右勝侍ぬべし」と。

『今鏡』序に、「式部の君と申しし人の局にあやめと申してまうで侍りしを、五月に生れたるかと問ひ給ひしかば、五日になむ侍りける。母の志賀のかたにまかりける舟にて生れ侍りけると申すに、さては五月五日舟のうち波の上にこそあなれ、午の時にや生れたると侍りしかば、しかほどに侍りけるとぞおやは申し侍りなど申せは、ももたび錬りたるあかかねなりとて、いにしへをかがみ今をかがみるなどいふことにてあるに、いにしへもあまりなり、今鏡とやいはまし、まだをさをさしげなる程よりも年も積らず、見めもささやかなるに小鏡とや付けましなど語れは、……」と。

『平家物語』巻八・那都羅の事に、「一の御子惟喬親王をば木原皇子とも申しき、王者の才量を御心にかけ、四海の安危は掌の仲に照し、百王の理乱は心のうちに懸けたり」と。

『夫木和歌抄』賀に収める藤原行家の和歌に、「四の海をただてのなかに照らすてふ君やくもらぬかがみなるらん」と。

謡曲「羅生門」に、「有り難や、四海の安危は掌のうちに照し、百王の理乱は心のうちに懸けたり」と。

『太平記』巻二十四・依山門嗷訴公卿僉議事に、「百王の理乱四海の安危、自レ古至レ今山門是を耳外に不レ処、……」と。

同じく巻三十七・畠山入道々誓謀謀反事付楊国忠事に、「紅顔翠黛は元来天の生せる質なれば、何ぞ必しも瓊粉金膏の仮なる色を事とせん」と。

0147　青石　激二忠烈一也。

青石《せいせき》　忠烈《ちゆうれつ》を激《はげ》ますなり。

解題　「新楽府」その二十三。発言不能な青石になり代わり、作者が、石碑には段秀実や顔真卿のような忠烈の士を顕彰する文字を彫り、後世人の忠節心を激励したい旨を述べる。「激」は、激励の意。巻二、秦中吟「立碑」（〇〇八〇）参照。

青石出レ自二藍田山一
兼車連載來二長安一
工人磨琢欲二何用一
石不レ能レ言我代言」
不レ願レ作二人家墓前神道碣一
不レ願レ作二官家道傍德政碑一
不レ鐫二實錄一鐫二虛詞一
願爲二段氏顏氏碑一
雕三鏤太尉與二太師一
刻二此兩片堅貞質一
狀二彼二人忠烈姿一
義心若レ石砭不レ轉
死節若レ石確不レ移
如レ觀下奮二擊朱泚一日上
似レ見下叱二呵希烈一時上

青石《せいせき》　藍田《らんでん》の山《やま》より出《い》づ、
兼車連載《けんしやれんさい》して　長安《ちやうあん》に來《きた》れり。
工人《こうじん》　磨琢《またく》して　何《なに》にか用《もち》ひんと欲《ほつ》す、
石《いし》　言《ものい》ふ能《あた》はざれば　我《われ》　代《か》はりて言《い》はん。」
人家《じんか》の墓前《ぼぜん》の神道碣《しんだうけつ》と作《な》るを願《ねが》はず、
墳土《ふんど》未《いま》だ乾《かわ》かざるに　名《な》　已《すで》に滅《き》えぬ。」
官家《くわんか》の道傍《だうばう》の德政碑《とくせいひ》と作《な》るを願《ねが》はず、
實錄《じつろく》を鐫《ゑ》らず　虛詞《きよし》を鐫《ゑ》れり。
願《ねが》はくは段氏《だんし》顏氏《がんし》の碑《ひ》と爲《な》りて、
太尉《たいゐ》と太師《たいし》とを雕鏤《てうる》せんことを。
此《こ》の兩片《りやうへん》の堅貞《けんてい》の質《しつ》に刻《きざ》みて、
彼《か》の二人《ににん》の忠烈《ちゆうれつ》の姿《すがた》を狀《じやう》せん。
義心《ぎしん》　石《いし》の若《ごと》く　砭《かつ》として轉《まろ》ばず、
死節《しせつ》　石《いし》の若《ごと》く　確《かく》として移《うつ》らず。
朱泚《しゆぜい》を奮擊《ふんげき》せし日《ひ》を觀《み》るが如《ごと》く、
希烈《きれつ》を叱呵《しつか》せし時《とき》を見《み》るに似《に》たらん。

各於二其上一題二名謚一
一置二高山一 一沈レ水
陵谷雖レ遷 碑獨存
骨化爲レ塵 名不レ死」
長使二不忠不烈臣
觀レ碑改レ節慕レ爲レ人
慕レ爲レ人 勸レ事レ君」

各〻《おのおの》其《そ》の上《うへ》に名謚《めいし》を題《だい》し、
一《ひと》つは高山《かうざん》に置《お》き 一《ひと》つは水《みづ》に沈《しづ》めん。
陵谷《りようこく》遷《うつ》ると雖《いへど》も 碑《ひ》は獨《ひと》り存《そん》し、
骨化《ほねくわ》して塵《ちり》と爲《な》るも 名《な》は死《き》えざらん。」
長《なが》く不忠不烈《ふちゆうふれつ》の臣《しん》をして、
碑《ひ》を觀《み》て節《せつ》を改《あらた》め 人《ひと》と爲《な》りを慕《した》はしめん。
人《ひと》と爲《な》りを慕《した》はしめ 君《きみ》に事《つか》ふるを勸《すす》めん。」

山（上平聲、山韻）、安（上平聲、寒韻）、言（上平聲、元韻）……山・寒・元韻は通押。碣・滅（入聲、薛韻）。碑・碑・移（上平聲、支韻）、詞・時（上平聲、之韻）、師・姿（上平聲、脂韻）謚（去聲、至韻）、水・死（上聲、紙韻）……支・之・脂韻は同用、支・之・脂・至・紙韻はすべて通押。臣・人・人（上平聲、眞韻）、君（上平韻、文韻）……眞・文韻は通押。

通釈 美玉の名所藍田山から青石を切り出し、連結した大車で長安まで運んでくる。長安では石工がそれに磨きをかけるが、一体何に使用しようとするのか。石はしゃべれないので、私が代わって物言うことにしよう。

僕（石）は一般人の墓前に建てられた神道碑にはなりたくない。それは、墓土が乾かぬうちに、早くも墓主の名声が消滅してしまうものだから。

また、お役人の墓道の傍らに立つ徳政碑にもなりたくない。それは、実事を彫らずに空虚なお世辞を彫るものだから。できれば、忠臣の段秀実や顔真卿の石碑となって、段太尉や顔太師の文字を彫りたいもの。この二個の堅く真っ直ぐな石に字を刻み、二人の忠烈ぶりを述べたいものだ。その忠義心は石のように堅くて動くことはなく、その節義に殉じた操は石のようにしっかりして揺らぐことはなかった。段秀実碑は、彼が叛賊朱泚を面罵した時の情景を見るようであるし、顔真卿碑は、彼が逆賊李希烈を叱咤した際の場面を見るようである。このような名人の石碑は、それぞれに姓名や謚《おくりな》を書きしるし、一石は高い山の上に置き、一石は水底に沈めておく。そうすれば、仮に陵《おか》が谷に代わっても石碑だけは残るであろうし、対象者の骨が塵土になっても名声は死滅しないであろう。

こうして世間の不忠不義の臣下に、この忠臣の石碑を見て心根を改めて永遠に二人の人格を敬慕させるようにし、二人の人格を敬慕して天子によく仕えることを奨励したいのだ。

語釈 ○青石出自藍田山　「藍田山」は、長安（陝西省西安市）の東南郊外にある山。長安南山の東端に位置する。美玉（藍田玉石）を産することで有名。「青」色は、いわゆる青色のほかに、広く緑色や藍色を含む。○兼車連載　重い石を運ぶために、連結した大型車で運んだ。「連」は、神田本に従う。那波本他の各本は「運」に作る。○石不能言　石は物を言えない。『左氏伝』昭公八年に、「石、言ふこと能はず」と。

○人家　人。「家」は、「人」の量詞。「家」の意はない。「星座」「車両」の「座」「両」に同じ。○神道碣　墓道（神道）に建てた故人の功徳を記した墓石（碣）。○墳土未乾　新墓の盛り土が乾かぬうちに。短時間に。初唐の駱賓王が則天武后の政権簒奪を非難した「李敬業に代はりて武氏を討つ檄」（『全唐文』巻一九九）に、「一坏の土未だ乾かざるに、六尺の孤いづくにかある」と。「一坏」は一に「一抔（いっぽう）」に作る。

○官家　お役人。おかみ。「家」は、「人家」と同じく「官」の量詞。○徳政碑　故人の徳ある政績を述べた石碑。○不鐫実録鐫虚詞　「鐫」は、彫り刻む。「虚詞」は、空虚なお世辞。那波本他は「虚辞」に作る。巻二、秦中吟「立碑」（〇〇八〇）に、「勲を銘すれば悉く太公、徳を叙すれば皆仲尼」と。「太公」は太公望呂尚、「仲尼」は孔子。○段氏　段秀実（七一九―七八三）。玄宗・粛宗・代宗・徳宗に仕えて功績があった。建中四年（七八三）、叛賊の朱泚を面罵して、逆に殺害された。徳宗によって、「忠烈」と諡され、「太尉」を追贈された（『旧唐書』巻一二八・『新唐書』巻一五三、段秀実伝）。巻一「唐生に寄す」詩（〇〇三三）注に、「段太尉、笏を以て朱泚を撃つ」と。○顔氏　顔真卿（七〇九―七八四）。段氏と同じく玄宗・粛宗・代宗・徳宗に仕えて功績があった。玄宗時の安禄山の乱では、義軍を起こして功績があった。建中二年（七八一）、太子太師に任命された。興元元年（七八四）、逆賊李希烈の誘惑脅迫に屈せず、絞殺された。貞元元年（七八五）、「文忠」と諡された（『旧唐書』巻一二八・『新唐書』巻一五三、顔真卿伝）。能書家で知られる。巻一「唐生に寄す」詩（〇〇三三）注に、「顔尚書、李希烈を叱る」と。○雕鏤　文字をほりつける。刻みこむ。○太尉　最高官職の三公（太尉・司徒・司空）の一（『旧唐書』巻四十三・職官二）。正一品。○太師　最高官職の三師（太師・太傅・太保）の一（『旧唐書』巻四十三・職官二）。正一品。○死節　節義を守って死ぬ。『楚辞』九章「惜往日」に、「或は忠信にして節に死す」と。○朱泚　前掲の「段氏」の語釈参照。○叱

呵　叱りつける。〇希烈　李希烈。前掲の「顔氏」の語釈参照。〇名謚　姓名や謚。一に「名氏」に作る。〇陵谷雖遷　陵が谷に、谷が陵に変遷するように、長い年月を経ても、の意。『詩経』小雅「十月之交」に、「高岸谷と為り、深谷陵と為る」と。〇改節　主義を改める。

余説　清の乾隆帝『唐宋詩醇』巻二十の御批に、「『石不能言我代言』は、端を発すること奇特なり。後半には二人を表出し、写して凜凜として生気有るを得たり。不忠不烈なる者之を読めば、故（とも）より応に汗下るべし」と。『十訓抄』序に、「すべて之をいふに虚しき辞をかざらず、ただ実のためしを集む。道の傍の碑の文をはこひねかはざるこころなり」と。菅原道真の「端午の日艾人を賦す」詩（『菅家文草』巻四）に、「縦ひ筋骨を焚くとも名を焚かじ」と。

0148　兩朱閣　刺㆓佛寺寖多㆒也。

兩朱閣《りやうしゆかく》　佛寺《ぶつじ》の寖《やうや》く多《おほ》きを刺《そし》るなり。

解題　「新楽府」その二十四。徳宗の二人の公主の没後、その華美な邸宅が仏閣に変わり、平民の住居が奪われたことを非難した詩。

兩朱閣　兩朱閣
南北相竝起
借問何人家
貞元雙帝子」
帝子吹レ簫雙得レ仙
五雲飄颻迎上レ天
第宅亭臺不㆓將去㆒
化爲㆓佛寺㆒在㆓人間㆒」

兩朱閣《りやうしゆかく》　兩朱閣《りやうしゆかく》、
南北《なんぼく》に相竝《あひなら》びて起《た》てり。
借問《しやもん》す　何人《なんぴと》の家《いへ》ぞと、
貞元《ていげん》の雙《ふた》りの帝子《ていし》なり。」
帝子《ていし》　簫《せう》を吹《ふ》きて　雙《なら》びに仙《せん》を得《え》、
五雲《ごうん》　飄颻《へうえう》として　迎《むか》へて天《てん》に上《のぼ》れり。
第宅《ていたく》　亭臺《ていだい》　將《も》ち去《さ》らざれば、
化《くわ》して佛寺《ぶつじ》と爲《な》して　人間《じんかん》に在《あ》り。」

粧閣妓樓何寂靜
柳似㆓舞腰㆒池似㆑鏡
花落黄昏悄悄時
不㆑聞㆓歌吹㆒聞㆓鐘磬㆒」
寺門勅牓金字書
尼院佛庭寬有㆑餘
青苔明月多㆓閑地㆒
比屋齊人何處居」
憶昨平陽宅初置
呑㆓併平人幾家地㆒
仙去雙雙作㆓梵宮㆒
漸恐人家盡爲㆑寺」

粧閣《さうかく》　妓樓《ぎろう》　何《なん》ぞ寂靜《せきせい》たる、
柳《やなぎ》は舞腰《ぶえう》に似《に》　池《いけ》は鏡《かがみ》に似《に》たり。
花《はな》は落《お》つ　黄昏《くわうこん》　悄悄《せうせう》の時《とき》、
歌吹《かすい》を聞《き》かず　鐘磬《しようけい》を聞《き》くのみ。」
寺門《じもん》の勅牓《ちよくばう》　金字《きんじ》の書《しよ》、
尼院《にゐん》　佛庭《ぶつてい》　寛《ひろ》くして餘《あま》り有《あ》り。
青苔《せいたい》　明月《めいげつ》　閑地《かんち》多《おほ》く、
比屋《ひをく》の齊人《せいじん》　何處《いづく》にか居《を》らん。」
憶《おも》ふ昨《むかし》　平陽《へいやう》の宅《たく》　初《はじ》めて置《お》きしとき、
平人幾家《へいじんいくか》の地《ち》を呑併《どんぺい》せしを。
仙去《せんきよ》して　雙雙《さうさう》　梵宮《ぼんきゆう》と作《な》れば、
漸《やうや》く恐《おそ》る　人家《じんか》　盡《ことごと》く寺《てら》と爲《な》らんことを。」

起・子（上聲、止韻）。仙（下平聲、仙韻）、天（下平聲、先韻）、閒（上平聲、山韻）……仙・先韻は同用、山韻は通押。靜（上聲、靜韻）、鏡（去聲、映韻）、磬（去聲、徑韻）……靜・映・徑韻は通押。書・餘・居（上平聲、魚韻）。置・寺（去聲、志韻）、地（去聲、至韻）……志・至韻は同用。

通釈　二棟の朱塗りの楼閣、二棟の朱塗りの楼閣が、長安市街に南北に相並んで建っている。これはどなたの家かと尋ねれば、貞元朝（徳宗）の二人の姫君のお屋敷だそうな。

姫君は二人とも昔の弄玉のように簫を吹いて仙人になられ、五色の雲がゆらゆらたなびく中を昇天された。その際、邸宅やあずまやと楼台は持っていくことはなく、その後仏寺となってこの人間界に残されたのである。

今では二人が住まわれた粧閣や妓女用の妓楼の何と静寂なことか、庭の柳は妓女の舞いの腰のように撓《たわ》んでおり、池は鏡のように澄んでいる。春の花散る静かな夕暮れ、かつての歌舞管弦の音は聞こえず、お寺の鐘や磬の音が響いてくるばかり。

寺の門には徳宗の宸筆になる金文字の勅額が掛かり、境内は尼寺やお寺の庭があり余るほどの広さであり、苔むす庭を明月が照らして無用の空地だらけである。そのために、長屋住まいの平民はどこに住もうにも住む処がない有り様である。

思えば昔、漢の平陽公主（貞元の二公主）の邸宅が初めて建設された時、平民の何軒分の土地住居が没収されたことであろう。お二人亡きあと、二邸宅ともそっくり仏寺に変わってしまった。この分だと、民家もやがて全て仏寺になってしまわないかと心配だ。

語釈　○朱閣　朱塗りの楼閣。○南北相並起　次の「貞元双帝子」の語釈に示すように、「両朱閣」が徳宗の第二女義陽公主、第三女義章公主の両邸宅を指すとすれば、清の徐松『唐両京城坊考』巻二には、義陽公主宅は崇仁坊（南）、義章公主宅は大寧坊（北）にあるとしており、両者は間に安興坊・永興坊を挟んでやや斜めに位置する。○貞元双帝子　「貞元」は徳宗の年号（七八五―八〇四）。「帝子」は、『楚辞』九歌「湘夫人」に、「帝子北渚に降る」と。湘君・湘夫人は尭帝の二女姉妹。ここは徳宗の二公主を指す。「双帝子」について、陳寅恪『元白詩箋証稿』は、徳宗の第二女義陽公主、第三女義章公主に言及する。

○吹簫双得仙　「双得仙」は、徳宗の二公主の薨去をいう。「吹簫」は、蕭史・弄玉の故事を指す。秦の穆公の女《むすめ》の弄玉が、簫を善く吹く蕭史の妻となり、二人とも上仙した。『列仙伝』参照。『新唐書』巻八十三・徳宗十一女伝によれば、二女の憲穆公主の封地は義陽、三女の荘穆公主の封地は義章である。その名称から「穆公」を連想したか。○五雲　宮殿や天宮に立ち上る五色の雲。○飄颻　ひらひら、ふわふわ。畳韻語。○上天　上天する。貴人の薨去をいう。○将去　持ち去る。○人間　人間世界。世間。

○粧閣　婦女用の楼閣。○妓楼　妓女用の楼閣。○歌吹　歌舞や管弦。二公主の生前時の居宅の様子。○鐘磬　鐘や磬（石製の打楽器）の音。二公主の死後に居宅が仏寺となって以後の様子。

○勅牓　皇帝（徳宗）宸筆による扁額。○比屋　軒を並べた住まい。長屋。○斉人　平民。「斉」字、那波本他諸本は「疲」に作る。○

何処居　いったいどこに住むのか。那波本他諸本は「無処居」（住む処が無い）に作る。〇平人　平民。〇梵宮　仏寺。〇平陽　漢の武帝の姉の平陽公主。『漢書』漢九十七上・孝武衛皇后伝を参照。ここは義陽・義章公主をいう。

余説　大江通国「新楽府廿句和歌題序、晩夏同に白氏文集楽府廿句を詠む、和歌一首付小序」（『朝野群載』巻一所収）に、この詩の「池似鏡」を句題として大江通国が和歌を詠んでいる。
藤原基俊『新撰朗詠集』巻下、古京付故宅に、「粧閣妓楼何ぞ寂静なる　柳は舞腰に似たり池は鏡に似たり」と。

0149　西涼伎　刺二封疆之臣一也。

西涼伎《せいりやうぎ》　封疆《ほうきやう》の臣《しん》を刺《そし》るなり。

西涼伎　西涼伎　　西涼伎《せいりやうぎ》　西涼伎《せいりやうぎ》、
假二面胡人一假二獅子一　　面《めん》を胡人《こじん》に假《か》り　獅子《しし》に假《か》る。
刻レ木爲レ頭絲作レ尾　　木《き》を刻《きざ》みて頭《かしら》を爲《つく》り　絲《いと》もて尾《を》と作《な》せり、
金鏤二眼睛一銀帖レ齒　　金《きん》もて眼睛《がんせい》に鏤《は》め　銀《ぎん》もて齒《は》に帖《は》れり。
奮二迅毛衣一擺二雙耳一　　毛衣《まうい》を奮迅《ふんじん》し　雙耳《さうじ》を擺《はら》ふ、
始從二流沙一來萬里」　　始《はじ》めて流沙《りうさ》より來《きた》ること萬里《ばんり》。」
紫髯深目兩胡兒　　紫髯深目《しぜんしんもく》の兩胡兒《りやうこじ》、
鼓舞跳梁前致レ詞　　鼓舞跳梁《こぶてうりやう》して　前《すす》みて詞《し》を致《いた》す。

解題　「新楽府」その二十五。老いた出征兵の口を借り、辺境防備の将軍が本来の職務を忘れて西涼渡来の舞楽に興じる現状を非難した詩。元稹・李紳にも新題楽府「西涼伎」がある（『元氏長慶集』巻二十四）。

道是涼州未レ陷日
安西都護進來時」
須臾云得二新消息一
安西路絶歸不レ得」
泣呼二獅子一涙雙垂
涼州陷沒知不レ知
獅子迴レ頭向レ西望
哀吼一聲觀者悲」
貞元邊將愛二此曲一
醉坐笑看看不レ足
娯レ賓犒レ士宴二監軍一
獅子胡兒長在レ目」
有二一老人一年七十
見レ弄二涼州一低レ面泣」
泣罷斂レ手白二將軍一
主憂臣辱昔所レ聞」

道《い》ふは是《こ》れ　涼州《りやうしう》　未《いま》だ陷《おち》いらざる日《ひ》、
安西都護《あんせいとご》　進《すす》み來《きた》る時《とき》なりと。」
須臾《しゆゆ》にして云《い》ふ　新消息《しんせうそく》を得《え》たり、
安西《あんせい》の路絶《みちた》え　歸《かへ》ること得《え》ずと。」
泣《な》いて獅子《しし》を呼《よ》び　涙雙《なみだなら》び垂《た》る、
涼州《りやうしう》の陷沒《かんぼつ》　知《し》るや知《し》らずや。
獅子《しし》も頭《かうべ》を迴《めぐ》らせて　西《にし》に向《む》かひて望《のぞ》み、
哀吼一聲《あいこういつせい》　觀《み》る者《もの》をして悲《かな》しましむ。」
貞元《ていげん》の邊將《へんしやう》　此《こ》の曲《きよく》を愛《あい》し、
醉《ゑ》ひて坐《ざ》し　笑《わら》ひ看《み》て　看《み》れども足《た》らず。
賓《ひん》を娯《たのし》ましめ　士《し》を犒《ねぎら》ひ　監軍《かんぐん》を宴《えん》するは、
獅子《しし》と胡兒《こじ》と　長《なが》く目《もく》に在《あ》り。」
一老人《いちらうじん》有《あ》り　年《とし》は七十《しちじふ》、
涼州《りやうしう》を弄《ろう》するを見《み》　面《おもて》を低《た》れて泣《な》く。」
泣《な》き罷《や》み　手《て》を斂《をさ》めて　將軍《しやうぐん》に白《まう》す、
主憂《しゆうれ》ふとき臣《しん》辱《はづかし》めらるとは　昔《むかし》より聞《き》きし所《ところ》。」

自㆓從天寶兵戈起㆒
犬戎日夜呑㆓西鄙㆒
涼州陷來四十年
河隴侵將七千里」
平時安西萬里疆（平時開遠門外立㆑堠云、去㆓安西㆒九千九百里、以示㆓戎人不㆑爲㆓萬里行㆒、其實就盈數矣。今蕃漢使往來、悉於㆓隴州㆒交㆑馬焉也。）
今日邊防在㆓鳳翔㆒」
緣邊空屯十萬卒
飽食溫衣閑過㆑日」
遺民腸斷在㆓涼州㆒
將卒相看無㆑意㆑收
天子每㆑思常痛惜
將軍欲㆑說合㆓慙羞㆒」
奈何仍看㆓西涼伎㆒
取㆑笑資㆑歡無㆑所㆑愧
縱無㆓智力㆒未㆑能㆑收
忍㆓取西涼弄爲㆑戲」

天寶《てんぽう》に　兵戈《へいくわ》の起《お》こりしより、
犬戎《けんじゆう》　日夜《にちや》　西鄙《せいひ》を呑《の》む。
涼州《りやうしう》陷《お》ちてより來《このかた》　四十年《しじふねん》、
河隴《かろう》　侵將《しんしやう》せらるること　七千里《しちせんり》。」
平時《へいじ》の安西《あんせい》は　萬里《ばんり》の疆《きやう》、
今日《こんにち》の邊防《へんばう》は　鳳翔《ほうしやう》に在《あ》り。」
緣邊《えんぺん》に空《むな》しく屯《とん》す　十萬卒《じふまんそつ》、
飽食《はうしよく》　溫衣《をんい》して　閑《かん》に日《ひ》を過《す》ごす。」
遺民《ゐみん》　腸斷《ちやうだん》して　涼州《りやうしう》に在《あ》るも、
將卒《しやうそつ》　相看《あひみ》て　收《をさ》むるに意《い》無《な》し。
天子《てんし》　思《おも》ふ每《ごと》に　常《つね》に痛惜《つうせき》したまひ、
將軍《しやうぐん》　說《と》かんと欲《ほつ》して　合《まさ》に慙羞《ざんしう》すべし。」
奈何《いかん》ぞ　仍《しき》りに西涼伎《せいりやうぎ》を看《み》、
笑《わら》ひを取《と》り　歡《よろこ》びに資《し》して　愧《は》づる所無《ところな》き。
縱《たと》ひ智力無《ちりよくな》くして　未《いま》だ收《をさ》むる能《あた》はざるも、
西涼《せいりやう》をば弄《ろう》して戲《たはむ》れと爲《な》すに忍取《しの》びんや。」

伎・伎（上聲、紙韻）、子・齒・耳・里（上聲、止韻）、尾（上聲、尾韻）……紙・止韻は同用、尾韻は通押。兒（上平聲、支韻）、詞・時（上平聲、之韻）……支・之韻は同用。息（入聲、職韻）、得（入聲、德韻）……職・德韻は同用。垂・知（上平聲、支韻）、悲（上平聲、脂韻）……支・脂韻は同用。曲・足（入聲、燭韻）、目（入聲、屋韻）……燭・屋韻は同用。十・泣（入聲、緝韻）。軍・聞（上平聲、文韻）。起・里（上聲、止韻）、鄙（上聲、旨韻）……止・旨韻は同用。彊・翔（下平聲、陽韻）。卒（入聲、術韻）、日（入聲、質韻）……術・質韻は同用。州・收・羞（下平聲、尤韻）。伎（上聲、紙韻）、愧（去聲、至韻）、戲（去聲、寘韻）……至・寘韻は同用、紙韻は通押。

通釈　西涼来の舞伎、西涼来の舞伎。仮面をつけた胡人が獅子のように舞う。獅子は木を彫った獅子頭と糸で編んだ尾、眼には金紙、歯には銀紙を貼りつけ、毛深い衣裳を奮い立たせて左右の耳を振る。そのさまは遥か涼州の砂漠から万里を経て長安に来たばかりのよう。

眼のくぼんだ赤ひげの二人の胡人が、太鼓に合わせて舞ったり跳ねたりしながら、進み出て言う、「この獅子舞は、涼州がまだ吐蕃（チベット）に陥落しなかった時分、安西都護府様が献上されたものでございます」と。すぐに続けてまた言う、「近頃得た新しい情報によりますと、安西への通路は吐蕃のために断絶し、故郷へは帰れぬそうです」と。

胡人は泣きながら獅子に呼びかけ、両眼から涙を流しながら言う、「涼州が吐蕃に陥落したのをお前は知ってるかい？」と。すると獅子は頭を回して西方を見上げ、一声哀しく吼えたて、それを観る者はいっそう悲しくなる。

徳宗の貞元の頃、辺境を守る将軍はこの獅子舞曲を愛好し、ほろ酔いで着座して笑いながらこの舞曲を観て見飽きることがない。彼らが賓客をもてなし、兵士をねぎらい、幹部で宴会を開く時は、いつもこの獅子と胡人の獅子舞が演目に上がったものだ。

時に一人の年の頃七十ほどの老いた出征兵士が、涼州舞曲を見るや顔を伏せて泣きだした。泣きやむと、手を合わせて恭しく将軍に申し上げる。「私は昔から、主君に憂患があれば臣下も恥を知るべきと聞いています。

天宝の世に安禄山の乱が起きてからというもの、吐蕃が昼となく夜となく西方の辺境を併呑しています。涼州が陥落して四十年、今や河西や隴右一帯は七千里（約四〇〇〇キロメートル）に渡って吐蕃に侵略されています。昔の平和時には前線の安西都護府は都から万里（約五六〇〇キロメートル）も離れた遠地に置かれていましたが、今日の辺境防衛線は都の西方僅か一五〇キロメートルの鳳翔に在ります。

そこには国境沿いに十万もの兵士を無駄に駐屯させており、彼らは温かい服を着て腹一杯食べ、終日ブラブラと過ごしています。

ところが、吐蕃に侵略された涼州に残された遺民は腸《はらわた》もちぎれるような思い。なのに大将も兵士も顔を見合わせるだけで、失地回復の意思もありません。天子様はこのことを思って常に心を痛めておられますが、辺境の将軍は国境防備を口にしようものなら恥ずかしくなることでしょう。

そうであるのに、ここにいる将軍や兵士が西涼から来た舞楽を見物し、笑ったり喜んだりして恥じることもないとはどういうことでしょう。仮に自分に失地回復をする能力が無いとしても、西涼来の舞楽を戯れに喜ぶなんてよくもできたものです」と。

語釈　○西涼伎　当時長安で流行していた西涼（甘粛省涼州）渡来の獅子舞。「伎」は、伎楽、楽舞。唐の段安節『楽府雑録』亀茲部に、「戯に五方獅子有り。高さ丈余、各ゝ五色を衣（き）る。一獅子毎（とご）に十二人有り、紅抹の額を戴き、画衣を衣（き）、紅払子を執る、之を獅子郎と謂ふ」と。我が国の獅子舞のルーツを連想させる。○金鏤眼睛銀帖歯　眼は金紙を、歯には銀紙を貼りつける。「鏤」は、めっきをする。ここは、ぴったり貼りつける。○擺　振り払う。○始　……したばかり。副詞。「才」に同じ。那波本他諸本は「如」に作る。○流沙　砂漠。

○紫髯　赤ひげ。○涼州　甘粛省付近の地名。西域路の要衝。○安西都護　今の新疆ウイグル自治区庫車に置かれた安西都護府（の長官）。

○須臾　急に。畳韻語。

○貞元　徳宗朝の年号（七八五—八〇四）。順宗（在位八〇五年）を挟み、「新楽府」が詠まれた憲宗元和朝の直近の年号。○娯賓犒士　賓客を楽しませ、兵士をねぎらう。○監軍　軍隊の監視役。幹部。通行本は「三軍」（全軍）に作る。○在目　演目に上がる。上演される。「目」は、題目、演目。
○有一老人年七十　旧鈔本の幾つかは「有老夫征年七十」とし、刊本系では「有一征夫年七十」に作る。
○斂手　手を合わせる。敬礼のしぐさ。○主憂臣辱　主君に憂患があれば、臣下も恥を知るべきと思う。『史記』巻四十一・越王句践世家に、「臣聞く、主憂へば臣労し、主辱めらるれば臣死す、と」。
○天宝兵戈　安禄山の乱（天宝十四－十五年、七五五－五六）をいう。○犬戎　吐蕃（チベット）を指す。○西鄙　西方の辺地。○涼州陥来四十年　巻三「伝戎人」（〇一四四）に、「自ら云ふ、郷貫は本（とも）涼源、大暦年初（七六六）蕃に没落せり。一たび蕃中に落ちて四十載」と。『元和郡県志』巻四十に、「涼州武威郡、……広徳二年（七六四）西蕃に陥つ」とあり、また『資治通鑑』巻二二三、代宗広徳二年条に、「吐蕃、涼州を囲む」とあるのを含み、この前後にしばしば中国西域に侵寇している。広徳二年は「新楽府」が詠まれた憲宗元和四年（八〇九）年から四十五年前。陳寅恪『元白詩箋証稿』（上海古籍出版社、一九七八年）参照。○河隴　河西と隴右。甘粛省西部をいう。○侵将　侵略される。「将」は、動詞につけて動作状態の継続を表す助辞。
○平時安西万里彊　自注に、「平時、開遠門外に堠を立てて云ふ、『安西に去（ゆ）くこと九千九百里』と、以て戎人の万里に行くことを為さざるを示すも、其の実就（はすな）ち盈数なり。今、蕃漢使の往来するは、悉く隴州において馬を交（か）ふなり」と。自注は神田本による。元稹「西涼伎」の「開遠門前万里堠」句にも同様の注がある。「開遠門」は、長安西門の最北門。「堠」は、里程標。「盈数」は、千、万等の整数の意。○鳳翔　陝西省岐山の西の地名。長安の西約一五〇キロメートルにある。○飽食温衣　腹一杯食べ、温かい衣服を着る。『孟子』滕文公上篇に、「人の道有るや、飽食煖衣、逸居して教え無ければ、則ち禽獣に近し」と。
○遺民　取り残された民人。○将卒　神田本は「将軍」に誤る。後句に「将軍」の文字があることによる誤写か。
○忍取　しのぶ。たえる。「取」は、意味を強める助字。

余説　清の乾隆帝の『唐宋詩醇』巻二十の御批に、「前半に事を叙するに、却つて『応似涼州未陥日』の二句を挿入す。所謂『横空盤硬語』（韓愈の「薦士」詩の句。難解な字句を並べる意。ここは、行文に曲折があるの意か）なり。『涼州陥来四十年』の四句は、前と相映ず。筆力は奡（古代の大力者）を排し、彷彿として杜（甫）に似たり。結処は仍ほ是れ香山（白居易）の本色なり」と。

0150　八駿圖

誡㆓奇物㆒懲㆓佚遊㆒也。

八駿《はちしゅん》の圖《づ》　奇物《きぶつ》を誡《いまし》め佚遊《いついう》を懲《こ》らすなり。

解題　「新楽府」その二十六。八頭立ての名馬に乗って天下を経巡った周の穆王を描いた「八駿図」を詠み、天子が政治をなおざりにして珍奇な物を愛玩し、放蕩に耽ることを戒め懲らしめた詩。

穆王八駿天馬駒
後人愛レ之寫爲レ圖」
背如レ龍兮頸如レ鳥
骨竦筋高脂肉少」
日行萬里速如レ飛
穆王獨乘何所レ之
四荒八極踏欲レ遍
三十二蹄无二歇時一
屬車軸折趁不レ及
黄屋草生棄若レ遺」
瑤池西追二王母讌一
七廟經レ年不二親薦一」
璧臺南與二盛姬一遊
明堂不三復朝二諸侯一

穆王《ぼくわう》の八駿《はちしゆん》　天馬《てんば》の駒《こま》、
後人《こうじん》　之《これ》を愛《あい》して　寫《うつ》して圖《づ》と爲《な》す。」
背《せ》は龍《りよう》の如《ごと》く　頸《くび》は鳥《とり》の如《ごと》く、
骨竦《ほねそばだ》ち　筋高《すぢたか》く　脂肉少《しにくすく》なし。」
日《ひ》に行《ゆ》くこと萬里《ばんり》　速《はや》きこと飛《と》ぶが如《ごと》く、
穆王《ぼくわう》　獨《ひと》り乘《の》りて　何《いづ》くに之《ゆ》く所《ところ》ぞ。
四荒八極《しくわうはちきよく》　踏《ふ》みて遍《あまね》からんと欲《ほつ》し、
三十二蹄《さんじふにてい》　歇《やす》む時无《ときな》し。
屬車《ぞくしや》　軸折《ぢくを》れて　趁《お》はんとして及《およ》ばず、
黄屋《くわうをく》　草生《くさお》ひ　棄《す》てて遺《わす》るるが若《ごと》し。」
瑤池《えうち》　西《にし》のかた王母《わうぼ》の讌《えん》を追《お》ひ、
七廟《しちべう》　年《とし》を經《へ》て　親《みづか》ら薦《すす》めず。」
璧臺《へきだい》　南《みなみ》のかた盛姬《せいき》と遊《あそ》び、
明堂《めいだう》　復《ま》た諸侯《しよこう》を朝《てう》せしめず。

白雲黃竹歌聲動
一人荒樂萬人愁」
周從二后稷一至二文武一
積レ德累レ功世勤苦」
豈知纔及二五代孫一
心輕二王業一如二灰塵一」
由來尤物不レ在レ大
能蕩二君心一則爲レ害」
文帝却レ之不レ肯レ乘
千里馬去漢道興」
穆王得レ之不レ爲レ誡
八駿駒來周室壞
至レ今此物世稱レ珍
不レ知房星之精下爲レ恠
八駿圖　君莫レ愛」

白雲《はくうん》　黃竹《くわうちく》　歌聲《かせい》動《うご》き、
一人荒樂《いちにんくわうらく》して　萬人《ばんにん》愁《うれ》ふ。」
周《しう》は　后稷《こうしよく》より文武《ぶんぶ》に至《いた》るまで、
德《とく》を積《つ》み　功《こう》を累《かさ》ねて　世〻《よよ》勤苦《きんく》す。」
豈《あ》に知《し》らんや　纔《わづ》かに五代《ごだい》の孫《そん》に及《およ》び、
心《こころ》に王業《わうげふ》を輕《かろ》んずること灰塵《くわいぢん》の如《ごと》しとは。」
由來《ゆらい》　尤物《いうぶつ》は大《だい》に在《あ》らず、
能《よ》く君《きみ》の心《こころ》を蕩《とろ》かせば　則《すなは》ち害《がい》と爲《な》す。」
文帝《ぶんてい》　之《これ》を却《しりぞ》けて　乘《の》るを肯《がへん》ぜず、
千里《せんり》の馬去《うまさ》りて　漢道興《かんだうおこ》る。」
穆王《ぼくわう》　之《これ》を得《え》て　誡《いまし》めと爲《な》さず、
八駿《はちしゆん》の駒來《こまきた》りて　周室壞《しうしつやぶ》る。
今《いま》に至《いた》るまで　此《こ》の物《もの》　世〻《よよ》珍《ちん》と稱《しよう》す、
知《し》らず　房星《ばうせい》の精《せい》　下《くだ》りて恠《くわい》を爲《な》すを。
八駿《はちしゆん》の圖《づ》　君《きみ》　愛《あい》すること莫《な》かれ。」

駒（上平聲、虞韻）、圖（上平聲、模韻）……虞・模韻は同用。鳥（上聲、篠韻）、少（上聲、小韻）……篠・小韻は同用。飛

（上平聲、微韻）、之・時（上平聲、之韻）、遺（上平聲、脂韻）……之・脂韻は同用、微韻は通押。讌・薦（去聲、霰韻）。遊・愁（下平聲、尤韻）、侯（下平聲、侯韻）……尤・侯韻は同用。武（上聲、麌韻）・苦（上聲、姥韻）……麌・姥韻は同用。孫（上平聲、魂韻）・塵（上平聲、眞韻）……魂・眞韻は通押。大・害（去聲、泰韻）。乘・興（去聲、證韻）。誡・壞・佐（去聲、怪韻）、愛（去聲、代韻）……怪・代韻は通押。

通釈 周の穆王は八頭立ての駿馬に乗って天下を経巡ったが、後人はこの故事を好んでよく「八駿の図」を描いた。描かれた八駿は背中は龍のようであるし、首筋は鳥のよう、骨格はそそりたち、盛り上がった筋肉に脂分はほとんどない。

一日に万里を飛ぶように早く駆ける駿馬、穆王はこの名馬に乗って何処へ行こうとするのか。天下四方八方を遍くこの駿馬で踏破しようとすれば、八頭三十二本の脚は休む時がない。お供の車は車軸が折れて追いつけず、天子のお召し車は道ばたに乗り捨てられて雑草が生えている。

穆王の行き先は西のかた瑶池のほとりで開かれる西王母の宴席であり、そのため周の先祖の七世の祖廟には何年も自ら供物をささげられたことがない。

また南方へ赴いては重璧台で盛姫と遊び戯れ、政務を執る明堂に諸侯に朝見させることもしない。西王母と白雲や黄竹の歌を歌い合ったりして、天子が逸楽に耽れば万民が愁い苦しむありさま。

周王朝は始祖の后稷から文王・武王に至るまで、徳行を積み重ねて代々苦労してきた。

五代目の子孫（穆王）になって、帝王の業務を塵芥のように軽視する王が出ようとは思いもよらなかった。

本来、珍奇な物は見かけの立派さにあるのではなく、天子の心をとろかすものこそが害をもたらすのだ。

漢の文帝は献上された千里馬を返還して乗らず、そのために漢の政道は興隆した。

一方、周の穆王は駿馬を得て、それを戒めとせずに乗り回したために、八駿馬が登場して周王朝は崩壊したのである。

今日に至るまで世間ではこの八駿馬を珍重するが、実は名馬は天上の房星の精が地上に下りたもので、奇怪な行動をするものであることをご存じない。であるから、諸君よ、八駿の図をむやみに愛好してはいけないのだ。

語釈　○穆王八駿　「穆王」は、周の第五代王の名。後出「五代孫」の語釈参照。『穆天子伝』巻一に、「天子の駿は赤驥・盗驪・白義・踰輪・山子・渠黄・華騮・緑耳」と。また、徳宗が八駿に乗って蜀へ行幸したことについて、宋の葉廷珪『海録砕事』巻二十二下に、「徳宗八馬を以て蜀に幸す。七馬道に斃（たふ）れ、唯だ望雲騅のみ来往頓（たふ）れざるも、後に天厩に死す。元稹、歌を作る」とある。元稹に「望雲騅馬歌」（『元氏長慶集』巻二十四）、「八駿図詩」（『元氏長慶集』巻三）があり、更に柳宗元にも「観八駿図説」（『柳河東集』巻十六）がある。白居易詩は、「八駿図」から政治批判を展開する点では、より柳宗元詩に近い。これら白居易―元稹―柳宗元の諸作間に密接な踏襲関係は認められないが、陳寅恪『元白詩箋証稿』二三三頁は、「蓋し此れ乃ち当時の風気なり」と述べる。○後人愛之写為図　この詩との関係は不明だが、「八駿図」の画目を残す唐以前の画師に、晋の江道碩、晋の史道碩、唐の韓幹等がいる。
○烏・少　神田本に従う。各本は「象」「壮」に作る。
○四荒八極　四方八方。世界の隅々まで。○黄屋　天子を象徴する黄色に装飾した幌車。
○瑤池西追王母讌　「瑤池」は、古代伝説上の仙女西王母が住む昆侖山上の池。『穆天子伝』巻三に、「天子、西王母を瑤池の上（ほとり）に觴（うたげ）す」と。○七廟　天子の七世の祖廟。『礼記』王制篇に、「天子七廟」と。
○璧台南与盛姫遊　「璧台」は穆天子が築いた華美な宮殿。「重璧台」とも。「盛姫」は盛伯の女（むすめ）。共に『穆天子伝』巻六に見える。
○明堂　古代、帝王が祭祀や政務を行った場所。○白雲黄竹歌声動　「白雲」「黄竹」、共に『穆天子伝』巻三・五に見える古代歌曲の名。
○一人　天子をいう。
○周従后稷至文武　「后稷」は、周の始祖の名。「文武」は、周の文王・武王。共に周の建国と繁栄に功績があった。『史記』巻四・周本紀参照。
○五代孫　周の穆王をいう。周朝の武王・成王・康王・昭王・穆王の五代目。「五」字、神田本は、「四」に作るが、諸本により改める。
○由来　そもそも。本来。神田本の旧訓「もとより」。○尤物　特に優れた物。○大　大きい、見かけが立派である。○蕩　とろける。溺れる。
○文帝・千里馬　漢の文帝が、献上された千里馬を「朕千里の馬に乗るも、独り先づ安くにか之（ゆ）かん」として返還した故事。『漢書』巻六十四下・賈捐之伝にこの故事を引き、「此の時に当たり、逸游の楽は絶え、奇麗の賂は塞がり、鄭衛の倡は微（な）し」と。
○房星　房宿。さそり座。二十八宿の一。車馬を司る。

余説　『平治物語』巻二・待賢門軍付信頼没落事に、「人なみなみに馬に乗らむと、引き寄せたれども、……逸り切つたる逸物なれば……放たば天へも飛びぬべし。穆王八匹の天馬の駒も、かくやと覚ゆるばかりにて……」と。

『源平盛衰記』巻十四・周朝八匹馬事に、「昔、周の穆王と申す帝御座き。或人駿馬八匹を献る。彼の馬一日に行く事万里なれば、鳥の飛ぶよりも猶速か也。穆王独り愛して乗レ之給ひ、四荒八極に至りつゝ、都に還御なかりければ、七廟の祭も怠り、万機の政も絶えにけり。去る間には民愁ひ国荒れて、穆王終に亡びにけり。されば白楽天は、戒二奇物一とて、奇しき乗物を不レ用とぞ書かれたりける。漢の文帝の御時、一日に千里を行く馬を奉りたりけるには、帝の仰に、御幸の時には必ず千官万乗相従ふ、我独り千里の馬に乗つて先立つて行くべきに非ずとて、遂に用ひ給ふ事なかりけり。依レ之民富み国治まれり。木下丸もいなゝきいさむにして、天下無双の奇物也けるをや。かゝる不思議も出で来にけり。昔、周帝は八匹の馬を愛して、穆王遂に亡びけり。今の仲綱は一匹の馬故に、一門悉く絶えぬる事こそ哀れなれ」と。

『太平記』巻一・後醍醐天皇御治世事付武家繁昌事に、「古を引て今を視るに、行跡甚だ軽くして人の嘲を不レ顧、政道不レ正して民の弊を不レ思、唯日夜に逸游を事として、前烈を地下に羞かしめ、朝暮に奇物を翫びて、傾廃を生前に致さんとす」と。

同じく巻十三・竜馬進奏事に、「其相形げにも尋常の馬に異なり。骨挙り筋太くして脂肉短し。頸は雞のごとくにして須弥の髪膝を過ぎ、背は竜の如くにして、四十二の辻毛を巻いて背筋につらなれり。……また周の世已に衰へなんとせし時、房星降つて八匹の馬となれり。穆王是を愛して、造父をして御たらしめて、四荒八極の外、瑶池に遊び碧台に宴し給ひしかば、七廟の祭年を逐つて衰へ、明堂の礼日に随つて廃れしかば、周室是より傾けり。文帝光武の代には是を棄てゝ、福祚久しく栄え、周穆の時には是を愛して王業始めて衰ふ。拾捨の間、一凶一吉的然として耳にあり。臣愚窃に是を案ずるに、由来尤物是天に非ず、唯蕩二君心一則害を為すといへり。されば今政道正しからざるに依つて、房星の精化して此馬と成つて人の心を蕩かさんとするものなり。……唯奇物の翫を止めて、仁政の化を致されんには如かじと、誠をいたし、言を残さず申されしに、……」と。

0151 澗底松　念二寒儁一也。　澗底《かんてい》の松《まつ》　寒儁《かんしゅん》を念《おも》ふなり。

解題 「新楽府」その二十七。谷底に生長した立派な松が有用材となりにくいように、有能な人材が社会から正当に評価されないことを思って詠んだ詩。「澗底松」は、谷底に育つ松。「儁」は俊才。『文選』巻二十一、西晋の左思「詠詩八首」其の二に、「鬱鬱たり澗底の松、……英俊は下僚に沈む」と。

有レ松 百 尺 大 十 圍　　松《まつ》有《あ》り　百尺《ひやくせき》　大《ふと》きこと十圍《じふゐ》、

生在㆓澗底㆒寒且卑
澗深山險人路絶
老死不㆑逢㆓工度㆒㆑之
天子明堂缺㆓梁木㆒
此求彼棄兩不㆑知
誰諭蒼蒼造物意
但與㆓之材㆒不㆑與㆑地
金張世祿黃憲賢
牛醫寒賤貂蟬貴」
貂蟬與㆓牛醫㆒
高下雖㆑有㆑殊
高者未㆓必賢㆒
下者未㆓必愚㆒
君不㆑見沈沈海底生㆓珊瑚㆒
歷歷天上種㆓白楡㆒」

圍（上平聲、微韻）、卑・知（上平聲、支韻）、之（上平聲、之韻）、意（去聲、志韻）、地（去聲、至韻）、貴（去聲、未韻）

生《お》ひて澗底《かんてい》に在《あ》り　寒《かん》にして且《か》つ卑《ひく》し。
澗深《かんふか》く　山險《やまけは》しくして　人路《じんろ》絶《た》え、
老《お》い死《か》るるとも　工《こう》の之《これ》を度《はか》るに逢《あ》はず。
天子《てんし》の明堂《めいだう》に　梁木《りやうぼく》を缺《か》く、
此《ここ》に求《もと》め　彼《かしこ》に棄《す》つるも　兩《ふた》つながら知《し》らず。
誰《たれ》か諭《し》らん　蒼蒼《さうさう》たる造物《ざうぶつ》の意《い》、
但《た》だ之《これ》に材《ざい》を與《あた》へて　地《ち》を與《あた》へず。
金張《きんちやう》は世ゝ《よよ》祿《ろく》せられ　黃憲《くわうけん》は賢《けん》なり、
牛醫《ぎうい》は寒賤《かんせん》にして　貂蟬《てうせん》は貴《たつと》し。」
貂蟬《てうせん》と牛醫《ぎうい》と、
高下《かうげ》　殊《こと》なる有《あ》りと雖《いへど》も、
高者《かうしや》　未《いま》だ必《かなら》ずしも賢《けん》ならず、
下者《げしや》　未《いま》だ必《かなら》ずしも愚《ぐ》ならず。
君《きみ》見ずや　沈沈《ちんちん》たる海底《かいてい》に　珊瑚《さんご》生《しやう》じ、
歷歷《れきれき》たる天上《てんじやう》に　白楡《はくゆ》を種《う》ゑたるを。」

……支・之韻、志・至韻は同用、微・支・之・志・至・未韻はすべて通押。殊・愚・楡（上平聲、虞韻）・瑚（上平聲、模韻）
……虞・模韻は同用。

通釈 高さ三一メートル、十抱えほどもある立派な松が、寂しく低い谷底に生えている。谷は深く山は険しいので人の行く道も絶え、老衰して枯死しても良材を求める大工の見立てに逢うこともない。天子は明堂を建てようとして不足する良質の梁材を探し求める一方、谷底には松の大木が見捨てられたまま、両者ともに相知ることはない。造物主たる天の意図は測り知れないもの、この大木の松に材質だけを与え、成長する適地を与えなかった。人の世も同様、漢の金日磾や張湯は代々俸禄を食む名族の家柄であったが、後漢の黄憲は賢者の評を得ただけであった。獣医の子の黄憲は卑賤のままであったが、貂尾や蟬羽を飾った冠を冠した金日磾や張湯は高貴な身分であった。
　貂尾や蟬羽を飾った冠と獣医（の子）、この両者には身分の高下の違いはあるが、高い位の者が賢者であるとは限らないし、身分の低い者が愚者であるとも限らない。諸君、ご覧あれ、人の目が届かぬ深い海底にあの美しい珊瑚が生じ、はっきり見える天上にも白楡のようなありふれた樹木が植わっているのだ。

語釈 ○百尺　約三一メートル。『文選』巻二十一、西晋の左思「詠詩八首」其の二に、「此の百尺の条（だえ）を蔭（ほお）ふ」と。○工度之　大工が木を見て選ぶ。『左氏伝』隠公十一年に、「山に木有れば、工則ち之を度る」と。○明堂　古代、帝王が祭祀や政務を行った場所。前詩〇一五〇の「語釈」参照。○蒼蒼造物　万物を造った天、造物主をいう。「蒼蒼」は天の色。○材　材木としての価値。○地　地位、身分。○金張世禄　「金」は金日磾（『漢書』巻六十八）、「張」は張湯（『漢書』巻五十九）をいう。ともに子孫が代々高官となった。『文選』巻二十一、西晋の左思「詠詩八首」其の二に、「金・張は旧業に籍（よ）り、七葉漢貂を珥（ざか）る」と。「世禄」は、代々の俸禄。○黄憲・牛医　「黄憲」は後漢の人。家は世々貧賤で、父は牛医（牛の疾を治療する獣医）であり、「牛医の子」として軽蔑された。『後漢書』巻五十三に伝がある。那波本他の諸本は、「黄憲賢」を「原憲貧」に、「牛醫」を「牛衣」に誤る。○貂蟬　貂尾と蟬羽の形の飾りを付した天子の侍臣（の冠）。○珊瑚　海底の珊瑚虫によって形成される樹状の宝石の名。○歴歴・白楡　「白楡」は、白ニレの木。『楽府詩集』巻三十七、「隴西行」に、夜空に輝く星を詠んで、「天上何の有る所ぞ、歴歴として白楡を種（う）う」と。白居易詩は「白楡」を通常の樹木として詠む。「歴歴」は、はっきり見えるさま。

余説 清の乾隆帝『唐宋詩醇』巻二十の御批に、「松は是れ喩意、金・張・原憲は是れ正意なり。一結に仍ほ喩意を用ふれば、比擬は恰合す」と。

大江通国「新楽府廿句和歌題序、晩夏同に白氏文集楽府廿句を詠む、和歌一首付小序」（『朝野群載』巻一所収）に、この詩の「山冷（険）人路絶」を句題として大江通国が和歌を詠んでいる。

0152 牡丹芳　　美二天子憂レ農一也。

牡丹芳《ぼたんかんば》し　　天子《てんし》の農《のう》を憂《うれ》ふるを美《ほ》むるなり。

解題 「新楽府」その二十八。当時の牡丹花鑑賞の盛行を謳（たう）いつつ、地味な農業の将来を憂える憲宗を讃美した詩。ただ、主意は当時の牡丹の花見の過熱ぶりを諷諭することにある。巻二・秦中吟「買花」（〇〇八四）参照。

牡丹芳　牡丹芳
黄金蘂綻紅玉房
千片赤英霞爛爛
百枝絳焰燈煌煌
照レ地初開錦繡段
當レ風不レ結蘭麝囊
仙人琪樹白無レ色
王母桃花紅不レ香
宿露輕盈泛二紫艷一

牡丹芳《ぼたんかんば》し　牡丹芳《ぼたんかんば》し、
黄金《わうごん》の蘂《ずい》は綻《ほころ》ぶ　紅玉《こうぎよく》の房《ふさ》。
千片《せんぺん》の赤英《せきえい》　霞爛爛《からんらん》たり、
百枝《ひやくし》の絳焰《かうえん》　燈煌煌《とうくわうくわう》たり。
地《ち》を照《て》らして初《はじ》めて開《ひら》く　錦繡《きんしう》の段《だん》、
風《かぜ》に當《あ》たりて結《むす》ばず　蘭麝《らんじや》の囊《なう》。
仙人《せんにん》の琪樹《きじゆ》　白《しろ》くして色無《いろな》く、
王母《わうぼ》の桃花《たうくわ》　紅《くれなゐ》なるも香《かんば》しからず。
宿露《しゆくろ》は輕盈《けいえい》として　紫艷《しえん》を泛《うか》べ、

朝陽照曜生二紅光一
紅紫二色閒二深淺一
向背兩態隨二低昂一
暎レ葉多情隱二羞面一
臥レ叢無レ力含二醉粧一
低嬌笑容疑レ掩レ口
凝二思怨人一如レ斷レ腸
穠姿貴彩信奇絶
雜卉亂花無二比方一
石竹金錢何細碎
芙蓉芍藥苦尋常
遂使下王公與二卿士一
遊花冠蓋日相望上
庳車軟轝貴公主
香衫細馬豪家郎
衞公宅靜閉二東院一

朝陽《てうやう》は照曜《せうえう》して　紅光《こうくわう》を生《しやう》ず。
紅紫《こうし》の二色《にしよく》　深淺《しんせん》を閒《まじ》へ、
向背《かうはい》の兩態《りやうたい》　低昂《ていかう》に隨《したが》ふ。
葉《は》に暎《えい》じては多情《たじやう》　羞面《しうめん》を隱《かく》し、
叢《くさむら》に臥《ふ》しては力無《ちからな》く　醉粧《すいさう》を含《ふく》む。
低嬌《ていけう》の笑容《せうよう》　口《くち》を掩《おほ》へるかと疑《うたが》ひ、
怨人《ゑんじん》を凝思《ぎようし》して　腸《はらわた》を斷《た》つが如《ごと》し。
穠姿《ぢようし》　貴彩《きさい》　信《まこと》に奇絶《きぜつ》、
雜卉《ざつき》　亂花《らんくわ》　比方《ひはう》する無《な》し。
石竹《せきちく》　金錢《きんせん》　何《なん》ぞ細碎《さいさい》なる、
芙蓉《ふよう》　芍藥《しやくやく》　苦《はなは》だ尋常《じんじやう》なり。
遂《つひ》に王公《わうこう》と卿士《けいし》とをして、
遊花《いうくわ》の冠蓋《くわんがい》　日〻《ひび》相望《あひのぞ》ましむ。
庳車《ひしや》　軟轝《なんよ》は　貴公主《きこうしゆ》、
香衫《かうさん》　細馬《さいば》は　豪家《がうか》の郞《らう》。
衞公《ゑいこう》の宅《たく》靜《しづ》かにして　東院《とうゐん》を閉《と》ぢ、

西明寺深開二北廊一
戲蝶雙舞看人久
殘鶯一聲春日長
共愁日照芳難レ駐
仍張二帷幕一垂二陰涼一
華開花落二十日
一城之人皆若レ狂」
三代以還文勝レ質
人心重レ華不レ重レ實
重レ花直至牡丹芳
其來有レ漸非二今日一」
元和天子憂二農桑一
卹レ下動レ天天降レ祥」
去歲嘉禾生二九穗一
田中寂寞無二人至一
今年瑞麥分二兩岐一

西明寺《さいみやうじ》深《ふか》きところ　北廊《ほくらう》を開《ひら》く。
戲蝶《ぎてふ》の雙舞《さうぶ》　看人《かんじん》久《ひさ》しく、
殘鶯《ざんあう》の一聲《いつせい》　春日《しゆんじつ》長《なが》し。
共《とも》に愁《うれ》ふ　日《ひ》照《て》らして芳《はう》の駐《とど》め難《がた》きを、
仍《しき》りに帷幕《ゐばく》を張《は》りて　陰涼《いんりやう》を垂《た》る。
華《はな》開《ひら》き花《はな》落《お》つること　二十日《にじふにち》、
一城《いちじやう》の人《ひと》　皆《みな》狂《くる》へるが若《ごと》し。」
三代以還《さんだいいくわん》　文《ぶん》は質《しつ》に勝《まさ》り、
人心《じんしん》　華《くわ》を重《おも》んじて實《じつ》を重《おも》んぜず。
花《くわ》を重《おも》んじて　直《ただ》ちに至《いた》る　牡丹芳《ぼたんはう》、
其《そ》の來《きた》ること漸《ぜんあ》有り　今日《こんにち》に非《あら》ず。」
元和《げんな》の天子《てんし》　農桑《のうさう》を憂《うれ》ひたまひ、
下《しも》を卹《めぐ》み　天《てん》を動《うご》かして　天《てん》　祥《しやう》を降《くだ》せり。」
去歲《きよさい》　嘉禾《かくわ》　九穗《きうすい》を生《しやう》ず、
田中寂寞《でんちゆうせきばく》として　人《ひと》の至《いた》る無《な》し。
今年《こんねん》　瑞麥《ずいばく》　兩岐《りやうぎ》を分《わ》かつ、

君心獨喜無二人知一」
無二人知一可二歎息一
我願暫求二造化力一
減二却牡丹妖艶色一
少迴二士女愛花心一
同助三吾君憂二稼穡一」

君心《くんしん》獨《ひと》り喜《よろこ》びて　人《ひと》の知《し》る無《な》し。」
人《ひと》の知《し》る無《な》きや　歎息《たんそく》すべし。
我願《われねが》はくは　暫《しばら》く造化《ざうくわ》の力《ちから》を求《もと》め、
牡丹《ぼたん》の妖艶《えうえん》の色《いろ》を減却《げんきやく》せん。
少《しばら》く士女《しぢよ》の愛花《あいくわ》の心《こころ》を迴《めぐ》らし、
同《とも》に吾《わ》が君《きみ》の　稼穡《かしよく》を憂《うれ》ひたまふを助《たす》けよ。」

芳・芳・房・香・粧・腸・方・常・望・長・涼・狂（下平聲、陽韻）、煌・嚢・光・昂・郎・廊（下平聲、唐韻）……陽・唐韻は同用。質・實・日（入聲、質韻）。桑（下平聲、唐韻）・祥（下平聲、陽韻）……唐・陽韻は同用。穗・至（去聲、至韻）、岐・知（上平聲、支韻）……至・支韻は通押。息・力・色・穡（入聲、職韻）。

通釈　牡丹の花が咲いた。牡丹の花が咲いた。紅玉の花房の中に黄金色の蘂《はなしべ》がほころび開き、幾千もの花びらは夕焼けのように真っ赤。何百もの枝先のあでやかな赤い花が灯明のようにキラキラ輝く。地面に映る牡丹花は錦の織物を繰り広げたようであり、風の前に蘭麝の匂い袋の口紐をほどいたかのようである。牡丹に比べれば仙人境の琪樹も白いだけで美しくなく、西王母の蟠桃花も小さくて香りがないであろう。前夜から結んだ露があでやかな紫の牡丹花に軽やかにうかび、朝日がキラキラと紅い牡丹花の上に光り輝く。紅色や紫色の二色の牡丹は深い色や浅い色の色とりどり、こちら向きやあちら向き、下向きや上向きなど様々な姿。その花が葉陰にチラチラ映える様は多情の美人が羞じらいつつ面《おもて》を隠すようだし、その花が草むらに倒れた様は美人が酔って力なく臥しているかのよう。まるで美人が下を向いて愛くるしく微笑んで口を掩うかのようであり、美人が思いつめて断腸の思いで恋人を怨んでいるかのようである。その濃厚な艶姿や高貴な彩りはまことにすばらしく、さまざまな草花は全く比べようがない。牡丹に比べれば石竹花《なでしこ》や金銭花《おぐるま》はちっぽけなものであり、芙蓉《はす》や芍薬《しやくやく》もごくありふれたものだ。かくて、この牡丹を鑑賞するために、王公や大臣たちは衣冠や幌車を連ねて毎日花見に押し寄せる。姫宮は高さが低い高級車や人が担ぐ柔らかな座席の車に乗り、豪族の若者は香を薫じた単衣《ひとえ》をはおって花見に繰り出す。家人が花見に出かけた李衛公の邸宅は静かで、普段客を迎える東院は閉じられたまま、一方、牡丹の名所の西明寺は奥の北廊にある牡丹園を開放して見物客を迎える。そこでは春の蝶がつがいになって戯れ飛ぶ中、見物客はいつまでも牡丹をあかず眺め、春の日長の中で季節に取り残されそうな鶯が一声啼き声をあげる。人々は春日に照らされた牡丹が芳香を失うことを心配し、日除けの覆いを何度も張り替えて牡丹に日陰を作ってやる。こうして牡丹の開花から落花までの二十日間、長安中の人が皆狂わんばかりに牡丹の花見に熱中する。

古代の夏殷周以後、華美の風潮が質実に勝るようになってから、人々は華美を重視して質実を重視しないようになったが、その華美重視の風潮は今日の牡丹花の熱狂ぶりに直結する。その現象は徐々にそうなったのであり、昨日今日急に始まったのではない。

折から、我が元和の天子（憲宗）は農事を憂慮され、民人をあわれみ憂えられたので、その御心が天帝を感動させ、天帝は種々の吉祥を下界に降された。

去年は一茎に九穂を付けためでたい稲が出現したのに、田圃はひっそりとして誰も見に来ない。今年は二股に分かれて育つめでたい麦が生じたのに、天子ひとり喜ばれるだけで、他に誰も知らない。

このような吉祥を誰も知らないとは、大変嘆かわしいことだ。願わくは、少しでも天の力を借りて牡丹の妖艶な色を減らし、天下の男女の牡丹花への熱愛を幾らかでも他に振り向け、我が君の農事を愁う御心にあやからせたいものだ。

語釈　○赤英　赤い花びら。○絳焔　赤い炎のような花。「絳」は、赤い。那波本は「絳艶」に作る。○錦繍段　美しいにしきの織物。「段」は、緞子（どんす）に同じ。『文選』巻二十九・後漢の張衡「四愁詩四首」其の四に、「美人我に錦繍段を贈る」と。○蘭麝嚢　「蘭麝」は、高級芳香の名。蘭と麝香。○仙人琪樹　「琪樹」は、仙境に生える玉樹。『文選』巻十一、晋の孫綽「天台山に遊ぶ賦」に、「琪樹璀璨として珠を垂る」と。○王母桃花　「王母」は、仙女西王母。「桃」は、三千年に一度実を結ぶ仙桃の蟠桃。『漢武帝内伝』に故事を載せる。○宿露　前夜から結んだ露。○軽盈　女子の軽やかでたおやかなさま。畳韻語。○間深浅　深い、浅い色の牡丹花が入り交じる。「間」は、混じる。○穠姿貴彩　「穠姿」は、あでやかな姿。「貴彩」は、高貴な彩り。○雑卉乱花　さまざまな種類の草花。○比方　比べる。〇石竹金銭　「石竹」花（なでしこ）も「金銭」花（おぐるま）も、草花の名。〇芙蓉芍薬　「芙蓉」（蓮）も「芍薬」も、花の名。
〇王公与卿士　「王公」は、身分の高い人、貴族。「卿士」は、大臣。〇冠蓋日相望　貴族や大臣の冠や高級車の幌（冠蓋）が毎日続く。『史記』巻十・孝文本紀に、「使者を遣はし冠蓋相望む」と。〇庳車軟轝貴公主　「庳車」は、車高の低い車。「庳」字、神田本は「庫」に誤る。諸本により改める。「軟轝」は、肩でかつぐ柔らかな座席の車。「公主」は、天子の姫君。〇香衫細馬　「香衫」は、薫香を焚きしめた単衣（ひとえ）。「細馬」は、良馬。〇衛公宅　太宗時の建国の功臣で衛国公に封ぜられた李靖（五七一―六四九。『旧唐書』巻六十七・『新唐書』巻九十三）の邸宅。平康坊にあった。〇西明寺深開北廊　「西明寺」は、当時の牡丹の名所。延康坊にあった。巻九「西明寺牡丹花の時、元九を憶ふ」（〇三九二）参照。「北廊」は北向きの廊下。牡丹は、直射日光を避けて建物の北面に植えられる。〇残鶯　「鶯」は春の季語。「牡丹」は晩春から初夏にかけて咲く。「残」は、その時期が過ぎて、……の意。ここは、晩春から初夏にかけて啼く鶯をいう。
〇仍　しきりに。何度も。動作が繰り返されることをいう。〇一城之人皆若狂　『礼記』雑記下篇に、「一国の人皆狂ふが若し」と。
〇三代　夏・殷・周。古代の理想の王朝。〇文勝質　華美が質実を凌ぐ風潮をいう。『論語』雍也篇に、「質、文に勝てば則ち野、文、質に勝てば則ち史」と。
〇元和天子　時の皇帝憲宗。〇卹下　下々をあわれむ、愁う。「卹」字、神田本は「郇」に誤る。
〇去歳嘉禾生九穂　「嘉禾生九穂」は、一茎の稲に九本の穂を生じる瑞祥。『後漢書』巻一下・光武帝下に、「是の年県界に嘉禾の一茎九穂を生ずる有り」と。ただ、「去歳」則ち元和三年（八〇八）にこのような記録を確認できない。なお、『白孔六帖』巻八十一「禾」に、「一茎五穂」語を収める。〇今年瑞麦分両岐　「瑞麦分両岐」は、麦の穂が二股に分かれて育つ瑞祥。「今年」則ち元和四年（八〇九）にこのような記録を確認できないが、やや後世、唐の鄭畋に「麦穂両岐」詩がある（『全唐詩』巻五五七）。
〇造化　造物主。天。〇士女　男女。各本は「卿士」に作る。〇稼穡　植え付けと収穫。農事をいう。

余説　宋の李石『続博物志』巻六に、「牡丹は初め文字に載せず、惟だ薬を以て『本草』に見ゆ。唐の則天以後、洛（陽の牡丹）花始めて盛んなり」と。もともと通常の花や薬材であった牡丹は、漢魏六朝時においては、漢方の薬効以外さほど注目されなかったが、初唐の則天武后（在位六八四―七〇四年）時に、鑑賞用の牡丹花が唐朝の〝富貴〟を象徴する〝花王〟として俄然脚光を浴びるようになり、今日に至っている。盛唐の李白が楊貴妃を牡丹に擬えて「清平調詞」を詠んだのは有名。中唐になると牡丹花の鑑賞が流行し、白居易にはこの「牡丹芳」詩のほか、「白牡丹」（巻一・〇〇三一）「買花」（巻二・〇〇八四）等の作品がある。北宋の欧陽脩に「洛陽牡丹記」がある。一説に、日本へは空海（七七四―八三五）が伝えたとするが、花の鑑賞と共に根の漢方薬効を重視したためか、牡丹の名所には今日も長谷寺などの仏寺が多い。

清の乾隆帝『唐宋詩醇』巻二十の御批に、「牡丹の穠麗なるを極写し、忽として『三代以還文勝質』の四句を接すれば、迂腐の語も聳然として目を奪ふ。下に乃ち『元和天子憂農桑』の一段の正意を接すれば、便ち峭折として波瀾有るを覚ゆ。若（も）し低手（下手な詩人）之を為さば、則ち一直に説下するのみならん」と。

謡曲「石橋」に、「獅子団乱旋の舞楽のみぎん牡丹の花房にほひ満ち、たいきんりきんの獅子頭、打てや囃せや牡丹芳、黄金の蘂顕はれて、花に戯れ枝に臥しまろび、実にも上なき獅子王の勢ひ靡かぬ草木もなき時なれや」と。

藤原公任の『和漢朗詠集』巻下、「親王」に、「庳車軟輿の貴公主、香衫細馬の豪家の郎」と。

藤原忠通の「春日遊覧」詩に、「春花漠々として鳥関々たり、細馬香衫に聞また攀ず」（『本朝無題詩』巻四）と。

藤原周光の「秋日野遊」詩に、「風煙水石幽奇の地、細馬香轅計会の天」（『本朝無題詩』巻五）と。

大江通国「新楽府廿句和歌題序、晩夏同に白氏文集楽府廿句を詠む、和歌一首付小序」（『朝野群載』巻一所収）に、この詩の「残鶯一声」を句題として大江通国が和歌を詠んでいる。

『源氏物語』幻巻に、「……若宮『まろが桜は咲きにけり。いかで、久しく散あさじ。木のめぐりに帳を立てて、帷子をあげずば、風もえ吹きよらじ』」と。

『平家物語』巻一・三台上禄に、「桜は咲きて七か日に散るを、なごりを惜しみ、天照御神に祈り申されければにや、三七日までなごりあり。君も賢王にてましましければ、神も神徳をかがやかし、花も心ありければ、二十日のよはひをたもちけり」と。

『太平記』巻三十二・直冬上洛事付鬼丸鬼切事に、「直冬朝臣此七八箇年、依《テ》㆓継母《ノ》讒㆒那辺這辺漂泊し給つるが、多年の蟄懐一時に開けて、今天下の武士に仰れ給へば、只年に再び花さく木の、其根かるゝは未《ダ》㆑知《ラ》、春風三月、一城の人皆狂するに不㆑異《ナラ》」と。

同じく巻三十六・諸大名讒道朝事付道誉大原野花会事に、「錮車軸轟き、細馬鑣を鳴して、馳散り喚き叫びたる有様、只三戸百鬼夜深《ノ》て衢を過るに不㆑異《ナラ》。華開《キ》花落《ツ》る事二十日、一城の人皆狂ぜるが如しと、牡丹妖艶の色を風せしも、げにさこそは有つらめと思知るゝ許也」と。

与謝蕪村の句に、「やや廿日月も更行くぼたむかな」（『新花摘』）と。

0153　紅線毯　憂㆓蚕絲之費㆒也。　紅線《こうせん》の毯《たん》　蚕絲《けんし》の費《つひ》えを憂《うれ》ふるなり。

解題「新楽府」その二十九。紅い絹糸で織った豪華な緞通（紅線毯）について述べ、人々の生活に欠かせぬ貴重な絹糸の浪費を憂えた詩である。「毯」は、毛や綿（ここは絹）で織った敷物。緞通（原語は「毯子（タンツ）」）。『新唐書』巻四十一に、宣州宣城郡の特産として「五色線毯」を記録する。当時、宣城産の豪華な紅線毯が「糸頭紅毯」とあり、『元和郡県図志』巻二十八にも、宣州の特別献上物産として「糸頭紅毯」とあり、当時、宣城産の豪華な紅線毯が珍重されていたことが分かる。「繭」は、「繭」の俗字。

紅線毯　紅線毯
擇レ繭繰レ絲清水煮
揀レ絲練レ線紅藍染
染爲二紅線一紅二於藍一
織作披香殿上毯」
披香殿廣十丈餘
紅毯織成可二殿鋪一」
綵絲茸茸香茀茀
線軟華虛不レ勝レ物
美人踏上歌舞來
羅襪繡鞋隨レ步沒」
太原毯澁毳縷硬
蜀郡褥薄錦華冷」

紅線《こうせん》の毯《たん》　紅線《こうせん》の毯《たん》、
繭《まゆ》を擇《えら》び　絲《いと》を繰《く》り　清水《せいすい》に煮《に》、
絲《いと》を揀《えら》び　線《せん》を練《ね》り　紅藍《こうらん》に染《そ》む。
染《そ》めて紅線《こうせん》と爲《な》せば　藍《あい》よりも紅《くれなゐ》にして、
織《お》りて作《つく》る　披《ひ》香殿上《かうでんじやう》の毯《たん》。」
披《ひ》香殿《かうでん》　廣《ひろ》さ十丈餘《じふぢやうよ》、
紅毯《こうたん》織《お》り成《な》して　殿《でん》に鋪《し》くべし。」
綵絲《さいし》　茸茸《じようじよう》として　香茀茀《かうふつふつ》たり、
線軟《せんやは》らかに　華虛《はなうつ》ろにして　物《もの》に勝《た》へず。
美人《びじん》　踏《ふ》み上《のぼ》りて　歌舞《かぶ》し來《きた》り、
羅襪《らべつ》　繡鞋《しうあい》　歩《ほ》に隨《したが》ひて沒《ぼつ》す。」
太原《たいげん》の毯《たん》は澁《しぶ》くして　毳縷《せいる》硬《かた》く、
蜀郡《しよくぐん》の褥《しとね》は薄《うす》くして　錦華《きんくわひ》冷《ひ》ややかなり。」

不レ如此毯溫且柔
年年十月來二宣州一」
宣城太守加レ樣織
自謂爲レ臣能竭レ力
十夫同擔進二宮中一
線厚絲多卷不レ得」
宣城太守知不レ知
一丈之毯千兩絲
地不レ知レ寒人要レ暖
少下奪二人衣一作中地衣上」
貞元中、宣州進二開レ樣加レ練毯一也。

如《し》かず　此《こ》の毯《たん》の溫《あたた》かにして　且《か》つ柔《やは》らかなるに。
年年十月《ねんねんじふぐわつ》　宣州《せんしう》より來《きた》る。」
宣城《せんじやう》の太守《たいしゆ》　樣《やう》を加《くは》へて織《お》らしむ。
自《みづか》ら謂《おも》へらく　臣《しん》と爲《な》りて　能《よ》く力《ちから》を竭《つく》せりと。
十夫《じふふ》同《とも》に擔《にな》ひて　宮中《きゆうちゆう》に進《すす》む、
線厚《せんあつ》く　絲多《いとおほ》くして　卷《ま》き得《え》ず。」
宣城《せんじやう》の太守《たいしゆ》　知《し》るや知《し》らずや、
一丈《いちぢやう》の毯《たん》は　千兩《せんりやう》の絲《いと》なり。
地《ち》は寒《かん》を知《し》らず　人《ひと》は暖《だん》を要《えう》す、
人衣《じんい》を奪《うば》ひて　地衣《ちい》と作《な》す少《な》かれ。」

毯・毯・毯（上聲、敢韻）、染（上聲、琰韻）、藍（下平聲、談韻）……敢・琰・談韻は通押。餘（上平聲、魚韻）、鋪（上平聲、模韻）……魚・模韻は通押。拂・物（入聲、物韻）、沒（入聲、沒韻）……物・沒韻は通押。硬（去聲、諍韻）、冷（上聲、梗韻）……諍・梗韻は通押。柔・州（下平聲、尤韻）。織・力（入聲、職韻）、得（入聲、德韻）……職・德韻は同用。知（上平聲、支韻）、絲（上平聲、之韻）、衣（上平聲、微韻）……支・之韻は同用、微韻は通押。

通釈　宣城の紅い絹糸で織った緞通、宣城の紅い絹糸で織った緞通。これを仕上げるには、まず蚕の繭を選んで糸を繰り、澄んだ水で煮立てる。次いで良い糸を選んで練りあげ、紅花の染料で染める。赤い糸に染め上げれば元の紅花よりも赤くなり、これを織り上げて宮中の披香殿の敷物とする。

披香殿の広さは十丈（約三一メートル四方）余り、織りあがった赤い緞通は宮殿の敷物にうってつけ。鮮やかな絹糸がフサフサと揺れ、芳香がプンプンと香る。刺繡の線は柔らかく花模様がうっすら見え、物を載せるにも堪えられないほど。宮中の美人が踏みしめて歌い踊れば、歩みにつれて絹の靴下や刺繡をした靴がすっぽりと沈みこむ。

これに比べれば、山西太原産の緞通はゴツゴツして細毛も硬いし、四川産の敷物は薄くて錦の花模様も冷たげだ。この宣城産の緞通が温かくて柔らかいのにはかなわない。これが毎年十月に宣州から宮中に献上されるのだ。

この緞通は宣城の長官が新しい模様に織り上げたもので、自分では臣下として尽力したと考え、十人もの人夫に担がせて宮中に進上する。線が厚く糸が多いために通常の緞通のように巻き上げられないのだ。

宣城の長官は知っているだろうか。宣城の緞通は一丈（約三メートル四方）を織るのに千両（約三七キログラム）もの絹糸を必要とすることを。地面は寒さ知らずで構わないだろうが、人には温かさが必要だ。人の着物の材料である絹を奪い取って、地面の着物である敷物など作らないでほしいものだ。

語釈 ○紅藍　紅花。紅い色の染料とした。○紅於藍　元の紅藍（紅花）よりも赤い。「藍」は青色であるが、ここは「紅藍」の「紅」（赤い）意に解する。「藍」は押韻字。○披香殿　漢都長安にあった宮殿の名。唐都長安の宮殿をいう。

○十丈　約三一メートル四方。

○綵糸茸茸香茀茀　「茸茸」は、緞通の毛足がフサフサとなびくさま。「茀茀」は、プンプンと香るさま。○華虚　緞通の花模様がうっすら見えることか。○不勝物　物を載せるに堪えられない。緞通の毛足がフワフワして柔らかいさま。○羅襪繡鞋　「羅襪」は、薄絹の靴下、足袋。「繡鞋」は、刺繡をした靴。

○太原・蜀郡　山西省の省都太原と四川省の省都成都。いずれも絹製品の伝統ある産地。○渋　滑らかでなく、ゴツゴツしている。○毳縷　細くて柔らかい毛。○褥　しとね。敷物。

○宣州・宣城　宣城市。安徽省の東南、太湖の西方の地名。○加様織　新しい模様に織る。詩末尾に付す自注に、「貞元中、宣州、様を開き、練を加へし毯を進むるなり」とあり、貞元年間に宣州から精緻な緞通が献上されたことを述べる。「加様」、一本は「紅線」に作る。

○一丈之毯千両糸　「一丈」は、長さ約三・一メートル四方。「千両」は、目方約三七・三キログラム。○少　なかれ。やんわり禁止する語。「莫」に同じ。○地衣　土地が着る着物。

余説 清の乾隆帝『唐宋詩醇』巻二十の御批に、「通首（通篇）に直叙もて到底し、出だすに径遂（直道）を以てす。所謂『激するに長ず』（元稹「白氏長慶集序」の語）の語なり」と。

0154　杜陵叟　傷㆓農夫之困㆒也。

杜陵《とりよう》の叟《そう》　農夫《のうふ》の困《くる》しみを傷《いた》むなり。

解題 「新楽府」その三十。杜陵に住む「叟」（老人）の生活ぶりを詠み、酷税に苦しむ農夫の困窮を傷んだ詩である。「杜陵」は長安の東南郊外、前漢の宣帝の陵墓があり、その陵墓一帯の村落を含めていう。広々とした田野が広がり、長安に住む士人たちの手軽な行楽地でもあった。初唐の盧照隣「長安古意」詩（『全唐詩』巻四十一）に、「弾を挟（さしはさ）み鷹を飛ばす杜陵の北、丸を探り客に借る渭橋の西」とある。また盛唐の岑参「高冠潭口に還るに、舎弟に留別す」詩（『全唐詩』巻二〇〇）に、「遥かに伝ふ杜陵の叟、我が山に還ることと遅きを怪しむ」とあるように、杜陵の叟は、そこに住む平凡な一農民を指して言うが、その後、壮年期の杜甫が自らを「杜陵布衣」「杜陵野老」「杜陵野客」と称した。白居易のこの詩にいう「杜陵叟」は、もとより特定のモデル人物を指すわけではないが、諷諭詩の先駆者としての杜甫詩（例えば「三吏三別」など農民の窮状を詠じた作品）を意識していると思われる。

杜陵叟　杜陵居
歳種薄田一頃餘」
三月無㆑雨旱風起
麦苗不㆑秀多黄死」
九月降㆑霜秋早寒
禾穂未㆑熟皆青乾」
長吏明知不㆓申破㆒

杜陵《とりよう》の叟《そう》　杜陵《とりよう》に居《を》り、
歳《とし》に種《う》う薄田《はくでん》は　一頃餘《いつけいよ》。」
三月《さんぐわつ》雨無《あめな》く　旱風起《かんぷうお》こり、
麦苗《ばくべう》秀《ひい》でず　多《おほ》く黄死《くわうし》す。」
九月《くぐわつ》霜降《しもふ》り　秋早《あきはや》く寒《さむ》く、
禾穂《くわすい》未《いま》だ熟《じゆく》せざるに　皆《みな》　青乾《せいかん》す。」
長吏《ちやうり》　明《あき》らかに知《し》れども申破《しんぱ》せず、

急斂暴徵求二考課一」
典レ桑賣レ地納二官租一
明年衣食將何如」
剝二我身上帛一
奪二我口中粟一
虐レ人害レ物卽豺狼
何必鉤爪鋸牙食二人肉一」
不レ知何人奏二皇帝一
帝心惻隱知二人弊一
白麻紙上書二德音一
京畿盡放二今秋稅一」
昨日里胥方到レ門
手持二勅牒一牓二鄕村一
十家租稅九家畢
虛受吾君蠲免恩」

急斂《きふれん》　暴徵《ぼうちよう》　考課《かうくわ》を求《もと》む。」
桑《くは》を典《てん》し　地《ち》を賣《う》りて　官租《くわんそ》を納《をさ》む、
明年《みやうねん》の衣食《いしよく》　將《は》た何如《いかん》せん。」
我《わ》が身上《しんじやう》の帛《はく》を剝《は》ぎ、
我《わ》が口中《こうちゆう》の粟《ぞく》を奪《うば》ふ。
人《ひと》を虐《しいた》げ　物《もの》を害《そこな》ふは　卽《すなは》ち豺狼《さいらう》、
何《なん》ぞ必《かなら》ずしも鉤爪《こうさう》　鋸牙《きよが》のみ　人肉《じんにく》を食《く》らふや。」
知《し》らず　何人《なんぴと》か皇帝《くわうてい》に奏《そう》しけむ、
帝心《ていしん》は惻隱《そくいん》して　人《ひと》の弊《へい》を知《し》る。
白麻《はくま》紙上《しじやう》　德音《とくおん》を書《しよ》し、
京畿《けいき》　盡《ことごと》く今秋《こんしう》の稅《ぜい》を放《ゆる》す。」
昨日《さくじつ》　里胥《りしよ》　方《まさ》に門《もん》に到《いた》り、
手《て》に勅牒《ちよくてふ》を持《も》ちて　鄕村《きやうそん》に牓《ばう》す。
十家《じふか》の租稅《そぜい》　九家《きうか》畢《をは》り、
虛《むな》しく受《う》く　吾《わ》が君《きみ》の蠲免《けんめん》の恩《おん》。」

居・餘（上平聲、魚韻）。起（上聲、止韻）、死（上聲、旨韻）……止・旨韻は同用。寒・乾（上平聲、寒韻）。破・課（去聲、過韻)。租（上平聲、模韻)、如（上平聲、魚韻）……模・魚韻は通押。粟（入聲、燭韻)、肉（入聲、屋韻）……燭・屋韻は通押。帝（去聲、霽韻)、弊・税（去聲、祭韻）……霽・祭韻は同用。門・村（上平聲、魂韻)、恩（上平聲、痕韻）……魂・痕韻は同用。

通釈　杜陵に住む爺さん、杜陵に住む爺さん、毎年二十数メートル四方ほどの痩せた田畑に種を播く。

今年の三月は雨が降らずに乾燥した風が吹き、麦の穂が出ずに多くは黄色く枯れた。九月には霜が降りて秋の初めから寒く、稲の穂が実る前に皆青く立ち枯れた。

土地の役人はこのことを十分承知しながら上級役所に報告せず、租税を無理矢理取り立てて自分の勤務成績を上げようとする。

ために爺さんは桑畑を質に入れたり、田畑を売ったりして国税を納めるが、こんなことで来年の食う物や着る物は一体どうしようというのだ。

納税のために爺さんの身の上の着物を剝ぎ取り、口に入れる粟米を奪い取る。人を虐待し物に危害を加えるのは犲《やまいぬ》や狼《おおかみ》であるが、そんな鉤爪や鋸歯の野獣だけが人の肉を食らうのではなく、残虐な役人も同様なのだ。

そんな爺さんの窮状を誰か（白居易）が憲宗帝に上奏し、皇帝は疲弊した民の実情を知って憐れまれ、白麻紙にありがたい詔《みことのり》をしたためられて、京都とその付近の今年の秋の免税を発表された。

昨日、村の入り口まで来た村役人が手に持った勅語を書きつけた札を村々に掲げてふれ回った。しかし事既に手遅れで、十軒のうち九軒までは租税を取り立てられた後であり、我が君の免税の恩情は実を伴わないものとなってしまった。

語釈　○薄田　収穫が少ないやせた田畑。○一頃　土地の面積の単位。約三町歩、百畝、五八〇アール（約二四メートル四方。一アールは一〇〇平方メートル)。○三月無雨旱風起　元和四年（八〇九）春、江淮から陝西に及ぶ一帯は旱魃に苦しんだ。巻一「賀雨」(〇〇〇一）詩に、「元和三年冬、冬より春暮に及ぶまで、雨ふらずして旱爞爞たり」と。翰林学士の白居易は、深刻な旱魃を理由に、この年の免税措置を上奏している。下記「不知何人奏皇帝」の語釈を参照。○麦苗不秀　麦が苗のまま穂が出ない。『論語』子罕篇に、「子曰く、苗にして秀でざる者有り」と。

○長吏　地方の上級役人。巻三「捕蝗」(〇一三六)に、「河南の長吏、農を憂ふと言ひ」と。○申破　下々の実状を上級役所に申告すること。
○急斂暴徴　徴税を急いで手荒くする。「苛斂誅求」に同じ。○考課　役人の勤務成績。「考績」とも。
○典桑　農民の大切な桑樹を質に入れる。「典」は、質入れすること。○官租　国税。○将何如　どうしようというのか、どうしようもない。「将」は、はた、そもそも、「何如」は、どうするのかの意。
○豺狼　やまいぬやおおかみ。どう猛な野獣。○鉤爪鋸牙　カギのような爪やノコギリのような牙を持った野獣。
○不知何人奏皇帝　実際は翰林学士の李絳と白居易が連名で憲宗帝に上奏している。巻四十一「請ふて徳音中の節目に加へんことを奏す二件」(一九五四)参照。また『資治通鑑』巻二三七、元和三年条に、「上、久しく旱なるを以て、徳音を降さんと欲す、翰林学士李絳、白居易、上言す。……閏月、己酉」と。○惻隠　ひしひしと傷み哀れむ。『孟子』公孫丑上篇に、「惻隠の心は仁の端なり」と。○白麻紙　唐代、天子の詔書を記した白色の麻紙。主に恩赦・丞相任免等の国内事案の詔書に用いる。『新唐書』巻一・百官志一に、「凡そ将相を拝免する、征伐を号令するには、皆白麻を用ふ」と。○徳音　天子の恵みの言葉。免税をいう。○京畿　都とその付近。
○里胥　村役人。胥吏。○勅牒　詔を書した書札。○牓　かけ札を掛ける、高札を立てる。「榜」に同じ。○蠲免　免除する。

余説　清の乾隆帝『唐宋詩醇』巻二十の御批に、「古より今に及ぶまで、善政の民に及ぶ能はざりし者多し。一結慨然として思深く、為に太息すべし」と。

『源平盛衰記』巻二十七・太神宮祭文東国討手帰洛付天下餓死事に、「天神地祇恨みを含み給ひけるにや、……懇に東作の勤を致しながら、空しく西収の営み絶にけり。三月雨風起、麦苗不レ秀、多黄死。九月霜降秋早寒、禾穂末レ熟皆青乾と云本文あり。加様によからぬ事のみ在しかば、天下大に飢饉して、人民多く餓死に及べり」と。

同じく巻四十三・二位禅尼入海付京都注進事に、「依二諸国七道合一戦、公家も武家も騒動し、諸寺証山も破滅す。春夏は旱魃して、秋冬は大風洪水、適雖レ致二東作文業一、終不及二西収之勤一。三月無レ雨、寒風起麦黄不レ秀、多く横たはる。九月に霜降りて、秋早く寒ければ、秋の穂不レ熟して青苗皆乾き、兵乱打つづきて、口中の食を奪取れば、天下の人民及二餓死一」と。

0155　繚綾　念二女工之勞一也。

繚綾《れうりよう》　女工《ぢよこう》の勞《らう》を念《おも》ふなり。

解題　「新楽府」その三十一。美麗で精緻な繚綾を見て、これを織り上げた女工の苦労を思いやった詩である。「繚綾」は、浙江特産の最高級の絹織物。『新唐書』巻一八〇・李徳裕伝に、「又詔して盤絛繚綾千匹を索（と）む」と。

繚綾繚綾何所レ似
不レ似三羅綃與二紈綺一」
應レ似天台山上明月前
四十五尺瀑布泉」
中有二文章一又奇絶
地鋪二白煙一花簇レ雪」
織者何人衣者誰
越溪寒女漢宮姫」
去年中使宣二口勅一
天上送レ樣人間織
織爲塞北秋鴈行
染作江南春水色」

繚綾《れうりよう》　繚綾《れうりよう》　何《なん》の似《に》る所《ところ》ぞ、
羅綃《らせう》と紈綺《ぐわんき》とに似《に》ず。」
應《まさ》に似《に》たるべし　天台山上《てんだいさんじやう》　明月《めいげつ》の前《まへ》の、
四十五尺《しじふごせき》の瀑布泉《ばくふせん》に。」
中《なか》に文章《ぶんしやう》有《あ》り　又奇絶《またきぜつ》、
地《ち》に白煙《はくえん》を鋪《し》き　花《はな》の雪《ゆき》を簇《あつ》むるがごとし。」
織《お》る者《もの》は何人《なんびと》ぞ　衣《き》る者《もの》は誰《たれ》ぞ、
越溪《ゑつけい》の寒女《かんぢよ》　漢宮《かんきゆう》の姫《き》。」
去年《きよねん》　中使《ちゆうし》　口勅《こうちよく》を宣《の》べ、
天上《てんじやう》より樣《やう》を送《おく》りて　人間《じんかん》に織《お》らしむ。
織《お》り爲《な》す　塞北《さいほく》の秋鴈《しうがん》の行《かう》、
染《そ》め作《な》す　江南《かうなん》の春水《しゆんすい》の色《いろ》。」

廣裁二衫袖一長製レ裙
金斗熨レ波刀翦レ雲」
異彩奇文相隱映
轉側看レ花花不レ定」
昭陽美人恩正深
春衣一對直千金
汗沾粉汚不二再着一
曳レ土踏レ泥無二惜心一」
繚綾織時費二功績一
莫レ比二平常繒與一レ帛
絲細繚多女手疼
札札千聲不レ盈レ尺
昭陽人　昭陽人
不レ見二織時一應レ不レ惜」

廣《ひろ》きは衫袖《さんしう》に裁《た》ち　長《なが》きは裙《くん》に製《せい》す、
金斗《きんと》もて波《なみ》を熨《の》し　刀《たう》もて雲《くも》を翦《き》る。」
異彩《いさい》　奇文《きぶん》　相隱映《あひいんえい》し、
轉側《てんそく》して花《はな》を看《み》るに　花定《はなさだ》まらず。」
昭陽《せうやう》の美人《びじん》　恩正《おんまさ》に深《ふか》く、
春衣一對《しゆんいいつつい》　直千金《あたひせんきん》。
汗《あせ》に沾《うるほ》ひ　粉《ふん》に汚《けが》るれば　再《ふた》びは着《つ》けず、
土《つち》に曳《ひ》き　泥《どろ》を踏《ふ》みて　惜《を》しむ心無《こころな》し。」
繚綾《れうりよう》　織《お》る時《とき》　功績《こうせき》を費《つひ》やす、
平常《へいじやう》の繒《そう》と帛《はく》とに比《ひ》する莫《な》し。
絲細《いとほそ》く　繚多《れうおほ》く　女《ぢよ》の手疼《ていた》み、
札札《さつさつ》たる千聲《せんせい》　尺《せき》に盈《み》たず。
昭陽《せうやう》の人《ひと》　昭陽《せうやう》の人《ひと》、
織《お》る時《とき》を見《み》ざれば　應《まさ》に惜《を》しまざるべし。」

似（上聲、止韻）、綺（上聲、紙韻）……止・紙韻は同用。前（下平聲、先韻）、泉（下平聲、仙韻）……先・仙韻は同用。
絶・雪（入聲、薛韻）。誰（上平聲、脂韻）、姫（上平聲、之韻）……脂・之韻は同用。勅・織・色（入聲、職韻）。裙・雲

（上平聲、文韻）。映（去聲、映韻）、定（去聲、徑韻）……映・徑韻は通押。深・金・心（下平聲、侵韻）。績（入聲、錫韻）、帛（入聲、陌韻）、尺・惜（入聲、昔韻）……陌・昔韻は同用、錫韻は通押。

通釈　美しい綾絹、美しい綾絹、それは何に似ているだろう。薄い絹の羅綃や白い紈綺のようではない。いわば天台山の明月の下にかかる十数メートルの滝に似ている。この繚綾《あやきぬ》にはとりわけ美麗なあや模様があり、まるで地面に白い靄《もや》を敷き詰め、花吹雪が舞うかのよう。これを織る者、着る者は誰かといえば、織る者は越（浙江）の谷川沿いに住む貧しく卑しい娘であり、着る者は都長安の宮殿のお姫様である。

去年宮中から来た使者が天子の口伝えの詔を宣告し、宮殿の織り見本をそのまま民間に織らせたのだ。その模様は雲上を飛ぶ秋の雁の行列を織り成し、江南の春の水郷の色合いに染め上がった。

織り上がった綾絹の布地を広めに裁断して上衣の袖にしたり、長めに切ってスカートにしたり。金色の斗《ひしゃく》で火熨斗《ひのし》（アイロン）をかけたり、ハサミで模様を切ったり。

すると、繚綾のすばらしい色合いときれいな模様が互いに映え、身体を傾けて花模様を眺めれば花があちらこちらに咲いているかのようだ。

天子の恩寵が深い昭陽殿の美人が身にまとう一揃いの繚綾の春衣は、値千金もする高価なもの。それを一度着て汗や白粉《おしろい》で汚すと二度とは着ず、地べたを引きずり泥に塗《まみ》れても惜しいとも思わない。

この繚綾を織り上げるのに費やした仕事量は大変なもの、通常の繒や帛の絹製品とは比べものにならない。その糸は細くて何度も繰るので女工の手はズキズキと痛む。機織りはサッサッと千編織っても一尺（三〇センチメートル）にもならない。昭陽殿の美人よ、昭陽殿の美人。あなた方はこのように苦労して繚綾を織る場面を見ていないので、きっと惜しくも何とも思わないのであろう。

語釈　○羅綃・紈綺　いずれも高級綾絹の名。「羅」は、うす絹、「紈」は、白い練り絹。「綃・綺」は、色糸で模様を織り出した綾絹。○天台山　浙江省にある山の名。石梁瀑布が有名。○四十五尺　約一三・五メートル。

○文章　あや、模様。○簇　むらがり続く。「続」に同じ。
○越渓寒女　「越」は、浙江省の古名。唐代、繚綾の特産地。「寒女」は、貧賤のむすめ。○漢宮　漢（唐）の宮殿。
○中使　宮殿からの中人（宦官）の使者。○口勅　天子からの口伝による詔勅。○天上送様人間織　「天上」は、宮中。「様」は、織り見本。「人間」は、民間。
○衫袖　上衣の袖。○裙　スカート。○金斗　火熨斗（アイロン）に用いる金色の斗。○熨波　火熨斗でしわを伸ばす。○刀　裁ちバサミ。
○転側看花　体を傾けて花を見つめる。梁の何遜「照鏡を詠む」詩に、「花を看て時に転側す」（『何遜集』巻一）と。
○昭陽美人　「昭陽」は、漢の宮殿の名。「美人」、神田本に従う。各本は「舞人」に作る。○直千金　非常に高い価値があること。「直」は、「値」に同じ。『史記』巻七十五・孟嘗君列伝に、「孟嘗君に一狐白裘有り、直千金」と。
○功績　積み上げられた仕事の業績、成績。○繒・帛　ともに絹織物をいう。「繒」は、厚織りの、「帛」は、白い絹織物。○札札　はたを織る音。「扎扎」とも。『文選』巻二十九、「古詩十九首」其の十に、「札札として機杼を弄ぶ」と。○不見織時応不惜　「惜」は、大切にする。各本は「若見織時応也惜」（若し織る時を見ば　応（まさ）に也（また）惜しむなるべし）に作る。

余説　藤原惟成の「秋日於㆓河原院㆒同賦㆓山晴多秋望㆒詩序」に、「曝布の泉波冷（すさま）じうして　月四十尺の余に澄めり」（『本朝文粋』巻八）と。

大江通国「新楽府廿句和歌題序、晩夏同に白氏文集楽府廿句を詠む、和歌一首付小序」（『朝野群載』巻一所収）に、この詩の「花簇雪」を句題として大江通国が和歌を詠んでいる。

藤原忠通の「繚綾」詩に、「繚綾の奇絶なるは何にか相似る、瀑布の泉飛びて月下に清きがごとし。様を送るに知らず寒女の費、泥を踏むに惜しむ無し美人の情。裁前す塞北の秋雲の色、著曳す昭陽の春雨の声。伏して去年の中使の勅を奉じ、越塗は是れが為に経営を告ぐ」（『法性寺関白御集』）と。

『栄華物語』巻十七・音楽に、「いみじく酔ひ乱れ給へるに、しどけなくひきかけつゝ、さうどき御有様ども、昨日麗しかりし事どもにもまさり、今めかしくおかしう見えたるに、御声ども様〻なるに、文集の楽府の文を覚え給。『織る物は何《ママ》んぞ、衣《ママ》る物は誰ぞ、越渓寒女漢宮姫なり、広裁㆓衫袖㆒長製㆑裾、金斗熨㆑波刀剪雲、春衣一対直千金、汗沾粉汚不㆓再著㆒』など、様〻の御声どもに誦じ給も、耳に留りてめでたく聞ゆ。人にとらすれば本意なくかたじけなしとて、皆をの〳〵被きつゝぞ引き乱れて出で給ふ程に、『土に曳き泥を踏んで惜む心無し』とにこそありけれと見ゆ」と。

0156　賣炭翁　苦二宮市一也。

賣炭翁《ばいたんをう》　宮市《きゆうし》に苦《くる》しむなり。

解題　「新楽府」その三十二。長安の貧しい炭売りの爺さんが、宮中からの宦官の使者による調度品の強制調達に苦しむ様子を活写した詩。「宮市」は、宮人（宦官）による市（売り買い、買い取り）の意。調度品の調達に民間の市場に出向いた宮人が担当したが、実態は一方的な強奪であった。唐の韓愈『順宗実録』巻二にその実態を詳細に述べる。「宮市」、汪立名本による。神田本その他諸本は「官市」に誤る。後の「宮使」も同じ。

賣炭翁　賣炭翁
賣炭翁《ばいたんをう》　賣炭翁《ばいたんをう》、

伐レ薪燒レ炭南山中」
薪《たきぎ》を伐《き》り　炭《すみ》を燒《や》く　南山《なんざん》の中《うち》。」

滿面塵埃煙火色
滿面《まんめん》の塵埃《ぢんあい》　煙火《えんくわ》の色《いろ》、

兩鬢蒼蒼十指黑
兩鬢《りやうびん》は蒼蒼《さうさう》として　十指《じつし》黑《くろ》し。

賣レ炭得レ錢何所レ營
炭《すみ》を賣《う》り　錢《ぜに》を得《え》て　何《なん》の營《いとな》む所《ところ》ぞ、

身上衣裳口中食」
身上《しんじやう》の衣裳《いしやう》　口中《こうちゆう》の食《しよく》。」

可レ憐身上衣正單
憐《あは》れむべし　身上《しんじやう》の衣《い》　正《まさ》に單《ひとへ》にして、

心憂二炭賤一願二天寒一」
心《こころ》に炭《すみ》の賤《やす》きを憂《うれ》ひて　天《てん》の寒《さむ》からんことを願《ねが》ふ。」

夜來城外一尺雪
夜來《やらい》　城外《じやうぐわい》に　一尺《いつせき》の雪《ゆき》ふり、

曉駕二炭車一輾二冰轍一
曉《あかつき》に　炭車《たんしや》に駕《が》して　冰轍《ひようてつ》を輾《きし》らしむ。

牛困人飢日已高
牛困《うしくる》しみ　人飢《ひとう》ゑて　日《ひ》已《すで》に高《たか》く、

市南門外泥中歇」
翩翩兩騎來是誰
黃衣使者白衫兒」
手把二文書一口稱レ勅
迴レ車叱レ牛牽向レ北
一車炭重千餘斤
宮使驅將惜不レ得
半疋紅紗一丈綾
繫二着牛頭一充二炭直一」

市《し》の南門外《なんもんぐわい》 泥中《でいちゆう》に歇《やす》む。」
翩翩《へんぺん》たる兩騎《りやうき》 來《きた》るは是《こ》れ誰《たれ》ぞ、
黃衣《くわうい》の使者《ししや》 白衫《はくさん》の兒《じ》。」
手《て》に文書《ぶんしよ》を把《と》り 口《くち》に勅《ちよく》と稱《しよう》し、
車《くるま》を迴《めぐ》らし 牛《うし》を叱《しつ》し 牽《ひ》きて北《きた》に向《む》かはしむ。
一車《いつしや》の炭《すみ》 重《おも》さ千餘斤《せんよきん》、
宮使《きゆうし》 驅《か》り將《も》て 惜《を》しみ得《え》ず。
半疋《はんぴき》の紅紗《こうさ》 一丈《いちぢやう》の綾《あや》、
牛頭《ぎうとう》に繫着《か》けて 炭《すみ》の直《あたひ》に充《あ》つ。」

翁・翁・中（上平聲、東韻）。色・食（入聲、職韻）、黑（入聲、德韻）……職・德韻は同用。單・寒（上平聲、寒韻）。雪・轍（入聲、薛韻）、歇（入聲、月韻）……薛・月韻は通押。誰（上平聲、脂韻）、兒（上平聲、支韻）……脂・支韻は同用。勅・直（入聲、職韻）、北・得（入聲、德韻）……職・德韻は同用。

通釈　炭売りの爺さん、炭売りの爺さん。長安南郊の南山で薪を伐り、炭を焼いて暮らしている。顔中ほこりや煤煙に汚れ、髪は白髪まじりで、十本の指は真っ黒である。この爺さんは炭を売って小銭を得て、どう生活を切り盛りできるというのか。身にまとう着物、口に入れる食べ物とて十分でない。かわいそうにこの冬空に身に単衣《ひとえ》一枚をまとっただけ。それなのに炭の値段が下がるのを心配して、もっと寒くなるように願っている。

ところが折よく夕べから大雪となり、この南の郊外にも三〇センチメートルの雪が降った。そこで爺さんは明け方から炭を積み込んだ車に牛を繋ぎ、轍《わだち》が凍りついた道をゴロゴロ引いて町に行く。町に着く頃は日は高くなり、牛も人も疲れて空腹となる。そのため爺さんは市場の南門の外で休憩する。

そこへ二頭の馬に乗って旗を翻してやって来たのは誰あろう、黄色い着物の宮中の使者（宦官）と白い上着の若者。使者は手に何やら文書を持ち、口に「勅命じゃ」と唱えて、爺さんの車の向きを変え、牛をシッシッと追いながら宮殿のある北のほうへ引いて行く。車いっぱいの炭の重さは六〇〇キログラム余り。これを宮中の調達の使者につかまって車ごと駆り立てられるのは、何とも惜しいがどうしようもない。牛の頭には炭代として五メートル足らずの赤い薄絹と、三メートルほどの綾絹が結わえつけられているだけである。

語釈　○南山　長安の南郊に連なる山の名。終南山。
○煙火　すすけむり。煤煙。○鬢　耳の後ろの側頭毛。○営　仕事を切り盛りする。生活する。
○単　ひとえ。薄着。
○駕　馬（ここは牛）にくびきを付けて車につなぐ。○輾　車をゴロゴロと引く。○氷轍　氷結したわだち（車の跡）。○困　疲れる。疲労困憊。○市　市場。当時長安には東市・西市があり、宮廷の宦官がよく出入りするのは宮殿に近い東市であった。
○翩翩　旗がヒラヒラ翻る様。○黄衣　宦官の黄色い衣服。「黄」は天子に属する色。○白衫児　作業を実行する白い上着の若者。
○叱　牛を追う声。シッシッ。○千余斤　「斤」は、約〇・六キログラム、「千余斤」は、六〇〇余キログラム。○駆将　駆り立てる。「将」は、動詞の後に付いて動作の方向を示す助詞。○半疋　布の長さの単位。ひと織り、約四・七メートル。○紗　目があらく、地がうすい絹織物。薄絹。「綾絹」よりも質が劣る。○一丈　約三・一メートル。○直　あたい。「値」に同じ。

余説　清の乾隆帝『唐宋詩醇』巻二十の御批に、「其の事を直書して、其の意自ら見（あらは）る。更に一断語を著するを用ひず」と。

大江通国「新楽府廿句和歌題序、晩夏同に白氏文集楽府廿句を詠む、和歌一首付小序」（『朝野群載』巻一所収）に、この詩の「願天寒」を句題として大江通国が和歌を詠んでいる。

藤原忠通の「売炭翁」詩に、「借問す老翁何をか営む所ぞ、薪を伐り炭を焼きて余生を送る。塵埃面に満つ嶺嵐の暁、焼火望を妨ぐ山月の程。直（あたひ）乏しく泣きて帰る氷冱の路、衣単にして耐えず雪寒の情。白衫の宮使車を牽きて去る、半足の紅紗を以て軽んず莫かれ」（『法性寺関白御集』）と。

同じく藤原忠通の「和㆘李部大卿見㆓売炭翁愚作㆒所㆑贈之佳什㆖」詩に、「山翁は潦倒（老いぼれ）にして茅菴に在るも、世を度るの心謀は瘖瘂に諳（そらん）ず。生計如何せん炎熱の日、家資得んことを期す沍陰の嵐。蒼鬢を垂れて身上を営むを耻ぢ、白衫の為に市南に駈らるるを恐る。炭は是れ千余なるも綾は一丈のみ、官児勅と称すれば誰か相貪らんや」（『法性寺関白御集』）と。

『本朝無題詩』巻二に、輔仁親王の「売炭婦」詩を収録する。

『平家物語』巻三・城南離宮の事に、「夜霜に寒けき砧の響かすかに御枕につたひ、暁氷を輾る車の轍はるかの門前に横はれり」と。

『源平盛衰記』巻十二・主上鳥羽御籠居御歎の事に、「夜深うしては枕に通ふ砧の声御寝の夢をさまし、暁かけては氷を輾る車の音老牛の心を傷ましむ」と。

『宴曲集』巻一・雪に、「市の南に臨みし売炭翁は冴る一尺の雪を悦ぶ思ひあり」と。

『とはずがたり』所収の歌謡に、「売炭の翁はあはれなり、おのれが衣はうすけれど、薪をとりて冬を待つこそ悲しけれ」と。

『増鏡』に、「売炭翁はあはれなり、をのが衣は薄けれど、御声いとおもしろし」と。

『太平記』巻十二・解脱上人事に、「上人此の事を聞き給て、……山城の国、笠置と云深山に一巌屋を卜（めし）、落葉を攢めて身上の衣と為し、菓を拾うて口食と為して、長く厭離れ穢土の心を発し、鎮（とこしなへに）欣求浄土の勤を専にし給ひける」と。

『義経記』巻五に、「西を指して行く程に、遥なる深き谷に灯火幽に見えければ、如何なる里やらん。売炭の翁も通はじなれば、唯炭竈の火にてもあらじ。秋の暮ならば、沢辺の蛍かとも疑ふべき」と。

舞曲「屋島軍」に、「ばいたんをきなはをのが衣はうすけれど冬をまつこそやさしけれ。冬にもなれば炭を焼く……」と。

林羅山の『丙辰紀行』に、「大井川は駿河と遠江の境なり。あすか川ならねども霖雨ふれば淵瀬かはることたびたびなれば、……嶋田の民おのが家はただよひ流るれども旅客の嚢をむさぼるために洪水をよろこぶ、売炭翁が単衣にして年の寒きを待つが如し」と。

0157　母別㆑子　刺㆓新閒㆒舊也。

母子《ははこ》に別《わか》る　新《しん》の舊《きう》を閒《へだ》つるを刺《そし》るなり。

解題　「新楽府」その三十三。ある将軍が新妻を迎えた。その新しい妻によって、古い妻は二人の子を残して家を追い出された。この詩は、その古い妻が愛（とい）しい我が子を思い、新しい妻を諷刺した詩である。

母別㆑子　子別㆑母　　母《はは》は子《こ》に別《わか》れ　子《こ》は母《はは》に別《わか》れ、

白日無レ光哭聲苦」
關西驃騎大將軍
去年破レ虜新策レ勳
勅賜二金錢二百萬一
洛陽迎二得如レ花人一」
新人迎來舊人棄
掌上蓮華眼中刺」
寵レ新棄レ舊未レ足レ悲
悲在三君家留二二兒一
一始扶レ床一初坐
坐啼行哭牽二人衣一
以二汝夫婦新嬿婉一
使二我母子生別離一
不レ如林下烏與レ鵲
母不レ失レ雛雄伴レ雌
應レ似園中桃李樹

白日《はくじつ》 光《ひかり》無《な》く 哭聲《こくせい》苦《くる》し。」
關西《くわんせい》の驃騎大將軍《へうきだいしやうぐん》、
去年《きよねん》 虜《りよ》を破《やぶ》りて 新《あら》たに勳《くん》を策《しる》せり。
勅《ちよく》して 金錢二百萬《きんせんにひやくまん》を賜《たま》ひ、
洛陽《らくやう》に 花《はな》の如《ごと》き人《ひと》を迎《むか》へ得《え》たり。」
新人迎《しんじんむか》へ來《きた》りて 舊人棄《きうじんす》てられ、
掌上《しやうじやう》の蓮華《れんげ》 眼中《がんちゆう》の刺《とげ》。」
新《しん》を寵《ちよう》し 舊《きう》を棄《す》つること 未《いま》だ悲《かな》しむに足《た》らず、
悲《かな》しきは 君《きみ》が家《いへ》に二兒《にじ》を留《とど》むるに在《あ》り。
一《いつ》は始《はじ》めて床《しやう》に扶《すが》り 一《いつ》は初《はじ》めて坐《ざ》し、
坐《ざ》せるは啼《な》き 行《ある》くは哭《こく》して 人《ひと》の衣《ころも》を牽《ひ》く。
汝《なんぢ》が夫婦《ふうふ》の 新《あら》たに嬿婉《えんゑん》たるを以《もつ》て、
我《わ》が母子《ぼし》をして 生《い》きながら別離《べつり》せしむ。
如《し》かず 林下《りんか》の烏《う》と鵲《じやく》と、
母《はは》は雛《ひな》を失《うしな》はず 雄《ゆう》は雌《し》を伴《ともな》へるに。
應《まさ》に似《に》たるべし 園中《ゑんちゆう》の桃李樹《たうりじゆ》の、

花落隨レ風子在レ枝」
新人新人聽二我語一
洛陽無限紅樓女
但願將軍更立レ功
更有三新人勝二於汝一」

花落《はなお》ちて　風《かぜ》に随《したが》ひ　子は枝《えだ》に在《あ》るに。」
新人《しんじん》　新人《しんじん》　我《わ》が語《ご》を聴《き》け、
洛陽《らくやう》には無限《むげん》の紅楼《こうろう》の女《むすめ》あり。
但願《ただねが》ふは　将軍《しやうぐん》の更《さら》に功《こう》を立《た》て、
更《さら》に新人《しんじん》の　汝《なんぢ》に勝《まさ》れるもの有《あ》らんことを。」

母（上聲、厚韻）、苦（上聲、姥韻）……厚・姥韻は押韻しない（「母」が「姆」〈上聲、姥韻。乳母の意〉であれば、「姆」「苦」ともに上聲、姥韻となって押韻する）。軍・勳（上平聲、文韻）、人（上平聲、眞韻）……文・眞韻は通押。棄（去聲、至韻）、刺（去聲、寘韻）……至・寘韻は同用。悲（上平聲、脂韻）、兒・離・雌・枝（上平韻、支韻）、衣（上平聲、微韻）……脂・支韻は同用、微韻は通押。語・女・汝（上聲、語韻）。

通釈　母は愛しい我が子に別れ、子は母に別れる。その悲しい場面に日差しも力なく、いかにも苦しげな泣き声が響く。

それは、去年えびすを打ち破って勲功を挙げたばかりの関西の驃騎大将軍が、天子から二百万もの金銭を賜り、その金で洛陽から花のように美しい新妻を迎え入れたからだ。

新しい妻が来れば古い妻は棄てられ、新しい妻は掌中の蓮の花のように大切にされ、古い妻は眼の中のトゲのように邪魔者扱いされる。

新しい妻を迎えた将軍が古い妻を棄てるのはまだ悲しむに足りない。本当に悲しく辛いのは、将軍の家に残した二人の幼い男の子。一人はやっと伝い歩きができるようになったし、一人はやっと自分でお座りができたばかりのかわいい盛りである。その子らが、座り込んだりヨチヨチ歩きしながら、母の着物を引っ張って泣きじゃくる姿は何とも忍びない。あなたたち夫婦が新婚で仲良くする一方、私たち母子はこの世の辛い生き別れとなります。これでは森林の烏や鵲《かささぎ》の母鳥が雛を失わず、雌雄が仲良く寄り添うのに及ばないし、庭の桃や李が風に吹かれて花が散り、実が枝に残っているのと同じでしょう。
　新しい奥さんよ、新しい奥さん、私の言うことをちゃんと聴いてほしい。洛陽には新しい奥さんのような妓楼あがりの女がたくさんいます。将軍には再度勲功を挙げてもらい、あなた以上の奥さんを新しく迎えてもらいたいものです。

語釈　○白日　昼間の太陽。日差し。
○関西驃騎大将軍　姓名不詳。陳寅恪『元白詩箋証稿』は、楊朝晟である可能性に言及する。「関西」は、函谷関以西をいう。「驃騎大将軍」は、勲功があった者に与えられる最高の称号。○虜　えびす。胡虜。○策勲　勲功を書きつける。「策」は、しるす。
○児　男子。女子は「女」。○一始扶床一初坐　「始」「初」、共に「はじめて」と読み、同様に用いられる副詞であるが、「始」（……のし始め、始まり）は、後に続く動作・事態の開始に注目し、「初」（やっと……したばかり）は、動作・事態の完了と新しい事態の発生に注目する。○嬿婉　「燕婉」に同じ。新婚の男女が仲睦まじいこと。畳韻語。『詩経』邶風「新台」に、「燕婉を之れ求む」と。○子　果実。
○紅楼　妓楼。遊郭。

余説　『太平記』巻三十二・直冬与吉野殿合体事に、「后此子に負れて、師子国の王宮へぞ参給ける。帝不レ斜《メナラ》喜び思召て、君恩類無かりければ、後宮綺羅の三千……君看《テ》二金翠《ヲ》一為《ス》レ無《シト》二顔色一。新しき人来て旧き人棄てられぬ。眼の裏（ちう）の荊棘掌上の花の如し」と。

0158　陰山道　疾二貪虜一也。　陰山《いんざん》の道《みち》　貪虜《たんりよ》を疾《にく》むなり。

解題　「新楽府」その三十四。唐朝産の絹とウイグル産の馬の交易における、ウイグル人の貪欲さをにくんだ詩。「陰山」は、内蒙古自治区南方から大興安嶺にかけて横たわる山脈名。古来良馬を産した。「疾」は、憎み嫌う。元稹の「陰山道」詩（『元氏長慶集』巻二十四）に、「年年馬を買ふ陰山道」と。

陰山道　陰山道　　陰山《いんざん》の道《みち》　陰山《いんざん》の道《みち》、
紇邏敦肥水泉好　　紇邏《こつら》の敦《とん》　肥《こ》えて　水泉《すいせん》好《よ》し。
毎レ至二戎人送レ馬時一　　戎人《じゆうじん》の　馬《うま》を送《おく》る時《とき》に至《いた》る毎《ごと》に、

道旁千里無二纖草一」
草盡泉枯馬病羸
飛龍但印二骨與一レ皮」
五十疋縑易二一疋一
縑去馬來無二了日一
養無レ所レ用去非レ宜
每歲死傷十六七」
縑絲不レ足女工苦
疎織短截充二疋數一
藕絲蛛網三丈餘
迴鶻訴稱無二用處一」
咸安公主號二可敦一
遠爲二可汗一頻奏論」
元和二年下二新勅一
內出二金帛一酬二馬直一
仍詔江淮馬價縑

道旁千里《だうばうせんり》　纖草《せんさう》無《な》し。」
草盡《くさつ》き　泉枯《いづみか》れ　馬《うま》は病《や》み羸《つか》れ、
飛龍《ひりよう》は　但《た》だ骨《ほね》と皮《かは》とに印《いん》するのみ。」
五十疋《ごじつぴき》の縑《けん》　一疋《いつぴき》に易《か》ふ、
縑去《けんさ》り　馬來《うまきた》り　了《や》む日《ひ》無《な》し。
養《か》ふに用《もち》ふる所無《ところな》く　去《さ》るは宜《よろ》しきに非《あら》ず、
每歲《まいさい》　死傷《ししやう》するもの十《じふ》に六七《ろくしち》。」
縑絲《けんし》足《た》らず　女工苦《ぢよこうくる》しみ、
疎織短截《そしよくたんせつ》して　疋數《ひきすう》に充《あ》つ。
藕絲《ぐうし》　蛛網《ちゆまう》　三丈餘《さんぢやうよ》、
迴鶻訴《くわいこつうつた》へ稱《しよう》す　用《もち》ふる處無《ところな》しと。」
咸安公主《かんあんこうしゆ》　可敦《かとん》と號《がう》す、
遠《とほ》く可汗《かかん》の爲《ため》に　頻《しき》りに奏論《そうろん》す。」
元和《げんな》二年《にねん》　新勅《しんちよく》を下《くだ》し、
內《うち》より金帛《きんぱく》を出《い》だして　馬《うま》の直《あたひ》に酬《むく》ゆ。
仍《よ》つて詔《みことのり》す　江淮《かうわい》の馬價《ばか》の縑《けん》、

從レ此不レ令二疎短織一」
合闕將軍呼二萬歳一
捧三受金銀與二縑綵一
誰知黠虜啓二貪心一
明年馬來多一倍」
縑漸好　馬漸多
陰山虜　奈レ爾何」

此《これ》より　疎《そ》短《たん》に織《お》らしめず。」
合闕將軍《がふけつしやうぐん》　萬歳《ばんざい》を呼《さけ》び、
金銀《きんぎん》と縑綵《けんさい》とを捧《ささ》げ受《う》けたり。
誰《たれ》か知《し》らん　黠虜《かつりよ》　貪心《たんしん》を啓《ひら》き、
明年《みやうねん》　馬《うま》の來《きた》るや　多《おほ》きこと一倍《いちばい》なるを。」
縑《けん》漸《やうや》く好《よ》く　馬《うま》漸《やうや》く多《おほ》し。
陰山《いんざん》の虜《りよ》　爾《なんぢ》を奈何《いかん》せん。」

道・道・好・草（上聲、皓韻）。羸・皮（上平聲、支韻）。疋・日・七（入聲、質韻）。苦（上聲、姥韻）、數（上聲、麌韻）、餘（上平聲、魚韻）、處（上聲、語韻）……姥・麌韻は同用、姥・麌・魚・語韻はすべて通押。敦・論（上平聲、魂韻）。勅・直・織（入聲、職韻）。綵（上聲、海韻）、倍（上聲、賄韻）……海・賄韻は同用。多・何（下平聲、歌韻）。

通釈　陰山の道、陰山の道。その道筋には春夏に青草が茂り、湧き水もうまい。ところが戎（回紇《ウイグル》）が馬を送ってくる秋冬になると、路傍は千里に渡って細い草もなくなる。

草は尽きて泉は枯れ、馬は病んで痩せてしまう。そのような馬を唐朝は買い取り、骨と皮だけの痩せ馬に、宮中厩所を示す「飛龍」の焼き印をむやみに押す。

唐の絹と戎の馬の交換率は絹五十匹（約四七〇メートル）に馬一匹。交易で唐の綾絹は出てゆき、代わりに戎の馬が唐に来ることが続く。こんな戎の痩せ馬は飼育しても役に立たないが、突き返すのも具合が悪い。仕方なく受け取るが、毎年十分の六、七割は死んだり負傷したりだ。

また、不足する絹糸を織る女工が苦労する。ために女工は絹を粗く織ったり、短く裁断したりして数量だけは揃えるが、このような織物は蓮の糸や蜘蛛の巣のように粗い、しかも長さ三丈余（約九メートル余）の短い絹布に対して、受け取った回紇はこれでは役に立たぬと文句を言う。

徳宗の咸安公主は回紇王の妃となって降嫁し、遠地から可汗（王）のために何度も上奏される。そこで憲宗帝は元和二年（八〇二）に新しく詔を発し、宮殿の内庫から金銭や絹帛を出させてウイグル馬の代金に充て、馬の代価用の江淮産の綾絹について、今後は粗く織ったり短く裁断しないようにさせた。これに対して、えびすの合闕将軍は万歳を叫んで大喜びし、金銀や綾絹を拝受する。ところが誰知ろう、これがずる賢いえびすの貪欲をそそり、翌年（今年）には献上する馬の数が二倍になった。

唐朝からの綾絹は品質がますます良くなり、ウイグルからの馬は数がますます増える。陰山のえびすどもよ、お前らの貪欲さは全くどうしようもないものだ。

語釈　○紇邏敦　青い草。「紇邏」は、突厥語で「青い色」を意味し、「敦」は、草または草原の意。陳寅恪『元白詩箋称稿』「陰山道」参照。○戎人　えびす。ここはウイグル人。

○病羸　病んで痩せ衰える。○飛龍　唐代宮中の御厩所属の名馬。元稹「陰山道」詩（『元氏長慶集』巻二十四）に、「悉く飛龍の相践暴する在り」と。

○五十疋縑易一疋　「縑」は、細く織った絹布。織物の「一疋」は、約九・四メートル。「疋」「匹」は同じ。『旧唐書』巻一九五・迴紇伝に、「歳ごとに市に来り、馬一匹を以て絹四十匹に易（か）ふ」と。○去非宜　突き返すのも具合が悪い。「去」は、追い返す、突き返す意。那波本・神田本等は「士」に作る。いま紹興本等に従う。

○疎織短截　標準よりも粗く織ったり、短く裁断した布。○藕糸蛛網三丈余　「藕糸」は、蓮根の切断面に生じる糸状のもの。「蛛網」は、蜘蛛（もく）の巣の網。スカスカの粗悪な織物を喩える。「三丈余」（約九メートル余）は、当時「四丈」（一二メートル余）が標準であった（『旧唐書』巻四十八・食貨志上）。陳寅恪『元白詩箋証稿』「陰山道」参照。○迴鶻　ウイグル。「迴紇」「回鶻」とも。

○咸安公主　徳宗の第八女である燕国襄穆公主。回紇の武義成功可汗に降嫁し、元和三年（八〇三）、回紇に歿した。『新唐書』巻八十三、巻二一七上参照。「公主」は、天子のむすめをいう。白居易に「祭咸安公主文」（巻四十、一八〇九）がある。公主の降嫁について、藤野月子『王昭君から文成公主へ』（九州大学出版会、二〇一二年）参照。○可敦　王妃をいう。○可汗　王をいう。

○元和二年下新勅　元稹「陰山道」詩（『元氏長慶集』巻二十四）の題下注に、「李（紳）伝に云ふ、『元和二年、詔有り、悉く金銀を以て回紇の馬価に酬（くむ）ゆ』」と。原「詔」は『唐書』等に見えない。○内　宮中。内裏。○直　「値」に同じ。○江淮　長江下流と淮河に挟まれた一帯。
○合闕将軍　回紇の将軍の名。『旧唐書』巻一九五・迴紇伝、『新唐書』巻二一七上・回鶻伝上に、ウイグル側の使者としてしばしば登場する。○縑緜　あやぎぬ。○黠虜　ずる賢いえびす。○明年馬来多一倍　白居易「回紇可汗に与ふる書」（巻四十、一四〇）に、「達覧将軍等至り、表を省みるに、其の馬の数、共に六千五百匹、到る所に拠りて印納す。馬都（すべ）て二万匹、……」とあり、献上された六千五百匹の馬匹数が、帳簿上では約三倍の二万匹となったことを述べる。

0159　時勢粧　警レ戎也。

時勢粧《じせいさう》　戎《じゆう》を警《いまし》むるなり。

解題　「新楽府」その三十五。当世戎風のけばけばしい化粧が流行し、中華本来の化粧が失われてゆくのを戒めた詩。「時勢粧」は、当世流行の化粧の意、神田本による。各本は「時世粧」に作る。

時勢粧　時勢粧
出レ自二城中一傳二四方一」
時勢流行無二遠近一
顋不レ施レ朱面無レ粉」
烏膏膏レ脣脣如レ泥
雙眉畫爲二八字低一
妍蚩黑白失二本態一
粧成盡似二含レ悲啼一」

時勢粧《じせいさう》　時勢粧《じせいさう》、
城中《じやうちゆう》より出《い》でて　四方《しはう》に傳《つた》ふ。」
時勢《じせい》　流行《りうかう》して　遠近《ゑんきん》無《な》く、
顋《さい》に朱《しゆ》を施《ほどこ》さず　面《めん》に粉《ふん》無《な》し。」
烏膏《うかう》　脣《くちびる》に膏《かう》して　脣《くちびる》は泥《どろ》の如《ごと》し、
雙眉《さうび》　畫《ゑが》けば八字《はちじ》のごとく低《た》るるを爲《な》す。
妍蚩《けんし》　黑白《こくびやく》　本態《ほんたい》を失《うしな》ひ、
粧《よそほ》ひ成《な》れば　盡《ことごと》く悲《かな》しみを含《ふく》みて啼《な》くに似《に》たり。」

圓鬟無レ鬢椎髻様
斜紅不レ暈赭面状」
昔聞被レ髪伊川中
辛有見レ之知レ有レ戎
元和粧梳君記取
椎髻赭面非二華風一」

圓鬟《ゑんくわん》 鬢《びん》無《な》く 椎髻《ついけい》の様《やう》、
斜紅《しやこう》 暈《ひか》らず 赭面《しやめん》の状《じやう》。」
昔《むかし》聞《き》く 髪《かみ》を被《かうむ》る 伊川《いせん》の中《うち》、
辛有《しんいう》 之《これ》を見《み》て 戎《じゆう》有《あ》るを知《し》る。
元和《げんな》の粧梳《さうそ》 君《きみ》 記取《きしゆ》せよ、
椎髻《ついけい》 赭面《しやめん》 華風《くわふう》に非《あら》ず。」

粧・粧・方（下平聲、陽韻）。近（上聲、隱韻）、粉（上聲、吻韻）……隱・吻韻は同用。泥・低・啼（上平聲、齊韻）。様・狀（去聲、漾韻）。中・戎・風（上平聲、東韻）。

通釈 今はやりの化粧、今はやりの化粧。長安の町中から四方へと伝わってゆく。

遠い近いの区別なく、どこでも流行している当世の化粧は、頬に紅を施さず、顔におしろいをつけない。また唇には烏のような黒い脂をつけ、まるで泥を塗ったかのよう、両の眉は八の字のように垂れて描く。これでは顔の美しさや白さの本来の姿を失い、できあがったお化粧はどれもこれも半泣き顔。

髪に丸く結ったふくらみもなく、まげはえびすばりに椎の実形に高く結い上げる。頬紅は斜めにひくので輝かず、まるでえびすの赤顔のようだ。

昔、周の辛有は伊川でザンバラ髪の男を見て、いつかこの地もえびす化するであろうと知ったと聞く。元和の今日に流行している化粧や髪型についても、よく覚えておくがいい、椎の実の髪型や赤い顔は中国本来の化粧の仕方ではないことを。

語釈 ○城中 まち。
○題 両頬からあご先にかけての部分。

○烏膏　顔に塗る黒いあぶら。『新唐書』巻三十四・五行志一に、「時勢粧」に基づき、「元和末、婦人円鬟椎髻を為し、鬢飾を設けず、朱粉を施さず、惟だ烏膏を以て唇に注し、状は悲しみ啼く者に似たり」と述べる。○八字低　眉を八の字形に垂れて描くこと。○妍蚩　美しさと醜さ。美醜。「蚩」字、神田本は「嗤」（あざ笑う）に作るが、諸本により改める。○円鬟・椎髻　「円鬟」は、丸く結い上げた髪、「椎髻」は、椎の実形に結った髻（まげ）。いずれも当時流行の髪型。前掲「烏膏」語釈参照。○赭面　赤い顔。えびすをいう。○被髪伊川中　辛有見之知有戎　「被髪」は、結わないザンバラ髪。昔、周の辛有が伊川に行ったところ、髪を振り乱して祭りをしている人を見かけ、百年もたたずにこの地は夷狄化するであろうと予言した故事（『左氏伝』僖公二十二年）。○粧梳　化粧や髪型。ファッション。○記取　よく覚えておく。「記」は、覚える、心にしるす。「取」は、動作の固定を示す助詞。

余説　宋の曽季貍『艇斎詩話』に、「東坡の『揚州近日紅千葉、自ら是れ時世粧』（「趾王進叔所蔵画五首」其二・趙昌四季・芍薬）は、楽天の諷諫詩に云ふ『元和時世粧』より出づ」と。

『太平記』巻二十一に、「天下時勢粧事」と題する。

我が国において、「時勢粧」を戎人の人形とする特殊な解釈があった。以下その二例。

釈信救の『白氏新楽府略意』に、「時勢粧者《ハ》、安《ニシテ》不レ忘レ危《コトヲ》者賢人之遺訓也、唐憲宗皇帝元和年中《ニ》天下大平《ニシテ》戎人不レ侵《サ》二辺邑《ヲ》一、而帝詔《シテ》造二戎人之形《ヲ》一示《ス》有《コトヲ》二蛮夷一、謂《フ》二之《ヲ》時勢粧《ト》一、是居《テ》レ安《ニ》不《ル》レ可レ忘レ危《キヲ》之故也」と。

又『新楽府注』（真福寺蔵、正嘉元年写本）に、「此段には唐徳宗皇帝を美《メ》候なり、徳宗御時天下静《ツマテ》四方戎乱事なかりけれとも、御門四方戎形を造せて都に中に立て御坐けり、立給意は、此の比ころは此《ノ》えひす乱いらねとも、かゝる物の四方の国《ノ》はてに有て隙（ヒマ）有《ラハ》打ち入《ラムト》するなり」と。

解題　「新楽府」その三十六。前漢の武帝が寵愛した李夫人にことよせて、君主の美女への惑溺を諫める。李夫人の事跡は、『漢書』巻九十七上・外戚伝上に詳しい。

0160　李夫人　鑒二嬖惑一也。　李夫人《りふじん》　嬖惑《へいわく》に鑒《かんが》みるなり。

漢武帝初喪二李夫人一　漢《かん》の武帝《ぶてい》　初《はじ》めて李夫人《りふじん》を喪《うしな》ふに、

夫人病時不レ肯レ別
死後留得生前恩
君恩未レ盡念未レ已
甘泉殿裏令レ寫レ眞
丹青畫出竟何益
不レ言不レ咲愁二殺君一
又令下方士合二靈藥一
玉釜煎錬金爐焚上
九華帳深夜悄悄
反魂香反夫人魂」
夫人之魂在二何許一
香煙引到焚香處
既來何苦不二須臾一
縹眇悠揚還滅去」
去何速兮來何遲
是耶非耶兩不レ知

夫人《ふじん》の病《や》める時《とき》は別《わか》るるを肯《がへん》ぜず、
死後《しご》も留《とど》め得《え》たり　生前《せいぜん》の恩《おん》。
君恩《くんおん》未《いま》だ盡《つ》きず　念《おも》ひ未《いま》だ已《や》まず、
甘泉殿裏《かんせんでんり》に眞《しん》を寫《うつ》さしむ。
丹青《たんせい》もて畫《ゑが》き出《い》だすも　竟《つひ》に何《なん》の益《えき》かあらん、
言《い》はず　咲《ゑ》まず　君《きみ》を愁殺《しうさつ》す。
又《また》　方士《はうし》をして靈藥《れいやく》を合《がふ》し、
玉釜《ぎよくふ》に煎錬《せんれん》し　金爐《きんろ》に焚《た》かしむ。
九華《きうくわ》の帳《ちやう》深《ふか》きところ　夜《よる》悄悄《せうせう》たり、
反魂香《はんごんかう》は反《かへ》す　夫人《ふじん》の魂《こん》。」
夫人《ふじん》の魂《こん》　何《いづ》れの許《ところ》にか在《あ》る、
香煙《かうえん》　引《ひ》き到《いた》る　焚香《ふんかう》の處《ところ》。
既《すで》に來《きた》るに　何《なに》をか苦《くる》しみて　須臾《しゆゆ》もせず、
縹眇《へうべう》　悠揚《いうやう》　還《ま》た滅《めつ》し去《さ》る。」
去《さ》ること何《なん》ぞ速《すみ》やかに　來《きた》ること何《なん》ぞ遲《おそ》き、
是《これ》か非《あら》ぬか　兩《ふた》つながら知《し》らず。

翠蛾髣髴平生貌
不レ似二昭陽寝レ病時一
魂之不レ來兮君心苦
魂之來兮君亦悲
背レ燈隔レ帳不レ得レ語
安用二蹔來遙見一爲
傷レ心不二獨武皇帝一
自レ古及レ今多若レ斯
君不レ見穆王三日哭
重璧臺前傷二盛姫一
又不レ見泰陵一掬涙
馬嵬路上念二楊妃一
縱令姸姿豔骨化爲レ土
此恨長在無二銷期一」
生亦惑　死亦惑
尤物感レ人忘不レ得

翠蛾《すいが》　髣髴《はうふつ》たり　平生《へいぜい》の貌《かほ》、
昭陽《せうやう》に病《やまひ》に寝《ふ》せし時《とき》に似《に》ず。
魂《こん》の來《きた》らざるや　君《きみ》が心苦《こころくる》しみ、
魂《こん》の來《きた》るや　君《きみ》　亦《ま》た悲《かな》しむ。
燈《とう》を背《そむ》け　帳《ちやう》を隔《へだ》てて　語《かた》るを得《え》ず、
安《いづ》くんぞ　蹔《しばら》く來《きた》りて遙《はる》かに見《み》るを用ひんや。
心《こころ》を傷《いた》ましむるは　獨《ひと》り武皇帝《ぶくわうてい》のみならず、
古《いにしへ》より今《いま》に及《およ》ぶまで　多《おほ》く斯《か》くの若《ごと》し。
君見《きみみ》ずや　穆王《ぼくわう》　三日《さんじつ》の哭《こく》、
重璧臺前《ちようへきだいぜん》に　盛姫《せいき》を傷《いた》みしを。
又見《またみ》ずや　泰陵《たいりよう》　一掬《いつきく》の涙《なみだ》、
馬嵬路上《ばくわいろじやう》に　楊妃《やうひ》を念《おも》ひしを。
縱令《たとひ》　姸姿《けんし》　豔骨《えんこつ》　化《くわ》して土《つち》と爲《な》るとも、
此《こ》の恨《うら》みは　長《とこしへ》に在《あ》りて　銷《き》ゆる期無《ときな》からん。」
生《い》きても亦《ま》た惑《まど》ひ　死《し》しても亦《ま》た惑《まど》ふ、
尤物《いうぶつ》は人《ひと》を感《かん》ぜしめて　忘《わす》れ得《え》ざらしむ。

人 非ニ木 石一皆 有レ情
不レ如 不レ遇ニ傾 城 色一」

人《ひと》は木石《ぼくせき》に非《あら》ず 皆《みな》 情《じやう》有《あ》り、
如《し》かず 傾城《けいせい》の色《いろ》に遇《あ》はざらんには。」

人・眞（上平聲、眞韻）、恩（上平聲、痕韻）、君・焚（上平聲、文韻）、魂（上平聲、魂韻）……痕・魂韻は同用、眞・文韻は通押。許・處・去（上聲、語韻）、臾（上平聲、虞韻）……語・虞韻は通押。遅・悲（上平聲、脂韻）、知・爲・斯（上平聲、支韻）、時・姫・期（上平聲、之韻）、涙（去聲、至韻）、妃（上平聲、微韻）……脂・支・之韻は同用、至・微韻は通押。
惑・得（入聲、徳韻）、色（入聲、職韻）……徳・職韻は同用。

通釈 むかし漢の武帝が李夫人を喪《うしな》ったときのこと、夫人が病の時は、傍らを離れようとせず、死後も生前の恩寵を与え続けた。帝の恩寵はいまだ尽きず、彼女への思いは已まず、甘泉殿の中に彼女の肖像を描かせた。だが、絵の具で描かれた肖像画に何の意味があろう、それはものも言わず笑いもせず、帝をひどく悲しませた。さらに、方士たちに霊薬を調合させ、玉の釜や金の炉で反魂香を練成させた。そして、九華帳の奥深く、ひっそりと静かな夜更けに、反魂香は李夫人の魂を呼び戻した。

夫人の魂はどこにあるのか、薫煙が、香を焚いているところに引き寄せられ、やってくると、なにを難渋してか、少しの間も留まらず、ひらひらふわふわとまた消え去ってしまった。

消え去るのはなんと速く、やって来るのはなんと遅いのだろう、本物なのかそうでないのか、どちらかさっぱりわからない。翠の蛾眉はあたかも元気だった頃の容貌そのままで、昭陽殿で病に臥せっていた時の様子とは似ても似つかなかった。魂が戻ってこないと帝は心が苦しくなり、魂が戻ってきても帝はやっぱり悲しくなる。灯を背に帳を隔てて語らうこともできず、暫時やって来たのを遠くから眺めるのではどうしようもない。さて、心を傷めたのはひとり漢の武帝だけではない。古より今に及ぶまで、このような者は数多くいるのだ。御覧あれ、周の穆王は三日間哭して、重璧台の前で盛姫を悼んだ。また御覧あれ、玄宗皇帝は一掬《すく》いの涙を流して、馬嵬の路上で亡き楊貴妃のことを思い続けた。たとえ美人の姿かたちは化して土になろうとも、この恨みはいつまでも消えることなく存在し続けている。

生きていても惑わされ、死んでからもまた惑わされ、尤物（絶世の美女）は人を惑わして忘れられなくしてしまう。人は木石ではなく、誰もが情というものを持っている。それならいっそ傾城の美女には出会わないほうがましだ。

語釈　〇漢武帝　前漢の武帝（在位前一四一―前八七）劉徹。〇留得　いつまでも留め置いている。「得」は、動詞の後に付いて、その動作が持続していることを表す。口語的用法。〇甘泉殿裏　「甘泉殿」は、秦が造営し、前漢の武帝が増築した宮殿の名（『三輔黄図』巻二に引く『関輔記』）。陝西省淳化県西北の甘泉山に城址がある。「裏」は、中の意。〇写真　生き写しの姿を描く。漢の武帝は、李夫人の死後、その姿を甘泉殿に描かせた（前掲『漢書』外戚伝上）。〇丹青　紅や青の絵の具。彩色。〇竟　結局は。〇愁殺　ひどく悲しませる。「殺」は強調の接尾辞。口語的用法。〇方士　方術を操る道士。ここでは、李夫人の霊魂を呼び寄せることができると称した斉人の少翁（前掲『漢書』外戚伝上）を指す。〇煎錬　「煎」字、神田本は「剪」に誤る。今、諸本に拠って改める。〇九華帳深　幾多の花模様を縫い取ったカーテンの奥深く。巻十二「長恨歌」（〇五九六）にも、「聞道（きくなら）く　漢家天子の使ひなりと、九華帳裏　夢中に驚く」と見えている。〇悄悄　ひっそりと寂しげに静まりかえるさま。〇反魂香　死者の霊魂を呼び戻す香。西海中に浮かぶ聚窟洲の人鳥山に茂る反魂樹の根を、玉の釜で煮詰めて作る（前漢の東方朔『海内十洲記』）。〇何許　どこ。六朝時代以来の口語。〇既来何苦不須臾　「須臾」はわずかな時間。畳韻語。一句は、『文選』巻二十九、「古詩十九首」其十六にいう、「既に来りて須臾ならず、又重闈に処らず」を踏まえている可能性がある。〇縹眇　はるか遠方に見えるさま。畳韻語。用例として、『文選』巻十二、西晋の木華「海の賦」に、「群仙は縹眇として玉を清涯に餐（くら）ふ」と。〇悠揚　ふわりふわりと浮遊するさま。双声語。

〇来何遅・是耶非耶　前掲『漢書』外戚伝上に引く漢武帝の詩に、「是なる邪、非なる邪、立ちて之を望めば、偏に何ぞ姍姍として其れ来ること遅き」と。また、前漢の司馬相如「美人の賦」（『初学記』巻十九）に、「美人有り、来ること何ぞ遅き」と。〇翠蛾　みどり色の三日月形の眉。美女を象徴していう。「蛾」字、神田本・管見抄本は「娥」に作る。「娥」と「蛾」とは音が同じで字形も似ている。「翠娥」も美女を意味するが、ここは諸本に従っておく。〇髣髴　さながら……のようだ。双声語。〇平生　往年。〇昭陽　前漢武帝期の後宮八区を為す宮殿の一つ（『三輔黄図』巻三、未央宮）。〇安用……為　何の意味があろう。不必要だ。「為」は、反語で句末に添える語気助詞。〇穆王三日哭　重璧台前傷盛姫　「穆王」は、前出の新楽府「八駿図」（〇一五〇）に既出。彼は、寵愛する盛姫のために造営した重璧台で彼女を失い、その死を悼んで盛大に葬儀を執り行った（『穆天子伝』巻六）。〇泰陵一掬涙　馬嵬路上念楊妃　唐の玄宗皇帝（在位七一二―七五六）は、安禄山の乱を避けて長安から蜀（四川省）へ向かう途上、咸陽の西に位置する馬嵬で、寵愛する楊貴妃を失った。このことは、巻十二「長恨歌」(〇五九六)、及びこれに附する陳鴻「長恨歌伝」に詳しい。「泰陵」は、玄宗が葬られた陵墓。長安の北東、今の陝西省渭南市蒲城県東北の金粟山にある。ここでは玄宗その人を指す。〇妍姿　「妍」字、神田本は「奸」に誤る。今、諸本に拠って改める。〇此恨長在無銷期　類似句として、巻十二「長恨歌」(〇五九六)に、「此の恨み綿綿として絶ゆる期無からん」と。〇尤物　世に禍を及ぼしかねない絶世の美女。『左氏伝』昭公二十八年に、「夫れ尤物有り、以て人を移すに足る。苟（いやしく）も徳義に非ざれば、則ち必ず禍有らん」と。〇忘不得　忘れられない。「不得」は、動詞の後に付いて不可能の意を表す。口語的用法。〇人非木石　類似句として、『文選』巻四十一、前漢の司馬遷「任少卿に報ずる書」に、「身は木石に非ず。独り法吏と伍を為し、深く囹圄の中に幽せられて、誰か告愬すべき者ぞ」と。〇傾城　ひとつの都市を危うくさせるほどの美女。前掲『漢書』外戚伝下に引く、李夫人の兄である李延年の歌にいう「北方に佳人有り、絶世にして独り立つ。一たび顧みれば人の城を傾け、再び顧みれば人の国を傾く」に出る語。

余説　『源氏物語』総角に、「このごろ明け暮れ思いでたてまつれば、ほのめきもやおはすらむ、いかで、おはすらむ所にたづねまゐらむ、罪深げなる身どもにて、と後の世をさへ思ひやり給。人の国にありけむ香の煙ぞ、いと得まほしくおぼさるる」と。

同じく宿木に、「くちをしき品なりとも、かの御ありさまにすこしもおぼえたらむ人は、心もとまりなんかし、むかしありけん香の煙につけてだに、いま一たび見たてまつる物にもがなとのみおぼえて……」と。

同じく東屋に、「さしも、いかでか世を経て心に離れずのみはあらむ、猶、浅からず言ひそめてし事の筋なれば、なごりなからじとにや、など見なし給へど、人の御けしきはしるき物なれば、見もてゆくままに、あはれなる御心ざまを、岩木ならねば思ほし知る」と。

同じく蜻蛉に、「かからじ、と思忍ぶれど、さまざまに思ひ乱れて、『人木石にあらざればみな情あり』と、うち誦じて臥し給へり」と。

『栄花物語』巻二十七「ころものたま」に、「やうやう日頃になるままに、中納言殿、あはれに恋しく悲しとも世の常におぼされて、文集の文をおぼしあはせらる。李夫人の有様もかやうにこそはとおぼされて、『灯火を背き、壁を隔て語らふ事を得ず。いづこぞ暫く来りて、早くあひ見る事を目せん。心をいたす事、一人武皇帝のみにあらず、古より今に至るまで、また多くかくの如し』とおぼし続けて……」と。

『唐物語』第十五「漢の武帝、李夫人を追慕して反魂香を薫く語」に、「むかし、漢武帝、李夫人はかなくなりて後、思ひなげかせ給ふ事、とし月ふれどもさらにをこたり給はず。……御門御心にうらみふかし。甘泉殿のうちに、むかしのかたちをうつして、あさゆふに見給けれど、物いひゐむ事なければ、いたづらに御心のみつかれにけり。……またなき人のたましゐをかへす香をたきて、夜もすがらまたせ給ふに、ここのへのにしきの帳のうちかすかにてよのともし火のかげほのかなる、やうやくさよふけゆくほど、あらしすさまじくよしづかなるに、反魂香のしるしあるにやとおぼえ給ひけれど、李夫人のかたちあるにもあらず、なきにもあらず、ゆめまぼろしのごとくまがひて、つかのまにきえうせぬ。まつことひさしけれど、かへる事はうばたまのかすみすぢきるほどばかり也。ともし火をそむけて帳をへだてて、物いひこたふることなければ、なかなか御心をくだくつまとぞなりにける」と。

同じく第十八「玄宗皇帝と楊貴妃の語」に、「われ又いはきならねばむくふこころあさからむや。……これひとりきみのみにあらず。人むまれて木石ならねばみなをのづからなさけあり。……いりとしいりぬれば、まよはずといふ事なし。しかじ、ただ心をうごかす色にあはざらんには」と。

藤原清輔『清輔集』三八(『久安百首』九七五にも収録)に、「心には岩木ならねば思ふらんただあやにくにかけぬなさけか」と。

藤原長方『長方集(按納言家集)』二二三に、「李夫人」を題として「なかなかに散りなん後のためとてぞしをれし花のかほもはぢけん」と。

藤原定家『拾遺愚草』一九七に、「李夫人」を題として「ほのかなる煙はたぐふほどもなしなれし雲井にたちかへれども」と。

『夫木和歌抄』巻三十五・雑部十七に、「李夫人」と題して、前掲の藤原定家の歌(一六七〇)、飛鳥井雅有の「なき人はかへるけぶりもたてぬべしいけるつらさぞおもかげもみぬ」(一六七一)、前掲の藤原長方の歌(一六七二)の三首を収める。

『漢故事和歌集』に、「李夫人」を詠んだ歌として、前掲『唐物語』からの「ゑにかけるすがたばかりのかなしきはとへどこたへぬなげきなりけり」、藤原冬信の「見てもなほ思ひぞまさる筆のあと中中つらきかたみなりけり」(『風雅和歌集』一九二三)、正徹の「なにかせん煙のうちの面かげの消えてむなしき後の思ひは」(『草根集』八五九一)、出所不明の「花にうつる露の玉のを消しよりけふりにたくふおもかけはうし」、藤原行能の「見ても猶身をこそこがせ時のまの煙のうちに消ゆるおもかげ」(『新続古今和歌集』二〇三三)の五首を収める。池田利夫『日中比較文学の基礎研究(増訂版)』(笠間書院、一九八八年)を参照。

『平治物語』下・常葉六波羅に参る事に、「異国に聞えし李夫人・楊貴妃、我朝には小野小町・和泉式部もこれにはすぎじとぞみえし。楊妃がすがたをみな人は、百の媚をなすといへり。……人木石にあらず。しかじ傾城の色に相(はあ)ざらんにはと、文集の文也」と。

『源平盛衰記』理巻第九・宰相丹波少将を申し預る事に、「中宮は月日の重なるままに、いとど御身を苦しくぞ思しける。……少し面痩せさせたまひ、御目だゆげに見えさせ給ひける御有様は、漢の李夫人の照陽殿の病の床に臥したりけんも、かくやとぞ人申しける」と。

『十訓抄』第九・懇望を停むべき事に、「しかのみならず、唐帝の、楊貴妃に別れし恨みは、長恨歌といふ文、名において聞ゆ。漢皇の李夫人におくれし恨み、いかばかりなりけむ。『骨は化して塵となるとも、この恨み長くありて、消える期なからむ』と楽府に書かれたる、いと罪深くこそ聞ゆれ。……これひとへに、愛着生死の業なれども、木石ならぬ身の習ひにて、この恨みにしづむたぐひ、古今数を知らず。ただ傾城の色にあはざらむことを、こひねがふべし」と。

『徒然草』第四十一段に、「かほどの理、誰かは思ひよらざらんなれども、折からの、思ひかけぬ心地して、胸にあたりけるにや。人、木石にあらねば、時にとりて、物に感ずる事なきにあらず」と。

謡曲「花筐」に、「また李夫人は好色の、花のよそほひ衰へて、萎るる露の床の上、塵の鏡の影を恥ぢて、終に帝に見え給はずして去り給ふ。帝深く、嘆かせ給ひつつ、そのおん形を、甘泉殿の壁に写し、われも画図に立ち添ひて、明け暮れ嘆き給ひけり。……李夫人の面影を、暫らくここに、招くべしとて、九華帳の内にして、反魂香を焚き給ふ。夜更け人静まり、風すさまじく、月秋なるに、それかと思ふ面影の、あるかなきかにかげろへば、なほいや増しの思ひ草、葉末に結ぶ白露の、手にも溜まらで程もなく、ただ徒らに消えぬれば、縹緲悠揚としてはまた、尋ぬべき方なし」と。

同じく「小督」に、「かの漢王のその昔、甘泉殿の夜の思ひ、堪へぬ心や胸の火の煙に残る面影も、見しは程なき、あはれの色、なかなかなりし、契かな」と。

同じく「松山鏡」に、「漢の武帝の后、李夫人なくならせ給ひて後、帝后の御別れを悲しみ給ひ、御姿を甘泉殿の壁にうつし、明暮叡覧ありしかども、もとより絵にかける形なれば、物言はず笑はず、なかなか憂ひぞ増ると悲しみ給ふ。ある時仙人の告げて曰く、まこと后の御姿を叡覧ありたく思しめさば、月の夜の隈なからんに、反魂香を焚き給へとありしかば、教へに任せて月の夜の隈なきに、反魂香を焚き給へば、煙のうちに后の御姿まみえ給ひしためしもあり」と。

『太平記』巻二・長崎新左衛門尉意見事付阿新殿事に、「急ギ此由ヲ本間ニ語ルニ、本間モ岩木ナラネバ、サスガ哀ニヤ思ケン」と。

同じく巻十八・春宮還御事に、「昔漢李夫人甘泉殿ノ病ノ床ニ臥シテ無レ墓成給シヲ、武帝悲ミニ堪兼テ反魂香ヲ焼玉シニ、李夫人ノ面影ノ煙ノ中ニ見ヘタリシヲ、似絵ニ書セテ被二御覧一シカドモ、『不レ言不レ笑令レ愁二殺人一』ト、武帝ノ歎給ケンモ、現ニ理ト思知セ給フ」と。

同じく巻二十一・塩冶判官讒死事に、「人皆岩木ナラネバ、何ナル女房モ慕ニ靡ヌ者ヤ候ベキ」と。

同じく巻三十七・畠山入道々誓謀叛事付楊国忠事に、「楊貴妃ト云美人アリ。……漢ノ李夫人ヲ写シ画工モ、是ヲ画カバ遂ニ筆ノ不レ及事ヲ怪ミ、巫山ノ神女ヲ賦セシ宋玉モ、是ヲ讃セバ、自ラ言ノ方ニ卑事ヲ恥ナン」と。

仮名草子「竹斎」上に、「伝へ聞く漢王は、李夫人の御別れ、あらぬ嘆きと思しめし、反魂香を焚き給ひ、煙に残る面影を御殿の壁に写し置き、朝な夕なの立まひに、御衣の袂に触れ給ふ」と。

0161　陵園妾　憐二幽閉一也。

陵園《りようゑん》の妾《せふ》　幽閉《いうへい》を憐《あは》れむなり。

解題　「新楽府」その三十七。天子の陵墓に仕えて幽閉の日々を暮らす宮女を憐れむ。こうした女性たちの存在は、『資治通鑑』巻二四九、唐紀宣宗大中十二年二月甲子朔の胡三省注に、「凡そ諸帝升遐すれば、宮人の子無き者は悉く山陵に詣りて朝夕に供奉し、盥櫛を具へ、衾枕を治め、死に事ふること生に事ふるが如くせしむ」とあることからも確認される。このいわゆる陵寝制度は秦の始皇帝に淵源を持ち、続く漢王朝においても、官人たちは皇帝の死後もその陵墓に生前と変わりなく仕えることとなっていた（蔡邕『独断』巻下）。なお、清の汪立名『白香山詩集』巻四は、「憐幽閉也」を「託幽閉、喩被讒遭黜也（幽閉に託して、讒せられて黜に遭ふを喩ふるなり）」に作り、讒言により左遷の憂き目に遭った者を詠じた詩と解釈している。

陵園妾　陵園妾
顔色如レ花命如レ葉」
命如レ葉薄将奈何
一奉二寝宮一年月多」
年月多
春愁秋思知何限
青絲髪落抜鬢疎
紅玉膚銷繫裙慢」
憶在宮中被二妬猜一

陵園《りようゑん》の妾《せふ》　陵園《りようゑん》の妾《せふ》、
顔色《がんしよく》は花《はな》の如《ごと》く　命《めい》は葉《は》の如《ごと》し。」
命《めい》は葉《は》の如《ごと》く薄《うす》し　將《は》た奈何《いかん》せん、
一《ひと》たび寝宮《しんきゆう》に奉《つか》へて　年月多《ねんげつおほ》し。」
年月多《ねんげつおほ》し、
春愁《しゆんしう》　秋思《しうし》　知《し》んぬ何《なん》の限《かぎ》りかあらん。
青絲《せいし》の髪落《かみお》ちて　抜鬢疎《ばつひんまば》らなり、
紅玉《こうぎよく》の膚《はだき》銷えて　繫裙慢《けいくんゆる》し。」
憶在《そのかみ》　宮中《きゆうちゆう》に妬猜《とさい》せられ、

因レ讒得レ罪配レ陵來
老母啼呼趁レ車別
中官監送鎖レ門迴」
山宮一鎖無二開日一
未レ死此身不レ合レ出
松門到レ曉月徘徊
柏城盡日風蕭瑟」
松門柏城幽閉深
聞レ蟬聽レ鶯感二光陰一
眼看二菊蘂一重陽涙
手把二梨花一寒食心」
手把二梨花一無二人見一
緑蕪牆遶青苔院
四季徒支粧粉錢
三朝不レ識君王面」
遙想六宮奉二至尊一

讒《ざん》に因《よ》り罪《つみ》を得《え》て　陵《りよう》に配《はい》せられ來《きた》る。
老母《らうぼ》　啼呼《ていこ》して　車《くるま》を趁《お》ひて別《わか》れ、
中官《ちゆうくわん》　監送《かんそう》して　門《もん》を鎖《とざ》して迴《かへ》る。」
山宮《さんきゆう》　一《ひと》たび鎖《とざ》されて　開《ひら》く日《ひ》無《な》く、
未《いま》だ死《し》せずんば　此《こ》の身《み》　合《まさ》に出《い》づべからず。
松門《しようもん》　曉《あかつき》に到《いた》るまで　月《つき》　徘徊《はいくわい》し、
柏城《はくじやう》　盡日《じんじつ》　風《かぜ》　蕭瑟《せうしつ》たり。」
松門《しようもん》　柏城《はくじやう》　幽閉深《いうへいふか》く、
蟬《せみ》を聞《き》き　鶯《うぐひす》を聽《き》きて　光陰《くわういん》に感《かん》ず。
眼《まなこ》に菊蘂《きくずい》を看《み》れば　重陽《ちようやう》の涙《なみだ》あり、
手《て》に梨花《りくわ》を把《と》れば　寒食《かんしよく》の心《こころ》あり。」
手《て》に梨花《りくわ》を把《と》るも　人《ひと》の見《み》る無《な》く、
緑蕪《りよくぶ》　牆《かき》は遶《めぐ》る　青苔《せいたい》の院《ゐん》。
四季《しき》　徒《いたづ》らに支《し》す　粧粉《さうふん》の錢《せん》、
三朝《さんてう》　識《し》らず　君王《くんわう》の面《おもて》。」
遙《はる》かに想《おも》ふ　六宮《りくきゆう》の至尊《しそん》に奉《つか》ふるもの、

宣徽雪夜浴堂春
雨露之恩不レ及者
猶聞不二啻三千人一」
三千人
我爾君恩何厚薄
願令下輪轉直二陵園一
三歳一來均中苦樂上」

宣徽《せんき》の雪夜《せつや》　浴堂《よくだう》の春《はる》。
雨露《うろ》の恩《おん》　及《およ》ばざる者《もの》、
猶《な》ほ聞《き》く　啻《ただ》に三千人《さんぜんにん》のみならずと。」
三千人《さんぜんにん》、
我《われ》と爾《なんぢ》　君恩《くんおん》　何《なん》ぞ厚薄《こうはく》ある。
願《ねが》はくは輪轉《りんてん》して陵園《りようゑん》に直《ちよく》し、
三歳《さんさい》に一《ひと》たび來《きた》りて　苦樂《くらく》を均《ひと》しうせしめんことを。」

妾・葉（入聲、葉韻）。何・多（下平聲、歌韻）。限（上聲・產韻）、慢（去聲、諫韻）……產・諫韻は通押。猜・來（上平聲、咍韻）、迴（上平聲、灰韻）……咍・灰韻は同用。日（入聲、質韻）、出（入聲、術韻）、瑟（入聲、櫛韻）……質・術・櫛韻は同用。深・陰・心（下平聲、侵韻）。見（去聲、霰韻）、院・面（去聲、線韻）、錢（下平聲、仙韻）……霰・線韻は同用、仙韻は通押。尊（上平聲、魂韻）、春（上平聲、諄韻）、人（上平聲、眞韻）……諄・眞韻は同用、魂韻は通押。薄・樂（入聲、鐸韻）。

通釈　天子の陵墓に仕える宮女、陵園の妾よ、その顔は花のように麗しいのに、その運命は草の葉のようにはかない。運命は草の葉のようにはかない、これをいったいどうすればよいのか。ひとたび陵寝に仕えると、歳月は幾多も重ねられてゆく。

歳月は幾多も重ねられ、めぐりくる春秋の憂愁に、いったい終わりはあるのだろうか。若々しかった黒髪は抜け落ちて、結い上げた鬢の毛はまばらとなり、紅色の玉のような肌のつやは消えうせて、腰に巻きつけたスカートが痩せた身にはゆる過ぎる。

思い起こせばその昔、宮中であらぬ妬みを受け、讒言によって罪を着せられ、陵園に流されてきたのだった。老母は泣き叫び、私を乗せた車を追いかけた挙げ句に引き離され、宮中の宦官は護送してきて、門を鎖《とざ》して戻っていった。

　山中の御殿は、ひとたび鎖されると再び開かれる日はなく、死なない限り、この身はここから出ることができない。松の植わった御陵の門に、夜が明けるまで月が行ったり来たり、柏の茂る陵園に、日がな一日ものさびしげな風が吹きすさぶ。

　松柏の茂る陵園に深く幽閉され、蟬の声を聞き、鶯のさえずりに耳を傾けては季節の移ろいに感じ入る。菊の花の芯を見つめて重陽の節句に涙を流し、白い梨の花を手に取って寒食の時節の到来に心を動かす。

だが、梨の花を手にしても誰も見る人はなくて、緑の雑草が生い茂る垣根が、青く苔むした中庭を取り囲んでいるばかりだ。季節ごとに意味もなく化粧代が支給されるが、皇帝が三代替わっても、陛下のお顔も知らずにいる。

はるかに思いを馳せれば、今上陛下にお仕えする後宮の者たちは、宣徽殿の雪の夜、浴堂殿の春の日と侍っているのであろう。それでも、陛下の恩寵に恵まれない者は、三千人どころの数ではないと伝え聞く。

　三千人の後宮の者たちよ、私とあなたたちとは、陛下からの恩寵になんと格差があることか。どうか、後宮の者たちにも順番に交代で陵園に宿直させ、三年に一度ここへ来ることとして、苦楽を平等にしてはいただけないか。

語釈　○命如葉　陵園に仕える女性の運命を葉にたとえたと見られる詩歌として、『古詩紀』巻七、「艶歌」の注に引く古辞に、「青青たる陵中の草、葉を傾けて朝日に晞く」とある。柳川順子『漢代五言詩歌史の研究』（創文社、二〇一三年）第三章第三節を参照されたい。

○寝宮　皇帝の霊魂が住む宮殿。陵墓の側に、生前の私生活空間である寝（政治を行う朝という場に対していう）になぞらえて造営された（前掲『独断』巻下）。

○年月多　神田本はこの三字を重ねない。今、他の旧鈔本に従って補う。なお、諷諫本・馬本等には、この三字を重ねた下に「時光換（時光は換はる）」の三字がある。○知　いったい……だろうか。下に疑問詞を伴う場合は「不知」に同じ。○抜鬢　鬢の毛を反り返らせて結い上げること。「抜」は「撥」の簡体字。平岡武夫・今井清『白氏文集』（京都大学人文科学研究所、一九七一年）の校勘記を参照。

○憶在　思い起こせば。「そのかみ」という訓は神田本に拠る。「在」は文語の「於」と同義。動詞の後に付いて、その下に対象を示す。

○中官　神田本をはじめとする旧抄本、及び那波本は「中宮」に作る。おそらくは字形の類似による誤り。今、宋本以下の諸刊本に従っておく。
○不合　……してはならない。「合」は文語の「当」と同義。○松門・柏城　御陵をいう。松や柏は陵墓に植える常緑樹。○徘徊　行ったり来たりする。畳韻語。○蕭瑟　風がものさびしく吹くさま。双声語。
○鸎　「鶯」の異体字。○重陽　旧暦の九月九日。一番大きい陽数を重ねるのでこう称する。この日、菊花酒を飲んで長寿を願う。下文の「寒食」もあわせて、歳事については、中村裕一『中国古代の年中行事』（汲古書院、二〇〇九―二〇一一年）を参照。○寒食　冬至から数えて百五日目。この日を挟んで前後三日間は炊事に火を用いない。唐代にはこの日、御陵に餳粥、鶏毬、雷車子、春色の衣が献上された（『歳時広記』巻十六）。梨はこの頃に白い花を咲かせる。
○三朝　皇帝三代の間。
○六宮　皇后や宮女の住まう六つの奥御殿。『礼記』昏義篇に、「古は天子の后、六宮を立つ。三夫人、九嬪、二十七世婦、八十一御妻あり」と。ここでは広く後宮の女性たちを指す。○至尊　最高に尊い地位。皇帝の敬称。○宣徽・浴堂　長安城の北東、大明宮の中にある宮殿の名。いずれも、皇帝が休息する紫宸殿の東に位置する（徐松『唐両京城坊考』巻一）。○雨露之恩　皇帝からの恩沢。○三千人　おびただしい数の後宮の女性たち。巻十二「長恨歌」（〇五九六）にも、「漢宮の佳麗三千人、三千の寵愛　一身に在り」と。
○三歳　官職の任期が通常三年間である。

余説　『源氏物語』手習に、「かかる林の中におこなひ勤め給はん身は、何ごとかはうらめしくもはづかしくもおぼすべき。このあらん命は、葉の薄きが如し、と言ひ知らせて、『松門に暁到りて月徘徊す』と、ほふしなれど、いとよしよししくはづかしげなるさまにての給ふことどもを、思やうにも言ひ聞かせ給かな、と聞きゐたり。けふは、ひねもすに吹く風の音もいと心ぼそきに、……」と。

大江通国「新楽府廿句和歌題序、晩夏同に白氏文集楽府廿句を詠む、和歌一首付小序」（『朝野群載』巻一所収）に、本詩の「到暁月徘徊」を句題として大江通国が和歌を詠んでいる。

『新撰朗詠集』下、雑、閑居、大江以言の「閑居秋色変」詩（五七九）に「帰老の休臣の霜の後の眼、陵園の配妾の月の前の心」と。

『唐物語』第十四「後宮の美女、別宮陵園にて帝に逢ふことなく終はる語」は、この詩を原拠としている。

源師光『師光集』一三に、「陵園妾」を題として、「松の戸を一たびさしてあけねどもなほ入りくるはあり明の月」と。

藤原定家『拾遺愚草』二〇〇に、「陵園妾」を題として、「なれきにし空の光の恋しさにひとりしをるる菊のうは露」と。

『夫木和歌抄』巻三十五・雑部十七に、「陵園妾」を詠んだ歌として、前掲の藤原定家の歌（一六七八九）、藤原長方の「春のうれへ秋のおもひのつもりつつ三代にもいまはなりにけるかな」（一六七九〇）、登蓮法師の「松の戸をとぢてかへりしその日よりあくるよもなき物おもひかな」(二六九一)、源光行の「とぢはつる深山のおくの松の戸をうら山しくもいづる月かな」(二六九二)の四首を収める。

『漢故事和歌集』に、「陵園妾」を詠んだ歌として、前掲『唐物語』からの「見るたびも涙つゆけきしらぎくの花もむかしやこひしかるらん」、冷泉為秀の「とぢはつる松のとぼその光とてたのむもかなし菊のうへの露」(『新続古今和歌集』二〇三三)、前掲の源光行の歌(『新勅撰和歌集』一〇九一にも収録)、正徹の「たをやめがつらき心もうつろはで挿なしき園の白ぎく」(『草根集』八五九三)、出所不明の「とはれしよ月も軒もる夜もすから松の戸たたくあらしならねは」の五首を収める。前詩「李夫人」(〇一六〇)「余説」に既出の池田利夫『日中比較文学の基礎研究』を参照。

『十訓抄』第一・人に恵を施すべき事に、「崇徳院、讃岐にうつろはせ給ひてのち、旅の御住ひあはれに悲しきことかぎりなし。いひつくすべからず。……草繁り、露深くして、人音もせず。いみじくものがなし。陵園の配妾が、月に徘徊せし松の扉の中も、かくやありけむとぞおぼえける」と。

『太平記』巻六・民部卿三位局御夢想事に、「云レ彼云レ此一方ナラヌ御歎ニ、青糸ノ髪疎ニシテ、イツノ間ニ老ハ来ヌラント被レ怪、紅玉膚消テ、今日ヲ限ノ命共ガナト思召ケル御悲ノ遺方ナサニ……」と。

0162 鹽商婦　惡二幸人一也。　鹽商《えんしやう》の婦《ふ》　幸人《かうじん》を惡《にく》むなり。

解題 「新楽府」その三十八。私腹を肥やす塩商人の妻の贅沢三昧を取り上げて、自身の働きによらず僥倖を得る者への嫌悪を詠ずる。塩の専売は前漢に淵源を持つが、唐代、安史の乱により減少した税収の不足を補うために施行された劉晏の新しい塩法により、大暦(七六六―七七九)の末には財政の大半が塩の利益で賄われる状態となっていた(『旧唐書』巻四十九・食貨志下、『新唐書』巻五十四・食貨志四)。ところが、貞元十五年(七九九)に塩鉄使となった李錡(『旧唐書』巻十三・徳宗本紀下)は、立場を利用して莫大な私財を積み、国の財政を衰退させた(『唐会要』巻八十七、転運塩鉄総叙)。巻四十六「策林」二十三「塩法の弊を議す」(二〇四〇)も、「塩商の幸を論ず」との趣旨で書かれている。

鹽商婦　多二金帛一　　鹽商《えんしやう》の婦《ふ》、金帛《きんぱく》多《おほ》し、
不レ事三田農與二蠶績一　　田農《でんのう》と蠶績《さんせき》とを事《こと》とせず。

南北東西不㆑定㆑家
風水爲㆑郷舡作㆑宅
本是揚州小家女
嫁得西江大商客
綠鬟富將金釵多
皓腕肥來銀釧窄」
前呼㆓蒼頭㆒後叱㆑婢
問㆑爾因㆑何得㆑如㆑此
壻作㆓鹽商㆒十五年
不㆑屬㆓州郷㆒屬㆓天子㆒」
每年鹽課納㆑官時
少入㆓官家㆒多入㆑私
官家利薄私家富
鹽鐵尚書遠不㆑知」
何況江頭魚米賤
紅膾黃橙香稻飯

南北東西《なんぼくとうざい》　家《いへ》を定《さだ》めず、
風水《ふうすい》を郷《きやう》と爲《な》し　舡《ふね》を宅《たく》と作《な》す。
本《もと》は是《こ》れ　揚州《やうしう》の小家《せうか》の女《むすめ》、
嫁《とつ》ぎ得《え》たり　西江《せいかう》の大商客《だいしやうかく》。
綠鬟《りよくくわん》　富《と》み將《ゆ》きて　金釵《きんさ》多《おほ》く、
皓腕《かうわん》　肥《こ》え來《きた》りて　銀釧窄《ぎんせんせま》し。」
前《まへ》には蒼頭《さうとう》を呼《よ》び　後《うし》ろには婢《ひ》を叱《しつ》す、
爾《なんぢ》に問《と》ふ　何《なに》に因《よ》りてか　此《か》くの如《ごと》きを得《え》たる。
壻《をっと》は　鹽商《えんしやう》と作《な》りて十五年《じふごねん》、
州郷《しうきやう》に屬《ぞく》せず　天子《てんし》に屬《ぞく》す。」
每年《まいねん》　鹽課《えんくわ》　官《くわん》に納《をさ》むる時《とき》、
少《すこ》しく官家《くわんか》に入《い》れ　多《おほ》く私《し》に入《い》る。
官家《くわんか》は利《り》薄《うす》く　私家《しか》は富《と》むも、
鹽鐵尚書《えんてつしやうしよ》は遠《とほ》くして知《し》らず。」
何《なん》ぞ況《いは》んや　江頭《かうとう》は魚米《ぎよべい》賤《やす》く、
紅膾《こうくわい》　黃橙《くわうたう》　香稻《かうたう》の飯《はん》。

飽食濃粧倚二柁楼一
兩朶紅顋花欲レ綻」
鹽商婦
何幸嫁二鹽商一
終朝美飲食
終歳好衣裳
好衣美食有二來處一
爾須三慚二愧桑弘羊一」
桑弘羊死日已久
不二獨漢朝一今亦有」

飽食《はうしよく》　濃粧《のうさう》して　柁楼《だろう》に倚《よ》れば、
兩朶《りやうだ》の紅顋《こうさい》　花《はな》　綻《ほころ》びんと欲《ほっ》す。」
鹽商《えんしやう》の婦《ふ》、
何《なん》ぞ幸《さいは》ひなる　鹽商《えんしやう》に嫁《とつ》げるは。
終朝《しゆうてう》　美《うま》き飲食《いんしよく》、
終歳《しゆうさい》　好《よ》き衣裳《いしやう》。
好衣《かうい》　美食《びしよく》　來《きた》れる處《ところ》有《あ》り、
爾《なんぢ》　須《すべか》らく桑弘羊《さうこうやう》に慚愧《ざんき》すべし。」
桑弘羊死《さうこうやうし》して日《ひ》已《すで》に久《ひさ》しきも、
獨《ひと》り漢朝《かんてう》のみならず　今《いま》も亦《ま》た有《あ》り。」

帛・宅・客・窄（入聲、陌韻）、績（入聲、錫韻）……陌・錫韻は通押。婢・此（上聲、紙韻）、子（上聲、止韻）……紙・止韻は同用。時（上平聲、之韻）、私（上平聲、脂韻）、知（上平聲、支韻）……之・脂・支韻は同用。なお、紙・止韻と之・脂・支韻とは、声調は異なるが、通押。賤（去聲、線韻）、飯（去聲、願韻）、綻（去聲、襉韻）……線・願・襉韻は通押。商・裳・羊（下平聲、陽韻）。久・有（上聲、有韻）。

通釈　塩商人の奥さんは、たんまりとお金を持っていて、田畑で力仕事をすることもなければ養蚕や糸繰りに精を出すこともない。東西南北、どこにも家を定めずに、風や水のあるところがわが故郷、船がわが家だと思っている。もとは揚州のつまらぬ家の娘であったが、玉の輿に乗って江西の大商人に嫁いだ。金持ちになるにつれ、緑なす黒髪に差す金のかんざしが増えてゆき、肥え太ってきて、むっちりと白い腕にはめた銀の腕輪が窮屈そうだ。

前には下僕を呼びつけ、後ろには女中を叱り飛ばしているが、おまえさんに聞こう、どういうわけでこのような豪勢な暮らしができているのだと。夫は塩商人となって十五年、地方の役所には管理されず、天子直轄の立場にございます。毎年、塩にかかる税をお上に納める時、お上にはちょっぴり、こちらの懐にはたっぷりと入れる。お上には利益が薄く、自分のほうは私腹を肥やすが、塩鉄使のお大臣は遠くにいて、このことをご存じない。まして、長江のほとりは魚や米が安く、紅色の魚の膾《なます》、黄色い橙《だいだい》、かぐわしい米の飯は食べ放題。そんなご馳走をたっぷり食べて念入りにめかしこみ、船上の楼閣にもたれ掛かれば、二房の花かと見まごう紅色の頬に、今にもほころびんばかりの笑みが浮かびあがる。

塩商人の奥さんよ、塩商人に嫁いでなんと幸運なことだろう。一日中ご馳走を食べ、一年中よい衣服を身につけて。だが、よい衣服もご馳走も、由来するところがあるのだよ。おまえさんは、かの桑弘羊に対してかたじけない気持ちを持つべきだ。

桑弘羊は、亡くなってからずいぶん久しいが、ただ漢王朝だけではない、今の時代にもまたそのような大臣がいらっしゃる。

語釈　○金帛　黄金や絹織物。金銭的価値を持つもの。『漢書』巻二十四下・食貨志下に、「凡そ貨は、金銭布帛の用なり」と。○揚州　今の江蘇省揚州市。唐代、塩鉄転運使が置かれ、天下第一の商業都市として賑わった（南宋の洪邁『容斎随筆』巻九）。なお、神田本は「揚」字を「楊」に作る。「揚」と「楊」とは多々通じて用いられる。○得　動詞の後に付いて完成を表す接尾辞。口語的用法。○西江　長江の中流下流域を指す。○商客　移動しながら商売をする人。○将　動詞の後に付いて、その現実化を表す接尾辞。口語的用法。次の句の「来」と対を成す。同様の用例として、巻四、新楽府「西涼伎」（〇一四九）にも、「涼州陥ちてより来《このかた》四十年、河隴侵将せらるること七千里」とある。○金釵　金のかんざし。○銀釧　銀の腕輪。○蒼頭　下僕。○因何　神田本はもと「何因」に作り、こう校改する。なお、刊本系諸本は「因何」に作り、旧鈔本は「何因」に作る。意味は同じ。○官家　政府。○塩鉄尚書　塩鉄使の大臣。粛宗の乾元元年（七五八）、初めて塩鉄法が設立されて、第五琦が塩鉄使となり（前掲『唐会要』転運塩鉄総叙）、本詩成立の近年では、貞元十五年に前掲の李錡、永貞元年（八〇五）に杜佑、元和元年（八〇六）に李巽、同三年に李鄘が就任している（『唐会要』巻八十八、塩鉄使）。

○柁楼　船の操舵室のやぐら。用例として、杜甫「鄭広文に陪して何将軍の山林に遊ぶ十首」其の二に、「翻つて疑ふ　舵楼の底、晩飯越中を行くかと」（『杜詩詳註』巻二）と。○朶　花の房を数える量詞。女性の顔を花にたとえてこの語を用いる。神田本は「頰」に校改するが、語の構成から判断して今は原本のままにしておく。なお、刊本系諸本は「朶」に作り、旧鈔本は「頰」に作る。○紅顋　紅色の頰。あでやかな容貌をいう。「顋」は両頰からあご先にかけての部分。○花欲綻　花が今にも咲きそうだ。花が咲くとは、あでやかな女性の笑顔をいう。

○終朝　一日中。口語。○慙愧　かたじけなく思う。口語。○桑弘羊　前漢時代の財務官僚。塩と鉄を王朝の専売として税収を増大させ、物価の調節を図った（前掲『漢書』食貨志下）。

○不独漢朝今亦有　この作品が作られた元和四年（八〇九）当時の塩鉄使は、前述の李錡の乱脈を立て直した李巽（『旧唐書』巻一二三・本伝、前掲『唐会要』転運塩鉄総叙）が務め、同年六月には、厳格無私な刑部尚書の李鄘が、御史大夫兼任で李巽の後を継いでいる（『旧唐書』巻十四・憲宗本紀上、同巻一五七・本伝）。陳寅恪『元白詩箋証稿』は、李巽・李鄘とも諷刺の対象になるような悪徳官僚でないことに疑義を呈している。

余説　宋の曽季貍『艇斎詩話』に、「楽天の『塩商婦』詩に云はく、『南北東西不失家、風水為郷舟作宅』と。東坡（蘇軾）の『魚蛮子』詩は、正に此の意を取る」と。

『新撰朗詠集』下、雑、遊女に、「南北東西家を定めず、風水を郷と為す船を宅と作す」（六七〇）と。

菅原道真『菅家文草』巻三、「舟行五事」詩の其の四に、「海中に繫がぬ舟あり、東西南北に流る。……塩の価の翔（があ）りて貴（かた）きことを聞きしかば、風に逆ひつつ去（ゆ）きて留らず」と。

同じく巻六、「下レ山言レ志」詩に、「故山有れども家を定めず」と。

0163　杏爲レ梁　刺二居處奢一也。

杏《あんず》を梁《はり》と爲《な》す　居處《きよしよ》の奢《しや》を刺《そし》るなり。

解題　「新楽府」その三十九。邸宅に豪奢の限りを尽くす愚かさを諷刺する。

杏爲レ梁　桂爲レ柱　　杏《あんず》を梁《はり》と爲《な》し　桂《かつら》を柱《はしら》と爲《な》す、

何人堂室李開府
碧砌紅軒色未レ乾
去年身沒今移レ主」
高二其牆一大二其門一
誰家第宅盧將軍
素泥朱板光未レ滅
今歲官收別賜レ人」
開府之堂將軍宅
未二造成一時頭已白
逆旅重居逆旅中
心是主人身是客」
更有三愚翁思二身後一
心雖二甚長一計非レ久
窮レ奢極レ麗越二規模一
付レ子傳レ孫令二保守一」
莫レ敎二門外過客聞一

何人《なんびと》の堂室《だうしつ》ぞ　李開府《りかいふ》なり。
碧砌《へきせい》　紅軒《こうけん》　色《いろ》　未《いま》だ乾《かわ》かざるに、
去年《きよねん》　身沒《みぼつ》して　今《いま》　主《あるじ》を移《うつ》せり。」
其《そ》の牆《しやう》を高《たか》うし　其《そ》の門《もん》を大《おほ》いにす、
誰家《たれ》の第宅《ていたく》ぞ　盧將軍《ろしやうぐん》なり。
素泥《そでい》　朱板《しゆばん》　光《ひかり》　未《いま》だ滅《き》えざるに、
今歲《こんさい》　官收《くわんをさ》めて　別《べつ》に人《ひと》に賜《たま》ふ。」
開府《かいふ》の堂《だう》　將軍《しやうぐん》の宅《たく》、
未《いま》だ造《つく》り成《な》らざる時《とき》　頭《かしら》　已《すで》に白《しろ》し。
逆旅《げきりよ》に　重《かさ》ねて居《を》る　逆旅《げきりよ》の中《うち》、
心《こころ》は是《こ》れ主人《しゆじん》なるも　身《み》は是《こ》れ客《かく》。」
更《さら》に愚翁《ぐをう》の身後《しんご》を思《おも》ふ有《あ》り、
心《こころ》は甚《はなは》だ長《なが》しと雖《いへど》も　計《けい》は久《ひさ》しきに非《あら》ず。
奢《しや》を窮《きは》め　麗《れい》を極《きは》めて　規模《きぼ》に越《こ》え、
子《し》に付《ふ》し　孫《そん》に傳《つた》へて　保守《ほしゆ》せしむ。」
門外《もんぐわい》の過客《くわかく》をして聞《き》かしむる莫《な》かれ、

撫レ掌廻レ頭咲二煞君一
君不レ見馬家宅子猶存
宅門題作二奉誠園一
君不レ見魏家宅屬二他人一
詔贖賜二還五代孫一
元和四年、詔特以二官錢一贖二魏徴勝業里舊宅一。以還二其後一、用獎二忠儉一也。
儉存奢失今在レ目
安用三高牆圍二大屋一」

掌《たなごころ》を撫《ぶ》し　頭《かうべ》を廻《めぐ》らして　君《きみ》を咲煞《せうさつ》せん。
君《きみ》見ずや　馬家《ばか》の宅《たく》　子《し》猶《な》ほ存《そん》するに、
宅門《たくもん》　題《だい》して奉誠園《ほうせいゑん》と作《な》すを。
君《きみ》見ずや　魏家《ぎか》の宅《たく》　他人《たにん》に屬《ぞく》せしも、
詔《みことのり》して贖《あがな》ひ　五代《ごだい》の孫《そん》に賜還《しくわん》せるを。」
儉《けん》は存《そん》し　奢《しや》は失《うしな》ふこと　今《いま》　目《め》に在《あ》り、
安《いづ》くんぞ高牆《かうしやう》の大屋《だいをく》を圍《かこ》むを用《もち》ひんや。」

柱・府・主（上聲、麌韻）。門（上平聲、魂韻）、軍（上平聲、文韻）、人（上平聲、眞韻）……魂・文・眞韻は通押。宅・白・客（入聲、陌韻）。後（上聲、厚韻）、久・守（上聲、有韻）……厚・有韻は同用。聞・君（上平聲、文韻）、存・孫（上平聲、魂韻）、園（上平聲、元韻）、人（上平聲、眞韻）……魂・元韻は同用、文・眞韻は通押。目・屋（入聲、屋韻）。

通釈　杏を梁に、桂を柱にしつらえた御殿、誰のお屋敷かといえば、それは李開府様のものだ。青い石畳に紅色の軒は、塗られた顔料もまだ乾いていないのに、去年、持ち主自身は亡くなって、今はその邸宅が別の人の手に渡っている。

垣根を高くし、門を大きく構えている邸宅、誰のお宅かといえば、それは盧将軍様のものだ。白い土塀に朱色の板壁は、まだその輝きを留めているのに、今年、お上に没収されて別の人に下賜された。

開府様のお屋敷も将軍様のお宅も、まだ出来上がってもいないうちに主の頭髪はもう真っ白となっていた。天地という万物の仮の宿りの内に、重ねて仮の宿りを構えて住んでいるようなもので、心は屋敷の主人のつもりでも、その身は仮住まいする旅人同然である。

おまけに愚かしい年寄りは自分の死後のことを念入りに考えて、心は非常に執念深く先々のことまで算段するが、その計画が久しく続くことはない。それなのに、豪奢美麗を極め尽くした邸宅は規準を大きく踏み越え、子孫に付託して保持させようなどと目論んでいる。

その思惑を、門の外をゆく通りすがりの人々に聞かれぬようご注意あれ。聞かれたら、きっと彼らは手をたたき、後ろを振り向いて君のことをひどく笑うだろう。ごらん、馬家の邸宅は、その子息がまだ存命だというのに、邸宅の門には「奉誠園」と書き記されている。ごらん、魏家の邸宅は、他人の手に渡ったけれど、詔勅が下されて朝廷に買い上げられ、五代目の子孫に下賜された。

倹約に努める者は存続し、豪奢を極める者は失われる、その実例が今眼前にある。どうして高い垣根で大きな家屋を囲う必要があるだろう。

語釈　○杏為梁　桂為柱　踏まえたと見られる先行作品として、『文選』巻十六、前漢の司馬相如「長門の賦」に、「木蘭を刻みて以て榱と為し、文杏を飾りて以て梁と為す」、その李善注に、「木蘭は、桂の木に似たり。文杏も亦た木の名なり」と。『玉台新詠』巻七、梁の簡文帝蕭綱「艶歌曲」にも、「雲楣　桂を戸と成し、飛棟　杏を梁と為す」と。○李開府　徳宗期（七七九―八〇五）に潤州の鎮海軍節度使となり、憲宗の元和二年（八〇七）十一月に斬殺された李錡（『旧唐書』巻十四・憲宗本紀上、同巻一一二・本伝）と推定される。陳寅恪『元白詩箋証稿』を参照。李錡については、前詩（0162）「解題」も併せて参照されたい。鈴木虎雄『白楽天詩解』（弘文堂書房、一九二六年初版）は、玄宗期（七一二―七五六）に開府儀同三司となった李林甫（『旧唐書』巻一〇六、『新唐書』巻二二三上）と推測するが、時代がかなり前に隔たっているので、今は取らない。
○誰家　だれ。二句目の「何人」と同義。「家」は意味のない接尾辞。当時の口語。○盧将軍　前掲の陳寅恪の説に従い、盧従史（『旧唐書』巻一三二、『新唐書』巻一四一）と比定しておく。盧従史は、元和五年（八一〇）四月、昭義節度使から驩州司馬に左遷された（前掲『旧唐書』憲宗本紀上）。本詩がこのことを踏まえるならば、陳寅恪の指摘するとおり、「新楽府」五十篇は、必ずしもそのすべてが元和四年の作ではないということになる。
○逆旅重居逆旅中　「逆旅」は旅の宿。上の「逆旅」は、流転してやまない万物の仮住まいである天地の喩え。李白「春夜　従弟と桃花園に宴する序」に、「夫れ天地なる者は万物の逆旅なり。光陰なる者は百代の過客なり」（『李太白文集』巻二十七）と。下の「逆旅」は、所詮は仮住まいに過ぎない大邸宅を指す。
○心雖甚長　『左氏伝』昭公三年にいう、「彼は其の髪短けれど心は甚だ長し」を踏まえるか。○規模　規準となる制度。

○咲煞　ひどく嘲笑する。「笑殺」に同じ。「殺」は、強調の接尾辞。口語。○馬家宅子猶存　宅門題作奉誠園　司徒馬燧の子の暢は、自宅に実った杏を宦官の竇文場に贈ったことがきっかけで、その豪邸を朝廷に献上せざるを得なくなり、その敷地が後に奉誠園となった（『唐国史補』巻中）。馬暢は晩年に財産が尽き、彼の死後は子息たちが住む家にも事欠く有り様であった（『旧唐書』巻一三四・馬燧伝附馬暢伝）。巻二、秦中吟「傷宅」（〇〇七）にも、「見ずや　馬家の宅の、今は奉誠園と作りたるを」と。「奉誠園」は、長安の安邑坊にある（徐松『唐両京城坊考』巻三）。なお、「奉誠」の二字、神田本などの旧鈔本は「鳳城」に作る。今、史書の記載にも合致する諸本に従っておく。○魏家宅属他人　詔贖賜還五代孫　自注に、「元和四年、詔して特に官銭を以て魏徴が勝業里の旧宅を贖ふ。以て其の後に還し、用て忠倹を奨するなり」と。魏徴は唐王朝草創期の重臣（『旧唐書』巻七十一、『新唐書』巻九十七）。その玄孫の魏稠が貧窮のあまり質入れした旧宅を、平盧節度使の李師道が私財を投じて買い戻そうとしたのに対して、白居易は朝廷が公的にこれを行うべきであると主張した（『資治通鑑』巻二三七・唐紀憲宗元和四年閏三月）。巻四十一「魏徴の旧宅を論ずるの状」（一九五七）がその上奏文である。なお、魏徴の旧宅の位置について、徐松『唐両京城坊考』巻三は永興坊に在るとする。これは、白居易が示す勝業坊のすぐ北西に当たる。

余説　清の乾隆帝『唐宋詩醇』巻二十の御批に、「此の詩は、前の『傷宅』一首と大意は相似たり。後に又魏徴の宅の一層を引出して勧と戒と倶に備はれり」と。

大江通国の「新楽府廿句和歌題序、晩夏同に白氏文集楽府廿句を詠む、和歌一首付小序」（『朝野群載』巻一所収）に、本詩の「居逆旅中」を句題として大江通国が和歌を詠んでいる。

『十訓抄』第一・驕慢を離るべき事に、「文集一巻の『凶宅』の詩には、『驕りは物の満てるなり、老は数の終りなり』ともいふ。同四巻、『杏為梁』には、『倹なるは存し、奢れるは失すること、今目にあり』とも書きたり」と。

『太平記』巻十一・金剛山寄手等被誅事付佐介貞俊事に、「愚哉、関東ノ勇士、久天下ヲ保チ、威ヲ遍海内ニ覆シカドモ、国ヲ治ル心無リシカバ、堅甲利兵、徒ニ梃楚ノ為ニ被レ摧テ、滅亡ヲ瞬目ノ中ニ得タル事、驕レル者ハ失シ倹ナル者ハ存ス。古ヘヨリ今ニ至マデ是アリ」と。

0164　井底引㆓銀瓶㆒　止㆓淫奔㆒也。

井底《せいてい》より銀瓶《ぎんぺい》を引《ひ》く　淫奔《いんぽん》を止《とど》むるなり。

解題「新楽府」その四十。正式な婚姻手続きを踏まない淫らな自由結婚をやめさせようとする詩歌。「止淫奔也」は、『詩経』鄘風「蝃蝀」の小序にいう、「蝃蝀は、奔を止むるなり。衛の文公は能く道を以て其の民を化し、淫奔の恥、国人は歯(なら)ばざるなり」を踏まえるか。井戸とつるべは男女間の消息をなぞらえる。たとえば、「近代西曲歌・估客楽」(『玉台新詠』巻十)に、「客有らば数ゝ(しばしば)書を寄せよ、信無ければ心に相憶ふ。作す莫かれ　瓶の井に落ちて、一去　消息無きがごときを」と。

井底引㆓銀瓶㆒　　井底《せいてい》より銀瓶《ぎんぺい》を引《ひ》く、
銀瓶半上絲繩絶　　銀瓶《ぎんぺい》　半《なか》ば上《のぼ》りて　絲繩《しじよう》絶《た》えたり。
石上磨㆓玉簪㆒　　石上《せきじやう》に玉簪《ぎよくしん》を磨《と》ぐ、
玉簪欲㆑成中央折　　玉簪《ぎよくしん》　成《な》らんと欲《ほつ》して　中央《ちゆうあう》より折《を》れたり。
瓶沈簪折其奈何　　瓶沈《へいしづ》み　簪折《しんを》れて　其《そ》れ奈何《いかん》せん、
似㆓妾如今與㆑君別㆒」　　妾《せふ》が如今《じよこん》　君《きみ》と別《わか》るるに似《に》たり。」
憶昨在㆑家爲㆑女時　　憶《おも》ふ昨《むかし》　家《いへ》に在《あ》りて女《むすめ》たりし時《とき》、
人言擧動有㆓殊姿㆒」　　人《ひと》は言《い》ふ　擧動《きよどう》に殊姿《しゆし》有《あ》りと。」
嬋娟兩鬢秋蟬翼　　嬋娟《せんけん》たる兩鬢《りやうびん》は　秋蟬《しうせん》の翼《はね》、
宛轉雙蛾遠山色　　宛轉《ゑんてん》たる雙蛾《さうが》は　遠山《ゑんざん》の色《いろ》。
咲隨㆓戲伴㆒後園中　　咲《わら》ひて戲伴《ぎはん》に隨《したが》ふ　後園《こうゑん》の中《うち》、

此時未二與レ君相識一」
妾弄二青梅一憑二短牆一
君騎二白馬一傍二垂楊一
牆頭馬上遙相顧
一見知二君即斷腸一」
知二君腸斷一共レ君語
君指二南山松柏樹一
感二君松柏化爲一レ心
暗合二雙鬟一逐レ君去」
到二君家舍一五六年
君家大人頻有レ言
聘則爲レ妻奔是妾
不レ堪三主レ祀奉二蘋蘩一」
終知二君家不一レ可レ住
其奈三出レ門無二去處一」
豈無三父母在二高堂一

此《こ》の時《とき》　未《いま》だ君《きみ》と相識《あひし》らず。」
妾《せふ》は青梅《せいばい》を弄《もてあそ》んで　短牆《たんしやう》に憑《よ》り、
君《きみ》は白馬《はくば》に騎《の》りて　垂楊《すいやう》に傍《そ》ふ。
牆頭《しやうとう》　馬上《ばじやう》　遙《はる》かに相顧《あひかへり》みて、
一見《いつけん》して　君《きみ》が即《すなは》ち斷腸《だんちやう》せるを知《し》る。」
君《きみ》が腸《ちやう》の斷《だん》ぜるを知《し》り　君《きみ》と共《とも》に語《かた》らへば、
君《きみ》は南山《なんざん》の松柏樹《しようはくじゆ》を指《ゆび》さす。
君《きみ》が松柏《しようはく》を化《くわ》して心《こころ》と爲《な》すに感《かん》じ、
暗《あん》に雙鬟《さうくわん》を合《あ》はせて　君《きみ》を逐《お》ひて去《ゆ》く。」
君《きみ》が家舍《かしや》に到《いた》りて　五六年《ごろくねん》、
君《きみ》が家《いへ》の大人《たいじん》　頻《しき》りに言《い》ふ有《あ》り。
聘《へい》すれば則《すなは》ち妻《さい》たり　奔《はし》るは是《こ》れ妾《せふ》、
祀《し》を主《つかさど》り蘋蘩《ひんぱん》を奉《ほう》ずるに堪《た》へずと。」
終《つひ》に君《きみ》が家《いへ》には住《す》むべからざることを知《し》るも、
其《そ》れ門《もん》を出《い》でて去《ゆ》く處無《ところな》きを奈《いかん》せん。」
豈《あ》に父母《ふぼ》の高堂《かうだう》に在《あ》る無《な》からんや、

亦有㆔親情滿㆓故鄕㆒」
潛來更不㆑通㆓消息㆒
今日悲羞歸不㆑得」
爲㆓君一日恩㆒
誤㆓妾百年身㆒
寄㆑言癡少人家女
愼勿㆔將㆑身輕許㆓人㆒」

亦《ま》た親情《しんじやう》の故鄕《こきやう》に滿《み》つる有《あ》り。」
潛《ひそ》かに來《きた》りて更《さら》に消息《せうそく》を通《つう》ぜず、
今日《こんにち》　悲羞《ひしう》し　歸《かへ》り得《え》ず。」
君《きみ》が一日《いちじつ》の恩《おん》の爲《ため》に、
妾《せふ》が百年《ひやくねん》の身《み》を誤《あやま》てり。
言《げん》を寄《よ》す　癡少《ちせう》なる人家《じんか》の女《むすめ》、
愼《つつし》んで身《み》を將《もつ》て輕《かろがろ》しく人《ひと》に許《ゆる》すこと勿《な》かれ。」

絶・折・別（入聲、薛韻）。時（上平聲、之韻）、姿（上平聲、脂韻）……之・脂韻は同用。翼・色・識（入聲、職韻）。牆・楊・腸（下平聲、陽韻）。語・去（去聲、御韻）、樹（去聲、遇韻）……御・遇韻は通押。年（下平聲、先韻）、言・蘩（上平聲、元韻）……先・元韻は通押。住（去聲、遇韻）、處（去聲、御韻）……遇・御韻は通押。堂（下平聲、唐韻）、鄕（下平聲、陽韻）……唐・陽韻は同用。息（入聲、職韻）、得（入聲、德韻）……職・德韻は同用。恩（上平聲、痕韻）、身・人（上平聲、眞韻）……痕・眞韻は通押。

通釈　井戸の底から銀のつるべを引き上げる。銀のつるべは、半ば上がったところで縄が断ち切れてしまう。石の上で玉づくりのかんざしを磨く。玉のかんざしは、今出来上がろうというところで真ん中から折れてしまう。つるべは沈み、かんざしは折れて、さあいったいどうしよう。これはまるで、今あなたと別れる私にそっくりです。

思い起こせば昔、家にいた娘時代、人々は私のことを、立ち居振る舞いに並外れた美しさがあると褒めそやしたものです。

あでやかに梳いた両鬢は秋の蟬の羽のようで、すんなりと弧を描く一対の眉は、遠くに望む山の色を湛えていました。そんな私は、友だちと連れ立って笑いさざめきながら奥の庭で戯れていましたが、この時は、まだあなたと知り合ってはいませんでした。

ところがある日、私は青い梅をもてあそびながら低い垣根にもたれかかり、あなたは白い馬にまたがってしだれ柳の傍らに立っていらっしゃったときのこと。垣根のあたりと馬上とから、はるかに互いを顧みて、一目で、あなたがたちまち切ない恋心を抱いてくださったのが分かったのです。

あなたの切ない恋心を知り、あなたと共に語らって、あなたは、南山に冬も変わりなく茂っている松柏の樹を指さしました。あなたが松柏を我が心とされたことに感じ、私は両のわげをひそかにひとつに結い上げて、あなたを追っていったのでした。

ところが、あなたの家庭に来てから五六年、あなたのお家のお父様方はしきりにこうおっしゃいます。正式に迎えれば妻だが、勝手に出奔してきたのならそれは妾だ、先祖の祭りを取り仕切り、蘋や蘩をお供えする任にはとても当たれまい、と。

とうとう、あなたの家にはいられないと分かったけれど、さて、門を出ても行くところがないのをいったいどうすればよいのでしょう。

決して実家に父母がいないわけではないし、また故郷にはたくさん親類縁者もおります。けれど、ひそかに出てきてから全く便りもしておらず、今日となっては合わせる顔が無くて帰るに帰れません。

あなたの一日の愛情のために、私の一生を台無しにしてしまいました。世間知らずの若い娘さん方に申し上げましょう、どうかくれぐれも、その身を軽々しく人にゆだねたりはなさいませんように。

語釈 ○井底引銀瓶　「解題」を参照。○銀瓶半上糸縄絶　恋愛の途絶を喩える。先行する類似句として、盛唐の王昌齢「行路難」に、「双糸もて綆を作りて銀瓶を繫ぐ、百尺の寒泉　轆轤（ろくろ）の上。懸糸一たび絶ゆれば望むべからざること、妾が心を傾けて君が掌に在るに似たり」（『全唐詩』巻一四一）と。○如今　今。口語。
○殊姿　並外れて優美な物腰。
○嬋娟　あでやかなさま。畳韻語。○両鬢秋蟬翼　透き通るほどに丁寧に梳かれた両鬢を秋の蟬の羽に喩えた表現。西晋の崔豹『古今注』（『初学記』巻十九）に、魏の文帝の宮人、莫瓊樹が創始した「蟬鬢」という髪形について、「之を挈（ととの）へて縹緲たること蟬の翼の如し」と説明する。〇宛転　すんなりと美しくカーブを描くさま。畳韻語。〇双蛾遠山色　蚕の触角のように細く弓なりになった一対の眉の様子を、遠くに望む山の色に重ねた表現。『西京雑記』巻上に、前漢の司馬相如の妻となった卓文君の容姿を描写して、「眉の色は遠山を望むが如し」と。

〇妾弄青梅憑短牆　君騎白馬傍垂楊　この両句が踏まえた可能性のある作品として、盛唐の李白「長干行二首」其の一に、「妾が髪　初めて額を覆ひ、花を折りて門前に劇（たはむ）る。郎は竹馬に騎りて来り、牀を遶りて青梅を弄す」（『李太白文集』巻四）と。なお、本詩にいう「弄青梅」は、『詩経』召南「摽有梅」、同衛風「木瓜」に歌われた、女性が思いを寄せる男性に果物を投げてよこすという古代の風習を踏まえて、本詩のヒロインの初々しさを表現したものかもしれない。〇断腸　はらわたが千切れるほどの切ない思いをいう。男女間の愛情を表現した用例としては、『文選』巻二十七、魏の文帝曹丕「燕歌行」に、「君が客遊を念ひて思ひ腸を断つ」と。

〇南山　長安（陝西省西安市）の南に位置する終南山。〇松柏樹　常緑樹である松や柏は、永遠に変わらぬ愛情を象徴する。たとえば、「銭塘の蘇小の歌」（『玉台新詠』巻十）に、「妾は乗る油壁の車、郎は騎る青驄の馬。何れの処にか同心を結ばん、西陵の松柏の下」、「近代呉歌・冬歌」（同上）に「我が心は松柏の如し、君が心は復た何にか似たる」と。〇合双鬟　左右に垂れたわげをひとつにまとめるのは、女性が成人したことの象徴。たとえば、梁の劉孝威「定襄侯の八絶に和す、初笄一首」（『玉台新詠』巻十）に、「合鬟するは仍ほ昔髪、略鬟するは即ち前糸」、巻六十二「山に遊び、小妓に示す」詩（二九七五）にも、「双鬟垂れて未だ合せず、三十纔かに半ばを過ぐ」と。

〇去　……してゆく。口語的用法。

〇大人　年長者への敬称。ここでは情夫の父親らを指す。〇聘則為妻奔是妾　『礼記』内則篇にいう、「聘すれば則ち妻たり、奔すれば則ち妾たり」を踏まえる。〇奉蘋蘩　「蘋」は浮き草のドウカメバス、「蘩」はシロヨモギ。これらの植物を先祖の霊前に捧げることは、一家の主婦の務めであった。『詩経』召南「采蘩」の小序に、「夫人以て祭祀を奉ずべければ、則ち職を失はず」、同「采蘋」の小序に、「大夫の妻……能く法度に循へば、則ち以て先祖に承けて祭祀を共にすべし」と。

〇其奈　いったいどうしたらよいのか。

〇親情　親類縁者。

〇更　下の打ち消し語を強調する。〇不得　動詞の後に付いて、不可能の意を表す。口語的用法。

〇百年　漢代以来、人の一生は百年を規準に考えられた。たとえば、『文選』巻二十九、「古詩十九首」其の十五に、「生年　百に満たざるに、常に千歳の憂へを懐く」と。〇慎　つつしんで。神田本の旧訓は「ユメ」。ゆめゆめ。〇将　文語の「以」に同じ。

余説 元の白仁甫『裴少俊墻頭馬上雑劇』は、本詩に基づき、これを増飾して作られたものである。

藤原公任『和漢朗詠集』巻下、妓女に、「嬋娟たる両鬢は秋の蟬の翼、宛転たる双蛾は遠山の色」（七〇八）と。

清少納言『枕草子』第九十七段（三巻本）に、「あさましきもの、刺櫛すりて磨く程に、ものにつきさへて折りたる心地」と。

『本朝麗藻』巻上、藤原伊周の「牛女秋意」詩に、「行佩に応に冷霊の玉を紐（すむ）ぶべし、双蛾に且（まさ）に遠山の眉を画（がゑ）かんとす」と。

『本朝無題詩』巻二、中原広俊の「傀儡子」詩に、「宛転たる蛾眉は残月のごとく細く、嬋娟たる蟬鬢は暮雲のごとく垂る」と。

大江通国「新楽府廿句和歌題序、晩夏同に白氏文集楽府廿句を詠む、和歌一首付小序」（『朝野群載』巻一所収）に、本詩の「挙動有殊姿」を句題として、大江通国が和歌を詠んでいる。

『海道記』に、「昔、採竹の翁といふ者ありけり。女を、かぐや姫といふ。……嬋娟たる両鬢は、秋の蟬の翼、宛転たる双蛾は、遠山の色。一たび笑めば百の媚なる。見聞の人は、皆腸を断つ」と。

『十訓抄』第五・朋友を撰ぶべき事に、「また、君ひとり臣をえらぶべからず、臣また君をえらぶべしといふことあれば、女もよく男をえらぶべきにあたれり。ゆゑに、白居易は、『井の底の瓶』のたとへを引きて、『少人の家の女、慎みて身をもて、軽々しくゆるすことなかれ』といひおかれ、……」と。

『平家物語』巻六・葵前に、「其後主上、緑の薄様のことに匂ふかかりけるに、古きことなれ共おぼしめしいでて、あそばされけり。『しのぶれどいろに出にけりわが恋はものやおもふと人のとふまで』。此御手習を、冷泉少将隆房給はりつゐで、件の葵の前に給はせたれば、かほうちあかめ、例ならぬ心ち出きたりとて、里へ帰り、うちふす事五六日して、つひにはかなくなりにけり。『君が一日の恩のために、妾が百年の身をあやまつ』ともかやうの事をや申べき」と。

『源平盛衰記』巻二・清盛息女の事に、「さしたる才芸はなかりけれども美貌は人に勝れ給へり。嬋娟たる両鬢は、秋の蟬の翼、宛転たる双蛾は、遠山の色とぞ見え紛ふ」と。

同じく巻二十五・此の君賢聖並紅葉の山葵宿弥附鄭仁基の女の事に、「煩ふ事三十余日ありて、彼の歌を胸にあてて、終に果なく身まかりにけり。主上聞召されて御涙にむせばせ給ひけり。『為二君一日之恩一、誤二妾百年之身一、寄レ言痴少人家女、慎勿三将レ身軽許二人』と誡めたり」と。

『徒然草』第一七二段に、「好む所日々にさだまらず。色にふけり情にめで、行をいさぎよくして百年の身を誤り、命を失へるためし願はしくして、身の全く久しからん事をば思はず。好けるかたに心ひきて、ながき世がたりともなる。身を誤つことは、若き時のしわざなり」と。

御伽草子「秋夜長物語」に、「童庭ニ還テ、早ト申セバ、若公前ニ立テ嬬戸ヨリ内ヘ入ヌ。サシモ間遠ナリシ所ノ袖ノウツリ香モ、身ニ触計ヨリソヒテ、打傾タレバ、嬋娟タル秋ノ蟬ノ初元結、宛転タル蛾眉ノ黛ノ匂、花ニモネタマレ、月ニモソネマレヌベキ百ノカホバセ、千々ノ媚、絵ニカクトモ筆モ及難ク、語ニ云トモコトノ葉ナカルベシ」と。

『太平記』巻四・笠置囚人死罪流刑事付藤房卿事に、「此女房立帰リ、形見ノ髪ト歌トヲ見テ、読テハ泣、泣テハ読ミ、千度百廻巻返セ共、心乱テセン方モナシ。……余リノ思ニ堪カネテ、『書置シ君ガ玉章身ニ副テ後ノ世マデノ形ミトヤセン』、先ノ歌ニ一首書副テ、形見ノ髪ヲ袖ニ入、大井河ノ深キ淵ニ身ヲ投ケルコソ哀ナレ。『為㆓君一日恩㆒、誤㆓妾百年身㆒』トモ、加様ノ事ヲヤ申ベキ」と。

同じく巻十・大仏貞直并金沢貞将討死事に、「貞将……彼御教書ヲ請取テ、又戦場ヘ打出給ケルガ、其御教書ノ裏ニ、『棄㆓我百年命㆒、報㆓公一日恩㆒』ト大文字ニ書テ、是ヲ鎧ノ引合ニ入テ、大勢ノ中ヘ懸入、終ニ討死シ玉ケレバ、当家モ他家モ推双テ、感ゼヌ者モ無リケリ」と。

同じく巻十六・小山田太郎高家刈青麦事に、「抑官軍ノ中ニ知㆑義軽㆑命者雖㆑多、事ノ急ナルニ臨デ、大将ノ替㆑命トスル兵無リケルニ、遥隔タル小山田一人馬ヲ引返シテ、義貞ヲ奉㆑乗、剰我身跡ニ下テ打死シケル其志ヲ尋レバ、僅ノ情ニ憑テ百年ノ身ヲ捨ケル也」と。

謡曲「卒塔婆小町」に、「頭には、霜蓬を戴き、嬋妍たりし両鬢も、膚にかしけて墨乱れ、ゐんゐんたりし双蛾も、遠山の色を失ふ」と。

同じく「藍染川」に、「嬋娟の黒髪は、乱れて、草根にまとはり宛転たる黛は、消え失せて面影の亡き身の果ぞかなしき」と。

幸若舞「敦盛」に、「熊谷あまりのいたはしさに、また御顔を見奉るに、嬋娟たる両鬢は秋の蟬の羽にたぐひ、宛転たりし双蛾は遠山の月に相同じ」と。

同じく「築島」に、「国春三十に、妻女二十八と申す八月に、優なる姫を儲くる。……宛転たりし双蛾、遠山の月に相同じ、霞の中の山桜、匂ひあくまで身に余り、人にまみゆるその姿、池の蓮の朝露に傾く風情もかくやらん」と。

御伽草子「物くさ太郎」に、「青黛のまゆずみは、はなやかにして、遠山の桜にことならず、嬋娟たる両鬢は、秋の蟬の羽にことならず」と。

同じく「鉢かづき」に、「嬋娟たる両鬢は、秋の蟬の羽にたぐへ、宛転たる御かほばせは、春は、花にねたまれ、秋は月にぞねたまれ給ふ御風情なり」と。

0165　官牛　諷㆓執政㆒也。

官牛《くわんぎう》　執政《しつせい》を諷《ふう》するなり。

解題　「新楽府」その四十一。新大臣の馬の蹄を汚泥から守る砂利道を作るために、大量の砂を運ばされる朝廷の牛の有り様を詠じつつ、時の大臣の責務を厳しく問いただす詩歌。陳寅恪『元白詩箋証稿』は、本詩の成った元和四年（八〇九）当時の三公及び宰相の中、于頔（『旧唐書』巻一五六、『新唐書』巻一七二）を批判したものと推定し、巻四十一「于頔・裴均を論ずるの状」（一九四九）、同「于頔進む所の歌舞の人の事宜を論ずるの状」（一九五六）を傍証に挙げる。

官牛官牛駕㆓官車㆒
滻水岸邊驅載㆑沙」
一石之沙幾石重
朝載暮載將何用」
載向五門官道西
綠槐陰下鋪㆓沙堤㆒
昨來新拜右丞相
恐㆔畏泥塗汚㆓馬蹄㆒」
右丞相
馬蹄踏㆑沙雖㆓淨潔㆒
牛頸牽㆑沙欲㆑流㆑血」

官牛《くわんぎう》　官牛《くわんぎう》　官車《くわんしや》に駕《が》し、
滻水《さんすい》の岸邊《がんぺん》に　驅《か》られて沙《すな》を載《の》す。」
一石《いつせき》の沙《すな》　幾石《いくせき》ぞ重《かさ》ぬる、
朝《あした》に載《の》せ　暮《く》れに載《の》せ　將《は》た何《なに》にか用《もち》ひん。」
載《の》せて向《む》かふ　五門《ごもん》　官道《くわんだう》の西《にし》、
綠槐《りよくくわい》の陰《かげ》の下《もと》　沙堤《さてい》に鋪《し》く。
昨來《さくらい》　新《あら》たに拜《はい》す　右丞相《うじようしやう》、
泥塗《でいと》の馬蹄《ばてい》を汚《けが》さんことを恐畏《おそ》る。」
右丞相《うじようしやう》、
馬蹄《ばてい》は沙《すな》を踏《ふ》みて淨潔《じやうけつ》なりと雖《いへど》も、
牛頸《ぎうけい》は沙《すな》を牽《ひ》きて血《ち》を流《なが》さんと欲《ほっ》す。」

右丞相

但能濟レ人治レ國調二陰陽一

官牛頸穿亦無レ妨」

右丞相《うじやうしやう》、

但《た》だ能《よ》く　人《ひと》を濟《すく》ひ　國《くに》を治《をさ》め　陰陽《いんやう》を調《ととの》へば、

官牛《くわんぎう》　頸穿《くびうが》たるとも　亦《ま》た妨《さまた》げ無《な》し。」

車・沙（下平聲、麻韻）。重・用（去聲、用韻）。西・堤・蹄（上平聲、齊韻）。潔・血（入聲、屑韻）。陽・妨（下平聲、陽韻）。

通釈　お上の牛、お上の牛が、お上の車につながれ、滻水の岸辺に追い立てられて、車に砂を載せられる。

一斛《こく》の砂、それが何斛重ねられるのか、朝に載せ、夕暮れに載せて、さてこれをいったい何に用いるのか。

砂を載せて向かう先は大明宮の五門、公道の西、緑に茂る槐《えんじゅ》の木陰の下、大臣の御成り道に、その砂を敷き詰めるのだ。先ごろ新たに右大臣が任命され、その方の馬の蹄を泥で汚しはしないかと畏れてのことである。

右大臣よ、馬の蹄は砂を踏んできれいであろうとも、牛の首は砂を引いて今にも血を流さんばかりになっている。

右大臣よ、もし民を救済し、国を治め、陰陽の気を調和させるという職務を全うできさえするならば、お上の牛の首に穴が開こうとも差し支えないのだが。

語釈　〇駕　馬を車につける。ここでは牛。〇滻水　陝西省藍田県の南から北西に流れて長安城の東を通り、灞水と合流して渭水に流れ込む川。この川のほとりで積んだ砂を、西方に位置する長安城に運ぶのである。

〇石　容量の単位。「斛」に同じ。一石は一〇斗、一斗は約五・九リットル。〇幾石重　「石」字、神田本は校して諸刊本と同じ「斤」字を注す。今、諸々の旧鈔本に従い、原神田本を取る。おそらくは、次の「重」字を重さと解釈した後人が、重量の単位である「斤」字に改めたか。「重」は、『広韻』によると、次句の「用」と同じ去声では「更に為すなり」の意、上声・腫韻では「多きなり、厚きなり」の意となる。ここは、同じ声調で押韻する前者として取っておく。

〇五門　長安城、大明宮の南面に設けられた五つの門、すなわち、東側から延政門、望仙門、丹鳳門、建福門、興安門をいう。徐松『唐両京城坊考』巻一を参照。なお、大明宮は皇帝の居所であり、政治の中枢機関を集めた場所である。〇槐　えんじゅ。マメ科の落葉高木。古来、臣下としての最高位である三公を象徴する。〇沙堤　砂を敷いた道路。唐代、宰相が任命されると、その私邸から都城に附する子城の東街まで、府県が道路に砂を敷き詰めた（『唐国史補』巻下）。
○右丞相　皇帝の補佐役として左右に設けられた最高位の文官の右方。
○但　ただ……しさえすれば。口語的用法。○調陰陽　最高位の大臣の職務として、陰陽の気を調和させる。『書経』周官篇に、「茲れ惟れ三公は、道を論じ邦を経し、陰陽を燮理す」と。○亦　それでも。上の句を逆接で受ける。○無妨　差し支えない。口語。

0166　紫毫筆　譏二失職一也。

紫毫《しがう》の筆《ふで》　失職《しつしよく》を譏《そし》るなり。

解題 「新楽府」その四十二。紫色の兎の毛で作った最高級の筆を詠じつつ、諫言直筆を職務とする役人の怠慢を批判した詩。「失職」は、職務怠慢の意。『左氏伝』昭公二十九年に、「夫れ物物に其の官有り、官は其の方を修めて、朝夕に之を思ひ、一日失職せば、則ち死 之に及ぶ」と。

紫毫筆
纖如レ錐兮利如レ刀
江南石上有二老兎一
齧レ竹飲レ泉生二紫毛一
宣城筆人採爲レ筆
千萬毛中揀二一毫一
一毫雖レ輕功甚重
管勒二工名一充二歳貢一
君兮臣兮勿二輕用一」

紫毫《しがう》の筆《ふで》、
纖《ほそ》きこと錐《きり》の如《ごと》く　利《するど》きこと刀《かたな》の如《ごと》し。
江南《かうなん》の石上《せきじやう》に　老兎《らうと》有《あ》り、
竹《たけ》を齧《かじ》り泉《いづみ》を飲《の》みて　紫毛《しまう》を生《しやう》ず。
宣城《せんじやう》の筆人《ひつじん》　採《と》りて筆《ふで》を爲《つく》り、
千萬《せんまん》の毛中《まうちゆう》より　一毫《いちがう》を揀《えら》ぶ。」
一毫《いちがう》　輕《かろ》しと雖《いへど》も　功《こう》は甚《はなは》だ重《おも》し、
管《くわん》に工名《こうめい》を勒《ろく》し　歳貢《さいこう》に充《あ》つ。
君《きみ》よ　臣《しん》よ　輕《かろがろ》しく用《もち》ふる勿《な》かれ。」

勿㆓輕用㆒　將何如
願賜㆓東西府御史㆒
願頒㆓左右臺起居㆒
搦㆑管趨入黃金闕
抽㆑毫立在白玉除
臣有㆓奸邪㆒正衙奏
君有㆓動言㆒直筆書」
起居郎　侍御史
爾知紫毫不㆑易㆑致
每歲宣城進㆑筆時
兔毛之價如㆑金貴
愼勿㆔空將彈㆓失儀㆒
愼勿㆔空將錄㆓制詞㆒」

輕《かろがろ》ゝしく用《もち》ふる勿《な》かれ　將《は》た何如《いかん》せん。
願《ねが》はくは東西府《とうざいふ》の御史《ぎよし》に賜《たま》へ、
願《ねが》はくは左《さ》右臺《いうだい》の起《き》居《きよ》に頒《わか》て。
管《くわん》を搦《と》り趨《はし》りて入《い》る　黃金《わうごん》の闕《けつ》、
毫《がう》を抽《ぬ》き立《た》ちて在《あ》り　白玉《はくぎよく》の除《きざはし》。
臣《しん》に奸邪《かんじやあ》有れば　正衙《せいが》に奏《そう》し、
君《きみ》に動言《どうげんあ》有れば　直筆《ちよくひつ》もて書《しよ》す。」
起《き》居郎《きよらう》　侍御史《じぎよし》、
爾《なんぢ》は知《し》らん　紫毫《しがう》の致《いた》し易《やす》からざるを。
每歲《まいさい》　宣城《せんじやう》より筆《ふで》を進《すす》むる時《とき》、
兔毛《とまう》の價《あたひ》は　金《きん》の如《ごと》く貴《たか》し。
愼《つつし》みて　空《むな》しく將《もつ》て失儀《しつぎ》を彈《だん》ずること勿《な》かれ、
愼《つつし》みて　空《むな》しく將《もつ》て制詞《せいし》を錄《ろく》すること勿《な》かれ。」

刀・毛・毫（下平聲、豪韻）。重（上聲、腫韻）、貢（去聲、送韻）、用（去聲、用韻）……腫・送・用韻は通押。如・居・除・書（上平聲、魚韻）。史（上聲、止韻）、致（去聲、至韻）、時・詞（上平聲、之韻）、貴（去聲、未韻）、儀（上平聲、支韻）……之・支韻は同用、止・至・未韻は通押。

通釈　兔の紫色の細毛で作った筆、その先端は錐のように細く刀剣のように鋭利だ。江南の石の上に年季の入った兔がいて、竹を翦り、泉の水を飲んで、紫色の毛を生やす。宣城の筆職人はその毛を取って筆を作る際、千万本もの中から一本の細毛を選び取る。

一本の細毛は軽くとも、これを筆に仕立てる匠の技は貴重なもので、筆の軸に職人の名前が刻み込まれて、毎年の貢ぎ物に充てられるのだ。君主よ、臣下たちよ、この筆を軽々しく用いてはなりませぬ。

軽々しく用いてはならぬなら、さていったいどのようにすればよいのか。それにはどうか東西両都の侍御史に下賜されたい。どうか陛下の左右に控える起居郎に分け与えていただきたい。侍御史の諸君は筆を手に取って、報告のために小走りに黄金の宮殿に入り、起居郎の諸君は筆を鞘から抜き出して、白い玉造りの陛《きざはし》に立って執筆体勢を取るだろう。そして、臣下に不正があれば、宮殿で皇帝陛下に奏上し、君主に言動があれば、事実を包み隠さずに書き記すだろう。毎年、宣城から筆を上納する時、兎の毛の価格は金にも匹敵するほどに高いのだ。どうかくれぐれも、空しくそれを臣下たちの無作法を弾劾するようなことには使わないでいただきたい。どうかくれぐれも、空しくそれを天子の詔勅文を記録するようなことには使わないでいただきたい。

語釈 ○紫毫筆　紫色（赤毛）の兎の細毛で作った筆。江南（長江下流域）の宣州（安徽省宣城市）がその名産地であったことは、『元和郡県図志』巻二十八・江南道、宣州、溧水県の条に、「中山は県の東南一十五里に在り。兎毫を出だし、筆を為れば精妙なり」と見えている。○宣城　前掲「紫毫筆」語釈を参照。なお、白居易はこの地で郷試に合格している。巻二十一「宣州試　射て正鵠に中つる賦」（二四二）、「窓中に遠岫を列ぬの詩」（二四三）はその時の答案である。
○功　筆を作るのに凝らされた匠の技。
○東西府御史　東都洛陽と西の首都長安の官庁に勤務する侍御史（従六品下）。官僚たちの不正の検挙を職務とする。『唐六典』巻十三・御史台などを参照。○左右台起居　門下省の起居郎と中書省の起居舎人（ともに従六品上）。起居郎は皇帝の行動を記録し、起居舎人は皇帝の言葉を記録する。『唐六典』巻八・門下省、同巻九・中書省を参照。なお、南面する皇帝から見て、門下省は左側、中書省は右側に位置する。徐松『唐両京城坊考』附録「西京宮城図」「西京大明宮図」を参照。○抽毫　筆を鞘から抜き出して執筆の体勢を取る。○奸邪　奸邪。よこしま。「奸」は、「姦」の異体字。○正衙　天子が正式に臣下の謁見に応じる御殿。唐代では、大明宮中の含元殿がこれに当たる（『唐両京城坊考』巻一）。○君有動言直筆書　『礼記』玉藻篇にいう「動は則ち左史　之を書し、言は則ち右史　之を書す」を踏まえる。
○起居郎　前掲「左右台起居」語釈を参照。○侍御史　前掲「東西府御史」語釈を参照。○将　文語の「以」に同じ。それでもって。○失儀　礼儀作法に外れる振る舞い。弾劾すべき官僚の失態としては極めて軽微なもの。○制詞　天子の詔勅文。天下に発布されるものを、起居郎が敢えて記す必要はない。

余説　宋の曽季貍『艇斎詩話』に、「山谷（黄庭堅）の『人の筆を恵むに謝す』詩に云ふ、『将て空しく吏の文書を写すなかれ』は、楽天の『紫毫の筆』詩の『慎みて空しく将て失儀を弾ずること勿かれ、慎みて空しく将て制詞を録すること勿かれ』を用ひたるなり」と。

0167　隋堤柳　憫二亡國一也。　　隋堤《ずいてい》の柳《やなぎ》　亡國《ばうこく》を憫《あは》れむなり。

解題　「新楽府」その四十三。隋の大運河の畔に植えられた柳が枯れ衰えているさまを詠じながら、滅亡した国をあわれみ、これを反面教師として今上皇帝を戒める。煬帝が造営した大運河については、『隋書』巻二十四・食貨志に、「板渚より河を引き、淮海に達す、之を御河と謂ふ。河畔に御道を築き、樹うるに柳を以てす」と見えている。

隋堤柳　　隋堤《ずいてい》の柳《やなぎ》、
歳久秋深盡衰朽　　歳久《としひさ》しく　秋深《あきふか》くして　盡《ことごと》く衰朽《すいきう》せり。
風颯颯兮雨蕭蕭　　風颯颯《かぜさつさつ》として　雨蕭蕭《あめせうせう》たり、
三株兩株汴河口」　　三株《さんしゆ》　兩株《りやうしゆ》　汴河《べんが》の口《ほとり》。」
老枝病葉愁二殺人一　　老枝《らうし》　病葉《へいえふ》　人《ひと》を愁殺《しうさつ》す、
曾經大業年中春」　　曾經《かつ》て　大業年中《たいげふねんちゆう》の春《はる》。」
大業年中煬天子　　大業年中《たいげふねんちゆう》　煬天子《やうてんし》、

種レ柳成レ行夾二流水一
西自二黄河一東到レ淮
綠影一千三百里」
大業末年春暮月
柳色如レ煙絮如レ雪」
南幸二江都一恣二佚遊一
應下將二此樹一繫中龍舟上
紫髯郎將護二錦纜一
青娥御女直二紅樓一
海內財力此時歇
舟中歌咲何日休
上荒下困勢不レ久
宗社之危如二綴旒一」
煬天子自言歡樂殊未レ極
豈知明年正朔歸二武德一」
煬天子自言福祚垂二無窮一

柳《やなぎ》を種《う》ゑて　行《かう》を成《な》し　流水《りうすい》を夾《はさ》む。
西《にし》は黄河《くわうが》より　東《ひがし》は淮《わい》に到《いた》る、
　綠影一千三百里《りよくえいいつせんさんびやくり》。」
大業《たいげふ》の末年《まつねん》　春暮《しゆんぼ》の月《つき》、
柳色《りうしよく》は煙《けむり》の如《ごと》く　絮《じよ》は雪《ゆき》の如《ごと》し。」
南《みなみ》のかた江都《かうと》に幸《かう》して　佚遊《いついう》を恣《ほしいまま》にし、
應《まさ》に此《こ》の樹《き》を將《もつ》て龍舟《りようしう》を繫《つな》ぎたるべし。
紫髯《しぜん》の郎將《らうしやう》　錦纜《きんらん》を護《まも》り、
青娥《せいが》の御女《ぎよぢよ》　紅樓《こうろう》に直《ちよく》す。
海內《かいだい》の財力《ざいりよく》　此《こ》の時《とき》に歇《つ》く、
舟中《しうちゆう》の歌咲《かせう》　何《いづ》れの日《ひ》にか休《や》まん。
上《かみ》は荒《すさ》み　下《しも》は困《くる》しみて　勢《いきほ》ひ久《ひさ》しからず、
宗社《そうしや》の危《あや》ふきこと　綴旒《ていりう》の如《ごと》し。」
煬天子《やうてんし》は自《みづか》ら言《い》ふ　歡樂《くわんらく》　殊《な》ほ未《いま》だ極《きは》まらずと、
豈《あ》に知《し》らんや　明年《みやうねん》　正朔《せいさく》　武德《ぶとく》に歸《き》するを。」
煬天子《やうてんし》は自《みづか》ら言《い》ふ　福祚《ふくそ》　無窮《むきゆう》に垂《た》れんと、

豈知後年皇子封㆓鄴公㆒
龍舟未㆑過㆓彭城閣㆒
義旗已入㆓長安宮㆒
蕭牆禍生人事變
晏駕不㆑得㆑歸㆓秦中㆒
土墳數尺何處葬
吳公臺下多㆓悲風㆒」
二百年來汴河路
沙草水煙朝復暮
後王何以鑒㆓前王㆒
請看隋堤亡國樹」

豈《あ》に知《し》らんや　後年《こうねん》　皇子《くわうし》　鄴公《けいこう》に封《ほう》ぜらるるを。
龍舟《りようしう》　未《いま》だ彭城閣《はうじやうかく》に過《よぎ》らざるに、
義旗《ぎき》　已《すで》に長安宮《ちやうあんきゆう》に入《い》る。
蕭牆《せうしやう》に禍《わざはひ》生《しやう》じて　人事《じんじ》變《へん》じ、
晏駕《あんが》　秦中《しんちゆう》に歸《かへ》るを得《え》ず。
土墳數尺《どふんすうせき》　何《いづ》れの處《ところ》にか葬《はうむ》らる、
吳公臺下《ごこうだいか》　悲風《ひふう》多《おほ》し。」
二百年來《にひやくねんらい》　汴河《べんが》の路《みち》、
沙《さ》草《さう》　水煙《すいえん》　朝《あした》復《ま》た暮《く》れ。
後王《こうわう》　何《なに》を以《もつ》てか前王《ぜんわう》に鑒《かんが》みん、
請《こ》ふ看《み》よ　隋堤《ずいてい》　亡國《ばうこく》の樹《じゆ》を。」

柳・朽（上聲、有韻）、口（上聲、厚韻）……有・厚韻は同用。人（上平聲、眞韻）、春（上平聲、諄韻）……眞・諄韻は同用。子・里（上聲、止韻）、水（上聲、旨韻）……止・旨韻は同用。月（入聲、月韻）、雪（入聲、薛韻）……月・薛韻は通押。遊・舟・休・旒（下平聲、尤韻）、樓（下平聲、侯韻）、久（上聲、有韻）……尤・侯韻は同用、有韻は通押。極（入聲、職韻）、德（入聲、德韻）……職・德韻は同用。窮・公・宮・中・風（上平聲、東韻）。路・暮（去聲、暮韻）、樹（去聲、遇韻）……暮・遇韻は同用。

通釈　隋堤の柳は、長い歳月を重ね、深まった秋の季節の中ですっかり枯れ衰えている。さっと風が吹き抜け、しゅうしゅうと寂しげな雨が降りかかる、汴河のほとりの二三株。

古びた枝ややつれた葉は人をひどく物憂くさせる。この樹もかつて隋の大業年中の春を謳歌していたのだと思えば。
大業年中、隋の煬帝は、運河を挟んで柳の並木をこしらえた。西は黄河から東は淮水に至るまで、緑の木陰が一千三百里にも渡って続いたものだ。

大業の末年、春の暮れの月、柳の色は靄にかすんだようにおろぼげで、その綿毛の花は雪のように白く舞った。

煬帝が南のかた江都に行幸して自堕落な遊びに耽った際、皇帝を乗せた龍舟はきっとこの樹につなぎとめられたに違いない。赤ひげの武官たちは錦のともづなを護衛し、青々と弧を描く眉の美しい宮女たちは紅色の楼船に宿泊する。この時、天下の経済力は底をついていたのに、船中の歌声や笑いさざめきはいつになったら終わるのかという有り様であった。お上は荒廃し、下々の者たちは困窮し、これでは時の命運は長く持つはずもなく、国家の危うさはまるで、風に揺れ動く旗飾りのようであった。

煬帝自らは、歓楽は今もなお極まっていないと言っていたが、思いもよらずも明年には滅んで、暦が唐王朝に帰することとなった。

煬帝自らは、天から授かった皇位は永久に続くと言っていたが、思いもよらずすぐ後には、孫息子が唐王朝に禅譲して酅国公に封ぜられることとなった。煬帝を乗せた龍舟がまだ江都の彭城閣を訪れないうちに、隋の打倒を旗印とする義勇軍が、とっくに長安の宮殿に入っていたのであった。身内から禍いが生じて世間に動乱が起こり、臣下に討たれた皇帝は崩御しても都のある秦中には帰れない。数尺の土盛りをしてどこに埋葬したかといえば、江都近郊の呉公台の下で、そこには悲しげな風が吹き荒んだものである。

二百年来、汴河の路には、砂地の草や水面にたゆたう靄の景色が朝な夕なに繰り返されている。後世の王は前代の王の所業に照らして何を教訓とすべきか。それにはどうか隋堤の亡国の樹木をご覧いただきたい。

語釈 ○隋堤柳　本詩「解題」を参照。○風颯颯兮雨蕭蕭　「颯颯」は風がさっと吹き抜けるさま。「蕭蕭」は雨がもの寂しげに降るさま。一句の表現は、『楚辞』九歌「山鬼」にいう「風颯颯として木は蕭蕭たり」を踏まえる。○汴河　隋の通済渠をいう。今の河南省滎陽県の東北で黄河から引き入れた水が、開封市の南を東南に流れて、江蘇省盱眙県の対岸から淮水に合流する。本詩「解題」も参照。

〇愁煞　ひどく憂えさせる。「煞（殺に同じ）」は強調の接尾辞。口語。〇曽経　神田本がこの二字を一語と捉えるのに従う。かつて。口語。〇大業　隋の第二代皇帝、煬帝（楊広）の年号（六〇五―六一七）。

〇煬天子　煬帝。〇一千三百里　およそ七二八キロメートル。唐代の一里は約五六〇メートル。

〇絮如雪　白い綿毛のような柳絮を雪に見立てた先人として、東晋の謝安の姪、謝道蘊がいる（『世説新語』言語篇）。

〇江都　今の江蘇省揚州市。煬帝はここに離宮を置いて頻繁に行幸した。〇佚遊　怠惰に遊び呆けること。『論語』季氏篇に、人を損なう三つの楽しみとして、驕楽、宴楽とともにこの語を挙げる。〇将　文語の「以」に同じ。それでもって。〇龍舟　皇帝を乗せる、龍をかたどった大型の船。前掲『隋書』食貨志に、煬帝が「龍舟鳳舸、黄龍赤艦、楼船篾舫」を造らせ、自身は「龍舟に御し」、文武の官僚の五品以上には「楼船」、九品以上には「黄篾舫」を給付したことが見えている。なお、煬帝が作詞し、俗楽に乗せて歌わせた歌曲に「龍舟を汎（泛）ぶ」（『隋書』巻十五・音楽志下、『楽府詩集』巻四十七）がある。〇紫髯郎将　赤ひげの武官。〇青蛾御女　青々とした弓なりの眉を持つ美しい宮女。〇宗社　先祖を祭る宗廟と、土地や五穀の神を祭る社稷。国家をいう。〇綴旒　旗に飾りつけたふきなし。国家の混乱を喩えた用例として、『文選』巻三十五、魏の潘勖「魏公に九錫を冊する文」に、「此の時に当り、綴旒の若く然り。宗廟は祀に乏しく、社稷には位無し」と。

〇歓楽殊未極　類似句として、『文選』巻二十九、蘇武「詩四首」其の四に、「懽楽は殊（な）ほ未だ央（つ）きず」と。「殊」は、今になってもまだ。〇明年正朔帰武徳　翌年（六一八）、隋王朝が滅び、暦が唐王朝のものに切り替わったことをいう。「正朔」は正月一日、転じて暦をいう。「武徳」は、唐の高祖（李淵）の年号（六一八―六二六）。

〇福祚　天から授かった帝位。〇後年皇子封酅公　義寧二年（六一八）五月戊午（十四日）、煬帝の孫である恭帝（楊侑）が唐王朝に禅譲し、酅国公に封ぜられたことをいう（『隋書』巻五・恭帝紀）。「酅公」は、巻三、新楽府「二王の後」（〇一二七）に既出。〇彭城閣　隋の煬帝が江都に設けた楼閣。六一八年、煬帝が臣下の宇文化及らの率いる反乱軍に殺された場所（『大唐創業起居注』巻三）。「閣」字、神田本は「闕」に作る。おそらくは字形の類似による誤り。今、諸本に従って改める。〇義旗已入長安宮　煬帝の討伐を大義名分に挙兵した李淵（唐の高祖）の軍が、六一七年十一月、長安城を攻略したことをいう。李淵は代王楊侑を天子に立て、煬帝を太上皇と尊称した上で、自らを丞相に任命させて実権を手中に収めた（『旧唐書』巻一・高祖本紀）。〇蕭牆　門の内に設けられた土塀。『論語』季氏篇にいう「季孫の憂ひは顓臾（ゆせん）に在らずして蕭牆の内に在り」を踏まえ、心配事の生ずる身内をいう。〇人事　人が作為的に作り出した動乱。〇晏駕　日が暮れてから霊柩車が出る、皇帝の崩御をいう。〇秦中　隋の都大興（唐の長安）があった、今の陝西省一帯。かつて秦国が位置していたことに由来する地名。〇呉公台　江都の西北に位置する、南朝、宋の沈慶之が築いた台（『太平寰宇記』巻一二三）。身内の宇文化及らに侵攻されて崩御した煬帝は、この台の下に葬られた（『隋書』巻四・煬帝紀下）。

余説 元の韋居安『梅礀詩話』巻上に、「……此は白楽天の『隋堤の柳』詩なり。物に感じ古を懐ひて、後世の鑑戒と為すべし。宋の開禧丁卯（一二〇七）、権臣韓侂冑誅死す。劉淮（字は）叔通の『韓家の府を詠ず』詩に云はく、『宝蓮山下の韓家の府、鬱鬱沈沈として深きこと幾許（いくばく）ぞ。主人は頭（びく）を飛ばして去（ゆ）きて虜と和し（金との講話のために韓侂冑の首を送ったことをいう）、緑戸玄牆は風雨に鎖さる。九世卿たりし家一朝にして覆り、太師（韓侂冑）の誅せらるるは魏公（韓琦、北宋仁宗期の名臣で侂冑の先祖）の辱なり。後人前車有るを信ぜずんば、突兀として眼前に此の屋を看よ』と。末意は、楽天の詩と相似たり。章泉（趙蕃の号）趙昌父（同字）甚だ之を称賞す」と。

清の乾隆帝『唐宋詩醇』巻二十の御批に、「一起するに諺に似、謡に似て、最も古意有り。興亡の事を詳叙し、仍（りよ）て柳を以て結べば、俯仰するに情深し」と。

『源平盛衰記』巻十七・新都の有様の事に、「『上荒れ下困しみ勢久しからず、宗社の危き綴旒のごとし』と云ふ文あり。宗社とは、先祖宗廟の祭なり。綴旒とは、旗の足と云ふことなり。宗廟の祭危ければ、国の治まらざること、旗の足の風に吹かるるが如くに安堵せずと云ふにや、平家の振舞いかがあるべかるらんと覚束なし」と。

同じく巻十七・隋堤の柳の事に、「昔隋の煬帝、片河の岸に柳を植うる事一千三百里、河水に龍舟を浮べ、船の中に伎女を乗せて、永く万機の政を忘れて、偏に佚遊を恣にし給へり。紫髯の郎将は錦の纜をまふり、青蛾の御女は紅楼にあそびけり、海内の財力を尽す。百姓大きに泣き悲しみ、万国忽ちに乱れて、諸侯権を諍ひければ、大唐の李淵軍を起して煬天子を亡ぼししかば、隋の代永く絶えにけり。されば上政を忘れば下必ず苦しむ、上下道調（ととのほ）らざれば国の勢久しからじ。故に『宗社の危き事綴旒の如し』とは云ふなるべし」と。

『太平記』巻二十五・自伊勢進宝剣事付黄粱夢事に、「三年三月ノ遊ヲシ給フ。紫髯ノ老将ハ解二錦纜一、青蛾ノ御女ハ唱二棹歌一」と。

0168 草茫茫　懲二厚葬一也。

草茫茫《くさばうばう》　厚葬《こうさう》を懲《こ》らすなり。

解題 「新楽府」その四十四。秦の始皇帝の陵墓がたどった末路を示して、奢侈を極めた墳墓の造営を思いとどまらせる戒めの詩。同趣旨の作品として、巻四十八「策林」六十六「厚葬を禁ず」（三〇八三）もある。厚葬は秦漢以来の風習であるが、唐代においてもなお蔓延していたことは、『唐会要』巻三十八、葬の項に、元和三年五月、京兆尹の鄭元修による上奏文に付記して、「是の時、厚葬は俗を成して久し。詔命は下に頒せらると雖も、事は竟に行はれず」とあることからも知られる。

草茫茫　土蒼蒼」
蒼蒼茫茫此何處
驪山脚下秦皇墓
墓中下錮㆓三重泉㆒
當時自以爲㆓深固㆒
下流㆓銀水㆒象㆓江海㆒
上綴㆓珠光㆒作㆓烏兎㆒
別爲㆓天地於其閒㆒
擬㆘將㆓富貴㆒隨㆑身去㆖」
一朝盜掘墳陵破
龍槨神堂三月火
可㆑憐寶玉歸㆓人閒㆒
暫借㆓泉中㆒買㆓身禍㆒」
奢者狼藉儉者安
一凶一吉在㆓眼前㆒

草茫茫《くさばうばう》たり　土蒼蒼《つちさうさう》たり。」
蒼蒼《さうさう》　茫茫《ばうばう》　此《こ》れ何《いづ》れの處《ところ》ぞ、
驪山《りざん》の脚下《ふもと》　秦皇《しんくわう》の墓《はか》なり。
墓中《ぼちゆう》　下《した》に三重《さんぢゆう》の泉《いづみ》を錮《ふさ》ぎ、
當時《たうじ》　自《みづか》ら以《もつ》て深固《しんこ》と爲《な》す。
下《した》に銀水《ぎんすい》を流《なが》して　江海《かうかい》に象《かたど》り、
上《うへ》に珠光《しゆくわう》を綴《つづ》りて　烏兎《うと》と作《な》す。
別《べつ》に天地《てんち》を其《そ》の閒《かん》に爲《つく》り、
富貴《ふうき》を將《もつ》て身《み》に隨《したが》へ去《ゆ》かんと擬《ぎ》す。」
一朝《いつてう》　盜掘《たうくつ》せられて　墳陵破《ふんりようやぶ》れ、
龍槨《りようくわく》　神堂《しんだう》　三月火《さんげつひ》あり。
憐《あは》れむべし　寶玉《ほうぎよく》は人閒《じんかん》に歸《き》し、
暫《しばら》く泉中《せんちゆう》を借《か》りて　身《み》の禍《わざは》ひを買《か》へり。」
奢《おご》れる者《もの》は狼藉《らうぜき》にせられ　儉《けん》なる者《もの》は安《やす》し、
一凶《いつきよう》　一吉《いつきつ》　眼前《がんぜん》に在《あ》り。

憑君迴レ眼向レ南望
漢文葬在二霸陵原一」

憑《ねが》はくは君《きみ》　眼《まなこ》を迴《めぐ》らして南《みなみ》に向《む》かひて望《のぞ》め、
漢文《かんぶん》は葬《はうむ》られて霸陵原《はりようげん》に在《あ》り。」

茫・蒼（下平聲、唐韻）。處・去（去聲、御韻）、墓・固・兔（去聲、暮韻）……御・暮韻は通押。破（去聲、過韻）、火・禍（上聲、果韻）……過・果韻は通押。安（上平聲、寒韻）、前（下平聲、先韻）、原（上平聲、元韻）……寒・先・元韻は通押。

通釈　草がぼうぼうと果てしなく生い茂り、大地は一面青々とした草の色に覆われている。

青々とした色がどこまでも広がっている、ここはどこかといえば、驪山のふもと、秦の始皇帝の陵墓である。墓の中は、地下に三層の地下水脈を穿って泉水の浸入を防ぎとめ、当時の人々は、これで深く堅固な墓室空間ができたと自身では思い込んだ。下方には水銀を流して長江や大海をかたどり、上方には光り輝く珠玉を綴り合わせて日月をこしらえた。現実世界とは別に、その墓室空間の中に天地を作り上げ、この世での富貴を、肉体とともにあの世へ持ってゆこうとしたのである。

ところがある日、盗掘されて墳墓は打ち破られ、皇帝の棺や御霊屋《みたまや》は三月《みつき》の間燃え続けた。ああなんとも憐れなことに、墓室に蔵されていた宝玉は人間世界に戻され、これではまるで、しばし黄泉の国に間借りして、自身に禍いを引き寄せたようなものだ。

奢れる者は墓中をめちゃくちゃにされ、倹約に努めた者は安らかだ。一つの凶、一つの吉が、たしかな証拠として眼前にある。どうか目を転じて南の方を眺めやっていただきたい。薄葬を命じた前漢の文帝は、今も安らかに霸陵原に眠っていらっしゃる。

語釈　〇茫茫　草がはてしなく生い茂るさま。〇蒼蒼　草が青々と生い茂るさま。

〇驪山　長安の北東（陝西省臨潼県）に位置する山。玄宗と楊貴妃の離宮、華清宮があったことで知られる。巻四、新楽府「驪宮高」（〇一四五）を参照。〇秦皇　秦の始皇帝（在位前二二一―前二一〇）。〇墓中下錮三重泉　『漢書』巻三十六・楚元王伝附劉向伝に引く劉向の上疏文に、「秦の始皇帝、驪山の阿に葬らる。下は三泉を錮ぎ、上は山墳を崇（かた）くす」と。〇下流銀水象江海　前掲の劉向の上疏文に、「水銀もて江海を為し、黄金もて鳧鴈を為す」、『史記』巻六・秦始皇本紀に、「水銀を以て百川江河大海を為し、機もて相灌輸す」と。

○上綴珠光作烏兎　「烏兎」とは日月をいう。太陽の中には三本足の烏、月の中には兎が棲んでいるという神話を踏まえる。出石誠彦「上代支那の日と月との説話について」（『支那神話伝説の研究〈増補改訂版〉』中央公論社、一九七三年）を参照。始皇帝陵の中の上部壁面に日月星辰が描かれていたことは、前掲『史記』秦始皇本紀に、「上は天文を具（そな）へ、下は地理を具ふ」と見えている。○擬　文語の「欲」に相当する口語。……しようとする。

○一朝　ある日。口語。○龍槨神堂　皇帝の棺の外囲いと、その神霊を祭る堂。○三月火　『史記』巻七・項羽本紀に、「秦の宮室を焼きて、火は三月滅せず」と。○可憐　ああ、なんとも憐れなことに。「可」は、下の語を強調する。○買身禍　一種の慣用語か。『戦国策』韓策一に、「此れ所謂怨みを市（う）りて禍ひを買ふ者なり」と。

○狼藉　取り散らかした状態。○憑　どうか……していただきたい。○漢文　前漢の文帝（在位前一八〇―前一五七）。質素倹約に努め、『漢書』巻四・文帝紀に引くその遺詔に、「死なる者は天地の理にして、物の自然なれば、奚ぞ甚だ哀しむべけんや。当今の世は咸（みな）生を嘉して死を悪み、厚葬して以て業を破り、重服して以て生を傷つく。吾は甚だ取らず」と。○覇陵原　長安の東南郊外に位置する高台。前掲の前漢の文帝の遺詔に、「覇陵の山川は其の故に因りて、改むる所有ること無かれ」とあり、その本来の地形を活かして陵墓が作られたことが知られる。

余説　『太平記』巻二十八・慧源禅巷南方合体事付漢楚合戦事に、「此神陵ト申ハ、秦始皇帝崩御成シ時、ハカナクモ人間ノ富貴ヲ冥途マデ御身ニ順ヘント思シテ、楼殿ヲ作瑩（みが）キ、山川ヲカザリナセリ。天ニハ金銀ヲ以テ日月ヲ十丈ニ鋳サセテ懸ケ、地ニハ江海ヲ形取テ銀水ヲ百里ニ流セリ。……項羽無レ情是ヲ掘崩シテ殿閣悉焼払シカバ、九泉ノ宝玉二度人間ニ返ルコソ愍（あはれ）ナレ」と。

0169　古塚狐　誡ニ艶色一也。

古塚《こちよう》の狐《きつね》　艶色《えんしよく》を誡《いまし》むるなり。

解題　「新楽府」その四十五。古い墳墓に棲みついた狐が、妖艶な美女に化けて人をたぶらかすことから歌い起こし、それ以上に大きな災厄をもたらす生身の美女に溺れることを戒める。なお、異同とまでは言えないが、神田本は詩題の「塚」字を「冢」に作る。「冢」は「塚」の原字。

古塚有レ狐妖且老　　古塚《こちよう》に狐《きつね》有《あ》り　妖《えう》にして且《か》つ老《らう》なり、

化爲二婦人一顏色好」
頭變二雲鬟一面變レ粧
大尾曳作二長紅裳一」
徐徐行傍荒村路
日欲レ沒時人靜處」
或歌或舞或悲啼
翠眉不レ擧花顏低
忽然一笑千萬態
見者十人八九迷」
假色迷レ人猶若レ是
眞色迷レ人應レ過レ此」
彼眞此假俱迷レ人
人心惡レ假貴二重眞一」
狐假二女妖一害猶淺
一朝一夕迷二人眼一」
女爲二狐媚一害則深

化《くわ》して婦人《ふじん》と爲《な》りて　顏色好《がんしよくよ》し。」
頭《かしら》は雲鬟《うんくわん》に變《へん》じ　面《おもて》は粧《よそほ》ひたるに變《へん》じ、
大尾《たいび》は曳《ひ》きて長《なが》き紅裳《こうしやう》と作《な》せり。」
徐徐《じよじよ》として行《ゆ》くゆく傍《そ》ふ　荒村《くわうそん》の路《みち》、
日《ひ》の沒《ぼつ》せんと欲《ほつ》する時《とき》　人《ひと》の靜《しづ》かなる處《ところ》。」
或《ある》いは歌《うた》ひ　或《ある》いは舞《ま》ひ　或《ある》いは悲啼《ひてい》し、
翠眉《すいび》擧《もた》げず　花顏《くわがん》低《た》る。
忽然《こつぜん》として一笑《いつせう》　千萬《せんまん》の態《たい》あり、
見《み》る者《もの》　十人《じふにん》に八九《はちく》は迷《まよ》ふ。」
假《か》の色《いろ》の　人《ひと》を迷《まよ》はすこと　猶《な》ほ是《か》くの若《ごと》し、
眞《しん》の色《いろ》の　人《ひと》を迷《まよ》はすこと　應《まさ》に此《これ》に過《す》ぐべし。」
彼《か》の眞《しん》　此《こ》の假《か》　俱《とも》に人《ひと》を迷《まよ》はすも、
人心《じんしん》　假《か》を惡《にく》みて　眞《しん》を貴重《たふと》ぶ。」
狐《きつね》の女妖《ぢよえう》を假《か》るは　害《がい》　猶《な》ほ淺《あさ》し、
一朝一夕《いつてういつせき》　人眼《じんがん》を迷《まよ》はすのみ。」
女《をんな》の狐媚《こび》を爲《な》すは　害《がい》　則《すなは》ち深《ふか》し、

日長月長溺二人心一」
何況褒妲之色善蠱惑
能喪二人家一覆二人國一
君看爲レ害淺深間
豈將二假色一同二眞色一」

日〻《ひび》に長《まさ》り月〻《つきづき》に長《まさ》りて　人心《じんしん》を溺《おぼ》れしむ。」
何《なん》ぞ況《いは》んや　褒妲《ほうだつ》の色《いろ》の　善《よ》く蠱惑《こわく》し、
能《よ》く人家《じんか》を喪《ほろ》ぼし　人國《じんこく》を覆《くつがへ》すをや。
君《きみ》看《み》よ　害《がい》を爲《な》す　淺深《せんしん》の間《かん》、
豈《あ》に假色《かしよく》を將《もつ》て眞色《しんしよく》に同《おな》じうせんや。」

老・好（上聲、晧韻）。粧・裳（下平聲、陽韻）。路（去聲、暮韻）、處（去聲、御韻）……暮・御韻は通押。啼・低・迷（上平聲、齊韻）。是・此（上聲、紙韻）。人・眞（上平聲、眞韻）。淺（上聲、獮韻）、眼（上聲、產韻）……獮・產韻は通押。深・心（下平聲、侵韻）。惑・國（入聲、德韻）、色（入聲、職韻）……德・職韻は通用。

通釈　古い墳墓に、なまめかしくも手練れの狐がいて、化けて器量よしの女に姿を変える。
頭は雲のごとく結い上げた髪に変わり、面は化粧を施した顔に変わり、大きな尻尾は引きずって長い紅色の裳裾となる。そろりそろりと、荒れ果てた村の道に沿って歩いてゆく、日が暮れようとする時、人の気配が消えた静かなところ。歌ったり舞ったり、悲しげな声で泣いてみたり、翠の眉は上げず、花のかんばせを伏せている。かと思えば、ふと破顔一笑して様々な媚態をつくり、これを見る者は十中八九惑わされる。
偽物の色香でさえ、このように人を惑わすのだから、本物の色香は、きっとこれ以上に人を惑わすに違いない。かの本物とこの偽物と、どちらも人を惑わせるのに、人の心は偽物を悪み、本物をありがたがる。だが、狐が妖艶な女性に化けるのは、まだその害毒の影響は浅い。一朝一夕の間、人の目を惑わすだけなのだから。一方、美女が狐のように巧みに媚びを売る方こそ、その被害は深刻である。月日を経るごとに、ますます人の心を惑溺させてゆくのだから。
まして、褒姒や妲己の色香はうまく人を蠱惑し、なんと家を滅ぼし国家を転覆させることさえやってのけたのだから、その災厄はたいへんなものだ。御覧あれ、禍害を引き起こす深度において、どうして偽物の色香を本物の色香と同等に見ることなどできようか。

語釈　○顔色　女性の容色をいう。
○雲鬟　湧き上がる雲のように高く結い上げた髪。
○徐徐　物腰のゆったりとしたさま。
○貴重　尊重する。
○狐媚　狐が人を惑わすように、巧みに媚びて人をだますこと。
○褒妲　褒姒と妲己。褒姒は、周の幽王の寵妃。幽王は、彼女を正室とするために申后と太子を廃し、なかなか笑わない褒姒のために嘘の烽火を何度も上げた。これらのことが災いして、幽王は申侯（申后の父）らの軍に殺された（『史記』巻四・周本紀）。妲己は、殷の紂王の寵妃。紂王は彼女の言いなりになって奢侈淫乱に耽り、王朝を破滅に導いた（『史記』巻三・殷本紀）。二人の美女は、『国語』巻七・晋語一、史蘇の発言の中に、殷や周が伐とうとした相手国から送り込まれた女性として言及されている。なお、『千字文』の「民を弔ひ罪を伐するは、周の発（武王）、殷の湯なり」の李暹注に、処刑された妲己が九尾の狐に変化したことを記す。小川環樹・木田章義『千字文』（岩波文庫、一九九七年）解説によると、李暹は唐代以前の北朝の人。妲己を狐に結びつける話が、唐代すでに流布していたことの証左となるだろう。

余説　『源氏物語』手習に、「身にもし疵などやあらんとて見れど、ここはと見ゆる所なくうつくしければ、あさましくかなしく、まことに人の心まどはさむとて出で来たる仮の物にやと疑ふ」と。
『源平盛衰記』巻六・幽王褒姒烽火の事に、「彼の后幽王亡び給ひて後、尾三つある狐と成りて、こうこう鳴きして古き塚に入りにけり。狐人を蕩（とらか）すとては、化して婦人と成りて顔色好し。頭は雲の鬢と変じ、面は厳（うつく）しき粧ひと成りて、翠の眉挙らず、華の顔低（うなだ）れたり。忽然に一度笑めば、千万の態有り。見る人十人が八九は迷ひぬとぞかかれたる」と。

0170　黒潭龍　疾二貪吏一也。

黒潭《こくたん》の龍《りゅう》　貪吏《たんり》を疾《にく》むなり。

解題　「新楽府」その四十六。黒い潭に棲む龍が、捧げられた供物の豚や酒を狐らに横取りされることを詠じながら、貪欲な小役人への嫌悪感を表明する。陳寅恪『元白詩箋証稿』は、龍は天子を、狐や鼠は官吏を、豚は人民を喩えたものだと解釈する。「黒潭」の具体的な所在地については諸説ある。陳寅恪は、本詩にいう祠を、韓愈「炭谷湫の祠堂に題す」（『全唐詩』巻三四〇）に詠われた、長安の南、終南山の炭谷にある澄源夫人湫廟（『長安志』巻十一）と推定する。朱金城『白居易集箋校』は、巻二十一「黒龍 渭に飲むの賦」（二四一九）にも詠われた、京兆府長安県の龍首山（『元和郡県図志』巻一）のふもとを流れる黒龍川と結びつけて解釈する。謝思煒『白居易詩集校注』は、巻十四「王十八の山に帰るを送り、仙遊寺に寄題す」詩（〇七一五）に詠じられたところと見て、『長安志』巻十八・盩厔県の項にいう「仙遊潭は、県の南三十里に在り、闔（ろひ）さは二丈、其の水は黒色にして、相伝へて五龍潭と号す。毎歳、中使を降して金龍を投ぜしむ」を指摘する。巻十一「王質夫に寄す」詩（〇五三三）に見える「龍潭」も同じところを指すだろう。

黑潭水深色如レ墨
傳レ有ニ神龍一人不レ識」
潭上架レ屋官立レ祠
龍不ニ自神一人神レ之
豐凶水旱與ニ疾疫一
郷里皆言龍所レ爲」
家家養レ豚漉ニ清酒一
朝祈暮賽依ニ巫口一」
神之來兮風飄飄
紙錢動兮錦繖搖」
神之去兮風亦靜

黑潭《こくたん》　水深《みづふか》くして　色《いろ》　墨《すみ》の如《ごと》し、
神龍《しんりよう》有《あ》りと傳《つた》ふるも　人《ひと》　識《し》らず。」
潭上《たんじやう》　屋《をく》を架《か》け　官《おほやけ》に祠《ほこら》を立《た》つ、
龍《りよう》は自《みづか》ら神《しん》とせず　人《ひと》　之《これ》を神《しん》とす。
豐凶《ほうきよう》　水旱《すいかん》と　疾疫《しつえき》と、
鄉里《きやうり》　皆言《みない》ふ　龍《りよう》の爲《な》す所《ところ》なりと。」
家家《いへいへ》　豚《ゐのこ》を養《か》ひ　清酒《せいしゆ》を漉《した》み、
朝《あした》に祈《いの》り　暮《く》れに賽《さい》すること　巫《ふ》口《こう》に依《よ》る。」
神《しん》の來《きた》るや　風飄飄《かぜへうへう》たり、
紙錢動《しせんうご》き　錦繖搖《きんさんゆ》らぐ。」
神《しん》の去《さ》るや　風《かぜ》も亦《ま》た靜《しづ》まり、

香火滅兮盃盤冷」
肉堆㆓潭畔石㆒
酒潑㆓廟前草㆒
不㆑知神龍饗幾多
林鼠山狐長醉飽」
狐何幸　豚何辜
年年殺㆑豚將餧㆑狐
狐假㆓神龍㆒食㆑豚盡
九重泉底龍知無」

香火《かうくわ》　滅《き》え　盃盤《はいばん》　冷《ひ》ややかなり。」
肉《にく》は潭畔《たんはん》の石《いし》に堆《うづたか》く、
酒《さけ》は廟前《べうぜん》の草《くさ》に潑《そそ》ぐ。
知《し》らず　神龍《しんりよう》の饗《う》くること幾多《いくばく》ぞ、
林鼠《りんそ》　山狐《さんこ》　長《つね》に醉飽《すいはう》す。」
狐《きつね》は何《なん》の幸《かう》かある、豚《ゐのこ》は何《なん》の辜《つみ》かある、
年年《ねんねん》　豚《ゐのこ》を殺《ころ》して　將《もつ》て狐《きつね》に餧《く》らはしむ。
狐《きつね》の神龍《しんりよう》を假《か》りて豚《ゐのこ》を食《く》らひ盡《つ》くすこと、
九重《きうちよう》の泉底《せんてい》　龍《りよう》は知《し》るや無《いな》や。」

墨（入聲、德韻）、識（入聲、職韻）……德・職韻は同用。祠・之（上平聲、之韻）、爲（上平聲、支韻）……之・支韻は同用。酒（上聲、有韻）、口（上聲、厚韻）……有・厚韻は同用。飄・搖（下平聲、宵韻）。靜（上聲、靜韻）、冷（上聲、梗韻）……靜・梗韻は通押。草（上聲、皓韻）、飽（上聲、巧韻）……皓・巧韻は通押。辜・狐（上平聲、模韻）、無（上平聲、虞韻）……模・虞韻は同用。

通釈　黒い潭は水が深々と淀んで墨のような色だ。言い伝えでは神の龍が棲んでいるそうだが、一般の人々はこのことを知らない。
潭のほとりには屋根が設けられ、お上が祠を立てている。龍は自らを神と名乗りはしない。人がこれを神と崇め奉るのだ。豊作凶作、洪水旱魃《かんばつ》、そして悪性のはやり病。村里の者たちは皆、龍がこれらのことを引き起こすのだと言っている。
家々で豚を養い、清酒を漉《こ》して、祈禱師の言うように、朝に祈り、暮れにお礼参りを重ねている。

神がやってくると風がひゅうひゅうと吹いて、紙銭が動き、錦の傘が揺れる。
神が去っていくと風も静まって、香の火が消え、杯の中や大皿の上のものが冷える。
肉は潭のほとりの石の上にうずたかく重ねられ、酒は廟の前に茂る草の上に撒き散らされる。いったい神龍には幾たび酒食が供えられているのだろう、山林の鼠や狐がしょっちゅう酔っ払い満腹になっている。
狐には何という僥倖、豚には何らの罪があるというのか、毎年、人々は豚を殺してそれで狐を食べさせている。狐が神龍をかたって豚を食べ尽くしていることを、九重の深い泉の底で、龍は知っているのだろうか。

語釈　○黒潭水深色如墨　「解題」を参照。
○紙銭　葬儀や先祖の祭りで燃やす、紙で作った銭。○錦繖　錦で作った傘。「繖」は「傘」の古字。
○不知　いったい……だろうか。○長　しょっちゅう。「常」と通じて用いられる。
○将　文語の「以」に同じ。それでもって。○九重　幾重にも重ねられた深さをいう。天子のいる宮殿をも象徴する。後出「採詩官」（〇一七四）の「君之門兮九重閟」語釈参照。○無　句末に置かれて疑問を表す。現代語の「麼」に同じ。

0171　天可㆑度　惡㆓詐人㆒也。

天《てん》も度《はか》るべし　詐人《さじん》を惡《にく》むなり。

解題　「新楽府」その四十七。うそ偽りで人を陥れる人間を憎悪する詩である。

天 可㆑度　地 可㆑量
天《てん》も度《はか》るべく　地《ち》も量《はか》るべし、

唯 人 之 心 不㆑可㆑妨
唯《た》だ人《ひと》の心《こころ》のみ　妨《ふせ》ぐべからず。

但 見㆓眞 誠 赤 如㆒㆑血
但《た》だ眞誠《しんせい》の赤《あか》きこと血《ち》の如《ごと》くなるを見《み》るも、

誰 知 僞 言 巧 似㆑簧
誰《たれ》か知《し》らん　僞言《ぎげん》の巧《たく》みなること簧《くわう》に似《に》たるを。

勸㆑君 掩㆑鼻 君 莫㆑掩
君《きみ》に勸《すす》めて鼻《はな》を掩《おほ》はしむるも　君《きみ》　掩《おほ》ふこと莫《な》かれ、

使㆔君夫婦爲㆓參商㆒
請㆑君掇㆑蜂君莫㆑掇
變㆓君父子㆒成㆓豺狼㆒」
海底魚　天上鳥
高可㆑射兮深可㆑釣
獨有㆓人心相對時
咫尺之閒不㆒㆑能㆑料」
君不㆑見李義府之輩笑欣欣
笑中有㆑刀潛煞㆑人
陰陽神變皆可㆑測
唯不㆑測人閒笑是瞋」

君《きみ》が夫婦《ふうふ》をして參商《しんしやう》と爲《な》らしめん。
君《きみ》に請《こ》ひて蜂《はち》を掇《と》らしむるも　君《きみ》　掇《と》ること莫《な》かれ、
君《きみ》が父子《ふし》を變《へん》じて豺狼《さいらう》と成《な》らしめん。」
海底《かいてい》の魚《いを》も　天上《てんじやう》の鳥《とり》も、
高《たか》きは射《い》るべく　深《ふか》きは釣《つ》るべし。
獨《ひと》り人心《じんしん》のみ　相對《あひたい》せる時《とき》、
咫尺《しせき》の閒《かん》も料《はか》る能《あた》はざる有《あ》り。」
君見《きみみ》ずや　李義府《りぎふ》の輩《はい》　笑《ゑ》みて欣欣《きんきん》たるも、
笑中《せうちゆう》に刀《たう》有《あ》りて　潛《ひそ》かに人《ひと》を煞《ころ》すを。
陰陽《いんやう》　神變《しんぺん》　皆《みな》　測《はか》るべきも、
唯《た》だ測《はか》られず　人閒《じんかん》の　笑《ゑ》み是《こ》れ瞋《いか》れるを。」

量・妨・商（下平聲、陽韻）、簧・狼（下平聲、唐韻）……陽・唐韻は同用。鳥（上聲、篠韻）、釣・料（去聲、嘯韻）……篠・嘯韻は通押。欣（上平聲、欣韻）、人・瞋（上平聲、眞韻）……欣・眞韻は通押。

通釈　天も地も測量することができるけれど、ただ人の心だけは、予測してその害を防ぐということができない。ただ血潮のように赤い真心が見えても、思いもよらず、偽りの言葉を、笙の舌のように巧みに操る者であるかもしれない。その者が君に鼻を覆うよう勧めても、君は鼻を覆ってはならない。そんなことをしたら、君たち夫婦は参星と商星のように引き離されてしまうだろう。また、その者が君に蜂をつまみ取るよう依頼しても、君はそれを取ってはならない。そんなことをしたら、君たち父子は山犬や狼のごとき獣同然、いがみ合う仲となってしまうだろう。

海底の魚、天上の鳥は、高く飛んでいても射止めることはできるし、深く潜っていても釣り上げることはできる。ただ人の心だけは、対面している時でも、すぐ近くにいながら、相手の意中を推し測ることができない。

御覧あれ、李義府のような連中は、にこにこと愛想よく微笑んでいても、その笑顔の中に潜む刀がひそかに人を殺すのだ。測り難いとされる陰陽の変化などはすべて予測が可能であって、唯一推し測れないのは、世間において微笑が怒りであったりすることだ。

語釈　○偽言巧似簧　『詩経』小雅「巧言」にいう、「巧言　簧の如し、顔　之れ厚し」を踏まえる。「簧」とは、笙の笛の舌。震動して様々な音を出す。なお、白居易と交流のあった張仲方（巻六十一「唐の故の銀青光禄大夫・秘書監・曲江県開国伯・贈礼部尚書、范陽の張公の墓誌銘　幷びに序」二九五一を参照）の「司徒李吉甫に贈る謚の議を駁す」（『唐会要』巻八十、『全唐文』巻六八四）にも、「諂（へつら）ひの涙は臉（かほ）に在り、便に遇へば則ち流れ、巧言は簧の如く、機に応じて必ず発す」とある。○掩鼻　楚王の夫人鄭袖が、新入りの美人を陥れた故事をいう。鄭袖は、新人をかわいがって王を油断させた上で、新人に「王はあなたの美しさを愛しているが、鼻だけが気に入らない。王の前では鼻を覆うがよい」と助言し、これに従った新人のしぐさを不審に思った王に、新人が王の臭いを嫌っていると讒言した（『戦国策』巻十七・楚策四）。○参商　参星（オリオン座）と商星（さそり座）。同じ空に同時に出現することがないことから、離別の象徴として多用される。たとえば、『文選』巻二十四、西晋の陸機「顧彦先の為に婦に贈る二首」其の二に、「形影は参商のごとく乖き、音息も曠（ひろ）くして達せず」と。○掇蜂　周の尹吉甫の後妻が、継子の尹伯奇を陥れた故事をいう。後妻は、伯奇が自分に不倫の心を抱いていると吉甫に讒言する一方、伯奇の孝心に乗じて、自身の襟元にとまらせた毒蜂を取るように仕向けた。この様子を遠方から眺めた吉甫は、後妻の讒言を信じて伯奇を追放した（『琴操』巻上「履霜操」）。○豺狼　山犬や狼。残虐な者のたとえ。

○咫尺　わずかな距離をいう。周代の長さの単位で「咫」は約一八センチメートル、「尺」は二二・五センチメートル。

○李義府　唐代初め、高宗期（六四九―六八三）の宰相。見た目は温厚そうで、人と語る際にも微笑を絶やさなかったが、権力を握ると、少しでも自分の意向に沿わない者はすぐに陥れたので、世の人々は「義府は笑中に刀有り」と評した（『旧唐書』巻八十二・李義府伝）。

○陰陽神変皆可測　『易経』繋辞伝上にいう、「変に通ずるを之れ事と謂ひ、陰陽の測られざるを之れ神と謂ふ」を反転させ、それとの対比で人間の真意が予測不可能であることを強調する。○人間　世の中。○瞋　神田本などの旧鈔本は「嗔」字に作る。「嗔」は「瞋」と同義。今、より広く用いられる「瞋」字に作る那波本などの刊本に従っておく。

余説　『資治通鑑』巻二八四に、五代十国の閩の康宗（王継鵬）を殺した朱文進と連重遇とが、酒席で本詩を誦して「惟だ人心のみ相対せる間、咫尺の情も料る能はざる有り」と。

藤原公任『和漢朗詠集』巻下、述懐、良岑春道の詩に、「言の下に暗に骨を消つ火を生（な）す、咲みの中に偸かに人を刺す刀を鋭（と）ぐ」（七六〇）と。

大江通国の「新楽府廿句和歌題序、晩夏同に白氏文集楽府廿句を詠む、和歌一首付小序」（『朝野群載』巻一所収）に、本詩の「深可釣」を句題として、大江通国が和歌を詠んでいる。

『平治物語』（古活字本）巻中・義朝野間下向の事、付けたり忠宗心替りの事に、「いかに勲功をのぞめばとて、相伝の主をうち、現在のむこを害しける忠宗が所存をば、にくまぬ者もなかりけり。……譜代の家人なる上、鎌田兵衛もむこなれば、義朝のたのみ給ふもことわり也。情なかりし所存かな。しらぬは人のこころなり。されば白氏文集、『天をも度りつべく、地をもはかりつべし。ただ人のみ防べからず。海底の魚も、天上の鳥も、高けれど射つべく、深けれども釣つべし。ひとり人の心のあひむかへる時、咫尺の間もはかる事あたはず。陰陽神変みなはかりつべし。人間のゐみは是いかりなりといふ事を』と書も、今こそ思ひしられたれ」と。

『源平盛衰記』巻七・信俊下向の事に、「鹿谷の評定の時、……何として漏れけるやらん、後にこそ行綱が讒言とも聞えしか。天をも度りつべし地をも度りつべし、唯度るべからざる人の心と云へり。よくよくそれを知らずして、左右なく人には人のうちとけまじき者と覚えたり」と。

同じく巻二十一・大沼三浦に遇ふ事に、「只人がかくと云ひたればとて実と思ふべきに非ず。……天をも地をもはかれども、人の心は測り難し」と。

『十訓抄』第七・思慮を専らにすべき事に、「おほよそ、人をはかりたぶろかす習ひ、漢家、日域、そのためし少なからず。かるがゆゑに、『楽府』には、『君をして蜂を取らしむとも、君取ることなかれ』ともいさめ、あるいは、『ただはかるべからざるは、人間の笑めるは、これ、いかれるならむといふことを』ともいへり。よくよく慎むべし」と。

『太平記』巻十二・大内裏造営事付聖廟御事に、「サラバ構レ讒沈二罪科一思テ、本院大臣時々菅丞相天下ノ世務ニ有レ私、……帝サテハ乱レ世害レ民逆臣、諫レ非禁レ邪忠臣ニ非ズト被二思召一ケルコソ浅猿ケレ。『誰知、偽言巧似レ簧。勧レ君掩レ鼻君莫レ掩。使三君夫婦為二参商一。請君掇レ蜂君莫レ掇。使三君母子成二豺狼一。』サシモ可レ昵夫婦父子ノ中ヲダニ遠クルハ讒者ノ偽也。況於二君臣間一乎」と。

謡曲「広基」に、「やたけ心も一しほに、恐ろしや、笑の内なる其刀、心にこめて多かりし、此偽や頼むらん」と。

0172　秦吉了　哀二冤民一也。

秦吉了《しんきつれう》　冤民《ゑんみん》を哀《あは》れむなり。

解題「新楽府」その四十八。鳥の世界に仮託して、ひどく虐げられている民に寄せる憐憫の情を詠じる。「秦吉了」は「吉了」ともいい、嶺南（広東省・広西省）に棲む、九官鳥に似た鳥で、長く飼えば人語を話せるようになる。成人男性のような声を出し、人情をよく理解して、鸚鵡よりもはるかに賢い（『旧唐書』巻二十九・音楽志二）。『太平広記』巻四六三にも、この鳥に関する記事「秦吉了」「劉景陽」（それぞれ『嶺表録異』『朝野僉載』に出る）が見えている。本詩中、「鶏」や「燕」は無辜の民、「鳶」や「烏」は民を痛めつける貪吏、「鵰」や「鶚」は御史台（検察）の官、「鸞」や「鶴」は高級文官、「秦吉了」は諫官、「鳳凰」は皇帝になぞらえられている。陳寅恪『元白詩箋証稿』は、本詩の主題を特に神策軍の横暴に対する批判と捉え、『旧唐書』巻一五四・許孟容伝の、元和四年の記事を例示する。神策軍は、巻一「紫閣山北の村に宿る詩」（〇〇二）に既出。

秦吉了　出二南中一
彩毛青黑花頸紅
耳聰情慧舌端巧
鳥語人言無レ不レ通」
昨日長爪鳶
今日大觜烏
鳶捎二乳鷰一一巣覆
烏啄二母鷄一雙眼枯
鷄號墮レ地鷰驚去

秦吉了《しんきつれう》　南中《なんちゆう》より出《い》づ、
彩毛青黑《さいまうせいこく》にして　花頸《くわけい》紅《くれなゐ》なり。
耳聰《みみさと》く　情慧《じやうさと》くして　舌端巧《ぜつたんたく》みなり、
鳥語《てうご》　人言《じんげん》　通《つう》ぜざる無《な》し。」
昨日《さくじつ》　長爪《ちやうさう》の鳶《とび》、
今日《こんにち》　大觜《だいし》の烏《からす》、
鳶《とび》は乳鷰《にゆうえん》を捎《かす》めて　一巣覆《いつさうくつがへ》り、
烏《からす》は母鷄《ぼけい》を啄《ついば》んで　雙眼枯《さうがんか》る。
鷄《にはとり》は號《さけ》んで地《ち》に墮《お》ち　鷰《つばめ》は驚《おどろ》きて去《さ》り、

然後拾レ卵獲二其雛一
豈無二鵰與一レ鶚
嗉中肉飽不レ肯レ搏
亦有二鸞鶴群一
閑立養レ高如レ不レ聞
秦吉了
人言爾是能言鳥
爾豈不レ見二鶏鳶之冤苦一
吾聞鳳凰百鳥主
爾竟不レ爲三鳳凰之前致二一言一
安用二喋喋閑言語一

然《しか》る後《のち》　卵《たまご》を拾《ひろ》ひ　其《そ》の雛《ひな》を獲《え》たり。」
豈《あ》に鵰《わし》と鶚《みさご》と無《な》からんや、
嗉中《そちゆう》　肉《にく》に飽《あ》きて　搏《う》つを肯《がへ》んぜず。」
亦《ま》た鸞鶴《らんかく》の群《ぐん》有《あ》るも、
閑《かん》に立《た》ち　高《たか》きを養《やしな》ひて　聞《き》こえざるが如《ごと》し。」
秦吉了《しんきつれう》、
人《ひと》は言《い》ふ　爾《なんぢ》は是《こ》れ能言《のうげん》の鳥《とり》なりと。」
爾《なんぢ》　豈《あ》に鶏鳶《けいえん》の冤苦《ゑんく》せるを見《み》ざらんや。
吾《われ》は聞《き》く　鳳凰《ほうわう》は百鳥《ひやくてう》の主《しゆ》なりと、
爾《なんぢ》　竟《つひ》に　鳳凰《ほうわう》の前《まへ》に一言《いちげん》を致《いた》すことを爲《な》さずんば、
安《いづ》くんぞ　喋喋《てふてふ》として閑言語《かんげんご》するを用《もち》ひんや。」

中・紅・通（上平聲、東韻）。烏・枯（上平聲、模韻）、雛（上平聲、虞韻）……模・虞韻は同用。鶚・搏（入聲、鐸韻）。群・聞（上平聲、文韻）。了・鳥（上聲、篠韻）。苦（上聲、姥韻）、主（上聲、麌韻）、語（上聲、語韻）……姥・麌韻は同用、語韻は通押。

通釈　秦吉了は南方の生まれで、光沢のある羽毛は青黒く、模様のある頸は紅色だ。耳や心の働きが聡く、舌先は巧みで、鳥の語る声、人の話す言葉のすべてに通じている。
昨日は長い爪を持った鳶、今日は大きなくちばしを持った烏がやってきて、鳶は生まれたばかりの燕の雛を掠めて巣をまるごと覆し、鳥は母鳥の鶏を啄んで両目をつぶした。鶏は鳴き叫んで地に落ち、燕は驚いて飛び去る。その後に連中は、卵を拾い、その雛を捕獲したのだ。

決して猛禽類の鵰《わし》や鶚《みさご》がいないわけではないが、彼らの胃袋は肉で満ち足りているから、敢えて連中を打ち据えようとはしない。

また、高貴な鸞や鶴の一群もいるけれど、ゆったりと立ち、高尚な修養に励む彼らには、無辜の鳥たちの悲痛な声はまるで聞こえていないかのようだ。

秦吉了よ、おまえはよくしゃべる鳥だと人は言う。

おまえには、まさか虐げられた鶏や燕のいわれなき苦しみが見えないはずはあるまい。私の聞いたところでは、鳳凰は百鳥の君主であるという。おまえが最後まで鳳凰の前に一言も奏上しないならば、どうしてぺらぺらと無駄なおしゃべりをする必要があるだろう。

語釈 ○秦吉了　「解題」を参照。○南中　広く南方をいい、特に嶺南地域を指す場合もある。神田本は、校注として「南」の下に「山」字を書き入れる。諸々の旧鈔本は「南山中」に作る。ただ、南山といえば多く長安南郊の終南山を指し、本詩の内容に合致しない。今、刊本系諸本に同じ原神田本を取る。○彩毛　光沢のある羽毛。○花頸　模様のある首筋。

○大觜烏　烏二種のうち、大きなくちばしを持つもの。巻二、和答詩「大觜烏に和する詩」（〇一〇四）を参照。○鷰　「燕」の異体字。

○嗉　鳥類の胃袋。

○鸞鶴　神鳥である鸞と、仙鳥である鶴。ともに仙人の乗り物であることから、超俗的な高級文官になぞらえる。巻二、和答詩「答四皓廟詩」（〇一〇五）の語釈を参照。○養高　高い次元を目指して修養を積む。

○喋喋　ぺらぺらとおしゃべりをするさま。

0173　鵶九剣　思レ決レ壅也。

鵶《あ》九《きう》の剣《けん》　壅《よう》を決《けつ》せんことを思《おも》ふなり。

解題　「新楽府」その四十九。唐代の名刀工、鴉九の作った剣に仮託して、善言も佞臣らに阻まれて天子に届かない、閉塞的な状況を切り開きたいという思いを詠ずる。鴉九の名は、元稹「剣を説く」詩（『元氏長慶集』巻二）にも「今復た誰人か鋳せる、挺然として千載の後。既に古の風胡に非ざれば、乃ち近の鴉九なる無からんや」と見えている。人物の詳細は未詳。「決壅」という語は、三国、魏の桓範『政要論』（『群書治要』巻四十七）に篇名として見え、その内容からも、本詩がこれを踏まえたことは明白である。なお、陳寅恪『元白詩箋証稿』は、鴉九を白居易自身、鴉九の作った剣を白居易の「新楽府」になぞらえたものと解釈し、この前に並ぶ「新楽府」四十八篇の趣旨を統括する作品として本詩を位置付ける。

歐冶子死千年後
精靈暗授㆓張鴉九㆒」
鴉九鑄レ劍吳山中
天與㆓日時㆒神借レ功」
金鐵騰レ精火鬴レ焰
踊躍求レ爲㆓鏌耶劍㆒」
劍成未レ試十餘年
有レ客持レ金買一觀
誰知閉レ匣長思レ用
三尺靑蛇不レ肯レ蟠」
客有レ心　劍無レ口

歐冶子《おうやし》　死《し》して　千年《せんねん》の後《のち》、
精靈《せいれい》　暗《あん》に張鴉九《ちやうあきう》に授《さづ》く。」
鴉九《あきう》　劍《けん》を鑄《い》る　吳山《ござん》の中《うち》、
天《てん》は日時《じつじ》を與《あた》へ　神《しん》は功《こう》を借《か》す。」
金鐵《きんてつ》は精《せい》を騰《あ》げ　火《ひ》は焰《ほのほ》を鬴《ひるがへ》し、
踊躍《ようやく》して　鏌耶《ばくや》の劍《けん》と爲《な》らんことを求《もと》む。」
劍成《けんな》りて未《いま》だ試《こころ》みざること十餘年《じふよねん》、
客有《かくあ》り　金《きん》を持《ぢ》して　買《か》ひて一《ひと》たび觀《み》る。
誰《たれ》か知《し》らん　匣《はこ》に閉《と》ぢられて長《なが》く用《もち》ひられんことを思《おも》ひ、
三尺《さんせき》の靑蛇《せいだ》　蟠《わだかま》るを肯《がへん》ぜざるを。」
客《かく》に心《こころ》有《あ》り　劍《けん》に口《くち》無《な》し、

客代レ劍言告二鴟九一」
君勿レ矜二我玉可一レ切
君勿レ誇二我鍾可一レ剸
不レ如持レ我決二浮雲一
無レ令三漫漫蔽二白日一
爲レ君使三無私之光及二萬物一
蟄蟲昭蘇萌草出」

客《かく》 劍《けん》に代《か》はりて言《い》ひ 鴟九《あきう》に告《つ》ぐ。」
君《きみ》 我《われ》の玉《ぎよく》をも切《き》るべきを矜《ほこ》る勿《な》かれ、
君《きみ》 我《われ》の鍾《かね》をも剸《た》つべきを誇《ほこ》る勿《な》かれ。
如《し》かず 我《われ》を持《ち》して浮雲《ふうん》を決《けつ》し、
漫漫《まんまん》として白日《はくじつ》を蔽《おほ》はしむる無《な》く、
君《きみ》が爲《ため》に 無私《むし》の光《ひかり》をして萬物《ばんぶつ》に及《およ》ばしめ、
蟄蟲《ちつちゆう》をして昭蘇《せうそ》せしめ 萌草《はうさう》をして出《い》でしめんには。」

後（上聲、厚韻）、九（上聲、有韻）……厚・有韻は同用。中・功（上平聲、東韻）。焰（去聲、豔韻）、劍（去聲、梵韻）……豔・梵韻は通押。年（下平聲、先韻）、觀・幡（上平聲、桓韻）……先・桓韻は通押。口（上聲、厚韻）、九（上聲、有韻）……厚・有韻は同用。切（入聲、屑韻）、剸・物（入聲、物韻）、日（入聲、質韻）、出（入聲、術韻）……質・術韻は同用、屑・物韻は通押。

通釈 越の名刀工、欧冶子が亡くなって千年の後、その魂はひそかに張鴟九に授けられた。

鴟九が呉の山中で剣をきたえると、天はそれに適った時を与え、神は彼に力を貸す。鉄は精気を揚げ、火は炎をひらめかせ、精錬された鉄は躍り上がって、かの莫耶の剣かと見まがう姿を取ろうとする。この剣が出来上がって、まだ試されもしないまま十年余りが経過したところで、ある旅人がこれを買い取ってつくづく念入りにながめた。いったい誰が知ろう、箱の中に閉じ込められて、長いこと用いられたいと願い続けてきたこの剣、三尺一振りの青蛇は、狭いこの空間にわだかまっていることを潔しとはしていないのだ。

旅人には剣の心がわかる。剣には口がない。そこで旅人は剣に代わって鴟九に告げた。

あなたは小生が玉をも切れることを自慢しないでくれ。あなたは小生が鐘をも断ち切れることを誇らないでくれ。それよりも、小生を手にして邪悪な浮雲を切り払い、それがだらだらと際限なく白日を覆い隠すのを阻止してほしい。君主のために、その私心無き光を万物に行き渡らせ、土中に冬ごもりしていた虫たちが地上に姿を現し、芽吹いた草たちがのびやかに生い出るようにしてやってほしいのだ。

語釈 ○欧冶子　古代戦国時代、呉の干将と並び称された越の名刀工（『越絶書』巻十一・越絶外伝記宝剣、『呉越春秋』巻四・闔閭内伝）。○張鶚九　「解題」を参照。
○呉山　昔の呉国に当たる地域（江蘇省）にある山。
○踊躍求為鏌耶剣　「鏌耶」は呉の名刀工、干将が呉王闔閭のために鋳造した名剣の名。「莫耶」とも書く。もとは干将の妻の名。鉄の熔煉に行き詰まっていた夫のために、炉の中に自身の髪や爪を投じて剣を完成させた彼女に因んで名付けられた（前掲『呉越春秋』）。一句の表現は、『荘子』大宗師篇にいう「今、大冶の金を鋳るに、金の踊躍して曰く、我は且（まさ）に必ず鏌鋣に為らんとすと」云々を利用している可能性がある。
○三尺　唐代では約九三センチメートル。剣をいう。『漢書』巻一下・高帝紀下に「吾は布衣を以て三尺を提（たづさ）へて天下を取る」、その顔師古注に、「三尺とは剣なり」と。○青蛇　剣を喩えた詩語として、巻一「折剣頭の詩」（〇〇三五）にも見える。
○矜　神田本、「矜」に作る。字形の類似による誤り。今、諸本によって改める。○玉可切　剣の切れ味を形容する。『列子』湯問篇に、周の穆王の時、西戎から献上された「錕鋙の剣」について、「之を用ひて玉を切れば泥を切るが如し」と。○鍾可刜　『説苑』雑言篇に、「干将鏌鋣、鍾を払（た）ちて錚（ひび）かず」と。「払」は「刜」と音義ともに通ず。「刜」は断ち切る。用例として、温庭筠「懊悩曲」（『楽府詩集』巻四十六）に、「健剣鍾を刜ちて鉛は指に繞る」と。「刜」字、原神田本は「刖」に作り、この字に校改する。○浮雲・蔽白日　『文選』巻二十九、「古詩十九首」其の一に、「浮雲は白日を蔽ふ」、その李善注に「浮雲の白日を蔽ふとは、以て邪佞の忠良を毀（こぼ）つを喩ふ」と解釈する。○漫漫　一面にはびこるさま。○無私之光　『礼記』孔子閑居篇に、天地に並ぶ三王が奉ずる「三無私」について、「天に私に覆ふ無く、地に私に載する無く、日月に私に照らす無し」と説明するのを踏まえる。○蟄虫昭蘇萌草出　『礼記』楽記篇に、「天地訢合し、陰陽相得て、万物を煦嫗（くう）覆育し、然る後に艸木茂り、区萌達し、羽翼奮ひ、角觡生じ、蟄虫昭蘇し」云々とあるのを踏まえる。

余説 『太平記』巻十八・先帝潜幸芳野事に、「春雷一タビ動ク時、蟄虫萌蘇スル心地シテ、聖運忽ニ開ケテ、功臣既ニ顕レヌト、人皆歓喜ノ思ヲナス」と。

0174　採詩官　鑒二前王亂亡之所一レ由也。

採詩《さいし》の官《くわん》　前王《ぜんわう》の亂亡《らんばう》の由《よ》る所《ところ》に鑒《かんが》みるなり。

解題　「新楽府」その五十。太古の昔に存在した採詩の官から説き起こし、それが失われた現王朝の状況を述べた上で、前代の帝王が世を混乱させ国を滅ぼした理由に鑑みて、詩歌に諷諫の言葉を求められるよう今上皇帝に働きかけた、「新楽府」全五十篇の総括である。「採詩官」とは、古代、天子が人民の様子を知るために設けた、各地の民謡を採集する役人。『漢書』巻三十・芸文志、六芸略（詩）に、「故に古に采詩の官有り、王者の風俗を観、得失を知り、自ら考正する所以なり」、同巻二十四上・食貨志上に、「孟春の月、群居せる者将に散らんとするとき、行人は木鐸を振るひて路を徇（ぐめ）り、以て詩を采りて、之を大師に献じ、（大師は）其の音律を比して、以て天子に聞す」、『書経』胤征篇に、「毎歳の孟春、遒人（しうじん）は木鐸を以て路を徇り、官師相規（ただ）し、工は芸事を執りて以て諫む」と。また、『礼記』王制篇に、天子の為すべきこととして「大師に命じて詩を陳べしめ、以て民風を観る」、その鄭玄注に、「陳詩とは、其の詩を采りて之を視るを謂ふなり」と。白居易は、本詩制作に先立つ元和元年（八〇六）、制科受験に備えて作った模擬答案、巻四十八「策林」六十九「詩を採る」（二〇八六）、及びその翌年に府試官として出題した、巻三十「進士策問五道」の「第三道」（一五〇六）においても採詩官の復活を主張している。

採詩官
採レ詩聽レ歌導二人言一
言者無レ罪聞者誡
下情上通上下安」
周滅秦興至二隋氏一
十代採詩官不レ置

採詩《さいし》の官《くわん》、
詩《し》を採《と》り　歌《うた》を聴《き》きて　人言《じんげん》を導《みちび》く。
言《い》ふ者《もの》には罪《つみ》無《な》く　聞《き》く者《もの》は誡《いまし》め、
下《しも》の情《じやう》　上《かみ》に通《つう》じて　上下《しやうか》　安《やす》んず。」
周《しう》滅《ほろ》び秦《しん》興《おこ》りて隋氏《ずいし》に至《いた》るまで、
十代《じふだい》　採詩《さいし》に官《くわん》置《お》かず。

郊廟登歌讃二君美一
樂府艷詞悦二君意一
若求二興諭規刺言一
萬句千章無二一字一
始從三章句無二規刺一
漸及三朝廷絶二諷議一
諍臣杜レ口爲二冗員一
諫鼓高懸作二虚器一
一人負レ扆常端默
百辟入レ門多自媚
夕郎所レ賀皆德音
春官毎奏唯祥瑞
君之堂兮千里遠
君之門兮九重閟
君耳唯聞堂上言
君眼不レ見門前事

郊廟《かうべう》の登歌《とうか》は　君《きみ》の美《び》を讃《さん》し、
樂府《がふ》の艷詞《えんし》は　君《きみ》の意《こころ》を悦《よろこ》ばしむ。
若《も》し興諭規刺《きようゆきし》の言《げん》を求《もと》めば、
萬句千章《ばんくせんしやう》に一字《いちじ》も無《な》し。
始《はじ》めは章句《しやうく》に規刺《きし》無《な》きに從《まか》せたるが、
漸《やうや》く朝廷《てうてい》に諷議《ふうぎ》絶《た》ゆるに及《およ》ぶ。
諍臣《さうしん》は口《くち》を杜《ふさ》ぎて　冗員《じようゐん》と爲《な》り、
諫鼓《かんこ》は高《たか》く懸《か》かりて　虚器《きよき》と作《な》る。
一人《いちにん》　扆《い》を負《お》ひて　常《つね》に端默《たんもく》し、
百辟《ひやくへき》　門《もん》に入《い》りて　多《おほ》く自《みづか》ら媚《こ》ぶ。
夕郎《せきらう》の賀《が》する所《ところ》は　皆《みな》　德音《とくいん》、
春官《しゆんくわん》の毎《つね》に奏《そう》するは　唯《た》だ祥瑞《しやうずい》。
君《きみ》の堂《だう》は　千里《せんり》　遠《とほ》し、
君《きみ》の門《もん》は　九重《きうちよう》　閟《と》づ。
君《きみ》の耳《みみ》には唯《た》だ聞《き》こゆ　堂上《だうじやう》の言《げん》、
君《きみ》の眼《め》には見《み》えず　門前《もんぜん》の事《こと》。

貪吏害ㇾ民无ㇾ所ㇾ忌
姧臣蔽ㇾ君无ㇾ所ㇾ畏
君不ㇾ見厲王胡亥煬帝之季年
群臣有ㇾ利君无ㇾ利
君兮君兮欲下開二壅蔽一達中人情上
先向二歌詩一求二諷刺一」

貪吏《たんり》は民《たみ》を害《がい》して　忌《い》む所无《ところな》く、
姧臣《かんしん》は君《きみ》を蔽《おほ》ひて　畏《おそ》るる所无《ところな》し。
君見《きみみ》ずや　厲王《れいわう》　胡亥《こがい》　煬帝《やうだい》の季《すゑ》の年《とし》、
群臣《ぐんしん》に利《り》有《あ》りて　君《きみ》に利《り》无《な》かりしを。
君《きみ》よ　君《きみ》よ　壅蔽《ようへい》を開《ひら》きて人情《にんじやう》に達《たつ》せんと欲《ほつ》せば、
先《ま》づ歌詩《かし》に向《む》かひて諷刺《ふうし》を求《もと》めよ。」

官（上平聲、桓韻）、言（上平聲、元韻）、安（上平聲、寒韻）……桓・寒韻は同用、元韻は通押。氏（上聲、紙韻）、置・意・字・事・忌（去聲、志韻）、美（上聲、旨韻）、刺・議・瑞・刺（去聲、寘韻）、器・媚・閟・利（去聲、至韻）、畏（去聲、未韻）……紙・旨韻、志・寘・至韻は同用、未韻は通押。

通釈　採詩の官は、天子が民間から詩歌を採集し、その歌声に耳を傾けようと、人々の言葉を引き出すために設けられたものである。詩歌にすれば、これを口にする者に罪は無く、これを耳にした者は戒めとすることができる。こうして下々の者たちの心情はお上に届き、お上も下々も安泰であった。

ところが、周が滅び、秦が興ってから隋王朝に至るまで、十代の間、採詩の官は設置されなかった。郊廟の祭祀における登歌は天子のすばらしさを賛美し、楽府から繰り出される艶っぽい歌辞は天子の心を喜悦させるようなものばかりで、もし諷論や批判の言葉を求めるならば、万句千章の中に一字としてそれを見出すことはできないだろう。はじめは詩歌の中に批判の要素がないのを放任していたところが、だんだんと朝廷に諷諫の議論が途絶するという事態にまで及んでしまった。諫官は口をふさいで、無駄な人員と成り下がり、諫鼓は宮城の門前に高々と懸かったきり、無用の長物と成り果てている。陛下は屏風を背に南面しても、いつも黙って端坐するほかなく、大勢の高官は皇城の門を入ってきても、多くはてんでに媚びへつらってばかりいる。黄門侍郎が慶賀するのは、みな恩情あふれる天子のお言葉に対してであり、礼部の役人たちが奏上するのはいつも、天子の善政を言祝ぐ瑞祥の報告のみである。天子の御殿は千里の遠きにあり、天子の門は幾重にも閉ざされている。天子の耳にはただ殿上人の言葉が聞こえるのみで、天子の目には宮城の門の前で起こっている出来事は見えていない。貪欲な下っ端役人は人民を痛めつけて誰に憚ることもなく、邪悪な臣下たちは君主の耳目を蔽って畏怖を感じることもない。ご覧になられよ、かの周の厲王、秦の胡亥、隋の煬帝の末年、群臣には私腹を肥やす利得があったが、君主には何の利益もなかったことを。陛下よ、陛下よ、塞がれた状況を切り開き、民情をしかと把握しようとするならば、真っ先に、詩歌に風刺の言葉を求められよ。

語釈　○採詩官　「解題」を参照。○言者無罪聞者誡　『文選』巻四十五、卜子夏（商）「毛詩序」にいう、「上は以て下を風化し、下は以て上を風刺す。文を主として譎諫すれば、之を言ふ者は罪無く、之を聞く者は以て戒むるに足る」を踏まえる。○下情上通　『管子』形勢解篇に、「人主は猶ほ日月のごときなり。群臣姦多く私を立て、以て主を擁蔽せば、則ち主は其の臣下を昭察するを得ず、臣下の情は上に通ずるを得ず、故に姦邪日〻多くして人主愈〻蔽はる」と。○十代採詩官不置　「十代」は、秦・漢・魏・晋・宋・斉・梁・陳・隋に唐を含めた十王朝をいう。周より後、採詩官が設置されなかったことは、早くも梁の沈約『宋書』巻十九・楽志一に、「秦漢は采詩の官を闕き、哥詠は多く前代に因りて、時事と既に相応ぜず、且つ以て後昆に垂示する無し」と言及する。また、制作時期はやや下るが、巻二十八「元九に与ふる書」（一四八六）にも、「周衰へて秦興るに洎（およ）び、采詩の官廃れ、上は詩を以て時政を補察せず、下は歌を以て人情を洩導せず」と見え、元稹も元和八年（八一三）の作「唐の故の工部員外郎杜君の墓係銘並びに序」（『元氏長慶集』巻五十六）において、「秦漢以還、采詩の官既に廃れ、天下の妖謡民謳、歌頌諷賦、曲度嬉戯の詞、亦た時に随ひて間〻作らる」と論じている。○郊廟　「郊」は天地の祭り、「廟」は祖先の祭り。その際には雅楽が演奏される。○登歌　雅楽のうち、殿上で行われるコーラスをいう。○楽府　音楽を司る役所。不老長寿を祈願する民間祭祀に強い関心を寄せた前漢の武帝が、各地から民間歌謡を収集するために創設したとされる。釜谷武志「漢武帝楽府創設の目的」（『東方学』第八十四輯、一九九二年）を参照。後にはそうした機関に集められる歌曲をも指すようになった。○興諭　動植物などになぞらえる表現法、「興」により婉曲に諭す。○規刺　誤りを正し諫める。○始従　「従」は、まかす、放任の意。口語。原神田本は「始不是」に作り、この二字に校改する。諸々の旧鈔本は「始従」、刊本系諸本は「不是」に作る。原神田本は、鈔本系テキストに刊本系が混入したか。○諷議　諷諫の趣旨を持つ議論。○諫鼓　人民が天子を諫めようとするときに打ち鳴らす、朝廷の門外に設置された太鼓。伝説上の聖王、堯がこれを創設した（『淮南子』主術訓ほか）。「登聞鼓」ともいい、唐代では長安大明宮の含元殿の前、翔鸞閣・棲鳳閣の下に設けられていた（徐松

『唐両京城坊考』巻一）。○一人　天子をいう。○負扆　天子が朝政に臨むこと。「扆」は天子の座席の背後に立てる屏風で、斧の文様が描かれている（『書経』顧命篇の孔安国伝）。『文選』巻三、後漢の張衡「東京賦」に、「斧扆を負ひ、次席紛純たり。玉几を左右にし、南面して以て聴く」と。○百辟入門多自媚　「百辟」は、百官に同じ。『詩経』大雅「仮楽」にいう、「百辟卿士、天子を媚《め》づ」を踏まえる。また、前掲「東京賦」の引用部分に続けて、「然る後に百辟乃ち入れば、司儀は等を弁ず」と。「入門多自媚」は、『文選』巻二十七、古楽府「飲馬長城窟行」にいう「門に入りて各〻自ら媚ぶ、誰か肯へて相為に言はん」を、表現上用いている可能性がある。○夕郎　黄門侍郎。毎夕、青瑣（宮廷）の門に向かって拝礼するのでこう称する（『芸文類聚』巻四十八に引く『漢旧儀』ほか）。○徳音　仁徳あふれる言葉。天子の詔。唐代では、たとえば「開元三年正月徳音」（『唐大詔令集』巻八十三、政事・恩宥一）のように、恩詔の一名称にもなっていた。○春官　礼儀のことを司る役人。『周礼』春官宗伯に由来する。初唐の光宅元年（六八四）から約十年間、礼部を春官と称した（『通典』巻二十三・職官典五、礼部尚書）。○君之堂兮千里遠　『孟子』公孫丑章句下に、「千里にして王に見ゆるは、是れ予の欲する所なり。遇はざるが故に去るは、豈に予の欲する所ならんや、予は已むを得ざるなり」と。○君之門兮九重閟　『楚辞』九弁に、「豈に鬱陶として君を思はざらんや、君の門は以て九重なり」と。○奸臣　「奸」は、「姦」の異体字。○蔽　神田本は「⿱艹弊」、管見抄本は「弊」に作る。いずれも「蔽」に通じて用いられるが、ここは刊本系諸本に従って改めておく。下文の「壅蔽」も同じ。○厲王　周の暴君。自らを誹謗する者は、見張りに密告させてこれを殺した。人民は沈黙しながらも不満を募らせ、後に王を放逐した（『国語』巻一・周語上）。○胡亥　秦の二世皇帝。父始皇帝の死後、自らを擁立した趙高の言いなりになって失政を重ね、最後は自殺に追い込まれた（『史記』巻六・秦始皇本紀）。○煬帝　隋の第二代皇帝。奢侈の限りを尽くして隋王朝を滅亡に導いた。新楽府「隋堤柳」（〇一六七）を参照。○壅蔽　君主が耳をふさがれている状態。『荀子』成相篇に、「上壅蔽すれば輔執を失ひ、讒夫を任用して制すること能はず。孰公・長父（厲王の寵臣）の難に、厲王は彘《ち》に流さる。周の幽・厲、敗るる所以は、規諌を聴かず忠を是れ害すればなり」と。○人情　一般庶民の心情。

余説　清の乾隆帝『唐宋詩醇』巻二十の御批に、「末章の総結なり。『言ふ者には罪無く聞く者は誡めたり』の一語は、作詩の旨を申明し、隠然として自ら三百篇（『詩経』）の義に附するなり。諸篇は全て杜甫の『新安』『石壕』『垂老』『無家』等の作に倣ひ、時事を諷刺し、婉にして風すること多し。其の杜に及ばざるは、只《だた》筆力の縦横、格調の変化のみ」と。

『源氏物語』若菜下に、「対の上、常の垣根の内ながら、時時につけてこそ、きようある朝夕の遊びに耳古り目馴れ給けれ、御門より外の物見、をさをさし給はず」と。